现代中文詳解字典

XIANDAI ZHONGWEN XIANGJIE ZIDIAN

現代中文詳解字典

XIANDAI ZHONGWEN XIANGJIE ZIDIAN

編著：盛九疇　錢玉林　王明文　厲振儀

商務印書館

現代中文詳解字典
XIANDAI ZHONGWEN XIANGJIE ZIDIAN

出　版　人：陳萬雄

編　著　者：盛九疇　錢玉林　王明文　厲振儀

責任編輯：盧揚平

封面設計：楊啟業

出　　　版：商務印書館 (香港) 有限公司

　　　　　　香港筲箕灣耀興道 3 號東滙廣場 8 樓

　　　　　　http://www.commercialpress.com.hk

發　　　行：香港聯合書刊物流有限公司

　　　　　　香港新界大埔汀麗路 36 號中華商務印刷大廈 3 字樓

印　　　刷：美雅印刷製本有限公司

　　　　　　九龍官塘榮業街 6 號海濱工業大廈 4 樓 A 室

版　　　次：2018 年 10 月第 6 次印刷

　　　　　　© 2002 商務印書館 (香港) 有限公司

　　　　　　ISBN 978 962 07 0185 6

　　　　　　Printed in Hong Kong
　　　　　　版權所有　不得翻印

出版説明

好的字典辭書是有個性的，講究因人而異，講究為特定的讀者，設計明確的特點。這樣，字典辭書雖琳琅滿目，讀者也能各擇其宜。但是多年來，本地似乎一直缺少這樣一本通用的多功能字典，它既能夠適合在校的大中學生和教師，又能適合社會上從事祕書、文學創作及編輯出版的人士，最好還能合用於一般的中文愛好者。

有鑒於此，我館延請專家編寫了《現代中文詳解字典》。這本字典最大的特點在於它的通用性，收字古今兼及，既收現代漢語通用字，也收較罕用的古漢語冷僻字；注音普粵並重，既注普通話讀音，又注粵語讀法；釋義則歷史發展脈絡分明，既分析現代漢語用法，也詮釋古今沿承意義；例證更古代現代互為參照，既有千古傳誦的名言雋語，也有港台流行的新詞新語。這本字典的第二大特點就在於它的針對性，字取繁體，音備粵音，例引港台，非常切合讀者的查檢需求。

這似乎矛盾的兩個特點，能夠完美地結合在一起，全仰賴這本字典的編者——盛九疇先生、錢玉林先生、王明文先生和厲振儀女士。盛九疇先生是工程浩大的《辭源》(修訂本)的修訂者之一，也是暢銷書《商務學生詞典》和《商務學生字典》的編著者。錢玉林先生、王明文先生和厲振儀女士是中國最大規模詞典《漢語大詞典》的編著者。他們長期從事語文辭書的研究和編著工作，具備很高的學術水準和豐富的實際編寫經驗。

我們相信，《現代中文詳解字典》的出版，不僅可以幫助讀者解決學習中文的疑難問題，而且可以在提升中文水準的同時，領略到中華文化的博大精深。

商務印書館(香港)有限公司
編輯出版部謹誌
2002年3月

編者的話

我與辭書的不解之緣

數十年來，由於興趣和機遇，我與辭書編纂結下了不解之緣。五十年代末、六十年代初，我參與了北京大學中文系《漢語成語小詞典》、《現代漢語虛詞例釋》的編寫工作；七十年代起，我參與了國家工程浩大的《辭源》(修訂本)的修訂、編輯、定稿工作，歷時五年多；九十年代後，我為商務印書館編寫了《商務學生字典》、《商務學生詞典》，還協助商務印書館完成了《漢語大詞典》、《辭源》(修訂本)的光碟製作和《現代漢語詞典》繁體版的編輯工作。數十年的辭書編輯生涯，可謂艱辛備嘗，深感編寫一部好的字典、詞典非常不易。這次編寫《現代中文詳解字典》，感覺尤為深切。

字詞典既稱作"典"，講究的就是典範。不然就無法指導大家學文識字了。因此，字詞典在內容上必須科學、準確，不容半點差錯；在編排上必須縝密、合理，不能有絲毫疏漏。而當這兩項最基本的要求落到編寫者身上時，對完美的追求就成為了一種苦役，似乎是漫漫無期的苦役。

無論編寫何種類型的字詞典，都需要專業素養和知識水準，編寫字詞典就是逼迫自己咬文嚼字，力求通古達今的過程。在這樣的過程中，編寫者始終要保持警覺，對謬誤、錯訛的警覺，就如同走鋼絲一樣，只是這種走鋼絲的時間太過長久。即使編寫完畢，仍不可放鬆，讀者的意見是什麼，專家又是怎樣評論，聲聲入耳，怎可放鬆得了。

編了這麼些年的語文辭書，也常被人追問，怎麼評價辭書的好壞。我覺得衡量一部字典、詞典的優劣，很重要的標準是看能不能最大限度地滿足讀者對象的需求。不同類型的字典、詞典有不同的讀者，不同的讀者對象有不同的需求。我們不能説收字多的字典就一定比收字少的字典好，義項多的字典就一定比義項少的字典好。以我編寫的字詞典為例，《商務學生字典》、《商務學生詞典》的讀者對象是小學至初中的學生，因此無論在收字、釋義、舉例方面，都要適應對象的特點和要求。《商務學生字典》、《商務學生詞典》在收字方面，共收錄了四千多字，這對小學和初中學生來講已經足夠了；在釋義方面，也不要求面面俱到，以解釋現代常用義為主，僻義、古義一般不予收錄；在舉例方面，例詞、例句力求貼近學生生活實際；同時還增加了一些必要的用法提示，以幫助他們正確使用字、詞。而《現代中文詳解字典》的讀者對象定位在具有中等以上文化程度的大中學生、教師和從事祕書、文學創作、編輯出版等工作的人士，以及一般語文愛好者。為了滿足這類讀者的需求，這本字典擴大了收字範圍，收錄了全部現代通用漢字和書面上較罕見的冷僻漢字以及與繁體字相對應的簡化字和一部分異體字，共計12,500多個。這樣，在收字方面突出了現代通用漢字的特點，又解決了讀者閱讀中查檢偶爾見到卻不甚了了的冷僻字的需要。為了適應香港讀者的需要，本字典還收錄了一些粵方言的用字。

在釋義上，這本字典一方面儘可能把該字在現代漢語中的用法一一詮釋，同時也記錄了該字的一些古代常見用法和書面上文言詞語中的含義，使該字的釋義更加全面周詳。如現在常把"打官司"説是"對簿公堂"，用"弄瓦之喜"祝賀人家生了女兒，這種用法的根據是什麼？關鍵就在於對"簿"字和"瓦"字古代用法的理解。"簿"在古代的一個含義是指訴訟或供詞之類的文狀，打官司總要在公堂上質詢、核對各方的狀文事實，所以把"打官司"説是"對簿公堂"。"瓦"字在古代一個含義是指陶製的紡錘，古代常把紡錘給女孩玩，希望她長大後善於女工，所以稱生女兒為"弄瓦之喜"。本字典在"簿"字和"瓦"字下收錄了它的古代含義，讀者能明乎此，那麼，對這兩個詞語就不僅能知其然，而且能知其所以然了。記錄一些字的古代含義，作用可見一斑。

這本字典在各字的釋義後大多附有五個左右的詞例、句例。這些詞例、句例有複合詞、成語，還有熟語、格言和古詩詞名句，內容豐富多彩。特別是熟語、格言、古詩詞名句，富有深刻的民族文化內涵。透過這些詞例、句例，不僅能加深對字義的理解，而且能提升對中華傳統文化底蘊的認識，並受到有益的熏陶，可謂一舉兩得。如"滿招損，謙受益"、"吃一塹，長一智"、"千里之行始於足下"、"寸有所長，尺有所短"、"前事不忘，後事之師"、"少壯不努力，老大徒傷悲"、"人生自古誰無死，留取丹心照汗青"、"落花不是無情物，化作春泥更護花"、"誰言寸草心，報得三寸暉"、"問渠那得清如許，為有源頭活水來"、"在天願作比翼鳥，在地願為連理枝"等等，這些膾炙人口的雋語箴言，都是很耐人尋味的。

《現代中文詳解字典》經過多年的努力，幾易其稿，終於跟讀者見面了，作為這部字典的編寫者之一，希望它能成為讀者案頭不可或缺、得心應手的工具，這就是我們最大的願望，也是艱辛備嘗之後的最大快樂。

盛九疇

2002年2月於上海

目　錄

凡 例

字頭與編排

一、 本字典參酌收錄單字條目計12,500餘個，包括《現代漢語通用字表》中的7000個通用字、部分古代漢語常用字和少量冷僻字，以及港、台書面語中常見的具有查閱價值的用字，同時還兼收簡化字和部分常見異體字。

二、 本字典將"匚"和"匸"兩部首歸併，取消"夂"部併入"夊"部，按《康熙字典》214部首序編排為212部。同部首的單字按部首外筆畫數的多少，先少後多依次排列。部首外的筆畫數標注在該字的左上角。如：

$$\overset{0}{弓} \quad \overset{1}{弔} \quad \overset{1}{引} \quad \overset{2}{弗} \quad \overset{2}{弘} \quad \overset{3}{弛}$$

如果單字均為同部首，同筆畫數的，則按照除部首外字形的起筆筆形一、丨、丿、丶、乛，依次排列。如：

$$\overset{2}{仁} \quad \overset{2}{什} \quad \overset{2}{仃} \quad \overset{2}{反} \quad \overset{2}{仆} \quad \overset{2}{介} \quad \overset{2}{仉} \quad \overset{2}{仇} \quad \overset{2}{今} \quad \overset{2}{仍}$$

三、 本字典盡數收錄《簡化字總表》中的2235個簡化字，但不收類推簡化的簡化字(包括部首類推字)。簡化字不單獨立條目，只附在繁體字字頭後的圓括號裏。如：

$$\overset{9}{務}\scriptsize(务) \qquad \overset{13}{體}\scriptsize(体)$$

四、 異體字按照與正體字的音、義關係，區分同音、同義的全等異體字和同音、部分義項相同的非全等異體字情況，分別以不同方式處理之：

    1. 全等異體字不獨立字頭，收錄在字頭後的圓括號裏，首字前設一標記；如果圓括號中收有簡化字，則異體字加標記排在簡化字後面。如：

$$\overset{8}{焰}\scriptsize(^\circledR燄) \qquad \overset{14}{勳}\scriptsize(勋^\circledR勛)$$

2. 非全等異體字或僅某義項相同的字分立字頭，使用頻度較高的字後加釋義文字，使用頻度較低的字列為互見條，注明「同"某"，見某頁某欄。」。如：

⁵周 ……❶同"週"，見710頁右欄。❷……

¹¹働 同"動❸"，見61頁左欄。

五、 所有古字均另立字頭，設音讀，但不立義項，只作：「"某"的古字。」處理之。如：

⁶咲 【xiào ㄒㄧㄠˋ ⑧siu³ 嘯】"笑"的古字。

字形與字款

一、 本字典採用港、台通行的繁體字體系，字頭字形按照香港教育署的規範標準進行統一，同時兼顧了港、台通用字形的特點。

二、 為方便讀者了解和查找同一漢字的不同寫法，特別編排了不同字形的"128組字形對照表"，附在書後，以備查考。

三、 字頭用大寫正楷書排印，字頭後圓括號裏的簡化字和全等異體字分別用次一級簡中楷和正楷書排印。

四、 正文採用宋體，引例起始處以菱形符號"◆"表示，例文用正楷書。

注音與音項

一、 本字典字頭標注普通話和粵語讀音。普通話注音在前，粵語注音在後，"⑧"代表粵音。

1. 字頭的普通話讀音分別用漢語拼音字母和注音字母注音，只注規範讀音；遇有異讀，則以《普通話異讀詞審音表》為準，必要時用文字加以說明。如：

⁸啞 ⟨二⟩【yǎ ㄧㄚˇ/è ㄜˋ (舊) ⑧ɐk⁷/ŋɐk⁷ 厄】

è 為《普通話異讀詞審音表》淘汰的讀音，用 " (舊) " 字加在該注音後表示舊讀。

對於普通話輕聲字，漢語拼音字母只標音不標聲調，注音字母則在標音前面加注 " · "。

2. 粵語讀音主要參考何文匯等編著的《粵音正讀字彙》和《廣州話拼音方案》等，先用國際音標注音，再加注漢字直音。漢字直音儘量用聲、韻、調完全相同的字注音；若無完全相同的直音字，則選用聲、韻相同的常用字，聲調用阿拉伯數字標注在該字右上角；若無聲、韻相同的字，則採用反切法 (我國傳統的一種注音方法，用兩個字來注另一個字的音，如："域，華亦切"。被切字 "域" 字的聲母跟反切上字 "華" 相同，其韻母和反切下字 "亦" 字相同。) 注音。

二、字頭音項的設立，參酌普通話讀音和粵語讀音。若一個字普通話有幾個讀音，各有不同的意義，而粵語讀音相同者，則按照普通話讀音分設音項。粵語注音則僅注 "同〈一〉、同〈二〉" 等。如：

> ¹²嘲　〈一〉[cháo ㄔㄠˊ 🔊 dzau¹ 爪¹]
> 　　　〈二〉[zhāo ㄓㄠ 🔊 同〈一〉]

若一個字粵語有幾個讀音，各有不同的意義，而普通話讀音相同者，則按照粵語讀音分設音項。如：

> ⁸埠　〈一〉[bù ㄅㄨˋ 🔊 bou⁶ 步]
> 　　　〈二〉[bù ㄅㄨˋ 🔊 feu⁶ 浮⁶]

有些字複合了上述兩種情形。如：

> ⁶刺　〈一〉[cì ㄘˋ 🔊 tsi³ 次]
> 　　　〈二〉[cì ㄘˋ 🔊 tsik⁸ 七跡切/tsi³ 次]
> 　　　〈三〉[cī ㄘ 🔊 同〈一〉]

三、對於意義相同，有幾個不同讀音的字，在第一音後加注又讀音，以斜槓分隔。普通話異讀若為舊讀音，另在後面用 "舊" 標明又讀音。如：

> ⁶亞　[yà ㄧㄚˋ 🔊 a³/ŋa³ 阿]
>
> ⁴呆　〈一〉[dāi ㄉㄞ/ái ㄞˊ (舊) 🔊 ŋoi⁴ 外⁴/dai¹ 歹¹]

注音中包括一些粵語口語音，口語音置於通行讀音之後，以"(語)"表示。如：

⁵命【 mìng ㄇㄧㄥˋ ⓖ miŋ⁶ 明⁶/mɛŋ⁶ 名⁶(語) 】

四、釋義或用例中出現的不易區別讀音的多音字，在字後加括號注音。如：

⁵委 〈二〉......委蛇 (yí) 。......

⁷着 ......(❷粵音讀dzœk⁹ 嚼)

釋義與用例

一、本字典選立義項以現代漢語通用義為主，同時選收現代書面語中常用古漢語詞和成語中的語素義。通假義一律不收。

二、義項的排列一般是常用義在前，次常用義在後；實詞義在前，虛詞義在後；通用義在前，專用義在後；姓氏放在最後。

三、義項分兩個層級，第一層依陽碼序號❶❷❸......排列，第二層則依陰碼序號 (1) (2) (3) ......排列。

四、單字本身無意義，只能用來構成多音節單純詞的 (如聯綿詞)，則在字頭下注音後，列出複詞，再解釋該詞的詞義。如：

¹¹慫 ......
慫恿，從旁勸說、鼓動別人去做某件事情。也作"慫慂"。

¹³憖 ......
憖憖。見"憖"，226頁右欄。

五、各義項的適用範圍主要根據釋義以及透過列舉的例詞例句配合顯示，用例中包括了許多成語、格言、熟語和古詩詞名句。

單 字 筆 畫 索 引

說 明

一、 本索引收錄全書所有字頭用字及其簡化字、異體字。所有簡化字加圓括
（ ），異體字加方括[ ]以示區分。字後標注的是單字所在頁碼，由於簡化
字有"一簡多繁"現象，故相應的簡化字亦注有兩個以上的複頁碼。

二、 單字按筆畫數遞增序依次排列，同筆畫數的單字按起筆的橫、豎、撇、點、
折依次排列，首筆相同者按二筆、三筆……的起筆的相同規律依次排列。

〔丨丿〕

(帅) 191
(归) 344

〔丨一〕

且 5
旦 287
目 459
叶 74
(叶) 591
叮 74
甲 439
申 440
(号) 614
(电) 777
冉 46
田 440
由 440
卟 75
[叹] 16
叭 75
只 75
史 75
央 144
(只) 774
兄 42
叱 75
(叽) 112
[㕚] 16
叼 76
叫 76
叩 76
叨 76
叻 76
另 76

(叹) 342
皿 456
凹 50
囚 117
四 117
[回] 117
[囝] 117

〔丿一〕

生 140
生 438
失 144
矢 468
气 352
乍 8
禾 485

〔丿丨〕

仁 15
丘 5
仕 15
付 16
仗 16
代 16
仙 16
仟 16
仡 16
仫 17
(们) 32
(仪) 40
白 454
仔 17
他 17
仞 17

〔丿丿〕

斥 282
厄 69
瓜 435

〔丿丶〕

仝 15
乏 8
乎 8
(丛) 73
令 17

〔丿一〕

用 439
甩 439
肌 551
氏 351
(乐) 332
(尔) 412
句 75
匆 63
犰 418
[匄] 4
册 46
卯 69
犯 418
[勾] 4
外 142
(处) 613
冬 48
冬 853
(鸟) 401
(鸟) 831
[卯] 69
(务) 61

〔丿一〕

刍 574
包 63
孕 163
(饥) 796
　 801

〔丶一〕

主 7
市 190
庀 197
立 495
(冯) 803
玄 425

〔丶丨〕

[氷] 48
(闪) 761

〔丶丿〕

(兰) 612
半 67

〔丶丶〕

汁 354
汀 354
(汇) 66
　 206
(头) 790
氿 354
汈 355
(汉) 383
氾 355
切 212
宁 165
(宁) 171
穴 491
[宂] 47

[宄] 47
它 165
宄 165

〔丶一〕

(讦) 653
(讧) 653
(讨) 653
庀 235
(写) 171
(让) 669
礼 480
(礼) 484
(讪) 653
(讫) 653
(训) 654
必 212
(议) 668
(讯) 654
(记) 654
永 354

〔一一〕

[屮] 10
司 76
尼 176
尻 176
民 352
弗 204
弘 204

〔一丨〕

乐 10
疋 444
出 50
(出) 856
(辽) 714

丞 10

〔一丿〕

奶 149
奴 149
卯 6
加 59
召 76
皮 456
(边) 716
(发) 453
　 811

〔一丶〕

圣 549
(对) 174
弁 202
台 76
(台) 312
矛 468
(邓) 723

〔一一〕

母 348
(纠) 516
(驭) 803
(队) 771
幼 196
(丝) 522

六畫

〔一一〕

匡 65
打 425
(玑) 434
式 203

阞	767	块	426	拐	244	拔	246	枘	307	兩	44
(阵)	768	武	203	垌	125	(拨)	268	(椆)	322	(枣)	321
阯	767	盂	456	坰	125	(择)	270	(枧)	317	雨	777
(阳)	771	乔	213	拃	244	弄	202	杆	307	邴	718
阪	767	(规)	648	拖	244	拼	246	枚	307	協	67
(阶)	771	(瓯)	65	者	545	抬	246	(枨)	319	(卖)	679
(阴)	770			(顶)	787	[劼]	59	析	307		
阮	767	〔一丨〕		[坾]	5	亞	12	板	306	〔一丿〕	
防	767	抹	242	坿	125	拇	246	(板)	764	厓	70
阠	767	长	760	拊	244	拗	247	(枞)	331	厔	70
糺	515	刲	53	拍	244	坳	125	松	307	邳	718
災	398	卦	68	坼	125	刵	53	(松)	812	矸	470
巡	188	坩	124	拆	244	酊	548	(枪)	328	矼	470
		拑	242	拎	244	邯	718	[柿]	311	砒	470
八畫		坷	124	(势)	62	其	45	枕	308	矽	470
〔一一〕		拒	243	坻	125	取	73	(枫)	326	(矾)	479
勋	60	坯	124	(拥)	270	昔	288	(极)	324	(矿)	480
奉	145	拓	243	抵	244	(苊)	611	构	327	砀	475
[珏]	427	坼	124	拘	245	(蒿)	600	杭	308	(码)	476
珐	426	拔	243	抱	245	(范)	505	枋	308	[面]	781
玩	426	(拢)	273	垃	125	(堂)	134	枓	308	(厕)	199
(玮)	432	抛	243	挂	245	(茔)	405	[杰]	36	刵	53
(环)	434	坪	124	拉	245	直	459	枕	308	奈	145
珋	426	扞	243	幸	196	(茎)	584	杻	308	匼	65
玭	426	(拣)	258	(拦)	273	枉	306	杷	308	奔	145
(现)	429	坫	124	拌	246	杬	306	杼	308	奇	146
(责)	675	拈	243	坨	125	林	306	(衷)	100	奄	146
武	343	(拟)	271	(扛)	269	枝	306	[肯]	552	來	24
青	780	(垆)	139	(拧)	271	杯	306	轧	697	俞	146
表	637	劼	60	挓	246	(枢)	331	東	307	(态)	227
(表)	745	坦	125	坭	125	(枥)	338	或	233	(瓯)	437
玫	426	(担)	270	抿	246	枏	306	(画)	443	(欧)	342
珄	426	坤	125	拂	246	枧	306	卧	565	(殴)	348
玠	426	抻	243	抽	246	柜	307	[臥]	565	(垩)	140
(玱)	432	押	243	坡	125	杪	307	事	11	殀	345
玟	426	抽	243	招	246	杳	307	刺	53		

秉 485	俏 25	返 705	肽 552	(备) 35	忞 214
〔ノ丨〕	佩 25	〔ノ、〕	肶 552	咎 87	宄 43
	倀 25		肱 552	炙 399	庚 198
[帚] 518	(货) 676	(舍) 255	胞 552	(枭) 318	放 276
岳 181	侈 25	舍 568	(肿) 560	(邹) 722	於 284
邱 718	隹 773	金 732	胉 552	(钱) 798	(废) 201
佳 23	(侨) 40	(剑) 58	朋 300	迎 705	452
侍 23	佼 25	侖 24	(胀) 558	(饰) 796	远 706
佶 23	依 25	命 86	胪 552	(饱) 797	[净] 372
佬 23	伙 26	肎 552	肷 552	(饲) 797	妾 153
侢 23	伴 26	[剁] 70	股 552	(蚀) 797	盲 460
供 23	併 26	斧 282	肪 553	(饴) 797	刻 54
使 24	侘 26	(怂) 228	(肮) 809		劾 60
佰 24	(侬) 39	爸 412	肥 553	〔、一〕	育 553
侑 24	帛 191	(余) 515	服 300	冽 48	氓 352
侉 24	阜 67	采 730	(胁) 557	(变) 669	
㑇 39	的 454	(觅) 648	周 87	京 13	〔、丨〕
例 25	[迪] 706	受 73	剎 54	享 13	(闸) 762
(侠) 26	阜 766	乳 10	郇 718	冼 48	(闹) 813
兒 43	卹 69	爭 411	昏 288	(庞) 201	
臾 566	伃 26	(贪) 676	(迹) 716	店 197	〔、ノ〕
(侥) 38		念 214	(鱼) 816	夜 142	羌 540
版 413	〔ノノ〕	(邻) 722	咼 440	(庙) 201	券 54
岱 181	(质) 680	(贫) 676	兔 43	府 197	卷 69
[侄] 154	欣 340	攽 276	匋 64	底 197	(卷) 256
(侦) 33	近 705	忩 214	狂 419	庖 198	並 6
侗 25	征 208	(钱) 234	狙 419	[疝] 551	(单) 101
侃 25	徂 208		狎 419	(疠) 452	(炜) 405
(侧) 33	[徃] 208	〔ノ一〕	[智] 289	(疟) 449	炖 398
侏 25	往 208	肸 552	狐 419	疝 445	炒 398
侁 25	爬 412	(肤) 562	忽 214	疙 445	炘 398
(凭) 229	彿 208	肮 552	狗 419	疚 445	(炝) 406
(侨) 38	彼 208	(膊) 562	狍 419	(疡) 449	炊 399
佺 25	(径) 209	肺 552	(狞) 424	(剂) 58	炆 399
(侩) 40	所 235	肢 552	狄 419	卒 67	炕 399
佻 25	舠 568	[肧] 553	猁 419	[劲] 277	炎 399

(炉)	411	泡	362	(怊)	226	房	236	帚	191	[姊]	153
炔	399	注	362	恨	216	戽	236	[虱]	625	妎	152
		泣	362	怫	216	(诚)	657	屈	177	妲	152
〔、、〕		泫	362	怊	217	(衬)	646	[屈]	178	姐	152
		泮	362	(怪)	230	衫	637	居	177	姆	152
沫	359	(泞)	393	怪	217	衩	637	刷	54	妯	152
沫	359	沱	362	怡	217	(袆)	483	[届]	177	姗	153
(浅)	371	(泻)	395	(学)	165	祉	481	屎	177	姓	152
法	359	泌	362	堂	125	(视)	649	屈	177	妹	152
泔	359	泳	362	(尝)	187	袄	481	弧	204	姊	153
泄	359	泥	362	宗	166	祈	481	(弥)	206	姁	153
沽	359	泯	363	定	166	祇	481		396	姅	153
沭	360	沸	363	宕	167	祊	481	弦	204	妳	153
河	360	泓	363	(宠)	172	(诔)	658	弨	204	妮	153
(泷)	395	沼	363	宜	167	(诔)	658	弨	204	始	153
[浍]	359	波	363	(审)	172	(诜)	658	(弪)	204	帑	191
沾	360	(泼)	390	宙	167	(话)	658			弩	204
(泸)	395	(泽)	391	官	167	(诂)	658	〔一丨〕		姆	153
沮	360	(泾)	367	宛	167	(诠)	658	承	242	邲	718
[泪]	374	治	363	帘	191	(诡)	658	孟	164	(驾)	804
油	360	泐	363	(帘)	509	(诣)	658	狀	419	(弩)	804
泱	360	泇	363	空	492	(询)	658	(宝)	172		
况	360	怔	215	穹	492	(诤)	662	戕	234	〔一、〕	
泂	361	怯	215	穸	492	(该)	658	枡	413	叁	72
泅	361	怙	215	(实)	171	(详)	659	孤	164	(参)	72
泗	361	怵	215	宓	167	郑	718	斨	282	邵	718
泱	361	怖	215			(诧)	659	弜	164	(艰)	571
泊	361	怦	215	〔、一〕		(浑)	664	(陕)	769	[垒]	855
[沂]	382	怗	215			(诩)	659	郵	718	叕	73
泛	361	怛	215	(试)	657			函	50		
泠	361	快	215	(诖)	657	〔一一〕		甌	348	〔一一〕	
泠	361	怏	215	(诗)	657	門	760			(线)	528
泜	361	怳	216	(诘)	657	(肃)	550	〔一丿〕		(绀)	519
(泺)	395	性	216	[胄]	552	(录)	748	妹	151	(绁)	519
沿	361	怍	216	戾	235	隶	773	妹	151	(绂)	519
沟	361	怕	216	肩	553	(隶)	773	姑	151	(练)	527
泖	361	(怜)	230	(诙)	657						

(纩)	535	陔	767	(鞁)	786	挌	249	(茪)	601	(柜)	336
(组)	519	附	767	〔一丨〕		(挢)	267	(华)	599	柯	309
(龃)	803	(坠)	137	拭	247	[耈]	545	(带)	192	柄	309
(绅)	519	陀	767	封	172	垍	126	(茧)	609	[柸]	306
(细)	519	院	768	邽	718	垧	126	(荞)	603	柘	309
(绌)	519	陂	768	垚	126	垢	126	(荟)	605	(栊)	338
(织)	533	(陉)	769	[挂]	252	者	545	(荠)	608	枢	309
(驶)	803	纠	516	持	247	拴	248	(亞)	128	杆	309
(驷)	803	畱	440	拮	247	拾	248	(荡)	603	(栋)	320
(驸)	803			拷	247	挑	248		459	相	460
(绉)	520	**九畫**		拱	247	垛	127	(荣)	329	(栌)	338
(驹)	804	〔一一〕		(垭)	128	垝	127	(荥)	382	查	309
(终)	520	契	146	(捱)	252	指	249	(荜)	417	[查]	309
(绉)	530	(贰)	676	(挝)	269	(垫)	135	(荦)	594	柳	309
(驺)	806	栔	153	郚	718	(挤)	271	(荧)	406	栲	309
(驻)	804	奏	146	垣	126	垓	127	剋	54	柚	309
(绊)	520	春	289	(项)	788	垟	127	故	276	栅	310
(驼)	804	珏	427	垮	126	拼	249	胡	553	枳	310
驰	348	珐	427	挎	247	垞	127	(胡)	812	栕	310
(绋)	520	珂	427	(挞)	269	挖	249	(荨)	604	[栋]	324
(绌)	520	(珑)	435	城	126	拕	249	[虷]	10	[盃]	306
(绍)	520	玷	427	(挟)	250	按	249	(茛)	608	[栅]	310
(绎)	534	坤	427	垤	126	垵	127	(苏)	598	[柳]	310
(驿)	808	珊	427	(挠)	266	(挥)	260	南	67	柞	310
(经)	523	(顸)	788	政	276	垠	127	(荚)	602	柝	310
(绐)	520	玳	427	赴	684	(挦)	268	(荭)	595	柏	310
(骀)	804	珀	427	(赵)	685	拯	249	(荮)	595	析	310
(际)	772	珍	427	赳	684	捞	249	(药)	609	[栀]	318
(陆)	769	玲	427	(贲)	676	某	308	柰	308	柂	318
阿	767	[珲]	427	(挡)	269	甚	438	(标)	331	柢	310
(贯)	676	玼	427	哉	88	耶	548	(栈)	321	(栋)	337
(陇)	773	毒	348	拽	247	草	782	柑	308	枸	310
(陈)	769	珉	427	垌	126	巷	190	柚	308	柳	310
陕	767	珈	427	(垲)	133	(荐)	606	枯	309	枹	311
阻	767	玻	428	括	248	(英)	583	(栉)	335	柱	311
阼	767	型	125			(贲)	676	柜	309	柿	311

俞	26	胎	555	(餉)	797	(瘋)	450	姜	154	(烃)	402
夅	202	(鸽)	832	(恰)	797	疫	445	(姜)	604	剃	55
邰	719	葡	64	(餎)	797	疢	445	叛	73	為	400
郃	719	勉	60	(餃)	797	疤	445	希	192		
(剉)	58	負	675	盈	456	庳	198	眷	204	〔、、〕	
剢	55	郇	719	胤	555	郊	719	(郑)	723	洭	363
俎	27	皱	277	(饼)	798	咨	91	叙	55	(洼)	494
卻	70	敏	340			姿	154	[籼]	485	(洁)	387
爰	412	臾	147	〔、一〕		[牐]	284	籸	511	洱	363
食	795	狨	419	計	653	斿	284	籽	511	洪	363
盆	456	(狭)	420	訂	653	施	284	(娄)	156	洹	364
瓮	436	(狮)	422	訃	653	音	787	敉	511	洒	364
(鴿)	839	風	793	(孌)	162	(亲)	649	前	55	(洒)	397
		独	419	(孪)	165	玆	496	酋	724	浦	364
〔ノ一〕		(独)	423	(孌)	188	(颯)	794	首	801	洄	364
(胧)	302	胥	439	(弯)	206	帝	192	兹	196	洚	364
胅	553	(㹭)	423	(將)	173	[竉]	615	(总)	531	(浊)	390
胚	553	[怱]	63	(奖)	423	砂	425	炳	399	洌	364
胘	553	[狗]	209	[訃]	441			炻	399	(浃)	367
(胨)	558	狡	419	[訌]	441	〔、|〕		炬	399	柒	311
胕	553	狩	420	盲	13	(聞)	549	(炼)	404	洟	364
(胪)	564	狠	420	哀	91	(閏)	762	炟	399	(浇)	387
(胆)	563	舢	651	亭	13	(閤)	766	畑	399	泚	364
胂	554	(狲)	423	亮	13	(闽)	763	(炽)	409	(浈)	376
胛	554	㾄	653	度	198	(间)	763	炯	400	(浉)	381
(胜)	61	訇	653	[㢮]	142	(阖)	765	炸	400	洗	364
胜	554	[迸]	707	奕	147	(阀)	763	[烁]	486	浅	364
胙	554	昝	291	弈	202	(阁)	763	[烺]	398	(浊)	391
胍	554	(貿)	677	麻	198	(闸)	764	烀	400	洞	364
胗	554	怨	216	彦	207	(阂)	763	(烁)	411	洇	364
胸	554	急	216	(病)	453			炮	400	洄	364
胞	554	(饵)	797	疢	445	〔、ノ〕		炷	400	(测)	376
胖	555	(饶)	800	疥	445	(养)	797	炫	400	洙	364
胭	301	(蚀)	623	(疮)	450	美	540	(烂)	411	洗	364
(胫)	557			痕	445	羑	540	炤	401	活	365
				[疡]	447	[羌]	540			洑	365

字	頁	字	頁	字	頁	字	頁	字	頁	字	頁
胭	555	狷	420	訒	654	疾	446	〔、丨〕		(烦)	404
朓	301	徐	420	凌	48	痄	446			(烧)	408
脈	555	(猃)	423	凇	49	疹	446	(阃)	763	(烛)	409
(胎)	563	狛	420	凍	49	(痈)	453	(阆)	763	烔	401
脞	556	狼	420	[凄]	371	疼	446	(阇)	814	[烟]	404
脆	556	[胷]	556	袤	637	疱	446	(阅)	763	(烨)	408
脂	556	卿	70	(栾)	339	疰	446	(阈)	763	(烩)	410
胸	556	猛	183	(宁)	274	痃	446	〔、丿〕		烙	401
胯	556	狻	420	(迹)	689	[痌]	448			剡	56
胳	556	桀	314	(恋)	232	痴	446	毲	540	烊	401
朕	301	逢	707	(桨)	332	疲	447	粉	540	(烬)	410
(臟)	564	逑	707	(浆)	387	(痉)	447	粑	540	递	714
	810	(鴕)	833	勍	60	[蚤]	616	差	189	〔、、〕	
(臍)	564	留	441	衰	637	效	277	恙	219		
(胶)	562	(裊)	641	歃	441	[净]	372	羔	540	(涛)	392
(腦)	561	智	462	衷	638	斋	518	[羞]	540	酒	724
胲	556	盇	457	剞	56	衮	638	拳	249	浙	367
胼	556	(鴛)	833	高	811	涧	49	迸	707	(涝)	390
胺	556	(皱)	456	亳	14	唐	94	粝	56	浮	367
(膿)	563	(铧)	798	席	192	(顽)	789	送	707	浦	367
[脉]	555	芻	574	庫	198	恣	219	桊	315	涑	367
[腿]	556	(饿)	798	准	49	痂	284	勐	60	浯	367
[脇]	557	(馁)	798	(准)	380	施	284	敉	277	浹	367
廖	236	〔、一〕		庭	198	旂	284	料	281	(涞)	371
(鷗)	833			座	198	旅	284	迷	707	(涟)	384
㿟	613	許	653	脊	556	旖	285	[秕]	485	涇	367
(璽)	434	訏	653	(斋)	855	(资)	678	粉	511	涉	367
(釰)	816	訌	653	症	445	[凉]	373	[秔]	514	娑	155
(鴿)	833	討	653	(症)	452	剖	56	粑	511	消	367
[獅]	421	訕	653	疳	445	站	496	益	457	涅	367
狹	420	記	653	疴	446	(竞)	497	兼	46	浬	368
狌	420	託	653	病	446	竝	496	朔	301	(润)	389
狙	420	訓	654	疵	446	竚	496	递	707	浞	368
[猂]	219	訊	654	疽	446	旁	285	烤	401	涓	368
[狸]	674	記	654	疸	446	欬	340	烘	401	(涡)	377
猁	420	訑	654	疹	446	畜	441	烜	401	(涢)	380

豉	671	(鴟)	833	〔丨一〕		[离]	68	眼	463	啃	96
逗	708	鮑	64			鹵	843	眸	463	趾	686
票	482	瓠	435	茨	583	(顶)	793	勖	61	(啮)	115
叓	647	奢	148	苣	583	彪	207	圊	119	(跃)	695
(酝)	728	畬	148	荟	583	處	613	睍	293	[跱]	691
酞	725	盍	457	莩	583	虚	613	野	731	(跄)	692
酕	725	爽	412	莆	583	[庳]	86	畢	442	朔	686
酗	725	[厩]	200	[苣]	670	虖	613	啪	95	跛	686
酚	725	逐	708	英	583			啦	95	[趼]	691
醉	725	豚	672	莽	583	〔丨丿〕		啞	95	略	442
酸	725	殺	347	莖	584	崔	774	啫	96	[喏]	442
酖	725	豝	672	莫	584			啐	95	蚶	617
		(辇)	550	覓	584	〔丨丶〕		啉	96	蛄	617
〔一丿〕		(袭)	646	莒	584	逍	709	婁	156	(蛎)	632
[脣]	93	(龚)	858	[眥]	462	常	193	[勗]	61	蛆	617
[厢]	199	(殒)	346	砦	472	堂	129	曼	73	蚰	617
(厣)	71	(轫)	834	莪	584			唡	96	蚺	617
戚	234	(殓)	346	莛	584	〔丨一〕		冕	47	(蛊)	633
[頁]	648	殍	345	莉	584	(悬)	231	晗	293	蚱	617
夏	234	盛	457	莠	584	販	676	晦	293	蛇	617
硎	472			莓	584	逞	709	睎	293	蚯	617
[厠]	199	〔一丶〕		荷	584	眶	462	晗	293	蛉	617
硅	472	(贲)	679	莜	585	眭	462	唵	96	蛀	618
硭	472	匰	66	[菈]	598	唪	95	晚	293	蛇	618
硒	472	零	777	茶	585	匙	64	啄	96	[蚍]	616
(硕)	475	雪	777	莝	585	(喷)	107	啑	96	(蛏)	630
(硖)	473			荸	585	眦	462	(喷)	116	蚴	618
(硪)	478	〔一一〕		娑	585	[晰]	292	啡	96	唬	96
硐	472	郪	720	荻	585	晡	292	圍	119	[嚧]	103
硃	472	頃	788	革	585	晤	292	累	519	(累)	535
(硚)	479	(轭)	699	莎	585	晨	292	畦	442	剮	57
硇	472	(辅)	700	菀	585	眵	463	畤	442	國	119
硚	472	(辆)	700	莨	586	敗	277	異	442	患	220
硌	472	(堑)	135	著	586	眺	463	趼	686	唱	96
硂	473	[欸]	341	莊	586	眹	463	趺	686	[帽]	193
勔	61	逻	708	卨	68	[眛]	466	跂	686	[留]	441

衔	635	欲	340	猜	420	許	654	痕	447	〔丶丿〕	
(盘)	458	彩	207	逛	709	訛	654	(鸡)	834	羘	540
舸	569	(綵)	525	[猪]	672	訢	654	滄	796	羚	540
(舻)	571	覓	648	(猎)	424	訕	655	(离)	776	羝	540
舳	569	飥	796	[猫]	674	訟	655	庸	199	(羟)	541
舴	569	釺	796	猗	420	設	655	康	199	羞	540
舶	569	貪	676	猇	421	訪	655	鹿	844	(盖)	595
舲	569	翎	542	鳳	50	訛	655	[衰]	638	羕	541
船	569	(領)	789	猖	421	訣	655	瓷	436	瓶	436
(鸺)	834	貧	676	(猡)	424	[減]	375	旌	285	眷	463
舷	569			猢	421	(鸾)	843	族	285	(断)	283
舵	569	〔丿一〕		猊	421	烹	402	旎	285	粔	511
		[脚]	560	猞	421	郭	720	旋	285	(粝)	515
〔丿、〕		脖	557	猙	421	毫	350	(旋)	754	粘	512
		脯	557	惚	421	執	164	[盗]	457	粗	512
斜	281	胆	557	猄	421	裏	638	笠	130	粕	512
途	709	豚	671	猝	421	麻	847	翊	542	粒	512
敍	278	脎	557	逖	709	[麻]	448	部	720	剪	57
[敘]	278	脛	557	(猕)	424	[庶]	198	章	496	敝	278
釬	733	(腡)	560	斛	281	庶	198	竟	496	(兽)	424
釷	733	脭	557	觖	651	庹	199	商	97	(鄆)	722
釦	733	脢	557	猛	421	庵	199	望	301	焐	402
釸	733	(脸)	563	逢	709	(厣)	200	裒	639	焅	402
釧	734	胜	557	殖	802	庚	199	率	425	焊	402
釤	734	脬	557	夠	142	庫	199	牽	416	[焖]	400
釣	734	[脴]	82	祭	482	產	438			烯	402
釩	734	脟	557	(猓)	798	痔	447	〔丶丨〕		焓	402
釹	734	脱	557	(猑)	799	痛	447			烽	402
釵	734	脘	558	(馅)	799	痍	447	(阈)	764	鄭	720
殺	347	脈	558	(馆)	799	疵	447	(阉)	764	(焗)	409
盒	457	脧	558			痏	447	(阊)	764	[烐]	405
(龕)	858	彫	207	〔丶一〕		[瘖]	618	(阅)	814	烷	402
(鴿)	834	匐	64			痙	447	(阌)	764	烺	402
欷	340	追	709	[湊]	375	瘐	447	(阍)	764	焗	402
[敎]	277	魚	816	這	709	(痒)	452	(阎)	764	焌	402
(敘)	280	[够]	142	訏	654	痒	447	(阐)	764		
悉	220			訥	654			(阑)	766		

(续)	535	組	519	琲	430	項	788	捶	259	壹	141
(绮)	524	紳	519	琤	430	堵	131	插	259	壺	141
(骑)	805	細	519	琱	431	[堭]	139	揪	259	握	260
(绰)	524	紬	519	(琼)	435	揹	258	[揷]	259	摒	260
(骒)	805	[綱]	643	斑	281	[堵]	771	煮	402	[婿]	158
(绲)	524	紩	520	琰	431	揹	258	墩	132	揆	260
(绳)	533	絁	520	[珐]	427	描	258	[揎]	250	揉	261
(绯)	525	紟	520	琮	431	越	684	搜	259	惡	221
(骓)	805	終	520	琯	431	趄	684	赦	683	搽	261
(维)	525	[絃]	204	琬	431	趁	685	[麦]	402	墻	133
(绵)	525	絆	520	琛	431	[趖]	685	堆	132	恭	221
(绶)	526	絎	520	琚	431	(趋)	685	畫	545	斯	282
(绷)	531	緋	520	琼	431	超	685	揄	260	欺	341
(绸)	526	紬	520	替	299	(揽)	274	揞	259	聒	548
(绻)	526	紹	520	(華)	700	敢	278	援	260	(联)	549
(综)	526	給	520	(電)	851	賁	676	(絷)	530	期	301
(绽)	526	巢	188			[揸]	271	蛩	618	[棻]	320
(绾)	526			〔一丨〕		博	68	(蛰)	627	菁	301
(缀)	526	十二畫		款	341	戟	555	逵	710	黃	848
(骖)	807			揍	257	(頇)	790	(搀)	273	[散]	278
(缁)	526	〔一一〕		揍	257	堤	131	換	260	散	278
陸	769	貳	676	覎	811	提	258	揔	260	斮	283
陵	769	琫	429	取	803	場	131	掏	260	靷	782
陬	769	琶	429	堯	131	揚	258	裁	639	靭	782
貫	676	[栞]	430	[幇]	194	喆	99	揹	260	(蕨)	602
陳	769	斌	430	堪	131	揮	259	(搁)	272	[崹]	344
[娶]	157	琴	430	揩	258	揾	259	報	132	貰	676
陴	770	琶	430	揶	258	揭	259	(掷)	273	(賚)	602
陰	770	琪	430	堞	131	愠	259	(搂)	264	(蒋)	601
陶	770	琳	430	揲	258	堝	132	揗	260	(蒌)	599
陷	770	琦	430	揸	258	喜	99	搞	260	戟	234
陪	770	琢	430	堰	131	彭	207	(揽)	274	[乾]	10
紺	519	璇	430	揪	258	揣	259	揎	260	(韓)	786
絀	519	(靓)	781	堙	131	塄	132	搒	260	朝	301
絨	519	琥	430	堙	131	堆	132	揮	260	喪	100
組	519	琨	430	揀	258	(揿)	267	殼	347	辜	703

第一欄

閡 762
閱 762
逮 711
遢 711
塈 132
覎 649
[屭] 656
犀 417
(属) 179
(屢) 179
屌 165
弼 205
[強] 205
費 677
粥 512
巽 190

〔一丨〕

[疎] 444
疏 444
靭 786
[靱] 786
鄆 721
韋 417

〔一丿〕

媄 157
媒 157
媒 157
婣 157
媞 157
絮 522
媞 157
媼 158
媧 158

第二欄

婣 158
媼 158
[嫺] 154
婾 158
媱 158
媛 158
[嫩] 157
婷 158
媯 158
娜 158
媥 158
[媚] 157
媚 158
婿 158
賀 678
脅 557

〔一、丶〕

(琉) 189
(毲) 351
(辈) 543
登 453
發 453
皴 456
(鷙) 806
裔 468
婺 158
稍 468
殼 279

〔一一〕

(絳) 526
(縝) 530
(細) 527
(絨) 527
(緬) 527

第三欄

毳 206
(缆) 536
遂 711
(緹) 527
鄉 721
[緹] 131
(紗) 527
(絣) 527
(緼) 527
(緦) 527
(緞) 527
(緩) 528
(緝) 529
(緩) 528
(綌) 526
(緻) 528
(縷) 530
(編) 528
(騙) 806
(緡) 528
(騷) 806
(緣) 529
(墮) 137
隋 771
(隨) 772
階 771
隑 770
[陞] 131
陽 771
隔 771
限 771
陲 771
隍 771
隍 771
[陰] 770
隘 771
隆 771

第四欄

(隐) 773
隊 771
(繪) 801
鄉 721
[綻] 535
緘 520
絓 520
結 520
[綑] 528
[緅] 528
経 521
[綫] 519
[維] 518
絎 521
給 521
絢 521
絳 521
絡 521
絕 522
絞 522
統 522
絲 522
幾 197

十三畫

〔一一〕

惷 223
瑟 431
[瓑] 427
填 432
瑚 431
瑊 431
項 788
瑛 431
(鵝) 836
瑒 431

第五欄

[勦] 530
瑁 431
(鷉) 836
瑞 431
瑪 431
瑜 431
瑗 432
螯 186
瑄 432
[瑯] 429
瑮 432
瑕 432
瑨 432
瑋 432
瑑 432
瑠 432
犛 57
[愙] 223
頑 788
(韞) 786

〔一丨〕

搆 261
肆 550
髧 811
髢 811
載 699
軤 417
搞 261
搕 261
(攝) 273
塔 133
[播] 261
填 134
搏 261
塀 133

第六欄

駇 803
馴 803
馳 803
塬 133
搢 261
塔 133
搭 261
堘 133
翹 685
趔 685
[厰] 200
(擄) 272
[厴] 200
鼓 852
塒 133
搉 262
塌 133
搊 261
損 261
[填] 139
搵 262
壇 133
(擺) 272
646
埋 133
(頰) 683
[携] 274
塒 133
搇 262
塢 133
搞 262
塊 133
搥 262
蛬 619
撅 262
搬 262

(鎦)	748	筰	502	雋	775	鈳	737	貆	673	腟	561
矮	469	(箋)	509	備	38	鈸	737	貊	673	腱	561
雉	775	(箋)	510	逳	712	鉅	737	貅	673	腦	561
罳	350	(簡)	508	鄔	721	鈇	737	貉	673	詹	658
氳	354	筷	502	㲋	831	鉬	737	飾	796	(穌)	490
毽	350	筅	502	躰	697	鉭	737	飽	797	雛	775
牐	417	[筴]	500	躱	697	鉏	737	飼	797	剺	816
犍	417	節	502	皋	703	卸	737	鉥	797	(鮁)	817
(辭)	704	箐	502	裊	641	鈿	738	飴	797	(鉼)	817
歃	341	[綒]	531	鬽	815	鈾	738	(頷)	791	(鱸)	830
愁	224			奥	148	鉑	738	頌	789	(鮓)	818
(頵)	791	〔ノ丨〕		粵	512	鈴	738	頌	789	(鮒)	818
稑	488	與	567	僇	38	[鉤]	735			(鰤)	818
稜	488	債	36			鉛	738	〔ノ一〕		鮑	818
稙	488	傲	36	〔ノノ〕		鉚	738	(臙)	562	皺	818
稞	488	僅	36	頎	789	鉋	738	膝	559	(鮐)	818
稚	488	傳	36	遁	712	鉓	739	腩	560	魜	816
稗	488	傴	37	衙	636	鉉	739	腑	559	猭	422
稔	488	[傭]	16	微	211	鉈	739	膈	559	肆	550
稠	488	傾	37	[衙]	741	鉍	739	腰	559	(穎)	490
稢	489	毀	347	徯	211	鈮	739	腸	560	獁	422
搿	259	腺	414	徭	211	鈹	739	膃	560	猿	422
(稬)	491	舅	567	徬	211	鉧	739	腥	560	(鶻)	837
(籌)	509	鼠	853	愆	224	戣	203	腮	560	猾	422
筭	501	腷	414	觞	569	僉	37	腘	560	鳩	831
筓	501	[愡]	493	艇	570	愈	225	膊	560	獅	422
筠	501	艏	543	艅	570	會	299	腫	560	(颬)	794
筢	501	絛	523			歆	341	腹	560	(颭)	794
筮	501	僂	37	〔ノ丶〕		龥	350	腺	560	觥	651
筥	501	煲	405	鈺	736	(覘)	649	腯	560	(觸)	652
筴	501	催	37	鉦	736	逾	712	腧	560	鮮	651
筲	501	賃	678	鉗	736	[覡]	463	腳	560	解	651
筧	501	傷	37	鈷	736	爺	412	(鵬)	837	猻	423
筋	502	働	37	鉢	737	禽	485	滕	134	[麀]	846
筦	502	傻	37	鈶	737	愛	225	滕	159	詧	658
筱	502	傺	37	鉅	737	亂	10	(騰)	806	煞	405

(寢) 171	[闆] 813	殘 234	綏 523	髟 811	截 234
寖 170	蕭 550	預 789	綈 523	墶 135	蕎 543
〔、一〕	[槳] 326	[疊] 444	剿 57	墐 135	赫 683
塑 135	[蒙] 641	〔一一〕	[勦] 57	墝 135	誓 659
(謹) 666	葦 541	(縉) 529	勦 62	摶 264	楚 689
運 713	[群] 541	(縛) 529		塼 135	墝 136
遍 713	遐 713	(縟) 529	**十四畫**	摳 264	搬 265
祿 641	殿 348	盅 458	〔一一〕	摽 264	[燴] 133
褂 641	辟 703	(縫) 531	瑪 432	[駃] 803	[橐] 333
褚 642	(辟) 766	(騧) 806	瑁 432	駁 803	(贅) 681
補 642	愻 226	(緤) 530	瑣 432	駃 803	(贄) 807
褙 642	瞽 295	(縞) 530	碧 475	塊 135	摭 265
裸 642		(纏) 535	瑰 432	[播] 240	摘 265
[褪] 643	〔一丨〕	(緇) 530	(瑷) 434	(墻) 413	墉 136
裼 642	違 713	(縑) 530	瑲 432	摼 264	境 136
神 642	裝 641	(繽) 534	瑤 432	鄠 722	摘 265
裯 642	[樊] 423	彙 206	[瑠] 429	摸 264	墑 136
裾 642		(騙) 806	瑭 433	搭 261	捽 265
褐 642	〔一丿〕	隔 772	瑢 433	趙 685	[輕] 683
褉 483	媾 159	(駡) 807	[璜] 432	趕 685	墊 135
祅 483	媽 159	陳 772	斠 282	趑 685	樑 136
襈 483	嫋 159	隕 772	(覯) 649	搢 264	[殼] 427
福 483	媳 159	隖 772	遘 713	摅 264	穀 327
裡 483	媿 159	隗 772	摹 160	墁 135	愨 226
禛 483	媲 159	隘 772	[區] 148	遠 713	壽 141
禍 483	(媛) 161	鄉 523	(韜) 786	搜 264	摺 265
裇 483	嫉 159	綀 522	魂 815	樓 135	竭 300
褘 483	嫌 159	經 523	[黿] 815	摺 265	[捅] 252
(諼) 666	嫁 159	綃 523	(璦) 780	摞 265	墋 136
(謫) 666	(嬪) 162	覘 523		捐 261	摻 266
(謝) 668	嫋 159	[細] 251	〔一丨〕	摑 265	摜 266
(謬) 666	嫭 159	絹 523	蓁 524	嘉 107	職 549
		[繡] 534	髦 811	[鼓] 852	聚 549
〔一一〕	〔一、〕	締 523	髻 811	摧 265	鄞 722
閘 762	[劉] 235	綌 523	髦 811	(擛) 273	(薔) 604
閦 762	勦 62			[塲] 131	鞁 783

靶 783	[槜] 335	(酺) 730	盍 148	幕 193	蒓 598
鞅 783	榭 328	醒 726	爾 412	鄭 722	睿 465
鞈 783	棒 328	酷 726	厠 57	蒔 596	虞 614
靽 783	槐 328	醅 726	奪 148	華 599	
鞠 783	槌 328	酸 727	臧 565	菁 596	〔丨丨〕
勩 62	槍 328	酹 727	稀 672	蒽 596	
(蔜) 634	樏 329	(釀) 730	殞 346	雌 775	對 174
(薂) 611	榴 329	酸 727	殤 346	蒨 596	
(蕑) 611	榱 329		(殯) 346	蓧 596	〔丨、〕
(蔿) 611	橘 329	〔一丿〕		蓓 596	
(藹) 611	榜 329		〔一、〕	蒐 596	嘗 108
熙 406	槎 329	[廚] 200		蒗 596	裳 642
鞍 327	(檳) 337	[厮] 200	鄠 722	蒜 596	[嘗] 108
幹 282	榕 330	[歷] 344	需 778	蒼 596	
[磏] 471	榨 329	厭 71	(霁) 780	(齜) 857	〔丨一〕
兢 44	(楮) 337	碑 475		(齦) 857	
(鶄) 838	権 330	磚 475	〔一一〕	蓊 597	彩 142
蝦 107	蹇 444	碟 475		蓑 597	(顆) 791
榿 328	墊 135	碴 475	(輳) 701	蒿 597	嘈 107
榪 327	輒 699	碱 475	(輥) 702	蓆 597	嘖 107
榛 327	輔 700	碩 475	(輾) 702	蒺 597	瞄 465
構 327	輕 700	磅 475	鳶 831	蒟 597	瞅 465
榑 327	輓 700	碭 475	戩 234	蒡 597	瞍 465
槢 327	置 66	碣 475	甂 189	蓄 597	賕 678
槛 327	歌 341	碾 475		蒹 597	賑 679
榑 327	覂 66	碻 475	〔丨一〕	蒴 597	賒 679
[樹] 333	監 458	碳 475		蒲 598	(睽) 466
(槥) 335	緊 524	破 476	翡 543	蒞 598	瞇 465
[榪] 313	腎 558	砜 476	蜚 622	蒰 598	墅 135
(檻) 336	[觲] 704	碲 476	裴 642	薄 598	嗬 107
榥 328	[墾] 301	磁 476	[闅] 813	蓉 598	嘟 107
榻 328	焚 38	碼 476	蓁 595	蒙 598	嗷 107
榾 328	甄 437	磠 476	蒜 595	蓂 598	暢 295
榿 328	醉 726	[厲] 774	蒲 595	蒻 598	[嘆] 342
琘 649	(酨) 730	愿 226	著 595	蒜 598	嘞 107
樺 328	醂 726	(愿) 792	蓋 595	蒸 598	嘈 107
			蓐 596		[嗽] 107
			墓 135		嘐 108
			夢 142		槑 328

嗽	107	蝎	622	嘟	109	(鎪)	750	箋	503	剷	58
嘔	107	(蝇)	631	幘	193	(鎍)	750	箋	503	毓	38
嘌	107	蜎	622	[㦬]	193	(鏘)	754	箆	503	僮	39
(嗳)	297	蜘	622	嶂	186	(鎮)	750	算	503	僧	39
喊	107	蜺	622	嶄	186	(鍍)	750	算	503	催	39
嘎	107	蟬	622	[嶃]	186	(鎂)	750	箇	503	鼻	854
(鹍)	838	蜩	623	嶇	186	(鏤)	753	(筹)	510	[貌]	696
嚣	295	蜷	623	獃	422	(鎡)	750	筵	503	[島]	183
暠	295	蜷	623	幖	194	(鏑)	751	箪	503	魁	815
暝	295	(蟬)	630	遾	713	(鍵)	751	箚	503	僞	39
逼	713	蜿	623	(黑)	539	(鑕)	756	劄	57	辠	465
㸌	300	[蝄]	625	罱	538	(鎇)	751	箏	504	登	39
斲	283	蜢	623	罳	538	舞	568	篩	504		
遣	713	[嘩]	86	罰	538	犅	417	(箄)	508	〔丿丿〕	
鄙	722	(鹊)	839	嶁	186	製	642	箔	504	遞	714
頔	789	[嫒]	422	幔	194	槃	328	管	504	[徵]	212
(踌)	695	噇	108	幗	194	犒	417	箜	504	衙	741
踁	689	骰	809	幝	194	舔	568	(箫)	509	懲	226
踉	689	骯	809	圖	121	熬	437	(箓)	510	槃	328
蹋	689	圐	120	嶂	186	[稬]	515	毓	349	艋	570
踶	689	(鹒)	838	嶂	186	稭	489	〔丿丨〕		〔八丶〕	
踊	691	嘷	108	(嫥)	681	種	489	(與)	702	鈝	136
踊	689	嘍	108	圖	121	稱	489	[僭]	38	銅	739
蜻	621	啯	108	(嚳)	537	稨	489	債	38	銬	739
蜞	621	(嘤)	115	(赚)	681	(稳)	491	蜑	622	鈝	739
蜡	621	嘞	108	〔丿一〕		(鶩)	838	僳	38	鈝	740
(蝐)	633	鳴	831	赪	547	概	489	僚	38	鋱	740
蜥	621	嘩	108	(鎍)	748	熏	406	僭	38	鋪	740
蝀	622	[嗌]	121	鎮	752	箐	502	膀	414	鍼	740
蜮	622	嗳	108	(鍇)	749	(簀)	506	僕	38	鋌	740
蜩	622	嘅	109	(鍶)	749	(篋)	504	僑	38	鈝	740
[婕]	623	嘛	109	(鍔)	749	箱	502	僬	38	銅	740
蜗	621	喽	109	(鍤)	749	箍	503	儌	38	錦	740
蝍	622	嘀	109	(鍬)	749	箸	502	[僞]	34	銦	740
蝶	622	嘩	109	(鍛)	750	(簹)	510	像	38	銖	740
(蝈)	628	嘬	109			箕	503				

瞳	296	踴	691	嘯	114	(贊)	669	〔ノ丨〕		〔ノ、〕	
瞘	466	踩	691	噼	114		682			錆	745
曉	296	螓	626	麗	539	頸	791	舉	567	錸	745
瞠	466	螞	626	雁	539	憩	229	盥	458	鍺	745
瞜	466	(螨)	628	爵	539	穇	490	興	567	錤	745
曇	296	[蝸]	626	懆	194	頳	791	學	165	錯	745
曄	296	螈	626	嶧	187	積	490	嚳	187	錛	746
嘽	112	螳	626	嶼	187	(穑)	491	墾	138	錡	746
鴨	832	螁	626	辥	704	穆	490	儔	40	錞	746
噤	112	螅	626	嶮	187	[積]	791	德	229	錢	746
[嘖]	114	螂	626	嶰	187	[穗]	514	儒	40	錁	746
暹	296	螗	626	圜	121	穗	491	儜	40	錕	746
曌	297	螃	627	(鸚)	843	移	491	儗	41	錭	746
暾	297	螄	627	(贈)	682	動	62	儐	41	錫	746
瞳	297	螟	627	臻	566	籌	505	儨	41	鋼	746
頹	112	嚎	112	默	849	篤	505	劓	58	鋼	747
嚻	297	嘮	444	黔	849	箱	506	範	566	鋌	747
鴞	833	噹	112	默	849	築	506	軓	854	錐	747
遺	715	骱	809			篥	506	翱	543	錦	747
噫	112	骼	809	〔ノ一〕		簁	506	鴕	833	鍬	747
蹉	691	骸	809	(糧)	547	(籃)	509	[皡]	455	錚	747
蹕	691	戰	235	(鐒)	755	簒	506	(魈)	815	鍃	747
踩	691	[駡]	538	(鏢)	753	簑	506	罍	187	錞	747
踸	691	器	112	(鎝)	753	篔	506			錇	747
踤	691	嚷	113	(鏝)	753	[篋]	511	〔ノノ〕		鋘	747
噶	112	[嶩]	183	(鍿)	754	篩	506	衡	636	錟	747
踹	691	噪	113	(鏞)	754	篦	506	德	211	錠	748
嘴	112	噬	113	(鏃)	754	簏	506	禦	484	[鋺]	474
踵	691	噭	113	(鏡)	754	篛	506	徵	212	鍆	748
踽	691	噢	113	(鏑)	754	篤	506	衝	636	鋸	748
踰	691	噲	113	耩	547	[簑]	597	衛	636	錳	748
踱	691	鷥	833	耨	547	(篤)	511	艒	570	錄	748
蹄	691	嚌	113	耪	547	[篲]	191	艙	570	銅	748
(踴)	695	噯	113	(氆)	351	篛	506	繁	529	錙	748
踽	691	歔	113	氈	351	篠	506	艦	570	[錧]	799
踺	691	噻	113	(氌)	351						

〔一、〕

[靂]	779
[露]	770
霹	779
霜	779
霙	779
霞	779

〔丨一〕

蕺	604
蓮	604
薔	604
薑	604
薤	604
蕾	604
邁	715
[蕃]	627
蕗	605
薯	604
蕘	605
擊	268
檠	335
薐	605
薙	605
薛	605
蕈	605
薇	605
蒼	605
薟	605
齔	856
蕤	605
(齬)	857
(齪)	857
薊	605
薜	605

薦	606
薪	606
蕙	606
薙	606
薄	606
蕭	606
薛	606
薅	606
蕷	607
齒	672
塈	139
遽	715
戲	235
虧	614

〔丨丨〕

斁	851

〔丨、〕

瞥	467

〔丨一〕

嬰	162
穎	791
瞰	466
瞱	466
瞭	466
瞧	467
購	681
賻	681
賺	681
瞬	467
瞳	467
瞵	467
瞷	467
瞷	467

(矚)	468
瞪	467
曙	297
嚇	114
嚏	114
[壘]	444
曖	297
嚅	114
翾	162
(蹑)	696
(蹃)	692
蹋	692
嘆	114
[齔]	691
[蹹]	692
蹈	692
蹊	692
蹌	692
蹓	692
嚆	114
蹐	692
蹉	692
蹠	692
蟎	628
蟎	628
(蟏)	633
螬	628
螻	628
蟅	628
疃	444
蚌	627
蟆	627
螳	628
螻	628
螺	628
螄	628

蟓	628
蟋	629
[蟶]	621
螭	629
蟑	629
蟀	629
螽	629
嗜	114
髁	810
骸	810
氄	351
雖	775
嚎	114
(啊)	117
嚓	114
嚀	114
犦	195
覬	649
懷	195
斂	280
歜	342
還	715
(羁)	539
屬	539
晉	539
罿	539
嶺	187
嶒	187
嶽	187
嶸	187
(贍)	682
點	849
黜	850
黝	850

〔丿一〕

(鍤)	755
(鐐)	755
(鍙)	755
(鐒)	758
(鍛)	755
(鍘)	759
(鍇)	756
(錯)	756
(鐔)	759
(錨)	754
(鐙)	756
甋	437
鏤	547
鏷	536
[鍤]	537
矯	469
繒	469
鴰	834
黏	848
穗	491
種	491
[鏊]	749
[磷]	488
盍	459
簹	506
簀	506
鞠	507
籔	507
[篡]	506
篳	507
簍	507
篋	507
蔯	507
蓬	507
蓺	507

篠	507
篼	507
篷	507
麓	507
簇	507
箭	507
(簖)	510
簿	507
箯	507
蔻	507
籃	508
篸	508
繁	531

〔丿丨〕

歟	342
輿	702
[舉]	567
儵	834
優	41
貓	853
黛	850
儵	819
償	41
儡	41
篤	834
儲	41
(鹪)	841
皤	455
軒	854
[嶨]	455
魈	815

〔丿丿〕

屬	283
鴒	834
徽	212

聳 549
盨 459
艚 570
鵃 834
[蹩] 692

〔丿、〕

鍥 748
鎮 752
鍊 749
鍼 749
鍇 749
鍩 748
錨 748
鍘 749
鍚 749
[鍜] 750
鍶 749
鍋 749
鍔 749
錘 749
鍤 749
鍬 749
鍾 750
鍛 750
鍑 750
鍠 750
鍒 750
鍮 750
鍰 750
鍄 750
鍍 750
鎂 750
鎡 750
鎯 751
鍵 751
鍸 751
斂 280
龠 858
[歛] 280
鴿 834
(鵒) 841
谿 670
爵 412
懇 230
貔 674
[豀] 670
餬 799
餷 799
餳 799
餲 799
餵 799
餿 799
餱 800

〔丿乛〕

臌 563
臈 563
膿 563
臊 563
臉 563
膾 563
膽 563
膻 564
臁 564
臆 564
臃 564
賸 681
謄 665
甑 437
毚 349
(鰆) 823
(鰈) 823
(鱠) 829
(鰓) 824
(鰐) 830
(鰍) 824
(鰒) 824
(鰉) 824
(鯿) 824
鮭 819
鮚 819
鮪 819
鮦 819
鮠 819
鮫 819
鮮 819
鮟 819
[齗] 283
獮 424
獲 423
獴 424
颶 794
獯 424
獰 424
邂 716
[蠆] 621
繇 532
螽 629

〔、一〕

燮 410
講 664
[謓] 104
謌 665
謊 665
謖 665
[謚] 665
謠 665
謅 665
謗 665
謎 665
謚 665
謙 665
謐 666
褻 644
襄 644
(鷙) 841
氈 351
邅 716
糜 514
縻 532
蟨 629
應 231
癍 451
癀 451
療 451
癉 451
癌 451
[癄] 229
[瘩] 450
癆 452
癇 452
[癎] 452
癈 452
癃 452
(癒) 453
顁 791
鴗 834
麋 845
(辮) 534
齋 855
(嬴) 682

〔、丿〕

鮝 822
[鯗] 822
糟 514
糧 515
糞 514
糙 514
糠 514
糡 515
糍 515
糝 515
戲 802
甑 437
燦 409
燥 409
燭 409
燬 410
燠 410
燴 410
[㷉] 411
燧 410
營 410

〔、、〕

(懣) 231
鴻 834
濤 392
[壍] 135
濫 393
濔 393
濡 393
濛 392
濬 393
濕 393
盪 459
瀊 434
[瀞] 389
濮 393
濞 393
濠 393
濟 393
濱 393
濘 393
濜 393
[濶] 765
澀 394
濯 394
濰 394
懤 231
懕 231
懦 231
[㦤] 297
賽 681
蹇 692
謇 665
豁 670
窾 495
窿 495
鴳 835

〔、乛〕

襆 645
襀 645
襌 645
[襍] 776
襜 645
襇 645
[襁] 645
襏 645
禮 484

曚	297	罶	115	簿	508	鴒	752	(鰓)	825	瘋	452
矔	297	(罶)	116	簡	508	[鎚]	749	(鰥)	825	[癒]	450
瞦	297	鵑	835	簧	508	鋒	752	鯁	820	癧	452
(顥)	793	嚌	115	簽	508	鎗	752	鯉	820	癩	452
矅	297	嚕	115			鎦	752	鮸	820	癬	452
嚙	115	顑	792	〔丿丨〕		鎬	752	鯀	820	雜	776
壘	139	舊	775			鎊	752	鯑	820	廓	722
[颿]	689	懟	195	貔	854	鎰	752	鯇	820	[廬]	846
蹏	692	點	850	貂	854	[鐮]	757	鯤	820	禰	286
蹧	692	黜	850	貔	853	鎞	753	鰤	821	甕	437
蹚	693	(髏)	810	貗	853	鎵	753	鮶	821		
蹕	693			豼	853	[鎔]	406	鮶	821	〔丶丿〕	
蹛	693	〔丿一〕		貔	853	鎘	753	騺	836		
蹤	693			雙	776	鏘	753	颼	794	彝	541
(鷔)	841	(鎮)	757	(雛)	669	[鎖]	751	颸	794	羴	820
蹠	693	(鐳)	757	[翱]	543	翻	544	颺	794	[糧]	515
蹢	693	(鐲)	757	矊	455	鵒	836	獷	424	(糧)	116
蹝	693	(鐮)	757	軀	697	獒	674	觴	652	燻	410
蹣	693	(鐽)	757	[軄]	836	邀	716	獵	424	鎣	752
蟯	629	鐔	536	魍	815	雞	776	臊	776	燊	337
蟪	629	鐏	536	魋	815	貙	674	雛	776	爐	410
蟛	629	鵠	835	魍	816	餺	800			燿	410
蟥	630	鵝	836	魑	816	餷	800	〔丶一〕		鵜	836
蟢	630	[鶯]	836	歸	344	餬	800				
蟬	630	穪	491			餿	800	謹	666	〔丶丶〕	
蟲	630	馥	802	〔丿丿〕		餹	800	謳	666		
蟠	630	穤	491			餾	800	謨	666	懣	231
蟣	630	穛	491	艟	570	[餻]	514	[譸]	86	瀆	394
蟮	630	穟	491			[饈]	514	謾	666	濈	394
蟛	630	魏	816	〔丿、〕				謫	666	濸	394
[嚏]	114	[簪]	508			〔丿一〕		[譖]	668	濾	394
[顋]	560	黌	508	鏄	751			謬	666	鱀	820
蟻	630	簹	508	鎘	751	臐	564	廓	723	瀑	394
軃	810	簞	508	鏵	751	朦	302	(鷹)	842	濺	394
辪	810	簪	508	鎝	751	臍	564	顏	792	濼	395
顎	792	簣	508	鎖	751	(臏)	826	癠	450	瀔	394
		簨	508	鎧	751	龜	858	(癲)	452	瀏	394
				[鎨]	757	(鰭)	825	癘	452	鎏	753
				鎳	752			癖	452		

蟵	631	簷	509	鏞	754	鯢	822	盧	201	瀨	395

一 部

0
一 （弌） [yī ㄧ 粵 jet⁷ 壹]
❶數詞。最小的正整數。大寫為"壹"。表示人或事物最少的數量 ◆ 一個｜一文｜一字師｜千鈞一髮｜一寸光陰一寸金｜宋葉紹翁《遊園不值》詩："春色滿園關不住，一枝紅杏出牆來。"❷序數詞。第一 ◆ 一等｜一級產品｜一鼓作氣，再而衰，三而竭。❸表示動作一次，含有短暫或嘗試的意味 ◆ 走一走｜吃一吃｜一笑了之。❹某，指不定的人或事物 ◆ 一朝一夕｜毀於一旦｜總有一天會取得成功。❺同一；同樣 ◆ 劃一｜一律｜一視同仁｜心口如一｜這個結果到底是好是壞，各人說法不一。❻全；滿 ◆ 一抔｜一世｜一身蟻｜一身是膽｜一如所言｜一頭霧水。❼專一不二 ◆ 一心｜一意孤行｜用情專一。❽另一 ◆ 玉米，一名玉蜀黍。❾用在動詞或動量詞前，表示先做某個動作或某種行為，動作或行為的結果表述於後 ◆ 一睡睡了二十個小時｜一過秦嶺，氣候顯然就不同了。❿乃；竟然 ◆ 一至於此。⓫副詞。總括 ◆ 一總｜應分析一下原因，不能一概而論。⓬中國民族音樂傳統記譜符號之一，音值相當於簡譜中的"7"。

【注意】 "一"在普通話中有三個聲調：①單用或在詞句末尾，唸陰平(第一聲) ◆ 統一｜單一｜不管三七二十一。②在去聲(第四聲)字前，唸陽平(第二聲) ◆ 一定｜一度｜一貫｜一日千里。③在陰平字、陽平字、上聲(第三聲)字前，唸去聲(第四聲) ◆ 一般｜一年｜一覽無餘。

1
丁 〈一〉[dīng ㄉㄧㄥ 粵 diŋ¹ 叮]
❶成年男子 ◆ 壯丁｜丁伕。❷人口 ◆ 丁口｜人丁興旺。❸從事某些專業性勞動的人 ◆ 園丁｜家丁｜庖丁解牛。❹肉類、蔬菜等副食品切成的小方塊 ◆ 筍丁｜雞丁｜這是他最愛吃的菜，醬爆肉丁。❺遭遇；遭到 ◆ 丁憂(舊指遭父母喪)。❻天干的第四位，常指第四或四 ◆ 丁夜(四更天)｜丁是丁，卯是卯。❼象聲詞 ◆ 丁噹｜雨大的時候可以聽到丁咚丁咚的漏水聲。❽姓。❾"釘"的古字，見733頁左欄。
〈二〉[dìng ㄉㄧㄥˋ 粵 同〈一〉]
❶把釘子捶打進別的物體之中。❷縫綴。

〈三〉[zhēng ㄓㄥ [粵] dzɐŋ[1] 僧]
象聲詞。形容伐木、彈琴和下棋落子等聲音 ◆ 伐木丁丁｜風吹簷間鐵馬丁丁作響。

1 **七** [qī ㄑㄧ [粵] tsɐt[7] 漆]
❶數詞。一加六所得。大寫為"柒" ◆ 七律｜七竅｜七國之亂｜人生七十古來稀。❷文體的一種。亦稱"七體"，為賦的另一形式。❸序數詞。第七 ◆ 七月｜七姑娘。❹舊俗人死後每隔七天祭祀一次，俗稱為"七" ◆ 頭七｜七七｜斷七。❺七十二。古以為天地陰陽五行之成數。亦表示數量多 ◆ 七十二行｜七十二變化。

2 **三**（[異]弎）[sān ㄙㄢ [粵] sam[1] 衫]
❶數詞。一加二所得。大寫為"叁" ◆ 三斤｜三通｜三顧茅廬｜三人行，必有我師。❷序數詞。第三 ◆ 老三｜三次會議。❸表示屢次或多數 ◆ 三令五申｜三番五次｜三思而後行｜三折肱為良醫。

2 **上** 〈一〉[shàng ㄕㄤˋ [粵] sœŋ[6] 尚/sœŋ[5] 尚[5]]
❶位置在高處的；與"下"相對 ◆ 上面｜上衣｜上游｜上不着天，下不着地｜上有天堂，下有蘇杭。❷品級、等次、身分、地位、輩份高 ◆ 上品｜上策｜上等｜上將｜上賓｜上輩｜上行下效｜上樑不正下樑歪。❸時間或次序在前的 ◆ 上午｜上冊｜上星期｜上一學年。❹往上面 ◆ 上告｜上繳｜股價上升。❺送上；進獻 ◆ 上菜｜上表。❻從低處到高處 ◆ 上台｜上刀山，下火海。｜上天無路，入地無門｜唐王之渙《登鸛雀樓》詩："欲窮千里目，更上一層樓。"❼去；到 ◆ 上街｜上任｜上墳｜上超級市場。❽前進；進行 ◆ 向上｜蒸蒸日上｜這項工程上了三個月。❾指按照常規開始或繼續學習、工作 ◆ 上班｜上大學｜李教授正在給學生上外語課。❿登台；出場 ◆ 上場｜九號隊員上。⓫增補；加上 ◆ 上油｜上色｜上藥｜演員已經上了妝。⓬陷入；遭受 ◆ 上當受騙｜你上了他的當了，他們串通好來騙錢的。⓭登載；記錄；顯現 ◆ 上網｜上載｜上賬｜上電視｜稿子當天就上了晚報。⓮安裝 ◆ 上樑｜上刺刀｜上螺絲。⓯旋緊 ◆ 上弦｜上發條。⓰達到；夠上 ◆ 上千｜成千上萬｜上年紀的人｜這條路走了上百回。⓱上下。(1)表示約數 ◆ 來人30歲上下。(2)匹敵；差不多 ◆ 兩隊實力不差上下。(3)指古今 ◆ 上下二千年。(4)指地位、輩份的高低 ◆ 上下一心，其利斷金。⓲指君主，皇帝 ◆ 今上（當朝皇帝）｜上諭。⓳中國民族音樂傳統記譜符號之一，音值相當於簡譜中的"1"。⓴用在動詞後面，表示動作的趨向或結果等 ◆ 登上｜愛上｜考上大學｜種上蘭花｜回答不上

來。

〈二〉[shǎng ㄕㄤˇ [粵] sœŋ5 尚5]
漢語四聲之一 ◆ 上聲（即第三聲）|平上去入。

〈三〉[shang ·ㄕㄤ [粵] sœŋ6 尚]
用在名詞後面。❶表示在物體的表面 ◆ 桌上|封面上|鼻尖上|石碑上刻着四個大字："三潭印月"。❷表示一定的處所或範圍 ◆ 台上|教科書上|音樂會上|唐張九齡《望月懷遠》詩："海上生明月，天涯共此時。"❸表示事物的某一方面 ◆ 事實上|學術上|行動上|思想上要保持高度警覺，防止因自己的疏忽而影響到全組的工作進度。

2下 〈一〉[xià ㄒㄧㄚˋ [粵] ha6 夏/ha5 夏5]
❶位置在低處的；與"上"相對 ◆ 下面|下游|往下流|上有天堂，下有蘇杭|他光着腳沿林間小路一直向下奔去。❷品級、等次低 ◆ 下品|下策|下九流|上通下達|下級軍官|上下一條心。❸次序或時間在後的 ◆ 下午|下週|下一回|下半年度|下不為例。❹表示一定的範圍、情況和處所 ◆ 名下|麾下|天底下|教育下|寄人籬下|唐賈島《題李凝幽居》詩："鳥宿池邊樹，僧敲月下門。"❺指某個時間或時節 ◆ 時下|年下|眼下|這下什麼都完了。❻用在數詞後表示方位或方面 ◆ 四下無人|兩下都不情願。❼從高處到低處；降落 ◆ 下山|下半旗|江河日下|下起了濛濛細雨。❽少於；低於 ◆ 不下數百人。❾卸下；撤去 ◆ 下妝|下台|下門板開始營業。❿退場 ◆ 三號下，五號上。⓫頒發；遞送 ◆ 下達|下令|下帖子|下通知。⓬完成；結束 ◆ 下課|下班。⓭放入；投入 ◆ 下種|下載|下餃子|下工夫|下本錢|落井下石。⓮去；到。多指從北方到南方、從上層到下層、從城市到農村 ◆ 南下|下鄉|下車伊始|唐李白《黃鶴樓送孟浩然之廣陵》詩："故人西辭黃鶴樓，煙花三月下揚州。"⓯作出 ◆ 下令|下結論|下決心|下定義。⓰養；生 ◆ 下崽|下蛋|新下的小馬駒活潑可愛。⓱用菜肴佐食 ◆ 下酒|下飯|來客人了，快去做幾樣下酒菜。⓲量詞。表示動作的次數 ◆ 敲一下|晃幾下|掛鐘響了四下。⓳量詞。表示時間短暫 ◆ 一下子就不見了人影。⓴下兒，用在"兩"或"幾"後面，表示本領、技能。也說"下子" ◆ 兩下兒功夫|他真有兩下。㉑退讓 ◆ 相持不下|兩人爭執不下。

〈二〉[xia ·ㄒㄧㄚ [粵] ha6 夏]
用在動詞後。❶表示動作從高處到低處 ◆ 躺下|坐下|跳下|扔下|要腳踏實地做好工作，別指望天上掉下餡餅來。❷表示動作的完成和結果 ◆ 留下地址|打下了基礎。

² 丌 [jī ㄐㄧ ⑧gei¹ 基]
❶器物的座墊。❷姓。

² 丈 [zhàng ㄓㄤˋ ⑧dzœŋ⁶ 象]
❶長度單位。十尺是一丈 ◆
一落千丈 | 道高一尺，魔高一丈 |
丈二和尚摸不着頭腦 | 唐 李白《秋
浦歌》詩："白髮三千丈，緣愁似
個長。"❷測量長度、面積 ◆ 清丈
| 丈量耕地。❸古時對老年男子的
尊稱 ◆ 岳丈 | 老丈人。❹丈夫。
(1) 男子。指成年男子 ◆ 大丈夫事
業為重。(2) 妻稱夫為丈夫 ◆ 她的
丈夫是經濟學專家。(3) 指有作
為，有英雄氣概的人 ◆ 大丈夫 | 女
丈夫。❺用於對某些親戚的尊稱，
不單獨使用 ◆ 姑丈 | 姨丈 | 妹丈 | 姐
丈。

² 万 〈一〉[mò ㄇㄛˋ ⑧mek⁹ 墨]
万俟 (mòqí)，複姓。
〈二〉"萬"的簡化字。

³ 丐 (⑧句勾) [gài ㄍㄞˋ ⑧
kɔi⁶ 概]
❶乞求 ◆ 丐取。❷乞丐；要飯的
人 ◆ 丐民 | 丐幫 | 丐首。❸給予；
施予 ◆ 丐施貧民。

³ 丏 [miǎn ㄇㄧㄢˇ ⑧min⁵ 免]
遮蔽；看不見。

³ 不 〈一〉[bù ㄅㄨˋ ⑧bɐt⁷ 畢]
❶否定詞 ◆ 不錯 | 不走 | 不
可 | 不及格 | 不毛之地 | 不同凡響 |
不入虎穴，焉得虎子 | 留得青山
在，不怕沒柴燒。❷單用，做否定
性的回答 ◆ "您是北京人吧？"
"不，我是河北保定人。"❸用在
句末表示疑問 ◆ 你吃牛肉不 | 最近
他有信給你不？❹用在動補結構
中，表示不可能達到某種結果 ◆ 吃
不下 | 走不動 | 聽不進 | 來不成 | 這
欺騙不了我們。❺跟"便"、"就"搭
配使用，表示選擇 ◆ 不是你去，
便是他去。❻副詞。方言。不用；
不要 ◆ 不送 | 不謝。
〈二〉[fǒu ㄈㄡˇ ⑧feu² 否²]
同"否"，只用於古漢語。
【注意】"不"在普通話去聲 (第四聲)
字前唸陽平 (第二聲) ◆ 不過 | 不夠
| 不譁 | 不濟 | 不對。

³ 丑 [chǒu ㄔㄡˇ ⑧tseu² 醜]
❶地支的第二位 ◆ 子丑寅
卯。❷十二時辰之一，相當於凌晨
一時至三時 ◆ 丁丑 | 辛丑 | 癸丑。
❸傳統戲曲中的滑稽角色，有文
丑、武丑之分。因鼻梁上抹一塊白
粉，俗稱"小花臉" ◆ 丑角 | 小丑 |
他是一名方巾丑。❹姓。❺"醜"的
簡化字。

⁴ **世** (⒀ 丗) ［shì ㄕˋ ⑧ sei³ 細］
❶人的一輩子 ◆ 今世｜來世｜人生一世，草木一秋。❷指一代，父子相承而形成的輩份 ◆ 世代｜世系｜十二世孫。❸一輩一輩相傳的 ◆ 世交｜世仇｜世醫。❹指有世交的關係 ◆ 世兄｜世叔｜世伯。❺時代 ◆ 近世｜盛世｜曠世｜世風日下｜他的手藝舉世無雙。❻人間；社會 ◆ 世事｜世人｜世俗｜世外桃源｜世上無難事，只怕有心人｜世情看冷暖，人面逐高低。❼生；生長 ◆ 他哪年出世｜一佛出世，二佛升天。❽自然界及人類社會一切事物的總和 ◆ 世貿｜世乒賽｜大千世界｜周遊世界。❾指改朝換代建立的王朝 ◆ 隋世｜殷之末世。❿姓。

⁴ **且** 〈一〉［qiě ㄑㄧㄝˇ ⑧ tsɛ² 扯］
❶副詞。(1) 姑且；暫且 ◆ 且慢｜得饒人處且饒人｜您且留一會兒，照片馬上沖洗好了。(2) 尚且 ◆ 北京且不願去，何況新疆？｜螻蟻尚且偷生，做人更應該愛惜生命。(3) 將近；將要 ◆ 連年災荒，人死且半。❷連詞。(1) 並且；而且 ◆ 富且貴｜安且寧｜文章短且有文彩。(2) 連用以指兩個動作同時進行 ◆ 且歌且舞｜時候不早了我們且談且走吧。❸姓。
〈二〉［jū ㄐㄩ ⑧ dzœy¹ 追］
❶助詞。古漢語中用在句末，相當於“啊”。❷用於人名。

⁴ **丙** ［bǐng ㄅㄧㄥˇ ⑧ biŋ² 炳］
❶天干的第三位 ◆ 甲乙丙丁。❷排列次序時，常用以表示第三 ◆ 丙班｜丙級｜這學期他的語文課成績丙等。❸火的代稱 ◆ 丙丁｜付丙。❹姓。

⁴ **丘** (⒀ 坵) ［qiū ㄑㄧㄡ ⑧ jeu¹ 休］
❶自然形成的小土山 ◆ 丘陵｜沙丘｜一丘之貉｜荒丘變良田。❷墳墓 ◆ 丘墳｜丘樹｜香丘｜墳丘子。❸浮厝，用磚石封閉有屍體的棺材 ◆ 把棺材丘起來。❹量詞。指田埂隔開的水田，一塊稱一丘 ◆ 一丘水稻田。❺姓。

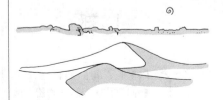

⁴ **丕** ［pī ㄆㄧ ⑧ pei¹ 披］
大 ◆ 丕業｜丕變｜丕顯。

⁵ **丟** ［diū ㄉㄧㄡ ⑧ diu¹ 刁］
❶拋棄；扔下 ◆ 丟棄｜請勿隨地丟果皮｜崑曲固有的藝術特點不能丟。❷失落 ◆ 丟失｜丟臉｜丟人｜丟面子｜丟三落四｜錢包丟了。❸擱置；放 ◆ 外語丟久了，最近才重新拿起來｜剛丟下飯碗，就趴

在桌上寫東西。

5 **丞** [chéng ㄔㄥˊ [粵] siŋ^4 成] 輔佐。古代用於官名◆丞相|縣丞|府丞|大理寺丞|御史中丞。

7 **並** [bìng ㄅㄧㄥˋ [粵] biŋ^6 兵^6] ❶平列；平排在一起◆並排|並蒂蓮|並駕齊驅|並肩作戰。❷副詞。⑴一起；一同◆並存|並進|並舉|並行不悖|文理並重。⑵用在否定詞前，起強調作用，含有反駁的意味◆並未忘記|並不想去|事實並非如此。❸連詞。並且◆母親同意並支持兒子的想法|這本詞典不僅早就出版，並已銷售一空。

丨部

2 **丫** [yā ㄧㄚ [粵] a^1 鴉] ❶同"枒"、"椏"。物體上端分叉的部分◆樹丫|腳丫|丫杈。❷女孩的俗稱◆丫頭|丫鬟|王家那小丫口齒伶俐。

3 **中** 〈一〉[zhong ㄓㄨㄥ [粵] dzuŋ^1 鍾] ❶中間；位置處在正當中◆中央|中樞|中原|中縫|震中。❷裏面，指一定的範圍內◆水中|心中|個中|錐處囊中|如墮五里霧中。❸位置處在兩端之間◆中午|中途|中年|月中。❹等級在兩端之間的◆中學|中號|中將。❺不偏不倚◆中庸|中立。❻媒介；居間人◆中人|中介|做中。❼適合於◆中看|中聽|中用。❽用在動詞後表示動作的過程◆討論中|會談中|施工中|行駛中。❾行；成；好◆這麼辦中不中？❿指中國◆中文|中餐|中西合璧。⓫古同"仲"，見18頁右欄。⓬姓。

〈二〉[zhòng ㄓㄨㄥˋ [粵] dzuŋ^3 眾] ❶擊中◆命中|中彈|百發百中|一語中的。❷相符；對上◆猜中|中獎|中肯。❸考取；錄取◆中標|考中|中狀元。❹遭受；受到◆中傷|中毒|中陰謀|沒有中壞人的詭計。

3 **丰** [fēng ㄈㄥ [粵] fuŋ^1 風] ❶容貌、體態美好◆丰采|丰神|丰儀|丰容|丰韻|丰姿綽約。❷"豐"的簡化字。

4 **丱** [guàn ㄍㄨㄢˋ [粵] gwan^3 慣] 舊時兒童將頭髮束成兩角的樣子。

6 **串** [chuàn ㄔㄨㄢˋ [粵] tsyn^3 寸] ❶連貫◆貫串|串字|用一個哲學思想串起來。❷勾結；串通◆串騙|串供|兩個人串在一起，幹盡壞事。❸從這兒走到那兒◆串門|串訪|串親戚。❹錯誤地連接◆電話串線|冰箱裏的食品串了

味。❺扮演腳色 ◆ 客串|串演|反串小生|戲中串戲，引人入勝。❻量詞。用於連貫在一起的事物 ◆ 一串項鏈|一串珍珠|一串冰糖葫蘆。

丶 部

丸 [wán ㄨㄢˊ 圖jyn⁴ 元/jyn² 苑(語)]
❶小圓球形的東西 ◆ 泥丸|藥丸|肉丸子|定心丸|彈丸之地。❷指中藥的丸藥 ◆ 丸散膏丹|人參再造丸。❸量詞。用於圓球形的物體 ◆ 三丸藥|一日兩丸。

丹 [dān ㄉㄢ 圖dan¹ 單]
❶丹砂；硃砂。❷精煉的中成藥，呈顆粒狀或粉末狀 ◆ 還魂丹|靈丹妙藥|丸散膏丹。❸紅色 ◆ 丹楓|丹墀|丹頂鶴|宋文天祥《過零丁洋》詩：“人生自古誰無死，留取丹心照汗青。”❹姓。

主 [zhǔ ㄓㄨˇ 圖dzy² 煮]
❶主人。(1)與“客”相對 ◆ 賓主|東道主|喧賓奪主|反客為主。(2)與“僕”相對 ◆ 主僕|奴隸主。(3)指財產或權力所有者 ◆ 地主|業主|一家之主|物歸原主。❷指當事人 ◆ 事主|失主|施主|冤有頭，債有主。❸最根本，最重要的 ◆ 主要|主筆|主流|主創|先入為

主|主攻生物遺傳工程。❹主管；主持 ◆ 主編|主婚|家裏沒人主事。❺主張 ◆ 主戰|主和。❻對事物確定的見解 ◆ 主見|主義|六神無主。❼預兆。多指吉凶禍福、自然變化 ◆ 主凶|主得財|朝霞主雨，晚霞主晴。❽基督教、伊斯蘭教等的教徒對所信奉的神的敬稱。❾配偶；對象。專指男方 ◆ 名花有主|這姑娘已經有了主。❿古代指君主或國君 ◆ 主上。⓫指公主。⓬指死者的牌位 ◆ 神主|木主。

乓 [pāng ㄆㄤ 圖bɐm¹ 泵/poŋ¹ 旁¹]
❶象聲詞 ◆ “乓”的一聲響。❷乒乓。(1)象聲詞。(2)乒乓。見“乒❷”，8頁右欄。

丿 部

乂 [yì ㄧˋ 圖ŋai⁶ 艾]
❶治理；安定 ◆ 乂寧|朝野乂安。❷古時稱才德出眾的人 ◆ 俊乂滿朝。

乃 [nǎi ㄋㄞˇ 圖nai⁵ 奶]
❶是；就是 ◆ 失敗乃成功之母。❷你；你的 ◆ 乃兄|有乃父風範|宋陸游《示兒》詩：“王師北定中原日，家祭毋忘告乃翁。”❸副詞。於是；就◆《三國志》：“乃

三顧亮於草廬之中。"❹副詞。才;這才 ◆ 唐柳宗元《黔之驢》:"斷其喉,盡其肉,乃去。"❺副詞。竟;居然 ◆ 晉陶潛《桃花源記》:"問今是何世,乃不知有漢,無論魏晉。"

² **久** [jiǔ ㄐㄧㄡˇ ⑧ geu² 狗]
❶時間長 ◆ 久仰|久別|久遠|久而久之|久旱逢甘霖,他鄉遇故知|如入鮑魚之肆,久而不聞其臭。❷時間的長短 ◆ 你病了多久|公司開辦已有兩年之久。

³ **之** [zhī ㄓ ⑧ dzi¹ 支]
❶到;往 ◆ 唐李白有詩《黃鶴樓送孟浩然之廣陵》。❷代詞。指代人或事物。限於做賓語 ◆ 戰而勝之|取而代之|等閒視之|觀眾無不為之感動。❸代詞。這;那 ◆《詩經》:"之子于歸。"❹虛用,無所指 ◆ 久而久之|足之蹈之,手之舞之。❺結構助詞。(1)相當於"的",用在定語和中心詞之間,使其成為偏正詞組,表示領屬關係或修飾關係 ◆ 赤子之心|無價之寶|大旱之年。(2)用在主謂結構之間,使其變為偏正結構 ◆ 影響之深|中國之大。

⁴ **乍** [zhà ㄓㄚˋ ⑧ dza⁶ 炸]
❶忽然;突然 ◆ 乍然|乍冷乍熱|風乍起,吹皺一池春水。❷剛剛;初 ◆ 新來乍到|乍一相逢,

真有些認不出來了。❸姓。

⁴ **乏** [fá ㄈㄚˊ ⑧ fet⁹ 伐]
❶缺少;不夠 ◆ 乏味|缺乏|匱乏|貧乏|不乏其人。❷疲倦;無力 ◆ 乏力|困乏|疲乏|解乏|人困馬乏。

⁴ **乎** [hū ㄏㄨ ⑧ fu⁴ 扶]
❶介詞。用於動詞後,跟"於"作用相同 ◆ 在乎|出乎尋常|合乎規律。❷助詞。(1)用於句末,表示疑問,作用跟"嗎"相同 ◆ 汝識字乎|子見夫子乎?(2)用於句末,表示揣度,作用跟"吧"、"呢"相同 ◆ 意者其天乎|其然乎。(3)用於副詞、形容詞或名詞之後,表示讚美或感歎,作用跟"啊"相同 ◆ 天乎|惜乎|確乎重要。

⁵ **乒** [pīng ㄆㄧㄥ ⑧ biŋ¹ 兵/piŋ¹ 娉]
❶象聲詞 ◆ "乒"的一聲|"乒乒乓乓"地一陣亂響。❷指乒乓球 ◆ 乒壇|世乒賽。

⁷ **乖** [guāi ㄍㄨㄞ ⑧ gwai¹ 怪¹]
❶指小孩不淘氣,聽話 ◆ 乖孩子|這孩子真乖。❷伶俐;機警 ◆ 乖覺|乖巧|嘴乖|賣乖|乖角兒|吃一次虧,買一回乖。❸背離;不合情理 ◆ 乖舛|乖謬|有乖人情。❹不正常,多指性情、行為 ◆ 乖戾|乖張|一個乖僻的老人。

9 **乘**([異]乘) 〈一〉[chéng ㄔㄥˊ [粵] siŋ4 成]
❶乘坐，用牲畜或交通工具代替步行 ◆ 乘馬|乘車|乘船|乘飛機。❷利用；憑藉 ◆ 乘機|乘興|乘風破浪|乘人之危。❸ 數學運算方法。指一個數使另一個數變若干倍 ◆ 乘數|乘號|二乘四得八。❹佛教的教義與教派 ◆ 小乘|大乘。
〈二〉[shèng ㄕㄥˋ [粵] siŋ6 盛]
❶量詞。古代一車四馬稱為"乘" ◆ 萬乘大國|兵車兩百乘。❷春秋時晉國的歷史著作名《乘》，後世泛稱一般史書 ◆ 史乘。

乙（乛乁𠃌乚）部

0 **乙** [yǐ ㄧˇ [粵] jyt9 月/jyt8 月8]
❶天干的第二位 ◆ 甲乙丙丁。❷順序中的第二 ◆ 乙等品。❸ 中國民族音樂傳統記譜符號之一，音值相當於簡譜中的"7"。❹舊時讀寫中，因暫時停頓、需要顛倒或補正遺漏所畫的標記，稱為"乙"或"鈎乙"。

1 **九** [jiǔ ㄐㄧㄡˇ [粵] gɐu2 狗]
❶數詞。一加八所得，大寫為"玖" ◆ 九宮格|九九表|九九重陽。❷序數詞。第九 ◆ 九代|九品。❸由冬至起的八十一天，每九天為一個單位，稱為"九"。按次序從"一九"、"二九"直到"九九" ◆ 三九天|數九寒天。❸泛指多數 ◆ 九泉之下|九牛一毛|九死一生。

1 **乜** 〈一〉[miē ㄇㄧㄝ [粵] mɛ5 咩5/mɛ2 咩2(語)]
乜斜。❶眼睛略瞇而斜着看 ◆ 他乜斜着眼，冷冷地說話。❷因睏倦眼睛瞇成一條縫的樣子 ◆ 睡眼乜斜。
〈二〉[niè ㄋㄧㄝˋ [粵] mɛ6 咩6]
姓。
〈三〉[miē ㄇㄧㄝ [粵] mɐt7 媽乞切]
粵方言。什麼 ◆ 乜嘢。

2 **也** [yě ㄧㄝˇ [粵] ja5 以雅切]
❶副詞。(1) 表示兩事物相同或並行 ◆ 風停了，雨也住了|有北方人，也有南方人。(2) 表示轉折 ◆ 你不說，我也知道|雖然時間不多，也還來得及。(3) 表示強調語氣 ◆ 一張小紙片也沒丟|他連水也沒喝一口。(4) 表示委婉或讓步的語氣 ◆ 這節目倒也不錯|我看也只好如此了。❷助詞。(1) 用於句末，表示判斷或肯定 ◆ 滅六國者，六國也，非秦也。(2) 用於句末，表示疑問 ◆ 同遊者，誰也？(3) 用於句中，表示語氣的停頓 ◆ 大道之行也，天下為公。

2 **乞** [qǐ ㄑㄧˇ [粵] hɐt7 核7]
向人求取；要；討 ◆ 乞食|乞丐|乞求|搖尾乞憐。

⁴ **卐** (⑬卍) [wàn ㄨㄢˋ ⑬man⁶ 萬]

❶古代一種信仰與宗教的標誌，是"太陽"與"火"的象徵。佛胸前的卐字，意為"吉祥萬德"。❷同"萬"，見592頁左欄。

⁴ **氹** (⑬凼) [dàng ㄉㄤˋ ⑬tɐm⁵ 提凜切]

田地裏漚肥的水坑 ◆ 水氹｜糞氹｜氹肥。

⁵ **乩** [jī ㄐㄧ ⑬gei¹ 基]　即扶乩，迷信者求神降示的一種方法。一般由二人扶一丁字形木架，下面放沙盤，謂神降臨時會自動畫寫字句，為人解疑治病，預示吉凶豐歉。也叫"扶箕"或"扶鸞"。

⁷ **乳** [rǔ ㄖㄨˇ ⑬jy⁵ 雨]　❶乳房，分泌奶液的器官 ◆ 乳腺｜乳頭｜乳罩。❷奶汁 ◆ 哺乳｜牛乳｜母乳｜乳白色。❸像奶汁一樣的東西 ◆ 豆乳。❹初生的動物 ◆ 乳虎｜乳鴿｜烤乳豬｜乳臭未乾｜乳犢不怕虎。❺生殖 ◆ 孳乳。❻鐘乳石 ◆ 乳石｜乳穴。

¹⁰ **乾** (⑬乹乾) 〈一〉[gān ㄍㄢ ⑬gɔn¹ 干]

❶沒有水分或水分很少；與"濕"相對 ◆ 乾草｜乾糧｜乾癟｜乾旱。❷不用水的 ◆ 乾洗｜乾餾法。❸加工製成的乾的食品 ◆ 餅乾｜葡萄乾｜豆腐乾。❹空虛；竭盡 ◆ 外強中乾｜花乾了最後一文錢｜汲乾了池塘中的水。❺徒然，白白地 ◆ 乾着急｜乾瞪眼｜乾等着。❻唯有外表形式的 ◆ 乾笑｜乾號。❼拜認的親戚關係 ◆ 乾媽｜乾兒子｜乾姊妹｜認乾親。(〈一〉可簡化為"干")

〈二〉[qián ㄑㄧㄢˊ ⑬kin⁴ 虔]

❶八卦之一，卦形為"☰"，代表天 ◆ 乾坤日。❷舊時指男性的 ◆ 乾宅｜乾造(婚姻中的男方)。❸舊時指有關君王、父親和丈夫的 ◆ 乾綱｜乾德。

¹² **亂** (乱) [luàn ㄌㄨㄢˋ ⑬lyn⁶ 聯⁶]

❶無秩序；無條理 ◆ 凌亂｜亂糟糟｜邏輯混亂｜快刀斬亂麻。❷指叛亂、戰爭等社會大動盪事件 ◆ 亂兵｜禍亂｜離亂｜亂世奸雄。❸敗壞；擾亂 ◆ 亂倫｜亂套｜亂真｜小不忍則亂大謀。❹不安寧。多指心情 ◆ 心亂如麻｜心煩意亂｜心緒繚亂。❺不正常的男女關係 ◆ 淫亂。❻隨便；任意 ◆ 亂來｜亂彈琴｜亂出主意｜胡言亂語。

亅 部

¹ **了** 〈一〉[liǎo ㄌㄧㄠˇ ⑬liu⁵ 料⁵]

❶同"瞭"。明白；懂得 ◆ 了解｜明了｜了如指掌｜一目了然。❷完畢；結束 ◆ 了結｜了事｜了卻｜終了｜不了了之。❸完全地。多用於否定 ◆ 了無喜色｜了不相涉。❹用在動詞後，與"不"、"得"連用，表示可能或者不可能 ◆ 這麼多活兒，今天做不了｜事情太突然，她怎麼受得了。❺"瞭"的簡化字。

〈二〉[le ㄌㄜ ⑧同〈一〉]

助詞。(1) 用在動詞或形容詞後，表示動作或變化的完成 ◆ 買了兩張票｜吃了飯就走。(2) 用在重疊動詞間，表示短暫時間中動作的重複 ◆ 看了看鐘｜聞了聞味道。(3) 用在句末或句中停頓處，表示肯定或確定的語氣 ◆ 颳風了｜是深秋季節了｜我總算明白了。(4) 表示祈使的語氣 ◆ 別哭了，有話只管說出來好了｜別做夢了，他不可能答應你的。

³ 予 〈一〉[yǔ ㄩˇ ⑧ jy⁵ 雨]
給 ◆ 授予｜予以表揚｜免予處分。

〈二〉[yú ㄩˊ ⑧ jy⁴ 餘]
我。同"余" ◆ 予取予求｜予獨愛蓮之出淤泥而不染。

⁷ 事 [shì ㄕˋ ⑧ si⁶ 是]
❶事情 ◆ 辦事｜礙事｜海事｜國事｜事半功倍｜事後諸葛亮。❷變故；事故 ◆ 出事｜失事｜肇事｜惹事生非｜平安無事。❸職業；職務 ◆ 謀事｜混事兒｜在公司裏做事。

❹責任；關係 ◆ 事主｜沒你的事，放心吧。❺侍奉 ◆ 事君｜事母甚孝。❻從事 ◆ 不事生產｜大事宣揚｜無所事事。

二 部

⁰ 二(⑰弍) [èr ㄦˋ ⑧ ji⁶ 義]
❶數詞。一加一所得。大寫為"貳"或"弍" ◆ 二老｜二元論｜二次方程｜二人同心，其利斷金。❷序數詞。第二 ◆ 二奶｜獨一無二｜唐杜牧《山行》詩："停車坐愛楓林晚，霜葉紅於二月花。"❸次；副 ◆ 二副｜二等貨｜二級品。❹兩樣；不專一 ◆ 二心｜口不二價｜劃一不二｜二三其德。

¹ 亍 [chù ㄔㄨˋ ⑧ tsuk⁷ 促]
小步行走。彳亍。見"彳"，208頁左欄。

¹ 于 [yú ㄩˊ ⑧ jy¹ 於]
❶同"於〈一〉"，見284頁左欄。❷往；去 ◆ 于役。❸助詞。無義 ◆ 于飛。❹姓。

² 五 [wǔ ㄨˇ ⑧ ŋ⁵ 午]
❶數詞。一加四所得。大寫為"伍" ◆ 五官｜五代｜如墮五里霧中｜五十步笑百步。❷序數詞。第五 ◆ 五班｜五號｜五更天｜"五四"

運動。❸中國民族音樂傳統記譜符號之一，音值相當於簡譜中的"6"。

²亓 [qí ㄑㄧˊ 粵 kei⁴ 其]
姓。

²井 [jǐng ㄐㄧㄥˇ 粵 dziŋ² 整/dzɛŋ² 鄭²(語)]
❶從地面往下鑿打出來，能汲水的深洞 ◆ 水井｜井底之蛙｜臨渴掘井｜井水不犯河水。❷作用或形狀像井的 ◆ 礦井｜鹽井｜井架｜天井。❸形容整齊、有條理 ◆ 井然有序｜井井有條。❹人口聚集地；鄉里 ◆ 鄉井｜離鄉背井｜市井小人。❺星名，二十八宿之一 ◆ 井宿。❻姓。

²云 [yún ㄩㄣˊ 粵 wen⁴ 勻]
❶說 ◆ 人云亦云｜子曰詩云｜不知所云。❷云云，如此；這樣。放在引文或談話末尾表示結束或有所省略 ◆ 他談了許多旅歐見聞，自覺很有心得云云。❸姓。❹"雲"的簡化字。

²互 [hù ㄏㄨˋ 粵 wu⁶ 戶]
互相；彼此 ◆ 互助｜互利｜互聯網｜互敬互愛｜互通有無。

⁴亙 (粵亘) [gèn ㄍㄣˋ 粵 gɐŋ² 耿]
空間或時間上延續不斷 ◆ 連亙｜盤亙｜亙古及今｜山勢綿亙數百里。

⁶些 [xiē ㄒㄧㄝ 粵 sɛ¹ 賒]
❶表示不定的數量，一般表示少量 ◆ 這些｜某些｜留些時間｜有些什麼新的內容？❷跟"好"、"這麼"連用，表示較多 ◆ 來了好些客人｜這麼些個日子。❸放在形容詞後，表示輕微的程度 ◆ 少些｜更大些｜複雜些。

⁶亞 (亚) [yà ㄧㄚˋ 粵 a³/ŋa³ 阿]
❶次於；低於 ◆ 質量不亞於進口貨。❷次一等的 ◆ 亞軍｜亞相｜亞熱帶。❸原子價較低的；酸根或化合物中少含一個氫原子或氧原子的 ◆ 硫酸亞鐵｜亞氨基。❹亞洲的簡稱 ◆ 東南亞｜亞非拉｜歐亞大陸。

⁶亟 ⟨一⟩[jí ㄐㄧˊ 粵 gik⁷ 擊]
急迫；緊急 ◆ 亟待處理｜亟待修正｜亟亟於此事。
⟨二⟩[qì ㄑㄧˋ 粵 kei³ 冀]
屢次；一再 ◆ 亟來討教｜亟戰亟勝。

亠 部

¹亡 [wáng ㄨㄤˊ 粵 moŋ⁴ 忙]
❶逃跑；出逃 ◆ 逃亡｜流亡｜亡命。❷丟失；喪失 ◆ 亡失｜消亡｜名存實亡｜亡羊補牢。❸死亡 ◆ 傷亡｜存亡｜陣亡｜亡故｜家破人

亡。❹死去的 ◆ 亡靈|追悼亡友。
❺滅亡；敗亡 ◆ 覆亡|淪亡|衰亡
|國家興亡，匹夫有責。

² **亢** 〈一〉[kàng ㄎㄤˋ 🔊 kong³ 抗]
❶高 ◆ 高亢|不卑不亢。
❷過度；極；非常 ◆ 亢奮|亢旱|
甲狀腺機能亢進。❸星名。二十八
宿之一。又稱"亢宿"、"元星"。❹
姓。

〈二〉[háng ㄏㄤˊ 🔊 gong¹ 江]
人頸的前部，喉嚨。也比喻要害 ◆
扼亢搗虛。

⁴ **交** [jiāo ㄐㄧㄠ 🔊 gau¹ 郊]
❶一方給與，另一方收取 ◆
交付|交稅|交班|遞交|交接|事情
交給你了。❷交錯 ◆ 交織|交叉|
兩直線相交於一點。❸結交；交
往 ◆ 交友|外交|絕交|社交|打交
道。❹指朋友 ◆ 新交|世交|神交
|擇交|患難之交。❺指時間或地域
相連接 ◆ 交秋|交界|秋冬之交|海
天之交。❻交配；性交 ◆ 雜交|交
媾。❼互相 ◆ 交流|交換|交易|交
相輝映。❽指同時發生 ◆ 飢寒交
迫|風雨交加|悲喜交集。

⁴ **亦** [yì ㄧˋ 🔊 jik⁹ 譯]
❶副詞。也；也是 ◆ 人云
亦云|亦步亦趨。❷姓。

⁴ **亥** [hài ㄏㄞˋ 🔊 hoi⁶ 害]
❶地支的第十二位。❷亥

時，晚九時至十一時。

⁵ **亨** [hēng ㄏㄥ 🔊 heng¹ 鏗]
❶通達順利 ◆ 大亨|官運
亨通。❷姓。

⁶ **京** [jīng ㄐㄧㄥ 🔊 ging¹ 經]
❶首都 ◆ 京城|京都|進京。
❷指北京 ◆ 京劇|京味|京九鐵路。
❸大 ◆ 莫之與京。❹姓。

⁶ **享** [xiǎng ㄒㄧㄤˇ 🔊 hœng² 響]
❶享受；受用 ◆ 享樂|享有
|享福|享譽全球|坐享其成|有福
同享。❷供奉；祭獻 ◆ 享堂|享
神。❸用酒食款待人 ◆ 享客。

⁷ **亯** [xiǎng ㄒㄧㄤˇ 🔊 hœng² 響]
"享"的古字。

⁷ **亭** [tíng ㄊㄧㄥˊ 🔊 ting⁴ 庭]
❶供休息和賞景的小形建築
物，有頂無牆，頂呈圓形、方形、
扇形和八角形，多建築在路旁或園
林中 ◆ 涼亭|
醉翁亭。❷亭
形建築物 ◆ 報
亭|郵亭|售票
亭。❸適中；
均勻 ◆ 亭午|
亭勻。

⁷ **亮** [liàng ㄌㄧㄤˋ 🔊 lœng⁶ 諒]
❶明；光線強 ◆ 明亮|光亮

|亮度|亮堂堂。❷發光 ◆ 天亮了|路燈全亮了。❸指燈火 ◆ 快拿個亮兒來，這裏太黑。❹響亮 ◆ 洪亮|歌聲嘹亮|她亮開了嗓門唱起來。❺(心胸、思想等)開朗；清楚 ◆ 心裏雪亮|心明眼亮|這麼一說，我心裏頭就亮了。❻顯露；顯示 ◆ 亮相|亮醜|把底牌亮出來。

⁸亳 [bó ㄅㄛˊ ⑧bok⁹ 薄]

❶古代都邑名。商湯時的國都。共有三處，故址均在河南。稱為南亳、北亳、西亳。❷亳縣，在安徽，今為亳州市。

¹¹亶 〈一〉[dǎn ㄉㄢˇ ⑧tan² 坦]
誠然；實在。

〈二〉[dàn ㄉㄢˋ ⑧dan⁶ 憚]
❶古同“但”，見21頁左欄。❷僅僅；只。

²⁰亹 〈一〉[wěi ㄨㄟˇ ⑧mei⁵ 尾]
勤勉不倦 ◆ 亹斐|亹亹不捨晝夜。

〈二〉[mén ㄇㄣˊ ⑧mun⁴ 門]
❶峽中兩岸對峙如門的地方。❷亹源，古地名，在青海，今作“門源”。

人 (亻) 部

⁰人 [rén ㄖㄣˊ ⑧jɐn⁴ 仁]
❶能製造工具，用工具生產勞動，並能用語言進行思維的高等動物 ◆ 男人|人類|人各有志|人工智能|天下無難事，只怕有心人|十年樹木，百年樹人。❷指特定的某種人或某個人 ◆ 工人|學人|客人|病人|監護人。❸人手；人才 ◆ 技術人員|高層管理部門正缺人。❹別人；他人 ◆ 待人誠懇|人棄我取|助人為樂。❺眾人 ◆ 人心|人望|人氣|人同此心。❻每人；人人 ◆ 人均|人足家給|人手一冊|人皆可以為堯舜。❼指成年人 ◆ 長大成人。❽指人的品格性情 ◆ 丟人|重新做人|她人不錯，大家都願意同她往來。❾指人的身體 ◆ 最近他人不舒服。

¹亼 [wáng ㄨㄤˊ ⑧mɔŋ⁴ 忙]
“亡”的古字。

²仁 [rén ㄖㄣˊ ⑧jɐn⁴ 人]
❶仁愛，同情。中國古代儒家主張的一種道德原則和規範 ◆ 仁心|仁政|仁至義盡|為富不仁|仁義道德。❷知痛癢，感覺靈敏 ◆ 麻木不仁。❸果核或果殼中柔軟的部分，也指其他甲殼物體中可食部分 ◆ 杏仁|松仁|蝦仁|花生仁|核桃仁。❹姓。

²什 〈一〉[shí ㄕˊ ⑧sɐp⁹ 拾]
❶同“十”。多用於分數或倍數 ◆ 什一|什九|什百。❷指總數是“十”的一個單位。古代軍隊，五

人為伍,兩伍稱作"什";戶籍中十家為一"什";《詩經》中《雅》和《頌》以十篇為一"什"。❸雜;各樣的 ◆ 什物|家什|什錦糖|炒什錦。
〈二〉[shén ㄕㄣˊ ⑧ sɐm⁶ 甚]
什麼,疑問代詞。表示問人或事物,有時為虛指或任指 ◆ 那是什麼|什麼是交響樂|這是一本什麼小說|估計他們已經發現了點什麼|不管什麼家用電器,他都能修。

² 仃 [dīng ㄉㄧㄥ ⑧ diŋ¹ 丁]
伶仃,孤獨的樣子 ◆ 孤苦伶仃。

² 仄 [zè ㄗㄜˋ ⑧ dzɐk⁷ 則]
❶狹窄;狹小 ◆ 那地方太仄。❷不安 ◆ 歉仄。❸仄聲。指古代四聲中的上去入三聲(區別於平聲) ◆ 平仄諧調,音韻鏗鏘。

² 仆 〈一〉[pū ㄆㄨ ⑧ fu⁶ 父/puk¹ 普木切]
向前跌倒 ◆ 仆倒|前仆後繼。
〈二〉"僕"的簡化字。

² 介 [jiè ㄐㄧㄝˋ ⑧ gai³ 界]
❶在兩者中間 ◆ 中介|介入|媒介|介紹|介於兩個大國之間。❷放在心裏 ◆ 介意|介懷。❸蟲類或水族的外殼 ◆ 介蟲|鱗介。❹鎧甲 ◆ 介冑在身。❺耿直 ◆ 狷介|性情耿介。❻古代戲曲劇本中,指示腳色表演動作時的用語 ◆ 跪介|

飲酒介。❼個(用於人) ◆ 一介書生|一介寒士。❽姓。

² 仉 [zhǎng ㄓㄤˇ ⑧ dzœŋ² 掌]
姓。

² 仇 〈一〉[chóu ㄔㄡˊ ⑧ sɐu⁴/tsɐu⁴ 酬]
❶仇敵 ◆ 寇仇|仇家|嫉惡如仇|仇人相見,分外眼紅。❷仇恨;冤仇 ◆ 仇隙|結仇|世仇|深仇大恨。
〈二〉[qiú ㄑㄧㄡˊ ⑧ kɐu⁴ 求]
姓。

² 今 [jīn ㄐㄧㄣ ⑧ gɐm¹ 金]
❶現在;與"古"相對 ◆ 現今|今昔|今譯。❷當前的 ◆ 今天|今冬|今年|至今。

² 仍 [réng ㄖㄥˊ ⑧ jiŋ⁴ 形]
❶依然;還是 ◆ 仍然|仍舊|夜深了,他仍在燈下工作。❷頻繁 ◆ 戰事頻仍。

³ 仨 [sā ㄙㄚ ⑧ sa¹ 沙]
方言。三個 ◆ 他們哥兒仨看電影去了。

³ 仝 [tóng ㄊㄨㄥˊ ⑧ tuŋ⁴ 同]
❶"同"的古字。❷姓。

³ 仕 [shì ㄕˋ ⑧ si⁶ 是]
❶為官;任職 ◆ 仕途|出仕|學而優則仕。❷舊指讀書做官的

人。同"士" ◆ 仕農工商|仕宦之家。❸象棋子之一，位置在"帥"的兩側。

³付 [fù ㄈㄨˋ ⑧ fu⁶ 父]
❶交；給 ◆ 付款|付郵|付梓|支付|付諸實踐|付於流水。❷應付 ◆ 對付。❸姓。

³仗 [zhàng ㄓㄤˋ ⑧ dzœŋ³ 帳]
❶兵器的總稱 ◆ 儀仗|明火執仗|仗馬寒蟬。❷戰鬥；戰爭 ◆ 打仗|敗仗|硬仗|打雪仗|這一仗打得真漂亮。❸憑藉；依靠 ◆ 倚仗|仗勢欺人|狗仗人勢|仗義疏財。❹手執(兵器) ◆ 仗劍。

³代 [dài ㄉㄞˋ ⑧ dai⁶ 待]
❶代替 ◆ 代理|代步|代碼|代用品|越俎代庖|代人受過。❷歷史的分期 ◆ 古代|近代|唐代|清代|改朝換代|清趙翼《論詩》："江山代有才人出，各領風騷數百年。"❸世系的輩份 ◆ 後代|下一代|四代同堂|代代相傳的一件玉器。❹地質年代分期的第一級。按動植物進化順序，地質年代分為太古代、元古代、古生代、中生代和新生代，代以下為紀。❺姓。

³以 (⑧ㄊㄐ) [yǐ ㄧˇ ⑧ ji⁵ 耳]
❶介詞。(1)因為 ◆ 以人廢言|何以知之|安徽祁門以盛產紅茶著名。(2)用；拿 ◆

以卵擊石|以怨報德|報以掌聲|曉之以理|以子之矛，攻子之盾。(3)表示目的或結果 ◆ 以求一逞|以待時機|樂以忘憂。(4)憑藉；依靠 ◆ 以強凌弱|以微知著|以偏概全|物以類聚，人以羣分。(5)在……時候 ◆ 聯誼會以1991年5月宣告成立。❷連詞。(1)用法相當於"而" ◆ 險以遠|勇以有謀|木欣欣以向榮。(2)用在單純方位詞前，表示時間、方位、數量的界限 ◆ 以後|以下|高中以上|黃河以南|十八歲以上。

³仙 (⑧僊) [xiān ㄒㄧㄢ ⑧ sin¹ 先]
❶神仙；仙人 ◆ 求仙|成仙|仙女|仙山瓊閣。❷指道教的人和事 ◆ 仙姑|仙丹|仙書。❸超越凡俗；某一方面成就特異的人 ◆ 仙品|仙姿|詩仙|酒仙。❹用於死和死者的婉辭 ◆ 仙逝|仙化|仙去。❺輕盈飄灑的樣子 ◆ 飄飄欲仙。❻舊時香港、澳門等地的輔幣名，英語cent的音譯。1港元等於100個仙。

³仟 [qiān ㄑㄧㄢ ⑧ tsin¹ 千]
"千"字的大寫 ◆ 貳仟伍佰元。

³仡 〈一〉[yì ㄧˋ ⑧ het⁹ 乞/ŋet⁹ 兀]
❶健壯勇武的樣子 ◆ 仡仡|仡然。❷高大；聳立 ◆ 仡立。

〈二〉[gē ㄍㄜ 粵 get⁷ 吉]
仡佬族，散居在我國貴州、廣西、
雲南等地的少數民族。

³**仫** [mù ㄇㄨˋ 粵 muk⁹ 木]
仫佬族，我國少數民族之
一，分佈在廣西。

³**令** 〈一〉[lìng ㄌㄧㄥˋ 粵 liŋ⁶ 另]
❶命令 ◆ 口令|政令|下令
|令行禁止。❷使 ◆ 令人高興|令
人潸然淚下。❸酒令 ◆ 行酒令|猜
拳行令。❹古代官名 ◆ 令尹|縣令
|中書令|太史令。❺時節 ◆ 時令
|冬令|節令。❻善；美好 ◆ 令名
|令德|令聞。❼敬辭。多用於稱對
方家屬或親屬 ◆ 令尊|令兄|令愛
|令郎。❽詞與曲中短小的稱令，
也稱小令 ◆ 十六字令|叩叩令。
〈二〉[líng ㄌㄧㄥˊ 粵 liŋ⁴ 零]
❶古地名用字。令狐，在今山西臨
猗一帶。❷姓。
〈三〉[lǐng ㄌㄧㄥˇ 粵 lim¹ 廉¹]
量詞。紙張500張為1令。

³**仔** 〈一〉[zǐ ㄗˇ 粵 dzɐi² 濟]
❶幼小的。多指牲畜家禽 ◆
仔雞|仔豬|仔畜。❷細緻；周密
◆ 仔細|仔密。
〈二〉[zī ㄗ 粵 dzi¹ 之]
仔肩，所擔負的職務，責任。
〈三〉[zǎi ㄗㄞˇ 粵 dzɐi² 紙]
同“崽”。方言。❶幼小的孩子 ◆
船家仔|四個仔在院子裏玩。❷幼

小的動物 ◆ 豬仔|母羊下了仔。

³**他** [tā ㄊㄚ 粵 ta¹ 它]
❶稱自己和對方以外的某個
人，一般指男性，有時泛指 ◆ 我
們大家都認識他。❷另外的；別的
◆ 他人|他日|顧左右而言他|久旱
逢甘霖，他鄉遇故知。❸指別的
一方面或其他地方 ◆ 另作他用|早
已他去。❹虛指 ◆ 喝他幾杯|睡
他一天一夜。

³**仞** [rèn ㄖㄣˋ 粵 jɐn⁶ 刃]
古代長度單位，周制七尺為
一仞。漢制八尺為一仞 ◆ 為山九
仞，功虧一簣。

⁴**伕** [fū ㄈㄨ 粵 fu¹ 呼]
服勞役的人，後也用指從事
體力勞動的人 ◆ 伕役|伕子|人伕
|伙伕|車伕。

⁴**休** [xiū ㄒㄧㄡ 粵 jɐu¹ 憂]
❶休息 ◆ 休假|休閒|退休
|休整。❷停止；罷休 (指事情) ◆
休會|休學|爭論不休|善罷甘休|
一不做，二不休。❸辭去 (官職) ◆
休官|休居。❹舊時丈夫離棄妻子
◆ 休妻|休書。❺莫；不要 ◆ 休
要害怕|休要胡言亂語。❻喜慶；
美善；福祿 ◆ 休咎|休戚相關。

⁴**伍** [wǔ ㄨˇ 粵 ŋ⁵ 五]
❶古代軍隊的編制，每五人

為一伍。後泛指軍隊 ◆ 入伍|退伍|落伍|出身行伍。❷同伙，同伴 ◆ 羞與為伍。❸數詞"五"字的大寫。❹姓。

⁴**伎** [jì ㄐㄧˋ ⑧gei⁶ 技]
❶技巧；才能 ◆ 伎藝|伎倆。❷古代以音樂歌舞為業的女藝人 ◆ 伎樂|樂伎|女伎|歌伎。

⁴**伏** [fú ㄈㄨˊ ⑧fuk⁹ 服]
❶臉朝下，背朝上俯臥着 ◆ 倒伏|伏案寫作|老驥伏櫪，志在千里。❷隱藏；埋伏 ◆ 伏兵|潛伏|十面埋伏|危機四伏|晝伏夜出|這篇小說的伏筆非常精彩。❸降低；低落 ◆ 此起彼伏|羣山起伏。❹時令名。伏天；初伏、中伏、末伏的統稱 ◆ 伏日|大伏天|三伏酷暑|出伏後天氣漸漸轉涼。❺屈服；服從 ◆ 伏輸|伏法|伏罪|不伏老|伏首貼耳。❻制服 ◆ 降龍伏虎|降妖伏魔。❼電壓單位伏特的簡稱。1安培的電流通過電阻為1歐姆的導線時，導線兩端的電壓是1伏。❽姓。

⁴**伢** [yá ㄧㄚˊ ⑧ŋa⁴ 牙]
方言。小孩子 ◆ 伢兒|伢子。

⁴**伐** [fá ㄈㄚˊ ⑧fet⁹ 乏]
❶砍 ◆ 伐樹|採伐|砍伐|伐木工人|唐白居易《賣炭翁》詩：

"賣炭翁，伐薪燒炭南山中。"❷征討；攻打。也指用文字抨擊 ◆ 討伐|北伐|口誅筆伐|黨同伐異。❸自我誇耀 ◆ 伐功矜能。

⁴**㐬** [pǐ ㄆㄧˇ ⑧pei² 鄙]
㐬離，夫妻離散，特指妻子被遺棄。

⁴**企** [qǐ ㄑㄧˇ ⑧kei⁵ 其⁵]
本義為踮起腳看。今指盼望、希望 ◆ 企望|企待|企求|企盼|企足而待。

⁴**仲** [zhòng ㄓㄨㄥˋ ⑧dzuŋ⁶ 頌]
❶中；中間 ◆ 仲裁。❷排行第二 ◆ 仲兄|仲姬|伯仲叔季|仲夏時節。❸姓。

⁴**仵** [wǔ ㄨˇ ⑧ŋ⁵ 午]
❶仵作，舊時官府中負責檢驗命案死屍的差役。❷姓。

⁴**件** [jiàn ㄐㄧㄢˋ ⑧gin⁶ 健]
❶量詞 ◆ 兩件事|五件上衣。❷指可以計量的事 ◆ 構件|零件|部件|案件。❸文件；書信 ◆ 抄件|來件|急件|信件|要件|密件|電子郵件。

⁴**任** 〈一〉[rèn ㄖㄣˋ ⑧jɐm⁶ 賃]
❶委任；任用 ◆ 任命|任人唯賢|被任為衛生部部長。❷擔任 ◆ 出任|任職|兼任|充任|連任。

❸承受;擔當 ◆ 任勞任怨|經濟損失,雙方各任其半。❹任務 ◆ 擔負重任|任重道遠|以天下為己任。❺量詞。指擔任職務的次數 ◆ 第一任總統|做了兩任校長。❻聽憑 ◆ 放任|任憑|任性|任其自流|任着性子説一通。❼無論 ◆ 任誰説都沒有用。

〈二〉[rén ㄖㄣˊ ⑧ jem⁴ 吟]

❶任縣、任丘,地名。都在河北。

❷姓。

价 〈一〉[jiè ㄐㄧㄝˋ ⑧ gai³ 戒] 舊時稱被派遣傳達事情或傳送物品的人;僕役;信差 ◆ 貴价(客氣地指對方派來的人)。

〈二〉"價"的簡化字。

份 [fèn ㄈㄣˋ ⑧ fen⁶ 分⁶] ❶指整體裏的部分 ◆ 股份|全份|沒有你的份。❷量詞 ◆ 三份報紙|一份人情|一份禮品。❸用在省、縣及年、月後,表示劃分的單位 ◆ 省份|縣份|年份|月份牌。

仰 [yǎng ㄧㄤˇ ⑧ joeŋ⁵ 養] ❶抬頭;臉向上 ◆ 仰望|仰泳|仰藥|仰天大笑。❷敬慕 ◆ 久仰|敬仰|景仰|仰慕。❸依賴;依靠 ◆ 仰賴|仰給|仰仗|仰人鼻息。❹舊時公文用語。上行文中表示尊敬,下行文中表示命令 ◆ 仰即遵照辦理。❺姓。

伋 [jí ㄐㄧˊ ⑧ gep⁷ 急/kep⁷ 吸(語)] 人名用字。

伉 [kàng ㄎㄤˋ ⑧ koŋ³ 抗] ❶對等;相稱(指配偶) ◆ 伉儷。❷高大 ◆ 伉壯|伉健。❸姓。

仿 〈一〉[fǎng ㄈㄤˇ ⑧ foŋ² 紡] ❶模仿;照樣做 ◆ 效仿|仿古|仿生學|仿宋體。❷依照範本寫的毛筆字 ◆ 寫了兩張仿。❸類似;相像 ◆ 仿佛|姐妹倆容貌相仿。

〈二〉[páng ㄆㄤˊ ⑧ poŋ⁴ 旁] 仿徨。同"彷徨"。見"彷",208頁左欄。

伙 [huǒ ㄏㄨㄛˇ ⑧ fo² 火] ❶同"夥",見142頁右欄。❷伙食 ◆ 伙房|伙伕|搭伙。❸指工具或武器 ◆ 傢伙|操起傢伙就打。❹"夥"的簡化字。

伈 [xǐn ㄒㄧㄣˇ ⑧ sem² 審] 伈伈,小心恐懼的樣子。

伊 [yī ㄧ ⑧ ji¹ 衣] ❶助詞。用在詞語的前面,無義 ◆ 演出伊始。❷他,她。多用以代指女性 ◆ 宋柳永《鳳棲梧》詞:"衣帶漸寬終不悔,為伊消得人憔悴。"❸水名。伊水,在河南西部。❹姓。

⁴**仔** [yú ㄩˊ ⓹jy⁴ 餘]
倢仔，古代女官名。也寫作
"婕妤"。

⁵**佘** [shé ㄕㄜˊ ⓹sɛ⁴ 蛇]
姓。

⁵**余** [yú ㄩˊ ⓹jy⁴ 如]
❶我 ◆ 余一人|余聞之久
矣。❷姓。❸"餘"的簡化字。

⁵**佞** [nìng ㄋㄧㄥˋ ⓹niŋ⁶ 擰]
❶用花言巧語諂媚人 ◆ 奸
佞。❷才智 ◆ 不佞(舊時對自己的
謙稱)。

⁵**佤** [wǎ ㄨㄚˇ ⓹ŋa⁵ 瓦]
佤族，我國少數民族之一，
分佈在雲南。

⁵**估** ⟨一⟩[gū ㄍㄨ ⓹gu² 古]
估計；揣測 ◆ 估中|估價|
估量|待價而估|這件書法作品請
估個價。
⟨二⟩[gù ㄍㄨˋ ⓹同⟨一⟩]
估衣，指出賣的舊衣服。

⁵**何** ⟨一⟩[hé ㄏㄜˊ ⓹hɔ⁴ 河]
❶疑問代詞。(1)什麼 ◆ 何
人|何事|何物|為何。(2)哪裏 ◆
何在|何方|從何而來。❷表示反問
◆ 何必|何妨|何苦|談何容易|何
足掛齒|何樂而不為。❸多麼。表
示感歎 ◆ 何等|何其相似。❹姓。

⟨二⟩[hè ㄏㄜˋ ⓹hɔ⁶ 荷]
古同"荷"。扛；承受。

⁵**佐** [zuǒ ㄗㄨㄛˇ ⓹dzɔ³ 左³]
❶輔助；幫助 ◆ 輔佐|佐理
|佐證。❷輔佐別人的人 ◆ 佐使
|佐僚|佐幕|王佐之才。❸勸；也指
用其他食物助餐飲 ◆ 佐食|佐酒|佐
餐。

⁵**伾** [pī ㄆㄧ ⓹pei¹ 披]
伾伾，有力的樣子。

⁵**佑** [yòu ㄧㄡˋ ⓹jɐu⁶ 右]
指神靈的庇護和幫助 ◆ 保
佑|庇佑|佑護。

⁵**佈** [bù ㄅㄨ ⓹bou³ 報]
❶公開陳述宣告 ◆ 宣佈|發
佈|佈告|公佈|開誠佈公。❷安
排；安置 ◆ 佈局|佈置|佈景|任人
擺佈。❸分佈；散佈 ◆ 佈種|佈道
|烏雲密佈|星羅棋佈|花園和雕像
遍佈整個城市。

⁵**伻** [bēng ㄅㄥ ⓹paŋ¹ 澎]
使者。

⁵**佢** [qú ㄑㄩˊ ⓹kœy⁵ 拒]
粵方言。他。

⁵**佧** [kǎ ㄎㄚˇ ⓹ka¹ 卡]
佧佤族，佤族的舊稱。見
"佤"，20頁左欄。

⁵**佔** [zhàn ㄓㄢˋ ⑧dzim³ 尖³]
❶據有；佔據 ◆ 佔有｜佔領｜侵佔領土。❷處在某種地位或某些情況下 ◆ 佔上風｜佔多數。

⁵**似**(⑧佀) 〈一〉[sì ㄙˋ ⑧tsi⁵ 此⁵]
❶像；類似 ◆ 好似｜相似｜貌似｜似是而非｜如膠似漆。❷似乎；好像。表示不肯定 ◆ 似不足信｜似應重新研究｜宋晏殊《浣溪沙》詞："無可奈何花落去，似曾相識燕歸來。"❸用於比較，表示程度更甚 ◆ 今年的收成勝似去年｜這羣少女一個美似一個。
〈二〉[shì ㄕˋ ⑧同〈一〉]
似的，用在名詞、代詞或動詞後面，表示跟某種事情相似 ◆ 老人像孩子似的笑了｜她燕子似的在冰上溜了一圈。

⁵**但** [dàn ㄉㄢˋ ⑧dan⁶ 憚]
❶只；僅 ◆ 但願｜不求有功，但求無過｜宋范仲淹《江上漁者》詩："江上往來人，但愛鱸魚美。"❷但是；可是；不過。表示轉折 ◆ 他雖年近古稀，但仍然精力吐盛。❸儘管 ◆ 但講無妨。❹姓。

⁵**伸** [shēn ㄕㄣ ⑧sɐn¹ 身]
❶展開；挺直 ◆ 伸腳｜伸直｜伸了伸懶腰｜洞裏黑得伸手不見五指。❷擴展；擴大。多用於抽象

事物 ◆ 伸張正義。❸同"申"。申述；表白 ◆ 伸冤｜伸訴。

⁵**佃** 〈一〉[tián ㄊㄧㄢˊ ⑧tin⁴ 填]
❶耕種土地 ◆ 佃器｜佃具｜佃作。❷同"畋"，打獵。
〈二〉[diàn ㄉㄧㄢˋ ⑧din⁶ 電]
租種土地 ◆ 佃農｜佃户｜佃租。

⁵**佚** [yì ㄧˋ ⑧jɐt⁹ 日]
同"逸"。失落；散失 ◆ 佚名｜名人佚事。

⁵**作** [zuò ㄗㄨㄛˋ ⑧dzɔk⁸ 昨⁸]
❶起；興起 ◆ 振作｜一鼓作氣｜風雨大作。❷撰述；撰寫 ◆ 寫作｜作畫｜作家｜作曲｜擬作｜吟詩作賦。❸作品；文章 ◆ 傑作｜劣作｜處女作｜得意之作。❹做；進行 ◆ 合作｜協作｜作偽｜作努力｜作繭自縛。❺當作 ◆ 過期作廢｜認賊作父。❻發生 ◆ 作逆｜作亂｜作嘔｜作怪。❼從事某種動作或活動 ◆ 作孽｜作揖｜作弄別人｜自作自受。❽裝；做作 ◆ 作狀｜惺惺作態｜裝模作樣。
〈二〉[zuō ㄗㄨㄛ ⑧同〈一〉]
手工業工場 ◆ 作坊｜木作｜石作。

⁵**伯** 〈一〉[bó ㄅㄛˊ ⑧bak⁸ 百]
❶兄弟中最年長的 ◆ 伯兄｜伯仲叔季。❷父親的哥哥 ◆ 大伯｜伯父｜伯母。❸對與父親輩份相同而年齡又較大的男子的尊稱 ◆ 老

伯|姻伯|世伯。❹古代五等爵位公侯伯子男的第三等 ◆ 伯爵。
〈二〉[bǎi ㄅㄞˇ 粵同〈一〉]
方言。稱丈夫的哥哥 ◆ 大伯子。

⁵ **伶** [líng ㄌㄧㄥˊ 粵 liŋ⁴ 玲]
❶舊時泛指以演戲為業的人 ◆ 優伶|名伶|坤伶|伶人。❷伶仃、伶俜,孤單的樣子。❸伶俐,機靈,聰明。

⁵ **佣** 〈一〉[yòng ㄩㄥˋ 粵 juŋ² 擁]
佣金,買賣成交後付給中間人的酬金,也稱"佣錢"。
〈二〉"傭"的簡化字。

⁵ **低** [dī ㄉㄧ 粵 dɐi¹ 底¹]
❶由下往上距離小,與"高"相對 ◆ 低矮|低飛|高低槓。❷向下;向下垂 ◆ 低着頭|唐白居易《琵琶行》詩:"低眉信手續續彈,説盡心中無限事。"❸在一般標準或程度之下的 ◆ 低估|低能|低壓|貶低|男低音|眼高手低。❹等級在下的 ◆ 低等|低檔|低年級|低級趣味。

⁵ **你** [nǐ ㄋㄧˇ 粵 nei⁵ 尼⁵]
代詞。❶稱説話時的對方(單數),有時也用來指稱"你們" ◆ 你老|你廠|你校|你店裏生意還好吧?❷泛指任何人 ◆ 公共汽車老不來,你有什麼辦法?❸跟"我"或"他"配合,表示"這個"、"那

個"的意思 ◆ 你推我讓|你拉我唱|你5塊,他10塊,一下子就湊齊了300塊錢。

⁵ **佝** [gōu ㄍㄡ 粵 kɐu³ 構]
佝僂,脊背向前彎曲的樣子 ◆ 佝僂病。

⁵ **佟** [tóng ㄊㄨㄥˊ 粵 tuŋ⁴ 同]
姓。

⁵ **住** [zhù ㄓㄨˋ 粵 dzy⁶ 主⁶]
❶居住;住宿 ◆ 住宅|住院|住所|住地。❷停止;停留 ◆ 住口|住手|雨已經住了。❸做動詞的補語。(1)表示牢固或穩當 ◆ 拉住不放|把住駕駛盤|記住父親的話。(2)表示停頓或靜止 ◆ 她被問住了|一下子呆住了|鐘擺停住了。(3)跟"得"或"不"結合,表示力量夠得上或夠不上 ◆ 對得住|靠不住|禁不住風吹雨打|耐得住寂寞孤獨。

⁵ **位** [wèi ㄨㄟˋ 粵 wɐi⁶ 胃]
❶所在或所佔的地方 ◆ 牀位|部位|席位|位置|一步到位。❷職位;地位 ◆ 名位|官位|學位|位極人臣。❸特指帝王之位 ◆ 即位|篡位|在位。❹多位數中每個數碼所佔的位置 ◆ 十位|百位|五位數。❺量詞。用於人,含敬意 ◆ 各位|諸位女士和先生|來了五位客人。❻姓。

⁵ **伴** [bàn ㄅㄢˋ 粵bun⁶ 叛]
❶伴侶；同伴 ◆ 伙伴｜女伴｜結伴｜旅伴。❷伴同；陪伴 ◆ 伴奏｜伴讀｜伴娘｜伴隨左右｜伴君如伴虎。

⁵ **佇** (粵竚) [zhù ㄓㄨˋ 粵tsy⁵ 柱]
長久地站立、企盼 ◆ 佇盼｜佇立｜佇候佳音。

⁵ **佗** [tuó ㄊㄨㄛˊ 粵tɔ⁴ 駝]
❶用於人名，三國時有名醫華佗。❷負荷。

⁵ **伺** ⟨一⟩[sì ㄙˋ 粵dzi⁶ 自]
觀察；守候 ◆ 窺伺｜伺察｜伺機。
⟨二⟩[cì ㄘˋ 粵si⁶ 侍]
伺候，供使喚，在人身邊服侍照料。

⁵ **佛** ⟨一⟩[fó ㄈㄛˊ 粵fɐt⁹ 伐]
❶佛教徒對其創始人釋迦牟尼的尊稱 ◆ 佛陀｜佛牙｜佛祖｜我佛。❷佛教徒稱修行圓滿而成道者 ◆ 誦經唸佛｜放下屠刀，立地成佛。❸佛教；佛學 ◆ 佛家｜佛老｜佛經｜佛法無邊。❹指佛像 ◆ 玉佛｜佛龕。
⟨二⟩[fú ㄈㄨˊ 粵fɐt⁷ 弗]
❶違背；不順 ◆ 忠言佛耳｜不忍佛其意。❷ 仿佛。同"彷彿"。見"彷"；208頁左欄。

⁵ **伽** ⟨一⟩[qié ㄑㄧㄝˊ 粵kɛ⁴ 茄]
伽藍，指佛寺。
⟨二⟩[jiā ㄐㄧㄚ 粵ga¹ 加]
伽倻琴，朝鮮弦樂器，形似箏。
⟨三⟩[gā ㄍㄚ 粵ga³ 架]
譯音用字。如伽馬射線，即丙種射線。

⁶ **佳** [jiā ㄐㄧㄚ 粵gai¹ 街]
美；好的 ◆ 佳茗｜佳作｜才子佳人｜成績甚佳｜身體欠佳。

⁶ **侍** [shì ㄕˋ 粵si⁶ 是]
❶陪同、追隨或伺候尊長、主人 ◆ 服侍｜女侍｜侍者｜侍候病人。❷奉養；贍養 ◆ 侍奉父母｜侍親養子。❸姓。

⁶ **佶** [jí ㄐㄧˊ 粵git⁷ 傑]
❶ 健壯的樣子。❷ 佶屈聱牙，形容文字艱澀拗口，不暢達。

⁶ **佬** [lǎo ㄌㄠˇ 粵lou² 老]
❶指成年的男子，多作貶稱 ◆ 佬佬｜肥佬｜闊佬｜鄉巴佬。❷粵方言。某些稱謂後，表示親暱、隨便 ◆ 大佬｜司機大佬。

⁶ **佴** [èr ㄦˋ 粵ji⁶ 義]
緊接着；隨後。

⁶ **供** ⟨一⟩[gòng ㄍㄨㄥˋ 粵guŋ³ 貢]
❶祭祀；奉祀 ◆ 供桌｜供神｜清明

節供祖先。❷祭祀時奉獻的物品
◆上供|蜜供。❸設置；安放◆書
桌上供着一盆水仙花。❹受審者
陳述、交代案情◆供詞|逼供|自
供狀|供認不諱。❺受審者交代的
話◆口供|筆供|翻供。
〈二〉[gōng ㄍㄨㄥ ⑧guŋ¹ 工]
給予；以物資設備或服務等滿足需
要◆供銷|供求|供養|供樓|供電
系統|僅供參考|大廳供休息用。

⁶ **侖**（仑）[lún ㄌㄨㄣˊ ⑧lœn⁴ 輪]
❶條理；倫次。❷山名用字，崑崙
山，今作昆侖山。

⁶ **使**[shǐ ㄕˇ ⑧si² 史/sɐi² 洗]
❶派遣；支使◆使喚|唆使
|使人代勞。❷使用；運用◆役使
|這種牌子的電腦特別好使。❸做
引人注意的動作或表情◆使手勢
|使了個眼色。❹致使；讓；叫◆
這次手術使他獲得了第二次生命|
他的辦事效率使上司很滿意。❺
連詞。假如。❻放縱◆使氣|使性
子|使酒罵座。❼奉使命辦事的人
◆大使|公使|專使|信使|使者。

⁶ **佰**[bǎi ㄅㄞˇ ⑧bak⁸ 百]
"百"字的大寫◆壹佰貳拾
元整。

⁶ **侑**[yòu ㄧㄡˋ ⑧jɐu⁶ 又]
在酒宴上助興，勸人吃喝◆

侑食|唱了一支曲子，各侑了一次
酒。

⁶ **侉**[kuǎ ㄎㄨㄚˇ ⑧kwa¹ 誇]
❶語音不純，特指口音與本
地語音不同◆侉子|說話侉聲野
氣。❷土氣；粗俗◆這件衣服侉
得要命。❸粗大；不細巧◆侉餅
|來找你的人是個侉大個兒。

⁶ **來**（来）[lái ㄌㄞˊ ⑧lɔi⁴ 萊]
❶由遠到近，由彼及
此，與"去"相對◆來客|來信|
往|上來|唐王維《雜詩》："君自故
鄉來，應知故鄉事。"❷產生；開
始；發生◆鬧出矛盾來了|大家更
來了勁兒。❸未來的；將來的◆
來年|來日方長|繼往開來。❹從
過去到現在◆近來|從來|日來|別
來無恙|一百多年來。❺做某個動
作，用以代替通常的具體動詞◆讓
我來|來一場乒乓賽|我們去游
泳，你來不來？❻用在動詞或動詞
結構前，表示要做某事◆請大家
來幫忙|你來唸一遍|我們來想辦
法。❼用在動詞或動詞結構後，
表示來到某處做某事◆回家探親
來了|看望病人來了。❽用在兩個
動詞結構中間，表示後者是前者的
目的◆找個人聊天來解解悶|煲
了雞湯來給母親補身子。❾跟
"得"或"不"連用，表示可能或不可
能◆唱不來|這樣的衣服我做不
來。❿用於"一二三四"等數詞後，

表示列舉理由 ◆ 這次去美國，一來是為工作，二來也乘便看看親戚。⓫助詞。放在句末，表示疑問 ◆ 每次說到這件事都要生氣，何苦來？⓬用於數詞或量詞之後表示概數 ◆ 三十來歲｜四斤來重。⓭姓。

⁶ 例 [lì ㄌㄧˋ ⑧ lei⁶ 麗]
❶可以用來證明某種情況或說法的事物 ◆ 舉例｜例句｜例題｜例證｜有實例可以援引。❷成例；規則 ◆ 慣例｜定例｜開先例｜史無前例｜下不為例。❸按照舊規慣例 ◆ 例會｜例假｜例行公事。

⁶ 侗 〈一〉[tóng ㄊㄨㄥˊ ⑧ tuŋ⁴ 同]
年幼無知。
〈二〉[tǒng ㄊㄨㄥˇ ⑧ tuŋ⁶ 捅]
儱侗 (lóng tǒng) 同 "籠統"。
〈三〉[dòng ㄉㄨㄥˋ ⑧ duŋ⁶ 洞]
侗族，我國少數民族之一，分佈在貴州、湖南和廣西的毗連地區。

⁶ 侃 (⑧偘) [kǎn ㄎㄢˇ ⑧ hon² 罕]
❶剛直 ◆ 侃直。❷和樂的樣子。❸侃侃，形容說話從容不迫，理直氣壯 ◆ 侃侃而談。

⁶ 侏 [zhū ㄓㄨ ⑧ dzy¹ 朱]
矮小；短小 ◆ 侏儒 (身材異常矮小的人)。

⁶ 佹 [shēn ㄕㄣ ⑧ sen¹ 伸]
佹佹，眾多的樣子。

⁶ 佺 [quán ㄑㄩㄢˊ ⑧ tsyn⁴ 全]
人名用字。

⁶ 佻 [tiāo ㄊㄧㄠ ⑧ tiu¹ 挑]
輕薄；不莊重 ◆ 輕佻｜佻薄｜佻巧。

⁶ 佾 [yì ㄧˋ ⑧ jet⁹ 日]
樂舞的行列 ◆ 佾生｜八佾。

⁶ 佩 [pèi ㄆㄟˋ ⑧ pui³ 沛]
❶古代繫於衣帶上的裝飾品 ◆ 玉佩｜環佩｜解佩贈之。❷佩帶；佩掛 ◆ 佩玉｜佩腰刀｜佩手槍｜佩領帶。❸感到可敬可愛 ◆ 欽佩｜仰佩｜讚佩｜佩服｜可欽可佩。

⁶ 佹 [guǐ ㄍㄨㄟˇ ⑧ gwei² 軌]
❶乖戾。❷奇特；怪異 ◆ 佹異。

⁶ 侈 [chǐ ㄔˇ ⑧ tsi² 始]
❶浪費；耗用財物過度 ◆ 侈糜｜奢侈。❷誇大 ◆ 侈言｜侈談。

⁶ 佼 [jiǎo ㄐㄧㄠˇ ⑧ gau² 狡]
美好 ◆ 佼好｜佼佼者｜庸中佼佼。

⁶ 依 [yī ㄧ ⑧ ji¹ 衣]
❶倚；靠 ◆ 依偎｜依傍｜依

山傍水|依牆而立。❷依靠；倚仗
◆ 依附|依憑|脣齒相依|相依為
命。❸根據；按照 ◆ 依據|依照
|依法炮製|依樣畫葫蘆。❹服從；
聽從 ◆ 依從|百依百順|不依不饒
|什麼事都依着他。

⁶ **伬**［cì ㄘˋ ⑧ tsi³ 次］
幫助。

⁶ **佯**［yáng ㄧㄤˊ ⑧ jœŋ⁴ 羊］
假裝 ◆ 佯攻|佯狂|佯敗|
佯嗔。

⁶ **併**［bìng ㄅㄧㄥˋ ⑧ biŋ³ 兵³］
合在一起 ◆ 兼併|歸併|合
併|一併。

⁶ **侘**［chà ㄔㄚˋ ⑧ tsa³ 詫］
侘傺，失意的樣子。

⁶ **侔**［móu ㄇㄡˊ ⑧ mɐu⁴ 謀］
齊；相等 ◆ 侔名|名聲地位
相侔。

⁷ **俞**〈一〉［yú ㄩˊ ⑧ jy⁴ 餘］
❶文言歎詞，表示應答和同
意。❷姓。
〈二〉［shù ㄕㄨ ⑧ sy⁶ 樹］
古同“腧” ◆ 俞穴|肺俞。

⁷ **俫**［qiú ㄑㄧㄡˊ ⑧ kɐu⁴ 求］
❶俫俫，恭順的樣子。❷俫
人，我國少數民族獨龍族的舊稱。

⁷ **便**〈一〉［biàn ㄅㄧㄢˋ ⑧ bin⁶
辨］
❶便利；方便 ◆ 靈便|輕便|便捷
|便覽|悉聽尊便。❷適宜的時機或
方便的機會 ◆ 乘便|便車|有便|便
中抽空。❸簡單的、非正式的、普
通的 ◆ 便飯|便服|便條。❹屎尿
◆ 糞便。❺排泄屎尿 ◆ 小便|便
壺。❻副詞。 就 ◆ 一看便會|說
完便走|這半個月不是颱風，便是
下雨|《紅樓夢》：“子係中山狼，
得志便猖狂。”❼連詞。表示假設
兼讓步 ◆ 即便|便是說錯了也沒有
關係。
〈二〉［pián ㄆㄧㄢˊ ⑧ pin⁴ 片⁴］
❶形容腹部肥滿 ◆ 便腹|大腹便
便。❷便宜 ◆ 便宜沒好貨，好貨
不便宜。

⁷ **俠**(俠)［xiá ㄒㄧㄚˊ ⑧ hap⁹
峽］
❶指有武藝、見義勇為、肯捨己助
人的人 ◆ 俠客|大俠|女俠|武俠小
說。❷指見義勇為、捨己助人的性
格或行為 ◆ 俠義|行俠仗義|豪俠
之士。❸姓。

⁷ **俏**［qiào ㄑㄧㄠˋ ⑧ tsiu³ 峭］
❶指容貌體態美好 ◆ 俏麗
|俏美|俏臉兒|俊俏。❷受歡迎。
多指商品銷路好 ◆ 俏貨|緊俏商
品。❸方言。烹調時為增加顏色或
滋味而加上的 ◆ 俏頭|俏點兒木耳
和青葱。

⁷**俚** [lǐ ㄌㄧˇ 粵lei⁵ 裏]
粗俗。亦指民間的、通俗淺近的 ◆ 俚語│俚謠│俚俗│鄙俚。

⁷**保** [bǎo ㄅㄠˇ 粵bou² 寶]
❶保護；保衛 ◆ 保養│保佑│保藏│保全│保駕│保鏢│保安人員。❷保持 ◆ 保溫│保健│保級│保晚節。❸保證；負責做到 ◆ 保送│保險│保修期│保質保量。❹擔保 ◆ 保釋│保外就醫。❺保人；保證人 ◆ 作保│交保。❻傭工 ◆ 酒保。❼舊時户籍編制單位 ◆ 保甲│保長。❽姓。

⁷**傡** [pīng ㄆㄧㄥ 粵pin¹ 瓶¹]
伶傡。見"伶"，22頁左欄。

⁷**促** [cù ㄘㄨˋ 粵tsuk⁷ 速]
❶時間緊迫 ◆ 急促│短促│匆促。❷推動；催促 ◆ 促進│督促│敦促│大力促成。❸靠近 ◆ 促膝談心。

⁷**侶** [lǚ ㄌㄩˇ 粵lœy⁵ 呂]
同伴 ◆ 伴侶│情侶│舊侶│侶伴。

⁷**傸** [yǔ ㄩˇ 粵jy⁵ 羽]
傸傸，身材高大。

⁷**俄** [é ㄜˊ 粵ŋɔ⁴ 鵝]
❶不久；一會兒 ◆ 俄而│俄頃，她蘇醒過來。❷舊指沙皇俄國，今指俄羅斯。

⁷**侹** [tǐng ㄊㄧㄥˇ 粵tiŋ² 挺²]
平直。

⁷**俐** [lì ㄌㄧˋ 粵lei⁶ 利]
伶俐。見"伶"，22頁左欄。

⁷**侮** [wǔ ㄨˇ 粵mou⁵ 武]
輕慢；欺侮 ◆ 侮辱│侮弄│輕侮。

⁷**俎** [zǔ ㄗㄨˇ 粵dzɔ² 阻]
❶古代祭祀時用來盛放牛羊等祭品的禮器 ◆ 俎几。❷切肉類用的砧板 ◆ 俎上肉│人為刀俎，我為魚肉。

⁷**俗** [sú ㄙㄨˊ 粵dzuk⁹ 濁]
❶風俗 ◆ 習俗│民俗│入境問俗│傷風敗俗│移風易俗。❷大眾的、普通的 ◆ 俗語│通俗│世俗│俗文學│雅俗共賞。❸庸俗；不高尚 ◆ 俗氣│鄙俗│粗俗│俗不可耐。❹佛家稱塵世間為"俗"，與出家相對 ◆ 還俗│僧俗│俗家。

⁷**俘** [fú ㄈㄨˊ 粵fu¹ 呼]
❶打仗時擒獲敵方人員 ◆ 生俘│俘獲│被俘。❷打仗時被捉住的敵方人員 ◆ 俘虜│遣返戰俘。

⁷**俛** 〈一〉[miǎn ㄇㄧㄢˇ 粵min⁵ 免]

同"勉"。勤勞。

〈二〉[fǔ ㄈㄨˇ ⑧ fu² 苦]
同"俯"。屈身；低頭。

7 係（系）

[xì ㄒㄧˋ ⑧ hei⁶ 繫]

❶關聯；聯結(多用於抽象事物) ◆ 關係｜成敗係於此舉。❷是 ◆ 確係事實｜係四川樂山人｜《紅樓夢》："子係中山狼，得志便猖狂。"

7 信

[xìn ㄒㄧㄣˋ ⑧ sœn³ 訊]

❶信用 ◆ 威信｜守信｜信譽｜言而有信｜取信於民。❷確實 ◆ 信史｜信而有證。❸相信 ◆ 信任｜信託｜信服｜篤信｜信教｜難以置信。❹聽任；任意 ◆ 信口開河｜信筆塗鴉｜信手拈來。❺憑證 ◆ 信物｜印信｜信號旗。❻書信 ◆ 信札｜信筒｜信箋｜信函｜寄信｜覆信。❼消息 ◆ 信息｜口信｜通風報信｜二十四番花信風。❽裝在器物中心的物件 ◆ 引信｜信管｜蠟燭信。❾姓。

7 俋

〈一〉[tuō ㄊㄨㄛ ⑧ tyt⁸ 脫]
同"脫"。放達不拘小節。

〈二〉[tuì ㄊㄨㄟˋ ⑧ tœy³ 退]
美好；合宜。

7 俍

[liáng ㄌㄧㄤˊ ⑧ lœŋ⁴ 良]
良善。

7 侵

[qīn ㄑㄧㄣ ⑧ tsɐm¹ 尋¹]
❶越境進犯 ◆ 侵犯｜侵略｜入侵者。❷非法佔有 ◆ 侵佔｜侵吞公款。❸接近；臨近 ◆ 侵晨｜侵夜。❹漸進 ◆ 侵淫。❺行事超出特定範圍、權限 ◆ 侵權｜侵越。

7 侯

〈一〉[hóu ㄏㄡˊ ⑧ heu⁴ 猴]
❶君主 ◆ 晉文侯。❷君主時代五等爵位的第二等 ◆ 侯爵｜公侯。❸泛指達官貴人 ◆ 萬戶侯｜侯門深如海。❹古時對士大夫的尊稱。❺箭靶。❻姓。

〈二〉[hòu ㄏㄡˋ ⑧ 同〈一〉]
閩侯，地名，在福建省。

7 侷

[jú ㄐㄩˊ ⑧ guk⁹ 局]
侷促。同"局促"。見"局"，177頁左欄。

7 俑

[yǒng ㄩㄥˇ ⑧ juŋ⁵ 勇]
古代殉葬時用的土製或木製的偶像 ◆ 陶俑｜女俑｜兵馬俑｜始作俑者，其無後乎！

7 俟

〈一〉[sì ㄙˋ ⑧ dzi⁶ 字]
等待 ◆ 俟時｜俟命｜俟機｜俟河之清｜俟買到後即為你送去。

〈二〉[qí ㄑㄧˊ ⑧ kei⁴ 其]
万俟，複姓。見"万"，4頁右欄。

7 俊

[jùn ㄐㄩㄣˋ ⑧ dzœn³ 進]
❶漂亮；美麗 ◆ 俊美｜俊俏｜英俊｜俊秀｜這姑娘長得特別俊。❷才能出眾；才能出眾的人 ◆ 才俊｜俊彥｜識時務者為俊傑。

8 **俸** [fèng ㄈㄥˋ [粵] fuŋ6 奉]
❶官吏或公務人員所得的薪金 ◆ 長俸|年俸|薪俸|俸祿|俸給。❷姓。

8 **倩** [qiàn ㄑㄧㄢˋ [粵] sin3 先/tsiŋ3 秤]
❶美麗 ◆ 倩影|倩女|倩裝。❷請 ◆ 倩人代筆。

8 **俵** [biào ㄅㄧㄠˋ [粵] biu3 表3]
俵分，方言。按份兒或按人分發。

8 **倀**(伥) 〈一〉[chāng ㄔㄤ [粵] tsœŋ1 昌]
古代迷信說，被老虎咬死的人變成鬼，稱為"倀"，會幫助虎食人 ◆ 倀鬼|為虎作倀。
〈二〉[chǎng ㄔㄤˇ [粵] dzɐn3 圳]
童子，特指用以逐鬼的童男童女。

8 **倖** [xìng ㄒㄧㄥˋ [粵] hɐŋ6 杏]
❶同"幸"。寵愛 ◆ 寵倖|佞倖小人。❷僥倖。同"僥幸"，見"僥"，38頁左欄。

8 **借** [jiè ㄐㄧㄝˋ [粵] dzɛ3 蔗]
❶暫時使用別人的錢物或人力，指借入 ◆ 借款|借書|借火|借宿|商借|借花獻佛。❷暫時將錢物或人力供他人使用，指借出 ◆ 出借|有借有還，再借不難。❸憑藉；利用 ◆ 借光|借橋|借酒澆愁|借刀殺人|借風使船。❹假託 ◆ 借故|借喻|借口|借古諷今|借端尋釁。❺用作敬辭 ◆ 借重|唐杜牧《清明》詩："借問酒家何處有？牧童遙指杏花村。"

8 **值** [zhí ㄓˊ [粵] dzik9 直]
❶價值；數值 ◆ 幣值|比值|貶值|年產值|交換價值。❷物品與價值相當 ◆ 值錢|價值連城|這幢樓值二百萬元。❸有意義或有價值 ◆ 不值所為|值得為之奮鬥。❹數學上用數字表示的量或運算的結果 ◆ 函數值|代數式的值。❺碰上；遇到 ◆ 正值母親生日|值此新春佳節。❻按時輪流擔當某項工作 ◆ 值班|值夜|值勤|值日生。

8 **倆**(俩) 〈一〉[liǎ ㄌㄧㄚˇ [粵] lœŋ5 兩]
兩個。"倆"後不能再加量詞 ◆ 哥兒倆|夫妻倆|買了倆燒餅。
〈二〉[liǎng ㄌㄧㄤˇ [粵] 同〈一〉]
伎倆。見"伎"，18頁左欄。

8 **倴** [bèn ㄅㄣˋ [粵] bɐn3 殯]
倴城，地名，在河北灤南。

8 **倚** [yǐ ㄧˇ [粵] ji2 椅]
❶靠 ◆ 倚靠|倚天劍|倚馬可待。❷仗恃 ◆ 倚仗|倚勢欺人|倚老賣老|倚酒三分醉。❸偏；不正 ◆ 不偏不倚。

8 俺 [ǎn ㄢˇ ⑧ an² 晏²/jim³ 厭]

方言。❶我 ◆ 俺娘│俺家裏人。❷我們(不包括聽話人) ◆ 俺村裏人。

8 倢 [jié ㄐㄧㄝˊ ⑧ dzip⁸ 懾/dzit⁸ 折(語)]

倢伃,漢代宮中女官名。一般寫作"婕妤"。

8 倒 〈一〉[dǎo ㄉㄠˇ ⑧ dou² 島]

❶人或直立的物體橫躺或倒塌 ◆ 傾倒│摔倒│倒下│莊稼倒伏。❷垮台;失敗 ◆ 倒台│倒閉│生意倒了。❸損傷;敗壞 ◆ 倒嗓│倒胃口。❹轉移;更換 ◆ 倒運│倒車│倒三班│沒倒手把箱子提上了三樓。❺買進賣出 ◆ 倒糧食│倒進一家鋪子。

〈二〉[dào ㄉㄠˋ ⑧ dou³ 到]

❶上下或前後位置顛倒 ◆ 倒數│倒影│倒栽葱│翻江倒海│倒屣而迎。❷往相反的方向(動作) ◆ 倒退│倒貼│倒背如流│倒行逆施│倒抽一口冷氣。❸翻轉或傾斜容器使裏面的東西出來 ◆ 倒酒│倒垃圾│倒篋傾筐,盡其所有。❹副詞。(1)表示跟意料相反 ◆ 這麼一來,倒見外了│房間不大,收拾得倒很整齊。(2)表示並非如此 ◆ 他倒不在乎錢多少。(3)表示讓步 ◆ 東西倒不差,只是價錢貴了點兒。(4)表示催促或追問 ◆ 這件事,你倒是表個態度呀!

8 倜 〈一〉[tì ㄊㄧˋ ⑧ tik⁷ 剔]

倜儻。同"倜儻"。見"倜",32頁左欄。

〈二〉[chù ㄔㄨˋ ⑧ tsuk⁷ 促]

開始。

8 倬 [zhuō ㄓㄨㄛ ⑧ dzœk⁸ 卓/tsœk⁸ 卓(語)]

大;顯著。

8 修 [xiū ㄒㄧㄡ ⑧ sɐu¹ 收]

❶裝飾 ◆ 修辭│修飾│室內裝修。❷整治;修理 ◆ 修繕│維修│修褉│修橋補路│年久失修。❸興建;建造 ◆ 興修│修水庫│修鐵路│修蓋新的醫院。❹學習;培養(多指學問、品行等方面) ◆ 進修│自修│修業│修養│修身養性。❺修行,指學佛、學道或積善行德 ◆ 修仙│修來世│修成正果。❻編纂;撰寫 ◆ 修史│修書│修地方誌。❼剪或削,使之整齊 ◆ 修樹冠│修指甲│修筆尖│把頭髮修一修。❽長;高 ◆ 修長│茂林修竹。❾姓。

8 倘 〈一〉[tǎng ㄊㄤˇ ⑧ tɔŋ² 躺]

連詞。如果;假使 ◆ 倘若│倘然│倘使│倘有空,請來寒舍一敍。

〈二〉[cháng ㄔㄤˊ ⑧ sœŋ⁴ 常]

倘佯,安閒自在地走。也作"徜徉"。

8 俱 〈一〉[jù ㄐㄩˋ ⑧ gœy¹ 居/kœy¹ 驅(語)]

全部；都 ◆ 萬事俱備|一應俱全|面面俱到|宋范仲淹《岳陽樓記》："政通人和，百廢俱興。"
〈二〉[jū ㄐㄩ 粵kœy¹ 驅]
姓。

8 **倮**　同"裸"，見642頁左欄。

8 **倡**　〈一〉[chàng ㄔㄤˋ 粵tsœŋ³ 唱]

倡導，帶頭發動 ◆ 倡議|提倡|首倡。
〈二〉[chāng ㄔㄤ 粵tsœŋ¹ 槍]
古代泛稱表演歌舞雜戲的藝人 ◆ 倡伎|倡優|倡家女。

8 **個(个)**　〈一〉[gè ㄍㄜˋ 粵gɔ³ 哥³]

❶量詞。(1)用於無專門量詞的事物 ◆ 兩個星期|一個目的|三個橙子|唐杜甫《絕句》："兩個黃鸝鳴翠柳，一行白鷺上青天。"(2)用於及物動詞後，表示一次動量 ◆ 理個髮|唱個歌|睡個好覺。(3)用於動詞與補語之間 ◆ 喝個夠|哭個不停|玩個痛快。(4)用於約數前 ◆ 冠亞軍的成績也不過差個二三秒。❷單個；單獨 ◆ 個體|個別|個人。❸後綴，用於量詞"些"之後 ◆ 這些個小淘氣|誰想到會帶來那麼些個麻煩。❹指事物的體積，多帶"兒"使用 ◆ 小個兒|大個兒水蜜桃。

〈二〉[gě ㄍㄜˇ 粵同〈一〉]
自個兒，指自己。

8 **候**　[hòu ㄏㄡˋ 粵heu⁶ 後]

❶等待；等候 ◆ 候車|候診|候選人|恭候大駕|靜候佳音。❷問候 ◆ 致候|敬候起居。❸時節；時令 ◆ 氣候|物候|候鳥。❹我國古代氣象學以五天為一候，現代沿用 ◆ 候溫。❺指在變化中的情況 ◆ 火候|徵候|全天候公路。

8 **俳**　[pái ㄆㄞˊ 粵pai⁴ 排]

❶古代指雜戲或滑稽戲 ◆ 俳優。❷詼諧；玩笑 ◆ 俳諧文。❸俳句。日本的一種短詩體，以三句十七音為一首，也有漢俳。

8 **倭**　〈一〉[wō ㄨㄛ 粵wɔ¹ 窩¹]

我國古代稱日本 ◆ 倭人|倭國|倭刀|倭寇。
〈二〉[wēi ㄨㄟ 粵wɐi¹ 委]
倭夷，迂迴遙遠的樣子。
〈三〉[wǒ ㄨㄛˇ 粵wɔ² 和²]
婦女的一種髮式。

8 **倪**　〈一〉[ní ㄋㄧˊ 粵ŋɐi⁴ 危]

❶端；邊際 ◆ 倪齒|端倪。❷姓。
〈二〉[nì ㄋㄧˋ 粵同〈一〉]
俾倪。見"俾"，31頁右欄。

8 **俾**　[bǐ ㄅㄧˇ 粵bei² 比]

❶使 ◆ 俾便檢索|俾眾周

知。❷俾倪。城上的小牆，有孔可窺視城外。同“睥睨”

⁸**倫**（伦）[lún ㄌㄨㄣˊ ⓤlœn⁴ 侖]

❶指人與人之間的道德關係 ◆ 人倫｜倫常｜倫理學｜享受天倫之樂。❷同類；同等 ◆ 不倫不類｜荒謬絕倫｜無與倫比。❸條理；順序 ◆ 語無倫次｜大小有度，先後有倫。❹姓。

⁸**倜**[tì ㄊㄧˋ ⓤtik⁷ 剔]

倜儻，灑脱不拘束的樣子 ◆ 風流倜儻。

⁸**俯**[fǔ ㄈㄨˇ ⓤfu² 苦]

❶低頭向下，與“仰”相對 ◆ 俯瞰｜俯衝｜俯仰由人｜俯首貼耳。❷公文及書信中的敬辭，用以稱對方的行為 ◆ 俯念｜承蒙俯允，不勝感荷！

⁸**倍**[bèi ㄅㄟˋ ⓤpui⁵ 培⁵]

❶加上跟原數相同的數。某數的幾倍即用幾乘某數 ◆ 倍數｜產量加倍｜二的三倍是六。❷泛指程度的增加 ◆ 加倍努力｜事半功倍｜唐王維《九月九日憶山東兄弟》詩：“獨在異鄉為異客，每逢佳節倍思親。”

⁸**做** 同“仿〈一〉❶”，見19頁右欄。

⁸**倦**[juàn ㄐㄩㄢˋ ⓤgyn⁶ 捐⁶]

❶疲勞 ◆ 疲倦｜倦容｜倦慵｜睏倦。❷厭煩；懈怠 ◆ 倦怠｜厭倦｜孜孜不倦｜學而不厭，誨人不倦。

⁸**倌**[guān ㄍㄨㄢ ⓤgun¹ 官]

❶舊時茶酒食鋪及磨坊等處僱用的小工 ◆ 堂倌｜磨倌。❷農村中專門飼養家畜的人 ◆ 牛倌｜羊倌｜豬倌。❸倌人，舊時吳方言中稱妓女。

⁸**倥**〈一〉[kōng ㄎㄨㄥ ⓤhuŋ 空]

倥侗，蒙昧無知。

〈二〉[kǒng ㄎㄨㄥˇ ⓤhuŋ² 孔]

倥傯，匆忙緊迫的樣子 ◆ 戎馬倥傯｜行色倥傯。

⁸**倉**（仓）[cāng ㄘㄤ ⓤtsɔŋ¹ 蒼]

❶儲藏糧食或其他物品的地方 ◆ 倉廩｜穀倉｜倉庫｜糧滿倉。❷匆忙 ◆ 倉促｜倉卒之際｜倉皇失措。❸姓。

⁸**們**（们）[men ·ㄇㄣ ⓤmun⁴ 門]

用在代詞或指人的名詞後，表示複數 ◆ 你們｜她們｜人們｜同學們。

⁸**倨**[jù ㄐㄩˋ ⓤgœy³ 句]

傲慢 ◆ 前倨後恭｜為人態度倨傲。

8倔

〈一〉[juè ㄐㄩㄝˋ 粵 gwɐt⁹ 掘]

性子直；態度生硬 ◆ 倔性子｜倔頭倔腦｜這孩子脾氣倔，一點不隨和。

〈二〉[jué ㄐㄩㄝˊ 粵同〈一〉]

義同〈一〉，只用於"倔強 (jiàng)"，指性情剛強不屈服。

9偰

[xiè ㄒㄧㄝˋ 粵 sit⁸ 屑]

同"契"。❶人名，殷人的祖先，傳說是舜的臣。❷姓。

9偌

[ruò ㄖㄨㄛˋ 粵 jɛ⁶ 夜]

這樣；那麼 ◆ 他偌大的年紀，怎麼拿得動？

9偻

[yē ㄧㄝ 粵 jɛ⁴ 椰]

伽倻琴，朝鮮族的一種樂器，形似漢族的箏。

9做

[zuò ㄗㄨㄛˋ 粵 dzou⁶ 造]

❶製造；製作 ◆ 做鞋｜做椅子｜做飛機模型。❷寫作 ◆ 做詩｜做文章。❸從事某件事或活動 ◆ 做事｜做廣告｜做生意｜做禮拜｜做賊心虛。❹舉行 ◆ 做壽｜做滿月｜做道場。❺擔任；充當 ◆ 做客｜做教員｜做父母的｜做一天和尚撞一天鐘。❻裝；扮 ◆ 做馬｜做勢｜做戲｜做作｜做好做歹。❼用做 ◆ 這本書可以做參考材料。❽結成某種關係 ◆ 做愛｜做朋友｜做夫妻｜做幫手｜做冤家。

9偪

同"逼"，見711頁右欄。

9偃

[yǎn ㄧㄢˇ 粵 jin² 演]

❶仰臥；放倒 ◆ 偃臥｜偃旗息鼓。❷停息；止息 ◆ 偃兵｜偃武修文。

9偕

[xié ㄒㄧㄝˊ 粵 gai¹ 佳]

共同；一起 ◆ 偕行｜白頭偕老｜偕夫人暢遊歐洲。

9偵 (偵®遉)

[zhēn ㄓㄣ 粵 dziŋ¹ 貞]

暗中察看；調查 ◆ 偵查｜偵緝｜偵察兵｜私家偵探。

9倏 (®倏)

[shū ㄕㄨ 粵 suk⁷ 叔]

極快地 ◆ 倏而｜倏地｜倏忽｜倏時｜倏爾不見｜面色倏然蒼白。

9脩

[xiū ㄒㄧㄡ 粵 sɐu¹ 收]

❶同"修"，見30頁右欄。❷乾肉。❸贈送給教師的薪金。❹乾枯。

9側 (側)

[cè ㄘㄜˋ 粵 dzɐk⁷ 則]

❶旁邊，與"正"相對 ◆ 側門｜側面｜側翼｜唐劉禹錫《酬樂天揚州初逢席上見贈》詩："沈舟側畔千帆過，病樹前頭萬木春。"❷傾斜；偏向一邊 ◆ 側重｜側耳細聽｜側目而視｜側着身子睡。

⁹ **偶** [ǒu ㄡˇ 🔊 ŋeu⁵ 藕]

❶以泥土、木頭等製成的人像 ◆ 偶人｜泥偶｜玩偶｜偶像｜提綫木偶。❷雙數；成對的。與"奇"相對 ◆ 偶數｜無獨有偶｜牛、羊屬偶蹄目。❸配偶 ◆ 求偶｜佳偶天成。❹偶然 ◆ 偶爾｜偶遇｜偶題｜偶一為之。

⁹ **偈** 〈一〉[jié ㄐㄧㄝˊ 🔊 git⁹ 傑]

❶勇武。❷跑得快。

〈二〉[jì ㄐㄧˋ 🔊 gei⁶ 計⁶]

梵語"偈佗"的簡稱。指佛經中的詩句 ◆ 偈頌｜偈語｜佛偈。

⁹ **偎** [wēi ㄨㄟ 🔊 wui¹ 煨]

親近地靠着 ◆ 依偎｜偎抱｜偎在姐姐身邊。

⁹ **偲** 〈一〉[cāi ㄘㄞ 🔊 tsɐi¹ 猜]

多才。

〈二〉[sī ㄙ 🔊 si¹ 思]

偲偲，互相切磋，督促。

⁹ **偷** [tōu ㄊㄡ 🔊 teu¹ 頭¹]

❶竊取別人的東西為己有 ◆ 偷竊｜慣偷｜偷雞不着蝕把米。❷暗地裏 ◆ 偷看｜偷聽｜偷渡｜偷偷摸摸｜偷工減料｜偷天換日｜偷樑換柱。❸抽出；擠出。多指時間或地點 ◆ 偷空｜忙裏偷閒。❹暗中與人發生男女關係 ◆ 偷情｜偷人養漢｜偷香竊玉。❺苟且怠惰 ◆ 偷安｜偷生苟活。

⁹ **俜** [chēng ㄔㄥ 🔊 tsiŋ¹ 稱]

人名用字。宋代有詩人王禹俜。

⁹ **傯** [zǒng ㄗㄨㄥˇ 🔊 dzuŋ² 總/dzuŋ³ 眾]

倥傯，見"倥"，32頁右欄。

⁹ **停** [tíng ㄊㄧㄥˊ 🔊 tiŋ⁴ 庭]

❶停止；中止不動 ◆ 停火｜停課｜停工待料｜暴風雨停了。❷停留 ◆ 我在北京停了三天。❸停放；停泊 ◆ 停靠｜唐杜牧《山行》詩："停車坐愛楓林晚，霜葉紅於二月花。"❹妥當 ◆ 停當｜停妥。❺總數分成幾份，其中的一份叫一停兒 ◆ 三停兒已經去了兩停兒，所剩不多。

⁹ **偽** (伪🔊僞) [wěi ㄨㄟˇ 🔊 ŋei⁶ 藝]

❶虛假，不真實 ◆ 偽證｜偽造｜偽鈔｜虛偽｜去偽存真｜真偽莫辨。❷竊取的；不合法的 ◆ 偽軍｜偽政權｜偽官吏。

⁹ **偏** [piān ㄆㄧㄢ 🔊 pin¹ 篇]

❶不在中間，與"正"相對 ◆ 偏離｜太陽偏西。❷邊遠；僻遠 ◆ 偏僻｜偏遠地區。❸側重一方面；不公正 ◆ 偏愛｜偏廢｜偏執狂｜兼聽則明，偏聽則暗。❹用作客套話 ◆ 偏勞｜有偏您了。❺副詞。偏偏 ◆ 偏不｜瞞着我，我偏要問

個明白。

⁹健 [jiàn ㄐㄧㄢˋ 粵gin⁶ 件]
❶強有力 ◆ 健康｜健朗｜矯健｜穩健｜運動健將｜健步如飛。❷擅長；善於 ◆ 健舌｜健談｜健忘｜健飯。

⁹假(®叚) 〈一〉[jiǎ ㄐㄧㄚˇ 粵ga² 架²]
❶不真；虛假；人造的 ◆ 假像｜假裝｜假髮｜假惺惺｜假戲真做｜弄虛作假。❷假如 ◆ 假若｜假使｜假設。❸借用 ◆ 假道｜久假不歸。❹憑藉；依靠 ◆ 不假思索｜假手於人。
〈二〉[jià ㄐㄧㄚˋ 粵ga³ 嫁]
按照規定或經過批准暫時不工作學習的時間 ◆ 假期｜放假｜寒假｜病假｜休假。

⁹偓 [wò ㄨㄛˋ 粵ek⁷/ŋek⁷ 握]
用於人名。

⁹偉(伟) [wěi ㄨㄟˇ 粵wei⁵ 唯]
偉大 ◆ 宏偉｜雄偉｜偉人｜偉業｜豐功偉績｜偉大出於平凡。

¹⁰偈 同"罵"，見538頁右欄。

¹⁰傣 [dǎi ㄉㄞˇ 粵tai³ 泰]
指傣族，我國少數民族之一，分佈於雲南 ◆ 傣劇｜傣族少女。

¹⁰備(备®俻) [bèi ㄅㄟˋ 粵bei⁶ 避]
❶完備；具備 ◆ 齊備｜求全責備｜德才兼備。❷準備；防備 ◆ 備考｜備課｜備案｜備忘錄｜備用金｜有備無患。❸設備；裝備 ◆ 軍備｜置備。❹完全 ◆ 備嘗艱辛｜備受歡迎。

¹⁰傅 [fù ㄈㄨˋ 粵fu⁶ 父]
❶輔助；教導 ◆ 傅導｜傅以德義。❷負責教導或傳授技藝的人 ◆ 師傅領進門，修行在個人。❸依附 ◆ 傅會｜傅麗｜皮之不存，毛將安傅？❹塗搽 ◆ 傅彩｜傅粉施朱。❺姓。

¹⁰僳 [lì ㄌㄧˋ 粵lœt⁹ 慄]
僳僳族，我國少數民族之一，分佈在雲南和四川。

¹⁰傀 〈一〉[kuǐ ㄎㄨㄟˇ 粵fai³ 快]
傀儡。❶ 木偶戲中的木頭人。❷比喻受人操縱的人或組織 ◆ 傀儡政權｜政治傀儡。
〈二〉[guī ㄍㄨㄟ 粵gwei¹ 歸]
❶怪異 ◆ 文辭傀奇奧博。❷獨立的樣子 ◆ 傀然獨立於天地之間。

¹⁰傘(伞®繖) [sǎn ㄙㄢˇ 粵san³ 汕]
❶擋雨或遮陽的用具，可張可收，由傘柄、傘骨、傘面組成。古代的傘長柄圓頂，用作儀仗 ◆ 雨傘｜陽傘。❷像傘的東西 ◆ 燈傘｜降落

傘。❸姓。

¹⁰ **傒** [xī ㄒㄧ ⑧ hɐi⁴ 兮]
傒倖。煩惱。也作"傒幸"。

¹⁰ **傖**(伧) 〈一〉[cāng ㄘㄤ ⑧ tsaŋ⁴ 槍⁴]
粗俗 ◆ 傖俗｜傖夫。
〈二〉[chen ·ㄔㄣ ⑧ tsɐŋ¹ 倉]
寒傖。也作"寒磣"。❶醜陋；難看 ◆ 這間屋子太寒傖 ◆ ❷丢臉；不體面 ◆ 真寒傖，只考了個勉强及格。❸譏笑，揭人的短處 ◆ 讓我寒傖寒傖他。

¹⁰ **傑**(⑧杰) [jié ㄐㄧㄝˊ ⑧ git⁹ 桀]
❶才智超羣的人 ◆ 人傑地靈｜英雄豪傑｜識時務者為俊傑。❷特異的，超出一般的 ◆ 傑作｜傑出。

¹⁰ **傜** [yáo ㄧㄠˊ ⑧ jiu⁴ 搖]
❶同"徭"。勞役 ◆ 傜役｜傜賦。❷姓。

¹⁰ **傷**(伪) [zhòu ㄓㄡˋ ⑧ dzɐu³ 奏]
俊俏；乖巧；伶俐 ◆ 傷梅香(多用於元代戲曲)。

¹⁰ **傍** 〈一〉[bàng ㄅㄤˋ ⑧ bɔŋ⁶ 磅]
❶靠近；貼近 ◆ 依山傍水。❷臨近；接近 ◆ 傍晚｜傍午。
〈二〉[páng ㄆㄤˊ ⑧ pɔŋ⁴ 龐]

古同"旁"。側；左右兩邊。

¹⁰ **傢**(家) [jiā ㄐㄧㄚ ⑧ ga¹ 家]
只用在"傢伙"、"傢私"、"傢具"、"傢什"等有關器物的詞中。

¹⁰ **傕** [jué ㄐㄩㄝˊ ⑧ gɔk⁸ 角]
人名用字。

¹¹ **債**(债) [zhài ㄓㄞˋ ⑧ dzai³ 齋³]
欠別人的錢財 ◆ 欠債｜放債｜債務｜債主｜還債｜債台高築｜冤有頭，債有主｜殺人償命，欠債還錢。

¹¹ **傲** [ào ㄠˋ ⑧ ŋou⁶ 敖⁶]
❶驕傲；高傲 ◆ 傲態｜傲氣｜傲骨｜倨傲｜傲然屹立。❷輕慢；輕視 ◆ 傲慢｜傲視｜恃才傲物｜傲睨一世。

¹¹ **僅**(仅) 〈一〉[jǐn ㄐㄧㄣˇ ⑧ gɐn² 緊(語)]
只；僅僅。表示限於某個範圍 ◆ 僅見｜僅只｜不僅如此｜絕無僅有｜僅此一家，別無分店。
〈二〉[jìn ㄐㄧㄣˋ ⑧ gɐn⁶ 近]
將近；幾乎 ◆ 僅及百年｜有古樹僅萬株。

¹¹ **傳**(传) 〈一〉[chuán ㄔㄨㄢˊ ⑧ tsyn⁴ 全]
❶傳授 ◆ 傳藝｜家傳｜言傳身教。

❷傳遞 ◆ 傳達｜傳真｜傳熱｜傳統｜二傳手｜擊鼓傳花。❸傳播：廣泛散佈 ◆ 宣傳｜傳聞｜傳媒｜傳教士｜名不虛傳。❹表達 ◆ 傳意｜傳神｜眉目傳情｜只可意會，不可言傳。❺感染 ◆ 傳染上了水痘。

〈二〉[zhuàn ㄓㄨㄢˋ 圖 dzyn⁶ 專⁶]
❶解說和註釋儒家經典的文字 ◆ 聖賢經傳｜《春秋左氏傳》。❷記錄人生平事跡的文字 ◆ 自傳｜列傳｜小傳｜別傳｜傳記｜樹碑立傳。❸指演述人物故事為中心的作品 ◆《水滸傳》｜《兒女英雄傳》。

〈三〉[zhuàn ㄓㄨㄢˋ 圖 dzyn³ 轉]
❶驛站。❷驛站所備的車馬。

傴 (伛) ¹¹ [yǔ ㄩˇ 圖 jy² 餘²]
曲背 ◆ 傴伏｜傴背。
一位傴僂着身子行走的老婆婆。

僉 (佥) ¹¹ [qiān ㄑㄧㄢ 圖 tsim¹ 簽]
全；都；皆 ◆ 僉同。

僂 (偻) ¹¹ 〈一〉[lǚ ㄌㄩˇ 圖 lœy⁵ 呂]
曲背 ◆ 傴僂老人。
〈二〉[lóu ㄌㄡˊ 圖 lɐu⁴ 留]
僂儸。同"嘍囉"。舊稱強盜的部下。

催 ¹¹ [cuī ㄘㄨㄟ 圖 tsœy¹ 吹]
叫人的行動或使事物的變化過程加快 ◆ 催促｜催產｜催眠曲。

傷 (伤) ¹¹ [shāng ㄕㄤ 圖 sœŋ¹ 雙]
❶人或物所受到的損害 ◆ 創傷｜外傷｜養傷｜探傷儀｜遍體鱗傷。❷損害 ◆ 傷身｜傷神｜傷感情｜兩敗俱傷｜傷風敗俗。❸悲傷 ◆ 傷心｜感傷｜哀傷｜傷別｜傷情。❹妨礙 ◆ 無傷大雅。❺因過度而不能忍受 ◆ 傷食｜跑碼頭跑傷了｜吃玉米麵吃傷了。

働 ¹¹ 同"動❸"，見61頁左欄。

傻 (傻) ¹¹ [shǎ ㄕㄚˇ 圖 sɔ⁴ 所⁴]
❶頭腦蠢笨，不明事理 ◆ 傻子｜傻笑｜傻呵呵｜裝瘋賣傻。❷死心眼，不知變通 ◆ 靠傻勁蠻幹｜他這不是犯傻嗎。❸目瞪口呆，發愣 ◆ 嚇傻了｜他聽着簡直傻了眼。

傾 (倾) ¹¹ [qīng ㄑㄧㄥ 圖 kiŋ¹ 頃¹]
❶偏側；斜。與"正"相對 ◆ 傾斜｜傾身。❷傾向；趨向 ◆ 左傾｜右傾｜傾心｜傾倒。❸倒塌 ◆ 傾覆｜傾仆｜大廈將傾，非一木可支。❹將器物反轉或歪斜，倒出裏面所有的東西 ◆ 傾箱倒篋｜傾盆大雨。❺竭盡力量 ◆ 傾訴｜傾吐｜傾注｜傾全力參加救援工作。

傺 ¹¹ [chì ㄔˋ 圖 tsɐi³ 砌]
佗傺。見"佗"，26頁左欄。

¹¹傭 (佣) [yōng ㄩㄥ ⑧juŋ⁴ 庸]

❶僱用。❷受僱用而為人做工的人；僕役 ◆ 女傭|傭工。

¹¹傮 [lù ㄌㄨˋ ⑧luk⁹ 陸]

❶侮辱。❷古同"戮"，見235頁左欄。

¹²僥 (侥) 〈一〉[jiǎo ㄐㄧㄠˇ ⑧giu¹ 澆/hiu¹ 囂(語)]

僥倖，意外地得以成功或免除災害 ◆ 僥幸成功|僥幸取勝。

〈二〉[yáo ㄧㄠˊ ⑧jiu⁴ 搖]

僬僥。見"僬"，38頁右欄。

¹²僨 (偾) [fèn ㄈㄣˋ ⑧fɐn³ 奮]

敗壞；毀壞 ◆ 僨事。

¹²僳 [sù ㄙㄨˋ ⑧suk⁷ 叔]

傈僳族，見"傈"，35頁右欄。

¹²僰 [bó ㄅㄛˊ ⑧bak⁹ 白]

我國古代西南少數民族名，分佈於今四川南部及雲南東北部 ◆ 僰人。

¹²僚 [liáo ㄌㄧㄠˊ ⑧liu⁴ 遼]

❶官 ◆ 官僚。❷同一官署中的官 ◆ 同僚|僚屬|幕僚|僚佐。

¹²僭 (⑧僭) [jiàn ㄐㄧㄢˋ ⑧dzim⁶ 佔]

超越本分，古代指地位在下者冒用在上者的禮儀、器物或名義 ◆ 僭越|僭號。

¹²僕 (仆) [pú ㄆㄨˊ ⑧buk⁹ 瀑]

❶僕人 ◆ 女僕|老僕|奴僕|僕從|僮僕。❷謙詞。舊時男子自我的謙稱。❸奔走勞頓的樣子 ◆ 風塵僕僕。

¹²僑 (侨) [qiáo ㄑㄧㄠˊ ⑧kiu⁴ 喬]

❶在外國居住，古代指在外鄉居住 ◆ 僑居|僑胞|僑民|僑郡。❷指僑民 ◆ 華僑|外僑|僑務|僑鄉。

¹²儁 同"俊"，見28頁右欄。

¹²僬 〈一〉[jiāo ㄐㄧㄠ ⑧dziu¹ 焦]

僬僥，古代傳説中的矮人。

〈二〉[jiào ㄐㄧㄠˋ ⑧dziu³ 照]

僬僬，走路急促的樣子。

¹²像 [xiàng ㄒㄧㄤˋ ⑧dzœŋ⁶ 象]

❶按照人物製作成的形象 ◆ 肖像|畫像|照像|塑像|雕像|貝多芬的半身像。❷在形象上相同或相似 ◆ 相像|活像|他的臉型像他父親。❸彷彿；好像 ◆ 天像是晴了|像是我女兒的聲音。❹比如 ◆ 像居里夫人那樣獻身於科學。

¹²僦 [jiù ㄐㄧㄡˋ ⑧dzɐu³ 就³]

租賃 ◆ 僦居|僦屋。

¹² **僮** 〈一〉[tóng ㄊㄨㄥˊ ⑧tuŋ⁴ 同]

舊指未成年的僕役 ◆ 書僮｜家僮。

〈二〉[zhuàng ㄓㄨㄤˋ ⑧dzɔŋ³ 撞³]

僮族，我國少數民族。分佈在廣西、廣東、雲南等地。1965 年改稱"壯族"。

¹² **僧** [sēng ㄙㄥ ⑧seŋ¹ 牲/dzeŋ¹ 增 (語)]

出家修行的男性佛教徒；和尚 ◆ 僧人｜僧徒｜僧尼｜高僧｜粥少僧多｜<u>唐賈島《題李凝幽居》</u>詩："鳥宿池邊樹，僧敲月下門。"

¹² **僱** [gù ㄍㄨˋ ⑧gu³ 故]

❶付錢要人為自己做事 ◆ 僱傭｜解僱｜僱店員。❷接受報酬而為人做事 ◆ 僱工｜僱員。❸付錢讓別人用車、船等給自己服務 ◆ 僱車｜僱船。

¹² **僝** [chán ㄔㄢˊ ⑧san⁴ 潺]

僝僽。❶煩惱；憔悴。❷折磨。❸埋怨；嗔怪。

¹² **僜** [dèng ㄉㄥˋ ⑧deŋ⁶ 鄧]

僜人，住在西藏察隅縣 ◆ 僜語。

¹³ **儎** [zài ㄗㄞˋ ⑧dzɔi³ 再]

❶同"載〈一〉❶"，見699頁左欄。❷量詞。方言。指一艘船裝的貨物 ◆ 一儎。

¹³ **儆** [jǐng ㄐㄧㄥˇ ⑧giŋ² 警]

使人警醒、覺悟，不犯過錯 ◆ 儆戒｜以儆效尤。

¹³ **健** (健) [tà ㄊㄚˋ ⑧tat⁸ 撻]

佻健。見"佻"，25頁右欄。

¹³ **僵** [jiāng ㄐㄧㄤ ⑧gœŋ¹ 姜]

❶僵硬，不靈活 ◆ 僵直｜僵死｜凍僵｜百足之蟲，死而不僵。❷指表情動作呆滯 ◆ 僵着臉兒｜他僵在那兒，心裏有氣。❸指事情難處理或無法進展 ◆ 僵持不下｜必須打破僵局。

¹³ **價** (价) 〈一〉[jià ㄐㄧㄚˋ ⑧ga³ 嫁]

❶商品的價格 ◆ 價目｜價錢｜物價｜售價｜價廉物美。❷價值 ◆ 等價交換｜有價證券。❸化合價 ◆ 氧是二價元素。

〈二〉[jie ㄐㄧㄝ ⑧同〈一〉]

某些副詞的後綴 ◆ 震天價響｜穩穩價走。

¹³ **僶** [mǐn ㄇㄧㄣˇ ⑧men⁵ 敏]

僶俛。努力 ◆ 僶俛從事。

¹³ **儂** (侬) [nóng ㄋㄨㄥˊ ⑧nuŋ⁴ 農]

❶吳方言。你 ◆ 儂輩｜儂聽我講。❷我。多見於古代詩文 ◆ 《<u>紅樓夢</u>》："儂今葬花人笑痴，他年葬

儂知是誰？"❸姓。

¹³儇 [xuān ㄒㄩㄢ ⑧hyn¹ 圈]
輕薄而有小聰明 ◆ 儇狇|儇薄。

¹³僽 [zhòu ㄓㄡˋ ⑧dzɐu⁶ 就]
僝僽。見"僝"，39頁左欄。

¹³儌 [jiǎo ㄐㄧㄠˇ ⑧giu¹ 澆/hiu¹ 囂(語)]
❶同"僥〈一〉"，見38頁左欄。❷襲擊；攔截。

¹³儉 (俭) [jiǎn ㄐㄧㄢˇ ⑧gim⁶ 兼⁶]
節省 ◆ 勤儉|節儉|儉樸|省吃儉用|豐儉隨意|溫良恭儉讓。

¹³儈 (侩) [kuài ㄎㄨㄞˋ ⑧kui² 潰]
舊時稱以介紹買賣居中取利為職業的人。即今之經紀人 ◆ 市儈|牙儈。

¹³儋 [dān ㄉㄢ ⑧dam¹ 耽]
儋縣，地名，在海南。

¹³億 (亿) [yì ㄧˋ ⑧jik⁷ 益]
❶數詞。一萬萬為一億 ◆ 億萬富翁|十二億人口的大國。❷古代指十萬 ◆ 百千萬億。

¹³儀 (仪) [yí ㄧˊ ⑧ji⁴ 而]
❶人的外表和舉止 ◆

儀表|儀容|威儀|儀態萬方。❷禮節 ◆ 禮儀|司儀|儀式|儀仗隊。❸禮物 ◆ 賀儀|菲儀|謝儀。❹測繪實驗用的儀器 ◆ 經緯儀|渾天儀|地震儀。❺嚮往；敬佩 ◆ 我對這位藝術家心儀已久。

¹³儃 [sài ㄙㄞˋ ⑧si³ 試]
不誠懇。

¹³僻 [pì ㄆㄧˋ ⑧pik⁷ 辟]
❶偏僻；邊遠 ◆ 僻靜|僻巷|窮鄉僻壤。❷性情古怪；不隨俗 ◆ 孤僻|怪僻。❸少見的；不常用的(多指文字) ◆ 冷僻|生僻|僻字|僻典。

¹⁴儔 (俦) [chóu ㄔㄡˊ ⑧tsɐu⁴ 酬]
同伴；同輩 ◆ 儔侶|儔輩|朋儔。

¹⁴儒 [rú ㄖㄨˊ ⑧jy⁴ 如]
❶以春秋時代的孔子與戰國時代的孟子為代表的一個學派。提倡以"仁"為中心的倫理道德觀念，主張德治 ◆ 儒家|儒學|宋儒|儒道。❷舊時泛稱讀書人 ◆ 儒將|儒生|腐儒|老儒|鴻儒。

¹⁴儛 [wǔ ㄨˇ ⑧mou⁵ 武]
"舞"的古字。

¹⁴儕 (侪) [chái ㄔㄞˊ ⑧tsai⁴ 柴]

同輩；同類的人 ◆ 吾儕｜儕輩。

---

¹⁴儐 (傧) 　[bīn ㄅㄧㄣ 🔊ben³ 殯]
❶古代稱為主人接引賓客的人，也稱贊禮者。❷儐相。婚禮上陪伴新郎新娘的人 ◆ 男儐相｜女儐相。

¹⁴儘 (尽) 　[jǐn ㄐㄧㄣˇ 🔊dzœn² 準]
❶竭盡全力達到最大限度 ◆ 儘量｜儘快｜儘可能避免差錯。❷最 ◆ 儘北邊｜儘西頭。❸表示以某個範圍為限，不得超過 ◆ 儘着300元錢花。❹讓某些事或人佔先 ◆ 儘先｜座位先儘孩子坐｜這些小禮品你喜歡，儘你先挑。

¹⁴儗 　[nǐ ㄋㄧˇ 🔊ji⁵ 耳]
❶比擬。❷準備；打算。

¹⁵優 (优) 　[yōu ㄧㄡ 🔊jeu¹ 休]
❶優良；美好。與"劣"相對 ◆ 優點｜優秀｜優美｜優等生｜生活優裕｜優勝劣敗。❷勝過；比別的好 ◆ 優勢｜優勝｜優越｜優先權。❸古代稱以演戲為職業的人 ◆ 優伶｜女優｜一代名優。

¹⁵償 (偿) 　[cháng ㄔㄤˊ 🔊sœŋ⁴ 常]
❶歸還；補償 ◆ 償還｜抵償｜照價賠償｜無償援助｜得不償失｜殺人償命，欠債還錢。❷滿足 ◆ 如願以

償｜夙志得償。

¹⁵儨 　[lěi ㄌㄟˇ 🔊lœy⁵ 呂]
傀儨。見"傀"，35頁右欄。

¹⁵儲 (储) 　[chǔ ㄔㄨˇ 🔊tsy⁴ 廚]
❶蓄積；儲存 ◆ 儲蓄｜儲備｜儲存｜儲藏室。❷儲君；太子 ◆ 皇儲｜儲天子。❸姓。

¹⁶儵 同"倏"，見33頁右欄。

¹⁹儺 (傩) 　[nuó ㄋㄨㄛˊ 🔊nɔ⁴ 挪]
古代臘月迎神以驅逐疫鬼的風俗與儀式 ◆ 儺舞｜儺戲｜儺神｜儺禮。

¹⁹儷 (俪) 　[lì ㄌㄧˋ 🔊lei⁶ 麗]
❶相並；成雙 ◆ 儷句｜駢儷文｜駢四儷六。❷指夫妻 ◆ 伉儷｜儷影成雙。

¹⁹儸 　[luó ㄌㄨㄛˊ 🔊lɔ⁴ 羅]
傻儸。見"傻"，37頁左欄。

¹⁹儹 　[zǎn ㄗㄢˇ 🔊dzyn² 轉]
積聚。

²⁰儻 (傥) 　[tǎng ㄊㄤˇ 🔊tɒŋ² 躺]
❶連詞。如果；假使 ◆ 儻若｜儻然｜儻使。❷倜儻。見"倜"，32頁左欄。

²⁰**儼**(俨) ［yǎn ㄧㄢˇ ⑧jim⁵ 染］
莊重、嚴肅的樣子 ◆ 望之儼然｜儼然人師｜她的神情儼然像個大人。

²²**儾** 同"驤"，見855頁左欄。

儿 部

¹**兀** ［wù ㄨˋ ⑧ŋet⁹ 屹］
❶高高突起 ◆ 兀立｜突兀。❷光禿 ◆ 兀鷲。❸助詞 ◆ 兀自｜兀的。

²**元** ［yuán ㄩㄢˊ ⑧jyn⁴ 完］
❶第一；開始的 ◆ 元月｜元旦｜新紀元。❷居首位的 ◆ 元帥｜元首｜元勳｜狀元｜元兇。❸根本的；主要的 ◆ 元音｜元素。❹要素 ◆ 一元論｜多元化。❺構成一個整體的 ◆ 單元。❻貨幣或貨幣的單位 ◆ 銀元｜壹元。❼朝代名。蒙古1206年，成吉思汗建國。1271年忽必烈定國號為元。1279年滅南宋統一全國。定都於大都（今北京）。1368年為朱元璋所滅。❽姓。

²**允** ［yǔn ㄩㄣˇ ⑧wen⁵ 尹］
❶答應；許諾 ◆ 允許｜允諾｜允准｜應允。❷公平；得當 ◆ 允當｜平允｜有礙公允｜持論平允。

³**兄** ［xiōng ㄒㄩㄥ ⑧hiŋ¹ 卿］
❶哥哥 ◆ 胞兄｜父兄｜表兄｜堂兄。❷同輩男子間的尊稱 ◆ 學兄｜老兄｜仁兄｜兄台。

⁴**光** ［guāng ㄍㄨㄤ ⑧gwoŋ¹ 胱］
❶光線 ◆ 光亮｜光輝｜燭光｜光纖通信｜霞光萬道。❷時光；景物 ◆ 春光｜光景｜熱帶風光。❸明亮 ◆ 光澤｜光標｜光亮。❹神采 ◆ 目光炯炯｜容光煥發。❺榮耀 ◆ 光榮｜沾光｜為國增光。❻敬辭。表示光榮 ◆ 光顧｜光臨。❼滑溜 ◆ 磨光｜拋光｜桌面很光。❽空；盡 ◆ 吃光｜精光｜錢花光了。❾裸露 ◆ 光腳｜光膀子｜大冷天光着頭。❿僅僅；只是 ◆ 光打雷，不下雨｜他光替別人着想。⓫姓。

⁴**先** ［xiān ㄒㄧㄢ ⑧sin¹ 仙］
❶時間或次序在前；與"後"相對 ◆ 先鋒｜先例｜先機｜先入為主｜先禮後兵｜先見之明。❷先世；祖先 ◆ 先人｜先祖。❸尊稱死去的人 ◆ 先輩｜先哲｜先烈｜先父｜先祖母。❹姓。

⁴**兇** ［xiōng ㄒㄩㄥ ⑧huŋ¹ 空］
❶惡，兇狠 ◆ 兇猛｜兇暴｜兇悍｜兇惡｜窮兇極惡｜兇相畢露。❷厲害；猛烈 ◆ 吵得很兇｜病勢很兇。❸殺害或傷害人 ◆ 兇手｜兇器｜行兇作惡。❹行兇的人；惡人 ◆ 真兇｜元兇｜幫兇。

4 兆 [zhào 坐ㄠˋ 粵siu⁶ 紹]
❶預兆 ◆ 兆頭｜吉兆｜徵兆｜不祥之兆。❷預示 ◆ 瑞雪兆豐年｜朝霞主雨，晚霞兆晴。❸數目。(1)一百萬 ◆ 兆周。(2)古代極言眾多 ◆ 億兆｜兆民。

4 充 [chōng ㄔㄨㄥ 粵tsuŋ¹ 沖]
❶足；滿 ◆ 充分｜充足｜充沛｜充其量｜充滿熱情。❷塞；裝滿 ◆ 充電｜充斥｜畫餅充飢｜充耳不聞。❸當；擔任 ◆ 充當｜充任｜充軍｜濫竽充數。❹假冒 ◆ 冒充｜充傻｜充內行｜以次充好｜打腫臉充胖子。❺姓。

5 克 [kè ㄎㄜˋ 粵hɛk⁷ 黑]
❶能夠 ◆ 克勤克儉｜未克分身｜何以克當？❷克制；制服 ◆ 克服｜克勵｜克己奉公｜以柔克剛。❸戰勝；攻取 ◆ 攻克｜攻無不克｜克敵制勝。❹消化 ◆ 克食｜克化積食。❺公制重量單位。1000克是1公斤。❻"剋"的簡化字。

5 兕 [sì ㄙˋ 粵tsi⁵ 恃]
古書上指雌性的犀牛 ◆ 青兕｜兕觥（兕形酒器）。

5 兔 [miǎn ㄇㄧㄢˇ 粵min⁵ 勉]
❶除掉；去掉 ◆ 免費｜免税｜免職｜罷免｜減免｜免冠照片。❷避免 ◆ 豁免｜免疫力｜免受其害｜事先準備充分，免得忙中出錯。❸

不；不要 ◆ 閒人免進｜免開尊口。

5 兑 [duì ㄉㄨㄟˋ 粵dœy⁶ 對⁶]
❶換取 ◆ 兑換｜兑款｜兑現｜匯兑｜用紅炮兑了對方的黑車。❷攙和；混和 ◆ 酒裏兑了水。❸八卦之一，卦形是☱，象徵沼澤。

6 兒 (儿) ⟨一⟩ [ér ㄦˊ 粵ji⁴ 而]
❶小孩；兒童 ◆ 嬰兒｜幼兒｜兒歌｜兒科。❷兒子 ◆ 兒孫｜兒媳。❸年青男子 ◆ 健兒｜好男兒｜兒女情長｜痴兒怨女。❹雄性的 ◆ 兒馬。❺名詞的後綴 ◆ 鳥兒｜亮兒｜零碎兒｜花骨朵兒。
⟨二⟩ [ní ㄋㄧˊ 粵ŋɐi¹ 危]
姓。

6 兔 (兎) [tù ㄊㄨˋ 粵tou³ 吐]
哺乳動物名。長耳，短尾，上唇開裂，後肢長，跑得快。通稱"兔子" ◆ 白兔｜長毛兔｜兔死狐悲｜狡兔三窟｜兔子不吃窩邊草。

6 兗 [yǎn ㄧㄢˇ 粵jin⁵ 演]
❶兗州，古代九州之一。在山東，今為兗州市。❷兗兗，誠信謹慎 ◆ 兗兗諸公。

8 党 [dǎng ㄉㄤˇ 粵dɔŋ² 擋]
❶党項，古代羌族的一支。生活於中國西北部，北宋時曾建立西夏政權，後為元所滅。❷姓。❸

"黨"的簡化字。

⁹ **兜** (®兠) ［dōu ㄉㄡ ⑧deu¹ 鬥¹]

❶口袋一類的東西 ◆ 網兜｜褲兜｜衣兜。❷做成兜形盛東西 ◆ 用衣襟兜着玫瑰花瓣。❸繞 ◆ 兜圈子。❹招攬 ◆ 兜銷｜兜售｜生意沒有兜着。❺承擔 ◆ 凡事有他兜着｜吃不了兜着走。❻古代將士的頭盔,通稱"兜鍪"。

¹² **兢** ［jīng ㄐㄧㄥ ⑧ging¹ 京]

小心謹慎 ◆ 兢兢業業｜《詩經》:"戰戰兢兢,如臨深淵,如履薄冰。"

入 部

⁰ **入** ［rù ㄖㄨˋ ⑧jep⁹ 泣⁹]

❶由外面進到裏面,與"出"相對 ◆ 入口｜病從口入｜入鄉隨俗｜升堂入室｜三過家門而不入。❷加入;成為成員 ◆ 入關｜入會｜入夥｜入學通知。❸收入 ◆ 量入為出｜入不敷出｜月入8500元左右。❹符合 ◆ 入時｜入情入理｜格格不入。❺入聲,古代漢語四聲之一 ◆ 平上去入。

² **内** ［nèi ㄋㄟˋ ⑧noi⁶ 耐]

❶裏面;與"外"相對 ◆ 内衣｜室内｜内存｜國内｜内外交困｜内柔外剛。❷指妻子及其親屬 ◆ 内人｜内子｜内弟｜内姪｜内掌櫃的。

⁴ **全** ［quán ㄑㄩㄢˊ ⑧tsyn⁴ 存]

❶齊備;齊全 ◆ 全才｜殘缺不全｜萬全之計。❷保全 ◆ 兩全其美｜苟全性命｜寧為玉碎,不作瓦全。❸整個 ◆ 全體｜全景｜全球｜全神貫注。❹完全;都 ◆ 全無消息｜這套書我全讀過了。❺姓。

⁶ **兩** (兩) ［liǎng ㄌㄧㄤˇ ⑧lœŋ⁵ 倆]

❶數詞。一加一所得。通常用於量詞前 ◆ 兩本書｜兩半兒｜兩耳塞豆,不聞雷霆｜唐杜甫《絕句》詩:"兩個黃鸝鳴翠柳,一行白鷺上青天。"❷兩個方面 ◆ 銀貨兩訖｜勢不兩立｜兩敗俱傷｜宋秦觀《鵲橋仙》詞:"兩情若是久長時,又豈在朝朝暮暮。"❸表示不定數(十以內),多與"一"或"三"連用 ◆ 三番兩次｜真有兩下子｜三天打魚,兩天曬網｜過兩三天再給你回音。❹市制重量單位。1兩等於50克。

八 部

⁰ **八** ［bā ㄅㄚ ⑧bat⁸ 波壓切]

❶數詞。一加七所得。大寫為"捌" ◆ 八卦｜八面玲瓏｜八字沒

一撇｜八仙過海，各顯神通。❷序數詞。第八 ◆ 八叔｜八九不離十。

兮

² **兮** [xī ㄒㄧ ◉ hɐi⁴ 奚]
古代語氣助詞。與現代的"啊"相似 ◆《史記》："風蕭蕭兮易水寒，壯士一去兮不復還。"

六

² **六** 〈一〉[liù ㄌㄧㄡˋ ◉ luk⁹ 陸]
❶數詞。一加五所得。大寫為"陸" ◆ 六朝｜六畜｜六神無主｜身懷六甲｜唐白居易《長恨歌》詩："回眸一笑百媚生，六宮粉黛無顏色。"❷序數詞。第六 ◆ 六年級｜六次會議。❸中國民族音樂傳統記譜符號之一，音值相當於簡譜中的"5"。

〈二〉[lù ㄌㄨˋ ◉ 同〈一〉]
讀音。六安，山名，又地名，在安徽。六合，地名，在江蘇。

公

² **公** [gōng ㄍㄨㄥ ◉ guŋ¹ 工]
❶公平；公正 ◆ 公道｜大公無私｜秉公辦事。❷屬於國家的或公有的，與"私"相對 ◆ 公款｜公務｜公私兩便｜天下為公。❸公共；共同 ◆ 公約｜公認｜公切線｜公益金｜是非自有公論。❹公事，政府或機構的工作 ◆ 辦公｜公餘時間。❺國際間的 ◆ 公斤｜公制｜公海。❻使公開 ◆ 公佈｜公審｜公之於世。❼古代五等爵位的第一等 ◆ 公爵｜王公大臣。❽對男性尊長的敬稱 ◆ 兗兗諸公｜林文忠公(林則徐)｜項莊舞劍，意在沛公。❾指丈夫的父親 ◆ 公公｜公有公理，婆有婆理。❿稱從事某些職業的男子 ◆ 艄公｜圃公｜文抄公。⓫指動物中的雄性 ◆ 公貓｜公雞｜公羊。⓬姓。

共

⁴ **共** [gòng ㄍㄨㄥˋ ◉ guŋ⁶ 公⁶]
❶共同具有或承受 ◆ 共識｜休戚與共｜同甘共苦。❷副詞。一起 ◆ 共振｜共鳴｜共處｜同舟共濟｜宋蘇軾《水調歌頭》詞："但願人長久，千里共嬋娟。"❸總計，一共 ◆ 全套書共二十本。❹共產黨的簡稱 ◆ 中共｜國共合作。

兵

⁵ **兵** [bīng ㄅㄧㄥ ◉ biŋ¹ 冰]
❶武器 ◆ 短兵相接｜厲兵秣馬｜兵不血刃。❷戰士；軍隊 ◆ 士兵｜用兵｜兵力｜兵強馬壯｜兵臨城下。❸軍事；和戰爭有關的 ◆ 兵亂｜兵不厭詐｜紙上談兵｜兵連禍結。

其

⁶ **其** 〈一〉[qí ㄑㄧˊ ◉ kei⁴ 奇]
❶他(她、它)的或他(她、它)們的 ◆ 其貌不揚｜各得其所｜工欲善其事，必先利其器。❷他(她、它)或他(她、它)們 ◆ 任其發展｜出其不意。❸表示近指或遠指。這個、那個 ◆ 查無其人｜不勝其煩｜其樂無窮。❹虛指 ◆ 大辦其酒席｜大耍其小姐脾氣。❺文言助詞。(1)表示揣測或反問 ◆ 一之謂甚，其可再乎？(2)表示命令 ◆ 爾其無忘乃父之志！

〈二〉[jī ㄐㄧ ⑧gei¹ 基]
❶表示疑問的語氣 ◆ 夜如何其。
❷人名用字。

⁶ 具 [jù ㄐㄩˋ ⑧gœy⁶ 巨]
❶器物；用具 ◆ 茶具│道具
│交通工具。❷量詞。用於屍體、
棺材或某些用具 ◆ 一具遺體│老式
座鐘一具。❸具有 ◆ 略具│初具
規模│具體而微。❹備辦；準備 ◆
具結完案│謹具薄禮。

⁶ 典 [diǎn ㄉㄧㄢˇ ⑧din² 電²]
❶標準；法則 ◆ 典範│典型
│典制│典雅。❷指可作為典範的重
要書籍 ◆ 經典│詞典│法典│藥典│
引經據典。❸典故，詩文中引用的
古書裏的故事或詞句 ◆ 典句│用典
│出典。❹禮儀；鄭重舉行的儀式
◆ 典禮│大典│盛典。❺掌管；主持
◆ 典試│典獄官。❻用土地、房屋
或其他東西作抵押向人借款 ◆ 典押
│典當│典出了一處住宅。❼姓。

⁸ 兼 [jiān ㄐㄧㄢ ⑧gim¹ 檢¹]
❶同時具有或涉及若干方面
◆ 兼備│兼職│兼顧│擅詩詞，兼工
書法。❷兩倍的 ◆ 兼程│兼旬。

¹⁴ 冀 [jì ㄐㄧˋ ⑧gei³ 寄/kei³ 暨
（語）]
❶希望 ◆ 希冀│冀求│冀望。❷河
北省的別稱 ◆ 冀北│冀東地區。❸
姓。

冂 部

² 冇 [mǎo ㄇㄠˇ ⑧mou⁵ 母]
粵方言。沒有。

³ 冉 [rǎn ㄖㄢˇ ⑧jim⁵ 染]
❶冉冉，慢慢地 ◆ 炊煙冉
冉升起。❷姓。

³ 冊 [cè ㄘㄜˋ ⑧tsak⁸ 拆]
❶古代稱編串好的竹簡，現
指裝訂好的本子 ◆ 典冊│書冊│手
冊│賬冊│花冊。❷量詞。用於書
籍、簿子等 ◆ 一冊照相簿│五十冊
一套的叢書。

⁴ 再 [zài ㄗㄞˋ ⑧dzɔi³ 載]
副詞。❶表示又一次；第二
次 ◆ 再度│再版│機不可失，時不
再來│一而再，再而三。❷更；更
加 ◆ 顏色要再鮮一點│再大的事
也經得起。❸然後，表示一個動作
將在某一情況下出現 ◆ 吃完飯再
談│先寫正文，再寫序言。❹ 如
果。用於假設 ◆ 再不走，船就開
走了。❺用在否定詞前，表示永遠
◆ 那次吵架後，她再沒來過。❻
另外，表示有所補充 ◆ 除了點
心，再就是水果、飲料。❼表示
事情的繼續或又一次出現 ◆ 青春
不再│好夢難再。

⁵ 冏 [jiǒng ㄐㄩㄥˇ 粵gwiŋ² 炯]
❶光。❷明亮。

⁷ 冒 (粵冒) 〈一〉[mào ㄇㄠˋ 粵
mou⁶ 務]
❶頂着;不顧 ◆ 冒雨|冒險|冒死
相救|冒着生命危險|冒天下之大
不韙。❷向外透;往上升 ◆ 冒氣
|冒汗|冒煙。❸魯莽;輕率 ◆ 冒
失|冒昧。❹假冒 ◆ 冒充|冒名|冒
牌貨。❺姓。
〈二〉[mò ㄇㄛˋ 粵 mɐk⁹ 墨]
冒頓,漢初匈奴族的一個單于。

⁷ 冑 [zhòu ㄓㄡˋ 粵dzɐu⁶ 就]
古代戰士所戴的金屬頭盔 ◆
甲冑|介冑之士。

⁸ 冓 [gòu ㄍㄡˋ 粵geu³ 夠]
房屋的深處。

⁹ 冕 [miǎn ㄇㄧㄢˇ 粵min⁵ 免]
❶古代天子、諸侯、卿、大
夫等行朝禮、祭禮時戴的禮帽 ◆ 冕
服|冕帶。❷專指帝王君主的禮帽
◆ 加冕儀式
|冠冕堂皇。
❸喻指冕狀
的事物 ◆ 日
冕。

¹⁰ 最 (粵㝡㝡) [zuì ㄗㄨㄟˋ 粵
dzœy³ 醉]

❶副詞。表示某種屬性超過所有同
類 ◆ 最好|速度最快|最大限度|
最後通牒。❷首位 ◆ 世界之最。

冖 部

² 冗 (粵宂宂) [rǒng ㄖㄨㄥˇ 粵
juŋ⁵ 勇]
❶多餘的;閒散無用 ◆ 冗筆|冗員
|文詞冗長拖沓。❷繁忙的事 ◆ 務
請撥冗出席會議。❸煩瑣 ◆ 冗雜
|煩冗之事太多,不得脱身。

⁷ 冠 〈一〉[guān ㄍㄨㄢ 粵gun¹官]
❶ 帽子
◆ 桂冠|衣冠|
掛冠|免冠|鳳
冠霞帔|怒髮衝
冠。❷指突出
的如帽子狀的東
西 ◆ 雞冠|樹
冠|合瓣花冠。

〈二〉[guàn ㄍㄨㄢˋ 粵 gun³ 貫]
❶戴帽子 ◆ 沐猴而冠。❷加在前
頭 ◆ 他被冠以"鋼琴詩人"的美
譽。❸居首位 ◆ 冠軍|為世界之
冠。

⁸ 冢 [zhǒng ㄓㄨㄥˇ 粵tsuŋ² 寵]
❶墳墓 ◆ 荒冢|古冢|衣冠
冢。❷山頂。❸大;首領 ◆ 冢子
|冢臣。

冥 (⑧冥冥)

[míng ㄇ丨ㄥˊ ⑧ miŋ⁴ 名]

❶昏暗 ◆ 冥冥｜風雨晦冥。❷愚昧 ◆ 冥頑不靈。❸深沈；深奧 ◆ 冥思苦索｜冥想。❹迷信者所説人死後居住的世界 ◆ 冥府｜冥鈔｜冥器｜冥土｜冥都。

冤 (⑧寃寃)

[yuān ㄩㄢ ⑧ jyn¹ 淵]

❶冤枉；冤屈 ◆ 申冤｜鳴冤叫屈｜不白之冤｜平反冤獄。❷冤仇；仇敵 ◆ 結冤｜冤家路窄｜冤有頭，債有主。❸上當吃虧；受騙 ◆ 花冤枉錢｜跑冤枉路｜做了一回冤大頭。

冪 (⑧幂)

[mì ㄇ丨ˋ ⑧ mik⁹ 覓]

❶遮蓋東西的巾。❷覆蓋；罩 ◆ 輕紗冪了新娘的臉。❸數學名詞。表示一個數自乘若干次的形式 ◆ 乘冪｜降冪。

冫部

冬

[dōng ㄉㄨㄥ ⑧ duŋ¹ 東]

❶冬季，一年四季中的第四季 ◆ 嚴冬｜冬至｜冬筍｜冬眠｜冬日可愛，夏日可畏。❷姓。

冰 (⑧氷)

[bīng ㄅ丨ㄥ ⑧ biŋ¹ 兵]

❶水在攝氏零度以下凝結成的固體 ◆ 冰凍｜冰塊｜冰山｜滴水成冰｜冰消瓦解。❷冷；涼 ◆ 井水冰手。❸把東西用冰或涼水使變涼 ◆ 把西瓜冰上。

冷

[lěng ㄌㄥˇ ⑧ laŋ⁵ 魯打切]

❶寒涼；温度低。與“熱”相對 ◆ 冷菜｜冷氣｜寒冷｜屋子裏很冷。❷靜；不熱鬧 ◆ 冷靜｜冷清清｜門庭冷落。❸不熱情；不友善 ◆ 冷臉｜冷漠｜冷言冷語｜冷若冰霜。❹指失望 ◆ 心灰意冷｜心冷了半截。❺生僻；少見的 ◆ 冷僻｜冷門｜的學科。❻不受歡迎的；無人過問的 ◆ 冷貨｜冷宮｜坐冷板凳。❼乘人不備的；突然的 ◆ 冷槍｜冷箭｜冷不防。❽姓。

冶

[yě 丨ㄝˇ ⑧ jɛ⁵ 野]

❶熔煉金屬 ◆ 冶煉｜冶金｜礦冶。❷形容女子打扮得妖媚豔麗 ◆ 妖冶｜冶豔｜冶遊。❸姓。

冽

[liè ㄌ丨ㄝˋ ⑧ lit⁹ 列]

寒冷 ◆ 北風凜冽。

冼

[xiǎn ㄒ丨ㄢˇ ⑧ sin² 癬]

姓。

凌 (⑧淩)

[líng ㄌ丨ㄥˊ ⑧ liŋ⁴ 鈴]

❶冰塊 ◆ 冰凌。❷侵犯；欺壓 ◆ 欺凌｜凌辱｜盛氣凌人。❸升；登上

◆ 凌霄|凌空飛架|壯志凌雲。❹迫近 ◆ 凌旦|凌晨|凌曉。❺姓。

8 淞 [sōng ㄙㄨㄥ ⑩suŋ¹ 嵩]
水氣在地表或地面物體上凝成的冰花 ◆ 霧淞|雨淞。

8 凍(冻) [dòng ㄉㄨㄥˋ ⑩duŋ³ 東³]
❶液體或含水分的東西因遇冷而凝結 ◆ 霜凍|凍豆腐|冰凍三尺，非一日之寒。❷湯汁凝結成的半固體 ◆ 肉凍|魚凍|水果凍。❸受冷或感覺到冷 ◆ 鼻子凍得發紅|凍得渾身打顫。

8 准 [zhǔn ㄓㄨㄣˇ ⑩dzœn² 準]
❶允許；許可 ◆ 批准|允准|准予|准許|不准亂丟垃圾。❷"準"的簡化字。

8 凋 [diāo ㄉㄧㄠ ⑩diu¹ 刁]
❶植物枯敗脱落 ◆ 凋萎|凋謝|草木凋零|《論語》："歲寒，然後知松柏之後凋也。"❷指人或事物衰敗困窮 ◆ 家業凋殘|民生凋敝。

10 凓 [lì ㄌㄧˋ ⑩lœt9 律]
寒冷 ◆ 凓冽。

12 澌 [sī ㄙ ⑩si¹ 斯]
解凍時隨水流動的冰 ◆ 流澌。

13 凜(⑩凛) [lǐn ㄌㄧㄣˇ ⑩lem5 廩]
❶寒冷 ◆ 寒風凜冽。❷嚴肅；莊嚴 ◆ 大義凜然|凜如霜雪|威風凜凜|凜遵誓約。❸害怕；畏懼 ◆ 凜於巨大的軍事壓力。

14 凝 [níng ㄋㄧㄥˊ ⑩jiŋ4 迎]
❶氣體變為液體或液體變為固體 ◆ 凝結|凝聚|凝固點|前蜀韋莊《菩薩蠻》詞："壚邊人似月，皓腕凝霜雪。未老莫還鄉，還鄉須斷腸。"❷精力集中 ◆ 凝視|凝神|凝眸遠望。

几 部

0 几 〈一〉[jī ㄐㄧ ⑩gei² 紀/gei¹ 基(語)]
用來憑靠或放物件的小桌子 ◆ 茶几|條几|窗明几淨。

〈二〉"幾"的簡化字。

1 凡(⑩兄) [fán ㄈㄢˊ ⑩fan4 煩]
❶平常的；普通的 ◆ 凡人|凡庸|平凡|自命不凡|不同凡響。❷塵世；人間 ◆ 凡塵|凡間|凡心|仙女下凡|肉眼凡胎。❸所有；凡是 ◆ 凡有|舉凡|大凡|凡事皆不能勉強。❹總計；總共 ◆ 大詞典凡十二卷。❺大略；大概 ◆ 凡例|發

凡。❻中國民族音樂傳統記譜符號之一，音值相當於簡譜中的"4"。

---

⁹ **凰**　[huáng ㄏㄨㄤˊ ⑧ wɔŋ⁴ 王]
鳳凰。見"鳳"，831頁右欄。

---

¹⁰ **凱**(凯)　[kǎi ㄎㄞˇ ⑧ hɔi² 海]
❶勝利的（樂曲）◆ 凱歌｜凱旋門｜奏凱而歸。❷姓。

---

¹² **凳**(櫈)　[dèng ㄉㄥˋ ⑧ dɐŋ³ 等³]
有腿而無靠背的一種坐具 ◆ 凳子｜方凳｜石凳｜小板凳。

凵 部

---

² **凶**　[xiōng ㄒㄩㄥ ⑧ huŋ¹ 空]
❶ 不吉利的；不幸的。與"吉"相對 ◆ 吉凶｜凶事｜凶信｜凶宅。❷災荒；收成壞 ◆ 凶年｜備凶之儲。❸同"兇"，見42頁右欄。

---

³ **凷**　[kuài ㄎㄨㄞˋ ⑧ fɐi³ 突]
"塊"的古字。

---

³ **凸**　[tū ㄊㄨ ⑧ dɐt⁹ 突]
高出；突起。與"凹"相對 ◆ 凸出｜凸起｜凸透鏡。

---

³ **出**　[chū ㄔㄨ ⑧ tsœt⁷ 齣]
❶從裏面到外面；與"入"、

"進"相對 ◆ 出門｜出國｜出籠｜出言不遜｜出水芙蓉。❷來到 ◆ 出席｜出演｜出場｜出勤。❸產生；發生 ◆ 出事｜出爐｜出毛病｜人才輩出｜這裏出了不少名人。❹往外拿；支付 ◆ 出題｜出標｜出份子｜出主意｜量入為出。❺發散；發泄 ◆ 出汗｜出水痘｜出口怨氣。❻出現；顯露 ◆ 出名｜出位｜出醜｜出風頭｜出土文物｜水落石出。❼超出 ◆ 出界｜出眾｜出色｜出軌｜出人意料｜不出三個月。❽向外派出 ◆ 出兵｜出使｜出台。❾顯得多 ◆ 出活｜這種米很出飯。❿指來源 ◆ 語出《左傳》｜出自名家之手。⓫用在動詞後，表示動作的趨向或完成 ◆ 寫出一本書｜看出了其中的問題。⓬"齣"的簡化字。

---

³ **凹**　〈一〉[āo ㄠ ⑧ au¹ /ŋɐu¹ 拗/nɐp⁷ 粒 (語)]
周圍高，中間低。與"凸"相對 ◆ 凹陷｜凹版｜凹凸花｜凹面鏡｜凹凸不平。
〈二〉[wā ㄨㄚ ⑧ wa¹ 蛙]
凹入處。也用作地名。山西有核桃凹。

---

⁶ **函**(圅)　[hán ㄏㄢˊ ⑧ ham⁴ 咸]
❶匣子；封套 ◆ 木函｜古函｜這套線裝書一共分八函。❷信件 ◆ 便函｜公函｜書函｜函件｜函購｜函授教育。

刀（刂）部

⁰**刀** [dāo ㄉㄠ 粵dou¹ 都]
❶用來砍、削、刺、切割、屠宰的工具 ◆ 菜刀｜剌刀｜刀刃｜刀下留人｜刀光劍影｜殺雞用牛刀。❷形狀像刀的東西 ◆ 冰刀｜螺絲刀｜刀具。❸量詞。紙張的計量單位，通常1刀為100張。❹姓。

⁰**刁** [diāo ㄉㄧㄠ 粵diu¹ 丟]
❶狡詐；無賴 ◆ 刁滑｜刁蠻｜刁難｜奸刁｜刁鑽古怪。❷姓。

¹**刃** [rèn ㄖㄣˋ 粵jen⁶ 孕]
❶刀鋒；刀口 ◆ 刀刃｜劍刃｜鋒刃。❷指刀劍一類的利器 ◆ 利刃｜白刃戰｜兵不血刃。❸用刀劍殺 ◆ 手刃仇敵。

²**切** 〈一〉[qiē ㄑㄧㄝ 粵tsit⁸ 徹]
❶用刀把物品剖開，截斷 ◆ 切菜｜切西瓜｜把魚切成片。❷截斷 ◆ 切斷電源｜公路已被切斷。❸學術上相互研討 ◆ 切磋。❹幾何學用語，指直線與圓周、圓周與圓周或平面與球相接於一點 ◆ 切點｜切線｜外切圓。

〈二〉[qiè ㄑㄧㄝˋ 粵tsei³ 砌]
❶貼近 ◆ 切身體會｜切膚之痛。❷契合；符合 ◆ 切題｜切合實際｜

切中時弊。❸急迫 ◆ 懇切｜殷切｜回家心切。❹哀怨、憂傷貌 ◆ 悲悲切切。❺務必；一定 ◆ 切記｜切忌｜切不可疏忽。❻按(脈) ◆ 切脈。❼漢字的一種傳統的注音方法。用在反切字後，如"環，胡關切。"表示用前兩字反切注音。

²**分** 〈一〉[fēn ㄈㄣ 粵fen¹ 昏]
❶分開；劃開。與"合"相對 ◆ 分離｜分居｜分散｜分別｜分身之術｜分久必合，合久必分。❷分派 ◆ 分封｜分配｜平分家產｜分到一筆獎金。❸辨別；分明 ◆ 分辨｜分清｜有口難分｜四體不勤，五穀不分。❹由機構或總體分出的部分 ◆ 分部｜分會｜分校｜分冊。❺表示分數 ◆ 百分之十｜三分之一。❻長度、地積、重量、貨幣、時間、經緯度、利率等的計量單位。

〈二〉[fèn ㄈㄣˋ 粵fen⁶ 份]
❶成分 ◆ 水分｜鹽分。❷名位、職責或權力的限度 ◆ 過分｜名分｜守本分｜恰如其分。❸程度；限度 ◆ 過分｜到這分兒了。❹情分 ◆ 看在我的分上就原諒她一次吧。❺料想 ◆ 自分必死。

²**刈** [yì ㄧˋ 粵ŋai⁶ 艾]
割(農作物) ◆ 刈麥｜刈草。

³**刊** [kān ㄎㄢ 粵hɔn¹ 罕¹]
❶古代指書版雕刻，今又指排印出版 ◆ 刊登｜刊刻｜刊行｜停

刊。❷雜誌、報紙等出版物 ◆ 刊頭|創刊|月刊|增刊。❸削除；修改 ◆ 刊補|刊誤|不刊之論。

⁴**刑** [xíng ㄒㄧㄥˊ ⑧jin⁴ 形]
❶根據法律對罪犯施行的處罰 ◆ 判刑|死刑|徒刑|緩刑|刑法|嚴刑峻法。❷特指對犯人的體罰 ◆ 動刑|毒刑|酷刑。

⁴**刓** [wán ㄨㄢˊ ⑧jyn⁴ 元]
❶削去棱角 ◆ 刓方為圓。❷用刀子等挖，刻 ◆ 刓刻|刓鑿。

⁴**列** [liè ㄌㄧㄝˋ ⑧lit⁹ 烈]
❶排列；陳列 ◆ 列隊|羅列|列表。❷安排進去 ◆ 列入名單|列入議事日程。❸屬類；範圍 ◆ 不在討論之列。❹行列 ◆ 最前列。❺各；眾。多用於有名位者 ◆ 列國|列位。❻量詞。用於成行的事物 ◆ 一列士兵|兩列火車。❼姓。

⁴**划** 〈一〉[huá ㄏㄨㄚˊ ⑧wa⁴ 華]
❶用槳撥水使船前進 ◆ 划船|划子。❷合算 ◆ 划不來|划得來。
〈二〉"劃"的簡化字。

⁴**刖** [yuè ㄩㄝˋ ⑧jyt⁹ 月]
砍掉腳。古代的一種酷刑 ◆ 刖足。

⁴**刎** [wěn ㄨㄣˇ ⑧men⁵ 吻]
用刀割頸項 ◆ 伏劍自刎|刎

頸之交。

⁵**別** [bié ㄅㄧㄝˊ ⑧bit⁹ 必⁹]
❶分離 ◆ 送別|話別|離別|生離死別|別來無恙。❷區分 ◆ 辨別|識別|鑒別|分門別類。❸差別，不同 ◆ 細別|男女有別|天壤之別。❹類別 ◆ 性別|派別。❺另外的 ◆ 別人|別開生面|別樹一幟|別有用心|別有洞天。❻特別 ◆ 別趣|別致|別具匠心。❼扭轉 ◆ 別扭|別過頭去|別轉身便走|他腦子別不過來。❽不要 ◆ 別提|別管我|別冒冒失失的。❾用別針類的東西附在另一物體上 ◆ 胸前別了一枚校徽。❿插 ◆ 碧玉簪子別在髮髻上|腰裏暗暗着一枝手槍。⓫表示猜測 ◆ 別是病了，他怎麼沒來。⓬寫錯字或讀錯音 ◆ 別字|讀別了音。

⁵**利** [lì ㄌㄧˋ ⑧lei⁶ 吏]
❶鋒利 ◆ 利劍|利刃|利爪|《周易》："二人同心，其利斷金。"❷利益，好處 ◆ 利害|利誘|利多弊少|鷸蚌相爭，漁人得利。❸順利；吉利 ◆ 不利|利市。❹有益，使得到好處 ◆ 利用|損人利己|利己利人|忠言逆耳利於行。❺利潤或利息 ◆ 贏利|純利|暴利。❻姓。

⁵**刪** (⑧删) [shān ㄕㄢ ⑧san¹ 山]

除去，指去掉文章或書中不妥的部分 ◆ 刪除｜刪改｜刪削｜刪節｜刪繁就簡。

⁵ **刨** 〈一〉[páo ㄆㄠˊ ⑧pau⁴ 咆]
❶挖掘 ◆ 刨土｜刨花生｜刨根問底。❷減去 ◆ 一星期刨去五天，只剩下兩天了。
〈二〉同"鉋"，見738頁右欄。

⁵ **判** [pàn ㄆㄢˋ ⑧pun³ 潘³]
❶分辨；斷定 ◆ 判斷｜判別｜判明是非。❷分明，顯然 ◆ 判若兩人｜判然有別。❸對訴訟的審理和決定 ◆ 審判｜判決｜公判｜清官難判家務事。❹評定 ◆ 評判｜裁判｜判分。

⁵ **初** [chū ㄔㄨ ⑧tsɔ¹ 礎]
❶開始的；開始的部分 ◆ 初冬｜月初｜年初｜起初。❷第一個 ◆ 初一（農曆每月的第一天）｜初十（農曆每月的第十天）。❸第一次；剛開始 ◆ 初稿｜初試｜初婚｜初次見面｜初生牛犢不怕虎。❹原來的；原來的情況 ◆ 初旨｜初衷｜悔不當初。❺最低的等級 ◆ 初小｜初級｜初階｜初等教育。❻姓。

⁶ **刲** [kuī ㄎㄨㄟ ⑧kwɐi¹ 歸]
割。

⁶ **刵** [èr ㄦˋ ⑧ji⁶ 二]
古代割耳的刑罰。

⁶ **刺** 〈一〉[cì ㄘˋ ⑧tsi³ 次]
❶用尖狀物戳進或穿過 ◆ 穿刺｜刺繡。❷用尖刻的話嘲笑、指摘別人 ◆ 諷刺｜譏刺。❸刺激 ◆ 刺眼｜刺耳｜刺心｜寒風刺骨。❹偵探；打聽 ◆ 刺探情報。❺尖銳的針狀物 ◆ 魚刺｜骨刺｜説話帶刺兒。❻名片 ◆ 名刺。❼説話沒完沒了 ◆ 刺刺不休。
〈二〉[cì ㄘˋ ⑧tsik⁸ 七跡切/tsi³ 次]
暗殺 ◆ 刺客｜遇刺身亡。
〈三〉[cī ㄘ ⑧同〈一〉]
象聲詞 ◆ 刺溜｜刺的一聲｜刺刺地往外冒火星。

⁶ **刳** [kū ㄎㄨ ⑧fu¹ 枯]
從中剖開；挖空 ◆ 刳木為舟｜刳肝瀝膽。

⁶ **到** [dào ㄉㄠˋ ⑧dou³ 妒]
❶達到；到達 ◆ 報到｜遲到｜機場到了｜到本週末｜不到黃河心不死。❷往 ◆ 到博物館去。❸周到 ◆ 精到｜面面俱到｜不到之處，請多原諒。❹用在動詞後，表示動作結果 ◆ 聽到｜做不到｜辦得到。❺姓。

⁶ **制** [zhì ㄓˋ ⑧dzɐi³ 濟]
❶法度；規則 ◆ 制度｜五年制｜私有制｜君主制。❷擬定；規定 ◆ 制定｜因地制宜。❸用強力限定或管束 ◆ 制伏｜壓制｜強制執行｜節制飲食。❹"製"的簡化字。

6 **刮** [guā ㄍㄨㄚ [粵] gwat^{8} 颳] ❶用刀刃平削 ◆ 刮臉|刮鬍子|刮垢磨光|刮骨療毒。❷搜刮 ◆ 刮地皮。❸“颳”的簡化字。

6 **剁** [duò ㄉㄨㄛˋ [粵] dɔ^{2} 躲] 用刀斧往下砍 ◆ 剁碎|在案板上剁肉餡。

6 **刻** [kè ㄎㄜˋ [粵] hɐk^{7} 克] ❶用刀子雕鏤 ◆ 雕刻|刻字|刻印|刻畫|刻舟求劍。❷刻薄，不厚道 ◆ 苛刻|尖刻|刻毒。❸形容程度極深 ◆ 刻意|深刻|刻骨銘心|刻苦耐勞。❹計時單位。⑴古代以漏壺計時，一晝夜共分一百刻 ◆ 午時三刻。⑵今以鐘錶計時，十五分鐘為一刻，四刻為一小時 ◆ 三點差一刻。❺泛指短暫的時間 ◆ 立刻|即刻|此刻|刻不容緩。

6 **券** ‹一›[quàn ㄑㄩㄢˋ [粵] hyn^{3} 勸] 用作憑據的票證 ◆ 獎券|債券|證券|入場券|穩操勝券。

‹二›[xuàn ㄒㄩㄢˋ [粵] 同‹一›]
門窗、橋梁等建築物上呈弧形的部分，稱拱券。

6 **刷** ‹一›[shuā ㄕㄨㄚ [粵] tsat^{8} 擦] ❶以毛棕、金屬絲等製成的用以清除塵垢或塗抹東西的用具 ◆ 牙刷|鞋刷|板刷。❷用刷子清除或塗抹 ◆ 粉刷|刷鍋洗碗|洗刷乾淨。❸除去；淘汰 ◆ 初賽就給刷了下來|又一次刷新了世界新紀錄。❹象聲詞 ◆ 高粱葉子刷刷地響着。

‹二›[shuà ㄕㄨㄚˋ [粵] 同‹一›]
刷白，色白而略微發青 ◆ 臉色刷白。

7 **剋** (克) [kè ㄎㄜˋ [粵] hɐk^{7} 黑] ❶嚴格限定 ◆ 剋期|剋日完工。❷約束；制服 ◆ 相生相剋|以柔剋剛。❸暗中削減 ◆ 剋扣。❹姓。

7 **剌** ‹一›[là ㄌㄚˋ [粵] lat^{9} 辣] ❶乖戾；違背常理 ◆ 乖剌|剌謬。❷象聲詞 ◆ 忽剌剌。

‹二›[lá ㄌㄚˊ [粵] lai^{1} 拉]
劃破；割開 ◆ 手掌被剌了一道口子。

7 **剅** ([異]劃) [lóu ㄌㄡˊ [粵] lɐu^{4} 留] 堤壩下排水、灌水的水道；橫穿河堤的水道 ◆ 剅嘴|剅口。

7 **剌** [cì ㄘˋ [粵] lat^{9} 辣] 古同“刺”，刺繡。

7 **剄** (刭) [jǐng ㄐㄧㄥˇ [粵] giŋ^{2} 景] 用刀割頸 ◆ 自剄。

7 **削** ‹一› [xiāo ㄒㄧㄠ [粵] sœk^{8} 爍]

用刀去掉物體表面的一層 ◆ 削水
果│削鉛筆│刀削麵。

〈二〉[xuē ㄒㄩㄝ ⑧同〈一〉]

❶義同〈一〉 ◆ 剝削│削足適履。❷
減少;刪除 ◆ 削減│削弱│削價│
刪削。❸除去 ◆ 削髮出家│削職
為民│削平羣雄。❹峭立的;陡直
的 ◆ 峯巒如削│巉巖削壁。

---

⁷ **則** (则) [zé ㄗㄜˊ ⑧dzɐk⁷ 仄]

❶楷模;榜樣 ◆ 準
則│以身作則。❷規則;制度;章程
◆ 法則│總則│簡則│學生守則。❸
量詞。多用於小篇幅的文字 ◆ 寓
言三則│笑話兩則。❹連詞。(1)表
示兩件事在時間上前後相承 ◆ 寒
來則暑往│每演講至精彩處,則掌
聲雷動。(2)表示情理或因果關係
◆ 學如逆水行舟,不進則退│唐
劉禹錫《陋室銘》:"山不在高,有
仙則名;水不在深,有龍則靈。"
(3)表示對比 ◆ 昔日可行,如今則
不然│先生們在玩撲克,女士們則
全都跳舞去了。❺用在序數詞之
後,列舉理由或原因 ◆ 孩子們上
學遲到,一則因為下大雨,二則
因為交通擁擠。

---

⁷ **剎** 〈一〉[chà ㄔㄚˋ ⑧sat⁸ 殺/
tsat⁸ 擦(語)]

❶佛寺 ◆ 古剎。❷表示極短促的
時間 ◆ 剎那│一剎。

〈二〉[shā ㄕㄚ ⑧sat⁸ 殺]

止住 ◆ 剎車│剎住不正之風。

---

⁷ **剄** [cuò ㄘㄨㄛˋ ⑧tsɔ³ 錯]

❶折傷 ◆ 剄辱│剄傷了腰
椎骨。❷同"銼",見744頁右欄。

---

⁷ **前** [qián ㄑㄧㄢˊ ⑧tsin⁴ 錢]

❶ 正面的或位次靠近頭裏
的,與"後"相對 ◆ 前面│眼前│前
赴後繼。❷ 較早的或過去的,與
"後"相對 ◆ 從前│前人栽樹,後人
乘涼│前事不忘,後事之師。❸特
指前任的 ◆ 前校長│前首相。❹未
來的 ◆ 前途│前衛│前程萬里。❺
向前走 ◆ 一往無前│勇往直前。

---

⁷ **剏** 同"創〈二〉",見57頁右欄。

---

⁷ **剃** [tì ㄊㄧˋ ⑧tɐi³ 替]

用刀刮去毛髮 ◆ 剃刀│剃光
│剃鬚。

---

⁸ **剒** [cuò ㄘㄨㄛˋ ⑧tsɔk⁸ 錯]

銼磨。

---

⁸ **剚** [zì ㄗˋ ⑧dzi³ 志]

用刀刺進;插入。

---

⁸ **剞** [jī ㄐㄧ ⑧gei¹ 基]

剞劂。❶ 刻鏤用的曲形刀
具。❷雕板;刻書。今借指將稿件
交付出版 ◆ 剞劂付梓。

---

⁸ **剗** (刬) 〈一〉[chǎn ㄔㄢˇ ⑧
tsan² 產]

❶用工具鏟平、撮取或清除 ◆ 剗除|剗平。❷"鏟"的異體字。
〈二〉[chàn ㄔㄢˋ 粵同〈一〉]
一剗,全部;一律 ◆ 一剗都是進口機器設備。

剔 [tī ㄊㄧ 粵tik⁷ 惕]
❶將肉從骨頭上刮下來 ◆ 剔骨刀|剔骨存肉。❷挑出 ◆ 剔除|挑剔缺點|剔去了不合格的產品。❸從縫隙中往外挑 ◆ 剔指甲|剔牙齒。❹漢字的筆畫,即挑 ◆ "三點水"偏旁的最後一筆是剔。

剛(刚) [gāng ㄍㄤ 粵gong¹ 岡]
❶硬;堅強。與"柔"相對 ◆ 剛強|剛健|剛正不阿|剛愎自用|剛柔相濟。❷副詞。(1)才;剛才 ◆ 剛回家。(2)恰好;正好 ◆ 剛好|剛巧|剛合適。❸姓。

剕 [fèi ㄈㄟˋ 粵fei³ 廢]
古代砍去腳的酷刑。

剠 〈一〉同"黥",見850頁右欄。
〈二〉同"掠",見256頁左欄。

剖 [pōu ㄆㄡ 粵feu² 否]
❶破開 ◆ 解剖|剖西瓜|橫剖面|剖肝瀝膽|剖腹藏珠。❷分析 ◆ 剖析|剖明心跡|剖斷疑案。

剡 〈一〉[yǎn ㄧㄢˇ 粵jim⁵ 染]
削;刮 ◆ 剡木為楫。
〈二〉[shàn ㄕㄢˋ 粵sim⁶ 蟬⁶]
古地名,在今浙江嵊縣。又有剡溪,即今嵊縣曹娥江之上游。

剜 [wān ㄨㄢ 粵wun¹ 碗¹]
用刀挖;挖去 ◆ 剜野菜|剜肉醫瘡。

刱 同"創〈二〉",見57頁右欄。

劅 [duō ㄉㄨㄛ 粵dzyt⁸ 苗]
❶刺。❷消除,刪改。

剝 〈一〉[bāo ㄅㄠ 粵bok⁷ 雹⁷/mok⁷ 莫⁷(語)]
去掉外面的皮殼 ◆ 剝殼|剝花生。
〈二〉[bō ㄅㄛ 粵同〈一〉]
多用於複合詞。❶義同〈一〉 ◆ 生吞活剝。❷脫落 ◆ 剝落|剝蝕|剝離。❸掠奪;盤剝 ◆ 剝削|剝奪。

副 [fù ㄈㄨˋ 粵fu³ 富]
❶居第二位的;輔助性質的 ◆ 副職|副手|副教授|副校長。❷指輔助性的職務 ◆ 大副|團副。❸附帶的或次要的 ◆ 副業|副本|副產品|副作用。❹相稱;符合 ◆ 名副其實|名不副實|盛名之下,其實難副。❺量詞。(1)用於成對成套的東西 ◆ 一副手套|一副眼鏡。(2)用於表情態度 ◆ 一副笑臉|全

副精神。

⁹ 剐 (剐) [guǎ ㄍㄨㄚˇ ⑧ gwa² 寡]

❶割肉離骨。亦指古代分割人體的一種酷刑 ◆ 剐骨｜千刀萬剐｜捨得一身剐，敢把皇帝拉下馬。❷被尖銳的東西劃破 ◆ 剐了個大口子。

⁹ 剪 [jiǎn ㄐㄧㄢˇ ⑧ dzin² 展]

❶剪刀，一種金屬製的鉸東西的用具 ◆ 刀剪｜理髮剪｜唐賀知章《詠柳》詩："不知細葉誰裁出，二月春風似剪刀。"❷用剪刀等工具使東西斷開 ◆ 剪紙｜剪報｜裁剪｜剪輯。❸除掉 ◆ 剪除｜剪滅。❹指雙手交叉 ◆ 背剪着雙手。

¹⁰ 剳

同"剳"，見57頁右欄。

¹⁰ 剴 (剴) [kǎi ㄎㄞˇ ⑧ goi¹ 該]

剴切。❶符合事理 ◆ 言辭剴切詳明。❷切合實際 ◆ 剴切教導。

¹⁰ 剩 [shèng ㄕㄥˋ ⑧ siŋ⁶ 盛]

多餘；餘留卜來 ◆ 剩菜｜剩餘｜剩員｜過剩｜殘羹剩飯。

¹⁰ 創 (创) 〈一〉[chuāng ㄔㄨㄤ ⑧ tsɔŋ¹ 瘡]

身體受損傷的表面 ◆ 創傷｜創痛｜滿目創痍｜創巨痛深。

〈二〉[chuàng ㄔㄨㄤˋ ⑧ tsɔŋ³ 廠³]

開始做；初次做 ◆ 開創｜創辦｜創刊｜創意｜創業難，守業更難。

¹⁰ 割 [gē ㄍㄜ ⑧ gɔt⁸ 葛]

❶截斷；用刀具切 ◆ 割稻｜割蓆｜閹割｜割雞焉用牛刀。❷捨棄 ◆ 割愛｜割捨。❸分割；劃分 ◆ 割據｜割裂｜割讓領土｜割地賠款。

¹¹ 剺 [lí ㄌㄧˊ ⑧ lei⁴ 離]

用刀劃開；劃破 ◆ 剺面(古代北方某些少數民族的風俗，即割面流血，以表示忠誠及哀痛)。

¹¹ 剽 [piāo ㄆㄧㄠ ⑧ piu³ 票]

❶搶劫；竊取 ◆ 剽取｜剽掠｜剽竊他人的文稿。❷動作敏捷 ◆ 剽悍｜剽勇。

¹¹ 劃

同"鏟"，見754頁左欄。

¹¹ 剿 (⑧剿) [jiǎo ㄐㄧㄠˇ/chāo ㄔㄠ ⑧ dziu² 沼]

消滅；討伐 ◆ 剿滅｜剿匪｜圍剿。

¹² 劂 [jué ㄐㄩㄝˊ ⑧ kyt⁸ 決]

剞劂。見"剞"，55頁右欄。

¹² 剳

〈一〉同"扎〈一〉〈二〉"，見237頁右欄。

〈二〉同"札❷"，見303頁右欄。

¹² **劁** ［qiāo ㄑㄧㄠ ⑧tsiu⁴ 潮］
閹割牲畜，摘除睪丸或卵巢 ◆ 劁豬｜劁羊。

¹² **劃** (划) 〈一〉［huà ㄏㄨㄚˋ ⑧ wak⁹ 或］
❶把整體分成幾部分 ◆ 劃分｜劃界｜劃清權限。❷款項或賬目從某一單位或戶頭轉到另一單位或戶頭 ◆ 劃款｜劃付｜劃撥。❸計劃 ◆ 策劃｜謀劃｜規劃。❹同 "畫❷"，見443頁左欄。
〈二〉［huá ㄏㄨㄚˊ ⑧同〈一〉］
用尖銳物抹拭 ◆ 劃火柴｜手上劃了個口子。

¹³ **劌** (刿) ［guì ㄍㄨㄟˋ ⑧gwɐi³ 貴］
割，刺傷 ◆ 劌目怵心。

¹³ **劇** (剧) ［jù ㄐㄩˋ ⑧kɛk⁹ 屐］
❶戲劇 ◆ 劇本｜話劇｜喜劇｜電視劇。❷猛烈；激烈 ◆ 劇烈｜劇變｜病勢加劇。❸姓。

¹³ **劍** (剑⑧劔鐱)
［jiàn ㄐㄧㄢˋ ⑧gim³ 兼³］
古代的一種兵器。兩面有刃，中間有脊，短柄 ◆ 劍俠｜龍泉寶劍｜劍拔弩張｜刻舟求劍｜口蜜腹劍。

¹³ **劊** (刽) ［guì ㄍㄨㄟˋ ⑧kui² 繪］
砍斷 ◆ 劊子手。

¹³ **劉** (刘) ［liú ㄌㄧㄡˊ ⑧lɐu⁴ 流］
姓。

¹³ **劈** 〈一〉［pī ㄆㄧ ⑧pik⁷ 僻/pɛk⁸ 普擊切（語）］
❶用刀斧從縱面破開 ◆ 劈柴。❷指遇雷擊 ◆ 天打雷劈｜天線被雷劈中了。❸正對着；衝着 ◆ 劈胸｜劈頭蓋臉｜劈臉正遇上老師。
〈二〉［pǐ ㄆㄧˇ ⑧同〈一〉］
❶分開 ◆ 劈成兩段。❷分裂；使離開原物體 ◆ 劈去枝葉。❸指手指或腿過分叉開 ◆ 劈開手指｜她劈叉的動作做得十分優美。

¹⁴ **劐** ［huō ㄏㄨㄛ ⑧wɔk⁹ 獲］
用耕具劃開土壤或用刀尖插入物體後順勢劃開 ◆ 把魚肚子劐開。

¹⁴ **劓** ［yì ㄧˋ ⑧ji⁶ 義］
割鼻。古代的一種酷刑 ◆ 劓割｜劓刑。

¹⁴ **劑** (剂) ［jì ㄐㄧˋ ⑧dzɐi¹ 擠］
❶多種藥品的配合物 ◆ 湯劑｜殺蟲劑｜麻醉劑｜藥劑師。❷劑子，做饅頭或餃子時，從和好的大塊麵中分出來的小塊兒。❸量詞。用於指若干味藥配合起來的湯藥 ◆ 兩劑草藥。

17 **劖** [chán ㄔㄢˊ 圖tsam⁴ 慚]
❶砍斷。❷鑿；鏨。❸古代的一種鏨、砍工具。

19 **劗** [jiǎn ㄐㄧㄢˇ 圖dzyn² 專]
"剪"的古字。割斷。

19 **劘** [mó ㄇㄛˊ 圖mo⁴ 磨]
❶磨礪。❷迫切。

21 **劚** [zhǔ ㄓㄨˇ 圖dzuk⁷ 足]
❶古代農具，鋤類。❷砍；斫；鋤地 ◆ 劚田。

21 **劙** [lí ㄌㄧˊ 圖lɐi⁶ 例]
割開。

力 部

0 **力** [lì ㄌㄧˋ 圖lik⁹ 歷]
❶力量；力氣 ◆ 出力｜威力｜有力｜聲嘶力竭｜力不從心｜力透紙背。❷能力 ◆ 力度｜腦力｜效力｜想像力｜理解力｜力所能及｜度德量力。❸專指體力 ◆ 苦力｜勞力｜力役｜大力士。❹盡力；努力 ◆ 據理力爭｜力挽狂瀾｜力戰羣雄｜工作不力。❺物理學名詞。指物體間的相互作用。凡能使物體獲得加速度或發生形變的作用都稱作"力" ◆ 力學｜彈力｜摩擦力｜反作用力｜萬有引力。❻姓。

3 **功** [gōng ㄍㄨㄥ 圖guŋ¹ 工]
❶功勞 ◆ 功績｜功臣｜功德無量｜豐功偉績。❷成效；成功 ◆ 功用｜功效｜功利｜大功告成｜功敗垂成｜為山九仞，功虧一簣。❸功夫。指技術和技術修養 ◆ 練功｜武功｜唱功｜功架。❹物理學名詞。外力作用在物體上，使物體在力的方向上發生位移叫做"功" ◆ 功率。

3 **加** [jiā ㄐㄧㄚ 圖ga¹ 家]
❶兩個或兩個以上的東西或數目合併在一起 ◆ 風雨交加｜加減乘除｜二加二等於四。❷增添；增加 ◆ 加班｜加薪｜加緊｜加註解｜無以復加｜加油添醋。❸安放 ◆ 加料｜加冕｜以手加額。❹加以，常用在單音節狀語之後 ◆ 大加讚賞｜備加愛惜。❺姓。

4 **劣** [liè ㄌㄧㄝˋ 圖lyt⁹ 捋]
惡；不好。與"優"相對 ◆ 劣等｜惡劣｜劣勢｜優勝劣敗。

5 **劫** (圖刧刼刦)
[jié ㄐㄧㄝˊ 圖gip⁸ 居怯切]
❶搶奪；強取 ◆ 搶劫｜劫獄｜趁火打劫｜劫富濟貧。❷威逼；脅迫 ◆ 劫持｜劫機。❸佛教名詞，後借指天災人禍 ◆ 十年浩劫｜劫後餘生。

5 **助** [zhù ㄓㄨˋ 圖dzo⁶ 座]
幫助；輔助 ◆ 互助｜援助｜

助手|助紂為虐|愛莫能助|得道多
助，失道寡助。

劬 ⁵ [qú ㄑㄩˊ 圖 kœy⁴ 渠]
辛苦；勞累 ◆ 劬苦|不辭劬
勞。

努 ⁵ [nǔ ㄋㄨˇ 圖 nou⁵ 腦]
❶用力 ◆ 努力|少壯不努
力，老大徒傷悲。❷凸出 ◆ 努嘴
|金鋼努目。

劭 ⁵ [shào ㄕㄠˋ 圖 siu⁶ 紹]
❶勸勉。❷美好 ◆ 年高德
劭。

劻 ⁶ [kuāng ㄎㄨㄤ 圖 hɔŋ¹ 康]
劻勷，驚慌不安的樣子。

劼 ⁶ [jié ㄐㄧㄝˊ 圖 kit⁸ 揭]
❶堅定；堅固。❷謹慎。❸
盡力；勤勉。

劾 ⁶ [hé ㄏㄜˊ 圖 hɐt⁹ 瞎]
揭發別人的罪狀 ◆ 彈劾。

勃 ⁷ [bó ㄅㄛˊ 圖 but⁹ 撥]
❶旺盛的樣子 ◆ 勃興|勃起
|蓬勃|生氣勃勃|英姿勃發。❷變
色的樣子 ◆ 勃然作色|勃然大怒。
❸突然 ◆ 戰爭勃發。

勁 ⁷ (劲) 〈一〉[jìng ㄐㄧㄥˋ 圖
giŋ³ 徑]

強健有力 ◆ 勁敵|強勁|疾風知勁
草。

〈二〉[jìn ㄐㄧㄣˋ 圖 同〈一〉]
❶力量；力氣 ◆ 勁頭|後勁|使勁
|有多大勁，出多大力。❷神態；
情緒 ◆ 傻勁|醋勁|爽快勁。❸趣
味；興趣 ◆ 真沒勁|新鮮勁兒。

勉 ⁷ [miǎn ㄇㄧㄢˇ 圖 min⁵ 免]
❶盡力；努力 ◆ 勉力|奮勉
|勤勉。❷鼓勵 ◆ 勉勵|嘉勉|互勉
|共勉|有則改之，無則加勉。❸力
量不夠或不願做，但仍盡力去做 ◆
勉強|勉為其難。

觔 ⁷ [jīn ㄐㄧㄣ 圖 gɐn¹ 巾]
❶同“斤〈一〉”，見282頁左
欄。❷同“筋”，見501頁左欄。

勇 ⁷ [yǒng ㄩㄥˇ 圖 juŋ⁵ 容⁵]
❶有膽量；不怕危險和困難
◆ 勇士|勇氣|英勇|勇冠三軍|自
告奮勇|勇猛精進。❷士兵 ◆ 兵
勇|散兵游勇。❸姓。

勑 ⁸ 〈一〉[lài ㄌㄞˋ 圖 lɔi⁶ 來]
慰勞。
〈二〉同“敕”，見277頁右欄。

勍 ⁸ [qíng ㄑㄧㄥˊ 圖 kiŋ⁴ 擎]
強；有力 ◆ 勍敵|勍寇。

勌 ⁸
同“倦”，見32頁右欄。

8 **勐** [měng ㄇㄥˇ ⑧ maŋ⁵ 猛]
①勇猛。②舊時雲南傣族地區的行政區劃單位。

9 **勘** [kān ㄎㄢ ⑧ hɐm¹ 堪]
①校訂；核對 ◆ 勘正｜校勘｜勘誤表。②實地查看 ◆ 勘查｜勘探｜踏勘｜勘測隊。

9 **勒** 〈一〉[lè ㄌㄜˋ ⑧ lɐk⁹ 盧則切]
①帶嚼子的籠頭 ◆ 馬勒。②拉緊韁繩以止住牲口 ◆ 懸崖勒馬，為時未晚。③強制；強迫 ◆ 勒令｜勒索｜勒派｜勒逼。④雕刻 ◆ 勒碑｜勒石以為紀念。
〈二〉[lēi ㄌㄟ ⑧ 同〈一〉]
用繩子等捆住或套住後再拉緊 ◆ 勒住脖子｜繩子勒得太緊。

9 **勔** [miǎn ㄇㄧㄢˇ ⑧ min⁵ 免]
勤勉；勉力。

9 **勖** (勗) [xù ㄒㄩˋ ⑧ juk⁷ 沃]
勉勵 ◆ 勖勉有加。

9 **動** (动) [dòng ㄉㄨㄥˋ ⑧ duŋ⁶ 洞]
①脫離或改變原來的狀態，與"靜"相對 ◆ 變動｜擺動｜動態｜紋絲不動。②動作；行動 ◆ 舉動｜出動｜動畫技術｜輕舉妄動｜聞風而動｜按兵不動。③勞作；操作 ◆ 勞動｜動手術。④使用 ◆ 動筆｜動干戈｜動腦筋｜動用人力｜君子動口，不動

手。⑤感動；觸動 ◆ 動人｜動情｜動怒｜美妙動聽｜驚心動魄。⑥吃 ◆ 不動酒菜｜老人瑞養生之道是不動葷腥。⑦往往；常常 ◆ 動不動｜動輒得咎。

9 **務** (务) [wù ㄨˋ ⑧ mou⁶ 冒]
①從事；致力 ◆ 務農｜不務虛名。②事情 ◆ 公務｜要務｜雜務｜醫務｜不急之務。③必須 ◆ 務必｜除惡務盡｜務請屆時出席。④宋代收稅的關卡，今只用作地名 ◆ 曹家務(在河北)｜商酒務(在河南)。⑤姓。

10 **勝** (胜) 〈一〉[shèng ㄕㄥˋ ⑧ siŋ³ 性]
①勝利；戰勝。與"敗"、"負"相對 ◆ 勝仗｜取勝｜決勝局｜勝券在握｜旗開得勝｜勝敗乃兵家常事。②勝過，超過 ◆ 好勝心｜今勝於昔｜事實勝於雄辯。③形容事物優美 ◆ 勝景｜勝境｜名勝古跡｜引人入勝。④指被滅亡的 ◆ 勝朝｜勝國。⑤古代婦女的一種頭飾 ◆ 玉勝｜方勝｜花勝。
〈二〉[shèng ㄕㄥˋ / shēng ㄕㄥ (舊) ⑧ siŋ¹ 星]
①能夠承受；禁得起 ◆ 勝任｜不勝酒力｜不勝其煩｜弱不勝衣。②盡 ◆ 不勝枚舉｜不勝感激。

10 **勞** (劳) [láo ㄌㄠˊ ⑧ lou⁴ 盧]
①勞動；操勞 ◆ 勞

力｜勞工｜好逸惡勞。❷疲勞；辛苦 ◆ 辛勞｜勞苦功高｜積勞成疾｜吃苦耐勞｜以逸待勞｜勞民傷財。❸煩勞。客套語，用於請人做事 ◆ 勞駕｜有勞｜勞神。❹指勞動者 ◆ 外勞｜勞資雙方。❺功績 ◆ 功勞｜勳勞｜勞績｜犬馬之勞。❻慰勞 ◆ 犒勞｜勞軍。❼姓。

¹¹ **募**　[mù ㄇㄨˋ ⑧ mou⁶ 務]
廣泛徵求；徵召 ◆ 募捐｜招募｜募兵｜募捐款｜募集兵員。

¹¹ **勢**（势）　[shì ㄕˋ ⑧ sɐi³ 世]
❶權力；勢力 ◆ 權勢｜威勢｜仗勢欺人｜人多勢眾｜趨炎附勢。❷力量；氣勢 ◆ 來勢洶洶｜勢不可擋｜勢如破竹｜虛張聲勢。❸自然界的現象或態勢 ◆ 地勢險要｜水勢洶湧。❹形勢；情勢 ◆ 火勢｜局勢｜態勢｜時勢｜審時度勢｜大勢所趨。❺姿態 ◆ 姿勢｜打手勢｜裝腔作勢。❻雄性生殖器 ◆ 去勢。

¹¹ **勤**　[qín ㄑㄧㄣˊ ⑧ kɐn⁴ 芹]
❶盡力多做；不斷地做。與"懶"、"惰"相對 ◆ 勤奮｜勤快｜勤學苦練｜勤能補拙｜克勤克儉｜業精於勤。❷經常；次數多 ◆ 勤筆免思｜秋季雨水勤｜《紅樓夢》："主雅客來勤。"❸勤務 ◆ 外勤｜內勤。❹在規定的時間內工作 ◆ 出勤｜考勤｜執勤。❺姓。

¹¹ **勠**　[lù ㄌㄨˋ ⑧ luk⁹ 綠]
合力 ◆ 勠力｜勠力同心。

¹¹ **勦**
同"剿"，見57頁右欄。

¹² **勩**（勩）　[yì ㄧˋ ⑧ jɐi⁶ 曳]
❶勞苦；疲勞。❷器物磨損，失去了棱角、鋒芒等 ◆ 這螺絲上的紋路勩掉了。

¹³ **勱**　[mài ㄇㄞˋ ⑧ mai⁶ 賣]
努力；盡力。

¹³ **勰**　[xié ㄒㄧㄝˊ ⑧ hip⁹ 協]
和諧。多用於人名 ◆ 南朝梁有文學批評家劉勰，著有《文心雕龍》一書。

¹⁴ **勳**（勛®勲）　[xūn ㄒㄩㄣ ⑧ fɐn¹ 芬]
大功勞 ◆ 功勳｜勳勞｜勳章｜勳業彪炳｜屢建奇勳｜開國元勳。

¹⁵ **勵**（励）　[lì ㄌㄧˋ ⑧ lɐi⁶ 麗]
勸勉；奮勉 ◆ 鼓勵｜獎勵｜勵志｜勵精圖治。

¹⁷ **勷**　[ráng ㄖㄤˊ ⑧ jœŋ⁴ 羊]
劻勷。見"劻"，60頁左欄。

¹⁸ **勸**（劝）　[quàn ㄑㄩㄢˋ ⑧ hyn³ 券]
❶用言語開導人，使人聽從 ◆ 勸

告｜勸慰｜勸説｜規勸｜唐無名氏《金縷衣》詩："勸君莫惜金縷衣，勸君須惜少年時。"❷勉勵 ◆ 勸戒｜勸勉。

勹部

1 **勺** 〈一〉[sháo ㄕㄠˊ [粵] sœk⁸ 杓] ❶舀東西的器具，長柄，前部半球形 ◆ 湯勺｜漏勺｜飯勺。❷容量單位。一升的百分之一。
〈二〉[sháo ㄕㄠˊ [粵] dzœk⁸ 桌] 古樂舞名。

2 **勿** [wù ㄨˋ [粵] mɐt⁹ 物] 不；不要。表示禁止或勸阻 ◆ 請勿吸煙｜請勿撫摸展品｜勿謂言之不預。

2 **匀** [jiū ㄐㄧㄡ [粵] kɐu¹ 鳩] 聚集。

2 **勻** [yún ㄩㄣˊ [粵] wɐn⁴ 云] ❶平均；使平均 ◆ 勻稱｜勻一勻｜分配不勻。❷從中分出一部分給別人 ◆ 勻兑｜勻出一筆錢｜請把你的稿紙勻一半給我。

2 **勾** 〈一〉[gōu ㄍㄡ [粵] ŋɐu¹ 鈎] ❶用筆畫出符號，表示刪除或截取 ◆ 一筆勾銷｜把他的名字勾去｜重要的段落我已經勾在書上。❷描畫；勾勒 ◆ 勾畫｜勾臉｜用筆勾出大橋的輪廓。❸以鈎或鈎狀物來鈎取 ◆ 用腳勾來一張小板凳。❹相互結合 ◆ 勾結｜勾搭｜勾通｜勾心鬥角。❺招引；引動 ◆ 勾引｜勾魂攝魄｜勾起了對往事的回憶。❻調和使黏 ◆ 勾芡｜勾滷。❼用灰沙泥漿等塗塞縫穴 ◆ 勾牆縫。❽古時稱不等腰直角三角形中較短的直角邊 ◆ 勾股定理。❾姓。
〈二〉[gòu ㄍㄡˋ [粵] 同〈一〉] ❶勾當，事情（常指壞事）。❷姓。

3 **匆** ([異]悤怱) [cōng ㄘㄨㄥ [粵] tsuŋ¹ 充] 急促 ◆ 匆促｜匆忙｜來去匆匆｜行色匆匆。

3 **包** [bāo ㄅㄠ [粵] bau¹ 胞] ❶裹起來 ◆ 包書｜包餃子｜手腕上包着紗布。❷指包裹起來的東西 ◆ 郵包｜紙包｜藥包。❸裝東西的袋子 ◆ 書包｜荷包｜背包。❹身體或物體上突出的疙瘩 ◆ 額上撞了一個大包。❺容納 ◆ 包含｜包容｜包羅萬象。❻圍繞 ◆ 包抄｜包圍｜大火包住了小木屋。❼隱藏 ◆ 包藴｜包藏禍心｜紙包不住火。❽全部承擔 ◆ 包銷｜包攬｜包教包會｜包辦代替。❾保證 ◆ 包管｜包賠｜包你沒事｜包你喜歡。❿約定專用 ◆ 包車｜包廂｜包場｜包二奶。⓫量詞。多用於成包的東西 ◆ 一包白糖｜一包乾淨衣服。⓬姓。

⁴匈 [xiōng ㄒㄩㄥ 粵hun¹ 凶]
匈奴，中國古代北方遊牧民族。

⁶匋 [táo ㄊㄠˊ 粵tou⁴ 逃]
同“陶”。陶器。

⁷匍 [pú ㄆㄨˊ 粵pou⁴ 蒲]
匍匐。❶手足並用地爬行 ◆ 匍匐前進。❷趴伏 ◆ 南瓜藤在地上匍匐生長。

⁹匐 [fú ㄈㄨˊ 粵fuk⁹ 伏/bak⁹ 白]
匍匐。見“匍”，64頁左欄。

⁹匏 [páo ㄆㄠˊ 粵pau⁴ 刨]
匏瓜，葫蘆類的一種植物，果實比葫蘆大，對半剖開可做水瓢用。

匕 部

⁰匕 [bǐ ㄅㄧˇ 粵bei² 比]
❶古代取食的器具，形狀類似今天的羹匙。❷匕首，短劍或兩側都有刃的狹長短刀 ◆ 圖窮匕現。

²化 〈一〉[huà ㄏㄨㄚˋ 粵fa³ 花³]
❶變化；改變 ◆ 化裝|化石|化險為夷|頑固不化|化干戈為玉帛|化腐朽為神奇|清糞自珍《己亥雜詩》：“落紅不是無情物，化作春泥更護花。”❷溶化；銷融 ◆ 化凍|春雪易化|金屬加熱後會熔化。❸消除；消化 ◆ 化痰|化解|化石湯|食古不化。❹燒化 ◆ 焚化|火化。❺感化 ◆ 教化|潛移默化。❻指僧道死亡 ◆ 坐化|羽化登仙。❼僧道求人施捨財物 ◆ 募化|化緣|化齋。❽化學的簡稱 ◆ 化工|化肥|石化廠|數理化。❾後綴。多用於名詞和形容詞之後構成動詞，表示某種性質或狀態的轉變 ◆ 綠化|鈣化|美化|電氣化|知識化|人格化|通俗化。
〈二〉[huā ㄏㄨㄚ 粵fa³ 花³]
❶用掉；消耗 ◆ 化錢|化工夫。❷叫化子，即乞丐。

³北 [běi ㄅㄟˇ 粵bek⁷ 博墨切]
❶方位名，早晨面朝太陽左手的一邊。與“南”相對 ◆ 北方|北門|城北|北半球。❷敗；敗逃 ◆ 敗北|追亡逐北。

⁹匙 〈一〉[chí ㄔˊ 粵tsi⁴ 池]
舀取流質或粉末狀物體等用的小勺 ◆ 茶匙|湯匙。
〈二〉[shi · ㄕ 粵si⁴ 時]
鑰匙 ◆ 金鑰匙|一把鑰匙開一把鎖。

匚（匸）部

² **匹** [pǐ ㄆㄧˇ 粵 pet⁷ 譬吉切]
❶同"疋"。相配；相當 ◆
匹配｜匹敵。❷單獨 ◆ 匹夫｜匹婦
｜單槍匹馬。❸量詞。用於騾、馬
等牲口 ◆ 五匹騾子｜六匹馬。

³ **匝** [zā ㄗㄚ 粵 dzap⁸ 砸]
❶圈 ◆ 繞樹三匝。❷滿；
遍 ◆ 匝月｜柳蔭匝地。

³ **匜** [yí ㄧˊ 粵 ji⁴ 移]
古代盥洗時用來瀉水於手的
盛水器皿，與盤相配。形狀像瓢，
有把手，有
的有足。

⁴ **匡** [kuāng ㄎㄨㄤ 粵 hɔŋ¹ 康]
❶糾正 ◆ 匡正｜匡謬｜匡時
濟俗。❷挽救；輔助 ◆ 匡救｜匡復
｜匡助｜匡世之術。❸粗略地計算
◆ 匡算｜匡一匡。❹姓。

⁴ **匠** [jiàng ㄐㄧㄤˋ 粵 dzœŋ⁶ 丈]
❶有手藝的人 ◆ 工匠｜鐵匠
｜石匠｜能工巧匠｜三個臭皮匠，抵
個諸葛亮。❷靈巧；巧妙 ◆ 匠心
獨運。❸指在某一方面造詣高深的
人 ◆ 巨匠｜一代宗匠｜大匠運斤。

⁴ **匞** 同"炕〈ㄧ〉"，見399頁左欄。

⁵ **匣** [xiá ㄒㄧㄚˊ 粵 hap⁹ 峽]
方形的藏物的器具，小型，
有蓋 ◆ 匣子｜木匣｜粉匣｜首飾匣。

⁶ **匼** [kē ㄎㄜ 粵 hɐp⁷ 恰]
匼河，地名，在山西芮城。

⁷ **匽** [yǎn ㄧㄢˇ 粵 jin² 演]
姓。

⁸ **匪** [fěi ㄈㄟˇ 粵 fei² 誹]
❶強盜；為非作歹的壞人 ◆
土匪｜盜匪｜匪徒｜匪幫｜匪穴。❷
非；不 ◆ 得益匪淺｜匪夷所思｜所
適匪人。

⁹ **匿** [nì ㄋㄧˋ 粵 nik⁹ 溺]
隱藏；隱瞞；躲避 ◆ 藏匿
｜匿名信｜銷聲匿跡。

⁹ **匭** (匦) [guǐ ㄍㄨㄟˇ 粵 gwei²
鬼]
箱子；匣子 ◆ 票匭。

⁹ **區** (区) 〈一〉[qū ㄑㄩ 粵 kœy¹
驅]
❶區域，一定的地區範圍 ◆ 山區
｜選區｜時區｜風景區｜低氣壓區。
❷行政區劃單位 ◆ 自治區｜市轄區
｜縣轄區。❸區別；劃分 ◆ 區分。
❹微小 ◆ 區區小事，何足掛齒。

〈二〉［ōu ㄡ ⑧ eu¹/ŋeu¹ 歐］
姓。

⁹ 區 ［biǎn ㄅㄧㄢˇ ⑧ bin² 貶］
❶上面題有作為標記或表示敬仰頌讚文字的長方形橫牌，釘掛在門、牆的上部 ◆ 區額｜橫區｜金

字牌區。❷一種圓形平底，邊框很淺，用來養蠶或盛糧食的竹器 ◆ 蠶區｜圍區。

¹¹ 匯 (汇⑧滙) ［huì ㄏㄨㄟˋ ⑧ wui⁶ 會］
❶河流會合到一起 ◆ 匯合｜百川匯入大海。❷通過郵局或銀行等金融機構將款項從甲地撥往乙地 ◆ 匯款｜電匯｜外匯｜把錢匯往上海。❸同“彙”，見206頁右欄。

¹² 匱 (匮) ［kuì ㄎㄨㄟˋ ⑧ gwei⁶ 跪］
物資缺乏 ◆ 物資匱乏｜資源豐富，物用不匱。

¹² 匰 ［dān ㄉㄢ ⑧ dan¹ 丹］
古代宗廟內安放木主的器具。

¹⁴ 匴 ［suǎn ㄙㄨㄢˇ ⑧ syn³ 算］
古代竹製的放帽子的盛器。

¹⁵ 匵 同“櫝”，見337頁左欄。

十 部

⁰ 十 ［shí ㄕˊ ⑧ sep⁹ 拾］
❶數詞。一加九所得。大寫為“拾” ◆ 十年樹木，百年樹人。❷序數詞。第十 ◆ 十月｜第十課。❸表示多；完備；齊全 ◆ 十足｜五光十色｜十惡不赦｜十全十美。❹表示垂直相交的事物 ◆ 十字架｜十字街頭｜紅十字會。

¹ 廿 同“廿”，見202頁左欄。

¹ 千 ［qiān ㄑㄧㄢ ⑧ tsin¹ 遷］
❶數詞。等於十個一百。大寫為“仟” ◆ 千禧年｜一千二百名運動員。❷表示多，常跟“百”、“萬”連用 ◆ 千斤重擔｜千言萬語｜千奇百怪｜千山萬水｜千里姻緣一線牽｜千里送鵝毛，禮輕情意重。❸姓。❹“韆”的簡化字。

² 午 ［wǔ ㄨˇ ⑧ ŋ⁵ 五］
❶地支的第七位 ◆ 甲午戰爭。❷日中的時候；指白天十一點

到一點之間 ◆ 中午|午飯|午後|唐
李紳《憫農》詩："鋤禾日當午，汗
滴禾下土。誰知盤中餐，粒粒皆
辛苦。"❸半夜 ◆ 午夜。

² **卅** [sà ㄙㄚˋ ⑧ sap⁸ 圾/sa¹ 沙
（語）]
三十 ◆ 五卅運動。

² **升** [shēng ㄕㄥ ⑧ siŋ¹ 星]
❶由低處向高處移動；與
"降"相對 ◆ 升旗|升騰|冉冉上升
|旭日東升。❷指等級的提高 ◆ 升
級|晉升|提升|升職。❸公制容量
單位，1升為1000毫升。❹市制容
量單位市升的通稱，今市升與公制
同。❺量器，用於量糧食。容量為1
斗的十分之一 ◆ 升斗小民。

³ **卉** [huì ㄏㄨㄟˋ ⑧ wɐi² 委]
草的總稱 ◆ 花卉|奇花異
卉。

³ **半** [bàn ㄅㄢˋ ⑧ bun³ 本³]
❶二分之一 ◆ 半價|半月
刊|半塊餅乾|半斤八兩|年過半
百。❷在……中間 ◆ 半山|半夜三
更|半途而廢。❸不完全 ◆ 半天|
半新半舊|半信半疑。❹表示很少
◆ 一星半點|一言半語。

⁶ **卓** [zhuó ㄓㄨㄛˊ ⑧ tsœk⁸ 桌
（語）]
❶高超；突出；不平凡 ◆ 卓越|英

勇卓絕|遠見卓識|卓有成效|卓爾
不羣。❷高而直 ◆ 卓立|卓峙。❸
姓。

⁶ **卑** [bēi ㄅㄟ ⑧ bei¹ 悲]
❶位置低下；與"高"相對
◆ 卑賤|卑人|卑微|自卑|卑躬屈
膝。❷品質低下 ◆ 卑劣|卑鄙。❸
謙恭 ◆ 謙卑|卑順|卑詞厚禮。

⁶ **卒** 〈一〉[zú ㄗㄨˊ ⑧ dzœt⁷ 臧
沒切]
❶士兵 ◆ 兵卒|馬前卒|身先士卒
|無名小卒。❷差役 ◆ 走卒|獄
卒。❸完畢；終了 ◆ 卒業|卒歲。
❹死亡 ◆ 暴卒|病卒|生卒年月。
〈二〉[cù ㄘㄨˋ ⑧ tsʰɐt⁸ 啜]
同"猝"。突然；出乎意外。

⁶ **協**（协） [xié ㄒㄧㄝˊ ⑧ hip⁹
脅⁹]
❶共同合作 ◆ 協辦|協商|協會|協
同|協議|協力同心。❷和諧 ◆ 協
和|協調。❸幫助；輔助 ◆ 協助|
協理|小提琴協奏曲。

⁷ **南** 〈一〉[nán ㄋㄢˊ ⑧ nam⁴ 男]
❶方位名，早晨面對太陽右
手的一邊；與"北"相對 ◆ 南山|城
南|嶺南|南來北往|南腔北調。❷
姓。
〈二〉[nā ㄋㄚ ⑧ na⁴ 拿]
南無，佛教用語，表示對佛法僧三
寶的歸敬。

10 **博**(®博) [bó ㄅㄛˊ ⑧ bok8 搏]
❶廣泛 ◆ 博愛|博學|博聞強記|博大精深|博採眾長。❷豐富;多 ◆ 淵博|廣博|博物院|地大物博|世界博覽會。❸通曉 ◆ 博古通今。❹獲取 ◆ 博得一陣陣喝彩。❺古代的一種遊戲,今用以指賭博 ◆ 博戲|博徒|六博|賭博。

卜（卜）部

0 **卜** 〈一〉[bǔ ㄅㄨˇ ⑧ buk7 博木切]
❶古代用龜甲蓍草,後世用銅錢、牙牌、起課等預測吉凶禍福 ◆ 占卜|卜卦|卜課|求神問卜。❷選擇 ◆ 卜居|卜鄰|卜宅。❸預料 ◆ 前程未卜|吉凶未卜。
〈二〉"蔔"的簡化字。

2 **卞** [biàn ㄅㄧㄢˋ ⑧ bin6 辨]
❶急躁 ◆ 卞急。❷姓。

3 **卡** 〈一〉[qiǎ ㄑㄧㄚˇ ⑧ ka1 咖/dzap9 閘]
❶在交通要道上為收稅或警備需要而設置的處所 ◆ 稅卡|關卡|哨卡|設卡。❷夾在中間,不能活動 ◆ 卡殼|魚骨卡在喉嚨裏了。❸鉗物的器具 ◆ 髮卡。❹用手的虎口緊緊按住 ◆ 卡脖子。❺比喻阻斷或留住 ◆ 在開支上他卡得特別緊。
〈二〉[kǎ ㄎㄚˇ ⑧ ka1 咖]
❶熱量單位卡路里的簡稱,即1克純水升高攝氏1度所需的熱量。❷卡片;較硬的紙片 ◆ 資料卡|信用卡|病歷卡。❸卡車 ◆ 大卡|十輪卡。

3 **占** 〈一〉[zhān ㄓㄢ ⑧ dzim1 尖]
用龜甲、銅錢等預測吉凶 ◆ 占卦|占卜|占課|占夢。
〈二〉同"佔",見21頁左欄。

5 **卣** [yǒu ㄧㄡˇ ⑧ jeu5 友]
古代盛酒的一種器具,口小腹大,有蓋和提梁。

6 **卦** [guà ㄍㄨㄚˋ ⑧ gwa3 掛]
古代的占卜符號 ◆ 八卦|占卦|卜卦|求籤打卦。

9 **卨**(®卨卨) [xiè ㄒㄧㄝˋ ⑧ sit8 屑]
用於人名。如万俟卨(宋朝人,參與構陷岳飛)。

卩（㔾）部

2 **卬** [áng ㄤˊ ⑧ ŋoŋ4 昂]
❶代詞。表示第一人稱。

我。❷姓。

³**卮**（⑬卮）[zhī ㄓ ⑬dzi¹ 支] 古代盛酒的小杯 ◆ 酒卮｜玉卮。

³**卯**（⑬卯卵）[mǎo ㄇㄠˇ ⑬mau⁵ 牡]
❶地支的第四位 ◆ 乙卯年。❷卯時，指早晨五時至七時。❸舊時官署在卯時辦公，故點名稱作點卯 ◆ 應卯｜畫卯。❹器物上接榫處凹入的孔眼 ◆ 卯眼｜卯不對榫。

⁴**印**[yìn ㄧㄣˋ ⑬jen³ 因³]
❶圖章；戳記 ◆ 印鑒｜印章｜鋼印｜蓋印。❷痕跡 ◆ 指印｜血印｜烙印｜腳印。❸印上痕跡；印刷 ◆ 印書｜刻印｜複印｜石印｜印花布｜洗印照片。❹相合 ◆ 印證｜心心相印。❺姓。

⁴**危**[wēi ㄨㄟ ⑬ŋei⁴ 霓]
❶不安全 ◆ 安危｜危局｜危難｜危如累卵｜轉危為安。❷損害 ◆ 危害國家｜危及生命。❸高聳 ◆ 危樓｜危檣。❹端正 ◆ 正襟危坐。❺指人將死 ◆ 垂危｜病危｜瀕危。❻星名，二十八宿之一。❼姓。

⁵**卵**[luǎn ㄌㄨㄢˇ ⑬lœn⁵ 論⁵]
❶蛋 ◆ 鵝卵石｜卵生動物｜殺雞取卵｜以卵擊石｜危如累卵｜覆巢無完卵。❷動植物的雌性生殖細胞 ◆ 卵子｜卵巢。❸男性的睾丸，俗用作罵人的話。

⁵**即**[jí ㄐㄧˊ ⑬dzik⁷ 積]
❶接近；靠近 ◆ 若即若離｜可望而不可即。❷到；開始從事 ◆ 即位。❸當時；目前 ◆ 即日｜即今｜畢業在即。❹按照（當前的環境）◆ 即席賦詩｜即興表演｜即景生情。❺就是 ◆ 北平即北京。❻副詞。就；便 ◆ 黎明即起｜一說即懂｜一觸即發。❼連詞。即使 ◆ 即真的見面，怕也未必認識。

⁵**卲**
同"劭❷"，見60頁左欄。

⁶**卸**[xiè ㄒㄧㄝˋ ⑬sɛ³ 瀉]
❶除去；解脫 ◆ 卸妝｜卸任｜卸擔子｜推卸責任。❷把東西去掉或拿下來 ◆ 卸貨｜卸車｜拆卸｜卸牲口｜裝卸工。

⁶**卹**（⑬卹）[xù ㄒㄩˋ ⑬sœt⁷ 摔]
❶同"恤"，見218頁右欄。❷驚恐。❸慎重。

⁶**卷**〈一〉[juàn ㄐㄩㄢˋ ⑬gyn² 捲]
❶可以舒捲的書畫；書本 ◆ 詩卷｜書卷｜畫卷｜手卷｜開卷有益｜手不釋卷。❷卷子，考試時寫答案的紙張 ◆ 試卷｜交卷｜改考卷。❸量詞。用於稱書籍的篇章部分 ◆ 上

卷｜第二卷｜萬卷藏書。❹機關保存的檔案、文件 ◆ 卷宗｜案卷。
〈二〉同"捲"，見256頁右欄。

6 卺 [jǐn ㄐㄧㄣˇ 粵 gen² 緊]
即瓢，古代行婚禮時用作酒器 ◆ 合卺。

7 卻 (®却 卻) [què ㄑㄩㄝˋ 粵 kœk⁸ 長約切]
❶後退；使後退 ◆ 退卻｜卻敵｜望而卻步。❷拒絕不受；退還 ◆ 推卻｜盛情難卻｜卻之不恭。❸去；掉。多用於動詞之後，表示動作完成 ◆ 忘卻｜失卻｜了卻。❹副詞。可是，表示轉折 ◆ 聲音雖低，卻很有力｜通了很多信，卻沒見過面。

8 卿 [qīng ㄑㄧㄥ 粵 hiŋ¹ 兄]
❶古代高級官員的名稱 ◆ 卿士｜上卿｜三公九卿。❷古代對男子的敬稱。也是君對臣，長輩對晚輩的稱謂 ◆ 卿家｜愛卿。❸夫妻、情人間的愛稱 ◆ 卿卿我我。❹姓。

11 褧 [xī ㄒㄧ 粵 set⁷ 失]
"膝"的古字。

厂 部

0 厂 〈一〉[ān ㄢ 粵 em¹ 庵]
同"庵"。多用於人的名號。
〈二〉"厰"的簡化字。

2 厄 [è ㄜˋ 粵 ɐk⁷/ŋɐk⁷ 握]
❶災難；困苦 ◆ 厄運｜困厄。❷被困 ◆ 水手厄於孤島。

6 厓 [yá ㄧㄚˊ/yái ㄧㄞˊ (舊) 粵 ŋai⁴ 捱]
山或高地的邊沿 ◆ 山厓｜懸厓。

6 厔 [zhì ㄓˋ 粵 dzɐt⁷ 侄]
盩厔，地名，在陝西。今作"周至"。

7 厙 (厍) [shè ㄕㄜˋ 粵 sɛ³ 舍]
❶方言。村莊，多用作村莊名。❷姓。

7 厘 [lí ㄌㄧˊ 粵 lei⁴ 離]
❶同"釐"，見732頁右欄。❷公制單位 ◆ 厘米｜公厘。

7 厖 〈一〉[páng ㄆㄤˊ 粵 pɔŋ⁴ 旁]
厖兒，臉盤兒。
〈二〉[máng ㄇㄤˊ 粵 mɔŋ⁴ 亡]
❶形體數量等很大。❷雜亂。

7 厚 [hòu ㄏㄡˋ 粵 hɐu⁵ 喉⁵]
❶扁平物體上下兩個面的距離 ◆ 3厘米厚｜厚2寸5分。❷扁平物體上下兩面間距離大；與"薄"相對 ◆ 厚棉衣｜厚厚的積雪。❸(價值)重 ◆ 優厚｜厚禮｜厚利｜厚賞。❹(感情)深 ◆ 厚愛｜深情厚

誼。❺優待；注重 ◆ 厚待|得天獨厚|厚此薄彼|厚古薄今。❻厚道；不刻薄 ◆ 忠厚|敦厚|民風淳厚。❼多；大 ◆ 興趣濃厚|財力雄厚|不負厚望。❽(味道)濃 ◆ 滋味醇厚。❾姓。

厝 [cuò ㄘㄨㄛˋ 粵 tsou³ 措] ❶放置 ◆ 厝火積薪。❷將棺木停放待葬，或淺埋以等待改葬 ◆ 厝所|厝舍|浮厝|暫厝於寺內。

原⁸ [yuán ㄩㄢˊ 粵 jyn⁴ 元] ❶最初的；開始的 ◆ 原人|原始|原祖。❷原本，原來 ◆ 原版|原名|物歸原主|原形畢露。❸未經加工的 ◆ 原棉|原料|原木|原汁原味。❹寬廣平坦之地 ◆ 平原|原野|燎原大火。❺原諒 ◆ 原宥|情有可原。❻姓。

厤¹⁰ [lì ㄌㄧˋ 粵 lik⁹ 力] ❶"曆"的古字。❷"歷"的異體字。

厥¹⁰ [jué ㄐㄩㄝˊ 粵 kyt⁸ 決] ❶氣閉；昏倒；不省人事 ◆ 厥倒|昏厥。❷代詞。其；他的 ◆ 厥父|厥後|大放厥詞。

厭¹²(厌) [yàn ㄧㄢˋ 粵 jim³ 掩³] ❶滿足 ◆ 貪得無厭|學而不厭，

誨人不倦。❷嫌棄；憎惡；不喜歡 ◆ 厭惡|厭倦|厭煩|厭戰。

厲¹³(厉) [lì ㄌㄧˋ 粵 lɐi⁶ 麗] ❶"礪"的本字。❷振奮 ◆ 日夜惕厲|厲精圖治。❸激烈；猛烈 ◆ 厲害|攻勢凌厲|雷厲風行|變本加厲。❹嚴格；嚴肅 ◆ 厲行節約|正言厲色|聲色俱厲。❺磨礪 ◆ 厲兵秣馬。❻姓。

厴¹⁷(厣) [yǎn ㄧㄢˇ 粵 jim² 掩] ❶螺類介殼口圓片形的蓋。❷蟹腹下面的薄殼。

厶 部

厶⁰ [sī ㄙ 粵 si¹ 司] "私"的古字。

去³ [qù ㄑㄩˋ 粵 hœy² 許/hœy³ 許³] ❶從所在地方到別處去；與"來"相對 ◆ 去處|去向|到香港去|立刻就去。❷離開 ◆ 去職|去世。❸距離 ◆ 去今三十載|上海、杭州相去160公里。❹去掉；除去 ◆ 去皮|消痰去火|去粗取精。❺表示行為的趨向 ◆ 放眼望去|信步走去|讓他講去。❻過去的 ◆ 去年|去夏|去冬今春。❼漢語四聲之一 ◆ 去聲|陰陽上去。

4 **厾** [dū ㄉㄨ [粵] duk7 督] 用手指頭、筆尖、棍棒等輕擊輕點 ◆ 點厾（作畫時用筆隨意點染）|厾個點兒。

6 **叁** [sān ㄙㄢ [粵] sam1 衫] 數詞"三"字的大寫。

9 **參**（参[異]叅） 〈一〉[cān ㄘㄢ [粵] tsam1 驂] ❶加入；參加 ◆ 參與|參政|參軍|參戰國|喜憂參半|古木參天。❷檢索驗證 ◆ 參考|參看|參閱|參照物。❸舊時下級按一定的禮節晉見上級 ◆ 參拜|參謁。❹彈劾 ◆ 被上司參了一本。

〈二〉[shēn ㄕㄣ [粵] sɐm1 深]
❶星名，二十八宿之一 ◆ 參商。❷中藥名，人參、黨參等的統稱，一般指人參 ◆ 參湯。

〈三〉[cēn ㄘㄣ [粵] tsɐm1 侵/tsam1 驂]
參差，指長短、高低、大小不一致 ◆ 水平參差不齊。

又部

0 **又** [yòu ㄧㄡˋ [粵] jɐu6 右] 副詞。❶表示重複和繼續 ◆ 讀了又讀|一次又一次|一年又一年。❷表示多種情況或性質同時存在 ◆ 又驚又喜|又冷又餓。❸表示在意思上更進一層 ◆ 患重感冒，又併發了肺炎。❹表示在某個範圍外有所補充 ◆ 他除了去公司上班外，又擔任了三個孩子的家教。❺表示有矛盾的兩件事 ◆ 又要馬兒好，又要馬兒不吃草。❻表示轉折 ◆ 心裏不高興，又不好意思發作。❼用在否定句或反問句中，加強語氣 ◆ 又不是我的事，問我做什麼？❽表示整數再加零數 ◆ 三又二分之一|五元又二角。

1 **叉** 〈一〉[chā ㄔㄚ [粵] tsa1 差] ❶交錯 ◆ 交叉。❷前部有分杈，用來刺取東西的器具 ◆ 叉子|魚叉|丫叉。❸刺；扎取 ◆ 叉魚。❹叉形的符號"×"，一般用於表示錯誤或作廢 ◆ 打叉。

〈二〉[chǎ ㄔㄚˇ [粵] 同〈一〉]
分開成叉形 ◆ 叉腿站立|叉手叉腳。

〈三〉[chà ㄔㄚˋ [粵] 同〈一〉]
分岔 ◆ 叉路|劈叉。

〈四〉[chá ㄔㄚˊ [粵] 同〈一〉]
方言。擋住；卡住 ◆ 遊行的隊伍把街口都叉住了。

2 **友** [yǒu ㄧㄡˇ [粵] jɐu5 有] ❶朋友 ◆ 友誼|網友|校友|摯友|良師益友。❷親近；相愛 ◆ 友好|友愛|友善。❸有友好關係的 ◆ 友邦|友人|友軍。

2 **反** [fǎn ㄈㄢˇ [粵] fan2 返] ❶相反；與"正"相對 ◆ 反

常|反面|反彈琵琶|適得其反。❷
轉換；翻過來 ◆ 反轉|易如反掌|
反客為主。❸回；還 ◆ 反問|反撲
|反擊|反饋。❹反抗；反對 ◆ 反
感|反封建。❺背叛 ◆ 反叛|謀反
|官逼民反。❻類推 ◆ 舉一反
三。❼副詞。反而 ◆ 聰明反被聰
明誤。❽指反切。漢字的一種傳統
的注音方法，如"瓦，五寡反"。表
示用兩個漢字來注另一個漢字的讀
音。兩個漢字中，前者稱反切上
字，後者稱反切下字。被切字的聲
母和清濁跟反切上字相同，被切字
的韻母和聲調跟反切下字相同。

及 ² [jí ㄐㄧˊ 粵 kɐp⁹ 級⁹]
❶趁着；趕上 ◆ 及早|及時
雨|望塵莫及。❷達到 ◆ 普及|顧
及|及格|鞭長莫及|力所能及。❸
連詞。和 ◆ 帶上課本及參考書。
❹姓。

取 ⁶ [qǔ ㄑㄩˇ 粵 tsœy² 娶]
❶拿到 ◆ 取郵件|取得同
情|取長補短|取之不盡，用之不
竭。❷採取；選用 ◆ 錄取|取道上
海|可取之處|吸取教訓|取法乎
上，僅得其中。❸得到；招致 ◆
取樂|取暖|嘩眾取寵|咎由自取。

叔 ⁶ [shū ㄕㄨ 粵 suk⁷ 宿]
❶父親的弟弟 ◆ 叔父|三
叔。❷稱與父親同輩、年齡比父親
小的人 ◆ 叔姪|王叔叔。❸丈夫的

弟弟 ◆ 小叔子。❹古代兄弟長幼
排行次序裏代表第三 ◆ 伯仲叔季
|叔姬。❺姓。

受 ⁶ [shòu ㄕㄡˋ 粵 sɐu⁶ 壽]
❶接受 ◆ 受信人|受教育|
受理案件|感同身受|受人之託。
❷遭受 ◆ 受害|受災|受訓斥|自作
自受。❸忍受 ◆ 不好受|受不了|
容受恥辱|逆來順受。❹適合；中
◆ 受聽|受看|十分受用。

叕 ⁶ [zhuó ㄓㄨㄛˊ 粵 dzyt⁸ 茁]
短；不足。

叟 ⁷ [sǒu ㄙㄡˇ 粵 sɐu² 手]
年老的男子 ◆ 老叟|童叟無
欺|黃童白叟。

叛 ⁷ [pàn ㄆㄢˋ 粵 bun⁶ 伴]
背叛 ◆ 反叛|叛徒|叛變|
叛國|眾叛親離。

曼 ⁷ [màn ㄇㄢˋ 粵 man⁶ 慢]
❶長；延伸 ◆ 曼聲|曼延的
小路|戰國楚屈原《離騷》："路曼
曼其修遠兮，吾將上下而求索。"
❷柔美；細潤 ◆ 曼妙|曼膚|曼舞。

叢(丛) ¹⁶ [cóng ㄘㄨㄥˊ 粵 tsʉŋ⁴ 蟲]
❶聚集；許多事物湊在一起 ◆ 叢
雜|叢莽|荊棘叢生。❷生長在一起
的東西 ◆ 草叢|樹叢。❸聚集在一

起的人或事物 ◆ 人叢|論叢|詩叢|文叢|叢書。❹量詞。簇；束 ◆ 一叢紫羅蘭。

口 部

⁰ **口** [kǒu ㄎㄡˇ ⑧ heu² 侯²]
❶嘴；人或動物進飲食的器官，也是人或某些動物發聲器官的一部分 ◆ 口腔|病從口入|虎口餘生|良藥苦口利於病，忠言逆耳利於行。❷用口説話 ◆ 口授|口語|口誅筆伐|口是心非|口若懸河。❸指人 ◆ 人口|户口|拉家帶口。❹進出通過的地方。(1)泛指通道 ◆ 窗口|三岔路口。(2)特指位於海岸供出入境的口岸 ◆ 港口|通商口岸|出口轉內銷。(3)特指長城的關口。多用於地名 ◆ 喜峯口|張家口|古北口。❺容器內外相通的部分 ◆ 瓶口|缸口。❻物體表面裂開的地方 ◆ 河堤決口|衣服撕了個口子。❼刀、剪等的鋒刃 ◆ 刀口|這刀還沒有開口。❽指驢、馬等牲口的年齡(可以由牙齒的多少判斷) ◆ 四歲口|那匹青稞馬，口雖輕肚子裏已有小馬。❾行業；系統；專業方向 ◆ 農林口|歸口管理|對口支援|專業不對口。❿量詞。(1)用於人 ◆ 一家三口人。(2)用於牲畜 ◆ 一口豬。(3)用於器物 ◆ 一口鍋|一口井|一口鋼刀。(4)用於口

腔的容量或動作 ◆ 吸了一口氣|喝了幾口茶。

² **叶** 〈一〉[xié ㄒㄧㄝˊ ⑧ hip⁹ 協]
相合；和洽 ◆ 叶韻。
〈二〉"葉"的簡化字。

² **古** [gǔ ㄍㄨˇ ⑧ gu² 鼓]
❶古代，離現代較遠的時代，與"今"相對 ◆ 遠古|博古通今|人生七十古來稀|宋文天祥《過零丁洋》詩："人生自古誰無死，留取丹心照汗青。"❷古代的，經歷年代久遠的 ◆ 古詩|古文字|古文物。❸古代詩體中，除律詩、絕句外，格律比較自由的古體詩的簡稱 ◆ 五古|七古。❹姓。

² **叮** [dīng ㄉㄧㄥ ⑧ diŋ¹ 丁]
❶蚊子等用針形口器刺進人或其他動物的皮膚吸血 ◆ 蚊叮蟲咬。❷重複提出(要求、囑咐等) ◆ 叮囑|千叮嚀，萬囑咐。❸象聲詞 ◆ 叮咚|叮叮噹噹。

² **可** 〈一〉[kě ㄎㄜˇ ⑧ hɔ² 何²]
❶表示同意；允許 ◆ 許可|認可|不置可否。❷表示能夠 ◆ 可行|可信|不可勝數|情有可原|殺人可恕，情理難容。❸表示值得 ◆ 可疑|可憐|可喜|難能可貴。❹副詞。(1)表示轉折 ◆ 可是|他沒上過大學，可小發明倒不少。(2)表示強調 ◆ 我可沒有説過這話

|那場球踢得可精彩了！(3)用於加強反問語氣 ◆ 都這麼説，可誰見過呢|這麼大地方，可上哪兒去找你呀？(4)用於加強祈使語氣 ◆ 路上很滑，你可得小心！(5)表示疑問 ◆ 你一向可好|你可曾到過北京？❺相宜；適合 ◆ 可口|可人意|可心的人。❻大約，表示與實際數量相差不大 ◆ 長可5米|年可三十許。❼姓。

〈二〉[kè ㄎㄜˋ ⓟ hɐk⁷ 克]

可汗，古代鮮卑、突厥、回紇、蒙古等族的君主的稱號。

² **右** [yòu ㄧㄡˋ ⓟ jɐu⁶ 又]

❶面朝南時靠西的方向，與"左"相對 ◆ 右手|座右銘|左顧右盼|往右拐。❷指西邊 ◆ 山右(原指太行山以西的地方，後專指山西)|關右|江右。❸指保守的、反動的 ◆ 右派|右翼勢力。❹崇尚；提倡 ◆ 右文|右武。❺古代以右為尊，借指品質等級高 ◆ 無出其右。

² **叵** [pǒ ㄆㄛˇ ⓟ po² 頗]

不可 ◆ 叵耐|居心叵測。

² **卟** [bǔ ㄅㄨˇ ⓟ buk⁷ 卜]

卟吩，一種有機化合物(英 porpho)。是葉綠素、血紅蛋白等的重要組成部分。

² **叭** 〈一〉[bā ㄅㄚ ⓟ ba¹ 爸]

❶象聲詞 ◆ 叭嗒|叭唧|叭

的一聲，竹竿折斷了。❷抽煙 ◆ 老漢叭了一口煙，説話了。

〈二〉[bɑ ·ㄅㄚ ⓟ ba¹ 巴]

喇叭。見"喇"，100頁右欄。

² **只** 〈一〉[zhǐ ㄓˇ ⓟ dzi² 止]

❶副詞。表示局限於一定的範圍 ◆ 只顧説話，忘了吃飯|只可意會，不可言傳。❷僅僅；僅有 ◆ 只此一家，別無分店|門口只一人守衛。

〈二〉"隻"的簡化字。

² **史** [shǐ ㄕˇ ⓟ si² 屎]

❶歷史，自然和社會以往發展的進程 ◆ 史實|詠史詩|史無前例。❷指記載歷史的文字和研究歷史的學科 ◆ 通史|史學|中國古代史|二十四史。❸古代稱掌管記載史實的官 ◆ 左史|右史|太史。❹姓。

² **句** 〈一〉[jù ㄐㄩˋ ⓟ gœy³ 據]

❶詞和詞組構成的，能夠表達完整意思的語言單位 ◆ 造句|祈使句|字斟句酌。❷量詞，用於言語 ◆ 造一句句子|三句話不離本行|酒逢知己千杯少，話不投機半句多。

〈二〉[gōu ㄍㄡ ⓟ ŋɐu¹ 鈎]

❶國名用字，古代有高句驪。❷人名用字。春秋時有越王句踐。❸姓。

² **叱** [chì ㄔˋ ⓟ tsik⁷ 斥]

怒喝；高聲斥責 ◆ 怒叱|叱

喝|叱咤風雲。

²**司** [sī ㄙ ⓟsi¹ 師]
❶掌管；操作 ◆ 司儀|司職|司機|各司其事。❷中央政府部級機關所設的分工辦事的部門 ◆ 外交部亞洲司|建設部房產管理司。❸姓。

²**叼** [diāo ㄉ丨ㄠ ⓟdiu¹ 刁]
用嘴啣住(物體的一部分) ◆ 老鷹叼小雞|嘴裏叼着根香煙。

²**叫** (ⓟ呌) [jiào ㄐ丨ㄠˋ ⓟgiu³ 嬌³]
❶喊；人或動物發出大聲 ◆ 叫喊|狗叫|叫苦不迭|拍案叫絕|大聲叫好。❷某些能發聲的器物發出響聲 ◆ 汽笛鳴叫。❸召喚(別人) ◆ 叫人|快把他叫來|叫天天不應，喊地地不靈。❹名稱是；稱為；稱得上 ◆ 這叫紫荊花|男孩叫王剛|那才叫真正的男子漢！❺為使服務性行業給自己服務而提出要求，如僱車、點菜、要求送貨上門等 ◆ 叫輛車|再多叫幾道菜。❻促使；命令 ◆ 快叫他走開！❼容許或聽任 ◆ 你不叫去，我就不去了。❽讓；被 ◆ 把那些紙壓住，別叫風吹掉了。❾某些家禽或家畜中雄性的 ◆ 叫雞|叫驢。

²**叩** [kòu ㄎㄡˋ ⓟkeu³ 扣]
❶輕輕敲打 ◆ 叩診|叩鐘|叩門聲。❷拜；磕頭 ◆ 叩拜|叩頭|叩謝。❸詢問 ◆ 叩問。

²**叨** ⟨一⟩[dāo ㄉㄠ ⓟtou¹ 滔]
話多；嚕囌 ◆ 絮叨|嘮嘮叨叨。
⟨二⟩[dáo ㄉㄠˊ ⓟ同⟨一⟩]
小聲説話 ◆ 叨咕。
⟨三⟩[tāo ㄊㄠ ⓟtou¹ 滔]
謙辭，承受到(好處) ◆ 叨光|叨擾|叨教。

²**召** ⟨一⟩[zhào ㄓㄠˋ ⓟdziu⁶ 趙]
❶呼喚；招呼 ◆ 召喚|召見|召開|召集會議。❷傣族姓。
⟨二⟩[shào ㄕㄠˋ ⓟsiu⁶ 紹]
❶周朝封邑名，在今陝西岐山西南。❷姓。

²**叻** ⟨一⟩[lè ㄌㄜˋ ⓟlik⁶ 力]
地名用字。華僑稱新加坡為石叻或叻埠。
⟨二⟩[lié ㄌ丨ㄝˊ ⓟlik⁷ 拉尺切]
粵方言。能幹 ◆ 精叻。

²**另** [lìng ㄌ丨ㄥˋ ⓟliŋ⁶ 令]
此外；別的 ◆ 另外|另一位|另起爐灶|另眼相看|另一道題是什麼？

²**台** ⟨一⟩[tái ㄊㄞˊ ⓟtoi⁴ 苔]
❶敬辭，稱呼對方或提起跟對方有關的動作時使用 ◆ 兄台|台

端|台鑒|台啟。❷高而平的建築物 ◆ 跳台|舞台|天文台|亭台樓閣| 宋蘇麟《斷句》詩：“近水樓台先得月，向陽花木易為春。”❸某些像台的建築 ◆ 陽台|井台|講台。❹某些器物的底座 ◆ 燈台|燭台|鍋台。❺量詞 ◆ 一台機器|三個女子一台戲。❻古代官署名 ◆ 中台|御史台。❼台灣的簡稱 ◆ 台胞|台商|港台。❽姓。❾“枱”“颱”的簡化字。

〈二〉[tāi ㄊㄞ ◉ toi⁴ 苔]
地名或山名用字 ◆ 天台山|天台縣|台州地區。

---

³吁

〈一〉[xū ㄒㄩ ◉ hœy¹ 虛]
❶歎息；心裏不痛快而呼出帶聲的長氣 ◆ 吁氣|長吁短歎。❷象聲詞。形容歎息時發出的聲音 ◆ 氣吁吁|氣喘吁吁。

〈二〉[yū ㄩ ◉ jy¹ 迂]
象聲詞。吆喝牛、馬等的聲音 ◆ 吁——吁，站住|馬車夫“吁、吁”地呵止往前走的馬。

〈三〉“籲”的簡化字。

---

³吐

〈一〉[tǔ ㄊㄨˇ ◉ tou³ 兔]
❶使嘴裏的東西出來 ◆ 吐痰|吐故納新|揚眉吐氣。❷說出；透露 ◆ 傾吐|吐露|酒後吐真言|他結結巴巴地吐出了真情。❸從縫隙或口子中露出或放出 ◆ 吐穗|吞吐量|蠶吐絲。

〈二〉[tù ㄊㄨˋ ◉ 同〈一〉]

❶體內東西從口腔湧出 ◆ 嘔吐|上吐下瀉。❷比喻被迫退還侵佔的財物 ◆ 吐贓|他終於吐出了那筆不義之財。

〈三〉[tǔ ㄊㄨˇ ◉ dɐt⁹ 凸]
吐谷渾，古代少數民族名。在今甘肅、青海一帶。

---

³吉　[jí ㄐㄧˊ ◉ gɐt⁷ 桔]
❶祥和的；幸福的。與“凶”相對 ◆ 吉慶|吉祥|吉日|吉期|開門大吉|凶多吉少。❷善良的；美好的 ◆ 吉人自有天相。❸指好日子 ◆ 擇吉成婚。❹姓。

---

³吋　[cùn ㄘㄨㄣˋ / yīng cùn ㄧㄥ ㄘㄨㄣˋ ◉ tsyn³ 寸/jiŋ¹ tsyn³ 英寸]
英寸，英美制長度單位，1吋(英尺)的十二分之一，0.3937吋折合公制為1厘米。

---

³吏　[lì ㄌㄧˋ ◉ lei⁶ 利]
舊時指沒有品級的小公務員；也泛指官員 ◆ 胥吏|刀筆吏|貪官污吏。

---

³吰　[ǹg ㄤˋ ◉ ŋ⁶ 誤]
歎詞。❶表示同意或肯定 ◆ 吰，是這樣的。❷表示歎息或間歇 ◆ 你這人，吰，心腸也未免太好。

---

³同

〈一〉[tóng ㄊㄨㄥˊ ◉ tuŋ⁴ 銅]
❶一樣；類似 ◆ 同輩 | 相

同|雷同|混同|志同道合。❷跟某事物一樣 ◆ 同上|味同嚼蠟|人同此心，心同此理。❸共同；一起 ◆ 同學|同步|同盟軍|同歸於盡|同甘共苦|有福同享，有難同當|唐白居易《琵琶行》詩："同是天涯淪落人，相逢何必曾相識？"❹介詞。(1)引進共同行動的對象 ◆ 同小王住在一起。(2)引進動作所指的對象 ◆ 同她商量。(3)引進比較的對象 ◆ 同去年相比，產值增加了百分之二十。❺連詞。用法跟"和"相仿 ◆ 我同他都是王老師的學生。❻姓。

〈二〉[tòng ㄊㄨㄥˋ ⑧tuŋ⁴ 銅]
同"衕"。胡同，北方城鎮的小街小巷。

³**吊** [diào ㄉㄧㄠˋ ⑧diu³ 釣]
❶懸掛 ◆ 吊橋|吊打|吊桶|吊燈|提心吊膽。❷用繩子拴着將物體提起、降下或移動 ◆ 吊裝|吊車。❸收回(證件) ◆ 吊銷執照。❹勾起；勾引 ◆ 吊胃口|吊膀子。❺把成件的做衣服的毛皮加面子或裏子。❻古時貨幣單位，一千文錢稱一吊。

³**吃** 〈一〉[chī ㄔ ⑧hɛk⁸ 喜隻切]
❶把食物放進嘴裏經咀嚼嚥下，也指用嘴喝、吸等 ◆ 吃菜|吃酒|吃奶|吃香煙|大吃大喝|癩蛤蟆想吃天鵝肉。❷依靠某種事物維持生計 ◆ 吃利息(依靠收取利息

生活)|吃人家的嘴軟|靠山吃山，靠水吃水。❸在專門供應食物的地方進食 ◆ 吃食堂|吃館子。❹打仗或弈棋中消滅對方實力 ◆ 我軍吃掉敵人三個師|我的一車一炮都給他吃了。❺費；耗費 ◆ 吃力|吃勁。❻吸收(液體) ◆ 這紙不吃墨|這種米不吃水。❼切入；深進 ◆ 吃了一刀|這艘船吃水多深？❽承受；感受 ◆ 吃虧|吃不消|吃一塹，長一智|好漢不吃眼前虧。

〈二〉[chī ㄔ/jī ㄐㄧ(舊)⑧gɐt⁷ 吉]
口吃，說話結巴不流暢 ◆ 他治好了口吃的毛病。

³**吒** 〈一〉[zhā ㄓㄚ ⑧dza¹ 渣]
神話故事中人名用字 ◆ 哪吒。

〈二〉"咤"的異體字。

³**向** [xiàng ㄒㄧㄤˋ ⑧hœŋ³ 香³]
❶朝着；對着 ◆ 面向|向日葵|人心向背|房子的正面向南|宋蘇麟《斷句》詩："近水樓台先得月，向陽花木易為春。"❷方向；目標 ◆ 動向|風向|航向|暈頭轉向。❸袒護；偏袒 ◆ 偏向|傾向性|媽媽老是向着弟弟❹介詞。表示動作的方向 ◆ 向右轉|向前輩學習|南唐李煜《虞美人》詞："問君能有幾多愁？恰似一江春水向東流！"❺從來 ◆ 向來|向無此例。❻姓。❼"嚮"的簡化字。

3 **后** [hòu ㄏㄡˋ [粵] hɐu6 侯6] ❶上古稱君主 ◆ 夏后｜商之先后（先王）。❷指君主的配偶 ◆ 皇后｜王后｜后妃｜帝后｜皇太后。❸姓。❹"後"的簡化字。

3 **合** 〈一〉[hé ㄏㄜˊ [粵] hɐp9 盒] ❶閉；對攏 ◆ 合抱｜合攏｜黏合｜嚴絲合縫｜笑得合不攏嘴。❷聚集；共同 ◆ 合作｜合謀｜聯合。❸相符；相適應 ◆ 合拍｜合格｜合意｜合情合理｜不合時宜。❹折合；總共 ◆ 1公尺合3市尺｜這批貨連運費合多少錢？❺全；指所有的成員都在內 ◆ 合族｜合村｜祝合家安好。❻應該；應當 ◆ 理合聲明｜合該受罰。❼量詞。舊小說中指雙方交戰的次數 ◆ 拳擊賽打了十個回合｜兩員猛將大戰四十餘合。❽中國民族音樂傳統記譜符號之一，音值相當於簡譜的"5̣"。❾姓。
〈二〉[gě ㄍㄜˇ [粵] gɐp8 鴿] ❶我國容量單位"市合"的通稱，相當於一市升的十分之一。❷量糧食的器具，方形或圓筒形，用木料或竹筒製成，容量是一市合。

3 **名** [míng ㄇㄧㄥˊ [粵] miŋ4 明/mɛŋ2 命2 (語)] ❶人或事物的稱謂 ◆ 名稱｜姓名｜命名｜冒名頂替｜指名道姓｜行不更名，坐不改姓。❷名字叫；稱為 ◆ 這位先生姓李名凌｜這種珍稀動物名熊貓。❸叫出；說出 ◆ 無以名之｜莫名其妙。❹做某事時用來作為依據的名稱或說法 ◆ 名義｜師出無名｜以合作為名，行詐騙之實。❺在社會上流傳的評價或聲譽 ◆ 名譽｜聲名遠揚｜臭名昭著｜人怕出名豬怕壯｜盛名之下，其實難副。❻在社會上廣為人知的；有聲望的 ◆ 名人｜至理名言｜名師出高徒｜唐劉禹錫《陋室銘》："山不在高，有仙則名；水不在深，有龍則靈。"❼佔有 ◆ 一文不名。❽量詞。用於人 ◆ 全班有三十五名學生。

3 **各** [gè ㄍㄜˋ [粵] gɔk8 角] ❶每個；彼此不同的 ◆ 各國｜各位｜各單位｜各式各樣｜各方面代表。❷副詞。表示不止一人或一物同做某事或同有某種屬性 ◆ 各抒己見｜人各有志｜各盡所能，按勞分配｜清趙翼《論詩》："江山代有才人出，各領風騷數百年。"

3 **吖** [ā ㄚ [粵] a1 丫] 吖啶硫，一種注射劑。

3 **吆**（[異]吆） [yāo ㄧㄠ [粵] jiu1 腰] 大聲喊，多指驅趕牲口、叫賣貨物、呼喚等 ◆ 吆喝｜吆五喝六。

4 **吞** [tūn ㄊㄨㄣ [粵] tɐn 吐根切] ❶不經咀嚼，把食物或其他東西完整地嚥進肚裏 ◆ 吞服｜生吞

活剝｜囫圇吞棗｜狼吞虎嚥｜人心不
足蛇吞象。❷兼併；侵佔 ◆ 併吞
｜吞滅｜侵吞｜妄想鯨吞鄰國。❸強
忍；不明說 ◆ 吞吞吐吐｜忍氣吞
聲。

⁴ **呋** [fū ㄈㄨ ⓟfu¹ 夫]
呋喃，有機化合物，分子式
C_4H_4O（英furan）。無色液體。供製
藥用，也是重要的化工原料。

⁴ **呆** 〈一〉[dāi ㄉㄞ/ ái ㄞˊ(舊)
ⓟŋoi⁴ 外⁴/dai¹ 歹¹]
❶表情死板；發愣 ◆ 發呆｜嚇呆了
｜呆若木雞｜他聽了這話，呆了好
半天。❷不靈活；不生動 ◆ 這篇
文章寫得太呆板。
〈二〉[dāi ㄉㄞ ⓟ同〈一〉]
❶傻；愚蠢；反應遲鈍 ◆ 呆笨｜痴
呆｜書呆子｜呆頭呆腦。❷待；停
留；遲延 ◆ 呆在南京過年｜她想一
個人呆一會兒｜一會兒我們一起
走。

⁴ **吾** [wú ㄨˊ ⓟŋ⁴ 吳]
❶文言第一人稱代詞。我，
我們；我的，我們的 ◆ 吾輩｜老吾
老以及人之老，幼吾幼以及人之
幼。❷姓。

⁴ **吱** [zhī ㄓ/ zī ㄗ ⓟdzi¹ 支]
❶象聲詞 ◆ 嘎吱｜咯吱｜老
鼠"吱"的一聲跑了｜麻雀在樹枝上
吱吱叫個不停。❷發出（聲音）◆

孩子一聲不吱地站着｜他就是不吱
聲。

⁴ **吥** [bù ㄅㄨˋ ⓟbɐt⁷ 不]
地名譯音用字。嗊吥。見
"嗊"，104頁右欄。

⁴ **否** 〈一〉[fǒu ㄈㄡˇ ⓟfeu² 剖]
❶否定，不承認事物的存在
或事物的真實性 ◆ 否認｜否決｜不
置可否。❷表示不同意，相當於口
語中的"不" ◆ 這種說法對嗎？
否！❸表示詢問 ◆ 是否｜能否｜可
否借來一用？❹用在問句句末，表
示詢問 ◆ 此事確切否｜不知你同意
否｜宋·辛棄疾《永遇樂》詞："廉頗
老矣，尚能飯否？"
〈二〉[pǐ ㄆㄧˇ ⓟpei² 鄙/pei⁴ 被]
❶壞；惡 ◆ 否極泰來。❷貶斥壞
的 ◆ 臧否人物。

⁴ **吠** [fèi ㄈㄟˋ ⓟfei⁶ 廢⁶]
狗叫 ◆ 犬吠｜狂吠｜桀犬吠
堯｜蜀犬吠日｜一犬吠形，百犬吠
聲。

⁴ **呔** (ⓟ呆) 〈一〉[dāi ㄉㄞ ⓟtai¹
太¹]
歎詞。促使對方注意的吆喝聲 。
〈二〉[tǎi ㄊㄞˇ ⓟ同〈一〉]
方言。說話帶外地口音。

⁴ **吘** [ňg ㄤˇ ⓟŋ² 誤²]
歎詞。表示出乎意外或不以

為然 ◆ 吽，已經八點多了，你還不去上班？

⁴ **吰**（⦿噲） [hóng ㄏㄨㄥˊ ⦿wen⁴ 宏]

嚕吰。見"嚕"，111頁右欄。

⁴ **呃**（⦿嗝） [è ㄜˋ ⦿ek⁷/ak⁷ 握]

❶打嗝 ◆ 呃逆｜打呃。❷象聲詞 ◆ 呃呃｜呃嚇（形容笑聲）。

⁴ **呀** ⟨一⟩[yā ㄧㄚ ⦿a¹ 鴉]

❶歎詞。表示驚歎 ◆ 呀，下兩了｜呀，這張畫怎麼撕破了？❷象聲詞 ◆ 窗"呀"的一聲被風吹開了。

⟨二⟩[ya ·ㄧㄚ ⦿a³ 亞]

語氣助詞 ◆ 是誰呀｜這兒的景色多美呀｜他們爬呀，爬呀，終於爬到了山頂。

⁴ **吡** ⟨一⟩[bǐ ㄅㄧˇ ⦿pei² 鄙]

❶吡啶，有機化合物，分子式C_5H_5N（英pyridine）。無色液體，有臭味，可製溶劑和化學試劑。❷吡咯，有機化合物，分子式C_4H_5N（英pyrrole）。無色液體，可供製藥。

⟨二⟩[pǐ ㄆㄧˇ ⦿pei² 鄙]

斥責；詆毀。

⁴ **吵** ⟨一⟩[chǎo ㄔㄠˇ ⦿tsau² 炒]

❶聲響嘈雜煩人 ◆ 吵鬧｜吵嚷｜這地方太吵了，換個地方坐吧。❷口角；拌嘴 ◆ 吵嘴｜吵架｜爭吵｜大吵大鬧。

⟨二⟩[chāo ㄔㄠ ⦿tsau² 炒]

吵吵，許多人同時雜亂地說話 ◆ 大伙兒別吵吵了，聽我說。

⁴ **吶** ⟨一⟩[nà ㄋㄚˋ ⦿nap⁹ 納]

❶大聲呼喊 ◆ 吶喊。❷見"嗩"，105頁左欄。

⟨二⟩同"訥"，見654頁右欄。

⟨三⟩[ne ·ㄋㄜ ⦿nε¹ 尼耶切¹]

助詞。同"呢"。❶用在疑問句尾，表示疑問的語氣 ◆ 你問誰吶？❷用在陳述句尾，表示確認事實的語氣 ◆ 小姑娘還會彈鋼琴吶。❸用在陳述句尾，表示動作或情況正在繼續 ◆ 他在看電視吶。❹用在句子中，表示略作停頓的語氣 ◆ 媽媽吶，喜歡看戲曲節目，我吶，就喜歡看動畫片。

⟨四⟩[na ·ㄋㄚ ⦿na¹ 那¹]

語氣助詞。"啊"的變音 ◆ 天吶！

⁴ **吽** [hōng ㄏㄨㄥ ⦿huŋ¹ 空]

梵文Hum的音譯，佛教咒語"六字真言"之一。

⁴ **告** [gào ㄍㄠˋ ⦿gou³ 高³]

❶陳述；用言語或文字向人說明 ◆ 告訴｜通告｜廣告｜奔走相告｜宋陸游《示兒》詩："王師北定中原日，家祭毋忘告乃翁。"❷揭發；提起訴訟 ◆ 告密｜控告｜惡人先告狀。❸請求；央求 ◆ 告饒｜告

假｜夾告｜求爺爺，告奶奶。❹表明 ◆ 告別｜自告奮勇。❺宣佈事情成功或達到某種程度 ◆ 告竣｜大功告成｜工作到此暫告一段落｜比賽以握手言和告終。

⁴ 呈 [chéng ㄔㄥˊ ⑧ tsiŋ⁴ 程]
❶顯露；表現出 ◆ 呈現｜呈露｜這種植物的花呈白色。❷恭敬地遞送 ◆ 呈送｜呈遞｜呈報｜呈獻｜呈上一份計劃書。❸一種公文，下級對上級使用 ◆ 辭呈｜呈文。

⁴ 吪 [é ㄜˊ ⑧ ŋɔ⁴ 鵝]
❶動；行動。❷教化；感化。

⁴ 呂 [lǚ ㄌㄩˇ ⑧ lœy⁵ 旅]
❶古代指校正樂律的十二根管徑相等、管長不一的竹管中成偶數的六根，合稱“六呂”。成奇數的六根稱為“六律”，因以“律呂”統稱音律。❷姓。

⁴ 吟 [yín ㄧㄣˊ ⑧ jem⁴ 淫]
❶聲調抑揚頓挫地誦讀 ◆ 吟誦｜歌吟｜熟讀唐詩三百首，不會吟詩也會吟。❷鳴叫；發出低聲歎息 ◆ 蟬吟｜呻吟。❸我國古典詩歌的一種名稱，如《遊子吟》、《梁甫吟》等。

⁴ 含 [hán ㄏㄢˊ ⑧ hem⁴ 酣]
❶讓東西留在嘴裏，不吐出也不吞嚥 ◆ 含漱劑｜含血噴人｜嘴裏含着一塊糖。❷包藏；裏面存有 ◆ 含有｜含淚｜包含｜蘊含｜含垢忍辱。❸帶有某種感情、意味等，而不明白表露 ◆ 含笑｜含羞｜含情脈脈。

⁴ 吩 [fēn ㄈㄣ ⑧ fen¹ 芬]
吩咐，口頭指派或命令 ◆ 母親吩咐我把房間收拾乾淨。

⁴ 吻 (⑧脗) [wěn ㄨㄣˇ ⑧ men⁵ 敏]
❶嘴唇 ◆ 唇吻｜接吻｜親吻。❷表示喜愛而用嘴唇觸及 ◆ 吻別｜球員們激動地吻着獎杯。❸指動物頭端的突出部分或口器。

⁴ 吹 [chuī ㄔㄨㄟ ⑧ tsœy¹ 催]
❶撮起雙唇用力出氣 ◆ 吹哨｜吹毛求疵｜吹生日蠟燭｜擀麵杖吹火，一竅不通。❷吹氣演奏 ◆ 吹奏｜吹笛｜吹簫｜吹號｜宋雷震《村晚》詩：“牧童歸去橫牛背，短笛無腔信口吹。”❸(空氣) 流動；衝擊 ◆ 吹拂｜吹風機｜風吹草動｜北風吹，大雪飄。❹誇口 ◆ 誇張地說 ◆ 吹牛｜吹捧｜自吹自擂｜你先別吹，做出來看！❺事情取消；感情破裂 ◆ 那筆生意吹了｜同女朋友吹了。

⁴ 吸 [xī ㄒㄧ ⑧ kep⁷ 級]
❶從口或鼻孔把液體、氣體

等引入體內 ◆ 呼吸｜吮吸｜吸氣｜吸氧｜敲骨吸髓。❷攝取；物體把外界某些物質引入自身 ◆ 吸水紙｜吸塵器。❸物體把外界某種物體引過來貼近自身。與"斥"相對 ◆ 吸附｜吸引｜吸力｜吸鐵石｜同性相斥，異性相吸。

4 **吝**（[異]悋）[lìn ㄌㄧㄣˋ [粵] lœn6 論]
小氣；捨不得 ◆ 吝嗇｜慳吝｜請不吝指正。

4 **吭** 〈一〉[háng ㄏㄤˊ [粵] hɔŋ4 杭]
❶喉嚨 ◆ 引吭高歌。❷吭唷，也作"杭育"。負重時或重體力集體操作時發出的呼喊 ◆ 民工們吭唷、吭唷地挑着石塊走上堤岸。
〈二〉[kēng ㄎㄥ [粵] hɐŋ1 亨]
出聲；說話 ◆ 未吭聲｜一聲不吭。

4 **吣**（[異]唚）[qìn ㄑㄧㄣˋ [粵] tsɐm3 摻]
❶貓狗嘔吐 ◆ 吣食。❷胡說；亂罵 ◆ 你滿嘴胡吣些什麼！

4 **君** [jūn ㄐㄩㄣ [粵] gwɐn1 軍]
❶帝王 ◆ 國君｜暴君｜君權｜君王｜君主。❷對別人的尊稱 ◆ 諸君｜李君｜請君入甕｜與君一夕話，勝讀十年書｜唐王維《渭城曲》詩："勸君更盡一杯酒，西出陽關無故人。"

4 **吳** [wú ㄨˊ [粵] ŋ4 吾]
❶古國名。(1) 周代諸侯國名，在今江蘇南部和浙江北部，後來擴展到淮河流域。(2) 三國之一，孫權所建（公元222—280年），在長江中下游和東南沿海一帶。❷地區名，指今江蘇南部和浙江北部一帶 ◆ 吳中｜吳下｜吳語。❸姓。

4 **吷** [xuè ㄒㄩㄝˋ [粵] hyt8 血]
以口吹物發出的細微聲音。

4 **呎** [chǐ ㄔˇ/yīng chǐ ㄧㄥ ㄔˇ [粵] tsɛk8 尺/jiŋ1 tsɛk8 英尺]
英尺，英美制長度單位，1呎是12吋，約合0.3048米。

4 **吲** [yǐn ㄧㄣˇ [粵] jɐn5 引]
吲哚，有機化合物，分子式 C_8H_7N（英indole）。無色或淡黃色，片狀結晶，供製香料和化學試劑。

4 **吧** 〈一〉[bā ㄅㄚ [粵] ba1 爸]
❶象聲詞 ◆ 吧嗒｜吧唧｜"吧"的一聲，竹竿折斷了。❷抽煙 ◆ 老漢吧了口煙，說話了。
〈二〉[ba ·ㄅㄚ [粵] ba6 罷]
助詞。(1) 用在句末表示祈使、請求、建議等 ◆ 幫我拿一拿吧｜我們還是去看看吧｜你快走吧！(2) 用在句末表示允許、認可 ◆ 好吧，就這麼辦｜就這樣吧，明天我找經理談一下。(3) 用在句末表示疑問、揣測 ◆ 他大概已經到了吧。(4) 用在句

末表示不敢肯定，但不要求回答 ◆
過了五六天吧，他又來了。(5)用
在句中，作為停頓，表示假設的語
氣。多採取對舉形式，有為難意味
◆ 這事真叫我為難，管吧，怕管
不好，不管吧，又不放心。

⁴吼 [hǒu ㄏㄡˇ ⓿ heu³ 口³/heu²
口]
❶猛獸大聲叫 ◆ 吼叫│狂吼│怒吼
│獅子大吼了一聲。❷人因憤怒或
情緒激動時大聲地叫喊 ◆ 你吼什
麼？有話應該心平氣和地説。❸
風、汽笛、大炮等發出巨響 ◆ 狂
風怒吼。

⁴吮 [shǔn ㄕㄨㄣˇ ⓿ syn⁵ 船⁵/
soen³ 孫/tsyn⁵ 全⁵]
聚攏嘴唇吸取 ◆ 吮吸│吮乳│吮癰
舐痔。

⁵味 [wèi ㄨㄟˋ ⓿ mei⁶ 未]
❶吃東西時舌頭嚐到的感
覺，如甜、酸、苦、辣 ◆ 味道│滋
味│調味品│味同嚼蠟。❷指有滋味
的食物 ◆ 滷味│臘味│美味│美味佳
肴│山珍海味。❸物質所具有的能使
鼻子聞到的特性 ◆ 香味│火藥味。
❹含意；情趣 ◆ 韻味│乏味│興味
索然│看得津津有味。❺體會；品
評 ◆ 玩味│品味│體味│耐人尋味。
❻量詞。用於中藥，藥方中的一種
藥叫一味 ◆ 這張方子裏共用九味
藥。

⁵哳 [dā ㄉㄚ ⓿ da¹ 打¹]
吆喝牲口使前進的聲音，發
音短促 ◆ 大漢"哳"的一聲，鞭子
一甩，馬車朝前走了。

⁵呿 [qū ㄑㄩ ⓿ hœy³ 去]
口張開的樣子 ◆ 口呿舌結。

⁵咁 [gèm ㄍㄜㄇˋ/hān ㄏㄢ ⓿
gɛm³ 感]
粵方言。如此；這樣 ◆ 咁多│咁好
│咁蠢。

⁵咕 [gū ㄍㄨ ⓿ gu¹ 姑]
象聲詞 ◆ 肚子餓得咕咕叫
│他咕嘟咕嘟喝光了一大杯水│天
邊咕隆隆響起了雷聲│石頭"咕咚"
一聲掉進了河裏│一邊走，一邊在
嘀咕什麼。

⁵呵 〈一〉[hē ㄏㄜ ⓿ ho¹ 苛]
❶呼氣；噓氣 ◆ 呵欠│一氣
呵成│呵氣成冰。❷大聲斥責 ◆ 呵
斥│呵叱│呵責│呵佛罵祖。❸歎
詞。表示驚訝或讚歎 ◆ 呵，這西
瓜長得真大！ ❹象聲詞。形容笑
聲 ◆ 樂呵呵│笑呵呵。
〈二〉[ke ㄎㄜ ⓿ ho² 河]
地名用字，呵叻 (kēlè)，泰國地
名。

⁵咂 [zā ㄗㄚ ⓿ dzap⁸ 眨]
❶用嘴唇吸 ◆ 他咂了一口
酒。❷咂嘴，舌尖抵住上顎出聲，

表示稱讚、羨慕、驚訝等 ◆ 他驚愕得連連喔了幾聲。❸品嚐；辨別(滋味) ◆ 喔滋味|他用筷子夾了點菜，放到嘴裏喔了起來。

⁵ **呸** [pēi ㄆㄟ 粵 pei¹ 披]
❶歎詞。表示斥責或鄙棄 ◆ 呸，這算什麼話|呸，真是個敗類！❷象聲詞。形容吐唾沫聲 ◆ "呸！"他朝地上吐了一口唾沫，頭也不回地走了。

⁵ **咶** [shí ㄕˊ 粵 sɛk⁹ 石]
地名用字。咶叻，即新加坡，馬來語的音譯。

⁵ **咔** 〈一〉[kā ㄎㄚ 粵 ka¹ 卡]
象聲詞 ◆ 咔吧|咔嚓|咔噠|"咔"的一聲，小孩的玩具槍掉到了地上。
〈二〉[kǎ ㄎㄚˇ 粵 ka¹ 卡]
譯音用字。(1) 咔嘰，英語khaki的音譯，也寫作"卡其"。一種較厚的密斜紋棉織品，主要用來做制服。(2) 咔唑，英語carbazole的音譯，有機化合物，分子式 $(C_6H_4)_2NH$。白色結晶，是製造合成染料與塑料的原料。

⁵ **呫** 〈一〉[chè ㄔㄜˋ 粵 tsip⁸ 妾]
呫呫、呫囁、呫嚅，附耳低聲細語。
〈二〉[tiè ㄊㄧㄝˋ 粵 tip⁸ 帖]
嚐；啜。

⁵ **咀** 〈一〉[jǔ ㄐㄩˇ 粵 dzœy² 嘴]
細嚼辨味 ◆ 咀咬|咀嚼|含英咀華。
〈二〉同"嘴"。口的通稱。

⁵ **呷** 〈一〉[xiā ㄒㄧㄚ 粵 hap⁸ 峽⁸]
吸飲；少量地喝(多見於古代白話小說) ◆ 呷茶|呷了口湯。
〈二〉[gā ㄍㄚ 粵 gat⁸ 嘎]
象聲詞。形容鴨叫聲 ◆ 鴨子呷呷叫。

⁵ **呻** [shēn ㄕㄣ 粵 sɐn¹ 申]
哼；人因病痛勞苦而發出聲音 ◆ 呻吟。

⁵ **咒** (粵呪) [zhòu ㄓㄡˋ 粵 dzɐu³ 奏]
❶宗教或巫術中認為唸着可以除災或降禍的密語 ◆ 符咒|唸咒|咒語|緊箍咒。❷説污辱人或希望人遭災的話 ◆ 咒罵|詛咒。

⁵ **咥** [xì ㄒㄧˋ 粵 hei³ 氣]
呼氣；噓氣。

⁵ **咋** 〈一〉[zé ㄗㄜˊ 粵 dzak⁸ 責]
咬嚙 ◆ 咋舌|咋指咬指。
〈二〉[zhā ㄓㄚ 粵 dza¹ 渣]
咋呼、咋唬。❶叫喊；吆喝 ◆ 你們知道了就算了，不要咋呼。❷炫耀 ◆ 他這個人就是愛咋唬。
〈三〉[zǎ ㄗㄚˇ 粵 dza³ 炸]
怎；怎麼 ◆ 咋辦|咋樣？

5 **和** ([異]咊) 〈一〉[hé ㄏㄜˊ [粵] wɔ^{4} 禾]

❶平靜；不猛烈 ◆ 溫和｜風和日麗｜和藹可親｜一團和氣｜心平氣和。❷相安；協調；沒有衝突 ◆ 和睦｜和平｜諧和｜和衷共濟｜面和心不和｜天時不如地利，地利不如人和。❸停止戰爭；平息爭執 ◆ 講和｜和談｜和解｜主和。❹(下棋或比賽)不分輸贏 ◆ 和棋｜這場球，雙方握手言和。❺連帶；連同 ◆ 和衣而卧｜和盤托出。❻介詞。引出相關或比較的對象 ◆ 讓他和大家講一講這件事｜這幢房子和那幢房子一樣高。❼連詞。表示聯合 ◆ 我和他都不想去｜老師、學生和家長。❽數學上指兩個或兩個以上的數相加的答數 ◆ 和數｜總和｜二加二的和是四。❾指日本或日語 ◆ 和服｜和漢詞典。❿姓。

〈二〉[hè ㄏㄜˋ [粵] wɔ^{6} 禍]

❶聲調相應地跟着唱 ◆ 一唱百和｜曲高和寡。❷仿照他人詩詞的題材、體裁或用韻做詩詞 ◆ 唱和｜和詩｜和韻｜奉和一首。

〈三〉[huó ㄏㄨㄛˊ [粵] 同〈一〉]

在粉狀物中加水攪拌或揉弄使有黏性 ◆ 和麪｜和水泥。

〈四〉[huò ㄏㄨㄛˋ [粵] 同〈二〉]

❶加水攪拌使變稀；攙雜；混合 ◆ 和藥｜粥裏和一點白糖。❷量詞。用於煎中藥或洗衣物換水的次數 ◆ 二和藥｜洗了三和，夠乾淨的了。

〈五〉[hú ㄏㄨˊ [粵] wu^{2} 滸]

玩麻將或紙牌用語，表示牌已合乎規定的要求而贏了 ◆ 和了兩局｜他的牌和了。

5 **咐** [fù ㄈㄨˋ [粵] fu^{3} 富]

❶吩咐。見"吩"，82頁右欄。❷囑咐。見"囑"，117頁左欄。

5 **呱** 〈一〉[guā ㄍㄨㄚ [粵] gwa^{1} 瓜]

象聲詞 ◆ 鴨子呱呱叫｜孩子們樂得呱唧呱唧直拍手｜只聽得"呱嗒"一聲。

〈二〉[guǎ ㄍㄨㄚˇ [粵] gwa^{1} 瓜]

拉呱，閒談 ◆ 幾個老婆婆湊到一起就拉呱了起來。

〈三〉[gū ㄍㄨ [粵] gu^{1} 姑/wɐ^{1} 哇]

呱呱，象聲詞。形容嬰兒哭聲 ◆ 呱呱墜地。

5 **命** ([異]㝐) [mìng ㄇㄧㄥˋ [粵] miŋ^{6} 明^{6}/mɛŋ^{6} 名^{6} (語)]

❶生物處於活着的狀態 ◆ 性命｜拚命｜謀財害命｜救人一命，勝造七級浮屠。❷迷信認為生來就注定的生死、貧富和一切遭遇 ◆ 命運｜苦命｜命中注定｜聽天由命。❸指示；指令；指派 ◆ 遵命｜奉命｜任命｜唯命是從｜耳提面命。❹確定並給與(名稱等) ◆ 命名｜命謚｜命題作文。

5 **呼** ([異]虖謼嘑) [hū ㄏㄨ [粵] fu^{1} 夫]

❶從口腔或鼻腔排出氣體 ◆ 呼吸|呼長氣。❷喊叫 ◆ 歡呼|呼口號|振臂高呼。❸召喚；叫人來 ◆ 呼喚|呼風喚雨|一呼百應|千呼萬喚始出來。❹象聲詞 ◆ 呼啦|呼嚕。❺姓。❻呼延，複姓。

吟 [lìng ㄌㄧㄥˋ ⑧ lin⁴ 零]
嘌吟。見"嘌"，107頁右欄。

周 [zhōu ㄓㄡ ⑧ dzeu¹ 州]
❶同"週"，見710頁右欄。❷接濟；指以財物幫助窮困的人 ◆ 周濟。❸朝代名。(1)姬發所建（約前11世紀—256年）。(2)宇文覺代西魏稱帝所建（公元557—581年），史稱北周。(3)郭威所建，五代之一（公元951—960年），史稱後周。❹姓。

呴 〈一〉[xū ㄒㄩ ⑧ hœy¹ 虛]
❶張口吹氣。❷吐口水；吐沫 ◆ 呴濡。
〈二〉[hōu ㄏㄡ ⑧ heu³ 口³]
象聲詞。喉中喘氣聲。

咎 [jiù ㄐㄧㄡˋ ⑧ geu³ 救]
❶過錯；罪過 ◆ 歸咎|引咎自責|咎由自取。❷責備；處分 ◆ 動輒得咎|既往不咎。❸凶；災禍 ◆ 休咎(吉凶)|離咎。

咚 [dōng ㄉㄨㄥ ⑧ duŋ¹ 冬]
象聲詞。形容敲門、敲鼓等

粗重的聲音 ◆ 咚咚|只聽窗外咚的一聲。

咆 [páo ㄆㄠˊ ⑧ pau⁴ 刨]
咆哮。❶猛獸怒吼。❷形容水流的奔騰轟響或人的暴怒喊叫 ◆ 江水咆哮，繼續上漲。

呢 〈一〉[ní ㄋㄧˊ ⑧ nei⁴ 尼]
❶用羊、駱駝等動物毛或人造毛織成的毛織物 ◆ 呢絨|毛呢|厚呢大衣。❷呢喃，象聲詞。(1)燕子的鳴叫聲。(2)小聲絮語 ◆ 窗外燕語呢喃，春天到了。
〈二〉[ne ·ㄋㄜ ⑧ nɛ¹ 尼耶切¹]
助詞。❶用在疑問句尾，表示疑問的語氣 ◆ 你問誰呢？❷用在陳述句尾，表示確認事實的語氣 ◆ 小姑娘還會彈鋼琴呢。❸用在陳述句尾，表示動作或情況正在繼續 ◆ 他在看電視呢。❹用在句子中，表示略作停頓的語氣 ◆ 媽媽呢，喜歡看戲曲節目，我呢，就喜歡看動畫片。
〈三〉[nī ㄋㄧ ⑧ nei⁴ 尼]
佛教咒語"六字真言"之一。

咄 [duō ㄉㄨㄛ ⑧ dzyt⁸ 苗]
❶表示呵叱 ◆ 咄！你是什麼人，竟闖到這兒來了？❷咄咄。(1)表示驚歎 ◆ 咄咄稱奇|咄咄怪事。(2)形容氣勢洶洶 ◆ 別這麼咄咄逼人。❸咄嗟，吆喝 ◆ 咄嗟立辦。

⁵**呶** [náo ㄋㄠˊ ⑧nau⁴ 撓⁴]
形容説話多而討厭 ◆ 呶呶不休。

⁵**咖** 〈一〉[gā ㄍㄚ ⑧ga³ 架]
咖喱，用胡椒、薑黃、茴香、陳皮等為原料製成的調味品，色黃，粉狀，味香辣。
〈二〉[kā ㄎㄚ ⑧ga³ 架]
咖啡，常綠小喬木或灌木。花白色，果實深紅色，內有種子可製成粉狀飲料，產在熱帶和亞熱帶地區。也指用這種植物的種子做成的飲料 ◆ 雀巢咖啡｜一杯咖啡。

⁵**咍** [hāi ㄏㄞ ⑧hɔi¹ 開]
❶譏笑；嘲笑。❷快樂；歡笑。❸招呼聲。多見於宋元戲曲小説中。

⁵**唔** 〈一〉[ḿ ㄇˊ ⑧m² 吾²]
歎詞。表示疑問 ◆ 唔，這是什麼氣味？
〈二〉[m̀ ㄇˋ ⑧m⁶ 唔⁶]
歎詞。表示應答 ◆ 唔，我知道了。

⁵**呦** [yōu ㄧㄡ ⑧jɐu¹ 休]
❶歎詞。表示驚奇詫異 ◆ 呦，怎麼你還沒有動身？❷呦呦，鹿的叫聲 ◆ 小鹿呦呦地叫着。

⁶**哐** [kuāng ㄎㄨㄤ ⑧hɐŋ¹ 康]
❶象聲詞。形容碰撞聲 ◆ "哐"的一聲，鉛桶掉在水泥地上。

❷哐啷、哐啷啷，象聲詞，形容器物撞擊聲 ◆ "哐啷"一聲，他關上了大門。

⁶**哇** 〈一〉[wā ㄨㄚ ⑧wa¹ 蛙]
象聲詞。❶形容哭聲、嘔吐聲、鳥叫聲等 ◆ 孩子"哇"的一聲哭了｜只聽"哇"的一聲，他吐了一地｜"哇"的一聲，一隻烏鴉飛過。❷哇啦、哇喇，形容吵鬧聲 ◆ 孩子們哇啦哇啦地吵嚷着。
〈二〉[wa ㄨㄚ ⑧同〈一〉]
語氣助詞 ◆ 你好哇。

⁶**哎** [āi ㄞ ⑧ai¹/ŋai¹ 唉]
歎詞。❶表示驚詫或想不到 ◆ 哎！怎麼會弄成這個樣子。❷表示引起注意 ◆ 哎，你看這行不行？❸哎呀，表示驚詫或埋怨 ◆ 哎呀！這棵鐵樹開花了｜哎呀，事情都過去了，不用再提了。❹哎喲，表示驚訝或痛苦 ◆ 哎喲，這孩子越長越高了｜他捂着肚子，疼得"哎喲，哎喲"直叫。

⁶**咭** 〈一〉[jī ㄐㄧ ⑧hɐt⁷ 乞]
象聲詞 ◆ 咭咭喳喳｜咭咭呱呱。
〈二〉[kǎ ㄎㄚˇ ⑧kat⁷ 卡壓切⁷]
粵語稱卡片，英語card的音譯 ◆ 聖誕咭｜賀年咭｜病歷咭。

⁶**哉** [zāi ㄗㄞ ⑧dzɔi¹ 災]
文言助詞。❶表示疑問或反

詰的語氣 ◆ 何足道哉|如此而已,
豈有他哉 ? ❷表示感歎的語氣 ◆
嗚呼哀哉|誠哉斯言。

⁶**哄** 〈一〉[hōng ㄏㄨㄥ 粵 huŋ¹ 空]
❶象聲詞。形容許多人發出
的笑鬧聲 ◆ 鬧哄哄|亂哄哄。❷許
多人同時發出聲音 ◆ 哄動|哄搶|
哄堂大笑。
〈二〉[hǒng ㄏㄨㄥˇ 粵 huŋ³ 控]
❶用好聽的假話騙人 ◆ 哄騙|欺哄
|不要哄我 ! ❷逗引使高興,多指
對小孩 ◆ 孩子哭了,快去哄一哄
他。
〈三〉[hòng ㄏㄨㄥˋ 粵 huŋ³ 控]
同“鬨”。吵鬧;喧嚣 ◆ 起哄|一哄
而起。

⁶**哂** [shěn ㄕㄣˇ 粵 tsɐn² 診]
微笑。多用於客套話 ◆ 哂
納|聊博一哂。

⁶**咸** [xián ㄒㄧㄢˊ 粵 ham⁴ 函]
❶全;都 ◆ 老少咸宜。❷
姓。❸“鹹”的簡化字。

⁶**咴** [huī ㄏㄨㄟ 粵 hui¹ 灰]
咴咴,象聲詞。形容馬叫聲
◆ 戰馬咴咴長鳴。

⁶**咧** 〈一〉[liě ㄌㄧㄝˇ 粵 lɛ² 拉寫切]
嘴角斜向兩邊拉開 ◆ 齜牙
咧嘴|男孩咧了咧嘴,開心地笑
了。

〈二〉[liē ㄌㄧㄝ 粵 lɛ⁴ 羅爺切]
咧咧。❶亂嚷;亂説 ◆ 罵罵咧咧
的。❷隨隨便便 ◆ 大大咧咧。
〈三〉[lie ·ㄌㄧㄝ 粵同〈一〉]
助詞。用法與“了”、“啦”、“哩”相
同,表示動作或變化已經完成 ◆ 他
昨天走咧|我才不願意咧 !

⁶**咦** [yí ㄧˊ 粵 ji² 倚]
歎詞。表示詫異 ◆ 咦,你
什麼時候到上海來的 ?

⁶**咥** 〈一〉[xì ㄒㄧˋ 粵 hei³ 氣]
笑;大笑。
〈二〉[dié ㄉㄧㄝˊ 粵 dit⁹ 秩]
咬;嚙 ◆ 虎狼咥人。

⁶**呰** 〈一〉[cī ㄘ 粵 tsi¹ 雌]
❶申斥;斥責 ◆ 他剛才挨
呰了。❷象聲詞 ◆ 呰呰。
〈二〉同“疵”,見857頁左欄。

⁶**咣** [guāng ㄍㄨㄤ 粵 hɔŋ¹ 匡]
象聲詞。形容撞擊聲 ◆ 咣啷
|咣噹|“咣”的一聲,鐵門關上了。

⁶**品** [pǐn ㄆㄧㄣˇ 粵 ben² 稟]
❶物件;東西 ◆ 物品|商品
|樣品|贗品|消費品。❷等第;級
別 ◆ 品第|一品|上品|下品|七品
芝麻官。❸事物的種類 ◆ 品種|品
類。❹性質 ◆ 品質|人品|品學兼
優。❺辨別;體察 ◆ 品嚐|品評|
品茗|品頭論足。❻吹奏(簫等管樂

器)◆品簫|品竹彈絲。❼姓。

咽 〈一〉[yān ㄧㄢ ⑱jin¹ 煙]
口腔、鼻腔後方，喉頭的上方，主要由肌肉和黏膜構成的管子。上段靠近鼻腔叫"鼻咽"，中段靠近口腔叫"口咽"，下段靠近喉頭叫"喉咽"。咽是食物和氣體的共同通道，通稱咽頭 ◆ 咽喉。
〈二〉[yè ㄧㄝˋ ⑱jit⁸ 噎]
❶因情緒激動而發聲滯塞 ◆ 哽咽|嗚咽。❷聲音低抑悲切 ◆ 幽咽。
〈三〉同"嚥"，見115頁左欄。

咮 [zhòu ㄓㄡˋ ⑱dzeu³ 晝]
鳥嘴。

咻 〈一〉[xiū ㄒㄧㄡ ⑱jeu¹ 休]
❶吵擾；亂說話。❷咻咻，象聲詞。(1)形容喘氣 ◆ 氣咻咻。(2)形容某些動物的叫聲及其他聲音 ◆ 小鴨子咻咻地叫起來|空中響着炮彈飛過的咻咻聲。
〈二〉[xǔ ㄒㄩˇ ⑱hœy² 許]
噢咻，見"噢"，113頁左欄。

咱 (⑱喒喒偺偺)
[zán ㄗㄢˊ ⑱dza¹ 渣]
❶我 ◆ 咱們|你問咱打哪兒來？咱就告訴你。❷我們 ◆ 咱娘兒倆|咱都是一家人。❸咱家，我，用於人物自稱。多見於舊小說或戲曲。

咿 (⑱吚) [yī ㄧ ⑱ji¹ 衣]
象聲詞 ◆ 轆轤咿呀作響|咿呀學話。

哌 [pài ㄆㄞˋ ⑱pai³ 派]
❶哌嗪，有機化合物，分子式 $NHC_2H_4NHC_2H_4$（英 piperazine）。白色結晶，有驅除蛔蟲等作用。❷哌替啶（英 pethidine），也叫"度冷丁"，藥名。有鎮痛和解除平滑肌痙攣的作用。

哈 〈一〉[hā ㄏㄚ ⑱ha¹ 蝦]
❶口張大呼氣 ◆ 哈氣|哈欠|哈一口熱氣，暖一暖手。❷象聲詞。形容笑聲 ◆ 笑哈哈|嘻嘻哈哈|哈哈大笑。❸歎詞。表示得意或驚喜 ◆ 哈！我贏了|哈哈，原來你在這裏！❹彎腰；躬身 ◆ 哈下腰|點頭哈腰。
〈二〉[hǎ ㄏㄚˇ ⑱同〈一〉]
❶哈達，藏族和部分蒙族人表示祝賀和敬意時獻上的白色(也有黃、藍等色)絲巾或紗巾。❷哈巴狗。(1)一種體小、毛長、腿短，供玩賞的狗。又稱巴兒狗或獅子狗。(2)比喻不離左右的馴順的奴才。❸姓。
〈三〉[hà ㄏㄚˋ ⑱同〈一〉]
哈什蟆。也叫"哈士螞"，中國林蛙。灰褐色，雌性腹內有脂肪狀物質，叫哈什蟆油，中醫用做補品。

咷 同"啕"，見97頁右欄。

6 **哚** [duǒ ㄉㄨㄛˇ 粵 do² 朵]
吲哚。見"吲"，83頁右欄。

6 **咯** 〈一〉[kǎ ㄎㄚˇ 粵 hak⁸ 客]
用力使東西從氣管或食道裏
出來 ◆ 咯血|咯痰|咯出一根魚刺
來。

〈二〉[gē ㄍㄜ 粵 gok⁸ 各]
象聲詞 ◆ 獨輪車在小路上咯吱咯
吱地響着|只聽得樓梯上咯噔咯噔
的高跟鞋的響聲。

〈三〉[luò ㄌㄨㄛˋ 粵 lɔ³ 囉³]
吡咯。見"吡〈一〉❷"，81頁左欄。

6 **哆** 〈一〉[duō ㄉㄨㄛ 粵 dɔ³ 多³]
哆嗦，因受刺激而身體顫抖
◆ 凍得直打哆嗦。

〈二〉[chǐ ㄔˇ 粵 tsɛ² 且/tsi² 始]
❶張開嘴 ◆ 哆嘴。❷譁然；紛紛
指責 ◆ 哆然。

6 **咬** [yǎo ㄧㄠˇ 粵 ŋau⁵ 肴⁵]
❶上下牙齒用力對着以夾住
或弄碎東西 ◆ 咬緊牙關|咬牙切齒
|讓狗咬了一口|一朝被蛇咬，十
年怕井繩。❷鉗子夾住或齒輪、螺
絲等卡住 ◆ 螺母磨損了，咬不
住。❸話說得十分肯定 ◆ 一口咬
定。❹受責難或訊問時牽扯不相關
的人 ◆ 反咬一口。❺讀準字音；
斟酌字義 ◆ 咬字清楚|咬文嚼字。
❻狗叫 ◆ 雞飛狗咬。❼緊逼；緊
追不放 ◆ 比分咬的很緊|雷達咬住
目標。

6 **哀** [āi ㄞ 粵 ɔi¹/ŋɔi¹ 埃]
❶悲傷；痛苦 ◆ 哀痛|哀傷
|悲哀|節哀|喜怒哀樂。❷悽切；
悽清 ◆ 哀艷|哀鴻遍野。❸悼念；
對死者表現出沈痛 ◆ 哀悼|哀辭|
哀樂|默哀|致哀。❹憐憫；對不幸
表現同情 ◆ 哀憐|乞哀告憐|哀其
不幸，怒其不爭。

6 **唉** [xiào ㄒㄧㄠˋ 粵 siu³ 嘯]
"笑"的古字。

6 **咨** [zī ㄗ 粵 dzi¹ 之]
❶與別人商量；徵詢 ◆ 咨
詢|咨訪。❷咨文。(1)舊時用於平
行機關間的公文。(2)某些國家元首
向國會提出的關於國事的報告 ◆ 國
情咨文。

6 **咳** 〈一〉[ké ㄎㄜˊ 粵 kɔi³ 丐/kɐt⁷
苦代切(語)]
咳嗽，呼吸器官由於受刺激而發生
的一種反射作用。其現象為迅速吸
氣後強烈呼氣，聲帶因震動而劇烈
發聲 ◆ 咳喘。

〈二〉[hāi ㄏㄞ 粵 hai¹ 揩]
歎詞。表示傷感、懊悔或詫異 ◆
咳，真倒霉|咳，我真不該多管閒
事。

6 **咩** (粵 哶哶) [miē ㄇㄧㄝ 粵
mɛ³ 魔些切]
象聲詞。形容羊叫聲 ◆ 小山羊"咩"
地叫了一聲。

6 咪 [mī ㄇㄧ 粵 mei¹ 米¹/mei¹ 微¹]
❶象聲詞。形容貓叫聲 ◆
小貓，咪咪直叫。❷微笑的樣子
◆ 笑咪咪|咪咪一笑。

6 唵 [ǎn ㄢˇ 粵 em²/ŋem² 黯]
同"唵"。歎詞。表示疑問 ◆
唵，東西都買齊了嗎？

6 咤 [zhà ㄓㄚˋ 粵 dza³ 炸]
叱咤。見"叱"，75頁右欄。

6 哏 [gén ㄍㄣˊ 粵 gen¹ 斤]
❶有趣；滑稽可笑 ◆ 他説
起笑話來真哏|這孩子笑的樣有點
哏。❷滑稽可笑的話或表情動作 ◆
逗哏|捧哏。

6 咫 [zhǐ ㄓˇ 粵 dzi² 止]
古代指8寸，後多指很近的
距離 ◆ 咫步|咫見|近在咫尺|咫尺
天涯。

6 哞 [mōu ㄇㄡ 粵 mu¹ 謀¹]
象聲詞。形容牛叫聲 ◆ 老
黃牛哞哞地叫着。

7 哢 [lòng ㄌㄨㄥˋ 粵 luŋ⁶ 弄]
(鳥) 鳴叫。

7 哣 [dōu ㄉㄡ 粵 deu¹ 兜]
歎詞。表示斥責，多見於舊
小説和戲曲 ◆ 哣，你這狂徒，竟
敢如此大膽！

7 哥 [gē ㄍㄜ 粵 go¹ 歌]
❶"歌"的古字。❷同父母或
同輩親屬中比自己年長的男子 ◆ 哥
哥|二哥|表哥。❸稱呼跟自己年齡
相仿的男子 ◆ 張大哥|情郎哥。

7 哧 [chī ㄔ 粵 tsi¹ 雌]
象聲詞 ◆ 哧溜|噗哧|呼哧
|"哧"的一聲把布一撕為二。

7 唓 [zhā ㄓㄚ 粵 dzat⁸ 札]
❶喎唓。見"喎"，97頁右
欄。❷嘟唓。見"嘟〈二〉"，110頁右
欄。

7 哲 [zhé ㄓㄜˊ 粵 dzit⁸ 節]
❶有智慧的 ◆ 哲人。❷賢
明有智慧的人 ◆ 先哲|賢哲|大
哲。❸ 指哲學，社會意識形態之
一，是自然知識和社會知識的概括
與總結，其根本問題是思維和存
在、精神和物質的關係問題 ◆ 哲
理|文史哲。

7 哮 [xiào ㄒㄧㄠˋ 粵 hau¹ 敲]
❶吼叫；呼嘯 ◆ 咆哮|風在
吼，海在哮。❷ 急促喘氣的聲音
◆ 哮喘|哮鳴音。

7 哺 [bǔ ㄅㄨˇ 粵 bou⁶ 步]
❶餵；把食物送進不會取食
的幼兒口中 ◆ 哺養|哺乳|哺育|嗷
嗷待哺。❷口中咀嚼着的食物 ◆
周公吐哺，天下歸心。

⁷**哽** [gěng 《ㄥˇ ⑧ gen² 耿]
❶因情緒激動而喉間聲氣阻塞 ◆ 哽咽｜她哭着，喉嚨哽得話也説不出來了。❷噎；食物難以下嚥 ◆ 你慢慢吃，當心哽住。

⁷**唔** 〈一〉[wú ㄨˊ ⑧ ŋ⁴ 吳]
象聲詞 ◆ 男孩唔唔地哭起來。

〈二〉[ńg ㄥˊ/ňg ㄥˇ ⑧ ŋ² 誤²]
歎詞。表示疑問 ◆ 唔？他來了嗎｜唔？你説什麼？

〈三〉[ḿ ㄇˊ ⑧ m̩⁴]
粵方言。不 ◆ 唔要｜唔怕。

⁷**唇** (⑧脣) [chún ㄔㄨㄣˊ ⑧ sœn⁴ 純]
人或某些動物口的外露處的肌肉組織 ◆ 嘴唇｜朱唇｜兔唇｜唇齒相依｜驢唇不對馬嘴｜晉左思《嬌女》詩：“濃朱衍丹唇，黃吻瀾漫赤。”

⁷**哨** [shào ㄕㄠˋ ⑧ sau³ 梢³]
❶為巡邏警戒而設的崗位 ◆ 哨兵｜哨所｜崗哨｜觀察哨｜五步一崗，十步一哨。❷一種用金屬或塑料等製成的能吹響的器物，多用來發出信號 ◆ 哨音｜哨子｜吹哨。❸鳥叫。

⁷**唄** (呗) 〈一〉[bei ·ㄅㄟ ⑧ bɛ⁶ 啤⁶]
助詞。❶表示事理明白淺顯，容易理解 ◆ 這有什麼奇怪的，就是這麼回事唄。❷表示勉強同意或無所謂的語氣 ◆ 你不肯去，那就算了唄。

〈二〉[bài ㄅㄞˋ ⑧ bai⁶ 敗]
佛經中指讚頌佛法的唱詞。也指佛教徒誦經的聲音 ◆ 梵唄。

⁷**員** (员) 〈一〉[yuán ㄩㄢˊ ⑧ jyn⁴ 元]
❶指工作或學習的人 ◆ 職員｜船員｜店員｜學員｜人員｜員工。❷指團體組織中的一分子 ◆ 會員｜隊員｜盟員。❸量詞。用於武將 ◆ 一員女將。❹(領土)周圍 ◆ 幅員。

〈二〉[yún ㄩㄣˊ ⑧ wen⁴ 雲]
人名用字。春秋時有伍員。

〈三〉[yùn ㄩㄣˋ ⑧ wen⁶ 運]
姓。

⁷**哩** 〈一〉[li ·ㄌㄧ ⑧ lɛ¹ 拉咩切]
助詞。❶表示確定語氣 ◆ 我累了，想早些歇哩。❷表示列舉 ◆ 書哩，簿子哩，桌子上擺得亂糟糟的。

〈二〉[lī ㄌㄧ ⑧ li¹ 拉衣切]
❶哩哩啦啦，形容零零散散或斷斷續續的樣子 ◆ 他哩哩啦啦地説個沒完。❷哩哩囉囉，形容説話囉唆含混 ◆ 他哩哩囉囉了半天，也沒説明白。

〈三〉[lǐ ㄌㄧˇ/yīng lǐ ㄧㄥ ㄌㄧˇ ⑧ lei⁵ 里/jiŋ¹ lei⁵ 英里]
英里，英美制長度單位，1哩等於5,280呎，合1.6093公里。

⁷ **哭** [kū ㄎㄨ 圖 huk⁷ 酷⁷]
因悲痛或激動而流淚發聲 ◆
啼哭｜痛哭｜哭泣｜哭笑不得｜號啕
大哭｜貓哭老鼠假慈悲。

⁷ **哦** ⟨一⟩[ó ㄛˊ 圖 ɔ⁴ 柯⁴]
歎詞。表示懷疑或驚奇 ◆
哦，是這樣嗎｜哦，想不到真的是
你！
⟨二⟩[ò ㄛˋ 圖 ɔ⁶ 柯⁶]
歎詞。表示領會、醒悟 ◆ 哦，我
明白了｜哦，原來是這麼回事！
⟨三⟩[é ㄜˊ 圖 ŋɔ⁴ 俄]
詠誦 ◆ 吟哦。

⁷ **嘈**(圖啤) [zào ㄗㄠˋ 圖 dzou⁶ 造]
囉嘈。見"囉"，116頁右欄。

⁷ **唏** [xī ㄒㄧ 圖 hei¹ 希]
❶唏噓，歎息。同"欷歔"。
見"欷"，340頁右欄。❷ 唏哩嘩
啦。(1) 象聲詞 ◆ 房內發出唏哩
嘩啦的麻將聲。(2) 形容零亂不堪
的樣子 ◆ 飯菜唏哩嘩啦地翻了一
地。

⁷ **唑** [zuò ㄗㄨㄛˋ 圖 dzɔ⁶ 座]
噻唑。見"噻"，113頁右欄。

⁷ **唁** [yàn ㄧㄢˋ 圖 jin⁶ 現]
弔喪，對遭逢喪事的人或有
關團體進行慰問 ◆ 弔唁｜慰唁｜唁
電｜唁函。

⁷ **哼** ⟨一⟩[hēng ㄏㄥ 圖 heŋ¹ 亨]
❶鼻子出聲 ◆ 哼哧｜哼哼
哈哈｜他傷勢不輕，但卻不哼一
聲。❷低聲吟唱 ◆ 哼唱｜他一邊
走，一邊哼着歌。
⟨二⟩[hng ㄏㄫˋ 圖 heŋ⁶ 賀誤切]
歎詞。表示不滿或懷疑 ◆ 哼，你自
己心裏明白｜哼，質量這麼差，存
心騙人嘛！

⁷ **唐** [táng ㄊㄤˊ 圖 tɔŋ¹ 堂]
❶朝代名。(1) 李淵及其子
李世民所建(公元618—907年)，建
都長安(今陝西西安)。(2) 李存勗所
建，五代之一(公元923—936年)，
史稱後唐。(3) 李昪所建，五代時十
國之一(公元937—975年)，史稱南
唐。❷姓。

⁷ **哪** ⟨一⟩[nǎ ㄋㄚˇ/nǎi ㄋㄞˇ
(語)/něi ㄋㄟˇ(語) 圖 na⁵ 那]
代詞。在口語中也念成 něi。(1) 用
於疑問，表示要求在同類事物中加
以確指 ◆ 哪一本書是您的？(2) 用
於虛指，表示不確定的某一個 ◆ 我
認不出哪一個是她妹妹。(3) 用於
泛指，表示任何一個 ◆ 哪一件合
身，就買哪件。
⟨二⟩[nǎ ㄋㄚˇ 圖 同⟨一⟩]
副詞。(1) 用於反問，表示否定 ◆
天下哪有這樣的道理？(2) 詢問方
式、原因等 ◆ 你從哪來的那麼多
錢？
⟨三⟩[na ·ㄋㄚ 圖 na¹ 那¹]

語氣助詞。"啊"的變音 ◆ 天哪！
〈四〉[né ㄋㄜˊ 粵 nɔ⁴ 那/na⁴ 拿]
哪吒：神話故事中人物名。

7 **嗳**
〈一〉同"吣"，見83頁左欄。
〈二〉[qīn ㄑㄧㄣ 粵 tsɐm³ 摻]
親吻 ◆ 嗳她一下。

7 **唧**
[jī ㄐㄧ 粵 dzik⁷ 即]
❶抽吸或噴射(液體) ◆ 唧
筒。❷象聲詞 ◆ 吧唧｜呱唧｜唧唧
喳喳。❸唧咕、唧噥，細聲說話 ◆
他倆唧咕了一陣，就走了。

7 **哿**
[gě ㄍㄜˇ 粵 gɔ² 歌²/hɔ² 可]
可；嘉。表示稱許之詞。

7 **唉**
〈一〉[āi ㄞ 粵 ic¹/ŋci 哀]
❶應答聲 ◆ 唉，我就來。
❷歎息聲，表示失望或無可奈何 ◆
唉聲歎氣。
〈二〉[ài ㄞˋ 粵 ai¹/ŋai¹ 挨]
歎詞。表示傷感或惋惜 ◆ 唉，剛
買的皮包丟了｜唉，一個暑假沒有
好好利用。

7 **唆**
[suō ㄙㄨㄛ 粵 sɔ¹ 梳]
❶調教指使別人去做壞事 ◆
唆使｜教唆｜調唆｜挑唆。❷囉唆。
見"囉"，116頁右欄。

8 **唪**
[fěng ㄈㄥˇ 粵 fuŋ⁶ 俸]
唸誦(經文) ◆ 唪經｜唪誦。

8 **啪**
[pā ㄆㄚ 粵 pak⁷ 柏⁷]
象聲詞。形容槍聲、掌聲、
撞擊聲等 ◆ 劈啪｜啪嗒｜啪嚓｜啪啦
｜劈哩啪啦。

8 **啦**
〈一〉[lā ㄌㄚ 粵 la¹ 拉]
❶象聲詞 ◆ 呼啦｜哇啦｜嘩
啦啦｜劈哩啪啦｜嘰哩呱啦。❷見
"哩〈二〉"，93頁右欄。
〈二〉[la ·ㄌㄚ 粵 la¹ 拉]
助詞。"了"和"啊"的合音，表示情
況已經變化或出現新的情況 ◆ 功課
做完，好去玩兒啦！

8 **哼**
〈一〉[hēng ㄏㄥ 粵 heŋ¹ 亨]
歎詞。表示禁止，不允許。
〈二〉[hèng ㄏㄥˋ 粵 heŋ⁶ 賀誤切]
發狠的聲音。多見於舊時白話小說
和戲曲。

8 **啞**(啞)
〈一〉[yǎ ㄧㄚˇ 粵 a²/
ŋa² 鴨²]
❶因生理原因而不能說話 ◆ 啞巴
｜聾啞人。❷嗓音乾澀發不出聲音
或發音低而不清楚 ◆ 嘶啞｜沙啞｜
喉嚨都喊啞了。❸不說話 ◆ 啞劇
｜啞場｜裝聾作啞。❹不發聲的；打
不響的 ◆ 啞鈴｜啞炮。❺隱晦；難
以猜透的 ◆ 啞謎。
〈二〉[yǎ ㄧㄚˇ/è ㄜˋ (舊) 粵 ɐk⁷/
ŋɐk⁷ 厄]
形容笑聲 ◆ 啞然失笑。
〈三〉[yā ㄧㄚ 粵 同〈二〉]
❶啞啞，象聲詞。形容烏鴉的叫

聲、幼兒的學話聲等。❷呀啞。見"呀"，90頁右欄。

⁸**嘖** 〈一〉[jiè ㄐㄧㄝˋ ⑧ dzɛ³ 借] 讚歎。

〈二〉[zé ㄗㄜˊ ⑧ dzak⁷ 窄]
❶吮吸 ◆ 嘖吸。❷大聲呼叫 ◆ 嘆嘖。

⁸**啉** [líng ㄌㄧㄥˊ ⑧ lɐm⁴ 林]
化工原料及藥品名用字 ◆ 嗎丁啉｜喹啉。

⁸**唡** (唡) [liǎng ㄌㄧㄤˇ /yīng liǎng ㄧㄥ ㄌㄧㄤˇ ⑧ lœŋ² 兩²/jiŋ¹ lœŋ² 英兩²]
英兩，英美制重量單位，是磅的十六分之一，常衡3.5274唡合公制100克。也稱"盎司"。

⁸**唵** 〈一〉[ng ˑㄫ ⑧ ɐm²/ŋɐm² 黯] 歎詞。❶表示答應 ◆ "您回來了？""唵，回來了。"❷表示提醒、商量 ◆ 他這樣做，唵，很不錯嘛！

〈二〉[ǎn ㄢˇ ⑧ 同〈一〉]
❶梵文Oṁ的音譯。佛教咒語的發聲詞。❷歎詞。表示疑問 ◆ 功課都做完了嗎，唵？❸把手裏粉粒狀的東西塞進嘴裏 ◆ 唵兩口雪。

⁸**啄** [zhuó ㄓㄨㄛˊ ⑧ dœk⁸ 琢]
鳥嘴叩擊並夾取東西 ◆ 啄食｜啄木鳥。

⁸**唼** 〈一〉[shà ㄕㄚˋ ⑧ sap³ 圾/sip³ 涉]
❶水鳥或魚類吃食。❷唼唼，象聲詞。蟲鳴聲。

〈二〉[dié ㄉㄧㄝˊ ⑧ dip⁹ 蝶]
唼血。同"喋血"，見"喋"，100頁左欄。

⁸**啃** [kěn ㄎㄣˇ ⑧ hɐn² 肯]
❶在較硬的東西上用力一點一點地咬下來 ◆ 啃咬｜啃肉骨頭｜螞蟻啃骨頭。❷比喻刻苦鑽研 ◆ 啃書本｜啃外文。

⁸**唬** 〈一〉[hǔ ㄏㄨˇ ⑧ fu² 虎]
虛張聲勢來威嚇或蒙混人 ◆ 嚇唬｜詐唬｜唬弄｜這種話，唬小孩還可以。

〈二〉[xià ㄒㄧㄚˋ ⑧ hak⁸ 客]
使驚恐 ◆ 唬了一大跳｜唬得魂不附體。

⁸**唱** [chàng ㄔㄤˋ ⑧ tsœŋ³ 暢]
❶歌詠；吟誦 ◆ 唱歌｜獨唱｜唱對台戲｜男女聲二重唱｜一唱一和。❷高呼；大聲叫 ◆ 唱名｜唱票｜雄雞一唱天下白。❸歌曲；唱詞 ◆ 小唱｜騎驢看唱本——走着瞧。❹姓。

⁸**啡** [fēi ㄈㄟ ⑧ fɛ¹ 科些切]
❶咖啡。見"咖"，88頁左欄。❷嗎啡。見"嗎〈三〉"，104頁左欄。

8 **悟** (悟辞) 〈一〉[wǔ ㄨˇ 粤 ŋ5 悟5]

❶同"忤",見214頁左欄。❷遇;相逢。

〈二〉同"悟",見219頁右欄。

8 **唅** [xián ㄒㄧㄢˊ 粤 ham4 咸]

❶用嘴含 ◆ 唅枚｜燕子唅泥｜嘴裏唅着一根雪茄。❷懷有;心裏存着 ◆ 唅恨｜負屈唅冤。

8 **唯** [wéi ㄨㄟˊ 粤 wei4 違]

❶獨;只;僅僅 ◆ 唯一｜唯獨｜唯有｜唯命是從｜唯我獨尊｜唐李白《黃鶴樓送孟浩然之廣陵》詩:"孤帆遠影碧空盡,唯見長江天際流。"❷應答聲 ◆ 唯唯諾諾。

8 **售** [shòu ㄕㄡˋ 粤 seu6 受]

❶賣 ◆ 售賣｜零售｜出售｜銷售｜發售｜售票處。❷推行;施展 ◆ 以售其奸｜其計不售。

8 **啤** [pí ㄆㄧˊ 粤 bɛ1 波些切]

啤酒,用大麥加啤酒花或葎草製成的低度酒,味微苦,有泡沫 ◆ 熟啤｜生啤｜黑啤。

8 **唫** 同"吟",見82頁左欄。

8 **啥** [shá ㄕㄚˊ 粤 sa2 灑]

疑問代詞。什麼 ◆ 説啥｜姓啥｜這是啥地方?

8 **唸** [niàn ㄋㄧㄢˋ 粤 nim6 黏6]

❶誦讀 ◆ 唸詩｜唸經｜把文章唸一遍。❷指上學 ◆ 唸小學。

8 **啁** 〈一〉[zhōu ㄓㄡ 粤 dzeu1 周]

啁啾,象聲詞。形容鳥叫聲 ◆ 一羣燕子在樹上啁啾個不停。

〈二〉[zhāo ㄓㄠ 粤 dzau1 嘲]

啁哳,形容鳥聲等雜亂而細碎。

8 **啕** [táo ㄊㄠˊ 粤 tou4 陶]

嚎啕。見"嚎",114頁右欄。

8 **啗** 同"啖",見98頁左欄。

8 **唿** [hū ㄏㄨ 粤 fet7 忽]

唿哨,把手指放在嘴裏用力吹出的高尖音 ◆ 打唿哨。

8 **啐** [cuì ㄘㄨㄟˋ 粤 tsœy3 翠]

❶用力吐出 ◆ 啐痰｜他狠狠地啐了一口唾沫。❷歎詞。表示斥責或鄙棄 ◆ 啐!真是個沒良心的!

8 **唼** [shà ㄕㄚˋ 粤 tsip8 妾]

唼喋,形容聚在一起的魚、水鳥等吃食的聲音 ◆ 水面上發出魚羣的唼喋聲。

8 **商** [shāng ㄕㄤ 粤 sœŋ1 傷]

❶交換意見 ◆ 商量｜磋商｜協商｜面商。❷買賣物品的經濟活

動 ◆ 商業|商鋪|商貿|通商|商機。❸指做買賣的人 ◆ 外商|客商|奸商|坐賈行商。❹做除法的得數 ◆ 商數|六被三除的商是二。❺除法運算中用某數做得數 ◆ 十六除以二商八。❻古代五音之一，音值相當於簡譜的"2"。❼星名，二十八宿之一，即心宿，居於東方卯位。❽朝代名，成湯所建(約前16—11世紀)。自盤庚起，又稱殷。

8 **唷** [yō ㄧㄛ [粵] jɔ1 衣柯切] 歎詞。用於呼喊或表示驚訝 ◆ 吭唷|杭唷|喔唷|唷，你倒真不簡單啊！

8 **啖** [dàn ㄉㄢˋ [粵] dam6 氮] ❶吃或給人吃 ◆ 啖飯|健啖|啖之以棗。❷用利益引誘 ◆ 啖之以金|啖以重利。❸姓。

8 **啵** [bo ·ㄅㄛ [粵] bɔ3 播] 助詞。表示祈使或商量的語氣，用法相當於"吧" ◆ 媽媽，就這麼辦，好啵|我們還是回家去啵！

8 **啶** [dìng ㄉㄧㄥˋ [粵] diŋ6 定] 吡啶。見"吡"，81頁左欄。嘧啶。見"嘧"，109頁右欄。

8 **唳** [lì ㄌㄧˋ [粵] lɐy6 麗/lit9 烈] 指鶴的厲聲鳴叫 ◆ 風聲鶴唳。

8 **啟**(启[異]督啓) [qǐ ㄑㄧˇ [粵] kɐi2 溪2] ❶打開 ◆ 開啟|啟封|鈞啟|難以啟齒。❷開導；闡明事理以使人領悟 ◆ 啟發|啟迪|啟示。❸開始；着手行動 ◆ 啟程|啟用|啟動|承前啟後|承上啟下。❹陳述，多為書信或文告用語 ◆ 啟事|敬啟者|某某謹啟。❺應用文文體名，指較簡短的信函 ◆ 書啟|小啟|哀啟|謝啟。❻姓。

8 **問**(问) [wèn ㄨㄣˋ [粵] mɐn6 紊] ❶請人解答 ◆ 問題|詢問|提問|問訊處|刨根問底|一問三不知|唐賀知章《回鄉偶書》詩："兒童相見不相識，笑問客從何處來。"❷審訊；追究 ◆ 問斬|審問|問案|三推六問。❸為表示關切而詢問；慰問 ◆ 問安|問好|問候|噓寒問暖。❹管；干預 ◆ 過問|不聞不問|十年窗下無人問，一舉成名天下知。❺向人要東西 ◆ 問你借枝鉛筆|我不問你要，問誰要？❻書信；音信 ◆ 音問。❼中醫術語。"望聞問切"四診之一，指詢問病人的自覺症狀及病史。❽姓。

8 **唰** [shuā ㄕㄨㄚ [粵] syt8 說] ❶象聲詞。形容一下子擦過的聲音 ◆ 窗外唰唰地下起了傾盆大雨。❷形容迅速的樣子 ◆ 姑娘的臉唰一下紅了。

8
啜 〈一〉[chuò ㄔㄨㄛˋ ⑧dzyt8 苗/tsyt8 猝]

❶飲；喝 ◆ 啜飲｜啜茗｜啜一頓｜啜了一碗粥。❷口鼻同時一吸一頓的樣子 ◆ 啜泣。

〈二〉[chuài ㄔㄨㄞˋ ⑧tsai1 猜] 姓。

8
啊 〈一〉[ā ㄚ ⑧a1 鴉]

歎詞。表示驚奇或讚歎 ◆ 啊，下雪了｜氣勢多麼雄偉啊！

〈二〉[á ㄚˊ ⑧a2 啞]
歎詞。表示追問 ◆ 啊！他什麼時候到北京｜啊？你收到我的電報了嗎？

〈三〉[ǎ ㄚˇ ⑧a2 啞]
歎詞。表示疑惑 ◆ 啊？真有這麼一回事｜啊？這價格是不是太高了？

〈四〉[à ㄚˋ ⑧a3 亞]
歎詞。❶表示應諾或醒悟明白過來 ◆ 啊，我就來｜啊，原來毛病出在這裏。❷表示驚奇或讚歎(音較長) ◆ 啊，我的故鄉｜啊，奔流不息的長江！

〈五〉[a ·ㄚ ⑧a3 亞]
助詞。❶用在句末表示讚歎的語氣 ◆ 多好的老師啊｜多幽美的風景啊！❷用在句末表示肯定、辯解、催促、囑咐等語氣 ◆ 你說得真對啊｜你快些跑啊｜你上夜班，自己要當心點啊！❸用在句末表示疑問的語氣 ◆ 是誰啊｜車子什麼時候開啊？❹用在句末表示解釋或提醒的

語氣 ◆ 這成績可是來之不易啊｜當心着涼啊。❺用在句中停頓處，使人注意下面的話 ◆ 去年這會兒啊，我還沒到這兒來呢。❻用在句中停頓處表示列舉 ◆ 在月光下，山石啊，樹木啊，亭子啊，都朦朦朧朧的。❼用在重複的動詞後面，表示動作持續 ◆ 烏龜爬啊，爬啊，終於超過了還在打瞌睡的兔子。

9
喆 [zhé ㄓㄜˊ ⑧dzit8 節]

"哲"的異體字。多用作人名。

9
喫 同"吃"，見78頁左欄。

9
喏 〈一〉[nuò ㄋㄨㄛˋ ⑧nɔk9 諾]

❶歎詞。表示要人注意自己所指示的事物 ◆ 喏，這是我給你買的書。❷應答聲 ◆ 喏喏連聲。

〈二〉[rě ㄖㄜˇ ⑧jɛ5 野]
舊時對人作揖致敬時發出的聲音(多見於古代白話小說) ◆ 唱喏。

9
喵 [miāo ㄇㄧㄠ ⑧miu1 苗1]

象聲詞。形容貓叫聲 ◆ 小花貓喵喵地叫了一聲。

9
喜 [xǐ ㄒㄧˇ ⑧hei2 起]

❶高興；快樂 ◆ 喜悅｜喜劇｜欣喜若狂｜喜出望外｜悲喜交集｜喜笑怒罵，皆成文章。❷值得慶

賀的 ◆ 喜報|喜訊|賀喜|人逢喜事精神爽。❸特指與婚禮有關的 ◆ 喜糖|喜酒|喜筵。❹指婦女懷孕 ◆ 醫生一檢查，説有喜了。❺愛好 ◆ 喜愛|喜好|喜歡|好大喜功|喜聞樂見。❻適宜於 ◆ 喜光植物|松喜乾，檜喜濕。

⁹ **喋** ⟨一⟩[dié ㄉㄧㄝˊ ⑧dip⁹ 蝶]
❶喋喋，形容説話沒完沒了 ◆ 喋喋不休。❷喋血，形容流血很多 ◆ 喋血沙場。
⟨二⟩[zhá ㄓㄚˊ ⑧dzap⁹ 雜]
唼喋。見"唼"，97頁右欄。

⁹ **喪**(喪) ⟨一⟩[sāng ㄙㄤ ⑧ sɔŋ¹ 桑]
跟人死有關的事 ◆ 報喪|喪禮|服喪|出喪|治喪|喪服。
⟨二⟩[sàng ㄙㄤˋ ⑧ sɔŋ³ 爽³]
❶丟失；失去 ◆ 喪失|喪膽|淪喪|喪魂失魄|玩物喪志|喪權辱國|喪心病狂。❷特指人死，失去生命 ◆ 喪亡|喪命|中年喪偶。

⁹ **喃** [nán ㄋㄢˊ ⑧nam⁴ 南]
❶喃喃，形容連續低語的聲音 ◆ 喃喃自語。❷呢喃，見"呢⟨一⟩"，87頁右欄。

⁹ **喳** ⟨一⟩[chā ㄔㄚ ⑧tsa¹ 叉]
❶喳喳，小聲説話的聲音 ◆ 嘁嘁喳喳。❷喳喳(第二個"喳"字讀輕聲)，小聲説話 ◆ 她在姐姐的耳邊喳喳了好半天。
⟨二⟩[zhā ㄓㄚ ⑧dza¹ 渣]
❶象聲詞。形容鳥叫聲 ◆ 喜鵲喳喳地叫個不停。❷舊時僕役對主人的應諾聲。

⁹ **喇** ⟨一⟩[lǎ ㄌㄚˇ ⑧la³ 罅]
喇叭，一種發聲樂器，口部向四外張開。也指形狀類似這種管樂器的其他東西 ◆ 汽車喇叭|廣播喇叭。
⟨二⟩[lǎ ㄌㄚˇ ⑧la¹ 啦]
喇嘛，蒙、藏佛教的僧人，原義為"上人"。
⟨三⟩[lā ㄌㄚ ⑧同⟨二⟩]
同"啦" ◆ 呼喇|哇喇。
⟨四⟩[lá ㄌㄚˊ ⑧同⟨二⟩]
哈喇子。

⁹ **喊** [hǎn ㄏㄢˇ ⑧ham³ 咸³]
❶高聲叫 ◆ 呼喊|叫喊|吶喊|喊叫|賊喊捉賊|老鼠過街，人人喊打。❷呼喚；召請 ◆ 你去把他喊來。

⁹ **喱** [lí ㄌㄧˊ ⑧lei¹ 里¹]
咖喱。見"咖⟨一⟩"，88頁左欄。

⁹ **喹** [kuí ㄎㄨㄟˊ ⑧kɐi⁴ 葵]
喹啉，有機化合物，分子式$C_6H_4(CH)_3N$(英quinoline)。無色液體，有異樣臭味。醫藥上可做防腐劑，工業上可製染料。

⁹**喈** [jiē ㄐㄧㄝ 粵gai¹ 皆]
喈喈。❶形容聲音諧和 ◆ 鐘鼓喈喈。❷禽鳥叫聲 ◆ 雞鳴喈喈。

⁹**喁** 〈一〉[yóng ㄩㄥˊ 粵juŋ⁴ 容] ❶魚口露出水面呷動。❷喁喁,比喻眾人仰望期待的樣子 ◆ 天下喁喁。
〈二〉[yú ㄩˊ 粵jy⁴ 如]
喁喁,形容低聲細語 ◆ 喁喁情話|喁喁不休。

⁹**喔** [wà ㄨㄚˋ 粵wɐt⁷ 屈]
喔嚎。笑;談笑 ◆ 眾人喔嚎不已|事後傳為喔嚎。

⁹**喝** 〈一〉[hē ㄏㄜ 粵hɔt⁸ 渴] ❶飲用液態的飲料或食物 ◆ 喝茶|喝水|喝粥。❷特指喝酒 ◆ 愛喝|喝醉了|吃喝玩樂|大吃大喝。❸吸進氣體 ◆ 喝西北風。❹同"嗬",見107頁左欄。
〈二〉[hè ㄏㄜˋ 粵hɔt⁸ 渴]
高聲喊叫 ◆ 喝問|吆喝|當頭棒喝|大喝一聲。

⁹**喂** [wèi ㄨㄟˋ 粵wɐi³ 慰] ❶歎詞。表示打招呼 ◆ 喂,你的錢包掉了。❷同"餵",見799頁右欄。

⁹**喟** [kuì ㄎㄨㄟˋ 粵wɐi³ 尉/fai³ 快]

歎息 ◆ 喟歎|感喟|喟然長歎。

⁹**喎**(喎) [wāi ㄨㄞ 粵kwa¹ 夸]
(嘴巴)歪 ◆ 口眼喎斜。

⁹**單**(单) 〈一〉[dān ㄉㄢ 粵dan¹ 丹]
❶一個;獨一。跟"雙"相對 ◆ 單獨|單身漢|形單影隻|單細胞生物。❷奇數的;不能被"2"整除的 ◆ 單數|單號|單週。❸薄弱;不厚實 ◆ 單薄|單弱|勢單力薄。❹(衣服、被褥等)只有一層的 ◆ 單衣|單褲|單眼皮。❺覆蓋用的大幅的紡織品 ◆ 被單|牀單|褥單。❻少;純;不複雜 ◆ 單調|單純|簡單。❼只;僅僅 ◆ 單單|單靠你一個人不行。❽有文字或表格並有一定用途的紙片 ◆ 菜單|賬單|買單|貨單|清單。
〈二〉[shàn ㄕㄢˋ 粵sin⁶ 善]
❶地名用字。單縣,在山東。❷姓。
〈三〉[chán ㄔㄢˊ 粵sin⁴ 洗⁴]
單于,匈奴君主的稱號。

⁹**喘** [chuǎn ㄔㄨㄢˇ 粵tsyn² 忖] ❶急劇地呼吸 ◆ 喘息|氣喘吁吁|苟延殘喘。❷哮喘。見"哮",92頁右欄。

⁹**唭** [bai·ㄅㄞ 粵bai 敗]
助詞。用法同"唄"。❶表示

事理明白淺顯，容易理解 ◆ 這有
什麼難的，就是這樣使用唪。❷
表示勉強或讓步的語氣 ◆ 你要去，
就去唪。

⁹ **唾** [tuò ㄊㄨㄛˋ ⑬tɔ³ 妥³]
❶口水，人和脊椎動物口
腔內腺體分泌的液體 ◆ 唾沫|唾液
|唾腺|拾人餘唾。❷用力吐唾沫
◆ 唾手可得|唾面自乾。❸吐唾
沫，表示鄙薄 ◆ 唾棄|受天下人唾
罵。

⁹ **啾** [jiū ㄐㄧㄡ ⑬dzeu¹ 周]
❶啾啾，象聲詞。形容許多
小鳥一齊鳴叫的聲音 ◆ 窗外傳來"啾
啾"的鳥叫聲。❷啁啾。見"啁"，97
頁右欄。

⁹ **喬**(乔) [qiáo ㄑㄧㄠˊ ⑬kiu⁴
橋]
❶高 ◆ 喬木|喬遷。❷裝扮 ◆ 喬
扮|喬裝打扮。❸姓。

⁹ **嗖** [sōu ㄙㄡ ⑬seu¹ 收]
象聲詞。形容很快通過及迅
速動作的聲音 ◆ 子彈"嗖嗖"地從
頭上飛過。

⁹ **喤** [huáng ㄏㄨㄤˊ ⑬weŋ⁴ 皇]
象聲詞。❶形容鐘鼓聲宏亮
和諧 ◆ 鐘鼓喤喤。❷形容小兒啼
哭聲音響亮 ◆ 男孩大聲啼哭，震
得人耳朵喤喤地響。

⁹ **喉**(⑬喉) [hóu ㄏㄡˊ ⑬heu⁴
侯]
人和脊椎動物呼吸器官的一部分，
位於咽和氣管之間，喉內有聲帶，
又是發音器官。通稱"嗓子"或"喉
嚨" ◆ 咽喉|歌喉|骨鯁在喉，不
吐不快。

⁹ **喻** [yù ㄩˋ ⑬jy⁶ 預]
❶比方，用常見熟識的事物
來比擬有類似點的其他事物 ◆ 比
喻|譬喻|明喻|暗喻|借喻。❷知
道；懂得 ◆ 不言而喻|家喻戶曉。
❸說明；開導 ◆ 曉喻|訓喻|不可
理喻|喻之以理。

⁹ **喚** [huàn ㄏㄨㄢˋ ⑬wun⁶ 換]
喊；呼叫；使對方覺醒、注
意或應聲而來 ◆ 喚醒|喚起|傳喚
|使喚|召喚|呼風喚雨。

⁹ **喨** [liàng ㄌㄧㄤˋ ⑬lœŋ⁶ 亮]
嘹喨。見"嘹"，110頁右欄。

⁹ **喑** 〈一〉[yīn ㄧㄣ ⑬jem¹ 陰]
同"瘖"。❶啞；不能發出聲
音 ◆ 喑啞|喑藥。❷不說話；保持
沈默 ◆ 萬馬齊喑。
〈二〉[yìn ㄧㄣˋ ⑬同〈一〉]
喑噁，發怒聲 ◆ 喑噁叱咤。

⁹ **嗎** [yàn ㄧㄢˋ ⑬jin⁶ 現]
❶粗魯。❷同"唁"，見94頁
左欄。

⁹**啼** (^啻嗁) ［tí ㄊㄧˊ 粵 tei⁴ 題］ ❶出聲地哭 ◆ 啼哭｜悲啼｜啼笑皆非｜啼飢號寒。❷(某些鳥獸)鳴叫 ◆ 鳥啼｜雞啼｜虎嘯猿啼。

⁹**啻** ［chì ㄔˋ 粵 tsi³ 次］ 但；只；僅。常與表示疑問或否定的字連用，在句中起連接或比較作用 ◆ 何啻｜不啻。

⁹**善** ［shàn ㄕㄢˋ 粵 sin⁶ 羨］ ❶良好；慈祥。與"惡"相對 ◆ 善良｜善舉｜善類｜善意｜慈善｜擇善而從。❷好的、有益於人的行為或事情；良好的人 ◆ 行善｜勸善懲惡。❸和好；和睦 ◆ 友善｜親善｜善鄰｜來者不善，善者不來。❹做好；處理好 ◆ 善後｜善始善終｜獨善其身｜工欲善其事，必先利其器。❺妥當地；好好地 ◆ 善自保重｜善自為謀。❻擅長於；有能力做好某事 ◆ 善戰｜能言善辯｜能歌善舞。❼容易；易於 ◆ 善疑｜善忘｜善變｜多愁善感。❽熟識；不陌生 ◆ 面善。❾指與佛教有關的或信奉佛教的 ◆ 善緣｜善男信女。❿姓。

⁹**嗞** ［zī ㄗ 粵 dzi¹ 知］ ❶同"吱"，見80頁左欄。❷露出牙齒 ◆ 嗞牙咧嘴。❸歎息聲。

⁹**喧** ［xuān ㄒㄩㄢ 粵 hyn¹ 圈］ 嘈雜；聲音大 ◆ 喧鬧｜喧囂｜喧騰｜鑼鼓喧天。

⁹**喀** ［kā ㄎㄚ 粵 ka¹ 卡］ ❶象聲詞 ◆ 喀吧｜喀嚓｜喀嚓。❷譯音用字。(1)喀秋莎，俄語的音譯詞。一種能成排發射的火箭炮。(2)喀斯特，可溶性巖石(石灰石、石膏等)受水侵蝕而形成的地貌，形狀奇特，有洞穴，也有峭壁。由亞得里亞海岸的喀斯特(Karst)高地得名。

⁹**啷** ［lāng ㄌㄤ 粵 lɔŋ¹ 狼¹］ 哐啷。見"哐"，88頁左欄。噹啷。見"噹"，112頁右欄。

⁹**嘅** 〈一〉同"慨"，見225頁右欄。〈二〉［gé ㄍㄜˊ 粵 gɛ³ 冀野切］ 粵方言。助詞。相當於普通話中的"的"。

⁹**喔** ［wō ㄨㄛ 粵 ɐk⁷/ŋɐk⁷ 握］ ❶象聲詞。形容公雞的啼叫聲。❷歎詞。表示了解，醒悟 ◆ 喔，原來如此！｜喔，我明白了。

⁹**喙** ［huì ㄏㄨㄟˋ 粵 fui³ 悔］ ❶鳥獸的嘴 ◆ 鳥喙。❷借指人嘴 ◆ 置喙｜百喙莫辯。

⁹**哟** (哟) 〈一〉［yō ㄧㄛ 粵 jɔ¹ 喲］ 歎詞。表示略有一點驚奇 ◆ 哟，你怎麼啦？

〈二〉[yo · ㄧ ㄛ 粵 jɔ¹ 衣柯切]
助詞。❶用在句尾表示祈使語氣 ◆ 大家用力拉哟！❷在歌詞中用作襯字 ◆ 呼兒嗨哟！

10 **嗪**(吣) [qín ㄑㄧㄣˊ 粵 tsœn⁴ 秦]
哌嗪。見"哌"，90頁右欄。

10 **嗉** [sù ㄙㄨˋ 粵 sou³ 素]
嗉子。❶鳥類食道下部用來儲存食物的袋狀組織。也叫"嗉囊"。❷一種裝酒的小瓶，底大，頸細長。

10 **嗎**(吗) 〈一〉[ma · ㄇㄚ 粵 ma¹ 媽/ma³ 嘛]
助詞。❶用在句末表示疑問或反詰 ◆ 你到過北京嗎 | 難道你不喜歡這種式樣嗎？❷用在句中停頓處使所說的內容引起注意 ◆ 這個人嗎，就是這樣的性格。
〈二〉[má ㄇㄚˊ 粵同〈一〉]
代詞。什麼 ◆ 你要幹嗎？
〈三〉[mǎ ㄇㄚˇ 粵同〈一〉]
嗎啡，一種有機化合物，分子式 $C_{17}H_{19}O_3N \cdot H_2O$（英 morphine）。白色粉末，味苦，有毒。是用鴉片製成的鎮痛劑，多服易成癮。

10 **嗒** 〈一〉[tà ㄊㄚˋ 粵 tap⁸ 塔]
嗒然，懊喪失意的樣子 ◆ 嗒然若失。
〈二〉[dā ㄉㄚ 粵 dat⁹ 達]
象聲詞。形容馬蹄聲、槍聲等 ◆ 大

路上傳來"嗒、嗒"的馬蹄聲 | 山頭上機槍的嗒嗒聲又突然響起來。

10 **嗊**(唝) [gòng ㄍㄨㄥˋ 粵 gun³ 貢]
地名譯音用字。嗊吥，柬埔寨海港。

10 **嗜** [shì ㄕˋ 粵 si³ 試]
特別愛好 ◆ 嗜慾 | 嗜好 | 嗜酒。

10 **嗑** 〈一〉[kè ㄎㄜˋ 粵 hap⁸ 呷]
上下門牙咬開帶殼的或硬的食品 ◆ 嗑瓜子。
〈二〉[hé ㄏㄜˊ 粵 hɐp⁹ 合]
噎嗑。見"噎"，113頁左欄。
〈三〉[kē ㄎㄜ 粵同〈二〉]
方言。指現成的話 ◆ 嘮嗑 | 他的嘴不閒着，嗑真多。

10 **嗔**(嗔) [chēn ㄔㄣ 粵 tsɐn¹ 親]
❶發怒；生氣 ◆ 嗔怒。❷責怪；對人不滿 ◆ 嗔怪。❸同"瞋"。不滿地睜大眼睛。

10 **嗦** [suō ㄙㄨㄛ 粵 sɔk⁸ 梳]
❶哆嗦。見"哆"，91頁左欄。❷囉嗦。見"囉"，116頁右欄。

10 **嗝** [gé ㄍㄜˊ 粵 gak⁸ 革]
胃裏的氣體衝出口外時發出的聲音。也指橫膈膜拘攣，吸氣後

聲門突然關閉時的特殊聲響 ◆ 飽
嗝|打嗝兒|"嗝"的一聲，孩子把
奶吐了出來。

10 **嗄** 〈一〉[shà ㄕㄚˋ 粵 sa³ 沙³/
ai³/ŋai³ 隘]
嗓音嘶啞 ◆ 嗄啞|嗄嘶|他嗄着嗓
子大叫："快去！"
〈二〉[á ㄚˊ 粵 a³ 啞]
歎詞。表示追問 ◆ 嗄！他什麼時
候到北京|嗄？你收到我的電報了
嗎？

10 **嗇**(嗇) [sè ㄙㄜˋ 粵 sik⁷ 色]
小氣，指過分愛惜，
捨不得拿出 ◆ 吝嗇|這個人嗜錢如
命，太嗇了！

10 **嗩**(唢) [suǒ ㄙㄨㄛˇ 粵 sɔ²
鎖]
嗩呐，民族管樂
器名，形狀像喇
叭，管身正面七
孔，背面一孔。

10 **嗣** [sì ㄙˋ 粵 dzi⁶ 字]
❶承接；繼承 ◆ 嗣位|嗣君
|嗣子。❷子孫；後代 ◆ 後嗣|子
嗣|絕嗣。

10 **嗯** 〈一〉[ńg ㄣˊ 粵 ŋ² 誤²]
歎詞。表示疑問 ◆ 嗯？他
來了嗎|嗯？你說什麼？

〈二〉[ňg ㄣˇ 粵 同〈一〉]
歎詞。表示出乎意外或不以為然 ◆
嗯，已經八點多了，你還不去上
班？
〈三〉[ǹg ㄣˋ 粵 ŋ⁶ 誤]
歎詞。❶表示同意或肯定 ◆ 嗯，
是這樣的。❷表示歎息或間歇 ◆
你這人，嗯，心腸也未免太好。

10 **嗅** [xiù ㄒㄧㄡˋ 粵 tsɐu² 臭/huŋ³
空]
用鼻子辨別氣味 ◆ 嗅覺。

10 **嗥**(粵嗥貀) [háo ㄏㄠˊ 粵
hou⁴ 豪]
野獸嚎叫 ◆ 嗥叫|鬼哭狼嗥。

10 **嗚**(呜) [wū ㄨ 粵 wu¹ 污]
❶象聲詞 ◆ "嗚"的
一聲，汽笛拉響了|一陣旋風嗚嗚
地從江上吹過。❷嗚呼。(1)文言
歎詞。表示歎息 ◆ 嗚呼，可哀之
極。(2)指死亡 ◆ 一命嗚呼。❸嗚
咽。(1)低聲哭泣 ◆ 她低着頭，痛
苦地嗚咽着。(2)形容聲音悽切低
抑 ◆ 角聲嗚咽。

10 **嗲** [diǎ ㄉㄧㄚˇ 粵 dɛ² 爹²]
形容故作嬌態的樣子 ◆ 說
話嗲聲嗲氣|小女孩向父親發嗲。

10 **嗆**(呛) 〈一〉[qiāng ㄑㄧㄤ 粵
tsœŋ¹ 昌]
水或食物等進入氣管引起咳嗽並噴

吐 ◆ 慢慢喝，別嗿着了｜一口水嗿得他氣也透不上來。

〈二〉[qiàng ㄑㄧㄤˋ 粵tsœŋ³ 唱]鼻子、嗓子等因接觸刺激性氣體而感覺難受 ◆ 廚房裏油煙嗿人。

---

10 **嗡** [wēng ㄨㄥ 粵juŋ¹ 翁]象聲詞 ◆ 蜜蜂嗡嗡地飛着｜他只覺得頭腦裏"嗡"的一聲，一下子懵住了。

---

10 **嗊**(啢) [mǔ ㄇㄨˇ/yīng mǔ ㄧㄥ ㄇㄨˇ 粵mɐu⁵ 某/jiŋ¹ mɐu⁵ 英某]英畝，英美制地積計量單位，1畝約合6.0720畝。

---

10 **嗙** [pǎng ㄆㄤˇ 粵paŋ¹ 抨]方言。誇口；吹牛 ◆ 胡吹亂嗙｜你別聽他瞎嗙。

---

10 **嗟** [jiē ㄐㄧㄝ 粵dzɐ¹ 遮]❶歎息 ◆ 嗟歎｜長嗟｜嗟悔無及。❷文言歎詞 ◆ 嗟乎｜嗟夫｜嗟來之食。

---

10 **嗼** [miē ㄇㄧㄝ 粵mɛ¹ 魔些切]佛教咒語"六字真言"之一。

---

10 **嗌** 〈一〉[yì ㄧˋ 粵jik⁷ 益]咽喉。

〈二〉[ài ㄞˋ 粵ai³/ŋai³ 隘]咽喉梗塞 ◆ 話説到這裏，就嗌住了。

---

10 **嗛** 〈一〉[qiǎn ㄑㄧㄢˇ 粵him² 險]猿猴的頰囊，位於腮內，是暫存食物的袋狀組織。

〈二〉[xián ㄒㄧㄢˊ 粵ham⁴ 函]同"銜"。❶用嘴含物。❷懷恨。

---

10 **嗍** [suō ㄙㄨㄛ 粵sɐk⁸ 朔]用唇舌裏夾着吸取 ◆ 嗍奶。

---

10 **嗨** 〈一〉[hāi ㄏㄞ 粵hai¹ 揩]❶歎詞。表示詫異或惋惜 ◆嗨，這是怎麼回事｜嗨！真可惜。❷象聲詞。形容用力時的呼喊聲 ◆嗨喲｜一、二，嗨！大家用力拉呀！

〈二〉同"嘿〈一〉"。歎詞。

---

10 **嗐** [hài ㄏㄞˋ 粵hai⁶ 械]歎詞。表示感慨或傷感 ◆嗐，都怨我自己不好｜嗐，想不到這位學者竟英年早逝了！

---

10 **嗤** [chī ㄔ 粵tsi¹ 雌]❶譏笑 ◆ 嗤笑｜嗤鄙｜嗤之以鼻。❷象聲詞 ◆ 嗤溜｜噗嗤｜焰火在空中嗤嗤嗤地爆響。❸歎詞。表示唾棄或詫異 ◆ 嗤！他就是這水平｜嗤，這樣怕苦怕麻煩的人還能搞研究嗎？

---

10 **嗓** [sǎng ㄙㄤˇ 粵sɔŋ² 爽]❶喉嚨 ◆ 潤嗓。❷指聲帶發出的聲音 ◆ 本嗓｜啞嗓｜嗓音｜嗓門兒。

11 **嘒** [huì ㄏㄨㄟˋ ⑧wei³ 畏]
微小。

11 **嘖**(啧) [zé ㄗㄜˊ ⑧dzak⁸ 責/dzak⁹ 宅]
❶歎詞。表示讚歎 ◆ 嘖嘖稱羡。
❷象聲詞 ◆ 鳥聲嘖嘖。❸形容説話紛亂 ◆ 人言嘖嘖|嘖有煩言。

11 **嗬** [hē ㄏㄜ ⑧hɔ¹ 苛]
歎詞。表示驚奇、詫異 ◆嗬,你真不簡單!

11 **嘟** [dū ㄉㄨ ⑧dou¹ 都]
❶象聲詞。形容喇叭聲等 ◆汽車喇叭嘟嘟地響了起來|嘟嘟嘟的軍號聲,催大家排隊集合。❷撅嘴 ◆ 女孩嘟着小嘴,滿臉不高興的樣子。

11 **嗷** [áo ㄠˊ ⑧ŋou⁴ 傲]
嗷嗷,象聲詞。形容哀號聲◆ 嗷嗷大哭|嗷嗷待哺。

11 **嘉** [jiā ㄐㄧㄚ ⑧ga¹ 加]
❶美好 ◆ 嘉賓|嘉言。❷稱讚;表彰 ◆ 嘉勉|嘉獎。❸姓。

11 **嘞** [lei ·ㄌㄟ ⑧la¹ 啦/lɐk⁹ 肋³]
助詞。表示肯定或提醒,語氣輕快 ◆ 好嘞,我馬上就來。

11 **嘏** [gǔ ㄍㄨˇ/jiǎ ㄐㄧㄚˇ ⑧ga²假]

福 ◆ 賜嘏。

11 **嘈** [cáo ㄘㄠˊ ⑧tsou⁴ 曹]
形容聲音粗重雜亂 ◆ 嘈音|嘈雜|嘈亂|唐 白居易《琵琶行》詩:"嘈嘈切切錯雜彈,大珠小珠落玉盤。"

11 **嗽**(⑧嗽) [sòu ㄙㄡˋ ⑧sɐu³秀]
咳嗽。見"咳",91頁右欄。

11 **嘔**(呕) 〈一〉[ǒu ㄡˇ ⑧ɐu²/ŋɐu² 歐²]
吐(指由生理病變所引發) ◆ 嘔吐|嘔血|作嘔|嘔心瀝血。
〈二〉同"慪",見227頁左欄。

11 **嘌** [piào ㄆㄧㄠˋ ⑧piu¹ 飄]
❶嘌呤,有機化合物,分子式$C_5H_4N_4$(英purine)。無色結晶,易溶於水,在人體內氧化而變成尿酸。❷快速的樣子。

11 **嘁** [qī ㄑㄧ ⑧tsi¹ 雌]
❶嘁嘁喳喳,象聲詞。形容細碎的説話聲音 ◆ 幾個小姑娘圍在一起説話,嘁嘁喳喳的。❷嘁哩喀喳,形容説話做事乾脆利落 ◆幾個人嘁哩喀喳,一上午就幹完了。

11 **嘎**(⑧嘎) 〈一〉[gā ㄍㄚ ⑧gat⁸吉]

象聲詞。形容短促響亮的聲音 ◆ 嘎巴｜嘎吱｜嘎咕｜鵝嘎嘎地叫着｜計程車“嘎”的一聲停住了。

〈二〉[gǎ ㄍㄚˇ [粵] ga² 假]
方言。❶乖僻；脾氣不好 ◆ 這人嘎得很，不好説話。❷調皮 ◆ 嘎小子。

〈三〉[gá ㄍㄚˊ [粵] ga⁴ 加⁴]
❶嘎調。京劇唱腔裏特別拔高音唱的某個字。❷同“尜尜”。見“尜”，175頁左欄。

11 **嘜**（唛） [mà ㄇㄚˋ [粵] mɐk⁷ 麥]
英語mark的音譯，意為商標。多在貨物包裝上用作標記，其內容有：批號、件號、指運港口、目的地、收貨人、生產國名(地名)、合同號碼、貨名、數量等。也譯作“嘜頭”、“嘜” ◆ 駱駝嘜。

11 **噹** [tāng ㄊㄤ [粵] tɔŋ 湯]
象聲詞。形容敲鐘、打鑼等發出的聲音 ◆ “噹、噹、噹”的鑼聲響遍了山村。

11 **嘗**（尝[異]甞） [cháng ㄔㄤˊ [粵] sœŋ⁴ 常]
❶同“嚐”，見114頁右欄。❷比喻經受 ◆ 備嘗艱辛｜這一次嘗到了苦頭。❸試 ◆ 嘗試｜淺嘗輒止。❹曾經 ◆ 未嘗｜何嘗。

11 **嗶**（哔） [bì ㄅㄧˋ [粵] bɐt⁷ 畢]
嗶嘰，一種密度較小的斜紋紡織品。

11 **嘍**（喽） 〈一〉[lou・ㄌㄡ [粵] lɐu¹ 留¹]
助詞。❶用法相當於“了”，表示預期或假設 ◆ 要下雨嘍。❷用法相當於“了”，表示提醒 ◆ 快些上車嘍。

〈二〉[lóu ㄌㄡˊ [粵] lɐu⁴ 留]
嘍囉，也作“僂儸”。舊時指盜賊的部下。現多比喻壞人的追隨者 ◆ 小嘍囉。

11 **嘓** [guō ㄍㄨㄛ [粵] gwɔk⁸ 國]
象聲詞。形容嚥湯水聲、蛙鳴聲等 ◆ 他“嘓”地喝了一口湯｜鄉村的夏夜，蛙鳴嘓嘓。

11 **嘣** [bēng ㄅㄥ [粵] bɐŋ¹ 崩]
象聲詞。形容跳動聲或爆裂聲 ◆ 激動得心裏嘣嘣直跳｜“嘣”的一聲，琴弦斷了。

11 **嘚** 〈一〉[dēi ㄉㄟ [粵] dak⁷ 得]
象聲詞。形容趕牲口的吆喝聲 ◆ 趕車的嘴裏“嘚”、“嘚”地吆喝着。

〈二〉[dē ㄉㄜ [粵] 同〈一〉]
象聲詞。形容馬蹄踏地聲 ◆ “嘚嘚”的馬蹄聲從大路上傳來。

11 **⿰口悉** [xī ㄒㄧ [粵] sik⁷ 息]
象聲詞。形容細小的摩擦聲音 ◆ ⿰口悉啐｜⿰口悉嗦。

11 **嗻** 〈一〉[zhè ㄓㄜˋ ⑧dzɛ³ 蔗]
舊時奴僕隨從等對主人或賓客的應答聲，意思同"是" ◆ 侍衛低頭應了一聲"嗻"。
〈二〉[zhē ㄓㄜ ⑧dzɛ¹ 遮]
囉嗻，多言。

11 **嘛** [ma ˙ㄇㄚ ⑧ma³ 嗎³]
❶助詞。(1) 表示事理十分明顯 ◆ 各有各的愛好嘛，不必強求一致。(2) 表示建議或要求 ◆ 別急，慢慢説嘛｜應該自己動手做嘛。(3) 用在停頓處，引出下面的話 ◆ 其中的訣竅嘛，要過一段時間才能掌握。❷佛教咒語"六字真言"之一。

11 **嘀** 〈一〉[dī ㄉㄧ ⑧dik⁹ 滴]
❶嘀嗒、嘀嗒，象聲詞。形容短促而輕微的聲音 ◆ 小鬧鐘在嘀嗒、嘀嗒地響着｜雨嘀嘀嗒嗒地下個不停。❷嘀哩嘟嚕，形容説話快，別人聽不清 ◆ 這人嘀哩嘟嚕不知説些什麼。
〈二〉[dí ㄉㄧˊ ⑧同〈一〉]
嘀咕。❶私下裏小聲説 ◆ 你們倆嘀咕些什麼？❷猜測；懷疑 ◆ 見到女兒將自己關在房間裏哭，母親心裏直嘀咕。

11 **嗾** [sǒu ㄙㄡˇ ⑧seu² 手]
❶驅使狗時發出的聲音。❷發出聲音來驅使狗 ◆ 嗾犬。❸教唆、指使別人做壞事 ◆ 嗾使。

11 **嗖** [sū ㄙㄨ ⑧sɔk⁸ 梳]
嗖嗖。見"嗖"，108頁右欄。

11 **嘧** [mì ㄇㄧˋ ⑧mɐt⁹ 勿]
譯音用字。嘧啶，有機化合物，分子式 $C_4H_4N_2$。無色結晶，有刺激性氣味，溶於水、乙醇和乙醚，可製化學藥品。

11 **嗵** [tōng ㄊㄨㄥ ⑧tuŋ¹ 通]
象聲詞 ◆ 撲通｜只聽"嗵"的一聲，一箱貨掉進河裏了。

12 **嘵**(哓) [xiāo ㄒㄧㄠ ⑧hiu¹ 囂]
嘵嘵，嘮叨或叫嚷 ◆ 嘵嘵不休。

12 **嘩**(哗) 〈一〉[huā ㄏㄨㄚ ⑧wa¹ 蛙]
象聲詞 ◆ 嘩啦｜嘩啦啦｜水嘩嘩地流｜雨嘩嘩嘩地下着。
〈二〉同"譁"，見666頁右欄。

12 **嗽** 同"嗽"，見98頁左欄。

12 **噴**(喷) 〈一〉[pēn ㄆㄣ ⑧pɐn³ 貧³]
受壓力而散開射出 ◆ 噴灌｜噴射｜噴漆｜令人噴飯。
〈二〉[pèn ㄆㄣˋ ⑧同〈一〉]
❶氣味濃厚而衝人 ◆ 噴香｜噴鼻｜香噴噴。❷農產品、水產品上市正盛 ◆ 草莓正在噴兒上。❸量詞

用於植物成熟的次數 ◆ 油菜開頭
噴花兒了|綠豆結二噴角了。

¹² **嘻** [xī ㄒㄧ 粵 hei¹ 希]
❶笑的聲音或樣子 ◆ 笑嘻
嘻|嘻嘻哈哈。 ❷歎詞。表示驚
歎、輕蔑等。

¹² **嘭** [pēng ㄆㄥ 粵 piŋ¹ 砰]
象聲詞 ◆ 門"嘭"的一聲關
上了|"嘭!嘭!"幾聲槍響震動了
山谷。

¹² **噎** [yē ㄧㄝ 粵 jit⁸ 熱⁸]
❶食物堵塞食道 ◆ 因噎廢
食|吃飯防噎,走路防跌|慢慢
吃,小心別噎着了。❷因為頂風而
呼吸困難 ◆ 氣噎。

¹² **噁**(惡) 〈一〉[ě ㄜˇ 粵 wu³ 污]
噁心。❶想要嘔吐 ◆
她覺得一陣噁心,趕忙捂住嘴。
❷厭惡 ◆ 這種行為叫人噁心。
〈二〉[wù ㄨˋ 粵同〈一〉]
暗噁。見"暗",102頁右欄。

¹² **嘶** [sī ㄙ 粵 sei¹ 西]
❶馬叫 ◆ 人喊馬嘶。❷聲
音沙啞 ◆ 嘶啞|聲嘶力竭。❸同
"嘶",見111頁右欄。

¹² **嘲** 〈一〉[cháo ㄔㄠˊ 粵 dzau¹
爪¹]
❶取笑;譏笑 ◆ 嘲諷|聊以解嘲|

冷嘲熱諷。❷吟誦;歌詠 ◆ 嘲風
弄月。
〈二〉[zhāo ㄓㄠ 粵同〈一〉]
嘲哳,形容聲音雜亂細碎。

¹² **噘** [juē ㄐㄩㄝ 粵 kyt⁸ 決]
翹起(嘴巴) ◆ 她噘起了小
嘴巴。

¹² **嘹** [liáo ㄌㄧㄠˊ 粵 liu⁴ 遼]
嘹亮、嘹喨,形容聲音清晰
響亮 ◆ 歌聲嘹亮|嘹喨的軍號聲。

¹² **嘈**(⑧嘈嘈) [zǎn ㄗㄢˇ 粵
dzap⁸ 眨]
❶銜;叼。❷叮;咬。

¹² **嘘** 〈一〉[xū ㄒㄩ 粵 hœy¹ 虛]
❶從嘴慢慢地吐氣 ◆ 嘘
氣|她嘘了一口長氣。❷歎氣 ◆
長嘘短歎|仰天而嘘。❸火或蒸汽
的熱力接觸到物體 ◆ 掀鍋蓋小心
別嘘着手。❹發出嘘聲,表示制止
或驅趕 ◆ 觀眾把他嘘了下去。
〈二〉[shī ㄕ 粵 hœ¹ 靴]
歎詞。表示制止或反對 ◆ 嘘!輕
一點,別把病人吵醒了。

¹² **噗** [pū ㄆㄨ 粵 pok⁸ 撲]
象聲詞 ◆ 噗嗤|噗嚕嚕|
噗,一口氣吹滅了蠟燭。

¹² **嘬** 〈一〉[zuō ㄗㄨㄛ 粵 dzyt⁸ 啜]
❶聚攏嘴唇吸取 ◆ 嘬奶。

❷ (嘴唇) 翹起 ◆ 喙起嘴唇。

〈二〉[chuài ㄔㄨㄞˋ ⑧ tsœy³ 娶]
吃；咬。

---

12 嘽 〈一〉[chǎn ㄔㄢˇ ⑧ tsin² 淺]
舒緩 ◆ 嘽緩。

〈二〉[tān ㄊㄢ ⑧ tan¹ 攤]
喘息 ◆ 嘽嘽。

---

12 嘿 〈一〉[hēi ㄏㄟ ⑧ hei¹ 稀]
❶歎詞。(1) 表示詫異和讚歎
◆ 嘿，這是怎麼回事 | 嘿，這一球
踢得真好！(2) 表示招呼或請人注
意 ◆ 嘿，你好 | 嘿，你小心點，別
摔着了！(3) 表示得意 ◆ 嘿，今天
的生意可真不錯！❷嘿嘿，象聲
詞。形容笑聲 ◆ 嘿嘿一笑。

〈二〉同"默"，見849頁左欄。

---

12 嘸 (呒) [ḿ ㄇˊ ⑧ mou⁵ 舞]
方言。相當於"不"或
"沒有" ◆ 嘸啥 | 説了半天，一點
嘸結果。

---

12 噍 [jiào ㄐㄧㄠˋ ⑧ dzœk⁹ 嚼]
咀嚼；吃東西 ◆ 噍類 (指能
吃東西的動物，特指活着的人)。

---

12 噏 [xī ㄒㄧ ⑧ kɐp⁷ 級]
❶同"吸"，見82頁右欄。❷
收斂。

---

12 噇 [chuáng ㄔㄨㄤˊ ⑧ tsɔŋ⁴ 牀]
猛吃猛喝，不加節制 ◆ 亂

噇 | 噇得爛醉。

---

12 噌 〈一〉[cēng ㄘㄥ ⑧ tsɐŋ¹ 瞠]
❶象聲詞 ◆ "噌"的一聲，
他划着一枝火柴，點上煙。❷方
言。斥責 ◆ 捱噌 | 噌了他一頓。

〈二〉[chēng ㄔㄥ ⑧同〈一〉]
噌吰。象聲詞。形容鐘鼓聲。

---

12 嘮 (唠) 〈一〉[láo ㄌㄠˊ ⑧ lou⁴
勞]
嘮叨，説話絮煩、沒完沒了 ◆ 嘮
嘮叨叨 | 他整天嘮叨個沒完，真討
厭。

〈二〉[lào ㄌㄠˋ ⑧同〈一〉]
説話，閒聊 ◆ 嘮嗑 | 嘮家常。

---

12 噚 (㖊) [xún ㄒㄩㄣˊ/yīng
xún ㄧㄥ ㄒㄩㄣˊ ⑧
tsɐm⁴ 尋/jiŋ¹ tsɐm⁴ 英尋]
英尋，英美制計量水深的單位，1噚
6呎，合公制 1.828 米。

---

12 噀 (潠) [xùn ㄒㄩㄣˋ ⑧
sœn³ 信]
含在口中噴出 ◆ 噀水 | 含血噀人。

---

12 噔 [dēng ㄉㄥ ⑧ dɐŋ¹ 登]
象聲詞。形容重物落地聲或
撞擊物體聲 ◆ 咯噔 | 她噔噔噔地走
上樓梯。

---

12 噝 (咝) [sī ㄙ ⑧ si¹ 絲]
象聲詞 ◆ 噝溜 | 噝的

一聲，衣服被勾破了。

12 嘰(叽) [jī ㄐㄧ ⑧gei¹ 機]

❶象聲詞 ◆ 嘰嘰嘎嘎|嘰裏咕嚕|嘰裏呱啦|鳥兒在林間嘰嘰地鳴叫。❷嘰咕，小聲説話 ◆ 兩個人嘰咕了一陣，又分開了。

13 噶 〈一〉[gá ㄍㄚˊ ⑧ga¹ 加]
噶倫，原西藏地方政府的主要官員。
〈二〉[gé ㄍㄜˊ ⑧got⁸ 割]
象聲詞。

13 嗒(哒) [dā ㄉㄚ ⑧dat⁹ 達]
象聲詞 ◆ 吧嗒|呱嗒|小女孩光着腳，啪嗒、啪嗒地在地板上跑來跑去。

13 噩 [è ㄜˋ ⑧ŋɔk⁹ 岳]
兇惡而使人驚恐的 ◆ 噩耗|噩夢|噩運。

13 噤 [jìn ㄐㄧㄣˋ ⑧gɐm⁶ 禁⁶]
❶閉住嘴不出聲 ◆ 噤口不言|噤若寒蟬。❷因禁不住寒冷而引發的哆嗦 ◆ 寒噤|打冷噤。

13 噸(吨) [dūn ㄉㄨㄣ ⑧dœn¹ 敦]
❶重量單位。公制1噸等於1000公斤，英制1噸（長噸）等於2240磅，合1016.05公斤，美制1噸（短噸）等於2000磅，合907.18公斤。❷指登

記噸，計算船隻容積的單位，1噸等於2.83立方米，合100立方英尺。

13 噦(哕) 〈一〉[yuě ㄩㄝˇ ⑧jyt⁹ 月⁹]
❶嘔吐 ◆ 噦吐|乾噦|噦嘔|他一陣猛咳，噦出許多濃痰。❷唾；用力吐 ◆ 噦了一口唾沫。
〈二〉[huì ㄏㄨㄟˋ ⑧wɐi³ 畏]
象聲詞。形容鳥鳴聲或鈴聲 ◆ 鳳鳴噦噦。

13 嘴 [zuǐ ㄗㄨㄟˇ ⑧dzœy² 咀]
❶口，人或動物吃東西、發聲音的器官 ◆ 噘嘴|齜牙咧嘴|驢唇不對馬嘴。❷器物上通向外面的部位，也指物體前伸的尖端部位 ◆ 奶嘴|壺嘴|煙嘴兒。❸指説話 ◆ 回嘴|多嘴|耍貧嘴|油嘴滑舌。

13 嗊 〈一〉[xué ㄒㄩㄝˊ ⑧kœk⁹ 卻⁹]
笑；逗笑 ◆ 發嗊|嗊頭（引人發笑的話或舉動）。
〈二〉[jué ㄐㄩㄝˊ ⑧同〈一〉]
大笑 ◆ 談笑大嗊|以資一嗊。

13 噹(当) [dāng ㄉㄤ ⑧dɔŋ¹ 當]
象聲詞。形容撞擊金屬器物的聲音 ◆ 噹啷|叮噹|鑼聲噹噹。

13 器(⑧器) [qì ㄑㄧˋ ⑧hei³ 氣]
❶用具 ◆ 器具|木

器|儀器|投鼠忌器|工欲善其事，
必先利其器。❷具有獨特生理機能
的生物體的構成部分 ◆ 器官|生殖
器|消化器|呼吸器。❸人的度量、
才幹 ◆ 器度|器局|器量|器宇軒昂
|大器晚成。❹重視；看重 ◆ 器用
|器任|器重。

¹³ 噥 (哝) [nóng ㄋㄨㄥˊ ⑧ nuŋ⁴ 農]
低聲説話 ◆ 噥噥|唧噥|咕噥。

¹³ 噪 [zào ㄗㄠˋ ⑧ tsou³ 措]
❶許多蟲或鳥鳴叫 ◆ 鵲噪
|蟬噪|羣鴉亂噪。❷許多人大聲喧
嚷，吵鬧 ◆ 聒噪|鼓噪。❸嘈雜刺
耳的 ◆ 噪聲|噪音。

¹³ 噬 [shì ㄕˋ ⑧ sɐi⁶ 誓]
咬 ◆ 吞噬|反噬|咬噬|噬
臍莫及。

¹³ 噭 同“叫”，見76頁左欄。

¹³ 噢 〈一〉[yǔ ㄩˇ ⑧ jy⁶ 瘀]
噢咻。撫慰病痛之聲。
〈二〉[ō ㄛ ⑧ ŋ⁶ 柯]
歎詞。❶表示了解 ◆ 噢，原來如
此。❷表示提醒 ◆ 噢，該吃飯
了。❸表示答應 ◆ 噢，我就來。

¹³ 噲 (哙) [kuài ㄎㄨㄞˋ ⑧ fai³ 快]

❶吞嚥。❷鳥獸的嘴。❸暢快。

¹³ 噲 [qín ㄑㄧㄣˊ ⑧ kɐm⁴ 琴]
(嘴或眼裏)含着 ◆ 眼睛裏
噲着淚水|口裏噲着一枝丁香花
兒。

¹³ 噯 (嗳) 〈一〉[ài ㄞˋ ⑧ ɔi²/ŋɔi² 藹]
歎詞。表示懊悔 ◆ 噯，我真不該
這麼粗心！
〈二〉[ǎi ㄞˇ ⑧ ɔi² 藹]
歎詞。表示否定或反對 ◆ 噯，你
怎麼能這樣説呢？
〈三〉同“哎”，見88頁右欄。

¹³ 噱 〈一〉[xīn ㄒㄧㄣ ⑧ hm̩¹ 哈唔切¹]
❶親吻。❷動；開。
〈二〉[hm ·ㄏㄇ ⑧ 同〈一〉]
歎詞。表示申斥或不滿意 ◆ 噱，
你還想騙我|噱，看你有什麼辦
法！

¹³ 噫 [yī ㄧ ⑧ ji¹ 衣]
歎詞。表示驚歎 ◆ 噫嘻。

¹³ 噻 [sāi ㄙㄞ ⑧ sɐk⁷ 塞]
譯音用字。❶噻吩，有機化
合物。分子式 C_4H_4S (英thiophe-
ne)。無色液體，溶於乙醇和乙醚，
不溶於水，供有機合成。❷噻唑，
有機化合物，分子式 C_3H_3NS (英thi-
azole)。無色液體，易揮發，供製

藥和做染料。

¹³**嘯**(啸) [xiào ㄒㄧㄠˋ ⑧siu³ 笑]

❶人撮起嘴唇發出類似哨子的聲音 ◆ 嘯傲｜仰天長嘯。❷禽獸拉長聲鳴叫 ◆ 虎嘯猿啼。❸自然界發出的尖利悠長的聲音 ◆ 呼嘯｜風嘯｜海嘯。❹形容飛機、子彈等在空中迅速劃過的聲音 ◆ 飛機在天空尖嘯着飛過。

¹³**嚗** [pī ㄆㄧ ⑧pik⁷ 闢]
象聲詞 ◆ 嚗啪｜嚗裏啪啦。

¹⁴**嚄** 〈一〉[huō ㄏㄨㄛ ⑧wak⁹ 惑]
歎詞。表示驚奇 ◆ 嚄！好大的一條魚！
〈二〉[huò ㄏㄨㄛˋ ⑧ɔ² 哦²]
歎詞。大聲呼叫 ◆ 嚄！那個人也來了！

¹⁴**嚆** [hāo ㄏㄠ ⑧hau¹ 烤]
嚆矢，帶響聲的箭。聲先於箭而到，比喻事物的開端或先行者 ◆ 中國古代的"四大發明"是現代文明的嚆矢。

¹⁴**嚇**(吓) 〈一〉[hè ㄏㄜˋ ⑧hak⁸ 客]

❶用言詞或行動表示威脅 ◆ 恐嚇｜恫嚇｜威嚇。❷歎詞。表示不滿 ◆ 嚇，又是這部老片子！
〈二〉[xià ㄒㄧㄚ ⑧同〈一〉]

使驚恐 ◆ 嚇了一大跳｜嚇得魂不附體。

¹⁴**嚔**(⑯嚏嚔) [tì ㄊㄧˋ ⑧dei³ 帝/tei³ 替(語)]
嚔噴，也叫"噴嚔"。鼻黏膜受到刺激而爆發的急劇吸氣然後猛烈噴氣，並伴有響聲的生理現象 ◆ 打嚔噴。

¹⁴**嚅** [rú ㄖㄨˊ ⑧jy⁴ 如]
囁嚅。見"囁"，116頁左欄。

¹⁴**嚐**(尝) [cháng ㄔㄤˊ ⑧sœŋ⁴ 常]
吃一點辨別滋味 ◆ 品嚐｜嚐新｜卧薪嚐膽｜寧嚐鮮桃一口，不吃爛李一筐。

¹⁴**嚎** [háo ㄏㄠˊ ⑧hou⁴ 豪]
❶大聲叫 ◆ 長嚎｜鬼哭狼嚎。❷大聲哭喊 ◆ 嚎啕｜嚎咷｜哀嚎。

¹⁴**嚓** 〈一〉[cā ㄘㄚ ⑧tsat⁸ 察]
象聲詞 ◆ 傳來"嚓嚓嚓"的割草聲｜"嚓"的一聲，汽車停住了。
〈二〉[chā ㄔㄚ ⑧同〈一〉]
象聲詞 ◆ 喀嚓｜啪嚓。

¹⁴**嚀**(咛) [níng ㄋㄧㄥˊ ⑧niŋ⁴ 寧]
叮嚀。見"叮"，74頁右欄。

15 **齧**(啮) [niè ㄋㄧㄝˋ 粵jit⁹ 熱]
啃；咬 ◆ 齧咬｜齧合
｜齧雪吞氈｜蟲咬鼠齧。

15 **囂** [yín ㄧㄣˊ 粵ŋen⁴ 銀]
❶愚蠢而頑固 ◆ 囂然｜囂頑。
❷奸詐 ◆ 囂猾。

15 **嚜** [me·ㄇㄜ 粵ma³ 媽³]
助詞。用法與"嘛"相同，表
示事理十分明顯 ◆ 這種東西，我
本來就不喜歡的嚜。

15 **嚕**(噜) [lū ㄌㄨ 粵lou¹ 老¹]
嚕囌，同"囉唆"。見
"囉〈一〉"，116頁右欄。

15 **嚮**(向) [xiàng ㄒㄧㄤˋ 粵hœŋ³
向]
❶同"向"。朝着，特指朝向或正面朝
着 ◆ 嚮陽｜嚮隅｜嚮壁虛構。❷臨
近；將近 ◆ 嚮曉雨止｜不可嚮邇。
❸引導 ◆ 嚮導。

16 **諀**(嚭) [pǐ ㄆㄧˇ 粵pei² 鄙]
大。多用作人名。

16 **嚥**(咽) [yàn ㄧㄢˋ 粵jin³ 燕]
❶使食物或別的東西
經過咽頭進入食道 ◆ 嚥唾沫｜狼吞
虎嚥｜細嚼慢嚥｜打落牙齒往肚裏
嚥。❷比喻想說又不說 ◆ 話到嘴
邊又嚥了回去。❸嚥氣。(1)服
氣。道家修養之法。(2)人死斷氣。

16 **嚦**(呖) [lì ㄌㄧˋ 粵lik⁹ 曆]
象聲詞。形容鳥類清
脆的鳴叫聲 ◆ 鶯聲嚦嚦。

16 **嚯**(嚄) [huò ㄏㄨㄛˋ 粵fok⁸ 霍]
❶歎詞。表示驚訝或讚歎 ◆
嚯，你們幹得可真漂亮呀！❷象
聲詞 ◆ 磨刀嚯嚯｜他爽朗地嚯嚯
一笑。

16 **嚨**(咙) [lóng ㄌㄨㄥˊ 粵luŋ⁴
龍]
喉嚨。見"喉"，102頁右欄。

17 **嚱** [xī ㄒㄧ 粵hei¹ 嘻]
歎詞。表示驚歎。

17 **嚶**(嘤) [yīng ㄧㄥ 粵jiŋ¹ 英]
象聲詞。形容鳥叫聲
◆ 鳥鳴嚶嚶。

17 **嚴**(严) [yán ㄧㄢˊ 粵jim⁴ 炎]
❶緊密，沒有縫隙 ◆
嚴緊｜嘴嚴｜嚴絲合縫｜辦事謹嚴｜
把門關嚴了。❷認真而不放鬆；使
人敬畏的 ◆ 嚴格｜嚴肅｜威嚴｜老師
對學生要求很嚴。❸厲害；程度深
◆ 嚴冬｜嚴寒。❹用軍事手段實行
的緊急狀態 ◆ 戒嚴｜解嚴。❺指父
親 ◆ 家嚴。❻姓。

17 **嚳**(喾) [kù ㄎㄨˋ 粵kuk⁷ 曲]
傳說中上古帝王名，
即五帝之一的高辛氏。

¹⁷嚼 〈一〉[jiáo ㄐㄧㄠˊ 🔊dzœk⁹ 雀⁹/dziu⁶ 召]

用牙齒磨碎食物 ◆ 嚼碎｜味同嚼蠟｜細嚼慢嚥｜他夾了一塊火腿肉放進嘴裏，津津有味地嚼了起來。

〈二〉[jué ㄐㄩㄝˊ 🔊同〈一〉]

用牙齒磨碎食物，限用於某些詞組 ◆ 咀嚼。

〈三〉[jiào ㄐㄧㄠˋ 🔊dziu⁹ 趙]

倒 (dǎo) 嚼，反芻動物的一種生理現象，即反芻，把粗粗咀嚼後嚥下去的食物反回到嘴裏細細咀嚼，然後再嚥下。

¹⁷嚷 〈一〉[rǎng ㄖㄤˇ 🔊jœŋ⁶ 讓]

❶聲音雜亂地喊叫 ◆ 叫嚷｜喧嚷｜大叫大嚷，她這樣一嚷，弄得人人都知道。❷吵；吵鬧 ◆ 你們倆別再嚷了，有話好好說。

〈二〉[rāng ㄖㄤ 🔊同〈一〉]

嚷嚷。❶吵鬧 ◆ 大聲嚷嚷｜你們嚷嚷個啥？❷聲張，把事情傳開去 ◆ 別嚷嚷，可不能讓他們知道。

¹⁷嚲 [duǒ ㄉㄨㄛˇ 🔊do² 朵]

下垂。

¹⁸嚾 [huān ㄏㄨㄢ 🔊fun¹ 寬]

❶喧鬧。❷同"歡"。歡呼。

¹⁸囁(嗫) [niè ㄋㄧㄝˋ 🔊dzip⁸ 接/jip⁹ 頁]

囁嚅，想說而又停住的樣子 ◆ 老人囁嚅着，最終還是沒有說出來。

¹⁸囀(啭) [zhuàn ㄓㄨㄢˋ 🔊dzyn³ 轉]

鳥聲調抑揚地叫 ◆ 鳥鳴千聲囀。

¹⁸囓 [qū ㄑㄩ 🔊kœy⁴ 瞿]

象聲詞 ◆ 囓囓的哨子聲｜蟋蟀在草叢裏囓囓地叫着。

¹⁸囂(嚣 ⁽ᵍⁿ⁾嚻) [xiāo ㄒㄧㄠ 🔊hiu¹ 梟]

喧譁；聲勢洶洶地吵鬧 ◆ 喧囂｜叫囂｜囂張。

¹⁹囈(呓) [yì ㄧˋ 🔊ŋei⁶ 藝]

夢話 ◆ 夢囈｜囈語。

¹⁹囊 〈一〉[náng ㄋㄤˊ 🔊nɔŋ⁴ 瓤]

❶口袋 ◆ 布囊｜行囊｜錦囊妙計｜囊空如洗。❷形狀類似口袋的東西 ◆ 膽囊｜腎囊｜智囊。

〈二〉[nāng ㄋㄤ 🔊同〈一〉]

❶鼓鼓囊囊，形容口袋、包裹等填塞得凸起的樣子。❷囊膪，豬胸腹部鬆而肥的肉。

¹⁹囅(冁) [chǎn ㄔㄢˇ 🔊tsin² 淺]

笑的樣子 ◆ 囅然微笑。

¹⁹囉(啰) 〈一〉[luō ㄌㄨㄛ 🔊lɔ⁴ 羅]

囉嗦。❶說話絮叨 ◆ 老太太愛囉嗦｜你別囉嗦了，讓他快走吧！❷事情瑣碎麻煩 ◆ 手續太囉嗦｜我做事喜歡乾脆，就怕囉嗦。
〈二〉[luó ㄌㄨㄛˊ 🔊 lo⁴ 羅]
囉唕，大聲吵嚷。
〈三〉[lou ·ㄌㄨㄛ 🔊 同〈一〉]
❶助詞。表示肯定的語氣 ◆ 他快回來囉｜你要去就去囉。❷嘍囉。見"嘍"，108頁右欄。

19 **嗦**(苏) [sū ㄙㄨ 🔊 sou¹ 蘇]
囖嗦。見"囖"，115頁左欄。

20 **囏** [jiān ㄐㄧㄢ 🔊 gen¹ 奸]
"艱"的古字。

20 **嘷**(㘎) [hǎn ㄏㄢˇ 🔊 ham³ 喊]
虎吼叫。

21 **囑**(嘱) [zhǔ ㄓㄨˇ 🔊 dzuk⁷ 足]
吩咐；託付 ◆ 叮囑｜囑咐｜囑託｜遺囑。

22 **囔** [nāng ㄋㄤ 🔊 nɔŋ⁴ 囊]
囔囔，絮絮叨叨地小聲説話。

囗 部

0 **囗** [wéi ㄨㄟˊ 🔊 wei⁴ 違]
"圍"的古字。

2 **囚** [qiú ㄑㄧㄡˊ 🔊 tseu⁴ 酬]
❶拘禁；關押 ◆ 被囚｜囚禁｜囚牢｜囚徒｜囚犯。❷犯人，被拘禁關押的人 ◆ 罪囚｜死囚｜階下囚｜囚首垢面。

2 **四** [sì ㄙˋ 🔊 sei³ 死³/si³ 試]
❶數詞，一加三後所得 ◆ 四方｜四肢｜四合院｜朝三暮四｜不三不四｜雙拳難敵四手。❷序數詞。第四 ◆ 四月｜四年級。❸中國民族音樂傳統記譜符號之一，音值相當於簡譜的"6"。❹姓。

3 **因**(㘰) [yīn ㄧㄣ 🔊 jɐn¹ 恩]
❶原因；緣故；造成某種結果或引發另一件事情的條件。與"果"相對 ◆ 原因｜外因｜病因｜事出有因｜前因後果。❷承接；沿襲 ◆ 因襲｜因循守舊｜陳陳相因。❸憑藉；根據；順應 ◆ 因人成事｜因陋就簡｜因地制宜｜因材施教｜因勢利導。❹由於(某種緣故) ◆ 因故推遲｜因事請假｜因噎廢食。

3 **回**(囬囘) [huí ㄏㄨㄟˊ 🔊 wui⁴ 蛔]
❶返還；從別處到原處 ◆ 回家｜回鄉｜回國｜返回｜閲後請放回原處。❷掉轉；向相反的方向轉 ◆ 回顧｜回馬槍｜不堪回首｜不撞南牆不回頭。❸答覆 ◆ 回信｜回電｜回禮｜回應｜回稟。❹辭退；謝絕 ◆ 回絕｜

回決｜以前的保姆已經回掉了。❺量詞。(1)用於事情、動作的次數 ◆ 回合｜去過一回｜那是另一回事｜吃一回虧，學一回乖。(2)用於說書的段落或舊小說的章節 ◆ 一百二十回本《水滸傳》｜欲知後事如何，且聽下回分解。❻回族，我國少數民族之一。❼姓。❽"迴"的簡化字。

³ **囟** [xìn ㄒㄧㄣˋ 粵 sœn³ 信/sœn² 崖]

嬰兒頭頂前部中央骨頭未合縫的地方。通常叫"囟門"，也叫"頂門"、"囟腦門"。

³ **囝** 〈一〉[jiǎn ㄐㄧㄢˇ 粵 dzɐi² 仔]
方言。兒子；子女。
〈二〉同"囡"，見118頁左欄。

³ **囡** [nān ㄋㄢ 粵 nam⁴ 南]
方言。小孩 ◆ 阿囡｜囡囡｜小囡｜女囡｜男小囡。

⁴ **国** [guó ㄍㄨㄛˊ 粵 gwɐk⁸ 郭]
同"國"。太平天國專用字。

⁴ **困** [kùn ㄎㄨㄣˋ 粵 kwɐn³ 睏]
❶陷在艱難痛苦或某種限制中無法擺脫 ◆ 困厄｜困境｜困難｜內外交困｜困獸猶鬥。❷包圍；使限制在一定範圍裏 ◆ 圍困｜被困在這狹小的山坳裏。❸貧乏；窮苦 ◆ 困苦｜窮困｜貧困｜扶危濟困。❹疲

乏 ◆ 困頓｜困倦｜人困馬乏。❺"睏"的簡化字。

⁴ **囤** 〈一〉[dùn ㄉㄨㄣˋ 粵 dœn⁶ 頓]
盛糧食的器具，用竹篾、荊條等編製或用席箔等圍攏而成 ◆ 米囤｜糧囤｜草囤｜豬滿圈，糧滿囤。
〈二〉[tún ㄊㄨㄣˊ 粵 tyn⁴ 團]
堆積儲存 ◆ 囤聚｜囤糧｜囤貨｜囤積居奇。

⁴ **囮** [é ㄜˊ 粵 ŋɔ⁴ 訛/jeu⁴ 尤]
❶捕鳥時用來引誘同類鳥的活鳥，也叫"囮子" ◆ 囮子。❷訛詐；誘騙 ◆ 囮場(舊時指兼作妓院的賭館)｜拿囮頭(指抓住別人的把柄進行敲詐)。

⁴ **囱** 〈一〉[cōng ㄘㄨㄥ 粵 tsuŋ¹ 沖]
煙囱，爐灶排煙的通道。
〈二〉[chuāng ㄔㄨㄤ 粵 tsœŋ¹ 昌]
"窗"的古字。

⁴ **囫** [hú ㄏㄨˊ 粵 wɐt⁹ 熨⁹]
囫圇，指完整的、整個兒的(物體) ◆ 囫圇吞棗。

⁵ **固** [gù ㄍㄨˋ 粵 gu³ 故]
❶結實；堅牢 ◆ 堅固｜穩固｜加固｜固若金湯｜根深蒂固｜本固枝榮。❷使結實；使堅牢 ◆ 固定｜鞏固。❸(物體狀態)有一定形

狀，不會揮發或流動的 ◆ 固體|凝固|固態。❹堅定；不變動 ◆ 固守|固辭|頑固|固執己見。❺原來；本來 ◆ 固有|固當如此。❻固然 ◆ 事有必至，理有固然。❼姓。

5 **囷** [qūn ㄑㄩㄣ 粵 kwen¹ 坤]
圓形穀倉 ◆ 囷倉。

5 **囹** [líng ㄌ丨ㄥˊ 粵 lin⁴ 玲]
囹圄、囹圉，古代指監獄 ◆ 囹圄|身陷囹圄。

6 **囿** [yòu 丨ㄡˋ 粵 jeu⁶ 右]
❶古代指畜養動物以供觀賞的園林。也指植栽菜蔬、花卉的果園 ◆ 園囿|林囿|鹿囿。❷局限；拘泥 ◆ 拘囿|囿於見聞|為舊的觀念所囿。

7 **圃** [pǔ ㄆㄨˇ 粵 bou² 保]
種植菜蔬、花卉、瓜果的園子 ◆ 菜圃|苗圃|園圃|花王正在花圃裏工作。

7 **圉** [yǔ ㄩˇ 粵 jy⁵ 語]
囹圉。見"囹"，119頁左欄。

7 **圂** [hùn ㄏㄨㄣˋ 粵 wen⁶ 混]
❶豬圈 ◆ 豕圂。❷廁所 ◆ 廁圂。

8 **圊** [qīng ㄑ丨ㄥ 粵 tsiŋ¹ 青]
廁所 ◆ 圊土|圊糞。

8 **圉** [yǔ ㄩˇ 粵 jy⁵ 語]
❶養馬。也指養馬的人或場所 ◆ 圉師|圉人|馬圉。❷囹圉。見"囹"，119頁左欄。

8 **國**(国) [guó ㄍㄨㄛˊ 粵 gwɔk⁸ 郭]
❶國家，指有一定的領土範圍，由具有共同的血緣、文化、歷史的淵源和特徵的若干民族所組成的政治性結合體 ◆ 祖國|外國|國界|國土|國慶|國富民強。❷象徵或代表國家的 ◆ 國旗|國徽|國歌|國手|國花。❸指屬於自己國家的 ◆ 國企|國產|國民|國語|國實|國有資產。❹特屬於中國的 ◆ 國學|國藥|整理國故。❺指我國古代諸侯的封地 ◆ 邦國|楚國。❻指國都；城邑 ◆ 國門|傾國傾城。❼泛指地域 ◆ 澤國|北國風光|唐王維《相思》詩："紅豆生南國，春來發幾枝？願君多採擷，此物最相思。"❽姓。

8 **圇**(圇) [lún ㄌㄨㄣˊ 粵 lœn⁴ 倫]
囫圇。見"囫"，118頁右欄。

8 **圈** 〈一〉[quān ㄑㄩㄢ 粵 hyn¹ 喧]
❶外圓而中空的平面形。也指這種形狀的東西 ◆ 圓圈|光圈|畫圈|包圍圈|運動員繞場一圈。❷範圍 ◆ 圈外人|演藝圈|北極圈|作家圈子。❸圍繞；在四周加上限

制 ◆ 圈地|圈佔|小朋友手拉手把老師圈在當中。❹畫圓做記號 ◆ 圈點|圈閱|把錯別字圈出來。❺量詞。用於玩麻將的次數 ◆ 打了三圈麻將。

〈二〉[juàn ㄐㄩㄢˋ ⑧gyn⁶ 倦]
❶關養家畜的柵欄 ◆ 馬圈|羊圈。
❷姓。

〈三〉[juān ㄐㄩㄢ ⑧同〈一〉]
❶用柵欄關住家禽家畜 ◆ 圈豬。
❷拘禁；關閉 ◆ 裏面圈着犯人|整天圈在家裏。

⁹ **圐**(⑧喏) [kū ㄎㄨ ⑧ku¹ 箍]
圐圙，蒙古族指圈起來的草場，多用於村鎮名。如在內蒙古有馬家圐圙。也作"喏喺"。現多譯為"庫倫"。

⁹ **圍**(围) [wéi ㄨㄟˊ ⑧wei⁴ 維]
❶環繞，在四周攔擋使裏外不相通 ◆ 包圍|圍攻|圍牆|圍繞|圍魏救趙|團團圍住。❷四周；環繞並攔擋後形成裏外不相通的圓形 ◆ 周圍|外圍|突圍|打圍|解圍。❸量詞。(1) 兩隻手的拇指和食指合攏來的長度 ◆ 腰大十圍。(2) 兩隻胳膊合攏來的長度 ◆ 樹大十圍。

¹⁰ **園**(园) [yuán ㄩㄢˊ ⑧jyn⁴ 原]
❶種植菜蔬、花果、樹木的場地 ◆ 菜園|果園|園圃|園藝。❷植有花木、佈置景致以供人遊覽休息的地方 ◆ 花園|公園|亭園|園林|植物園|拙政園|宋葉紹翁《遊園不值》詩："春色滿園關不住，一枝紅杏出牆來。"

¹⁰ **圓**(圆) [yuán ㄩㄢˊ ⑧jyn⁴ 原]
❶圓形，中心點到周圍各點距離都相等的平面形 ◆ 圓周|圓規|圓心|圓周率|方枘圓鑿|不以規矩，不成方圓。❷形容近於圓形的程度高 ◆ 圓月|花好月圓|唐王維《使至塞上》詩："大漠孤煙直，長河落日圓。"❸形狀像球的 ◆ 滾圓|滴溜圓。❹像球的東西 ◆ 桂圓|湯圓|肉圓。❺完備；周全 ◆ 圓滿|團圓|圓滑|他這個謊話編得不圓。❻使完備；使周全 ◆ 圓謊|圓場|事已至此，難以自圓其說。❼形容聲音宛轉流利 ◆ 圓潤|字正腔圓|珠圓玉潤。❽我國的本位貨幣單位，一圓等於十角或一百分。也作"元"。❾圓形的貨幣 ◆ 金圓|銀圓|銅圓。❿姓。

¹¹ **團**(团) [tuán ㄊㄨㄢˊ ⑧tyn⁴ 屯]
❶圓形的 ◆ 團扇|團臍|團魚。❷揉弄或纏繞而成的球形物 ◆ 團子|飯團|紙團|線團。❸把東西揉弄成球形 ◆ 團煤球|團紙團兒。❹聚合；會合 ◆ 團聚|團圓|團結。❺聚合體；聚合在一起的形狀 ◆ 疑

圇|千古迷團正待解開。❻進行某種工作或臨時組合的集體 ◆ 劇團|演出團|代表團|參觀團|主席團。❼軍隊編制單位之一，一般隸屬於師，管轄若干營 ◆ 團部|團長。❽團隊 ◆ 團體|旅遊團|團隊精神。❾量詞 ◆ 一團飯|一團毛線|一團和氣。

11 圖 (图) [tú ㄊㄨˊ ⑧tou⁴ 桃] ❶畫出來的形像 ◆ 圖畫|地圖|掛圖|按圖索驥|圖窮匕見。❷籌劃；想辦法 ◆ 圖謀|妄圖|試圖|意圖。❸辦法；規劃 ◆ 雄圖|大展宏圖。❹謀求；希望得到 ◆ 貪圖|圖財害命|屬精圖治|奮發圖強。

11 圇 (⑧嗋) [lüé ㄌㄩㄝˊ ⑧lœk⁹ 略] 圇圇。見"圇"，120頁左欄。

13 圜 〈一〉[huán ㄏㄨㄢˊ ⑧wan⁴ 環] 圍繞。
〈二〉同"圓"，見120頁右欄。

17 鷠 [yóu ㄧㄡˊ ⑧jɐu⁴ 由] 捕鳥時用來引誘同類鳥的活鳥 ◆ 鷠子|鳥鷠子。

23 欒 (圞⑧欒) [luán ㄌㄨㄢˊ ⑧lyn⁴ 聯] 圓 ◆ 圖欒。

土 部

0 土 [tǔ ㄊㄨˇ ⑧tou² 討] ❶地面上由沙、泥等組成的混合物 ◆ 土壤|泥土|黃土|揮金如土|唐李紳《憫農》詩："鋤禾日當午，汗滴禾下土。誰知盤中餐，粒粒皆辛苦。"❷地域，有一定範圍和一定屬主的地面 ◆ 國土|領土|鄉土|故土|寸土不讓。❸本地的；有地方特點的 ◆ 土話|土著|土產|土生土長。❹具有民間特點的 ◆ 土法|土方|土專家。❺不開通；不合潮流 ◆ 土包子|土裏土氣|土頭土腦。❻尚未熬製的鴉片 ◆ 煙土。❼土族，我國少數民族之一，主要分佈在青海省。❽姓。

3 圩 〈一〉[wéi ㄨㄟˊ ⑧ju⁴ 余/wei⁶ 唯（語）] ❶江淮低窪地區防水護田的堤岸 ◆ 築圩。❷圍子，圍繞村落四周，用土石築成或用荊棘編成的障礙物 ◆ 土圩子|樹圩子。
〈二〉[xū ㄒㄩ ⑧hœy¹ 虛] ❶鄉村裏的集市 ◆ 圩場|趁圩|趕圩。❷指有圩場的居民點。多用作地名。如湖南桂陽有太和圩。

3 圬 [wū ㄨ ⑧wu¹ 污] ❶抹子，泥瓦工工具。❷抹

泥灰；抹牆 ◆ 圬工│圬墁│糞土之
牆不可圬。

³ **圭** [guī ㄍㄨㄟ ⑧gwei¹ 歸]
❶古代帝王、諸侯舉行典禮
時所用的一種玉器，上端圓形或尖
形，下端方形 ◆ 不露圭角。❷古
代測日影的儀器表的構件，即在
石座上平放着的一根尺 ◆ 圭尺│圭
臬。

³ **在** [zài ㄗㄞˋ ⑧dzoi⁶ 再⁶]
❶生存；存在 ◆ 在世│健在
│潛在│青春常在│留得青山在，不
怕沒柴燒。❷表示人或事物所處的
位置 ◆ 在家│在花園裏│箭在弦上
│身在曹營心在漢│螳螂捕蟬，黃
雀在後。❸擔任 ◆ 在職│在任│不
在其位，不謀其政。❹由於；決定
於 ◆ 事在人為│唐劉禹錫《陋室
銘》：「山不在高，有仙則名；水
不在深，有龍則靈。」❺表示動作
正進行 ◆ 媽媽在做點心│我在學電
腦。❻和“所”連用，表示強調，後
多連用“不” ◆ 在所不惜│在所不辭
│在所不計│在所難免。❼介詞。引
出時間、處所、範圍等 ◆ 考試定
在本星期四│他們在教室裏自修│
這項設計在結構方面有待改進。

³ **圪** [gē ㄍㄜ ⑧ŋet⁹ 疙]
圪墶、圪塔。❶同“疙瘩”，
見“疙”，445頁左欄。❷小土丘 ◆
山圪墶。

³ **圳** [zhèn ㄓㄣˋ ⑧dzen³ 振]
田間水溝。多用於地名，如
廣東有深圳、圳口。

³ **圯** [pǐ ㄆㄧˇ ⑧pei⁵ 被]
毀壞；坍塌 ◆ 圮廢│圮壞│
這座古橋傾圮了，要早些修復。

³ **圯** [yí ㄧˊ ⑧ji⁴ 而]
橋 ◆ 圯上│圯下。

³ **地** 〈一〉[dì ㄉㄧˋ ⑧dei⁶ 徒四切]
❶地球，太陽系九大行星之
一，人類和動植物生存的所在 ◆ 地
層│地殼│地心│地質│地震。❷陸
地；地面 ◆ 高地│盆地│山地│地下
水│天昏地暗│鋪天蓋地。❸田
地，種植農作物的場所 ◆ 荒地│麥
地│耕地│下地│人勤地不懶。❹地
區，較大範圍的地方 ◆ 地域│當地
│產地│各地│外地│地帶│彈丸之
地。❺地點，場所 ◆ 目的地│所在
地│是非之地│此地無銀三百兩。
❻地面下的 ◆ 地雷│地道│地鐵│地
牢。❼處境；境地 ◆ 餘地│無地自
容│設身處地。❽表示思想活動的
領域 ◆ 心地│見地。❾路程；面積
◆ 四十里地。❿底子；襯托面 ◆
白地紅花│白地黑方格襯衫。⓫我
國行政區劃“地區”的簡稱，級別在
省、自治區以下、縣以上 ◆ 地委│
省地縣。
〈二〉[de ㄉㄜ ⑧dei⁶ 杜利切]
助詞。表示前面的詞或詞組是狀語

◆ 認真地研究｜必須明確地答覆對方。

4 **坏** 〈一〉同"坯"，見124頁右欄。〈二〉"壞"的簡化字。

4 **坂**（[異]岅）[bǎn ㄅㄢˇ [粵]ban6 瓣/fan2 反] 山坡；斜坡 ◆ 如丸走坂。

4 **址** [zhǐ ㄓˇ [粵]dzi2 止] ❶地點；處所 ◆ 地址｜網址｜住址｜郵址｜新校址遠離市區。❷地基，建築物的基礎 ◆ 基址｜唐代宮殿遺址。

4 **圻** 〈一〉[qí ㄑㄧˊ [粵]kei4 其] ❶疆界；地域 ◆ 邊圻｜封圻。❷古代指方圓千里之地。〈二〉同"垠"，見127頁左欄。

4 **坐** [zuò ㄗㄨㄛˋ [粵]dzɔ6 座/tsɔ5 錯5] ❶使臀部落在實處的動作 ◆ 坐下｜端坐｜靜坐｜正襟危坐｜任憑風浪起，穩坐釣魚船。❷搭乘（車船等）◆ 坐船｜坐火車｜坐飛機。❸位置所在；房屋等背對着 ◆ 坐落｜坐北朝南。❹物體因反作用力而向後移或因重力而向下沈 ◆ 射擊時須注意槍的坐力｜這房子向下坐了。❺把鍋、壺等置放在爐火上 ◆ 坐上鍋做飯｜火旺了，快把水壺坐上。❻不行動；不勞動 ◆ 坐失良機｜坐吃山空。❼在某處；在某個固定地點 ◆ 坐牢｜坐困｜坐探｜坐廁｜坐監｜坐商。❽定罪；判罪 ◆ 連坐｜反坐。❾因；因為 ◆ 唐杜牧《山行》詩："停車坐愛楓林晚，霜葉紅於二月花。"

4 **坌** [bèn ㄅㄣˋ [粵]bɐn6 笨] ❶塵埃。❷聚集 ◆ 坌集。❸笨；粗劣 ◆ 坌氣力｜裝痴裝坌。❹方言。刨；翻土 ◆ 坌土｜坌蘿蔔。

4 **坋** [fèn ㄈㄣˋ [粵]fɐn6 份] ❶塵埃。❷塗飾。❸古坋，地名，在福建。

4 **坎** [kǎn ㄎㄢˇ [粵]hɐm2 砍] ❶坑；低窪不平的地方 ◆ 坑坎｜鑿地為坎。❷坎坷。(1) 地面坑坑窪窪，高低不平 ◆ 坎坷的山路。(2) 比喻不得志，不順利 ◆ 一生坎坷。❸坎壈，比喻人生道路多阻難而不得志 ◆ 坎壈失志。❹田野中人工修築或自然形成像階梯狀的東西 ◆ 土坎｜田坎｜堢坎。❺八卦之一，代表水，卦形為"☵"。❻發光強度單位"坎德拉"的簡稱，符號為cd。

4 **坍** [tān ㄊㄢ [粵]tan1 攤] 倒塌；從基部崩壞 ◆ 坍塌｜坍方｜坍倒｜亭子坍了。

⁴**均** 〈一〉[jūn ㄐㄩㄣ ⑧gwɐn¹ 軍]

❶分佈或分配的各部分數量相等 ◆ 均分｜均勻｜均衡｜平均｜兩隊勢均力敵，一時難分勝負。❷都；全部 ◆ 合家均安｜注意事項均已交待清楚。

〈二〉[yùn ㄩㄣˋ ⑧wɐn⁶ 員]
"韻"的古字。

⁴**圾** [jī ㄐㄧ ⑧sap⁸ 霎]
垃圾。見"垃"，125頁左欄。

⁴**坑** [kēng ㄎㄥ ⑧haŋ¹ 哈罌切]

❶低陷下去的地方 ◆ 坑坎｜沙坑｜刨坑｜滿坑滿谷｜坑坑窪窪。❷地面下掘成的通道 ◆ 坑道｜坑井｜礦坑。❸活埋 ◆ 坑殺｜焚書坑儒。❹陷害 ◆ 坑人｜坑害顧客｜坑蒙拐騙。

⁴**坊** 〈一〉[fāng ㄈㄤ ⑧fɔŋ¹ 方]

❶城市中居民聚居的地方，多用於所在地段的名稱。如北京有白紙坊 ◆ 坊間廣為流傳的故事。❷市肆；店鋪 ◆ 茶坊｜書坊｜坊本（書坊刻印的書籍）。❸指類似牌樓的建築物，舊時用來表彰符合忠孝節義要求的人物 ◆ 牌坊｜貞節坊｜狀元坊。

〈二〉[fáng ㄈㄤˊ ⑧同〈一〉]
進行小手工業生產的場所 ◆ 作坊｜磨坊｜碾坊｜染坊｜油坊｜豆腐坊。

〈三〉"防"的異體字。

⁵**坩** [gān ㄍㄢ ⑧hɐm¹ 堪]
坩堝，用來熔化金屬或其他物質的器皿，一般以黏土等耐火材料製成。

⁵**坷** 〈一〉[kē ㄎㄜ ⑧hɔ² 可]
坷拉、坷垃，土塊 ◆ 土坷垃。

〈二〉[kě ㄎㄜˇ ⑧hɔ² 可]
坎坷。見"坎"，123頁右欄。

⁵**坯** [pī ㄆㄧ ⑧pui¹ 胚]

❶磚瓦、陶瓷、景泰藍等製品，以原料做成一定形狀後尚未入窰、爐燒製的原型。也特指砌牆用的黏土做的土塊 ◆ 打坯｜磚坯｜土坯牆。❷半製成品 ◆ 坯布｜毛坯｜面坯｜鋼坯｜醬坯子｜麵坯兒。❸表示輕賤他人的罵人話 ◆ 賊坯｜賤坯。

⁵**㘯** [bù ㄅㄨˋ ⑧bou³ 布]
地名用字。如福建有茶㘯。

⁵**坪** [píng ㄆㄧㄥˊ ⑧piŋ⁴ 平]

❶指山區或丘陵地區內的小塊平地或平原，多用於地名，如山西昔陽有武家坪。❷平坦的場地 ◆ 草坪｜停機坪。

⁵**坫** [diàn ㄉㄧㄢˋ ⑧dim³ 店]

❶古代築在室內放置食物、酒器等的土台子，通常在會見賓客或舉行典禮時使用。❷屏障。

⁵**坦** [tǎn ㄊㄢˇ ⑧tan² 袒]
❶寬而平 ◆ 平坦|坦途。
❷直率；沒有隱瞞 ◆ 坦率|襟懷坦白|坦誠相告。❸心情平靜；沒有牽掛 ◆ 坦然|坦蕩|舒坦|坦然自若。

⁵**坤** [kūn ㄎㄨㄣ ⑧kwɐn¹ 昆]
❶八卦之一，卦形為 "☷"，代表地 ◆ 乾坤|旋轉乾坤。❷稱女方或女性的 ◆ 坤造(原指女子出生年、月、日、時，也指婚姻中的女方)|坤宅(舊時稱聯姻中的女方一家)|坤錶。

⁵**坰** [jiōng ㄐㄩㄥ ⑧gwiŋ¹ 炯¹]
城鎮外的田野 ◆ 坰野。

⁵**坥**
同 "坳"，見125頁右欄。

⁵**坿**
同 "附"，見767頁右欄。

⁵**坼** [chè ㄔㄜˋ ⑧tsak⁸ 冊]
裂開；分裂 ◆ 坼裂|龜坼|天寒地坼。

⁵**坻** 〈一〉[chí ㄔˊ ⑧tsi⁴ 池]
高出四周水面的小塊陸地。
〈二〉[dǐ ㄉㄧˇ ⑧dɐi² 底]
地名用字。天津有寶坻縣。

⁵**垃** 〈一〉[lā ㄌㄚ ⑧lap⁹ 臘]
垃圾，髒土或廢棄不用的破

舊東西 ◆ 垃圾箱|垃圾車|倒垃圾。
〈二〉[la ·ㄌㄚ ⑧lai¹ 拉]
坷垃。見 "坷"，124頁右欄。

⁵**坣** [táng ㄊㄤˊ ⑧tɔŋ⁴ 堂]
"堂" 的古字。

⁵**坨** [tuó ㄊㄨㄛˊ ⑧tɔ⁴ 佗]
❶麵食煮熟後黏結成塊 ◆ 快吃吧，麵條都坨了。❷成堆成塊的東西 ◆ 泥坨|麵坨|粉坨|坨鹽|礁石坨。❸地名用字，如遼寧有黃泥坨。

⁵**坭** [ní ㄋㄧˊ ⑧nɐi⁴ 泥]
❶水泥，廣東地區稱水泥為 "紅毛坭"。❷地名用字。如廣東有白坭。

⁵**坡** [pō ㄆㄛ ⑧bɔ¹ 波]
❶傾斜的地面 ◆ 山坡|陡坡|爬坡。❷斜；不平或不直 ◆ 坡地|坡田|坡度。

⁵**坳** (⑧坲) [ào ㄠˋ ⑧au³/ŋau³ 拗/au¹/ŋau¹ 拗¹]
四周高，中間低平的地面 ◆ 山坳|塘坳。

⁶**型** [xíng ㄒㄧㄥˊ ⑧jiŋ⁴ 形]
❶鑄造器物用的模子 ◆ 模型|砂型。❷種類；樣式 ◆ 新型|血型|型號|流線型。

垚 6 [yáo ㄧㄠˊ 粵jiu⁴ 堯]
"堯"的古字。多用於人名。

垣 6 [yuán ㄩㄢˊ 粵wun⁴ 桓]
❶牆;矮牆 ◆ 城垣|頹垣斷壁。❷城市 ◆ 省垣(省城)。❸星空區域名。古分太微、紫微、天市三垣。❹姓。

垮 6 [kuǎ ㄎㄨㄚˇ 粵kwa¹ 誇]
❶坍塌;倒下來 ◆ 洪水沖垮橋梁。❷潰敗;失敗 ◆ 打垮|垮台。❸壞 ◆ 搞垮|拖垮|整垮。

城 6 [chéng ㄔㄥˊ 粵 sɛŋ⁴ 成/siŋ⁴ 承(語)]
❶城牆 ◆ 城垣|長城|眾志成城|城門失火,殃及池魚。❷城牆所環繞的市區 ◆ 東城|京城|滿城風雨。❸泛指人口集中,工商業發達,居民多不從事農業的地方 ◆ 城市|城鄉差別。

垤 6 [dié ㄉㄧㄝˊ 粵dit⁹ 秩]
❶螞蟻做窩時堆在洞口周圍的浮土 ◆ 蟻垤。❷小土堆 ◆ 丘垤。

垌 6 〈一〉[dòng ㄉㄨㄥˋ 粵duŋ⁶ 洞]
田地。多用於地名,如貴州有合傘垌,廣東有儒垌。
〈二〉[tóng ㄊㄨㄥˊ 粵tuŋ⁵ 桶]
地名用字。如湖北漢川有垌塚。

垂 6 [chuí ㄔㄨㄟˊ 粵sœy⁴ 誰]
❶東西的一頭掛下來 ◆ 低垂|垂釣|垂頭喪氣|垂手可得|垂涎欲滴。❷敬辭,用於長輩、上級或所尊敬的人對自己的行動 ◆ 垂問|垂詢|垂念|垂察。❸傳留;流傳 ◆ 永垂不朽|名垂千古。❹臨近;快要 ◆ 垂暮|垂老|垂危|功敗垂成|垂死掙扎。

垡 6 [fá ㄈㄚˊ 粵fɐt⁹ 乏]
❶耕翻土地 ◆ 耕垡|垡地。❷耕翻起來的土塊 ◆ 泥垡|打垡子|深耕曬垡。❸地名用字。如天津有落垡。

埑 6 [jì ㄐㄧˋ 粵gei⁶ 枝]
堅硬的泥土 ◆ 堅埑。

垧 6 [shǎng ㄕㄤˇ 粵hœŋ² 響]
量詞。用於計量土地的面積。一垧合多少畝,各地不同,東北多數地方合15畝,西北合3畝或5畝。

垢 6 [gòu ㄍㄡˋ 粵gɐu³ 救]
❶骯髒;不清潔 ◆ 蓬頭垢面。❷髒東西,多指積澱而成的髒硬塊 ◆ 油垢|齒垢|藏污納垢。❸羞恥 ◆ 蒙垢|含垢忍辱。

垕 6 [hòu ㄏㄡˋ 粵hɐu⁶ 後]
❶"厚"的古字。❷地名用字。如河南有神垕。

⁶**垛** 〈一〉[duǒ ㄉㄨㄛˇ 粵 dɔ⁶ 惰]
❶牆上向上或向外凸起的部分 ◆ 城垛｜垛口。❷量詞。用於牆 ◆ 一垛牆｜隔層肚皮隔垛牆。
〈二〉[duò ㄉㄨㄛˋ 粵 同〈一〉]
❶堆放 ◆ 垛麥子｜把柴草垛好。❷成堆的東西 ◆ 麥垛｜柴垛｜草垛。

⁶**垝** [guǐ ㄍㄨㄟˇ 粵 gwei² 鬼]
毀壞；坍倒。

⁶**垓** [gāi ㄍㄞ 粵 gɔi¹ 該]
❶古代數目字，是"京"的十倍，即一萬萬。❷古地名用字。垓下，在今安徽靈璧東南。秦末項羽在此處被劉邦的漢軍圍困。

⁶**垟** [yáng ㄧㄤˊ 粵 jœŋ⁴ 羊]
田地。多用作地名，如浙江有翁垟、黃垟。

⁶**垞** [chá ㄔㄚˊ 粵 tsa⁴ 茶]
小土山。常用作人名，如清代詞人、學者朱彝尊號竹垞。

⁶**垵** 同"埯"，見129頁左欄。

⁶**垠** [yín ㄧㄣˊ 粵 ŋen⁴ 銀]
邊沿；界限 ◆ 一望無垠｜廣大無垠的天空。

⁷**埔** 〈一〉[pǔ ㄆㄨˇ 粵 bou³ 布]
地名用字。如廣州附近有黃埔。
〈二〉[pǔ ㄆㄨˇ 粵 pou² 普]
地名用字。如香港島東部有掃桿埔。
〈三〉[bù ㄅㄨˋ 粵 bou³ 布]
地名用字。如廣東有大埔縣。

⁷**埂** [gěng ㄍㄥˇ 粵 geŋ² 梗]
❶分隔田塊並稍稍隆起的狹窄泥道 ◆ 田埂｜土埂。❷地勢高起的長條形地帶 ◆ 山埂。❸用泥土壘積成的堤 ◆ 埂堰｜堤埂｜圩埂。

⁷**埗** [bù ㄅㄨˋ 粵 bou² 步]
同"埠"。多用於地名，如香港有深水埗。

⁷**捍** [hàn ㄏㄢˋ 粵 hɔn⁶ 汗]
小堤。多用於地名，如安徽有中捍。

⁷**埋** 〈一〉[mái ㄇㄞˊ 粵 mai⁴ 賣⁴]
❶掩蓋並不使顯露 ◆ 掩埋｜活埋｜埋葬｜埋沒人才。❷隱藏 ◆ 埋伏｜隱姓埋名｜把思念深深埋入心底。❸低；低下去 ◆ 埋頭苦幹。
〈二〉[mán ㄇㄢˊ 粵 mai⁴ 買⁴]
埋怨，因不如意而對有關的人或事表示不滿 ◆ 埋怨別人。

⁷**埕** [chéng ㄔㄥˊ 粵 tsiŋ⁴ 呈]
❶閩粵沿海地區養蟶類的田 ◆ 蟶埕｜蛤埕。❷盛酒等的甕 ◆ 酒埕。

⁷**埒** [liè ㄌ丨ㄝˋ ⑧lyt⁹ 劣]
等同；相等 ◆ 才力相埒｜富埒王侯。

⁷**埆** [què ㄑㄩㄝˋ ⑧kɔk⁸ 確]
土地瘠薄，不肥沃。

⁷**垸** [yuàn ㄩㄢˋ ⑧jyn⁶ 願]
垸子，湖南、湖北等地在房屋、田地四周修建的類似堤壩的防水建築物 ◆ 堤垸｜垸田。

⁷**垠** [làng ㄌㄤˋ ⑧lɔŋ⁶ 浪]
壙垠。見"壙"，139頁右欄。

⁷**埃** [āi ㄞ ⑧ɔi¹/ŋɐi¹ 哀]
❶塵土 ◆ 塵埃。❷長度單位，符號Å。一萬萬分之一厘米，主要用於計量光波及其他很短的電磁波的波長。因紀念瑞典物理學家埃斯特朗而得名。

⁸**埝** [lèng ㄌㄥˋ ⑧liŋ⁶ 另]
地名用字。如江西新餘有長坡埝。

⁸**堵** [dǔ ㄉㄨˇ ⑧dou² 賭]
❶阻塞使不通 ◆ 堵塞｜堵截｜堵漏洞。❷悶；不暢快 ◆ 心裏堵得慌。❸牆 ◆ 觀者如堵。❹量詞。用於牆 ◆ 一堵牆。❺姓。

⁸**垭** (垭) [yā 丨ㄚ ⑧a³ 亞]
兩山間的狹窄通道。

多用作地名，如湖北有馬頭垭，重慶有黃桷垭。

⁸**㡧** (堊) [è ㄜˋ ⑧ɔk⁸/ŋɔk⁸ 惡]
❶指一種質地軟、色白的石灰巖，可作粉刷材料。通稱"白㡧"、"白土子"，有的地區叫"大白"。❷用白㡧粉刷 ◆ 㡧壁。

⁸**基** [jī ㄐ丨 ⑧gei¹ 機]
❶建築物的根腳 ◆ 房基｜奠基｜基石。❷開始的；根本的 ◆ 基層｜基金｜基業｜基地。❸起因；基本原因 ◆ 基因。❹化學上指被看作是一個單位的化合物分子中所含的一部分原子，如羥基、氨基。

⁸**堇** 〈一〉[jǐn ㄐ丨ㄣˇ ⑧gɐn² 緊]
❶堇菜，多年生草本植物。葉呈腎形，花瓣白色，有紫色條紋，果實橢圓形，全草可入藥。❷紫堇，二年生草本植物。葉子羽狀分裂，花紫紅色。全草味苦，可入藥。
〈二〉[jìn ㄐ丨ㄣˋ ⑧gɐn³ 緊³]
即烏頭，多年生草本植物。花紫色，根莖塊狀。有毒，可做鎮痛藥。

⁸**埴** [zhí ㄓˊ ⑧dzik⁹ 直]
黏土，多用來製作陶器。

⁸**墍** [zhí ㄓˊ ⑧dzik⁹ 直]
同"埴"。多用於人名。

⁸**埜** (®埜埜) [yě ㄧㄝˇ ⑧jɛ⁵ 冶]

"野"的古字。

⁸**域** [yù ㄩˋ ⑧wik⁹ 華亦切]

指一定範圍內的地方 ◆ 疆域｜領域｜海域｜域名｜請看今日之域中，竟是誰家之天下？

⁸**堅** (坚) [jiān ㄐㄧㄢ ⑧gin¹ 肩]

❶硬；不容易破壞的 ◆ 堅硬｜堅果｜堅城｜堅不可摧｜堅如磐石。❷牢固結實的東西 ◆ 攻堅｜無堅不摧｜披堅執銳｜乘堅策肥。❸ 確定不移；不動搖 ◆ 堅決｜堅定｜堅毅｜堅持不懈｜堅貞不屈。❹姓。

⁸**埼** [qí ㄑㄧˊ ⑧kei⁴ 奇]

彎曲的岸。

⁸**埯** [ǎn ㄢˇ ⑧ɐm² 黯]

❶挖小坑點播 ◆ 埯瓜籽｜埯豆角。❷點播種子時所挖的小坑 ◆ 封埯。❸量詞。用於點播的植物 ◆ 一埯兒花生。

⁸**埏** 〈一〉[yán ㄧㄢˊ ⑧jin⁴ 延]
❶邊際。❷墓道 ◆ 埏隧。
〈二〉[shān ㄕㄢ ⑧sin¹ 仙]
用水和泥。

⁸**堂** [táng ㄊㄤˊ ⑧tɔŋ⁴ 唐]

❶房屋的正室 ◆ 堂屋｜廳堂｜燕雀處堂｜貧賤之交不可忘，糟糠之妻不下堂｜唐劉禹錫《烏衣巷》詩："舊時王謝堂前燕，飛入尋常百姓家。"❷有某種特定用途的房屋 ◆ 禮堂｜課堂｜教堂｜祠堂。❸舊時指官府中審案的處所 ◆ 大堂｜過堂｜公堂｜坐堂問案。❹舊時稱某些官職 ◆ 部堂(稱尚書)｜都堂(稱都御史)｜正堂(稱府州縣的正印官)｜中堂(明清時稱內閣大學士)。❺用於廳事、書齋的名稱 ◆ 閱微草堂(清紀昀書齋)｜春在堂(清俞樾書齋)。❻用於商店牌號，多為中藥店 ◆ 同仁堂(在北京)｜胡慶餘堂(在杭州)。❼特指內室，因以尊稱母親 ◆ 令堂｜高堂｜萱堂。❽表示同宗而非嫡親的親屬關係 ◆ 堂房｜堂兄｜堂姊妹。❾量詞 ◆ 一堂課｜一堂傢具。

⁸**場** [yì ㄧˋ ⑧jik⁹ 亦]

❶田界。❷邊境；國界 ◆ 疆場。

⁸**堌** [gù ㄍㄨˋ ⑧gu³ 固]

堤堰。多用於地名，如山東有青堌集，江蘇有龍堌。

⁸**垸** [nì ㄋㄧˋ ⑧ŋei⁶ 偽]

坤垸。見"坤"，130頁左欄。

⁸**堆** [duī ㄉㄨㄟ ⑧dœy¹ 對¹]

❶累積；聚集在一塊 ◆ 堆放｜堆砌｜堆棧｜堆雪人。❷累積在

一塊的東西 ◆ 土堆|稻草堆|故紙堆。❸充滿 ◆ 滿臉堆笑。❹比喻過多 ◆ 問題成堆。❺小山。多用於地名。如安徽有雙堆集，四川有灩澦堆。❻量詞。用於聚集在一起的人或東西 ◆ 一堆人|一堆垃圾。

8 **埤** 〈一〉[pí ㄆㄧˊ ⑧ pei⁴ 皮]
增加 ◆ 削長埤短。
〈二〉[pì ㄆㄧˋ ⑧ pei⁶ 批⁶]
埤堄，城牆上凹凸形的矮牆。

8 **埠** 〈一〉[bù ㄅㄨˋ ⑧ bou⁶ 步]
停船的碼頭，也指有這種建築的城鎮 ◆ 埠頭|船埠|本埠|外埠。
〈二〉[bù ㄅㄨˋ ⑧ feu⁶ 浮⁶]
特指通商口岸 ◆ 商埠|開埠。

8 **埨** [lǔn ㄌㄨㄣˇ ⑧ lœn⁴ 侖]
田中的土壟。多用於人名。

8 **埰** [cài ㄘㄞˋ ⑧ tsɔi³ 菜]
埰地，埰邑，古代卿大夫的封地。也作"采"。

8 **埝** [niàn ㄋㄧㄢˋ ⑧ nim⁶ 念]
❶堤堰 ◆ 河埝。❷田裏或淺水裏起擋水作用的土埂 ◆ 埝埂|打埝|土埝。

8 **堋** [péng ㄆㄥˊ ⑧ peŋ⁴ 朋]
我國戰國時代工程學家李冰在修建都江堰時所創造的一種分水堤，能起到減殺水勢的作用。

8 **塊** [tù ㄊㄨˋ ⑧ tou³ 吐]
橋兩端與平地靠近的地方 ◆ 橋塊。

8 **埳** 〈一〉[kǎn ㄎㄢˇ ⑧ hɐm² 砍]
同"坎"。地面上凹陷的地方。
〈二〉[xiàn ㄒㄧㄢˋ ⑧同〈一〉]
同"陷"。坍塌，陷落。

8 **埻** [zhǔn ㄓㄨㄣˇ ⑧ dzœn² 準]
箭靶上的中心。

8 **培** [péi ㄆㄟˊ ⑧ pui⁴ 陪]
❶為加固植物或牆堤等的根基而在上面堆土 ◆ 培土|堤壩要加高培厚。❷(對人)教育；養殖使成長 ◆ 培養|培育|培植|栽培|培訓。

8 **堃** [kūn ㄎㄨㄣ ⑧ kwen¹ 昆]
同"坤"。多用於人名。

8 **執(执)** [zhí ㄓˊ ⑧ dzɐp¹ 汁]
❶拿；握持 ◆ 執筆|執教棒|明火執杖|披堅執銳。❷主持；掌管 ◆ 執政|執教|執掌|執事。❸實行，實施 ◆ 執法|執勤|執弟子禮。❹堅持；不肯改變(意見等) ◆ 執意|執拗|執迷不悟|固執己見。❺可作憑證的單據 ◆ 執照|回執。❻姓。

8 **埮** [tán ㄊㄢˊ [粵] tam⁴ 談] 多用作人名。

8 **埭** [dài ㄉㄞˋ [粵] dɔi⁶ 代] 堤壩。多用於地名，如安徽有石埭，浙江有鐘埭。

8 **埽** [sào ㄙㄠˋ [粵] sou³ 掃] ❶用以堵水以保護堤岸的圓柱形東西，用竹木為框架填實以樹枝、秫稭、石塊等捆紮而成。❷用埽為主要材料修成的堤壩或護堤。

8 **堀** [kū ㄎㄨ [粵] fɐt⁷ 忽] ❶穴。❷打洞。

9 **堯**（尧） [yáo ㄧㄠˊ [粵] jiu⁴ 搖] ❶上古傳說中"五帝"之一陶唐氏的號，是賢明的君主。❷姓。

9 **堪** [kān ㄎㄢ [粵] hɐm¹ 蚶] ❶能；可 ◆ 不堪造就｜不堪設想｜堪當重任。❷能忍受 ◆ 難堪｜疲憊不堪。

9 **堞** [dié ㄉㄧㄝˊ [粵] dip⁹ 蝶] 城牆上形如鋸齒的矮牆 ◆ 雉堞｜城堞。

9 **堰** [yàn ㄧㄢˋ [粵] jin² 演] ❶擋水的低壩，作用是提高上游水位，以利灌溉和航運 ◆ 堤堰｜堰塘。❷抵擋（水）◆ 堰水｜兵來將擋，水來土堰。

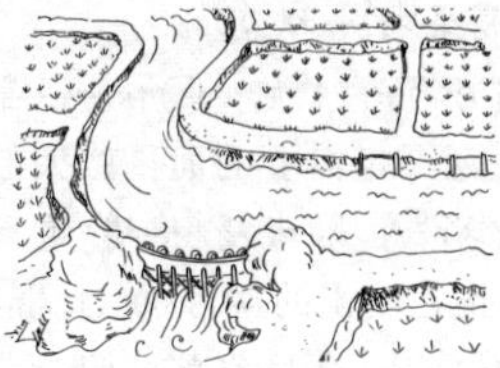

9 **堊** [yāo ㄧㄠ [粵] jiu⁹ 腰] 地名用字。如山西有寨子堊。

9 **堙**（[異]陻） [yīn ㄧㄣ [粵] jɐn¹ 因] ❶堵塞 ◆ 堙井。❷堆積而成的土山 ◆ 築堙｜堆土培堙。

9 **堶** [tuó ㄊㄨㄛˊ [粵] tɔ⁴ 駝] 磚。

9 **堤**（[異]隄） [dī ㄉㄧ [粵] tɐi¹ 提] 江河湖海岸上的防水建築物，多用土石等築成 ◆ 堤岸｜大堤｜築堤｜蘇堤春曉｜千里之堤，潰於蟻穴。

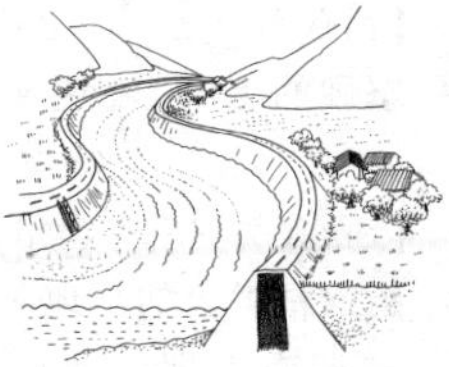

9 **場**（场 [異]塲） 〈一〉[cháng ㄔㄤˊ [粵] tsœŋ⁴ 詳] ❶翻曬糧食或碾軋穀物的平坦空地 ◆ 翻場｜攤場｜打場。❷集；集市 ◆ 趕場｜逢場期。❸量詞。用於事

情的全過程 ◆ 一場暴雨|一場惡戰|雞飛蛋打一場空。

〈二〉[chǎng ㄔㄤˇ ⑧tsœy⁴ 詳]
❶適應一定需要的面積較大的地方 ◆ 會場|農場|考場|機場|運動場。❷指正在演出的舞台 ◆ 上場|下場|粉墨登場|逢場作戲。❸指戲劇中的片段 ◆ 暗場|過場|第一幕第一場。❹量詞。用於文娛體育活動等 ◆ 一場球賽|兩場考試|一場電影。❺物質存在的一種基本形式，具有能量、動量和質量，能傳遞實物間的相互作用，如電場、磁場、引力場等。

⁹塥(塥) [guō ㄍㄨㄛ ⑧gwɔ¹ 過]
坩塥。見"坩"，124頁右欄。

⁹塄 [léng ㄌㄥˊ ⑧liŋ¹ 陵]
田地邊上傾斜的坡兒 ◆ 地塄|塄坎。

⁹埵 [duǒ ㄉㄨㄛˇ ⑧dɔ² 躲]
堅硬的土 ◆ 埵塊。

⁹塅 [duàn ㄉㄨㄢˋ ⑧dyn⁶ 段]
指面積較大的平地。多用於地名，如湖南株洲的北面有田心塅。

⁹堡 〈一〉[bǎo ㄅㄠˇ ⑧bou² 保]
軍事上防守用的堅固建築物 ◆ 碉堡|地堡|堡壘|橋頭堡。

〈二〉[bǔ ㄅㄨˇ ⑧bou² 保]
圍有土牆的村鎮。多用於地名，如陝西有吳堡，河北有柴溝堡。

〈三〉[pù ㄆㄨˋ ⑧pou³ 鋪]
地名用字。如五里堡、十里堡等。

⁹堠 [hòu ㄏㄡˋ ⑧hɐu⁶ 後]
古代瞭望敵情的土堡 ◆ 亭堠|斥堠|烽堠。

⁹報(报) [bào ㄅㄠˋ ⑧bou³ 布]
❶說給人聽使知道 ◆ 報告|報捷|報警|通風報信|報喜不報憂。❷回覆；給以反應 ◆ 報友人書|報之以熱烈的掌聲。❸就承受的好處用實際行動表示感謝 ◆ 報答|報恩|報效祖國|以德報怨|感恩圖報|唐孟郊《遊子吟》詩："誰言寸草心，報得三春暉？"❹就蒙受的怨仇進行反擊 ◆ 報復|報仇雪恨。❺佛教用語。指行善有善的結果，作惡有惡的結果 ◆ 報應|現世報|一報還一報|善有善報，惡有惡報。❻定期的新聞出版物；定期刊物 ◆ 日報|晚報|週報|學報|畫報。❼用文字傳達消息或發表意見的某些東西 ◆ 喜報|海報|戲報|壁報|黑板報。❽特指電信號傳遞文字的通訊方式及用這種通訊方式傳遞的文字 ◆ 電報|發報機。

⁹墼 [jì ㄐㄧˋ ⑧kei³ 冀/gei⁶ 技]
❶用泥塗。❷取。❸休息。

9 **堖** [nǎo ㄋㄠˇ [粵] nou^{5} 努] 小山丘。多用於地名，如山西昔陽有南堖、盤雲堖。

10 **塔**([異]墖) 〈一〉[tǎ ㄊㄚˇ [粵] tap^{8} 榻] ❶佛教特有的建築物，是佛教徒頂禮膜拜的對象。一般以木、磚、石等為材料建成，多層尖頂形 ◆ 寶塔|藏經塔|象牙塔|聚沙成塔。❷指形狀似塔的建築物 ◆ 水塔|燈塔|金字塔。

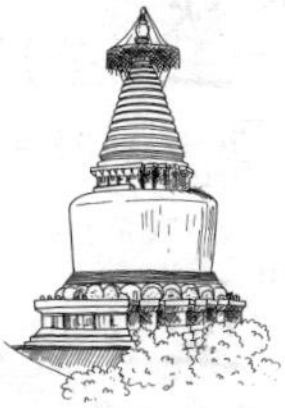

〈二〉[da ·ㄉㄚ [粵] dap^{8} 答] 圪塔，同“疙瘩”。見“疙”，445頁左欄。

10 **塃** [huāng ㄏㄨㄤ [粵] fɐŋ^{1} 荒] 採掘出來的礦石 ◆ 挖塃|鬆塃(含土石過多的礦石)。

10 **塨** [gōng ㄍㄨㄥ [粵] guŋ^{1} 工] 人名用字。如清初有思想家李塨。

10 **塥** [gé ㄍㄜˊ [粵] gak^{8} 隔] 沙地。多用於地名，如安徽有青草塥。

10 **塬** [yuán ㄩㄢˊ [粵] jyn^{4} 原] 我國西北部黃土高原的一種地貌，四周流水沖刷成溝，中間突起呈台狀，頂上平，四邊陡。常用於地名，如隴東有董志塬，陝北有洛川塬，咸陽有二道塬。

10 **塒**(埘) [shí ㄕˊ [粵] si^{4} 時] ❶指在牆上挖洞做成的雞窩 ◆ 雞塒。❷泛指禽類在牆上的窩。

10 **塌** [tā ㄊㄚ [粵] tap^{8} 塔] ❶坍倒；下陷 ◆ 倒塌|塌陷|塌方。❷凹下；低而扁的 ◆ 塌鼻梁。❸鎮定；堅定 ◆ 塌實|直到現在，才算塌下心來。

10 **塏**(垲) [kǎi ㄎㄞˇ [粵] hɔi^{2} 海] 地勢高而乾燥 ◆ 爽塏。

10 **堽** [gāng ㄍㄤ [粵] gɔŋ^{1} 剛] 地名用字。如山東有堽城屯。

10 **塮** [xiè ㄒㄧㄝˋ [粵] dzɛ^{6} 謝] 用豬羊等家畜的糞漚成的有機肥料 ◆ 豬塮|羊塮。

10 **塢**(坞) [wù ㄨˋ [粵] wu^{2} 滸] ❶地勢四面高而中間低窪的地方 ◆ 山塢|桃花塢。❷用作防禦的小型城堡 ◆ 塢壁|塢堡。❸建於水邊用作停泊或修建船隻的地方 ◆ 船塢。

10 **塊**(块) [kuài ㄎㄨㄞˋ [粵] fai^{3} 快]

❶成團或成疙瘩的東西 ◆ 土塊|石塊|塊根|把魚切成塊。❷量詞。(1)用於形狀成片或成塊的東西 ◆ 一塊花布|一塊稻田|一塊方糖|一塊手錶。(2)用於銀幣或紙幣，相當於"圓" ◆ 五塊錢。

10 **塍** [chéng ㄔㄥˊ ⑧ sin⁴ 成]
分隔田塊的土埂 ◆ 田塍。

10 **填** [tián ㄊㄧㄢˊ ⑧ tin⁴ 田]
❶在凹陷處充塞使滿 ◆ 填坑|填平|移山填海|慾壑難填。❷補足空缺或缺欠 ◆ 填補|填房|填空補缺。❸在表格、單據、試卷等的空白處寫上應填的文字或數字 ◆ 填表|填寫|填充題。

10 **塙** [què ㄑㄩㄝˋ ⑧ kɔk⁸ 涸]
"確"的古字。

10 **塘** [táng ㄊㄤˊ ⑧ tɔŋ¹ 唐]
❶用土石築成的防水建築物 ◆ 海塘|河塘。❷水池 ◆ 池塘|魚塘|荷塘。❸洗澡用的池子 ◆ 洗澡塘。❹室內地上挖成的燒火取暖用的小坑 ◆ 火塘。

10 **塝** [bàng ㄅㄤˋ ⑧ gɔŋ⁶ 傍]
田地或溝渠的邊坡。多用於地名，如湖北有張家塝。

10 **塑** [sù ㄙㄨˋ ⑧ sou³ 掃]
❶用石膏或泥土等軟性材料做成人或物體的形象 ◆ 塑像|雕塑|泥塑木雕。❷用文字描寫或舞台表演創造人物形象 ◆ 塑造人物。❸塑料，樹脂等高分子化合物與配料混合，再經加熱加壓而形成的、具有一定形狀的材料。種類很多，用途廣泛 ◆ 塑塑|噴塑。

10 **塋**(塋) [yíng ㄧㄥˊ ⑧ jiŋ⁴ 形]
墳墓；墳地 ◆ 墳塋|塋地|祖塋。

10 **塗**(⑧涂) [tú ㄊㄨˊ ⑧ tou⁴ 途/tsa⁴ 茶]
❶使油漆、顏色、粉末等附着在物體表面 ◆ 塗抹|塗料|塗脂抹粉。❷胡亂地寫或畫 ◆ 滿紙塗鴉。❸在已寫的字或已畫的圖上打上線條表示除去 ◆ 塗改|塗乙|這個字寫錯了，要塗掉。❹泥土 ◆ 泥塗|生靈塗炭。❺泥沙在河流入海處或海岸附近的平地上沈積而成的淺海灘 ◆ 塗田|圍塗造田。❻同"途"，見709頁右欄。

10 **塞** 〈一〉[sāi ㄙㄞ ⑧ sɐk⁷ 沙克切]
❶堵；填入 ◆ 塞洞|把窟窿塞住|書包裏塞滿了書|兩耳塞豆，不聞雷霆。❷用來在器物口子上堵住，使內外隔離的東西 ◆ 塞子|瓶塞|軟木塞。❸強行送給 ◆ 他把一包東西塞在我手裏，就走了。
〈二〉[sè ㄙㄜˋ ⑧ 同〈一〉]
填；填入。用於某些合成詞中 ◆ 閉

塞│阻塞│茅塞頓開。
〈三〉[sài ㄙㄞˋ ⑧ tsɔi³ 菜]
邊境上的險要地方和有防禦設施的
據點 ◆ 邊塞│要塞│塞外│塞翁失
馬，安知非福。

¹⁰ 塑 (⑧塐) [lǎng ㄌㄤˇ ⑧ lɔŋ⁵ 朗]
❶地名用字。如廣東有元塑。❷方
言。江河、湖泊旁的低窪地。

¹⁰ 塚 [zhǒng ㄓㄨㄥˇ ⑧ tsuŋ² 寵]
墳墓 ◆ 古塚│荒塚│衣冠塚。

¹¹ 墓 [mù ㄇㄨˋ ⑧ mou⁶ 務]
墳；埋葬死人的坑穴和上面
的墳頭 ◆ 公墓│陵墓│墓碑│墓誌銘
│自掘墳墓。

¹¹ 墊 (垫) 〈一〉[diàn ㄉㄧㄢˋ ⑧
dim³ 店/din³ 電³(語)]
❶放在底下或鋪在上面，使物體加
高、加厚或平正，或起遮隔作用 ◆
墊平│墊肩│墊腳石│衣服上要墊塊
布，才能用熨斗燙。❷補充使不空
缺 ◆ 墊一齣小戲│吃個饅頭，先
墊補一下。❸替人暫付錢款 ◆ 墊
款│墊付│我沒帶錢，你給墊一下。
〈二〉[diàn ㄉㄧㄢˋ ⑧ din² 典]
用來墊的東西 ◆ 草墊│褥墊│靠墊
│鞋墊│椅墊。

¹¹ 墐 [jìn ㄐㄧㄣˋ ⑧ gen⁶ 近]
用泥塗塞 ◆ 墐戶│墐塗。

¹¹ 壈 [kàn ㄎㄢˋ ⑧ hem³ 勘]
高的堤岸。多用於地名，如
江西有壈上。

¹¹ 堹 [qián ㄑㄧㄢˊ ⑧ kin⁴ 虔]
地名用字。如台灣有車路
堹。

¹¹ 塹 (壍⑧壍) [qiàn ㄑㄧㄢˋ ⑧
tsim³ 簽³]
❶阻隔起防禦作用的溝 ◆ 塹
壕│長江天塹。❷比喻挫折 ◆ 吃一
塹，長一智。

¹¹ 塼 同"磚"，見477頁右欄。

¹¹ 塽 [shuǎng ㄕㄨㄤˇ ⑧ sɔŋ² 爽]
地勢高而乾燥 ◆ 塽壠。

¹¹ 墅 [shù ㄕㄨˋ ⑧ sœy⁶ 睡/sœy⁵
瑞]
❶本宅以外供度假遊玩的園林房屋
◆ 別墅。❷鄉村裏簡陋的房子 ◆
草墅│田墅。

¹¹ 塿 [lóu ㄌㄡˊ ⑧ lɐu⁵ 柳]
❶小土丘 ◆ 培塿。❷小墳
◆ 丘塿。

¹¹ 墁 [màn ㄇㄢˋ ⑧ man⁶ 慢]
❶用磚、石塊等在地面上鋪
設 ◆ 方磚墁地。❷抹子，泥牆的
工具 ◆ 泥墁│瓦墁。

11 **塅** [zōng ㄗㄨㄥ [粵] dzuŋ² 中] 雞塅，一種菌類植物。菌蓋圓錐形，中央突起，熟時微黃。味道鮮美，可食用，亦可入藥。分佈於我國雲南、廣西等地。

11 **𡎮** [xié ㄒㄧㄝˊ [粵] tsɛ⁴ 邪] 地名用字。如江西有麥𡎮。

11 **塾** [shú ㄕㄨˊ [粵] suk⁹ 屬] 舊時私人開設的學校 ◆ 私塾｜村塾｜家塾｜塾師。

11 **墉** [yōng ㄩㄥ [粵] juŋ⁴ 容] ❶城牆 ◆ 墉堞｜崇墉。❷泛指牆，高牆 ◆ 墉垣。

11 **塵**（尘） [chén ㄔㄣˊ [粵] tsɐn⁴ 陳] ❶細微灰土 ◆ 塵土｜塵埃｜灰塵｜吸塵器｜望塵莫及。❷指現實的人世間 ◆ 塵世｜凡塵｜超軼絕塵｜看破紅塵。❸蹤跡 ◆ 前塵｜步人後塵。❹姓。

11 **境** [jìng ㄐㄧㄥˋ [粵] giŋ² 景] ❶邊界；地域的界線 ◆ 國境｜邊境｜出境｜入境問俗。❷地方；處所 ◆ 仙境｜奇境｜夢境｜身臨其境｜保護環境｜如入無人之境。❸指事物所達到的程度 ◆ 境界｜厄境｜漸入佳境。❹指人所處的狀況 ◆ 境遇｜境況｜處境｜困境｜逆境｜事過境遷。

11 **墒** [shāng ㄕㄤ [粵] sœŋ¹ 雙] 種子發芽和作物生長所需要的土壤濕度 ◆ 保墒｜驗墒｜墒情｜搶墒下種。

11 **墚** [liáng ㄌㄧㄤˊ [粵] lœŋ⁴ 良] 我國西北地區稱帶形的黃土山崗為墚。

11 **墋** [chěn ㄔㄣˇ [粵] tsɐm² 寢] ❶同"磣"。沙子。❷食物中混入沙土。❸混濁。

12 **墝** 同"磽"，見478頁右欄。

12 **墳**（坟） [fén ㄈㄣˊ [粵] fɐn⁴ 焚] 墓；埋葬死人的穴和上面的土堆或磚石砌的標誌 ◆ 墳墓｜墳塋｜祖墳。

12 **𡑞** [yín ㄧㄣˊ [粵] ŋɐn⁴ 銀] "垠"的古字。

12 **墟** [xū ㄒㄩ [粵] hœy¹ 虛] ❶原本人煙稠密而現在荒涼敗壞的地方 ◆ 墟域｜廢墟｜殷墟。❷村落；鄉村集市 ◆ 墟落｜墟市｜墟鎮｜趕墟。

12 **墠** [shàn ㄕㄢˋ [粵] sin⁶ 善] ❶古代用於祭祀的平坦場地，中央設壇。❷地名用字。如山東有北墠。

¹²**墨** [mò ㄇㄛˋ ⑧mɐk⁹ 脈]

❶寫字繪畫時用來着色的塊狀物或和水研成的汁，由煤煙或松煙等製成的黑色的，也有用其他材料製成別種顏色的 ◆ 磨墨｜墨汁｜徽墨｜近朱者赤，近墨者黑。❷泛指寫字、繪畫或印刷用的液體狀態的某種顏料 ◆ 墨水｜油墨｜墨色。❸寫的字或畫的畫。也常指名家或有一定社會地位的人的書畫作品 ◆ 墨寶｜遺墨｜舞文弄墨。❹比喻學問或文化水平 ◆ 文墨｜胸無點墨。❺黑色或近於黑色的 ◆ 墨鏡｜墨菊｜墨綠。❻貪污，把公家財物佔為己有的行為 ◆ 貪墨｜墨吏。❼古代的一種刑罰，在臉上刺刻並染上黑色，作為囚犯的標記。也叫"黥" ◆ 墨刑。❽戰國時代墨翟所創學派的簡稱 ◆ 墨家｜墨守成規。❾姓。

¹²**墦** [fán ㄈㄢˊ ⑧fan⁴ 凡]

墳墓 ◆ 墦掃｜墦肉（墓前的祭肉）。

¹²**墩**（⑧墪） [dūn ㄉㄨㄣ ⑧dœn¹ 敦]

❶土堆 ◆ 土墩｜壘土為墩。❷量詞。用於叢生或幾棵聚生的植物 ◆ 栽稻秧二萬墩，每塊五林。❸矮而粗厚的一整塊石頭或木頭 ◆ 石墩｜橋墩｜樹墩。

¹²**墡** [shàn ㄕㄢˋ ⑧sin⁶ 善]

白色黏土 ◆ 白墡。

¹²**增** [zēng ㄗㄥ ⑧dzɐŋ¹ 憎]

加多 ◆ 增加｜增強｜增添｜增長｜激增｜蓬蓽增輝。

¹²**墀** [chí ㄔˊ ⑧tsi⁴ 池]

台階上面的空地。也指台階 ◆ 丹墀。

¹²**墮**（墯） [duò ㄉㄨㄛˋ ⑧dɔ⁶ 惰]

墜落；掉 ◆ 墮地｜墮淚｜墮落｜墮胎。

¹²**墜**（坠） [zhuì ㄓㄨㄟˋ ⑧dzœy⁶ 罪]

❶掉落；失落 ◆ 墜落｜墜地｜天花亂墜｜墜樓身亡。❷往下沈；懸空下垂 ◆ 墜壓｜墜吊｜滿樹的蘋果把枝椏墜彎了。❸吊在物件下面的裝飾性的東西 ◆ 墜子｜扇墜｜香墜｜寶石耳墜。

¹²**墱**

同"磴"，見479頁左欄。

¹²**墬** [dì ㄉㄧˋ ⑧dei⁶ 杜利切]

"地"的古字。

¹³**墶** [da・ㄉㄚ ⑧dat⁸ 笪]

圪墶。見"圪"，122頁左欄。

¹³**墼** [jī ㄐㄧ ⑧gik⁷ 擊]

❶土墼，把黏土放在模型裏製成的方形土塊。❷炭墼，用炭末

做成的塊狀燃料，多呈圓柱形。

坎壈。見"坎"，123頁右欄。

13 **墈** 同"坎"，123頁右欄。

13 **墻** [dàng ㄉㄤˋ ⑧ dɔŋ³ 檔]
築在河裏或低田裏用來擋水的小堤 ◆ 築墻挖塘。

13 **墢** [bó ㄅㄛˊ ⑧ bɔk⁸ 博]
粵方言。壠 ◆ 石墢｜鋤著墢。

13 **墺** [ào ㄠˋ ⑧ ou³ 澳]
閩、浙一帶稱山間平地為墺 ◆ 深山野墺。

13 **墾**(垦) [kěn ㄎㄣˇ ⑧ hɐm² 狠]
翻土使可以種植 ◆ 開墾｜墾荒｜圍墾。

13 **壇**(坛) [tán ㄊㄢˊ ⑧ tan⁴ 檀]
❶古代舉行祭祀、誓師等典禮用的土、石築成的高台 ◆ 祭壇｜天壇｜地壇｜登壇拜將。❷用泥土堆積而成的平台，多用來種植花卉 ◆ 花壇。❸用於稱某些職業、工作相同的社會成員的總體 ◆ 文壇｜影壇｜體壇。❹指講學或發表言論的場合 ◆ 講壇｜論壇。❺舊時指某些會道門設立的拜神集會的組織 ◆ 設壇｜壇主。

13 **壈**(⑧壈) [lǎn ㄌㄢˇ ⑧ lɐm⁵ 凜]

13 **雍**(⑧壅) [yōng ㄩㄥ / yǒng ㄩㄥˇ (舊) ⑧ juŋ² 擁]
❶堵塞；不暢通 ◆ 雍塞｜雍蔽。❷在植物根部培土或施肥 ◆ 雍土｜雍肥。

13 **壁** [bì ㄅㄧˋ ⑧ bik⁷ 碧/bɛk⁸ 北 激切(語)]
❶牆。也指用木板等材料做成的功用類似牆的東西 ◆ 牆壁｜隔壁｜壁畫｜家徒四壁。❷某些形狀似牆的物體 ◆ 胃壁｜鍋爐壁。❸軍事營壘 ◆ 壁壘｜堅壁清野｜作壁上觀。❹直立的山崖 ◆ 絕壁｜懸崖峭壁｜壁立千尺。❺星宿名。二十八宿之一。

14 **壽**(梼) [dǎo ㄉㄠˇ ⑧ dou² 島]
土堡 ◆ 堡壽。

14 **壓**(压) 〈一〉[yā ㄧㄚ ⑧ at⁸/ ŋat⁸ 押]
❶從上向下施加重力 ◆ 壓力｜壓碎｜鍛壓｜泰山壓頂。❷用威力制服 ◆ 壓服｜壓迫｜鎮壓｜強龍不壓地頭蛇。❸使穩定；使平靜 ◆ 壓驚｜壓軸戲｜壓住陣腳｜才不壓眾，貌不驚人。❹靠近而使對方感到威脅 ◆ 大軍壓境。❺擱下；藏着 ◆ 積壓｜壓着不放｜這件事一直壓在她的心頭。❻賭博用語。在某一門上下注 ◆ 壓注｜壓寶。

〈二〉[yà ㄧㄚˋ 粵同〈一〉]

壓根兒。從來；根本上 ◆ 我壓根兒就不知道這事｜他壓根兒就不是個好人。

---

¹⁴ 壖 (粵堧) [ruán ㄖㄨㄢˊ 圖 jyn⁴ 元]

城邊、河邊、屋邊的空地。

---

¹⁴ 壑 [hè ㄏㄜˋ 粵kɔk⁸ 確]

山谷；大水坑 ◆ 丘壑｜溝壑｜以鄰為壑｜慾壑難填。

---

¹⁴ 壎 (塤粵塤) [xūn ㄒㄩㄣ 粵 hyn¹ 圈]

一種吹奏樂器，用陶土燒成，橢圓形，有六個孔。

---

¹⁴ 壕 [háo ㄏㄠˊ 粵hou⁴ 豪]

❶護城河，挖掘而成的圍繞城牆起防禦作用的河 ◆ 城壕。❷陣地上起掩護作用的溝 ◆ 戰壕｜交通壕。

---

¹⁵ 壘 (垒) 〈一〉[lěi ㄌㄟˇ 粵lœy⁵ 呂]

❶把磚、石、土塊等重疊壘砌起來 ◆ 壘牆｜壘豬圈。❷軍營牆壁，陣地上的防禦工事 ◆ 營壘｜街壘｜兩軍對壘｜深溝高壘｜壁壘森嚴。

〈二〉[lěi ㄌㄟˇ 粵lœy⁵ 呂]

壘壘，重疊累積的樣子 ◆ 荒塚壘壘。

〈三〉[lǜ ㄌㄩˋ 粵lœt⁹ 律]

鬱壘。見"鬱"，814頁左欄。

〈四〉[lèi ㄌㄟˋ 粵lœy⁶ 淚]

壘石，同"礌石"。見"礌"，479頁右欄。

---

¹⁵ 壙 (圹) [kuàng ㄎㄨㄤˋ 粵 kwɔŋ³ 壙]

❶墓穴 ◆ 壙穴｜打壙｜生壙。❷壙埌，形容原野開闊，望不到邊際。

---

¹⁶ 壢 (坜) [lì ㄌㄧˋ 粵lik⁹ 力]

坑穴。多用於地名，如台灣有中壢。

---

¹⁶ 壚 (垆) [lú ㄌㄨˊ 粵lou⁴ 盧]

舊時酒店裏安放酒甕的土台。也指酒店 ◆ 壚邸｜酒壚｜文君當壚。

---

¹⁶ 壝 [wéi ㄨㄟˊ/wěi ㄨㄟˇ 圖 wɐi⁴ 圍/wɐi⁵ 偉]

古代祭壇四周圍繞的矮土牆 ◆ 壝牆｜壝埒。

---

¹⁶ 壞 (坏) [huài ㄏㄨㄞˋ 粵 wai⁶ 懷⁶]

❶缺點多的；惡劣的。與"好"相對 ◆ 壞處｜壞習慣｜壞人壞事｜這個人給大家的印象並不壞。❷成為不健全、無用、有害 ◆ 肌肉壞死｜這菜已經壞了｜打字機用壞了。❸使成為不健全；使受損害 ◆ 吃壞肚子｜壞了風氣。❹用在動詞或形容詞後，表示達到很深的程度 ◆ 忙壞了｜樂壞了｜餓壞了｜讓他給氣壞

了。❺使人受損害的主意 ◆ 使壞
|這人一肚子壞水。❻死的婉辭 ◆
壞了性命。

16
壟 (垄®壠)　[lǒng ㄌㄨㄥˇ
　　　⑧luŋ⁵ 隴]
❶田地裏種植農作物的一行一行的
土埂 ◆ 麥壟|壟溝|壟作|地瓜壟|
寬壟密植|房無一間，地無一壟。
❷田地間用以分界的隆起的小路 ◆
壟上。❸像壟一樣形狀的東西 ◆
瓦壟|壟墓。

17
壤　[rǎng ㄖㄤˇ ⑧jœŋ⁶ 讓]
❶泥土；鬆軟的土地 ◆ 土
壤|沃壤。❷大地 ◆ 霄壤|天壤之
別。❸地區 ◆ 接壤|窮鄉僻壤。

21
巏　[qiào ㄑㄧㄠˋ ⑧kiu⁶ 竅]
同"翹"。一頭向上仰起。

21
壩 (坝)　[bà ㄅㄚˋ ⑧ba³ 霸]
❶攔水的建築物 ◆
攔河壩|攔洪壩。❷水中近岸處的
水利建築物，作用是引導水流、保
護堤岸 ◆ 丁壩。❸平地；平原。
多用於地名，如四川有雁門壩，陝
西有留壩。

24
壪　[wān ㄨㄢ ⑧wan¹ 灣]
山溝裏面積不大的平地。多
用作地名。

士 部

0
士　[shì ㄕˋ ⑧si⁶ 是]
❶對人的美稱 ◆ 人士|烈士
|女士|有識之士。❷軍人；戰鬥人
員 ◆ 士兵|戰士|身先士卒。❸軍
官中最低的一級 ◆ 上士|中士|下
士。❹稱某些專業技術人員 ◆ 醫
士|護士|助產士。❺指讀書人 ◆
士人|寒士|士農工商|士別三日，
當刮目相看。❻指學位或擁有學位
的人 ◆ 學士|碩士|博士。❼古代
指尚未結婚的男子。❽古代介於卿
大夫和庶民之間的一個階層 ◆ 士
大夫。❾姓。

1
壬　[rén ㄖㄣˊ ⑧jɐm⁴ 吟]
❶天干的第九位，與地支相
配用以紀年、月、日 ◆ 壬戌年。
❷序數第九的代稱。❸姓。

2
壬　[gǎ ㄍㄚˇ ⑧ga² 假]
方言。❶乖僻；脾氣不好 ◆
這人壬得很，不好說話。❷調皮
◆ 壬小子。

4
壯 (壮)　[zhuàng ㄓㄨㄤˋ ⑧
　　　　dzɔŋ³ 葬]

❶身體強健；有力氣 ◆ 健壯｜壯實｜身強力壯｜老當益壯。❷雄偉；有氣魄 ◆ 壯麗｜豪壯｜雄心壯志｜波瀾壯闊。❸加強；使變得強大 ◆ 壯膽｜以壯聲勢。❹壯族，我國少數民族之一，舊作"僮"，分佈於廣西和廣東、雲南、貴州等省。

9 **壹** [yī ㄧ [粵] jɐt⁷ 一]
數目字"一"的大寫。

9 **壺**(壶) [hú ㄏㄨˊ [粵] wu⁴ 胡] ❶一種有把或提梁、有嘴的盛液體的容器 ◆ 茶壺｜酒壺｜噴水壺｜簞食壺漿｜哪壺不開提哪壺。❷泛指某些口小腹大的器皿 ◆ 唾壺｜鼻煙壺｜唐王昌齡《芙蓉樓送辛漸》詩："洛陽親友如相問，一片冰心在玉壺。"❸姓。

10 **壼**(壸) [kǔn ㄎㄨㄣˇ [粵] kwɐn² 菌]
皇宮裏的路，借指內宮。也泛指女子居住的內室 ◆ 壼闈｜壼奥。

11 **壽**(寿) [shòu ㄕㄡˋ [粵] sɐu⁶ 受]
❶活得年數多；命長 ◆ 壽星｜壽比南山｜人壽年豐。❷存活的年數 ◆ 長壽｜高壽｜折壽｜延年益壽｜壽終正寢。❸生命 ◆ 壽命。❹生日。多用於年歲較大的人 ◆ 拜壽｜祝壽｜壽麪｜壽辰。❺生前預備為死後用的 ◆ 壽材｜壽衣｜壽穴。❻姓。

夊部

0 **夊** [zhǐ ㄓˇ [粵] dzi² 止/sœy¹ 衰/tsœy¹ 且]
部首用字。

7 **夏** [xià ㄒㄧㄚˋ [粵] ha⁶ 下]
❶一年四季中的第二季 ◆ 夏天｜夏令｜仲夏｜春夏秋冬。❷朝代名，我國歷史上第一個朝代，禹所建(約前22世紀末—17世紀初)。❸指中國 ◆ 華夏。❹姓。

11 **夐** [xiòng ㄒㄩㄥˋ [粵] hiŋ³ 慶]
遠；遼闊 ◆ 夐古｜幽夐。

16 **夒** [náo ㄋㄠˊ [粵] nou⁴ 奴]
同"猱"。猴的一種，長臂。

18 **夔** [kuí ㄎㄨㄟˊ [粵] kwɐi⁴ 葵]
❶古代傳説中的一種異獸，外形似龍，一足。❷夔州，舊府名，在今四川奉節。❸姓。

夕部

0 **夕** [xī ㄒㄧ [粵] dzik⁹ 直]
❶傍晚；太陽落山的時候 ◆ 夕陽｜夕照｜朝令夕改。❷泛指夜晚

◆ 前夕｜除夕｜危在旦夕｜朝夕相處｜一夕長談。

2 外 [wài ㄨㄞˋ 粵 ŋɔi⁶ 礙]
❶超出某個範圍；不在某個範圍之中；跟"內"或"裏"相對 ◆ 外力｜外景｜外圍｜外傷｜外賣｜內憂外患。❷指自己所在地以外的，跟"本"相對 ◆ 外省｜外埠｜外鄉。❸特指別的國家；不屬於本國的 ◆ 外商｜外賓｜外語｜援外｜外資｜古今中外。❹稱女性親人方面的親屬 ◆ 外婆｜外孫｜外甥｜外祖父。❺關係疏遠的 ◆ 外人｜外客｜見外。❻超出原來存在或具有的 ◆ 另外｜此外｜外加｜外帶。❼非正式的；非正規的 ◆ 外號｜外傳｜外史。❽傳統戲曲角色名，扮演老年男子的角色。

3 夙 [sù ㄙㄨˋ 粵 suk⁷ 宿]
❶早；早晨 ◆ 夙夜｜夙興夜寐。❷早就有的；一向有的 ◆ 夙志｜夙願｜夙敵｜夙怨｜夙嫌冰釋。

3 多 [duō ㄉㄨㄛ 粵 dɔ¹ 躲¹]
❶數量大；跟"少"、"寡"相對 ◆ 多數｜多思｜眾多｜僧多粥少。❷數量上超出或增加，跟"少"相對 ◆ 這個字多了一畫｜多的錢就不用找給我了。❸過分的；不必要的 ◆ 多疑｜多嘴多舌｜不要多心。❹用在數量詞後表示有零餘 ◆ 一年多｜2米多高｜六十多歲。❺數目在

二以上的 ◆ 多媒體｜多年生草本植物。❻表示相差程度大 ◆ 他比我高多了｜這種名酒比一般的酒貴多了。❼副詞。(1) 用在疑問句裏問數目 ◆ 你多大歲數了？(2) 用在感歎句裏表示程度很高 ◆ 看打扮得多漂亮｜這場球賽多精彩啊！(3) 指某種程度 ◆ 不管多忙，寫封回信的時間總有吧。❽姓。

5 夜(粵宙) [yè ㄧㄝˋ 粵 jɛ⁶ 野⁶]
從日落到日出前的一段時間 ◆ 黑夜｜月夜｜晝夜｜夜間｜夜以繼日｜夜不閉戶。

8 夠(粵够) [gòu ㄍㄡˋ 粵 gɐu³ 救]
❶充足；數量上能滿足需要 ◆ 錢夠用了｜時間總是不夠用。❷表示達到某種程度 ◆ 夠格｜夠勁｜夠麻煩｜夠交情。❸向較遠處伸手接觸或拿來 ◆ 夠不着｜夠得着。

11 夢(梦) [mèng ㄇㄥˋ 粵 muŋ⁶ 蒙⁶]
❶睡眠時腦中浮現的景象 ◆ 做夢｜美夢｜黃粱美夢｜夢中情人｜南柯一夢。❷睡眠時腦中產生影象活動 ◆ 夢見｜夢遊｜日有所思，夜有所夢。❸比喻虛幻 ◆ 夢幻｜夢想。

11 夥(伙) [huǒ ㄏㄨㄛˇ 粵 fɔ² 火]
❶眾多 ◆ 獲利甚夥。❷由同伴組

成的集體 ◆ 入夥 | 成羣結夥。❸聚集；聯合 ◆ 夥同 | 夥辦。❹同伴；一起做事的人 ◆ 同夥 | 夥伴 | 夥計 | 夥友。❺量詞。用於人羣 ◆ 一夥小朋友 | 三個一羣，五個一夥。(❶不簡化為"伙"。)

¹¹ **夤** [yín ㄧㄣˊ ⑨jen⁴ 仁]
❶深 ◆ 夤夜。❷敬畏 ◆ 夤獻厥誠。❸夤緣，攀援上升，比喻向上拉攏關係，鑽營巴結 ◆ 夤緣得官。

大部

⁰ **大** 〈一〉[dà ㄉㄚˋ ⑨dai⁶ 帶⁶]
❶在空間、數量、力量、音響、程度、能力、職位、氣魄、性質、範圍等方面超過一般或超過所比較的對象，跟"小"相對 ◆ 大海 | 大紅 | 廣大 | 遠大 | 偉大 | 大陣仗 | 博大精深。❷數量多少 ◆ 孩子多大了？❸排行第一的 ◆ 老大 | 大姐。❹指年紀大的人 ◆ 一家大小都來了。❺超過實際情況；誇張的 ◆ 說大話 | 自高自大 | 妄自尊大。❻表示時間更遠 ◆ 大後天 | 大前年。❼用在時令或節日前，表示強調 ◆ 大熱天 | 大清早 | 一大早 | 大年初一。❽敬辭，用於稱與對方有關的事物 ◆ 大札 | 大號 | 大作 | 恭候大駕光臨。❾跟"不"連用，表示次數少或程度

淺 ◆ 不大熟悉 | 不大喜歡 | 他不大來。❿方言。指父親或父親的兄弟 ◆ 俺大 | 他二大是種蔬菜的能手。⓫姓。
〈二〉[dài ㄉㄞˋ ⑨dai⁸ 帶⁸]
義同"大"(dà)，限用於某些合成詞中。❶大王，舊小說戲曲中對國王或強盜首領的稱呼 ◆ 山寨大王。❷大夫，稱醫生 ◆ 孩子病了，找大夫看一下。❸大城，地名，在河北省。❹大黃，多年生草本植物，葉大花小，黃白色，地下塊根有苦味，可入藥。

¹ **天** [tiān ㄊㄧㄢ ⑨tin¹ 田¹]
❶指地面以上的高空 ◆ 天空 | 天邊 | 藍天 | 坐井觀天 | 翻天覆地。❷位置在上或在頂的；懸空架設的 ◆ 天台 | 天橋 | 天棚 | 天窗。❸日，包括晝夜二十四小時，有時專指白天 ◆ 今天 | 每天 | 幾天幾夜 | 三天打魚，兩天曬網。❹指一日中的某一段時間 ◆ 上半天 | 下半天 | 三更天。❺季節；天氣 ◆ 春天 | 天熱 | 三伏天 | 天有不測風雲，人有旦夕禍福。❻自然的；生來就有的 ◆ 天生 | 天賦 | 破天荒 | 喪盡天良 | 暴殄天物。❼指大自然 ◆ 天籟 | 人定勝天。❽指造物主，自然界的主宰者 ◆ 天意 | 天怒人怨 | 謀事在人，成事在天。❾指神佛仙人等所住的地方 ◆ 天堂 | 升天 | 歸天。❿指賴以生存，不可缺少的事物 ◆ 民以食為天。

¹ **夫** 〈一〉[fū ㄈㄨ 粵 fu¹ 呼]
❶配偶中的男方 ◆ 丈夫｜夫妻｜夫權｜前夫｜夫婿。❷舊時成年男子的通稱 ◆ 武夫｜鰥夫｜獨夫民賊｜天下興亡，匹夫有責｜重賞之下，必有勇夫。❸以某種體力勞動為生的人 ◆ 漁夫｜農夫｜挑夫｜樵夫。

〈二〉[fú ㄈㄨˊ 粵 fu⁴ 乎]
❶古漢語助詞。(1) 用在一句話的開頭，表示開始議論 ◆《左傳》："夫戰，勇氣也。"(2) 用在句末或停頓處，表示感歎 ◆《論語》："逝者如斯夫！不捨晝夜。"❷古漢語指示代詞，相當於"這"、"那" ◆ 漢劉向《新序》："是葉公非好龍也，好夫似龍而非龍者也。"

¹ **夭** 〈一〉[yāo ㄧㄠ 粵 jiu¹ 腰]
茂盛 ◆ 夭桃｜《詩經》："桃之夭夭。"

〈二〉[yāo ㄧㄠˊ／yǎo ㄧㄠˊ 粵 jiu² 妖²]
❶未成年而死亡 ◆ 夭折｜夭亡｜夭壽｜幼年早夭。❷夭矯，屈曲而有氣勢 ◆ 一棵枝幹夭矯的古松。

¹ **太** [tài ㄊㄞˋ 粵 tai³ 態]
❶極高；極大 ◆ 太空｜太倉一粟。❷極；最 ◆ 太古｜欺人太甚。❸敬稱，多用於身分最高或輩份更高的尊長 ◆ 太后｜太師｜太公｜太爺｜太老師。❹副詞。(1) 表示過於，過分 ◆ 水太燙｜這菜又油膩了｜三國魏曹植《七步詩》："本是

同根生，相煎何太急！"(2) 表示感歎 ◆ 這兒景色太美了｜你這話說得太對了！(3) 用於否定，表示非常 ◆ 不太好｜不太妥當。❺姓。

¹ **夬** [guài ㄍㄨㄞˋ 粵 gwai³ 怪]
《易經》中六十四卦之一。

² **央** [yāng ㄧㄤ 粵 jœŋ¹ 秧]
❶懇切要求 ◆ 央告｜苦苦央求。❷當中；中心 ◆ 中央｜央行。❸終結；完了 ◆ 夜未央。

² **失** [shī ㄕ 粵 sɐt⁷ 室]
❶少掉；丟落 ◆ 丟失｜遺失｜失落｜得不償失｜塞翁失馬，焉知非福。❷違背；背棄 ◆ 失信｜失約｜得道多助，失道寡助。❸沒有把握住；沒有控制好 ◆ 失手｜失足｜城門失火，殃及池魚｜機不可失，時不再來。❹找不到 ◆ 走失｜失蹤｜迷失方向。❺改變 ◆ 失聲｜失驚無神｜大驚失色｜驚慌失措。❻過錯；不正確 ◆ 過失｜失之毫釐，謬以千里｜智者千慮，必有一失。

² **夯** 〈一〉[hāng ㄏㄤ 粵 haŋ¹ 坑]
❶砸實地基的工具，用石、鐵等做成，很笨重 ◆ 鐵夯｜石夯｜打夯。❷用砸實地基的工具來砸 ◆ 夯土｜夯實｜打

夯歌。❸方言。用重力擊打 ◆ 用板子夯|狠狠地夯你一頓。❹方言。用力扛 ◆ 他舉起一個大木板箱，夯在肩上就走。

⟨二⟩[bèn ㄅㄣˋ ⑧ ben⁶ 笨]
同"笨"，見於《西遊記》等書 ◆ 夯貨。

^{3}**夼** [kuǎng ㄎㄨㄤˇ ⑧ kwɔŋ³ 礦]
窪地。多用於地名，如山東有大夼、劉家夼、馬草夼。

^{3}**夷** [yí ㄧˊ ⑧ ji⁴ 兒]
❶平，平坦；平安 ◆ 夷坦|夷直|履險如夷|化險為夷。❷破壞並清除建築物，使成為平地 ◆ 燒夷彈|夷為平地。❸殺戮；滅盡 ◆ 夷減|夷三族。❹古代中原地區華夏民族對四方少數民族的統稱 ◆ 夷狄|東夷|四夷|西南夷。❺舊時稱外國或外國人 ◆ 夷情|夷船|華夷雜處。

^{4}**奀** [ēn ㄣ ⑧ ŋɐn¹ 銀¹]
粵方言。瘦小 ◆ 奀細。

^{4}**夾**(夹) ⟨一⟩[jiā ㄐㄧㄚ ⑧ gap⁸ 甲]
❶在物體兩側施加重力，使固定不動 ◆ 用鉗子夾住加工零件。❷使物體置於胳膊底下或手指等中間 ◆ 他胳膊下夾着一本厚書|她從皮包裹夾出幾張鈔票。❸兩邊相對或從

兩邊來 ◆ 夾道歡迎|兩面夾攻。❹夾東西的器具 ◆ 夾子|髮夾|文具夾。❺混雜；攙雜 ◆ 夾雜|夾帶|兩夾雪|夾七夾八|他說普通話時夾着鄉音。

⟨二⟩[jiá ㄐㄧㄚˊ ⑧ gap⁸ 甲]
同"袷"。兩層的 ◆ 夾衣|夾襖。

⟨三⟩[gā ㄍㄚ ⑧ gap⁸ 甲]
夾肢窩，人的上肢和肩膀連接處靠底下的部分。也叫"腋"或"腋下"。

^{4}**爸** [bā ㄅㄚ ⑧ ba¹ 巴]
地名用字。奮爸屯。見"奮"，148頁左欄。

^{5}**奉** [fèng ㄈㄥˋ ⑧ fuŋ⁶ 鳳]
❶獻；給與。多用於對上級、長輩或所敬重的方面 ◆ 奉上|進奉|把一生奉獻給藝術。❷恭敬地接受。多用於來自上級或長輩方面 ◆ 奉命|奉接惠函。❸尊崇；信仰 ◆ 信奉|崇奉|奉若神明|奉為圭臬|吃齋奉佛。❹供養；侍候 ◆ 奉養|侍奉|供奉|阿諛奉承。❺敬辭。用於涉及對方的行動，表示禮貌 ◆ 奉告|奉勸|奉陪。❻姓。

^{5}**奈** [nài ㄋㄞˋ ⑧ nɔi⁶ 耐]
怎麼辦；如何 ◆ 無奈|奈何|怎奈。

^{5}**奔** ⟨一⟩[bēn ㄅㄣ ⑧ ben¹ 賓/ben³ 賓³]
❶跑；急走 ◆ 奔馳|奔赴|飛奔|東

奔西跑。❷為某種目的而趕忙去做 ◆ 奔喪│疲於奔命。❸逃亡；敗走 ◆ 奔逃│東奔西竄。❹急速；飛快 ◆ 奔流│奔瀉│奔放的熱情。❺舊時稱女子未經婚禮而私自離家與男子結合 ◆ 私奔。

〈二〉[bèn ㄅㄣˋ ⑧ben¹ 賓/ben³ 賓³]
❶直接向目的地趕去 ◆ 投奔│奔前程│直奔前線。❷介詞。引出前去的地方 ◆ 卡車奔上海開去。❸年齡接近(較高的歲數) ◆ 我是奔五十的人了。

奇 〈一〉[qí ㄑㄧˊ ⑧kei⁴ 其]
❶少見的；與同類的事物或平常的情況很不相同的 ◆ 奇才│奇跡│奇異│離奇│奇裝異服│平淡無奇│天下事無奇不有。❷出乎意料，難以預測的 ◆ 奇襲│奇兵│奇遇記│出奇制勝。❸驚詫；詫異 ◆ 驚奇。

〈二〉[jī ㄐㄧ ⑧gei¹ 基]
❶數量上成單的，跟"偶"相對 ◆ 奇數│奇日│奇偶相生。❷整數以後的餘數 ◆ 身長八尺有奇。❸命運不好 ◆ 數奇。

奄 〈一〉[yǎn ㄧㄢˇ ⑧jim¹ 淹]
奄奄，形容氣息微弱 ◆ 奄奄一息│氣息奄奄。

〈二〉[yǎn ㄧㄢˇ ⑧jim² 掩]
❶覆蓋；盡有 ◆ 奄有四海。❷忽然；突然 ◆ 奄忽。

〈三〉古同"閹"，見764頁左欄。

㛠 ⁵[pào ㄆㄠˋ ⑧pau³ 豹]
粵方言。謊話；大話 ◆ 車大㛠(說大話)│大㛠佬(說大話的人)。

契 ⁶〈一〉[qì ㄑㄧˋ ⑧kei³ 溪³]
❶證明買賣、抵押、租賃等關係的合同文書 ◆ 契據│契約│房契│地契│賣身契。❷相合；一致 ◆ 契合│契友│投契│雙方達成默契。❸用刀刻 ◆ 契而不捨。❹刀刻的字 ◆ 書契│殷契(殷人刻在甲骨上的文字)。

〈二〉[qì ㄑㄧˋ ⑧het⁷ 乞]
契丹，我國古代民族之一，是東胡的一支，在今遼河上游西剌木倫河一帶以遊牧為生。十世紀初耶律阿保機統一各族，建立契丹國。

〈三〉[xiè ㄒㄧㄝˋ ⑧sit⁸ 屑]
人名，商朝的祖先，傳說是舜的臣。

〈四〉[qiè ㄑㄧㄝˋ ⑧kit⁸ 揭]
契闊。聚散；離別之情 ◆ 契闊十二載。

奏 ⁶[zòu ㄗㄡˋ ⑧dzeu³ 咒]
❶使用樂器發出樂音 ◆ 吹奏│合奏│伴奏│奏樂│演奏。❷產生；取得 ◆ 奏功│奏效│奏捷│以奏大功。❸臣子對帝王陳述，說明 ◆ 奏章│奏本│啟奏皇上。

奎 ⁶[kuí ㄎㄨㄟˊ ⑧fui¹ 灰/kwei¹ 規]

❶奎星，二十八宿之一，在古代傳説中主管文運。❷姓。

6 **奐** [huàn ㄏㄨㄢˋ [粵] wun6 換]
❶盛大；眾多 ◆ 美輪美奐。❷光彩鮮明 ◆ 奐然|奐奐|奐若。❸姓。

6 **奓** 〈一〉[zhà ㄓㄚˋ [粵] dza3 炸]
方言。打開；張開 ◆ 頭髮全奓起來了|這件裙子下襬太奓了。
〈二〉[zhā ㄓㄚ [粵] 同〈一〉]
地名用字。如湖北有奓河、奓湖、奓山。

6 **奕** [yì ㄧˋ [粵] jik9 亦]
❶奕奕，明亮、煥發的樣子 ◆ 目光奕奕|神采奕奕。❷姓。

7 **套** [tào ㄊㄠˋ [粵] tou3 吐]
❶做成一定形狀可罩在物體外面的東西 ◆ 頭套|枕套|手套。❷在外面罩上 ◆ 她上身套着件繡花坎肩。❸罩在外面的 ◆ 套袖|套褲|套鞋。❹互相銜接、重疊或包容 ◆ 套間|套印|套色|套耕。❺河流或山巒彎曲處。多用於地名 ◆ 河套。❻絮在棉衣、棉被裏的棉花、絲棉等 ◆ 襖套|被套。❼把棉花、絲棉等平整地裝入被褥或襖裏縫好 ◆ 套棉被|套棉襖。❽拴連牲口與車輛、犁耙等的皮繩之類的用具 ◆ 繩套|牲口套|上籠頭套。❾用皮繩之類來拴聯 ◆ 套車|套犁|套牲口。❿用繩子等結成的環狀物 ◆ 圈套。⓫比喻使人受騙上當的計策 ◆ 鐵怕落爐，人怕落套。⓬因襲；模仿 ◆ 套用|生搬硬套|套一句老話來説。⓭指已凝固不變的做法或説法 ◆ 套話|客套|老套|不落俗套。⓮引出；誘使説出 ◆ 套供|用話套出他的真實意圖。⓯拉攏；湊熱乎 ◆ 套交情|套近乎。⓰量詞。⑴用於搭配成組的物件 ◆ 一套傢具|二套衣服|三套餐具。⑵用於制度、方法、本領、語言等 ◆ 一套制度|成套把戲|這套辦法|那套陳詞濫調。

7 **奚** [xī ㄒㄧ [粵] hɐi4 兮]
❶古漢語疑問詞，用法與“何”相似。❷古代奴隸的一種，泛指奴僕。❸奚落，用話語刺人使人難堪 ◆ 當面奚落了他一頓。❹姓。

7 **奞**(昚) [shèn ㄕㄣˋ [粵] sɐn6 腎]
同“慎”。多用於人名。

7 **奘** 〈一〉[zhuǎng ㄓㄨㄤˇ [粵] dzɔŋ6 狀]
方言。粗大 ◆ 身高腰奘|這幾棵樹都長得很奘。
〈二〉[zàng ㄗㄤˋ [粵] 同〈一〉]
❶壯大。❷用於人名，如唐代有高僧玄奘。❸方言。説話粗魯，態度生硬。

8 **奢** [shē ㄕㄜ ⓟtsɛ¹ 車]
❶揮霍浪費錢財，過分追求享受 ◆ 奢侈｜奢華｜驕奢淫逸｜窮奢極慾。❷超出一定限度的 ◆ 奢望。

9 **夥** [ào ㄠˋ ⓟŋou⁶ 傲]
矯健有力的樣子。

9 **畲** [hǎ ㄏㄚˇ ⓟha¹ 哈]
地名用字。畲奄屯，在北京市。

9 **奠** [diàn ㄉㄧㄢˋ ⓟdin⁶ 電]
❶建立；確定 ◆ 奠基｜奠都｜奠定。❷陳設祭品向死者致祭 ◆ 祭奠｜哭奠｜奠酒｜奠儀。

10 **奧** [ào ㄠˋ ⓟou³/ŋou³ 澳]
❶含義深，難以理解 ◆ 深奧｜古奧｜奧妙｜奧祕｜奧博。❷古代指房屋的西南角。也泛指房屋的深處 ◆ 堂奧。❸姓。

11 **奩**(奁ⓟ匰匲籢)
[lián ㄌㄧㄢˊ ⓟlim⁴ 廉]
❶古代指女子梳妝用的鏡匣 ◆ 鏡奩｜香奩。❷借指女子的嫁妝 ◆ 妝奩｜房奩。

11 **奪**(夺) [duó ㄉㄨㄛˊ ⓟdyt⁹ 杜月切]

❶搶；用暴力取 ◆ 搶奪｜掠奪｜奪取｜巧取豪奪｜他一把奪過去。❷爭取到；搶先取得 ◆ 奪魁｜奪標｜奪得冠軍。❸使喪失 ◆ 剝奪｜褫奪。❹失去 ◆ 奪彩｜勿奪農時。❺改變；使更改 ◆ 神搖意奪｜一人立志，萬夫莫奪｜三軍可奪帥，匹夫不可奪志。❻裁決；做決定 ◆ 定奪｜裁奪。❼光耀；使人眼花 ◆ 奪目。❽衝開 ◆ 眼淚奪眶而出。❾壓倒；超過 ◆ 喧賓奪主｜先聲奪人｜巧奪天工。❿脫落。也特指文字脫漏 ◆ 奪字｜訛奪。

12 **奭** [shì ㄕˋ ⓟsik⁷ 色]
❶惱怒。❷姓。

13 **奮**(奋) [fèn ㄈㄣˋ ⓟfen³ 訓/fen⁵ 憤(語)]
❶振作；鼓勁 ◆ 振奮｜興奮｜奮起｜奮勉｜自告奮勇｜奮不顧身。❷揮舞，舉起 ◆ 奮臂高呼｜奮筆疾書｜奮翼高飛。

20 **奲** [duǒ ㄉㄨㄛˇ ⓟdɔ² 躲]
宋時西夏李諒祚(毅宗)年號(公元 1057—1062 年)。

女 部

0 **女** 〈一〉[nǚ ㄋㄩˇ ⓟnœy⁵ 餒]
❶人類兩性之一，跟"男"相

對 ◆ 男女|婦女|男大當婚,女大當嫁。❷指女兒 ◆ 母女|養女|生兒育女。❸星名。二十八宿之一。〈二〉古同"汝"。你。

² **奶** [nǎi ㄋㄞˇ ⑧nai⁵ 乃]
❶乳房;哺乳的器官 ◆ 奶罩|奶頭。❷乳汁,乳房所產生的汁水 ◆ 奶水|奶汁|牛奶|餵奶|斷奶。❸哺乳,用自己的乳汁餵 ◆ 奶孩子。❹指嬰兒時期的 ◆ 奶名|奶牙。❺奶奶,祖母或對老年婦女的尊稱 ◆ 老奶奶。

² **奴** [nú ㄋㄨˊ ⑧nou⁴ 駑]
❶受役使而沒有人身自由的人,跟"主"相對 ◆ 奴隸|奴才|女奴|家奴|亡國奴|奴顏媚骨。❷舊時青年女子的自稱 ◆ 奴家。❸像對待奴隸一樣地使用 ◆ 奴役。❹對人的賤稱 ◆ 洋奴|守財奴。

³ **奸** [jiān ㄐㄧㄢ ⑧gan¹ 艱]
❶虛偽;詭詐;邪惡 ◆ 奸商|奸猾|奸計|奸佞。❷背叛祖國,投靠敵人並為之效勞的人 ◆ 內奸|漢奸。❸特指不忠於君主 ◆ 奸臣。❹邪惡詭詐的人 ◆ 姑息養奸。❺自私;取巧 ◆ 藏奸耍滑。❻壞事;詭計 ◆ 作奸犯科|洞燭其奸。❼同"姦",見154頁右欄。

³ **如** [rú ㄖㄨˊ ⑧jy⁴ 餘]
❶適合;依照 ◆ 如意|如願

|如法炮製|如數歸還。❷好像,同什麼一樣 ◆ 宛如|猶如|如花似錦|如火如荼|如虎添翼|一見如故|安如磐石|兵敗如山倒。❸表示比較。(1)及;比得上。只用於否定 ◆ 自歎不如|來得早不如來得巧。(2)勝過;超出 ◆ 一個強如一個。❹表示舉例 ◆ 譬如|例如|我國古代有不少大科學家,如張衡、祖沖之、沈括、徐光啟等。❺到;往 ◆ 如京|如廁。❻連詞。表示假設 ◆ 如果|假如|如不及早醫治,恐有危險。❼古漢語形容詞後綴,表示情況或狀態 ◆ 空空如也|暫付闕如|應付裕如。❽姓。

³ **妁** [shuò ㄕㄨㄛˋ ⑧dzœk⁸ 雀]
女方的媒人。也泛指媒人 ◆ 父母之命,媒妁之言。

³ **妄** [wàng ㄨㄤˋ ⑧mɔŋ⁶ 忘/mɔŋ⁵ 網(語)]
❶荒謬;不合情理 ◆ 妄想|妄圖|狂妄|愚妄|痴心妄想|無知妄人。❷胡亂隨意的;非份的;超出常規的 ◆ 姑妄言之|輕舉妄動|膽大妄為|妄加評論|妄自菲薄|妄自尊大。

³ **妃** [fēi ㄈㄟ ⑧fei¹ 非]
❶皇帝配偶中地位次於皇后的女子 ◆ 妃子|貴妃。❷太子、王、侯的妻 ◆ 王妃。❸女神的尊稱 ◆ 湘妃(湘水女神)。

³ **她** [tā ㄊㄚ ⓟ ta¹ 他]
❶人稱代詞，稱你我以外的某個女性 ◆ 她們│你知道她到哪兒去了嗎？❷用於稱眾人敬愛的某個事物 ◆ 祖國好比母親，我們都是她的兒女。

³ **好** 〈一〉[hǎo ㄏㄠˇ ⓟ hou² 號²]
❶優點多的；使人滿意的。跟"壞"相對 ◆ 好人│美好│好事情│花好月圓│把好心當成驢肝肺。❷美麗；女子貌美 ◆ 容顏姣好。❸友愛；彼此關係融洽 ◆ 友好│和好│好朋友│言歸於好。❹健康，疾病痊瘉 ◆ 安好│病好了│不知你近日可好│人無千日好，花無百日紅。❺用在動詞前，表示使人滿意的性質所在 ◆ 好玩│好聞│好看│說的比唱的還好聽。❻用在動詞後，表示完成或達到完善的程度 ◆ 快坐好，馬上要開車了│外邊下兩了，穿好雨衣出門。❼表示贊成、答應或結束等語氣 ◆ 好，就這麼辦吧│好了，我明天再來看你。❽反話，表示情況不妙 ◆ 好，這一下可完了。❾容易 ◆ 這事好辦，你放心│這問題可不好回答。❿便於 ◆ 朝裏有人好做官。⓫應該；可以 ◆ 我好參加嗎│時候不早，你好走了。⓬表示很，甚 ◆ 好熱│好辣│好想你│好大的口氣。⓭用在形容詞前，問數量或程度 ◆ 這東西好重│這裏離你家好遠？
〈二〉[hào ㄏㄠˋ ⓟ hou³ 耗]

❶愛；喜愛 ◆ 嗜好│愛好│好學│好高騖遠│遊手好閒│各有所好。❷常容易發生 ◆ 初學走路的孩子好跌跤。

⁴ **妍** [yán ㄧㄢˊ ⓟ jin⁴ 言]
美麗，跟"媸"相對 ◆ 妍媸│百花爭妍。

⁴ **妘** [yún ㄩㄣˊ ⓟ wen⁴ 雲]
姓。

⁴ **妓** [jì ㄐㄧˋ ⓟ gei⁶ 技]
❶以賣淫為生的女人 ◆ 妓女│妓院│娼妓│嫖妓。❷同"伎"。古代指歌舞女藝人 ◆ 歌妓│家妓│宮妓。

⁴ **妣** [bǐ ㄅㄧˇ ⓟ bei² 比]
❶稱已亡故的母親 ◆ 先妣。❷古代也為母親的通稱 ◆ 如喪考妣（像死了父母一樣）。❸古代也泛稱祖母和祖母輩以上的女性祖先 ◆ 祖妣│曾祖妣。

⁴ **妙** [miào ㄇㄧㄠˋ ⓟ miu⁶ 廟]
❶善；美好 ◆ 美妙│妙境│妙不可言。❷奇巧；高明 ◆ 精妙│絕妙│巧妙│妙用│妙語如珠│他回答得真妙！❸深奧；精微 ◆ 奧妙│微妙│莫名其妙。❹年少 ◆ 妙齡。

⁴ **妠** [nà ㄋㄚˋ ⓟ hap⁹ 納]
娶。

⁴ 妊 (⁰姙) [rèn ㄖㄣˋ ⑧ jɐm⁶ 任/jɐm⁴ 吟]

妊娠，懷孕，母體內有胚胎在發育成長。

⁴ 妖 [yāo ㄧㄠ ⑧ jiu¹ 腰]

❶形狀奇怪可怕，有法術，能加害於人的精靈。是神話、傳說和童話中的形象 ◆ 妖魔｜妖怪｜照妖鏡｜興妖作怪。❷邪惡和蠱惑人的 ◆ 妖人｜妖術｜妖言惑眾。❸形容女人裝束奇特，作風輕浮 ◆ 妖冶｜妖媚｜妖裏妖氣。❹妖嬈，嬌豔多姿。

⁴ 妎 [xiè ㄒㄧㄝˋ ⑧ hɐi⁶ 害]

妒忌。

⁴ 妥 [tuǒ ㄊㄨㄛˇ ⑧ tɔ⁵ 橢]

❶穩當；合適 ◆ 穩妥｜妥善｜妥當｜欠妥。❷齊備；完畢 ◆ 辦妥｜事情已經談妥了。

⁴ 姈 [jìn ㄐㄧㄣˋ ⑧ kɐm⁶ 琴⁶]

❶姈母，舅母。❷妻兄、妻弟的妻子 ◆ 大姈子｜小姈子。

⁴ 妨 [fáng ㄈㄤˊ ⑧ fɔŋ⁴ 房]

阻礙使不能順利進行 ◆ 不妨｜何妨｜妨礙｜這樣做倒也無妨。

⁴ 妒 [dù ㄉㄨˋ ⑧ dou³ 到]

因為別人比自己強而惱恨 ◆ 妒忌｜嫉妒｜嫉賢妒能。

⁴ 妞 [niū ㄋㄧㄡ ⑧ nɐn⁵ 紐]

方言。女孩子 ◆ 二妞｜小妞兒｜你這個傻妞。

⁴ 妝 (妆) [zhuāng ㄓㄨㄤ ⑧ dzɔŋ¹ 莊]

❶打扮；修飾容貌 ◆ 梳妝｜化妝｜妝飾｜宋蘇軾《飲湖上初晴雨後》詩："欲把西湖比西子，淡妝濃抹總相宜。"❷舊時指女子身上的裝飾 ◆ 靚妝｜紅妝｜漢宮妝。❸適應演出需要的裝飾 ◆ 上妝｜卸妝。❹指女子出嫁時隨帶的物品 ◆ 嫁妝｜妝奩。

⁴ 妤 [yú ㄩˊ ⑧ jy⁴ 如]

婕妤。見"婕"，156頁右欄。

⁵ 妹 [mèi ㄇㄟˋ ⑧ mui⁶ 昧]

❶同父母(或同母異父、同父異母)而年齡比自己小的女子 ◆ 妹妹｜小妹｜姐妹｜姊妹｜兄妹｜夫。❷同輩親屬中年齡比自己小的女子 ◆ 堂妹｜表妹｜姨妹｜我與她是叔伯兄妹。❸戀人間稱女方或女方自稱 ◆ 阿哥阿妹｜情哥情妹。

⁵ 妹 [mò ㄇㄛˋ ⑧ mut⁹ 末]

人名用字。傳說中夏王桀的妃子名妹喜(一作妹喜)。

⁵ 姑 [gū ㄍㄨ ⑧ gu¹ 孤]

❶父親的姊妹 ◆ 姑媽｜姑夫｜表姑。❷丈夫的姊妹 ◆ 姑嫂｜小

姑子。❸丈夫的母親，婆婆 ◆ 翁姑|醜婦免不了見公姑。❹指庵堂中的女性出家人 ◆ 尼姑|姑子|道姑|三姑六婆。❺副詞。暫且 ◆ 姑且|姑妄言之。

妻 ⟨一⟩[qī ㄑㄧ ⑧tsɐi¹ 悽]
夫婦中的女性一方，跟"夫"相對 ◆ 妻子|夫妻|妻室|未婚妻|妻離子散。
⟨二⟩[qì ㄑㄧˋ ⑧tsɐi³ 砌]
把女子嫁給人。

妒 [dù ㄉㄨˋ ⑧dou³ 到]
❶同"妒"，見151頁左欄。❷乳痈。

姒 [sì ㄙˋ ⑧tsi⁵ 似]
❶古代稱丈夫的嫂子，跟"娣"相對 ◆ 娣姒(兄妻為姒，弟妻為娣，今兄弟之妻合稱妯娌)。❷姓。

妲 [dá ㄉㄚˊ ⑧dat⁸ 達⁸]
人名用字。商紂王的妃子名妲己。

姐 [jiě ㄐㄧㄝˇ ⑧dzɛ² 者]
❶同父母(或同母異父、同父異母)而年齡比自己大的女子 ◆ 姐妹|姐夫|二姐。❷同輩親屬中年齡比自己大的女子 ◆ 堂姐|表姐|叔伯姐妹。❸對年輕女子的泛稱 ◆ 小姐|劉三姐。❹舊時特指妓女。

娶 [jī ㄐㄧ ⑧gɐi¹ 計¹]
男人做出女人的樣子；把男人當作女人對待 ◆ 娶姦(男性之間發生性行為，今寫作"雞姦")。

妯 [zhóu ㄓㄡˊ ⑧dzuk⁹ 逐]
妯娌，兄弟妻子的合稱。

娌 [rǎn ㄖㄢˇ ⑧jim⁵ 染]
細長柔美的樣子 ◆ 娌裊|娌嫋的柳絲垂到湖面。

姓 [xìng ㄒㄧㄥˋ ⑧sin³ 性]
❶表明家族系統的字 ◆ 姓氏|貴姓|百家姓|隱姓埋名。❷以什麼為姓；姓是什麼 ◆ 他姓歐陽。

妷 [yì ㄧˋ ⑧jɐt⁹ 日]
放蕩 ◆ 淫妷。

委 ⟨一⟩[wěi ㄨㄟˇ ⑧wɐi² 毀]
❶託付；把事情交給人去辦 ◆ 委託|委派|委以重任。❷拋掉；丟棄 ◆ 委棄。❸推卸；推諉 ◆ 委過|委罪於人。❹曲折；婉轉 ◆ 委婉|委曲求全。❺水流會聚處；水的下游；末尾 ◆ 原委|窮源竟委。❻事理的根由 ◆ 具言端委。❼懈怠；無精打采 ◆ 委頓|委靡不振。❽確實 ◆ 委實|委係真情。
⟨二⟩[wēi ㄨㄟ ⑧wɐi¹ 威]
委蛇(yí)。❶敷衍；應付 ◆ 虛與委蛇。❷同"逶迤"。見"逶"，710頁右欄。

始|謙虛謹慎始能有所長進|唐
李商隱《無題》詩："春蠶到死絲方
盡，蠟炬成灰淚始乾。"

⁵姊（^{（異）}姉） [zǐ ㄗˇ ⑧ dzi² 止]
姐姐 ◆ 姊妹。

⁵妳 〈一〉[nǐ ㄋㄧˇ ⑧ nai⁵ 奶]
你。專指女性 ◆ 給妳寄的
照片，想已收到。
〈二〉同"嬭"，見162頁左欄。

⁵姁 [xǔ ㄒㄩˇ ⑧ hœy³ 許/hœy²
虛]
姁姁，安樂和悅的樣子。

⁵姍 [shān ㄕㄢ ⑧ san¹ 山]
姍姍，形容走路緩慢、不慌
不忙的樣子 ◆ 姍姍來遲。

⁵妾 [qiè ㄑㄧㄝˋ ⑧ tsip⁸ 池脅切]
❶男子在妻子以外娶的女子
◆ 姬妾|小妾|納妾。❷古代女子
對自己的謙稱 ◆ 妾身。

⁵姅 [bàn ㄅㄢˋ ⑧ bun³ 半/pun³
判]
指女子月經及因分娩或小產等出
血。

⁵妮 [nī ㄋㄧ ⑧ nei⁴ 尼]
女孩兒 ◆ 妮兒|小妮子。

⁵始 [shǐ ㄕˇ ⑧ tsi² 齒]
❶起初；開頭。跟"終"相對
◆ 開始|始料未及|自始至終|有始
無終|始作俑者|千里之行，始於
足下。❷副詞。才；剛 ◆ 下車伊

⁵姆 [mǔ ㄇㄨˇ ⑧ mou⁵ 母]
保姆，從事照管兒童或料理
家務的女工。

⁶契 [jié ㄐㄧㄝˊ ⑧ git⁸ 結]
同"絜"。多用於人名。

⁶娃 [wá ㄨㄚˊ ⑧ wa¹ 蛙]
❶小孩子 ◆ 娃娃|娃兒。
❷古代指年輕女子；美女 ◆ 嬌娃
|吳娃越豔。❸稱兒子或女兒，含
有親暱意味 ◆ 這是誰家的娃呀？
這麼大了。

⁶姞 [jí ㄐㄧˊ ⑧ git⁷ 傑]
姓。

⁶姥 〈一〉[mǔ ㄇㄨˇ ⑧ mou⁵ 母]
老年婦女。
〈二〉[lǎo ㄌㄠˇ ⑧ lou⁵ 老]
姥姥。❶稱外祖母。❷對老年婦女
的尊稱。❸方言。稱收生婆。

⁶娀 [sōng ㄙㄨㄥ ⑧ suŋ¹ 鬆]
遠古氏族名，有娀氏。又為
古國名，在今山西運城一帶。

⁶姮 [héng ㄏㄥˊ ⑧ heŋ⁴ 衡]
姮娥，即嫦娥，神話中月宮
裏的仙女。

⁶ **威** [wēi ㄨㄟ 圖wei¹ 委¹]
❶使人敬畏服從的力量和氣魄 ◆ 威信|威勢|國威|狐假虎威|富貴不能淫，貧賤不能移，威武不能屈。❷憑藉力量或權勢 ◆ 威逼|威懾|威脅利誘。

⁶ **婍** [kuā ㄎㄨㄚ 圖kwa¹ 誇]
美好。

⁶ **姨** 〈一〉[yí ㄧˊ 圖ji⁴ 而]
母親的姐姐 ◆ 姨媽。
〈二〉[yí ㄧˊ 圖ji¹ 衣]
❶母親的妹妹 ◆ 阿姨。❷妻子的姐妹 ◆ 大姨子|小姨子。❸兒童對成年女子的泛稱 ◆ 阿姨|秦姨。

⁶ **姪**（圖侄）[zhí ㄓˊ 圖dzɐt⁹ 室]
弟兄的兒子，同輩親友的兒子 ◆ 姪子|表姪|內姪|賢姪。

⁶ **姻**（圖婣）[yīn ㄧㄣ 圖jen¹ 因]
❶指男女結為夫婦 ◆ 婚姻|聯姻|千里姻緣一線牽。❷指通過婚姻而結成間接的親戚關係 ◆ 姻親|姻兄|姻伯。

⁶ **姝** [shū ㄕㄨ 圖dzy¹ 朱]
❶美好。❷美女 ◆ 名姝|二八姝麗。

⁶ **姺** 〈一〉[shēn ㄕㄣ/xiǎn ㄒㄧㄢˇ 圖sin² 洗]
古代國名。商有諸侯國姺，舊址相傳即今山東曹縣北的莘塚集。
〈二〉[xiān ㄒㄧㄢ 圖同〈一〉]
姺姺。見"姍"，158頁右欄。

⁶ **姤** [gòu ㄍㄡˋ 圖gɐu³ 夠]
《易經》六十四卦之一。

⁶ **姚** [yáo ㄧㄠˊ 圖jiu⁴ 搖]
姓。

⁶ **媿** [guǐ ㄍㄨㄟˇ 圖gwɐi² 鬼/ŋɐi⁵ 危⁵]
媿嬯，形容女子嫻靜美好。

⁶ **姣** [jiāo ㄐㄧㄠ 圖gau² 狡]
相貌美麗 ◆ 姣好|姣美。

⁶ **姿** [zī ㄗ 圖dzi¹ 知]
容貌；體態 ◆ 姿容|姿色|姿態|姿勢|丰姿|英姿|舞姿。

⁶ **姜** [jiāng ㄐㄧㄤ 圖gœŋ¹ 疆]
❶姓。❷"薑"的簡化字。

⁶ **姘** [pīn ㄆㄧㄣ 圖piŋ¹ 乒]
男女不是夫妻而自願有性行為 ◆ 姘居|姘頭|姘夫。

⁶ **姹**（圖妊）[chà ㄔㄚˋ 圖tsa³ 詫/dza³ 炸]
豔麗；美麗 ◆ 姹紫嫣紅。

⁶ **姦**（圖奸）[jiān ㄐㄧㄢ 圖gan¹ 艱]

男女間不正當或以強暴發生的性行
為 ◆ 通姦｜強姦｜捉姦見雙，捉賊
見贓。

⁷姬 [jī ㄐㄧ ⑧gei¹ 基]
❶古代對女子的美稱 ◆ 胡
姬｜仙姬。❷舊時稱妾 ◆ 姬妾成
羣。❸舊時稱女歌舞藝人 ◆ 歌姬
｜舞姬。❹姓。

⁷娠 [shēn ㄕㄣ ⑧sen¹ 身/dzen¹
震]
妊娠。見"妊"，151頁左欄。

⁷娙 [xíng ㄒㄧㄥˊ ⑧jin⁴ 形]
女子身材苗條好看。

⁷娌 [lǐ ㄌㄧˇ ⑧lei⁵ 理]
妯娌。見"妯"，152頁右欄。

⁷娉 [pīng ㄆㄧㄥ ⑧pin¹ 乒]
娉婷，形容女子姿態輕盈美
好。

⁷娖 [chuò ㄔㄨㄛˋ ⑧tsok⁸ 次
惡切]
❶娖娖，謹小慎微的樣子。❷整
娖，整齊的樣子。

⁷娟 [juān ㄐㄩㄢ ⑧gyn¹ 捐]
秀麗。❶美好的樣子 ◆ 娟
好｜娟巧｜娟麗｜字跡娟秀｜眉目
娟秀。❷嬋娟。見"嬋"，161頁左
欄。

⁷娛 [yú ㄩˊ ⑧jy⁴ 餘]
❶歡樂 ◆ 娛樂｜文娛活動｜
歡娛。❷使歡樂 ◆ 聊以自娛。

⁷娥 [é ㄜˊ ⑧ŋo⁴ 鵝]
❶美好 (指女子姿態) ◆ 娥
娥紅粉妝，纖纖出素手。❷美女
◆ 秦娥｜宮娥。

⁷娩 [miǎn ㄇㄧㄢˇ ⑧min⁵ 免]
婦女生育 ◆ 分娩。

⁷娣 [dì ㄉㄧˋ ⑧tei⁵ 悌/dɐi⁶ 弟]
❶古代婦女稱丈夫的弟婦，
跟"姒"相對 ◆ 姒娣 (妯娌)。❷古
代姐姐稱妹妹為娣。

⁷娑 [suō ㄙㄨㄛ ⑧so¹ 梳]
婆娑。見"婆"，157頁左欄。

⁷娘 [niáng ㄋㄧㄤˊ ⑧nœŋ⁴ 挪
羊切]
❶同"孃"。稱母親 ◆ 爹娘｜親娘｜
娘家｜有奶便是娘。❷稱老一輩或
年長的已婚婦女 ◆ 大娘｜奶娘｜師
娘｜姨娘｜嬸娘｜丈母娘。❸泛稱年
齡不老的女子 ◆ 娘子｜姑娘｜新娘
｜伴娘｜娘兒們。❹舊時稱歌妓 ◆
吳娘。

⁷娜 〈一〉[nuó ㄋㄨㄛˊ ⑧no⁵
挪⁵]
❶婀娜。見"婀"，157頁右欄。❷裊
娜。見"裊"，641頁左欄。

〈二〉[nà ㄋㄚˋ ⑧na⁴ 拿/nɔ⁴ 挪]
女性人名用字。

⁷ 娓 [wěi ㄨㄟˇ ⑧mei⁵ 美]
❶順從。❷美。❸娓娓，形容說話動听，連續不斷 ◆ 娓娓不倦 | 娓娓道來 | 娓娓動聽 | 娓娓而談。

⁷ 娭 〈一〉[āi ㄞ ⑧ɔi¹ 哀]
娭毑，方言。❶稱祖母。❷尊稱老年婦女。
〈二〉[xī ㄒㄧ ⑧hei¹ 希]
同"嬉"。遊戲；玩樂。

⁸ 婧 [jìng ㄐㄧㄥˋ ⑧dziŋ⁶ 靜]
女子有才能。

⁸ 婊 [biǎo ㄅㄧㄠˇ ⑧biu² 表]
婊子，舊稱妓女 ◆ 又要當婊子，又要豎貞節牌坊。

⁸ 婞 [xìng ㄒㄧㄥˋ ⑧heŋ⁶ 幸]
倔強固執 ◆ 婞直。

⁸ 婭 (娅) [yà ㄧㄚˋ ⑧a³/ŋa³ 亞]
姐妹丈夫之間的互稱，俗稱"連襟" ◆ 姻婭。

⁸ 娵 [jū ㄐㄩ ⑧dzœy¹ 追]
❶娵隅，古代西南少數民族對魚的稱呼。❷娵訾，二十八宿中星宿名。

⁸ 娶 [qǔ ㄑㄩˇ ⑧tsœy² 取/tsœy³ 吹]
接女子過來成親 ◆ 迎娶 | 娶親 | 娶老婆 | 娶妻娶德不娶色，交友交心不交財。

⁸ 婪 [lán ㄌㄢˊ ⑧lam⁴ 藍]
貪愛財物 ◆ 貪婪成性。

⁸ 婕 [jié ㄐㄧㄝˊ ⑧dzit⁸ 折/dzip⁸ 接]
婕妤，漢代宮中女官名。

⁸ 婥 [chuò ㄔㄨㄛˋ ⑧tsœk⁸ 卓]
婥約，女子姿態柔美的樣子。也作"綽約" ◆ 風姿婥約 | 婥約多姿。

⁸ 娼 [chāng ㄔㄤ ⑧tsœŋ¹ 昌]
妓女，以賣淫為生的女子 ◆ 娼妓 | 娼婦 | 暗娼 | 男盜女娼 | 逼良為娼。

⁸ 婁 (娄) [lóu ㄌㄡˊ ⑧leu⁴ 流]
❶星名，二十八宿之一。❷姓。

⁸ 婢 [bì ㄅㄧˋ ⑧pei⁵ 被]
舊時稱年輕的女性家奴 ◆ 婢女 | 奴婢 | 侍婢 | 呼奴喝婢 | 奴顏婢膝。

⁸ 婬 [yín ㄧㄣˊ ⑧jɐm⁴ 吟]
淫蕩；縱慾。

⁸**婚**(⁽ᵉ⁾婚) [hūn ㄏㄨㄣ ⑧fen¹ 昏]

❶結婚，男女正式成為夫婦 ◆ 婚禮｜婚紗｜新婚｜男大當婚，女大當嫁。❷結婚的事；因結婚而產生的夫妻關係 ◆ 婚姻｜婚約｜離婚｜復婚｜婚齡青年。

⁸**婆** [pó ㄆㄛˊ ⑧pɔ⁴ 破⁴]

❶老年婦女 ◆ 阿婆｜老婆婆｜苦口婆心。❷丈夫的母親 ◆ 公婆｜婆媳｜婆家｜多年的媳婦熬成婆。❸妻子 ◆ 婆娘｜婆姨｜老婆。❹舊時稱某些職業婦女 ◆ 媒婆｜道婆｜產婆｜三姑六婆。❺婆婆。(1)丈夫的母親。(2)方言。外祖母；祖母。❻婆娑，形容舞蹈盤旋多姿或枝葉扶疏紛披的樣子 ◆ 婆娑起舞｜樹影婆娑。

⁸**婉** [wǎn ㄨㄢˇ ⑧jyn² 院]

❶(說話)溫和而曲折 ◆ 婉謝｜婉辭｜婉轉｜婉約｜委婉｜婉言相勸。❷柔順 ◆ 婉娩｜婉順。❸美好 ◆ 婉麗。

⁸**婦**(妇⁽ᵉ⁾媍) [fù ㄈㄨˋ ⑧fu⁵ 扶⁵]

❶成年女子的通稱 ◆ 婦女｜婦產科｜婦幼保健｜巧婦難為無米之炊。❷特指已經結婚的女子 ◆ 孕婦｜寡婦｜棄婦｜婦人｜主婦。❸妻子 ◆ 夫婦｜婦道人家｜克盡婦道｜夫唱婦隨。

⁸**婀**(⁽ᵉ⁾娿) [ē ㄜ ⑧ɔ²/ŋɔ² 柯²]

❶婀娜，姿態輕盈柔美的樣子 ◆ 婀娜多姿｜體態婀娜。❷嫋婀。見"嫋"，158頁左欄。

⁹**婼** 〈一〉[ruò ㄖㄨㄛˋ ⑧jɛ¹ 邪]
婼羌，地名，在新疆。今作"若羌"。

〈二〉[chuò ㄔㄨㄛˋ ⑧tsœk⁸ 卓]
❶人名用字。❷不順從。

⁹**媖** [yīng ㄧㄥ ⑧jiŋ¹ 英]

❶女子的美稱。❷媖嫻，形容女子文靜美好。

⁹**媒** [méi ㄇㄟˊ ⑧mui⁴ 煤]

❶說合男女婚事的人 ◆ 媒婆｜媒妁之言。❷起聯繫中介作用的事物 ◆ 媒介｜大眾傳媒。

⁹**媟** [xiè ㄒㄧㄝˋ ⑧sit⁸ 屑]

因過於親近而態度輕薄不莊重 ◆ 媟狎｜媟慢｜媟黷｜淫言媟語。

⁹**婂** 〈一〉[mián ㄇㄧㄢˊ ⑧min⁴ 棉]
眼睛秀美。

〈二〉[miǎn ㄇㄧㄢˇ ⑧min⁴ 棉]
妒忌。

⁹**媞** [tí ㄊㄧˊ ⑧tei⁴ 提]
❶媞媞。(1)美好的樣子。(2)安詳的樣子。❷莎草籽。

⁹媼 [ǎo ㄠˇ ⑧ ou²/ŋou² 襖]
❶ 老年婦女。❷ 婦女的通稱。

⁹媧 (娲) [wā ㄨㄚ ⑧ gwa¹ 瓜/wɔ¹ 窩 (語)]
女媧，我國古代神話中的女神，傳說曾搏土造人和煉五色石補天。

⁹姢 [pián ㄆㄧㄢˊ ⑧ pin⁴ 駢]
姢娟。❶ 美好；秀麗。❷ 迴環曲折的樣子。

⁹嫂 [sǎo ㄙㄠˇ ⑧ sou² 數]
❶ 哥哥的妻子 ◆ 嫂子|兄嫂|表嫂。❷ 同輩朋友的妻子 ◆ 嫂夫人。❸ 泛稱年齡不大的已婚婦女 ◆ 空嫂|大嫂|軍嫂|阿嫂，我來幫你搬好嗎？

⁹媕 [ān ㄢ ⑧ ɐm¹/ŋɐm¹ 庵]
媕婀，依從他人，沒有主見。

⁹媮 〈一〉[tōu ㄊㄡ ⑧ tɐu¹ 頭¹]
同"偷"。苟且敷衍，只顧眼前。
〈二〉同"愉"，見225頁左欄。

⁹媛 〈一〉[yuàn ㄩㄢˋ ⑧ jyn⁶ 願]
美麗的女子 ◆ 名媛才女。
〈二〉[yuán ㄩㄢˊ ⑧ jyn⁴ 員/wun⁴ 桓]
嬋媛。見"嬋"，161頁左欄。

⁹婷 [tíng ㄊㄧㄥˊ ⑧ tiŋ⁴ 停]
娉婷。見"娉"，155頁左欄。

⁹嫵 (妫⑧嬀) [guī ㄍㄨㄟ ⑧ gwɐi¹ 歸]
❶ 河流名。嫵河，一在河北，一在山西。❷ 姓。

⁹嫏 [láng ㄌㄤˊ ⑧ lɔŋ⁴ 郎]
嫏嬛，神話中天帝藏書的地方。也作"瑯環"。

⁹媥 [piān ㄆㄧㄢ ⑧ pin¹ 編]
媥姺。衣服輕盈飄舞的樣子。

⁹媚 [mèi ㄇㄟˋ ⑧ mei⁶ 味]
❶ 逢迎，做出姿態討人喜歡 ◆ 諂媚|獻媚|媚俗|崇洋媚外|奴顏媚骨。❷ 美好；嬌豔 ◆ 媚眼|嫵媚|嬌媚|春光明媚|回眸一笑百媚生。

⁹婿 (⑧壻) [xù ㄒㄩˋ ⑧ sɐi³ 細]
❶ 女兒的丈夫 ◆ 婿甥|女婿|翁婿|乘龍快婿|東牀佳婿|一個女婿半個兒。❷ 指丈夫 ◆ 夫婿|郎婿。

⁹婺 [wù ㄨˋ ⑧ mou⁶ 務]
❶ 河流名。江西有婺江。❷ 地名用字。舊時婺州，在今浙江金華一帶 ◆ 婺劇。❸ 古星名。二十八宿之一。

10 **媾** [gòu ㄍㄡˋ ⑧ geu³ 救]
❶結為婚姻關係 ◆ 婚媾。❷性交；交配 ◆ 交媾。❸講和；交好 ◆ 媾和。

10 **媽**(妈) [mā ㄇㄚ ⑧ ma¹ 嗎]
❶稱母親，多用於口語 ◆ 媽媽|爹媽|阿媽。❷對長一輩的女性親屬及已婚婦女的敬稱 ◆ 姑媽|舅媽|大媽。❸稱中老年保姆(連姓一起使用) ◆ 張媽|李媽。

10 **嫄** [yuán ㄩㄢˊ ⑧ jyn⁴ 元]
人名用字。傳說周朝祖先後稷的母親叫"姜嫄"。

10 **媳** [xí ㄒㄧˊ ⑧ sik⁷ 色]
❶兒子的妻子 ◆ 兒媳|醜媳婦總要見公婆。❷稱兄弟及其他晚輩的妻子 ◆ 弟媳|姪媳|孫媳。

10 **媿** [kuì ㄎㄨㄟˋ ⑧ kwɐi⁵ 葵⁵]
❶同"愧"，見226頁右欄。❷感謝。❸姓。

10 **媲** [pì ㄆㄧˋ ⑧ pei³ 屁]
並；與之相當，比得上 ◆ 媲美。

10 **媵** [yìng ㄧㄥˋ ⑧ jɐŋ⁶ 刃]
❶陪送出嫁。上古貴族婚嫁制度，諸侯嫁女，以姪(兄之女)和娣(女弟，即妹妹)從嫁稱為媵。❷指隨嫁的人，包括男女臣僕等。❸稱妾 ◆ 媵侍(姬妾婢女)。

10 **嫉** [jí ㄐㄧˊ ⑧ dzɐt⁹ 疾]
❶忌妒 ◆ 嫉妒|嫉才。❷惱恨 ◆ 嫉惡如仇|憤世嫉俗。

10 **嫌** [xián ㄒㄧㄢˊ ⑧ jim⁴ 嚴]
❶可疑之處和被懷疑的可能性 ◆ 嫌疑|避嫌|涉嫌|瓜田李下之嫌。❷對人不滿的情緒；怨恨 ◆ 怨嫌|夙嫌|盡釋前嫌|挾嫌報復。❸不滿；厭惡 ◆ 嫌棄|討嫌。

10 **嫁** [jià ㄐㄧㄚˋ ⑧ ga³ 架]
❶女子與人結為婚姻關係，跟"娶"相對 ◆ 出嫁|改嫁|嫁人|嫁妝|皇帝女兒不愁嫁|<u>唐</u><u>秦韜玉</u>《貧女》詩："苦恨年年壓金線，為他人作嫁衣裳。"❷把罪名、損失、負擔等轉給他人承受 ◆ 轉嫁危機|嫁禍於人。❸嫁接，把要繁殖的植物的枝或芽接到另一種植物體上，使成為一體，是常用的改良品種的方法。

10 **媸** [chī ㄔ ⑧ tsi¹ 雌]
容貌醜陋；跟"妍"相對 ◆ 不辨妍媸|妍媸之別。

10 **嫋**(⑧嬝) [niǎo ㄋㄧㄠˇ ⑧ niu⁵ 鳥]
❶嫋嫋，悠揚婉轉。❷纖長柔美的樣子。❸搖曳；扭動。

嫠 [lí ㄌㄧˊ （圖）lei⁴ 離]
寡婦 ◆ 嫠居｜嫠婦。

嫣 [yān ㄧㄢ （圖）jin¹ 煙]
❶美好；豔麗 ◆ 姹紫嫣紅。
❷淺笑的樣子 ◆ 嫣然一笑。

嫫 [mó ㄇㄛˊ （圖）mou⁴ 無]
人名用字。傳說中黃帝第四妃名嫫母，相貌醜陋。

嫩(⁽圖⁾嫰) [nèn ㄋㄣˋ （圖）nyn⁶ 暖⁶]
❶初生而嬌弱；跟"老"相對 ◆ 嫩苗｜嬌嫩｜柔嫩｜鮮嫩｜皮膚白嫩。❷比喻幼稚，不老練 ◆ 稚嫩｜資格太嫩｜小姑娘臉皮嫩。❸指食物蒸煮烹調的時間不長，容易咀嚼 ◆ 肉片炒得很嫩｜雞蛋蒸得太嫩了。❹顏色淺淡而新鮮 ◆ 嫩色｜嫩黃｜嫩綠。

嫗(姬) 〈一〉[yù ㄩˋ （圖）jy³ 瘀]
年老的婦女 ◆ 老嫗。
〈二〉[yǔ ㄩˇ （圖）同〈一〉]
撫養；養育 ◆ 嫗育。

嫖 [piáo ㄆㄧㄠˊ （圖）piu⁴ 瓢]
男子狎玩妓女的行為 ◆ 嫖妓｜嫖客｜吃喝嫖賭。

嫕 [yì ㄧˋ （圖）ɐi³/ŋɐi³ 翳]
性情和藹可親 ◆ 嫕靜｜婉嫕。

嫭(⁽圖⁾嫭) [hù ㄏㄨˋ （圖）wu⁶ 戶]
❶美好；秀美 ◆ 嫭目｜嫭眼｜嫭都。❷美麗的女子。❸誇耀 ◆ 嫭嫭。

嫦 [cháng ㄔㄤˊ （圖）sœŋ⁴ 常]
嫦娥，神話傳說中由人間飛升到月宮裏的仙女，又名姮娥 ◆ 嫦娥奔月。

嫚 〈一〉[màn ㄇㄢˋ （圖）man⁶ 慢]
輕慢；侮辱 ◆ 輕嫚｜侮嫚｜嫚罵。
〈二〉[mān ㄇㄢ （圖）同〈一〉]
方言。女孩子。

嫘 [léi ㄌㄟˊ （圖）lœy⁴ 雷]
嫘祖，黃帝的妻子，傳說是我國最早養蠶治絲的人，後世奉為先蠶(蠶神)，設壇祭祀。

嫜 [zhāng ㄓㄤ （圖）dzœŋ¹ 章]
古代稱丈夫的父親，即公公 ◆ 姑嫜(丈夫的母親與父親)。

嫡 [dí ㄉㄧˊ （圖）dik⁷ 的]
❶封建宗法制度中指家族的正支，跟"庶"相對 ◆ 嫡妻｜嫡子｜嫡長子。❷家族中血統親近的 ◆ 嫡親。❸正宗的；親信的 ◆ 儒家嫡派｜嫡系部隊。

嫪 [lào ㄌㄠˋ （圖）lou⁶ 路]
❶依戀；愛惜。❷姓。

¹²嬈(娆)

〈一〉[ráo 日ㄠˊ ⑧ jiu⁴ 搖]

妍媚。❶妖嬈。見"妖",151頁左欄。❷嬌嬈。見"嬌",161頁左欄。

〈二〉[rǎo 日ㄠˇ ⑧ jiu⁵ 夭⁵]

擾亂;煩撓。

¹²嬉

[xī ㄒ丨 ⑧ hei¹ 希]

戲樂;玩耍 ◆ 嬉戲|嬉皮笑臉|嬉笑怒罵,皆成文章 唐 韓愈《進學解》:"業精於勤,荒於嬉;行成於思,毀於隨。"

¹²嫽

[liáo ㄌ丨ㄠˊ ⑧ liu⁵ 瞭]

美好 ◆ 嫽俏。

¹²嬋(婵)

[chán ㄔㄢˊ ⑧ sim⁴ 蟬]

嬋娟。❶形容姿態輕盈美好。❷指美女 ◆ 二八嬋娟。❸指月亮 ◆ 宋 蘇軾《水調歌頭》詞:"但願人長久,千里共嬋娟。"

¹²嫵(妩®斌)

[wǔ ㄨˇ ⑧ mou⁵ 武]

嫵媚,形容姿態美好 ◆ 風流嫵媚|嫵媚動人。

¹²嬌(娇)

[jiāo ㄐ丨ㄠ ⑧ giu¹ 驕]

❶柔美可愛 ◆ 嬌媚|嬌娃|嬌羞|嬌滴滴|扮相嬌美。 ❷ 怕苦,愛享受,意志薄弱 ◆ 嬌氣|家富小兒嬌。 ❸過分寵愛;受寵愛的 ◆ 嬌

慣|嬌生慣養。 ❹(聲音)清脆動聽 ◆ 嗓音嬌嫩。 ❺嬌嬈,柔美嫵媚 ◆ 體態嬌嬈。

¹²嬃

[xū ㄒㄩ ⑧ sœy¹ 雖]

古代楚國人稱姐姐。也用於人名,傳說屈原姐名女嬃。

¹²嬃(姁)

[huà ㄏㄨㄚˋ ⑧ wak⁹ 或]

姽嫿。見"姽",154頁右欄。

¹²嫻(娴®嫺)

[xián ㄒ丨ㄢˊ ⑧ han⁴ 閒]

❶優雅 ◆ 嫻淑|嫻靜|舉止嫻雅。 ❷熟練 ◆ 技藝嫻熟|嫻習書史|嫻於辭令。

¹³嬙(嫱)

[qiáng ㄑ丨ㄤˊ ⑧ tsœŋ⁴ 場]

古代宮內女官名 ◆ 妃嬙。

¹³嬛

〈一〉[huán ㄏㄨㄢˊ ⑧ wan⁴ 環]

嬥嬛。見"嬥",158頁右欄。

〈二〉[xuān ㄒㄩㄢ ⑧ hyn¹ 圈]

嬛嬛,輕柔美麗的樣子。

〈三〉[qióng ㄑㄩㄥˊ ⑧ kiŋ⁴ 擎]

嬛嬛,同"煢煢"。見"煢",405頁右欄。

¹³嬡(嫒)

[ài ㄞˋ ⑧ ɔi³/ŋɔi³ 愛]

令嬡,對別人女兒的客氣的稱呼。也作"令愛"。

¹³ **嬗** [shàn ㄕㄢˋ ⑧sin⁶ 善]
❶演變；更替 ◆ 嬗變｜嬗遞。
❷古代天子讓位 ◆ 嬗讓｜受嬗。

¹³ **嬴** [yíng ㄧㄥˊ ⑧jiŋ⁴ 形]
姓。

¹³ **嬖** [bì ㄅㄧˋ ⑧bei³ 閉]
❶寵愛 ◆ 嬖愛。❷受寵愛
的 ◆ 嬖人｜嬖女｜嬖幸｜嬖臣。❸受
寵愛的人 ◆ 女嬖。

¹⁴ **嬭** [nǎi ㄋㄞˇ ⑧nai⁵ 乃]
"奶"的古字。

¹⁴ **嬰**(婴) [yīng ㄧㄥ ⑧jiŋ¹ 英]
❶初生的小孩兒 ◆
嬰兒｜婦嬰衛生。❷觸及；纏繞 ◆
嬰疾(得病)。

¹⁴ **嬲** 〈一〉[niǎo ㄋㄧㄠˇ ⑧niu⁵ 鳥]
❶糾纏 ◆ 小孫子整天嬲着
老爺爺，要聽故事。❷戲弄。
〈二〉[nōu ㄋㄡ ⑧neu¹ 紐¹]
粵方言。惱怒 ◆ 發嬲。

¹⁴ **嬤** [mó ㄇㄛˊ/mā ㄇㄚ (舊) ⑧
mɔ⁵ 摸⁵]
嬤嬤。❶稱年老的婦女 ◆ 老嬤嬤。
❷舊時稱奶媽。❸稱天主教的修
女。

¹⁴ **嬪**(嫔) [pín ㄆㄧㄣˊ ⑧pen⁴
貧]

皇帝的妾；皇宮中的女官 ◆ 嬪妃｜
嬪嬙｜妃嬪。

¹⁵ **嬸**(婶) [shěn ㄕㄣˇ ⑧sem²
審]
❶叔叔的妻子 ◆ 嬸嬸｜嬸母｜嬸
娘。❷稱呼與母親同輩而年輕的已
婚婦女 ◆ 大嬸兒｜李二嬸。

¹⁷ **孀** [shuāng ㄕㄨㄤ ⑧sœŋ¹ 商]
寡婦；死了丈夫的婦女 ◆
孀婦｜孀居｜孤孀｜遺孀。

¹⁷ **孃** [niáng ㄋㄧㄤˊ ⑧nœŋ⁴ 挪
羊切]
母親 ◆ 孃子｜孃孃。

¹⁹ **孌**(娈) [luán ㄌㄨㄢˊ ⑧lyn⁵
戀⁵]
相貌美好 ◆ 婉孌｜孌童(舊時供男
同性戀者玩弄的美少年)。

子 部

⁰ **子** 〈一〉[zǐ ㄗˇ ⑧dzi² 止]
❶古代兼指兒女；今專指兒
子 ◆ 帝子｜膝下無子｜父子情深。唐
孟郊《遊子吟》詩："慈母手中線，
遊子身上衣。"❷人的通稱 ◆ 男子
｜女子｜才子｜浪子回頭金不換。❸
對人的尊稱 ◆ 孔子｜莊子｜君子｜以
子之矛，攻子之盾。❹植物的籽

實；種子 ◆ 瓜子|蓮子|油菜子。
❺卵 ◆ 蝦子|魚子醬。❻小的；幼
小的；嫩的 ◆ 子城|子豬|子薑。❼
小而堅硬的塊狀或顆粒狀的東西 ◆
棋子|槍子|彈子。❽銅錢；銅元；
也引申指錢鈔 ◆ 銅子|身上一個子
兒也沒有。❾地支的第一位；又為
十二時辰之一，即深夜十一時至一
時 ◆ 子夜|子時|子丑寅卯。❿古
代五等爵位的第四位 ◆ 子爵|公、
侯、伯、子、男。⓫從屬的；派生
的 ◆ 子公司|子程序。⓬姓。
〈二〉[zi・ㄗ ⑧dzi² 止]
名詞詞尾 ◆ 椅子|影子|鬍子。

⁰ 孑 [jié ㄐㄧㄝˊ ⑧git⁸ 拮/kit⁸
揭(語)]
❶單獨；孤單 ◆ 孑然一身|煢煢孑
立，形影相弔。❷遺留；殘存 ◆
靡有孑遺。❸孑孓，蚊子的幼蟲。

⁰ 孓 [jué ㄐㄩㄝˊ ⑧kyt⁸ 決]
孑孓。見"孑❸"，163頁左
欄。

¹ 孔 [kǒng ㄎㄨㄥˇ ⑧huŋ² 恐]
❶小洞；窟窿 ◆ 孔穴|毛孔
|瞳孔|千瘡百孔|無孔不入|一鼻
孔出氣。❷特指孔子 ◆ 孔廟|尊孔
讀經|孔孟之道。❸ 副詞。很；
甚；大 ◆ 孔武有力。❹姓。

² 孕 [yùn ㄩㄣˋ ⑧jen⁶ 刃]
❶懷胎 ◆ 孕婦|孕育|避

孕。❷身孕 ◆ 有孕。

³ 存 [cún ㄘㄨㄣˊ ⑧tsyn⁴ 全]
❶存在；生存。與"亡"相對
◆ 存在|生死存亡|皮之不存，毛
將安傅。❷儲存；蓄積；寄放 ◆
存取|存款|庫存|存檔|行李暫存
處。❸保留 ◆ 存疑|立此存照|去
偽存真|碩果僅存。❹心裏懷着 ◆
存心不良|不再存有一絲幻想。❺
問候；撫恤 ◆ 存問|存恤。

³ 字 [zì ㄗˋ ⑧dzi⁶ 治]
❶文字 ◆ 漢字|字典|字符
|字裏行間|字斟句酌|咬文嚼字|
人生識字憂患始。❷字體 ◆ 字款
|字型|篆字|草字|顏字|柳字。❸
字音 ◆ 咬字清晰|字正腔圓。❹書
面的憑證；字據 ◆ 立字為據。❺
人在本名外另取的與本名字義有關
的別名；表字 ◆ 諸葛亮，字孔
明。❻書法作品 ◆ 字畫。

³ 孖 〈一〉[zī ㄗ ⑧dzi¹ 支]
雙生子。
〈二〉[mā ㄇㄚ ⑧ma¹ 媽]
粵方言。成雙；相連成對 ◆ 孖仔|
孖塔。

⁴ 孝 [xiào ㄒㄧㄠˋ ⑧hau³ 效³]
❶盡心奉養、順從父母 ◆
孝子|孝心|孝道|孝順|自古忠孝
難兩全。❷為尊長服喪 ◆ 守孝。
❸喪服 ◆ 穿孝|披麻戴孝。❹姓。

⁴**孛**
〈一〉[bèi ㄅㄟˋ 粵 bui⁶ 焙]
古書上指光芒四射的彗星。
〈二〉[bó ㄅㄛˊ 粵 but⁹ 撥]
同"勃"。盛；旺盛。

⁴**孜**
[zī ㄗ 粵 dzi¹ 之]
孜孜，努力不懈的樣子；勤勉 ◆ 孜孜不倦。

⁴**孚**
[fú ㄈㄨˊ 粵 fu¹ 呼]
信用；為人所信服 ◆ 深孚眾望。

⁵**孟**
[mèng ㄇㄥˋ 粵 maŋ⁶ 猛⁶]
❶舊時兄弟姊妹中排行第一的 ◆ 孟女｜孟兄。❷農曆四季中的第一個月 ◆ 孟春(正月)｜孟冬(農曆十月)。❸特指孟子 ◆ 孔孟之道｜孟母三遷。❹姓。

⁵**季**
[jì ㄐㄧˋ 粵 gwɐi³ 貴]
❶三個月為一季，一年分春夏秋冬四季；季節 ◆ 春季｜雨季｜四季。❷指一季的末一個月 ◆ 季月(農曆三、六、九、十二月)。❸指一個朝代的末了 ◆ 季世｜清季。❹舊時兄弟中排行第四或最小的 ◆ 季弟｜伯仲叔季。❺姓。

⁵**孤**
[gū ㄍㄨ 粵 gu¹ 姑]
❶年幼喪父或父母雙亡的 ◆ 孤兒｜託孤｜遺孤｜孤兒院｜孤兒寡母。❷年老喪偶、無子的人 ◆ 孤寡老人｜鰥寡孤獨。❸單獨，孤單 ◆ 孤本｜孤立｜一意孤行｜孤芳自賞｜孤掌難鳴｜孤苦零丁｜唐李白《黃鶴樓送孟浩然之廣陵》詩："孤帆遠影碧空盡，惟見長江天際流。"❹古代王侯的自稱 ◆ 孤家｜稱孤道寡。❺辜負 ◆ 孤恩寡義｜孤天下之望。

⁵**孢**
[bāo ㄅㄠ 粵 bau¹ 包]
孢子，某些低等動物或植物所產生的一種有繁殖或休眠作用的細胞，一旦離開母體，就能形成新的個體。也作"胞子"。

⁶**孩**
[hái ㄏㄞˊ 粵 hai⁴ 鞋/hɔi⁴ 海⁴]
幼童；小孩 ◆ 孩童｜孩子。

⁷**孫(孙)**
[sūn ㄙㄨㄣ 粵 syn¹ 酸]
❶兒子的兒子。也指孫子以後的各代 ◆ 孫女｜長孫｜重孫｜不肖子孫。❷與孫子同輩的親屬 ◆ 外孫｜外孫女。❸植物再生或孳生的 ◆ 孫枝｜孫竹。❹姓。

⁸**孰**
[shú ㄕㄨˊ 粵 suk⁹ 熟]
疑問代詞。❶誰 ◆ 孰是孰非｜人非聖賢，孰能無過。❷什麼；哪個 ◆ 孰勝孰負｜是可忍，孰不可忍？

⁹**孳**
〈一〉[zī ㄗ 粵 dzi¹ 之]
繁殖；滋生 ◆ 孳生｜孳乳｜

孳蔓│孳衍生息│清除蚊蠅孳生地。

〈二〉[zī ㄗ 　⑧ dzi⁶ 寺]

孳尾，動物交配繁殖。

---

⁹ 孱 [chán ㄔㄢˊ ⑧ san⁴ 潺]

❶懦弱；瘦弱 ◆ 孱弱│孱夫。❷謹小慎微。

---

¹¹ 孵 [fū ㄈㄨ ⑧ fu¹ 呼]

❶鳥類伏卵育成幼鳥。也指用人工控制溫度將卵育成幼鳥 ◆ 孵化│孵卵器。❷魚蟲或爬行動物的卵在一定溫度和條件下變成幼體的過程也叫孵。

---

¹³ 學 (学) [xué ㄒㄩㄝˊ ⑧ hɔk⁹ 鶴]

❶學習 ◆ 從師學藝│學無止境│學而不厭│《禮記》：“學然後知不足，教然後知困。”❷模仿 ◆ 學鳥叫│邯鄲學步│鸚鵡學舌。❸學問 ◆ 學富五車│才疏學淺│學貫中西。❹學說；學派；學科 ◆ 儒學│理學│紅學│國學│天文學。❺學校 ◆ 大學│中學│上學。

---

¹⁴ 孺 [rú ㄖㄨˊ ⑧ jy⁴ 餘/jy⁶ 遇]

幼童 ◆ 婦孺皆知│孺子不可教也。

---

¹⁴ 孻 [lái ㄌㄞˊ ⑧ lai¹ 拉]

方言。廣東、福建一帶稱最後生的孩子為孻仔。

---

¹⁷ 孽 (⑧孼) [niè ㄋㄧㄝˋ ⑧ jip⁹ 頁/jit⁹ 熱]

❶邪惡的壞人或惡勢力 ◆ 亂世妖孽│殘渣餘孽。❷妖禍；罪惡 ◆ 造孽│罪孽深重。

---

¹⁹ 孿 (孪) [luán ㄌㄨㄢˊ ⑧ lyn⁴ 聯/syn³ 算]

雙生 ◆ 孿子│孿生兄弟。

宀 部

---

² 它 [tā ㄊㄚ ⑧ ta¹ 他]

同“他”。❶代詞。稱人以外的事物 ◆ 茶水涼了，倒了它吧。❷別的，其他的 ◆ 它山之石，可以攻玉。

---

² 宁 〈一〉[zhù ㄓㄨˋ ⑧ dzy² 主/tsy⁵ 柱(語)]

同“貯”。貯藏。

〈二〉❶同“寧”，見171頁左欄。❷“寧”的簡化字。

---

² 宄 [guǐ ㄍㄨㄟˇ ⑧ gwɐi² 鬼]

犯法作亂的人 ◆ 奸宄。

---

³ 宇 [yǔ ㄩˇ ⑧ jy⁵ 羽]

❶屋簷。也借指房屋 ◆ 宇下│屋宇│樓宇。❷上下四方；天下；世界 ◆ 宇宙│寰宇│玉宇。❸風度；儀容 ◆ 神宇│氣宇軒昂。

³**守** [shǒu ㄕㄡˇ 粵seu³ 手]
❶防守;保衛。與"攻"相對 ◆ 守衞|失守|固守|攻守同盟|進可以攻,退可以守。❷守候;看護 ◆ 守護|守株待兔。❸遵守;奉行 ◆ 守法|守則|守節|信守諾言。❹節操 ◆ 操守。❺舊官名。州郡一級地方最高長官 ◆ 太守|郡守。

³**宅** [zhái ㄓㄞˊ 粵dzak⁹ 澤]
❶住所;住處;房子 ◆ 住宅|內宅|私闖民宅|深宅大院。❷墓穴;葬地 ◆ 卜宅。

³**安** [ān ㄢ 粵ɔn¹/ŋɔn¹ 鞍]
❶穩定;平安 ◆ 國泰民安|轉危為安|居安思危。❷安心;滿足於;習慣於 ◆ 心安理得|隨遇而安|安貧樂道|安土重遷|安於現狀。❸使有合適的位置;安置;安放 ◆ 安家|安排|安插親信。❹安裝;加上 ◆ 安電鈴|安上許多罪名。❺存着;懷着 ◆ 你安的什麼心?❻疑問代詞。什麼;哪裏;怎麼 ◆ 而今安在|皮之不存,毛將安傅。❼姓。

⁴**完** [wán ㄨㄢˊ 粵jyn⁴ 原]
❶完整;無損壞 ◆ 完全|體無完膚|完璧歸趙|覆巢之下無完卵|金無足赤,人無完人。❷用盡;完畢 ◆ 汽油用完了|工作做完了。❸完成 ◆ 完工|完婚。❹交納(租稅) ◆ 完稅。❺姓。

⁴**宋** [sòng ㄙㄨㄥˋ 粵suŋ³ 送]
❶春秋時國名 ◆ 宋襄公|宋斤魯削。❷朝代名。(1)南朝之一,晉末劉裕所建(公元420—479年)。(2)五代末趙匡胤所建(公元960—1279年) ◆ 北宋|南宋|兩宋|唐詩宋詞。❸姓。

⁴**宏** [hóng ㄏㄨㄥˊ 粵weŋ⁴ 弘]
❶巨大;廣大;廣博 ◆ 宏大|宏偉|宏圖大志|寬宏大量|學識宏通。❷姓。

⁵**宗** [zōng ㄗㄨㄥ 粵dzuŋ¹ 忠]
❶宗廟;祖先 ◆ 祖宗|列祖列宗。❷同祖家族;宗族 ◆ 同宗|宗譜|宗親。❸派別 ◆ 禪宗|密宗|宗派。❹主旨;宗旨 ◆ 開宗明義|萬變不離其宗。❺尊崇;效法 ◆ 宗仰|一宗舊説,少有創發|一招一式,皆宗梅派。❻為眾人所師法的人 ◆ 文宗|宗匠|一代宗師。❼為首的有統領楷模作用的事物 ◆ 權宗|正宗。❽量詞 ◆ 一宗心事|大宗外匯。❾姓。

⁵**定** 〈一〉[dìng ㄉㄧㄥˋ 粵diŋ⁶ 訂/dɛŋ⁶ 頂⁶(語)]
❶安定;穩定 ◆ 安邦定國|平定叛亂|心神不定|宋陸游《示兒》詩:"王師北定中原日,家祭無忘告乃翁。"❷決定;確定 ◆ 定論|裁定|審定|蓋棺論定|一言為定。❸約定 ◆ 定單|定貨|定做。❹一定;

必定 ◆ 定能取勝。❺姓。

〈二〉[dìng ㄉ丨ㄥˋ ⑧ diŋ³ 訂³]
❶星名。即營室星。也稱"室宿"。
❷額頭 ◆ 麟之定。❸舊時銀幣鑄的一定的形狀，稱為"定"。亦即貨幣單位。後通寫作"錠"。

⁵ **宕** [dàng ㄉㄤˋ ⑧ doŋ⁶ 蕩]
❶流動 ◆ 流宕|跌宕起伏。
❷拖延；推延 ◆ 延宕。

⁵ **宜** [yí 丨ˊ ⑧ ji⁴ 而]
❶合適；相稱 ◆ 適宜|宜人|不合時宜|宋蘇軾《飲湖上初晴後雨》詩："欲把西湖比西子，淡妝濃抹總相宜。"❷應該；應當 ◆ 事不宜遲|不宜操之過急|宜未雨而綢繆，勿臨渴而掘井。❸姓。

⁵ **宙** [zhòu ㄓㄡˋ ⑧ dzɐu⁶ 就]
古往今來所有的時間 ◆ 《千字文》："天地玄黃，宇宙洪荒。"

⁵ **官** [guān ㄍㄨㄢ ⑧ gun¹ 觀]
❶官員；官吏 ◆ 文官|官官相護|只許州官放火，不許百姓點燈。❷官職；官位 ◆ 量能授官。❸指國家的，官方的 ◆ 官地|官辦。❹器官 ◆ 官能|感官|五官。❺古妻子稱丈夫 ◆ 官人。❻古對男子的尊稱 ◆ 大官人|小官人。❼姓。

⁵ **宛** 〈一〉[wǎn ㄨㄢˇ ⑧ jyn² 院]
❶彎曲；曲折 ◆ 宛延|聲調宛轉。❷彷彿；好像 ◆ 宛如|宛然|音容宛在。❸姓。

〈二〉[yuān ㄩㄢ ⑧ jyn¹ 冤]
❶古時楚國地名。❷大宛。古國名。

⁵ **宓** [mì ㄇㄧˋ ⑧ mɐt⁹ 勿]
❶安靜；安寧。❷姓。

⁶ **宣** [xuān ㄒㄩㄢ ⑧ syn¹ 孫]
❶公開發佈；傳佈 ◆ 宣佈|宣傳|宣言|心照不宣|祕而不宣。❷疏通；疏導 ◆ 宣泄。❸指宣紙 ◆ 玉版宣|虎皮宣。❹姓。

⁶ **宦** [huàn ㄏㄨㄢˋ ⑧ wan⁶ 幻]
❶官吏 ◆ 宦海浮沈|官宦人家。❷做官 ◆ 仕宦|宦途。❸太監 ◆ 宦官|閹宦|宦豎。❹姓。

⁶ **宥** [yòu 丨ㄡˋ ⑧ sɐu⁶ 又]
寬恕；赦免；原諒 ◆ 寬宥|原宥|諒宥。

⁶ **宬** [chéng ㄔㄥˊ ⑧ siŋ⁴ 成]
皇帝的藏書室。明代皇宮建有皇史宬。

⁶ **室** [shì ㄕˋ ⑧ sɐt¹ 失]
❶房屋。也特指內室 ◆ 室溫|畫室|課室|身居斗室|登堂入室|引狼入室。❷家 ◆ 家室|帝室|同室操戈。❸妻 ◆ 妻室|正室|繼室。

⁶**客** [kè ㄎㄜˋ ⑧hak⁸ 嚇]
❶來賓；客人。與"主"相對
◆ 賓客｜座上客｜逐客令｜不速之
客。❷旅客 ◆ 客房｜客店｜客車｜客
機｜唐 張繼《楓橋夜泊》詩："姑蘇
城外寒山寺，夜半鐘聲到客船。"
❸顧客 ◆ 乘客｜客滿｜笑迎天下客。
❹從事某種活動的人 ◆ 劍客｜説客
｜政客｜黑客｜刺客。❺寄居他鄉；
寄居他鄉的人 ◆ 客居｜客籍。❻在
人類意識之外獨立存在的 ◆ 客觀｜
客體。❼姓。

⁷**宧** [yí ㄧˊ ⑧ji⁴ 宜]
古代稱屋子裏的東北角。

⁷**宸** [chén ㄔㄣˊ ⑧sɐn⁴ 神]
❶屋宇；深邃的房屋。❷帝
王住的地方，也引申為王位、帝王
的代稱 ◆ 宸居｜宸旨｜宸鑒｜宸衷｜
宸翰(皇帝的親筆信函及墨跡等)。

⁷**家** ⟨一⟩[jiā ㄐㄧㄚ ⑧ga¹ 加]
❶家庭 ◆ 家教｜家產｜家政
｜四海為家｜家醜不可外揚｜唐
劉禹錫《烏衣巷》詩："舊時王謝堂
前燕，飛入尋常百姓家。"❷家庭
的住所或工作的處所 ◆ 回家｜在家
｜我的家在東北松花江上。❸經營
某種行業的人家或個人身分 ◆ 店
家｜漁家｜船家｜農家樂。❹掌握某
種專門學識或從事某種專門活動的
人 ◆ 專家｜行家｜作家｜外交家｜藝
術家。❺學術流派 ◆ 儒家｜墨家｜

一家之言｜自成一家。❻對人謙稱
比自己輩份高或年長的親屬 ◆ 家
父｜家兄｜家嫂。❼家中飼養的；與
"野"相對 ◆ 家禽｜家畜｜家兔。❽
量詞。用於家庭、企業等 ◆ 一家
人家｜一家商店｜一家醫院。
⟨二⟩[jia ·ㄐㄧㄚ ⑧ga¹ 加]
名詞詞尾。❶表示屬於那一類人 ◆
姑娘家｜女孩子家。❷用在男人的
名字或排行後面，指他的妻 ◆ 秋
生家｜老二家。
⟨三⟩[jie ·ㄐㄧㄝ ⑧ga³ 價]
某些副詞的後綴 ◆ 成年家忙｜整日
家不見人影。

⁷**宵** [xiāo ㄒㄧㄠ ⑧siu¹ 燒]
夜晚 ◆ 元宵｜宵禁｜通宵達
旦｜宵衣旰食。

⁷**宴** [yàn ㄧㄢˋ ⑧jin³ 燕]
❶用酒飯款待賓客；筵席 ◆
宴請｜便宴｜國宴｜盛宴。❷安閒；
安樂 ◆ 宴居｜宴安｜宴樂。

⁷**宫** [gōng ㄍㄨㄥ ⑧guŋ¹ 工]
❶帝王居住的房屋；宮殿 ◆
王宮｜故宮｜清宮｜宮城｜宮廷政變。
❷傳說中神仙居住的地方 ◆ 月宮
｜龍宮｜天宮｜蟾宮折桂。❸神廟；
廟宇 ◆ 雍和宮(在北京)｜清羊宮
(在成都)。❹文化娛樂場所 ◆ 文
化宮｜少年宮。❺指子宮 ◆ 宮頸｜
宮外孕｜刮宮手術。❻古代五刑之
一，即閹割男性生殖器 ◆ 宮刑。

⁷五音之一 ◆ 宮調│宮商角徵羽。
⑧姓。

⁷ **害** [hài ㄏㄞˋ ⑧ hoi⁶ 亥]
❶傷害；損害 ◆ 陷害│危害│害人不淺│讒害忠良│害羣之馬。❷禍害；災害 ◆ 公害│蟲害│為民除害。❸有害的；與"益"相對 ◆ 害蟲│害鳥。❹殺害 ◆ 殘害無辜│遇害身亡。❺患病 ◆ 害病│害了一場大病。❻產生某種不安的情緒 ◆ 害怕│害羞。

⁷ **容** [róng ㄖㄨㄥˊ ⑧ jun⁴ 溶]
❶容納；包含 ◆ 包容│容量│容器│無地自容。❷寬容；原諒 ◆ 容忍│情理難容。❸許可；允許 ◆ 容許│不容分說│容學生再説一句。❹容貌；儀容 ◆ 姿容│面容│美容│軍容│笑容可掬。❺或許；可能 ◆ 容或有之。❻姓。

⁷ **宰** [zǎi ㄗㄞˇ ⑧ dzoi² 載]
❶殺 (牲畜、家禽等) ◆ 宰豬│宰殺│屠宰場。❷主管；主持 ◆ 主宰萬物。❸古代官名 ◆ 太宰│宰相。

⁷ **䍐** [qún ㄑㄩㄣˊ ⑧ kwɐn⁴ 羣]
羣居。

⁸ **寇** (⑧冦寇) [kòu ㄎㄡˋ ⑧ keu³ 扣]
❶強盜或入侵者；敵人 ◆ 草寇│外寇│敵寇│倭寇│流寇│視若寇仇。❷敵人侵犯、劫掠 ◆ 入寇│寇邊。❸姓。

⁸ **寅** [yín ㄧㄣˊ ⑧ jen⁴ 仁]
地支的第三位。又用為十二時辰之一，即凌晨三時至五時 ◆ 寅時│子丑寅卯│寅吃卯糧。

⁸ **寄** [jì ㄐㄧˋ ⑧ gei³ 記]
❶住在他鄉或別人家裏，依附他人或他物 ◆ 寄居│寄宿│寄食│寄人籬下│寄生植物。❷託付；委託；寄託 ◆ 寄賣│寄養│寄存│寄希望於青年一代。❸託人傳送，現專指通過郵局遞送 ◆ 寄信│寄書│寄語。❹認的 (親屬) ◆ 寄父│寄母│寄女。

⁸ **寂** [jì ㄐㄧˋ ⑧ dzik⁹ 直]
沒有聲音；安靜；寂寞 ◆ 寂靜│沈寂│萬籟俱寂│寂然無聲。

⁸ **宿** (⑧宿) 〈一〉[sù ㄙㄨˋ ⑧ suk⁷ 叔]
❶夜間睡覺；住宿 ◆ 留宿│備宿│投宿│風餐露宿│唐賈島《題李凝幽居》詩："鳥宿池邊樹，僧敲月下門。"❷平素；一向就有的 ◆ 宿志│宿願│宿怨。❸老成的；久於其事的 ◆ 宿將│宿儒│耆宿。
〈二〉[xiǔ ㄒㄧㄡˇ ⑧ 同〈一〉]
量詞。一夜稱一宿 ◆ 住一宿│談了半宿│三天兩宿。

〈三〉[xiù ㄒㄧㄡˋ 粵 seu³ 秀]
我國古代天文學家把天上某些星的
集合體稱作宿 ◆ 星宿 | 二十八宿。

⁸ 宷 〈一〉[cǎi ㄘㄞˇ 粵 tsɔi² 彩]
古代指官。

〈二〉[cài ㄘㄞˋ 粵 tsɔi³ 菜]
采地,古代諸侯分封給卿大夫的田
地。

⁸ 密 [mì ㄇㄧˋ 粵 met⁹ 勿]
❶事物之間距離近;稠密;
細密。與"稀"、"疏"相對 ◆ 密集 | 茂
密 | 濃密 | 彤雲密佈 | 唐孟郊《遊子
吟》詩:"慈母手中線,遊子身上
衣。臨行密密縫,意恐遲遲歸。"
❷關係親近;感情好 ◆ 密友 | 親密
無間 | 關係密切。❸隱蔽的;祕密
◆ 密室 | 密碼 | 密探 | 泄密。❹姓。

⁹ 寒 [hán ㄏㄢˊ 粵 hɔn⁴ 汗]
❶冷;與"暑"相對 ◆ 寒冷
| 寒風凜冽 | 啼飢號寒 | 脣亡齒寒 |
寒來暑往 | 不是一番寒徹骨,爭得
梅花撲鼻香。❷害怕;畏懼 ◆
心寒 | 寒心 | 令人膽寒。❸窮困 ◆
貧寒 | 孤寒 | 寒苦。❹姓。

⁹ 富 [fù ㄈㄨˋ 粵 fu³ 副]
❶財產多;富裕。與"貧"、
"窮"相對 ◆ 富有 | 富翁 | 國富民強
| 榮華富貴。❷資源;財產 ◆ 富源
| 財富。❸充裕;多 ◆ 富饒 | 豐富
| 學富五車 | 富於營養。❹使富裕

◆ 富國強兵 | 富民政策。❺姓。

⁹ 寔
古同"實",見171頁右欄。

⁹ 寓 (⁼厲) [yù ㄩˋ 粵 jy⁶ 預]
❶居住;寄居 ◆ 寓
居 | 寓所 | 寄寓。❷住所 ◆ 公寓 | 張
寓。❸寄;寄託 ◆ 寓言 | 寓意深刻
| 寓教於樂。

⁹ 寐 [mèi ㄇㄟˋ 粵 mei⁶ 味]
睡;睡着 ◆ 入寐 | 夜不能
寐 | 夙興夜寐 | 夢寐以求。

⁹ 寘 〈一〉[zhì ㄓˋ 粵 dzi³ 至]
同"置"。放置;安置。

〈二〉[tián ㄊㄧㄢˊ 粵 tin⁴ 田]
同"填"。填塞;充塞。

¹⁰ 寖 [jìn ㄐㄧㄣˋ 粵 dzɛm³ 針³]
逐漸 ◆ 友情寖厚。

¹¹ 寨 [zhài ㄓㄞˋ 粵 dzai⁶ 柴]
❶防衛用的柵欄 ◆ 山寨 | 鹿
寨。❷駐兵的地方 ◆ 安營紮寨。
❸寨子 ◆ 邊寨 | 本村本寨。

¹¹ 寞 [mò ㄇㄛˋ 粵 mɔk⁹ 莫]
安靜;冷落 ◆ 冷寞 | 寂寞 |
落寞。

¹¹ 寡 [guǎ ㄍㄨㄚˇ 粵 gwa² 瓜²]
❶少;缺少。與"眾"、"多"

相對 ◆ 寡不敵眾｜鬱鬱寡歡｜曲高和寡｜沈默寡言｜孤陋寡聞｜寡廉鮮恥。❷婦人喪夫 ◆ 寡婦｜守寡｜寡居｜孤兒寡母。❸古代王侯自稱 ◆ 寡人｜稱孤道寡。

察 [chá ㄔㄚˊ ⑧tsat⁸ 刷]
❶仔細看；觀察 ◆ 察看｜察視｜洞察｜察言觀色｜明察秋毫。❷考核；調查 ◆ 考察｜勘察。

寧 (宁⑪寧甯)

〈一〉[níng ㄋㄧㄥˊ ⑧niŋ⁴ 檸]
❶安定；安寧 ◆ 寧靜｜雞犬不寧｜坐臥不寧｜國無寧日。❷省視父母 ◆ 歸寧。❸南京市的別稱。

〈二〉[nìng ㄋㄧㄥˋ 同〈一〉/niŋ⁶ 擰]
❶寧願；寧可 ◆ 寧死不屈｜寧缺勿濫｜寧為玉碎，不為瓦全｜寧為雞口，不為牛後。❷豈；難道 ◆《史記》："王侯將相寧有種乎？"❸姓。

寤 [wù ㄨˋ ⑧ŋ⁶ 誤]
❶睡醒；與"寐"相對 ◆《詩經》："窈窕淑女，寤寐求之。"❷古同"悟"。醒覺；理解。

寢 (寝⑪寑)
[qǐn ㄑㄧㄣˇ ⑧tsɐm² 侵²]
❶躺着休息；睡覺 ◆ 寢不安席｜廢寢忘食｜寢食不安｜食肉寢皮。❷臥室 ◆ 寢室｜就寢｜壽終正寢。❸帝王的陵墓 ◆ 陵寢｜寢殿。❹止息

◆ 事寢｜寢兵。

寥 [liáo ㄌㄧㄠˊ ⑧liu⁴ 遼]
❶稀疏；少 ◆ 寥寥無幾｜寥若晨星。❷空曠；寂靜 ◆ 寥廓｜寂寥。

實 (实) [shí ㄕˊ ⑧set⁹ 失⁹]
❶充滿；沒有空隙。與"空"相對 ◆ 充實｜實心球。❷真正的；真誠的。與"虛"相對 ◆ 實情｜忠實｜真才實學｜華而不實｜貨真價實。❸實際；事實 ◆ 名副其實｜實況轉播｜言過其實｜盛名之下，其實難副。❹果實；種子 ◆ 子實｜春華秋實｜開花結實。❺確實；的確 ◆ 實有此事。

寬 (宽) [kuān ㄎㄨㄢ ⑧fun¹ 歡]
❶橫向距離大；範圍廣。與"窄"相對 ◆ 寬闊｜寬頻｜寬廣｜寬敞。❷寬容；度量大 ◆ 寬貸｜寬饒｜寬恕｜寬宥｜寬宏大量。❸舒緩；放寬。與"緊"相對 ◆ 寬慰｜寬限｜寬心｜氣氛寬鬆｜寬猛相濟。❹富餘 ◆ 寬裕｜寬綽｜手頭寬。❺姓。

寮 [liáo ㄌㄧㄠˊ ⑧liu⁴ 遼]
❶小窗。❷小屋 ◆ 茶寮｜芳寮。

寫 (写) 〈一〉[xiě ㄒㄧㄝˇ ⑧sɛ² 捨]

❶用筆作字；書寫 ◆ 寫字|寫春聯
|寫毛筆。❷寫作；創作 ◆ 撰寫|
寫論文|寫小説。❸描摹；描寫 ◆
寫生|寫景|寫意|寫真|特寫|真實
寫照。
〈二〉[xiè ㄒㄧㄝˋ ⑧同〈一〉]
寫意，舒適。

¹²審(审) [shěn ㄕㄣˇ ⑧ sɐm²
嬸]
❶詳細；周密 ◆ 審慎|詳審。❷仔
細觀察、研究 ◆ 審察|審視|審時
度勢。❸檢查核對 ◆ 審稿|審核|
審定|審計|初審|復審。❹問案；
判案 ◆ 審判|候審|公審|陪審團。
❺明白；知道 ◆ 審悉|當局者迷，
旁觀者審。❻確實 ◆ 審有此事|
審如其言。

¹³寰 [huán ㄏㄨㄢˊ ⑧ wan⁴ 環]
廣大的地域 ◆ 寰宇|寰球|
寰海|塵寰|瀛寰|慘絕人寰。

¹⁶寵(宠) [chǒng ㄔㄨㄥˇ ⑧
tsuŋ² 從²]
❶偏愛；寵愛 ◆ 寵信|寵兒|得
寵|受寵若驚|譁眾取寵|得寵思
辱，居安思危。❷榮耀 ◆ 光寵|寵
光。

¹⁷寶(宝®寶) [bǎo ㄅㄠˇ ⑧
bou² 保]
❶珍貴的東西 ◆ 瑰寶|國寶|如獲
至寶|無價之寶。❷珍貴的 ◆ 寶石

|寶劍|寶物。❸舊時稱呼別人的敬
辭 ◆ 寶眷|寶號。❹皇帝的印。也
指帝位 ◆ 寶位|寶駕。❺銀錢貨幣
◆ 元寶|開元通寶。❻一種賭具 ◆
押寶。

寸 部

⁰寸 [cùn ㄘㄨㄣˋ ⑧ tsyn³ 串]
❶長度單位。十分為一寸，
十寸為一尺 ◆ 尺有所短，寸有所
長。❷形容極其短小 ◆ 寸步難移
|寸土必爭|手無寸鐵|鼠目寸光|
一寸光陰一寸金，寸金難買寸光
陰|唐孟郊《遊子吟》詩："誰言寸
草心，報得三春暉。"❸中醫稱離
手掌一寸的手腕經脈部位為"寸
口"，簡稱"寸"。❹姓。

³寺 [sì ㄙˋ ⑧ dzi⁶ 治]
❶古代官署名 ◆ 大理寺|太
常寺|鴻臚寺。❷廟宇；寺廟 ◆ 白
馬寺|報國寺|玉佛寺。❸伊斯蘭教
徒禮拜、講經的地方 ◆ 清真寺。

⁶封 [fēng ㄈㄥ ⑧ fuŋ¹ 風]
❶古代帝王把土地或爵號賜
給臣子 ◆ 封地|封爵|封贈|冊封|
封官許願。❷密合；封閉 ◆ 封存
|封條|密封|大雪封山|固步自
封。❸封起來的或用來封東西的紙
包、紙袋 ◆ 信封|賞封|首日封。

❹量詞 ◆ 一封信。❺姓。

⁷**尅** 同"剋"，見54頁右欄。

⁷**射**(躲) 〈一〉[shè ㄕㄜˋ ⑧sɛ⁶ 社⁶]
❶借助強力把物體送出 ◆ 射箭|射擊|射獵|含沙射影|發射人造衛星|射人先射馬，擒賊先擒王。❷放出(光、熱、電波等) ◆ 放射|輻射|折射|照射|光芒四射。❸借此指彼，暗有所指 ◆ 影射|暗射。❹姓。

〈二〉[yè ㄧㄝˋ ⑧jɛ⁶ 夜]
❶僕射，古代官名。❷射姑山，古地名。

〈三〉[yì ㄧˋ ⑧jik⁹ 亦]
"斁"的古字。厭棄。

⁸**專**(专) [zhuān ㄓㄨㄢ ⑧dzyn¹ 尊]
❶集中在一件事上；專一；專門 ◆ 專題|專程|專業|專心一意|專心致志。❷獨有；獨自控制 ◆ 專利|專美|專賣局。❸獨斷專行 ◆ 專權|專制|專斷|專擅|專橫跋扈。❹姓。

⁸**尉** 〈一〉[wèi ㄨㄟˋ ⑧wɐi³ 畏]
❶古代的武官 ◆ 廷尉|校尉|太尉。❷尉級軍官，在校官之下，士之上 ◆ 少尉|中尉|上尉。❸姓。

〈二〉[yù ㄩˋ ⑧wɐt¹ 屈]
❶尉遲，複姓。❷尉犁，地名，在新疆。

⁸**將**(将) 〈一〉[jiāng ㄐㄧㄤ ⑧dzœŋ¹ 張]
❶扶持；攙扶 ◆《木蘭詩》："爺娘聞女來，出郭相扶將。"❷調養；保養 ◆ 將養|將息。❸下象棋時攻擊對方的"將"、"帥" ◆ 將一軍|跳馬將。❹介詞。(1)拿；用 ◆ 將功補過|將功贖罪|將錯就錯|將計就計|將心比心。(2)把 ◆ 將門關上|將話説完。❺副詞。(1)將要 ◆ 即將起程|行將滅亡|皮之不存，毛將焉傅。(2)且；又 ◆ 將信將疑。❻助詞。用在動詞後 ◆ 拿將來|唱將起來。❼姓。

〈二〉[jiàng ㄐㄧㄤˋ ⑧dzœŋ³ 障]
❶軍隊的統帥、長官 ◆ 將帥|將領|大將|驍將|虎將|調兵遣將|損兵折將|強將手下無弱兵。❷帶(兵) ◆ 韓信將兵，多多益善。

〈三〉[qiāng ㄑㄧㄤ ⑧tsœŋ¹ 槍]
願；請 ◆ 將進酒。

⁹**尊** 〈一〉[zūn ㄗㄨㄣ ⑧dzyn¹ 樽]
❶地位或輩份高。與"卑"相對 ◆ 尊貴|尊卑|目無尊長。❷敬重；推崇 ◆ 尊敬|尊重|自尊|尊老愛幼|尊師重道。❸對人的敬稱 ◆ 尊公|尊兄|尊大人|尊夫人|尊姓大名。❹量詞 ◆ 一尊佛像|二十尊大炮。

〈二〉[zūn ㄗㄨㄣ 粵dzœn¹ 諄]
同"樽"。古代的酒器 ◆ 宋蘇軾《念奴嬌》詞："人生如夢，一尊還酹江月。"

⁹ **尋**(寻®寻) [xún ㄒㄩㄣˊ 粵tsɐm⁴ 沈]
❶找；探求 ◆ 尋找|搜尋|尋人啟事|尋根究底|尋章摘句|尋尋覓覓。❷古代長度單位，八尺為一尋。❸姓。

¹¹ **對**(对) [duì ㄉㄨㄟˋ 粵dœy³ 兌³]
❶回答 ◆ 對答如流|無言以對。❷朝着；向着 ◆ 面對面|對天發誓|對牛彈琴|對外開放。❸適合 ◆ 對症下藥|門當户對。❹對立；敵對 ◆ 對手|對抗|對壘|針鋒相對。❺對待；對付 ◆ 對事不對人|以武力對武力|兵對兵，將對將。❻使兩個東西相配合或接觸 ◆ 對錶|對對子|對個火|對號入座。❼正確；正常 ◆ 説得對|答案不對|神情不對，像有心事。❽把兩個東西相比較，看是否符合；覆核 ◆ 對勘|核對|校對。❾攙雜；攙和 ◆ 酒裏對了水。❿平均分成兩半 ◆ 對半分|對開紙。⓫對聯；對子 ◆ 喜對|七言對。⓬量詞。雙 ◆ 一對鴿子|一對沙發|一對夫妻。⓭介詞。引進對象或事物的關係者 ◆ 他對此事要負全責|請對此發表意見。⓮姓。

¹³ **導**(导) [dǎo ㄉㄠˇ 粵dou⁶ 杜]
❶引；指引 ◆ 引導|導遊|導航|倡導|因勢利導|導購小姐。❷教育；啟發 ◆ 誘導|訓導|指導|開導|勸導。❸傳導 ◆ 導電|導熱|導線|半導體。❹疏通 ◆ 疏導工程。

小 部

⁰ **小** [xiǎo ㄒㄧㄠˇ 粵siu² 少]
❶在體積、面積、數量、力量等方面不及一般或相比較不及另一方。與"大"相對 ◆ 小樓|小城|小巧玲瓏|小巫見大巫|元馬致遠《天淨沙·秋思》曲："枯藤老樹昏鴉，小橋流水人家，古道西風瘦馬。"❷時間短 ◆ 小住|小憩。❸排行最末的 ◆ 小兒子|小舅子|小弟弟。❹年幼的人 ◆ 一家老小|上有老，下有小。❺用於謙稱 ◆ 小店|小子不才|小女年幼無知|小生這邊有禮了。❻指妾 ◆ 給人做小。

¹ **少** 〈一〉[shǎo ㄕㄠˇ 粵siu² 小]
❶數量小。與"多"相對 ◆ 少數|人煙稀少|凶多吉少|粥少僧多。❷缺少；減少；丟失 ◆ 少一份材料|原物奉還，不少一件。❸副詞。(1)稍微 ◆ 少候|少安毋躁。(2)暫時；短時間 ◆ 少

項。

〈二〉[shào ㄕㄠˋ 　粵siu³ 笑]
❶年幼；年輕。跟"老"相對 ◆ 少
男少女|少年老成|少不更事|少壯
不努力，老大徒傷悲|唐賀知章
《回鄉偶書二首》詩："少小離家老
大回，鄉音無改鬢毛衰。"❷少爺
◆ 惡少|闊少。❸姓。

尖 [jiān ㄐㄧㄢ 　粵dzim¹ 沾]
❶物體細小而銳利的末端 ◆
刀尖|筆尖|塔尖|針尖對麥芒。❷
細小；尖銳 ◆ 十指尖尖|錐子磨得
很尖|宋楊萬里《小池》詩："小荷
才露尖尖角，早有蜻蜓立上頭。"
❸聲音高而細 ◆ 尖嗓音。❹(耳、
目) 靈敏 ◆ 耳朵尖|眼睛尖。❺超
出一般的；上品 ◆ 尖子|拔尖|冒
尖人才。

尚 [shàng ㄕㄤˋ 　粵sœŋ⁶ 上⁶]
❶注重；推崇 ◆ 尚武|尚
賢|時尚|社會風尚|崇尚正義。❷
副詞。還 ◆ 為時尚早|一息尚存|
尚需努力。❸姓。

䒜 「gá ㄍㄚˊ 　粵gat⁸ 加壓切]
䒜䒜。❶一種兒童玩具，兩
頭尖，中間大。也叫"䒜兒"。❷像
䒜䒜的 ◆ 䒜䒜棗|䒜湯(用玉米麵
等做的食品)。

尠 同"鮮〈二〉"，見819頁右欄。

尢 部

尤 [yóu ㄧㄡˊ 　粵jeu 由]
❶優異的；突出的 ◆ 尤物
|尤異|擇尤|無恥之尤。❷罪過；
過失 ◆ 以儆效尤。❸責怪；歸罪；
怨恨 ◆ 怨尤|怨天尤人。❹副詞。
特別；更加 ◆ 尤其|尤妙|創作甚
富，尤以詩歌著稱。❺姓。

尥 [liào ㄌㄧㄠˋ 　粵liu⁶ 料]
尥蹶子，騾馬等跳起來用後
腳向後踢。

尪 [wāng ㄨㄤ 　粵woŋ¹ 汪]
❶骨骼彎曲症。❷弱；瘦弱
◆ 尪弱|尪羸。

尨 〈一〉[máng ㄇㄤˊ 　粵moŋ⁴ 忙]
❶長毛狗。❷雜色。
〈二〉[méng ㄇㄥˊ 　粵muŋ⁴ 蒙]
尨茸，蓬鬆。

尬 [gà ㄍㄚˋ 　粵gai³ 介]
尷尬。見"尷"，176頁左欄。

就 [jiù ㄐㄧㄡˋ 　粵dzeu⁶ 袖]
❶接近；靠近；趨向 ◆ 遷
就|避重就輕|行將就木|半推半
就。❷到達；開始從事 ◆ 就業|就
職|各就各位|按部就班。❸完成；

成就 ◆ 就緒|功成名就|一揮而就|一蹴而就|不堪造就。❹順着；順便 ◆ 就便|就勢|就手。❺用某種食品下飯或下酒 ◆ 鹹菜就飯|茴香豆就酒。❻副詞。(1) 表示很短時間內即將發生 ◆ 這就去|馬上就回來。(2) 強調在很久以前已經發生 ◆ 事情早就解決了|三十年前我們就認識了。(3) 表示兩件事情緊接着發生 ◆ 看完就走|送走他我就回來了。(4) 加強肯定 ◆ 我就不信|這裏就是你的家。(5) 僅僅；只 ◆ 家裏就兩口人|就他一個人知道。(6) 表示承接上文，得出結論 ◆ 他有病，就不要去了|因為臨時有急事，就沒能準時到達。❼介詞。引進動作的對象或範圍 ◆ 就事論事|就口才而言，我遠遠不如他。❽連詞。表示假設兼讓步；就是；即使 ◆ 你就說得再好聽，我也不信。

尷 (尲㸦) [gān ㄍㄢ ⑧ gam¹ 監/gam³ 鑒]
尷尬。❶處境為難或事情難辦 ◆ 局面尷尬，讓人左右為難。❷ (神色、態度) 不自然 ◆ 一臉尷尬。

尸 部

尸 [shī ㄕ ⑧ si¹ 詩]
❶古代祭祀時代表死者受祭的活人。❷空佔着職位 ◆ 尸位素餐。❸同"屍"。屍體。

尹 [yǐn ㄧㄣˇ ⑧ wen⁵ 允]
❶古代官名 ◆ 令尹|府尹|京兆尹。❷姓。

尺 〈一〉[chǐ ㄔˇ ⑧ tsɛk⁸ 赤]
❶長度單位，十寸為一尺，十尺為一丈。現行市尺，一市尺合三分之一米 ◆ 得寸進尺|垂涎三尺|道高一尺，魔高一丈。唐李白《望廬山瀑布水》詩："飛流直下三千尺，疑是銀河落九天。"❷量長度的器具 ◆ 皮尺|捲尺。❸繪圖等的器具 ◆ 曲尺|丁字尺|放大尺。❹像尺的東西 ◆ 鎮尺|計算尺。❺中醫切脈部位之一，即診脈時無名指所按之處。
〈二〉[chě ㄔㄜˇ ⑧ tsɛ² 扯]
中國民族音樂傳統記譜符號之一，音值相當於簡譜的"2"。

尼 [ní ㄋㄧˊ ⑧ nei⁴ 妮]
❶出家修行的女佛教徒；尼姑 ◆ 僧尼|比丘尼|削髮為尼。❷安定，平和。

屍 [kāo ㄎㄠ ⑧ hou¹ 豪¹]
臀部。

屁 [pì ㄆㄧˋ ⑧ pei³ 譬]
由肛門排出的臭氣 ◆ 放屁|屁滾尿流。

尿 ⁴ 〈一〉[niào ㄋㄧㄠˋ 🔊 niu⁶ 鳥⁶]

❶人或動物從尿道排泄出來的液體 ◆ 馬尿|遺尿|撒尿。❷排泄尿 ◆ 尿牀|尿了一地。

〈二〉[suī ㄙㄨㄟ 🔊 sœy¹ 需]
小便(名詞) ◆ 撒了一泡尿。

尾 ⁴ 〈一〉[wěi ㄨㄟˇ 🔊 mei⁵ 美]

❶尾巴 ◆ 搖頭擺尾|藏頭露尾|虎頭蛇尾|尾大不掉|搖尾乞憐。❷末端;在後面 ◆ 末尾|詞尾|排尾|尾隨|此事接近尾聲。❸主要部分以外的小部分;未了結的事情 ◆ 尾數|尾欠|掃尾。❹量詞 ◆ 一尾魚。

〈二〉[yǐ ㄧˇ 🔊 同〈一〉]
❶馬尾上的毛 ◆ 馬尾羅。❷蟋蟀等昆蟲尾部的針狀物 ◆ 三尾兒(雌蟋蟀)。

局 ⁴ [jú ㄐㄩˊ 🔊 guk⁹ 焗]

❶棋盤 ◆ 棋局。❷下棋或其他比賽一次叫一局 ◆ 平局|五局三勝。❸形勢;處境 ◆ 局面|局勢|僵局|時局|收拾殘局|當局者迷,旁觀者清。❹人的氣量;度量 ◆ 局量|局度|器局。❺稱某些聚會 ◆ 賭局|飯局。❻圈套 ◆ 騙局|設局。❼同"侷"、"跼"。拘束 ◆ 局促|局限。❽部分 ◆ 局部。❾古代官署名;今政府系統按業務劃分的行政機關 ◆ 尚藥局|導客局|教育局|鐵路局|文化局。❿辦理某種業務的機構 ◆ 郵政局|電話局。⓫某些商店的名稱 ◆ 書局|鮮果局。

屆 ⁵ (🔊屆)[jiè ㄐㄧㄝˋ 🔊 gai³ 介]

❶至;到 ◆ 屆期|屆時務請光臨。❷量詞。次 ◆ 歷屆畢業生|首屆學術討論會。

居 ⁵ [jū ㄐㄩ 🔊 gœy¹ 舉¹]

❶居住 ◆ 同居|分居|定居|僑居|離羣索居。❷住處;住所 ◆ 故居|舊居|遷入新居。❸處在(某種位置或某個地方) ◆ 居中|居高臨下|後來居上|居安思危。❹佔;佔據 ◆ 男女各居一半|贊成的居多數。❺存;積蓄 ◆ 居心叵測|囤積居奇|奇貨可居。❻停留;止息 ◆ 歲月不居|變動不居。❼當;任 ◆ 居功自傲|以專家自居。❽某些飲食店的名稱 ◆ 同和居|沙鍋居。❾姓。

屄 ⁵ [bī ㄅㄧ 🔊 bei¹ 悲]
女子外生殖器。

屈 ⁵ [qū ㄑㄩ 🔊 wet⁷ 鬱]

❶彎曲;使彎曲 ◆ 屈指可數|屈膝投降。❷屈服;使屈服 ◆ 寧死不屈|不屈不撓|富貴不能淫,貧賤不能移,威武不能屈。❸委屈;冤枉 ◆ 冤屈|屈就|屈駕|屈尊|屈打成招|鳴冤叫屈。❹理虧 ◆ 屈心|理屈詞窮。❺姓。

⁶ **屍** [shī ㄕ ⑧si¹ 詩]
死人的軀體 ◆ 屍體｜屍首｜死屍｜僵屍。

⁶ **屋** [wū ㄨ ⑧uk⁷/ŋuk¹ 烏谷切]
❶房子；居舍 ◆ 房屋｜屋簷｜高屋建瓴｜疊牀架屋｜屋漏更遭連夜雨，行船偏遇打頭風。❷房間 ◆ 書屋｜堂屋｜外屋當客廳，裏屋做卧室。

⁶ **屌** [diǎo ㄉㄧㄠˇ ⑧diu² 刁²]
男性生殖器。

⁶ **屏** 〈一〉[píng ㄆㄧㄥˊ ⑧piŋ⁴平]
❶屏風 ◆ 圍屏｜孔雀開屏｜唐杜牧《秋夕》詩："銀燭秋光冷畫屏，輕羅小扇撲流螢。"❷屏條 ◆ 掛屏。❸遮擋 ◆ 屏蔽｜屏障中原。
〈二〉[bǐng ㄅㄧㄥˇ ⑧biŋ² 丙]
❶抑止(呼吸) ◆ 屏氣｜屏息。❷排除；除去 ◆ 屏除｜屏棄。

⁶ **屎** [shǐ ㄕˇ ⑧si² 史]
❶由肛門出來的排泄物；糞 ◆ 拉屎。❷眼睛、耳朵等器官分泌出來的東西 ◆ 眼屎｜耳屎。

⁷ **展** [zhǎn ㄓㄢˇ ⑧dzin² 剪]
❶張開；放開 ◆ 伸展｜舒展｜發展｜展翅飛翔。❷發揮；施展 ◆ 一展歌喉｜一籌莫展｜各展其能。❸放寬；延長 ◆ 展緩期限｜畫展展期至月底結束。❹陳列出來供人觀看

◆ 展覽｜展出｜書展｜預展。❺姓。

⁷ **屩** [qiú ㄑㄧㄡˊ ⑧kɛu⁴ 求]
男性生殖器。

⁷ **屑** [xiè ㄒㄧㄝˋ ⑧sit⁸ 泄]
❶碎末 ◆ 紙屑｜木屑。❷瑣碎；細小 ◆ 瑣屑｜屑屑。❸認為值得(做) ◆ 不屑一顧。

⁷ **屓** (⑧屭) [xì ㄒㄧˋ ⑧hei³ 器]
贔屭。見"贔"，682頁右欄。

⁷ **屐** [jī ㄐㄧ ⑧kɛk⁹ 劇]
❶木頭鞋 ◆ 木屐｜屐齒。❷泛指鞋 ◆ 草屐｜錦屐｜屐履。

⁸ **屠** [tú ㄊㄨˊ ⑧tou⁴ 陶]
❶宰殺牲畜 ◆ 屠宰｜屠户｜放下屠刀，立地成佛。❷大批殘殺；屠殺 ◆ 屠戮｜屠城｜屠毒。❸姓。

⁸ **屜** (⑧屉) [tì ㄊㄧˋ ⑧tɐi³ 替]
❶抽斗；抽屜。❷籠屜 ◆ 一屜饅頭。❸某些牀或椅子的架子上可以取下的部分，一般用棕繩、藤皮、鋼絲等編成 ◆ 棕屜｜藤屜。

⁸ **屙** [ē ㄜ ⑧ɔ¹ 柯]
排泄(大小便) ◆ 屙屎｜屙尿｜屙痢。

11 屢(屡) [lǚ ㄌㄩˇ ⑧ loey5 呂]

不止一次;累次 ◆ 屢次|屢屢|屢見不鮮|屢教不改|屢試不爽。

11 屍 [xǐ ㄒㄧˇ ⑧ sai2 徙]

鞋 ◆ 如棄敝屍。

11 屎 [sóng ㄙㄨㄥˊ ⑧ tsuŋ4 松]

❶精液。❷嘲笑人軟弱無能 ◆ 屎包|這個人真屎。

12 屧(⑧屧) [xiè ㄒㄧㄝˋ ⑧ sip8 懾]

木板拖鞋。

12 履 [lǚ ㄌㄩˇ ⑧ lei5 里/loey5 旅(語)]

❶踏;踩 ◆ 履險如夷|《詩經》:"戰戰兢兢,如臨深淵,如履薄冰。"❷實行;施行 ◆ 履約|履行諾言。❸鞋 ◆ 西裝革履|削足適履|瓜田不納履,李下不正冠。❹腳步 ◆ 步履艱難。

12 層(层) [céng ㄘㄥˊ ⑧ tseŋ4 曾]

❶重疊 ◆ 層出不窮|層巒疊嶂|層見疊出。❷量詞。(1) 用於重疊或累積的東西 ◆ 兩層玻璃|層層包圍|唐王之渙《登鸛雀樓》詩:"欲窮千里目,更上一層樓。"(2) 用於可以分項、分步的東西 ◆ 這段文字有兩層意思|還有一層理由沒有說。(3) 用於覆蓋在物體表面上的東西 ◆ 桌上蒙了一層灰|河面上結了一層冰。

14 屨(屦) [jù ㄐㄩˋ ⑧ goey3 句]

古代用麻、葛等製成的鞋;泛指鞋 ◆ 屨賤踴貴|截足適屨。

15 屩 [juē ㄐㄩㄝ ⑧ goek8 腳]

用麻、草做的鞋。

18 屬(属) 〈一〉[shǔ ㄕㄨˇ ⑧ suk9 熟]

❶類;類別 ◆ 金屬。❷生物學分類系統上所用的等級之一。動植物分類以種為單位,相近的種合為屬,相近的屬合為科 ◆ 虎是貓科豹屬動物。❸隸屬;歸屬 ◆ 直屬|下屬|附屬|海南島原屬廣東省|此事屬稅務局管理。❹家屬;親屬 ◆ 烈屬|軍屬|有情人終成眷屬。❺係;是 ◆ 情況屬實。❻用十二生肖記生年 ◆ 父親是屬龍的。〈二〉[zhǔ ㄓㄨˇ ⑧ dzuk7 足]❶連接;連續 ◆ 屬文|前後相屬。❷注目;專注 ◆ 屬目|屬意|屬望。

屮 部

1 屯 〈一〉[tún ㄊㄨㄣˊ ⑧ tyn4 團]

❶聚集;儲存 ◆ 屯聚|屯雲

|聚草屯糧。❷(軍隊)駐紮；防守 ◆ 屯墾|駐屯|屯兵戍邊。❸村莊(多用於村莊名) ◆ 皇姑屯|安陽小屯出土的甲骨文。

〈二〉[zhūn ㄓㄨㄣ [粵] dzœn^{1} 津]
屯邅。❶遲遲不進。❷困頓不得志。

山部

0 **山** [shān ㄕㄢ [粵] san^{1} 珊] ❶陸地上形成的高聳的部分 ◆ 山峯|山明水秀|錦繡河山|山雨欲來風滿樓|宋陸游《遊山西村》詩："山重水複疑無路，柳暗花明又一村。"❷形狀像山的東西 ◆ 山牆|冰山|假山。❸蠶簇 ◆ 蠶上山了。❹姓。

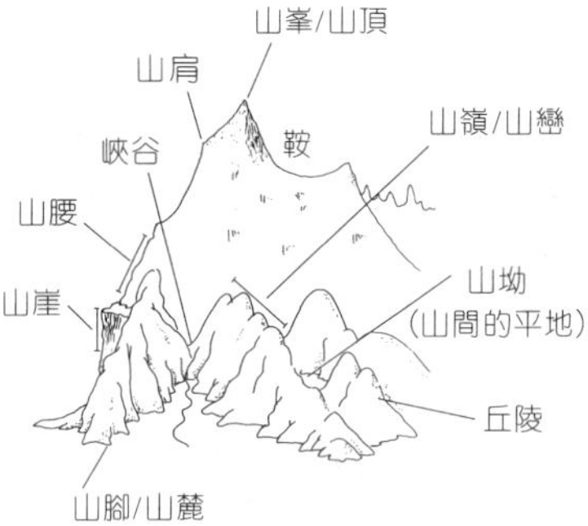

山峯/山頂
山肩
鞍
峽谷
山嶺/山巒
山腰
山坳
(山間的平地)
山崖
丘陵
山腳/山麓

3 **屼** [wù ㄨˋ [粵] ŋɐt^{9} 屹] 山上光禿禿的樣子。

3 **屹** 〈一〉[yì ㄧˋ [粵] ŋɐt^{9} 疙] 山峯高聳的樣子 ◆ 屹然|巍然屹立。

〈二〉[gē ㄍㄜ [粵] 同〈一〉]
屹崉。❶疙瘩。❷小土丘。

3 **屺** [qǐ ㄑㄧˇ [粵] hei^{2} 起] 沒有草木的山。

4 **岍** [qiān ㄑㄧㄢ [粵] hin^{1} 牽] 岍山，山名，在陝西隴縣西南。

4 **岐** [qí ㄑㄧˊ [粵] kei^{4} 其] ❶同"歧"。岔道 ◆ 岐路。❷岐山，山名，在陝西岐山縣境內。❸姓。

4 **岈** [yá ㄧㄚˊ [粵] ŋa^{4} 牙] 嵖岈山，山名，在河南遂平。

4 **岕** [jiè ㄐㄧㄝˋ [粵] gai^{3} 介] 兩山之間，今浙江長興山地多有以岕為名的，如羅岕、丁孚岕等 ◆ 岕茶。

4 **岑** [cén ㄘㄣˊ [粵] sɐm^{4} 忱] ❶小而高的山。❷姓。

4 **岔** [chà ㄔㄚˋ [粵] tsa^{3} 詫] ❶由主幹分出來的；山脈、道路的分支 ◆ 岔道|岔流|三岔路口。❷轉移(方向、話題) ◆ 車子

岔上了小路|趕忙拿別的話岔開了。❸(時間)互相讓開 ◆ 最好把時間岔開。❹差錯；事故 ◆ 別出岔子。

⁴**岌** [jí ㄐㄧˊ 粵ŋɐp⁹ 拾]
❶山高的樣子 ◆ 白浪若山岌。❷危險的樣子 ◆ 岌岌可危|岌岌乎危哉。

⁴**岜** [bā ㄅㄚ 粵ba¹ 巴]
石山 ◆ 岜關嶺(在廣西)。

⁵**岵** [hù ㄏㄨˋ 粵wu⁶ 户]
有草木的山。

⁵**岢** [kě ㄎㄜˇ 粵ho² 可]
地名用字。山西有岢嵐山、岢嵐縣。

⁵**岸**(粵岍) [àn ㄢˋ 粵ŋɐn⁶ 餓汗切]
❶江、河、湖、海等水邊的陸地 ◆ 河岸|岸邊|苦海無邊，回頭是岸|唐李白《望天門山》詩：「兩岸青山相對出，孤帆一片日邊來。」❷高大 ◆ 偉岸|身材魁岸。❸高傲 ◆ 傲岸不馴。

⁵**岬** [jiǎ ㄐㄧㄚˇ 粵gap⁸ 甲]
❶兩山之間 ◆ 山岬。❷岬角，突向海中的尖形陸地。多用作地名，如山東有成山岬。今稱成山角。

⁵**岫** [xiù ㄒㄧㄡˋ 粵dzɐu⁶ 就]
❶山洞 ◆ 岫居。❷峯巒 ◆ 遠岫|高岫。

⁵**岡**(冈) [gāng ㄍㄤ 粵gɔŋ¹ 江]
低而平的山脊；山梁 ◆ 岡嶺|岡脊|山岡|高岡|岡巒起伏。

⁵**岞** [zuò ㄗㄨㄛˋ 粵dzɔk⁸ 作]
地名用字。山東有岞山。

⁵**岳** [yuè ㄩㄝˋ 粵ŋɔk⁹ 鄂]
❶同"嶽"，見187頁右欄。❷稱妻子的父母或叔伯 ◆ 岳父|岳母|岳丈|叔岳。❸姓。

⁵**岱** [dài ㄉㄞˋ 粵dɔi⁶ 代]
泰山的別稱。也叫"岱宗"、"岱嶽"。

⁵**岣** [gǒu ㄍㄡˇ 粵gɐu² 狗]
岣嶁，山名，即湖南衡山。

⁵**峁** [mǎo ㄇㄠˇ 粵mau⁵ 牡]
我國西北地區稱頂部渾圓、斜坡較陡的黃土丘陵。

⁵**峂** [tóng ㄊㄨㄥˊ 粵tuŋ⁴ 同]
地名用字。北京有峂峪村。

⁵**岷** [mín ㄇㄧㄣˊ 粵mɐn⁴ 文]
地名用字。四川有岷山、岷江。

⁵ **岧** (㊟岹) ［tiáo ㄊㄧㄠˊ ⑧ tiu⁴ 條］

形容高 ◆ 岧岧｜岧嶤｜岧嶢。

⁵ **峔** ［mǔ ㄇㄨˇ ⑧ mou⁵ 母］
地名用字。山東有峔磯角。

⁶ **峙** 〈一〉［zhì ㄓˋ ⑧ dzi⁶ 治/tsi⁵ 似］

聳立；屹立 ◆ 巍然峙立｜兩山對峙｜兩軍對峙。

〈二〉［shì ㄕˋ ⑧ si⁶ 是］
地名用字。山西有繁峙。

⁶ **耑** 〈一〉［duān ㄉㄨㄢ ⑧ dyn¹ 短¹］

"端"的古字。

〈二〉同"專"，見173頁左欄。

⁶ **峒** (㊟峝) 〈一〉［tóng ㄊㄨㄥˊ ⑧ tuŋ⁴ 同］

地名用字。甘肅有崆峒山，山東有崆峒島。

〈二〉［dòng ㄉㄨㄥˋ ⑧ duŋ⁶ 動］
❶山洞。多用作地名，如湖南有吉峒坪，廣東有峒中。❷舊時對我國西南地區部分少數民族聚居地方的泛稱。如苗族的苗峒，壯族的黃峒。

⁶ **峇** ［bā ㄅㄚ ⑧ ba¹ 巴］
峇厘，印度尼西亞島名。

⁶ **峋** ［xún ㄒㄩㄣˊ ⑧ sœn¹ 荀］
嶙峋。見"嶙"，186頁右欄。

⁶ **峧** ［jiāo ㄐㄧㄠ ⑧ gau¹ 交］
地名用字。山西有劉家峧。

⁷ **峂** ［lòng ㄌㄨㄥˋ ⑧ luŋ⁶ 弄］
石山間的小片平地(來自壯語)。

⁷ **崁** ［kàn ㄎㄢˋ ⑧ hɐm³ 勘］
地名用字。台灣有赤崁。

⁷ **峬** ［bū ㄅㄨ ⑧ bou¹ 褒］
峬峭，形容風姿，文筆優美。

⁷ **峽** (峡) ［xiá ㄒㄧㄚˊ ⑧ hap⁹ 狹］

兩山夾水處。多用作地名，如長江有巫峽、西陵峽、瞿塘峽，河南有三門峽，寧夏有青銅峽 ◆ 峽谷｜峽口。

⁷ **峭** (㊟陗) ［qiào ㄑㄧㄠˋ ⑧ tsiu³ 俏］

❶山勢高峻陡直 ◆ 峭立｜峻峭｜陡峭｜山勢峭拔｜懸崖峭壁。❷比喻嚴峻、苛刻 ◆ 峭直｜峭薄。❸比喻尖利 ◆ 峭寒｜春寒料峭。

⁷ **峴** (岘) ［xiàn ㄒㄧㄢˋ ⑧ jin⁶ 現］

❶小而高的山嶺。❷峴山，山名，在湖北襄陽的南部。

⁷ **峨** (㊟峩) ［é ㄜˊ ⑧ ŋɔ⁴ 鵝］

❶高；高聳 ◆ 巍峨｜峨冠博帶。❷峨嵋山的省稱 ◆ 三

峨(大峨、中峨、小峨)|岷峨。

⁷ **島**(岛⁸島) [dǎo ㄉㄠˇ 粵 dou² 搗]

海洋中的陸地。也指江、河、湖中被水環繞的陸地 ◆ 島嶼|島國|千島湖|南沙羣島。

⁷ **峪** [yù ㄩˋ 粵 juk⁹ 浴]

山谷。多用作地名。如甘肅有嘉峪關,河北有馬蘭峪。

⁷ **猺**(粵巙) [náo ㄋㄠˊ 粵 nou⁴ 奴]

猺山,山名,在山東臨淄的南部。

⁷ **峯**(粵峰) [fēng ㄈㄥ 粵 fuŋ¹ 風]

❶山頂 ◆ 山峯|主峯|險峯|峯迴路轉|峯巒疊嶂|宋蘇軾《題西林壁》詩:"橫看成嶺側成峯,遠近高低各不同。"❷形態像山峯的事物 ◆ 駝峯|洪峯|乳峯。❸比喻事物發展所達到的頂點 ◆ 登峯造極|事業頂峯。❹量詞,用於駱駝 ◆ 一峯駱駝。

⁷ **崀** [làng ㄌㄤˋ 粵 lɔŋ⁶ 浪]

地名用字。湖南有崀山,廣東有大崀。

⁷ **峻** [jùn ㄐㄩㄣˋ 粵 dzœn³ 進]

❶(山)高大 ◆ 峻峭|陡峻|山勢險峻|崇山峻嶺。❷嚴厲 ◆

嚴峻|嚴刑峻法。

⁸ **崚** [léng ㄌㄥˊ 粵 liŋ⁴ 玲]

崚嶒,形容山勢高聳突兀 ◆ 山石崚嶒。

⁸ **崬**(粵崬) [dōng ㄉㄨㄥ 粵 duŋ¹ 東]

地名用字。廣西有崬羅。

⁸ **崖**(粵崕) [yá ㄧㄚˊ 粵 ŋai⁴ 捱]

山或高地陡立的側面。也泛指邊際 ◆ 山崖|崖略|懸崖峭壁|摩崖石刻|懸崖勒馬。

⁸ **崎** [qí ㄑㄧˊ 粵 kei¹ 敧]

崎嶇,形容地勢或道路不平 ◆ 崎嶇不平。

⁸ **崦** [yān ㄧㄢ 粵 jim¹ 淹]

崦嵫。❶山名,在甘肅天水的西部。❷古代神話指日落的地方,也借喻人的暮年 ◆ 日薄崦嵫。

⁸ **崍**(峽) [lái ㄌㄞˊ 粵 lɔi⁴ 來]

地名用字。四川有邛崍山。

⁸ **崑**(粵崐) [kūn ㄎㄨㄣ 粵 gwen¹ 君/kwen¹ 坤 (語)]

❶崑崙,山名,在新疆、西藏之間,西接帕米爾高原,東延伸至青海境內。今作"昆侖"。❷崑曲的省稱 ◆ 北崑|南崑|蘇崑|湘崑|崑腔。

⁸ **崮** ［gù ㄍㄨˋ ⓟgu³ 固］
四面陡峭，頂上較平的山。多用作地名，如山東有孟良崮、抱犢崮、吳家崮。

⁸ **崗**（岗） 〈一〉"岡"的異體字。
〈二〉［gǎng ㄍㄤˇ ⓟgɔŋ¹ 江］
❶崗位；崗哨 ◆ 崗亭｜站崗｜換崗｜門崗｜崗樓。❷不高的山或高起的土坡 ◆ 黃土崗。❸平面上凸起的一長道 ◆ 胸口腫起一道崗子。
〈三〉［gàng ㄍㄤˋ ⓟ同〈一〉］
❶崗尖，形容極滿 ◆ 崗滿的一車貨物。❷方言。形容極甜 ◆ 這瓜崗口兒甜。

⁸ **崔** ［cuī ㄘㄨㄟ ⓟtsœy⁴ 徐/tsœy¹ 吹(語)］
❶崔巍，(山、建築物)高大雄偉 ◆ 羣山崔巍｜崔巍挺拔。❷崔嵬。(1)有石頭的土山。(2)高聳的樣子。❸姓。

⁸ **崟**（⁸嶔） ［yín ㄧㄣˊ ⓟjɐm⁴ 吟］
形容山高。

⁸ **崙**（⁸崘） ［lún ㄌㄨㄣˊ ⓟlœn⁴ 倫］
崑崙。見"崑"，183頁右欄。

⁸ **崤** ［xiáo ㄒㄧㄠˊ ⓟŋau⁴ 肴］
崤山，山名，在河南洛寧的北面。

⁸ **崢** ［zhēng ㄓㄥ ⓟtsɐŋ¹ 睜］
崢嶸。❶高峻 ◆ 山勢崢嶸｜殿宇崢嶸。❷比喻才氣、品格等超出一般；不平凡 ◆ 崢嶸歲月｜頭角崢嶸｜氣象崢嶸。

⁸ **崩** ［bēng ㄅㄥ ⓟbɐŋ¹ 巴鶯切］
❶倒塌；崩裂 ◆ 崩塌｜山崩｜雪崩｜天崩地裂。❷敗壞；潰散 ◆ 崩潰｜禮崩樂壞。❸破裂 ◆ 幾句話就談崩了。❹迸裂的東西打中 ◆ 炸起的石塊把他崩傷了。❺槍斃 ◆ 把這個罪犯給崩了。❻古代稱帝王、王后死 ◆ 駕崩。❼婦科病之一，指血下多而速 ◆ 血崩｜崩漏。

⁸ **崞** ［guō ㄍㄨㄛ ⓟgwɔk⁸ 國］
地名用字。山西有崞山，又舊有崞縣。

⁸ **崒**（⁸崪） ［zú ㄗㄨˊ ⓟdzyt⁷ 絕］
險峻 ◆ 崒崒。

⁸ **崇** ［chóng ㄔㄨㄥˊ ⓟsuŋ⁴ 宋⁴］
❶高 ◆ 崇高｜崇山峻嶺｜崇樓高閣。❷尊敬；推重 ◆ 尊崇｜推崇｜崇拜｜崇尚｜崇敬。❸姓。

⁸ **崆** ［kōng ㄎㄨㄥ ⓟhuŋ¹ 空］
地名用字。甘肅有崆峒山，山東有崆峒島。

⁸ **崌** ［jū ㄐㄩ ⓟgœy¹ 居］
地名用字。四川有崌山，江

西有巁崌山。

8 **崛** [jué ㄐㄩㄝˊ [粵] gwɐt^9 掘]
突起；興起 ◆ 崛起。

8 **㟖** [lù ㄌㄨˋ [粵] luk^9 錄]
土山間的小片平地(來自壯語)。

9 **嵌** 〈一〉[qiàn ㄑㄧㄢˋ [粵] hɐm^2 坎]
把細小的東西卡進較大東西的凹處 ◆ 鑲嵌｜戒指上嵌有一塊藍寶石。
〈二〉[kàn ㄎㄢˋ [粵] 同〈一〉]
赤嵌，地名，在台灣。

9 **嵖** [chá ㄔㄚˊ [粵] tsa^4 查]
嵖岈山，山名，在河南遂平。

9 **崴** 〈一〉[wēi ㄨㄟ [粵] wai^1 歪]
崴嵬，形容山高而錯落不平。
〈二〉[wǎi ㄨㄞˇ [粵] 同〈一〉]
❶(腳)扭傷 ◆ 不小心把腳崴了。❷山、水彎曲的地方(多用於地名) ◆ 海參崴。❸山路不平。

9 **嵎** [yú ㄩˊ [粵] jy^4 餘]
山彎曲的地方。

9 **崽** [zǎi ㄗㄞˇ [粵] dzɔi^2 宰]
❶兒子 ◆ 崽子｜有三個崽。❷幼小的動物 ◆ 崽兒｜雞崽｜豬崽。

9 **崿** [è ㄜˋ [粵] ŋɔk^9 岳]
山崖。

9 **嵇** [jī ㄐㄧ [粵] hɐi^4 兮]
❶嵇山，山名，在安徽省。❷姓。

9 **嵂** [lǜ ㄌㄩˋ [粵] lœt^9 律]
高起；突起 ◆ 嵂崒。

9 **嵛** ([異]崳) [yú ㄩˊ [粵] jy^4 餘]
昆嵛，山名，在山東。

9 **嵐** (岚) [lán ㄌㄢˊ [粵] lam^4 藍]
山林中的霧氣 ◆ 嵐氣｜嵐煙｜山嵐｜曉嵐。

9 **嵫** [zī ㄗ [粵] dzi^1 之]
崦嵫。見"崦"，183頁右欄。

9 **嵋** [méi ㄇㄟˊ [粵] mei^4 眉]
峨嵋。見"峨"，182頁右欄。

10 **㟷** [da ·ㄉㄚ [粵] dap^8 答]
屹㟷。見"屹"，180頁右欄。

10 **嵊** [shèng ㄕㄥˋ [粵] siŋ^6 剩]
地名用字。浙江有嵊縣。

10 **嵲** [niè ㄋㄧㄝˋ [粵] jit^9 熱]
嵽嵲。見"嵽"，186頁左欄。

10 **嵬** [wéi ㄨㄟˊ ⑧ ŋei⁴ 危]
　形容高大聳立 ◆ 嵬然不動｜嵬嵬宮殿。

10 **嵩**(⑧崧) [sōng ㄙㄨㄥ ⑧ suŋ¹ 鬆]
　山高；高 ◆ 嵩巒｜萬仞之嵩。

10 **嵯** [cuó ㄘㄨㄛˊ ⑧ tsɔ⁴ 初⁴]
　嵯峨，形容山勢高峻。

11 **嶅** [áo ㄠˊ ⑧ ŋou¹ 熬]
　地名用字。山東有嶅山，又有嶅陽。

11 **嶄**(嶃⑧嶃) [zhǎn ㄓㄢˇ ⑧ tsam⁴ 慚]
　❶高峻；突出 ◆ 嶄然｜嶄絕｜嶄露頭角。❷優異；好 ◆ 嶄新｜真嶄。

11 **嶇**(岖) [qū ㄑㄩ ⑧ kœy¹ 軀]
　崎嶇。見"崎"，183頁右欄。

11 **嵽** [dié ㄉㄧㄝˊ ⑧ dit⁹ 秩]
　嵽嵲，形容山勢高峻。

11 **嶁**(嵝) [lǒu ㄌㄡˇ ⑧ lɐu⁵ 柳]
　岣嶁。見"岣"，181頁右欄。

11 **嶂** [zhàng ㄓㄤˋ ⑧ dzœŋ⁴ 張]
　直立像屏障的山峯 ◆ 層巒疊嶂。

11 **嶍** [xí ㄒㄧˊ ⑧ dzap¹ 習]
　地名用字。雲南有嶍峨縣。

12 **嶢**(峣) [yáo ㄧㄠˊ ⑧ jiu⁴ 搖]
　形容高峻 ◆ 岧嶢｜嶕嶢。

12 **嶠**(峤) 〈一〉[qiáo ㄑㄧㄠˊ ⑧ kiu⁴ 橋]
　形容山尖而高。泛指高山、山嶺。
　〈二〉[jiào ㄐㄧㄠˋ ⑧ giu⁶ 撬]
　山道。

12 **嶕** [jiāo ㄐㄧㄠ ⑧ tsiu¹ 潮]
　嶕嶢，形容山勢高聳。

12 **嶔**(嵚) [qīn ㄑㄧㄣ ⑧ jɐm¹ 欽]
　形容山高而險 ◆ 嶔崟｜嶔崎。

12 **嶓** [bō ㄅㄛ ⑧ bɔ¹ 波]
　嶓冢，山名，在甘肅。

12 **嶙** [lín ㄌㄧㄣˊ ⑧ lœn⁴ 鄰]
　嶙峋。❶喻山石重疊不平的樣子 ◆ 怪石嶙峋。❷喻人消瘦 ◆ 瘦骨嶙峋。

12 **嶒** [céng ㄘㄥˊ ⑧ tsɐŋ⁴ 層]
　崚嶒。見"崚"，183頁右欄。

12 **嶗**(崂) [láo ㄌㄠˊ ⑧ lou⁴ 勞]
　地名用字。山東有嶗山。

12
嶝
[dèng ㄉㄥˋ ⑩dɐŋ³ 凳]
嶝道。可供登山的小道。也作"磴道。"

13
嶧(峄)
[yì ㄧˋ ⑩jik⁹ 亦]
❶山相連接。❷嶧山，山名。即鄒山又名鄒嶧山。在山東。

13
嶨(峃)
[xué ㄒㄩㄝˊ ⑩hɔk⁹ 學]
地名用字。浙江有嶨口。

13
嶼(屿)
[yǔ ㄩˇ ⑩dzœy⁶ 罪/jy⁴ 如]
❶小島 ◆ 島嶼。❷地名用字。香港有大嶼山。

13
奧(奥)
[ào ㄠˋ ⑩ou³ 澳]
山間平地。多用作地名。浙江有盤奧山。

13
嶮
[xiǎn ㄒㄧㄢˇ ⑩him² 險]
同"險"。形容山路危險，泛指道路艱難 ◆ 嶮巇。

13
嶰
[xiè ㄒㄧㄝˋ ⑩hai⁵ 蟹]
山間溝壑。

14
嶺(岭)
[lǐng ㄌㄧㄥˇ ⑩liŋ⁵ 領/lɛŋ⁵ 領(語)]
❶山峯；山脈 ◆ 秦嶺｜山嶺｜崇山峻嶺｜翻山越嶺｜<u>唐杜甫</u>《絕句》："窗含西嶺千秋雪，門泊東吳萬里船。"❷專指大庾嶺等五嶺 ◆ 嶺南｜嶺外｜嶺表。

14
嶷
〈一〉[yí ㄧˊ ⑩ji⁴ 而]
山名用字。湖南寧遠有九嶷山。

〈二〉[nì ㄋㄧˋ ⑩jik⁹ 亦]
❶幼小聰慧 ◆ 嶷然｜嶷嶷。❷高；高峻 ◆ 嶷岌。❸高尚；傑出 ◆ 嶷爽。

14
嶽
[yuè ㄩㄝˋ ⑩ŋɔk⁴ 鄂]
❶高大的山 ◆ 山嶽。❷指我國五大名山 ◆ 東嶽泰山，西嶽華山，南嶽衡山，北嶽恒山，中嶽嵩山。

14
嵤(嵘)
[róng ㄖㄨㄥˊ ⑩wiŋ⁴ 榮/weŋ⁴ 宏]
崢嵤。見"崢"，184頁右欄。

16
嶷
[lì ㄌㄧˋ ⑩lik⁹ 力]
地名用字。江西有嶷崱山。

17
巇
[xī ㄒㄧ ⑩hei¹ 希]
險峻 ◆ 險巇。

17
巉
[chán ㄔㄢˊ ⑩tsam⁴ 慚]
形容山勢險峻 ◆ 巉峭｜巉然｜巉巉｜巉巖｜巉峻。

18
巍
[wēi ㄨㄟ ⑩ŋei⁴ 危]
形容高大 ◆ 巍峨｜巍然屹立｜巍巍羣山。

18 巋（峗） [kuī ㄎㄨㄟ ⑤ kwei¹ 虧/kwei² 規²]

巋然，形容高大屹立 ◆ 巋巍｜巋然屹立｜巋然不動。

19 巔（巓） [diān ㄉㄧㄢ ⑤ din¹ 顛]

山頂 ◆ 高山之巔。

19 巎 [náo ㄋㄠˊ ⑤ nou⁴ 奴]

❶同"猱"，見183頁左欄。❷人名用字。

19 巒（峦） [luán ㄌㄨㄢˊ ⑤ lyn⁴ 聯]

山；山脊 ◆ 重巒疊嶂｜山巒起伏。

20 巘 [yǎn ㄧㄢˇ ⑤ jin⁵ 演]

山峯；山頂 ◆ 絕巘。

20 巖（⑤岩巗嵒） [yán ㄧㄢˊ ⑤ ŋam⁴ 癌]

❶巖石 ◆ 巖層｜巖洞｜花崗巖｜水成巖。❷巖石隆起的山峯 ◆ 七星巖｜蘆笛巖（在廣西桂林）。

巛 部

0 川 [chuān ㄔㄨㄢ ⑤ tsyn¹ 村]

❶河流 ◆ 山川｜名山大川｜百川歸海｜川流不息。❷原野；平地 ◆ 米糧川｜一馬平川。❸四川省的簡稱 ◆ 川菜｜川馬｜川劇。

3 州 [zhōu ㄓㄡ ⑤ dzeu¹ 周]

❶古代的行政區劃，所轄地區的大小各時代不同 ◆ 州牧｜知州｜只許州官放火，不許百姓點燈。❷指民族自治州。

4 巡（⑤廵） [xún ㄒㄩㄣˊ ⑤ tsœn⁴ 旬]

❶巡視；視察 ◆ 巡幸｜巡查｜巡行｜巡邏｜出巡。❷量詞。遍（用於給全座斟酒）◆ 酒過三巡。

8 巢 [cháo ㄔㄠˊ ⑤ tsau⁴ 抄⁴]

❶鳥窩。也稱蜂、蟻等昆蟲的窩 ◆ 鳥巢｜巢穴｜鵲巢鳩佔。❷比喻盜匪等盤踞的地方 ◆ 匪巢｜傾巢出動。❸姓。

工 部

0 工 [gōng ㄍㄨㄥ ⑤ guŋ¹ 弓]

❶工人 ◆ 工匠｜礦工｜紡織女工｜《論語》："工欲善其事，必先利其器。"❷工作；從事生產勞動 ◆ 工廠｜工地｜上工｜半工半讀｜勤工儉學。❸工業 ◆ 化工｜輕工｜工交系統。❹一天的工作量稱一工 ◆ 手工縫製一套西裝要三個工。❺技藝；藝術修養 ◆ 唱工｜做工。❻精巧；精緻 ◆ 工巧｜異曲同工｜巧奪

天工。**❼**擅長；善於 ◆ 工詩|工書法。**❽**中國民族音樂傳統記譜符號之一，音值相當於簡譜的"3"。

2 左 [zuǒ ㄗㄨㄛˇ ⓟdzɔ² 阻]
❶方位詞。面向南時靠東的一邊。與"右"相對 ◆ 左手|左顧右盼|左右逢源。**❷**地理上以東為左，以西為右。如隴東亦稱隴左，江東又稱江左。**❸**邪僻；不正當 ◆ 旁門左道。**❹**不合；不當；違背 ◆ 兩人意見相左。**❺**進步的 ◆ 左翼|左派。**❻**姓。

2 巧 [qiǎo ㄑㄧㄠˇ ⓟhau² 考]
❶技藝高明；靈敏；靈巧 ◆ 熟能生巧|能工巧匠|心靈手巧|巧奪天工|巧婦難為無米之炊。**❷**恰好 ◆ 巧遇|湊巧|來得正巧。**❸**虛浮不實；偽詐 ◆ 巧取豪奪|巧言令色|巧舌如簧|花言巧語。

2 巨 [jù ㄐㄩˋ ⓟgœy⁶ 具]
大 ◆ 巨大|巨變|巨額資金|事無巨細|長篇巨著。

4 巫 [wū ㄨ ⓟmou⁴ 無]
❶以裝神弄鬼替人祈禱為職業的人，也特指女巫 ◆ 巫婆|巫師|巫祝|小巫見大巫。**❷**姓。

7 差 〈一〉[chā ㄔㄚ ⓟtsa¹ 叉]
❶差別；相差 ◆ 差異|誤差|失之毫釐，差以千里。**❷**錯誤 ◆

差池|並無差錯。**❸**甲數減去乙數後的餘數 ◆ 差數|8減5的差是3。**❹**比較；稍微 ◆ 差可|差強人意。
〈二〉[chà ㄔㄚˋ ⓟ同〈一〉]
❶不相合；有欠缺 ◆ 能力差得多|還差一個人沒有來。**❷**不好；不夠標準 ◆ 品質差|質量差。
〈三〉[chāi ㄔㄞ ⓟtsai¹ 猜]
❶差使；派遣 ◆ 差遣|鬼使神差。**❷**被派遣去辦理的事情；公務；職務 ◆ 出差|美差|兼差|欽差。**❸**差役 ◆ 兵差|支差。
〈四〉[cī ㄘ ⓟtsi¹ 雌]
參差，不齊；不一致 ◆ 參差不齊|參差錯落。

11 巰(巯) [qiú ㄑㄧㄡˊ ⓟkɐu⁴ 求]
由氫和硫兩種原子組成的一價原子團。也叫"巰基"或"氫硫基"。

己（巳）部

0 己 [jǐ ㄐㄧˇ ⓟgei² 紀]
❶自己；自身 ◆ 捨己為人|嚴於律己|克己奉公|知己知彼，百戰不殆|唐王勃《送杜少府之任蜀州》詩："海內存知己，天涯若比鄰。"**❷**天干的第六位。

0 巳 [yǐ ㄧˇ ⓟji⁵ 以]
❶停止；完畢 ◆ 讚歎不已

|誅求無已|鞠躬盡瘁，死而後
已。❷已經 ◆ 大勢已去|大局已
定|業已竣工|唐李白《早發白帝
城》詩："兩岸猿聲啼不住，輕舟
已過萬重山。"❸太；過於 ◆ 其細
已甚。❹後來；過了一會兒 ◆ 已
忽不見。❺語氣詞。用於句末，表
示肯定 ◆ 如此而已|國無望已。

⁰ **巳** [sì ㄙˋ ⑧dzi⁶ 治]
❶地支的第六位。❷十二時
辰之一。巳時，上午九時至十一時。

¹ **巴** [bā ㄅㄚ ⑧ba¹ 叭]
❶急切盼望 ◆ 巴望|巴不
得。❷貼近；靠近 ◆ 前不巴村，
後不巴店。❸緊貼；黏住 ◆ 壁虎
巴在牆上|紅燒肉巴鍋了。❹乾燥
黏結之物 ◆ 鍋巴|泥巴。❺古國
名，在今四川東部一帶。今指四川
東部 ◆ 巴山夜雨。❻大氣的壓強
單位，1巴等於每平方厘米的面積上
受到10⁷達因作用力的壓強。❼壓強
單位，1巴等於每平方厘米的面積上
受到1達因作用力的壓強。❽姓。

⁶ **巷** [xiàng ㄒㄧㄤˋ ⑧hɔŋ⁶ 項]
較狹窄的街道 ◆ 巷戰|大街
小巷|街談巷議|萬人空巷|酒香不
怕巷子深。

⁹ **巽** [xùn ㄒㄩㄣˋ ⑧sœn³ 信]
八卦之一，卦形為☴，代表
風。

巾 部

⁰ **巾** [jīn ㄐㄧㄣ ⑧gɐn¹ 斤]
❶擦抹用的小塊布；手巾 ◆
毛巾|餐巾|淚滿巾。❷裹頭或纏
束、覆蓋用的紡織品 ◆ 頭巾|圍巾
|枕巾|宋蘇軾《念奴嬌·赤壁懷
古》詞："羽扇綸巾，談笑間，強
虜灰飛煙滅。"

¹ **帀** 同"匝"，見65頁左欄。

² **布** [bù ㄅㄨˋ ⑧bou³ 報]
❶用棉、麻等紡織而成的材
料 ◆ 棉布|布帛|布匹|布衣素食。
❷古代的一種錢幣。❸"佈"的異體
字。

² **市** [shì ㄕˋ ⑧si⁵ 時⁵]
❶交易貨物的場所；市場 ◆
菜市|集市|夜市|門庭若市|招搖
過市。❷買賣；交易 ◆ 市惠|市況
|日中而市。❸城市 ◆ 市民|市長
|市容|都市|直轄市。❹屬於市制
的(計量單位) ◆ 市尺|市斤。

³ **帆**(⑧帆) [fān ㄈㄢ ⑧fan⁴
凡/fan⁶ 飯]
掛在桅杆上利用風力使船前進的布
篷 ◆ 帆船|揚帆起航|一帆風順|

唐劉禹錫《酬樂天揚州初逢席上見贈》詩："沈舟側畔千帆過，病樹前頭萬木春。"

希 [xī ㄒㄧ ⑧hei¹ 欺]
❶少；罕見 ◆ 希罕|希奇|希少|希有。❷企求；希望 ◆ 希冀|希圖暴利|敬希光臨。

⁴**帊** [pà ㄆㄚˋ ⑧pa³ 怕]
同"帕"。用來擦手擦臉用的棉麻絲織品，多為方形。

⁵**帖**〈一〉[tiè ㄊㄧㄝˋ ⑧tip⁸ 貼]
學習書法、繪畫時臨摹用的樣本 ◆ 臨帖|碑帖|字帖|畫帖。
〈二〉[tiě ㄊㄧㄝˇ ⑧同〈一〉]
❶邀請賓客的柬帖 ◆ 請帖|下帖。❷舊時寫明生辰八字的紙片 ◆ 庚帖|換帖。❸文書；告示；便條 ◆ 稟帖|軍帖|房帖。❹量詞。中藥一劑也叫一帖 ◆ 一帖藥便見效。
〈三〉[tiē ㄊㄧㄝ ⑧同〈一〉]
❶安定 ◆ 心境寧帖。❷順從；服從 ◆ 服帖。❸妥當；安穩 ◆ 妥帖。

⁵**帙** [zhì ㄓˋ ⑧dit⁹ 秩]
❶包書的布套。❷量詞。用於裝套的線裝書 ◆ 卷帙浩繁。

⁵**帕** [pà ㄆㄚˋ ⑧pa³ 怕/pak⁸ 拍(語)]
❶用來擦手擦臉用的棉麻絲織品，

多為方形 ◆ 手帕。❷壓強單位帕斯卡的簡稱，物體每平方米的面積上受到1牛頓的壓力時，壓強單位就是1帕。

⁵**帛** [bó ㄅㄛˊ ⑧bak⁹ 白]
絲織物的總稱 ◆ 帛書|化干戈為玉帛。

⁵**帘** [lián ㄌㄧㄢˊ ⑧lim⁴ 廉]
❶酒店、茶館等門前用作標誌的旗幟；望子 ◆ 酒帘。❷"簾"的簡化字。

⁵**帚** (⑧箒) [zhǒu ㄓㄡˇ ⑧dzau² 酒]
掃帚 ◆ 敝帚自珍。

⁵**帑**〈一〉[tǎng ㄊㄤˇ ⑧tɔŋ² 躺]
國家收藏錢財的倉庫；國庫裏的錢財 ◆ 國帑|帑藏|私吞公帑。
〈二〉古同"孥"，見246頁左欄。

⁵**帔** [pèi ㄆㄟˋ ⑧pei³ 屁]
古代披在肩背上的服飾；披肩 ◆ 鳳冠霞帔。

⁶**帥** (帅) [shuài ㄕㄨㄞˋ ⑧sœy³ 稅]
❶軍隊中的最高指揮長官 ◆ 將帥|主帥|元帥|統帥|帥印。❷英俊；漂亮 ◆ 他長得真帥|這套時裝真帥。❸姓。

⁶**帝**[dì ㄉㄧˋ ⑧dɐi³ 締]
❶神話中或宗教徒稱宇宙的創造者和主宰者 ◆ 上帝|天帝|玉皇大帝。❷古代奴隸社會、封建社會的最高統治者;君主 ◆ 皇帝|帝制|帝業|三皇五帝。

⁶**帡**[píng ㄆㄧㄥˊ ⑧piŋ⁴ 平]
帡幪,帳幕。在旁的叫"帡",在上的叫"幪"。

⁶**帣**〈一〉[juàn ㄐㄩㄢˋ ⑧gyn³ 眷]
口袋。
〈二〉[juǎn ㄐㄩㄢˇ ⑧gyn² 卷]
捲袖子。

⁷**帩**[qiào ㄑㄧㄠˋ ⑧tsiu³ 俏]
帩頭,古代男子用來束髮的頭巾。也叫"幧頭"。

⁷**師**(师)[shī ㄕ ⑧si¹ 思]
❶古代軍隊編制以二千五百人為一師。後泛指軍隊 ◆ 師出有名|仁義之師|興師問罪|雄師百萬|宋 陸游《示兒》詩:"王師北定中原日,家祭無忘告乃翁!"❷現代軍隊編制單位,上屬軍或集團軍,下轄旅或團 ◆ 師長|師部。❸稱傳授知識技藝的人 ◆ 老師|教師|師傅|師生關係|好為人師。❹指由師徒關係產生的 ◆ 師母|師兄|師妹。❺效法;學習的榜樣 ◆ 為人師表|前事不忘,後事之師。❻稱掌握專門學問或技藝的人 ◆ 技師|琴師|工程師|藥劑師。❼對和尚、尼姑的尊稱 ◆ 法師|禪師|師太。❽姓。

⁷**席**[xí ㄒㄧˊ ⑧dzik⁹ 直]
❶同"蓆"。以葦篾、竹篾、禾楷等編織而成、供坐卧鋪墊的用具。❷座位;席位 ◆ 主席|就席|出席|退席|席不暇暖|座無虛席。❸職位 ◆ 教席。❹特指議會中的席位,表示當選的人數 ◆ 在議會中,民主黨佔了二十席。❺酒席;筵席 ◆ 設席|還席|宴席。❻量詞 ◆ 一席酒|聽君一席話,勝讀十年書。❼姓。

⁷**帨**[shuì ㄕㄨㄟˋ ⑧sœy³ 稅/tsœy² 吹]
古代婦女用來擦拭的佩巾。

⁸**帳**(帐)[zhàng ㄓㄤˋ ⑧dzœŋ³ 漲]
❶用布、紗或綢子等做成的遮蔽用的帷幕 ◆ 蚊帳|營帳|帳篷|帳幔。❷同"賬",見679頁右欄。

⁸**帶**(带)[dài ㄉㄞˋ ⑧dai³ 戴]
❶用皮、布、塑料等做成的窄長而扁平的條狀物,用來束衣或捆紮物品;帶子 ◆ 皮帶|腰帶|領帶|一衣帶水。❷像帶子一樣的長條物 ◆ 帶魚|海帶|臍帶|韌帶|錄音帶。❸地理位置上相連接的

區域；地帶 ◆ 熱帶｜温帶｜沿海一帶。❹連同；附帶 ◆ 連説帶唱｜拖泥帶水｜帶葉的鮮荔枝。❺攜帶 ◆ 帶好行李上車｜外出要帶身分證。❻掛；佩帶；披帶 ◆ 披星帶月｜帶劍持盾入軍營。❼戴 ◆ 帶孝｜頭帶方巾｜帶一副金絲眼鏡。❽引導；帶領；率領 ◆ 帶隊｜師傅帶徒弟。❾含有；呈現 ◆ 面帶笑容｜帶電作業。❿婦科病名 ◆ 帶下｜白帶。

⁸ **常** [cháng ㄔㄤˊ ⑧sœŋ⁴ 償]
❶永久的；固定不變的 ◆ 常數｜常綠樹｜四季常青｜變化無常。❷普通；一般；平凡 ◆ 常人｜人之常情｜一反常態｜習以為常｜舉止失常。❸經常；時常；常常 ◆ 常學常新｜常來常往｜常去幫忙。❹姓。

⁸ **帷** [wéi ㄨㄟˊ ⑧wɐi⁴ 維]
圍在四周的幕布；帳子 ◆ 帷幕｜帷幔｜林帷｜運籌帷幄。

⁸ **帵** [wān ㄨㄢ ⑧wun² 碗]
帵子，裁剪衣服剩下的大片的布料。

⁹ **幅** [fú ㄈㄨˊ ⑧fuk⁷ 福]
❶布帛、呢絨等的寬度 ◆ 門幅｜單幅｜雙幅｜寬幅。❷泛指寬度 ◆ 幅員｜幅度｜篇幅。❸量詞 ◆ 一幅畫｜兩幅布。

⁹ **幀** (帧) [zhèn ㄓㄣˋ ⑧dziŋ³ 證]
❶畫幅 ◆ 裝幀。❷量詞。字畫一幅叫一幀。

⁹ **帽** (⑧帽) [mào ㄇㄠˋ ⑧mou⁶ 冒]
❶帽子 ◆ 草帽｜帽簷｜帽徽｜烏紗帽｜太陽帽。❷形狀或作用像帽子的東西 ◆ 筆帽｜釘帽｜螺絲帽。

⁹ **幄** [wò ㄨㄛˋ ⑧ɐk⁷/ŋɐk⁷ 握]
帳幕 ◆ 運籌帷幄。

⁹ **幃** (帏) [wéi ㄨㄟˊ ⑧wɐi⁴ 圍]
❶古代佩帶的香囊。❷同"帷"。帳幕。

¹⁰ **幌** [huǎng ㄏㄨㄤˇ ⑧fɔŋ² 訪]
❶帷幔。
❷幌子。(1)酒店、茶館的招子。(2)比喻進行某種活動時所假借的名義。

¹¹ **幘** (帻) [zé ㄗㄜˊ ⑧dzak⁸ 責]
古代的一種頭巾。

¹¹ **幕** (⑧幙) [mù ㄇㄨˋ ⑧mɔk⁹ 莫]
❶帳篷 ◆ 幕帳。❷覆蓋在上面的或掛着的大塊的布 ◆ 帷幕｜銀幕｜

幕布|簾幕。❸像幕布一樣覆蓋着的東西 ◆ 煙幕|雨幕|夜幕降臨|幕天席地。❹古代戰爭時將帥辦公的地方 ◆ 幕府|幕僚。❺戲劇中較完整的一個段落叫一幕,每幕又可分若干場。

¹¹ **幖** [biāo ㄅ丨ㄠ 粵 biu¹ 標]
旗幟。

¹¹ **幔** [màn ㄇㄢˋ 粵 man⁶ 慢]
帷幕 ◆ 布幔|窗幔|帷幔。

¹¹ **幗** (帼) [guó ㄍㄨㄛˊ 粵 gwok⁸ 國]
古代婦女的髮飾。巾幗,頭巾與髮飾,借指婦女 ◆ 巾幗英雄。

¹¹ **幛** [zhàng ㄓㄤˋ 粵 dzœŋ³ 障]
用作喜慶或弔唁禮物的布帛,上面題寫有詞句;幛子 ◆ 喜幛|賀幛|壽幛|輓幛。

¹² **幞** [fú ㄈㄨˊ 粵 fuk⁹ 服]
❶幞頭,古代的一種頭巾。❷"袱"的異體字。

¹² **幣** (币) [bì ㄅ丨ˋ 粵 bei⁶ 弊]
貨幣 ◆ 金幣|銀幣|人民幣|紀念幣。

¹² **幠** [hū ㄏㄨ 粵 fu¹ 呼]
❶覆蓋。❷寬大;大。❸怠慢;傲慢。

¹² **幡** [fān ㄈㄢ 粵 fan¹ 翻]
❶一種挑起來直着掛的窄長的旗子 ◆ 舉幡|打幡|招魂幡。❷幡然。同"翻然"。

¹² **幢** 〈一〉[chuáng ㄔㄨㄤˊ 粵 tsɔŋ⁴ 牀]
❶古代作為儀仗用的一種旗幟。❷刻着佛號或經咒的石柱子 ◆ 經幢|石幢。
〈二〉[zhuàng ㄓㄨㄤˋ 粵 dzɔŋ⁴ 撞]
❶量詞。房屋一座叫一幢。❷古代的車簾。

¹² **幟** (帜) [zhì ㄓˋ 粵 tsi³ 次]
旗子 ◆ 旗幟|獨樹一幟|別樹一幟。

¹³ **幧** [qiāo ㄑ丨ㄠ 粵 tsiu¹ 超]
幧頭,古代男子用來束髮的頭巾。也叫"帩頭"。

¹³ **幨** [chān ㄔㄢ 粵 tsim¹ 簽]
❶衣襟。❷車帷。

¹⁴ **幫** (帮⑧幇幚) [bāng ㄅㄤ 粵 bɔŋ¹ 邦]
❶鞋或其他物體的兩旁邊緣部分 ◆ 鞋幫|船幫|牀幫。❷相助 ◆ 幫助|幫忙|幫兇|幫倒忙|一個籬笆三個樁,一個好漢三個幫。❸夥;羣;集團 ◆ 馬幫|匪幫。❹量詞。夥;羣 ◆ 來了一幫人。❺幫會 ◆ 青幫|洪幫。

14
懞　[méng ㄇㄥˊ 粵muŋ⁴ 蒙]
帲懞。見“帲”，192頁左欄。

14
幬　〈一〉[chóu ㄔㄡˊ 粵tsɐu⁴ 酬]
❶牀帳。❷車帷。
〈二〉[dào ㄉㄠˋ 粵dou⁶ 道]
覆蓋。

15
櫥　[chú ㄔㄨˊ 粵tsy⁴ 廚]
古代一種形狀像櫥的牀帳。

16
幰　[xiǎn ㄒㄧㄢˇ 粵hin² 顯]
車前的帷幔。

干 部

0
干　〈一〉[gān ㄍㄢ 粵gɔn¹ 肝]
❶古代指盾牌 ◆ 干戚｜化干戈為玉帛。❷冒犯；衝犯 ◆ 干犯。❸涉及；牽連 ◆ 干涉｜干預｜干係｜毫不相干。❹求取；追求 ◆ 干祿｜干進｜干名采譽。❺水邊；河岸 ◆ 江干｜河干。❻天干，甲、乙、丙、丁、戊、己、庚、辛、壬、癸的總稱，傳統上用做表示次序的符號。中國曆法用天干與地支相配，共配成六十組，用來表示年、月、日的次序。❼姓。❽“乾〈一〉”的簡化字。
〈二〉“幹”的簡化字。

2
平　[píng ㄆㄧㄥˊ 粵piŋ⁴ 評/pɛŋ⁴ 符兵切(語)]
❶表面沒有高低凹凸；平坦 ◆ 平地｜一馬平川｜地勢平緩｜平疇千里。❷使平；削平 ◆ 平整土地。❸高低相當；不相上下 ◆ 平手｜平局｜平起平坐。❹公平；平均 ◆ 平攤｜平分秋色｜持平之論｜法律面前人人平等。❺安定；太平 ◆ 平安｜平穩｜心平氣和｜風平浪靜｜歌舞升平。❻用武力鎮壓；平息；平定 ◆ 平亂｜平叛。❼普通；平常 ◆ 平時｜平凡｜平素｜成績平平｜平步青雲。❽漢語四聲之一；平聲 ◆ 平仄｜平上去入。❾姓。

3
年　(秊)　[nián ㄋㄧㄢˊ 粵nin⁴ 尼然切]
❶莊稼的收成 ◆ 年成｜年景｜豐年｜歉年。❷地球環繞太陽運行一周的時間；十二個月為一年 ◆ 今年｜年終｜一年半載｜一年之計在於春｜唐杜牧《遣懷》詩：“十年一覺揚州夢，贏得青樓薄倖名。”❸以年度為單位的 ◆ 年鑒｜年表｜年譜｜年產值。❹年節；有關年節的 ◆ 新年｜拜年｜年畫｜年貨｜賀年卡。❺時期；時代 ◆ 晚年｜年代｜貞觀年間。❻年齡；歲數 ◆ 年紀｜享年｜年高德劭｜年富力壯｜年方二八。❼按年齡劃分的 ◆ 童年｜少年｜中年｜老年。❽帝王的年號 ◆ 改年。❾姓。

3
并　〈一〉❶“並”的異體字。❷“併”的異體字。

〈二〉[bīng ㄅ丨ㄥ ⑧biŋ¹ 兵]
山西太原的別稱。

⁵幸 [xìng ㄒ丨ㄥˋ ⑧heŋ⁶ 杏]
❶幸運；幸福 ◆ 不幸|榮幸|萬幸|三生有幸。❷為幸運而感到高興 ◆ 慶幸|欣幸|幸災樂禍。❸僥幸 ◆ 幸虧|幸免於難|得以幸存。❹希望 ◆ 幸勿推辭。❺寵愛 ◆ 寵幸|得幸|幸臣。❻古代特指皇帝到某地去 ◆ 巡幸|臨幸。❼姓。

¹⁰幹 (干) [gàn ㄍㄢˋ ⑧gɔn³ 肝³]
❶同"榦"。樹幹。❷事物的主體部分或重要部分 ◆ 幹道|主幹|軀幹|骨幹。❸做；辦 ◆ 幹活|幹勁|實幹家|埋頭苦幹。❹才能；能力 ◆ 精幹|才幹|幹練|幹材。❺辦事人員；幹部 ◆ 幹事|幹羣關係。❻從事；擔任 ◆ 幹過隊長。

幺 部

⁰幺 [yāo 丨ㄠ ⑧jiu¹ 腰]
❶數詞"一"的別稱 ◆ 呼幺喝六。❷小；排行最小的 ◆ 幺弦|幺妹。❸姓。

¹幻 [huàn ㄏㄨㄢˋ ⑧wan⁶ 患]
❶虛假的；不真實的 ◆ 幻覺|幻想|幻影|夢幻|虛幻。❷奇異的變化 ◆ 幻術|變幻無窮|變幻莫測。

²幼 [yòu 丨ㄡˋ ⑧jeu³ 又³]
❶年齡小；未成年 ◆ 幼小|幼年|幼兒|幼苗|年幼無知。❷小孩 ◆ 婦幼保健|扶老攜幼。❸粵方言。細 ◆ 幼沙|幼繩。

⁶幽 [yōu 丨ㄡ ⑧jeu¹ 休]
❶深遠；昏暗；僻靜 ◆ 幽深|幽暗|幽谷|曲徑通幽。❷隱晦；深奧 ◆ 幽妙|發微探幽。❸隱蔽的；不公開的 ◆ 幽會|幽居。❹深沈；沈靜 ◆ 幽思|幽憤|發思古之幽情|唐白居易《琵琶行》詩："別有幽情暗恨生，此時無聲勝有聲。"❺拘禁；監禁 ◆ 幽禁|幽囚|身幽囹圄。❻陰間 ◆ 幽冥|幽靈|幽明永隔。❼古州名。在今河北北部和遼寧南部。❽姓。

⁶兹 〈一〉[zī ㄗ ⑧dzi¹ 之]
❶這，這個 ◆ 兹事體大（這件事情重大）|兹理易明（這個道理容易明瞭）|念兹在兹。❷現在 ◆ 兹訂於九月五日舉行婚禮|兹有我公司業務代表王先生前往貴處洽談合同事宜。❸年 ◆ 今兹|來兹。

〈二〉[cí ㄘ ⑧tsi⁴ 池]
龜兹，漢代西域國名。見"龜〈三〉"，858頁右欄。

⁹ **幾**（几）〈一〉[jī ㄐㄧ ⓟgei¹ 機]
幾乎；近乎 ◆ 殲滅
敵軍，幾八千人。

〈二〉[jǐ ㄐㄧˇ ⓟgei² 己]
❶詢問數目；多少 ◆ 幾許|幾個|
他幾歲|南唐 李煜《虞美人》詞：
"問君能有幾多愁，恰似一江春水
向東流。" ❷表示大於一而小於十
的不定的數目 ◆ 住幾天再說|二十
幾歲的青年。

广 部

⁰ **广**〈一〉[ān ㄢ ⓟem¹/ŋem¹ 庵]
同"庵"。多用於人名。

〈二〉[yǎn ㄧㄢˇ ⓟyim⁵ 染]
部首用字。

〈三〉"廣"的簡化字。

² **庀**[pǐ ㄆㄧˇ ⓟpei² 鄙]
❶具備。❷治理。

⁴ **庋**[guǐ ㄍㄨㄟˇ ⓟgwei² 鬼]
❶放置；收藏 ◆ 庋藏。❷
放置器物的架子。

⁴ **庇**[bì ㄅㄧˋ ⓟbei³ 祕]
遮蔽；掩護 ◆ 庇護|庇廕|
包庇。

⁴ **序**[xù ㄒㄩˋ ⓟdzœy⁶ 罪]
❶次第；在空間或時間上排

列的先後 ◆ 程序|工序|順序|循序
漸進|井然有序。❷按次序排列 ◆
序列|序次|序齒。❸開頭的 ◆ 序
幕|序曲|序論。❹寫在正文前頭的
文字 ◆ 序言|序跋。❺古代的地方
學校 ◆ 庠序。

⁵ **店**[diàn ㄉㄧㄢˋ ⓟdim³ 惦]
❶旅館；客棧 ◆ 旅店|住店
|前不巴村，後不巴店。❷商店；
鋪子 ◆ 店鋪|店員|書店|點心店。
❸用於集市村鎮等地名 ◆ 長辛店
(在北京)|駐馬店(在河南)。

⁵ **府**[fǔ ㄈㄨˇ ⓟfu² 苦]
❶舊時官府收藏文書或財物
的地方 ◆ 府庫|府藏。❷舊時稱官
員辦理公務的地方，現在稱國家行
政機關 ◆ 官府|政府。❸舊時稱大
官、貴族的住宅，現在也稱某些國
家元首辦公或居住的地方 ◆ 王府|
總統府。❹尊稱別人的住宅 ◆ 貴
府|造府。❺舊時行政區劃名。唐
宋時大州稱府，明清時比縣高一級
的稱府 ◆ 京兆府|開封府|奉天
府。❻聚集之處 ◆ 學府|怨府。❼
古同"腑"，見559頁左欄。❽姓。

⁵ **底**〈一〉[dǐ ㄉㄧˇ ⓟdei² 抵]
❶物體的最下部分；器物下
端的基礎部分 ◆ 鞋底|底座|井底
之蛙|海底電纜。❷盡頭；末尾 ◆
年底|月底|無底洞。❸事情的根
源；內情 ◆ 底細|交底|知底|尋根

究底|打破砂鍋問到底。❹草稿；
原稿 ◆ 底稿|底本|留底。❺花紋
圖案的襯托部分 ◆ 白底紅花。❻
到；達到 ◆ 終底於成。❼何；什
麼 ◆ 底處。❽此；這 ◆ 小甌吳
粳底樣香。❾如此；這樣 ◆ 柳映
江潭底有情。❿姓。
〈二〉[de ˙ㄉㄜ 圖同〈一〉]
結構助詞。同"的"。見於早期白話
◆ 有病底，有不病底。

⁵庖 [páo ㄆㄠˊ 圖pau⁴ 刨]
❶廚房 ◆ 庖廚。❷廚師 ◆
名庖|越俎代庖。

⁵庚 [gēng ㄍㄥ 圖geŋ¹ 羹]
❶天干的第七位。❷年齡 ◆
庚帖|年庚|同庚|貴庚幾何？❸姓。

⁶度 〈一〉[dù ㄉㄨˋ 圖dou⁶ 杜]
❶計量長短的標準 ◆ 度量
衡。❷限度；尺度 ◆ 揮霍無度|疲
勞過度。❸事物性質所達到的程度
◆ 高度|廣度|跨度|精密度|能見
度。❹氣量；胸懷 ◆ 豁達大度|氣
度不凡。❺渡過 ◆ 歡度春節|度
日如年|虛度年華|唐王之渙《涼州
詞》詩："羌笛何須怨楊柳，春風
不度玉門關。"❻僧尼道士使人離
俗出家 ◆ 普度眾生。❼計量單位
名稱 ◆ 60度角|1度電|北緯38
度。❽量詞。次 ◆ 一年一度|再度
公演|幾度春秋。❾姓。
〈二〉[duó ㄉㄨㄛˊ 圖dɔk⁹ 徒落切]

推測；估計 ◆ 揣度|忖度|審時度
勢|度德量力。

⁶麻 [xiū ㄒㄧㄡ 圖jɐu¹ 休]
庇蔭；保護。

⁶庠 [xiáng ㄒㄧㄤˊ 圖tsœŋ⁴ 祥]
古代的地方學校 ◆ 庠序。

⁷庫 (库) [kù ㄎㄨˋ 圖fu³ 富]
❶儲存大量東西的建
築物 ◆ 武庫|水庫|倉庫|金庫|書
庫|血庫|冷庫。❷姓。

⁷庭 [tíng ㄊㄧㄥˊ 圖tiŋ⁴ 停/tiŋ³
聽]
❶廳堂 ◆ 中庭|大庭廣眾。❷正房
前的院子 ◆ 庭院|庭除|庭園|前庭
後院。❸法庭 ◆ 民庭|刑庭|開庭
|出庭作證。

⁷座 [zuò ㄗㄨㄛˋ 圖dzɔ⁶ 助]
❶坐位 ◆ 入座|茶座|座上
客|座右銘|座無虛席|高朋滿座。
❷器物的底托 ◆ 碑座|底座|插座
|鐘座|炮座。❸天文學上為了認識
和研究星位，將星空分為許多區
域，每一個區域叫一個星座 ◆ 大熊
座|仙后座。❹量詞。多用於體積
較大而固定的物體 ◆ 一座山|兩座
塔|一座高層建築。

⁸庶 (圖庻) [shù ㄕㄨˋ 圖sy³ 恕]
❶眾多 ◆ 庶務|庶

類｜庶事｜富庶。❷平民；百姓 ◆
庶人｜庶民。❸古代宗法制度下稱
與嫡系相對的旁支 ◆ 庶出｜庶子
｜庶兄。❹將近；差不多 ◆ 庶乎｜庶
幾有救｜庶可免死。❺副詞。表示
可能或希望 ◆ 庶不致誤｜庶可免於
難。

⁸**度** [tuǒ ㄊㄨㄛˇ ⑧ tɔk⁸ 托]
❶量詞。成人兩臂左右平伸
的長度。❷姓。

⁸**庵** [ān ㄢ ⑧ em¹/ŋem¹ 暗¹]
❶圓形草屋。❷小廟。多指
尼姑所居之處 ◆ 水月庵｜庵堂認母
｜庵堂相會。

⁸**庾** [yǔ ㄩˇ ⑧ jy⁵ 羽]
❶露天的穀倉。❷姓。

⁸**庳** [bì ㄅㄧˋ ⑧ bei¹ 卑/pei⁵ 婢]
低下；低窪；矮 ◆ 宮室卑
庳 (房屋低矮)。

⁸**康** [kāng ㄎㄤ ⑧ hɔŋ¹ 腔]
❶安樂；平安；健康 ◆ 安
康｜康強｜康寧｜康樂｜康復。❷寬
闊 ◆ 康莊大道。❸姓。

⁸**庸** [yōng ㄩㄥ ⑧ juŋ⁴ 容]
❶平常；平凡；一般 ◆ 凡
庸之輩｜庸言庸行｜庸中佼佼。❷
平庸；不高明的 ◆ 庸碌｜庸俗｜庸
才｜庸醫｜天下本無事，庸人自擾

之。❸用。常與"無、勿、弗"等否
定副詞連用 ◆ 無庸置疑｜毋庸諱
言。❹表示反問。豈；難道 ◆ 庸
有罪乎？

⁹**廂** (⑧廂) [xiāng ㄒㄧㄤ ⑧ sœŋ¹
商]
❶正房前面兩旁的房屋 ◆ 廂房｜東
廂房｜西廂房。❷類似房間的地方
◆ 車廂｜包廂。❸靠近城鎮的地區
◆ 城廂。❹邊；旁。多見於早期白
話 ◆ 一廂情願｜讓開兩廂｜小生這
廂有禮了。

⁹**廁** (厕⑧廁) 〈一〉[cè ㄘㄜˋ ⑧
tsi³ 次]
廁所 ◆ 男廁｜公廁。
〈二〉[cè ㄘㄜˋ ⑧ dzɐk⁷ 則]
夾雜在裏面；參與 ◆ 廁身其中｜不
相雜廁。

⁹**廋** [sōu ㄙㄡ ⑧ sɐu¹ 收]
隱蔽；隱藏 ◆ 廋蔽。

⁹**廊** [láng ㄌㄤˊ ⑧ lɔŋ⁴ 郎]
房屋內或屋簷下的過道；獨
立的有頂的過道 ◆ 走廊｜畫廊｜九
曲迴廊。

⁹ **廏**(®厩廄) ［jiù ㄐㄧㄡˋ ®geu³ 究]
馬棚，也泛指牲口棚 ◆ 馬廏。

¹⁰ **廈**(®厦) 〈一〉［shà ㄕㄚˋ ®ha⁶ 夏]
大房子 ◆ 高樓大廈｜廣廈萬間。
〈二〉［xià ㄒㄧㄚˋ ®同〈一〉]
地名用字。廈門，在福建省。

¹⁰ **廆** 〈一〉［guī ㄍㄨㄟ ®gwɐi¹ 歸]
廆山，古山名，在河南洛陽的西部。今作"谷山口"。
〈二〉［wěi ㄨㄟˇ ®ŋɐi⁵ 蟻]
人名用字。

¹⁰ **廉**(®廉廉) ［lián ㄌㄧㄢˊ ®lim⁴ 簾]
❶不貪污；不損公肥私 ◆ 廉正｜廉恥｜為政清廉｜廉潔奉公。❷價格低；便宜 ◆ 廉價｜價廉物美。❸姓。

¹¹ **廒**(®厫) ［áo ㄠˊ ®ŋou⁴ 熬]
糧倉。

¹¹ **廑** 〈一〉［jǐn ㄐㄧㄣˇ ®gɐn⁶ 近/gɐn² 僅(語)]
古同"僅"。只；才 ◆ 廑得舍人。
〈二〉［qín ㄑㄧㄣˊ ®kɐn⁴ 勤]
"勤"的古字。勤勞，殷勤。

¹¹ **頴**(®頃) ［qǐng ㄑㄧㄥˇ ®kiŋ² 頃]
小廳堂。

¹¹ **廓** ［kuò ㄎㄨㄛˋ ®kwɔk⁸ 擴]
❶空闊；廣大 ◆ 寥廓｜廓落｜空廓的天空。❷物體的外緣 ◆ 輪廓｜耳廓。❸開擴；擴大 ◆ 廓張｜廓開｜廓地分利。

¹¹ **廕** 同"蔭〈二〉"，見601頁右欄。

¹¹ **廖** ［liào ㄌㄧㄠˋ ®liu⁶ 料]
姓。

¹² **廙** ［yì ㄧˋ ®ji⁶ 義/jik⁹ 液]
恭敬。

¹² **廚**(®厨厨) ［chú ㄔㄨˊ ®tsy⁴ 躇/tsœy⁴ 除]
廚房 ◆ 廚師｜廚娘｜名廚。

¹² **廝**(®厮) ［sī ㄙ ®si¹ 斯]
❶古時稱幹粗雜活的男僕 ◆ 廝役｜廝徒｜小廝。❷對人輕蔑的稱呼，猶言奴才 ◆ 這廝｜那廝。❸互相 ◆ 廝打｜廝拼｜廝殺｜廝混｜廝守｜耳鬢廝磨。

¹² **廣**(广) ［guǎng ㄍㄨㄤˇ ®gwɔŋ² 光²]
❶寬闊；廣大。與"狹"相對 ◆ 廣闊｜廣泛｜廣場｜廣袤｜平原廣野｜地廣人稀｜流傳甚廣。❷擴大 ◆ 推廣｜以廣流傳。❸多 ◆ 見多識廣｜大庭廣眾。❹指廣東、廣州。廣西也可省稱廣，但僅限於兩廣 ◆ 廣貨

|廣交會。❺姓。

廟(庙)　[miào ㄇㄧㄠˋ ⑧miu⁶ 妙]

❶供奉祭祀祖先的處所 ◆ 宗廟|太廟|家廟。❷供奉祭祀歷史上有名人物的處所 ◆ 文廟(供奉祭祀孔子的廟)|武廟|岳王廟。❸供奉祭祀神佛的處所 ◆ 廟宇|寺廟|土地廟|龍王廟。❹朝廷 ◆ 廟堂|廊廟。❺廟會 ◆ 趕廟。

廠(厂⑧厰)　[chǎng ㄔㄤˇ ⑧tsɔŋ² 敞]

❶工廠 ◆ 廠房|廠休|廠長|化工廠|發電廠。❷指有寬敞地面可以存放貨物並進行加工的商店 ◆ 煤廠。

廛　[chán ㄔㄢˊ ⑧tsin⁴ 前]
❶古代指一戶平民所住的房屋。❷古代指公家所建供商人儲存、堆積貨物的棧房。

廡(庑)　[wǔ ㄨˇ ⑧mou⁵ 舞]
❶正房周圍的走廊、小屋。❷泛指房屋。

廢(废)　[fèi ㄈㄟˋ ⑧fɐi³ 肺]
❶拋棄不用;停止 ◆ 廢棄|廢除|作廢|廢寢忘食|半途而廢|唐杜甫《戲為六絕句》詩:"爾曹身與名俱滅,不廢江河萬古流。"❷罷免;罷官 ◆ 廢黜|廢免。❸無用的;不合格的;失去原有使

用價值的 ◆ 廢物|廢品|廢人|廢氣|修舊利廢。❹殘廢 ◆ 廢疾。❺衰敗 ◆ 興廢存亡。❻荒蕪 ◆ 廢墟。❼沮喪;頹唐 ◆ 頹廢。

廨　[xiè ㄒㄧㄝˋ ⑧gai³ 介]
古代官吏辦事的地方;官署 ◆ 廨宇|公廨。

廩(⑧廪)　[lǐn ㄌㄧㄣˇ ⑧lɐm⁵ 凜]
糧食 ◆ 倉廩。

廬(庐)　[lú ㄌㄨˊ ⑧lou⁴ 勞]
❶簡陋的房屋 ◆ 廬舍|草廬|三顧茅廬。❷指廬州,舊府名,今安徽合肥市 ◆ 廬劇。❸姓。

龐(庞)　[páng ㄆㄤˊ ⑧pɔŋ⁴ 旁]
❶很大,多指形體、組織、數量等(常含有過大或大而無當的意思) ◆ 龐大|龐然大物。❷多而雜亂 ◆ 事情龐雜|機構龐雜|人員龐雜。❸指人臉部的形狀輪廓 ◆ 龐兒|可愛的臉龐。❹姓。

龐　[yōng ㄩㄥ ⑧juŋ¹ 翁]
和樂。

廳(厅⑧廰廳)
[tīng ㄊㄧㄥ ⑧tiŋ¹ 庭/tɛŋ¹ 聽(語)]
❶集會或接待賓客等用的大房間 ◆

客廳｜餐廳｜音樂廳｜會議廳。❷政府或行政辦事機構的名稱 ◆ 財政廳｜交通廳｜辦公廳。

廴 部

⁴ 廷 [tíng ㄊㄧㄥˊ ⑧tin⁴ 停]
朝廷，封建時代君主受朝拜和處理政事的地方 ◆ 廷杖｜廷對｜廷試｜宮廷｜清廷。

⁵ 延 [yán ㄧㄢˊ ⑧jin⁴ 言]
❶伸長；擴展 ◆ 延長｜延伸｜蔓延｜綿延｜延年益壽｜苟延殘喘。❷(時間)向後推遲；推延 ◆ 延遲｜延期｜延誤｜順延｜拖延時日。❸聘請；邀請 ◆ 延聘｜延請。❹姓。

⁶ 建 [jiàn ㄐㄧㄢˋ ⑧gin³ 見]
❶設立；建立 ◆ 建國｜建樹｜建交｜籌建｜創建｜建功立業。❷建造；建築 ◆ 建房｜建橋｜改建｜擴建｜興建。❸提出(主張、意見) ◆ 建議｜建白。❹福建的簡稱 ◆ 建茶｜建漆｜建蘭。❺姓。

廾 部

¹ 廿 [niàn ㄋㄧㄢˋ ⑧jɐp⁹ 入/ja⁶ 也⁶(語)/jɛ⁶ 夜(語)]
數詞。二十 ◆ 廿四史。

² 弁 [biàn ㄅㄧㄢˋ ⑧bin⁶ 辨]
❶古代男子戴的一種帽子 ◆ 皮弁。❷舊時稱低級武官 ◆ 馬弁｜武弁。

⁴ 弄 〈一〉[nòng ㄋㄨㄥˋ ⑧luŋ⁶ 龍⁶]
❶用手擺弄、把玩 ◆ 舞槍弄棒｜唐李白《長干行》詩：“郎騎竹馬來，繞牀弄青梅。”❷玩弄；耍 ◆ 弄潮｜戲弄｜弄巧成拙｜弄假成真｜故弄玄虛｜舞文弄墨。❸賣弄 ◆ 使乖弄巧｜搔首弄姿｜班門弄斧。❹做；幹；搞；辦 ◆ 弄飯｜弄不明白｜別把椅子弄壞｜事情讓你弄糟了。❺樂曲演奏一遍稱一弄 ◆ 古琴曲《梅花三弄》。

〈二〉[lòng ㄌㄨㄥˋ ⑧同〈一〉]
同“衖”。小巷；胡同 ◆ 弄口｜弄堂｜里弄。

⁵ 弆 [jǔ ㄐㄩˇ ⑧gœy² 舉]
收藏；密藏。

⁶ 弇 [yǎn ㄧㄢˇ ⑧jim² 掩]
覆蓋；遮蔽 ◆ 弇日｜弇目。

⁶ 弈 [yì ㄧˋ ⑧jik⁹ 亦]
❶圍棋。❷下棋 ◆ 對弈。

¹² 弊 (⑧獘) [bì ㄅㄧˋ ⑧bɐi⁶ 幣]
❶玩弄手法、欺詐蒙

騙的行為 ◆ 作弊|徇私舞弊。❷毛病；害處 ◆ 弊病|弊端|流弊|興利除弊|權衡利弊後，他決定同意庭外和解。

弋 部

0 弋 [yì ㄧˋ ⑧jik⁹ 亦]
❶帶有繩子的箭。也指用帶有繩子的箭射鳥 ◆ 弋射。❷取 ◆ 弋取。❸姓。

3 式 [shì ㄕˋ ⑧sik⁷ 色]
❶樣式 ◆ 中式|款式|新式|西式。❷有一定規格的式樣；格式 ◆ 程式|模式|版式。❸典禮；儀式 ◆ 開幕式|閱兵式。❹自然科學中表示幾個量之間關係的一組符號 ◆ 公式|分子式|方程式。❺一種語法範疇，表示說話者對所說事情的主觀態度 ◆ 敍述式|命令式|條件式。

5 甙 [dài ㄉㄞˋ ⑧doi⁶ 代]
有機化合物的一類，廣泛存在於植物體中，由糖類和非糖類的各種有機化合物縮合而成。一般多是白色晶體。也稱"配糖物"、"配糖體"或"糖苷"。

10 弑 [shì ㄕˋ ⑧si³ 試]
古代稱臣殺君、子殺父母 ◆

弑君|弑父。

弓 部

0 弓 [gōng ㄍㄨㄥ ⑧gung¹ 工]
❶射箭或發射彈丸的器械 ◆ 弓箭|彈弓|杯弓蛇影|張弓搭箭|左右開弓|鳥盡弓藏。❷形狀或作用像弓的東西 ◆ 琴弓|彈棉花的繃弓兒。❸丈量土地的木製器具，形狀略像弓，兩端的距離為五尺。也稱"步弓"。❹彎曲；使彎曲 ◆ 彎腰弓背。❺舊時丈量土地的計算單位，五尺為一弓。❻姓。

1 弔 [diào ㄉㄧㄠˋ ⑧diu³ 釣]
❶祭奠死者或對遭喪事的人家表示哀悼、慰問 ◆ 弔喪|弔唁|弔問|弔慰|形影相弔|弔民伐罪。❷憑弔 ◆ 弔古傷今。❸同"吊"，見78頁左欄。

1 引 [yǐn ㄧㄣˇ ⑧jan⁵ 癮]
❶拉；牽引 ◆ 引力|引而不發|引車賣漿。❷延長；伸長 ◆ 引領而望|引吭高歌|引頸受戮。❸引導；帶領 ◆ 引介|引航|引見|引人入勝|引狼入室。❹避開；離開 ◆ 引退|引避。❺引起；引出 ◆ 引火燒身|拋磚引玉|引人注目。❻引用 ◆ 引證|引經據典|引以為戒。❼舊俗出殯時牽引棺材的白布 ◆ 發

引。❽ 古代長度單位。一引為十丈，十五引為一里。

² **弗** [fú ㄈㄨˊ ⑧ fet⁷ 忽]
副詞。不 ◆ 弗及 | 弗許 | 自愧弗如。

² **弘** [hóng ㄏㄨㄥˊ ⑧ weŋ⁴ 宏]
❶大 ◆ 弘圖 | 弘願 | 弘論 | 無關弘旨 | 氣勢恢弘。❷擴大；光大 ◆ 弘揚民族文化。❸姓。

³ **弛** [chí ㄔˊ ⑧ tsi² 始]
放鬆；鬆懈 ◆ 弛懈 | 鬆弛 | 一張一弛 | 緩刑弛禁。

⁴ **弟** 〈一〉[dì ㄉㄧˋ ⑧ dɐi 隸]
❶同輩而年紀比自己小的男子。與“兄”相對 ◆ 小弟 | 三弟 | 堂弟 | 弟妹。❷朋友間的謙稱(多用於書信)。❸姓。
〈二〉[tuí ㄊㄨㄟˊ ⑧ tœy⁴ 腿⁴]
弟靡，柔順而隨波逐流。

⁵ **弧** [hú ㄏㄨˊ ⑧ wu⁴ 胡]
❶古代指弓 ◆ 弦木為弧，剡木為矢。❷圓周的任意一段 ◆ 弧長 | 弧線。

⁵ **弦** (⑧絃) [xián ㄒㄧㄢˊ ⑧ jin⁴ 言]
❶繫於弓的兩端之間的繩狀物 ◆ 弓弦 | 箭在弦上，不得不發。❷樂器上用來發聲的絲線、銅線或鋼絲等

繩狀物 ◆ 琴弦 | 五弦琴 | 管弦樂 | 絲竹管弦 | 弦外之音。❸數學名詞。一直線與圓相交於兩點，在圓周內的部分叫弦。❹不等腰直角三角形的斜邊叫弦 ◆ 勾股弦定理。❺半圓形的月亮。農曆初七、初八月缺上半叫“上弦”，二十二、二十三月缺下半叫“下弦”。❻鐘錶的發條 ◆ 手錶的弦斷了 | 給鐘上弦。

⁵ **弢** 同“韜”，見786頁右欄。

⁵ **弩** [nǔ ㄋㄨˇ ⑧ nou⁵ 腦]
古兵器，指一種用機械力量發射的強弓 ◆ 弩弓 | 劍拔弩張 | 強弩之末。

⁵ **弨** [chāo ㄔㄠ ⑧ tsiu¹ 超]
❶弓弦鬆弛的樣子。❷弓。

⁶ **弭** [mǐ ㄇㄧˇ ⑧ mei⁵ 美]
❶消除；停止 ◆ 弭兵 | 弭患 | 弭謗 | 消弭。❷姓。

⁶ **弮** [quān ㄑㄩㄢ ⑧ hyn¹ 圈]
弩弓。

⁷ **弳** (弪) [jìng ㄐㄧㄥˋ ⑧ giŋ⁶ 勁]
量角的一種單位，即弧度。

⁷ **弰** [shāo ㄕㄠ ⑧ sau¹ 梢]
弓的末端。

7
弱 [ruò ㄖㄨㄛˋ ⑧ jœk9 若]
❶氣力小;勢力差。與"強"相對 ◆ 衰弱|軟弱|懦弱|弱不禁風|弱肉強食|不甘示弱|強將手下無弱兵。❷年幼 ◆ 弱冠之年|老弱病殘。❸喪失;減少(指人死) ◆ 又弱一個。❹接在分數或小數後面,表示略少於此數。與"強"相對 ◆ 三分之二弱。

8
張(张) [zhāng ㄓㄤ ⑧ dzœŋ1 章]
❶把緊縮的或合攏的東西擴展開來 ◆ 張弓射鳥|張開翅膀|張口結舌|一張一弛|綱舉目張。❷擴大;誇大 ◆ 誇張|虛張聲勢。❸放縱;放肆 ◆ 乖張|囂張。❹陳設;安排 ◆ 張燈結綵|大張筵席|張網捕魚。❺看;窺視 ◆ 張望|東張西望。❻商店開業 ◆ 開張誌喜。❼量詞 ◆ 一張紙|兩張弓|五張牛皮|三張桌子|一張嘴巴。❽二十八宿之一。❾姓。

8
弸 [péng ㄆㄥˊ ⑧ pɐŋ4 朋]
充滿。

8
猭 [jiàng ㄐㄧㄤˋ ⑧ gœŋ6 其亮切]
❶捕捉老鼠、鳥雀等的工具。❷用猭捕捉。

8
強(⑧強彊) 〈一〉[qiáng ㄑㄧㄤˊ ⑧ kœŋ4 巨良切]
❶力量大。與"弱"相對 ◆ 強盛|強勁|身強力壯|繁榮富強|奮發圖強|強將手下無弱兵|強中自有強中手。❷思想、感情、意志等所要求達到的程度高 ◆ 要強|思想性強|責任心強。❸加強;增強 ◆ 強本抑末|富國強兵。❹使用強力;威逼 ◆ 強姦|強佔|強攻|強制|強行|強暴。❺指強者 ◆ 亞洲三強|進入八強|兩強相遇必有一傷。❻優越;好(多用於比較) ◆ 她做家務比你強|好死總比賴活強。❼接在分數或小數後面,表示略多於此數。跟"弱"相對 ◆ 百分之二十強。❽姓。

〈二〉[qiǎng ㄑㄧㄤˇ ⑧ kœŋ5 其養切]
勉強 ◆ 強辯|強詞奪理|強顏歡笑|強人所難|強不知以為知|強扭的瓜不甜。

〈三〉[jiàng ㄐㄧㄤˋ ⑧ 同〈二〉]
強硬不屈;固執 ◆ 強嘴|強頭倔腦|性格倔強|強脾氣要好好改一改了。

9
弼 [bì ㄅㄧˋ ⑧ bɐt9 拔]
輔助 ◆ 輔弼。

10
彀 [gòu ㄍㄡˋ ⑧ gɐu3 究]
❶把弓拉滿 ◆ 彀中(箭能射及的有效範圍,比喻牢籠、圈套)。❷同"夠",見142頁右欄。

11
彄 [kōu ㄎㄡ ⑧ kɐu1 溝]
弓弩兩端繫弦的地方。

11
彃 [bì ㄅㄧˋ ⑧ bet⁷ 不]
射。

12
彆 (別) [biè ㄅㄧㄝˋ ⑧ bit⁸ 必結切]
❶改變別人堅持的意見 ◆ 彆不過來。❷彆扭：(1) 不順心 ◆ 心裏很彆扭。(2) 不和睦 ◆ 鬧彆扭。(3) 文句不順暢 ◆ 這句話讀着彆扭。

12
彈 (弹) 〈一〉[dàn ㄉㄢˋ ⑧ dan⁶ 但/dan² 蛋²]
❶彈子 ◆ 彈丸|泥彈兒。❷槍彈；炮彈；炸彈 ◆ 導彈| 手榴彈|信號彈|原子彈|催淚彈|彈盡糧絕。❸同“蛋”，見618頁左欄。
〈二〉[tán ㄊㄢˊ ⑧ tan⁴ 壇]
❶利用彈性作用使物體射出 ◆ 彈簧|彈跳力。❷用手指輕擊物體 ◆ 彈冠相慶。❸用手指、器具撥弄或敲擊，使物體振動 ◆ 彈奏|彈琴|彈琵琶|唐白居易《琵琶行》詩：“嘈嘈切切錯雜彈，大珠小珠落玉盤。”❹批評；抨擊 ◆ 彈劾|譏彈。

14
彌 (弥) ❶遍及；滿 ◆ 彌月 [mí ㄇㄧˊ ⑧ mei⁴ 眉]
|彌天大謊。❷填補；遮蓋 ◆ 彌補|彌封|彌縫|彌天蓋地。❸越發；更加 ◆ 欲蓋彌彰|老而彌堅。❹久遠；久經 ◆ 彌久|彌亙。❺姓

15
彍 [guō ㄍㄨㄛ ⑧ kwɔk⁸ 擴/fɔk⁸ 霍/gwɛk⁸ 國]

拉滿弓。

19
彎 (弯) [wān ㄨㄢ ⑧ wan¹ 灣]
❶拉開 (弓) ◆ 彎弓射雕。❷彎曲；使彎曲 ◆ 彎度|彎腰|壓彎了腰|彎道緩行|宋楊萬里《竹枝詞》詩：“月子彎彎照九州，幾家歡樂幾家愁。”❸彎子 ◆ 繞彎|急轉彎|轉彎抹角|黃河九曲十八彎。

彐 (彐ㄙ) 部

6
彖 [tuàn ㄊㄨㄢˋ ⑧ tœn³ 盾³]
《周易》中說明卦義的文字，也稱“卦辭”。

8
彗 [huì ㄏㄨㄟˋ ⑧ sœy⁶ 遂/wɐi⁶ 惠]
❶掃帚。❷彗星，俗稱掃帚星。

9
彘 [zhì ㄓˋ ⑧ dzi⁶ 治]
豬 ◆ 狗彘不若。

10
彙 (汇) [huì ㄏㄨㄟˋ ⑧ wɐi⁶ 胃]
❶聚集；集合 ◆ 彙集|彙編|彙總|彙報。❷聚集而成的東西 ◆ 詞彙|信息總彙。

15
彛 (⑧彝) [yí ㄧˊ ⑧ ji⁴ 而]
❶古代盛酒的器具，

也指宗廟祭祀用的禮器 ◆ 彝器|鼎彝。❷常規;法度 ◆ 彝倫|彝憲。❸彝族,我國少數民族之一,主要分佈在貴州、四川、雲南和廣西。

23 **彠** [huò ㄏㄨㄛˋ ⑧ wok⁹ 獲] 尺度,用來度量長短。

彡 部

4 **形** [xíng ㄒㄧㄥˊ ⑧ jing⁴ 仍] ❶形體;實體 ◆ 有形|無形|如影隨形|形單影隻|形影不離|形影相弔。❷形狀;形態 ◆ 形式|形象|形變|圓形|自慚形穢|原形畢露。❸表現;顯露 ◆ 喜形於色|形諸筆墨|情動於衷而形於言。❹對照;對比 ◆ 相形之下|相形見絀。

4 **彤** [tóng ㄊㄨㄥˊ ⑧ tung⁴ 同] ❶紅色 ◆ 彤彤|彤弓|彤雲密佈。❷姓。

6 **彥** [yàn ㄧㄢˋ ⑧ jin⁶ 現] 古代指有才德的人 ◆ 彥士|彥哲。

7 **彧** [yù ㄩˋ ⑧ juk⁷ 沃] 彧彧。❶茂盛的樣子。❷有文彩的樣子。

8 **彬** [bīn ㄅㄧㄣ ⑧ ben¹ 賓] 彬彬,形容文雅 ◆ 文質彬彬|彬彬有禮。

8 **彪** [biāo ㄅㄧㄠ ⑧ biu¹ 標] ❶小老虎。❷比喻身體魁偉健壯 ◆ 彪形大漢。❸彰明;顯著 ◆ 彪炳史冊。❹量詞。支、隊 ◆ 一彪人馬斜刺裏衝了出來。❺姓。

8 **彩** [cǎi ㄘㄞˇ ⑧ tsoi² 採] ❶顏色;色彩 ◆ 彩帶|彩霞|彩擴|光彩奪目|五彩繽紛|唐李商隱《無題》詩:"身無彩鳳雙飛翼,心有靈犀一點通。"❷同"綵",見526頁左欄。❸稱讚誇獎的歡呼聲 ◆ 喝彩|演講者妙語如珠,博得滿堂彩。❹寫作的才能;才華 ◆ 文彩|韜光斂彩。❺花樣;精彩的成分 ◆ 豐富多彩。❻競賽或賭博中給勝者的東西 ◆ 彩頭|中彩|彩數|博彩。❼在戰鬥中負傷流血 ◆ 掛彩。

8 **彫** [diāo ㄉㄧㄠ ⑧ diu¹ 刀] ❶同"雕❷❸",見775頁右欄。❷同"凋"。草木零落;衰敗 ◆ 彫零|民生彫敝|《論語》:"歲寒然後知松柏之後彫也。"

9 **彭** [péng ㄆㄥˊ ⑧ pang⁴ 鵬] 姓。

11 **彰** [zhāng ㄓㄤ ⑧dzœŋ¹ 章]
❶顯明;顯著 ◆ 欲蓋彌彰｜相得益彰｜罪惡昭彰。❷表揚;顯揚 ◆ 表彰｜彰善癉惡。❸姓。

12 **影** [yǐng ㄧㄥˇ ⑧jiŋ² 映]
❶物體擋光後產生的虛像,或光線反射所產生的形像 ◆ 影子｜倒影｜形影相隨｜杯弓蛇影｜立竿見影。❷圖像;照片 ◆ 造影｜定影｜合影｜攝影｜錄影。❸電影的簡稱 ◆ 影帶｜影評｜影視｜影星。❹臨摹 ◆ 影鈔本｜影宋本。

彳 部

0 **彳** [chì ㄔˋ ⑧tsik⁷ 斥]
彳亍,慢步行走,走走停停 ◆ 一個人在街上彳亍。

4 **役** [yì ㄧˋ ⑧jik⁹ 亦]
❶勞役;兵役 ◆ 徭役｜服役｜免役。❷役使;驅使 ◆ 奴役。❸供人役使的人 ◆ 僕役｜衙役｜雜役。❹戰爭;戰役 ◆ 平型關之役。

4 **彷** 〈一〉[fǎng ㄈㄤˇ ⑧fɔŋ² 紡]
彷彿,好像;類似 ◆ 看上去彷彿是一座鐵塔｜年老體健,彷彿年輕人一般。
〈二〉[páng ㄆㄤˊ ⑧pɔŋ⁴ 旁]
彷徨,走來走去,游移不定,不知往哪兒去好 ◆ 歧途彷徨。

5 **征** [zhēng ㄓㄥ ⑧dziŋ¹ 晶]
❶遠行 ◆ 征途｜征程｜征塵｜長征。❷出兵討伐;征討 ◆ 出征｜遠征｜南征北戰。❸"徵〈一〉"的簡化字。

5 **徂** [cú ㄘㄨˊ ⑧tsou⁴ 曹]
❶往;到 ◆ 自西徂東。❷逝;過去 ◆ 歲月其徂。❸開始。❹古同"殂",見345頁左欄。

5 **往**(⑧徃) [wǎng ㄨㄤˇ ⑧wɔŋ⁵ 王⁵]
❶去;與"來"、"返"相對 ◆ 寒來暑往｜徒勞往返｜心馳神往。❷從前的;過去的 ◆ 往事｜往年｜往｜以往｜既往不咎｜一如既往《論語》:"往者不可諫,來者猶可追。"❸介詞。表示動作的方向;朝(某處去) ◆ 往前看｜公路通往山區｜運往全國各地｜人往高處走,水往低處流。

5 **彿** [fú ㄈㄨˊ ⑧fɐt⁷ 忽]
❶同"佛〈二〉",見23頁左欄。❷彷彿。見"彷〈一〉",208頁左欄。

5 **彼** [bǐ ㄅㄧˇ ⑧bei² 比]
❶那;那個 ◆ 彼此｜彼岸｜此起彼伏｜由此及彼｜此一時,彼一時。❷他;對方 ◆ 彼退我進｜知己知彼,百戰不殆。

⁶ **待** 〈一〉[dài ㄉㄞˋ ⑧ doi⁶ 代]

❶等待 ◆ 待命|待機而動|嚴陣以待|指日可待|時不我待。❷對待；款待 ◆ 待遇|優待|待人接物|以禮相待|招待賓客。❸需要 ◆ 自不待言。❹將要；打算 ◆ 正待出門。

〈二〉[dāi ㄉㄞ ⑧ 同〈一〉]

停留 ◆ 待一會兒再説|待在家裏。

⁶ **徊** 〈一〉[huái ㄏㄨㄞˊ ⑧ wui⁴ 回]

徘徊。見"徘"，210頁右欄。

〈二〉[huí ㄏㄨㄟˊ ⑧ 同〈一〉]

低徊。❶徘徊 (huái)。❷留戀。

⁶ **徇** (⑧狥) [xùn ㄒㄩㄣˋ ⑧ sœn⁶ 順/sœn¹ 荀 (語)]

❶順從；曲從 ◆ 徇私舞弊|徇情枉法。❷對眾宣示；示眾 ◆ 以徇三軍|車裂以徇。❸古同"殉"。為維護某種事物或追求某種理想而犧牲自己的生命。

⁶ **徉** [yáng ㄧㄤˊ ⑧ jœŋ⁴ 陽]

徜徉。見"徜"，210頁左欄。

⁶ **律** [lǜ ㄌㄩˋ ⑧ lœt⁹ 栗]

❶法律；法令 ◆ 刑律|律師|律令。❷規則；準則 ◆ 規律|定律|紀律|金科玉律|清規戒律|詩詞格律。❸古代的一種定音器，用竹管製成。也指用定音器審定樂音高低的標準 ◆ 十二律。❹約束

◆ 自律|嚴以律己，寬以待人。❺律詩 ◆ 五律|七律。❻姓。

⁶ **很** [hěn ㄏㄣˇ ⑧ hen² 狠]

副詞。表示程度高 ◆ 很好|很深|很可能|路遠得很。

⁶ **後** (后) [hòu ㄏㄡˋ ⑧ heu⁶ 后]

❶位置在背面的；次序靠近末尾的。與"前"相對 ◆ 後門|後排|後娘|爭先恐後|瞻前顧後|長江後浪推前浪，一代新人換舊人。❷時間較晚的；未來的。與"先"、"前"相對 ◆ 後日|後發制人|懲前毖後|後生可畏|後來居上|前事不忘，後事之師。❸後代；子孫 ◆ 後嗣|絕後。

⁷ **徒** [tú ㄊㄨˊ ⑧ tou⁴ 圖]

❶步行 ◆ 徒步|徒行|徒涉。❷空的；沒有憑藉的 ◆ 徒手。❸僅有；徒然 ◆ 家徒四壁|徒有其名|徒託空言|徒勞無功|徒費精力|少壯不努力，老大徒傷悲。❹徒弟；學生 ◆ 門徒|學徒|藝徒|師徒情深|名師出高徒。❺同一派別或信仰的人 ◆ 黨徒|信徒|教徒。❻人 (含貶義) ◆ 歹徒|暴徒|賭徒|亡命之徒|酒色之徒|不法之徒。❼剝奪犯人自由的刑罰 ◆ 有期徒刑|無期徒刑。❽姓。

⁷ **徑** (径) [jìng ㄐㄧㄥˋ ⑧ giŋ³ 敬]

❶小路 ◆ 山徑小道｜曲徑通幽。
❷比喻達到目的的方法 ◆ 途徑｜指
點門徑｜獨闢蹊徑｜成功的捷徑。
❸直接；直截了當 ◆ 徑直｜徑自離
去｜徑行辦理｜乘船徑回上海。◆
直徑的簡稱 ◆ 半徑｜小口徑步槍。

徐 [xú ㄒㄩˊ 粵tsœy⁴ 隨]
❶緩慢；慢慢地 ◆ 徐步｜徐
圖｜夜幕徐徐降臨。❷姓。

倈(徕) 〈一〉[lái ㄌㄞˊ 粵loi⁴ 來]
招徠，招攬。
〈二〉[lài ㄌㄞˋ 粵loi⁶ 來⁶]
慰勞 ◆ 勞徠。

徙 [xǐ ㄒㄧˇ 粵sai² 璽]
遷移 ◆ 遷徙｜舉家徙居廣
州。

徜 [cháng ㄔㄤˊ 粵sœŋ⁴ 常]
徜徉。❶自由自在地走來走
去 ◆ 獨自在海邊徜徉。❷心神不
寧，盤旋往返。

得 〈一〉[dé ㄉㄜˊ 粵dɐk⁷ 德]
❶得到；獲得。與"失"相對
◆ 得勢｜得不償失｜患得患失｜得寸
進尺｜得隴望蜀｜不入虎穴，焉得
虎子｜宋蘇麟《斷句》詩："近水樓
台先得月，向陽花木易為春。"❷
滿意；得意 ◆ 揚揚自得。❸適
合；得當 ◆ 得宜｜言行得體｜相得

益彰。◆表示情況允許；能夠；可
以 ◆ 不得入內｜得以實現｜只得如
此｜得饒人處且饒人。❺完成 ◆
飯得了｜衣服做得了。❻用於結束
談話之時，表示同意或禁止 ◆ 得，
就這麼辦｜得了，別再說了。❼用
於情況變壞之時，表示無可奈何 ◆
得，事情又讓你搞砸了。
〈二〉[děi ㄉㄟˇ 粵同〈一〉]
❶需要 ◆ 這件事得馬上處理｜工
程浩大，得十年才能完成。❷表
示必要或必然 ◆ 要做就得做好｜再
不走就得遲到了。
〈三〉[de ·ㄉㄜ 粵同〈一〉]
助詞。❶用在動詞後面或動詞和補
語中間，表示可能 ◆ 去不得｜看得
清｜背得出｜辦得到。❷用在動詞或
形容詞後，連接表示程度或結果的
補語 ◆ 說得對｜幹得漂亮｜天氣冷
得很｜急得滿頭大汗。❸用在動詞
後面，表示動作已經完成(多見於早
期白話) ◆ 出得門來。

徘 [pái ㄆㄞˊ 粵pui⁴ 培]
徘徊。❶在一個地方來回地
走或飛翔 ◆ 在湖畔獨自徘徊。❷
比喻猶豫不決 ◆ 遲疑徘徊。

御 [yù ㄩˋ 粵jy⁶ 預]
❶駕馭車馬 ◆ 御手｜御者。
❷控制；統治 ◆ 御眾｜御下。❸封
建社會指與皇帝有關的 ◆ 御賜｜御
覽｜御旨｜御膳｜御醫｜御駕親征。
❹"禦"的簡化字。

8 從(从) 〈一〉[cóng ㄘㄨㄥˊ 圖 tsuŋ⁴ 蟲]

❶跟隨；追隨 ◆ 從師|從征|無所適從|擇善而從。❷聽從；服從 ◆ 言聽計從|從諫如流|力不從心|恭敬不如從命。❸參與其事；從事 ◆ 從政|從教|從藝|從商|投筆從戎。❹採取某種方針或態度 ◆ 從輕發落|從寬處理|喪事從簡|從長計議。❺跟隨者；追隨者 ◆ 侍從|隨從|輕裝簡從。❻次要的；從屬的。與"主"相對 ◆ 從犯|主從。❼堂房（親屬）◆ 從兄|從弟|從叔。❽介詞。(1) 表示起點。由；自 ◆ 從東到西|從早到晚|從頭到尾|從無到有。(2) 用在表示處所的詞語前面，表示經過 ◆ 從橋上通過|從陸路上走|從地下隧道穿過。(3) 表示憑藉、根據 ◆ 從實際出發|從工作上考慮|從實驗數據看。❾副詞。用在否定詞之前，表示從過去到現在；從來 ◆ 從不推辭|從沒去過|從未聽說過。❿姓。

〈二〉古同"縱橫"的"縱"。

9 復(复) 〈一〉[fù ㄈㄨˋ 圖 fuk⁹ 服]

❶返回 ◆ 循環往復。❷恢復 ◆ 復婚|復元|復古|康復。

〈二〉[fù ㄈㄨˋ 圖 fuk⁷ 福]同"覆"。❶回答；答復 ◆ 復信|復命|電復。❷轉過去或轉回來 ◆ 反復無常|翻來復去。❸報復 ◆ 復仇。❹又；再 ◆ 失而復得|死灰復

燃|舊病復發|一去不復返。

9 徨 [huáng ㄏㄨㄤˊ 圖 woŋ⁴ 皇]

彷徨。見"彷〈二〉"，208頁左欄。

9 循 [xún ㄒㄩㄣˊ 圖 tsœn⁴ 巡]

❶順着 ◆ 循序漸進。❷遵守；依照；沿襲 ◆ 循例|遵循|循規蹈矩|因循守舊|循名責實。

10 微 [wēi ㄨㄟ 圖 mei⁴ 眉]

❶細小；少；輕微 ◆ 細微|卑微|謹小慎微。❷深奧精妙 ◆ 微妙|博大精微。❸衰敗；衰落 ◆ 衰微|式微。❹隱蔽；不顯露 ◆ 微行|微服私訪。❺某一度量單位的百萬分之一 ◆ 微米|微安。

10 徯 [xī ㄒㄧ 圖 hei⁴ 兮]

❶等待。❷同"蹊"。小路 ◆ 徯徑。

10 徭 [yáo ㄧㄠˊ 圖 jiu⁴ 搖]

勞役 ◆ 徭役。

10 徬 〈一〉[páng ㄆㄤˊ 圖 poŋ⁴ 旁]

徬徨。同"彷徨"。見"彷〈二〉"，208頁左欄。

〈二〉[bàng ㄅㄤˋ 圖 同〈一〉]靠在一邊；在一旁。

12 德(悳) [dé ㄉㄜˊ 圖 dɐk⁷ 得]

❶道德；品行；品質 ◆ 德行|德育|醫德|德才兼備|德高望重|社會公德。❷恩惠；恩德 ◆ 以怨報德|感恩戴德|功德無量。❸心意 ◆ 一心一德|同心同德|離心離德。❹姓。

12 徵
〈一〉[zhēng ㄓㄥ ⑧ dziŋ¹ 晶]
❶召集；徵召 ◆ 徵兵|徵發|徵聘|徵募|徵調|應徵入伍。❷徵收 ◆ 徵稅|徵糧。❸徵求；求取 ◆ 徵稿|徵文|廣泛徵詢不同意見。❹證明；驗證 ◆ 徵引|不足徵信而有徵。❺跡象；預兆 ◆ 徵候|徵兆|象徵|特徵。（〈一〉簡化為"征"。）
〈二〉[zhǐ ㄓˇ ⑧ dzi² 止]
古代五音之一，相當於簡譜的"5" ◆ 宮商角徵羽。

12 徹（徹）
[chè ㄔㄜˋ ⑧ tsit⁸ 設]
通；透 ◆ 徹查|徹底|徹骨|徹夜不眠|響徹雲霄|徹頭徹尾。

13 徼
〈一〉[jiào ㄐㄧㄠˋ ⑧ giu³ 叫]
❶邊界。❷巡察；巡邏。
〈二〉[jiǎo ㄐㄧㄠˇ ⑧ hiu¹ 囂(語)]
同"僥"。徼倖，由於偶然的原因取得成功或免去不幸的事 ◆ 徼倖心理|徼倖取勝。

14 徽（⑧徽）
[huī ㄏㄨㄟ ⑧ fei¹ 揮]

❶標誌；符號 ◆ 國徽|城徽|校徽|徽章。❷美好的 ◆ 徽號|徽容。❸指舊徽州府（今安徽歙縣）◆ 徽墨。❹指安徽 ◆ 徽劇|徽調。

心（忄灬）部

0 心
[xīn ㄒㄧㄣ ⑧ sɐm¹ 深]
❶心臟 ◆ 心電圖|心動過速。❷指思想的器官和思想、意念、感情等 ◆ 心淡|心思|心不在焉|心猿意馬|心曠神怡|有心栽花花不發，無心插柳柳成蔭|宋文天祥《過零丁洋》詩："人生自古誰無死，留取丹心照汗青。"❸中心；中央部位 ◆ 掌心|圓心|江心|核心人物。❹星宿名。二十八宿之一。

1 必
[bì ㄅㄧˋ ⑧ bit⁷ 別⁷]
❶必定；必然 ◆ 驕兵必敗|智者千慮，必有一失；愚者千慮，必有一得。❷一定要；必須 ◆ 必需|必修課|事必躬親|必不可少|違者必糾|《論語》："工欲善其事，必先利其器。"

2 忉
[dāo ㄉㄠ ⑧ dou¹ 刀]
忉忉，憂愁的樣子。

3 忓
[gān ㄍㄢ ⑧ gɔn¹ 肝]
觸犯；干擾。

³ **志** [zhì ㄓˋ 🔊dzi³ 至]
❶志向；志願 ◆ 立志｜志士仁人｜志大才疏｜志同道合｜玩物喪志｜壯志凌雲｜有志者事竟成。❷姓。❸"誌"的異體字。

³ **忑** [tè ㄊㄜˋ 🔊tik⁷ 剔]
忐忑。見"忐"，213頁左欄。

³ **忖** [cǔn ㄘㄨㄣˇ 🔊tsyn² 喘]
思量；揣度 ◆ 思忖｜忖度｜自忖｜忖量。

³ **忒** ⟨一⟩[tè ㄊㄜˋ 🔊tik⁷ 惕]
差錯 ◆ 差忒。
⟨二⟩[tuī ㄊㄨㄟ/tēi ㄊㄟ 🔊同⟨一⟩]
副詞。太 ◆ 忒大｜心腸忒狠。

³ **忐** [tǎn ㄊㄢˇ 🔊tan² 坦]
忐忑，心神不定 ◆ 忐忑不安。

³ **忘** [wàng ㄨㄤˋ 🔊mɔŋ⁴ 亡]
往事從記憶中消失；不記得；沒有記住 ◆ 忘記｜遺忘｜備忘錄｜流連忘返｜得意忘形｜廢寢忘食｜忘恩負義。

³ **忙** [máng ㄇㄤˊ 🔊mɔŋ⁴ 亡/mɔŋ⁶ 妄]
❶事情繁多，不得空閒。與"閒"相對 ◆ 農忙｜繁忙｜忙裏偷閒｜忙忙碌碌。❷急迫；急速地做 ◆ 匆忙｜急忙｜奔忙｜忙中出錯｜一個人忙不過來。

³ **忌** [jì ㄐㄧˋ 🔊gei⁶ 技]
❶嫉妒；心懷怨恨 ◆ 妒忌｜猜忌｜疑忌｜忌賢妒能。❷畏懼；怕 ◆ 畏忌｜肆無忌憚｜無所顧忌。❸認為某種言語或舉動不適宜、不吉利而力求避免 ◆ 忌諱｜忌口｜犯忌｜百無禁忌｜切忌任人唯親。❹戒除 ◆ 忌煙｜忌酒。

³ **忍** [rěn ㄖㄣˇ 🔊jen⁵ 引/jen² 隱 (語)]
❶忍耐；忍受；容忍 ◆ 忍飢捱餓｜忍無可忍｜忍辱負重｜忍氣吞聲｜是可忍，孰不可忍？❷狠心；忍心 ◆ 殘忍｜於心不忍。

⁴ **忝** [tiǎn ㄊㄧㄢˇ 🔊tim² 添²]
謙辭。表示有辱他人，自己有愧 ◆ 忝列其中｜忝為執事。

⁴ **忮** [zhì ㄓˋ 🔊dzi³ 至]
嫉妒；嫉恨 ◆ 忮心。

⁴ **忳** [tún ㄊㄨㄣˊ 🔊tyn⁴ 屯]
忳忳，憂鬱、煩悶的樣子。

⁴ **忡** [chōng ㄔㄨㄥ 🔊tsuŋ¹ 充]
忡忡，憂愁的樣子 ◆ 憂心忡忡。

⁴ **忠** [zhōng ㄓㄨㄥ 🔊dzuŋ¹ 宗]
❶忠誠無私 ◆ 忠實｜忠於

祖國|忠心耿耿|忠貞不渝|一代忠
良|盡忠報國|自古忠孝難兩全|良
藥苦口利於病，忠言逆耳利於
行。❷姓。

忤 [wǔ ㄨˇ 粵ŋ⁶ 悟]
牴觸；違反；不順從 ◆ 忤
逆|與人無忤。

忻 [xīn ㄒㄧㄣ 粵jen¹ 因]
❶古同“欣”，見340頁左欄。
❷姓。

念 [niàn ㄋㄧㄢˋ 粵nim⁶ 黏⁶]
❶想念；思念 ◆ 懷念|悼念
|掛念|眷念|念念不忘。❷念頭；
想法 ◆ 私念|意念|雜念|一念之
差。❸同“唸”，見97頁右欄。❹
“廿”的大寫。❺姓。

忿 [fèn ㄈㄣˋ 粵fen² 粉/fen⁶
份]
❶憤怒；怨恨 ◆ 忿怒|忿恨|忿忿
不平。❷服氣 ◆ 不忿。

忪 〈一〉[zhōng ㄓㄨㄥ 粵dzuŋ¹
忠]
怔忪。見“怔〈一〉❷”，215頁左欄。
〈二〉[sōng ㄙㄨㄥ 粵suŋ¹ 鬆]
惺忪。見“惺”，224頁左欄。

忽 [hū ㄏㄨ 粵fet⁷ 拂]
❶不經意；不重視 ◆ 忽略
|忽視|疏忽大意|玩忽職守。❷迅

速；突然 ◆ 忽然消失|一別至今，
忽忽三載|倏忽已過五個春秋。❸
一會兒 ◆ 忽明忽暗|忽高忽低|忽
前忽後|忽冷忽熱。❹古代計量單
位名稱。(1)長度單位，十忽等於一
絲。(2)重量單位，十忽等於一絲。
❺(某些計量單位的)十萬分之一 ◆
忽米。

忺 [xiān ㄒㄧㄢ 粵him¹ 謙]
適意；高興。

忭 [biàn ㄅㄧㄢˋ 粵bin⁶ 辯]
歡喜；快樂。

忞 [mín ㄇㄧㄣˊ 粵men⁴ 民]
自強；勉力。

忼 [kāng ㄎㄤ 粵hɔŋ⁴ 康⁴/
kɔŋ² 抗²]
“慷”的古字。

忱 [chén ㄔㄣˊ 粵sem⁴ 岑]
❶真誠 ◆ 忱悃|赤忱。❷
心意；情意 ◆ 滿腔熱忱|謹致謝
忱。

快 [kuài ㄎㄨㄞˋ 粵fai³ 塊]
❶高興；舒展 ◆ 快感|快樂
|大快人心|先睹為快|拍手稱快|
親痛仇快。❷爽快；痛快 ◆ 快人
快語|辦事爽快|心直口快。❸速
度高。與“慢”相對 ◆ 快車|快餐|
快速行駛|快馬加鞭|鞭打快牛|進

步很快。❹速度 ◆ 這種汽車能跑多快？❺趕緊；從速 ◆ 趕快|快追|快上車。❻將要；快要 ◆ 時間快到了|外出快兩年了|人都快死了，還說這些做什麼。❼靈敏；敏捷 ◆ 腦子快|眼疾手快。❽銳利；鋒利。與"鈍"相對 ◆ 快刀斬亂麻。

忸 [niǔ ㄋㄧㄡˇ 圖bou³ 尼玉切/ nɐu⁵ 扭]

忸怩，形容不好意思或不大方的樣子 ◆ 忸怩作態。

怔 ⟨一⟩[zhēng ㄓㄥ 圖dziŋ¹ 徵]
❶怔忡，中醫指心悸。❷怔忪，驚恐。❸怔營，惶恐不安。
⟨二⟩[zhèng ㄓㄥˋ 圖同⟨一⟩]
發呆；發愣 ◆ 發怔|愣怔|怔怔|怔了半天。

怯 [qiè ㄑㄧㄝˋ 圖hip⁸ 協⁸]
❶膽小；害怕 ◆ 怯弱|怯懦|怯陣|怯場|膽怯|羞怯|怯生生。❷不大方；不合時；俗氣 ◆ 露怯|這件衣服的顏色有點怯。

怙 [hù ㄏㄨˋ 圖wu⁶ 戶]
依靠；倚仗 ◆ 怙恃其險|怙惡不悛|恃勢怙寵。

怵 [chù ㄔㄨˋ 圖tsœt⁷ 出]
恐懼 ◆ 怵惕|怵目驚心|心裏直發怵。

怖 [bù ㄅㄨˋ 圖bou³ 布]
恐懼；害怕 ◆ 恐怖|可怖。

怦 [pēng ㄆㄥ 圖paŋ¹ 抨]
象聲詞。形容心跳 ◆ 怦然心動|心怦怦地跳動。

怗 [tiē ㄊㄧㄝ 圖tip⁸ 貼]
平定；平息。

怛 [dá ㄉㄚˊ 圖dat⁸ 達⁸]
❶痛苦；憂傷 ◆ 怛然傷心。❷驚恐；恐懼 ◆ 怛然失色。

思 ⟨一⟩[sī ㄙ 圖si¹ 司/si³ 四]
❶思考；想 ◆ 思忖|思索|深思熟慮|前思後想|《論語》："學而不思則罔，思而不學則殆。"❷思念；懷念 ◆ 思慕|相思|發思古之幽情|每逢佳節倍思親|唐李白《靜夜思》詩："舉頭望明月，低頭思故鄉。"❸思路；心緒 ◆ 才思敏捷|構思新穎|思緒萬千|綿綿情思。❹姓。
⟨二⟩[sāi ㄙㄞ 圖soi¹ 腮]
于思，形容鬍鬚很多。也作"于腮"。

怏 [yàng ㄧㄤˋ 圖jœŋ² 央²/jœŋ³ 央³]
不滿意；不服氣 ◆ 怏然不悅|怏怏不樂|怏怏不得志。

恍 [huǎng ㄏㄨㄤˇ 圖foŋ² 訪]
恍恍。見"惝"，222頁左欄。

⁵ **性** [xìng ㄒㄧㄥˋ 圖 sin³ 姓]
❶人的本性 ◆ 稟性難移|修身養性|性相近，習相遠。❷事物的固有特點 ◆ 性質|共性|屬性|彈性|可塑性。❸性情；脾氣 ◆ 性急|脾性|心性。❹性別 ◆ 男性|女性|雄性|同性戀。❺有關人或高等動物的生殖或性行為的 ◆ 性慾|性交|性器官|性生活。❻生命 ◆ 性命攸關。❼表示事物的某種性質或性能 ◆ 科學性|時間性|普遍性|嚴重性|先天性|綜合性。

⁵ **怍** [zuò ㄗㄨㄛˋ 圖 dzok⁹ 昨]
慚愧 ◆ 愧怍。

⁵ **怎** [zěn ㄗㄣˇ 圖 dzem² 枕]
如何；怎麼 ◆ 怎樣|他怎能不去？

⁵ **怕** [pà ㄆㄚˋ 圖 pa³ 爬³]
❶畏懼；害怕 ◆ 可怕|後怕|怕苦|怕累|貪生怕死|欺軟怕硬。❷恐怕。(1)表示疑慮、擔心 ◆ 不怕慢，只怕站|怕他不知道，派人通知他去了。(2)表示猜測、估計；或許 ◆ 這箱子怕有上百斤重|天都黑了，怕他不會來了。

⁵ **他** [tān ㄊㄢ 圖 ta¹ 他]
"他"的敬稱。

⁵ **怨** [yuàn ㄩㄢˋ 圖 jyn³ 元³/jyn¹ 冤]
❶怨恨；仇恨 ◆ 怨言|怨氣|結怨|恩怨|宿怨深仇|以德報怨|怨聲載道。❷埋怨；責備 ◆ 抱怨|任勞任怨|怨天尤人 ◆ 唐·王之渙《涼州詞》詩："羌笛何須怨楊柳，春風不度玉門關。"

⁵ **急** [jí ㄐㄧˊ 圖 gep⁷ 芨]
❶(性情)急躁；着急 ◆ 性急|急性子|急於求成|急出一身冷汗|急得像熱鍋上的螞蟻。❷使着急 ◆ 真急人。❸緊迫；緊急 ◆ 急事|急救|急中生智|十萬火急|危急關頭。❹快速而猛烈；急促。與"緩"、"慢"相對 ◆ 急風暴雨|水流湍急|急起直追|急轉直下|急流勇退。❺急需的；緊急嚴重的事情 ◆ 救急|告急|當務之急。❻對大家的事或別人的困難趕快幫助 ◆ 急公好義|急人之難|扶危急難。

⁵ **怩** [ní ㄋㄧˊ 圖 nei⁴ 尼]
忸怩。見"忸"，215頁左欄。

⁵ **怫** [fú ㄈㄨˊ 圖 fet⁹ 乏]
形容憂愁或忿怒的樣子 ◆ 怫鬱|怫然作色。

⁵ **怒** [nù ㄋㄨˋ 圖 nou⁶ 奴⁶]
❶生氣；憤怒 ◆ 發怒|怒氣衝天|怒容滿面|怒髮衝冠|天怒人怨|惱羞成怒|敢怒而不敢言。❷形容氣勢強盛、猛烈 ◆ 怒濤|怒吼|狂風怒號|鮮花怒放。

5 **怊** [chāo ㄔㄠ [粵] tsiu^{1} 超]
失意；悲傷 ◆ 怊悵。

5 **怪**（[異]恠）[guài ㄍㄨㄞˋ [粵] gwai^{3} 拐^{3}]
❶奇怪；不平常，不常見的 ◆ 怪異｜怪事｜怪模怪樣｜怪誕不經｜千奇百怪｜刁鑽古怪。❷覺得奇怪 ◆ 少見多怪｜大驚小怪。❸怪物；妖怪 ◆ 神怪｜妖魔鬼怪｜志怪小說。❹責備；埋怨 ◆ 怪罪｜責怪｜錯怪了他｜只怪自己年幼無知。❺很；非常 ◆ 心裏怪難受的｜是個怪聰明的孩子。

5 **怠** [dài ㄉㄞˋ [粵] dɔi^{6} 代/tɔi^{5} 殆]
懶惰；鬆懈 ◆ 怠惰｜不敢有絲毫懈怠。

5 **怡** [yí ㄧˊ [粵] ji^{4} 而]
愉快；喜悅 ◆ 怡然自得｜怡情悅性｜心曠神怡。

6 **恇** [kuāng ㄎㄨㄤ [粵] hɔŋ^{1} 康]
恐懼；恐慌。

6 **恝** [jiá ㄐㄧㄚˊ [粵] git^{8} 結]
不在意；淡然 ◆ 恝然｜恝置。

6 **恚** [huì ㄏㄨㄟˋ [粵] wɐi^{3} 畏]
發怒；怨恨 ◆ 恚恨｜恚憤｜恚怒。

6 **恃** [shì ㄕˋ [粵] tsi^{5} 似]
依靠；倚仗 ◆ 恃才傲物｜自恃功高｜有恃無恐。

6 **恐** [kǒng ㄎㄨㄥˇ [粵] huŋ^{2} 孔]
❶驚懼；害怕 ◆ 恐懼｜恐慌｜恐怖｜惶恐不安｜有恃無恐｜誠惶誠恐。❷嚇唬；使害怕 ◆ 恐嚇。❸恐怕；表示推測或擔心 ◆ 恐不可得｜唯恐他人不知｜唐孟郊《遊子吟》詩："慈母手中線，遊子身上衣。臨行密密縫，意恐遲遲歸。"

6 **恥**（[異]耻）[chǐ ㄔˇ [粵] tsi^{2} 始]
❶羞愧 ◆ 可恥｜恥於開口｜厚顏無恥｜恬不知恥｜無恥之尤。❷名譽上所受的損害；可恥的事情 ◆ 報仇雪恥｜奇恥大辱｜不以為恥，反以為榮。

6 **恭** [gōng ㄍㄨㄥ [粵] guŋ^{1} 公]
嚴肅尊敬，謙遜有禮 ◆ 恭候｜恭謹｜恭賀新喜｜卻之不恭｜洗耳恭聽｜恭敬不如從命。

6 **恓** [xī ㄒㄧ [粵] sɐi^{1} 西]
❶恓恓，寂寞。❷恓惶，形容煩惱不安。

6 **恧** [nǜ ㄋㄩˋ [粵] nuk^{9} 忸]
慚愧。

6 **恢** [huī ㄏㄨㄟ [粵] fui^{1} 灰]
廣大；寬廣 ◆ 恢廓｜氣勢恢

弘│天網恢恢，疏而不漏。

⁶恆 ⓟ恒 [héng ㄏㄥˊ ⓟ heŋ⁴ 衡]

❶固定的；永久的 ◆ 恆星│恆產│恆溫│恆心│永恆。❷恆心；持久不變的意志 ◆ 有恆│持之以恆。❸經常；通常 ◆ 恆言│恆態│恆量。❹姓。

⁶恍 [huǎng ㄏㄨㄤˇ ⓟ foŋ² 訪]

❶恍然；忽然明白 ◆ 恍然大悟。❷好像；彷彿 ◆ 恍如隔世│恍如夢境。❸恍惚。(1) 隱隱約約；不清楚 ◆ 恍惚記得│恍惚有此事。(2) 神志不清；精神不集中 ◆ 精神恍惚。

⁶恫 〈一〉[tōng ㄊㄨㄥ ⓟ tuŋ¹ 通]

痛苦；病痛 ◆ 恫瘝在抱。

〈二〉[dòng ㄉㄨㄥˋ ⓟ duŋ⁶ 動]
恐懼 ◆ 恫恐│恫嚇。

⁶恩 ⓟ恩 [ēn ㄣ ⓟ jen¹ 因]

❶給予或得到的好處；恩惠 ◆ 恩情│恩典│忘恩負義│恩重如山│恩將仇報│感恩戴德。❷親愛；有情義 ◆ 恩愛夫妻。❸姓。

⁶恬 [tián ㄊㄧㄢˊ ⓟ tim⁴ 甜]

❶安靜；心神安適 ◆ 恬適│恬淡│恬靜。❷坦然；滿不在乎 ◆ 處之恬然│恬不知恥│恬不為怪。

⁶恁 〈一〉[nèn ㄋㄣˋ ⓟ jem⁶ 任]

❶如此；這樣 ◆ 到恁田地。❷那 ◆ 恁時│恁時節。❸同"任"。任憑。

〈二〉[nín ㄋㄧㄣˊ ⓟ nei⁵ 你]
同"您"。見於早期白話。

⁶息 [xī ㄒㄧ ⓟ sik⁷ 色]

❶呼吸時進出的氣 ◆ 窒息│喘息│息息相關│仰人鼻息│奄奄一息。❷停止；滅 ◆ 息怒│自強不息│息事寧人│川流不息│人亡政息。❸休息 ◆ 安息│歇息│作息時間│日出而作，日入而息。❹增長；繁殖 ◆ 蕃息│休養生息。❺利息 ◆ 年息│股息│還本付息。❻消息 ◆ 信息。❼子女 ◆ 子息。❽姓。

⁶恤 ⓟ賉 [xù ㄒㄩˋ ⓟ sœt⁷ 摔]

❶憂慮；顧惜 ◆ 不恤。❷同情；憐憫 ◆ 體恤│憐恤。❸救濟 ◆ 恤孤│撫恤│周恤。

⁶恰 [qià ㄑㄧㄚˋ ⓟ hɐp⁷ 洽]

合適；正好 ◆ 恰當│恰好│恰如其分│恰到好處│南唐李煜《虞美人》詞："問君能有幾多愁，恰似一江春水向東流。"

⁶恂 [xún ㄒㄩㄣˊ ⓟ sœn¹ 荀]

❶相信；信任。❷恐懼；害怕 ◆ 恂然。❸誠實；恭謹的樣子 ◆ 恂謹│恂恂有儒者之風。

⁶**恉** [zhǐ ㄓˇ 粵 dzi² 止]
旨意；意圖 ◆ 無關宏恉。

⁶**恟** [xiōng ㄒㄩㄥ 粵 hung¹ 匈]
❶恐懼。❷恟恟，紛擾不安
的樣子 ◆ 天下恟恟。

⁶**恪** [kè ㄎㄜˋ 粵 kɔk⁸ 確]
❶謹慎而恭敬 ◆ 恪遵|恪守
諾言。❷姓。

⁶**恣** [zì ㄗˋ 粵 dzi³ 志/tsi³ 次
(語)]
放縱；無拘束 ◆ 恣縱|恣意妄為|
驕橫恣肆|恣情酒色|暴戾恣睢。

⁶**恔** [hài ㄏㄞˋ 粵 hɔi⁶ 亥]
愁苦；痛苦。

⁶**恙** [yàng ㄧㄤˋ 粵 jœŋ⁶ 讓]
疾病 ◆ 微恙|貴恙|安然無
恙|別來無恙。

⁶**恨** [hèn ㄏㄣˋ 粵 hɐn⁶ 很⁶]
❶遺憾；不滿意 ◆ 恨事|遺
恨終生|相見恨晚|恨不相逢未嫁
時。❷怨恨；仇視 ◆ 記恨|恨之入
骨|深仇大恨|報仇雪恨。

⁶**恕** [shù ㄕㄨˋ 粵 sy³ 庶]
❶以自己的心推想別人的心
◆ 忠恕|恕道。❷寬容；原諒 ◆
寬恕|饒恕|恕宥|恕罪|恕不從
命。

⁷**悖** [bèi ㄅㄟˋ 粵 bui⁶ 焙/bui³
背]
❶違背；相衝突 ◆ 悖逆|並行不悖
|悖入悖出|前後相悖。❷謬誤；荒
謬 ◆ 悖謬。❸惑亂；糊塗 ◆ 悖
惑|先生老悖矣。

⁷**悚** [sǒng ㄙㄨㄥˇ 粵 suŋ² 聳]
恐懼；害怕 ◆ 悚懼|毛骨悚
然。

⁷**悟** [wù ㄨˋ 粵 ŋ⁶ 誤]
理解；明白；覺醒 ◆ 領悟
|覺悟|翻然悔悟|執迷不悟|恍然
大悟。

⁷**怶** [pī ㄆㄧ 粵 pei¹ 丕]
謬誤。

⁷**悄** 〈一〉[qiǎo ㄑㄧㄠˇ 粵 tsiu²
超²]
❶寂靜；沒有聲音或聲音很低 ◆
山野悄寂|悄然無聲。❷憂愁 ◆
悄然落淚。
〈二〉[qiāo ㄑㄧㄠ 粵 同〈一〉]
悄悄，沒有聲音或聲音很低；(行
動)不讓人知道 ◆ 靜悄悄|悄悄地
走了過來。

⁷**悍** (粵猂) [hàn ㄏㄢˋ 粵 hɐn⁶
汗]
❶勇猛；強勁 ◆ 悍將|強悍|驍悍
|剽悍|短小精悍。❷兇狠；蠻橫
◆ 兇悍|刁悍|悍婦|悍然不顧。

⁷**悝**
〈一〉[lǐ ㄌㄧˇ ⑧lei⁵ 理]
憂;悲。
〈二〉[kuī ㄎㄨㄟ ⑧kwei¹ 規]
人名用字。

⁷**悃**
[kǔn ㄎㄨㄣˇ ⑧kwen² 菌]
誠心誠意;至誠 ◆ 聊表謝悃。

⁷**悁**
〈一〉[juàn ㄐㄩㄢˋ ⑧gyn³ 眷]
急躁 ◆ 悁急。
〈二〉[yuān ㄩㄢ ⑧jyn¹ 冤]
❶生氣;忿怒 ◆ 悁忿。❷憂愁 ◆ 悁悒。

⁷**患**
[huàn ㄏㄨㄢˋ ⑧wan⁶ 幻]
❶憂慮;擔憂 ◆ 飽經憂患|患得患失。❷禍害;災難 ◆ 患難之交|防患於未然|有備無患|心腹之患|後患無窮|養虎為患。❸疾病;得病 ◆ 疾患|患病|患者。

⁷**悒**
[yì ㄧˋ ⑧jɐp⁷ 泣]
憂鬱不安 ◆ 鬱悒|憂悒|悒悒不樂。

⁷**悔**
[huǐ ㄏㄨㄟˇ ⑧fui³ 晦]
懊悔;悔恨 ◆ 悔悟|懺悔|悔過自新|追悔莫及|悔不當初。

⁷**悠**
[yōu ㄧㄡ ⑧jɐu⁴ 由]
❶遙遠;長久 ◆ 悠遠|悠久|悠長|悠悠歲月。❷閒適 ◆ 悠閒|自得|悠然自得。❸在空中擺動 ◆ 悠蕩|晃悠|顫悠。

⁷**您**
[nín ㄋㄧㄣˊ ⑧nei⁵ 你]
人稱代詞。"你"的敬稱 ◆ 您好|您請進|您老高壽?

⁷**悉**
[xī ㄒㄧ ⑧sik⁷ 昔]
❶全部;竭盡 ◆ 悉心照料|悉數奉還|悉聽尊便。❷知道 ◆ 熟悉|獲悉|知悉|洞悉|內情敬悉。

⁷**悦**
[yuè ㄩㄝˋ ⑧jyt⁹ 月]
❶高興;愉快 ◆ 愉悦|喜悦|心悦誠服|和顏悦色|取悦於人。❷使愉快 ◆ 賞心悦目|悦耳動聽。❸姓。

⁷**悌**
[tì ㄊㄧˋ ⑧dɐi⁶ 弟/tɐi⁵ 剃⁵]
敬愛兄長 ◆ 孝悌。

⁷**悢**
[liàng ㄌㄧㄤˋ ⑧lœŋ⁶ 亮/lɔŋ⁵ 朗]
❶惆悵;悲傷 ◆ 悢然。❷眷念。

⁷**恿**
[yǒng ㄩㄥˇ ⑧juŋ⁵ 勇]
❶同"勇"。勇敢;勇氣。❷慫恿。見"慫",228頁左欄。

⁷**悛**
[quān ㄑㄩㄢ ⑧tsyn¹ 穿]
悔改 ◆ 怙惡不悛。

⁸**情**
[qíng ㄑㄧㄥˊ ⑧tsiŋ⁴ 晴]
❶感情 ◆ 激情|熱情|情不

自禁|情投意合|情意綿綿　唐李白
《贈汪倫》詩：“桃花潭水深千尺，
不及汪倫送我情。”❷情面 ◆ 人
情|求情|說情|手下留情。❸愛情
◆ 情敵|情歌|情網|癡情|談情說
愛。❹性慾；情慾 ◆ 春情|色情|
發情期。❺情況；情形 ◆ 情報|國
情|實情|內情|行情。❻通常的道
理 ◆ 情理|人情世故|通情達理|
合情合理。❼趣味；情調 ◆ 情趣
|情味|詩情畫意。

⁸ **悵**(怅) [chàng ㄔㄤˋ 粵tsœŋ³
唱]

失意；不稱心；不痛快 ◆ 悵惘|悵
恨|惆悵|悵然若失。

⁸ **悻** [xìng ㄒㄧㄥˋ 粵heŋ⁶ 幸]
怨恨、惱怒的樣子 ◆ 悻然
|悻悻而去。

⁸ **惡**(恶) 〈一〉[è ㄜˋ 粵ɔk⁸/ŋɔk⁸
惡]

❶極壞的行為；罪惡。與“善”相對
◆ 惡貫滿盈|作惡多端|無惡不作
|罪大惡極|善有善報，惡有惡
報。❷惡人 ◆ 首惡。❸兇暴；兇
險；兇狠 ◆ 兇惡|惡毒|險惡|窮兇
極惡。❹壞；不良的 ◆ 惡習|惡劣
|惡意|醜惡|好事不出門，惡事傳
千里。

〈二〉[ě ㄜˇ 粵同〈一〉]
同“噁”。噁心。❶有要嘔吐的感覺
◆ 老惡心，想吐。❷使人厭惡 ◆

看這德行，真叫人惡心。

〈三〉[wù ㄨˋ 粵wu³ 烏³]
討厭；不喜歡；憎恨。與“好 (hào)”
相對 ◆ 可惡|個人好惡|深惡痛絕
|好逸惡勞。

〈四〉[wū ㄨ 粵wu¹ 烏]
❶疑問代詞。哪裏；怎麼 ◆ 惡能
服人？❷歎詞。表示驚訝 ◆ 惡，
是何言也！

⁸ **惎** [jì ㄐㄧˋ 粵gei⁶ 技]
❶毒害。❷憎恨。❸教導；
啟發。

⁸ **惜** [xī ㄒㄧ 粵sik⁷ 色]
❶珍視；不糟蹋 ◆ 愛惜|珍
惜|惜寸陰|惜玉憐香。❷吝惜；捨
不得 ◆ 惜售|不惜代價|在所不惜。

⁸ **惠** [huì ㄏㄨㄟˋ 粵wɐi⁶ 胃]
❶受到的或給予的好處；恩
惠 ◆ 實惠|優惠|最惠國|小恩小
惠|受惠無窮。❷給以好處 ◆ 平等
互惠。❸敬辭。用於對方對待自己
的行動 ◆ 惠存|惠函|惠贈|惠臨|
歡迎惠顧。❹溫和；柔順 ◆ 賢惠
|惠風和暢。❺姓。

⁸ **惏**
同“婪”，見156頁右欄。

⁸ **惑** [huò ㄏㄨㄛˋ 粵wak⁹ 或]
❶疑惑；不理解 ◆ 困惑|
大惑不解|不惑之年。❷迷惑；使

迷惑 ◆ 惶惑│惑亂│誘惑│蠱惑人心│造謠惑眾。

---

⁸ **悽** [qī ㄑ丨 ⑧ tsɐi¹ 妻]

悲傷 ◆ 悽切│悽惻│悽惋│悽楚│悽慘。

---

⁸ **恝** [nì ㄋ丨ˋ ⑧ nik⁹ 匿]

憂思；傷痛。

---

⁸ **悼** [dào ㄉㄠˋ ⑧ dou⁶ 杜]

追念死者 ◆ 悼念│悼亡│悼詞│哀悼│痛悼。

---

⁸ **惝** [chǎng ㄔㄤˇ/tǎng ㄊㄤˇ ⑧ tɔŋ² 倘/tsɐŋ² 廠]

惝怳。❶ 失意的樣子。❷ 迷迷糊糊；不清楚。

---

⁸ **惕** [tì ㄊ丨ˋ ⑧ tik⁷ 剔]

戒懼；謹慎小心 ◆ 警惕│惕屬。

---

⁸ **悿** [tiǎn ㄊ丨ㄢˇ ⑧ tin² 天²]

慚愧。

---

⁸ **惘** [wǎng ㄨㄤˇ ⑧ mɔŋ⁵ 妄]

失意 ◆ 惘然若失│悵惘良久。

---

⁸ **悱** [fěi ㄈㄟˇ ⑧ fei² 匪]

想說而又不知道怎樣說的樣子 ◆ 《論語》：“不憤不啟，不悱不發。”

---

⁸ **悲** [bēi ㄅㄟ ⑧ bei¹ 卑]

❶ 悲痛；傷心 ◆ 悲哀│悲慘│悲歡離合│樂極生悲│戰國楚屈原《九歌》：“悲莫悲兮生別離，樂莫樂兮新相知。”❷ 憐憫 ◆ 大慈大悲。

---

⁸ **悸** [jì ㄐ丨ˋ ⑧ gwɐi⁶ 貴⁶]

因害怕而心跳 ◆ 心悸│心有餘悸│驚悸不已。

---

⁸ **惟** [wéi ㄨㄟˊ ⑧ wɐi⁴ 圍]

❶ 思考；考慮。也作“維”。◆ 思惟。❷ 副詞。只；只有。也作“唯” ◆ 惟一│惟命是從│惟我獨尊。

---

⁸ **惆** [chóu ㄔㄡˊ ⑧ tsɐu⁴ 酬]

惆悵，傷感；失意。

---

⁸ **惛** [hūn ㄏㄨㄣ ⑧ fɐn⁷ 昏]

神智不清；糊塗。

---

⁸ **惚** [hū ㄏㄨ ⑧ fɐt⁷ 忽]

恍惚。見“恍”，218頁左欄。

---

⁸ **惇** (⑧惸) [dūn ㄉㄨㄣ ⑧ dœn¹ 敦]

敦厚；厚道；誠實。

---

⁸ **惦** [diàn ㄉ丨ㄢˋ ⑧ dim³ 店]

掛念 ◆ 惦記│惦念│心裏老惦着這件事。

---

⁸ **悴** [cuì ㄘㄨㄟˋ ⑧ sœy⁶ 瑞]

憔悴。見“憔”，229頁右欄。

⁸ **惓** [quán ㄑㄩㄢˊ 粵 kyn⁴ 拳]
惓惓，懇切的樣子 ◆ 惓惓之心。

⁸ **悰** [cóng ㄘㄨㄥˊ 粵 tsuŋ⁴ 蟲]
歡樂。

⁸ **悾** [kōng ㄎㄨㄥ 粵 huŋ¹ 凶]
悾悾，誠懇的樣子。

⁸ **惋** [wǎn ㄨㄢˇ 粵 wun² 碗/jyn² 苑]
歎惜 ◆ 惋傷｜歎惋｜對他的英年早逝，大家深感惋惜。

⁸ **悶** (闷) 〈一〉[mèn ㄇㄣˋ 粵 mun⁶ 門⁶]
❶心情不舒暢；心煩 ◆ 煩悶｜愁悶｜苦悶｜解悶｜悶悶不樂。❷封閉；不透氣 ◆ 悶罐子｜悶子車。
〈二〉[mēn ㄇㄣ 粵 同〈一〉]
❶空氣不流通；不爽 ◆ 天氣悶熱｜屋裏太悶。❷沈默；不出聲或聲音不響亮 ◆ 悶聲不響｜悶聲悶氣。❸使封閉不透氣 ◆ 蓋好蓋，再悶一會兒茶就濃了。❹呆在屋裏不出門 ◆ 別一個人老悶在家裏。

⁸ **㥛** [chuò ㄔㄨㄛˋ 粵 dzyt⁸ 苗]
❶㥛㥛，憂愁的樣子 ◆ 憂心㥛㥛。❷疲乏。

⁹ **惷**
同"蠢"，見632頁右欄。

⁹ **愜** (愜⑩悏) [qiè ㄑㄧㄝˋ 粵 hip⁸ 怯]
心裏滿足 ◆ 愜意｜愜懷｜愜心。

⁹ **惹** [rě ㄖㄜˇ 粵 jɛ⁵ 野]
❶引起；招致 ◆ 惹禍｜惹事｜惹是生非｜惹火燒身｜惹人注意。❷(言語、行動)觸動對方 ◆ 這人不好惹｜別把他惹翻了｜惹不起，躲得起。

⁹ **想** [xiǎng ㄒㄧㄤˇ 粵 sœŋ² 賞]
❶思考；思索 ◆ 想辦法｜想方設法｜這個想法不錯。❷推測；認為 ◆ 聯想｜想必｜想當然｜我想他已經走了。❸希望；打算 ◆ 我想找他談一次。❹想念；懷念 ◆ 想家｜朝思暮想｜大家都很想你。

⁹ **愊** [bì ㄅㄧˋ 粵 bik⁷ 逼]
愊憶，心情抑鬱煩悶。

⁹ **惰** [duò ㄉㄨㄛˋ 粵 dɔ⁶ 墮]
懶；懈怠。與"勤"相對 ◆ 懶惰｜怠惰｜惰性。

⁹ **感** [gǎn ㄍㄢˇ 粵 gɐm² 錦]
❶感動 ◆ 感化｜感奮｜感人肺腑｜感天動地｜感人至深。❷感觸；感慨 ◆ 感憤｜感歎｜感傷｜感想｜百感交集。❸感覺；感受；感到 ◆ 預感｜快感｜美感｜同感｜自豪感｜深感內疚。❹感謝 ◆ 感恩戴德｜感激不盡。❺一種物體受另一物

體的影響而發生變化 ◆ 感應｜感光。

恓 ⁹ [miǎn ㄇㄧㄢˇ ⑧min⁵ 緬]
❶勉力。❷思念。

恻⁹ (恻) [cè ㄘㄜˋ ⑧tsɐk⁷ 測]
悲痛 ◆ 悽惻｜惻隱之心。

愚 ⁹ [yú ㄩˊ ⑧jy⁴ 如]
❶頭腦遲鈍，不靈活；笨 ◆ 愚笨｜愚蠢｜愚昧｜大智若愚｜智者千慮，必有一失；愚者千慮，必有一得。❷蒙蔽；欺騙 ◆ 愚弄｜愚民政策。❸自稱的謙詞 ◆ 愚弟｜愚意｜愚見｜愚以為不可。

愠 ⁹ [yùn ㄩㄣˋ ⑧wɐn³ 蘊³]
生氣；發怒 ◆ 面有愠色。

惺 ⁹ [xīng ㄒㄧㄥ ⑧siŋ¹ 星/siŋ² 醒]
❶惺忪。(1) 蘇醒；清醒 ◆ 花如中酒不惺忪。(2) 因剛睡醒而眼睛模糊不清 ◆ 睡眼惺忪。❷惺惺。(1) 清醒。(2) 聰明機靈；聰明機靈的人 ◆ 惺惺惜惺惺。

愒 ⁹ [kài ㄎㄞˋ ⑧kɔi³ 愾]
貪。

愕 ⁹ [è ㄜˋ ⑧ŋɔk⁹ 岳]
驚訝 ◆ 驚愕｜愕然。

惴 ⁹ [zhuì ㄓㄨㄟˋ ⑧dzœy³ 最]
恐懼 ◆ 惴慄｜惴惴不安。

愣 ⁹ [lèng ㄌㄥˋ ⑧liŋ⁶ 另]
❶失神；發呆 ◆ 兩眼發愣｜愣了半天｜嚇得他一愣。❷魯莽；冒失 ◆ 愣小子｜愣頭青｜愣頭愣腦｜説話做事太愣。❸蠻；硬來 ◆ 愣幹｜愣不講理｜你愣要這麼説，我也沒法。

愀 ⁹ [qiǎo ㄑㄧㄠˇ ⑧tsiu² 悄/tsau⁵ 臭⁵]
愀然，形容神色變得嚴肅或不愉快的樣子 ◆ 愀然作色。

愁 ⁹ [chóu ㄔㄡˊ ⑧sɐu⁴ 仇]
❶憂慮 ◆ 愁容｜愁悶｜憂愁｜愁腸百結｜愁眉不展｜愁眉苦臉｜唐李白《宣州謝朓樓錢別校書叔雲》詩："抽刀斷水水更流，舉杯消愁愁更愁。"❷形容悽慘、慘淡的景象 ◆ 愁色｜愁雲慘淡｜慘綠愁紅。

愎 ⁹ [bì ㄅㄧˋ ⑧bik⁷ 逼]
固執；執拗 ◆ 剛愎自用。

惶 ⁹ [huáng ㄏㄨㄤˊ ⑧wɔŋ⁴ 王]
恐懼 ◆ 惶惑｜驚惶｜人心惶惶｜誠惶誠恐｜惶惶不可終日。

愆 ⁹ (⑧愆) [qiān ㄑㄧㄢ ⑧hin¹ 牽]

❶罪過;過失 ◆ 愆尤。❷錯過(時間);耽誤 ◆ 愆期。

⁹ **愈** [yù ㄩˋ ⑧jy⁶ 預]
❶較好;勝過 ◆ 執愈|愈於。❷更加;越發 ◆ 愈加|愈益|做事愈來愈認真。❸"瘉"的異體字。

⁹ **愉** [yú ㄩˊ ⑧jy⁴ 餘]
快樂 ◆ 愉快|愉悅|不愉之色。

⁹ **愛**(愛) [ài ㄞˋ ⑧oi³/ŋoi³ 哀³]
❶對人或事物有深摯的感情。與"憎"相對 ◆ 愛國|愛戴|母愛|愛情|愛屋及烏|愛憎分明。❷愛好;喜歡 ◆ 酷愛|愛打球|愛不釋手|愛美之心,人皆有之|唐杜牧《山行》詩:"停車坐愛楓林晚,霜葉紅於二月花。"❸愛惜;愛護 ◆ 愛鳥|珍愛|自愛。❹經常或容易發生某種行為或變化 ◆ 愛哭|愛臉紅|鐵愛生鏽。❺同"嫒"。稱別人的女兒 ◆ 令愛

⁹ **惸** [qióng ㄑㄩㄥˊ ⑧kiŋ⁴ 瓊]
❶指無兄弟的人。引申指孤獨無依的人。❷憂愁。

⁹ **意** [yì ㄧˋ ⑧ji³ 衣]
❶意思;心意 ◆ 意圖|意味|情意|意在言外|書不盡言,言不

盡意|唐李白《送友人》詩:"浮雲遊子意,落日故人情。"❷心願;願望 ◆ 意願|中意|滿意|差強人意|順從民意|春風得意。❸料想;意料 ◆ 意外|意想不到|出其不意,攻其不備。❹意大利的簡稱。

⁹ **愔** [yīn ㄧㄣ ⑧jɐm¹ 音]
愔愔。❶和悅;和諧。❷安靜;深沈。

⁹ **慈** [cí ㄘˊ ⑧tsi⁴ 池]
❶和善 ◆ 仁慈|慈善|慈祥|慈悲|唐孟郊《遊子吟》詩:"慈母手中線,遊子身上衣。"❷(上對下)仁愛慈護 ◆ 慈愛|敬老慈幼。❸指母親 ◆ 慈訓|慈親|家慈。❹姓。

⁹ **愙**(⑧恪) [kè ㄎㄜˋ ⑧kɔk⁸ 確]
同"恪"。恭敬。

⁹ **惲**(恽) [yùn ㄩㄣˋ ⑧wɐn² 穩]
姓。

⁹ **惼** [biǎn ㄅㄧㄢˇ ⑧hin² 貶]
(心胸)狹窄。

⁹ **慨** [kǎi ㄎㄞˇ ⑧kɔi³ 丏]
❶情緒激昂;憤激 ◆ 慨切|憤慨。❷感慨;有所感觸而歎息 ◆ 慨歎|慨然長歎。❸不吝惜;慷慨 ◆ 慨允|慨然相贈。

⁹**憫** [mǐn ㄇ丨ㄣˇ ⑧ men⁵ 敏]
❶憂患；憂傷。❷哀憐；憐憫。

⁹**惱**(恼) [nǎo ㄋㄠˇ ⑧ nou⁵ 腦]
❶怨恨；生氣 ◆ 惱恨|惱怒|惱火|惱羞成怒。❷煩擾；煩悶 ◆ 懊惱|煩惱|苦惱。

¹⁰**愫** [sù ㄙㄨˋ ⑧ sou³ 素]
真情；誠意 ◆ 情愫。

¹⁰**慌** ⟨一⟩[huāng ㄏㄨㄤ ⑧ fɔŋ¹ 方]
急迫；慌張 ◆ 慌忙|慌亂|驚慌|恐慌|心慌意亂。
⟨二⟩[huang ·ㄏㄨㄤ ⑧ 同⟨一⟩]
用作補語。前面加"得"，表示難以忍受 ◆ 累得慌|悶得慌|餓得慌。

¹⁰**愨**(悫⑧愨) [què ㄑㄩㄝˋ ⑧ kɔk⁸ 確]
誠實謹慎。

¹⁰**慄** [lì ㄌ丨ˋ ⑧ lœt⁹ 律]
哆嗦；發抖 ◆ 戰慄|不寒而慄。

¹⁰**愿** [yuàn ㄩㄢˋ ⑧ jyn⁶ 遠]
❶誠實謹慎 ◆ 謹愿|誠愿。❷"願"的簡化字。

¹⁰**愷**(恺) [kǎi ㄎㄞˇ ⑧ hɔi² 海]
快樂；和樂。

¹⁰**愾**(忾) [kài ㄎㄞˋ ⑧ kɔi³ 概]
憤恨；憤怒 ◆ 同仇敵愾。

¹⁰**愧** [kuì ㄎㄨㄟˋ ⑧ kwei⁵ 葵⁵]
慚愧；羞愧 ◆ 愧疚|愧色|問心無愧|當之無愧。

¹⁰**慇** [yīn 丨ㄣ ⑧ jen¹ 因]
慇懃，熱情而周到。也作"殷勤" ◆ 慇懃款待。

¹⁰**愴**(怆) [chuàng ㄔㄨㄤˋ ⑧ tsɔŋ³ 創]
悲傷 ◆ 悽愴|悲愴|愴然涕下。

¹⁰**慎** [shèn ㄕㄣˋ ⑧ sen⁶ 腎]
❶謹慎；小心 ◆ 慎重|不慎|慎獨|謹言慎行。❷姓。

¹⁰**懰**(怊) [zhòu ㄓㄡˋ ⑧ dzɐu³ 縐]
固執。

¹⁰**愬** [xù ㄒㄩˋ ⑧ huk⁷ 哭]
喜愛。

¹⁰**慂**
同"訴"，見656頁左欄。

¹⁰**慂**(⑧愿) [yǒng ㄩㄥˇ ⑧ juŋ⁵ 勇]
慫慂。同"慫恿"。見"慫"，228頁左欄。

10 慊
〈一〉[qiàn ㄑㄧㄢˋ 粵him³ 欠]
不滿;怨恨 ◆ 慊慊。
〈二〉[qiè ㄑㄧㄝˋ 粵hip⁸ 怯]
滿意;滿足 ◆ 慊意。

10 態 (态)
[tài ㄊㄞˋ 粵tai³ 太]
❶姿態;態度 ◆ 神態|體態|世態炎涼|惺惺作態|一反常態。❷形態;形狀 ◆ 固態|物態|病態|醉態|儀態萬方。

11 慧
[huì ㄏㄨㄟˋ 粵wei⁶ 胃]
聰明;有才智 ◆ 慧心|智慧|聰慧|少年穎慧|獨具慧眼。

11 傲
同"傲",見36頁右欄。

11 慝
[tè ㄊㄜˋ 粵tik⁷ 剔]
邪惡;惡念 ◆ 隱慝|懷慝。

11 慕
[mù ㄇㄨˋ 粵mou⁶ 務]
❶羨慕;敬仰 ◆ 愛慕|企慕|向慕|仰慕|慕名而來。❷姓。

11 慚 (惭 粵慙)
[cán ㄘㄢˊ 粵tsam⁴ 蠶]
羞愧 ◆ 羞慚|慚愧|面有慚色|大言不慚。

11 慪 (怄)
[òu ㄡˋ 粵eu³ 漚]
❶鬧彆扭,生悶氣 ◆ 慪氣。❷使慪氣;使不愉快 ◆ 你別故意慪我。

11 慳 (悭)
[qiān ㄑㄧㄢ 粵han¹ 閒¹]
❶吝嗇 ◆ 慳吝。❷缺少 ◆ 緣慳一面。❸粵方言。節儉。

11 慓
[piāo ㄆㄧㄠ 粵piu³ 票]
慓悍,敏捷而勇猛。

11 慼 (粵慽)
[qī ㄑㄧ 粵tsik⁷ 斥]
憂愁;悲傷 ◆ 哀慼|慼容|休慼相關|休慼與共。

11 憂 (忧)
[yōu ㄧㄡ 粵jeu¹ 休]
❶憂愁;使人憂愁的事 ◆ 憂傷|憂患|憂鬱|憂國憂民|高枕無憂|杞人憂天|宋范仲淹《岳陽樓記》:"先天下之憂而憂,後天下之樂而樂。"❷特指父母的喪事 ◆ 丁憂。

11 慮 (虑)
[lǜ ㄌㄩˋ 粵løy⁶ 類]
❶思考;打算 ◆ 考慮|處心積慮|深謀遠慮|深思熟慮|智者千慮,必有一失;愚者千慮,必有一得。❷擔憂;發愁 ◆ 憂慮|顧慮|焦慮|滿腹疑慮|不必過慮。❸姓。

11 慢
[màn ㄇㄢˋ 粵man⁶ 萬]
❶速度低;行動費時多。與"快"相對 ◆ 緩慢|慢車|慢騰騰|慢條斯理|不怕慢,只怕站。❷從緩

◆ 且慢|慢點兒再告訴他。❸對人冷淡無禮 ◆ 傲慢|怠慢|簡慢|輕慢|驕慢|侮慢。

11 **慥** [zào ㄗㄠˋ ⓟ tsou³ 醋]
慥慥，忠厚誠實的樣子。

11 **慟** (恸) [tòng ㄊㄨㄥˋ ⓟ duŋ⁶ 動]
極其悲哀；痛哭 ◆ 慟哭。

11 **慫** (怂) [sǒng ㄙㄨㄥˇ ⓟ suŋ² 聳]
慫恿，從旁勸說、鼓動別人去做某件事情。也作"慫慂"。

11 **慾** [yù ㄩˋ ⓟ juk⁹ 玉]
慾望 ◆ 情慾|求知慾|慾壑難填|食慾不振。

11 **慷** [kāng ㄎㄤ ⓟ hɔŋ² 康²/hɔŋ¹ 康]
慷慨。❶情緒激昂 ◆ 慷慨激昂|慷慨陳詞。❷大方；不吝嗇 ◆ 慷慨捐助|慷慨解囊。

11 **慵** [yōng ㄩㄥ ⓟ juŋ⁴ 容]
懶；倦怠 ◆ 慵懶|慵困。

11 **慶** (庆) [qìng ㄑㄧㄥˋ ⓟ hiŋ³ 興]
❶祝賀；慶賀 ◆ 慶祝|慶功|喜慶|慶典|普天同慶|彈冠相慶。❷值得慶祝的週年紀念日 ◆ 國慶|校慶|廠慶。❸姓。

11 **慰** [wèi ㄨㄟˋ ⓟ wei³ 畏]
❶使人心情安適；安慰 ◆ 慰問|慰勞|慰勉|寬慰|聊以自慰。❷心安 ◆ 快慰|欣慰|甚慰。

11 **慘** (惨) [cǎn ㄘㄢˇ ⓟ tsam² 蠶²]
❶兇殘；狠毒 ◆ 慘毒|慘無人道|慘遭殺害。❷悲痛；悽慘 ◆ 悲慘|慘劇|慘不忍睹|慘絕人寰。❸形容程度嚴重 ◆ 慘敗|損失慘重|輸得很慘。

11 **慣** (惯) [guàn ㄍㄨㄢˋ ⓟ gwan³ 關³]
❶習以為常；積久成性 ◆ 慣性|習慣|慣竊|慣賊|司空見慣。❷縱容；放任 ◆ 慣縱|寵慣|嬌生慣養|不要把孩子慣壞了。

11 **憎** 同"憎"，見232頁左欄。

12 **憨** [hān ㄏㄢ ⓟ hem¹ 堪]
❶傻；痴呆 ◆ 憨笑|憨痴。❷樸實；天真 ◆ 憨厚|憨直|憨容可掬。❸姓。

12 **憤** (愤) [fèn ㄈㄣˋ ⓟ fen⁵ 奮]
氣憤；發怒 ◆ 憤慨|憤怒|公憤|民憤|義憤填膺|憤世嫉俗。

12 憓 [huì ㄏㄨㄟˋ ⑧ wɐi⁶ 胃]
❶順服。❷恩惠。

12 愸 [yìn ㄧㄣˋ ⑧ ŋɐn³ 銀³]
❶願意；寧願。❷損傷；殘缺。❸愸愸，謹慎小心的樣子。

12 憭 [liǎo ㄌㄧㄠˇ ⑧ liu⁵ 了]
明白；聰慧。

12 憯 [cǎn ㄘㄢˇ ⑧ tsɐm² 蠶²]
❶慘痛；傷痛。❷慘毒；殘酷。

12 憋 [biē ㄅㄧㄝ ⑧ bit⁸ 必⁸]
❶抑制或堵住不讓出來 ◆ 憋足了勁｜憋着一口氣｜實在憋不住了。❷悶氣 ◆ 憋氣｜憋悶｜心裏憋得慌。

12 憬 [jǐng ㄐㄧㄥˇ ⑧ giŋ² 景]
❶覺悟 ◆ 憬悟｜憬然。❷憧憬。見“憧”，230頁左欄。

12 憒 (愦) [kuì ㄎㄨㄟˋ ⑧ kui³ 潰³]
昏亂；糊塗 ◆ 昏憒｜憒亂。

12 憚 (惮) [dàn ㄉㄢˋ ⑧ dan⁶ 但]
畏懼；怕 ◆ 不憚煩｜肆無忌憚。

12 憮 (怃) [wǔ ㄨˇ ⑧ mou⁵ 舞]
❶愛憐。❷失意 ◆ 憮然良久。

12 憩 (⑤憇) [qì ㄑㄧˋ ⑧ hei³ 氣]
休息 ◆ 憩息｜小憩。

12 憊 (惫) [bèi ㄅㄟˋ ⑧ bɐi⁶ 敗]
極度疲乏；困乏 ◆ 疲憊不堪。

12 憔 (⑤顦) [qiáo ㄑㄧㄠˊ ⑧ tsiu⁴ 潮]
憔悴。也作“憔瘁”。❶形容人消瘦，面色難看 ◆ 面容憔悴。❷謂竭盡心力 ◆ 身心憔悴｜心力憔悴｜唐杜甫《夢李白》詩：“冠蓋滿京華，斯人獨憔悴。”

12 憑 (凭⑤凴) [píng ㄆㄧㄥˊ ⑧ pɐŋ⁴ 朋]
❶(身子)靠着 ◆ 憑几｜憑窗遠望。❷倚仗；依據 ◆ 憑險據守｜憑仗權勢｜憑藉實力｜憑票入場。❸證據 ◆ 憑證｜憑據｜文憑｜口說無憑｜不足為憑。❹ 連詞。任憑；不論 ◆ 憑你怎麼勸，他都聽不進｜海闊憑魚躍，天高任鳥飛｜憑你有天大的本事，也跳不出他的手掌心。

12 憱 [cù ㄘㄨˋ ⑧ tsɐu⁷ 臭]
心裏不安的樣子。

12 憝 [duì ㄉㄨㄟˋ ⑧ dœy⁶ 隊]
❶怨恨；憎惡。❷奸惡；兇惡 ◆ 元兇太憝。

¹²**憧** [chōng ㄔㄨㄥ ⑧tsuŋ⁴ 充]
❶憧憧，往來不停或搖曳不定的樣子 ◆ 人影憧憧｜往來憧憧｜燈光憧憧。❷憧憬，嚮往 ◆ 憧憬着未來。

¹²**憐**(怜) [lián ㄌㄧㄢˊ ⑧lin⁴ 連]
❶憐憫；同情 ◆ 哀憐｜憐恤｜憐惜｜同病相憐。❷愛；愛惜 ◆ 憐愛｜顧影自憐｜憐香惜玉。

¹²**憎** [zēng ㄗㄥ ⑧dzeŋ¹ 增]
厭惡。與"愛"相對 ◆ 憎惡｜憎恨｜面目可憎｜愛憎分明。

¹²**憲**(宪) [xiàn ㄒㄧㄢˋ ⑧hin³ 獻]
❶法令。❷憲法 ◆ 立憲｜憲章。

¹²**憫**(悯) [mǐn ㄇㄧㄣˇ ⑧men⁵ 敏]
❶哀憐；憐憫 ◆ 憫恤｜憫惜｜悲天憫人。❷憂愁。

¹³**懂** [dǒng ㄉㄨㄥˇ ⑧duŋ² 董]
明白；明瞭 ◆ 懂事｜懂道理｜聽不懂｜不懂裝懂。

¹³**懃** [qín ㄑㄧㄣˊ ⑧ken⁴ 勤]
慇懃。見"慇"，226頁右欄。

¹³**憷** [chù ㄔㄨˋ ⑧tsɔ³ 錯]
害怕；畏縮 ◆ 發憷｜憷場。

¹³**懋** [mào ㄇㄠˋ ⑧meu⁶ 茂]
❶勤勉；努力。❷大；盛大 ◆ 懋勳｜懋典。

¹³**憾** [hàn ㄏㄢˋ ⑧hem⁶ 撼]
心裏感到不滿足；失望 ◆ 憾事｜遺憾｜抱憾終生｜死而無憾。

¹³**懊** [náo ㄋㄠˊ ⑧nou⁴ 奴]
懊懊，煩惱，痛悔。

¹³**懆** [cǎo ㄘㄠˇ ⑧tsou² 草]
懆懆，憂愁的樣子。

¹³**懌**(怿) [yì ㄧˋ ⑧jik⁹ 亦]
喜悅；歡喜。

¹³**懊** [ào ㄠˋ ⑧ou³/ŋou³ 澳]
煩惱；悔恨 ◆ 懊喪｜懊惱｜懊悔。

¹³**懇**(恳) [kěn ㄎㄣˇ ⑧hen² 很]
❶真誠；誠懇 ◆ 懇求｜懇切｜懇談｜懇請｜勤懇。❷請求 ◆ 敬懇。

¹³**懈** [xiè ㄒㄧㄝˋ ⑧hai⁶ 械]
鬆弛；鬆懈 ◆ 懈怠｜努力不懈。

¹³**懍**(懔) [lǐn ㄌㄧㄣˇ ⑧lem⁵ 凜]
❶害怕。❷嚴正；嚴肅 ◆ 懍然不可侵犯。

13
應(应) ⟨一⟩[yīng ㄧㄥ 圖 jiŋ¹ 英]

❶應該；表示情理上必須如此 ◆ 應當|罪有應得|應予糾正|應有盡有。❷答應 ◆ 應許|應允。❸姓。

⟨二⟩[yìng ㄧㄥˋ 圖 jiŋ³ 英³]

❶回答 ◆ 答應|應對如流|前呼後應|一呼百應。❷允許；接受；滿足要求 ◆ 應邀|應聘|應戰|有求必應。❸適應；順應 ◆ 隨機應變|應時之作|應運而生|得心應手。❹對付；應付 ◆ 應變能力|應接不暇|應急措施。

13
憶(忆) [yì ㄧˋ 圖 jik⁷ 益]

思念；回想；記得 ◆ 回憶|記憶|追憶。

14
懸 同"懨"，見231頁左欄。

14
懤 [chóu ㄔㄡˊ 圖 tsɐu⁴ 酬]

懤懤，憂愁的樣子。

14
懨(恹) [yān ㄧㄢ 圖 jim¹ 淹]

懨懨，精神萎靡的樣子 ◆ 懨懨欲睡。

14
懦 [nuò ㄋㄨㄛˋ 圖 nɔ⁶ 糯]

軟弱；怯弱 ◆ 懦弱|怯懦|懦夫。

14
憝(怼) [duì ㄉㄨㄟˋ 圖 dœy⁶ 兌/dzœy⁶ 隊]

怨恨 ◆ 怨憝。

14
憫(悯) [mèn ㄇㄣˋ 圖 mun⁶ 悶/mun⁵ 滿]

❶煩悶 ◆ 煩憫|憂憫|憫憫。❷憤慨 ◆ 憤憫。

15
懲(惩) [chéng ㄔㄥˊ 圖 tsiŋ⁴ 情]

❶警戒 ◆ 懲前毖後。❷處罰 ◆ 懲罰|懲治|懲一警百|嚴懲不貸。

16
懵 [měng ㄇㄥˇ 圖 muŋ⁵ 夢⁵]

不明事理；糊塗 ◆ 懵懵懂懂。

16
懶(懒 嬾) [lǎn ㄌㄢˇ 圖 lan⁵ 蘭⁵]

不勤快；懶惰。與"勤"相對 ◆ 懶漢|偷懶|懶散|好吃懶做|心灰意懶。

16
懸(悬) [xuán ㄒㄩㄢˊ 圖 jyn⁴ 元]

❶吊；掛 ◆ 懸掛|明鏡高懸|懸樑刺股|口若懸河。❷懸空；無所依傍；無着落 ◆ 懸肘|懸腕|懸案。❸憑空設想 ◆ 懸想|懸擬|懸斷。❹牽掛；掛念 ◆ 懸念|懸想|懸望。❺距離遠；差別大 ◆ 懸隔千里|相差懸殊。❻公開揭示 ◆ 懸賞。

16
懷(怀) [huái ㄏㄨㄞˊ 圖 wai⁴ 淮]

❶胸部;胸前 ◆ 懷抱嬰兒|撞了個滿懷|睡在母親懷裏。❷腹中有(胎) ◆ 懷孕|十月懷胎,一朝分娩。❸心裏藏着 ◆ 懷恨|心懷不滿|不懷好意|胸懷大志。❹心胸;胸襟 ◆ 襟懷坦白|胸懷廣闊|正中下懷。❺想念 ◆ 懷念|懷舊|懷古|緬懷|感懷。❻姓。

17 懺(忏) [chàn ㄔㄢˋ 圖 tsam³ 杉]
❶對過去的錯誤或罪孽表示悔過,請人寬恕 ◆ 懺悔。❷僧道代人懺悔。也指代人懺悔時所誦的經文 ◆ 懺禮|拜懺。

18 懽
同"歡",見342頁右欄。

18 懿 [yì 丨ˋ 圖 ji³ 意]
美好(多指德行) ◆ 懿德|嘉言懿行。

18 懾(慑) [shè ㄕㄜˋ 圖 sip⁸ 攝/dzip⁸ 接]
❶恐懼;害怕 ◆ 懾怯|震懾。❷使害怕 ◆ 懾服|核威懾。

18 懼(惧) [jù ㄐㄩˋ 圖 gœy⁶ 巨]
怕 ◆ 懼怕|懼內|恐懼|畏懼|臨危不懼。

18 懺
同"忡",見213頁右欄。

19 戀(恋) [liàn ㄌ丨ㄢˋ 圖 lyn² 聯²]
❶愛慕不捨;想念不忘 ◆ 愛戀|留戀|依戀|眷戀|戀戀不捨。❷男女間的愛慕之情 ◆ 初戀|失戀|戀情|戀歌。

24 戇(戆) ⟨一⟩ [zhuàng ㄓㄨㄤˋ 圖 dzɔŋ³ 壯/ŋɔŋ⁶ 昂⁶]
憨厚剛直 ◆ 戇直。
⟨二⟩ [gàng ㄍㄤˋ 圖 ŋɔŋ⁶ 昂⁶(語)]
傻;魯莽 ◆ 戇頭戇腦。

戈 部

0 戈 [gē ㄍㄜ 圖 gwɔ¹ 果¹]
❶古代兵器,上下有刃,裝有長柄,用以橫擊、鈎殺 ◆ 大動干戈|同室操戈|化干戈為玉帛。❷姓。

1 戊 [wù ㄨˋ 圖 mou⁶ 務]
天干的第五位 ◆ 戊戌變法。

2 戎 [róng ㄖㄨㄥˊ 圖 juŋ⁴ 容]
❶軍隊;士兵 ◆ 戎行|戎裝|投筆從戎|兵戎相見。❷軍事;戰爭 ◆ 戎馬生涯|戎馬倥傯|《木蘭辭》:"萬里赴戎機,關山度若

飛。"❸古代對我國西部少數民族的統稱。❹姓。

² **戌** 〈一〉[xū ㄒㄩ 粵sœt⁷ 率]
❶地支的第十一位。❷十二時辰之一，即晚上七時至九時。
〈二〉[qu·ㄑㄩ 同〈一〉]
屈戌兒，銅製或鐵製的帶兩個腳的小環，釘在門窗上或箱櫃上，用來掛鎖。

² **戍** [shù ㄕㄨˋ 粵sy³ 恕]
(軍隊)防守 ◆ 戍卒|戍守|屯墾戍邊|衞戍司令。

² **成** [chéng ㄔㄥˊ 粵sin⁴ 城/sɐn⁴ 城(語)]
❶完成；實現。與"敗"相對 ◆ 成敗|告成|大器晚成|一氣呵成|功敗垂成。❷使完成；使實現 ◆ 促成|成全好事|玉成其事|成人之美。❸成為；變為 ◆ 百煉成鋼|弄假成真|玉不琢，不成器|唐·羅隱《蜂》詩："採得百花成蜜後，為誰辛苦為誰甜。"❹成就；成果 ◆ 集大成|坐享其成|一事無成。❺成長；成熟 ◆ 成人|成蟲。❻已有的；已定的 ◆ 成語|成見|成例|收回成命|打破成規。❼表示許諾 ◆ 你不去可不成。❽表示達到一個單位(強調數量多或時間長) ◆ 成千成萬|成年累月。❾十分之一叫一成 ◆ 三七分成|減價一成。❿表示有能力 ◆ 你可真成！⓫姓。

³ **戒** [jiè ㄐㄧㄝˋ 粵gai³ 介]
❶防備；警惕 ◆ 警戒|戒備森嚴|存有戒心|戒驕戒躁|引以為戒。❷警告；勸告 ◆ 告戒|勸戒|規戒。❸改掉(不良嗜好) ◆ 戒酒|戒煙|戒毒所。❹指禁止做的事情 ◆ 大開殺戒。❺佛教的戒律 ◆ 戒刀|受戒|破戒。❻戒指 ◆ 金戒|鑽戒。

³ **我** [wǒ ㄨㄛˇ 粵ŋɔ⁵ 臥⁵]
第一人稱代詞。❶稱自己 ◆ 我行我素|依然故我。❷集體單位對外稱自己。相當於"我們" ◆ 我廠|我校|我軍。❸"我"和"你"或"你"和"我"、"他"對舉時，表示泛指 ◆ 別我推你、你推我的沒個完。❹自己 ◆ 自我欣賞|忘我勞動。

⁴ **戔** (戋) [jiān ㄐㄧㄢ 粵dzin¹ 煎]
少；微薄 ◆ 戔戔微物|為數戔戔。

⁴ **或** [huò ㄏㄨㄛˋ 粵wak⁹ 惑]
❶副詞。(1)也許；大概；可能 ◆ 或許|或者|如無意外，明晨或可起程。(2)稍微；稍稍 ◆ 不可或缺|不可或忽。❷連詞。表示選擇 ◆ 或多或少|男的或女的|贊成或反對。❸代詞。某人；有的人 ◆ 漢·司馬遷《報任安書》："人固有一死，或重於泰山，或輕於鴻毛。"

⁴ 戕 [qiāng ㄑ丨ㄤ 粵 tsœŋ⁴ 祥]
殘害；殺害 ◆ 戕害｜戕賊｜自戕｜相戕。

⁷ 戛 (粵戞) [jiá ㄐㄧㄚˊ 粵 git⁸ 潔]
❶敲擊 ◆ 戛玉敲冰。❷戛然。(1)象聲詞 ◆ 戛然長鳴。(2)形容聲音突然終止 ◆ 戛然而止。❸戛戛。(1)形容困難費力 ◆ 戛戛乎其難哉。(2)形容獨創 ◆ 戛戛獨造。

⁷ 戚 [qī ㄑㄧ 粵 tsik⁷ 斥]
❶親屬；親戚 ◆ 戚眷｜外戚｜戚友。❷同“慼”。憂愁；悲傷 ◆ 哀戚｜悲戚｜憂戚｜休戚相關。❸古代兵器。像斧 ◆ 干戈戚揚。❹姓。

⁸ 戟 (粵戟) [jǐ ㄐㄧˇ 粵 gik⁷ 激]
❶古代兵器。合戈矛為一體，可以直刺或橫擊 ◆ 折戟沈沙。❷刺激 ◆ 戟喉癢肺。

⁹ 戡 [kān ㄎㄢ 粵 hɐm¹ 堪]
用武力平定(叛亂) ◆ 戡亂。

⁹ 戢 [jí ㄐㄧˊ 粵 dzɐp⁷ 汁/tsɐp⁷ 緝 (語)]
❶收藏；收斂 ◆ 戢翼｜戢怒。❷止息 ◆ 戢兵。❸姓。

⁹ 戥 [děng ㄉㄥˇ 粵 dɐŋ⁶ 鄧]
用戥子(一種測定貴重物品或藥品重量的小秤)稱東西 ◆ 戥一戥重量。

⁹ 戤 [gài ㄍㄞˋ 粵 kɔi³ 概]
方言。❶斜靠 ◆ 戤米囤餓殺｜把傘戤在牆角邊。❷依仗 ◆ 戤牌頭(依仗有權勢者)。❸冒牌圖利。

⁹ 戣 [kuí ㄎㄨㄟˊ 粵 kwɐi⁴ 葵]
古代兵器，戟的一種。

¹⁰ 截 [jié ㄐㄧㄝˊ 粵 dzit⁹ 捷]
❶割斷(長條的東西)；切斷 ◆ 截肢｜截流｜截斷｜截長補短｜截然不同。❷量詞。段 ◆ 一截木頭｜半截兒話。❸阻攔；阻擋 ◆ 截留｜截擊｜攔截｜截鐙留鞭。❹(到一定期限)停止 ◆ 截止｜截至月底結束營業。

¹⁰ 戩 [jiǎn ㄐㄧㄢˇ 粵 dzin² 展]
❶剪除；消滅。❷吉祥；福。

¹⁰ 戧 (戗) 〈一〉[qiāng ㄑㄧㄤ 粵 tsœŋ¹ 昌]
❶逆；反方向。與“順”相對 ◆ 戧風。❷(言語)相衝突 ◆ 兩個人話說戧了。
〈二〉[qiàng ㄑㄧㄤˋ 粵 tsœŋ³ 唱]
❶斜對着牆角的屋架。❷支撐；用來支撐的木頭 ◆ 戧柱｜用木頭戧住山牆。

11 **戮**(®剹)［lù ㄌㄨˋ ⑨luk⁹ 綠］
❶斬；殺 ◆ 殺戮。
❷同"勠"。併；合 ◆ 戮力同心。

12 **戰**(战)［zhàn ㄓㄢˋ ⑨dzin³ 箭］
❶戰爭；戰鬥 ◆ 停戰|宣戰|決戰|內戰|決一死戰。❷作戰；打仗 ◆ 戰勝|奮戰|交戰|激戰|百戰百勝|南征北戰。❸發抖 ◆ 戰慄|寒戰|膽戰心驚|打了個冷戰|《詩經》："戰戰兢兢，如臨深淵，如履薄冰。"❹泛指鬥爭 ◆ 戰天鬥地。❺姓。

13 **戲**(戏®戯)〈一〉［xì ㄒㄧˋ ⑨hei³ 氣］
❶玩耍；遊戲 ◆ 嬉戲|視同兒戲|逢場作戲。❷嘲弄；開玩笑 ◆ 戲弄|戲謔|軍中無戲言。❸戲劇，也指雜技 ◆ 戲迷|戲曲|戲院|京戲|馬戲|花鼓戲|皮影戲。
〈二〉［hū ㄏㄨ ⑨fu¹ 呼］
於戲(wū hū)，同"嗚呼"。

13 **戴**［dài ㄉㄞˋ ⑨dai³ 帶］
❶加在頭上；用頭頂着；佩帶 ◆ 戴帽|戴領帶|張冠李戴|披星戴月|不共戴天|披麻戴孝。❷擁護；尊敬；推崇 ◆ 愛戴|擁戴|感戴。❸姓。

14 **戳**［chuō ㄔㄨㄛ ⑨dzœk⁸ 桌/tsœk⁸ 綽(語)］

❶用物體頂端捅或刺透 ◆ 戳穿|用刺刀戳人|戳了一個窟窿。❷印章 ◆ 戳子|戳記|郵戳。

户　部

0 **户**［hù ㄏㄨˋ ⑨wu⁶ 互］
❶門 ◆ 門户|蓬門蓽户|路不拾遺，夜不閉户|流水不腐，户樞不蠹。❷住户；人家 ◆ 户籍|入户|家家户户|小户人家|唐白居易《買花》詩："一叢深色花，十户中人賦。"❸門第 ◆ 門當户對。❹登記在冊的個人或單位；户頭 ◆ 開户|存户|賬户|訂户。❺姓。

1 **戹**　同"厄"，見70頁右欄。

4 **戾**［lì ㄌㄧˋ ⑨lit⁹ 烈/lœi⁶ 例］
❶乖張；兇殘 ◆ 乖戾|暴戾恣睢。❷罪；罪過 ◆ 罪戾。

4 **所**［suǒ ㄙㄨㄛˇ ⑨sɔ² 鎖］
❶處所 ◆ 住所|寓所|診所|公共場所|各得其所|流離失所。❷用作機關或其他辦事單位的名稱 ◆ 研究所|招待所|法律事務所。❸量詞 ◆ 一所房子|兩所學校|這所醫院。❹助詞。(1) 放在動詞之前，組成名詞性短語 ◆ 據我所知|所見所聞|為所欲為|大失所望|

眾所周知|答非所問。(2)跟"為"、
"被"合用，表示被動 ◆ 為人所害|
為觀眾所熟悉|被天下人所唾棄。
❺姓。

房 [fáng ㄈㄤˊ ⑧foŋ⁴ 防]
❶房子 ◆ 平房|瓦房|樓房
|庫房|私房。❷居室；房間 ◆ 書
房|客房|病房|洞房花燭夜。❸結
構或作用像房子的物體 ◆ 蜂房|乳
房|心房|蓮房|子房。❹家族的分
支 ◆ 長房|大房|二房|遠房|同房
兄弟。❺指性行為 ◆ 房事|行房|
同房。❻星宿名。房宿，二十八宿
之一。❼姓。

庲 [hù ㄏㄨˋ ⑧fu³ 富]
❶庲斗，一種汲水灌田的農
具 ◆ 風庲。❷用庲斗汲水 ◆ 庲
水聲|庲水澆田。

扁 〈一〉[biǎn ㄅㄧㄢˇ ⑧bin² 貶]
❶圖形或字體上下的距離比
左右的距離小；物體的厚度比長
度、寬度小 ◆ 扁平|扁圓|壓扁。
❷姓。
〈二〉[piān ㄆㄧㄢ ⑧pin¹ 偏]

小 ◆ 一葉扁舟。

扃 [jiōng ㄐㄩㄥ ⑧gwiŋ¹ 迥]
❶自外關閉門户用的門閂、
門環。❷門扇；門户 ◆ 朱扃。❸
上門；關門。

扅 [yí ㄧˊ ⑧ji⁴ 移]
扊扅。見"扊"，236頁右欄。

扆 [yǐ ㄧˇ ⑧ji² 倚]
❶古代的一種屏風。❷姓。

扇 〈一〉[shàn ㄕㄢˋ ⑧sin³ 線]
❶指板狀或片狀的東西 ◆
門扇|隔扇。❷量詞 ◆ 兩扇門|一
扇窗子。❸搖動或轉動生風的用具
◆ 扇子|團扇|摺扇|羽毛扇|電風
扇。
〈二〉[shān ㄕㄢ ⑧同〈一〉]
❶同"搧"。用扇子等搖動生風。❷
古同"煽"。扇動；鼓動 ◆ 扇風點
火|扇動罷工。

扈 [hù ㄏㄨˋ ⑧wu⁶ 户]
❶隨從；護從 ◆ 扈從|扈
駕。❷姓。

扉 [fēi ㄈㄟ ⑧fei¹ 非]
門扇 ◆ 朱扉|柴扉|扉頁|
心扉。

扊 [yǎn ㄧㄢˇ ⑧jim⁵ 染]
扊扅，門閂。

手（扌）部

0 **手** [shǒu ㄕㄡˇ [粵] sɐu^{2} 首]
❶人體上肢前端能拿東西的部分 ◆ 手套｜手爪｜舉手之勞｜愛不釋手｜手舞足蹈｜手心手背都是肉｜翻手為雲，覆手為雨。❷拿；持 ◆ 人手一冊。❸小巧而便於拿的 ◆ 手冊｜手摺｜手槍｜手機。❹親手 ◆ 手札｜手跡｜手稿｜手書｜手諭。❺擅長某種技藝或從事某種工作的人 ◆ 國手｜高手｜吹鼓手｜多面手。❻量詞，用於技藝 ◆ 露一手｜真有兩手｜好好向師傅學一手｜能寫一手漂亮的草書。

0 **才** [cái ㄘㄞˊ [粵] tsɔi^{4} 財]
❶才能 ◆ 才貌雙全｜德才兼備｜才疏學淺｜才華出眾｜人盡其才｜江郎才盡。❷有才能的人 ◆ 將才｜英才｜庸才｜唯才是舉。❸表示事情發生不久；剛剛 ◆ 才到不久｜昨天才來｜才來一會兒就要走｜宋楊萬里《小池》詩："小荷才露尖尖角，早有蜻蜓立上頭。"❹表示事情發生或結束得晚 ◆ 到凌晨才睡着｜你怎麼才來｜走了幾個鐘頭才到。❺表示數量少或程度低；只；僅 ◆ 才來了五個人｜她才六歲，就會彈琴了｜一斤白菜才兩角錢。❻表示確定的語氣 ◆ 這樣才對｜他才是英雄呢。❼姓。

1 **扎** 〈一〉[zhā ㄓㄚ [粵] dzat^{8} 札]
❶刺 ◆ 扎手｜扎眼｜扎針。❷鑽入 ◆ 扎猛子｜一頭扎進水裏。
〈二〉"紮"的簡化字。
〈三〉[zhá ㄓㄚˊ [粵] 同〈一〉]
掙扎。見"掙"，255頁右欄。

2 **打** 〈一〉[dǎ ㄉㄚˇ [粵] da^{2} 多啞切]
❶撞擊；敲擊 ◆ 打鼓｜打鑼｜打鐵｜打擊樂器。❷因撞擊而破碎 ◆ 雞飛蛋打｜不小心把茶杯給打了。❸毆打；攻打 ◆ 打架｜大打出手｜圍點打援｜穩紮穩打｜打人休打臉，罵人休揭短。❹放射；發出 ◆ 打槍｜打炮｜打雷｜打電報｜打信號。❺獵取；捕捉 ◆ 打鳥｜打魚｜打野兔。❻塗抹畫；印 ◆ 打蠟｜打格子｜打圖樣｜打戳子。❼編織 ◆ 打毛衣｜打草鞋。❽建造；修築 ◆ 打牆｜打壩。❾製作；製造 ◆ 打一把刀｜打個櫃子｜打一套傢具。❿揭；挖掘；鑿開 ◆ 打井｜打炮眼｜打開天窗說亮話。⓫舉；提 ◆ 打傘｜打燈籠｜打着一面大旗。⓬舀取 ◆ 打粥｜竹籃打水一場空。⓭購買 ◆ 打油｜打酒｜打一張車票。⓮用割、砍等動作來收集；收穫（農作物）◆ 打柴｜打草｜1畝地打了500多公斤糧食。⓯計算 ◆ 精打細算｜會議費用打多了｜把廣告費打進成本。⓰除去 ◆ 打蟲｜棉花打了杈才長得好。⓱做；從事

◆ 打雜|打工仔|打短工|打夜班。
⓲發生與人交涉的行為 ◆ 打賭|打
官司|打交道。⓳採取某種方式 ◆
打官腔|打比方|打馬虎眼。⓴表
示身體的某些動作 ◆ 打手勢|打哈
欠|打滾兒|打嗝兒|渾身直打哆
嗦。㉑做某種遊戲 ◆ 打牌|打球|
打撲克|打麻將|打遊戲機。㉒捆
打包裹|打裹腿|打鋪蓋|打行李。
㉓攪拌 ◆ 打滷|打糨子。㉔付給或
領取(證件);開 ◆ 打張介紹信。
㉕確立;奠定 ◆ 打草稿|打主意|
打基礎。㉖介詞。自;從 ◆ 打今
天起|打水路走|打心眼裏喜歡|陽
光打窗口射進來。

〈二〉[dá ㄉㄚˊ ⑧da¹ 多鴉切]
十二個叫一打 ◆ 一打鉛筆|一打雞
蛋。

² **扒** 〈一〉[bā ㄅㄚ ⑧pa⁴ 爬/bat⁸
八]
❶刨;挖;拆 ◆ 扒土|扒樹根|把
房扒了。❷抓住;攀援 ◆ 扒車|扒
着欄杆探出身去|扒着電線杆往上
爬。❸剝;脫掉 ◆ 扒皮|把衣服扒
下來。❹撥動 ◆ 扒拉算盤|扒開
草棵。

〈二〉[pá ㄆㄚˊ ⑧同〈一〉]
❶用手或耙子一類的工具把東西散
開或聚攏 ◆ 扒草|把堆肥扒開|把
石子扒成一堆。❷扒竊 ◆ 扒手。

² **扔** [rēng ㄖㄥ ⑧jiŋ¹ 迎]
❶拋擲 ◆ 扔手榴彈|把東

西扔過去。❷丟棄 ◆ 快把臭雞蛋
扔了|紙屑果皮扔了一地。

³ **扞** 〈一〉[hàn ㄏㄢˋ ⑧hɔn⁶ 汗]
❶同"捍",見250頁右欄。
❷扞格,互相牴觸 ◆ 扞格不入。
〈二〉同"擀",見269頁左欄。

³ **扛** 〈一〉[gāng ㄍㄤ ⑧gɔŋ¹ 江]
同"摃"。兩手抬舉重物 ◆
力能扛鼎。
〈二〉[káng ㄎㄤˊ ⑧同〈一〉]
用肩膀承擔物體 ◆ 扛槍打仗|扛鋤
頭下地|肩不能扛,手不能提。

³ **抏** [wù ㄨˋ ⑧ŋɐt⁹ 兀]
搖動。

³ **扣** [kòu ㄎㄡˋ ⑧kɐu³ 叩]
❶套上或搭上使連結住 ◆
把門扣上|把領子扣好。❷把器物
口朝下放着或在器物上覆蓋東西 ◆
把酒盅扣在桌上|把木盆扣在地上
|用碗把盤裏的菜扣住。❸相合;
牽連 ◆ 扣題|扣人心弦。❹減去;
扣除 ◆ 扣去成本|七折八扣|不折
不扣。❺結子 ◆ 繩扣|打個活扣。
❻同"鈕"。鈕扣。❼扣留;拘押 ◆
把車扣下|把犯人扣起來。❽螺紋
的一圈叫一扣。

³ **扦** [qiān ㄑㄧㄢ ⑧tsin¹ 千]
❶插;截取植物的根或枝的
一段插入土中,使長出新株 ◆ 扦

插|扦枝。❷細長而尖的器物；扦
子 ◆ 鋼扦|竹扦。

³ 托 [tuō ㄊㄨㄛ ⑧ tok⁸ 拓]
❶用手掌或其他東西向上承
受(物體) ◆ 托着茶盤走來|用幾塊
磚把水槽托住。❷墊在器物下端起
支撐作用的東西；托子 ◆ 茶托|槍
托。❸陪襯 ◆ 襯托|烘托|烘雲托
月。❹“託”的簡化字。

³ 扠 [chā ㄔㄚ ⑧ tsa¹ 叉]
用叉刺取東西 ◆ 扠魚。

⁴ 扶 [fú ㄈㄨˊ ⑧ fu⁴ 符]
❶用手支持着使人或物不倒
下；支撐住 ◆ 攙扶|扶老攜幼|手
扶欄杆|扶住梯子|蓬生麻中，不
扶自直。❷用手把躺着或倒下的人
或物豎立起來 ◆ 扶苗|快把老人扶
起。❸幫助；支援 ◆ 扶貧|扶植|
扶危濟困|扶正祛邪|扶善懲惡|
救死扶傷。❹姓。

⁴ 扤 [wán ㄨㄢˊ ⑧ jyn⁴ 元]
消耗；使受摧挫。

⁴ 技 [jì ㄐㄧˋ ⑧ gei⁶ 忌]
技能；技藝；本領 ◆ 技術
|絕技|一技之長|黔驢技窮|雕蟲
小技。

⁴ 抔 [póu ㄆㄡˊ ⑧ peu⁴ 婆牛切]
用雙手捧東西；也用作量詞

◆ 一抔黃土。

⁴ 扳 〈一〉[bān ㄅㄢ ⑧ ban¹ 班]
使位置固定的東西轉動或改
變方向；扭轉 ◆ 扳道|扳機|扳指
一算|扳回一局|扳成平局。
〈二〉同“攀”，見272頁左欄。

⁴ 扼(⑧搤) [è ㄜˋ ⑧ ek⁷/ŋek⁷
握]
❶用力掐住 ◆ 扼死|扼殺。❷把
守；控制 ◆ 扼守|扼制。

⁴ 扽 [dèn ㄉㄣˋ ⑧ den³ 蔁³]
兩頭同時用力，或一頭固定
而另一頭用力，把線、繩子、布
匹、衣服等猛一拉，使直或平整 ◆
把繩子扽直|把袖子扽一扽。

⁴ 找 [zhǎo ㄓㄠˇ ⑧ dzau² 爪]
❶尋求；尋找 ◆ 找人|找東
西|找朋友|找事做|找工作。❷把
不足的部分補上；把超出應收的部
分退還 ◆ 找補|找錢|找頭|恕不找
零。

⁴ 批 [pī ㄆㄧ ⑧ pei¹ 披西切]
❶用手掌打 ◆ 批頰。❷在
文件上簽署意見，或在書刊、文章
上加評語 ◆ 批示|審批|批註|批覆
|批點。❸批評；批判 ◆ 捱批。❹
大量(買賣貨物或生產) ◆ 批發|批
量生產。❺量詞。用於數量較多的
貨物或人 ◆ 一批貨|一批人|分批

參觀｜一批錄像機。

⁴ 扯（粵撦） ［chě ㄔㄜˇ 粵tsɛ²
且］
❶撕裂；撕下 ◆ 扯六尺布｜把信扯
碎｜褲子扯了個口｜扯下牆上的招
貼。❷拉 ◆ 拉拉扯扯｜扯住他的
衣服不放。❸漫無邊際地閒談 ◆
扯淡｜胡扯｜閒扯｜東拉西扯。

⁴ 抄 ［chāo ㄔㄠ 粵tsau¹ 鈔］
❶搜查並沒收 ◆ 抄家｜查抄
｜滿門抄斬。❷從側面或近路過去
◆ 抄近道｜分兵包抄。❸謄寫 ◆
抄寫｜抄錄｜傳抄｜摘抄｜手抄本。
❹把別人的作品、作業照抄下來當
作自己的 ◆ 抄襲。❺兩手在胸前
相互插在袖筒裏 ◆ 抄着手。❻抓
取 ◆ 抄傢伙｜抄起一根棍子。

⁴ 折 〈一〉［zhé ㄓㄜˊ 粵dzit⁸ 節］
❶斷；弄斷 ◆ 骨折｜折戟
沈沙｜不准攀折樹木｜《荀子》："鍥
而捨之，朽木不折；鍥而不捨，
金石可鏤。"❷彎；彎曲 ◆ 一波三
折｜幾經周折｜道路曲折｜百折不撓
｜不為五斗米折腰。❸迴轉；轉變
方向 ◆ 轉折｜折射｜折回原地 ❹受
挫；損失 ◆ 挫折｜損兵折將｜賠了
夫人又折兵。❺信服；使對方屈服
◆ 折服｜心折｜折衝禦侮｜折衝樽
俎。❻換算；折合 ◆ 折價｜折算｜
折舊。❼價錢按幾成計算 ◆ 七折
出售｜七折八扣｜對折處理。❽傳

統戲劇劇本中可以獨立演出的一個
片段 ◆ 折子戲。❾"摺"的簡化字。
〈二〉［zhē ㄓㄜ 粵同〈一〉］
翻轉；翻過來倒過去 ◆ 折跟頭。
〈三〉［shé ㄕㄜˊ 粵sit⁹ 舌］
❶虧損 ◆ 折本。❷斷 ◆ 釣魚竿
折了｜木板給壓折了。❸姓。

⁴ 抓 ［zhuā ㄓㄨㄚ 粵dzau² 爪］
❶用手指聚攏來取物或握住
東西 ◆ 抓一把米｜抓起槓鈴往上
舉｜抓住他的胳膊不放。❷搔；撓
◆ 抓癢｜抓耳撓腮。❸捉拿；捕捉
◆ 抓賭｜抓逃犯｜老鷹抓小雞。❹
主持；把握 ◆ 抓住重點｜抓緊生產
｜分工抓農業｜抓水利建設。❺吸
引 ◆ 在舞台上一亮相就立刻抓住
了觀眾｜故事情節跌宕起伏，很能
抓住讀者。

⁴ 扮 ［bàn ㄅㄢˋ 粵ban⁶ 辦］
❶化裝成(某種人物)；裝扮
◆ 扮相｜扮演｜男扮女裝｜喬裝打扮
｜在空城計中扮諸葛亮。❷面部表
情裝成(某種樣子) ◆ 扮鬼臉。

⁴ 挶 ［yuè ㄩㄝˋ 粵jyt⁹ 越］
❶折斷。❷動搖。

⁴ 抵 ［zhǐ ㄓˇ 粵dzi² 紙］
側手擊 ◆ 抵掌而談。

⁴ 抑 ［yì ㄧˋ 粵jik⁷ 億］
❶向下按；壓制 ◆ 抑止｜抑

制|壓抑|抑鬱|抑強扶弱。❷連
詞。表示選擇，相當於"還是"、"或
者" ◆ 抑或。❸連詞。表示轉折，
相當於"可是"。

⁴投 [tóu ㄊㄡˊ ⑧teu⁴ 頭]
❶擲；扔 ◆ 投籃|投彈|空
投|投筆從戎|投鼠忌器|投鞭斷
流。❷放入；加入；找上去 ◆ 投
資|投標|投軍|投宿|投保|投井下
石|投入戰鬥|自投羅網。❸跳進
去 ◆ 投井|投江|投河自盡。❹(視
線、光線等)射向 ◆ 投射|投影|投
過親切的目光|一抹朝霞投入窗
口。❺寄給；送交；贈送 ◆ 投書
|投遞|投稿|投桃報李。❻前去依
靠別人 ◆ 投靠|投奔|投親靠友|棄
暗投明。❼契合；迎合 ◆ 情投意
合|投其所好|意氣相投|話不投機
半句多。❽臨；接近 ◆ 投暮|投老
|投晚|投明。

⁴抃 [biàn ㄅㄧㄢˋ ⑧bin⁶ 辨]
鼓掌。

⁴抆 [wěn ㄨㄣˇ ⑧mwn⁵ 蚊⁵]
擦；揩掉 ◆ 抆淚。

⁴抗 [kàng ㄎㄤˋ ⑧kɔŋ³ 亢]
❶抵禦；抵擋 ◆ 抵抗|抗旱
|抗戰|抗禦外侮|負隅頑抗。❷拒
絕；不順從 ◆ 抗拒|抗命|違抗|抗
辯|抗議。❸對等；相當 ◆ 抗衡|
分庭抗禮。❹姓。

⁴抖 [dǒu ㄉㄡˇ ⑧deu² 陡]
❶顫動；哆嗦 ◆ 冷得發抖
|兩手直抖。❷振動；甩動 ◆ 抖衣
袖|把包裹抖開|把衣服抖一抖。
❸振作；鼓起(精神) ◆ 抖擻|抖起
精神來。❹稱人因有錢有勢而得意
起來(多含譏諷意) ◆ 抖威風|這幾
年他可抖了。❺全部倒出；徹底揭
穿 ◆ 把內幕全給抖出來了。

⁴抉 [jué ㄐㄩㄝˊ ⑧kyt⁸ 決]
❶挑選 ◆ 抉擇。❷挖出 ◆
抉目。

⁴扭 [niǔ ㄋㄧㄡˇ ⑧neu⁵ 紐]
❶掉轉；轉動 ◆ 扭動|扭轉
|扭曲|扭過身去。❷擰 ◆ 扭斷。
❸因轉動或用力過猛使筋骨受傷 ◆
扭了腰|扭了腳脖子。❹身體左右
擺動 ◆ 扭秧歌。❺做作 ◆ 扭扭
捏捏。❻揪住 ◆ 扭打|扭送公安
局。

⁴把 〈一〉[bǎ ㄅㄚˇ ⑧ba² 靶²]
❶用手握住 ◆ 把舵|把住
方向盤|宋蘇軾《水調歌頭》詞：
"明月幾時有，把酒問青天。"❷
從後面用兩手托起小孩雙腿讓大小
便 ◆ 把尿。❸守衛；看守 ◆ 把
守|把門|有重兵把關。❹把持；包
攬 ◆ 把攬|一切工作都他一人把
着。❺車把。❻指捆紮起來的東西
◆ 禾把|火把|拖把。❼量詞。(1)
用於有柄、有把手的器物 ◆ 一把

刀｜兩把傘｜一把鋤頭｜三把扇子｜一把椅子。(2) 可用一隻手抓起來的數量 ◆ 一把米｜一把筷子｜一把蒜苗｜兩把紅棗。(3) 用於某些抽象事物。數詞限於一 ◆ 一把力氣｜一把年紀｜他真是一把好手。(4) 用於同手有關的動作 ◆ 擦一把臉｜推了他一把｜拉兄弟一把。❽用在某些量詞後面表示約數 ◆ 斤把重｜個把月｜百把元錢。❾介詞。(1) 表示處置 ◆ 把信寄了｜把垃圾倒了｜把房間收拾一下。(2) 表示致使 ◆ 把嗓子喊啞了｜別把身子累垮了｜怎麼把牆壁弄髒了？(3) 表示發生不如意的事情 ◆ 在關鍵時刻，偏偏把老張病了。(4) 拿 ◆ 你能把他怎麼樣｜宋蘇軾《飲湖上初晴後雨》詩：“欲把西湖比西子，淡妝濃抹總相宜。”❿指拜把子的關係 ◆ 把兄弟。

〈二〉[bà ㄅㄚˋ ⑧ba³ 靶]
器物上可以用手拿的部分；柄 ◆ 刀把｜掃帚把。

抒 ⁴[shū ㄕㄨ ⑧sy¹ 書]
表達；發表 ◆ 抒情｜抒發｜各抒己見｜直抒胸臆。

承 ⁴[chéng ㄔㄥˊ ⑧sin⁴ 成]
❶托着；在下接着 ◆ 承塵｜承載｜承重牆。❷接受；擔負 ◆ 承受｜承包｜承辦｜秉承旨意｜承擔責任。❸敬辭。榮幸地受到 ◆ 承情｜承蒙熱情款待。❹繼續；接續

◆ 繼承｜承上啟下｜承前啟後｜承接上文｜一脈相承｜漢承秦制。❺姓。

拜 ⁵[bài ㄅㄞˋ ⑧bai³ 敗³]
❶表示恭敬的一種禮節，作揖或叩頭 ◆ 下拜｜參拜｜拜菩薩｜跪拜禮｜拜倒轅門。❷見面行禮，表示祝賀或尊敬 ◆ 拜壽｜拜年｜拜節｜夫妻交拜。❸敬辭。謁見；訪問；探望 ◆ 拜訪｜拜會｜拜望｜拜親訪友。❹敬辭。用於人際交往 ◆ 拜辭｜拜託｜拜領｜拜讀。❺用一定的禮節授給官職 ◆ 拜將｜拜為丞相｜拜官授爵｜拜相封侯。❻姓。

抹 ⁵〈一〉[mǒ ㄇㄛˇ ⑧mut⁸ 沫]
❶搽；塗上 ◆ 塗脂抹粉｜抹清涼油｜抹一鼻子灰｜宋蘇軾《飲湖上初晴後雨》詩：“欲把西湖比西子，淡妝濃抹總相宜。”❷擦；揩掉 ◆ 抹眼淚｜吃完飯抹了抹嘴就走。❸勾銷；除去 ◆ 一筆抹殺｜把這幾個字抹掉｜只計整數，把零頭全抹了。

〈二〉[mò ㄇㄛˋ ⑧同〈一〉]
❶用抹子把泥灰塗上弄平 ◆ 抹牆。❷緊挨着繞過 ◆ 拐彎抹角。

〈三〉[mā ㄇㄚ ⑧同〈一〉]
❶擦；揩 ◆ 抹布｜抹桌子。❷用手按着向下移動 ◆ 費了好大勁才把緊身褲抹了下來。

拑 ⁵[qián ㄑㄧㄢˊ ⑧kim⁴ 黔]
同“鉗”。夾住；限制；約束

◆ 拑制｜拑口。

5 **拓** 〈一〉[tuò ㄊㄨㄛˋ [粵] tɔk^{8} 托] ❶開闢；擴大 ◆ 開拓｜拓寬｜拓荒者。❷姓。

〈二〉同"搨"，見261頁右欄。

5 **拔** [bá ㄅㄚˊ [粵] bɐt^{9} 跋] ❶把固定或隱藏在其他物體中的東西拉出；抽取 ◆ 拔蘿蔔｜拔苗助長｜魯智深倒拔楊柳樹｜路見不平，拔刀相助。❷吸出 ◆ 拔毒｜拔火。❸提起 ◆ 拔錨｜拔腿就跑。❹挑選；提拔 ◆ 選拔｜拔擢英才。❺突出；超出 ◆ 挺拔｜海拔｜出類拔萃｜拔尖人才｜拔地而起。❻攻佔；奪取 ◆ 連拔五城。

5 **拋** [pāo ㄆㄠ [粵] pau^{1} 泡] ❶丟棄；丟下 ◆ 拋棄｜拋荒｜拋頭顱，灑熱血｜拋下妻兒，隻身飄泊異國他鄉。❷投；擲；扔 ◆ 拋錨｜拋鏽球｜拋物線｜拋磚引玉。❸預料價格將跌或為壓低價格而大量賣出 ◆ 拋售｜拋出股票。❹暴露在外 ◆ 拋頭露面。

5 **抨** [pēng ㄆㄥ [粵] paŋ^{1} 澎] 檢舉過錯、罪狀；攻擊某人某事 ◆ 抨擊｜抨彈。

5 **拒** [jù ㄐㄩˋ [粵] kœy^{5} 距] ❶抵禦；抵抗 ◆ 拒捕｜不可抗拒｜拒敵於國門之外。❷不接受；拒絕 ◆ 拒載｜拒不執行｜來者不拒｜拒諫飾非｜拒之門外。

5 **拈** 〈一〉[niān ㄋㄧㄢ [粵] nim^{4} 念^{4}/nim^{1} 念^{1} (語)] 用兩三個手指夾、捏或取物 ◆ 拈香｜拈鬚｜拈鬮｜拈花惹草｜拈輕怕重。

〈二〉"撚"的異體字。

5 **抻** [chēn ㄔㄣ [粵] tsɐn^{2} 診] 拉；扯 ◆ 抻麪｜抻長了。

5 **押** [yā ㄧㄚ [粵] ap^{8}/ŋap^{8} 鴨/at^{8}/ŋat^{8} 壓 (語)] ❶在公文、契約上簽字或畫記號，作為憑信。也指作為憑信而在公文、契約上所簽的字或所畫的記號 ◆ 押尾｜畫押｜花押｜簽押。❷暫時把人拘禁看管起來 ◆ 押解｜關押｜拘押｜在押犯。❸把財產交給對方作為保證 ◆ 押金｜押當｜抵押｜典押｜退押。❹跟隨着看管 ◆ 押送｜押車｜押運｜押赴刑場。❺作詩詞歌賦時用韻 ◆ 押韻。❻賭博時在某一門上下注 ◆ 押寶。❼姓。

5 **抽** [chōu ㄔㄡ [粵] tsɐu^{1} 秋] ❶把夾在中間的物體取出；拔出 ◆ 抽籤｜病來如山倒，病去如抽絲｜唐李白《宣州謝朓樓餞別校書叔雲》詩："抽刀斷水水更流，舉杯消愁愁更愁。"❷脫開 ◆ 抽身｜抽離角色。❸從全部中提取

一部分 ◆ 抽查｜抽調｜抽頭｜抽肥補瘦｜抽樣檢查。❹植物發芽；長出 ◆ 抽穗｜抽芽。❺吸 ◆ 抽煙｜抽水機。❻收縮 ◆ 抽縮｜抽搐｜這種料子一洗就抽。❼(用條狀物)打 ◆ 抽陀螺｜用鞭子抽打｜用雞毛撣子給抽了一頓。

5 **拐** [guǎi ㄍㄨㄞˇ [粵] gwai^{2} 乖^{2}] ❶轉彎；轉變方向 ◆ 拐彎｜向右拐｜拐來拐去又回到了原地。❷瘸；跛行 ◆ 腿腳不便，走路一拐一拐的。❸用引誘欺騙的手段把人或財物弄走 ◆ 拐帶｜拐騙｜誘拐婦女。❹同"柺"。手杖。❺說數字時用來代替"七"。

5 **拃** [zhǎ ㄓㄚˇ [粵] dza^{3} 炸] ❶張開大拇指和中指(或小指)來量長度。❷量詞。表示張開的大拇指和中指(或小指)兩端間的寬度 ◆ 兩拃寬。

5 **拖**([異]拕) [tuō ㄊㄨㄛ [粵] tɔ^{1} 妥^{1}] ❶拉拽；牽引 ◆ 拖輪｜拖帶｜拖人下水｜拖兒帶女。❷垂在身體後面 ◆ 長裙拖地｜拖着兩條大辮子｜拖着一條長尾巴。❸推延時間 ◆ 拖欠｜久拖不決｜辦事拖拉｜拖延時日。❹拉長聲音 ◆ 聲音拖得很長｜說起話來拖腔拖調的。❺牽制；牽累 ◆ 把敵人拖住｜繁重的工作把身體拖垮了。

5 **拊** [fǔ ㄈㄨˇ [粵] fu^{2} 苦] 拍 ◆ 拊掌大笑。

5 **拍** [pāi ㄆㄞ [粵] pak^{8} 帕] ❶用手掌或其他平面的器具輕輕地打 ◆ 拍打｜拍皮球｜拍手稱快｜拍案叫絕｜拍去身上的塵土。❷浪濤沖擊 ◆ 驚濤拍岸。❸拍打的器具 ◆ 蒼蠅拍子｜羽毛球拍。❹樂曲的節奏 ◆ 節拍｜打拍子｜四分之二拍。❺發出(電報) ◆ 拍發｜拍電報。❻拍攝 ◆ 拍照｜翻拍｜拍電影。❼諂媚；奉承 ◆ 拍着上｜拍馬屁｜吹吹拍拍｜能吹能拍。

5 **拆** 〈一〉[chāi ㄔㄞ [粵] tsak^{8} 冊] ❶把合在一起的東西分開 ◆ 拆信｜拆夥｜拆散｜拆洗被褥｜拆卸機器零件。❷毀壞；破壞 ◆ 拆毀｜拆除｜拆台｜拆牆｜拆房子。

〈二〉[cā ㄘㄚ [粵] 同〈一〉]
方言。排泄大小便 ◆ 拆爛污(不負責任，把事情搞糟了)。

5 **拎** [līn ㄌㄧㄣ [粵] liŋ^{4} 令/liŋ^{1} 令^{1}(語)]
方言。提 ◆ 拎着皮箱上扶梯｜這包太重拎不起來。

5 **抵** [dǐ ㄉㄧˇ [粵] dɐi^{2} 底] ❶頂住；支撐 ◆ 用木棍把門抵住｜兩手抵着下巴頦兒。❷抗拒 ◆ 抵抗｜抵擋｜抵制｜抵禦。❸抵償 ◆ 抵罪｜殺人抵命。❹抵消 ◆

收支相抵。❺相當；能代替 ◆ 一個抵倆│唐杜甫《春望》詩：“烽火連三月，家書抵萬金。”❻債務人以財產頂所借錢款或押給債權人作為清償債務的保證 ◆ 抵賬│抵債│抵押│用五間祖屋作抵。❼到達 ◆ 抵達│平安抵滬。❽同“牴”。抵觸。

⁵拘 [jū ㄐㄩ 粵 kœy¹ 俱]
❶逮捕；關押 ◆ 拘捕│拘禁│拘留│拘押。❷約束；拘束 ◆ 拘謹│無拘無束。❸限制；束縛 ◆ 多少不拘│不拘一格│不拘小節│不必拘禮。❹死板；不知變通 ◆ 拘泥│拘囿│拘執。

⁵抱 [bào ㄅㄠˋ 粵 pou⁵ 普⁵]
❶用手臂圍住 ◆ 擁抱│摟抱│抱孩子│抱薪救火│抱頭鼠竄│平時不燒香，臨時抱佛腳│唐白居易《琵琶行》詩：“千呼萬喚始出來，猶抱琵琶半遮面。”❷方言。緊密地結合在一起 ◆ 大家抱成團兒，就有力量。❸方言。(衣、鞋等)大小合適 ◆ 這衣服抱身兒│這隻鞋挺抱腳兒的。❹信守；固守 ◆ 抱殘守缺│抱令守律。❺心裏存有；身上存在着 ◆ 抱怨│抱憾終生│抱恨終天│抱誠守真│抱病工作。❻環繞 ◆ 羣山環抱。❼量詞。兩臂合圍的數量 ◆ 一抱柴│一抱草。❽同“菢”。孵卵成雛 ◆ 抱窩│母雞抱小雞。

⁵拄 [zhǔ ㄓㄨˇ 粵 dzy² 主]
用棍杖等頂住地面以支持身體 ◆ 拄着枴杖走路。

⁵拉 〈一〉[lā ㄌㄚ 粵 lap⁹ 垃/lai¹ 賴¹(語)]
❶用力使朝自己的方向靠攏或轉動；拽。與“推”相對 ◆ 拉鋸│拉車│拉縴│生拉硬拽│把落水兒童拉上來。❷牽引樂器的某一部分使發聲 ◆ 拉胡琴│拉手風琴。❸用車載運 ◆ 拉貨│拉肥料│用車把人拉來。❹帶領人員轉移 ◆ 把隊伍拉到前線作戰│把後勤人員拉到工地去。❺扯開；使變長、加大 ◆ 拉開距離│拉長聲音說話│兩隊比分逐漸拉開。❻拉攏；聯絡 ◆ 拉客│拉生意│拉關係│拉交情│拉幫結派。❼幫助 ◆ 拉兄弟一把。❽排泄(糞便) ◆ 拉屎│拉肚子。❾牽累；牽扯 ◆ 一人做事一人當，不要拉上別人。❿拖欠 ◆ 拉下一身債│拉下一筆虧空。

〈二〉[lā ㄌㄚ 粵 la¹ 啦]
❶閒談 ◆ 拉話│拉談│奶奶和黃大媽在拉家常。❷音譯詞 ◆ 阿拉伯│拉丁文。

〈三〉[lá ㄌㄚˊ 粵 lat⁹ 辣]
割 ◆ 把皮子拉開│腿上被荊棘拉了幾個口子。

〈四〉[lǎ ㄌㄚ 粵 同〈三〉]
方言。半個；半邊 ◆ 半拉西瓜│這拉是他家的地。

〈五〉同“落〈三〉”，見594頁左欄。

⁵**拌** [bàn ㄅㄢˋ 粵bun⁶ 伴]
攪和 ◆ 攪拌|拌種|涼拌菜|把餡兒拌勻|小蔥拌豆腐，一青(清)二白。

⁵**挩** 同"扡"，見239頁右欄。

⁵**抿** [mǐn ㄇㄧㄣˇ 粵men⁵ 紋]
❶(嘴等)稍稍合攏；收斂 ◆ 抿着嘴笑。❷嘴唇輕輕地沾一下杯、碗等，略微喝一點 ◆ 抿了一口酒。❸刷；抹 ◆ 抿頭髮。

⁵**拂** [fú ㄈㄨˊ 粵fet⁷ 忽]
❶輕輕擦過 ◆ 春風拂面。❷揮掉；擦掉 ◆ 拂塵|拂拭。❸抖動；甩動 ◆ 拂袖而去。❹違背；不順 ◆ 忠言拂耳|不忍拂其意。

⁵**拙** [zhuō ㄓㄨㄛ 粵dzyt⁸ 茁]
❶笨；不靈巧 ◆ 笨拙|拙劣|勤能補拙，儉以養廉|弄巧成拙|笨嘴拙舌。❷謙辭，稱自己的(文章、書畫、見解等) ◆ 拙作|拙筆|拙見|拙荊。

⁵**拏** [ná ㄋㄚˊ 粵na⁴ 那⁴]
❶牽引。❷紛亂。❸同"拿"，見248頁左欄。

⁵**招** [zhāo ㄓㄠ 粵dziu¹ 焦]
❶用手勢叫人來 ◆ 招之即來，揮之即去。❷用公告、通知等方式使人來；召引 ◆ 招生|招聘|招賢納士|招兵買馬。❸引起(後果)；招致 ◆ 招事|招惹是非|招風攬火|招風惹雨|招災攬禍|滿招損，謙受益。❹(人或事物的特點)引起愛憎的反應 ◆ 招人喜愛|招人怨恨。❺供認罪行 ◆ 招供|招認|不打自招|屈打成招。❻同"着"。下棋時下一子或走一步叫一招。也比喻手段或計策 ◆ 絕招|高招|花招|棋高一招。❼姓。

⁵**披** [pī ㄆㄧ 粵pei¹ 丕]
❶散開；打開 ◆ 披襟|披沙揀金|枝葉紛披|披頭散髮|披覽羣書。❷覆蓋或搭在肩背上 ◆ 披肩|披風|披麻帶孝|披着雨衣|披裘負薪|披星戴月。❸裂開 ◆ 竹竿披了。

⁵**拚** 〈一〉[pàn ㄆㄢˋ 粵pun³ 判]
捨棄；不顧一切 ◆ 拚命|拚死吃河豚。
〈二〉同"拼"，見249頁左欄。

⁵**抬**(粵擡) [tái ㄊㄞˊ 粵tɔi⁴ 台]
❶合力扛舉 ◆ 抬轎|抬擔架|一個和尚挑水吃，兩個和尚抬水吃，三個和尚沒水吃。❷向上舉；往上仰 ◆ 抬手|低頭不見抬頭見。❸提高 ◆ 哄抬物價。

⁵**拇** [mǔ ㄇㄨˇ 粵mou⁵ 母]
手或足的大指 ◆ 拇指。

⁵ **拗**(⁾拗) 〈一〉[ǎo ㄠˇ ⑧au² /ŋau² 坳²]

折斷 ◆ 拗斷竹竿。

〈二〉[ào ㄠˋ ⑧au³/ŋau³ 坳]

不順；不順從 ◆ 拗口｜違拗｜拗口令。

〈三〉[niù ㄋㄧㄡˋ ⑧同〈二〉]

不馴順；不隨和；固執 ◆ 執拗｜脾氣太拗｜實在拗不過他。

⁶ **挈** [qiè ㄑㄧㄝˋ ⑧kit⁸ 揭] ❶提；舉 ◆ 提綱挈領。❷帶領 ◆ 挈帶｜挈眷｜扶老挈幼。

⁶ **拭** [shì ㄕˋ ⑧ski⁷ 式] 擦；揩 ◆ 拂拭｜揩拭｜拭淚｜拭目以待。

⁶ **持** [chí ㄔˊ ⑧tsi⁴ 池] ❶拿着；握住 ◆ 持卡｜手持鮮花｜持刀搶劫。❷抱有某種主張，見解或態度 ◆ 持論有據｜持反對態度｜持之有故，言之有理。❸掌握；主管；照料 ◆ 主持工作｜操持家務｜勤儉持家。❹堅守；保持 ◆ 持久｜堅持｜維持｜持之以恆。❺支撐；扶助 ◆ 支持｜扶持｜撐持局面｜持危扶傾。❻挾制；控制 ◆ 脅持｜挾持｜把持｜劫持。❼對抗；對峙 ◆ 僵持｜相持不下｜鷸蚌相持，漁翁得利。

⁶ **拮** [jié ㄐㄧㄝˊ ⑧git⁸ 結/gɐt⁷ 媫]

拮据，本指鳥築巢時口足並用，勞苦艱辛。後來比喻境況窘迫，錢不夠用 ◆ 近來手頭十分拮据。

⁶ **拷** [kǎo ㄎㄠˇ ⑧hau² 考] 打。指用刑 ◆ 拷問｜嚴刑拷打。

⁶ **拱** [gǒng ㄍㄨㄥˇ ⑧guŋ² 鞏] ❶兩手抱拳在胸前的一種動作 ◆ 拱手。❷兩手合圍的大小、粗細 ◆ 拱木｜拱璧。❸環繞 ◆ 拱衛｜眾星拱月｜羣峯拱抱。❹呈弧形狀 ◆ 拱着背｜拱橋｜拱門。❺用身體頂動、推開。也指植物破土而出 ◆ 用肩膀拱開了門｜幼苗拱出了地面｜老鼠在稻田裏拱了許多洞穴。

⁶ **挎** [kuà ㄎㄨㄚˋ ⑧kwa³ 誇] ❶用胳膊彎起來掛住或鈎住 ◆ 挎着菜籃子｜挎着胳膊走。❷把東西掛在肩頭、脖頸或腰裏 ◆ 肩挎照相機｜騎馬挎槍走天下。

⁶ **拽** 〈一〉[zhuài ㄓㄨㄞˋ ⑧jɐi⁶ 余世切]

用力拉 ◆ 拽住不放｜生拉硬拽。

〈二〉[zhuāi ㄓㄨㄞ ⑧同〈一〉] ❶使勁扔 ◆ 把球拽得遠遠的。❷胳膊有毛病，轉動不靈 ◆ 拽胳膊兒。

〈三〉[yè ㄧㄝˋ ⑧同〈一〉]

同"曳"。拉；拖；牽引 ◆ 拽布拖麻。

⁶**括** 〈一〉[kuò ㄎㄨㄛˋ ⑧ kut⁸ 豁]
❶結紮；捆束 ◆ 括髮。❷包容；包含 ◆ 包括｜概括｜總括。
〈二〉[guā ㄍㄨㄚ ⑧ gwat⁸ 刮]
❶榨取 ◆ 搜括。❷挺括。見"挺"，251頁左欄。

⁶**拴** [shuān ㄕㄨㄢ ⑧ san¹ 山]
用繩子繫上 ◆ 拴馬｜拴車｜一根線兒拴倆螞蚱。

⁶**拾** 〈一〉[shí ㄕˊ ⑧ sep⁹ 十]
❶撿起；撿取 ◆ 拾荒｜拾金不昧｜拾人牙慧｜拾遺補闕｜路不拾遺，夜不閉戶。❷歸攏；整理 ◆ 拾掇｜收拾。❸數詞"十"的大寫。
〈二〉[shè ㄕㄜˋ ⑧ 同〈一〉]
躡足而上 ◆ 拾級而上。

⁶**拿** (⑧拏) [ná ㄋㄚˊ ⑧ na⁴ 那⁴]
❶用手握着或抓住 ◆ 拿着一支筆｜這東西我拿不動｜拿着雞毛當令箭。❷取；取得 ◆ 明天去拿票｜茶葉吃完了再來拿｜吃了人家的嘴軟，拿了人家的手軟。❸逮捕；攻取 ◆ 捉拿歸案｜狗拿耗子，多管閒事｜一連拿下敵人三個碉堡｜這個大工程一年時間就拿下來了。❹掌握；主持 ◆ 拿權｜拿事｜拿印把子的｜主意由你拿。❺要挾；刁難 ◆ 說話算數，別到時候拿我一把｜這事兒你拿不住人。❻表示矜持；裝腔 ◆ 拿大｜拿架子｜拿腔作勢。❼介詞。(1) 引進處置的對象。相當於"把"、"對" ◆ 別拿他當孩子｜拿他真沒辦法｜能拿他怎麼樣。(2) 引進所憑藉的工具。相當於"用" ◆ 拿剪刀剪開｜拿尺量一量｜拿毛筆寫字。(3) 表示從某方面提出話題。相當於"從" ◆ 拿產品合格率來看，今年比去年好｜拿這個標準來衡量，差距還很大。

⁶**挑** 〈一〉[tiāo ㄊㄧㄠ ⑧ tiu¹ 條¹/tiu⁵ 條⁵]
❶用扁擔擔物 ◆ 挑水｜肩挑重擔｜肩不能挑，手不能提｜一個和尚挑水吃，兩個和尚抬水吃，三個和尚沒水吃。❷扁擔和所擔之物 ◆ 菜挑子｜剃頭挑子一頭熱。❸量詞。用於成挑兒的東西 ◆ 一挑兒蘿蔔。❹選擇 ◆ 挑選｜挑挑揀揀｜挑精揀肥｜挑花了眼兒｜挑不出一件滿意的。❺過於嚴格地在細節上找毛病 ◆ 挑別｜挑刺兒｜橫挑鼻子豎挑眼。
〈二〉[tiǎo ㄊㄧㄠˇ ⑧ 同〈一〉]
❶用條狀的器具撥動，或用尖利的器具掘 ◆ 挑火｜挑野菜。❷用竹竿等把東西高掛起來 ◆ 挑燈夜戰｜挑起幌子，招徠顧客。❸搬弄；引起；引誘 ◆ 挑撥｜挑動｜挑戰｜挑情｜挑逗。❹一種刺繡的方法，用針挑起經線或緯線，把針上的線從底下穿過去，組成各種花紋 ◆ 挑花。❺漢字筆畫名，由左斜上，如提手旁的第三筆。

指 [zhǐ ㄓˇ ⑧ dzi² 紙]
❶手指頭 ◆ 中指│屈指可數│首屈一指│十指連心│伸手不見五指。❷指向；指着 ◆ 指南針│指鹿為馬│指桑罵槐│十目所視，十手所指│唐杜牧《清明》詩："借問酒家何處有，牧童遙指杏花村。"❸指點；指示 ◆ 指導│指令│指教│指點迷津。❹指責 ◆ 指摘│千人所指，無病而死。❺豎起 ◆ 令人髮指 。❻希望；仰仗 ◆ 指望│就指着他能挽回敗局了。❼針對 ◆ 我不是指這件事│他的話另有所指。❽量詞。一個手指頭的深淺寬窄程度 ◆ 下了五指雨│三指寬的條子。

挌 [gé ㄍㄜˊ ⑧ gak³ 革]
打；擊 ◆ 挌鬥。

拼 [pīn ㄆㄧㄣ ⑧ pin¹ 乒]
❶合併在一起 ◆ 拼湊│拼盤│拼版│拼音│東拼西湊。❷不顧一切；豁出去 ◆ 拼命│拼死│拼搏。

拳 [quán ㄑㄩㄢˊ ⑧ kyn¹ 權]
❶手指向內彎曲握緊的手；拳頭 ◆ 兩手握拳│拳腳相加│摩拳擦掌│赤手空拳│飽以老拳。❷拳術 ◆ 打拳│花拳│醉拳│太極拳│拳不離手，曲不離口。❸同"蜷"。彎曲 ◆ 拳曲│拳腿而坐。❹同"惓"。拳拳，忠誠懇切的樣子 ◆ 拳拳之心。

扡 [zhā ㄓㄚ ⑧ dza¹ 渣]
扡挲，方言。(手指、頭髮、樹枝等)張開，伸展開。也作"扎煞" ◆ 她扡挲(shā)着一雙沾滿白麪粉的手。

挖 [wā ㄨㄚ ⑧ wat⁸ 猾⁸]
❶用手掏或用工具掘 ◆ 挖洞│挖土│挖肉補瘡│挖掘地下寶藏。❷探索；深入研究 ◆ 挖空心思。

按 [àn ㄢˋ ⑧ ɔn³/ŋɔn³ 案]
❶用手或指頭壓；摁 ◆ 按脈│按摩│按劍│按電鈴。❷抑制；止住 ◆ 按捺│按兵不動│按不住心頭怒火。❸壓住；擱下 ◆ 按下此事不表。❹依照 ◆ 按照│按部就班│按圖索驥│按勞分配。❺考察；核對 ◆ 有原文可按。❻作者、編者等對有關文章、詞句作註解、說明、提示等 ◆ 按語│編者按。❼方言詞。押 ◆ 按揭│按金。

拯 [zhěng ㄓㄥˇ ⑧ tsin² 請]
援救 ◆ 拯救│拯溺扶危│拯民於水火之中。

挐 〈一〉[rú ㄖㄨˊ ⑧ jy⁴ 茹]
連綿；雜亂。
〈二〉[ná ㄋㄚˊ ⑧ na⁴ 那⁴]
同"拿"，見246頁左欄。

拶 〈一〉[zā ㄗㄚ ⑧ dzat⁸ 札]
擠壓；逼迫 ◆ 排拶│副拶。

〈二〉[zǎn ㄗㄢˇ 粵同〈一〉]

舊時用繩穿聯五根小木棒夾人手指的酷刑叫"拶指"，稱這種刑具為"拶子"。

⁷**捫** 同"弄〈一〉"，見202頁右欄。

⁷**捕** [bǔ ㄅㄨˇ 粵bou⁶ 步]

捉；逮 ◆ 捕獲｜逮捕｜捕魚捉蟹｜捕風捉影｜螳螂捕蟬，黃雀在後。

⁷**捄** 同"救"，見277頁右欄。

⁷**捂** [wǔ ㄨˇ 粵ŋ⁶ 誤]

嚴密地遮蓋住或封閉起來 ◆ 捂着眼睛｜捂着蓋子不讓看｜擋住千人手，捂不住百人口。

⁷**振** [zhèn ㄓㄣˋ 粵dzɐn³ 震]

❶抖動；揮動；搖動 ◆ 振翅｜振臂高呼｜振筆疾書｜金聲玉振。❷奮起；奮發 ◆ 振奮｜振作精神｜委靡不振｜一蹶不振｜精神一振｜士氣大振。❸同"賑"。救濟。❹同"震"。震動。❺眾多 ◆ 振振有辭。

⁷**挾**(挾) 〈一〉[xié ㄒㄧㄝˊ 粵hip⁹ 協]

❶用胳膊夾住 ◆ 持弓挾矢。❷懷藏；心裏藏着 ◆ 挾恨｜挾怨｜挾嫌

｜挾不信之心。❸用強力逼迫別人執行某事；抓住對方弱點，強使服從 ◆ 挾制｜挾持｜要挾｜挾天子以令諸侯。❹仗恃 ◆ 挾長挾貴。❺佔有 ◆ 挾重器。

〈二〉[xié ㄒㄧㄝˊ／jiā ㄐㄧㄚ (舊) 粵gap⁸ 甲]

同"夾"。夾在胳膊底下 ◆ 挾着書包。

⁷**捎** 〈一〉[shāo ㄕㄠ 粵sau¹ 梢]

順便帶 ◆ 捎帶｜捎腳｜捎封信回家｜捎幾件東西去。

〈二〉[shào ㄕㄠˋ 粵同〈一〉]

❶稍微往後退一退 (多指騾馬等)。❷捎色，褪色。

⁷**捍** [hàn ㄏㄢˋ 粵hɔn⁶ 汗]

抵禦；保衛 ◆ 捍禦｜捍衛主權。

⁷**捏**(粵揑) [niē ㄋㄧㄝ 粵nip⁹ 轟]

❶用手指頭夾緊 ◆ 捏住線頭｜兩隻手指頭捏田螺。❷用手指頭搓揉，把軟的東西捻成一定形狀 ◆ 捏餃子｜捏麵人兒｜捏泥人兒。❸隨意湊合；虛構 ◆ 憑空捏造。

⁷**捉** [zhuō ㄓㄨㄛ 粵dzuk⁷ 足]

❶握；拿 ◆ 捉刀｜捉襟見肘。❷抓；捕捉 ◆ 捉拿｜貓捉老鼠｜捕風捉影｜賊喊捉賊｜捉賊拿贓，捉姦拿雙。

7 **捆** ([粵]綑) [kǔn ㄎㄨㄣˇ [粵] kwɐn^2 窘^2]
❶用繩子把東西纏緊、綁住 ◆ 捆紮｜捆住手腳｜捆綁不成夫妻。❷量詞。用於成捆的東西 ◆ 一捆書｜一捆柴。

7 **捐** [juān ㄐㄩㄢ [粵] gyn^1 娟]
❶捨棄；拋棄 ◆ 捐棄｜為國捐軀｜捐軀赴國難，視死忽如歸。❷除去 ◆ 捐不急之官。❸獻出財物 ◆ 捐獻｜捐助｜捐贈｜募捐｜捐衣捐款支援災區。❹稅收的一種名稱 ◆ 納捐｜苛捐雜稅｜上了一筆捐。

7 **挹** [yì ㄧˋ [粵] jɐp^7 泣]
❶舀；酌取 ◆ 挹酒漿｜挹彼注茲。❷牽；拉 ◆ 挹袖。❸扶助或提拔 ◆ 獎挹。

7 **捌** [bā ㄅㄚ [粵] bat^8 八]
數詞"八"的大寫。

7 **挺** [tǐng ㄊㄧㄥˇ [粵] tiŋ^5 庭^5]
❶硬而直 ◆ 挺立｜挺括｜筆挺｜堅挺。❷伸直；凸出 ◆ 挺胸｜挺起腰桿｜挺身而出。❸勉強支持，努力支撐 ◆ 硬挺｜實在挺不住了。❹突出；傑出 ◆ 挺拔｜挺秀｜英挺。❺副詞。表示程度相當高，但比"很"程度略低 ◆ 挺好｜挺老實｜挺關心人｜挺能吃苦。❻量詞 ◆ 一挺機關槍。

7 **挫** [cuò ㄘㄨㄛˋ [粵] tsɔ^3 錯]
❶折損；失敗 ◆ 挫敗｜挫傷｜挫折｜受挫｜兵挫地削。❷降低；壓下去 ◆ 抑揚頓挫｜挫敵人銳氣，長自己威風。

7 **捋** 〈一〉[luō ㄌㄨㄛ [粵] lyt^9 劣]
用手握住條狀物向一端滑動 ◆ 捋桑葉｜捋起袖子。
〈二〉[lǚ ㄌㄩˇ [粵] 同〈一〉]
用手指順着抹過去，使物體順溜或整齊 ◆ 捋虎鬚｜捋鬍鬚。

7 **挼** ([粵]捼) [ruó ㄖㄨㄛˊ [粵] nɔ^4 挪]
揉搓 ◆ 挼挲。

7 **挽** [wǎn ㄨㄢˇ [粵] wan^5 幻^5]
❶拉；牽引 ◆ 挽車｜牽挽｜挽弓。❷使情況好轉或恢復原狀 ◆ 挽救｜力挽狂瀾。❸同"綰" ◆ 挽起袖子。❹同"輓"，見700頁左欄。

7 **捪**
同"括〈一〉"，見248頁左欄。

7 **捝** [tuō ㄊㄨㄛ [粵] tyt^8 脫]
❶解脫。❷遺漏。

7 **抄**
同"挲"，見251頁右欄。

7 **挲** 〈一〉[suō ㄙㄨㄛ [粵] sɔ^1 梳]
摩挲。見"摩〈一〉"，265頁左

欄。

〈二〉[sā ㄙㄚ ⑧ sat⁸ 殺]

摩挲。見"摩〈二〉",265頁左欄。

〈三〉[shā ㄕㄚ ⑧ sa¹ 沙]

挓挲。見"挓",249頁右欄。

---

⁷ 掘（⑧擄） [jùn ㄐㄩㄣˋ ⑧ gwɐn³ 棍/kwɐn² 菌（語）]

❶拾取;採集 ◆ 掘拾|掘摭。❷收集材料以打擊別人。引申指彈劾。

---

⁷ 挪 〈一〉[nuó ㄋㄨㄛˊ ⑧ nɔ⁴ 娜]

移動;轉移 ◆ 挪動|挪個位置|挪開桌子|挪用公款。

〈二〉[nuó ㄋㄨㄛˊ/ruó ㄖㄨㄛˊ（舊）⑧同〈一〉]

同"挼"。揉搓,摩挲。

---

⁷ 搇 [jú ㄐㄩˊ ⑧ guk⁷ 谷]

❶握持。❷運土的器具。

---

⁷ 捅（⑧捅） [tǒng ㄊㄨㄥˇ ⑧ tuŋ² 統]

❶扎;戳 ◆ 捅了個窟窿|刺刀捅入胸部。❷碰;觸動 ◆ 捅妻子|捅馬蜂窩|用胳膊捅了捅他。❸揭示 ◆ 事情捅出去了。

---

⁷ 挨 〈一〉[āi ㄞ ⑧ ai¹/ŋai¹ 唉]

❶靠近;緊接着 ◆ 緊挨着坐|挨肩擦背|一個挨一個走進課堂。❷依次;逐一 ◆ 挨次|挨門挨户|挨個兒查票。

〈二〉同"捱",見253頁左欄。

---

⁷ 捘 [zùn ㄗㄨㄣˋ ⑧ dzœy³ 最]

擠;捏;搓。

---

⁸ 捧 [pěng ㄆㄥˇ ⑧ puŋ² 碰²]

❶用雙手托住 ◆ 捧腹|手捧鮮花|捧起一把家鄉土|捧着金飯碗討飯。❷量詞。用於雙手捧起的東西的數量 ◆ 一捧花生米|捧着一捧米去餵雞。❸奉承人;代人吹噓 ◆ 捧角|捧場|吹捧|捧得高,跌得重|捧死人不償命。

---

⁸ 掛（⑧挂） [guà ㄍㄨㄚˋ ⑧ gwa³ 卦]

❶把東西懸起來;像懸起來一樣 ◆ 掛牌|明鏡高掛|掛羊頭,賣狗肉|一輪明月當空掛|唐李白《望廬山瀑布水》詩:"日照香爐生紫煙,遙看瀑布掛前川。飛流直下三千尺,疑是銀河落九天。"❷鈎住脱不開 ◆ 釘子把衣服掛住了。❸心裏老惦記着 ◆ 掛念|掛住|牽掛|牽腸掛肚。❹登記 ◆ 掛號|掛失。❺要交換機接通電話線和打電話 ◆ 請掛廠長室|給他掛個電話。❻指把耳機放回電話機上,使電路斷開 ◆ 不要把電話掛了,他馬上就來。❼量詞。用於成串的東西 ◆ 一掛鞭炮|兩掛珍珠。

---

⁸ 掗（揠） [yà ㄧㄚˋ ⑧ a³/ŋa³ 亞]

硬要把東西給對方;

硬要人接受。

8 **措** [cuò ㄘㄨㄛˋ 圖 tsou³ 醋]
❶安放；處置 ◆ 措辭│措施
│不知所措│手足無措│驚慌失措│
措置得當│措手不及。❷籌劃 ◆
籌措資金。

8 **捱** [ái ㄞˊ 圖 ŋai⁴ 涯]
❶遭受；忍受 ◆ 捱打│忍飢
捱餓│捱上級批評。❷困難地度過
(歲月) ◆ 苦日子難捱。❸拖延 ◆
捱時間。

8 **捺** [nà ㄋㄚˋ 圖 nat⁹ 奴曷切]
❶向下按；抑制 ◆ 捺手印
│把頭捺到水裏│按捺不住心頭的
怒火。❷漢字筆畫，向右斜下，如
"大"字的第三筆。

8 **掎** [jǐ ㄐㄧˇ 圖 gei² 己]
❶拖住。❷牽引；牽制。

8 **掩** [yǎn ㄧㄢˇ 圖 jim² 淹²]
❶遮蔽；遮蓋 ◆ 掩蔽│掩藏
│掩面而泣│掩耳盜鈴│掩人耳目│
綠樹紅花，掩映成趣。❷關閉；
合上 ◆ 掩卷│房門虛掩着。❸蓋過
◆ 水來土掩，兵來將擋。❹乘人
不備(進行襲擊) ◆ 掩襲│掩殺。

8 **捷** [jié ㄐㄧㄝˊ 圖 dzit⁹ 截]
❶勝利；成功 ◆ 大捷│屢戰
屢捷│首戰告捷│捷報頻傳│鼓鑼打

鼓前來報捷。❷快；迅速 ◆ 敏捷│
迅捷│輕捷│捷徑│捷足先登。

8 **掯** [kèn ㄎㄣˋ 圖 kɐn² 卡凳切]
❶按；壓。❷刁難 ◆ 掯勒。

8 **掉** [diào ㄉㄧㄠˋ 圖 diu⁶ 調]
❶落下；脫落 ◆ 掉淚│掉下
幾片花瓣│頭髮都掉光了。❷落在
後面 ◆ 掉隊。❸遺失；遺漏 ◆ 錢
包掉了│抄寫時掉了一行字。❹減
少；降低 ◆ 掉膘│掉價。❺回轉 ◆
掉過臉│掉轉身來│掉頭而去。❻
交替；互換 ◆ 掉換│掉包。❼搖
動；擺動 ◆ 尾大不掉│掉臂不顧。
❽弄；賣弄 ◆ 掉文│掉書袋。❾放
在動詞後面，表示去除或離開 ◆ 賣
掉│刪掉│跑掉│逃掉。

8 **掌** [zhǎng ㄓㄤˇ 圖 dzœŋ² 蔣]
❶手心；引申指腳的底面 ◆
鼓掌│腳掌│掌上明珠│摩拳擦掌│易
如反掌│了如指掌│抵掌而談│一個
巴掌拍不響。❷某些動物的腳 ◆ 鴨
掌│鵝掌│熊掌。❸指鞋底前後打的
補釘 ◆ 補個後掌│釘兩塊掌兒。❹
指馬蹄鐵 ◆ 馬掌│這匹馬該釘塊掌
兒。❺用手掌打 ◆ 掌嘴│掌頰。❻
用手握着 ◆ 掌舵│掌燈。❼主管；
主持 ◆ 掌勺│掌管│掌權│執掌│職
掌。❽姓。

8 **捵** [chēn ㄔㄣ 圖 tsɐn² 診]
同"抻"。伸長；拉。

8 **掆**（㧏） [gāng ㄍㄤ 粵 gɔŋ1 江]
同"扛"。兩手舉重物 ◆ 力能掆頂。

8 **排** 〈一〉[pái ㄆㄞˊ 粵 pai4 牌]
❶按照一定的次序陳列或安置 ◆ 排隊｜排列｜排版｜一字兒排開。❷排成的行列 ◆ 前排｜後排。❸量詞。用於成排的東西 ◆ 兩排牙齒｜五十排座位。❹用竹子、木材成排地捆紮成的水上交通工具。也指成捆的在水上漂浮、運送的木材或竹材 ◆ 木排｜竹排。❺軍隊的編制單位，連隊的下一級 ◆ 排長。❻練習演戲 ◆ 排演｜排練｜彩排。❼油炸或油煎的大片牛肉或豬肉 ◆ 牛排｜豬排。❽推；推開 ◆ 排門而入｜排山倒海。❾對人不相容，不與人並列、並存 ◆ 排擠｜排斥異己。❿消除 ◆ 排遣｜排除萬難｜排難解紛｜力排眾議。

〈二〉[pǎi ㄆㄞˇ 粵 同〈一〉]
排子車：一種用人力拉的搬運東西的車。也叫"大板車"。

8 **舙** [pá ㄆㄚˊ 粵 pa4 爬]
舙手，扒手。俗稱扒手為三隻手，所以也寫作"舙手"。

8 **掣** [chè ㄔㄜˋ 粵 dzɐi3 制/tsit8 徹]
❶拉；牽引 ◆ 掣曳｜掣肘。❷一閃而過 ◆ 掣電｜風馳電掣。❸方言。開關 ◆ 電燈掣｜熱水爐掣。❹抽；拔出 ◆ 掣籤｜掣回手去｜掣劍在手。

8 **掰** [bāi ㄅㄞ 粵 bai2 拜2]
用兩手把東西分開、折斷 ◆ 掰開蛤蜊｜一分錢掰成兩半花。

8 **掭** [tiàn ㄊㄧㄢˋ 粵 tim3 添3]
❶撥動 ◆ 掭燈心。❷毛筆蘸墨後在硯台上輕輕斜拖，用來理順筆毛或除去太多的墨汁 ◆ 掭筆｜飽掭濃墨。

8 **推** [tuī ㄊㄨㄟ 粵 tœy1 退1]
❶用力使物體向前移動。與"拉"相反。特指使工具向前移動進行工作 ◆ 推磨｜推頭｜手推車｜推土機｜推草機｜推開大門｜推波助瀾｜牆倒眾人推｜用刨子推光｜長江後浪推前浪。❷使事情展開 ◆ 推廣｜推行｜推進｜推銷商品。❸擴充；擴展 ◆ 推誠相見｜推而廣之。❹舉薦；選舉 ◆ 推選｜推舉｜推薦｜推賢讓能｜公推一名代表。❺指出某人某物的優點 ◆ 推許｜推重｜推崇備至。❻據已知斷定未知；從某一事實判斷其餘 ◆ 推測｜推斷｜推理｜推論｜推導｜以此類推｜推己及人。❼辭讓；脱卸 ◆ 推辭｜推讓｜推委｜推託｜推三阻四｜推卸責任。❽遷移 ◆ 推遲｜推心置腹｜往後推幾天。❾除去 ◆ 推陳出新。❿探求 ◆ 推究｜推本溯源。⓫審問 ◆ 推問｜三推六問，屈打成招。

⁸ 捭 [bǎi ㄅㄞˇ ⓟbai² 擺]
分開 ◆ 縱橫捭闔。

⁸ 掀 [xiān ㄒㄧㄢ ⓟhin¹ 牽]
❶揭開;揭起 ◆ 掀鍋蓋|掀開門簾|掀過一頁。❷翻騰;翻動 ◆ 白浪掀天|掀風鼓浪|掀天揭地。❸興起 ◆ 掀起炒股熱潮。

⁸ 捨 (舍) [shě ㄕㄜˇ ⓟsɛ² 寫]
❶放棄;丟開 ◆ 捨棄|捨身忘死|捨本逐末|捨己為人|捨近求遠|戀戀不捨|捨命陪君子|捨得一身剮,敢把皇帝拉下馬。❷把錢物送給窮人或出家人 ◆ 捨貧|施捨。

⁸ 掄 (抡) 〈一〉[lún ㄌㄨㄣˊ ⓟlœn⁴ 倫]
選拔;挑選 ◆ 掄材。
〈二〉[lūn ㄌㄨㄣ ⓟ同〈一〉]
用力揮動 ◆ 掄拳|掄起一把斧子|掄起拳頭就打。

⁸ 採 [cǎi ㄘㄞˇ ⓟtsɔi² 彩]
❶摘取 ◆ 採茶|採蓮|採野果|採桑葚。❷發掘;開採 ◆ 採礦|採煤|採掘。❸選擇;搜集 ◆ 採用|採納|採取|採訪|採風|採集標本|博採眾長。

⁸ 授 [shòu ㄕㄡˋ ⓟsɐu⁶ 受]
❶給予;付與 ◆ 授權|授銜|授獎|授意|私相授受|授人以

柄。❷教;傳授 ◆ 講授|口授|教授|函授。

⁸ 掙 〈一〉[zhèng ㄓㄥˋ ⓟdzɐŋ⁶ 爭]
❶用力擺脫束縛 ◆ 掙脫|掙開繩索。❷用勞力換取 ◆ 掙錢|掙口飯吃|掙下一份家業。
〈二〉[zhēng ㄓㄥ ⓟdzɐŋ¹ 僧]
掙扎,用力支持或擺脫困境 ◆ 垂死掙扎|掙扎着爬上岸來。

⁸ 捻 〈一〉[niǎn ㄋㄧㄢˇ ⓟnim⁵ 黏⁵]
❶用手指搓轉 ◆ 捻線|捻根細繩。❷捻子,用紙或布等物搓成的條狀物 ◆ 紙捻|燈捻|藥捻。❸皖北方言,稱成羣的人為捻。特指清代安徽北部和河南一帶的農民起義軍,歷史上稱"捻子"或"捻軍"。
〈二〉[niē ㄋㄧㄝ ⓟnip⁹ 轟]
❶捏;握持 ◆。❷按。樂器演奏手法。❸同"躡",見696頁左欄。❹量詞。把。形容細小。

⁸ 掏 [tāo ㄊㄠ ⓟtou⁴ 陶]
❶挖 ◆ 掏個洞。❷手伸進去取東西 ◆ 掏口袋|掏腰包|掏錢請客。

⁸ 掐 [qiā ㄑㄧㄚ ⓟhap⁸ 峽⁸]
❶用指甲重壓;用指甲切斷 ◆ 掐出血來|掐朵鮮花|掐頭去尾。❷用手的虎口緊緊按住 ◆ 掐住喉

嚨。❸用拇指點別指來計算 ◆ 能
掐會算|掐指一算,一別已有五
年。❹量詞。用拇指和另一手指尖
對握着的數量。表示數量少 ◆ 一
掐韭菜。

8 **掬** [jū ㄐㄩ ⓖguk⁷ 菊]
❶雙手捧起 ◆ 笑容可掬|
憨態可掬。❷量詞。一捧 ◆ 一掬
鮮花。

8 **掠** [lüè ㄌㄩㄝˋ ⓖlœk⁹ 略]
❶搶劫;奪取 ◆ 搶掠|掠奪
|掠人之美|姦淫擄掠,無惡不
作。❷輕輕地擦過或拂過 ◆ 涼風
掠面|燕子掠過水面。❸梳理 ◆
梳掠。❹拷打 ◆ 掠治|拷掠|毒掠
百姓。❺書法的長撇。

8 **掂** 〈一〉[diān ㄉㄧㄢ ⓖdim¹
點¹]
把東西托在手掌上來估量它的輕重
◆ 掂量|掂斤播兩|你掂掂這包東
西有多重。
〈二〉[diàn ㄉㄧㄢˋ ⓖdim⁶ 點⁶]
粵方言。妥善 ◆ 搞掂。

8 **掖** 〈一〉[yè ㄧㄝˋ ⓖjik⁹ 亦]
拽着別人的胳膊;引申指扶
持、提拔 ◆ 扶掖|獎掖後進。
〈二〉[yē ㄧㄝ ⓖ同〈一〉]
把東西塞進衣袋或夾縫裏 ◆ 把幾
個熱燒餅掖進懷裏|把紙條從門縫
掖進去。

8 **捋** [zuó ㄗㄨㄛˊ ⓖdzyt⁹ 絕]
揪住。

8 **掊** 〈一〉[póu ㄆㄡˊ ⓖpeu⁴ 爬
牛切]
❶用手扒土;挖掘。❷搜刮;聚斂
◆ 掊克|掊斂。
〈二〉[pǒu ㄆㄡˇ ⓖfeu³ 剖]
❶擊 ◆ 掊擊。❷破開。

8 **接** [jiē ㄐㄧㄝ ⓖdzip⁸ 摺]
❶靠近;碰着 ◆ 接近|接觸
|短兵相接|目不暇接|交頭接耳。
❷連接;連續 ◆ 接骨|接線|青黃
不接|上氣不接下氣|接連看了三
場電影。❸交替相繼 ◆ 接班|接
替|接任|接力跑。❹承受;托住
◆ 接球|用手接住。❺收;受 ◆
接受|接收|接納|接到來信。❻相
迎 ◆ 迎接貴賓|到機場接人。❼
姓。

8 **捲**(卷) [juǎn ㄐㄩㄢˇ ⓖgyn²
卷]
❶把東西彎轉成圓筒形 ◆ 捲煙|捲
袖子|把蓆子捲起來。❷一種大的
力量把東西撮起或裹住 ◆ 風捲殘
雲|捲入旋渦|捲土重來。❸彎轉
成圓筒形的東西 ◆ 膠捲|花捲|煙
捲|行李捲兒。❹量詞。用於成捲
兒的東西 ◆ 一捲字畫|一捲蠟紙。

8 **掞** [shàn ㄕㄢˋ ⓖsim³ 閃³]
抒發;鋪張。

8 **控** [kòng ㄎㄨㄥˋ ⑧huŋ³ 空³]
❶操縱;掌握 ◆ 控制｜遙控
｜光控｜佈控。❷告發;告狀 ◆ 控
告｜控訴｜指控｜被控。❸使身體的
一部分懸空或處於失去支撐的狀態
◆ 枕頭掉了,控着腦袋睡覺。❹
使容器口朝下,讓液體慢慢流出 ◆
把瓶底的油控一控,還可以炒一
次菜。

8 **挒** [liè ㄌㄧㄝˋ ⑧lit⁹ 列]
扭轉 ◆ 轉挒點。

8 **搯** [qián ㄑㄧㄢˊ ⑧kin⁴ 虔]
用肩膀扛東西 ◆ 搯着行李
上船。

8 **探** [tàn ㄊㄢˋ ⑧tam³ 貪³/tam¹
貪]
❶掏;把手伸進去取東西 ◆ 探囊
取物｜探驪得珠。❷設法發現隱藏
的事物 ◆ 探礦｜探測｜勘探｜先探一
下口氣｜用竹竿探一探水的深淺。
❸尋求 ◆ 探求｜探源｜探究｜探賾索
隱。❹偵察;打聽。也指搞偵察工
作的人 ◆ 暗探｜密探｜偵探｜坐探｜
刺探情報。❺看望 ◆ 探親｜探望｜
探病｜探視。❻伸出 ◆ 探頭探腦｜
身子不要探出窗外。

8 **捫**(扪) [mén ㄇㄣˊ ⑧mun⁴
門]
摸;按 ◆ 捫心自問｜捫心無愧｜捫
燭扣盤｜捫蝨而談天下事。

8 **掃**(扫) 〈一〉[sǎo ㄙㄠˇ ⑧
sou³ 素]
❶用笤帚等器具清除塵土、垃圾等
◆ 掃雪｜掃地｜大掃除｜清掃垃圾｜
各人自掃門前雪,休管他人瓦上
霜。❷除去;清除 ◆ 掃雷｜掃盲｜
掃黑｜力掃千軍。❸抹 ◆ 掃眉｜掃
黛。❹迅速地左右移動 ◆ 掃射｜掃
描｜掃視。❺盡其所有 ◆ 掃數。
〈二〉[sào ㄙㄠˋ ⑧同〈一〉]
掃帚,掃地的器具,用竹枝等捆紮
而成。

8 **据** 〈一〉[jū ㄐㄩ ⑧gœy¹ 居]
拮据。見"拮",247頁左欄。
〈二〉"據"的簡化字。

8 **掘** [jué ㄐㄩㄝˊ ⑧gwet⁹ 倔]
挖;刨 ◆ 掘土｜挖掘｜採掘
｜發掘｜宜未雨而綢繆,毋臨渴而
掘井。

8 **掇** [duō ㄉㄨㄛ ⑧dzyt⁸ 啜]
❶拾取;選取 ◆ 掇拾｜藝苑
掇英。❷用手端起(桌、椅等)。❸
攛掇。見"攛",274頁左欄。

9 **猰** [xiē ㄒㄧㄝ ⑧git⁸ 結]
方言。把釘子、楔子捶打到
其他東西裏面去 ◆ 在牆上猰個釘
子｜把桌子猰一猰。

9 **揍** [zòu ㄗㄡˋ ⑧tseu³ 奏]
打(人) ◆ 揤揍｜揍他一頓。

⁹**描** [miáo ㄇ丨ㄠˊ ⑧miu⁴ 苗]
依樣摹畫或重複地畫 ◆ 描繪|描摹|描紅|白描|描眉畫眼|越描越黑。

⁹**揕** [zhèn ㄓㄣˋ ⑧dzɐm³ 浸]
用刀劍等刺。

⁹**揶** [yé 丨ㄝˊ ⑧jɛ⁴ 爺]
揶揄,戲笑;嘲弄。

⁹**揲** 〈一〉[shé ㄕㄜˊ ⑧sit⁹ 舌]
❶古代用蓍草占卦時,數蓍草的數目,分成若干份,以定陽爻或陰爻,叫揲。❷取。
〈二〉[dié ㄉ丨ㄝˊ ⑧dip⁹ 碟]
摺疊。

⁹**揸** [zhā ㄓㄚ ⑧dza¹ 渣]
❶用手抓;撮。❷把手指伸張開。❸粵方言。拿;掌握 ◆ 揸筷子|小心揸車。

⁹**揠** [yà 丨ㄚˋ ⑧at⁸/ŋat⁸ 壓]
拔起 ◆ 揠苗助長。

⁹**揀**(拣) [jiǎn ㄐ丨ㄢˇ ⑧gan² 束]
❶挑選 ◆ 挑揀|揀選|挑肥揀瘦|披沙揀金|揀佛燒香。❷同"撿"。拾取 ◆ 揀柴|揀了芝麻,丟了西瓜。

⁹**揩** [kāi ㄎㄞ ⑧hai¹ 鞋]
擦拭;抹。引申為沾取 ◆ 揩拭|揩油|揩枱布|把燈罩揩乾淨。

⁹**揹** 同"背〈三〉",見554頁左欄。

⁹**挈** 同"研〈一〉",見470頁左欄。

⁹**提** 〈一〉[tí ㄊ丨ˊ ⑧tɐi⁴ 題]
❶垂手拿着;抓起 ◆ 提刀|提筆|提籃叫賣|手提燈籠|提綱挈領|提心吊膽。❷引而向上 ◆ 提高|提升|提拔|提價|耳提面命。❸把時間往前移 ◆ 提前|提早。❹指出;舉出 ◆ 提要|提問|提議|提案|提名道姓。❺從中取出 ◆ 提煉|提款|提貨|提成|提堂|提取資料。❻說;說起 ◆ 舊事重提|再別提他了|英雄不提當年勇。❼舀油、酒等液體的器具 ◆ 油提|酒提。❽漢字筆畫名,即挑。❾姓。
〈二〉[dī ㄉ丨 ⑧同〈一〉]
❶提溜,垂手拿着 ◆ 提溜着一包點心。❷提防,小心防備 ◆ 多提防着點兒。

⁹**揚**(扬) [yáng 丨ㄤˊ ⑧jœŋ⁴ 陽]
❶高舉;升高 ◆ 揚手|揚帆|揚鞭策馬|激濁揚清|趾高氣揚|揚眉吐氣。❷飛起;飄動 ◆ 飄揚|飛揚。❸往上拋撒 ◆ 揚場|灑乾揚淨|揚湯止沸。❹稱頌;傳播出去 ◆ 讚

揚|頌揚|宣揚|揚名後世|一舉成名天下揚。❺顯示 ◆ 耀武揚威。❻發展；發揮 ◆ 發揚|揚長避短。❼容貌出眾 ◆ 其貌不揚。❽古代兵器"鉞"的別稱 ◆ 干戈威揚。❾江蘇揚州的簡稱 ◆ 揚劇|揚幫菜。❿姓。

⁹**揖**［yī ㄧ ⑧ jep⁷ 泣］
拱手行禮 ◆ 作揖|揖讓|開門揖盜。

⁹**搵**〈一〉［wèn ㄨㄣˋ ⑧ wen² 蘊/wen³ 慍］
❶用手指按。❷揩拭 ◆ 搵淚。
〈二〉［wěn ㄨㄣˇ ⑧同〈一〉］
粵方言。找尋 ◆ 搵書。

⁹**揭**［jiē ㄐㄧㄝ ⑧ kit⁸ 竭］
❶高舉 ◆ 揭竿而起|昭然若揭。❷掀起；打開 ◆ 揭幕|揭鍋蓋|揭下一片瓦。❸使隱蔽的東西顯露出來 ◆ 揭露|揭示|揭曉|打人休打臉，罵人休揭短。❹姓。

⁹**搋**［sāi ㄙㄞ ⑧ sɐk⁷ 沙克切］
同"塞"。堵；填入。

⁹**揣**〈一〉［chuǎi ㄔㄨㄞˇ ⑧ tsœy² 取/tsyn² 喘］
❶估量；猜測 ◆ 揣度|揣測|揣摩|不揣冒昧。❷姓。
〈二〉［chuāi ㄔㄨㄞ ⑧同〈一〉］
藏在衣服裏 ◆ 揣手|揣在懷裏|揣

在口袋裏。
〈三〉［chuài ㄔㄨㄞˋ ⑧同〈一〉］
揣揣，同"掙扎"。

⁹**捶**［chuí ㄔㄨㄟˊ ⑧ tsœy⁴ 徐］
用拳或棒敲打 ◆ 捶背|捶楚|捶撻|捶胸頓足。

⁹**插**(®插)［chā ㄔㄚ ⑧ tsap⁸ 楚洽切］
❶刺入；穿入；擠入 ◆ 插枝|插花|插銷|插入雲霄|插翅難飛。❷加進；參與 ◆ 插圖|插曲|插手|插嘴|插班生|插科打諢。❸植入 ◆ 插秧|有意栽花花不發，無心插柳柳成蔭。

⁹**揪**［jiū ㄐㄧㄡ ⑧ dzɐu¹ 周］
緊緊抓住或拉住 ◆ 揪耳朵|揪辮子|揪住不放|這件事真讓人揪心。

⁹**揫**
同"揪"，見259頁右欄。

⁹**搜**［sōu ㄙㄡ ⑧ sɐu¹ 收/sɐu² 首(語)］
❶多方尋找 ◆ 搜集|搜羅|搜尋線索|搜索枯腸。❷仔細檢查 ◆ 搜身|搜查|搜捕。❸掏；挖 ◆ 搜刮|搜掠。

⁹**揜**
同"掩"，見253頁左欄。

⁹ **揄** 〔yú ㄩˊ ⑧jy⁴ 餘〕
❶拉;牽引。❷提起 ◆ 揄揚大義。❸揶揄。見"揶",258頁左欄。

⁹ **援** 〔yuán ㄩㄢˊ ⑧wun⁴ 垣/jyn⁴ 員/jyn⁶ 遠〕
❶用手拉;牽引 ◆ 攀援莖。❷引用;引證 ◆ 援例│援用│援引例證。❸幫助;救助 ◆ 援軍│援助│聲援│支援│救援│孤立無援。

⁹ **換** 〔huàn ㄏㄨㄢˋ ⑧wun⁶ 喚〕
❶對調;互易 ◆ 交換│調換│兌換│互換│換帖│浪子回頭金不換。❷更易;改變 ◆ 換季│改朝換代│脫胎換骨│物換星移│換湯不換藥。

⁹ **揔** 同"總",見531頁左欄。

⁹ **揈** 〔hōng ㄏㄨㄥ ⑧gweŋ¹ 肱〕
驅趕。

⁹ **搑** 〔ǎn ㄢˇ ⑧ɐm² 庵²〕
用藥粉敷在傷口上。

⁹ **搲** 〔jiǎn ㄐㄧㄢˇ ⑧dzin² 剪〕
❶剪斷。❷分割。❸剪滅。

⁹ **撝** (⑧撝) 〔huī ㄏㄨㄟ ⑧fɐi¹ 輝〕
❶指揮。❷謙遜 ◆ 撝謙。

⁹ **揎** 〔xuān ㄒㄩㄢ ⑧syn¹ 宣〕
❶捋袖出臂 ◆ 揎拳捋袖。❷推 ◆ 揎開門簾。

⁹ **搕** 〔ké ㄎㄜˊ ⑧kak⁸ 其客切〕
❶方言。卡住 ◆ 鞋子小了搕腳│抽屜搕住了,拉不開。❷方言。刁難 ◆ 你別總拿這事來搕人。

⁹ **揮** (挥) 〔huī ㄏㄨㄟ ⑧fɐi¹ 輝〕
❶舞動;搖動 ◆ 揮動│揮手│揮舞│揮戈上陣│揮毫潑墨│一揮而就│招之即來,揮之即去。❷指揮 ◆ 揮師東進。❸甩出;拋灑 ◆ 揮灑│揮汗成雨│揮淚斬馬謖。❹散出;散發 ◆ 揮發│揮霍│揮金如土│借題發揮。

⁹ **握** 〔wò ㄨㄛˋ ⑧ɐk⁷/ŋɐk⁷ 厄〕
❶抓在手裏;屈指成拳 ◆ 握筆│握拳│握別│握手言歡│懷瑾握瑜│握髮吐哺。❷抓住;主持;控制 ◆ 把握│掌握│大權在握。❸量詞。一把的容量。

⁹ **摒** 〔bìng ㄅㄧㄥˋ ⑧bin³ 並³〕
排除 ◆ 摒除│摒棄│摒絕│摒之門外。

⁹ **揆** (⑧楑) 〔kuí ㄎㄨㄟˊ ⑧kwɐi⁵ 規⁵〕
❶度量;揣度 ◆ 揆度│卜揆│揆情度理│揆其本意。❷準則;道理 ◆ 同揆│古今一揆│其揆一也。❸事

務 ◆ 百揆。❹管理；掌管。❺指總攬政務的人，如宰相、內閣總理等 ◆ 揆席｜居揆｜閣揆。

⁹ **揉** [róu ㅁㄡˊ ⑧ jɐu⁴ 由/jɐu⁶ 右]
❶用手來回擦或搓 ◆ 揉搓｜揉眼睛｜把紙揉破了。❷團弄 ◆ 揉麵｜揉泥球。❸同“輮”。使木彎曲。❹使順服。❺同“糅”。混合；融合。

⁹ **掾** [yuàn ㄩㄢˋ ⑧ jyn⁶ 願]
古代官署屬員的通稱 ◆ 掾吏｜掾屬。

¹⁰ **搆** 同“構”，見327頁左欄。

¹⁰ **摃** [gāng 《ㄤ ⑧ gɔŋ¹ 江]
同“扛〈一〉”。兩手舉重物；抬物 ◆ 力能摃鼎。

¹⁰ **搽** [chá ㄔㄚˊ ⑧ tsa⁴ 茶]
塗抹 ◆ 搽粉｜搽油｜搽脂抹粉。

¹⁰ **搭** [dā ㄉㄚ ⑧ dap⁸ 答]
❶支起；架起 ◆ 搭涼棚｜搭台唱戲｜逢山開路，遇水搭橋｜千里搭長棚，沒有不散的筵席。❷披；掛；蓋 ◆ 肩上搭着圍巾｜衣服搭在竹竿上｜身上搭條毛毯再睡。❸連接在一起。引申為合在一起 ◆ 搭伴｜搭夥｜搭錯線｜勾三搭四｜前言

不搭後語。❹加上；湊上 ◆ 兜搭｜買香煙要搭火柴｜把金銀首飾全搭上｜差點把命都搭上了。❺乘坐 ◆ 搭船｜搭順風車。❻共同抬起 ◆ 把桌子搭起來。

¹⁰ **搯** [tāo ㄊㄠ ⑧ tou⁴ 陶]
❶同“掏”，見255頁右欄。❷叩，輕擊 ◆ 搯摩｜搯膺。

¹⁰ **搕** [kē ㄎㄜ ⑧ hɐp⁷ 恰]
敲；碰 ◆ 搕煙鍋子。

¹⁰ **搏** [bó ㄅㄛˊ ⑧ bɔk⁸ 博]
❶對打；相鬥 ◆ 搏鬥｜肉搏｜拼搏。❷撲上去抓取；捕捉 ◆ 搏虎｜獅子搏兔。❸跳動 ◆ 搏動｜脈搏。

¹⁰ **搢**⁽⑧搢⁾ [jìn ㄐㄧㄣˋ ⑧ dzœn³ 進]
插 ◆ 搢笏｜搢紳。

¹⁰ **搨** [tà ㄊㄚˋ ⑧ tap⁸ 塔]
在鑄刻器物上蒙一層紙，拍打後使凹凸分明，塗上墨，顯出文字或圖形 ◆ 搨本｜搨了兩張碑文。

¹⁰ **搰** [hú ㄏㄨˊ ⑧ wɐt⁹ 屈⁹]
❶挖；掘 ◆ 狐埋狐搰(狐性多疑)。❷攪渾。

¹⁰ **損**⁽損⁾ [sǔn ㄙㄨㄣˇ ⑧ syn² 選]

❶減少；與"益"相對 ◆ 損益|損有餘而補不足。❷傷害；受損失 ◆ 損害|損人利己|損公肥私|滿招損，謙受益。❸毀；壞 ◆ 損壞|破損|完好無損。❹喪失 ◆ 損失|損兵折將。❺用尖刻的話挖苦人 ◆ 別再損人了。❻刻薄；惡毒 ◆ 這話真夠損的|這一招可太損了。❼方言。皮膚遭受意外而破裂，略見血 ◆ 手損了，快搭點紅藥水。

10 **提** 〈一〉[huǎng ㄏㄨㄤˇ ⑧ foŋ² 訪]
很快地閃過 ◆ 一提又是十年。
〈二〉[huàng ㄏㄨㄤˋ ⑧ 同〈一〉]
搖提。也作"搖晃"。

10 **摁** [èn ㄣˋ ⑧ ɔn³ 按]
用手按下 ◆ 摁電鈴。

10 **搗**(搗) [dǎo ㄉㄠˇ ⑧ dou² 島]
❶捶；舂 ◆ 搗衣|搗藥|搗米|磕頭如搗蒜。❷衝擊；攻擊 ◆ 搗毀|直搗匪巢|直搗黃龍府。❸攪擾 ◆ 搗亂|搗鬼|調皮搗蛋。

10 **搗** [wǔ ㄨˇ ⑧ ŋ⁶ 誤]
同"捂"。遮蓋住或封閉起來 ◆ 搗嘴巴|蠻子好搗，人口難搗。

10 **摍** [chuāi ㄔㄨㄞ ⑧ tsai¹ 猜]
❶用手用力壓、揉 ◆ 摍麪|衣服在盆裏摍了又摍。❷藏 ◆ 把錢摍在懷裏。

10 **搬** [bān ㄅㄢ ⑧ bun¹ 般]
❶挪動；遷移 ◆ 搬家|搬運|搬遷|搬救兵|搬起石頭打自己的腳。❷挑撥 ◆ 搬嘴|搬弄是非。❸移用 ◆ 生搬硬套。

10 **搶**(抢) 〈一〉[qiǎng ㄑㄧㄤˇ ⑧ tsœŋ² 槍²]
❶爭奪；用強力奪取 ◆ 搶奪|搶劫|拚搶|明搶暗偷|搶佔地盤|肆意搶掠。❷爭先；趕緊 ◆ 搶修|搶救|搶種搶收|搶在前面|搶着付錢。❸把刀剪的刃鋒薄使鋒利 ◆ 磨剪子，搶菜刀。❹擦傷 ◆ 膝蓋上搶去了一塊皮。
〈二〉[qiāng ㄑㄧㄤ ⑧ tsœŋ¹ 昌]
❶觸；撞 ◆ 頭搶地|呼天搶地。❷同"戧"。逆；反方向 ◆ 搶風|搶水。

10 **搷** 同"搌"，見267頁右欄。

10 **搥** 〈一〉同"捶"，見259頁右欄。
〈二〉[duī ㄉㄨㄟ ⑧ tsœy⁴ 徐]
擲 ◆ 搥提。

10 **搖** [yáo ㄧㄠˊ ⑧ jiu⁴ 姚]
擺動；物體來回地移動 ◆ 搖動|搖擺|搖滾|搖頭丸|搖旗吶喊|搖尾乞憐|搖唇鼓舌。

搊 [chōu ㄔㄡ 粵tseu¹ 秋]
❶彈奏（樂器）◆ 搊彈詞。
❷攙扶 ◆ 快把他搊起來。❸用手
將物掀起或翻倒 ◆ 把箱子搊過來
|他搊了兩盅酒。

搞 [gǎo ㄍㄠˇ 粵gau² 狡]
做；弄；幹；辦 ◆ 搞活|搞
鬼|搞工作|搞花樣|搞好關係。

搪 [táng ㄊㄤˊ 粵tɔŋ⁴ 唐]
❶抵擋 ◆ 搪風|搪飢|兵來
將擋，水來土搪。❷應付；敷衍
◆ 搪塞|搪賬。❸用塗料均勻地抹
上 ◆ 搪灶|搪瓷。

搒 〈一〉[péng ㄆㄥˊ 粵peŋ⁴ 朋]
用棍子或竹板子打 ◆ 搒掠。
〈二〉[bàng ㄅㄤˋ 粵pɔŋ² 榜]
撐船；划船。

搐 [chù ㄔㄨˋ 粵tsuk⁷ 畜]
筋肉牽動、抽縮 ◆ 搐動|手
腳抽搐|身子搐縮成一團。

搓 [cuō ㄘㄨㄛ 粵tsɔ¹ 初]
用手掌反覆摩擦或用手揉擦
◆ 搓揉|搓磨|搓板|搓手頓腳。

搛 [jiān ㄐㄧㄢ 粵gim¹ 兼]
夾取 ◆ 用筷子搛菜。

捜 [shòu ㄕㄡˋ 粵sɔk⁸ 索]
刺；扎 ◆ 連捜兩刀。

搴 [qiān ㄑㄧㄢ 粵hin¹ 牽/gin²
建²]
❶拔取 ◆ 斬將搴旗。❷同"褰"。
提起；撩起 ◆ 搴裳。

搳 [huá ㄏㄨㄚˊ 粵wak⁹ 或]
搳拳，猜拳。

榨 [zhà ㄓㄚˋ 粵dza³ 炸]
同"榨"。壓出物體中的汁液
◆ 榨油|榨甘蔗。

搧 [shān ㄕㄢ 粵sin³ 扇]
❶用手掌打 ◆ 搧了他一巴
掌。❷搖動扇子生風 ◆ 搧扇子|搧
風點火。❸鼓動（他人做壞事）◆
搧動叛亂。

搉 [què ㄑㄩㄝ 粵kɔk⁸ 確/
gɔk⁸ 各]
❶敲擊。❷同"榷"。商討 ◆ 商搉。

搌 [zhǎn ㄓㄢˇ 粵dzin² 展]
輕輕擦拭或按壓濕處，吸去
液體 ◆ 搌布|用吸墨紙把桌上的
墨水搌一搌。

搦 [nuò ㄋㄨㄛˋ 粵nɔk⁹ 諾]
❶握；拿着 ◆ 搦管（執筆）。
❷挑；惹 ◆ 搦戰。

搔 [sāo ㄙㄠ 粵sou¹ 蘇]
用指甲輕撓 ◆ 搔頭皮|搔到
癢處|搔首問天|搔耳撓腮|搔首弄

姿|隔靴搔癢。

¹⁰ 搡 [sǎng ㄙㄤˇ 🔊 soŋ² 爽]
用力推 ◆ 推推搡搡|推搡出門|推不轉，搡不動。

¹¹ 摹 [mó ㄇㄛˊ 🔊 mou⁴ 無]
照樣子書寫或描畫；模仿 ◆ 摹本|摹刻|摹擬|臨摹|描摹|心摹手追。

¹¹ 摸 〈一〉[mō ㄇㄛ 🔊 mɔk⁹ 莫/mɔ² 魔²(語)]
❶用手輕輕接觸物體 ◆ 撫摸|瞎子摸象|老虎屁股摸不得。❷伸手探取 ◆ 摸魚|摸彩|從口袋裏摸出幾塊銀元。❸偷 ◆ 偷雞摸狗。❹探求 ◆ 摸底|摸索經驗|終於摸出了一些門道來。❺暗中行進 ◆ 摸黑。
〈二〉同"摹"，見264頁左欄。

¹¹ 摯 (挚) [zhì ㄓˋ 🔊 dzi³ 至]
❶誠懇；懇切 ◆ 真摯|誠摯|摯友|摯愛。❷抓；攫取。❸姓。

¹¹ 摶 (抟) [tuán ㄊㄨㄢˊ 🔊 tyn⁴ 團]
❶把東西揉弄成圓形 ◆ 摶弄|摶成一團|摶土作人。❷盤旋。

¹¹ 摳 (抠) [kōu ㄎㄡ 🔊 kɐu¹ 溝]
❶用手指或尖利的東西挖 ◆ 手指摳出血來|後牆摳了個洞。❷雕刻 ◆ 牀架上摳出各種圖案。❸過分的深究 ◆ 摳字眼|死摳書本。❹吝嗇 ◆ 這傢伙摳得很。

¹¹ 摽 〈一〉[biāo ㄅㄧㄠ 🔊 biu¹ 標]
❶揮之使去。❷丟棄。
〈二〉[biào ㄅㄧㄠˋ 🔊 piu⁵ 票⁵]
❶落下。❷用胳膊緊緊地鈎住 ◆ 兩人摽着胳膊走。❸捆綁住物體使不鬆開 ◆ 把兩根竹竿摽在一起。❹互相親近、依附在一起(多含貶義) ◆ 他倆老摽在一塊兒。❺對比；較量 ◆ 他這是存心摽着我幹。

¹¹ 摴 [chū ㄔㄨ 🔊 sy¹ 書]
摴蒱，同"樗蒱"。見"樗"，331頁右欄。

¹¹ 擖 [zhā ㄓㄚ 🔊 dza¹ 渣]
取；抓取。

¹¹ 擄 同"據"，見269頁右欄。

¹¹ 摟 (搂) 〈一〉[lǒu ㄌㄡˇ 🔊 lɐu⁵ 樓⁵]
❶抱住 ◆ 摟抱|把孩子摟在懷裏。❷量詞 ◆ 樹有一摟粗了。
〈二〉[lōu ㄌㄡ 🔊 lɐu⁴ 樓]
❶把東西攏過來，聚集在一起 ◆ 摟了一堆乾草。❷搜刮(財物) ◆ 摟錢。❸用手攏着提起來 ◆ 摟着衣裳就往外跑。

¹¹撂 [liào ㄌㄧㄠˋ ⑧lœk⁹ 掠]

❶放下；丟下；擱置 ◆ 撂手|撂荒|撂挑子|撂下臉|撂下工作不管。❷弄倒 ◆ 一腳過去就把他撂倒在地。

¹¹摞 [luò ㄌㄨㄛˋ ⑧lɔ⁶ 羅⁶]

❶把東西疊起來放 ◆ 把磚摞起來。❷量詞。用於重疊放置的東西 ◆ 一摞書。

¹¹摑(掴) [guāi ㄍㄨㄞ/guó ㄍㄨㄛˊ ⑧gwak⁸ 谷獲切]

用手掌打 ◆ 摑耳光。

¹¹摧 [cuī ㄘㄨㄟ ⑧tsœy¹ 吹]

❶折斷 ◆ 摧折|摧挫|摧枯拉朽。❷毀壞；破壞 ◆ 摧殘|摧毀|堅不可摧|無堅不摧|黑雲壓城城欲摧。❸悲傷 ◆ 摧心|摧藏|摧傷|悲摧。

¹¹撒 〈一〉[sà ㄙㄚˋ ⑧sat⁸ 殺]

❶側手擊打。❷按揉。❸消滅。

〈二〉[shā ㄕㄚ ⑧同〈一〉]

❶同"殺" ◆ 抹摋。❷同"煞"。器物名。木楔。

¹¹摭 [zhí ㄓˊ ⑧dzɛk⁸ 隻]

拾取；摘取 ◆ 摭拾。

¹¹摩 〈一〉[mó ㄇㄛˊ ⑧mɔ¹ 魔]

❶物體與物體緊貼着來回移動 ◆ 摩擦|按摩|摩拳擦掌|摩頂放踵。❷撫摸 ◆ 撫摩|以手摩其頂。❸接觸；迫近 ◆ 摩肩接踵|摩天大樓。❹切磋；研究 ◆ 觀摩|揣摩。

〈二〉[mā ㄇㄚ ⑧ma¹ 媽]

摩挲(sā)，用手掌輕輕地按着並一下一下地移動。

¹¹摛 [chī ㄔ ⑧tsi¹ 雌]

舒展；傳佈 ◆ 摛辭|摛藻。

¹¹摘 [zhāi ㄓㄞ ⑧dzak⁹ 澤]

❶用手取下來 ◆ 摘除|摘帽|摘葡萄|摘鮮花|摘桃子|摘星星。❷選取 ◆ 摘錄|摘要|文摘|尋章摘句。❸借貸 ◆ 摘借|摘錢救急。❹責備 ◆ 指摘。

¹¹摔 [shuāi ㄕㄨㄞ ⑧sœt⁷ 述⁷]

❶(身體)失去平衡而倒下 ◆ 摔倒|摔跤|摔了個四腳朝天。❷很快地掉下 ◆ 從樹上摔下|飛機一個倒栽葱摔下來。❸使東西掉下來而破損 ◆ 杯子給摔碎了。❹用力往下扔 ◆ 摔手就跑|劉備摔孩子——邀買人心。

¹¹摺(折) [zhé ㄓㄜˊ ⑧dzip⁸ 接]

❶疊起來 ◆ 摺扇|摺紙|摺疊牀|把衣服摺好。❷用紙等摺疊起來的本子 ◆ 摺子|奏摺|存摺。❸曲折 ◆ 迴互轉摺。

¹¹ **掺**（掺）

〈一〉[shǎn ㄕㄢˇ ⑧ sam¹ 叁¹]
握；持 ◆ 掺手。

〈二〉同"攙"，見273頁右欄。

〈三〉[càn ㄘㄢˋ ⑧ tsɐm³ 寖³]
擊鼓；古代的一種鼓曲 ◆ 掺撾｜漁陽掺。

¹¹ **摜**（掼）

[guàn ㄍㄨㄢˋ ⑧ gwan³ 慣]
方言。❶扔；摔 ◆ 摜手榴彈｜摜烏紗帽。❷摔；跌 ◆ 摜跤｜摜了一個筋斗。

¹² **撓**（挠）

[náo ㄋㄠˊ ⑧ nau⁶ 鬧]
❶輕輕地抓；搔 ◆ 撓頭｜撓癢癢｜抓耳撓腮。❷擾亂；阻止 ◆ 撓亂｜阻撓。❸彎曲；屈服 ◆ 百折不撓｜不屈不撓。

¹² **撖**

[hàn ㄏㄢˋ ⑧ hɔn⁶ 翰]
姓。

¹² **撕**

[sī ㄙ ⑧ si¹ 斯]
用手把東西扯裂或扯下來 ◆ 撕毀｜撕下一塊白布｜把信撕得粉碎｜撕掉牆上的招貼。

¹² **撒**

〈一〉[sā ㄙㄚ ⑧ sat⁸ 殺]
❶放開 ◆ 撒手｜撒腿就跑｜撒網捕魚。❷發出；放出 ◆ 撒傳單｜車胎撒了氣。❸排泄 ◆ 撒尿。❹故意施展；任意表現 ◆ 撒嬌｜撒潑｜撒賴｜撒野｜撒酒瘋。

〈二〉[sǎ ㄙㄚˇ ⑧ 同〈一〉]
❶散佈 ◆ 撒種｜撒上一點胡椒麵｜呼風喚雨，撒豆成兵。❷散落；灑 ◆ 酒從杯裏撒出來了。

¹² **撢**

〈一〉[tàn ㄊㄢˋ ⑧ tam³ 探]
探。

〈二〉同"撣〈一〉"，見267頁右欄。

¹² **撅**

〈一〉[juē ㄐㄩㄝ ⑧ kyt⁸ 決]
❶翹起 ◆ 撅着尾巴｜嘴巴撅得高高的。❷折斷。❸拔起；拔。

〈二〉[jué ㄐㄩㄝˊ ⑧ gwɐt⁹ 倔]
同"掘"。挖掘 ◆ 撅地三尺。

¹² **撩**

〈一〉[liāo ㄌㄧㄠ ⑧ liu⁶ 料]
❶用手把東西垂下的部分掀起來 ◆ 撩起長裙｜撩開窗簾。❷用手舀水灑開 ◆ 給桑葉撩上一點水。

〈二〉[liáo ㄌㄧㄠˊ ⑧ liu⁴ 聊]
❶撈取 ◆ 撩取｜撩麵。❷挑逗；招惹 ◆ 撩撥｜春色撩人。❸紛亂 ◆ 撩亂。

¹² **撲**（扑）

[pū ㄆㄨ ⑧ pok⁸ 樸]
❶猛衝過去（壓上）；直衝 ◆ 撲空｜老虎撲人｜撲向敵人｜飛蛾撲火｜春風撲面｜不是一番寒徹骨，爭得梅花撲鼻香。❷全身心地投入 ◆ 一心撲在工作上。❸打；拍 ◆ 撲打｜採茶撲蝶｜老虎頭上撲蒼蠅。❹敷；搽。亦指敷粉的用具 ◆ 粉撲｜臉上撲了粉。❺撲朔，亂動 ◆ 撲朔迷離。

撇 〈一〉[piē ㄆㄧㄝ 粵pit⁸ 瞥]

❶捨棄；丟開 ◆ 撇棄｜撇開｜撇下孩子不管｜雜事先撇一邊。故意把他撇在後頭。❷從液體表面輕輕舀起 ◆ 撇油｜把泡沫撇乾淨。

〈二〉[piě ㄆㄧㄝˇ 粵同〈一〉]

❶平着往遠處扔出去 ◆ 撇瓦片。❷扁（嘴）。用嘴表示輕視，不相信或不高興等心理活動 ◆ 撇嘴。❸漢字筆畫名稱，向左斜下的筆畫，如"今"字第一筆 ◆ 八字還沒一撇兒。❹量詞。用於像漢字撇形的東西 ◆ 兩撇八字鬍。

撐（粵撑）[chēng ㄔㄥ 粵tsaŋ¹ 橙¹]

❶抵住 ◆ 支撐｜撐腰｜撐竿跳｜用木頭撐住牆｜六根柱子撐起一個八角亭。❷支持；維持 ◆ 撐持｜撐場面｜體力實在撐不住了。❸用竹篙抵住河底使船前進 ◆ 撐篙｜宰相肚裏能撐船。❹張開 ◆ 撐傘｜撐開口袋。❺吃得過飽；裝得過滿 ◆ 吃撐了｜撐腸拄肚｜口袋撐破了。

撮 〈一〉[cuō ㄘㄨㄛ 粵tsyt⁸ 猝]

❶聚合；聚攏 ◆ 撮口｜撮合。❷聚集起來用器具盛取 ◆ 撮來一簸箕土。❸用兩三個指頭捏住細碎的東西拿起來 ◆ 撮鹽｜撮藥。❹摘取 ◆ 撮錄｜撮要｜撮其要點。❺量詞。(1) 1撮相當於1毫升。(2) 用三個手指抓取的量 ◆ 一撮鹽。(3) 借用於極少數壞人 ◆ 一小撮壞

蛋。

〈二〉[zuǒ ㄗㄨㄛˇ 粵同〈一〉]

量詞。用於毛髮 ◆ 一撮毛。

撣（掸）〈一〉[dǎn ㄉㄢˇ 粵dan⁶ 但]

拂去塵土等 ◆ 撣子｜把桌子撣一撣｜撣掉身上的雪。

〈二〉[shàn ㄕㄢˋ 粵sin⁶ 善]

❶古書上稱傣族為撣。❷緬甸民族之一，大都居住在撣邦。

撫（抚）[fǔ ㄈㄨˇ 粵fu² 苦]

❶用手輕輕地按着並來回移動 ◆ 撫摸｜撫摩｜撫背｜撫心自問。❷安慰；慰問 ◆ 撫恤｜撫慰｜安撫。❸愛護；照料 ◆ 撫養｜撫育｜撫孤。❹輕擊；拍 ◆ 撫膺｜撫掌大笑。❺撥弄；彈奏 ◆ 撫琴一曲。

撬 [qiào ㄑㄧㄠˋ 粵giu⁶ 叫⁶]

用棍、棒等把東西掀起或挑開 ◆ 撬槓｜撬起石頭｜撬門行竊｜撬開保險箱。

撟（挢）[jiǎo ㄐㄧㄠˇ 粵giu²繳]

❶舉；翹 ◆ 撟首｜撟舌｜撟然。❷同"矯"。(1) 假託。(2) 糾正。

撳（揿）[qìn ㄑㄧㄣˋ 粵gɐm⁶禁⁶]

方言。用手按 ◆ 撳電鈴。

12 播 [bō ㄅㄛ 圖 bɔ³ 波³]
❶佈種；撒種 ◆ 播種｜春播｜直播法。❷傳佈 ◆ 播音｜傳播｜廣播電視｜衛星轉播｜聲名遠播。❸遷移；流亡 ◆ 播遷。

12 撚 〈一〉[niǎn ㄋㄧㄢˇ 圖 nin² 年²]
❶同"捻"。用手指搓轉 ◆ 撚鬚。❷演奏琵琶的一種指法 ◆ 輕攏慢撚。
〈二〉[nén ㄋㄣˊ 圖 nɐn² 匿狠切]
粵方言。作弄 ◆ 撚人。

12 撴 [dūn ㄉㄨㄣ 圖 dœn¹ 敦]
方言。揪住。

12 撞 [zhuàng ㄓㄨㄤˋ 圖 dzɔŋ⁶ 狀]
❶猛然相碰；敲擊 ◆ 撞擊｜汽車相撞｜做一天和尚撞一天鐘。❷碰見；偶然相遇 ◆ 撞見｜急驚風撞上慢郎中｜偏又撞上了這個冤家。❸衝；闖 ◆ 橫衝直撞。❹試探 ◆ 撞運氣｜招搖撞騙。

12 撤 [chè ㄔㄜˋ 圖 tsit⁸ 設]
❶除去；免去 ◆ 撤除｜撤職｜撤消處分｜撤換人選｜把酒席撤了。❷退回；召回 ◆ 撤退｜撤離｜撤回。

12 撙 [zǔn ㄗㄨㄣˇ 圖 dzyn² 轉]
節省；節制 ◆ 撙節。

12 撈 (捞) 〈一〉[lāo ㄌㄠ 圖 lau⁴ 羅肴切]
水中取物 ◆ 打撈｜捕撈｜撈稻草｜水中撈月｜大海撈針。
〈二〉[lāo ㄌㄠ 圖 lou¹ 勞]
用不正當的手段獲取；取得 ◆ 撈家｜撈世界｜趁機撈一把｜一點好處也沒撈着。

12 撋 (挦) [xián ㄒㄧㄢˊ 圖 tsɐm⁴ 尋]
❶拔除；拔取 ◆ 撋雞毛。❷撕；扯 ◆ 撋扯。

12 撰 [zhuàn ㄓㄨㄢˋ 圖 dzan⁶ 賺]
❶寫文章；著書 ◆ 撰文｜撰稿｜撰述｜杜撰。❷拿；持。

12 撥 (拨) [bō ㄅㄛ 圖 but⁸ 脖⁸/but⁹ 脖(語)]
❶用手腳或棍棒等橫向挑動物體 ◆ 撥鐘｜撥火｜彈撥樂｜撥雲見日。❷分出一部分來發給；調配 ◆ 撥糧｜撥款｜調撥物資｜撥人去推銷產品。❸治理 ◆ 撥亂反正。❹量詞。批；夥 ◆ 來了一撥兒外鄉人｜把全班學生分成三撥兒。

12 撡 同"操"，見269頁右欄。

13 擎 [qíng ㄑㄧㄥˊ 圖 kiŋ⁴ 瓊]
舉；向上托 ◆ 擎天柱｜眾擎易舉。

¹³ **撻**(挞) [tà ㄊㄚˋ ㊈tat⁸ 他壓切]

用鞭子或棍子打 ◆ 鞭撻｜撻責｜大張撻伐。

¹³ **撡** [gǎn ㄍㄢˇ ㊈gɔn² 趕]

用木棍來回碾壓 ◆ 撡麪｜撡麪杖吹火──一竅不通。

¹³ **擊**(击) [jī ㄐㄧ ㊈gik⁷ 激]

❶敲打 ◆ 擊掌｜擊缶｜擊鼓鳴金｜旁敲側擊。❷攻打；進攻 ◆ 襲擊｜伏擊｜聲東擊西｜反戈一擊｜迎頭痛擊｜不堪一擊｜無懈可擊。❸碰撞；接觸 ◆ 撞擊｜目擊｜沖擊堤岸。

¹³ **撼** [hàn ㄏㄢˋ ㊈hɐm⁶ 憾]

搖；搖動 ◆ 撼動｜搖撼｜震撼大地｜蚍蜉撼大樹，可笑不自量。

¹³ **攞**(扒) [kuǎi ㄎㄨㄞˇ ㊈kwai⁵ 葵蟹切]

方言。❶搔；輕抓 ◆ 攞癢。❷挎 ◆ 左手抱着小孩，右手攞着籃子。

¹³ **擂** ⟨一⟩[léi ㄌㄟˊ ㊈lœy⁴ 雷]

❶研磨 ◆ 擂鉢。❷打 ◆ 擂他一拳。

⟨二⟩[lèi ㄌㄟˋ ㊈同⟨一⟩]

❶打(鼓) ◆ 擂鼓｜自吹自擂。❷擂台。比武用的台子 ◆ 打擂｜擂主。

¹³ **據**(据) [jù ㄐㄩˋ ㊈gœy³ 句]

❶依托；憑藉 ◆ 據點｜據險｜據高臨下。❷根據；依據 ◆ 據說｜據理力爭｜言必有據｜據實報告。❸憑證 ◆ 憑據｜單據｜證據｜無憑無據｜立字為據｜事出有因，查無實據。❹佔據；佔有 ◆ 據守｜割據｜盤據｜竊據｜據為己有。

¹³ **擄**(掳) [lǔ ㄌㄨˇ ㊈lou⁵ 老]

❶搶劫；搶奪 ◆ 擄奪｜擄掠。❷俘獲 ◆ 擄獲。

¹³ **擋**(挡) ⟨一⟩[dǎng ㄉㄤˇ ㊈dɔŋ² 黨]

❶阻攔；抵抗 ◆ 擋駕｜擋箭牌｜擋風牆｜勢不可擋｜水來土掩，兵來將擋。❷遮蔽 ◆ 遮陽擋雨｜山高擋不住太陽。❸遮攔、隔離用的東西 ◆ 爐擋｜窗擋｜火擋。❹排擋。

⟨二⟩[dàng ㄉㄤˋ ㊈dɔŋ³ 檔]

摒擋，收拾；料理。

¹³ **撾**(挝) ⟨一⟩[zhuā ㄓㄨㄚ ㊈dza¹ 渣/gwɔ¹ 戈]

❶敲擊 ◆ 撾鼓。❷古兵器名。❸抓。

⟨二⟩[wō ㄨㄛ ㊈wɔ¹ 窩]

老撾，亞洲國名。

¹³ **操** ⟨一⟩[cāo ㄘㄠ ㊈tsou¹ 粗]

❶拿着；握在手裏 ◆ 同室操戈｜穩操勝券｜操刀必割｜操起一把斧子。❷掌握；控制 ◆ 操縱｜操

生殺之權。❸做；從事 ◆ 操作｜操勞｜操持家務｜重操舊業｜操之過急。❹用某種語言或方言説話 ◆ 操英語｜操閩音。❺訓練；鍛練 ◆ 操練｜操演｜體操｜出操。

〈二〉[cāo ㄘㄠ 粵 tsou³ 躁]

❶品行；品格 ◆ 操行｜操守｜貞操｜節操｜情操。❷琴曲名 ◆《猗蘭操》。❸罵人的言詞。❹姓。

---

¹³ **擇**(择) 〈一〉[zé ㄗㄜˊ 粵 dzak⁹ 澤]

挑選；挑揀 ◆ 選擇｜抉擇｜孟母擇鄰｜不擇手段｜飢不擇食｜慌不擇路。

〈二〉[zhái ㄓㄞˊ 同〈一〉]

義同〈一〉，用於口語 ◆ 擇菜｜擇席｜擇不開。

---

¹³ **擐** [huàn ㄏㄨㄢˋ 粵 wan³ 幻]

穿 ◆ 躬擐甲冑｜擐甲執兵。

---

¹³ **擽** [qiào ㄑㄧㄠˋ 粵 hiu³ 曉³/kiu³ 僑³]

從旁敲打。

---

¹³ **撿**(捡) [jiǎn ㄐㄧㄢˇ 粵 gim² 檢]

❶拾取 ◆ 撿拾｜撿荒｜撿破爛｜撿了芝麻，丟了西瓜。❷察看；清理 ◆ 撿閲｜撿漏。

---

¹³ **擒** [qín ㄑㄧㄣˊ 粵 kɐm⁴ 琴]

捉拿 ◆ 擒拿｜生擒｜束手就擒｜欲擒故縱｜上山擒虎易，開口告人難｜射人先射馬，擒賊先擒王。

---

¹³ **擔**(担) 〈一〉[dān ㄉㄢ 粵 dam¹ 耽]

❶用肩挑 ◆ 擔柴｜擔架｜負書擔囊｜擔雪塞井｜擔水向河頭賣｜手不能提，肩不能擔。❷承當；負責 ◆ 擔當｜擔保｜擔任｜擔不起。

〈二〉[dàn ㄉㄢˋ 粵 dam³ 耽³]

❶挑東西的工具或所挑的東西 ◆ 扁擔｜貨郎擔。❷比喻所負的責任 ◆ 廠長的擔子可不輕｜千斤重擔一人承當。❸量詞。一挑子為一擔 ◆ 一擔柴。❹重量單位。一擔等於50公斤。

---

¹³ **擅** [shàn ㄕㄢˋ 粵 sin⁶ 善]

❶專；獨攬 ◆ 擅權｜擅斷｜擅場｜擅美。❷自作主張 ◆ 擅自｜擅離職守。❸專長；善於 ◆ 擅長｜擅於外交｜不擅辭令。❹佔有 ◆ 擅名。

---

¹³ **擁**(拥) [yōng ㄩㄥ 粵 juŋ² 湧²]

❶抱 ◆ 擁抱。❷圍着 ◆ 前呼後擁｜擁被而卧｜簇擁着走進教室。❸擠在一起 ◆ 擁擠｜一擁而上｜蜂擁而來。❹具有；領有 ◆ 擁有｜擁兵百萬。❺支持；愛護 ◆ 擁護｜擁戴。

---

¹³ **擛**

同"揲"，見259頁左欄。

¹³擗

[pǐ ㄆㄧˇ ⑧bik⁷ 辟]

❶捶胸 ◆ 擗踊。❷剖開；掰開 ◆ 擗棒子（玉米）。

¹³擘

[bò ㄅㄛˋ ⑧mak⁸ 麻客切]

❶大拇指 ◆ 巨擘。❷剖分；分開 ◆ 擘窠大字｜擘肌分理｜擘兩分星。

¹⁴擪（⑧擫）

[yè ㄧㄝˋ ⑧jip⁸ 葉⁸]

用手指按捺。

¹⁴擣（⑧擣）

〈一〉同"搗"，見262頁左欄。

〈二〉[chóu ㄔㄡˊ ⑧tseu⁴ 酬]

叢集；稠密 ◆ 擣著。

¹⁴擩

[rǔ ㄖㄨˇ ⑧jy⁵ 如]

❶方言。插；塞 ◆ 把棍子擩在草堆裏｜一隻腳擩到泥潭裏去。❷浸染。

¹⁴揌（⑧揌）

[xǐng ㄒㄧㄥˇ ⑧sɐŋ³ 生³]

捏住鼻子出氣，使鼻涕排出 ◆ 揌鼻涕。

¹⁴擬（拟）

[nǐ ㄋㄧˇ ⑧ji⁵ 耳]

❶起草 ◆ 擬稿｜擬訂｜草擬計劃。❷打算；準備 ◆ 擬於下月起程｜擬派人出國考察。❸模仿 ◆ 擬古｜模擬。❹相比 ◆ 比擬｜擬人｜擬於不倫。

¹⁴擠（挤）

[jǐ ㄐㄧˇ ⑧dzɐi¹ 劑]

❶許多人或物緊緊聚攏在一起 ◆ 擁擠｜擠得水泄不通｜屋裏擠滿了人｜座位排得太擠。❷用身體使勁推開人或物 ◆ 擠兑｜他用力擠上車｜人多擠不過去。❸排斥 ◆ 排擠。❹用壓力使物體從孔隙中出來 ◆ 擠牛奶｜擠牙膏｜擠時間。❺緊蹙；簇聚 ◆ 擠眉弄眼。

¹⁴擯（摈）

[bìn ㄅㄧㄣˋ ⑧ben³ 殯]

排除；拋棄 ◆ 擯棄｜擯斥異己。

¹⁴擦

[cā ㄘㄚ ⑧tsat⁸ 察]

❶物體與物體黏貼着相摩 ◆ 擦磨｜擦破皮｜擦亮火柴｜摩擦生電｜摩拳擦掌。❷揩；拭 ◆ 擦臉｜擦玻璃｜擦皮鞋｜擦乾眼淚｜擦亮眼睛。❸塗抹 ◆ 擦油。❹迫近；貼近 ◆ 天已擦黑｜擦肩而過｜海鷗擦着水面飛過。❺鉋 ◆ 擦蘿蔔絲。

¹⁴擰（拧）

〈一〉[níng ㄋㄧㄥˊ ⑧niŋ⁶ 寧⁶]

❶用手指夾住扭 ◆ 擰耳朵｜在他臉上擰了一把。❷兩手握住絞 ◆ 擰手巾。❸絞結 ◆ 擰成一股繩。

〈二〉[nǐng ㄋㄧㄥˇ ⑧同〈一〉]

❶扭轉 ◆ 擰緊螺絲｜把瓶蓋擰上｜胳膊擰不過大腿。❷相反；錯誤 ◆ 這話可說擰了。❸粤方言。搖 ◆ 擰頭。

〈三〉[nìng ㄋㄧㄥˋ ⑧同〈一〉]

倔強 ◆ 脾氣太擰。

14 **擱**（搁） 〈一〉[gē ㄍㄜ [粵] gɔk^{8} 各]
❶放；放置 ◆ 擱筆|茶杯擱桌上|大沙發擱客廳裏|叫我把老臉往哪兒擱。❷加進去 ◆ 燒菜少擱糖|湯裏擱點胡椒麪。❸停止進行 ◆ 擱置|這件事先擱一邊再說。
〈二〉[gé ㄍㄜˊ [粵] 同〈一〉]
禁受；承受 ◆ 心裏擱不住氣惱|他是個老實人，哪裏擱得住你打趣他。

14 **擢** [zhuó ㄓㄨㄛˊ [粵] dzɔk^{9} 鑿] ❶拔 ◆ 擢髮難數（形容罪惡多端）。❷提拔；選拔 ◆ 擢升|擢用|拔擢。

15 **攆**（撵） [niǎn ㄋㄧㄢˇ [粵] lin^{5} 連^{5}]
❶驅逐；趕走 ◆ 攆他走|攆出家門。❷追趕 ◆ 快攆上去。

15 **擷**（撷） [xié ㄒㄧㄝˊ [粵] kit^{8} 揭]
❶採摘 ◆ 擷取|唐王維《相思》詩："紅豆生南國，春來發幾枝？願君多採擷，此物最相思。"❷同"襭"，見646頁左欄。

15 **攀** [pān ㄆㄢ [粵] pan^{1} 盼^{1}] ❶用手抓住東西往上爬 ◆ 攀登|攀樹|攀援而上|高不可攀。❷牽挽；拉住 ◆ 攀折花木。❸同地位高的人結友或結親；依附 ◆ 攀附|攀高枝|攀龍附鳳|攀鱗附翼|高攀不上。❹牽扯；設法接觸 ◆ 誣攀|攀扯|攀談。

15 **擾**（扰） [rǎo ㄖㄠˇ [粵] jiu^{5} 妖^{5}]
❶攪亂；使混亂、不安 ◆ 擾亂|擾攘|侵擾|騷擾|天下本無事，庸人自擾之。❷受人財物、飲食的客套話 ◆ 叨擾|打擾|相擾。

15 **攄**（摅） [shū ㄕㄨ [粵] sy^{1} 書] ❶表示；抒發 ◆ 攄誠|攄懷。❷奔騰。

15 **擻**（擞） 〈一〉[sǒu ㄙㄡˇ [粵] sɐu^{2} 首]
抖擻。見"抖"，241頁右欄。
〈二〉[sòu ㄙㄡˋ [粵] sɐu^{3} 秀]
方言。用通條插到火爐裏，把灰搖掉或抖掉 ◆ 把爐子擻一擻。

15 **擺**（摆） [bǎi ㄅㄞˇ [粵] bai^{2} 敗^{2}]
❶撥開；排除 ◆ 擺脫|擺落。❷放置；排列 ◆ 擺放|擺檔|擺幾張桌子|擺了個一字長蛇陣|一字兒擺開十幾張桌子。❸列舉出來 ◆ 擺事實，講道理。❹搖動；晃動 ◆ 擺手|擺頭|柳絲輕擺|時鐘停擺|大搖大擺|搖頭擺尾。❺來回搖動的物體 ◆ 鐘擺。❻顯示；炫耀 ◆

擺闊｜擺款｜擺架子｜擺威風。❼方言。說；講 ◆ 擺龍門陣。

擴(扩) [kuò ㄎㄨㄛˋ ⑧ kwɔk⁸ 廓/gwɔk⁸ 國]
往外伸展，使範圍、規模、勢力等比原來的要大 ◆ 擴大｜擴展｜擴充｜擴張｜擴建｜擴音機。

擿 〈一〉[zhì ㄓˋ ⑧ dzak⁹ 擇]
❶搔；抓。❷古同"擲"。投擲。
〈二〉[tī ㄊㄧ ⑧ tik⁷ 惕]
❶挑動；指使。❷揭發 ◆ 發奸擿伏。

擲(掷) [zhì ㄓˋ ⑧ dzak⁹ 澤]
扔；投 ◆ 投擲｜擲骰子｜擲手榴彈｜擲地有聲｜孤注一擲。

攉 [huō ㄏㄨㄛ ⑧ fɔk⁸ 霍]
❶把堆在一起的東西鏟起掀到別處去 ◆ 攉土｜攉煤機。❷覆手；翻手。

攈(⑧攟) [jùn ㄐㄩㄣˋ ⑧ gwen³ 棍/kwen² 菌 (語)]
同"捃"。拾取。

攏(拢) [lǒng ㄌㄨㄥˇ ⑧ luŋ⁵ 壟]
❶合上；聚合 ◆ 合攏｜圍攏｜聚攏｜笑得合不攏嘴。❷靠近；接近 ◆ 靠攏｜拉攏｜談不攏。❸總合；合起來 ◆ 攏總｜攏共｜歸攏｜把賬攏一攏。❹收束使不鬆散 ◆ 收攏｜攏緊。❺梳理 ◆ 攏一攏頭髮。❻彈奏弦樂器的一種指法。用指在弦上上下按捺 ◆ 輕攏慢撚。

攖(撄) [yīng ㄧㄥ ⑧ jiŋ¹ 英]
❶接觸；觸犯 ◆ 攖鋒｜攖怒。❷擾亂；糾纏 ◆ 攖撓。

攙(搀) [chān ㄔㄢ ⑧ tsam¹ 慚¹]
❶扶 ◆ 攙扶。❷把一種東西混合到另一種東西中去 ◆ 攙雜｜攙假｜酒裏攙了水。

攘 〈一〉[rǎng ㄖㄤˇ ⑧ jœŋ⁴ 羊]
❶排斥；排除 ◆ 攘除｜攘外。❷竊取；搶奪 ◆ 攘羊｜攘奪｜攘為己有。❸撩起；挽起 ◆ 攘袖｜攘臂大呼。
〈二〉[rǎng ㄖㄤˇ ⑧ jœŋ⁶ 讓]
擾亂；紛亂 ◆ 攘攘｜熙熙攘攘。

攔(拦) [lán ㄌㄢˊ ⑧ lan⁴ 蘭]
阻擋；不讓通過 ◆ 阻攔｜攔截｜攔路搶劫｜攔洪大壩。

攝(摄) [shè ㄕㄜˋ ⑧ sip⁸ 涉]
❶吸收；吸取 ◆ 攝入養分｜攝取氧氣。❷保養 ◆ 攝生｜珍攝。❸代理 ◆ 攝理｜攝政。❹拘捕。❺輔助。❻照相；拍電影

◆ 攝影|拍攝|攝製故事片。

¹⁸攜(^匭携攜攜攜)

[xié ㄒㄧㄝˊ 圖 kwɐi⁴ 葵]

❶提；帶着 ◆ 攜帶|攜酒訪友|攜眷前往|扶老攜幼。❷牽；拉着(手) ◆ 攜手。❸背離 ◆ 攜貳。

¹⁸攏(扨)

[sǒng ㄙㄨㄥˇ 圖 suŋ² 聳]

❶挺立；直立 ◆ 攏身。❷方言。同"搡"。推 ◆ 把她攏到一邊。

¹⁸攛(揰)

[cuān ㄘㄨㄢ 圖 tsyn¹ 穿]

❶扔；拋擲。❷匆忙地做 ◆ 事先沒準備，臨時現攛。❸發怒 ◆ 剛説他兩句，他就攛兒了。❹攛掇，從旁鼓動；慫恿 ◆ 一再攛掇他做股票生意。

¹⁹攤(摊)

[tān ㄊㄢ 圖 tan¹ 灘]
❶展開；鋪開 ◆ 攤開|攤牌|攤上蓆子|兩手一攤。❷分擔；分派 ◆ 分攤|攤派。❸臨時售貨處 ◆ 書攤|擺攤|禁止設攤|移動攤位。❹把稀軟的東西放在鍋裏弄成片狀食品 ◆ 攤餅|攤雞蛋。❺量詞。用於凝聚在一起的糊狀物 ◆ 一攤稀泥|一攤血。

¹⁹攢(攒)

〈一〉[cuán ㄘㄨㄢˊ 圖 dsyn⁶ 傳]

聚集；湊在一起 ◆ 攢聚|攢射|攢在一處|攢三聚五|人頭攢動。
〈二〉[zǎn ㄗㄢˇ 圖 dzan² 贊²]
積蓄 ◆ 積攢|攢了一筆錢。

¹⁹攧

[diān ㄉㄧㄢ 圖 din¹ 顛]
❶跌 ◆ 攧下來。❷頓腳。

¹⁹攣(挛)

[luán ㄌㄨㄢˊ 圖 lyn⁴ 聯]
蜷曲不能伸直 ◆ 攣縮|痙攣|拘攣。

²⁰攩

[dǎng ㄉㄤˇ 圖 dɔŋ² 黨]
同"擋"。遮擋；抵擋。

²⁰攫

[jué ㄐㄩㄝˊ 圖 gwɔk⁸ 國]
用爪抓取；奪取 ◆ 攫取。

²⁰攥

[zuàn ㄗㄨㄢˋ 圖 dzyt⁸ 苗]
握 ◆ 攥緊拳頭。

²⁰攪(搅)

[jiǎo ㄐㄧㄠˇ 圖 gau² 搞]
❶攪亂 ◆ 攪擾|攪亂|打攪|胡攪蠻纏。❷拌和；翻拌 ◆ 攪拌|攪動|把水攪渾。

²¹攬(揽^匭擥擥)

[lǎn ㄌㄢˇ 圖 lam⁵ 覽]
❶拉到自己一方來 ◆ 攬活|攬生意|延攬人才|招攬顧客|大包大攬。❷把持 ◆ 大權獨攬。❸圍抱；摟抱 ◆ 把孩子攬在懷裏。❹採取、採摘 ◆ 攬月|攬勝|攬擷。❺捆 ◆

用繩子把柴禾攬一攬。

²²**攘** ［nǎng ㄋㄤˇ ⑧nɔŋ⁵ 囊⁵］
扎；刺 ◆ 攘子｜一刀攘死。

支 部

⁰**支** ［zhī ㄓ ⑧dzi¹ 之］
❶架起；撐起 ◆ 支撐｜支柱
｜支架｜支點｜大廈將傾，非一木能
支。❷撐持；維持 ◆ 支持｜支援｜
體力不支｜樂不可支。❸拒；抵抗
◆ 左支右絀。❹調動；指使 ◆ 支
配｜支派｜背後支使｜把他支走。❺
付錢或取錢 ◆ 支付｜收支｜借支｜支
錢。❻由一源分出的 ◆ 支流｜支線
｜支隊｜分支。❼分散 ◆ 支散｜支離
破碎。❽量詞。(1) 用於桿狀物 ◆
一支粉筆｜兩支蠟燭。(2) 用於隊伍
等 ◆ 一支軍隊｜一支運輸隊。(3)
用於歌曲或樂曲 ◆ 一支歌｜一支曲
子。(4) 棉紗等纖維粗細程度的計
算單位。用單位重量的長度來表
示，紗線愈細，支數愈多 ◆ 100支
紗。(5) 用於燈光的亮度 ◆ 40支
光。❾地支的簡稱。十二地支為
子、丑、寅、卯、辰、巳、午、
未、申、酉、戌、亥，與天干相
配，用來表示年、月、日的次序，
周而復始，循環使用。今農曆的年
份仍沿用干支。❿"枝"的古字。⓫
姓。

⁸**攲** ［qī ㄑㄧ ⑧kei¹ 崎］
傾斜 ◆ 攲側｜攲傾。

攴 (攵) 部

²**攷** 同"考"，見545頁左欄。

²**收** ⑧(收) ［shōu ㄕㄡ ⑧sɐu¹
修］
❶割取成熟的農作物 ◆ 收穫｜秋收
｜豐收｜搶收搶種。❷聚攏；聚集
◆ 收攏｜收集｜收藏文物｜收羅人
才。❸取回 ◆ 收回｜收債｜收復失
地｜收歸國有｜覆水難收。❹約束；
抑制 ◆ 收斂｜收心。❺獲得 ◆ 收
益｜收效甚微｜收支相抵。❻接
受；收取 ◆ 收禮｜收視｜收樓｜收郵
件｜收留下來｜收人錢財，替人消
災。❼結束；停止 ◆ 收工｜收市｜
收檔｜收鋪｜收尾工作｜不獲全勝，
決不收兵。❽拘捕；拘禁 ◆ 收押
｜收審｜收監。

³**攻** ［gōng ㄍㄨㄥ ⑧guŋ¹ 工］
❶ 軍隊作戰時主動出擊對
方；與"守"相對 ◆ 攻堅｜攻擊｜攻
打｜久攻不下｜出其不意，攻其不
備。❷抨擊；指責 ◆ 羣起而攻之
｜鳴鼓而攻之｜攻其一點，不及其
餘。❸治理；加工 ◆ 它山之石，
可以攻玉。❹用藥物治療疾病 ◆

以毒攻毒。❺致力學習；深入鑽研 ◆ 攻讀｜專攻明清史。

³ **攸** [yōu ㄧㄡ ⑧ jeu⁴ 由]
放在動詞前面，組成名詞性詞組，相當於“所” ◆ 性命攸關｜責有攸歸。

³ **改** [gǎi ㄍㄞˇ ⑧ gɔi² 該²]
❶變換；更易 ◆ 改動｜改行｜改革｜改變｜改朝換代｜改弦更張｜改頭換面｜江山易改，本性難移｜唐賀知章《回鄉偶書》詩：“少小離家老大回，鄉音無改鬢毛衰。”❷修正；糾正 ◆ 修改｜改悔｜改過自新｜改邪歸正｜不思悔改｜有則改之，無則加勉。❸姓。

⁴ **攽** [bān ㄅㄢ ⑧ ban¹ 班]
分給；發給。

⁴ **放** [fàng ㄈㄤˋ ⑧ foŋ³ 況]
❶解除約束；解脫 ◆ 放生｜釋放｜放行｜放虎歸山。❷在規定時間停止(學習、工作) ◆ 放學｜放工。❸不加約束；縱意 ◆ 放肆｜放任自流｜放蕩不羈｜放浪形骸｜放聲歌唱。❹把牛羊等趕到草地吃草 ◆ 放羊｜放牛｜放牧｜刀槍入庫，馬放南山。❺把人驅逐到邊遠地方去 ◆ 放逐｜流放。❻花開 ◆ 百花齊放｜含苞待放｜心花怒放。❼擴大 ◆ 放樣｜放大｜放寬政策。❽發出；散發 ◆ 放槍｜放電｜放冷箭｜放電影｜放射性｜放出萬道光芒｜荷花放出陣陣清香。❾借錢給人，收取利息 ◆ 放債｜放高利貸。❿點燃 ◆ 放鞭炮｜只許州官放火，不許百姓點燈。⓫使物體處於一定位置；擱置 ◆ 請把書放回書架｜放下屠刀，立地成佛｜放之四海而皆準｜這事不急，先放一放。⓬攙兌；加進去 ◆ 酒裏放了水｜燒菜不放糖。⓭控制自己的行動，使有分寸 ◆ 放慢腳步｜請放穩重些。⓮至；到 ◆ 摩頂放踵。

⁵ **政** [zhèng ㄓㄥˋ ⑧ dziŋ³ 正]
❶治理國家的活動、公務；政治 ◆ 政黨｜政綱｜政通人和｜為政清廉｜政出多門｜互不干涉內政。❷政府 ◆ 政企。❸國家某一部門主管的業務 ◆ 財政｜郵政。❹家庭或團體的事務 ◆ 家政｜校政。

⁵ **故** [gù ㄍㄨˋ ⑧ gu³ 固]
❶事情(多指意外發生的) ◆ 故障｜事故｜變故｜毛舉細故。❷舊；舊的；原來的。與“新”相對 ◆ 故人｜故宮｜故都｜溫故知新｜故態復萌｜他鄉遇故知。❸老朋友；老交情 ◆ 舊故｜一見如故｜沾親帶故｜非親非故。❹原因 ◆ 借故｜何故｜平白無故｜無緣無故。❺有意 ◆ 故意｜明知故犯｜故作多情｜故弄玄虛。❻死亡 ◆ 病故｜亡故｜因病身故。❼連詞。所以 ◆ 因工程耗資巨大，故暫緩上馬。

⁵**攱** [diān ㄉㄧㄢ ⑧dim¹ 店¹]
攱敠,估量;斟酌 ◆ 這事
請攱敠着辦吧。

⁵**攷** [kòu ㄎㄡˋ ⑧kau³ 扣]
"叩"的古字。

⁶**效** (⑧効) [xiào ㄒㄧㄠˋ ⑧hau⁶ 校]
❶模仿 ◆ 效仿|效法|上行下效|東
施效顰|以儆效尤。❷呈獻;獻出
◆ 效力|效命|願意效勞。❸功用;
好的結果 ◆ 效果|發揮效能|卓有
成效|行之有效|一針見效|此藥治
腳癬有特效。

⁶**敉** [mǐ ㄇㄧˇ ⑧mei⁵ 美]
安撫;安定 ◆ 敉平。

⁷**教** (⑧教) 〈一〉[jiào ㄐㄧㄠˋ ⑧gau³ 較]
❶訓誨;指導 ◆ 教育|教導|教學
相長|因材施教|孺子可教。❷宗
教 ◆ 佛教|基督教|傳教士。❸姓。
〈二〉[jiāo ㄐㄧㄠ ⑧同〈一〉]
❶使;令 ◆ 不教胡馬度陰山。❷
傳授知識或技能 ◆ 教書|包教包會
|教猴升木|師傅教徒弟。
〈三〉[jiào ㄐㄧㄠˋ ⑧gau¹ 膠]
相當於"讓"、"被" ◆ 教他來找我
|教他給氣走了。

⁷**敖** [áo ㄠˊ ⑧ŋou⁴ 熬]
❶敖包,蒙古人作路標、界

標的堆子,用石、土、草等堆成。
舊時曾把敖包當作神靈的住地來祭
祀。也譯作"鄂博"。❷姓。

⁷**救** [jiù ㄐㄧㄡˋ ⑧geu³ 夠]
❶援助,使脫離災難或危險
◆ 挽救|救命|求救|救生圈|救死
扶傷|救人一命,勝造七級浮屠。
❷制止 ◆ 救亡|救災|救火揚沸|救
焚拯溺。

⁷**敕** (⑧勅) [chì ㄔˋ ⑧tsik⁷ 斥]
❶皇帝的詔令 ◆ 敕
命|敕封|敕授。❷告誡 ◆ 申敕。

⁷**敊** [yǔ ㄩˇ ⑧jy⁵ 語]
古樂器,在樂曲結束時敲
擊。

⁷**敗** (敗) [bài ㄅㄞˋ ⑧bai⁶ 拜⁶]
❶戰爭打輸;競技失
利。與"勝"相對 ◆ 敗北|驕兵必敗
|殘兵敗將|一敗塗地|勝不驕,敗
不餒|勝敗乃兵家常事|失敗是成
功之母。❷事情不成功;也指把事
情搞壞。與"成"相對 ◆ 敗筆|功敗
垂成|不以成敗論英雄|成則為
王,敗則為寇|成事不足,敗事有
餘。❸毀壞;損害 ◆ 敗家子|敗壞
門風|傷風敗俗|敗子回頭金不
換。❹腐爛;變質 ◆ 敗肉|吃腐敗
的水果要得病。❺殘破;破舊 ◆
敗敝|頹垣敗壁|金玉其外,敗絮
其中。❻解除;消散 ◆ 敗火|敗

毒。❼衰落 ◆ 衰敗｜家道敗落。❽
凋謝 ◆ 枯枝敗葉｜殘花敗柳｜開不
敗的花朵。

⁷**敏** [mǐn ㄇㄧㄣˇ ⑧ men⁵ 吻]
❶疾速；迅捷 ◆ 敏捷｜敏感
｜敏銳。❷聰明；機智 ◆ 聰敏｜機
敏｜敬謝不敏｜敏而好學，不恥下
問。❸勤勉；努力。

⁷**敍**(⑧敘敍) [xù ㄒㄩˋ ⑧ dzœy⁶ 罪]
❶說；交談 ◆ 敍談｜敍說｜敍家常
｜閒話少敍。❷記述；陳述 ◆ 敍述
｜記敍｜敍事詩｜平鋪直敍。❸評議
等級次第以進職或獎勵 ◆ 敍用｜敍
功｜銓敍。❹同“序”。書卷前面的
說明性文字 ◆ 敍言｜敍文｜是為敍。

⁷**敓** [duó ㄉㄨㄛˊ ⑧ dyt⁹ 奪]
“奪”的古字。

⁸**敢** [gǎn ㄍㄢˇ ⑧ gɐm² 感]
❶不怕險阻；有勇氣；有膽
量 ◆ 勇敢｜剛毅果敢。❷有勇氣做
某事 ◆ 敢死隊｜敢作敢為｜敢冒天
下之大不韙｜敢於向權威挑戰。❸
謙詞。有冒昧的意思 ◆ 敢問｜敢請
｜敢煩。❹副詞。(1)用於反問，猶
言“豈敢” ◆ 敢不從命？(2)莫非；
怕是 ◆ 敢是弄錯了？

⁸**散**(⑧散) 〈一〉[sǎn ㄙㄢˇ ⑧
san² 傘²]

❶沒有約束；鬆開 ◆ 散漫｜懶散｜
鬆散。❷分開的；不集中的 ◆ 散
裝｜散頁｜散兵游勇｜一盤散沙。❸
分裂；解體 ◆ 散架｜隊伍打散了。
❹藥末 ◆ 丸散膏丹。❺琴曲名 ◆
《廣陵散》。

〈二〉[sàn ㄙㄢˋ ⑧ san³ 傘]
❶由聚集而分離；與“聚”相對 ◆
散發｜散夥｜散會｜妻離子散｜如鳥
獸散｜煙消雲散｜天下無不散的筵
席。❷分佈開；撒出 ◆ 散佈｜散發
｜散播種子｜天女散花。❸排遣；消
除 ◆ 散心｜散悶｜散憂愁。

⁸**敝** [bì ㄅㄧˋ ⑧ bɐi⁶ 幣]
❶破舊；破爛 ◆ 敝衣｜棄若
敝屣｜舌敝唇焦｜敝帚自珍。❷謙
詞。多用於稱說與自己有關的事物
◆ 敝人｜敝姓｜敝公司。

⁸**敞** [chǎng ㄔㄤˇ ⑧ tsɔŋ² 廠]
❶寬闊；沒有遮攔 ◆ 敞亮
｜寬敞｜軒敞｜敞篷車。❷張開；打
開 ◆ 敞開｜大門敞着｜敞胸露懷。

⁸**敦**(⑧敦) 〈一〉[dūn ㄉㄨㄣ ⑧
dœn¹ 噸]
❶忠厚；厚道 ◆ 溫
柔敦厚。❷誠懇 ◆
敦請｜敦聘。❸親
密；和睦 ◆ 敦睦。
❹督促 ◆ 敦促。
〈二〉[duì ㄉㄨㄟˋ ⑧ dœy³ 對]
古代盛黍稷的器具。

8 敆 [tǒu ㄊㄡˇ 粵teu² 偷²]
方言。❶把包着或捲着的東西打開 ◆ 敆開。❷抖去(塵土等) ◆ 把毛毯拿出去敆一敆。

8 叕 [duō ㄉㄨㄛ 粵dzyt⁸ 苗]
叕叕。見"叕"，277頁左欄。

9 敬 [jìng ㄐㄧㄥˋ 粵gin³ 徑]
❶尊重，有禮貌地對待 ◆ 尊敬|敬重|致敬|敬老愛幼|肅然起敬|敬若神明|敬而遠之|恭敬不如從命。❷禮貌用語，表示尊重、客氣 ◆ 敬請光臨|敬獻花圈|敬謝不敏。❸有禮貌地獻上(煙、酒等) ◆ 敬茶|敬酒不吃吃罰酒。

9 敭 [yáng ㄧㄤˊ 粵jœŋ⁴ 陽]
"揚"的古字。

9 敳 [dù ㄉㄨˋ 粵dou⁶ 渡]
同"杜"。關閉；堵塞。

10 敲 [qiāo ㄑㄧㄠ 粵hau¹ 哮]
❶打；叩擊 ◆ 敲擊|敲門磚|敲鑼打鼓|敲骨吸髓|為人不做虧心事，半夜敲門心不驚|唐賈島《題李凝幽居》詩："鳥宿池邊樹，僧敲月下門。"❷勒索 ◆ 敲詐|敲竹槓|敲他一筆錢。❸言語刺激或提醒別人 ◆ 敲打敲打他。

11 敷 [fū ㄈㄨ 粵fu¹ 呼]
❶搽；塗 ◆ 敷粉|敷藥|熱敷。❷佈置；鋪開 ◆ 敷座|敷蓆|敷設。❸陳述；鋪陳 ◆ 敷陳|敷演成文。❹足夠 ◆ 不敷|入不敷出。❺敷衍。應付；搪塞 ◆ 敷衍了事|敷衍塞責只會把問題搞糟，且於事無補。

11 歐 (敺) [qū ㄑㄩ 粵kœy¹ 拘]
"驅"的古字。

11 數 (数) 〈一〉[shù ㄕㄨˋ 粵sou³ 訴]
❶表示事物多少的單位，如一、二、三……十等 ◆ 數目|數據|人數|數以萬計|濫竽充數|不計其數。❷表示事物的量的基本數學概念 ◆ 整數|實數|有理數。❸幾；幾個 ◆ 數十人|數千種|同學數人|清趙翼《論詩》："江山代有人才出，各領風騷數百年。"❹命運；天命 ◆ 天數|劫數難逃|氣數已盡。❺方術；技藝 ◆ 才數|術數。❻禮節 ◆ 禮數。

〈二〉[shǔ ㄕㄨˇ 粵sou² 嫂]
❶計算；查點 ◆ 數不清|不可勝數|數典忘祖|屈指可數。❷比較起來最突出 ◆ 數得着|數一數二。❸責備；列舉罪狀 ◆ 數說|數落|數某罪而誅之。

〈三〉[shuò ㄕㄨㄛˋ 粵sok⁸ 朔]
屢次；多次 ◆ 數見不鮮。

11 敵 (敌) [dí ㄉㄧˊ 粵dik⁹ 滴]
❶勢不兩立的；仇視

而相對抗的 ◆ 敵人|充滿敵意|敵對雙方。❷敵人 ◆ 抗敵|殺敵|同仇敵愾|腹背受敵|如臨大敵。❸抵擋；抵抗 ◆ 抵敵|寡不敵眾|所向無敵。❹對等；相當 ◆ 匹敵|棋逢敵手|勢均力敵。

12 **整** [zhěng ㄓㄥˇ 粵 dziŋ² 徵²]
❶治理、收拾，使有條理、有秩序 ◆ 整理|整治|整頓|整裝待發|整軍經武。❷有條理、有秩序 ◆ 整然有序|整齊劃一|衣冠不整。❸完全無缺。也指不帶零頭的數 ◆ 完整|整套|整天|三點整|整二十年|零存整取|化整為零。❹修理 ◆ 整修|整舊如新。❺使吃苦頭 ◆ 整蠱|他會變着法子整人。

13 **斁** 〈一〉[yì ㄧˋ 粵 jik⁹ 亦]
厭倦；厭棄 ◆ 斁遺。
〈二〉[dù ㄉㄨˋ 粵 dou³ 到]
敗壞 ◆ 斁倫|斁敗。

13 **斂** (歛® 歛) [liǎn ㄌㄧㄢˇ 粵 lim⁶ 殮/lim⁵ 臉]
❶收；收縮 ◆ 斂容|斂足。❷收集；聚集 ◆ 斂財|聚斂。❸約束；不放縱 ◆ 斂跡|收斂。❹徵收；徵稅 ◆ 橫徵暴斂。

14 **斃** (毙® 獘) [bì ㄅㄧˋ 粵 bei⁶ 幣]
❶死 ◆ 斃命|擊斃|槍斃|束手待斃|坐以待斃。❷倒下。引申為失

敗、滅亡 ◆ 多行不義必自斃。

16 **斅** 〈一〉[xiào ㄒㄧㄠˋ 粵 hau⁶ 效]
教導。
〈二〉同"學"，見165頁左欄。

文 部

⁰ **文** [wén ㄨㄣˊ 粵 men⁴ 民/men⁶ 問]
❶記錄語言的符號；語言的書面形式 ◆ 文字|金文|甲骨文|拉丁文|掃除文盲|學習外文。❷用文字寫成的語言作品 ◆ 文章|文學|白話文|文從字順|文以載道。❸指有別於白話的古漢語書面語；文言的簡稱 ◆ 轉文|文白夾雜|半文半白。❹指社會科學 ◆ 文科|文理兼備|重理輕文。❺人類社會發展到一定階段所呈現的狀態 ◆ 文化|文明|文物。❻舊時指禮節儀式或法令條文 ◆ 繁文縟節|舞文弄墨|深文周納。❼辭彩；華麗 ◆ 文彩風流|文質彬彬。❽溫和有禮貌；柔和不猛烈 ◆ 文靜|文雅|談吐斯文|溫文爾雅|急火攻，文火燉。❾非軍事的。與"武"相對 ◆ 文治|文官|文武雙全|偃武修文|文恬武嬉|文不能測字，武不能當兵。❿自然界的某些現象 ◆ 人文|天文|水文。⓫在身上刺花紋 ◆ 斷髮文身

|文了雙頰|文面發配。⑫掩飾過錯 ◆ 文過飾非。⑬量詞。舊時銅錢一枚稱一文 ◆ 一文錢|分文不取|不名一文|一文不值|身無分文|一文錢逼死英雄漢。⑭姓。(⑫舊讀 wèn)

⁸ **斑** [bān ㄅㄢ ⑩ban¹ 班]
❶色彩駁雜 ◆ 斑斕|斑駁陸離。❷雜色的花紋或斑點 ◆ 斑紋|斑點|雀斑|管中窺豹，時見一斑。❸有雜色花紋或斑點的 ◆ 斑馬|斑鳩|斑竹。

⁸ **斌** 同"彬"，207頁右欄。

⁸ **斐** [fěi ㄈㄟˇ ⑩fei² 匪]
有文彩 ◆ 斐然成章。

¹⁷ **斕** (斓) [lán ㄌㄢˊ ⑩lan⁴ 蘭]
燦爛多彩 ◆ 五彩斑斕。

斗 部

⁰ **斗** 〈一〉[dǒu ㄉㄡˇ ⑩deu² 抖]
❶量糧食的器具 ◆ 斗斛|刳斗折衡|人不可貌相，海水不可斗量。❷容量單位。十升為一斗，十斗為一石 ◆ 家無斗儲|不為五斗米折腰。❸古代酒器 ◆ 玉斗|酌以大斗|李白斗酒詩百篇。❹形狀像斗一類的東西 ◆ 斗拱|斗帳|煙斗|漏斗。❺以斗喻物，或形容大，或形容小 ◆ 斗膽|斗室|斗大的字識不得一籮筐。❻圓形的指紋。❼星宿名 ◆ 北斗|斗轉星移。
〈二〉"鬥"的簡化字。

⁶ **料** [liào ㄌㄧㄠˋ ⑩liu⁶ 廖]
❶估量；猜測 ◆ 意料|預料|料事如神|不出所料。❷可供加工製造成成品的各種物質 ◆ 材料|衣料|原料|偷工減料。❸餵養畜禽的食物 ◆ 飼料|草料。❹處理；辦理 ◆ 料理|照料。❺一種人造的半透明物質，舊時常用來充珠、玉、翡翠等 ◆ 料器|料貨。❻量詞。指所用材料的分劑 ◆ 單料|雙料。

⁷ **斜** 〈一〉[xié ㄒㄧㄝˊ ⑩tse⁴ 邪]
傾斜不正 ◆ 斜坡|傾斜|目不斜視|斜風細雨|身正不怕影子斜。
〈二〉[yé ㄧㄝˊ ⑩je⁴ 爺]
用作地名。如斜谷，在陝西襃城東北。

⁷ **斛** [hú ㄏㄨˊ ⑩huk⁹ 酷]
量器名；也用作容量單位。古代以十斗為一斛，後改為五斗為一斛。

⁸ **斝** [jiǎ ㄐㄧㄚˇ ⑩ga² 假]
古代用銅或玉製成的酒杯，

圓口平底，有三足，比爵略小。

9 **斟** [zhēn ㄓㄣ (粵)dzem¹ 針]
❶往杯子裏倒酒或茶水 ◆ 斟酒｜斟茶｜自斟自飲。❷反覆衡量、考慮 ◆ 斟酌｜字斟句酌。

10 **斠** [jiào ㄐㄧㄠ (粵)gau³ 教]
❶古代量穀物時刮平斗斛的工具。❷校訂 ◆ 斠補。

10 **斡** [wò ㄨㄛˋ (粵)wat⁸ 挖]
旋轉；運轉 ◆ 斡旋。

13 **斪** [jū ㄐㄩ (粵)gœy¹ 居]
舀取。

斤 部

0 **斤** 〈一〉[jīn ㄐㄧㄣ (粵)gen¹ 巾]
重量單位。市制10兩為1斤（舊制16兩為1斤），公制1000克為1公斤 ◆ 斤兩｜論斤賣｜掂斤播兩｜半斤八兩。
〈二〉[jīn ㄐㄧㄣ (粵)gen³ 巾³]
❶斧子一類砍伐樹木的工具 ◆ 斤斧｜斤鑿｜運斤成風。❷斤斤，明察。引申為過分着意 ◆ 斤斤計較。

1 **斥** [chì ㄔˋ (粵)tsik⁷ 戚]
❶排擠；驅逐 ◆ 排斥｜擯斥｜斥逐｜同性相斥。❷責備；指責 ◆ 斥責｜駁斥｜痛斥｜訓斥。❸開拓 ◆ 斥地｜斥土。❹偵察；刺探 ◆ 斥候｜斥兵。❺多；滿 ◆ 充斥。❻指土地含有過多的鹽鹼成分 ◆ 斥鹵｜斥澤。

4 **斧** [fǔ ㄈㄨˇ (粵)fu² 苦]
❶砍削樹木的工具 ◆ 斧頭｜斧鑿之痕｜大刀闊斧｜班門弄斧。❷用斧砍 ◆ 斧正｜斧削。❸古代的一種兵器 ◆ 斧鉞｜程咬金三斧子。

4 **斨** [qiāng ㄑㄧㄤ (粵)tsœŋ¹ 槍]
古代的一種斧子，裝柄的孔是方的。

5 **斫** [zhuó ㄓㄨㄛˊ (粵)dzœk⁸ 雀]
❶斧刃。❷用刀斧砍、削 ◆ 斫木。

7 **斬**(斩) [zhǎn ㄓㄢˇ (粵)dzam² 站²]
❶砍；殺 ◆ 斬斷｜斬首｜斬釘截鐵｜斬將搴旗｜斬草除根｜快刀斬亂麻｜斬木為兵，揭竿為旗。❷斷絕；完結 ◆ 君子之澤，五世而斬。❸喪服不縫衣邊 ◆ 斬衰。

8 **斯** [sī ㄙ (粵)si¹ 司]
❶代詞。這；這個；這裏 ◆ 斯時｜生於斯，長於斯｜唐杜甫《夢李白》詩："冠蓋滿京華，斯人獨憔悴。"❷副詞。就；於是就。❸姓。

8 **斲** [zhuó ㄓㄨㄛˊ 團 dzœk⁸ 雀]
斬；砍削。

9 **新** [xīn ㄒㄧㄣ 團 sɐn¹ 申]
❶初次出現的；剛剛形成的。與“舊”、“老”、“陳”相對 ◆ 新款|新事物|新產品|温故知新|推陳出新|新官上任三把火。❷沒有用過的。與“舊”相對 ◆ 新衣|新傢具。❸剛開始的 ◆ 新年|新學期。❹最近；剛 ◆ 新買的|新上任的|新創作的|燕爾新婚|新來和尚好撞鐘。❺稱呼結婚人或結婚人用的東西 ◆ 新娘|新郎|鬧新房|新人上了牀，媒人丟過牆。❻革除舊的，變成新的 ◆ 維新|改過自新|耳目一新|煥然一新。❼姓。

11 **斵** (團斲) [zhuó ㄓㄨㄛˊ 團 dzœk⁸ 雀/dœk⁸ 琢] (語)
砍；削 ◆ 斵木|斵輪老手。

13 **斶** [chù ㄔㄨˋ 團 tsuk⁷ 畜]
人名用字。

14 **斷** (断) [duàn ㄉㄨㄢˋ 團 dyn⁶ 段/dyn³ 鍛/tyn⁵ 團⁵]
❶截成幾段 (的)；割裂開來 (的) ◆ 切斷|折斷|斷指再接|斷章取義|斷了線的風箏，不知去向|抽刀斷水水更流，舉杯消愁愁更愁。❷隔絕；中止 ◆ 阻斷|隔斷|斷奶|斷了音訊|斷絕邦交|中斷關係|他父親暴卒，家中斷了經濟來源。❸戒除 ◆ 斷葷|斷煙。❹判定；決定 ◆ 斷定|裁斷|當機立斷|優柔寡斷|獨斷專行|多謀善斷|清官難斷家務事。❺副詞。絕對；一定 ◆ 斷然不可|斷無此事|斷不可少|斷斷使不得。

21 **斸** [zhú ㄓㄨˊ 團 dzuk⁷ 足]
❶大鋤。❷掘；挖。

方 部

0 **方** [fāng ㄈㄤ 團 fɔŋ¹ 芳]
❶四面等邊、四角成直角的形體。與“圓”相對 ◆ 正方|長方|方趾圓顱|方面大耳|方枘圓鑿|不以規矩，不成方圓。❷量詞。用於方形的東西 ◆ 一方頭巾|一方圖章。❸正直 ◆ 為人方正|方正不阿。❹方向；方位 ◆ 南方|四面八方|好兒女志在四方。❺方面 ◆ 雙方|甲方經理|他不想得罪任何一方。❻地方；區域 ◆ 方誌|方言土語|遠方來客|一方水土養一方人|為官一任，造福一方。❼辦法；法子 ◆ 方法|教子有方|千方百計|想方設法。❽數學名詞。一數自乘為方 ◆ 平方|立方。❾醫生為診治病人所開的藥方 ◆ 處方|藥方|偏方|祖傳祕方。❿計量單位。(1) 1米見方的面積叫1平方米。(2)

長、寬、高各1米的體積叫1立方米
◆ 土石方。⓫副詞。(1) 正在；正
當 ◆ 方興未艾｜來日方長｜方今世
界｜血氣方剛。(2) 剛；才 ◆ 方才
｜昨日方回｜年方十八｜如夢方醒｜
書到用時方恨少。(3) 將；將要 ◆
方將｜方且。⓬兩船並行；兩車並
駕 ◆ 方船｜方駕。⓭比擬；相比
◆ 比方｜方桃譬李。⓮姓。

於 <一>[yú ㄩˊ ⑧ jy¹ 迂]
介詞。❶在 ◆ 寫於上海｜
死於非命｜毀於一旦｜畢其功於一
役｜英雄生於四野，好漢長在八
方。❷向 ◆ 求救於人｜問道於盲。
❸對；對於 ◆ 有益於人｜忠於愛情
｜於事無補｜良藥苦口利於病，忠
言逆耳利於行。❹給 ◆ 嫁禍於人
｜《論語》：“己所不欲，勿施於
人。”❺從；自 ◆ 源於生活｜青出
於藍｜千里之行，始於足下。❻表
示方向、目標 ◆ 獻身於科學｜致力
於技術革新。❼表示範圍 ◆ 於繁
榮文藝創作之外，別無他圖。❽
表示被動 ◆ 受制於人｜主隊敗於客
隊｜見笑於大方之家。❾表示比較
◆ 苛政猛於虎｜漢司馬遷《報任少
卿書》：“人固有一死，或重於泰
山，或輕於鴻毛。”❿表示方面、
原因、目的等 ◆ 敢於負責｜忙於家
務｜疲於奔命｜樂於助人。
<二>[yū ㄩ ⑧同<一>]
姓。
<三>[wū ㄨ ⑧ wu¹ 烏]

❶於乎，同“烏乎”。歎詞。表示呼
聲或讚歎。❷鳥名 ◆ 於鵲。

游 <一>[yóu ㄧㄡˊ ⑧ jeu⁴ 由]
游；在水面飄行。
<二>“旒”的異體字。

施 [shī ㄕ ⑧ si¹ 詩/si³ 思]
❶實行；執行 ◆ 施工｜施政
｜實施｜倒行逆施｜因材施教。❷發
揮能力；使出來 ◆ 施展｜無計可施
｜大施淫威｜軟硬兼施。❸給予 ◆
施捨｜施與｜佈施｜己所不欲，勿施
於人。❹加上 ◆ 施加｜施粉｜施
肥。❺姓。

斾(⑧斾) [pèi ㄆㄟˋ ⑧ bui⁶
背/pui³ 佩(語)]
❶古代末端像燕尾的旗。❷旗幟的
通稱。

旄 [máo ㄇㄠˊ ⑧ mou⁴ 毛]
古代用犛牛尾做裝飾的旗
幟。

旂 [qí ㄑㄧˊ ⑧ kei⁴ 其]
❶古代指竿頭繫鈴、上畫
龍形的旗。❷同“旗”，見285頁右
欄。

旅 [lǚ ㄌㄩˇ ⑧ lœy⁵ 呂]
❶古代軍隊編制單位，五百
人為一旅；也可泛指軍隊。❷現代
軍隊編制單位，在師以下，團以上，

以若干團為一旅。也可泛指軍隊 ◆ 旅長｜軍旅生涯｜強兵勁旅。❸共同 ◆ 旅進旅退。❹在外作客或遊覽 ◆ 旅居｜旅遊｜旅行｜旅途見聞｜羈旅之人。

⁶ **旇**（⑥旜）[zhān ㄓㄢ ⑧dzin¹ 煎]
❶古代赤色曲柄的旗幟。❷助詞。"之焉"二字的合音 ◆ 願勉旇。❸同"氈"。毛織物。

⁶ **旁** [páng ㄆㄤˊ ⑧pɔŋ⁴ 龐]
❶兩側；邊上；附近 ◆ 兩旁｜旁邊｜擱置一旁｜旁敲側擊｜旁若無人｜當局者迷，旁觀者清。❷不正 ◆ 旁門左道。❸另外的；別的 ◆ 旁人哪知底細｜因有旁的事情，不能踐約。❹漢字的偏旁 ◆ 木字旁｜豎心旁。❺廣泛；普遍 ◆ 旁徵博引。❻古同"傍"，見36頁左欄。

⁷ **旌** [jīng ㄐㄧㄥ ⑧dziŋ¹ 晶]
❶古代的一種用五色羽毛裝飾的旗幟。❷旗的通稱 ◆ 旌旗。❸表彰 ◆ 旌表｜旌忠｜以旌其善。

⁷ **族** [zú ㄗㄨˊ ⑧dzuk⁹ 俗]
❶有血緣關係的親屬 ◆ 族譜｜宗族｜家族｜名門望族。❷滅族。古代的一種刑法，一人有罪，株連殺滅三族或九族 ◆ 族誅｜族滅。❸種族；民族 ◆ 漢族｜苗族｜

日耳曼族。❹事物有某種共同屬性的一大類 ◆ 語族｜水族。❺聚集在一起 ◆ 族居｜族生。

⁷ **旎** [nǐ ㄋㄧˇ ⑧nei⁵ 你]
旖旎。見"旖"，286頁左欄。

⁷ **旋** ⟨一⟩[xuán ㄒㄩㄢˊ ⑧syn⁴ 船]
❶轉動 ◆ 旋轉｜盤旋｜迴旋｜天旋地轉。❷旋轉的形狀或現象 ◆ 旋渦｜打旋兒。❸返回；歸來 ◆ 旋歸｜旋里｜凱旋。❹隨即；不久 ◆ 旋即起程。❺小便。❻姓。
⟨二⟩[xuàn ㄒㄩㄢˋ ⑧同⟨一⟩]
❶螺旋形的 ◆ 旋風。❷溫酒 ◆ 旋了一壺酒。❸副詞。臨時 ◆ 旋做旋吃｜旋用旋買｜旋拜佛旋燒香。

⁸ **旐** [zhào ㄓㄠˋ ⑧siu⁶ 兆]
❶古代的一種旗幟，上畫龜蛇形。❷招魂幡。

⁹ **旓** [shāo ㄕㄠ ⑧sau¹ 梢]
古代旗幟上的飄帶。

⁹ **旒** [liú ㄌㄧㄡˊ ⑧leu⁴ 流]
❶古代旗幟上的飄帶。❷古代帝王冠冕前後垂掛的玉串。

¹⁰ **旗** [qí ㄑㄧˊ ⑧kei⁴ 其]
❶旗幟，用布、綢、紙做成 ◆ 國旗｜升旗｜旗鼓相當｜旗開得勝｜拉虎皮作大旗｜插起招軍旗，就

有吃糧人。❷清代滿族的軍隊編制及戶籍，以旗為名，共八旗；也泛指滿族的人或物 ◆ 旗人｜旗袍｜旗裝｜八旗子弟。❸內蒙古的行政區劃單位，相當於縣。

¹⁰ **䗌** ［yǐ ㄧˇ ⑧ ji² 倚］
䗌旎，柔美的樣子。

¹⁴ **旛** ［fān ㄈㄢ ⑧ fan¹ 翻］
一種垂直懸掛的長條形旗幟。又為旌旗的總稱 ◆ 長旛｜招魂旛。

¹⁵ **旟** ［yú ㄩˊ ⑧ jy⁴ 如］
❶古代的一種軍旗，上畫鳥隼，用來指揮士卒前進。❷飛揚。

¹⁵ **旝** ［kuài ㄎㄨㄞˋ ⑧ kui³ 繪³］
旌旗的一種。

无 (旡) 部

⁰ **无** ［wú ㄨˊ ⑧ mou⁴ 毛］
"無"的古字。

⁵ **既** ［jì ㄐㄧˋ ⑧ gei³ 寄］
❶盡；完；終了。❷副詞。

已經 ◆ 既定｜既成事實｜既得利益｜既往不咎。❸表示不止一個方面，常與"且、又、也"配合使用 ◆ 既多且好｜既年輕又美貌｜既懂英語，也懂日語。❹連詞。表示作出肯定，相當於"既然" ◆ 既要去，就快走｜既來之，則安之。

⁸ **旤** (⑧稢) ［huò ㄏㄨㄛˋ ⑧ wo⁶ 和⁶］
"禍"的古字。

日 部

⁰ **日** ［rì ㄖˋ ⑧ jɐt⁹ 逸］
❶太陽 ◆ 日光｜日蝕｜日上三竿｜日薄西山｜旭日東升｜日出而作，日落而息。❷從天亮到天黑的一段時間；白天。與"夜"相對 ◆ 日班｜日場｜日夜操勞｜夜以繼日｜白日做夢｜日日夜夜｜日有所思，夜有所夢。❸地球自轉一周的時間，即一晝夜、一天 ◆ 今日｜一日三餐｜日復一日｜計日程功｜一日夫妻百日恩。❹特定的某一天 ◆ 生日｜忌日｜節日｜早知今日，何必當初｜宋陸游《示兒》詩："王師北定中原日，家祭毋忘告乃翁！"❺每天；一天一天地 ◆ 日新月異｜日積月累｜心勞日拙｜江河日下｜蒸蒸日上。❻泛指一段時間 ◆ 春日｜昔日｜出頭之日｜來日方長｜往日無冤，近

日無仇。❼時間；光陰 ◆ 路遙知馬力，日久見人心。❽日本的簡稱 ◆ 日元|日貨|日語|中日邦交。

¹ **旦** [dàn ㄉㄢˋ ⑨dan³ 誕³]
❶天亮；早晨。與"暮"、"夕"相對 ◆ 旦暮|通宵達旦|枕戈待旦|天有不測風雲，人有旦夕禍福。❷某一天；某個日子 ◆ 元旦|月旦|一旦被蛇咬，十年怕草繩。❸戲曲中扮演女子的角色 ◆ 旦角|花旦|老旦|刀馬旦。❹旦旦，誠懇的樣子 ◆ 信誓旦旦。❺姓。

² **早** [zǎo ㄗㄠˇ ⑨dzou² 祖]
❶從天亮到八、九點鐘的一段時間 ◆ 早茶|早操|早飯|大清早|從早到晚|早出晚歸。❷時間靠前的 ◆ 早熟|早產|早婚|早期作品|早起三光，遲起三慌。❸以前；已經 ◆ 早已如此|早知今日，悔不當初|宋楊萬里《小池》詩："小荷才露尖尖角，早有蜻蜓立上頭。"❹早晨見面時互致問候的話 ◆ 您早！

² **旯** [lá ㄌㄚˊ ⑨lɐ¹ 羅¹/lɐk⁷ 落⁷(語)]
旮旯。見"旮"，287頁左欄。

² **旮** [gā ㄍㄚ ⑨gɐ¹ 哥/gɐk⁸ 角]
旮旯，角落 ◆ 牆旮旯|山旮旯。

² **旭** [xù ㄒㄩˋ ⑨juk⁷ 沃]
❶初升的陽光 ◆ 朝旭。❷太陽剛出來的樣子 ◆ 旭日東升。❸姓。

² **旨** [zhǐ ㄓˇ ⑨dzi² 止]
❶意思；意圖 ◆ 旨意|宗旨|要旨|言近旨遠|無關宏旨。❷帝王的詔書、命令 ◆ 聖旨|降旨|領旨。❸味道美 ◆ 旨酒佳肴。

² **旬** [xún ㄒㄩㄣˊ ⑨tsœn⁴ 巡]
❶十天為一旬，一個月分上、中、下三旬 ◆ 旬刊|本月上旬。❷十歲為一旬 ◆ 八旬老人。❸滿；足 ◆ 旬月|旬年。

³ **旰** 〈一〉[gàn ㄍㄢˋ ⑨gɔn³ 幹]
天色晚 ◆ 宵衣旰食。
〈二〉[hàn ㄏㄢˋ ⑨hɔn⁶ 汗]
旰旰，盛大的樣子 ◆ 浩浩旰旰。

³ **旱** [hàn ㄏㄢˋ ⑨hɔn⁵ 寒⁵]
❶久不下雨或雨水過少 ◆ 乾旱|旱災|旱澇保收|旱情嚴重|久旱逢甘霖，他鄉遇故知。❷陸地上的，非水中的 ◆ 旱路|旱船|旱稻。❸與水無關的 ◆ 旱煙。

⁴ **旺** [wàng ㄨㄤˋ ⑨wɔŋ⁶ 王⁶]
❶火焰熾烈；情緒高漲 ◆ 爐火正旺|士氣旺盛。❷興隆；繁盛 ◆ 旺市|旺銷|興旺發達|水稻長勢很旺|雀兒揀着旺處飛。

⁴ **旾** 同“春”，見289頁右欄。

⁴ **昊** ［hào ㄏㄠˋ ⑧hou⁶ 浩］
❶廣大，常用來指天 ◆ 昊天｜昊蒼｜蒼昊。❷光明。❸姓。

⁴ **昔** ［xī ㄒㄧ ⑧sik⁷ 色］
❶從前；過去。與“今”相對 ◆ 昔日｜往昔｜今非昔比｜今不如昔｜撫今追昔｜《詩經》：“昔我往矣，楊柳依依。今我來思，雨雪霏霏。”❷夜晚 ◆ 宿昔｜通昔不寐。❸姓。

⁴ **昃** ［zè ㄗㄜˋ ⑧dzek⁷ 則］
太陽偏西。

⁴ **昆** ［kūn ㄎㄨㄣ ⑧gwen¹ 均／kwen¹ 坤 (語)］
❶兄 ◆ 昆仲｜昆季｜昆弟｜昆玉。❷子孫；後裔 ◆ 昆苗｜昆裔。❸一起；共同 ◆ 昆鳴。❹眾；諸多 ◆ 昆蟲。❺同“崑” ◆ 昆侖｜昆曲。❻姓。

⁴ **昌** ［chāng ㄔㄤ ⑧tsœŋ¹ 槍］
❶興盛 ◆ 昌盛｜科學昌明｜五世其昌｜順我者昌，逆我者亡。❷形容美好、壯大 ◆ 昌大｜昌博。❸善；正當 ◆ 昌言。❹姓。

⁴ **昇** 同“升❶❷”，見67頁左欄。

⁴ **昕** ［xīn ㄒㄧㄣ ⑧jen¹ 因］
太陽將升起的時候；早晨 ◆ 初昕。

⁴ **明** ［míng ㄇㄧㄥˊ ⑧miŋ⁴ 名］
❶光亮；與“暗”相對 ◆ 光明｜明亮｜明窗淨几｜燈火通明｜月明星稀｜一輪明月。❷了解；清楚 ◆ 明白｜深明大義｜情況不明｜愛憎分明｜明辨是非｜兼聽則明；偏信則暗｜明知山有虎，偏向虎山行。❸公開的；顯露在外的。與“暗”相對 ◆ 明顯｜明渠｜明擺着｜明爭暗奪｜明察暗訪｜明槍好躲，暗箭難防｜明修棧道，暗度陳倉。❹視力；視力好 ◆ 雙目失明｜耳聰目明。❺悟性高；才能卓越 ◆ 明慧｜精明｜明智｜英明｜另請高明｜明哲保身｜明人點頭即知，痴人拳打不曉。❻心地坦白 ◆ 明人不做暗事。❼次；下一年、下一日 ◆ 明年｜明天｜今冬明春｜明日黃花。❽朝代名。朱元璋所建 (公元1368—1644 年)。❾姓。

⁴ **昏** (⑧昬) ［hūn ㄏㄨㄣ ⑧fen¹ 紛］
❶天剛黑時；傍晚 ◆ 晨昏｜夕陽無限好，只是近黃昏。❷黑暗；無光 ◆ 昏黑｜昏暗｜昏天黑地｜天昏地暗。❸頭腦糊塗；神志不清 ◆ 昏庸｜昏君｜昏沈沈｜昏頭昏腦｜昏昏欲睡｜利令智昏｜以其昏昏，使人昭昭。❹失去知覺 ◆ 昏迷｜昏厥。

❺視力模糊 ◆ 昏瞶｜老眼昏花。❻"婚"的古字。

⁴**易** 〈一〉[yì ㄧˋ ⑧jik⁹亦]
❶交換 ◆ 交易｜以物易物｜雙邊貿易｜幾度易手。❷改變 ◆ 變易｜改弦易轍｜移風易俗｜時移俗易。❸《周易》的簡稱。❹姓。
〈二〉[yì ㄧˋ ⑧ji⁶義]
❶不困難；不費事。與"難"相對 ◆ 容易｜輕而易舉｜易如反掌｜一粥一飯，當思來之不易｜宋蘇麟《斷句》詩："近水樓台先得月，向陽花木易為春。"❷和悅；平和 ◆ 平易近人。❸輕視。❹治理；整治 ◆ 易其田疇。

⁴**昒** (⑧智)[hū ㄏㄨ ⑧fet⁷忽]
天快亮的時候 ◆ 昒爽｜昒昕。

⁴**昀** [yún ㄩㄣˊ ⑧wen⁴雲]
日光。多用於人名。

⁴**昂** [áng ㄤˊ ⑧ŋɔŋ⁴俄杭切]
❶上仰；抬高 ◆ 昂首闊步｜昂頭天外。❷情緒高漲 ◆ 高昂｜雄赳赳，氣昂昂｜鬥志昂揚｜激昂慷慨｜氣宇軒昂。❸物價上升 ◆ 價格昂貴。

⁴**旻** [mín ㄇㄧㄣˊ ⑧men⁴民]
❶秋天。❷天；天空 ◆ 旻天｜蒼旻。

⁴**昉** [fǎng ㄈㄤˇ ⑧fɔŋ²訪]
曙光初現。引申為開始。

⁴**旹** [shí ㄕˊ ⑧si⁴匙]
"時"的古字。

⁵**春** [chūn ㄔㄨㄣ ⑧tsœn竣]
❶四季的第一季，即農曆正、二、三月 ◆ 春季｜春天｜春光明媚｜春風得意｜枯木逢春｜春雨貴如油｜唐李商隱《無題》詩："春蠶到死絲方盡，蠟炬成灰淚始乾。"❷指一年 ◆ 一別三十春。❸生命力旺盛；富有生機 ◆ 青春｜妙手回春｜着手成春｜唐劉禹錫《酬樂天揚州初逢席上見贈》："沉舟側畔千帆過，病樹前頭萬木春。"❹男女情慾 ◆ 春心｜春情｜春藥｜懷春。❺古詩文中稱酒為春 ◆ 玉壺買春。❻姓。

⁵**昧** [mèi ㄇㄟˋ ⑧mui⁶妹]
❶糊塗不明理；無知無識，引申為不明白，不了解 ◆ 愚昧｜昏昧｜蒙昧無知｜昧於形勢｜素昧平生。❷隱藏；欺瞞 ◆ 昧良心｜拾金不昧｜昧己瞞心。❸昏暗 ◆ 昧爽｜昧明｜昧旦晨興。❹模糊不清 ◆ 茫昧｜曖昧｜暗昧。❺冒犯 ◆ 冒昧｜昧死以聞。❻貪圖 ◆ 昧利忘義。

⁵**昰** 〈一〉"是"的異體字。
〈二〉[xià ㄒㄧㄚˋ ⑧ha⁶夏]

❶“夏”的古字。❷古代人名用字。

⁵ **是** [shì ㄕˋ 粵 si⁶ 士]

❶正確;對。與“非”相對 ◆ 你說的是|自以為是|明辨是非|各行其是|習非成是|實事求是。❷認為正確 ◆ 是古非今。❸表示答應的詞 ◆ 是,馬上就去。❹訂正 ◆ 是正文字。❺指示代詞。(1)相當於“此”;“這”;“這個” ◆ 如是|是人學識淵博|是可忍,孰不可忍。(2)用來複指前置賓語 ◆ 唯利是圖|唯命是從。❻用在主語和謂語之間,表示肯定判斷。(1)表示等同 ◆ 他是我弟弟|《背影》的作者是朱自清。(2)表示歸類 ◆ 鯨魚是哺乳動物|我們都是中國人。(3)表示特徵或質料 ◆ 他是有錢|我是脾氣大|這是真貂皮|人是鐵,飯是鋼。(4)表示存在 ◆ 靠牆是一排書架|滿山遍野是鮮花。(5)表示領有 ◆ 我們是一個兒子,一個女兒。❼用在主語和謂語之間,與“的”字配合使用。(1)表示領屬、質料等 ◆ 這本書是我的|這房子是木頭的。(2)表示歸類 ◆ 他是教書的|這批產品是新出廠的。(3)表示對主語的描寫或說明,有加重的語氣 ◆ 他的手藝是很高明的|身上雖冷,心裏卻是熱呼呼的。(4)強調謂語 ◆ 可惜的是他沒能到場|他活着為的是照料老人。❽用在主語和謂語之間,帶有申辯、解釋的口氣 ◆ 這是魯莽,不是勇敢

|他沒有來,是因為身體有病。❾用在前後相同的詞語之間。(1)強調二者不同,不能混為一談 ◆ 他是他,我是我,不要扯在一起。(2)表示地道,不含糊 ◆ 他演得真好,身段是身段,做派是做派。(3)強調事物的客觀性 ◆ 不懂就是不懂,不要裝懂。(4)表示讓步,有雖然的意思 ◆ 東西好是好,就是價錢太貴|聽是聽清楚了,可是沒記住。❿用在名詞前面,含有“凡是”的意思 ◆ 是親必顧|是小說,就要塑造人物形象。⓫用在問句中 ◆ 你是司機嗎|他不是去游泳了嗎|你是上海人,還是廣州人?⓬表示堅決肯定,有“的確”、“實在”的意思。“是”字要重讀 ◆ 這東西是不錯|他是不知道,不用追問了。

⁵ **映** [yìng ㄧㄥˋ 粵 jiŋ² 影/jœŋ² 樣²]

❶光線照射;照耀 ◆ 映照|映射|掩映|交相輝映|人面桃花相映紅。❷因光線反射而顯出的影子 ◆ 倒映|反映|放映。❸日光 ◆ 餘映。

⁵ **星** [xīng ㄒㄧㄥ 粵 siŋ¹ 升]

❶宇宙間發光或反射光的天體。有恆星、行星、衛星、彗星、流星等。通常指夜間天空中除月亮以外的閃爍發光的天體 ◆ 星辰|星斗|星光燦爛|星羅棋佈|月明星稀

|披星戴月。❷微小細碎的東西 ◆ 零星|火星兒|星星露露|一星半點|星火燎原。❸秤桿上記數的小點 ◆ 秤星。❹稱藝術界或體育界有名的演員或運動員 ◆ 影星|歌壇巨星|體操明星。❺古代以星象推算吉凶的方術 ◆ 占卜星相。❻星宿名。二十八宿之一。

⁵**昳** 〈一〉[dié ㄉㄧㄝˊ ⑧dit⁹ 秩]
太陽偏西。

〈二〉[yì ㄧˋ ⑧jet⁹ 日]
昳麗，容貌美麗。

⁵**昨** [zuó ㄗㄨㄛˊ ⑧dzɔk⁹ 作⁹]
❶今天的前一天 ◆ 昨日|昨天上午|昨夜星辰|昨晚又幹了個通宵。❷泛指過去 ◆ 今是而昨非。

⁵**昫** [xù ㄒㄩˋ ⑧hœy³ 去]
溫暖。

⁵**昴** [mǎo ㄇㄠˇ ⑧mau⁵ 卯]
星宿名，二十八宿之一。

⁵**昝** [zǎn ㄗㄢˇ ⑧dzan² 斬]
姓。

⁵**昱** [yù ㄩˋ ⑧juk⁷ 郁]
❶日光。❷照耀。

⁵**昡** [xuàn ㄒㄩㄢˋ ⑧jyn⁶ 遠]
日光。

⁵**昶** [chǎng ㄔㄤˇ ⑧tsɔŋ² 廠/tsœŋ³ 唱]
❶白天時間長。❷舒暢；通暢。❸姓。

⁵**昵** 同“暱”，見296頁左欄。

⁵**晞** [fèi ㄈㄟˋ ⑧fɐi³ 廢]
把東西曬乾。

⁵**昭** [zhāo ㄓㄠ ⑧dziu¹ 招/tsiu¹ 超(語)]
❶明顯；顯著 ◆ 昭示|昭然若揭|臭名昭著|罪惡昭彰。❷顯示；表示 ◆ 大昭於世。❸洗刷冤枉 ◆ 昭雪。❹姓。

⁶**時**(时) [shí ㄕˊ ⑧si⁴ 匙]
❶季節 ◆ 四時|應時鮮貨|不違農時|唐杜牧《清明》詩：“清明時節雨紛紛，路上行人欲斷魂。”❷計時單位。(1) 古代以干支計時，一晝夜分十二時辰 ◆ 子時|午時。(2) 一晝夜的二十四分之一，小時 ◆ 晚八時|中午十二時。❸時間；時候 ◆ 時光|時不我待|時過境遷|善有善報，惡有惡報；不是不報，時辰未到|宋王安石《泊船瓜洲》詩：“春風又綠江南岸，明月何時照我還？”❹時代；時期 ◆ 唐宋時|抗戰時|生不逢時|風靡一時|時移世易。❺機會；時機 ◆ 適時|失時|不失時機|千載

一時|機不可失，時不再來。❻規定的或適當的時間 ◆ 按時完成|準時到達。❼合於時宜；時尚 ◆ 時髦|入時。❽常常；經常 ◆ 時常|時有所聞|時時不忘。❾有時候 ◆ 時陰時晴|時斷時續|時作時輟|時隱時現。❿當前；現時；當時；那時 ◆ 時下|時事|時興|時裝|識時務者為俊傑|時無英雄，使豎子成名。⓫姓。

⁶**晅** [xuǎn ㄒㄩㄢˇ 圖 hyn¹ 喧]
❶曬乾。❷日氣。

⁶**晟** 〈一〉[shèng ㄕㄥˋ 圖 sin⁶ 盛]
❶光明。❷旺盛；興盛。
〈二〉[chéng ㄔㄥˊ 圖 同〈一〉]
姓。

⁶**晉** [jìn ㄐㄧㄣˋ 圖 dzœn³ 進]
❶前去 ◆ 晉見|晉謁。❷提升 ◆ 晉升|晉級。❸周代諸侯國名，在今山西、河北南部和陝西中部等地。❹朝代名。(1) 司馬炎所建(公元265—420年)。原建都洛陽，公元317年遷都建康(今南京)，史稱遷都前為西晉，遷都後為東晉。(2) 五代時石敬塘所建(公元936—947年)。史稱後晉。❺山西的別稱。❻姓。

⁶**晃** 〈一〉[huǎng ㄏㄨㄤˇ 圖 fɔŋ² 訪]
❶明亮 ◆ 明晃晃。❷閃耀 ◆ 晃眼。❸很快地閃過 ◆ 一晃而過|虎晃一槍。
〈二〉[huàng ㄏㄨㄤˋ 圖 同〈一〉]
搖動；搖擺 ◆ 晃動|搖晃|搖頭晃腦|樹枝來回晃悠|一桶水不響，半桶水晃盪。

⁶**晌** [shǎng ㄕㄤˇ 圖 hœŋ² 享]
❶午間 ◆ 晌午。❷一天中的一段時間 ◆ 一晌|前半晌兒。

⁶**晁** [cháo ㄔㄠˊ 圖 tsiu⁴ 潮]
姓。

⁶**晏** [yàn ㄧㄢˋ 圖 an³/ŋan³ 雁³]
❶晴朗 ◆ 天清日晏。❷安逸；平靜 ◆ 晏居|晏處|海內晏如|海晏河清。❸晚；遲 ◆ 晏起。❹鮮豔華美。❺姓。

⁷**晢** (圖晣) [zhé ㄓㄜˊ 圖 dzit⁸ 節/dzei³ 制]
明亮。

⁷**晡** [bū ㄅㄨ 圖 bou¹ 褒]
申時，即下午三時至五時；也泛指傍晚 ◆ 晡夕。

⁷**晤** [wù ㄨˋ 圖 ŋ⁶ 悟]
相見；見面 ◆ 晤面|晤談|會晤|如晤。

⁷**晨** [chén ㄔㄣˊ 圖 sɐn⁴ 神]
清早 ◆ 早晨|晨運|凌晨|

寥若晨星|晨鐘暮鼓|一日之計在
於晨。

⁷**晛** [xiàn ㄒㄧㄢˋ 粵nin⁶ 年⁶]
❶太陽出現。❷明亮。

⁷**晧** 同“皓”，見455頁左欄。

⁷**晦** [huì ㄏㄨㄟˋ 粵fui³ 悔]
❶農曆每月的最後一天 ◆
晦朔。❷昏暗 ◆ 晦暝|山谷幽晦。
❸夜晚 ◆ 晦明|風雨如晦。❹隱藏
不露；不明顯 ◆ 隱晦|晦澀難懂|
韜光養晦。❺倒霉 ◆ 晦氣。

⁷**晞** [xī ㄒㄧ 粵hei¹ 希]
❶乾；乾燥 ◆ 晨露未晞。
❷晾乾 ◆ 晞髮。❸天明 ◆ 東方
未晞。

⁷**晗** [hán ㄏㄢˊ 粵hɐm⁴ 含]
天將明。

⁷**晚** [wǎn ㄨㄢˇ 粵man⁵ 萬⁵]
❶日落以後的時間 ◆ 晚上
|晚會|晚黑。❷時間靠後的；也指
比規定的或合適的時間靠後、遲 ◆
晚稻|晚婚|來晚了|大器晚成|相
見恨晚|亡羊補牢，猶未為晚。❸
後來的 ◆ 晚輩|晚娘。❹一個時期
的最後一段；接近終了 ◆ 晚清|晚
年|晚節不保。❺舊時後輩對前輩
的自稱 ◆ 晚生。

⁷**晝**(昼) [zhòu ㄓㄡˋ 粵dzɐu³
奏]
白天。與“夜”相對 ◆ 白晝|晝想夜
夢|晝伏夜遊|苦戰三晝夜。

⁸**晴** [qíng ㄑㄧㄥˊ 粵tsiŋ⁴ 情]
天氣清朗，無雨、無雲或少
雲 ◆ 晴空|晴朗|雨過天晴。

⁸**暑** [shǔ ㄕㄨˇ 粵sy² 鼠]
天氣熱；盛夏 ◆ 暑熱|中暑|
盛夏酷暑|寒來暑往。

⁸**晰**(晢) [xī ㄒㄧ 粵sik⁷ 色]
明白；清楚 ◆ 明晰
|圖像清晰。

⁸**晻** 〈一〉同“暗❶❸”，見294頁右
欄。
〈二〉[yǎn ㄧㄢˇ 粵jim³ 掩]
❶陰暗不明。❷迅速；突然。

⁸**晶** [jīng ㄐㄧㄥ 粵dziŋ¹ 貞]
❶光亮透明 ◆ 晶瑩|晶亮|
亮晶晶。❷水晶的簡稱 ◆ 茶晶|墨
晶。❸晶體 ◆ 結晶。

⁸**智** [zhì ㄓˋ 粵dzi³ 至]
❶聰明；與“愚”相對 ◆ 明
智|不智之舉|智將不如福將|智者
千慮，必有一失。❷智慧；見識；
謀略 ◆ 智力|智謀|智能|智勇雙全
|鬥智鬥勇|急中生智|足智多謀|
吃一塹，長一智。

8 晷 [guǐ ㄍㄨㄟˇ ⑧ gwɐi² 鬼]
❶日影；日光 ◆ 晷運｜焚膏繼晷。❷比喻時光、時間 ◆ 日無暇晷。❸古代按日影測定時刻的儀器 ◆ 日晷｜立晷測影。

8 晾 [liàng ㄌㄧㄤˋ ⑧ lɔŋ⁶ 浪]
❶把東西放在通風或陰涼處，使它乾燥 ◆ 晾乾菜｜晾煙葉。❷曬 ◆ 晾衣服。

8 景 〈一〉[jǐng ㄐㄧㄥˇ ⑧ giŋ² 境]
❶形色悅目可供觀賞的物象 ◆ 風景｜景色｜景致｜塞外雪景｜明湯顯祖《牡丹亭》詩："良辰美景奈何天，賞心樂事誰家院！"❷情況；情形 ◆ 背景｜前景｜遠景規劃｜晚景淒涼。❸戲劇、影視中所佈置的景物 ◆ 佈景｜外景｜場景。❹日光 ◆ 春和景明。❺尊敬仰慕 ◆ 景仰｜景慕。❻大。❼姓。
〈二〉[yǐng ㄧㄥˇ ⑧ jiŋ² 映]
"影"的古字。

8 晬 [zuì ㄗㄨㄟˋ ⑧ dzœy³ 醉]
嬰兒滿百日或滿週歲。

8 普 [pǔ ㄆㄨˇ ⑧ pou² 譜]
❶廣泛；全面 ◆ 普遍｜普及｜普選｜普照大地｜普天同慶｜普度眾生。❷姓。

9 暎 同"映"，見290頁右欄。

9 暔 同"暖"，見294頁右欄。

9 尟 同"鮮〈一〉"，見819頁右欄。

9 暘 (旸) [yáng ㄧㄤˊ ⑧ jœŋ⁴ 羊]
❶日出 ◆ 暘谷 (日出的地方)。❷天晴。

9 暍 [yē ㄧㄝ ⑧ jit⁸ 咽]
中暑；傷於暑熱。

9 暖 (⑧煖) [nuǎn ㄋㄨㄢˇ ⑧ nyn⁵ 嫩⁵]
❶不冷也不熱；溫和 ◆ 暖和｜溫暖｜暖氣｜春暖花開｜風和日暖｜如魚飲水，冷暖自知｜宋蘇軾《惠崇春江晚景》詩："竹外桃花三兩枝，春江水暖鴨先知。"❷使溫暖 ◆ 暖酒｜暖暖身子｜千里鵝毛暖人心。

9 暗 [àn ㄢˋ ⑧ ɐm³/ŋɐm³ 庵³]
❶光線不足；昏黑。與"明"相對 ◆ 暗房｜暮色晦暗｜若明若暗｜暗無天日｜不欺暗室。❷隱藏不露的；祕不公開的 ◆ 暗礁｜暗號｜暗箱作業｜暗度陳倉｜遭人暗算｜明槍易躲，暗箭難防｜唐白居易《琵琶行》詩："別有幽情暗恨生，此時無聲勝有聲。"❸愚昧；糊塗 ◆ 上暗則政險｜兼聽則明，偏

信則暗。

⁹**暄**［xuān ㄒㄩㄢ ⑧hyn¹ 圈］
❶溫暖 ◆ 寒暄｜風和日暄。
❷春末。❸方言。物體內部空隙多而鬆軟 ◆ 饅頭很暄｜沙土地暄，不好走。

⁹**暉**［huī ㄏㄨㄟ ⑧fei¹ 揮］
陽光 ◆ 朝暉｜斜暉｜一抹餘暉｜唐孟郊《遊子吟》詩："誰言寸草心，報得三春暉。"

⁹**暈**（暈）〈一〉［yùn ㄩㄣˋ ⑧wen⁶ 運］
日月周圍的光圈 ◆ 日暈｜光暈｜月暈而風，礎潤而雨。
〈二〉［yùn ㄩㄣˋ ⑧wen⁴ 雲］
頭昏目眩的感覺 ◆ 暈車｜暈船。
〈三〉［yūn ㄩㄣ ⑧同〈二〉］
❶同〈二〉，用於"頭暈"、"暈頭轉向"等。❷昏迷 ◆ 暈倒｜暈厥過去了。

⁹**暇**［xiá ㄒㄧㄚˊ ⑧ha⁶ 夏］
空閒 ◆ 閒暇｜自顧不暇｜應接不暇｜目不暇接。

⁹**暋**［mǐn ㄇㄧㄣˇ ⑧men⁵ 敏］
❶勉力；盡力 ◆ 暋作。❷強橫 ◆ 暋不畏死。

⁹**暐**［wěi ㄨㄟˇ ⑧wei⁵ 偉］
形容光亮閃耀。

⁹**睽**［kuí ㄎㄨㄟˊ ⑧kwei⁴ 葵］
隔開；分離 ◆ 睽隔｜睽離｜睽違。

¹⁰**暢**（畅）［chàng ㄔㄤˋ ⑧tsœŋ³ 唱］
❶通達；無阻礙 ◆ 暢達｜暢行無阻｜文筆暢通｜語言流暢｜暢銷讀物｜人盡其才，貨暢其流。❷通曉 ◆ 曉暢軍事。❸痛快；盡情 ◆ 暢遊｜舒暢｜開懷暢飲｜暢所欲言。❹繁盛 ◆ 草木暢茂。❺姓。

¹⁰**暠**［hào ㄏㄠˋ ⑧hou⁶ 浩］
白；潔白。

¹⁰**暠**〈一〉［gǎo ㄍㄠˇ ⑧gou² 稿］
明亮。
〈二〉同"暠"，見295頁右欄。

¹⁰**暝**［míng ㄇㄧㄥˊ ⑧miŋ⁴ 明/miŋ⁶ 命］
❶昏暗；幽暗 ◆ 天色已暝。❷日暮；天黑。

¹⁰**暨**［jì ㄐㄧˋ ⑧gei⁶ 技/kei³ 冀（語）］
❶及；與；和 ◆ 物理學會成立大會暨第一屆年會。❷至；到。❸姓。

¹¹**暮**［mù ㄇㄨˋ ⑧mou⁶ 務］
❶日落的時候；傍晚 ◆ 暮色｜暮靄｜日暮途窮｜朝三暮四｜暮

鼓晨鐘|朝霞不出門，暮霞行千里
|宋秦觀《鵲橋仙》詞：“兩情若是
久長時，又豈在朝朝暮暮。”❷時
間將盡；晚；末期 ◆ 暮年|暮春
|歲暮|美人遲暮。

¹¹ **暵** [hàn ㄏㄢˋ ⑧hɔn³ 漢/hɔn² 罕]
❶曬乾；乾枯。❷乾旱。

¹¹ **暱** [nì ㄋㄧˋ ⑧nik⁹ 溺/nik⁷ 匿 (語)]
親近；親熱 ◆ 親暱|暱愛。

¹¹ **暴** 〈一〉[bào ㄅㄠˋ ⑧bou⁶ 步]
❶兇狠殘酷 ◆ 暴行|暴徒|
暴力衝突|暴戾恣睢|暴虐無道。
❷突然而又猛烈 ◆ 暴雨成災|山洪
暴發|暴病身亡|暴跳如雷|暴風驟
雨。❸急躁 ◆ 火暴|脾氣暴|性情
暴躁。❹鼓起；突出 ◆ 急得頭上
的青筋都暴出來了。❺糟蹋；不自
愛 ◆ 暴殄天物|自暴自棄。❻徒手
搏鬥 ◆ 暴虎馮河。❼顯現 ◆ 暴
露。❽姓。
〈二〉[pù ㄆㄨˋ ⑧buk⁹ 僕]
同“曝”。曬 ◆ 一暴十寒。

¹¹ **暫** (暂) [zàn ㄗㄢˋ ⑧dzam⁶ 站]
❶時間短；與“久”相對 ◆ 短暫的
一生。❷短時間的 ◆ 暫且|暫時|
暫停|暫緩進行|暫不執行|工作暫
告一段落。

¹² **曉** (晓) [xiǎo ㄒㄧㄠˇ ⑧hiu² 囂²]
❶天剛亮的時候；黎明 ◆ 拂曉|破
曉|公雞報曉|曉行夜宿|宋柳永
《雨霖鈴》詞：“今夜酒醒何處，楊
柳岸，曉風殘月。”❷知道；明白
◆ 曉得|知曉|通曉|家喻戶曉。❸
告訴；使人知道 ◆ 揭曉|曉以利害
|動之以情，曉之以理。

¹² **曄** (晔) [yè ㄧㄝˋ ⑧jip⁹ 頁]
光亮；明亮。

¹² **曀** [yì ㄧˋ ⑧ɐi³/ŋɐi³ 矮³]
天色陰暗。

¹² **曆** (历) [lì ㄌㄧˋ ⑧lik⁹ 力]
❶推算日月星辰的運
行以確定歲時節氣的方法 ◆ 曆法|
陰曆|陽曆。❷記錄年月日節氣的
書冊或表 ◆ 日曆|年曆|老皇曆看
不得。❸年代；壽命。

¹² **曇** (昙) [tán ㄊㄢˊ ⑧tam⁴ 談]
❶密佈的雲彩。❷曇
花，一種常綠喬木。分枝呈葉狀，
扁平，綠色，無葉，花大，白色，
開放時間極短，多在夜間，供觀賞
◆ 曇花一現。

¹² **暹** [xiān ㄒㄧㄢ ⑧tsim¹ 簽/
tsim³ 塹 (語)]
❶日光升起。❷暹羅，泰國的舊
稱。

¹² **曌** [zhào ㄓㄠˋ ⑧ dziu³ 照]
同"照"。唐武則天為自己的名字造的字。

¹² **暾** [tūn ㄊㄨㄣ ⑧ tɐn¹ 吞]
初升的太陽 ◆ 朝暾。

¹² **曈** [tóng ㄊㄨㄥˊ ⑧ tuŋ⁴ 同]
曈曈,太陽初升時由暗變亮的樣子 ◆ 初日曈曈 | 宋王安石《元日》詩:"千門萬戶曈曈日,總把新桃換舊符。"

¹² **曏** [xiǎng ㄒㄧㄤˇ ⑧ hœŋ³ 向]
從前;往日 ◆ 曏者 | 曏來。

¹³ **曙** [shǔ ㄕㄨˇ ⑧ sy⁶ 樹]
天剛亮;黎明 ◆ 曙光 | 曙色 | 曙後孤星。

¹³ **曖**(暖) 〈一〉[ài ㄞˋ ⑧ ɔi³/ŋɔi³ 愛]
❶昏暗;朦朧。❷隱蔽;掩蔽。
〈二〉[ài ㄞˋ ⑧ ɔi² 藹]
不明 ◆ 曖昧。

¹⁴ **曚** [méng ㄇㄥˊ ⑧ muŋ⁴ 蒙]
曚曨,日光不明。

¹⁴ **曝** [qī ㄑㄧ ⑧ jɐp⁷ 泣]
❶方言。東西濕了以後將乾未乾 ◆ 雨後的馬路上漸漸曝了。❷方言。沙土等吸去水分 ◆ 地上有水,鋪上點沙子曝一曝。

¹⁴ **曛** [xūn ㄒㄩㄣ ⑧ fɐn¹ 芬]
❶日落時的餘輝。❷日暮;昏暗 ◆ 曛黃 | 曛黑。

¹⁴ **曜** [yào ㄧㄠˋ ⑧ jiu⁶ 耀]
❶日光。❷照耀;炫耀。❸日、月、星的總稱。日、月和金、木、水、火、土五星合稱七曜。

¹⁵ **曝** 〈一〉[pù ㄆㄨˋ ⑧ buk⁹ 僕]
曬 ◆ 曝曬 | 曝背 | 曝書 | 一曝十寒。
〈二〉[bào ㄅㄠˋ/pù ㄆㄨˋ (舊) ⑧ bou⁶ 步]
曝光,使感光紙或攝影膠片在一定條件下感光。也比喻(事情)暴露或被揭露,或(人)公開露面。

¹⁵ **曠**(旷) [kuàng ㄎㄨㄤˋ ⑧ kwɔŋ³ 礦]
❶明朗;開闊 ◆ 曠達 | 曠若發矇 | 心曠神怡。❷廣大;空闊 ◆ 曠野 | 空曠 | 土地平曠 | 地曠人稀。❸歷時久遠 ◆ 曠世 | 曠日長久。❹耽誤;荒廢 ◆ 曠工 | 曠課 | 曠廢 | 曠職僨事。❺空缺 ◆ 曠夫 | 曠古絕倫 | 曠世奇才。❻姓。

¹⁶ **曨**(昽) [lóng ㄌㄨㄥˊ ⑧ luŋ⁴ 龍]
曚曨。見"曚",297頁左欄。

¹⁶ **曦**(⑧爔爔) [xī ㄒㄧ ⑧ hei¹ 希]

陽光 ◆ 晨曦。

17 **曩** [nǎng ㄋㄤˇ ⑧ noŋ⁵ 囊⁵]
以往；從前 ◆ 曩昔。

19 **曬**(晒) [shài ㄕㄞˋ ⑧ sai³ 徙³]
❶在陽光下取暖或使物體變乾 ◆ 曬太陽|曬衣服。❷陽光照射 ◆ 日曬雨淋|路面曬得發燙|三天打魚，兩天曬網。

20 **曭** [tǎng ㄊㄤˇ ⑧ toŋ² 倘]
日光不明；晦暗。

日 部

0 **曰** [yuē ㄩㄝ ⑧ jyt⁹ 月/jœk⁹ 若(語)]
❶說 ◆ 子曰："三人行，必有我師焉。"❷稱為；叫做 ◆ 所謂"五行"，一曰金，二曰木，三曰水，四曰火，五曰土。❸放在句首或句中的語氣詞。

2 **曲** 〈一〉[qū ㄑㄩ ⑧kuk⁷卡屋切]
❶彎的；不直的。與"直"相對 ◆ 彎曲|曲線|曲徑通幽|曲曲折折|九曲黃河。❷偏離正確的或原來的 ◆ 曲解|歪曲|曲意逢迎|曲學阿世。❸理虧 ◆ 是非曲直。❹彎曲的地方 ◆ 河曲|山曲。❺隱祕

或偏僻的地方 ◆ 心曲|鄉曲。❻姓。❼"麯"的簡化字。
〈二〉[qǔ ㄑㄩˇ ⑧同〈一〉]
❶歌曲；樂曲 ◆ 曲調|曲譜|搖籃曲|曲高和寡|曲不離口，拳不離手|唐杜甫《贈花卿》詩："此曲只應天上有，人間能得幾回聞？"❷一種韻文形式，盛行於宋元時代 ◆ 散曲|套曲|曲牌。

2 **曳** [yè ㄧㄝˋ ⑧ jɐi⁶ 義毅切]
❶拖；牽引 ◆ 曳光彈|棄甲曳兵。❷飄搖 ◆ 搖曳。

3 **更** 〈一〉[gēng ㄍㄥ ⑧ gɐŋ¹ 庚]
❶改變；調換 ◆ 更改|更衣|萬象更新|改弦更張|更僕難數。❷經歷；閱歷 ◆ 更世|這孩子少不更事，請你多多包涵。❸姓。
〈二〉[gēng ㄍㄥ ⑧ gaŋ¹ 耕/gɐŋ¹ 庚]
舊時把一夜分為五更，一更約兩小時 ◆ 打更|更鼓|五更寒|更殘漏盡|三更燈火五更雞。
〈三〉[gèng ㄍㄥˋ ⑧ gaŋ³ 耕³]
副詞。❶表示在程度上或數量上進一步增加或減少 ◆ 說得更詳細|產品更多更好|強中更有強中手。❷又；再 ◆ 更生|唐王之渙《登鸛雀樓》詩："欲窮千里目，更上一層樓。"

5 **曷** [hé ㄏㄜˊ ⑧ hɔt⁹ 喝⁹]
❶疑問代詞。(1)何；什麼 ◆ 曷依曷恃。(2)何時 ◆ 時日曷

喪？予及汝偕亡。❷副詞。為什麼，哪裏 ◆ 悠悠我心悲，蒼天曷有極！

6 **書**（书）[shū ㄕㄨ ⑧ sy¹ 舒]
❶寫字；記錄 ◆ 書寫|書法|奮筆疾書|罄竹難書|書不盡言，言不盡意。❷字，文字 ◆ 書證|書評|書面語。❸字體 ◆ 隸書|楷書|行書|草書。❹裝訂成冊的著作 ◆ 書展|書籍|暢銷書|書香門第|讀萬卷書，行萬里路|唐杜甫《奉贈韋左丞丈二十二韻》詩："讀書破萬卷，下筆如有神。"❺信 ◆ 書信|書函|書札|唐杜甫《春望》詩："烽火連三月，家書抵萬金。"❻文件 ◆ 證書|說明書|起訴書|白皮書。❼書法 ◆ 書畫俱佳|人書俱老。❽《尚書》的簡稱。❾稱彈詞、評話等曲藝 ◆ 說書|書場。

7 **曹** [cáo ㄘㄠˊ ⑧ tsou⁴ 嘈]
❶輩 ◆ 吾曹|唐杜甫《戲為六絕句》詩："爾曹身與名俱滅，不廢江河萬古流。"❷古代分科辦事的官署 ◆ 部曹|功曹。❸姓。

8 **替** [tì ㄊㄧˋ ⑧ tɐi³ 剃]
❶代；換 ◆ 替代|替換|替身|替罪羊|替天行道|他生病了，我來替他當值。❷介詞。為；給 ◆ 我都替你害羞|全班同學都替他送行。❸衰落；衰敗 ◆ 衰替|隆替|興替。

8 **曾** 〈一〉[zēng ㄗㄥ ⑧ dzɐŋ¹ 增]
❶指中間隔兩代的親屬關係 ◆ 曾孫|曾祖父。❷姓。
〈二〉[céng ㄘㄥˊ ⑧ tsɐŋ⁴ 層]
副詞。表示以前有過的行為或情況 ◆ 未曾|何曾|曾見過面|似曾相識|唐元稹《離思》詩："曾經滄海難為水，除卻巫山不是雲。"

9 **會**（会）〈一〉[huì ㄏㄨㄟˋ ⑧ wui⁶ 匯]
❶聚會，聚集 ◆ 會合|會聚|會餐|會師|大會戰|以文會友。❷見面 ◆ 會見|拜會|會客|會一會面|有緣千里能相會，無緣對面不相逢。❸時機 ◆ 機會|適逢其會|風雲際會。❹大城市 ◆ 省會|都會。❺領悟；理解 ◆ 領會|會意|會心一笑|心領神會|只可意會，不可言傳。❻付賬 ◆ 會鈔。❼指很短的一段時間 ◆ 一會兒|這會兒我沒空|用不了多大會兒就弄好了。❽民間朝山進香或酬神求年時所組織的集體活動 ◆ 香會|迎神賽會。❾在一定時間內為一定目的的集會 ◆ 開會|例會|年會|紀念會|運動會|週末舞會|記者招待會。❿在長時間內為共同目的而組成的團體 ◆ 工會|學會|基金會|福利會|紅十字會。⓫民間一種小規模經濟互助組織，入會成員按期平均交款，分期輪流使用 ◆ 搖會。⓬熟習；通曉 ◆ 會日文|十八般武藝，樣樣都會。⓭具有某種能力 ◆ 會游泳|不

會唱歌|能說會道|很會安排生活|會捉老鼠的貓兒不叫。⑭表示可能 ◆ 他不會不來的|情況會有變化|事情會有結果的。⑮姓。
〈二〉[kuài ㄎㄨㄞˋ ⑧kui² 繪/wui⁶ 匯]
總計 ◆ 會計。

¹⁰ **朅** [qiè ㄑㄧㄝˋ ⑧kit⁸ 揭]
①離去。②勇武。

¹⁰ **顯** [xiǎn ㄒㄧㄢˇ ⑧hin² 遣]
"顯"的古字。

¹² **虋** (⑩虋) [fēn ㄈㄣ ⑧fɐŋ¹ 拂僧切]
方言。不曾;沒 ◆ 忙到現在,早飯虋吃過。

月 部

⁰ **月** [yuè ㄩㄝˋ ⑧jyt⁹ 越]
①月球;月亮 ◆ 月光|月蝕|花前月下|月下老人|月裏嫦娥|月是故鄉明|近水樓台先得月。②計時單位,一年分為十二個月 ◆ 月份|月頭|唐杜牧《山行》詩:"停車坐愛楓林晚,霜葉紅於二月花。"③每月的 ◆ 月費|月刊|月薪|月收入|日積月累|日新月異。④形狀或顏色像月亮的東西 ◆ 月餅|月琴|月白色。

² **有** [yǒu ㄧㄡˇ ⑧jɐu⁵ 友]
①領有,具有。與"無"、"沒"相對 ◆ 有名|有理|有趣|有生以來|有聲有色|有目共睹|有志事竟成|天若有情天亦老。②表示存在 ◆ 樹上有小鳥|書中印有插圖|寧可信其有,不可信其無|宋朱熹《觀書有感》詩:"問渠那得清如許,為有源頭活水來。"③表示性質、數量達到某種程度 ◆ 花有碗口那麼大|這條魚足有五斤重。④泛指,意思如"某" ◆ 有人說|有一天。⑤用在某些動詞前面,表示客氣 ◆ 有請|有勞諸位。⑥前綴。用在某些朝代名前面 ◆ 有唐|有清一代。⑦姓。

⁴ **朋** [péng ㄆㄥˊ ⑧pɐŋ¹ 憑]
①彼此有交情的人 ◆ 良朋|朋輩|親朋好友|朋友妻,不可欺|有朋自遠方來,不亦樂乎。②結黨;互相勾結 ◆ 朋黨|朋比為奸。③比;倫比 ◆ 碩大無朋。

⁴ **服** 〈一〉[fú ㄈㄨˊ ⑧fuk⁹ 伏]
①衣裳 ◆ 衣服|服裝|服飾|西服|便服。②特指喪服 ◆ 有服在身。③穿(衣服) ◆ 夏服單冬服棉。④吃(藥) ◆ 服用|服毒自殺|只能外敷,不可內服|服藥千朝,不如獨寢一宵。⑤擔任;承擔 ◆ 服役|服刑。⑥聽從;信從 ◆ 服從|服膺|不服管教|心服口服|心悅誠服|服軟不服硬。⑦使信從 ◆ 以

理服人│耐心説服。❽習慣；適應
◆ 水土不服。❾姓。

〈二〉[fù ㄈㄨˋ 圕同〈一〉]
量詞。稱中藥劑量，一劑也稱一服
◆ 抓三服藥。

⁵**朐** [qú ㄑㄩˊ 圕kœy⁴ 渠]
臨朐，地名，在山東省。

⁵**胐** [fěi ㄈㄟˇ 圕fei² 匪]
新月開始發光。

⁶**朒** [nǜ ㄋㄩˋ 圕nuk⁹ 挪玉切]
❶農曆月初月見於東方。❷
虧缺；不足。

⁶**朓** [tiǎo ㄊㄧㄠˇ 圕tiu² 條²]
農曆月末月見於西方。

⁶**朕** [zhèn ㄓㄣˋ 圕dzɐm⁶ 浸⁶]
❶我。秦始皇起專用作皇帝
的自稱。❷微兆；預兆 ◆ 朕兆│朕
跡。

⁶**朔** [shuò ㄕㄨㄛˋ 圕sɔk⁸ 索]
❶農曆的每月初一 ◆ 朔日
│朔望。❷北方 ◆ 朔方│朔風│朔
氣。

⁶**朗** [lǎng ㄌㄤˇ 圕lɔŋ⁵ 狼⁵]
❶明亮 ◆ 晴朗│明朗│爽朗
│朗月清風│豁然開朗│天朗氣清。
❷聲音響亮 ◆ 朗讀│朗誦│書聲朗
朗。

⁷**望**（⑧朢）[wàng ㄨㄤˋ 圕mɔŋ⁶
亡⁶]
❶向遠處看 ◆ 瞭望│登高望遠│望
塵莫及│望穿秋水│望梅止渴│唐
李白《靜夜思》詩："舉頭望明月，
低頭思故鄉。"❷探視；拜訪 ◆ 看
望│探望│拜望。❸企盼；期求 ◆
希望│盼望│望天打卦│眾望所歸│
國家振興有望│吃酒的望醉，放債
的圖利。❹名譽；名聲 ◆ 名望│聲
望│德高望重。❺農曆每月的十五
日 ◆ 望日│朔望。❻店舖門前所掛
的旗幟一類標誌 ◆ 望子。❼介詞。
向着；朝着。同"往" ◆ 望後退│望
河邊走去。❽姓。

⁸**期** 〈一〉[qī ㄑㄧ 圕kei⁴ 其]
❶預定的時間；一定的時間
◆ 定期│期限│因故改期│逾期不候。
❷一段時間 ◆ 時期│學期│假期│青
春期。❸約會；約定時間 ◆ 不期
而遇。❹希望；企盼 ◆ 期望│期待
│期求。❺量詞。用於分期的事物
◆ 黃浦三期│創刊一百期紀念。

〈二〉[jī ㄐㄧ 圕gei¹ 基]
一週年；一整月 ◆ 期年│期月。

⁸**朞** 同"期〈二〉"，見301頁右欄。

⁸**朝** 〈一〉[zhāo ㄓㄠ 圕dziu¹ 招]
❶早晨 ◆ 朝夕│朝露│朝暉
│朝三暮四│朝令夕改│朝不保夕│
朝霞不出門，暮霞行千里│唐李白

《早發白帝城》詩：「朝辭白帝彩雲間，千里江陵一日還。」❷日；天 ◆ 今朝|有朝一日|一朝權在手，便把令來行。

〈二〉[cháo ㄔㄠˊ ⑧tsiu⁴ 潮]
❶臣子上朝廷參見君主；君主接見羣臣 ◆ 朝見|朝拜|朝覲。❷君主聽政議事的地方 ◆ 朝廷|朝政|朝野|朝遷市變|朝中有人好做官。❸君主世代統治的整個時期；一代君主統治的時期 ◆ 朝代|前朝|改朝換代|三朝元老|一朝天子一朝臣。❹對着某個方向；向 ◆ 朝南坐|坐南朝北|面朝黃土背朝天|人們朝大街湧去。❺姓。

¹²瞳 [tóng ㄊㄨㄥˊ ⑧tuŋ⁴ 童]
瞳朦，不明亮的樣子。

¹⁴朦 [méng ㄇㄥˊ ⑧muŋ⁴ 蒙]
朦朧。❶月色不明的樣子 ◆ 月朦朧。❷形容模糊不清 ◆ 煙霧朦朧|暮色朦朧。

¹⁶朧 (朧) [lóng ㄌㄨㄥˊ ⑧luŋ⁴ 龍]
朦朧。見“朦”，302頁左欄。

木 部

⁰木 [mù ㄇㄨˋ ⑧muk⁹ 目]
❶樹；木本植物的通稱 ◆ 樹木|果木|移花接木|枯木逢春|十年樹木，百年樹人|單絲不成線，獨木不成林|唐劉禹錫《酬樂天揚州初逢席上見贈》詩：「沈舟側畔千帆過，病樹前頭萬木春。」❷木頭；木材 ◆ 紅木|紫檀木|枕木|花梨木|木已成舟|朽木不可雕也。❸用木材製成的 ◆ 木偶|木馬|呆若木雞|泥塑木雕。❹棺材 ◆ 棺木|行將就木。❺質樸；樸實 ◆ 為人木訥敦厚。❻失去知覺或感覺 ◆ 麻木|兩腿凍木了。❼五行之一 ◆ 金、木、水、火、土。❽八音之一 ◆ 金、石、土、木、絲、竹、匏、革。❾姓。

⁰不 [dǔn ㄉㄨㄣˇ ⑧dɐn² 躉]
❶木墩，不子。❷做成磚狀的瓷土塊，是製造瓷器的原料。

¹未 [wèi ㄨㄟˋ ⑧mei⁶ 味]
❶副詞。(1) 沒有；不曾。與“已”相對 ◆ 未曾|未成年|未婚妻|未卜先知|未老先衰|未雨綢繆|未歸三尺土，難保百年身。(2) 不 ◆ 未免|未便|未可厚非|未能免俗|小時了了，大未必佳。(3) 用在句末表示疑問 ◆ 可以言未？❷地支的第八位。❸十二時辰之一。未時，相當於下午一時至三時。❹姓。

¹末 [mò ㄇㄛˋ ⑧mut⁹ 沒]
❶樹梢；物的端、尾 ◆ 末

梢|末大必折|明察秋毫之末。❷
不是根本的；不重要的。與"本"相
對 ◆ 末節|本末倒置|捨本逐末。
❸最後；終了 ◆ 末尾|末了|末班
車|歲末年初|末代皇帝|強弩之末
|窮途末路。❹碎屑 ◆ 粉末|碎末
|茶葉末。❺戲曲角色名，扮演中
年男子 ◆ 生、旦、淨、末、丑。

¹ **本** [běn ㄅㄣˇ 粵 bun² 般²]
❶草木的根或莖幹 ◆ 木本
|草本|無源之水，無本之木。❷
根源；來源 ◆ 忘本|溯本求源。❸
事物的根基；最基礎的東西 ◆ 本
質|治本|固本培元|捨本逐末|強
本抑末。❹原來的 ◆ 本意|母本|
本來面目|變本加厲|江山易改，
本性難移|三國魏曹植《七步詩》：
"本自同根生，相煎何太急！"❺
母金 ◆ 本錢|本金|還本付息|一本
萬利|本息一次付清。❻自己或自
己方面的 ◆ 本人|本身|本國|本職
工作|本鄉本土。❼現今的 ◆ 本年
|本月|本週。❽按照；根據 ◆ 本
着實事求是的精神|這個故事是有
所本的。❾本子 ◆ 書本|課本|記
事本|筆記本。❿底本；版本 ◆ 稿
本|劇本|手抄本|騎驢看唱本，走
着瞧。⓫封建時代臣子給皇帝的奏
章或書信 ◆ 奏本|修本。⓬量詞。
(1) 書籍薄冊一冊叫一本 ◆ 三本書
|兩本賬簿。(2) 戲曲一折叫一本
◆ 頭本《西廂記》。(3) 花木一株、
一叢叫一本。

¹ **朮** (®术) [zhú ㄓㄨˊ 粵 sœt⁹
述]
草名，根莖可入藥。分白朮、蒼朮
等數種。

¹ **札** [zhá ㄓㄚˊ 粵 dzat⁸ 扎]
❶古代書寫用的小木片。❷
書信 ◆ 信札|手札|書札|短札。❸
古代鎧甲上的金屬葉片。

² **朽** [xiǔ ㄒㄧㄡˇ 粵 nɐu² 紐]
❶腐爛 ◆ 腐朽|永垂不朽|
摧枯拉朽|朽木不可雕。❷衰老 ◆
老朽。

² **朴** 〈一〉[pò ㄆㄛˋ 粵 pɔk⁸ 撲]
朴樹，落葉喬木，花淡黃
色，果實黑色。木材可製器具。
〈二〉[pō ㄆㄛ 粵 同〈一〉]
朴刀，刀身窄長有短把的刀，古代
的一種兵器。
〈三〉[piáo ㄆㄧㄠˊ 粵 piu⁴ 嫖]
姓。
〈四〉"樸"的簡化字。

² **朱** [zhū ㄓㄨ 粵 dzy¹ 豬]
❶大紅色 ◆ 朱紅|朱砂|朱
筆|近朱者赤，近墨者黑|唐杜甫
《自京赴奉先縣詠懷五百字》詩：
"朱門酒肉臭，路有凍死骨。"❷
姓。

² **朳** [bā ㄅㄚ 粵 bat⁸ 八]
無齒耙。

²机 [jī ㄐㄧ 粤 gei¹ 基]
❶樹名，即橙木樹。❷"機"的簡化字。

²朵 [duǒ ㄉㄨㄛˇ 粤 dɔ² 躲]
❶植物的花或花苞 ◆ 花朵|花骨朵兒。❷量詞。用於花朵、雲彩或成團的東西 ◆ 一朵茉莉花|葵花朵朵向太陽|一朵白雲在天空飄過。❸姓。

³杆 〈一〉[gān ㄍㄢ 粤 gɔn¹ 肝]
細長的木頭或類似的東西 ◆ 杆子|標杆|旗杆|電線杆。
〈二〉同"桿"，見317頁左欄。

³朽 [wū ㄨ 粤 wu¹ 污]
❶瓦工用的抹子。❷抹灰；粉刷 ◆ 糞土之牆不可朽。

³杠 〈一〉[gāng ㄍㄤ 粤 gɔŋ¹ 江]
❶獨木小橋。❷旗竿。
〈二〉同"槓"，見327頁右欄。

³杜 [dù ㄉㄨˋ 粤 dou⁶ 渡]
❶樹名，即棠梨，落葉喬木。枝上有針刺，葉片菱狀卵形或長卵圓形，開白色花，果實小，近球形，褐色有斑點，味酸。也叫"杜樹"、"杜梨"。❷阻塞 ◆ 杜絕|杜門謝客|防微杜漸。❸姓。

³材 [cái ㄘㄞˊ 粤 tsɔi⁴ 才]
❶木料 ◆ 木材。❷物料的通稱 ◆ 鋼材|建材|器材|藥材。❸資料 ◆ 題材|素材|教材。❹指棺材 ◆ 壽材。❺同"才"。資質；能力。也指有才能的人。❻姓。

³村 (粤邨) [cūn ㄘㄨㄣ 粤 tsyn¹ 穿]
❶鄉人聚居的地方；村莊 ◆ 村民|鄉村|農村|前不巴村，後不着店|宋 陸游《遊山西村》詩："山重水複疑無路，柳暗花明又一村。"❷粗野；鄙俗 ◆ 村野|村俗|言語太村|村夫俗子。❸衝撞 ◆ 村了他幾句。

³枤 〈一〉[dì ㄉㄧˋ 粤 dɐi⁶ 弟]
形容樹木孤生獨立。
〈二〉同"舵"，見569頁右欄。

³杖 [zhàng ㄓㄤˋ 粤 dzœŋ⁶ 丈]
❶走路時拄的棍子 ◆ 手杖|竹杖|龍頭拐杖|扶杖而行。❷泛指棍棒一類東西 ◆ 擀麵杖|拿刀弄杖|明火執杖。❸古代五刑之一，即用荊條、竹板、棍棒之類抽打 ◆ 杖三百|五刑謂笞、杖、徒、流、死。

³杌 [wù ㄨˋ 粤 ŋɐt⁹ 兀]
❶矮小的凳子 ◆ 杌子。❷杌陧，不安定。

³杙 [yì ㄧˋ 粤 jik⁹ 亦]
小木樁。

³**杏** [xìng ㄒㄧㄥˋ 粵 heŋ⁶ 幸]
　　樹名。落葉喬木。花白色或粉紅色，果實圓形，味酸甜。可食 ◆ 杏仁│銀杏│宋葉紹翁《遊園不值》詩："春色滿園關不住，一枝紅杏出牆來。"

³**束** [shù ㄕㄨˋ 粵 tsuk⁷ 促]
　　❶捆；縛；紮 ◆ 束縛│束裝│束手待斃│束之高閣│束手無策。❷控制；加以限制 ◆ 約束│拘束│管束│言行檢束。❸量詞。用於捆紮成把的東西 ◆ 一束鮮花。❹聚集成條狀的東西 ◆ 光束│波束。

³**杉** 〈一〉[shān ㄕㄢ 粵 sam¹ 衫/tsam³ 慘³(語)]
　　樹名。常綠喬木。樹幹高直，葉針狀，木材質輕。可用以建房、製作器具。
〈二〉[shā ㄕㄚ 粵 同〈一〉]
　　杉樹的木料 ◆ 杉木│杉篙。

³**杓** 〈一〉[sháo ㄕㄠˊ 粵 sœk⁸ 削]
　　同"勺"。舀東西的器具，半球形，有柄 ◆ 杓子│鐵杓。
〈二〉[biāo ㄅㄧㄠ 粵 biu¹ 標]
　　❶星名，北斗七星柄部的那三顆星。❷拉開。❸打擊。

³**杧** [máng ㄇㄤˊ 粵 mɔŋ⁴ 亡]
　　杧果，一作"芒果"。常綠喬木。果實呈腎形，淡綠色或黃色，果肉多汁，味甜，有香氣。果皮可供藥用。

³**杞** [qǐ ㄑㄧˇ 粵 hei² 喜/gei² 己(語)]
　　❶樹名。(1) 枸杞。(2) 杞柳。❷周代國名，在今河南杞縣 ◆ 杞人憂天。❸姓。

³**李** [lǐ ㄌㄧˇ 粵 lei⁵ 裏]
　　❶樹名，即李子樹。落葉小喬木。葉倒卵狀，開白花，果實圓形。可食 ◆ 李代桃僵│投桃報李│桃李滿天下│桃李不言，下自成蹊│瓜田不納履，李下不正冠。❷姓。

³**杈** 〈一〉[chā ㄔㄚ 粵 tsa¹ 叉]
　　❶樹幹的分枝或樹枝的分岔 ◆ 杈丫。❷一端分岔用來挑禾束、柴草的農具。
〈二〉[chà ㄔㄚˋ 粵 tsa³ 詫]
　　❶植物旁出的分枝 ◆ 樹杈│打棉杈。❷行馬。舊時官府門前攔阻通行的木架。

⁴**枉** [wǎng ㄨㄤˇ 粤 wɔŋ² 汪²]
❶彎曲;不正直 ◆ 矯枉過正│眾枉不可矯。❷使歪曲、不正 ◆ 貪贓枉法。❸屈就 ◆ 枉駕。❹冤屈 ◆ 冤枉│枉死。❺白白地;徒然 ◆ 枉然│枉費心機。

⁴**杬** 〈一〉[yuán ㄩㄢˊ 粤 jyn⁴ 元]
植物名。生南方,皮厚,其皮煎汁可貯藏果品。
〈二〉[wán ㄨㄢˊ 粤 wun⁶ 玩]
按摩。

⁴**林** [lín ㄌㄧㄣˊ 粤 lɐm⁴ 臨]
❶成片的樹木或竹子 ◆ 樹林│森林│竹林│封山育林│單絲不成線,獨木不成林│唐杜牧《山行》詩:"停車坐愛楓林晚,霜葉紅於二月花。"❷聚集在一起的同類的人或事物 ◆ 士林│儒林│藝林│碑林。❸姓。

⁴**枝** 〈一〉[zhī ㄓ 粤 dzi¹ 之]
❶樹幹上旁出的小杈椏 ◆ 樹枝│枝幹│枝繁葉茂│節外生枝│添枝加葉│唐白居易《長恨歌》詩:"在天願作比翼鳥,在地願為連理枝。"❷量詞。(1)用於帶枝的花朵 ◆ 一枝紅梅│宋葉紹翁《遊園不值》詩:"春色滿園關不住,一枝紅杏出牆來。"(2)用於桿狀的東西 ◆ 一枝蠟燭│一枝長槍。
〈二〉[qí ㄑㄧˊ 粤 kei⁴ 棋]
枝指:大拇指旁歧生之指。

⁴**杯** (粤杮盃) [bēi ㄅㄟ 粤 bui¹ 貝¹]
❶盛飲料或其他液體的器皿 ◆ 茶杯│玻璃杯│杯水車薪│杯盤狼藉│杯弓蛇影│酒逢知己千杯少│唐王維《送元二使安西》詩:"勸君更盡一杯酒,西出陽關無故人。"❷授給競賽中優勝者的杯狀物品 ◆ 獎杯│世界杯足球賽。

⁴**板** [bǎn ㄅㄢˇ 粤 ban² 版]
❶片狀的木材;也泛指片狀的其他物體 ◆ 板材│板壁│滑雪板│玻璃板│蹺蹺板│拍板成交。❷樂器中用來打節拍的器具 ◆ 檀板│打竹板,響連天。❸音樂或戲曲中的節拍 ◆ 板眼│快板│慢板│一板三眼│有板有眼。❹因循拘泥;不靈活;不知變通 ◆ 呆板│刻板│古板│死板│板板六十四。❺土壤結成硬塊 ◆ 板結│這地太板了。❻表情嚴肅 ◆ 板起面孔。

⁴**枒** [yā ㄧㄚ 粤 ŋa⁴ 牙]
同"丫"。枒杈,形容樹枝縱橫雜出的樣子。

⁴**枇** [pí ㄆㄧˊ 粤 pei¹ 皮]
枇杷,樹名。常綠喬木。葉呈長橢圓形似琵琶。果實可吃,葉和核可入藥。

⁴**柧** [hù ㄏㄨˋ ⑧wu⁶ 戶]
古代官府門前放置的障礙物，也叫"行馬"。

⁴**杪** [miǎo ㄇㄧㄠˇ ⑧jiu²夭/miu⁵秒(語)]
❶樹梢 ◆ 樹杪。❷末尾 ◆ 杪春｜歲杪。❸細小 ◆ 杪小｜杪杪。

⁴**杳** [yǎo ㄧㄠˇ ⑧miu⁵秒]
幽暗；深遠，不見蹤影 ◆ 杳然｜杳茫｜杳無音信｜杳如黃鶴。

⁴**杲** [gǎo ㄍㄠˇ ⑧gou²稿]
❶明亮 ◆ 杲日｜杲杲。❷姓。

⁴**果** [guǒ ㄍㄨㄛˇ ⑧gwo²裹]
❶植物所結的果實 ◆ 果木｜水果｜瓜果｜碩果纍纍｜只開花不結果。❷事情的結局 ◆ 成果｜結果｜不良後果｜前因後果｜自食其果。❸充實；吃飽 ◆ 衣不蔽體，食不果腹。❹成為事實；實現 ◆ 未果｜言必信，行必果。❺堅決；有決斷 ◆ 果斷｜剛毅果敢。❻副詞。(1)表示情況的發展與事先預料的一致 ◆ 果然如此｜果真贏了。(2)表示事情的結局；終於 ◆ 果伏劍而死。❼當真；若是 ◆ 果能鼎力相助，便可絕處逢生。

⁴**東**(东) [dōng ㄉㄨㄥ ⑧dung¹冬]
❶方位名，即太陽出來的那一邊 ◆ 東方｜東山再起｜東施效顰｜東風吹馬耳｜一江春水向東流｜唐劉禹錫《竹枝詞》詩："東邊日出西邊雨，道是無晴卻有晴。"❷主人 ◆ 房東｜股東｜東家｜作東。

⁴**枘** [ruì ㄖㄨㄟˋ ⑧joey⁶銳]
榫頭 ◆ 方枘圓鑿。

⁴**杵** [chǔ ㄔㄨˇ ⑧tsy⁵處]
❶棒槌，用來舂米、搗衣、搗葉、築土等 ◆ 杵臼｜杵臼交｜血流漂杵｜只要功夫深，鐵杵磨成針。❷搗；用細長的東西戳或捅 ◆ 杵藥聲｜用手指杵了他一下。❸古代兵器名，形狀如杵 ◆ 降魔杵。

⁴**枚** [méi ㄇㄟˊ ⑧mui¹梅]
❶樹幹 ◆ 伐其條枚。❷古代行軍時士卒銜於口中以防喧譁的用具 ◆ 銜枚疾走。❸量詞。多用於小物件 ◆ 一枚硬幣｜一枚獎章｜不勝枚舉。❹姓。

⁴**析** [xī ㄒㄧ ⑧sik⁷色]
❶劈開 ◆ 析薪。❷分開；分散 ◆ 析產｜分崩離析。❸分辨；解釋 ◆ 分析｜辨析｜解析｜條分縷析｜晉陶潛《移居》詩："奇文共欣賞，疑義相與析。"❹姓。

⁴**松** [sōng ㄙㄨㄥ ⑧tsung⁴蟲]
❶樹名。葉常綠、針狀，結

球形果。木材用途廣泛 ◆ 紅松│馬尾松│青松不老│歲寒知松柏。❷姓。❸"鬆"的簡化字。

⁴ 枚 [xiān ㄒㄧㄢ ⑤ hin¹ 掀]
農具名。形似鍬,但鏟端較為方闊,柄的末端無短拐。今作"鍁"。

⁴ 杭 [háng ㄏㄤˊ ⑤ hɔŋ⁴ 航]
❶杭州的簡稱 ◆ 杭紡│上有天堂,下有蘇杭。❷姓。

⁴ 枋 [fāng ㄈㄤ ⑤ fɔŋ¹ 方]
❶樹名,即檀樹。❷方柱形的木料 ◆ 枋子。

⁴ 枓 [dǒu ㄉㄡˇ ⑤ dɐu² 抖]
柱上的方木 ◆ 枓拱。

⁴ 枕 ⟨一⟩[zhěn ㄓㄣˇ ⑤ dzɐm² 怎]
躺下時墊在頭下的臥具 ◆ 枕頭│枕巾│高枕無憂。
⟨二⟩[zhěn ㄓㄣˇ ⑤ dzɐm³ 浸]
❶把頭放在枕頭或其他東西上 ◆ 枕戈待旦│曲肱而枕│他枕着一摞書睡得很香。❷靠近 ◆ 枕山臂江

│北枕長江。

⁴ 杻 ⟨一⟩[niǔ ㄋㄧㄡˇ ⑤ mɐu⁵ 扭]
樹名。枝多彎曲,可做弓。
⟨二⟩[chǒu ㄔㄡˇ ⑤ tsɐu² 醜]
古代刑具,手銬之類。

⁴ 杷 [pá ㄆㄚˊ ⑤ pa⁴ 爬]
枇杷。見"枇",306頁右欄。

⁴ 杼 [zhù ㄓㄨˋ ⑤ tsy⁵ 柱]
織布機的梭子 ◆ 杼柚│自出機杼│投杼之疑。

⁵ 柰 [nài ㄋㄞˋ ⑤ nɔi⁶ 耐]
果樹名。花白色。果實叫"柰子",與蘋果同類而小,俗名"花紅",又名"沙果"。

⁵ 柑 [gān ㄍㄢ ⑤ gɐm¹ 甘]
果樹的一種。常綠喬木,葉長圓形,開小白花,果實圓形,成熟後為黃色,汁多味甜,有廣柑、蜜柑、蘆柑等。

⁵ 某 [mǒu ㄇㄡˇ ⑤ mɐu⁵ 畝]
指示代詞。❶指不指名的人、地、物、事、時等 ◆ 某人│李某某│某個部門。❷指不定的人、地、物、事、時等 ◆ 某地│某種│某時。❸自稱 ◆ 我張某人。

⁵ 枻 (⑤栧) [yì ㄧˋ ⑤ jɐi⁶ 曳]
槳。

⁵**枯** [kū ㄎㄨ ⑧fu¹ 呼]

❶植物因缺少水分變得焦黃萎縮，失去生機 ◆ 枯萎｜枯黃｜摧枯拉朽｜枯木逢春猶再發，人無兩度再少年。❷(河流、水井等)乾涸無水 ◆ 枯井｜枯竭｜海枯石爛。❸沒有生氣；沒有趣味 ◆ 枯寂｜枯坐｜枯燥無味。❹貧乏 ◆ 文思枯窘｜搜索枯腸。❺油料作物的果實榨去油後的渣滓 ◆ 茶枯｜菜枯。

⁵**柯** [kē ㄎㄜ ⑧ɔ¹/ŋɔ¹ 古牙切]

❶樹枝 ◆ 枝柯。❷斧子的柄 ◆ 斧柯。❸姓。

⁵**柄** [bǐng ㄅㄧㄥˇ ⑧biŋ³ 並³/bɛŋ³ 巴鏡切(語)]

❶器物的把兒 ◆ 刀柄｜斧柄｜傘柄｜車柄。❷植物的花、葉、果實與莖、枝連接的部分 ◆ 葉柄｜花柄。❸比喻在言行上被別人抓住的用作要挾或笑談的材料 ◆ 笑柄｜話柄｜把柄｜授人以柄。❹比喻權力 ◆ 權柄｜國柄｜政柄。❺執掌；掌握 ◆ 柄國｜柄政。

⁵**柘** [zhè ㄓㄜˋ ⑧dzɛ³ 蔗]

樹名。落葉喬木。葉卵形，可以餵蠶，木質堅硬細密，是貴重木材 ◆ 柘蠶｜柘黃。

⁵**柩** [jiù ㄐㄧㄡˋ ⑧gɐu³ 舊]

裝着屍體的棺材 ◆ 棺柩｜靈柩｜扶柩。

⁵**枰** [píng ㄆㄧㄥˊ ⑧piŋ⁴ 平]

棋盤 ◆ 棋枰｜紋枰對坐｜推枰認負。

⁵**柜** 〈一〉[jǔ ㄐㄩˇ ⑧gœy² 舉]

柜柳，即杞柳。亦稱“櫸柳”。

〈二〉“櫃”的簡化字。

⁵**查** (⑧查) 〈一〉[chá ㄔㄚˊ ⑧tsa⁴ 茶]

❶檢查；考查 ◆ 查究｜查禁｜查封｜查訪｜查證｜事出有因，查無實據。❷翻檢 ◆ 查字典｜查資料｜查地圖。

〈二〉[zhā ㄓㄚ ⑧dza¹ 渣]

姓。

⁵**柙** [xiá ㄒㄧㄚˊ ⑧hap⁹ 峽]

關野獸的木籠。舊時也指押解犯人的囚籠或囚車。

⁵**枵** [xiāo ㄒㄧㄠ ⑧hiu¹ 囂]

空虛 ◆ 枵腹從公。

⁵**柚** 〈一〉[yóu ㄧㄡˊ ⑧jɐu⁶ 又]

果木名。常綠喬木。葉大而闊，卵形，花白色，果實有圓形或梨形。產於我國南方地區。果實叫“柚子”或“文旦”。

〈二〉[yòu ㄧㄡˋ ⑧jɐu⁴ 尤]

樹名。落葉喬木。葉大，卵形或橢圓形。木質堅硬，是造船、製作傢具的優質木材。

⁵**枳** [zhǐ ㄓˇ ⑧dzi² 指]
樹名。落葉灌木或小喬木。莖上有刺，葉倒卵形或橢圓形，開白花。果實味酸苦，不能吃，可入藥。也叫"枸橘"。

⁵**枴** [guǎi ㄍㄨㄞˇ ⑧gwai² 拐]
走路時幫助支持身體的棍子 ◆ 枴棍│枴杖。

⁵**柵**(⑧柵) 〈一〉[zhà ㄓㄚˋ ⑧tsak⁸ 拆]
用竹木等做成的像籬笆一類的隔離物 ◆ 木柵│柵欄│柵門。
〈二〉[shān ㄕㄢ ⑧san¹ 山]
柵極。多極電子管的一個電極。

⁵**柬** [jiǎn ㄐㄧㄢˇ ⑧gan² 簡]
信件、名片、帖子等的統稱 ◆ 書柬│請柬│柬帖。

⁵**柞** 〈一〉[zuò ㄗㄨㄛˋ ⑧dzɔk⁹ 昨/dzɔk⁸ 作]
樹名。櫟樹的通稱。葉可餵蠶 ◆ 柞蠶絲。
〈二〉[zhà ㄓㄚˋ ⑧dza³ 炸]
柞水，地名，在陝西省。

⁵**柎** [fū ㄈㄨ ⑧fu¹ 夫]
❶花萼。❷器物的足部。

⁵**柏**(⑧栢) 〈一〉[bǎi ㄅㄞˇ ⑧bak⁸ 百]
❶樹名。常綠喬木。葉鱗片狀，木質堅硬 ◆ 扁柏│古柏參天│歲寒知松柏。❷姓。

〈二〉[bó ㄅㄛˊ ⑧同〈一〉]
柏林，德國城市名。
〈三〉同"檗"。"黃檗"也作"黃柏"。

⁵**柝** [tuò ㄊㄨㄛˋ ⑧tɔk⁸ 託]
❶巡夜人所敲的梆子 ◆《木蘭辭》："朔氣傳金柝，寒光照鐵衣。"❷象聲詞。柝柝。

⁵**柢** [dǐ ㄉㄧˇ ⑧dɐi² 底]
樹根 ◆ 根柢│根深柢固。

⁵**枸** 〈一〉[jǔ ㄐㄩˇ ⑧gœy² 舉]
❶樹名，即枳椇。❷枸櫞，樹名，即香櫞。
〈二〉[gǒu ㄍㄡˇ ⑧gɐu² 狗]
枸杞，樹名，果實叫"枸杞子"，可入藥。
〈三〉[gōu ㄍㄡ ⑧同〈一〉]
枸橘，樹名，即枳。

⁵**柳**(⑧桺栁) [liǔ ㄌㄧㄡˇ ⑧leu⁵ 摟]
❶樹名。落葉喬木。葉狹長，枝細長柔韌 ◆ 柳絮│垂柳│桃紅柳綠│柳

暗花明|有意栽花花不發，無心插柳柳成蔭|宋歐陽修《生查子》詞："月上柳梢頭，人約黃昏後。"❷像柳枝或柳葉的東西 ◆ 柳腰|柳葉眉。❸星宿名。二十八宿之一。❹姓。

⁵**枹** 〈一〉[fú ㄈㄨˊ ⑧feu⁴ 浮]
同"桴〈二〉"。鼓槌 ◆ 枹鼓相應。

〈二〉[bāo ㄅㄠ ⑧bau¹ 包]
樹名。落葉喬木。葉倒卵形，樹皮可製栲膠，樹子可提取澱粉。

⁵**柱** [zhù ㄓㄨˋ ⑧tsy⁵ 貯]
❶建築物中直立的用來支撐頂部的構件 ◆ 柱子|頂樑柱|偷樑換柱。❷像柱子的東西 ◆ 花柱|水柱|火柱|膠柱鼓瑟。

⁵**柿**(⑧柹) [shì ㄕˋ ⑧tsi⁵ 特]
樹名。落葉喬木。葉橢圓形或倒卵形，開黃白花，果實扁圓形。可吃，稱"柿子" ◆ 柿餅。

⁵**柈** 〈一〉[bàn ㄅㄢ ⑧pun⁶ 伴]
柈子，方言。大塊的劈柴。

〈二〉[pán ㄆㄢˊ ⑧pun⁴ 盆]
敞口淺底的盛放物品的盤子 ◆ 柈杆|柈餐。

⁵**柒** [qī ㄑㄧ ⑧tset⁷ 漆]
數目字"七"的大寫。

⁵**染** [rǎn ㄖㄢˇ ⑧jim⁵ 冉]
❶用顏料在布帛等物體上着色 ◆ 染布|染色|印染|蠟染工藝|染缸裏拿不出白布來。❷沾上；感受到 ◆ 沾染|感染|傳染|污染|一塵不染|耳濡目染。

⁵**柁** 〈一〉同"舵"，見569頁右欄。

〈二〉[tuó ㄊㄨㄛˊ ⑧tɔ⁴ 駝]
木結構的屋架中順着前後方向架在柱子上的橫木。

⁵**柮** [duò ㄉㄨㄛˋ ⑧dzyt⁸ 苗]
榾柮。見"榾"，328頁左欄。

⁵**枷** [jiā ㄐㄧㄚ ⑧ga¹ 加]
❶古代套在犯人脖子上的一種刑具 ◆ 枷鎖|帶枷|披枷帶鎖。❷脫粒用的農具，即連枷。也作"槤枷"。

⁵**架** [jià ㄐㄧㄚˋ ⑧ga³ 假]
❶用來支承或放置物品的東西 ◆ 框架|支架|書架|葡萄架。❷在物體內部支着作骨幹的 ◆ 骨架。❸支撐；搭設 ◆ 架起帳篷|架橋鋪路|架設電線|疊牀架屋。❹攙扶；挾持 ◆ 綁架|架起病人。❺

承受；抵擋 ◆ 招架不住。❻毆打；爭吵 ◆ 打架｜吵架。❼驕矜的姿態；裝腔作勢的作風 ◆ 臭架子。❽姿勢；格局 ◆ 架勢｜架式｜間架結構。❾捏造，虛構 ◆ 架詞誣控。❿量詞。用於有支柱的或有機械的東西 ◆ 一架鋼琴｜一架飛機。

⁵ **枱** (台⑧檯) [tái ㄊㄞˊ ⑧ tɔi⁴ 苔/tɔi² 苔²]

桌子 ◆ 枱燈｜枱鐘｜枱球｜寫字枱｜梳妝枱。

⁵ **枲** [xǐ ㄒㄧˇ ⑧ sai² 徙]

大麻的雄株。只開花，不結子，纖維可織麻布。

⁵ **柔** [róu ㄖㄡˊ ⑧ jɐu⁴ 由]

❶軟；不堅硬 ◆ 柔軟｜柔韌｜柔枝嫩葉。❷溫和；溫順；不剛強。與“剛”相對 ◆ 柔和｜柔順｜溫柔體貼｜剛柔相濟｜柔腸寸斷｜柔能制剛｜柔情似水。❸姓。

⁶ **栞** [kān ㄎㄢ ⑧ hɔn¹ 罕¹]

“刊”的古字。

⁶ **框** 〈一〉[kuàng ㄎㄨㄤˋ ⑧ kwaŋ¹ 眶/hɔŋ¹ 康]

❶嵌在牆壁間用來固定門窗的架子 ◆ 門框。❷器物周圍用來嵌住東西的架子 ◆ 鏡框｜邊框。

〈二〉[kuàng ㄎㄨㄤˋ/kuāng ㄎㄨㄤ (舊) ⑧ 同〈一〉]

❶圍在四周的圈 ◆ 框框。❷在文字、圖片周圍加上線條 ◆ 把這段文字框起來。❸比喻限制 ◆ 框得過死。

⁶ **栔** [qì ㄑㄧˋ ⑧ kɐi³ 契]

同“契〈一〉”。刻，鍥。

⁶ **栻** [shì ㄕˋ ⑧ tsik⁷ 斥]

古代占卜用的一種器具。

⁶ **桂** [guì ㄍㄨㄟˋ ⑧ gwɐi³ 貴]

❶樹名。木樨，即通常所說的桂花 ◆ 丹桂｜金桂｜巖桂。❷肉桂，可入藥，也可作香料 ◆ 桂皮。❸廣西的別稱 ◆ 湘桂黔｜雲桂川。❹姓。

⁶ **桔** 〈一〉[jié ㄐㄧㄝˊ ⑧ gɐt⁷ 吉]

桔梗，草名。可作藥用。

〈二〉[jié ㄐㄧㄝˊ ⑧ git⁸ 潔]

桔槔，利用槓桿原理從井裏汲水的器具。

〈三〉“橘”的異體字。

⁶ **栲** [kǎo ㄎㄠˇ ⑧ hau² 考]

❶樹名。常綠喬木。葉長圓形，果實球形，木質堅硬細密。樹皮可提取栲膠和染料。❷栲栳，用柳條或竹篾編成的容器，形狀像斗，俗稱“笆斗”。

⁶ **栳** [lǎo ㄌㄠˇ ⑧ lou⁵ 老]

栲栳。見“栲”，312頁右欄。

6 **栽** [zāi ㄗㄞ [粵] dzɔi1 災] ❶種植 ◆ 栽種|栽樹|盆栽|移栽|有意栽花花不發，無心插柳柳成蔭。❷用來移種的植物幼苗 ◆ 栽子|桃栽。❸裝上；插上 ◆ 栽絨。❹硬給安上 ◆ 栽贓|誣栽|栽上罪名。❺跌倒 ◆ 栽跟頭|栽了一跤。

6 **栱** [gǒng ㄍㄨㄥˇ [粵] guŋ2 拱] 房屋建築中立柱頂上成弓形的承重結構叫“栱”，栱與栱之間墊的方形木塊叫“枓”，合稱“枓栱”。

6 **桓** [huán ㄏㄨㄢˊ [粵] wun4 援] 姓。

6 **栗** [lì ㄌㄧˋ [粵] lɵt9 律] ❶樹名。落葉喬木。葉長圓形，花黃白色，果實叫“栗子”或“板栗”。木質堅密 ◆ 糖炒栗子|火中取栗。❷同“慄”，見226頁左欄。❸姓。

6 **桎** [zhì ㄓˋ [粵] dzɐt9 窒] ❶腳鐐 ◆ 桎梏。❷約束；束縛。

6 **柴** [chái ㄔㄞˊ [粵] tsai4 豺] ❶燒火用的禾稭、草木等 ◆ 柴火|柴草|砍柴|乾柴烈火|開門七件事，柴米油鹽醬醋茶|留得青山在，不怕沒柴燒。❷姓。

6 **桌**（[異]槕）[zhuō ㄓㄨㄛ [粵] dzœk8 雀/tsœk8 綽] ❶一種傢具，可用來吃飯、讀書寫字等 ◆ 桌子|飯桌|書桌|辦公桌|桌椅板凳。❷量詞 ◆ 三桌酒席。

6 **桄** 〈一〉[guāng ㄍㄨㄤ [粵] gwɔŋ1 光] 桄榔，樹名。常綠喬木。葉羽狀，果實為倒圓錐形，有辣味。

〈二〉[guàng ㄍㄨㄤˋ [粵] gwɔŋ3 光3] ❶繞線的器具。❷量詞。用於線 ◆ 一桄線。

6 **桐** [tóng ㄊㄨㄥˊ [粵] tuŋ4 同] 樹名。落葉喬木。有泡桐、油桐、梧桐等種。泡桐葉大呈卵形或心臟形，果長圓形，木質疏鬆。可製樂器、模型等。油桐葉卵形，花白色，果球形，種子榨的油叫“桐油”，木質輕軟。可製作傢具。梧桐葉掌狀形，花黃綠色，木質輕而堅韌。可製樂器及各種器具。古書中多指梧桐。

6 **株** [zhū ㄓㄨ [粵] dzy1 朱] ❶露出地面的樹根；樹墩 ◆ 守株待兔|枯木朽株。❷泛指一棵棵的草木 ◆ 株距|幼株。❸量詞。用以計算樹木的數量 ◆ 一株棗樹|有桑樹百株。

6 **栝** 〈一〉[guā ㄍㄨㄚ [粵] kut8 括] 樹名，即檜樹。

〈二〉[kuò ㄎㄨㄛˋ 粵同〈一〉]
❶箭末扣弦處。❷檃栝，矯正木材彎曲的器具。

⁶袱
[fú ㄈㄨˊ 粵fuk⁹伏]
房樑。

⁶柏
[jiù ㄐㄧㄡˋ 粵keu⁵舅]
樹名，即烏桕。落葉喬木。葉菱形，種子外表有白蠟層。可提取蠟，葉可提取黑色染料，樹皮可入藥。

⁶桁
[héng ㄏㄥˊ 粵heŋ⁴恆]
屋樑上用來托住椽子的橫木，即“檁條”。

⁶栓
[shuān ㄕㄨㄢ 粵san¹山]
❶機械或器物上用來開關的物件 ◆ 活栓｜消火栓。❷瓶塞子 ◆ 木栓子。❸泛指形狀像塞子的東西 ◆ 栓劑。❹同“閂” ◆ 門栓。

⁶桃
[táo ㄊㄠˊ 粵tou⁴逃]
❶樹名。落葉小喬木。葉長橢圓形，花粉紅色。品種很多，果實甜美 ◆ 桃符｜桃紅柳綠｜投桃報李｜桃李不言，下自成蹊｜宋蘇軾《惠崇春江晚景》詩：“竹外桃花三兩枝，春江水暖鴨先知。”❷桃色。(1) 粉紅色。(2) 有關豔情的事 ◆ 桃色糾紛｜桃色新聞。❸形狀像桃的其他果實 ◆ 棉桃｜櫻桃｜山核桃。❹指核桃 ◆ 桃酥。

⁶桅
[wéi ㄨㄟˊ 粵ŋei⁴危]
船上掛帆的長杆 ◆ 桅檣｜桅杆。

⁶枸
[xún ㄒㄩㄣˊ 粵sœn⁴詢]
❶樹名，即枸子木。落葉灌木。葉卵形，花白色，果實球形，供觀賞。❷掛鐘磬的架子，兩端直立的柱叫“虡”，懸掛的橫樑叫“枸”。

⁶桀
[jié ㄐㄧㄝˊ 粵git⁹傑]
❶夏朝末代君主，相傳是個暴君 ◆ 桀犬吠堯。❷兇暴；倔強 ◆ 桀逆｜桀驁不馴。❸雞棲的小木樁。

⁶格
〈一〉[gé ㄍㄜˊ 粵gak⁸隔]
❶隔成方形的框子或空欄 ◆ 格子｜方格｜空格｜一段開頭要空兩格寫。❷標準；式樣 ◆ 格式｜規格｜合格｜別具一格｜不拘一格。❸品質；氣度；作風 ◆ 人格｜品格｜風格｜性格｜格調。❹阻止；阻礙 ◆ 格於成例｜格格不入。❺推究；研究 ◆ 格物致知。❻打鬥 ◆ 格鬥｜格殺勿論。❼糾正。❽姓。
〈二〉[gē ㄍㄜ 粵gɔk⁷]
格格。❶象聲詞。形容笑聲、鳥叫聲等。❷形容咬牙聲 ◆ 牙齒咬得格格響。❸清代皇帝女兒的稱號。

⁶校
〈一〉[xiào ㄒㄧㄠˋ 粵hau⁶效]
教學機構 ◆ 學校｜校友｜校長｜校花

|軍校|全校師生。

〈二〉[xiào ㄒㄧㄠˋ ⑨gau³ 較]
軍銜名。在將之下，尉之上 ◆ 校
官|上校|中校|少校。

〈三〉[jiào ㄐㄧㄠˋ ⑨同〈二〉]
❶比較；較量 ◆ 校場|校量。❷訂
正 ◆ 校勘|校對|校閱|校正|改校
樣。

⁶核 〈一〉[hé ㄏㄜˊ ⑨het⁹ 瞎]
❶植物果實中包藏果仁的堅
硬部分 ◆ 桃核|杏核。❷物體中像
核的部分 ◆ 細胞核|肺結核。❸事
物的中心部分 ◆ 核心|原子核。❹
同"覈"。仔細地對照審查 ◆ 核實
|核對|核准|審核。

〈二〉[hú ㄏㄨˊ ⑨wet⁹ 屈⁹]
同〈一〉❶，用於某些口語詞 ◆ 桃核
|棗核。

⁶枡 〈一〉[bēn ㄅㄣ ⑨ben¹ 奔]
枡茶，地名，在江蘇省。

〈二〉[bīng ㄅㄧㄥ ⑨bin¹ 兵]
❶枡柑，樹名。常綠灌木。葉橢圓
形，花白色，果實橙黃。❷枡櫚，
古書上指棕櫚。

⁶桊 [juàn ㄐㄩㄢˋ ⑨gyn³ 眷]
穿在牛鼻上的小木棍兒或小
鐵環 ◆ 牛鼻桊兒。

⁶桉 [ān ㄢ ⑨on¹/ŋon¹ 安]
樹木名。常綠喬木。樹幹修
長，枝葉可提取桉油 ◆ 桉葉糖。

⁶案 [àn ㄢˋ ⑨on³/ŋon³ 按]
❶長方形的桌子 ◆ 几案|案
頭|書案|伏案疾書|拍案而起。❷
支撐起來的長方形木板，多指炊事
操作台 ◆ 案板|白案。❸機關的文
件、材料 ◆ 案卷|檔案|備案|案牘
|有案可查。❹提出計劃、辦法或
意見、建議等的書面材料 ◆ 提案|
議案|方案|教案。❺涉及到法律問
題的事 ◆ 案件|案犯|破案|血案|
投案自首。❻同"按"。(1)考查；
核對 ◆ 有原件可案。(2)依據；依
照 ◆ 案之事實|案圖索驥。(3)編
者、作者另加的話 ◆ 案語|編者
案。❼有短腳盛食物的木托盤 ◆
持案進食|舉案齊眉。

⁶根 [gēn ㄍㄣ ⑨gen¹ 斤]
❶草木莖部的最下端，生在
土壤裏吸收水分和營養，並能固定
草木不使倒伏 ◆ 樹根|草根|根苗
|斬草除根|根深葉茂|盤根錯節|
樹高千丈，葉落歸根。❷比喻子
孫後代 ◆ 子孫根|這孩子是他家的
根。❸物體的底部、下基 ◆ 牙根
|牆根|山根|根基。❹事物的本源
或依據 ◆ 根源|病根|禍根|有根有
據|追根溯源。❺完全、徹底地 ◆
根除|根治|根絕。❻量詞。用於細
長的東西 ◆ 一根木頭|幾根鐵軌|
兩根筷子。❼數學上稱方程式內所
求未知數的值。❽化學上指化合物
中所含的一部分原子，被看作一個
單位時稱根，也叫"基" ◆ 氫根。

6 **栩** [xǔ ㄒㄩˇ ⑧ hœy² 許]
❶樹名，即櫟樹，也叫"柞樹"。❷栩栩，形容生動活潑的樣子 ◆ 栩栩如生，惟妙惟肖。

6 **桑**(⑧桼) [sāng ㄙㄤ ⑧ sɔŋ¹ 喪]
❶樹名。落葉喬木。葉卵形，可餵蠶，皮可製紙，果名"桑葚"，味甜可吃，葉、果、皮、根均可入藥 ◆ 桑梓|滄海桑田|唐劉禹錫《酬樂天詠老見示》詩："莫道桑榆晚，微霞尚滿天。"❷姓。

6 **桫** 同"挱〈二〉"，見249頁右欄。

7 **梧** [bēi ㄅㄟ ⑧ bui¹ 貝¹]
❶同"杯"，見306頁右欄。❷姓。

7 **械** [xiè ㄒㄧㄝˋ ⑧ hai⁶ 懈]
❶器具；器物 ◆ 器械|機械。❷特指武器 ◆ 槍械|軍械|繳械|械鬥。❸指枷鎖、鐐銬一類的刑具 ◆ 械解。

7 **梵** [fàn ㄈㄢˋ ⑧ fan⁶ 飯]
音譯用字。古代印度的書面語叫"梵文"或者"梵語"；佛經原來是用梵語寫成的，因此與佛教有關的事物也稱"梵"，如梵宇、梵宮即佛寺，梵學即佛學，梵聲即誦經聲。

7 **桲** [po·ㄆㄛ ⑧ but⁹ 勃]
榅桲。見"榅"，325頁右欄。

7 **梗** [gěng ㄍㄥˇ ⑧ gɐŋ² 耿]
❶植物的直莖或枝 ◆ 花梗|荷梗|高粱梗。❷挺直 ◆ 梗着脖子。❸正直 ◆ 梗直。❹強硬；頑固 ◆ 強梗|頑梗。❺阻塞；妨礙 ◆ 梗塞|山川梗阻|從中作梗。

7 **梧** [wú ㄨˊ ⑧ ŋ⁴ 吳]
樹名，即梧桐。落葉喬木。葉掌狀，花黃綠色，木質輕而堅韌。可製樂器和其他器具 ◆ 梧桐|梧葉。

7 **梜** [jiā ㄐㄧㄚ ⑧ fap⁴ 甲]
箸；筷子。

7 **桠** [bì ㄅㄧˋ ⑧ bɐi⁶ 弊]
桠柜，古代官府門前用來攔住行人的木柵欄，俗稱"拒馬叉子"，又叫"行馬"。

7 **梢** [shāo ㄕㄠ ⑧ sau¹ 筲]
❶樹枝的末端 ◆ 樹梢|宋歐陽修《生查子》詞："月上柳梢頭，人約黃昏後。"❷泛指物的末

尾。也指一段時間的盡頭 ◆ 鞭梢｜頭髮梢｜喜上眉梢｜神經末梢｜春梢。❸同"艄" ◆ 梢公(船家)。

7 **桿** [gǎn ㄍㄢˇ [粵]gɔn^{1} 乾]
❶器物上像棍子的細長部分 ◆ 筆桿｜槍桿｜秤桿。❷量詞。用於有桿的器物 ◆ 一桿秤｜一桿槍｜眾人心裏有桿秤。

7 **桯** [tīng ㄊㄧㄥ [粵]tiŋ^{1} 聽^{1}]
❶古代牀前的小几。❷橫木。

7 **梖** [bèi ㄅㄟˋ [粵]bui^{3} 貝]
梖多，樹名。常綠喬木。樹高六、七丈，葉大，稱貝葉，可用來寫字。

7 **梘**(枧) [jiǎn ㄐㄧㄢˇ [粵]gan^{2} 揀]
❶引水槽。❷粵方言。肥皂 ◆ 番梘｜香梘。

7 **梩** [lí ㄌㄧˊ [粵]lei^{4} 厘]
鍬一類的挖土器具。

7 **梆** [bāng ㄅㄤ [粵]bɔŋ^{1} 邦]
❶梆子。(1)用挖空的木頭或竹筒製成的響器，用來打更等。(2)用兩塊長方形的木板製成的打擊樂器，用來伴奏。(3)用梆子伴奏的唱腔、劇種 ◆ 梆子腔｜河北梆子。❷象聲詞，敲打木頭的聲音 ◆ "梆梆梆"的敲門聲。

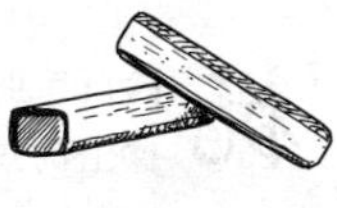

7 **梏** [gù ㄍㄨˋ [粵]guk^{7} 谷]
❶古代木製的手銬 ◆ 手梏｜桎梏。❷監禁；束縛。

7 **梃** 〈一〉[tǐng ㄊㄧㄥˇ [粵]tiŋ^{5} 挺]
❶木棍；棍棒 ◆ 梃擊。❷植物的梗子 ◆ 竹梃。
〈二〉[tìng ㄊㄧㄥˋ [粵]同〈一〉]
❶殺豬後，在豬的腿上割開一個口子，用鐵棍貼着腿皮往裏捅，待形成溝後再往裏吹氣，使豬皮繃緊，以便去毛除垢 ◆ 梃豬。❷梃豬用的鐵棍。

7 **梨**([異]棃) [lí ㄌㄧˊ [粵]lei^{4} 離]
樹名。落葉喬木。葉卵形，花白色，果實汁多。品種很多，如鴨梨、酥梨、雪梨、萊陽梨、碭山梨等 ◆ 唐岑參《白雪歌送武判官歸京》詩："忽如一夜春風來，千樹萬樹梨花開。"

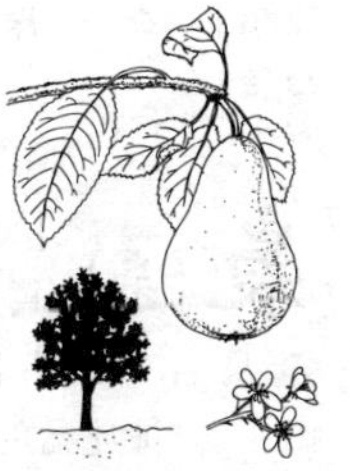

7 **梅** [méi ㄇㄟˊ [粵]mui^{4} 煤]
❶樹名。落葉喬木或灌木。品種很多。有臘梅，性耐寒，冬季先開花後長葉，花有紅、白、紫等

顏色。味香，供觀賞。有楊梅，葉狹長，花褐色，稱"梅花"。果實表面有粒狀突起，稱"梅子"。味酸甜，可吃 ◆ 梅子｜望梅止渴｜梅花香自苦寒來。❷節候名。春末夏初江南濕潤多雨，正當黃梅成熟季節，因此稱這段時間叫"梅天"，稱進入這個時候叫"入梅"，稱這時的天氣叫"黃梅天"。❸姓。

⁷**條**(条) [tiáo ㄊㄧㄠˊ ⑧ tiu⁴ 超]

❶細長的樹枝 ◆ 藤條｜枝條｜柳條｜荊條。❷泛指長條形的東西 ◆ 焊條｜金條｜麵條｜封條｜條形碼。❸分項列舉 ◆ 條文｜條例｜條目｜條款｜條陳。❹秩序；層次 ◆ 條理分明｜有條不紊｜井井有條｜條分縷析。❺量詞。(1)用於細長的東西 ◆ 一條扁擔｜一條馬路｜兩條褲子。(2)用於分項 ◆ 一條新聞｜五條罪狀｜二十條規章制度。(3)用於某些抽象事物 ◆ 一條出路｜一條正確路線。

⁷**梟**(枭) [xiāo ㄒㄧㄠ ⑧ hiu¹ 囂]

❶鳥名。也寫作"鴞"，又名"鵂鶹"。一種兇猛的鳥。舊傳梟食母，故常以喻惡人。❷比喻雄健、勇猛 ◆ 梟將｜梟帥｜梟雄。❸舊時指販運私鹽的人 ◆ 鹽梟｜私梟。❹為首的 ◆ 毒梟。❺古代的一種刑罰，把人處死後懸頭示眾 ◆ 梟首示眾。

⁷**栀**(⑧栀) [zhī ㄓ ⑧ dzi¹ 支]

樹名。常綠灌木。葉橢圓形，春天開白花，香味濃烈，果實倒卵形。花供觀賞，果實可入藥，並可做黃色染料。俗稱此樹為"栀子樹"，花叫"栀子花"。

⁷**桼** [qī ㄑㄧ ⑧ tsɐt⁷ 七]

"漆"的古字。

⁷**桴** ⟨一⟩[fú ㄈㄨˊ ⑧ fu¹ 呼]

❶用竹木製成的筏子。❷房屋大樑上的小樑，俗稱"二樑"。
⟨二⟩[fú ㄈㄨˊ ⑧ fɐu⁴ 浮]
鼓槌 ◆ 桴鼓相應。

⁷**桷** [jué ㄐㄩㄝˊ ⑧ gɔk⁸ 角]

方形的椽子。

⁷**梓** [zǐ ㄗˇ ⑧ dzi² 子]

❶樹名。落葉喬木。葉對生，稍有掌狀淺裂，圓錐花序，花黃白色，木質輕。古代用以製琴瑟及建築材料 ◆ 桑梓｜梓里。❷印刷刻板 ◆ 付梓｜梓行。

⁷**梳** [shū ㄕㄨ ⑧ sɔ¹ 蔬]

❶理順頭髮的工具 ◆ 梳子｜梳篦｜木梳。❷用梳子整理頭髮 ◆ 梳洗｜梳妝打扮｜頭不梳，臉不洗。

⁷**梲** [zhuō ㄓㄨㄛ ⑧ dzyt⁸ 綴]

樑上的短柱。

⁷ **梯** 〔tī ㄊㄧ 〕⑧tɐi¹ 啼〕
❶登高用具 ◆ 梯子｜樓梯｜電梯｜雲梯｜上了樓就撤梯。❷形狀像樓梯的 ◆ 梯隊｜梯形｜梯田。

⁷ **杪** 〔suō ㄙㄨㄛ ⑧sɔ¹ 梳〕
杪欏，蕨類木本植物。莖含澱粉，可食用。

⁷ **梁** 〔liáng ㄌㄧㄤˊ ⑧lœŋ⁴ 良〕
❶同"樑"，見332頁右欄。❷橋 ◆ 橋梁｜石梁｜津梁。❸水中築的用來捕魚的堰 ◆ 魚梁。❹物體隆起的部分 ◆ 提梁｜鼻梁｜脊梁｜山梁。❺國名。戰國時魏國遷都大梁後稱梁。❻朝代名。(1)南朝之一，蕭衍所建(公元502—557年)。(2)五代朱溫所建，稱後梁(公元907—923年)。❼姓。

⁷ **桹** 〔láng ㄌㄤˊ ⑧lɔŋ⁴ 郎〕
桹桹，象聲詞。形容木頭相擊的聲音。

⁷ **梫** 〔qǐn ㄑㄧㄣˇ ⑧tsɐm² 寢〕
木桂的別稱。

⁷ **掬** 〔jū ㄐㄩ ⑧guk⁷ 谷〕
登山時乘坐的轎。

⁷ **桶** 〔tǒng ㄊㄨㄥˇ ⑧tuŋ² 統〕
❶圓柱形的容器 ◆ 水桶｜木桶｜鐵桶｜汽油桶。❷量詞。用於桶裝的東西 ◆ 一桶酒｜兩桶柴油｜第

一桶金｜一桶水不響，半桶水晃盪。

⁷ **梭** 〔suō ㄙㄨㄛ ⑧sɔ¹ 梳〕
❶織布機上牽引緯線的工具，兩頭尖，中間粗 ◆ 梭子。❷形容往來頻繁或時間過得快 ◆ 梭巡｜穿梭外交｜光陰似箭，日月如梭。❸像梭子形的東西 ◆ 梭標｜梭魚｜梭子蟹。

⁸ **棒** 〔bàng ㄅㄤˋ ⑧paŋ⁵ 彭⁵〕
❶棍子。也指用棍子擊打 ◆ 棍棒｜棒槌｜棒打鴛鴦｜當頭棒喝｜棒頭出孝子。❷口語稱突出、出色為棒 ◆ 棒小伙子｜期終考試成績真棒。

⁸ **根**(枨) 〔chéng ㄔㄥˊ ⑧tsaŋ⁴ 橙〕
❶豎立在門旁的木柱。❷觸動 ◆ 根觸。

⁸ **棻** 〔fēn ㄈㄣ ⑧fɐn¹ 芬〕
有香味的木頭。

⁸ **楮** 〔chǔ ㄔㄨˇ ⑧tsy² 處〕
❶樹名。落葉喬木。葉卵形似桑，皮可造紙，也稱"構樹"或"穀樹"。❷紙的代稱 ◆ 楮墨｜楮錢。

⁸ **棱** ⟨一⟩〔léng ㄌㄥˊ ⑧liŋ⁴ 玲〕
❶物體上不同方向的兩個平面接連的部分 ◆ 棱角｜鋒棱｜三棱

鏡。❷物體表面上凸起的長條形部分 ◆ 瓦棱｜搓板的棱兒。

〈二〉[lēng ㄌㄥ ⑧同〈一〉]
用於某些口語詞 ◆ 紅不棱登｜花不棱登。

〈三〉[líng ㄌ丨ㄥˊ ⑧同〈一〉]
地名用字。黑龍江有穆棱縣。

⁸**椏** [yā 丨ㄚ ⑧a¹/ŋa¹ 丫]
同"枒"、"丫"。樹杈 ◆ 樹椏｜椏杈。

⁸**棋**(⑧棊碁) [qí ㄑ丨ˊ ⑧kei⁴ 其]
一種娛樂用品。有象棋、圍棋、軍棋、跳棋等。象棋、圍棋又是體育運動項目 ◆ 棋譜｜棋高一着｜棋逢敵手｜星羅棋佈｜觀棋不語真君子。

⁸**植** [zhí ㄓˊ ⑧dzik⁹ 直]
❶栽種 ◆ 植樹｜種植｜移植｜培植。❷泛指草木、穀物 ◆ 植物｜植株。❸樹立 ◆ 植黨營私。❹姓。

⁸**森** [sēn ㄙㄣ ⑧sem¹ 心]
❶形容樹木很多 ◆ 森林｜林木森森。❷形容繁密、眾多 ◆ 森羅萬象。❸陰沉幽暗 ◆ 陰森｜冷森森。❹整齊嚴肅 ◆ 戒備森嚴。

⁸**棽** [shēn ㄕㄣ ⑧sem¹ 心/tsem¹ 侵]
形容繁盛茂密 ◆ 棽棽｜棽麗。

⁸**棼** [fén ㄈㄣˊ ⑧fen⁴ 墳]
❶閣樓的短樑。❷麻布。❸紛亂 ◆ 治絲益棼。

⁸**棟**(栋) [dòng ㄉㄨㄥˋ ⑧duŋ³ 凍]
❶房屋的正樑 ◆ 棟樑｜雕樑畫棟｜汗牛充棟。❷比喻肩負重任的人 ◆ 國棟。❸量詞。用來稱房子 ◆ 一棟樓房。

⁸**棫** [yù ㄩˋ ⑧wik⁹ 域]
樹名，即白桵。

⁸**椅** 〈一〉[yī 丨 ⑧ji¹ 衣]
樹名，即山桐子。落葉喬木。葉卵形，花黃綠色，果實球形色紅。木材可製器具。

〈二〉[yǐ 丨ˇ ⑧ji² 倚]
有靠背的坐具，即椅子 ◆ 藤椅｜轉椅｜輪椅｜桌椅板凳。

⁸**椋** [lái ㄌㄞˊ ⑧lɔi⁴ 來]
椋木，樹名。落葉喬木。葉闊卵形，花黃白色，果實橢圓形。可榨油製肥皂和潤滑油，樹皮和葉可提取栲膠或紫色染料。

⁸**棳** [zhuó ㄓㄨㄛˊ ⑧dœk⁸ 啄]
❶敲擊。❷古代割去男性生殖器的酷刑。

⁸**棲**(⑧栖) 〈一〉[qī ㄑ丨 ⑧sɐi¹ 西/tsɐi¹ 妻 (語)]

鳥類停在樹上歇息；泛指人居住、停留 ◆ 棲息｜棲身海外｜兩棲動物。
〈二〉[xī ㄒ丨 ⑧ tsɐi¹ 妻/sɐi¹ 西] 棲棲，形容忙碌，不得安定的樣子。

棧（栈） [zhàn ㄓㄢˋ ⑧ dzan⁶ 撰]
❶竹木編成的牲畜棚或柵欄 ◆ 馬棧｜羊棧｜駑馬戀棧。❷在懸崖絕壁上用木料傍山架起的道路 ◆ 棧道。❸儲存貨物或留宿旅客的場地或房屋 ◆ 貨棧｜客棧｜棧房｜堆棧。

椒 [jiāo ㄐ丨ㄠ ⑧ dziu¹ 招]
❶樹名，即花椒。落葉灌木或小喬木。枝上有刺，果實球形，暗紅色，有香味。可作調料，也可入藥 ◆ 椒房｜椒蘭。❷某些草本植物及其果實也叫椒 ◆ 辣椒｜胡椒｜柿子椒。

棹 〈一〉[zhào ㄓㄠˋ ⑧ dzau⁶ 驟] 同“櫂”。❶船槳。也借指船。❷划船。
〈二〉[zhuō ㄓㄨㄛ ⑧ dzœk¹ 卓] ❶木名。❷桌子。

棠 [táng ㄊㄤˊ ⑧ tɔŋ⁴ 唐]
❶樹名，即棠梨。落葉喬木。花白色，果實小。棠梨常用作嫁接各種梨樹的砧木。❷樹名，即棠棣。落葉喬木。❸姓。

棋 [jǔ ㄐㄩˇ ⑧ gœy² 舉]
❶樹名，即枳椇。落葉喬木。❷古代祭祀時放祭品的木架。

棵 [kē ㄎㄜ ⑧ fɔ² 火]
量詞。植物一株叫一棵 ◆ 一棵古柏｜一棵小草。

棍 [gùn ㄍㄨㄣˋ ⑧ gwɐn³ 君³]
❶由竹、木截成或金屬製成的圓而長的棒；棍棒 ◆ 木棍｜棍子｜警棍｜枴棍。❷無賴；惡徒 ◆ 惡棍｜賭棍｜訟棍。

棘 [jí ㄐ丨 ⑧ gik⁷ 擊]
❶酸棗樹。多刺，果小味酸。❷泛指有刺的叢生灌木 ◆ 棘刺｜棘籬｜荊棘叢生｜披荊斬棘｜荊天棘地。❸帶刺狀的東西 ◆ 棘皮動物。❹比喻困難 ◆ 事情很棘手。❺姓。

棗（枣） [zǎo ㄗㄠˇ ⑧ dzou² 早]
❶樹名。落葉喬木或灌木，枝上有刺，葉卵形或長圓形，花黃綠色，果實成熟後為暗紅色，味甜可吃，稱“棗子”。木質堅硬，可製器具、雕板等 ◆ 棗紅｜棗泥｜紅棗｜蜜棗｜囫圇吞棗。❷姓。

⁸ **棡**（枫）[gāng ㄍㄤ ⓐ gɔŋ¹ 剛]

青棡，落葉喬木。通名橡樹。葉橢圓形，木質堅實，供建築用。

⁸ **棑** [pái ㄆㄞˊ ⓐ pai⁴ 排]

木筏。

⁸ **棐** [fěi ㄈㄟˇ ⓐ fei² 匪]

輔助。

⁸ **栺** [zhī ㄓ ⓐ dzi¹ 支]

檳栺。越南地名。

⁸ **椎** 〈一〉[chuí ㄔㄨㄟˊ ⓐ tsœy⁴ 徐]

❶同“槌”。敲擊的器具 ◆ 鐵椎。❷椎形的東西 ◆ 椎髻。❸同“捶”。用椎打 ◆ 椎殺 | 椎心泣血 | 椎胸頓足。

〈二〉[zhuī ㄓㄨㄟ ⓐ dzœy¹ 追]

脊椎骨 ◆ 腰椎 | 頸椎 | 尾椎。

⁸ **棉** [mián ㄇㄧㄢˊ ⓐ min⁴ 眠]

❶植物名。(1) 草棉，一年生草本植物。花淡黃色，果實形狀像桃兒，內有白色纖維，叫“棉花”，是紡織原料 ◆ 植棉 | 棉農 | 棉田。(2) 木棉。落葉喬木。花紅色，種子表皮上長有白色纖維，可用來裝枕頭。也叫“紅棉”。❷指作為紡織原料的棉花 ◆ 棉布 | 棉衣 | 藥棉 | 棉織品。❸像棉花的絮狀物 ◆ 石棉。

⁸ **椑** 〈一〉[bēi ㄅㄟ ⓐ bei¹ 悲]

椑柿，一種柿子樹。果汁可製漆。

〈二〉[pí ㄆㄧˊ ⓐ pei⁴ 皮]

❶古代的一種橢圓形盛酒器。❷橢圓。

⁸ **棚** [péng ㄆㄥˊ ⓐ paŋ⁴ 彭]

❶用竹木搭起的用來遮陽擋雨的篷架 ◆ 涼棚 | 瓜棚 | 千里搭長棚，沒有不散的筵席。❷簡陋的房屋 ◆ 工棚 | 窩棚 | 馬棚 | 棚戶區。

⁸ **椋** [liáng ㄌㄧㄤˊ ⓐ lœŋ⁴ 涼]

樹名。又稱“椋子木”，俗稱“燈台樹”。葉似柿葉，果實細圓形，生時青色，熟時黑色，木質堅硬。

⁸ **槨**（®槨）[guǒ ㄍㄨㄛˇ ⓐ gwɔk⁸ 國]

棺材外面的套棺 ◆ 棺槨。

⁸ **椉**

同“乘”，見9頁左欄。

⁸ **棓** [bàng ㄅㄤˋ ⓐ paŋ⁵ 棒]

❶農具名。即連枷。❷古同“棒”。棍棒。

⁸ **棄**（®弃）[qì ㄑㄧˋ ⓐ hei³ 戲]

扔掉；捨去 ◆ 拋棄 | 棄權 | 棄暗投明 | 前功盡棄。

⁸ **桊** [quān ㄑㄩㄢ ⑧ hyn¹ 喧]
曲木製成的盂，古代的一種飲器。

⁸ **椪** [pèng ㄆㄥˋ ⑧ puŋ³ 碰]
椪柑。柑的一個品種。

⁸ **棪** [yǎn ㄧㄢˇ ⑧ jim⁵ 染]
樹名。

⁸ **棕**(⑧椶椶) [zōng ㄗㄨㄥ ⑧ dzuŋ¹ 宗]
❶棕櫚樹。常綠喬木。樹幹圓而高，不分枝，葉大有長柄，葉梢有褐色纖維組織包在樹幹上，叫"棕毛"，堅韌耐水，可製繩子、蓑衣、刷子等 ◆ 棕毛｜棕皮｜棕匠｜棕繃。❷褐色 ◆ 棕色。

⁸ **椗** [dìng ㄉㄧㄥˋ ⑧ diŋ³ 訂]
同"碇"。繫船的石礅或鐵錨。

⁸ **椀** 同"碗"，見474頁右欄。

⁸ **棺** [guān ㄍㄨㄢ ⑧ gun¹ 官]
裝殮屍體的器具，一般用木材製成 ◆ 棺木｜蓋棺論定｜不見棺材不掉淚。

⁸ **棨** [qǐ ㄑㄧˇ ⑧ kɐi² 啟]
古代官吏出行時用來證明身份的信物，用木製成，形狀像戟 ◆ 棨戟。

⁸ **棣** [dì ㄉㄧˋ ⑧ dɐi⁶ 弟]
樹名。❶指棠棣，果實叫"山櫻桃"。❷指棣棠，落葉灌木。葉卵形，花黃色，可供觀賞。

⁸ **椐** [jū ㄐㄩ ⑧ gœy¹ 居]
樹名，也叫"靈壽木"。枝節腫大，可以做枴杖。

⁹ **楔** [xiē ㄒㄧㄝ ⑧ sit⁸ 屑]
❶門兩旁的木柱。❷楔子。(1) 插入木器榫頭縫裏的木片使榫頭密合牢固。(2) 雜劇裏加在第一折前頭或插在兩折之間的小段、小說的引子。❸ 把楔形的東西敲進物體裏。

⁹ **椿** [chūn ㄔㄨㄣ ⑧ tsœn¹ 春]
❶樹名。落葉喬木。有香味的叫"香椿"，嫩葉可吃；有臭味的叫"臭椿"。❷古代傳說椿樹長壽，因此常用來象徵人長壽。也用來比喻父親 ◆ 椿年｜椿齡｜椿萱。

⁹ **栲** ⟨一⟩[hù ㄏㄨˋ ⑧ wu⁶ 互]
樹名。荊類植物，可製箭桿、器物。
⟨二⟩[kǔ ㄎㄨˇ ⑧ fu² 苦]
粗糙；不堅固；不精細。

⁹楳

同"梅"，見317頁右欄。

⁹椹

〈一〉同"葚"，見591頁左欄。
〈二〉[zhēn ㄓㄣ 粵dzɐm¹ 針]
砧板 ◆ 木椹｜鐵椹｜椹板。

⁹椰

[yē ㄧㄝ 粵jɛ⁴ 爺]
樹名。常綠喬木。樹幹直立不分枝，羽狀複葉叢生頂端，果實球形，外殼堅硬，果肉白色多汁，可吃，俗稱"椰子" ◆ 椰汁｜椰油｜椰雕。

⁹楠（粵枬）

[nán ㄋㄢˊ 粵nam⁴ 南]
樹名。常綠喬木。樹高十餘丈，木質堅密芳香，是貴重木材。可用於建築、造船等，古時候用以製棺木。

⁹楂

〈一〉[zhā ㄓㄚ 粵dza¹ 渣]
本作"樝"。果名，即山楂 ◆ 山楂糕。
〈二〉[chá ㄔㄚˊ 粵tsa⁴ 茶]
❶木筏。❷短而硬的頭髮或鬍子。❸同"茬"，見580頁左欄。

⁹楚

[chǔ ㄔㄨˇ 粵tsɔ² 礎]
❶俗稱牡荊，落葉灌木。枝幹堅韌。古代常用它的枝條來打人 ◆ 笞楚｜夏楚。❷拷打 ◆ 楚掠。❸痛苦 ◆ 苦楚｜悽楚｜痛楚｜酸楚。❹整齊；清晰 ◆ 齊楚｜清楚｜一清二楚。❺周朝諸侯國之一，原在今湖北、湖南一帶，後擴展到河南、安徽、江蘇、浙江、江西和四川 ◆ 楚囚｜四面楚歌｜楚材晉用｜朝秦暮楚。❻指湖南、湖北一帶，特指湖北 ◆ 楚劇。❼姓。

⁹楝

[liàn ㄌㄧㄢˋ 粵lin⁶ 練]
樹名。落葉喬木。羽狀複葉，花淡紫色，果實橢圓形，褐色，俗稱"苦楝子"、"金鈴子"，木材俗稱"苦楝木"，可製器具；種子、樹皮均可入藥。

⁹械

同"緘"，見527頁左欄。

⁹極（极）

[jí ㄐㄧˊ 粵gik⁹ 擊⁹]
❶房脊。❷頂點；盡頭 ◆ 登峯造極｜無所不用其極。❸到達頂點；達到了最大限度 ◆ 極限｜極端｜罪大惡極｜物極必反｜極目遠望。❹地球的南北兩端；電流的正負兩端 ◆ 南極｜北極｜正極｜負極。❺最終的；最高的 ◆ 終極｜極端｜極刑｜位極人臣。❻副詞。表示達到最高程度；相當於最、非常 ◆ 極好｜極普通｜極重要｜極有成效。❼準則 ◆ 立極。❽帝王之位 ◆ 登極。

楷 ⟨一⟩[kǎi ㄎㄞˇ 粵kai² 卡徒切]

❶典範；法式 ◆ 楷模。❷漢字字體的一種，形體方正，筆畫平直，即現在通行的正體字 ◆ 楷書|大楷|正楷。

⟨二⟩[jiē ㄐㄧㄝ 粵gai¹ 街]

樹名，即黃連木。落葉喬木。樹幹挺直，木材可製器具。

楨(桢)[zhēn ㄓㄣ 粵dziŋ¹ 貞]

古代築牆時豎立在兩邊的木柱。引申為支柱、骨幹 ◆ 楨幹。

業(业)[yè ㄧㄝˋ 粵jip⁹ 葉]

❶社會分工中人們所從事的某個專門工作；行業 ◆ 工業|農業|事業|各行各業。❷個人所做的工作；職務 ◆ 職業|失業|無業游民|不務正業|安居樂業。❸學習內容；學習過程 ◆ 學業|修業|肄業|畢業|唐韓愈《進學解》："業精於勤，荒於嬉。"❹基業；功業 ◆ 創業難，守業更難。❺財產 ◆ 家業|祖業|產業。❻已經 ◆ 業已完成。❼佛教稱一切行動、言語、思想叫業，分身業、口業、意業；業有善有惡，一般偏指惡業，因此又引申指罪孽 ◆ 業障|業果|業緣。❽姓。

楊(杨)[yáng ㄧㄤˊ 粵jœŋ⁴ 羊]

❶樹名，與柳同科。落葉喬木。種類很多，有白楊、赤楊、青楊，有小葉楊、大葉楊等 ◆ 楊柳|水性楊花|百步穿楊|楊木扁擔，寧折不彎。❷姓。

楫(檝)[jí ㄐㄧˊ 粵dzip⁸ 接]

❶船槳 ◆ 中流擊楫|檣傾楫摧。❷指船 ◆ 舟楫。

榲[wēn ㄨㄣ 粵wɐt⁷ 屈]

榲桲，樹名。落葉灌木或小喬木。葉長圓形，花淡紅色或白色，果實味酸。可吃，也可入藥。

楬[jié ㄐㄧㄝˊ 粵kit⁸ 竭]

用作標記的小木樁 ◆ 楬櫫。

根[wēi ㄨㄟ 粵wui¹ 偎]

門臼。

楬[pǐn ㄆㄧㄣˇ 粵bɐn² 品]

量詞。一個屋架叫一楬。

楞

同"棱⟨一⟩"，見319頁右欄。

棰[chuí ㄔㄨㄟˊ 粵tsœy⁴ 徐]

❶短木棍 ◆ 棰杖。❷用棍子打。❸同"箠"，見505頁左欄。

楸[qiū ㄑㄧㄡ 粵tsɐu¹ 秋]

樹名。落葉喬木。葉長圓形，花黃綠色，果實成莢，木材可

供建築或製器物 ◆ 楸枰(棋盤)。

⁹ **椴** [duàn ㄉㄨㄢˋ ⑧dyn⁶ 段]
樹名。落葉喬木。花黃色或白色。木材用途很廣。

⁹ **梗** [pián ㄆㄧㄢˊ ⑧pin⁴ 騈]
古書上說的一種樹名。

⁹ **楯** ⟨一⟩[shǔn ㄕㄨㄣˇ ⑧sœn⁵ 吮/tœn⁵ 盾]
欄杆的橫木。
⟨二⟩同"盾",見461頁左欄。

⁹ **榆** [yú ㄩˊ ⑧jy⁴ 餘]
樹名。落葉喬木。葉橢圓形,花淡紫色,果實卵形而聯結成串,叫"榆莢",也叫"榆錢"。木材可供建築或器具 ◆ 榆莢|榆英|榆木腦袋。

⁹ **楥** ⟨一⟩同"楦",見326頁右欄。
⟨二⟩[yuán ㄩㄢˊ ⑧jyn⁴ 元]
柵欄;籬笆。

⁹ **楓**(枫) [fēng ㄈㄥ ⑧fuŋ¹ 風]
樹名。落葉喬木。葉互生,有三個裂口,邊緣有鋸齒,晚秋後變成紅色,樹脂可入藥,也叫"楓香樹" ◆ 楓葉|唐杜牧《山行》詩:"停車坐愛楓林晚,霜葉紅於二月花。"

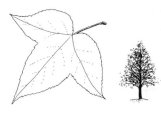

⁹ **桵** [yí ㄧˊ ⑧ji⁴ 移]
衣架。

⁹ **楦** [xuàn ㄒㄩㄢˋ ⑧hyn³ 勸]
❶製鞋所用的木質模型,也叫"楦子"、"楦頭" ◆ 鞋楦。❷用楦子塞緊或撐大 ◆ 新鞋太緊,要楦一楦。

⁹ **榔** [láng ㄌㄤˊ ⑧lɔŋ⁴ 郎]
❶ 榔榆,樹名。榆樹的一種。木質堅硬細密,可製車輪、農具等器物。❷榔槺,形容器物體積大,笨重,使用不靈便。❸榔頭,即錘子。

⁹ **楗** [jiàn ㄐㄧㄢˋ ⑧gin⁶ 健]
❶門閂。❷堵塞河堤決口時打入水中的柱樁。

⁹ **概**(⑧槩) [gài ㄍㄞˋ ⑧gɔi³/kɔi³ 概(語)]

❶大略；大體 ◆ 大概｜概要｜概貌｜概況｜故事梗概。❷一律 ◆ 概不負責｜概不退換。❸風度；氣度；節操 ◆ 氣概｜節概。❹景象；狀況 ◆ 勝概。❺量米粟時刮平斗斛用的木板。

⁹**楣** [méi ㄇㄟˊ ⑧mei⁴ 眉]
❶門框上邊的橫木 ◆ 門楣。❷屋上的橫樑，正中的叫“棟”，其餘叫“楣”。❸屋簷口椽端的橫板。

⁹**楹** [yíng ㄧㄥˊ ⑧jiŋ⁴ 形]
❶堂屋前邊的柱子 ◆ 楹柱｜楹聯。❷量詞。古代稱房屋一間為一楹。

⁹**椽** [chuán ㄔㄨㄢˊ ⑧tsyn⁴ 全]
放在檁上架起屋瓦的木條 ◆ 如椽大筆｜出頭的椽子先爛。

¹⁰**桔** [jié ㄐㄧㄝˊ ⑧git⁴ 潔]
同“桔〈二〉”。桔槔，即“桔槹”。

¹⁰**榛** [zhēn ㄓㄣ ⑧dzœn¹ 津]
❶ 樹名。落葉喬木。葉圓形，雄花黃褐色，雌花紅色，果實外殼堅硬，果仁可吃，叫“榛子”。❷叢生的樹木 ◆ 榛莽。

¹⁰**構**(构) [gòu ㄍㄡˋ ⑧gɐu³ 救/kɐu³ 扣(語)]
❶架木造屋 ◆ 構木｜構築。❷組

合；製作 ◆ 構詞｜構圖。❸泛指結成(用於抽象事物) ◆ 構怨｜構禍｜向壁虛構。❹構成的事物 ◆ 結構｜佳構｜機構。❺把某些事情牽合在一起作為罪狀陷害人 ◆ 構陷。❻樹名，即楮樹。

¹⁰**槓** 〈一〉[gàng ㄍㄤˋ ⑧gɔŋ³ 鋼]
❶抬重物的粗棍子 ◆ 槓棒｜轎槓。❷一種體育鍛煉的器械，有單槓、雙槓、高低槓等。❸批改文字或閱讀時劃出的作為標記的粗線。
〈二〉[gàng ㄍㄤˋ ⑧guŋ³ 貢]
槓桿，一種助力器械。如剪刀、轆轤、秤，都是利用槓桿原理造成的。

¹⁰**榰** [zhī ㄓ ⑧dzi¹ 枝]
❶柱腳，即木礎或石礎。❷支撐。

¹⁰**榖** [gǔ ㄍㄨˇ ⑧guk⁷ 谷]
樹名，即楮樹。

¹⁰**榼** [kē ㄎㄜ ⑧hɐp⁷ 恰]
古代盛酒的器具 ◆ 執榼承飲。

¹⁰**榦** [gàn ㄍㄢˋ ⑧gɔn³ 幹]
同“幹”。樹的枝幹 ◆ 樹榦。

¹⁰**榑** [fú ㄈㄨˊ ⑧fu¹ 扶]
榑桑，同“扶桑”，傳說中的神樹，是日出的地方。

10 **榧** [fěi ㄈㄟˇ ⑧fei² 匪]
樹名。常綠喬木。葉針狀，果實有硬殼，果仁可吃，也可入藥，俗稱"香榧子"。木質堅硬，可供建築用。

10 **榥** [huàng ㄏㄨㄤˋ ⑧fɔŋ² 晃]
帷幔、屏風之類的物品。

10 **榻** [tà ㄊㄚˋ ⑧tap⁸ 塔]
狹長而較低的牀。也泛指牀鋪 ◆ 竹榻│藤榻│病榻│下榻│臥榻。

10 **槑** 同"梅"，見317頁右欄。

10 **榾** [gǔ ㄍㄨˇ ⑧gwɐt⁷ 骨]
榾柮，樹疙瘩。

10 **檯**(桤) [qī ㄑㄧ ⑧hei¹ 稀]
樹名。落葉喬木。葉倒卵形，果穗橢圓形。生長很快，易於成林，但木質較軟 ◆ 檯木│檯林。

10 **榘** 同"矩❷"，見469頁左欄。

10 **榫** [sǔn ㄙㄨㄣˇ ⑧sœn² 筍]
在製木器或竹器、石器時，為使構件結合牢固，利用凹凸方式相接，凸出的部分叫"榫"，也叫"榫頭"；凹形的洞孔叫"榫眼"，也叫"卯眼" ◆ 卯榫密合。

10 **榭** [xiè ㄒㄧㄝˋ ⑧dzɛ⁶ 謝]
建築在高土台上的房屋 ◆ 水榭│樓榭│樓閣台榭。

10 **槔**(槹) [gāo ㄍㄠ ⑧gou¹ 高]
桔槔。見"桔〈二〉"，312頁右欄。

10 **槐** [huái ㄏㄨㄞˊ ⑧wai⁴ 懷]
樹名。落葉喬木。羽狀複葉，花淡黃色，結圓筒形莢果。花蕾、種子可入藥，木質細密，可供建築或製器具用 ◆ 槐豆│槐蠶│國槐│槐花黃，舉子忙。

10 **槌** [chuí ㄔㄨㄟˊ ⑧tsœy⁴ 徐]
敲打用的棍棒，一頭較粗或呈球形 ◆ 棒槌│鼓槌│槌棒。

10 **槃** [pán ㄆㄢˊ ⑧pun⁴ 盤]
同"盤"。❶敞口淺底的盛放物品的器皿 ◆ 托槃│茶槃│和槃托出。❷形狀或功用像盤的一類東西 ◆ 羅槃│磨槃│棋槃│如意算槃。❸迴繞；迴旋曲折 ◆ 槃繞│槃曲│槃根錯節│槃馬彎弓。

10 **槍**(枪) [qiāng ㄑㄧㄤ ⑧tsœŋ¹ 昌]
❶兵器。(1) 在長柄上裝有金屬尖頭的舊式兵器 ◆ 標槍│紅纓槍│單槍匹馬│明槍易躲，暗箭難防。(2) 口徑在2厘米以下可發射子彈殺傷人的現代兵器 ◆ 手槍│衝鋒槍│機關

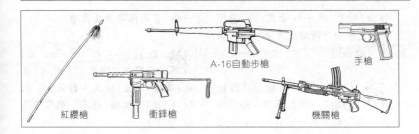

A-16自動步槍
手槍
紅纓槍
衝鋒槍
機關槍

槍|槍林彈雨|槍打出頭鳥。❷性能或形狀像槍的器具 ◆ 焊槍|水槍|激光槍|電子打火槍。

¹⁰**榤** [jié ㄐㄧㄝˊ ⑧git⁹ 桀]
同"桀"。雞棲的木椿。

¹⁰**榴** [liú ㄌㄧㄡˊ ⑧leu⁴ 留]
樹名。俗稱石榴樹，落葉灌木或小喬木。花紅色，果實球形，叫"石榴"，內有種子，種子外皮晶瑩多汁，可吃，根皮可入藥 ◆ 榴火|榴花|榴裙。

¹⁰**榱** [cuī ㄘㄨㄟ ⑧sœy¹ 須]
椽子 ◆ 榱桷|榱棟|榱崩棟折。

¹⁰**槁**(⑧槀) [gǎo ㄍㄠˇ ⑧gou² 稿]
草木枯萎；乾枯 ◆ 枯槁|槁木死灰|槁項黃馘。

¹⁰**榜** [bǎng ㄅㄤˇ ⑧bɔŋ² 綁]
❶公開張貼的告示 ◆ 榜示|榜文。❷公佈的名單 ◆ 發榜|光榮榜|排行榜。❸模樣；模範 ◆ 榜樣。❹匾額 ◆ 榜額|題榜。

¹⁰**槎** [chá ㄔㄚˊ ⑧tsa⁴ 茶]
❶木筏 ◆ 浮槎|乘槎。❷同"茬"，見580頁左欄。

¹⁰**槊** [shuò ㄕㄨㄛˋ ⑧sɔk⁸ 朔]
古代兵器，即長矛 ◆ 橫槊賦詩。

¹⁰**榮**(荣) [róng ㄖㄨㄥˊ ⑧wiŋ⁴ 永⁴]
❶草木茂盛 ◆ 欣欣向榮|本固枝榮|唐白居易《賦得古原草送別》詩："離離原上草，一歲一枯榮。野火燒不盡，春風吹又生。"❷形容事業興盛，蓬勃發展 ◆ 繁榮昌盛。❸有好名聲，受人稱讚，與"辱"相對 ◆ 光榮|榮譽|榮耀|榮獲冠軍|肝膽相照，榮辱與共。❹草本植物的花 ◆ 綠葉素榮|無葉無榮。❺姓。

¹⁰**榨** [zhà ㄓㄚˋ ⑧dza³ 炸]
❶擠壓出物體中的汁液 ◆

榨油｜榨取｜榨一杯甘蔗汁。❷擠壓出物體中汁液的器具 ◆ 油榨｜酒榨。❸逼迫。

¹⁰**榕** [róng ㄖㄨㄥˊ ⓟ juŋ⁴ 容]
❶樹名。常綠喬木。樹形高大，多氣根，葉橢圓形，花紅色或淡黃色，果實圓而小。生長在熱帶，我國廣東、廣西、福建、台灣等地常見。❷福州市的別稱 ◆ 榕城。

¹⁰**㮾** [lǎng ㄌㄤˇ ⓟ lɔŋ⁵ 朗]
㮾梨，地名，在湖南省。

¹⁰**榷** (ⓟ榷) [què ㄑㄩㄝˋ ⓟ kɔk⁸ 確]
❶專賣 ◆ 榷茶｜榷酤｜榷鹽。❷商討 ◆ 商榷。

¹¹**槥** [huì ㄏㄨㄟˋ ⓟ wɐi⁶ 胃/sœy⁶ 睡]
粗陋的小棺材。

¹¹**椿** (ⓟ桩) [zhuāng ㄓㄨㄤ ⓟ dzɔŋ¹ 莊]
❶一頭打入土中的柱形物 ◆ 打樁｜木樁｜橋椿｜拴牛樁｜一個籬笆三個樁，一個好漢三個幫。❷量詞。多用來稱事情的件數 ◆ 小事

一樁｜有幾樁事情要稟告。

¹¹**模** ⟨一⟩ [mó ㄇㄛˊ ⓟ mou⁴ 毛]
❶標準；規範；法式 ◆ 模範｜楷模｜模型｜模式。❷效法；仿效 ◆ 模仿｜模擬｜模寫。❸指模範 ◆ 勞模。
⟨二⟩ [mú ㄇㄨˊ ⓟ 同⟨一⟩]
❶製物的模型 ◆ 模子｜模板｜銅模｜模具。❷樣子 ◆ 模樣兒｜像模像樣。

¹¹**槷** [niè ㄋㄧㄝˋ ⓟ jit⁹ 熱]
❶古代觀測日影的標杆。❷箭靶的中心。

¹¹**槿** [jǐn ㄐㄧㄣˇ ⓟ gɐn² 謹]
樹名，即木槿。落葉灌木或小喬木。葉卵形，花有紅、白、紫等顏色。枝幹可作造紙原料，花和種子可入藥。

¹¹**槧** (ⓟ椠) [qiàn ㄑㄧㄢˋ ⓟ tsim³ 塹]
❶古代用來書寫文字的板片。❷書的版本 ◆ 古槧｜宋槧。❸簡札；書信。

¹¹**槤** [lián ㄌㄧㄢˊ ⓟ lin⁴ 連]
槤枷，一種打穀的農具。

¹¹**槽** [cáo ㄘㄠˊ ⓟ tsou⁴ 曹]
❶四邊高起、中間凹下的器具。用來放飼料餵牲口的叫"馬

槽"、"豬槽"等；用來放水之類的
叫"水槽"等。❷ 形狀像槽的東西
◆ 渡槽｜河槽｜齒槽｜在木板上開
槽。

樞(枢) [shū ㄕㄨ ⑧ sy¹ 書]
❶門上的轉軸 ◆ 流
水不腐，戶樞不蠹。❷比喻事物的
關鍵或中心部位 ◆ 樞紐｜樞要｜樞
務｜中樞神經。❸樹名。小喬木。
也叫"刺榆"。❹古星名。指北斗七
星的第一星，也叫"天樞"。

標(标) [biāo ㄅㄧㄠ ⑧ biu¹
彪]
❶樹梢。❷非根本性的；表面的；
枝節的 ◆ 治標｜標本兼治。❸表示
事物特徵的記號；符號 ◆ 標記｜標
誌｜商標｜路標｜國際音標。❹用文
字寫明 ◆ 標價｜標語｜標題｜標新立
異。❺風度；風範 ◆ 標致｜英標｜
丰標｜高標。❻準則；要達到的目
的 ◆ 標準｜標兵｜目標｜指標。❼授
給競賽獲勝者的獎品 ◆ 錦標｜奪
標。❽承包工程或買賣大宗貨物時
各競爭廠商所提出的價格 ◆ 招標｜
投標｜一舉中標。❾清代陸軍編制
之一，一標有三個營，相當於後來
的一個團。

械 [qī ㄑㄧ ⑧ dzuk⁷ 祝]
樹名，即械樹。落葉小喬
木。秋季葉變紅或變黃，木質堅
韌，可製器具。

樗 [chū ㄔㄨ ⑧ sy¹ 書]
❶ 樹名。落葉喬木。俗稱
"臭椿"。❷ 樗蒲，古代的一種遊
戲，像後代的擲色子。

楢 同"櫓"，見337頁右欄。

樝 [zhā ㄓㄚ ⑧ dze⁴ 渣]
"楂"的本字。果名，山楂。

樘 [táng ㄊㄤˊ ⑧ tɔŋ⁴ 唐]
❶門框、窗框 ◆ 門樘｜窗
樘。❷量詞。一副門框、門扇或一
副窗框、窗扇叫一樘。

樓(楼) [lóu ㄌㄡˊ ⑧ leu⁴ 留]
❶兩層以上的房子 ◆
樓房｜高樓大廈｜亭台樓閣｜山雨欲
來風滿樓｜宋蘇麟《斷句》詩："近
水樓台先得月，向陽花木易為春。"
❷樓房的一層 ◆ 住在二樓｜五樓住
戶。❸房屋或其他建築物上加蓋的
一層房子 ◆ 城樓｜譙樓｜箭樓。❹
一種比較高的建築 ◆ 崗樓｜炮樓｜
鐘樓｜樓觀。❺用於某些店舖或娛
樂場所的名稱 ◆ 酒樓｜茶樓｜鄮樓
｜唐杜牧《遣懷》詩："十年一覺揚
州夢，贏得青樓薄倖名。"❻姓。

樅(枞) 〈一〉[cōng ㄘㄨㄥ ⑧
tsuŋ¹ 匆]
樹名，即冷杉。常綠喬木。樹幹高
大，葉長條形，果實橢圓形。木質

輕軟，可製器具。

〈二〉[zōng ㄗㄨㄥ ⓟ dzuŋ¹ 宗]
樅陽，地名，在安徽省。

¹¹ **樊** [fán ㄈㄢˊ ⓟ fan⁴ 凡]
❶關鳥獸的籠子 ◆ 樊籠。
❷籬笆 ◆ 樊籬｜竹樊。❸邊；傍
◆ 山樊｜丘樊。❹紛雜的樣子 ◆
樊然。❺姓。

¹¹ **槲** [hú ㄏㄨˊ ⓟ huk⁹ 酷]
樹名。落葉喬木。葉卵形，
花淡黃色，果實球形，木質堅硬。
樹皮可作黑色染料，葉可餵蠶，果
實可入藥。

¹¹ **棟** [kāng ㄎㄤ ⓟ hɔŋ¹ 康]
榔棟。見"榔"，326頁右欄。

¹¹ **樟** [zhāng ㄓㄤ ⓟ dzœŋ¹ 章]
樹名，俗稱"樟樹"或"香樟
樹"。常綠喬木。葉卵形，花色白裏
透綠，結暗紫色漿果，木質細密有
香氣。可防蟲蛀，是製傢具的良
材，樹的根、幹、葉可提取樟腦。

¹¹ **樣**(样) [yàng ㄧㄤˋ ⓟ jœŋ⁶
讓]
❶形狀；形式 ◆ 式樣｜模樣｜大變
樣｜裝模作樣。❷可作為標準或代
表的，供人模仿或觀看的東西 ◆ 樣
品｜樣本｜清樣｜字樣｜抽樣檢查｜官
樣文章｜依樣畫葫蘆。❸品種；類
別 ◆ 這樣｜那樣｜各式各樣｜買了

幾樣東西｜商品樣樣都好｜各樣點
心都嚐了嚐。

¹¹ **樑** [liáng ㄌㄧㄤˊ ⓟ lœŋ¹ 良]
屋架中架在柱子上面用來承
受屋頂的大橫木 ◆ 棟樑｜房樑｜偷
樑換柱｜樑上君子｜上樑不正下樑
歪。

¹¹ **槳**(桨) [jiǎng ㄐㄧㄤˇ ⓟ
dzœŋ² 蔣]
上圓下扁、在船旁划水使船進退或
變換方向的工具 ◆ 船槳｜盪槳。

¹¹ **樛** [jiū ㄐㄧㄡ ⓟ dzœu¹ 揪]
樹木向下彎曲 ◆ 樛木。

¹¹ **樋** [tōng ㄊㄨㄥ ⓟ tuŋ¹ 通]
樹名。

¹¹ **樂**(乐) 〈一〉[yuè ㄩㄝˋ ⓟ
ŋɔk⁹ 岳]
❶音樂 ◆ 樂隊｜樂譜｜奏樂｜民樂。
❷姓。
〈二〉[lè ㄌㄜˋ ⓟ lɔk⁹ 落]
❶高興；喜悅 ◆ 樂園｜樂不可支｜
樂極生悲｜樂而忘返｜明湯顯祖《牡
丹亭》："良辰美景奈何天，賞心
樂事誰家院！"❷喜歡；喜愛 ◆ 樂
於助人｜樂此不疲｜津津樂道｜喜聞
樂見｜安居樂業。❸姓。

¹² **橈**(桡) [ráo ㄖㄠˊ ⓟ jiu⁴ 搖]
船槳。也借指船 ◆ 停

橈|橈客|橈家女。

¹² **樺**(桦) ［huà ㄏㄨㄚˋ ⓟwa⁶ 話/wa⁴ 華］

樹名。落葉喬木。樹皮白色的叫"白樺"，黑色的叫"黑樺"，木質細密，可製器具。

¹² **樾** ［yuè ㄩㄝˋ ⓟjyt⁹ 月］

樹蔭。也指成蔭的樹木 ◆ 歌聲振林樾。

¹² **橄** ［gǎn ㄍㄢˇ ⓟgem² 錦/gam³ 鑑(語)］

橄欖，樹名。常綠喬木。羽狀複葉，花白色，果實長橢圓形。可吃，也可入藥。

¹² **樹**(树ⓡ樹) ［shù ㄕㄨˋ ⓟsy⁶ 豎］

❶木本植物的通稱 ◆ 樹木|樹大招風|樹倒猢猻散|樹欲靜而風不止|樹高千丈，葉落歸根|唐劉禹錫《酬樂天揚州初逢席上見贈》詩："沉舟側畔千帆過，病樹前頭萬木春。"❷種植；栽培 ◆ 十年樹木，百年樹人。❸建立；豎立 ◆ 樹立|建樹|獨樹一幟|四面樹敵|樹碑立傳。❹姓。

¹² **橫**(横) ⟨一⟩［héng ㄏㄥˊ ⓟwaŋ⁴ 華盲切］

❶ 與水平線平行的；與"縱"、"豎"、"直"相對 ◆ 橫額|橫樑|橫寫|縱橫交錯。❷地理上以東西為橫，南北為縱 ◆ 橫貫東西。❸從中間穿過 ◆ 橫斷|橫渡|天馬橫空。❹把直立的東西放平；成橫向 ◆ 橫刀|洞簫橫吹|橫槊賦詩。❺漢字筆畫之一，如"一"字與"大"字的第一筆。❻錯雜；交錯 ◆ 血肉橫飛|雜草橫生|江河橫溢。❼粗野；不近情理 ◆ 橫加干涉|橫行霸道|橫衝直撞。

⟨二⟩［hèng ㄏㄥˋ ⓟ同⟨一⟩/waŋ⁶ 華孟切］

❶粗暴；兇殘；仗勢妄為 ◆ 橫徵暴斂|蠻橫無理|驕橫跋扈。❷意外的；不吉利的 ◆ 橫生|橫財|橫死|橫災飛禍。

¹² **橐**(ⓡ橐) ［tuó ㄊㄨㄛˊ ⓟtɔk⁸ 託］

❶口袋 ◆ 橐橐|負書擔橐。❷象聲詞 ◆ "橐橐"的皮鞋聲。

¹² **橛**(ⓡ橜) ［jué ㄐㄩㄝˊ ⓟkyt⁸ 決/gyt⁹ 巨月切］

❶短木樁 ◆ 木橛子。❷馬口銜的小橫木 ◆ 銜橛。

¹² **樸**(朴) ［pǔ ㄆㄨˇ ⓟpɔk⁸ 撲］

❶未經加工的木材。❷純真的；不加修飾的 ◆ 樸實|樸素|質樸無華|古樸典雅。

¹² **橇** ［qiāo ㄑㄧㄠ ⓟhiu¹ 囂/dzyt⁸ 苗］

❶在雪地上滑行的工具 ◆ 雪橇。
❷古代在泥地上行走的工具。

¹²橋(桥) [qiáo ㄑㄧㄠˊ 粵kiu⁴ 僑]

❶架設在江河上用來連接兩岸交通的建築物 ◆ 橋梁│石拱橋│提拉橋。
❷起連接溝通作用的人或事物 ◆ 橋梁作用│心臟搭橋手術。❸姓。

¹²樵 [qiáo ㄑㄧㄠˊ 粵tsiu⁴ 潮]

❶柴 ◆ 砍樵。❷砍柴;砍柴的人 ◆ 樵夫。

¹²橡 [xiàng ㄒㄧㄤˋ 粵dzœŋ⁶ 丈]

❶櫟樹;櫟樹的果實 ◆ 橡子│橡栗│橡實。❷橡膠樹。

¹²橦 [tóng ㄊㄨㄥˊ 粵tuŋ⁴ 童]

古書上指木棉樹。

¹²樽 [zūn ㄗㄨㄣ 粵dzœn¹ 津]

❶古代的盛酒器 ◆ 樽俎│唐李白《將進酒》詩:"人生得意須盡歡,莫使金樽空對月。"❷方言。瓶子 ◆ 花樽。

¹²橤 [ruǐ ㄖㄨㄟˇ 粵jœy⁵ 銳⁵]

❶同"蕊",見603頁右欄。
❷橤橤,下垂的樣子。

¹²樨 [xī ㄒㄧ 粵sɐi¹ 西]

木樨,桂花的別稱。也作"木犀"。

¹²橙 [chéng ㄔㄥˊ 粵tsaŋ⁴ 撐⁴/dɐn³ 凳]

❶樹名。常綠喬木或灌木。葉橢圓形,花白色,果實圓形,色紅黃,汁多味酸甜,果皮可入藥。❷橙樹的果實,即橙子。❸紅和黃合成的顏色,即黃中略帶紅色。

¹²橘 [jú ㄐㄩˊ 粵gwɐt⁷ 骨]

樹名,即橘子樹。常綠喬木或灌木。葉長卵形,花白色,果實扁圓形,皮黃色或紅色,汁多味甜,果皮可入藥 ◆ 蜜橘│福橘│橘黃│橘紅。

¹²橢(椭) [tuǒ ㄊㄨㄛˇ 粵tɔ² 唾²/tɔ⁵ 妥(語)]

橢圓,狹長的圓形。

¹²機(机) [jī ㄐㄧ 粵gei¹ 基]

❶由多種零部件組裝而成的機器 ◆ 機車│機械│遊戲機│計算機│發動機。❷指飛機 ◆ 機場│客機│轟炸機。❸事情發展的關鍵;有保密性質的事件 ◆ 轉機│契機│機要│機密│天機不可泄漏。❹恰當的時候;有利的時間 ◆ 時機│機會│待機而動│坐失良機│機不可失,時不再來。❺智巧;靈巧 ◆ 機靈│機警│機智│機變。❻活動能力 ◆ 機能。❼心思;計謀 ◆ 心機│動機│機謀深遠│《紅樓夢》:"機關算盡太聰明,反誤了卿卿性命。"❽事務 ◆ 日理萬機。

¹³**檠**(⑧橄) [qíng ㄑㄧㄥˊ ⑧ kiŋ⁴ 擎]

❶古代用來矯正弓弩的器具。❷燈架。

¹³**檉**(柽) [chēng ㄔㄥ ⑧ tsiŋ¹ 清]

樹名，即檉柳。落葉小喬木。枝細長，葉似鱗片，夏秋開淡紅花，有"觀音柳"、"西河柳"、"紅柳"、"三春柳"等別稱。

¹³**檟**(槚) [jiǎ ㄐㄧㄚˇ ⑧ ga² 假]

❶楸樹的別稱。❷茶樹的古稱。

¹³**檣**(樯) [qiáng ㄑㄧㄤˊ ⑧ tsœŋ⁴ 祥]

船上的桅杆 ◆ 帆檣如林|檣傾楫摧。

¹³**櫑** [léi ㄌㄟˊ ⑧ lœy⁶ 累]

古代作戰時從高處推下以打擊敵人的大圓木 ◆ 櫑木。

¹³**橱**

同"櫥"，見337頁右欄。

¹³**檔**(档) [dàng ㄉㄤˋ ⑧ dɔŋ³ 黨³]

❶器物上用來分格或起支撐、固定作用的橫木 ◆ 橫檔|牀檔|十三檔算盤。❷機關裏分類保存的文件和材料 ◆ 檔案|歸檔|存檔。❸產品的等級 ◆ 檔次|低檔|高檔商品。❹量詞。相當於"件" ◆ 哪有這檔子事。

¹³**檛** [zhuā ㄓㄨㄚ ⑧ dza¹ 渣]

❶馬鞭。❷擊打。

¹³**櫛**(栉) [zhì ㄓˋ ⑧ dzit⁸ 折]

❶梳子、篦子等的統稱 ◆ 巾櫛|鱗次櫛比。❷梳理頭髮 ◆ 櫛風沐雨。

¹³**檇**(⑧檇) [zuì ㄗㄨㄟˋ ⑧ dzœy³ 最]

檇李。❶果名，李子的一種。皮色鮮紅，肉多漿質，味甜，以浙江桐鄉一帶所產最為著名。❷古地名，在今浙江嘉興西南。

¹³**檄** [xí ㄒㄧˊ ⑧ het⁹ 瞎]

古代用來徵召、曉諭、聲討的文書 ◆ 檄文|羽檄|傳檄。

¹³**檢**(检) [jiǎn ㄐㄧㄢˇ ⑧ gim² 撿]

❶約束；收斂 ◆ 檢點|檢束|行為不檢|言多失檢。❷查看；查驗 ◆ 檢查|檢閱|檢驗|檢察|檢字法。❸揭發 ◆ 檢舉案犯。❹同"撿"。拾取。❺姓。

¹³**檜**(桧) 〈一〉[guì ㄍㄨㄟˋ ⑧ kui³ 潰³]

樹名。常綠喬木。葉子像柏樹，也

叫"刺柏"，木質細密，可供建築或製器具。

〈二〉[huì ㄏㄨㄟˋ ⑩同〈一〉]
用於人名，如南宋殺害岳飛的奸臣叫秦檜。

13 **檎** [qín ㄑㄧㄣˊ ⑩kɐm⁴ 琴]
林檎。落葉小喬木。葉橢圓形，花粉紅色，果實球形，味酸甜，可吃，也叫"花紅"或"沙果"。

13 **椞** [jiě ㄐㄧㄝˇ ⑩gai² 解]
樹名。木心像松。

13 **檀** [tán ㄊㄢˊ ⑩tan⁴ 壇]
樹名。落葉喬木。葉卵形，木質堅硬，有香味的叫"檀香木"，無香味的叫"青檀"，均可製造傢具、農具和其他器具 ◆ 檀板|紫檀木|檀香扇。

13 **檁**(⑩檁) [lǐn ㄌㄧㄣˇ ⑩lɐm⁵ 凜]
屋架上用來承受椽子或屋面板的長條橫木，也叫"檁條"。

13 **檥** 同"艤"，見570頁右欄。

13 **檗** [bò ㄅㄛˋ ⑩bak⁸ 百]
樹名，即黃檗。落葉喬木。羽狀複葉，木質堅硬，可製器具，枝幹可製黃色染料，樹皮可入藥。

13 **櫽** [yǐn ㄧㄣˇ ⑩jɐn² 隱]
櫽栝。❶矯正木材彎曲的工具。❷就原文的內容加以剪裁或修改。

14 **檬** [méng ㄇㄥˊ ⑩muŋ¹ 蒙]
檸檬。見"檸"，337頁左欄。

14 **檯** 同"枱"，見310頁右欄。

14 **檮** [táo ㄊㄠˊ ⑩tou⁴ 徒]
❶檮杌，古代傳說中的猛獸，常用來比喻兇惡的人。❷檮昧，形容愚昧無知，多用作自謙之辭 ◆ 不揣檮昧。

14 **櫃**(柜) [guì ㄍㄨㄟˋ ⑩gwɐi⁶ 跪]
❶收藏衣物、文件等用的器具 ◆ 櫃子|公文櫃|保險櫃|翻箱倒櫃。❷商店裏用來陳列商品或收款的櫃櫥或賬枱 ◆ 櫃枱|上櫃供應。

14 **檻**(槛) 〈一〉[jiàn ㄐㄧㄢˋ ⑩ham⁵ 喊⁵]
❶關野獸的柵欄 ◆ 圈檻|獸檻。❷古代囚禁、押送犯人的籠車 ◆ 檻車。❸欄杆 ◆ 欄檻。
〈二〉[kǎn ㄎㄢˇ ⑩lam⁶ 艦]
門下的橫木；門限 ◆ 門檻兒。

14 **櫆** [kuí ㄎㄨㄟˊ ⑩fui¹ 魁]
北斗星。

¹⁴
檕
同"㭂"，578頁左欄。

¹⁴
檳（槟）
〈一〉[bīng ㄅㄧㄥ 粤 bɐn¹ 賓]

檳榔。常綠喬木。樹幹直而高，葉羽狀，果實橢圓。殼硬肉苦澀，可以吃，也可入藥。

〈二〉[bīn ㄅㄧㄣ 粤同〈一〉]

檳子，蘋果屬中的一種。比蘋果小，熟的時候紫紅色，味酸甜。

¹⁴
檸（柠）
[níng ㄋㄧㄥ 粤 niŋ⁴ 寧]

檸檬，樹名。常綠小喬木。葉橢圓形，花粉紅色，果實橢圓，色黃，味酸，可製飲料。果皮可提取檸檬油，可作芳香劑，也可入藥。

¹⁴
檋
同"㭖〈一〉"，見321頁左欄。

¹⁴
檵
[jì ㄐㄧˋ 粤 gou¹ 計]

樹名。常綠灌木或小喬木。葉子橢圓形或卵圓形，花淡黃色或白色，結蒴果，褐色。根、葉、花、果均可入藥。

¹⁵
櫝（椟）
[dú ㄉㄨˊ 粤 duk⁹ 讀]

❶木匣 ◆ 櫝食｜買櫝還珠。❷用櫝裝；收藏 ◆ 櫝藏｜囊帛櫝金。❸棺材。

¹⁵
櫜
[gāo ㄍㄠ 粤 gou¹ 高]

❶收藏盔甲、弓矢的器具。❷儲藏弓矢。

¹⁵
櫫（橥）
[zhū ㄓㄨ 粤 dzy¹ 朱]
拴牲畜的小木樁 ◆ 楬櫫。

¹⁵
櫓（橹）
[lǔ ㄌㄨˇ 粤 lou⁵ 魯]

❶划船的工具，比槳長大，放在船梢 ◆ 搖櫓。❷古代兵器，即大盾牌 ◆ 櫓楯｜流血漂櫓。

¹⁵
櫧（槠）
[zhū ㄓㄨ 粤 dzy¹ 朱]

樹名。常綠喬木。葉橢圓形，花黃綠色，果實球形。木質堅硬，可製器具。

¹⁵
櫥（橱）
[chú ㄔㄨˊ 粤 tsy⁴ 廚/tsœy⁴ 徐]

放置衣物的傢具 ◆ 衣櫥｜壁櫥｜碗櫥｜書櫥｜兩腳書櫥。

¹⁵
橺（榈）
[lǘ ㄌㄩˊ 粤 lœy⁴ 雷]

棕橺。見"棕"，323頁左欄。

¹⁵
櫟（栎）
〈一〉[lì ㄌㄧˋ 粤 lik⁹ 歷]

樹名，俗稱柞樹。落葉喬木。葉橢圓形，可餵蠶；花黃

褐色，果實球形，有堅殼，叫"橡
實"。木材可作枕木，製傢具，樹皮
可做染料。

〈二〉[yuè ㄩㄝˋ ⑧ jœk⁹ 若]

櫟陽，地名。在陝西省。

---

¹⁵ 櫞 (橼) [yuán ㄩㄢˊ ⑧ jyn⁴ 元]

枸櫞。見"枸"，310頁右欄。

---

¹⁶ 櫨 同"柝"，見310頁右欄。

---

¹⁶ 櫪 (枥) [lì ㄌㄧˋ ⑧ lik⁹ 歷]
❶同"櫟〈一〉"。樹名。
❷馬槽 ◆ 老驥伏櫪，志在千里。

---

¹⁶ 櫨 (栌) [lú ㄌㄨˊ ⑧ lou⁴ 盧]
❶樹名，即黃櫨。落
葉喬木。葉卵形，木材色黃，可製
染料。❷欂櫨。見"欂"，338頁右
欄。

---

¹⁶ 櫸 (榉) [jǔ ㄐㄩˇ ⑧ gœy² 舉]
樹名，俗稱山毛櫸。
落葉喬木。木質堅硬，可供建築，
製傢具。

---

¹⁶ 櫬 (榇) [chèn ㄔㄣˋ ⑧ tsɐn³ 趁]

棺材。

---

¹⁶ 櫳 (栊) [lóng ㄌㄨㄥˊ ⑧ luŋ⁴ 龍]

❶窗戶 ◆ 簾櫳。❷借指屋舍 ◆ 房
櫳|屋櫳。❸關野獸的柵欄 ◆ 櫳
檻。

---

¹⁶ 櫶 [xiǎn ㄒㄧㄢˇ ⑧ hin² 顯]
常綠喬木。葉呈橢圓卵形，
花白色，果實橢圓形。木材堅實細
緻，可用於建築及製船艦、機械
等。是珍貴的樹種。

---

¹⁷ 欂 [bó ㄅㄛˊ ⑧ bɔk⁸ 搏]
欂櫨，柱頭上承托棟樑的方
形短木，即斗拱。

---

¹⁷ 櫺 (棂) [líng ㄌㄧㄥˊ ⑧ liŋ⁴ 靈]

窗子或欄杆上雕花的木格 ◆ 窗櫺|
櫺軒|櫺檻。

---

¹⁷ 櫻 (樱) [yīng ㄧㄥ ⑧ jiŋ¹ 英]
❶櫻桃樹名。落葉喬
木。葉長卵形，花淡紅色或白色，
果實球形，味甜可吃。也指這種植
物的花或果 ◆ 櫻顆|櫻唇|宋蔣捷
《一剪梅》詞："流光容易把人拋，
紅了櫻桃，綠了芭蕉。"❷櫻花，
樹名。落葉喬木。葉橢圓形，春
天開粉紅色或白色花，豔麗略有
芬芳，供
觀賞。原
產日本 ◆
櫻花節。

¹⁷**櫼** [jiān ㄐㄧㄢ 粵dzim¹ 尖]
木片楔子。

¹⁷**櫨** 同"閅",見761頁左欄。

¹⁷**欄**(栏) [lán ㄌㄢˊ 粵lan⁴ 蘭]
❶欄杆 ◆ 橋欄|憑欄遠望。❷關養家畜的柵欄 ◆ 牛欄|羊欄。❸報刊書籍用線條或空白分隔開的部分 ◆ 專欄作家|暑期生活欄目。

¹⁸**權**(权) [quán ㄑㄩㄢˊ 粵kyn⁴ 拳]
❶秤錘。❷衡量;比較 ◆ 權衡|權其輕重|兩害相權取其輕。❸支配事物或指揮人員的力量 ◆ 權力|政權|主權|權柄|一朝權在手,便把令來行。❹應行使的權力和應享受的利益 ◆ 權利|權益|選舉權|使用權|公民權。❺有利的形勢 ◆ 制空權|掌握了主動權。❻變通;靈活 ◆ 權變|權宜之計|通權達變|有經必有權。❼暫且;姑且 ◆ 權且收下|死馬權當活馬醫。❽古同"顴",見793頁右欄。❾姓。

¹⁸**欋** [qú ㄑㄩˊ 粵kœy⁴ 瞿]
古代農具,有四齒的耙。

¹⁹**欏**(椤) [luó ㄌㄨㄛˊ 粵lɔ⁴ 羅]
桫欏。見"桫",319頁左欄。

¹⁹**欑** [cuán ㄘㄨㄢˊ 粵tsyn⁴ 全]
同"攢〈一〉"。聚集;湊在一起。

¹⁹**欒**(栾) [luán ㄌㄨㄢˊ 粵lyn⁴ 聯]
❶樹名,也叫"欒華"。落葉喬木。羽狀複葉,花淡黃色,果實橢圓形,種子色黑堅硬。葉可製栲膠,花可提煉黃色染料。❷建築物立柱和橫樑間成弓形的承重結構。❸姓。

²¹**欖**(榄) [lǎn ㄌㄢˇ 粵lam⁵ 覽]
橄欖。見"橄",333頁左欄。

²¹**欛** [bà ㄅㄚˋ 粵ba³ 霸]
同"把〈二〉"。器物上可以用手拿的部分;柄。

²¹**櫑** [léi ㄌㄟˊ 粵lœy⁴ 雷]
❶古代登山時乘坐的器具。❷有格的盤子。

欠 部

⁰**欠** [qiàn ㄑㄧㄢˋ 粵him³ 謙³]
❶睏倦時張口出氣 ◆ 欠伸|打呵欠。❷身體上部稍微抬起或前伸 ◆ 欠身立起|欠了欠身子。❸借人財物未還;應當給人的事物未給 ◆ 欠賬|欠款|賒欠|拖欠|欠

一份人情｜殺人償命，欠債還錢。
❹不夠；缺少 ◆ 欠缺｜欠考慮｜質
量欠佳｜此舉欠妥｜萬事俱備，只
欠東風。

²次 [cì ㄘˋ ⑧tsi³ 刺]
❶按順序排列 ◆ 次序｜名次
｜座次｜依次入場｜語無倫次｜鱗次
櫛比。❷在排列上屬第二的；副
的、非主要的 ◆ 次日｜次子｜次大
陸｜主次分明｜質量第一，餘則次
之。❸質地較差 ◆ 次貨｜次品｜質
次價高。❹量詞。用於反覆出現的
事情；回數 ◆ 第一次出國｜多次登
門請教｜試驗一次成功｜大姑娘上
轎，頭一次。❺旅行途中暫住的處
所；行軍途中暫時駐紮 ◆ 客次｜旅
次。❻所在之處；中間 ◆ 胸次。
❼姓。

⁴欣 [xīn ㄒㄧㄣ ⑧jen¹ 因]
❶喜悅；快樂 ◆ 欣喜若狂
｜歡欣鼓舞｜欣然前往｜令人欣慰
｜晉 陶潛《移居》詩："奇文共欣賞，
疑義相與析。"❷欣欣。(1)形容高
興自得 ◆ 欣欣然春風滿面。(2)形
容草木茂盛 ◆ 欣欣向榮。

⁵欨 [xū ㄒㄩ ⑧hœy¹ 虛/hœy²
許]
吹氣使溫暖。

⁶欳 同"喝〈一〉"，見101頁左欄。

⁶欳 [kài ㄎㄞˋ ⑧kɔi³ 概/kɛt⁷ 咳
(語)]
咳嗽 ◆ 欳嚘｜欳唾成珠。

⁷欷 [xī ㄒㄧ ⑧hei¹ 希]
欷歔，歎息或抽泣 ◆ 相對
欷歔。

⁷欲 [yù ㄩˋ ⑧juk⁹ 玉]
❶想要；希望 ◆ 欲蓋彌彰
｜欲罷不能｜隨心所欲｜欲速則不達
｜唐 王之煥《登鸛雀樓》詩："欲窮
千里目，更上一層樓。"❷要；需
要 ◆ 膽欲大而心欲小。❸將要 ◆
搖搖欲墜｜山雨欲來風滿樓。❹同
"慾"。想要得到某種東西或達到某
種目的的要求。

⁷欸 〈一〉[āi ㄞ ⑧ɔi¹/ŋɔi¹ 哀]
❶答應的聲音。❷歎息 ◆
欸聲歎氣。
〈二〉[ǎi ㄞˇ ⑧ɔi²/ŋɔi² 藹]
欸乃，象聲詞。搖櫓聲 ◆ 欸乃一
聲山水綠。
〈三〉[ê ㄝ ⑧ei¹]
歎詞。表示招呼 ◆ 欸，你到這兒
來。
〈四〉[é ㄝˊ ⑧ei⁴]
歎詞。表示詫異 ◆ 欸，他怎麼不
辭而別？
〈五〉[ě ㄝˇ ⑧ei²]
歎詞。表示不以為然 ◆ 欸，話可不
能這樣說。
〈六〉[è ㄝˋ/èi ㄟˋ ⑧ei⁶]

歎詞。表示應允 ◆ 欸，我就來。

---

⁸**款** (^簡欵) ［kuǎn ㄎㄨㄢˇ ^粵fun² 寬²］

❶誠懇；懇切 ◆ 款留｜款誠相待｜敬承款曲。❷招待 ◆ 款客｜盛情款待。❸條目；項目 ◆ 條款｜第二條第三款｜觸犯了哪一條哪一款？❹樣式 ◆ 新款｜款式新穎。❺錢；經費 ◆ 存款｜匯款｜捐款｜專款專用。❻敲；叩 ◆ 款關｜款門。❼緩慢；慢慢地 ◆ 款步｜點水蜻蜓款款而飛。❽古代鐘鼎彝器上刻的文字；書畫上的題名 ◆ 款識｜落款｜下款。

---

⁸**欺** ［qī ㄑㄧ ^粵hei¹ 希］

❶用假話或假象掩蓋事實真相 ◆ 欺騙｜欺詐｜欺上瞞下｜自欺欺人｜欺世盜名。❷用蠻橫無理的手段侵犯、侮辱 ◆ 欺負｜欺壓｜欺人太甚｜仗勢欺人｜欺軟怕硬｜人善有人欺，馬善有人騎。

---

⁸**欽** (钦) ［qīn ㄑㄧㄣ ^粵jem¹ 音］

❶敬重；恭敬 ◆ 欽佩｜欽仰｜欽慕。❷封建時代指有關皇帝的 ◆ 欽定｜欽差大臣。❸姓。

---

⁸**欲** ［kǎn ㄎㄢˇ ^粵hem² 坎］

❶不自滿。❷形容憂愁。

---

⁸**欻** (^簡欻) 〈一〉［xū ㄒㄩ ^粵fet⁷ 忽］

忽然；突然 ◆ 欻忽。

〈二〉［chuā ㄔㄨㄚ ^粵tsa¹ 叉］

象聲詞。急促的聲響 ◆ 欻的一聲。

---

⁹**歅** ［yīn ㄧㄣ ^粵jen¹ 因］

人名用字。春秋時有九方歅，傳說善相馬。

---

⁹**歇** ［xiē ㄒㄧㄝ ^粵hit⁸ 許竭切］

❶休息 ◆ 歇息｜歇夏｜歇氣｜歇腳｜歇一會兒再幹。❷停止 ◆ 歇業｜間歇｜風停雨歇。❸方言。很短的一段時間，一會兒 ◆ 過了一歇。

---

⁹**歃** ［shà ㄕㄚˋ ^粵sap⁸ 霎/sip⁸ 涉］

用嘴吸 ◆ 歃血為盟。

---

⁹**歈** ［yú ㄩˊ ^粵jy⁴ 如］

歌。

---

⁹**歆** ［xīn ㄒㄧㄣ ^粵jem¹ 音］

❶羨慕 ◆ 歆羨｜歆慕。❷古代指祭祀時鬼神來享用祭品的氣味，也指祭品 ◆ 歆享。❸欣喜；悅服。

---

¹⁰**歌** ［gē ㄍㄜ ^粵gɔ¹ 哥］

❶唱 ◆ 歌唱｜歌星｜歌詠隊｜引吭高歌｜三國魏曹操《短歌行》詩："對酒當歌，人生幾何？"❷供人唱的作品；能唱的韻文 ◆ 歌曲｜歌劇｜國歌｜民歌｜四面楚歌。

❸用詩歌來稱頌；用言語來頌揚 ◆ 歌頌|歌功頌德。

10 **歉** [qiàn ㄑㄧㄢˋ ⑧hip8 怯]
❶覺得對不起人家，心中過意不去 ◆ 抱歉|歉疚|道歉|深表歉意。❷收成不好 ◆ 歉收|歉年。

11 **歎** (叹 ⑧嘆) [tàn ㄊㄢˋ ⑧tan3 炭]
❶由於心裏苦悶而呼出長氣，發出聲音 ◆ 歎息|長吁短歎|望洋興歎|唉聲歎氣|一聲長歎。❷吟哦 ◆ 詠歎|一唱三歎。❸發出讚美的聲音 ◆ 歎賞|讚歎不已|歎為觀止|令人歎服。

11 **歐** (欧) [ōu ㄡ ⑧eu1/ŋeu1 鷗]
❶歐陽，複姓。❷指歐洲 ◆ 西歐|東歐|歐化。

12 **歔** [xū ㄒㄩ ⑧hœy1 虛]
歔欷；抽泣；哽咽。

12 **歙** ⟨一⟩[xī ㄒㄧ ⑧hɐp7 吸/jɐp7 邑]
吸氣。
⟨二⟩[shè ㄕㄜˋ ⑧sip8 攝]
❶地名用字，如歙縣，在安徽省。❷歙硯，指江西婺源歙溪所產的硯石。

13 **歜** [chù ㄔㄨˋ ⑧tsuk7 速]
盛怒。

13 **歟** (欤) [yú ㄩˊ ⑧jy4 如]
古漢語中的語氣詞，放在句末用來表示疑問、感歎或反詰。

13 **歗** 同"嘯"，見114頁左欄。

15 **歠** [chuò ㄔㄨㄛˋ ⑧tsyt8 撮]
❶飲；喝。❷指羹湯之類。

18 **歡** (欢) [huān ㄏㄨㄢ ⑧fun1 寬]
❶高興；喜樂 ◆ 歡樂|歡呼|歡慶|歡天喜地|歡聲笑語|歡欣鼓舞|*唐李白《將進酒》詩*："人生得意須盡歡，莫使金樽空對月。"❷方言。起勁；活躍 ◆ 大夥兒正幹得歡。❸指相愛男女的一方 ◆ 新歡舊愛。

止 部

0 **止** [zhǐ ㄓˇ ⑧dzi2 紙]
❶停住；不再繼續下去 ◆ 停止|休止|遊人止步|學無止境|令行禁止|淺嘗輒止|適可而止。❷使停住；不讓繼續下去 ◆ 禁止|制止|阻止|止痛片。❸到一定期限便停止 ◆ 截止|報名日期至本月二十日止。❹儀容；姿態 ◆ 舉止大方|容止不凡。❺副詞。只是；

僅僅 ◆ 不止一次|止此一家，別
無分店。❻"趾"的古字。

¹ **正** 〈一〉[zhèng ㄓㄥˋ ⑧dziŋ³
政]

❶不偏；不斜。與"歪"相對 ◆ 正
中|正前方|正北正南|身正不怕影
子斜。❷合適的；合情合理的 ◆
正道|正當|正義|恢復正常|改邪
歸正|撥亂反正。❸人的行為公正
無私，品行、作風嚴肅、規矩 ◆ 正
直|正派|執法公正|剛正不阿|正
人君子。❹改過來，使不誤 ◆ 糾
正|訂正|改正|以正視聽|不吝指
正。❺正面；與"背"、"側"、"反"
相對 ◆ 正向|正房|正反兩面。❻
基本的；主要的。與"副"相對 ◆ 正
本|正職|正副部長|正文十萬字。
❼數學上指大於零的、物理學上指
失去電子的，與"負"相對 ◆ 正數|
正號|正極|正電。❽正當；純正 ◆
正牌|正版|顏色不正|味兒不正。
❾合乎規範的；與"變"相對 ◆ 正
楷|正體|正軌|正式。❿恰好 ◆ 正
好|正中下懷。⓫ 表示動作的進
行、狀態的持續 ◆ 正說着話呢|比
賽正在進行中。⓬姓。

〈二〉[zhēng ㄓㄥ ⑧dziŋ¹ 蒸]
農曆每年的第一個月叫"正月" ◆ 新
正|正月十五鬧元宵。

² **此** [cǐ ㄘˇ ⑧tsi² 始]
❶指示代詞。這；這個。與
"彼"相對 ◆ 此人|此刻|由此及彼

|此唱彼和|厚此薄彼|此一時，彼
一時|此地無銀三百兩|此處不留
人，自有留人處。❷這樣；這般
◆ 如此|因此|長此以往。❸表示
這個時間或地點 ◆ 從此|至此|就
此|由此|到此結束|到此一遊。

³ **步** [bù ㄅㄨˋ ⑧bou⁶ 部]
❶行走；走路 ◆ 徒步|步行
街|太空漫步|步入會場|安步當車
|步履維艱|邯鄲學步。❷行走時兩
腳之間的距離；行走時腿腳的動作
◆ 腳步|步伐整齊|闊步向前|寸步
難行|步調一致|五十步笑百步|不
積跬步，無以至千里。❸階段 ◆
步驟|第一步行動計劃|事情正按
計劃在一步一步地進行。❹ 境
地；時運 ◆ 步履維艱|事情鬧到這
種地步，就難以挽回了。❺ 跟
隨；追隨 ◆ 步人後塵|亦步亦趨。
❻舊制長度單位，歷代不一。周代
以八尺為一步，秦代以六尺為一
步；營造尺以五尺為一步。❼用腳
步丈量土地。❽水邊停船的地方。
同"埠"，多用作地名。如廣東有祿
步、炭步。❾姓。

⁴ **武** [wǔ ㄨˇ ⑧mou⁵ 母]
❶與軍事、戰爭有關的；與
"文"相對 ◆ 武器|武裝|武將|文才
武略|武力威脅|窮兵黷武。❷技
擊方面的 ◆ 武術|武藝高強。❸勇
猛；猛烈 ◆ 勇武|英武|武火|孔武
有力|富貴不能淫，貧賤不能移，

威武不能屈。❹足跡 ◆ 踵武。❺古代以六尺為步，半步為武 ◆ 步武尺寸之間。❻姓。

4 **歧** [qí ㄑㄧˊ [粵] kei4 其] ❶岔道 ◆ 誤入歧途｜歧路亡羊。❷不一致 ◆ 分歧｜歧異｜歧義｜種族歧視。

5 **歪** [wāi ㄨㄞ [粵] wai1 懷1] ❶不正；偏斜 ◆ 歪斜｜歪歪斜斜｜歪打正着｜歪戴帽子｜上樑不正下樑歪。❷不正當的；不正派的 ◆ 歪理｜歪風邪氣｜歪門邪道｜歪心邪意。

9 **歲**（岁[異]嵗）[suì ㄙㄨㄟˋ [粵] sœy3 碎] ❶年 ◆ 去歲｜新歲｜悠悠歲月｜歲末年初｜聊以卒歲｜除舊歲，迎新春。❷年齡 ◆ 週歲｜三歲小孩｜虛歲二十｜有志不在年高，無志空活百歲。❸時間；光陰 ◆ 歲不我與｜歲月如流。❹年成；年景；收成 ◆ 歉歲｜豐歲。❺星名，即木星。

12 **歷**（历[異]厤歴）[lì ㄌㄧˋ [粵] lik9 力] ❶經過；經歷 ◆ 歷時數載｜歷盡艱難｜親歷其境｜此人來歷不明。❷已經過去了的；過去的各個或各次 ◆ 歷史｜歷代｜歷年｜歷屆畢業生｜歷次考試都名列前茅。❸逐個；一個一個地 ◆ 歷訪歐洲各國。❹歷歷，形容清晰分明 ◆ 歷歷在目。❺姓。

14 **歸**（归[異]帰）[guī ㄍㄨㄟ [粵] gwɐi1 龜] ❶返回；回到 ◆ 歸國｜歸途｜滿載而歸｜歸真返璞｜賓至如歸｜歸心似箭｜宋晏殊《浣溪沙》詞：“無可奈何花落去，似曾相識燕歸來。”❷還給 ◆ 歸還｜物歸原主｜完璧歸趙。❸依附 ◆ 歸附｜歸順｜眾望所歸。❹屬於 ◆ 歸罪｜歸屬｜歸口管理｜責有攸歸｜功勞歸大家｜橋歸橋，路歸路。❺聚集到一處 ◆ 歸總｜歸併｜歸檔｜歸納｜百川歸大海。❻結局；結果 ◆ 歸宿｜殊途同歸。❼珠算中的一位數除法 ◆ 歸除法｜九歸。❽女子出嫁 ◆ 之子於歸。❾姓。

歹部

0 **歹** 〈一〉[dǎi ㄉㄞˇ [粵] dai2 帶2] 壞；惡。與“好”相對 ◆ 歹徒｜歹毒｜不知好歹｜為非作歹。
〈二〉[dǎi ㄉㄞˇ [粵] ŋat9 五割切] ❶部首用字。❷殘骨。

2 **死** [sǐ ㄙˇ [粵] sei2 四2/si2 史] ❶喪失生命；與“生”、“活”相對 ◆ 死機｜死亡｜生死未卜｜視死如歸｜死有餘辜｜九死一生｜死馬當活馬醫｜宋文天祥《過零丁洋》詩："人生自古誰無死，留取丹心照汗青。"❷不顧生命；拚命 ◆ 決一死戰｜死守陣地。❸勢不兩立的 ◆ 死敵｜死對頭。❹固定不變的；沒有生氣、失去知覺的 ◆ 死板｜死心眼｜死規矩｜死腦筋｜死水不藏龍。❺不能通過 ◆ 死胡同｜死路一條｜下水道給堵死了。❻表示極度 ◆ 死頑固｜死要面子｜高興死了｜氣死人了。❼為某事而死 ◆ 死義｜死國｜死節。

4 殀 [yāo ㄧㄠ/yǎo ㄧㄠˇ 粵jiu2 妖]
同"夭"。未成年而死；短命。

4 歿 [mò ㄇㄛˋ 粵mut9 末]
死 ◆ 既歿｜病歿。

5 殂 [cú ㄘㄨˊ 粵tsou4 曹]
死亡 ◆ 殂落｜殂謝｜崩殂。

5 殃 [yāng ㄧㄤ 粵jœŋ1 央]
❶禍害；災禍 ◆ 禍殃｜災殃｜先下手為強，後下手遭殃。❷使受害 ◆ 禍國殃民｜城門失火，殃及池魚。

5 殄 [tiǎn ㄊㄧㄢˇ 粵tin5 田5]
滅絕 ◆ 殄滅｜暴殄天物。

5 殆 [dài ㄉㄞˋ 粵tɔi5 怠]
❶危險 ◆ 《孫子》："知己知彼，百戰不殆。"❷副詞。大概；恐怕。❸副詞。幾乎；將近 ◆ 喪失殆盡。

6 殊 [shū ㄕㄨ 粵sy4 薯]
❶不同；差異 ◆ 殊途同歸｜言人人殊｜眾寡懸殊。❷特別的 ◆ 特殊｜殊遇｜殊勳｜殊獎｜得此殊榮。❸副詞。很；非常 ◆ 殊甚｜殊念｜殊覺不安｜殊不以為然。❹死；拚死 ◆ 殊死搏鬥。

6 殉 [xùn ㄒㄩㄣˋ 粵sœn6 順/sœn1 荀(語)]
❶古代逼迫活人陪着死人埋葬；用偶人或器物隨葬 ◆ 殉葬。❷為某種目的而死 ◆ 殉難｜殉國｜殉情｜殉節｜以身殉職。

7 殍 [piǎo ㄆㄧㄠˇ 粵piu5 漂5]
餓死的人 ◆ 野有餓殍。

8 殖 〈一〉[zhí ㄓˊ 粵dzik9 直]
❶生長；孳生 ◆ 繁殖｜生殖｜養殖｜牲畜增殖率。❷種植 ◆ 墾殖。❸經商生財 ◆ 殖財｜貨殖。
〈二〉[shi‧ㄕ 粵同〈一〉]
骨殖，屍骨。

8 殘 (残) [cán ㄘㄢˊ 粵tsan4 燦4]
❶殺害；傷害；毀壞 ◆ 殘害｜殘殺｜摧殘身心｜殘民以逞｜殘民害物。❷兇暴；兇惡 ◆ 殘忍｜殘酷｜殘暴

之極。❸兇惡的人 ◆ 除殘去穢。
❹不完整的；有破損、有缺陷 ◆
殘疾｜殘骸｜殘缺不全｜抱殘守缺｜
殘編斷簡｜殘花敗柳｜殘山剩水。
❺剩餘的；將盡的 ◆ 殘餘｜苟延殘
喘｜風燭殘年｜殘羹剩飯｜殘兵敗將
｜曉風殘月。

⁸ **殛** ［jí ㄐㄧˊ ⑧gik⁷ 擊］
誅殺；殺死 ◆ 雷殛。

¹⁰ **殞**（殒） ［yǔn ㄩㄣˇ ⑧wɐn⁵ 允］
死亡 ◆ 殞命｜殞滅｜殞身亡國。

¹⁰ **殠** ［chòu ㄔㄡˋ ⑧tsɐu³ 湊］
腐臭的氣味。

¹¹ **殣** ［jìn ㄐㄧㄣˋ ⑧gɐn³ 近］
❶餓死；餓死的人 ◆ 道殣
相望。❷掩埋；埋葬。

¹¹ **殢** ［tì ㄊㄧˋ ⑧tɐi³ 替］
❶滯留。❷困擾；糾纏 ◆
殢雨尤雲。❸困於；沈溺於 ◆ 殢
酒。

¹¹ **殤**（殇） ［shāng ㄕㄤ ⑧sœŋ¹
雙］
❶未成年而死；夭亡。❷戰死者 ◆
國殤。

¹¹ **殥** ［yín ㄧㄣˊ ⑧jɐn⁴ 仁］
荒遠之地。

¹² **殪** ［yì ㄧˋ ⑧ɐi³/ŋɐi³ 矮³］
❶死。❷殺死。

¹² **殨**（殨） ［huì ㄏㄨㄟˋ ⑧kui²
繪］
(瘡)潰爛 ◆ 殨膿。

¹² **殫**（殚） ［dān ㄉㄢ ⑧dan¹ 丹］
盡；竭盡 ◆ 殫精竭
慮｜殫思極慮｜力屈財殫。

¹³ **殭** ［jiāng ㄐㄧㄤ ⑧gœŋ¹ 僵］
❶偃仆，斃。❷僵硬。

¹³ **殮**（殓） ［liàn ㄌㄧㄢˋ ⑧lim⁵
斂］
把死者裝進棺材 ◆ 入殮｜大殮。

¹⁴ **殯**（殡） ［bìn ㄅㄧㄣˋ ⑧bɐn³
鬢］
停放靈柩；把靈柩抬到葬地或火化
的地方去 ◆ 出殯｜殯葬｜殯儀館。

¹⁷ **殲**（歼） ［jiān ㄐㄧㄢ ⑧tsim¹
簽］
殺盡；消滅 ◆ 殲滅｜圍殲｜聚殲｜殲
敵數萬人。

殳 部

⁰ **殳** ［shū ㄕㄨ ⑧sy⁴ 殊］
❶古代的一種兵器，用竹木

製成，一端有棱而無刃。❷姓。

⁵ **段** [duàn ㄉㄨㄢˋ 粵 dyn⁶ 斷]
❶事物劃分成的部分 ◆ 地段｜階段｜段落。❷量詞。(1)用於條形物所分成的部分 ◆ 一段木頭｜繩子剪成兩段｜這段鐵路鋪了雙軌。(2)用於時間、路程的一定距離 ◆ 過一段時間再說｜還有很長一段路。(3)用於文章、說話或音樂、戲曲的一部分 ◆ 文章共三段｜唱一段京戲｜這段話說得好｜這曲子分四段｜合說一段相聲。❸圍棋棋手等級的名稱。從初段遞進至最高九段。❹姓。

⁶ **殷** 〈一〉[yīn ㄧㄣ 粵 jen¹ 因]
❶豐盛；眾多。❷富足；富裕 ◆ 殷富｜家道殷實。❸情意深厚 ◆ 殷切｜期望甚殷。❹同“慇”。熱情、盡心、周到 ◆ 殷勤。❺朝代名，商朝遷都殷以後的別稱 ◆ 殷鑒不遠。❻姓。
〈二〉[yān ㄧㄢ 粵 jin¹ 煙]
赤黑色 ◆ 殷紅｜朱殷。
〈三〉[yǐn ㄧㄣˇ 粵 jen² 隱]
象聲詞。形容雷聲 ◆ 雷聲殷殷。

⁷ **殳** [dū ㄉㄨ 粵 duk⁷ 督]
同“点”。用指頭、棍棒等輕擊、輕點 ◆ 殳一個點兒。

⁷ **殺**(杀) 〈一〉[shā ㄕㄚ 粵 sat⁸ 煞]
❶使人或動物喪失生命 ◆ 殺害｜殺戮｜殺生｜殺人越貨｜殺一儆百｜殺人不見血｜殺雞焉用牛刀｜殺人可恕，情理難容。❷搏鬥；戰鬥 ◆ 廝殺｜搏殺｜殺聲震天｜殺出重圍。❸消減；消除 ◆ 殺半價｜殺風景｜殺暑氣｜拿人殺氣。❹收束 ◆ 殺尾｜殺筆。❺勒緊；扣緊 ◆ 殺車｜殺一殺腰帶。❻放在動詞後面表示程度深 ◆ 氣殺我也｜真是笑殺人｜秋風秋雨愁殺人。❼藥物等刺激身體，感覺疼痛 ◆ 肥皂水殺眼睛。
〈二〉[shā ㄕㄚ 粵 sai³ 曬]
❶減少；衰退。❷羽毛凋落。

⁸ **殼**(壳) 〈一〉[qiào ㄑㄧㄠˋ 粵 hɔk⁸ 學⁸]
堅硬的外皮 ◆ 甲殼｜地殼｜金蟬脫殼。
〈二〉[ké ㄎㄜˊ 粵 同〈一〉]
義同〈一〉◆ 蛋殼兒｜子彈殼兒。

⁸ **殽** 同“淆”，見372頁右欄。

⁹ **毀** [huǐ ㄏㄨㄟˇ 粵 wɐi² 委]
❶破壞；損壞 ◆ 毀壞｜毀滅｜擊毀｜摧毀｜墜毀｜毀容案｜唐韓愈《進學解》：“業精於勤荒於嬉，行成於思毀於隨。”❷特指因哀痛過度而傷害身體 ◆ 哀毀骨立｜毀不滅性。❸同“譭”。誹謗；講別人的壞話。與“譽”相對 ◆ 毀謗｜詆毀｜不計毀譽。❹“譭”的簡化字。

⁹ 殿 [diàn ㄉㄧㄢˋ 📖 din⁶ 電]
❶高大的房屋；特指皇宮裏帝王受朝理政的地方 ◆ 宮殿｜殿試｜太和殿｜金鑾殿。❷供奉神佛的高大房屋 ◆ 佛殿｜大雄寶殿。❸行軍時走在最後；引申為最後、最下 ◆ 殿後｜殿軍。❹姓。

¹¹ 毆 (殴) [ōu ㄡ 📖 eu²/ŋeu¹ 嘔]
打(人) ◆ 毆打｜毆傷｜毆辱｜打架鬥毆。

¹¹ 毅 [yì ㄧˋ 📖 ŋei⁶ 藝]
意志堅強，果敢 ◆ 毅力｜堅毅｜剛毅｜毅然決然。

毋 部

⁰ 毋 [wú ㄨˊ 📖 mou⁴ 無]
❶副詞。莫，不可。表示禁止或勸阻 ◆ 寧缺毋濫。❷不；不用 ◆ 毋庸諱言。❸姓。

⁰ 毌 [guàn ㄍㄨㄢˋ 📖 gun³ 灌]
"貫"的古字。

¹ 母 [mǔ ㄇㄨˇ 📖 mou⁵ 武]
❶媽媽 ◆ 母親｜母愛｜母女二人｜高堂老母｜母以子貴｜再生父母｜兒行千里母擔憂｜唐孟郊《遊子吟》詩："慈母手中線，遊子身上衣。"❷稱女性長輩 ◆ 祖母｜伯母｜姑母｜岳母｜師母。❸雌性的禽獸；與"公"相對 ◆ 母雞｜母牛｜母畜。❹事物的本源、出處 ◆ 母本｜母校｜酒母｜工作母機｜失敗乃成功之母。❺一種中心凹下或有圓孔供另一零件插入的配件 ◆ 螺母｜子母釦兒。❻姓。

³ 毐 [ǎi ㄞˇ 📖 oi²/ŋoi² 藹]
人名用字。戰國時秦國有嫪毐。

³ 每 [měi ㄇㄟˇ 📖 mui⁵ 梅⁵]
❶指全體中的任何個體 ◆ 每天｜每人｜每家每戶｜每一件產品都是合格的。❷表示同一動作有規律地反覆出現 ◆ 每戰必勝｜每況愈下｜每隔5米種一棵樹｜每工作一年發一套工作服｜每逢佳節倍思親。❸每每，常常 ◆ 每常｜每每一坐就是半天｜所作所為每每遭人非議。

⁴ 娷 [jiě ㄐㄧㄝˇ 📖 dzε² 姐]
娭娷，見"娭"，156頁左欄。

⁴ 姆 [nǎ ㄋㄚˇ 📖 na² 拿²]
方言。母的；雌性的 ◆ 牛姆(母牛)｜鴨姆(母鴨)｜兩仔姆(母子倆)｜木瓜姆(母木瓜)。

⁵ 毒 [dú ㄉㄨˊ 📖 duk⁹ 毒]
❶對生物體有危害的。也指對生物體有危害的東西。引申指對

思想意識有害的東西 ◆ 毒蛇|消毒|中毒身亡|服毒自殺|嚴禁吸毒|以毒攻毒|封建遺毒。❷用有毒的東西殺死；傷害 ◆ 毒死|毒殺老鼠|人莫予毒。❸兇狠；殘忍；屬害 ◆ 歹毒|毒計|毒手|陰險毒辣|用心惡毒|手段狠毒|太陽真毒|虎毒不吃兒。❹怨恨；憎恨 ◆ 令人憤毒。

¹⁰ **毓** [yù ㄩˋ 粵juk⁷ 沃]
生育；養育 ◆ 毓子孕孫|鍾靈毓秀。

比 部

⁰ **比** 〈一〉[bǐ ㄅㄧˇ 粵bei² 彼]
❶辨別異同高下；較量 ◆ 比較|比賽|比武|一比高低|無與倫比|比上不足，比下有餘。❷能夠相比；比擬 ◆ 近鄰比鄰|今非昔比|堅比金石|孩子不比大人。❸用手或東西做出姿勢 ◆ 比劃|連說帶比|他比着手勢讓我過去。❹對比；仿照 ◆ 將心比心|比着身材做衣服|比着葫蘆畫瓢。❺比方；打比方 ◆ 比喻|把兒童比作花朵|把父親比做老黃牛|這樣比，真是維妙維肖。❻比較同類數量的關係 ◆ 一比四|一與四之比。❼介詞。引進比較的對象 ◆ 你比他高|他比我小五歲|產量比去年增加了|生活

一天比一天好。
〈二〉[bì ㄅㄧˋ/bǐ ㄅㄧˇ (舊) 粵bei⁶ 備]
❶並列；緊挨着 ◆ 比並|匹比|比目魚|比肩接踵|鱗次櫛比|海內存知己，天涯若比鄰。❷依附；勾結 ◆ 比附|比周|朋比為奸。❸及；等到 ◆ 比及。❹比比，處處 ◆ 比比皆是。

⁵ **毗** (粵毘) [pí ㄆㄧˊ 粵pei⁴ 皮]
❶輔助 ◆ 毗佐|毗予一人。❷連接 ◆ 毗連|毗鄰。

⁵ **毖** [bì ㄅㄧˋ 粵bei³ 祕]
❶謹慎；懲戒 ◆ 慎毖|懲前毖後。❷操勞。

¹³ **毚** [chán ㄔㄢˊ 粵tsam⁴ 慚]
毚兔，狡兔。

毛 部

⁰ **毛** [máo ㄇㄠˊ 粵mou⁴ 無]
❶動植物表皮上所生的絲狀物；鳥類的羽毛 ◆ 毛髮|九牛一毛|一毛不拔|羊毛出在羊身上|皮之不存，毛將焉傅|漢司馬遷《報任少卿書》：“人固有一死，或重於泰山，或輕於鴻毛。”❷植物 ◆ 不毛之地。❸東西因發霉而長出白色的絲狀物 ◆ 點心長毛了。❹粗糙的；未經加工的 ◆ 毛坯|毛樣|

毛玻璃。❺不純淨的；粗略估計 ◆
毛重|毛利|毛估估。❻做事不穩
重，不沈着 ◆ 毛手毛腳|脾氣毛
躁。❼形容小 ◆ 毛孩子|小毛賊|
毛毛雨。❽驚慌失措 ◆ 心裏直發
毛|把他嚇毛了。❾一圓錢的十分
之一俗稱一毛 ◆ 一塊一毛五分。
❿姓。

⁶毨 [xiǎn ㄒㄧㄢˇ 粵sin² 洗]
形容鳥獸新生的毛整齊的樣
子。

⁶𣭺 [mú ㄇㄨˊ 粵mou⁴ 毛]
𣭺子，西藏出產的一種羊毛
織品。

⁷毬 [qiú ㄑㄧㄡˊ 粵keu⁴ 求]
❶古代遊戲用的球類。❷球
形的東西 ◆ 彩毬。

⁷毫 [háo ㄏㄠˊ 粵hou⁴ 豪]
❶細長而尖的毛 ◆ 毫毛|狼
毫|毫髮不爽。❷比喻極細小的事
物 ◆ 秋毫無犯|明察秋毫。❸毛筆
◆ 揮毫潑墨。❹單位名稱。(1) 長
度單位。10絲為1毫，10毫為1釐 ◆
差之毫釐，失之千里。(2) 重量單
位。10絲為1毫，10毫為1釐。(3)
某些單位的千分之一。如1米等於
1000毫米；1克等於1000毫克。❺
一點兒 ◆ 毫不相干|毫無區別|毫
無興趣。❻秤紐 ◆ 頭毫|二毫。
❼粵方言。貨幣單位，角，毛。

⁷𣮆 [同"𣮇"，351頁左欄。

⁸毳 [cuì ㄘㄨㄟˋ 粵tsœy³ 脆]
鳥獸的細毛。

⁸𣮇 [péi ㄆㄟˊ 粵pui⁴ 培]
𣮇𣮚，形容羽毛張開、披散
的樣子。比喻情意奔放。

⁸毯 [tǎn ㄊㄢˇ 粵tam² 貪²/tan²
坦 (語)]
一種厚實的作卧具或鋪地用的毛織
物，也可用作裝飾品 ◆ 毯子|毛毯
|地毯|壁毯。

⁹𣮩 [mào ㄇㄠˋ 粵mou⁶ 務]
𣮩𣮥，煩惱。

⁹𣮚 [sāi ㄙㄞ 粵sœyi¹ 須]
𣮇𣮚。見"𣮇"，350頁右欄。

⁹𣮥 [shū ㄕㄨ 粵sy¹ 書]
𣮩𣮥。見"𣮩"，351頁右欄。

⁹毽 [jiàn ㄐㄧㄢˋ 粵gin³ 見]
即毽子，一種用腳踢的玩
具。用布或皮
裹着銅錢(或其
他代用品)，綴
上毛管，然後
插上雞毛即成
◆ 踢毽子。

毛部

11 **氂** [máo ㄇㄠˊ ⑧ mou⁴ 毛]
❶牦牛尾。❷長毛。❸氂牛。

11 **毿**(毶) [sān ㄙㄢ ⑧ sam¹ 三]
毿毿，形容毛髮、枝條細長的樣子 ◆ 毿毿下垂｜楊柳毿毿。

12 **氅** [chǎng ㄔㄤˇ ⑧ tsɔŋ² 廠]
❶用鳥羽編成的外衣 ◆ 鶴氅。❷泛指外套、大衣 ◆ 大氅。

12 **毰** [pǔ ㄆㄨˇ ⑧ pou² 普]
毰毰，藏族地區出產的一種毛織品，可以做牀毯、衣服等。

12 **氄** [rǒng ㄖㄨㄥˇ ⑧ juŋ⁵ 勇]
鳥獸細軟的絨毛 ◆ 小雛雞長着一身黃氄毛，可愛極了！

13 **氉** [sào ㄙㄠˋ ⑧ tsou³ 措]
氉毿。見"氊"，350頁右欄。

13 **氈**(氊⑧氊) [zhān ㄓㄢ ⑧ dzin¹ 煎]
用獸毛壓成的像粗毛毯一樣的毛製品，可用來製帽、製鞋，用作墊子、褥子和帳篷 ◆ 氈帽｜氈靴｜氈墊｜氈房｜氈帳。

15 **氌**(氌) [lu ·ㄌㄨ ⑧ lou⁵ 老]
氌氌。見"氆"，351頁左欄。

18 **氍** [qú ㄑㄩˊ ⑧ kœy⁴ 渠]
氍氄，毛織的地毯。古代演戲多用於鋪地，因以"氍氄"代表舞台。

22 **氎** [dié ㄉㄧㄝˊ ⑧ dip⁹ 碟]
細棉布。

氏 部

0 **氏** 〈一〉[shì ㄕˋ ⑧ si⁶ 是]
❶姓 ◆ 王氏兄弟｜張氏後裔。❷古時國名、朝代名或世襲職官名後常加"氏" ◆ 夏后氏｜太史氏。❸在名人學者或學説創始人後面加"氏"，表示尊重 ◆ 清代王氏父子(指王念孫、王引之)｜攝氏(指瑞典天文學家攝爾修斯)溫度計。❹舊時對已婚婦女，常以父姓加"氏"來稱呼，如妻陳氏(妻父姓陳)；或夫姓、父姓連用再加"氏"，如金陳氏(夫姓金，父姓陳)。
〈二〉[zhī ㄓ ⑧ dzi¹ 支]
月氏，漢時西域的國名；閼氏，漢時匈奴單于妻子的名號。

1 **氐** 〈一〉[dǐ ㄉㄧˇ ⑧ dɐi² 底]
同"柢"。樹根；根本。
〈二〉[dī ㄉㄧ ⑧ dɐi¹ 低]
❶我國古代的一個民族，居住在西北一帶。❷星宿名，二十八宿之一。

1 **民** [mín ㄇㄧㄣˊ [粵] mɐn⁴ 文] ❶組成社會、國家的基本成員；百姓 ◆ 人民|民眾|民為邦本|國泰民安|民以食為天|取之於民，用之於民。❷指某個民族的人 ◆ 藏民|漢民|回民|少數民族。❸稱從事某種工作的人 ◆ 漁民|牧民|農民。❹民間的 ◆ 民校|民樂|民歌|民謠|民俗民風。❺非軍人；非軍事的 ◆ 民用|民航|軍民一家人。

4 **氓** 〈一〉[méng ㄇㄥˊ [粵] mɐŋ⁴ 萌]
古代稱平民百姓。多指外來的。
〈二〉[máng ㄇㄤˊ [粵] mɐn⁴ 民]
流氓。❶原指無業游民。後來指不務正業、為非作歹的人 ◆ 地痞流氓。❷放刁撒潑、施展下流手段等惡劣行為 ◆ 耍流氓|流氓行為|流氓成性。

气部

1 **氕** [piē ㄆㄧㄝ [粵] pit⁸ 撇] 元素氫的同位素之一，符號 ^{1}H（英protium）。是氫的主要成分。

2 **氘** [dāo ㄉㄠ [粵] dou¹ 刀] 元素氫的同位素之一，符號D（英deuterium）或 $^{2}_{1}H$。也叫“重氫”。用於熱核反應。

2 **氖** [nǎi ㄋㄞˇ [粵] nai⁵ 奶] 氣體元素之一，符號Ne（英neonum）。無色無臭。可用來製霓虹燈等。

3 **氙** [xiān ㄒㄧㄢ [粵] sin¹ 仙] 氣體元素之一，符號Xe（英xenonum）。無色無臭，具有極高的發光強度。可用來製造閃光燈等。

3 **氚** [chuān ㄔㄨㄢ [粵] tsyn¹ 川] 元素氫的同位素之一，符號T（英tritium）。具有放射性，用於熱核反應。

4 **氛** [fēn ㄈㄣ [粵] fɐn¹ 昏] ❶氣；雲氣。❷周圍的景象 ◆ 氣氛|氛圍。

5 **氡** [dōng ㄉㄨㄥ [粵] duŋ¹ 冬] 放射性氣體元素，符號Rn（英radon），也叫“鐳射氣”。可用來治療癌症。

5 **氟** [fú ㄈㄨˊ [粵] fɐt⁷ 忽] 氣體元素之一，符號F（英fluorum）。淡黃綠色，有臭味。能與許多物質化合成無機或有機化合物。

6 **氤** [yīn ㄧㄣ [粵] jɐn¹ 因] 氤氳，形容煙雲瀰漫的樣子 ◆ 雲煙氤氳。

⁶ **氦** [hài ㄏㄞˋ ⑧ hɔi⁶ 亥]

氣體元素之一，符號 He（英 helium）。無色無臭，可用來製燈泡。

⁶ **氧** [yǎng ㄧㄤˇ ⑧ jœŋ⁵ 養]

氣體元素之一，符號 O（英 oxygenium）。無色無臭，能助燃，能與許多元素化合。氧不僅是動植物所必需的氣體，在工業上用途也很廣泛。

⁶ **氣**（气） [qì ㄑㄧˋ ⑧ hei³ 器]

❶沒有一定形態、體積，可以自由散佈的物體。特指空氣 ◆ 氧氣｜冷氣｜煤氣｜氣壓。❷指呼出吸入的氣 ◆ 喘氣｜氣急敗壞｜氣息奄奄｜上氣不接下氣。❸自然界冷暖陰晴等現象 ◆ 天氣｜氣候｜氣象｜秋高氣爽。❹人所表現的精神狀態 ◆ 氣順｜志氣｜英雄氣概｜氣宇軒昂｜浩然之氣｜喜氣洋洋。❺事物的狀態 ◆ 氣象萬千｜氣勢雄偉。❻不愉快；發怒 ◆ 生氣｜氣得發抖｜請別動氣｜怒氣沖沖｜氣不打一處來。❼使人生氣 ◆ 氣死人｜別再氣他了。❽欺侮 ◆ 天生懦弱，一輩子受氣。❾味兒 ◆ 氣味｜香氣｜氣若幽蘭。❿中醫稱某些病象或病名 ◆ 濕氣｜腳氣｜熱氣。⓫中醫稱人體的生命力 ◆ 傷了元氣｜氣血兩虛｜補氣養元。⓬我國古代哲學概念，指構成宇宙萬物的物質性的東西。

⁶ **氨** [ān ㄢ ⑧ ɔn¹/ŋɔn¹ 安]

氮和氫的氣體化合物，分子式 NH_3（英 ammonia）。無色，有奇臭。可以做硝酸及氮肥，醫藥上用作興奮劑。也叫"阿摩尼亞"。

⁷ **氪** [kè ㄎㄜˋ ⑧ hɐk⁷ 克]

氣體元素之一，符號 Kr（英 kryptonum）。無色無臭，能吸收 X 射線。可用作 X 射線的屏蔽材料。

⁷ **氫**（氢） [qīng ㄑㄧㄥ ⑧ hiŋ¹ 兄]

氣體元素之一，符號 H（英 hydrogenium）。質輕，無色無臭。在化學上用途廣泛。俗稱"輕氣"。

⁸ **氰** [qíng ㄑㄧㄥˊ ⑧ tsiŋ⁴ 晴]

碳和氮的化合物，分子式 $(CN)_2$（英 cyanogen）。無色氣體，有奇臭，有劇毒。

⁸ **氩**（氩） [yà ㄧㄚˋ ⑧ a³/ŋa³ 亞]

氣體元素之一，符號 Ar（英 argonium）。無色無臭，放在真空管裏通過電流能發出藍光。

⁸ **氮** [dàn ㄉㄢˋ ⑧ dam⁶ 啖]

氣體元素之一，符號 N（英 nitrogenium）。無色無臭，是植物營養的重要成分之一，可用來製造氮肥等。

⁸氯 [lǜ ㄌㄩˋ ⑩luk⁹綠]
氯體元素之一，符號Cl(英chlorum)。黃綠色，有惡臭，有毒，具腐蝕性。用途很廣，可用來漂白、殺菌，也可製染料、農藥等。

⁹氲 [yūn ㄩㄣ ⑩wæn¹溫]
氤氲。見"氤"，352頁右欄。

水 (氵) 部

⁰水 [shuǐ ㄕㄨㄟˇ ⑩sœy²帥²]
❶一種氫氧化合物，分子式H_2O。無色、無臭、無味的液體 ◆ 水到渠成｜飲水思源｜水火不相容｜春江水暖鴨先知｜水可載舟，亦可覆舟｜唐李白《贈汪倫》詩："桃花潭水深千尺，不及汪倫送我情。"❷河流；泛指水域，如江、河、湖、海。與"陸"相對 ◆ 漢水｜水族館｜水上人家｜水陸交通。❸稀的汁液；像水的液體 ◆ 湯水｜墨水｜止咳藥水｜鐵水奔流。❹附加的費用或額外的收入 ◆ 貼水｜匯水｜外水。❺五行之一。金、木、水、火、土為五行。❻星名，即水星。❼水族，我國少數民族之一，分佈在貴州省。❽姓。

¹永 [yǒng ㄩㄥˇ ⑩wiŋ⁵榮⁵]
長；長久；久遠 ◆ 永遠｜永久｜永不磨滅｜永無出頭之日。

²汁 [zhī ㄓ ⑩dzɐp⁷執]
內含某種物質的液體 ◆ 墨汁｜果汁｜乳汁｜甘蔗汁。

²汀 [tīng ㄊ丨ㄥ ⑩tiŋ¹庭¹]
水邊的平地；小洲 ◆ 綠汀｜汀洲。

²求 [qiú ㄑ丨ㄡˊ ⑩kɐu⁴球]
❶尋找 ◆ 尋求｜刻舟求劍｜求之不得｜求同存異｜吹毛求疵。❷探索；積極爭取達到某種目的 ◆ 探求｜追求｜實事求是｜夢寐以求｜屈原《離騷》："路漫漫其修遠兮，吾將上下而求索。"❸懇切希望得到 ◆ 請求｜乞求｜祈求｜求偶｜求救｜求人不如求己。❹需要；要求 ◆ 供不應求｜精益求精｜求全責備｜對孩子不要苛求。❺姓。

²氽 [tǔn ㄊㄨㄣˇ ⑩ten²吞²]
方言。❶東西在水上漂浮 ◆ 木頭在水上氽來氽去。❷油炸 ◆ 油氽花生米。

²汆 [cuān ㄘㄨㄢ ⑩tsyn¹村]
把食物放到沸水裏稍微一煮即撈出，是一種烹調方法 ◆ 清汆丸子。

²氿 〈一〉[guǐ ㄍㄨㄟˇ ⑩gwɐi²鬼]

泉水從側面流出 ◆ 氿泉。

〈二〉[jiǔ ㄐㄧㄡˇ ⑧ gɐu² 九]
地名用字。江蘇宜興東有東氿、西氿二湖。

² **汈** [diāo ㄉㄧㄠ ⑧ diu¹ 刀]
汈汊，水名，在湖北省。

² **氾** 〈一〉[fàn ㄈㄢˋ ⑧ fan³ 販]
❶古水名。❷"泛"的異體字。

〈二〉[fán ㄈㄢˊ ⑧ fan⁴ 凡]
姓。

³ **汗** 〈一〉[hàn ㄏㄢˋ ⑧ hɔn⁶ 翰]
❶動物從皮膚排泄出來的液體 ◆ 汗水│汗顏│汗流浹背│揮汗如雨│汗牛充棟│<u>唐·李紳</u>《憫農》詩："鋤禾日當午，汗滴禾下土。誰知盤中餐，粒粒皆辛苦。"❷物體出水 ◆ 汗簡│<u>宋·文天祥</u>《過零丁洋》詩："人生自古誰無死，留取丹心照汗青。"

〈二〉[hán ㄏㄢˊ ⑧ hɔn⁴ 寒]
我國古代西北少數民族如突厥稱國君為"可汗"，簡稱"汗"。

³ **污**（⑧汙汚）[wū ㄨ ⑧ wu¹ 烏]
❶停積不流的濁水；泛指髒的東西 ◆ 污水│污濁│污穢│同流合污│藏污納垢│出污泥而不染。❷弄髒；沾上髒東西 ◆ 玷污│污辱│污染環境。❸奸邪；不廉潔 ◆ 貪官污吏│貪污公款。

³ **江** [jiāng ㄐㄧㄤ ⑧ gɔŋ¹ 剛]
❶長江 ◆ 江左│江淮│江東父老│春風又綠江南岸│<u>宋·蘇軾</u>《念奴嬌·赤壁懷古》詞："大江東去，浪淘盡，千古風流人物。"❷大河的通稱 ◆ 錢塘江│江河日下│江湖騙子│春江水暖鴨先知│<u>唐·柳宗元</u>《江雪》詩："孤舟蓑笠翁，獨釣寒江雪。"❸姓。

³ **汞** [gǒng ㄍㄨㄥˇ ⑧ huŋ³ 控]
一種金屬元素，符號Hg（英hydrargyrum）。銀白色的液體，有毒，能溶解多種金屬。可用來製造藥品、鏡子、溫度計、血壓計等。通稱"水銀"。

³ **汛** [xùn ㄒㄩㄣˋ ⑧ sœn³ 信]
❶江河季節性的漲水 ◆ 汛期│潮汛│防汛│桃花汛。❷指婦女的月經。❸指一定的時節 ◆ 漁汛。

³ **汕** [shàn ㄕㄢˋ ⑧ san³ 傘]
汕頭，地名，在廣東省。

³ **汔** [qì ㄑㄧˋ ⑧ hɐt⁹ 乞]
接近；差不多 ◆ 汔盡│汔可小康。

³ **汍** [wán ㄨㄢˊ ⑧ jyn⁴ 元]
汍瀾，流淚的樣子。

³ **汐** [xī ㄒㄧ ⑧ dzik⁹ 直]
晚潮。早晨漲水叫"潮"，晚

上漲水叫"汐" ◆ 潮汐。

³ **氿** [sì ㄙˋ ⑧ tsi⁵ 似]
氿水,水名,在河南省。

³ **池** [chí ㄔˊ ⑧ tsi⁴ 持]
❶蓄水的窪地 ◆ 池塘|浴池|游泳池|風乍起,吹皺一池春水|唐賈島《題李凝幽居》詩:"鳥宿池邊樹,僧敲月下門。"❷四周高中間窪像池一樣的地方 ◆ 樂池|舞池|花池|池座。❸護城河 ◆ 金城湯池|城門失火,殃及池魚。❹姓。

³ **汝** [rǔ ㄖㄨˇ ⑧ jy⁵ 雨]
❶古漢語中第二人稱代詞。你 ◆ 汝曹|汝輩。❷姓。

³ **汊** [chà ㄔㄚˋ ⑧ tsa³ 岔]
分支的小河;水的支流 ◆ 河汊|汊港|河湖港汊|百汊清泉兩岸花。

⁴ **汪** [wāng ㄨㄤ ⑧ woŋ¹ 王¹]
❶水深而廣 ◆ 汪洋大海。❷液體聚集在一處 ◆ 眼淚汪汪|地上汪着水|眼裏汪着淚水。❸量詞。用於液體 ◆ 一汪眼淚。❹形容狗的叫聲。❺姓。

⁴ **汧** [qiān ㄑㄧㄢ ⑧ hin¹ 軒]
❶汧水,古水名,今稱"千河",是渭河的支流。❷汧陽,古地名,今稱"千陽",在陝西省。

⁴ **洴** [jǐng ㄐㄧㄥˇ ⑧ jiŋ² 井]
洴洲,地名,在廣東省。

⁴ **沅** [yuán ㄩㄢˊ ⑧ jyn⁴ 元]
水名,即沅江。源出貴州,流入湖南洞庭湖。

⁴ **沄** [yún ㄩㄣˊ ⑧ wɐn⁴ 云]
沄沄,形容水流動。

⁴ **沐** [mù ㄇㄨˋ ⑧ muk⁹ 木]
❶洗髮 ◆ 櫛風沐雨|沐浴齋戒|《楚辭·漁父》:"新沐者必彈冠,新浴者必振衣。"❷受潤澤;蒙受 ◆ 沐恩。❸姓。

⁴ **沛** [pèi ㄆㄟˋ ⑧ pui³ 配]
充足;旺盛 ◆ 精力充沛。

⁴ **沔** [miǎn ㄇㄧㄢˇ ⑧ min⁵ 免]
水名,即沔水,在陝西省,是漢水的上游。

⁴ **汰** [tài ㄊㄞˋ ⑧ tai³ 太]
❶過分 ◆ 汰侈|奢汰。❷除去不好的 ◆ 淘汰|優勝劣汰。

⁴ **沘** [bǐ ㄅㄧˇ ⑧ bei² 比]
❶沘江,水名,在雲南省。❷沘源,河南唐河的舊稱。

⁴ **沍** (⑧沍) [hù ㄏㄨˋ ⑧ wu⁶ 互]
❶凍結 ◆ 沍寒|沍澗|清泉沍而不流。❷閉塞。

4 **沏** [qī ㄑㄧ ⑧tsit[8] 切]
用開水沖、泡 ◆ 沏茶。

4 **沚** [zhǐ ㄓˇ ⑧dzi[2] 止]
小沙洲 ◆ 洲沚。

4 **沙** 〈一〉[shā ㄕㄚ ⑧sa[1] 砂]
❶微小的石粒 ◆ 飛沙走石｜泥沙俱下｜沙裏淘金｜集腋成裘，聚沙成塔｜宋張先《天仙子》詞："沙上並禽池上暝，雲破月來花弄影。"❷像沙一樣的東西 ◆ 豆沙｜沙糖｜鐵沙｜沙眼。❸指用含沙的陶土製成的器皿 ◆ 沙鍋｜沙罐。❹聲音嘶啞，不清脆 ◆ 沙啞。❺姓。
〈二〉[shà ㄕㄚˋ ⑧同〈一〉]
方言。搖動，使雜物集中，以便清除 ◆ 把米裏的沙子沙一沙。

4 **汨** [mì ㄇㄧˋ ⑧mik[9] 覓]
汨羅江，水名，在湖南東北部。

4 **汩** [gǔ ㄍㄨˇ ⑧gwɐt[7] 骨]
❶沈下；埋沒 ◆ 汩沒。❷形容水流動的聲音或樣子 ◆ 河水汩汩地流過。

4 **沓** 〈一〉[tà ㄊㄚˋ ⑧dap[9] 踏]
多而重複 ◆ 雜沓｜紛至沓來。
〈二〉[dá ㄉㄚˊ ⑧同〈一〉]
量詞。用於重疊起來的紙張或其他薄的東西 ◆ 一沓信紙｜厚厚一沓。

4 **沖** (⑧沖) [chōng ㄔㄨㄥ ⑧tsuŋ[1] 充]
❶用水流的力量撞擊物體 ◆ 沖洗｜沖刷｜海浪沖擊着山崖｜大水沖了龍王廟｜洪水沖毀了村莊。❷用開水等澆 ◆ 沖茶｜沖藕粉｜沖雞蛋｜沖咖啡。❸互相抵銷 ◆ 沖賬。❹方言。山區的平地 ◆ 沖田｜韶山沖。

4 **汭** [ruì ㄖㄨㄟˋ ⑧jœy[6] 銳]
水流彎曲的地方。

4 **汽** [qì ㄑㄧˋ ⑧hei[3] 氣]
水氣；水蒸氣 ◆ 汽船｜汽錘｜汽缸｜汽化｜汽笛長鳴。

4 **沃** [wò ㄨㄛˋ ⑧juk[7] 旭]
❶灌溉；用水澆 ◆ 沃田｜如湯沃雪。❷土地肥美 ◆ 肥沃｜沃野千里｜肥田沃土。❸姓。

4 **沂** [yí ㄧˊ ⑧ji[4] 而]
沂河，水名。源出山東，流入江蘇。

4 **汸** [fù ㄈㄨˋ ⑧fu[6] 父]
湖汸，地名，在江蘇省。

4 **汾** [fén ㄈㄣˊ ⑧fɐn[4] 墳]
水名，即汾河，在山西省。

4 **沌** 〈一〉[dùn ㄉㄨㄣˋ ⑧dœn[6] 鈍]
混沌。見"混〈二〉"，371頁右欄。

〈二〉[zhuàn ㄓㄨㄢˋ ⑧tsyn⁵ 吮]
沌河，水名，沌口，地名，都在湖北境內。

⁴**沒** 〈一〉[mò ㄇㄛˋ ⑧mut⁹ 末]
❶沈入水裏；大水漫過、蓋住 ◆ 沈沒｜沒頂之災｜洪水淹沒了大片莊稼。❷埋沒 ◆ 雪深沒膝。❸消失；隱藏；不顯現 ◆ 泯沒｜隱沒｜出沒無常｜神出鬼沒。❹把財物收歸公有，或把公有財物據為己有 ◆ 沒收｜抄沒家產｜吞沒公款。❺直到終了；盡 ◆ 沒世不忘｜沒齒不忘。❻同“歿”。死；去世。
〈二〉[méi ㄇㄟˊ ⑧同〈一〉]
無；沒有 ◆ 沒出息｜沒關係｜沒精打彩｜沒了主張。

⁴**汲** [jí ㄐㄧˊ ⑧kɐp⁷ 級]
❶從井裏取水；泛指打水 ◆ 汲水｜汲深綆短。❷吸收；吸取 ◆ 汲取經驗。❸引導 ◆ 汲引｜汲善。❹汲汲，形容心情急切的樣子 ◆ 不汲汲於富貴，不戚戚於貧賤。

⁴**汴** [biàn ㄅㄧㄢˋ ⑧bin⁶ 辨]
❶汴水，古水名，指由河南滎陽至開封東南流經安徽宿縣、泗縣入淮河的一段河水。❷汴京、汴州，即今河南開封，五代梁、晉、漢、周及北宋建都於此。

⁴**汶** [wèn ㄨㄣˋ ⑧mɐn⁶ 問]
汶水，水名，在山東省。又名“大汶河”。

⁴**沆** [hàng ㄏㄤˋ ⑧hɔŋ⁴ 杭/hɔŋ⁶ 項]
❶形容水勢浩渺、廣闊無邊的樣子 ◆ 沆漭｜沆瀁。❷沆瀣，夜間的水氣。❸沆瀣一氣，比喻臭味相投的人勾結在一起。

⁴**沈** 〈一〉[chén ㄔㄣˊ ⑧tsɐm⁴ 尋/dzɐm⁶ 枕⁶]
❶沒在水裏；與“浮”相對 ◆ 沈沒｜沈渣泛起｜石沈大海｜打撈沈船｜_唐劉禹錫《酬樂天揚州初逢席上見贈》_詩：“沈舟側畔千帆過，病樹前頭萬木春。”❷埋沒 ◆ 折戟沈沙。❸下落；陷入；入迷 ◆ 沈陷｜下沈｜沈淪｜沈溺。❹表示程度深 ◆ 沈醉｜沈思｜心情沈重｜沈痛哀悼｜沈寂的夜晚。❺分量重 ◆ 沈甸甸｜這箱子很沈。❻鎮定；穩重 ◆ 沈着｜沈住氣｜沈穩謹慎｜態度沈毅。
〈二〉[shěn ㄕㄣˇ ⑧sɐm² 審]
❶姓。❷“瀋”的簡化字。

⁴**沉** 同“沈〈一〉”，見358頁右欄。

⁴**沁** [qìn ㄑㄧㄣˋ ⑧sɐm³ 滲]
滲入或透出 ◆ 沁人心脾｜沁人肺腑｜額上沁出汗珠。

⁴**決**(⑧决) 〈一〉[jué ㄐㄩㄝˊ ⑧kyt⁸ 缺]

❶疏通水道 ◆ 決江疏河。❷水把堤防沖開；河堤崩潰 ◆ 決堤｜潰決｜黃河決口。❸拿定主意，堅持不變 ◆ 決定｜猶豫不決｜下定決心｜決意一試。❹確定；判定 ◆ 決策｜裁決｜表決｜全民公決｜懸而未決｜最後判決。❺一定 ◆ 決不反悔｜決無此事。❻確定最後勝負的競爭 ◆ 決賽｜決戰｜決一雌雄｜運籌帷幄之中，決勝千里之外。❼處死罪犯；執行死刑 ◆ 槍決｜就地處決。

〈二〉[xuè ㄒㄩㄝˋ 粵 hyt⁸ 血]
迅疾的樣子 ◆ 決驟｜決起而飛。

泰 ⁵ [tài ㄊㄞˋ 粵 tai³ 太]
❶太平；安寧 ◆ 泰和｜國泰民安。❷平安；舒適 ◆ 康泰。❸安定；平靜 ◆ 泰然處之。❹吉祥；好運 ◆ 否極泰來。❺極；最 ◆ 泰西｜泰古。❻奢侈 ◆ 奢泰｜窮泰極侈。❼通暢 ◆ 天地交泰。❽泰山，五嶽之一，在山東省 ◆ 泰斗（泰山北斗）。❾姓。

沬 ⁵ [mò ㄇㄛˋ 粵 mut⁹ 沒]
❶小水泡 ◆ 泡沫。❷口水 ◆ 唾沫｜口沫飛濺｜相濡以沫。

沫 ⁵ [mèi ㄇㄟˋ 粵 mui⁶ 昧]
古地名，春秋時衛地，在今河南淇縣南。

法（粵浓瀘） ⁵ [fǎ ㄈㄚˇ 粵 fat⁸ 發]

❶由國家制定並頒佈實施、國人均應遵行的行為規則的總稱 ◆ 法律｜法令｜憲法｜婚姻法｜奉公守法｜知法犯法。❷合法的；守法的。多用在否定副詞之後 ◆ 非法收入｜不法分子。❸做事情的門路、技巧 ◆ 方法｜文法｜辦法｜做法｜檢字法｜不得法。❹標準的；規範的；可供仿效的 ◆ 法帖｜法書｜取法乎上，僅得其中。❺仿效；學習 ◆ 效法｜師法｜法古。❻佛教稱一切事理為法 ◆ 佛法｜現身說法。❼與佛教有關的事物，或尊稱佛家 ◆ 法衣｜法事｜法師｜法號｜法器｜不二法門。❽方術 ◆ 道士作法｜妖魔鬥法｜騙人的法術。❾姓。

泔 ⁵ [gān ㄍㄢ 粵 gem¹ 甘]
淘米的水；也泛指洗菜、刷鍋用過的水及倒掉的殘羹剩菜 ◆ 米泔｜泔水｜泔腳。

泄 ⁵ 〈一〉[xiè ㄒㄧㄝˋ 粵 sit⁸ 屑]
❶液體、氣體排出 ◆ 排泄｜毒氣泄漏｜水泄不通｜泄了氣的皮球。❷透露 ◆ 泄密｜泄底｜泄露天機。❸發散出 ◆ 發泄｜泄私憤。

〈二〉[yì ㄧˋ 粵 jei⁶ 拽]
泄泄。❶形容多。❷和樂自得的樣子。❸鼓翼的樣子。

沽 ⁵ [gū ㄍㄨ 粵 gu¹ 姑]
❶買 ◆ 沽酒｜沽名釣譽。❷賣 ◆ 待價而沽。❸古水名。也

稱"沽河"，即今河北白河。❹天津的別稱。

⁵ 河 [hé ㄏㄜˊ ⑩ hɔ⁴ 何]
❶水道的通稱 ◆ 河流｜河川｜運河｜錦繡河山｜江河日下｜唐杜甫《戲為六絕句》詩："爾曹身與名俱滅，不廢江河萬古流。"❷特指黃河 ◆ 河西走廊｜河套地區｜河清海晏｜唐王維《使至塞上》詩："大漠孤煙直，長河落日圓。"❸指銀河 ◆ 天河｜星河｜河漢｜唐李白《望廬山瀑布水》詩："飛流直下三千尺，疑是銀河落九天。"

⁵ 沭 [shù ㄕㄨˋ ⑩ sœt⁹ 術]
沭河，水名。源出山東，流入江蘇。

⁵ 泵 [bèng ㄅㄥˋ ⑩ bɐm¹ 巴庵切]
英語 pump 的音譯。吸入或排出流體的機械，能把流體抽出或壓入容器，也能把液體提升到高處。也叫"幫浦"、"唧筒" ◆ 氣泵｜油泵｜水泵。

⁵ 沾 [zhān ㄓㄢ ⑩ dzim¹ 尖]
❶浸濕 ◆ 汗出沾背｜淚沾襟。❷附着上 ◆ 沾染了壞習氣｜兩腿沾上了泥。❸接觸；發生關係 ◆ 腳不沾地｜煙酒不沾｜不沾邊兒｜沾親帶故。❹ 因發生關係而得到好處 ◆ 沾光｜沾小便宜｜利益均沾。

⁵ 沮 〈一〉[jǔ ㄐㄩˇ ⑩ dzœy⁶ 序]
❶阻止；終止 ◆ 沮遏｜沮其成行。❷敗壞；毀壞 ◆ 沮壞。❸喪氣；頹喪 ◆ 沮喪。
〈二〉[jù ㄐㄩˋ ⑩ dzœy³ 醉]
低濕地帶；沼澤地帶 ◆ 沮洳｜沮澤。
〈三〉[jū ㄐㄩ ⑩ dzœy¹ 追]
姓。
〈四〉[jū ㄐㄩ ⑩ tsœy¹ 吹]
水名。

⁵ 油 [yóu ㄧㄡˊ ⑩ jɐu⁴ 由]
❶由動植物脂肪提煉出來的液體或動物的固態脂肪 ◆ 豬油｜豆油｜桐油｜春雨貴如油。❷由礦物提煉出來的液體或某些化學合成物 ◆ 石油｜柴油｜汽油｜甘油。❸用油、漆等塗抹 ◆ 油門窗｜木盆剛油過。❹沾染上油垢 ◆ 衣服油了。❺圓滑；浮滑；不莊重 ◆ 油嘴滑舌｜油腔滑調｜這人太油了。

⁵ 泱 [yāng ㄧㄤ ⑩ jœŋ¹ 央/ɔn¹/ŋɔŋ¹ 盎¹]
泱泱。❶水面廣闊的樣子 ◆ 湖水泱泱。❷氣勢宏大的樣子 ◆ 泱泱大國。

⁵ 況 (⑩況) [kuàng ㄎㄨㄤˋ ⑩ fɔŋ³ 放]
❶情形 ◆ 情況｜近況｜狀況｜盛況空前｜實況轉播。❷比喻 ◆ 比況｜以古況今。❸甚；更加 ◆ 每況愈下。❹連詞。表示更進一層的意思

◆ 況且|何況。❺姓。

⁵洞 [jiǒng ㄐㄩㄥˇ 粵gwiŋ² 炯]
遠。

⁵泅 [qiú ㄑㄧㄡˊ 粵tseu⁴ 囚]
游水 ◆ 泅水|泅渡。

⁵泗 [sì ㄙˋ 粵si³ 試]
❶鼻涕 ◆ 涕泗滂沱。❷水名，即泗水。源出山東，流經江蘇入淮河。

⁵泆 [yì ㄧˋ 粵jet⁹ 日]
❶放縱。❷水滿而泛濫 ◆ 泆泆|泆湯。❸舒緩安閒 ◆ 泆然。

⁵泊 〈一〉[bó ㄅㄛˊ 粵bok⁹ 薄]
❶停船靠岸 ◆ 停泊|泊岸|泊位|楓橋夜泊。❷停留；止息 ◆ 漂泊他鄉。❸清靜寡慾 ◆ 淡泊之志。
〈二〉[pō ㄆㄛ 粵同〈一〉]
湖 ◆ 湖泊|梁山泊。

⁵泉 [quán ㄑㄩㄢˊ 粵tsyn⁴ 全]
❶從地下流出的水 ◆ 泉水|溫泉|淚如泉湧|天下第一泉。❷指地下，陰間 ◆ 含笑九泉|黃泉路上。❸古代稱錢幣為泉 ◆ 泉幣。❹姓。

⁵泛 (粵汛) [fàn ㄈㄢˋ 粵fan³ 販]
❶漂浮 ◆ 泛舟|泛海|泛萍浮梗。❷大水漫溢橫流 ◆ 黃泛區|江河泛濫成災。❸普遍；範圍廣；一般地 ◆ 廣泛|寬泛|泛論|泛指|泛泛而談。

⁵泠 [lì ㄌㄧˋ 粵lei⁶ 例]
❶災氣 ◆ 泠氣。❷傷害；相尅 ◆ 金泠木。

⁵泠 [líng ㄌㄧㄥˊ 粵liŋ⁴ 零]
❶清涼 ◆ 泠風。❷泠泠。
(1) 形容清涼 ◆ 清清泠泠。 (2) 形容聲音清脆。❸姓。

⁵泒 [zhī ㄓ 粵dzi¹ 支]
水名，即蚜河，在河北省。

⁵沿 (粵沿) [yán ㄧㄢˊ 粵jyn⁴ 元]
❶順着 ◆ 沿街叫賣|沿途尋訪|沿着城牆走。❷靠近 ◆ 沿海一帶|長江沿岸|鐵路沿線。❸因襲以往的 ◆ 沿襲|相沿成習。❹順着衣、鞋的邊再鑲上一條邊 ◆ 沿衣襟|沿鞋口。❺邊緣部分 ◆ 邊沿|炕沿兒|前沿陣地。❻水邊 ◆ 河沿|溝沿兒。

⁵泃 [jū ㄐㄩ 粵gœy³ 句]
泃河，水名，在河北省。

⁵泖 [mǎo ㄇㄠˇ 粵mau⁵ 卯]
❶小湖。❷古湖名，即泖

湖，在今上海松江縣。

⁵**泡** 〈一〉[pào ㄆㄠˋ ⑧pau³ 炮]
❶液體內包有空氣的球狀物 ◆ 水泡｜泡沫｜肥皂泡｜化為泡影。❷較長時間浸在液體裏 ◆ 泡茶｜泡菜｜浸泡。❸消磨、拖延時間 ◆ 泡蘑菇｜整天泡着沒事做。

〈二〉[pào ㄆㄠˋ ⑧pau¹ 拋]
像水泡一樣的東西 ◆ 燈泡｜燎泡｜腳底打泡。

〈三〉[pāo ㄆㄠ ⑧peu³ 剖³]
❶鼓起而鬆軟的東西 ◆ 眼泡。❷方言。虛而鬆軟；不堅硬 ◆ 這塊木料發泡。

〈四〉[pāo ㄆㄠ ⑧同〈二〉]
❶量詞。用於屎、尿 ◆ 撒泡尿。❷方言。小湖，多用於地名。如吉林有月亮泡，黑龍江有蓮花泡。

⁵**注** [zhù ㄓㄨˋ ⑧dzy³ 註]
❶灌入；倒入；流入 ◆ 灌注｜傾注｜注射｜血流如注｜注入新的血液。❷集中到某一點上 ◆ 注視｜注意力｜引人注目｜全神貫注。❸用來賭博的財物 ◆ 賭注｜下注｜孤注一擲。❹同“註”，見656頁右欄。

⁵**泣** [qì ㄑㄧˋ ⑧jɐp⁷ 邑]
❶無聲或小聲地哭 ◆ 抽泣｜悲泣｜泣不成聲｜如泣如訴｜驚天地，泣鬼神。❷眼淚 ◆ 飲泣吞聲｜泣下如雨。

⁵**泫** [xuàn ㄒㄩㄢˋ ⑧jyn⁵ 遠]
水珠下滴 ◆ 老人說到傷心處泫然淚下。

⁵**泮** [pàn ㄆㄢˋ ⑧pun³ 判]
❶冰化開；分解 ◆ 冰泮｜泮渙。❷古代府、縣學校叫泮宮，科舉時代稱考中秀才叫“入泮”。

⁵**沱** [tuó ㄊㄨㄛˊ ⑧tɔ⁴ 駝]
❶沱江，長江的支流，在四川省。❷滂沱。見“滂”，381頁右欄。❸方言。水灣，多用於地名，如四川有朱家沱、金剛沱等。

⁵**泌** 〈一〉[mì ㄇㄧˋ ⑧bei³ 祕]
液體從細孔滲透出來 ◆ 分泌｜泌尿。

〈二〉[bì ㄅㄧˋ ⑧同〈一〉]
泌陽，地名，在河南省。

⁵**泳** [yǒng ㄩㄥˇ ⑧wiŋ⁶ 詠]
在水裏游動 ◆ 游泳｜仰泳｜蛙泳｜蝶泳｜自由泳。

⁵**泥** 〈一〉[ní ㄋㄧˊ ⑧nei⁴ 坭]
❶含水的半固體的土 ◆ 爛泥｜泥沙俱下｜泥塑木雕｜泥牛入海｜清龔自珍《己亥雜詩》：“落花不是無情物，化作春泥更護花。”❷像泥一樣的東西 ◆ 棗泥｜印泥｜蒜泥｜削鐵如泥。

〈二〉[nì ㄋㄧˋ ⑧nei⁶ 坭⁶]
❶用泥、灰等塗抹粉飾 ◆ 泥牆。

❷固執；不知變通 ◆ 泥古|拘泥。
〈三〉[nǐ ㄋㄧˇ ⑧nei⁵ 坭⁵]
泥泥。❶露水濃重。❷柔潤的樣子。

⁵ 泯(⑧泯)[mǐn ㄇㄧㄣˇ ⑧men⁵ 敏]

消滅；消失 ◆ 泯滅|泯沒|天良未泯。

⁵ 沸[fèi ㄈㄟˋ ⑧fei³ 肺]
❶水翻騰的樣子；水燒開後翻滾的狀態 ◆ 沸水|沸點|沸騰|揚湯止沸。❷形容人聲嘈雜。也比喻事物蓬勃發展或羣情激昂 ◆ 沸反盈天|沸沸揚揚|人聲鼎沸|熱血沸騰。

⁵ 泓[hóng ㄏㄨㄥˊ ⑧wen⁴ 宏]
❶形容水深而廣。❷量詞。用於清水一股或一片 ◆ 一泓清泉|一泓秋水。

⁵ 沼[zhǎo ㄓㄠˇ ⑧dziu² 剿]
水池 ◆ 沼澤|池沼。

⁵ 波[bō ㄅㄛ ⑧bo¹ 玻]
❶水受到振動而在水面產生的起伏不平現象 ◆ 波浪|碧波蕩漾|波濤洶湧。❷物體受振動發出像水波一樣的現象 ◆ 聲波|光波|電波|超聲波。❸比喻事情的意外發生或變化 ◆ 風波|軒然大波|一波未平，一波又起。❹影響；涉及

◆ 波及。❺流轉的目光 ◆ 暗送秋波。❻方言詞。球 ◆ 波迷|波鞋。

⁵ 治[zhì ㄓˋ ⑧dzi⁶ 自/tsi⁴ 池]
❶修整；修建 ◆ 治緝|夏禹治水，三過家門而不入。❷管理 ◆ 民族自治|勵精圖治|法治觀念|治國平天下。❸處理；辦理 ◆ 治裝|治喪|治標不治本。❹懲處；處罰 ◆ 治罪|處治|懲治肇事者。❺醫療 ◆ 治療|醫治|不治之症|治病救人。❻研究 ◆ 治學之道。❼治理得好；社會安定、太平 ◆ 治世|天下大治|長治久安。❽舊時稱地方政府所在地 ◆ 府治|郡治|縣治。❾姓。

⁵ 泐[lè ㄌㄜˋ ⑧lek⁹ 勒]
❶石頭裂開。❷書寫 ◆ 手泐(手書、親筆)。❸雕刻 ◆ 泐滅|泐蝕。

⁵ 泑[yōu ㄧㄡ ⑧jeu¹ 休]
泑澤，古水名，即今羅布泊，在新疆東部。

⁶ 洭[kuāng ㄎㄨㄤ ⑧hoŋ¹ 康]
洭河，水名，在廣東省。

⁶ 洱[ěr ㄦˇ ⑧ji⁵ 耳]
洱海，水名，在雲南省。

⁶ 洪[hóng ㄏㄨㄥˊ ⑧huŋ⁴ 紅]
❶大水 ◆ 洪水|防洪|山洪

暴發|泄洪工程。❷大 ◆ 嗓音洪亮|洪福齊天|聲如洪鐘。❸姓。

6 **洹** [huán ㄏㄨㄢˊ [粵] wun4 垣/jyn4 元]
水名，即洹水，在河南省。也叫"安陽河"。

6 **洒** 〈一〉[sǎ ㄙㄚˇ [粵] sa2 耍]
❶ 洒家，宋元時北方口語中第一人稱代詞，同"我"、"咱家"，限於男性自稱。❷"灑"的簡化字。
〈二〉[xǐ ㄒㄧˇ [粵] sɐi2 洗]
"洗"的古字。洗滌；洗雪。

6 **洧** [wěi ㄨㄟˇ [粵] wɐi5 偉]
❶古水名，即今雙洎河，在河南省。❷ 洧川，地名，在河南省。

6 **洏** [ér ㄦˊ [粵] ji4 而]
漣洏。見"漣"，384頁左欄。

6 **洿** [wū ㄨ [粵] wu1 烏]
❶低窪積水；深 ◆ 洿池。❷挖掘成水池。

6 **洌** [liè ㄌㄧㄝˋ [粵] lit9 列]
(水、酒)清 ◆ 清洌。

6 **洟** [tì ㄊㄧˋ [粵] tai3 替]
❶ 鼻涕。❷ 流鼻涕，擤鼻涕。

6 **泚** [cǐ ㄘˇ [粵] tsi2 此/tsɐi2 齊2]
❶清澈。❷出汗。❸用筆蘸墨 ◆ 泚筆賦詩。

6 **洸** [guāng ㄍㄨㄤ [粵] gwɔŋ1 光]
滄洸。見"滄"，369頁左欄。

6 **洩**
同"泄〈一〉"，見359頁右欄。

6 **洞** [dòng ㄉㄨㄥˋ [粵] duŋ6 動]
❶孔；窟窿 ◆ 洞孔|洞穴|山洞|巖洞|老鼠生來會打洞。❷穿透 ◆ 彈洞其腹。❸透徹；很清楚 ◆ 洞察一切|洞悉內情|洞見癥結|洞若觀火|洞燭其奸。❹說數字時用來代替零。

6 **洇** [yīn ㄧㄣ [粵] jɐn1 因]
液體落在紙上向周圍散開或滲透；浸 ◆ 這種紙寫字容易洇。

6 **洄** [huí ㄏㄨㄟˊ [粵] wui4 回]
水流迴旋。

6 **洙** [zhū ㄓㄨ [粵] sy4 殊]
水名，即洙水，在山東省。

6 **洗** 〈一〉[xǐ ㄒㄧˇ [粵] sɐi2 使]
❶用水或某些液體去掉污垢 ◆ 洗滌|洗腳|梳洗|盥洗|一貧如洗。❷比喻消除、掃除、弄光 ◆ 洗雪|洗劫一空|清洗內奸|洗掉錄音。❸照相的顯影定影；沖洗 ◆

洗膠捲|洗相片。❹玩牌時把牌攪和整理，以便繼續玩 ◆ 洗牌。❺洗禮，基督教接受人入教時所舉行的一種儀式 ◆ 受洗|領洗。

〈二〉[xiǎn ㄒ丨ㄢˇ ⑧sin⁹ 癬]
姓。

活　〈一〉[huó ㄏㄨㄛˊ ⑧wut⁹ 胡沒切]
❶生存；有生命。與"死"相對 ◆ 活魚|成活率|你死我活|養活一家人|活到老，學到老。❷使生存；救活 ◆ 濟世活人|活人無數。❸在有生命的狀態下 ◆ 活埋|活捉。❹生動的 ◆ 活潑|活躍。❺不呆板；不固定 ◆ 靈活|活期儲蓄|耳軟心活|活動房屋|宋朱熹《觀書有感》詩："問渠那得清如許，為有源頭活水來。"❻逼真的 ◆ 神氣活現|活龍活現。❼ 工作或工作的成品(多指體力勞動) ◆ 活計|農活兒|幹粗活兒|這手工活兒做得很精緻。

〈二〉[guō ㄍㄨㄛ ⑧kut⁸ 括]
活活。❶流水聲。❷泥濘；滑。

泭　〈一〉[fú ㄈㄨˊ ⑧fuk⁹ 伏]
❶水伏流地下 ◆ 泭流。❷水流迴旋處；漩渦。

〈二〉[fù ㄈㄨˋ ⑧同〈一〉]
在水裏浮游 ◆ 泭水。

洴　[jiàn ㄐ丨ㄢˋ ⑧gin⁶ 件]
北洴，越南地名。

洎　[jì ㄐ丨ˋ ⑧gei³ 寄/gei⁶ 技]
到；至 ◆ 自古洎今。

洫　[xù ㄒㄩˋ ⑧kwik⁷ 隙]
田間的小道 ◆ 溝洫。

派　〈一〉[pài ㄆㄞˋ ⑧pai³ 湃]
❶水的支流。❷指立場、見解或作風、習氣相同的一些人 ◆ 黨派|流派|學派|宗派|樂天派|拉幫結派。❸作風；風度 ◆ 氣派|為人正派。❹差遣；指定人去做某事 ◆ 派遣|調派|委派|特派記者。❺量詞。(1)用於派別 ◆ 兩派人意見不合。(2)用於景象、語言等 ◆ 一派胡言|一派新氣象。

〈二〉[pā ㄆㄚ ⑧同〈一〉]
方言。❶派司，英語pass的音譯，指護照、出入證、通行證等。❷派對，英語party的音譯，社交性或娛樂性的聚會，如舞會，宴會等。

洽　[qià ㄑ丨ㄚˋ ⑧hɛp⁹ 合/hap⁹ 狹]
❶和諧；協調 ◆ 融洽|款洽。❷商量；協商 ◆ 洽談|接洽|商洽|面洽。❸廣博；廣泛 ◆ 博洽多聞|博學洽聞，通古達今。

洮　[táo ㄊㄠˊ ⑧tou⁴ 桃]
洮河，水名，在甘肅省。

洵　[xún ㄒㄩㄣˊ ⑧sœn¹ 詢]
❶洵水，古水名，在今陝西

省。❷誠然；確實 ◆ 洵美|洵屬可貴。

洶 (⁰汹) [xiōng ㄒㄩㄥ 粵 hueng¹ 空]

❶洶湧，水猛烈地往上湧 ◆ 洶湧澎湃|波濤洶湧。❷洶洶。(1)形容氣勢很盛 ◆ 來勢洶洶|氣勢洶洶。(2)形容波濤的聲音或爭辯等嘈雜的喧鬧聲 ◆ 波聲洶洶|議論洶洶。(3)形容社會的動盪不安 ◆ 天下洶洶。

洚 [jiàng ㄐㄧㄤˋ 粵 gong³ 絳/hong⁴ 杭/hung⁴ 洪]

大水泛濫 ◆ 洚水。

洛 [luò ㄌㄨㄛˋ 粵 lok⁹ 落]

❶水名，即洛河。(1)在陝西省，與渭河合稱“渭洛”。(2)發源陝西，流經河南入黃河。❷姓。

洺 [míng ㄇㄧㄥˊ 粵 ming⁴ 明]

洺河，水名，在河北省。

洨 [xiáo ㄒㄧㄠˊ 粵 ngau⁴ 肴/hau⁴ 巧⁴]

洨河，水名，在河北省。

洋 [yáng ㄧㄤˊ 粵 jœng⁴ 羊]

❶地球上大的水域 ◆ 太平洋|大西洋|漂洋過海|遠涉重洋。❷外國的；從外國傳入的 ◆ 洋人|洋燭|西洋畫|洋裏洋氣。❸銀元 ◆ 銀洋|一千大洋|三千光洋。❹洋洋。(1)形容盛大眾多的樣子 ◆ 洋洋萬言|洋洋大觀|洋洋灑灑。(2)形容高興得意的樣子 ◆ 喜氣洋洋|得意洋洋。

洴 [píng ㄆㄧㄥˊ 粵 ping⁴ 平]

洴澼，漂洗。

洣 [mǐ ㄇㄧˇ 粵 mei⁵ 米]

洣水，水名，在湖南省。

洲 [zhōu ㄓㄡ 粵 dzeu¹ 周]

❶水中的陸地 ◆ 沙洲|橘子洲|鸚鵡洲。❷地球上面積廣闊的陸地和附近島嶼的總稱。全球共分七大洲 ◆ 亞洲|歐洲|非洲|洲際導彈。

北冰洋
北美洲　歐洲
大西洋　亞洲
太平洋　非洲
印度洋
南美洲　大洋洲
南極洲

津 [jīn ㄐㄧㄣ 粵 dzœn¹ 遵]

❶渡口 ◆ 津渡|要津|無人問津。❷中醫指人體內分泌出的液體，如血液、精液、汗液等；特指唾液 ◆ 津液|生津止咳|遍身生津。❸潤澤；濕潤 ◆ 津潤。❹資助；

補貼 ◆ 津貼│津錢。❺天津市的簡稱 ◆ 京津滬。

6 **洳** [rù ㄖㄨˋ ⑧ jy⁶ 預]

沮洳。見"沮⟨二⟩"，360頁右欄。

7 **浙** (⑧浙) [zhè ㄓㄜˋ ⑧ dzit⁸ 折]

❶浙江，水名，也叫"之江"。❷浙江省的簡稱 ◆ 浙東│江浙皖。

7 **浡** [bó ㄅㄛˊ ⑧ but⁹ 勃]

興起；旺盛起來。

7 **浦** [pǔ ㄆㄨˇ ⑧ pou² 普]

❶水邊；岸邊。❷小河流入江海的入口處。❸姓。

7 **涑** [sù ㄙㄨˋ ⑧ suk⁷ 叔]

涑水，水名，在山西省。

7 **浯** [wú ㄨˊ ⑧ ŋ⁴ 吾]

浯水，水名，即今浯河，在山東省。

7 **浹** (浃) [jiā ㄐㄧㄚ ⑧ dzip⁸ 接]

❶濕透 ◆ 汗流浹背。❷深透；透徹 ◆ 浹髓淪肌。❸輪流一週。古代用天干、地支相配紀日，以天干由甲日到癸日共十日為一週，所以稱十日為"浹日"；以地支由子日到亥日共十二日為一週，所以稱十二日為"浹辰"。

7 **涇** (泾) [jīng ㄐㄧㄥ ⑧ giŋ¹ 京]

❶水名，即涇水。源出寧夏，流入陝西，與渭水會合 ◆ 涇渭分明。❷涇縣，地名，在安徽省。

7 **涉** [shè ㄕㄜˋ ⑧ sip⁸ 攝]

❶蹚水過河；從水上渡過 ◆ 徒涉│跋山涉水│長途跋涉│遠涉重洋。❷經歷 ◆ 涉險│涉世未深。❸相關連；牽連 ◆ 涉及│涉嫌│涉外│牽涉│交涉。❹進入 ◆ 涉足政界。

7 **消** [xiāo ㄒㄧㄠ ⑧ siu¹ 燒]

❶除去；使不存在 ◆ 消炎│消腫│消除隔閡│消聲匿跡│消滅害蟲│唐李白《宣州謝朓樓餞別校書叔雲》詩："抽刀斷水水更流，舉杯消愁愁更愁。"❷逐漸減少；散失掉；溶化掉 ◆ 消費│消耗│消失│消魂│煙消雲散│冰雪消融。❸排遣 ◆ 消遣│消夏│以消永夜│消閒解悶。❹經受；經得起 ◆ 吃得消│吃不消。❺需要 ◆ 不消說│只消一天功夫便可完工。

7 **涅** (⑧涅) [niè ㄋㄧㄝˋ ⑧ nip⁹ 聶]

❶一種礦物，古代用作黑色染料 ◆ 涅石。❷用黑色染；染黑 ◆ 涅麪│涅字│涅而不緇。❸涅槃，佛教用語，指超脫一切煩惱，也指僧人圓寂。

⁷ **浬** [lǐ ㄌㄧˇ ⓹lie⁵ 裏]
海里。1浬合1852米。

⁷ **浞** [zhuó ㄓㄨㄛˊ ⓹dzok⁹ 昨]
濕；沾濕 ◆ 浞濕。

⁷ **涓** [juān ㄐㄩㄢ ⓹gyn¹ 娟]
❶細小的水流 ◆ 涓涓細流匯成大海。❷比喻微小 ◆ 涓埃|涓塵|涓滴歸公。

⁷ **浥** [yì ㄧˋ ⓹jɐp⁷ 邑]
濕潤；沾濕。

⁷ **涔** [cén ㄘㄣˊ ⓹sɐm⁴ 岑]
❶久雨成澇；積水。❷涔涔。(1)形容久雨不止。(2)形容汗水、淚水不斷地流下。(3)形容天氣陰沈的樣子。(4)形容心意煩悶或病痛的樣子。

⁷ **浩** [hào ㄏㄠˋ ⓹hou⁶ 號]
❶大；廣闊 ◆ 浩劫|聲勢浩大|煙波浩渺|浩浩蕩蕩。❷眾多 ◆ 卷帙浩繁|浩如煙海。

⁷ **浻** [é ㄜˊ ⓹ŋɔ⁴ 峨]
古水名，即今大渡河。

⁷ **海** [hǎi ㄏㄞˇ ⓹hoi² 凱]
❶地球上比洋小的水域；大洋靠近陸地的一部分水域。有的大湖也叫海 ◆ 海洋|內海|海枯石爛不變心|海上生明月，天涯共此時|海闊憑魚躍，天高任鳥飛。❷邊遠之地；國境 ◆ 海外兵團|唐王勃《送杜少府之任蜀州》詩："海內存知己，天涯若比鄰。"❸比喻連成一大片的眾多的人或同類事物 ◆ 人海|雲海|一片火海|林海雪原|學海無涯苦作舟。❹形容容量大 ◆ 海量|海涵|海碗。❺大的容器 ◆ 墨海。❻指從外國傳來的(物品) ◆ 海棠|海棗|海榴。❼漫無邊際 ◆ 海罵|海聊。❽姓。

⁷ **浜** [bāng ㄅㄤ ⓹bɐŋ¹ 崩]
小河溝。多用作地名，如上海有張華浜、蘊藻浜、陸家浜等。

⁷ **涂** [tú ㄊㄨˊ ⓹tou⁴ 途]
❶"途"的古字。❷塗抹 ◆ 肝腦涂地。❸涂水，古水名，即滁河。❹姓。

⁷ **浠** [xī ㄒㄧ ⓹hei¹ 希]
浠水，水名及地名，在湖北省。

⁷ **浴** [yù ㄩˋ ⓹juk⁹ 玉]
洗澡 ◆ 浴缸|浴室|淋浴|焚香沐浴|《楚辭·漁父》："新沐者必彈冠，新浴者必振衣。"

⁷ **浮** [fú ㄈㄨˊ ⓹fɐu⁴ 否⁴]
❶漂在水面上；與"沈"相對 ◆ 浮萍|浮標|輕舟浮泛|浮光掠影|宋文天祥《過零丁洋》詩："山河

破碎風飄絮，身世沈浮雨打萍。"❷飄移；流蕩 ◆ 浮動|浮蕩|飄浮|唐李白《送友人》詩："浮雲遊子意，落日故人情。"❸在表面上的 ◆ 浮土|浮塵|浮雕。❹空虛；不實在 ◆ 浮華|浮名|作風浮誇|虛浮不實。❺不嚴肅；不莊重 ◆ 性情浮躁|為人輕浮。❻超出；多餘 ◆ 人浮於事。❼浮屠、浮圖。(1) 佛。(2) 和尚。(3) 佛塔 ◆ 救人一命，勝造七級浮屠。

⁷**洺** [hán ㄏㄢˊ ⑧hem⁴ 含]
洺洸，地名，在廣東省。

⁷**浼** [měi ㄇㄟˇ ⑧mui⁵ 每]
❶污染。❷請託。

⁷**流** [liú ㄌㄧㄡˊ ⑧leu⁴ 留]
❶液體移動 ◆ 流淚|川流不息|細水長流|流水不腐，戶樞不蠹|人往高處走，水往低處流|五代南唐李煜《虞美人》詞："問君能有幾多愁，恰似一江春水向東流。"❷轉移；變動不定 ◆ 資金外流|物暢其流|輪流值日|流離失所|四處流浪。❸傳下來；傳播開 ◆ 萬古流傳|流芳百世|流言蜚語|流行甚廣。❹水道；江河的流水 ◆ 河流|長江支流|付諸東流|投鞭斷流|滾滾洪流。❺像水流一樣的東西 ◆ 人流|氣流|電流|寒流。❻品類；等級 ◆ 流派|女流|意識流|三教九流|一流服務。❼向壞的方面

轉變 ◆ 流於形式|流為娼妓。❽舊時的刑罰，把犯人放逐到邊遠地方去 ◆ 流放。

⁷**涕** [tì ㄊㄧˋ ⑧tei³ 替]
❶眼淚 ◆ 感激涕零|痛哭流涕。❷鼻涕。

⁷**浣** [huàn ㄏㄨㄢˋ ⑧wun⁵ 換⁵]
❶洗 ◆ 浣紗|浣衣。❷唐代官制，官吏每十日休息沐浴一次，後來因稱十日為浣，每月上旬、中旬、下旬分別稱上浣、中浣、下浣。

⁷**浪** 〈一〉[làng ㄌㄤˋ ⑧lɔŋ⁶ 晾]
❶江河湖海上大的起伏不平的水波 ◆ 浪濤|乘風破浪|驚濤駭浪|浪花飛濺|無風不起浪|長江後浪推前浪，一代新人換舊人。❷像波浪起伏的東西 ◆ 聲浪|氣浪|熱浪|金色的麥浪。❸放縱；不加約束 ◆ 浪蕩|浪跡天涯|放浪形骸|浪子回頭金不換。❹使用沒有節制 ◆ 浪費。❺姓。
〈二〉[láng ㄌㄤˊ ⑧lɔŋ⁴ 廊]
滄浪。❶古水名。❷青蒼色。多指水色。❸形容頭髮斑白。

⁷**浸** [jìn ㄐㄧㄣˋ ⑧dzem³ 針³/tsam¹ 侵¹]
❶泡在液體裏；被液體沾濕 ◆ 浸泡|浸漬|浸濕|浸透。❷逐漸 ◆ 浸尋|浸漸|浸染。

⁷淰 [niǎn ㄋㄧㄢˇ 粵nin⁵ 碾⁵]
❶形容出汗的樣子 ◆ 淰然。❷淰淟，污濁。

⁷涌 〈一〉同"湧"，見379頁左欄。
〈二〉[chōng ㄔㄨㄥ 粵tsuŋ¹ 沖]
方言。河汊(多用於地名) ◆ 河涌｜鰂魚涌(在香港)。

⁷涘 [sì ㄙˋ 粵dzi⁶ 自]
❶水邊；河岸 ◆《詩·秦風·蒹葭》："所謂伊人，在水之涘。"❷邊際；極限。

⁷浚 〈一〉同"濬"，見393頁左欄。
〈二〉[xùn ㄒㄩㄣˋ 粵sœn³ 信]
浚縣，地名，在河南省。

⁸清 [qīng ㄑㄧㄥ 粵tsiŋ¹ 青]
❶潔淨；純淨。與"濁"相對 ◆ 清泉｜水清見底｜冰清玉潔｜激濁揚清｜天朗氣清｜宋朱熹《觀書有感》詩："問渠那得清如許，為有源頭活水來。"❷明晰 ◆ 清楚｜清晰｜分清是非｜旁觀者清，當局者迷。❸安靜；寂靜 ◆ 清靜｜清閒｜冷清｜清心寡慾。❹廉潔；公正 ◆ 為政清廉｜清官難斷家務事。❺國家太平 ◆ 清平世界｜淡然四海清。❻涼爽 ◆ 清涼｜清風徐來｜清朗的月夜。❼單純 ◆ 清唱｜清一

色。❽全部；徹底；一點不留 ◆ 債還清了｜清償債務｜肅清流毒｜清除腐敗現象。❾了結 ◆ 清欠｜清賬。❿整理；查點 ◆ 清理文稿｜清點人數。⓫朝代名，滿族人愛新覺羅·努爾哈赤所建(公元1616—1911年)。⓬姓。

⁸渚 [zhǔ ㄓㄨˇ 粵dzy² 主]
水中的小塊陸地；小洲 ◆ 渚澤｜黿頭渚(地名，在江蘇太湖邊)。

⁸淇 [qí ㄑㄧˊ 粵kei⁴ 其]
淇河，水名，古代稱淇水，在河南省。

⁸淋 〈一〉[lín ㄌㄧㄣˊ 粵lem⁴ 林]
❶澆。水自上而下落在其他物體上 ◆ 淋浴｜日曬雨淋｜衣服全淋濕了。❷淋漓。(1)形容濕淋淋往下滴 ◆ 大汗淋漓｜鮮血淋漓。(2)形容暢快 ◆ 淋漓盡致｜他發誓要痛痛快快淋漓地寫幾篇文章，把那些貪官罵得一錢不值。❸同"霖"。久雨。
〈二〉[lìn ㄌㄧㄣˋ 粵同〈一〉]
❶同"痳"。淋病，一種尿道發炎化膿，尿中帶血的性病。❷濾 ◆ 淋鹽｜淋硝。

⁸淅 [xī ㄒㄧ 粵sik⁷ 色]
❶淘米。❷淅瀝，象聲詞。形容雨、雪、風、樹葉飄落的聲音

◆ 淅淅索索|雨淅淅瀝瀝下個不停。

8 **淞** [sōng ㄙㄨㄥ [粵] suŋ1 鬆] 淞江，水名。源出江蘇，流經上海與黃浦江會合至吳淞口入海。通稱"吳淞江"。

8 **涯** [yá ㄧㄚˊ [粵] ŋai4 崖] ❶水邊 ◆ 涯岸。❷邊際 ◆ 一望無涯|天涯海角|學海無涯苦作舟|天涯何處無芳草|唐王勃《送杜少府之任蜀州》詩："海內存知己，天涯若比鄰。"

8 **淹** [yān ㄧㄢ [粵] jim1 閹] ❶沈溺；水漫過 ◆ 淹死|淹沒|大片莊稼被淹。❷遲延；停留 ◆ 淹留|淹滯|淹遲。❸深廣 ◆ 學識淹博|淹識古今。

8 **淶**(涞) [lái ㄌㄞˊ [粵] lɔi4 來] 淶水。❶古水名，即今拒馬河，在河北省。❷地名，在河北省。

8 **涿** [zhuō ㄓㄨㄛ [粵] dœk8 啄] 涿縣、涿鹿，地名，在河北省。

8 **淒**([異]凄) [qī ㄑㄧ [粵] tsɐi1 妻] ❶寒冷 ◆ 淒風苦雨|風雨淒淒。❷同"悽"。形容冷落孤寂。

8 **淺**(浅) [qiǎn ㄑㄧㄢˇ [粵] tsin2 錢2] ❶從水面到水底的距離小；與"深"相對 ◆ 淺水|淺灘|深則厲，淺則揭。❷泛指從上到下，從外到裏的距離小 ◆ 坑挖得太淺|院子的進深淺。❸時間短 ◆ 相見日淺|人命危淺，朝不慮夕。❹(內容)簡明易懂；與"深"相對 ◆ 內容淺顯|由淺入深|淺近文言文。❺學識、修養不深 ◆ 學識淺薄|見識淺陋|認識膚淺|才疏學淺。❻(感情)不深厚 ◆ 交情淺。❼表示程度低；略微 ◆ 淺笑|淺嘗輒止。❽(顏色)淡 ◆ 淺紅|顏色太淺|淺色上衣。

8 **淑** [shū ㄕㄨ [粵] suk9 熟] 美好；善良 ◆ 淑媛|賢淑|窈窕淑女。

8 **淖** [nào ㄋㄠˋ [粵] nau6 鬧] 爛泥；泥坑 ◆ 污淖。

8 **淌** [tǎng ㄊㄤˇ [粵] tɔŋ2 倘] 液體往下流 ◆ 淌眼淚|傷口淌着血|臉上淌着汗水。

8 **淏** [hào ㄏㄠˋ [粵] hou6 浩] 水清。

8 **混** ⟨一⟩[hùn ㄏㄨㄣˋ [粵] wɐn6 運] ❶夾雜在一起 ◆ 混合|人貨混裝|混為一談|混淆黑白|泥沙俱下，

魚龍混雜。❷欺騙；冒充 ◆ 蒙混過關｜混充內行｜魚目混珠。❸相處；往來 ◆ 沒幾天就混熟了｜跟流氓混在一起。❹苟且過日子 ◆ 混日子｜混口飯吃｜混了半輩子。❺胡亂 ◆ 混帳｜混出主意。

〈二〉[hún ㄏㄨㄣˊ ⑨ wen⁴ 雲]
❶渾濁 ◆ 混濁｜混水摸魚。❷糊塗；模糊不清 ◆ 混蛋｜含混。

⁸**淠** [pì ㄆㄧˋ ⑨ pei³ 屁]
淠河，水名，在安徽省。

⁸**溾** [tiǎn ㄊㄧㄢˇ ⑨ tin² 腆]
污濁 ◆ 溾濁。

⁸**涸** [hé ㄏㄜˊ ⑨ hɔk⁹ 學/kɔk⁸ 確 (語)]
水乾竭 ◆ 河水乾涸｜涸轍之鮒｜涸澤而漁。

⁸**淼** [miǎo ㄇㄧㄠˇ ⑨ miu⁵ 秒]
形容水廣闊無際 ◆ 淼茫｜淼淼洪水｜煙波浩淼。

⁸**添** [tiān ㄊㄧㄢ ⑨ tim¹ 甜¹]
❶增加；增補 ◆ 添加｜添補｜添置｜增添｜添油加醋｜添枝加葉｜錦上添花。❷生孩子 ◆ 添丁。

⁸**涎** (⑧次) [xián ㄒㄧㄢˊ ⑨ jin⁴ 言]
口水；唾液 ◆ 流涎｜垂涎三尺｜饞涎欲滴。

⁸**淮** [huái ㄏㄨㄞˊ ⑨ wai⁴ 懷]
水名，即淮河。源出河南桐柏山，經安徽入江蘇 ◆ 淮北｜淮南｜江淮平原。

⁸**淦** [gàn ㄍㄢˋ ⑨ gem³ 禁]
❶淦水，水名，在江西。❷姓。

⁸**淪** (沦) [lún ㄌㄨㄣˊ ⑨ lœn⁴ 倫]
❶水的小波紋 ◆ 淪漪。❷沈沒 ◆ 不甘沈淪。❸喪失；滅亡 ◆ 道德淪喪｜國家淪亡。❹陷入；落入 ◆ 淪陷｜淪為乞丐。❺流落 ◆ *唐白居易《琵琶行》詩："同是天涯淪落人，相逢何必曾相識。"*

⁸**淆** [xiáo ㄒㄧㄠˊ ⑨ ŋau⁴ 肴]
混雜；攪亂 ◆ 淆亂｜混淆黑白。

⁸**淫** [yín ㄧㄣˊ ⑨ jem⁴ 吟]
❶過分的；無節制的 ◆ 淫雨成災｜大施淫威｜驕奢淫逸｜樂而不淫，哀而不傷。❷不正當的性行為；貪色 ◆ 淫亂｜淫穢｜淫蕩｜姦淫｜荒淫無道。❸迷惑 ◆ 富貴不能淫，貧賤不能移，威武不能屈。

⁸**淨** (⑧淨净) [jìng ㄐㄧㄥˋ ⑨ dziŋ⁶ 靜]
❶清潔 ◆ 潔淨｜淨水器｜明窗淨几｜一方淨土｜白淨的肌膚。❷一點

兒不剩 ◆ 散失淨盡│資金耗淨。❸純粹的；實在的 ◆ 淨利│淨重。❹副詞。(1)光；只 ◆ 淨顧着説話，忘了沏茶了。(2)總是；老是 ◆ 他這個人呀，淨愛開玩笑。(3)全；都 ◆ 他説的淨是些廢話。❺傳統戲曲裏稱花臉 ◆ 生旦淨末丑。("乾淨"的淨粵口語音讀 dzɛŋ⁴ 鄭)

---

⁸**淝** [féi ㄈㄟˊ ⑧fei⁴ 肥]
淝水，水名，即淝河，在安徽省 ◆ 淝水之戰。

---

⁸**淘** [táo ㄊㄠˊ ⑧tou⁴ 陶]
❶用水沖洗，使除去雜質 ◆ 淘米│淘金。❷去掉差的，留下好的 ◆ 淘汰│淘汰賽。❸開挖疏通 ◆ 淘井│淘陰溝。❹耗費 ◆ 淘神。❺頑皮 ◆ 淘氣。❻淘淘，和樂的樣子 ◆ 樂淘淘。

---

⁸**洎**
同"淹❶"，見371左欄。

---

⁸**溛** [hū ㄏㄨ ⑧fɐt⁷ 忽]
方言。溛浴，洗澡。

---

⁸**涼**(⑧凉) 〈一〉[liáng ㄌㄧㄤˊ ⑧lœŋ⁴ 良]
❶稍冷；微寒 ◆ 涼爽│陰涼│涼風習習│人情冷暖，世態炎涼。❷冷落 ◆ 悲涼│蒼涼│悽涼。❸灰心；失望 ◆ 心涼了半截。
〈二〉[liàng ㄌㄧㄤˋ ⑧lœŋ⁶ 亮]

把熱的東西放一會兒，使溫度降低 ◆ 把那杯開水涼一下再喝。

---

⁸**淳**(⑧湻) [chún ㄔㄨㄣˊ ⑧sœn⁴ 純]
質樸；樸實 ◆ 淳厚│民風淳樸。

---

⁸**液** [yè ㄧㄝˋ ⑧jik⁹ 亦]
有一定的體積而沒有一定的形狀、可以流動的物質 ◆ 液體│血液│汁液│津液。

---

⁸**淬** [cuì ㄘㄨㄟˋ ⑧tsœy³ 翠]
打造刀劍等金屬器具時，先把它燒紅，然後浸入冷卻劑 (油、水等) 中急速冷卻，以增加硬度，這種熱處理工藝叫"淬"或"淬火"。

---

⁸**涪** [fú ㄈㄨˊ ⑧fɐu⁴ 浮]
涪江，水名，在四川省。

---

⁸**淤** [yū ㄩ ⑧jy¹ 於/jy³ 瘀]
❶水裏的泥沙等沈積 ◆ 淤積│淤泥。❷阻塞；不流通 ◆ 淤塞│淤滯。

---

⁸**淯** [yù ㄩˋ ⑧juk⁹ 育]
淯河，水名，也叫"白河"。源出河南，流入湖北。

---

⁸**淡** 〈一〉[dàn ㄉㄢˋ ⑧dam⁶ 啖/tam⁵ 探⁵]
❶(味道) 不濃 ◆ 淡酒一杯│淡而無味│粗茶淡飯。❷含鹽分少；不鹹

◆ 鹹淡合適｜淡水魚。**❸**(顏色)淺 ◆ 淡黃色｜淡掃蛾眉｜輕描淡寫｜宋蘇軾《飲湖上初晴後雨》詩：“欲把西湖比西子，淡妝濃抹總相宜。”**❹**稀薄 ◆ 風輕雲淡。**❺**不熱心；感情淺 ◆ 冷淡｜關係淡漠｜淡然處之｜淡泊明志。**❻**不興旺 ◆ 淡季｜淡月｜生意清淡。**❼**姓。

〈二〉[yǎn ㄧㄢˇ 圖 jim5 染]

淡淡，水流平滿的樣子。

淙 [cóng ㄘㄨㄥˊ 圖 tsuŋ4 松]

淙淙，流水聲 ◆ 泉水淙淙。

淀 [diàn ㄉㄧㄢˋ 圖 din6 電]

❶淺的湖泊。多用作地名。如河北有白洋淀。**❷**“澱”的簡化字。

涫 [guàn ㄍㄨㄢˋ 圖 gun3 貫／gun1 官]

沸滾。

涴 〈一〉[wò ㄨㄛˋ 圖 wo3 和3]

沾污；弄髒。

〈二〉[yuān ㄩㄢ 圖 jyn1 怨]

涴市，地名，在湖北省。

淚 (圖泪) [lèi ㄌㄟˋ 圖 lœy6 類]

眼淚 ◆ 淚流滿面｜老淚縱橫｜揮淚告別｜男兒有淚不輕彈。

深 [shēn ㄕㄣ 圖 sɐm1 心]

❶從水面到水底的距離大；與“淺”相對 ◆ 深水｜戰戰兢兢，如臨深淵，如履薄冰｜唐李白《贈汪倫》詩：“桃花潭水深千尺，不及汪倫送我情。”**❷**泛指從上到下，從外到裏的距離大 ◆ 深耕｜深溝高壘｜深山老林｜深宅大院｜酒香不怕巷子深。**❸**深淺的程度 ◆ 這口井有三丈深。**❹**距離開始的時間久 ◆ 夜深｜年深日久｜深秋季節｜深更半夜。**❺**表示程度高；很；十分。◆ 深惡痛絕｜深信不疑｜深感內疚｜深表同情。**❻**(感情)厚；(關係)密切 ◆ 深交｜深情厚誼｜關係很深。**❼**含義精微奧妙，不顯露 ◆ 內容深奧｜深入淺出｜哲理深邃｜見解精闢深刻。**❽**(顏色)濃 ◆ 深紅色｜顏色太深。

涮 [shuàn ㄕㄨㄢˋ 圖 syn3 蒜]

❶洗；刷洗 ◆ 涮鍋｜洗洗涮涮。**❷**把生的肉片、魚片、蔬菜等放入滾湯內燙一下吃 ◆ 涮羊肉。

淥 [lù ㄌㄨˋ 圖 luk9 六]

淥水，水名。源出江西，流入湖南。

涵 [hán ㄏㄢˊ 圖 ham1 咸]

❶包容；包含 ◆ 包涵｜海涵｜涵養。**❷**涵洞，鐵路、公路下面泄水的通道 ◆ 橋涵。

淄 [zī ㄗ 圖 dzi1 支]

淄水，水名，即今淄河，在

山東省。

湖南、湖北 ◆ 湖廣總督。

⁹ **湊**(⑧湊)[còu ㄘㄡˋ ⑧tseu³ 臭]
❶聚集；聚攏到一處 ◆ 湊數|東拼西湊|湊足本錢|幾個人湊在一起。❷挨近 ◆ 湊上前去|湊到跟前|往前湊一步。❸碰上；趕上 ◆ 湊巧。

⁹ **菏**[hé ㄏㄜˊ ⑧go¹ 哥/ho⁴ 何]
❶菏澤。地名，在山東省。❷古澤名，在今山東陶縣北。

⁹ **湛**[zhàn ㄓㄢˋ ⑧dzam³ 斬³]
❶深 ◆ 技藝精湛|湛藍的大海。❷清澈。❸姓。

⁹ **港**[gǎng ㄍㄤˇ ⑧gong² 講]
❶小河，江河的分支 ◆ 港汊密佈。❷可以停泊航船的江灣或海灣 ◆ 港口|港灣|軍港|漁港。❸特指香港 ◆ 港幣|港人|港澳同胞。

⁹ **渫**[xiè ㄒㄧㄝˋ ⑧sit⁸ 屑]
❶除去污穢。❷發散；發泄。❸姓。

⁹ **湖**[hú ㄏㄨˊ ⑧wu⁴ 胡]
❶陸地上面積較大的積水處 ◆ 湖泊|洞庭湖|人工湖|五湖四海|宋蘇軾《飲湖上初晴後雨》詩："欲把西湖比西子，淡妝濃抹總相宜。"❷指浙江湖州 ◆ 湖筆。❸指

⁹ **湘**[xiāng ㄒㄧㄤ ⑧sœng¹ 商]
❶水名，即湘江。源出廣西，流入湖南。❷湖南省的別稱 ◆ 湘劇|湘繡。

⁹ **渣**[zhā ㄓㄚ ⑧dza¹ 楂]
❶榨取液汁或提去有用部分後剩下的東西 ◆ 渣滓|油渣|豆腐渣|沈渣泛起。❷碎屑 ◆ 煤渣|麵包渣。

⁹ **渤**[bó ㄅㄛˊ ⑧but⁹ 撥]
渤海，我國內海之一，在山東半島和遼東半島之間。

⁹ **湢**[bì ㄅㄧˋ ⑧bik⁷ 逼]
❶浴室。❷湢然，嚴整的樣子。

⁹ **湮**〈一〉[yān ㄧㄢ ⑧jin¹ 煙]
❶埋沒 ◆ 湮滅|湮沒無聞。❷淤塞 ◆ 河道湮塞。
〈二〉同"洇"，見364頁右欄。

⁹ **減**(⑧减)[jiǎn ㄐㄧㄢˇ ⑧gam² 監²]
❶從原有數量中去掉一部分 ◆ 減價|減肥藥|減免稅收|削減開支|裁減冗員|九減六等於三。❷降低；衰退 ◆ 減色不少|減低速度|病勢減輕|不減當年勇|創作激情有增無減。❸姓。

⁹ **洒** [miǎn ㄇㄧㄢˇ ⑧min⁵ 免]
沈迷;沈溺 ◆ 沈洒酒色。

⁹ **渠** [qú ㄑㄩˊ ⑧kœy⁴ 儷]
❶人工開鑿的水道 ◆ 水渠|灌溉渠道|溝渠縱橫|水到渠成|宋朱熹《觀書有感》詩:"問渠那得清如許,為有源頭活水來。"❷第三人稱代詞。他 ◆ 渠們|渠輩。❸大 ◆ 渠帥|渠魁。❹姓。

⁹ **湝** [jiē ㄐㄧㄝ ⑧gai¹ 皆]
湝湝,形容水流動的樣子 ◆ 淮水湝湝。

⁹ **湞** (浈) [zhēn ㄓㄣ ⑧dziŋ¹ 貞]
湞水,水名,在廣東省。

⁹ **湨** [jú ㄐㄩˊ ⑧gwik⁷ 隙]
湨水,水名,在河南省。

⁹ **湜** [shí ㄕˊ ⑧dzik⁹ 直]
水清澈。

⁹ **渺** (⑧渺) [miǎo ㄇㄧㄠˇ ⑧miu⁵ 秒]
❶遙遠;遼闊 ◆ 浩渺|渺無人跡|音信渺然。❷微小;藐小 ◆ 渺小|渺視|渺滄海之一粟。

⁹ **測** (测) [cè ㄘㄜˋ ⑧tsɐk⁷ 惻]
❶度量 ◆ 測量|勘測|測繪|管窺蠡測|用儀器測試。❷估量;意料 ◆ 推測|居心叵測|變幻莫測|以防不測|天有不測風雲,人有旦夕禍福。❸檢驗;考核 ◆ 數學測驗|口語測試。

⁹ **湯** (汤) ⟨一⟩[tāng ㄊㄤ ⑧tɔŋ¹ 倘¹]
❶熱水;開水 ◆ 湯泉|揚湯止沸|赴湯蹈火|以湯沃雪|金城湯池。❷食物煮後所得的汁水;以汁水為主的菜 ◆ 雞湯|煲湯|米湯|湯匙|豆腐湯。❸中醫學中指用水煎服的藥劑 ◆ 湯藥|湯劑|迷魂湯。❹姓。
⟨二⟩[shāng ㄕㄤ ⑧sœŋ¹ 商]
湯湯,水大的樣子 ◆ 湯湯盪盪。

⁹ **溫** [wēn ㄨㄣ ⑧wɐn¹ 瘟]
❶冷熱適中,不冷不熱 ◆ 溫水|溫帶|氣候溫和|溫暖如春|溫室效應。❷稍微加熱 ◆ 溫酒。❸冷熱的程度 ◆ 溫度|溫差|氣溫|體溫。❹和氣;柔和 ◆ 溫柔|溫順|溫存|溫文爾雅|溫情脈脈|溫良恭儉讓。❺複習 ◆ 溫習|溫書|溫故知新|重溫舊夢。❻中醫病名,即熱病 ◆ 溫病。❼姓。

⁹ **渥** [shēng ㄕㄥ ⑧siŋ¹ 升]
人名用字。

⁹ **渴** [kě ㄎㄜˇ ⑧hɔt⁸ 喝]
❶口乾想喝水 ◆ 口渴|解渴

|望梅止渴|飲鴆止渴|宜未雨而綢繆，勿臨渴而掘井。❷急切；迫切 ◆ 渴望|渴求|渴念|渴盼。

9 **渭** [wèi ㄨㄟˋ ⑧ wei⁶ 胃]
水名，古稱渭水，今稱渭河，源於甘肅，經陝西流入黃河 ◆ 涇渭分明。

9 **渦**（涡）〈一〉[wō ㄨㄛ ⑧ wo¹ 窩]
❶螺旋形的水流；旋轉的水流 ◆ 漩渦。❷人笑時兩頰出現的小圓窩 ◆ 酒渦兒。
〈二〉[guō ㄍㄨㄛ ⑧ gwo¹ 戈]
渦河，水名。源於河南，經安徽流入淮河。

9 **湍** [tuān ㄊㄨㄢ ⑧ tyn¹ 團]
❶水勢急 ◆ 湍流|水流湍急。❷急流的水 ◆ 飛流急湍。

9 **湃** [pài ㄆㄞˋ ⑧ pai³ 派/bai³ 拜]
澎湃。見"澎"，388頁左欄。

9 **湫**〈一〉[jiǎo ㄐㄧㄠˇ ⑧ dziu² 沼]
低窪 ◆ 街巷湫隘。
〈二〉[qiū ㄑㄧㄡ ⑧ tseu¹ 秋]
水池 ◆ 山湫|大龍湫。
〈三〉[jiū ㄐㄧㄡ ⑧ dzeu¹ 周]
古水名。發源於山西嵐縣西。今名湫水河。

9 **淵**（渊）[yuān ㄩㄢ ⑧ jyn¹ 冤]
❶深水；深潭 ◆ 萬丈深淵|天淵之別|《詩經》："戰戰兢兢，如臨深淵，如履薄冰。"❷深 ◆ 淵博|淵泉|博學淵識。❸人或物聚集的地方 ◆ 淵藪。❹姓。

9 **溲** [sōu ㄙㄡ ⑧ seu¹ 收]
❶大小便；特指小便。❷浸；泡。❸淘洗 ◆ 溲米。

9 **湟** [huáng ㄏㄨㄤˊ ⑧ won⁴ 皇]
湟水，水名。源於青海，流入甘肅。

9 **渝** [yú ㄩˊ ⑧ jy⁴ 余]
❶改變；違背 ◆ 恪守不渝|始終不渝|堅貞不渝。❷重慶市的別稱 ◆ 成渝鐵路。

9 **渰** [yǎn ㄧㄢˇ ⑧ jim² 掩]
雲興起的樣子。

9 **湲** [yuán ㄩㄢˊ ⑧ jyn⁴ 元/wun⁴ 垣]
潺湲，形容水緩慢流動的樣子。

9 **溢** [pén ㄆㄣˊ ⑧ pun⁴ 盆]
❶水往上湧 ◆ 溢湧|溢溢。❷溢水、溢江，古水名，在今江西省，稱"龍開河"。

9 **渙** [huàn ㄏㄨㄢˋ ⑧ wun⁶ 換]
❶離散；消散 ◆ 精神渙散

|渙然冰釋。②渙渙，形容水勢盛大的樣子 ◆ 江水渙渙。

⁹ **渢**(沨) [fēng ㄈㄥ ⑧ fuŋ⁴ 馮]
水聲。

⁹ **淳** [tíng ㄊㄧㄥˊ ⑧ tiŋ⁴ 停]
水停滯不流。

⁹ **渡** [dù ㄉㄨˋ ⑧ dou⁶ 杜]
①過江河；從此岸到彼岸 ◆ 擺渡｜橫渡長江｜遠渡重洋｜偷渡出境。②擺渡的地方 ◆ 渡口｜渡頭｜<u>唐·韋應物</u>《滁州西澗》詩：“春潮帶雨晚來急，野渡無人舟自橫。”③由此到彼；過 ◆ 渡過難關｜過渡時期｜引渡回國。

⁹ **游** [yóu ㄧㄡˊ ⑧ jɐu⁴ 由]
①人或動物在水裏行動 ◆ 游泳｜游水｜仰游｜暢游長江｜游魚可數。②流動的；不固定的 ◆ 游擊戰｜游牧民族｜散兵游勇｜回攏游資。③江河的一段 ◆ 長江上游｜黃河下游。④同“遊”，見712頁右欄。⑤姓。

⁹ **渼** [měi ㄇㄟˇ ⑧ mei⁵ 美]
渼陂，古湖名，在今陝西戶縣西。

⁹ **湔** [jiān ㄐㄧㄢ ⑧ dzin¹ 煎]
①洗滌 ◆ 湔洗｜湔雪。②

湔江，古水名，在四川省。

⁹ **滋**(滋) [zī ㄗ ⑧ dzi¹ 支]
①生長；繁殖 ◆ 滋蔓｜滋芽｜防止滋生蚊蠅。②產生；引起 ◆ 滋生事端｜滋長驕傲情緒。③增添；加多 ◆ 滋益｜滋潤｜滋補。④味道 ◆ 有滋有味兒｜別是一番滋味。⑤噴射 ◆ 滋水｜電線滋火。

⁹ **潙**(沩潙) [wéi ㄨㄟˊ ⑧ gwei¹ 歸]
①潙水，水名，在湖南省。②潙山，山名，在湖南省。

⁹ **湉** [tián ㄊㄧㄢˊ ⑧ tim⁴ 甜]
湉湉，形容水流平靜的樣子。

⁹ **渲** [xuàn ㄒㄩㄢˋ ⑧ syn³ 算]
渲染。①一種繪畫方法，先把顏料塗在紙上，然後用筆蘸水塗抹使色彩濃淡適宜。②比喻誇大地形容 ◆ 大肆渲染。

⁹ **渾**(浑) [hún ㄏㄨㄣˊ ⑧ wɐn⁴ 雲/wɐn⁶ 暈]
①水濁 ◆ 渾濁｜把水攪渾｜渾水摸魚。②全；滿 ◆ 渾身濕透｜渾身是膽｜渾身解數。③糊塗；不明事理 ◆ 渾人｜渾蛋｜渾話｜渾頭渾腦。④天然的；未經雕琢的 ◆ 渾厚｜渾樸｜渾金璞玉。⑤姓。

⁹ **溉** [gài ㄍㄞˋ 粵kɔi³ 概/gɔi³ 丐]

把水灌注到田裏；澆 ◆ 灌溉。

⁹ **渥** [wò ㄨㄛˋ 粵ɐk⁷/ŋɐk⁷ 握]

❶沾濕；浸潤 ◆ 顏如渥丹。❷深厚；濃厚 ◆ 渥惠｜優渥。

⁹ **湣** [mǐn ㄇㄧㄣˇ 粵mɐn⁵ 敏]

古代謚號用字。春秋魯國魯閔公又作魯湣公。

⁹ **湋** [wéi ㄨㄟˊ 粵wɐi⁴ 違]

❶古水名，在今陝西省。❷湋源口，地名，在湖北省。

⁹ **湄** [méi ㄇㄟˊ 粵mei⁴ 眉]

水岸；岸邊 ◆ 在水之湄。

⁹ **滑** 〈一〉[xū ㄒㄩ 粵sœy¹ 須]

滑水，水名，在陝西省。

〈二〉[xǔ ㄒㄩˇ 粵sœy² 水]

❶濾過的酒。❷清澈。❸茂盛。

⁹ **湧** [yǒng ㄩㄥˇ 粵juŋ⁵ 俑]

❶水向上冒出；水波翻騰的樣子 ◆ 湧泉｜江水奔湧｜淚如泉湧｜波濤洶湧。❷像水湧出一樣 ◆ 風起雲湧｜湧上心頭｜不斷湧現｜湧出一輪紅日。❸姓。

¹⁰ **溱** 〈一〉[zhēn ㄓㄣ 粵dzœn¹ 津]

古水名，在今河南省。

〈二〉[qín ㄑㄧㄣˊ 粵tsœn⁴ 秦]

溱潼，地名，在江蘇省。

¹⁰ **溝**(沟) [gōu ㄍㄡ 粵kɐu¹ 扣¹]

❶人工挖掘的水道或工事 ◆ 溝洫｜溝渠｜陰溝｜壕溝｜排水溝。❷一般的水道 ◆ 山溝｜小河溝。❸像溝一樣凹下去的地方 ◆ 瓦溝｜車溝。

¹⁰ **溚** [tǎ ㄊㄚˇ 粵tɐp⁸ 塔]

焦油的舊稱。英語tar的音譯。

¹⁰ **溘** [kè ㄎㄜˋ 粵hɐp⁹ 合]

忽然；突然 ◆ 溘至｜溘逝｜溘然長逝。

¹⁰ **滇** [diān ㄉㄧㄢ 粵din⁴ 顛]

❶滇池，水名，在雲南昆明西南，也叫"昆明湖"。❷雲南的別稱 ◆ 滇劇｜滇紅。

¹⁰ **溥** [pǔ ㄆㄨˇ 粵pou² 普]

❶廣大。❷普遍 ◆ 溥天之下，莫非王土。❸姓。

¹⁰ **滆** [gé ㄍㄜˊ 粵gak⁸ 格]

滆湖，水名，在江蘇省。

¹⁰ **溧** [lì ㄌㄧˋ 粵lœt⁹ 栗]

溧水，地名，在江蘇省。

¹⁰ **溽** [rù ㄖㄨˋ 粵juk⁹ 肉]

濕熱 ◆ 溽暑。

10 **滅**（灭） [miè ㄇㄧㄝˋ [粵] mit9 蔑]
❶停止燃燒；熄；使熄 ◆ 滅火｜熄滅｜燈滅了｜撲滅大火。❷消亡；除盡 ◆ 消滅｜自生自滅｜瀕臨滅絕｜殲滅敵人｜滅此朝食。❸消失；不復存在 ◆ 幻滅｜破滅｜不可磨滅｜唐杜甫《戲為六絕句》詩："爾曹身與名俱滅，不廢江河萬古流。"❹淹沒 ◆ 滅頂之災。

10 **源** [yuán ㄩㄢˊ [粵] jyn4 元]
❶水流起頭的地方 ◆ 水源｜源遠流長｜飲水思源｜無本之木，無源之水｜長江發源於青海唐古拉山的沱沱河｜宋朱熹《觀書有感》詩："問渠那得清如許，為有源頭活水來。"❷事物所由來的地方 ◆ 貨源｜資源｜房源不足｜經濟來源｜萬惡之源。❸姓。

10 **滉** [huàng ㄏㄨㄤˋ [粵] fɔŋ2 訪]
形容水廣大無邊 ◆ 滉瀁。

10 **溻** [tā ㄊㄚ [粵] tɐp8 塔]
方言。汗濕透（衣服、被褥等）◆ 天太熱，我衣服都溻了。

10 **滑** [huá ㄏㄨㄚˊ [粵] wat9 挖9]
❶不滯澀；磨擦時阻力小 ◆ 滑膩｜光滑｜潤滑劑｜天雨路滑｜肌膚滑潤。❷滑動 ◆ 滑雪｜滑行｜滑梯｜滑坡。❸狡詐；對人不誠懇 ◆ 滑頭｜耍滑｜處世圓滑｜油頭滑腦。❹姓。

10 **溳**（涢） [yún ㄩㄣˊ [粵] wɐn4 雲]
溳水，水名，在湖北省。

10 **溷** [hùn ㄏㄨㄣˋ [粵] wɐn6 混]
❶混亂 ◆ 溷濁。❷廁所 ◆ 溷廁。❸豬圈。

10 **滍** [zhì ㄓˋ [粵] dzi6 字]
❶滍陽，地名，在河南省。❷滍水，古水名，即今河南魯山葉縣境內的沙河。

10 **溦** [wēi ㄨㄟ [粵] mei4 微]
小雨。

10 **準**（准） [zhǔn ㄓㄨㄣˇ [粵] dzœn2 津2]
❶一種測量水平的器具 ◆ 水準儀。❷所依據的原則、尺度 ◆ 準則｜標準｜以此為準｜達到水準｜以事實為依據，以法律為準繩。❸正確；符合實際、要求 ◆ 瞄準｜投籃很準｜這錶走時很準｜計算準確無誤。❹類似；程度相當於 ◆ 準將｜準平原｜準碩士研究生。❺一定 ◆ 明天準來｜準能出奇制勝。❻打算；預備 ◆ 準備。❼鼻子 ◆ 隆準。

10 **溴** [xiù ㄒㄧㄡˋ [粵] tsɐu3 臭]
一種非金屬元素，符號Br（英bromium）。暗紅色液體，有毒，可作染料。

¹⁰ **溿**（溮）[shī ㄕ 粵 si¹ 師]
水名，古稱溮水，今名"溮河"，在河南省。

¹⁰ **潓**[yīn ㄧㄣ 粵 jɐn¹ 因]
❶古水名，即潓水，也作濦水，在今河南省。❷潓溜，地名，在天津市。

¹⁰ **滏**[fǔ ㄈㄨˇ 粵 fu² 苦]
古水名，也叫"滏水"，即今河北滏陽河。

¹⁰ **滔**[tāo ㄊㄠ 粵 tou¹ 韜]
❶大水瀰漫，形容罪惡、災禍極大 ◆ 滔滟｜白浪滔天｜罪惡滔天｜滔天大禍。❷滔滔。(1)形容大水滾滾 ◆ 江水滔滔。(2)比喻話多，連續不斷 ◆ 口若懸河，滔滔不絕。

¹⁰ **溪**[xī ㄒㄧ 粵 kɐi¹ 稽]
山間的小河溝；小河溝 ◆ 小溪｜溪澗｜溪水長流。

¹⁰ **滄**（沧⑩滄）[cāng ㄘㄤ 粵 tsɔŋ¹ 蒼]
❶青綠色 ◆ 滄海桑田｜滄海一粟｜滄海橫流。❷寒冷 ◆ 滄滄涼涼。

¹⁰ **溮**〈一〉[wēng ㄨㄥ 粵 juŋ¹ 翁]
溮江，水名，在廣東省。

〈二〉[wěng ㄨㄥˇ 粵 juŋ² 擁]
❶形容水盛。❷形容雲湧起。

¹⁰ **塍**[téng ㄊㄥˊ 粵 tɐŋ⁴ 騰]
❶春秋時諸侯國名，在今山東滕縣一帶。❷姓。

¹⁰ **溜**〈一〉[liū ㄌㄧㄡ 粵 liu¹ 料¹]
❶偷偷地跑掉 ◆ 溜走｜開溜｜不能讓他溜了｜悄悄地溜出去。❷同"熘"，見406頁右欄。

〈二〉[liū ㄌㄧㄡ 粵 lɐu⁶ 漏]
❶滑行 ◆ 溜冰｜順着斜坡溜下去。❷光滑 ◆ 滑溜｜溜光。

〈三〉[liù ㄌㄧㄡˋ 粵 同〈二〉]
❶向下急流的水 ◆ 大溜。❷房頂上流下來的雨水 ◆ 簷溜｜承溜。❸簷溝 ◆ 水溜。❹連串；排 ◆ 一溜煙兒跑了出去｜一溜兒三間紅磚瓦房。

¹⁰ **滈**[hào ㄏㄠˋ 粵 hou⁶ 浩]
滈水，古水名，在今陝西省。

¹⁰ **溏**[táng ㄊㄤˊ 粵 tɔŋ⁴ 唐]
稀薄的；不凝結的 ◆ 溏便｜溏心兒雞蛋。

¹⁰ **滂**[pāng ㄆㄤ 粵 pɔŋ¹ 乓]
❶水湧出的樣子。❷滂湃，水勢浩大。❸滂沱，雨下得很大或淚流得很多 ◆ 大雨滂沱｜涕泗滂沱。

滀 〈一〉[chù ㄔㄨˋ 粵tsuk⁷ 畜]
水積聚。
〈二〉[xù ㄒㄩˋ 粵同〈一〉]
滀仕，越南地名。

溠 [zhà ㄓㄚˋ 粵dza³ 炸]
溠水，水名，在湖北省。

溢 [yì ㄧˋ 粵jet⁹ 日]
❶水漫出來 ◆ 溢出｜江水橫溢。❷充滿；充分顯露 ◆ 熱情洋溢｜才華橫溢｜溢於言表。❸過分的 ◆ 溢美之辭。

溯(粵泝) [sù ㄙㄨˋ 粵sou³ 素]
❶逆流而行 ◆ 溯流而上。❷往上推究；回想過去 ◆ 追本溯源｜溯源及流｜追溯往事｜回溯過去，瞻望未來。

滎(滎) 〈一〉[xíng ㄒㄧㄥˊ 粵jiŋ⁴ 營]
滎陽，地名，在河南省。
〈二〉[yíng ㄧㄥˊ 粵同〈一〉]
滎經，地名，在四川省。

溶 [róng ㄖㄨㄥˊ 粵juŋ¹ 容]
❶物質化在液體裏 ◆ 溶化｜溶解｜溶劑｜溶液。❷溶溶，寬廣的樣子 ◆ 月色溶溶｜溶溶的江水。

滓 [zǐ ㄗˇ 粵dzi² 子]
❶水底的沈澱物；提去精華

後所剩的糟粕 ◆ 泥滓｜渣滓。❷污濁；玷污 ◆ 滓濁。

溟 〈一〉[míng ㄇㄧㄥˊ 粵miŋ⁴ 明]
❶海 ◆ 北溟｜東溟。❷溟濛，形容煙霧瀰漫，景色模糊。
〈二〉[mǐng ㄇㄧㄥˇ 粵miŋ⁵ 茗]
溟涬。❶天地未成之前混混沌沌的自然之氣。❷水勢無邊際。喻不着邊際。❸尊敬；崇拜。

滘(粵滶) [jiào ㄐㄧㄠˋ 粵gau³ 教]
分支的河道。多用作地名。如廣東東莞有道滘，海豐有新滘。

溺 〈一〉[nì ㄋㄧˋ 粵nik⁹ 匿⁹]
❶落水；淹沒在水裏 ◆ 溺水｜溺嬰。❷沈迷不悟；過分 ◆ 沈溺｜溺於酒色｜溺愛孩子。
〈二〉[niào ㄋㄧㄠˋ 粵niu⁶ 尿]
小便。

滁 [chú ㄔㄨˊ 粵tsœy⁴ 徐]
❶滁縣，地名，在安徽省。❷滁河，水名，在安徽省。

滽 [yōng ㄩㄥ 粵juŋ¹ 翁]
❶滽水，水名，在江西省。❷滽湖，水名，在湖南岳陽南。

漬(渍) [zì ㄗˋ 粵dzi⁶ 自]
❶浸泡 ◆ 漬麻｜浸漬

|酒漬。❷沾染 ◆ 衣服漬上了油泥。❸積在物體上的油泥等 ◆ 油漬|茶漬|煙漬。❹地面的積水 ◆ 漬水|排漬。

¹¹氂 [chí ㄔˊ ⑧tsi⁴ 持]
魚、龍之類的涎沫。

¹¹漭 [mǎng ㄇㄤˇ ⑧mong⁵ 網]
漭漭，形容廣闊無邊 ◆ 大水漭漭。

¹¹漠 [mò ㄇㄛˋ ⑧mok⁹ 莫]
❶沙漠 ◆ 漠北|荒漠|唐王維《使至塞上》詩："大漠孤煙直，長河落日圓。"❷冷淡；不關心 ◆ 漠視|漠然處之|漠不關心|態度冷漠。

¹¹漢(汉) [hàn ㄏㄢˋ ⑧hon³ 看]
❶朝代名。(1)劉邦所建(前206—公元8年)，史稱西漢或前漢；劉秀所建(公元25—220年)，史稱東漢或後漢。(2)三國劉備所建(公元211—263年)，史稱蜀漢。(3)五代劉知遠所建(公元947—950年)，史稱後漢。❷漢族，中國人數最多的民族 ◆ 漢人。❸指漢語 ◆ 英漢詞典|漢譯英。❹男子 ◆ 男子漢|彪形大漢|不到長城非好漢。❺指銀河 ◆ 銀漢|天漢|氣衝霄漢。❻漢水，水名。源出陝西省，流經湖北武漢入長江。❼姓。

¹¹滿(满) [mǎn ㄇㄢˇ ⑧mun⁵ 門⁵]
❶充實無空缺 ◆ 客滿|高朋滿座|琳琅滿目|山雨欲來風滿樓|宋葉紹翁《遊園不值》詩："春色滿園關不住，一枝紅杏出牆來。"❷使滿 ◆ 滿上這一杯。❸足；達到一定的期限或限度 ◆ 屆滿|孩子已滿週歲|身高不滿1米50。❹全 ◆ 滿面春風|滿地是水|滿不在乎|滿頭霧水|滿城春色。❺意願得到滿足，沒有欠缺 ◆ 滿意|心滿意足|功德圓滿|表示不滿。❻驕傲 ◆ 自滿|滿招損，謙受益。❼滿族，我國少數民族之一，主要分佈在東北三省和河北、北京、內蒙古等地。❽姓。

¹¹淡 [lǎn ㄌㄢˇ ⑧lam⁵ 覽]
❶用鹽或其他調味品攪拌(生的食物)。❷把柿子一類水果放進石灰水裏浸泡，除去澀味。

¹¹漆 [qī ㄑㄧ ⑧tset⁷ 七]
❶用漆樹的黏汁提煉而成的塗料；用其他樹脂或乾性油、顏料等人工合成的塗料 ◆ 生漆|油漆|噴漆|如膠似漆。❷用漆塗刷在器物上 ◆ 把門窗漆成乳白色。❸姓。

¹¹漸(渐) 〈一〉[jiàn ㄐㄧㄢˋ ⑧dzim⁶ 佔⁶]
逐步；慢慢地 ◆ 漸入佳境|循序漸進|市場日漸繁榮|天氣漸漸暖起

來了。

〈二〉[jiān ㄐㄧㄢ ⑧dzim¹ 尖]
❶浸染；慢慢受感染 ◆ 漸漬|漸
染。❷慢慢流入 ◆ 西學東漸。

¹¹漣(涟) [lián ㄌㄧㄢˊ ⑧lin⁴ 連]
❶水面細小的波紋 ◆ 漣漪。❷淚
流不斷的樣子 ◆ 淚漣漣|泣涕連
漣。❸漣水。(1)水名，在湖南
省。(2)地名，在江蘇省。

¹¹溥 [tuán ㄊㄨㄢˊ ⑧tyn⁴ 團]
形容露水多。

¹¹漕 [cáo ㄘㄠˊ ⑧tsou⁴ 曹]
舊時從水路運糧到京城叫
"漕運"，所運糧食叫"漕糧"或"漕
米"，供漕運用的河道叫"漕河"、
"漕渠"。

¹¹漱(⑧潄) [shù ㄕㄨˋ ⑧sɐu³ 秀]
含水洗口腔 ◆ 漱口|鹽漱。

¹¹漚(沤) 〈一〉[òu ㄡˋ ⑧ɐu³/ŋɐu³ 歐³]
長時間浸泡 ◆ 漚肥|漚麻|衣服都
快漚爛了。
〈二〉[ōu ㄡ ⑧ɐu¹/ŋɐu¹ 歐]
水中氣泡 ◆ 浮漚。

¹¹漂 〈一〉[piāo ㄆㄧㄠ ⑧piu¹ 飄]
在水面上浮着或浮動着 ◆

漂浮|漂流長江|漂泊異鄉|血流漂
杵|小船漂移到了對岸。
〈二〉[piǎo ㄆㄧㄠˇ ⑧piu³ 票]
❶在水裏清洗衣物 ◆ 漂女|漂洗。
❷用化學品使本色或帶有其他顏色
的紡織品變白 ◆ 漂白|漂染|漂白
粉。
〈三〉[piào ㄆㄧㄠˋ ⑧同〈二〉]
漂亮。❶容貌美麗 ◆ 長得漂亮|打
扮得漂漂亮亮。❷行為出色；精彩
◆ 幹得漂亮極了|漂亮話少説|打
了一個漂亮仗。

¹¹滣 [chún ㄔㄨㄣˊ ⑧sœn⁴ 唇]
水邊 ◆ 在河之滣。

¹¹滯(滞) [zhì ㄓˋ ⑧dzei⁶ 濟⁶]
❶ 不流通；不暢 ◆
洪滯|沈滯|停滯|滯銷|滯背貨。
❷行途中停留 ◆ 滯留。❸呆板；
不靈活 ◆ 板滯|目光呆滯。

¹¹滷(卤) [lǔ ㄌㄨˇ ⑧lou⁵ 老]
❶用鹽水加醬油、五
香佐料煮製食品 ◆ 滷雞|滷鴨|滷
蛋。❷濃汁 ◆ 茶滷|打滷麵。

¹¹滹 [hū ㄏㄨ ⑧fu¹ 呼]
滹沱，水名，也叫"滹沱
河"，在河北省。

¹¹淲 [biāo ㄅㄧㄠ ⑧piu⁴ 嫖]
❶水流的樣子。❷淲池，古
水名，在今陝西西安西北。

¹¹ 漊(嵝) [lóu ㄌㄡˊ ⑧leu⁴ 流] 漊水，水名，在湖南省。

¹¹ 漫 [màn ㄇㄢˋ ⑧man⁶ 慢]
❶水過滿而向外流 ◆ 洪水漫溢|水漫金山|湖水漫過堤防。❷遍佈；到處都是 ◆ 漫山遍野|漫天大雪|瀰漫天空。❸無邊無際 ◆ 漫天要價|漫無邊際|漫漫長夜|漫長的歲月|戰國 楚 屈原《離騷》："路漫漫其修遠兮，吾將上下而求索。"❹隨便；不加拘束的樣子 ◆ 漫談|漫不經心|西湖漫遊|自由散漫。

¹¹ 漯 〈一〉[tà ㄊㄚˋ ⑧tap⁸ 塔] 漯河，水名，在山東省。
〈二〉[luò ㄌㄨㄛˋ ⑧løy⁵ 呂] 漯河，地名，在河南省。

¹¹ 漍 [guó ㄍㄨㄛˊ ⑧gwɔk⁸ 國] 北漍，地名，在江蘇省。

¹¹ 漶 [huàn ㄏㄨㄢˋ ⑧wun⁶ 喚] 模糊；不可辨認 ◆ 漫漶。

¹¹ 潀 [cóng ㄘㄨㄥˊ ⑧tsuŋ⁴ 從]
❶小水流入大水。也指水流會合的地方。❷同"淙"。形容水聲 ◆ 溪水潀潀。

¹¹ 滌(涤) [dí ㄉㄧˊ ⑧dik⁹ 敵] 洗；清除 ◆ 洗滌|盪

滌|滌瑕盪穢|滌除污垢|滌盪邪祟。

¹¹ 滫 [xiǔ ㄒㄧㄡˇ ⑧seu² 首] 臭泔水。

¹¹ 潊(潊) [xù ㄒㄩˋ ⑧dzœy⁶ 罪]
❶水邊。❷潊浦，地名，在湖南省。

¹¹ 灨 [gàn ㄍㄢˋ ⑧gɐm³ 禁] 灨井溝，地名，在四川省。

¹¹ 潁(颍) [yǐng ㄧㄥˇ ⑧wiŋ⁶ 泳]
❶潁河，水名。源出河南，流入安徽。❷姓。

¹¹ 漁(渔) [yú ㄩˊ ⑧jy⁴ 余]
❶捕魚 ◆ 漁港|漁民|漁獵|竭澤而漁|鷸蚌相爭，漁人得利|唐 張繼《楓橋夜泊》詩："月落烏啼霜滿天，江楓漁火對愁眠。"❷用不正當的手段奪取 ◆ 漁獵女色|從中漁利|漁食百姓|東獵西漁。❸姓。

¹¹ 漪 [yī ㄧ ⑧ji¹ 衣] 水的波紋 ◆ 漪瀾|清漪|漣漪。

¹¹ 漈 [jì ㄐㄧˋ ⑧dzɐi³ 際] 水邊。

¹¹ 滸 (浒)

〈一〉[hǔ ㄏㄨˇ 圖 wu²
烏²/fu² 府 (語)]

水邊。

〈二〉[xǔ ㄒㄩˇ 圖 hœy² 許]

滸墅關，地名，在江蘇省。

¹¹ 潹

[huǒ ㄏㄨㄛˇ 圖 kwɔk⁸ 廓]

潹縣，地名，在北京通縣。

¹¹ 滻 (浐)

[chǎn ㄔㄢˇ 圖 tsan²
產]

水名，即滻河，在陝西省。

¹¹ 滾 (圖滚)

[gǔn ㄍㄨㄣˇ 圖
gwɐn² 君²]

❶形容大水起伏奔流或煙霧湧動 ◆
浪濤滾滾|唐杜甫《登高》詩：“無
邊落木蕭蕭下，不盡長江滾滾
來。”❷水沸 ◆ 滾水|壺裏的水滾
了。❸轉動；翻轉 ◆ 打滾|滾鐵環
|利滾利。❹形容程度高；很；極
◆ 滾燙|滾熱|滾圓。❺呵斥人離
開 ◆ 滾開|滾出去。❻縫紉方法，
用布條包邊 ◆ 滾邊。❼姓。

¹¹ 漓

[lí ㄌㄧˊ 圖 lei⁴ 離]

❶淋漓。見“淋〈一〉”，370頁
右欄。❷“灕”的簡化字。

¹¹ 漉

[lù ㄌㄨˋ 圖 luk⁹ 鹿]

濾；液體往下滲 ◆ 漉網。

¹¹ 漳

[zhāng ㄓㄤ 圖 dzœŋ¹ 章]

❶漳河，水名，源出山西，
經河南、河北流入衛河。❷漳江，
水名，在福建省，向東南流入海。
❸漳州，地名，在福建省。

¹¹ 滴

[dī ㄉㄧ 圖 dik⁷ 嫡/dik⁹ 敵
(語)]

❶水點 ◆ 汗滴|水滴|露滴。❷水
點往下掉 ◆ 垂涎欲滴|水滴石穿|
唐李紳《憫農》詩：“鋤禾日當午，
汗滴禾下土。誰知盤中餐，粒粒
皆辛苦。”❸量詞。用於滴下的液
體的數量 ◆ 一滴血|一滴油。

¹¹ 漩

[xuán ㄒㄩㄢˊ 圖 syn⁴ 船]

水流迴環旋轉；迴環旋轉的
水流 ◆ 漩渦。

¹¹ 漾

[yàng ㄧㄤˋ 圖 jœŋ⁶ 讓]

❶水波微微動盪 ◆ 碧波盪
漾|湖水漾漾。❷液體過滿而向外流
◆ 漾酸水|嬰兒漾奶|湯漾出來了。

¹¹ 演

[yǎn ㄧㄢˇ 圖 jin⁵ 言⁵/jin²
言² (語)]

❶發展；變化 ◆ 演化|演進|演變
|演遞。❷根據某種事理或事實作
推衍、引申、闡發 ◆ 推演|演繹|
演義|敷演|演說。❸按照一定的程
式(訓練或計算) ◆ 演算|演習|演
兵場|演武廳。❹當眾表現技藝 ◆
演戲|演奏|表演|演技出眾。

¹¹ 滬 (沪)

[hù ㄏㄨˋ 圖 wu⁶ 戶]

上海市的別稱 ◆ 滬

劇|滬港兩地。

---

¹¹ **漏** [lòu ㄌㄡˋ 粵leu⁶ 陋]

❶水或別的東西從小孔或縫隙中滴下、透出、掉出 ◆ 漏氣|滴水不漏|管道漏氣|屋漏更遭連夜雨，行船偏遇打頭風。❷泄露；透露出去 ◆ 走漏風聲|天機不可泄漏。❸遺漏 ◆ 疏漏|漏網之魚|掛一漏萬。❹漏壺，古代計時用的器具。也借指時刻 ◆ 更殘漏盡。❺中醫指某些流出血、膿的病 ◆ 崩漏|痔漏。

---

¹¹ **漲(涨)** 〈一〉[zhǎng ㄓㄤˇ 粵dzœŋ³ 帳]

水位、物價、情緒等上升 ◆ 水漲船高|潮漲潮落|物價上漲|行情看漲|情緒高漲。

〈二〉[zhàng ㄓㄤˋ 粵同〈一〉]

❶物體擴張 ◆ 熱漲冷縮|豆子泡漲了。❷瀰漫；充滿 ◆ 煙塵漲天。❸(頭部)充血 ◆ 頭昏腦漲|臉漲得通紅。❹多出；超出(用於錢和度量衡等) ◆ 錢花漲了|把布一量，漲出了半尺。

---

¹¹ **漿(浆)** [jiāng ㄐㄧㄤ 粵dzœŋ¹ 章]

❶較濃的液體 ◆ 豆漿|紙漿|血漿|蜂王漿。❷用粉漿或米湯浸衣服，使乾後平挺 ◆ 漿洗|上漿。❸古代指一種帶酸味的飲料，也用來指酒 ◆ 酒漿|引車賣漿|玉液瓊漿|簞食壺漿，以迎王師。

---

¹¹ **漻** [liáo ㄌㄧㄠˊ 粵liu⁴ 寥]

水清澈。

---

¹¹ **滲(渗)** [shèn ㄕㄣˋ 粵sem³ 沁]

❶液體從細小的空隙裏慢慢透過或泄漏 ◆ 房頂滲水|血從繃帶上滲出來。❷比喻一種事物或勢力逐漸侵入到其他方面 ◆ 軍事滲透|經濟滲透|謹防奸細滲入。

---

¹² **潔(洁)** [jié ㄐㄧㄝˊ 粵git⁸ 結]

❶乾淨 ◆ 潔淨|清潔|潔白|整潔|皎潔的月光。❷比喻清白無私，品行端正 ◆ 心地純潔|廉潔奉公|潔身自好。

---

¹² **湴** [pá ㄆㄚˊ 粵pa⁴ 爬]

❶湴江，水名，在廣東省。❷湴江口，地名，在廣東英德市。

---

¹² **澆(浇)** [jiāo ㄐㄧㄠ 粵giu¹ 驕]

❶灌溉 ◆ 引水澆地|澆灌良田。❷水或別的液體從上往下落 ◆ 澆花|澆水|借酒澆愁|被大雨澆了個落湯雞。❸把金屬溶液或混凝土倒入模子內 ◆ 澆鑄|澆注|澆灌混凝土。❹刻薄；不淳厚。多指社會風氣 ◆ 世風澆薄|澆俗。

---

¹² **澒** [hòng ㄏㄨㄥˋ 粵huŋ⁶ 哄]

❶澒洞，瀰漫無際。❷澒

濛，古代思想家指宇宙未形成前的混沌狀態。

12 **澉** [gǎn ㄍㄢˇ ⓟgɐm² 敢]
澉浦，地名，在浙江省。

12 **潰** [fén ㄈㄣˊ ⓟfɐn⁴ 墳]
❶水邊。❷潰水，古水名，汝水的支流。

12 **澍** [shù ㄕㄨˋ ⓟsy⁶ 樹]
及時的雨水 ◆ 澍雨。

12 **澎** [péng ㄆㄥˊ ⓟpaŋ⁴ 彭]
❶濺 ◆ 澎了一身水。❷澎湃。(1) 形容波浪相撞擊 ◆ 洶湧澎湃|澎湃的波濤。(2) 比喻聲勢浩大，氣勢雄偉 ◆ 激情澎湃。❸澎湖，羣島名，在台灣海峽中。

12 **澌** [sī ㄙ ⓟsi¹ 斯/si³ 使]
盡 ◆ 澌滅。

12 **潢** [huáng ㄏㄨㄤˊ ⓟwɔŋ⁴ 黃]
❶積水池 ◆ 潢圩|潢池。❷裝裱；裝飾 ◆ 裝潢。

12 **潵** [sǎ ㄙㄚˇ ⓟsat⁸ 殺]
潵河，古水名，在今河北遷安境內。現境內有地名潵河橋。

12 **潮** [cháo ㄔㄠˊ ⓟtsiu⁴ 憔]
❶海水受月亮和太陽引力的影響而產生的定時漲落現象 ◆ 潮汐|漲潮|早潮|錢塘江觀潮|海上明月共潮生。❷比喻大規模的社會運動或有影響的思想傾向 ◆ 工潮|學潮|思潮|風潮|時代潮流。❸濕潤 ◆ 潮氣|潮濕|返潮|受潮。❹廣東潮州市的簡稱。❺方言。成色低劣 ◆ 潮金|潮銀。❻方言。技術不高 ◆ 手藝潮。

12 **潸** (⁀潛) [shān ㄕㄢ ⓟsan¹ 山]
形容流淚 ◆ 潸然淚下|熱淚潸潸。

12 **潓** [huì ㄏㄨㄟˋ ⓟwɐi⁶ 惠]
❶古水名。❷潓泉，水名，在今湖南道縣。

12 **潭** [tán ㄊㄢˊ ⓟtam⁴ 談]
❶水深之處；深的水池 ◆ 深潭|龍潭虎穴|唐李白《贈汪倫》詩："桃花潭水深千尺，不及汪倫送我情。"❷坑 ◆ 陷入泥潭。

12 **潏** [jué ㄐㄩㄝˊ ⓟkyt⁸ 缺]
潏水，水名，在湖北省。

12 **潦** 〈一〉[lǎo ㄌㄠˇ ⓟlou⁵ 老/lou⁶ 勞]
❶雨水大。❷積水 ◆ 潦水|積潦。
〈二〉[liáo ㄌㄧㄠˊ ⓟliu⁴ 遼]
❶潦倒，形容頹喪、不得志的樣子 ◆ 窮困潦倒。❷潦草。(1) 字寫得不工整 ◆ 字跡潦草。(2) 做事情不認真 ◆ 辦事潦草。

¹²澐 [yún ㄩㄣˊ ⑤wen⁴ 雲]
大波浪。

¹²潛（潛）[qián ㄑㄧㄢˊ ⑤tsim⁴ 簽⁴]
❶鑽進水中，在水面下活動 ◆ 潛水｜潛艇｜潛泳｜潛入海底。❷隱藏不露 ◆ 潛藏｜潛伏｜潛在力量｜潛移默化。❸祕密地；悄悄兒地 ◆ 潛行｜潛逃｜潛入敵後｜唐杜甫《春夜喜雨》詩：“隨風潛入夜，潤物細無聲。”❹姓。

¹²潰（潰）〈一〉[kuì ㄎㄨㄟˋ ⑤kui² 繪]
❶(水)沖破(堤壩) ◆ 潰決｜洪水潰堤，人們的生命財產受到威脅。❷衝破(包圍) ◆ 潰圍而逃。❸散亂；瓦解 ◆ 潰亂｜潰退｜潰敗｜潰不成軍｜紛紛潰逃｜全線崩潰｜敵軍已被擊潰。❹肌肉組織腐爛 ◆ 潰爛｜胃潰瘍。
〈二〉[huì ㄏㄨㄟˋ ⑤同〈一〉]
同“殨”。殨爛 ◆ 潰膿。

¹²澂 同“澄〈一〉”，見390頁右欄。

¹²潿（潿）[wéi ㄨㄟˊ ⑤wei⁴ 圍]
潿洲，島名，在廣西北海南部。

¹²潙（潙）[wǔ ㄨˇ ⑤mou⁵ 武]
潙水，水名。源出貴州，東流入湖南。

¹²淛 [shào ㄕㄠˋ ⑤sau³ 哨]
❶雨斜着飄落下來 ◆ 淛雨。❷方言。灑水 ◆ 往花上淛點水。❸方言。用泔水等煮成的飼料 ◆ 淛水｜豬淛。

¹²潷（滗）[bì ㄅㄧˋ ⑤bei³ 臂]
擋住渣滓或浸泡的東西，把汁液倒出 ◆ 潷米湯。

¹²潟 [xì ㄒㄧˋ ⑤sik⁷ 色]
鹽鹹地 ◆ 潟滷。

¹²澙 同“浩”，見368頁左欄。

¹²潗 [xī ㄒㄧ ⑤jep⁷ 泣]
❶流水湍急的聲音 ◆ 潗潗。❷潗潗，彼此附和的樣子。

¹²潘 [pān ㄆㄢ ⑤pun¹ 判¹]
姓。

¹²潼 [tóng ㄊㄨㄥˊ ⑤tuŋ⁴ 童]
潼關。❶地名，在陝西省。❷關名，為陝西、山西、河南三省要衝，歷代軍事要地。唐杜甫有《潼關吏》詩，即指此。

¹²澈 [chè ㄔㄜˋ ⑤tsit⁸ 設]
水清 ◆ 明澈｜澄澈｜河水清澈如鏡。

¹²潽 [pū ㄆㄨ ⑧pou¹ 普¹]
水沸騰向外溢出。

¹²澇(涝) 〈一〉[lào ㄌㄠˋ ⑧lou⁶ 路]
❶莊稼因雨水過多而被淹；與"旱"相對 ◆ 澇災|防澇抗旱|旱澇保收|南澇北旱。❷積在地裏過多的雨水 ◆ 排澇。
〈二〉[láo ㄌㄠˊ ⑧lou⁴ 勞]
澇水，古水名。❶在今陝西省，為關中八川之一。❷在今山西省，源出浮山黑山，西流合潏水，至臨汾北入汾水。

¹²潯(浔) [xún ㄒㄩㄣˊ ⑧tsɐm⁴ 尋]
❶水邊 ◆ 江潯。❷長江流經江西九江北的一段稱潯陽江，故九江市又別稱"潯"。

¹²潤(润) [rùn ㄖㄨㄣˋ ⑧jœn⁶ 閏]
❶不乾枯；使不乾枯 ◆ 浸潤肌膚|潤潤嗓子|雨露滋潤萬物。❷含水分多；潮濕 ◆ 濕潤|月暈而風，礎潤而雨。❸細膩有光澤 ◆ 滑潤|圓潤|珠圓玉潤|肌膚紅潤。❹修飾使有光彩 ◆ 潤色|潤飾。❺利益 ◆ 利潤|分潤。

¹²澗(涧⑧潤) [jiàn ㄐㄧㄢˋ ⑧gan³ 諫]
夾在兩山間的水溝 ◆ 山澗|溪澗。

¹²潺 [chán ㄔㄢˊ ⑧san⁴ 散⁴]
❶潺潺，象聲詞。形容水流動或下雨的聲音 ◆ 潺潺流水|水聲潺潺|簾外雨潺潺。❷潺湲，水慢慢流動的樣子。

¹²澄 〈一〉[chéng ㄔㄥˊ ⑧tsiŋ⁴ 程]
❶水清 ◆ 澄澈|江澄如練|湖水碧綠澄清。❷肅清；弄清楚 ◆ 澄清事實。
〈二〉[dèng ㄉㄥˋ ⑧dɐŋ⁶ 鄧]
使液體裏的雜質沈澱下去 ◆ 這水澄清後才能用。

¹²潑(泼) [pō ㄆㄛ ⑧put⁸ 蒲抹切]
❶用力把液體向外灑或倒 ◆ 潑水|瓢潑大雨|揮毫潑墨|潑水難收。❷兇悍蠻橫，不講道理 ◆ 潑婦|潑皮|撒潑。

¹²潏 [yù ㄩˋ ⑧jyt⁹ 月]
水湧出。

¹³潕 〈一〉"浣"的異體字。
〈二〉"瀚"的異體字。

¹³澾(达) [tà ㄊㄚˋ ⑧tat⁸ 撻]
滑溜；打滑。

¹³澀 同"澀"，見394頁左欄。

13 濂 [jù ㄐㄩˋ ⑧gœy³句/gœy⁶巨]
濂水，水名，在陝西省。

13 灘 [suī ㄙㄨㄟ ⑧sœy¹雖]
灘河，水名。源出安徽，流入江蘇。

13 澠(渑) 〈一〉[miǎn ㄇㄧㄢˇ ⑧mɐn⁵敏/min⁵免]
❶澠池，地名，在河南省。❷澠河，水名，在河南澠池西北。
〈二〉[shéng ㄕㄥˊ ⑧siŋ⁴成]
澠水，古水名，在今山東臨淄西北。

13 潞 [lù ㄌㄨˋ ⑧lou⁶路]
❶潞水，古水名，即今山西的濁漳河。❷潞江，即怒江，源出青藏唐古拉山南麓，流入雲南。❸潞河，古水名，即今河北的潮白河。

13 澧 [lǐ ㄌㄧˇ ⑧lei⁵禮]
水名，即澧水，在湖南省。

13 濃(浓) [nóng ㄋㄨㄥˊ ⑧nuŋ⁴農]
❶稠密；色味等厚、重。與"淡"相對 ◆ 濃重|濃密|濃度|宋蘇軾《飲湖上初晴後雨》詩："欲把西湖比西子，淡妝濃抹總相宜。"❷程度深 ◆ 興趣很濃|情深意濃。

13 澡 [zǎo ㄗㄠˇ ⑧dzou²早]
洗身 ◆ 洗澡|澡堂|澡盆。

13 澤(泽) [zé ㄗㄜˊ ⑧dzak⁹摘]
❶聚水的地方 ◆ 沼澤|湖澤|水鄉澤國|行吟澤畔|深山大澤。❷濕潤；滋潤 ◆ 潤澤。❸恩惠 ◆ 恩澤|澤流萬世|澤及枯骨。❹金屬、珠玉等發出的亮光 ◆ 光澤|色澤鮮明。

13 澴 [huán ㄏㄨㄢˊ ⑧wan⁴環]
澴水，水名，在湖北省。

13 濁(浊) [zhuó ㄓㄨㄛˊ ⑧dzuk⁹俗]
❶水或空氣含有雜質，不清潔，不新鮮。與"清"相對 ◆ 渾濁|污濁|激濁揚清|濁浪排空|濁酒一杯。❷混亂 ◆ 濁世怪胎。❸指聲音低沈粗重 ◆ 濁音|南音重濁|濁聲濁氣。

13 澨 [shì ㄕˋ ⑧sɐi⁶噬]
水邊。

13 激 [jī ㄐㄧ ⑧gik⁷擊]
❶水勢受阻後騰湧或飛濺 ◆ 海水激盪|激起浪花|一石激起千層浪。❷急速；猛烈 ◆ 清流激湍|激流滾滾|激烈爭論|言論偏激|激戰三晝夜。❸感情奮發 ◆ 激昂慷慨|羣情激奮|情緒激動|激於義憤。❹鼓動；使感情衝動 ◆ 刺激|激發熱情|勸將不如激將。❺身體突然受到冷水的刺激而得病 ◆ 被雨水一激就病了。❻方言。用冷水

沖或泡食物等使變涼 ◆ 把啤酒放在冰水裏激一激再喝。

¹³**澳** 〈一〉[ào ㄠˋ 粵ou³/ŋou³ 奧]
❶水邊的深灣，可以停泊船隻。多用作地名，如福建有三都澳。❷澳門的簡稱 ◆ 港澳同胞。❸澳洲的簡稱 ◆ 澳毛。
〈二〉[yù ㄩˋ 粵juk⁷ 毓]
同"隩"。水邊彎曲的地方。

¹³**澮**（浍） 〈一〉[kuài ㄎㄨㄞˋ 粵kui³ 慣]
田間的排水溝 ◆ 溝澮。
〈二〉[huì ㄏㄨㄟˋ 粵同〈一〉]
❶澮河，水名。源出河南，東南流入安徽，注入淮河。❷澮水，水名。源出山西，西流經曲沃、侯馬注入汾河。

¹³**澹** 〈一〉[dàn ㄉㄢˋ 粵dam⁶ 氮]
同"淡"。安靜 ◆ 恬澹｜澹泊明志｜澹然處之。
〈二〉[tán ㄊㄢˊ 粵tam⁴ 談]
澹台，複姓。

¹³**澥** [xiè ㄒㄧㄝˋ 粵hai⁵ 蟹]
❶流質由稠變稀 ◆ 稀飯澥了。❷方言。加水使糊狀物或膠狀物變稀 ◆ 粥太稠，加點兒水澥一澥。❸渤澥，渤海的古稱。

¹³**澶** 〈一〉[chán ㄔㄢˊ 粵sin⁴ 善⁴]
澶淵，古湖泊名，又為古地名，在今河南濮陽的西部。
〈二〉[dàn ㄉㄢˋ 粵dan⁶ 但]
澶漫。❶放縱。❷寬長、廣遠的樣子。❸泛濫。

¹³**濂** [lián ㄌㄧㄢˊ 粵lim⁴ 廉]
❶濂江，水名，在江西省。❷濂溪，水名，在湖南省。

¹³**灘** 同"灘"，見396頁右欄。

¹³**澱**（淀） [diàn ㄉㄧㄢˋ 粵din⁶ 電]
沈積於液體底部；沈積於液體底部的物質 ◆ 澱粉｜沈澱。

¹³**澼** [pì ㄆㄧˋ 粵pik⁷ 闢]
漂洗 ◆ 洴澼。

¹³**澦**（滪） [yù ㄩˋ 粵jy⁶ 預]
灩澦堆。見"灩"，397頁右欄。

¹⁴**濛**（蒙） [méng ㄇㄥˊ 粵muŋ⁴ 蒙]
下小雨 ◆ 細雨濛濛。

¹⁴**濤**（涛） [tāo ㄊㄠ 粵tou⁴ 桃]
❶大波浪 ◆ 浪濤滾滾｜波濤洶湧｜驚濤駭浪｜驚濤拍岸。❷像波濤的聲音 ◆ 松濤｜林濤。

¹⁴**濫**（滥）[làn ㄌㄢˋ ⑧lam⁶纜]

❶大水漫出 ◆ 泛濫。❷過度；無節制 ◆ 亂砍濫伐｜濫用方言｜濫殺無辜｜寧缺勿濫。❸浮泛；不切實 ◆ 濫言｜陳詞濫調｜濫竽充數。

¹⁴**灓**[mǐ ㄇㄧˇ ⑧mei⁵美]
水滿。

¹⁴**濡**[rú ㄖㄨˊ ⑧jy⁴如]

❶沾濕；浸潤 ◆ 濡毫｜耳濡目染｜相濡以沫。❷停留；遲滯 ◆ 濡跡｜濡滯。

¹⁴**濬**[jùn ㄐㄩㄣˋ ⑧dzœn³進]
挖深；疏通（水道）◆ 疏濬｜濬河｜濬泥船。

¹⁴**濕**（湿⑧淫）[shī ㄕ ⑧sɐp⁷拾⁷]

❶含水分多；沾上了水。與“乾”相對 ◆ 潮濕｜濕潤｜衣服給淋濕了。❷中醫術語。風、寒、暑、濕、燥、火為六淫。濕屬陰邪，流行於夏季。

¹⁴**濮**[pú ㄆㄨˊ ⑧buk⁹僕]

❶濮陽，地名，在河南省。❷濮水，又名濮河、普河，古水名。❸姓。

¹⁴**潷**〈一〉[bì ㄅㄧˋ ⑧pei³批³]

❶潷水，古水名。在今雲南省。❷漾潷，地名，在雲南省。
〈二〉[pì ㄆㄧˋ ⑧pei³譬]
象聲詞。水勢洶湧的聲音。

¹⁴**濠**[háo ㄏㄠˊ ⑧hou⁴豪]

❶濠水，古水名，在今安徽省。❷護城河 ◆ 城濠。

¹⁴**濟**（济）〈一〉[jì ㄐㄧˋ ⑧dzɐi³制]

❶渡；過河 ◆ 同舟共濟｜和衷共濟｜濟河焚舟。❷幫助；救助 ◆ 接濟｜救濟｜博施濟眾｜劫富濟貧｜經世濟民。❸成功；有補益 ◆ 不濟事｜無濟於事。

〈二〉[jǐ ㄐㄧˇ ⑧dzɐi²仔]

❶濟水，古水名。源出河南，流經山東入渤海，即今黃河下游河道。今山東濟南、濟寧、濟陽等地名均由濟水而來。❷濟濟，形容人多 ◆ 人才濟濟｜老人八十大壽，祝壽的親朋好友濟濟一堂。

¹⁴**濱**（滨）[bīn ㄅㄧㄣ⑧bɐn¹賓]

❶水邊 ◆ 海濱｜湖濱｜江濱碼頭｜湘江之濱。❷靠近（水邊）◆ 濱江大道｜濱海城市。

¹⁴**濘**（泞）[nìng ㄋㄧㄥˋ ⑧nin⁶寧⁶]

爛泥 ◆ 道路泥濘。

¹⁴**澲**（涨）[jìn ㄐㄧㄣˋ ⑧dzœn⁶盡]

瀘水，水名，在湖北省。

14 **澀**（澁[異]澀）［sè ㄙㄜˋ ㊄ sap8 圾］
❶不光滑；不滑潤 ◆ 粗澀｜鏈條發澀。❷一種略苦而使嘴發麻的味道 ◆ 苦澀｜味澀。❸文詞生硬，不流暢 ◆ 晦澀｜艱澀難懂｜文詞生澀。

14 **濯**［zhuó ㄓㄨㄛˊ ㊄ dzɔk9 昨］
❶洗 ◆ 濯髮。❷濯濯，形容山上光禿禿的，沒有樹木 ◆ 童山濯濯。

14 **濰**（潍）［wéi ㄨㄟˊ ㊄ wɐi4 維］
❶濰河，水名，在山東省。❷濰坊，地名，在山東省。

15 **瀆**（渎）［dú ㄉㄨˊ ㊄ duk9 毒］
❶溝渠；小水溝 ◆ 溝瀆。❷輕慢；不尊敬 ◆ 瀆職｜褻瀆神靈｜瀆犯天威。

15 **瀔**［gǔ ㄍㄨˇ ㊄ guk7 谷］
瀔水，古水名，即今谷水。源出河南澠池的西南山。

15 **瀦**（[異]潴）［zhū ㄓㄨ ㊄ dzy1 朱］
❶水停積 ◆ 停瀦。❷水積聚的地方。

15 **濾**（滤）［lǜ ㄌㄩˋ ㊄ lœy6 慮］
使液體通過紗布、沙子、活性炭等去掉雜質，變得純淨 ◆ 過濾｜濾紙｜把水濾一濾。

15 **瀑** 〈一〉［pù ㄆㄨˋ ㊄ buk9 僕］
由山崖飛流下的水，即瀑布 ◆ 懸流飛瀑｜唐李白《望廬山瀑布水》詩："日照香爐生紫煙，遙看瀑布掛前川。飛流直下三千尺，疑是銀河落九天。"

〈二〉［bào ㄅㄠˋ ㊄ bou6 步］
瀑河，水名，在河北省。

15 **濺**（溅）〈一〉［jiàn ㄐㄧㄢˋ ㊄ dzin3 箭］
液體受衝擊而向四外射出；迸射 ◆ 浪花四濺｜鋼花飛濺｜濺了一身泥。

〈二〉［jiān ㄐㄧㄢ ㊄ dzin1 煎］
濺濺，流水聲 ◆ 流水濺濺。

15 **瀱**［guó ㄍㄨㄛˊ ㊄ gwik7 隙］
流水聲 ◆ 溪水瀱瀱。

15 **瀏**（浏）［liú ㄌㄧㄡˊ ㊄ lɐu4 劉］
❶形容水流清澈。❷瀏覽，粗略地閱覽。

15 **瀍**［chán ㄔㄢˊ ㊄ tsin4 前］
瀍河，水名，在河南省。

15 **瀌**［biāo ㄅㄧㄠ ㊄ biu1 標/piu4 瓢］
瀌瀌，形容雨雪大 ◆ 雨雪瀌瀌。

15 **瀁** [yàng ㄧㄤˋ ⑧ jœŋ⁶ 樣]
瀁瀁，形容水波盪漾。

15 **瀅** [yíng ㄧㄥˊ ⑧ jiŋ³ 應]
清澈。

15 **瀉(泻)** [xiè ㄒㄧㄝˋ ⑧ sɛ³ 卸]
❶水向下急流 ◆ 傾瀉｜一瀉千里。❷俗稱拉肚子 ◆ 腹瀉｜水瀉｜上吐下瀉。

15 **瀋(沈)** [shěn ㄕㄣˇ ⑧ sɐm² 審]
❶汁 ◆ 汁瀋｜墨瀋未乾。❷瀋陽，地名，在遼寧省。

15 **濼(泺)** 〈一〉[luò ㄌㄨㄛˋ ⑧ lɐk⁹ 落]
濼水，水名，在山東省。
〈二〉[pō ㄆㄛ ⑧ pɔk⁸ 樸]
湖 ◆ 湖濼｜梁戈濼。

16 **瀫** [hú ㄏㄨˊ ⑧ guk⁷ 谷]
瀫江，古水名，即今衢江，在浙江省。

16 **瀚** [hàn ㄏㄢˋ ⑧ hɔn⁶ 汗]
廣大 ◆ 浩瀚。

16 **瀨(濑)** [lài ㄌㄞˋ ⑧ lai⁶ 賴]
湍急的流水。

16 **瀝(沥)** [lì ㄌㄧˋ ⑧ lik⁹ 力]
❶液體一滴一滴地落

下 ◆ 滴瀝｜披肝瀝膽｜嘔心瀝血。❷滴的液體。也特指酒 ◆ 瀝液｜餘瀝。

16 **瀕(濒)** [bīn ㄅㄧㄣ ⑧ bɐn¹ 賓/pɐn⁴ 頻]
❶水邊 ◆ 河瀕。❷接近；臨近 ◆ 瀕近｜瀕危病人｜瀕臨破產｜瀕於滅絕。

16 **瀣** [xiè ㄒㄧㄝˋ ⑧ hai⁶ 械]
沆瀣。見“沆”，358頁右欄。

16 **瀘(泸)** [lú ㄌㄨˊ ⑧ lou⁴ 盧]
❶瀘水，古水名，指今金沙江，在四川宜賓以上，雲南、四川交界處的一段。❷瀘州，地名，在四川省。

16 **瀧(泷)** 〈一〉[lóng ㄌㄨㄥˊ ⑧ lɔŋ⁴ 狼]
急流的水。多用於地名，如浙江有七里瀧。
〈二〉[shuāng ㄕㄨㄤ ⑧ sœŋ¹ 商]
❶瀧水，地名，在廣東。❷瀧岡，地名，在江西永豐南。宋歐陽修有《瀧岡阡表》一文。

16 **瀛** [yíng ㄧㄥˊ ⑧ jiŋ⁴ 迎]
❶大海 ◆ 瀛海｜瀛寰｜東瀛。❷姓。

16 **瀠** [yíng ㄧㄥˊ ⑧ jiŋ⁴ 仍]
瀠洄，水流迴旋。

¹⁷瀟(潇)

[xiāoㄒ丨ㄠ ⑧siu¹ 消]
❶形容水深而清。❷瀟水，水名，在湖南省。❸瀟瀟，形容風狂雨急 ◆ 風雨瀟瀟。❹瀟灑，形容行動舉止自然大方，無拘無束 ◆ 風流瀟灑。

¹⁷瀹(瀹)

[yuè ㄩㄝˋ ⑧jœk⁹ 若]
❶煮 ◆ 瀹茗｜瀹茶。❷疏通(河道)。

¹⁷瀲(潋)

[liàn ㄌ丨ㄢˋ ⑧lim⁶ 斂]
瀲灩。❶形容水勢浩大。❷形容水波盪漾 ◆ 水光瀲灩。

¹⁷瀼

〈一〉[ráng ㄖㄤˊ ⑧jœŋ⁴ 羊]瀼河，地名，在河南省。
〈二〉[ràng ㄖㄤˋ ⑧jœŋ⁶ 讓]瀼水，水名，在四川省。

¹⁷瀵

[fèn ㄈㄣˋ ⑧fɐn³ 糞]
水從地下噴出。

¹⁷瀽

[jiǎn ㄐ丨ㄢˇ ⑧dzin² 展]
傾倒(液體)；潑(水)。

¹⁷瀾(澜)

[lán ㄌㄢˊ ⑧lan⁴ 蘭]
大波浪 ◆ 波瀾｜推波助瀾｜力挽狂瀾。

¹⁷瀰(弥)

[mí ㄇ丨ˊ ⑧mei⁴ 眉/mei⁵ 美]
瀰漫，充滿；洋溢的樣子 ◆ 細雨瀰漫｜煙霧瀰漫｜硝煙瀰漫。

¹⁸灃(沣)

[fēng ㄈㄥ ⑧fuŋ¹ 風]
灃水，水名，在陝西省。

¹⁸灌

[guàn ㄍㄨㄢˋ ⑧gun³ 貫]
❶澆(水) ◆ 灌溉｜黃河灌區｜排灌工程｜澆灌農田。❷注入；倒進去；澆鑄 ◆ 百川灌河｜如雷灌耳｜灌了一瓶開水｜把鐵水灌注到砂模裏。❸指錄音 ◆ 灌錄｜灌製唱片。❹灌木，矮小而叢生的木本植物。

¹⁸灄(涉)

[shè ㄕㄜˋ ⑧sip⁸ 攝]
❶灄水，古水名，故道在湖北省，今已填沒。❷灄水，今水名。有二源，一出湖北紅安，一出河南羅山，至黃陂匯合而南流，入長江。❸灄口，地名，在湖北省。

¹⁸灅

[lěi ㄌㄟˇ ⑧lœy⁵ 呂]
古水名，即今河北遵化的沙河。

¹⁸灉

[yōng ㄩㄥ ⑧juŋ¹ 翁]
灉水。❶古代河流名，在今山東菏澤東北，會同沮水流入雷夏澤，久已湮塞。也作"澭水"、"雍水"。❷水名，指今河南商丘以東汳水下游故道獲水，東流至今江蘇徐州北注入泗水。也作"灘水"。

¹⁹ 灘(滩) [tān ㄊㄢ ⓹tan¹ 攤]
❶岸邊有時沒入水中、有時露出水面的地方 ◆ 河灘|海灘|淺灘|沙灘|鹽灘。❷江河中水淺多石、水流湍急的地方 ◆ 急流險灘。

¹⁹ 灑(洒) [sǎ ㄙㄚˇ ⓹sa² 耍]
❶水或其他東西分散落下 ◆ 灑水|灑淚|灑掃庭除|灑落一地|拋頭顱，灑熱血。❷瀟灑脫俗，不拘束 ◆ 灑脫|灑爽。

¹⁹ 灕(漓) [lí ㄌㄧˊ ⓹lei⁴ 離]
灕江，水名，在廣西。

²¹ 灠 [làn ㄌㄢˋ ⓹lam⁵ 覽]
❶水噴湧。❷同"濫"。泛濫；無節制。

²¹ 灞 [bà ㄅㄚˋ ⓹ba³ 霸]
灞水，水名，也叫"灞河"，在陝西省，流入渭河。

²¹ 灝(灏) [hào ㄏㄠˋ ⓹hou⁶ 浩]
廣大；無邊無際。

²¹ 灅 [lěi ㄌㄟˇ ⓹løy⁵ 呂]
灅水，古水名，即今河北的永定河。

²² 灣(湾) [wān ㄨㄢ ⓹wan¹ 彎]
❶水流彎曲的地方。

也特指海灣 ◆ 港灣|廣州灣。❷使船停住 ◆ 把船灣在那邊。

²³ 灤(滦) [luán ㄌㄨㄢˊ ⓹lyn⁴ 聯]
灤河，水名，在河北省。

²⁴ 灨 [gàn ㄍㄢˋ ⓹gem³ 禁]
灨江，水名，即贛江，在江西省。

²⁸ 灧(滟®灔) [yàn ㄧㄢˋ ⓹jim⁶ 驗]
❶瀲灧。見"瀲"，396頁左欄。❷灧澦堆，長江瞿塘峽口的巨石。

火 (灬) 部

⁰ 火 [huǒ ㄏㄨㄛˇ ⓹fo² 顆]
❶物體燃燒所放出的光和焰 ◆ 火把|火光|玩火自焚|赴湯蹈火|水火不相容|唐白居易《賦得古原草送別》詩："野火燒不盡，春風吹又生。"❷特指火災 ◆ 救火|火警|失火|防火措施。❸指武器彈藥或戰爭 ◆ 火器|軍火|停火協定|兵火頻仍|兩軍交火。❹中醫所說病因之一，症狀為口乾舌燥，小便赤熱等 ◆ 上火|敗火|清火解毒。❺形容紅色 ◆ 火紅的太陽。❻比喻緊急 ◆ 火速趕到|十萬火急。❼形容暴躁或動怒 ◆ 火暴性子|氣得冒

火|別發火，慢慢説。❽古代兵制，十人為火，後引申指一羣人，也寫作"伙"。❾姓。

²灰 [huī ㄏㄨㄟ ⓤ fui¹ 魁]
❶物體燃燒後剩下的粉末 ◆ 爐灰|草木灰|化為灰燼|死灰復燃|唐李商隱《無題》詩："春蠶到死絲方盡，蠟炬成灰淚始乾。"❷指石灰 ◆ 灰漿|白灰|油灰。❸塵土；粉末狀的東西 ◆ 灰塵|灰頭土面|粉筆灰。❹介於黑白之間的顏色 ◆ 灰色|銀灰|灰白色。❺意志消沈；消極 ◆ 灰心|心灰意冷。

³灶 (⁰竈) [zào ㄗㄠˋ ⓤ dzou³ 早³]
生火做飯的器具，設備 ◆ 灶頭|煤氣灶|另起爐灶。

³灸 [jiǔ ㄐㄧㄡˇ ⓤ geu³ 救]
中醫的一種治療方法，即用燃着的艾絨熏烤一定的穴位 ◆ 灸師|針灸。

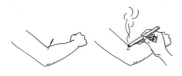

³灼 [zhuó ㄓㄨㄛˊ ⓤ dzœk⁸ 雀]
❶燒；烤 ◆ 灼傷|灼熱|灼人|灼艾分痛。❷明顯；顯著 ◆ 真知灼見|灼然不同。❸灼灼，鮮明；明亮 ◆ 目光灼灼。

³灺 (⁰炧) [xiè ㄒㄧㄝˋ ⓤ sɛ³ 舍]
蠟燭的餘燼。

³災 (⁰烖裁) [zāi ㄗㄞ ⓤ dzoi¹ 栽]
❶自然 (如水、旱、蟲等) 或人為 (如戰爭等) 所造成的禍害 ◆ 水災|旱災|天災人禍|救災物資|災難深重。❷個人遭遇的不幸 ◆ 無妄之災|招災惹禍。

⁴炁 [qì ㄑㄧˋ ⓤ hei³ 氣]
同"氣"。坎炁，中醫指臍帶 ◆ 以一炁生萬物。

⁴炖 同"燉"，見409頁左欄。

⁴炒 [chǎo ㄔㄠˇ ⓤ tsau² 吵]
❶把食物放在鍋裏加熱並不斷翻動的一種烹調方法 ◆ 炒菜|炒雞蛋|煎炒蒸炸，樣樣內行。❷做投機生意，從買進賣出中賺錢 ◆ 炒外匯|炒股票|炒房地產。

⁴炅 〈一〉[jiǒng ㄐㄩㄥˇ ⓤ gwiŋ² 炯]
日光；光亮。
〈二〉[guì ㄍㄨㄟˋ ⓤ gwɐi³ 桂]
姓。

⁴炘 〈一〉[xīn ㄒㄧㄣ ⓤ jɐn¹ 因]
形容熱氣很盛。

〈二〉[xìn ㄒㄧㄣˋ ⑧jɐn³ 印]
同"焮"。燒、灼。

4 **炊** [chuī ㄔㄨㄟ ⑧tsœy¹ 吹]
生火做飯 ◆ 炊事員│炊煙裊裊│炊沙作飯│巧婦難為無米之炊。

4 **炙** [zhì ㄓˋ ⑧dzɛk⁸ 隻]
❶烤(肉) ◆ 炙肥羊│炙手可熱。❷烤熟的肉 ◆ 膾炙人口│殘杯冷炙。

4 **炆** [wén ㄨㄣˊ ⑧mɐm¹ 蚊]
方言。用微火燉食物。

4 **炕** 〈一〉[kàng ㄎㄤˋ ⑧kɔŋ³ 抗]
北方地區用磚石、土坯砌成的牀，下有孔道，可生火取暖 ◆ 炕蓆│炕桌│上炕睡覺。

〈二〉[kàng ㄎㄤˋ ⑧hɔŋ³ 巷³]
方言。烤 ◆ 把餅放在鍋裏炕一炕再吃。

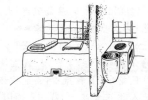

4 **炎** [yán ㄧㄢˊ ⑧jim⁴ 嚴]
❶熱；極熱 ◆ 炎熱│炎夏│赤日炎炎。❷身體出現發熱、紅腫、疼痛等病症 ◆ 炎症│發炎│肺炎│肝炎│消炎藥。

4 **缺** 〈一〉[quē ㄑㄩㄝ ⑧kyt⁸ 決]
化學名詞 ◆ 乙缺。

〈二〉[guì ㄍㄨㄟˋ ⑧gwɐi³ 桂]
姓。

5 **炳** (⑧昺) [bǐng ㄅㄧㄥˇ ⑧biŋ² 丙]
光明；光耀顯著 ◆ 炳蔚│炳耀│彪炳史冊。

5 **炻** [shí ㄕˊ ⑧sɛk⁹ 石]
炻器，介於陶器和瓷器之間的陶瓷製品，如水缸之類。

5 **炬** [jù ㄐㄩˋ ⑧gœy⁶ 巨]
❶火把 ◆ 炬焰│火炬│月光如炬。❷蠟燭 ◆ 唐李商隱《無題》詩："春蠶到死絲方盡，蠟炬成灰淚始乾。"

5 **炟** [dá ㄉㄚˊ ⑧dat⁸ 笪/tan² 坦]
人名用字。

5 **畑** [tián ㄊㄧㄢˊ ⑧tin⁴ 田]
日本漢字。旱地。多用於日本姓名。

5 **炭** (⑧炭) [tàn ㄊㄢˋ ⑧tan³ 歎]
❶把木材放在封閉的窰洞內燒製成的燃料，黑色，質地堅硬 ◆ 木炭│雪中送炭。❷方言。煤 ◆ 煤炭│焦炭│泥炭│生靈塗炭。❸像炭一樣燒焦了的東西 ◆ 骨炭│山查炭。

⁵ **炯** (⑧燜) [jiǒng ㄐㄩㄥˇ ⑧ gwiŋ² 迥]

明亮；光亮 ◆ 目光炯炯有神。

⁵ **炸** 〈一〉[zhà ㄓㄚˋ ⑧ dza³ 詐]
❶物體突然爆裂 ◆ 油罐爆炸|保溫杯炸了。❷火力爆發 ◆ 轟炸|炸碉堡。❸激怒 ◆ 一聽就氣炸了。
〈二〉[zhá ㄓㄚˊ ⑧同〈一〉]
一種烹調方法，把食物放進油鍋裏煎 ◆ 炸油條|油炸花生米。

⁵ **烀** [hū ㄏㄨ ⑧ fu¹ 呼]
半蒸半煮，把食物弄熟 ◆ 烀白薯。

⁵ **炮** 〈一〉[páo ㄆㄠˊ ⑧ pau⁴ 刨]
❶中藥材加工方法之一，把生藥材放在熱鍋裏焙烤 ◆ 炮煎|炮製|炮煉。❷炮烙，古代的一種酷刑。亦稱“炮格”。
〈二〉[pào ㄆㄠˋ ⑧ pau³ 豹]
❶爆竹 ◆ 炮仗|鞭炮。❷重型射擊武器之一，種類很多 ◆ 槍炮|迫擊炮|高射炮|榴彈炮|炮火連天。
〈三〉[bāo ㄅㄠ ⑧ bau³ 爆]
❶一種烹調方法，把調拌好的生食品用猛火炒 ◆ 炮羊肉。❷烘焙，把濕衣服攤在熱炕上炮乾。

⁵ **炷** [zhù ㄓㄨˋ ⑧ dzy³ 注]
❶燈心。❷焚；燒 ◆ 炷香|付之一炷。❸量詞。用於香、煙 ◆ 一炷煙|燒一炷香。

⁵ **炫** [xuàn ㄒㄩㄢˋ ⑧ jyn⁶ 願]
❶光亮照人；強光晃眼 ◆ 炫眼|炫麗|光彩炫目。❷誇耀 ◆ 炫示|炫耀|自炫其能。

⁵ **為** (为⑧爲) 〈一〉[wéi ㄨㄟˊ ⑧ wei⁴ 圍]
❶做 ◆ 所作所為|大有可為|事在人為|為山九仞，功虧一簣。❷當作；認作 ◆ 拜他為師|指鹿為馬|四海為家|俯首甘為孺子牛|推舉他為公司經理。❸成；變成 ◆ 化為烏有|淪為乞丐|轉危為安|唐元稹《離思》詩：“曾經滄海難為水，除卻巫山不是雲。”❹是 ◆ 失敗為成功之母|修業期限為三年。❺介詞。被 ◆ 為人所笑|為風雪所阻|為歌迷們所鍾愛。❻助詞。放在句末，表示疑問 ◆ 何以家為？❼附在單音節形容詞、副詞之後，共同修飾形容詞、動詞，表示程度和範圍 ◆ 廣為流傳|大為增色|甚為重要|極為榮幸。
〈二〉[wèi ㄨㄟˋ ⑧ wei⁶ 胃]
❶介詞。(1)給；替 ◆ 為國增光|為民請命|為我操心|為虎作倀|為他人作嫁衣裳。(2)表示原因、目的 ◆ 為正義而戰|為慎重起見|為此事四處奔波。(3)對；向 ◆ 不足為外人道。❷因為 ◆ 為何。❸幫助；衛護 ◆ 為呂氏者右袒，為劉氏者左袒。

⁵ 炤　同“照❶❷❸❼❽❾”，見404頁右欄。

⁵ 臮　[tái ㄊㄞˊ 粵 tɔi⁴ 台]
煙塵，即由煙凝積成的黑灰 ◆ 煤臮。

⁶ 烤　[kǎo ㄎㄠˇ 粵 hau¹ 敲]
用火烘或近火取暖 ◆ 烤鴨｜煙熏火烤｜烤乾衣服｜圍爐烤火。

⁶ 烘　[hōng ㄏㄨㄥ 粵 huŋ¹ 凶]
❶用火使物體變乾燥或借以取暖 ◆ 烘烤｜烘乾｜烘焙｜烘箱｜烘手。❷襯托；渲染 ◆ 烘托｜烘雲托月。

⁶ 烜　[xuǎn ㄒㄩㄢˇ/xuān ㄒㄩㄢ 粵 hyn² 犬]
盛大顯著 ◆ 烜赫一時。

⁶ 烈　[liè ㄌㄧㄝˋ 粵 lit⁹ 列]
❶很猛的；極強的 ◆ 猛烈｜強烈抗議｜劇烈運動｜烈日當空｜烈火煉真金。❷剛正；有氣節 ◆ 烈女｜剛烈｜貞烈｜壯烈犧牲｜烈性漢子。❸為正義而捐軀的 ◆ 烈士｜先烈。❹事業；功績 ◆ 功烈｜豐功偉烈。

⁶ 烔　[tóng ㄊㄨㄥˊ 粵 tuŋ⁴ 銅]
❶烔烔，熱氣騰騰的樣子。❷烔煬鎮，地名，在安徽省。

⁶ 烏(乌)　[wū ㄨ 粵 wu¹ 污]
❶烏鴉 ◆ 愛屋及烏｜烏合之眾｜唐張繼《楓橋夜泊》詩：“月落烏啼霜滿天，江楓漁火對愁眠。”❷黑色 ◆ 烏黑｜烏雲｜烏紗帽｜烏煙瘴氣。❸ 文言副詞。哪(裏)；怎麼 ◆ 烏有此事｜化為烏有。❹姓。

⁶ 烙　〈一〉[lào ㄌㄠˋ 粵 lɔk⁹ 絡]
❶用燒熱的金屬器物燙平衣服或使器物、牲畜留下印記 ◆ 烙印｜把衣服烙平。❷把麵餅放在鍋裏或鐺上烘烤熟 ◆ 烙餅。
〈二〉[luò ㄌㄨㄛˋ 粵 同〈一〉]
燒；灼 ◆ 炮烙。

⁶ 烊　〈一〉[yáng ㄧㄤˊ 粵 jœŋ⁴ 羊]
熔化；溶化 ◆ 烊銅｜糖塊烊了。
〈二〉[yàng ㄧㄤˋ 粵 同〈一〉/jœŋ⁶ 讓]
打烊，商店關門。

⁶ 烝　[zhēng ㄓㄥ 粵 dziŋ¹ 晶]
眾多 ◆ 天生烝民。

⁷ 焉　〈一〉[yān ㄧㄢ 粵 jin¹ 煙]
❶疑問代詞。怎麼；哪裏 ◆ 不入虎穴，焉得虎子。❷副詞。哪；何必；怎 ◆ 殺雞焉用牛刀。
〈二〉[yān ㄧㄢ 粵 jin⁴ 言]
❶連詞。乃；才；就 ◆ 君為政，焉勿鹵莽。❷語氣助詞 ◆ 有厚望焉｜因此為號焉。

7 **焐** [wù ㄨˋ [粵] ŋ6 悟] 用熱的東西使涼的東西變温暖 ◆ 用熱水袋焐手｜把被窩焐熱。

7 **烴**（烃）[tīng ㄊㄧㄥ [粵] tiŋ1 聽1] 碳氫化合物。

7 **焊** [hàn ㄏㄢˋ [粵] hɔŋ6 汗] 用金屬溶液連接或修補金屬器件 ◆ 焊接｜焊條｜燒焊｜電焊。

7 **烯** [xī ㄒㄧ [粵] hei1 希] 有機化合物的一類，如乙烯（$CH_2=CH_2$）。

7 **焓** [hán ㄏㄢˊ [粵] hɐm4 含] 一定單位質量的物質所含的全部熱量。

7 **烽** [fēng ㄈㄥ [粵] fuŋ1 風] 烽火。❶古代邊防高台上報警的煙火。夜裏點的火叫烽，白天燒的煙叫燧，合稱"烽燧" ◆ 烽火台。❷借指戰爭、戰亂 ◆ 烽火連年｜抗日的烽火｜唐杜甫《春望》詩："烽火連三月，家書抵萬金。"

7 **烹** [pēng ㄆㄥ [粵] paŋ1 棚1] ❶煮 ◆ 烹飪｜烹調｜兔死狗烹。❷一種烹調方法。把食物放進油鍋裏略炒一炒，然後加入醬油等調料，在猛火下迅速翻動攪勻，馬上起鍋，以保持鮮嫩 ◆ 烹對蝦。

7 **烷** [wán ㄨㄢˊ [粵] jyn4 完] 有機化合物的一類。是構成石油的主要成分，如甲烷（CH_4）、乙烷（C_2H_6）等。也叫"烷烴"。

7 **烺** [lǎng ㄌㄤˇ [粵] lɔŋ5 朗] 鮮明；明朗。

7 **焗** [jú ㄐㄩˊ [粵] guk9 局] 方言。❶烹調方法，把食品放在密閉的容器裏，利用蒸氣高温使它燜熟 ◆ 焗鴨。❷因空氣不流通或氣温高、濕度大而感到憋悶。

7 **焌** 〈一〉[jùn ㄐㄩㄣˋ [粵] dzœn3 俊] 用火燒。

〈二〉[qū ㄑㄩ [粵] tsœt7 出] ❶把燃燒着的東西放入水中弄滅 ◆ 把香火兒焌了。❷一種烹調方法，把油鍋燒熱，先放作料，再放蔬菜迅速地炒熟 ◆ 焌豆芽。

8 **煮**（[粵]煑）[zhǔ ㄓㄨˇ [粵] dzy2 主] 把食物放在水裏燒熟 ◆ 煮飯｜煮不爛｜煮鶴焚琴｜生米煮成熟飯。

8 **焚** [fén ㄈㄣˊ [粵] fɐn4 墳] 燒 ◆ 焚燒｜焚香沐浴｜焚膏繼晷｜玉石俱焚｜玩火自焚。

8 **焯** 〈一〉[zhuō ㄓㄨㄛ [粵] dzœk8 雀]

❶明顯；明白。❷燒灼。

〈二〉[chāo ㄔㄠ [粵] tsœk⁸ 卓]

把蔬菜放在開水裏略微一煮就取出 ◆ 焯菠菜。

8 **焜** [kūn ㄎㄨㄣ [粵] wɐn⁶ 混]
明亮。

8 **無**(无) 〈一〉[wú ㄨˊ [粵] mou⁴ 毛]

❶沒有；與"有"相對 ◆ 無中生有|無稽之談|無風不起浪|清龔自珍《己亥雜詩》："落花不是無情物，化作春泥更護花。"❷不 ◆ 無論如何|無需關照|無記名投票。❸不論 ◆ 事無巨細，一律親自處理。

〈二〉[mó ㄇㄛˊ [粵] mɔ⁴ 磨]

南無，佛教用語。教徒合掌稽首稱"南無"，表示對佛的尊敬、皈依、信從等。

8 **焦** [jiāo ㄐㄧㄠ [粵] dziu¹ 招]
❶物體經火燒烤或油炸後失去水分，變得發黑、發黃、發硬、發脆 ◆ 燒焦|一片焦土|焦頭爛額|花生米炸焦了。❷焦炭 ◆ 煤焦|煉焦。❸着急；煩躁 ◆ 焦急萬分|焦躁不安|等得心焦。❹姓。

8 **焮** [xìn ㄒㄧㄣˋ [粵] jɐn³ 印]
燃燒，燒炙。

8 **焰**([異]燄) [yàn ㄧㄢˋ [粵] jim⁶ 驗]

❶火苗 ◆ 火焰。❷形容旺盛的氣勢 ◆ 氣焰囂張|敵人的兇焰。

8 **然** [rán ㄖㄢˊ [粵] jin⁴ 言]
❶是；對 ◆ 不以為然|大謬不然。❷如此；這樣；那樣 ◆ 想當然|理所當然|知其然而不知其所以然。❸連詞。表示轉折 ◆ 然而|雖屢遭挫折，然並不灰心喪氣。❹詞綴。放在動詞、形容詞、副詞等後面，表示性質或狀態。意思是"……的樣子" ◆ 突然|春意盎然|煥然一新|肅然起敬|昭然若揭|處之泰然。

8 **焠** [cuì ㄘㄨㄟˋ [粵] tsœy³ 翠]
❶同"淬"，見373頁右欄。❷燒；灼。

8 **焙** [bèi ㄅㄟˋ [粵] bui⁶ 貝⁶]
微火烘烤 ◆ 焙茶|焙乾|放火上焙一焙。

8 **焱** [yàn ㄧㄢˋ [粵] jim⁶ 驗]
火花。

9 **煤** [méi ㄇㄟˊ [粵] mui⁴ 梅]
❶古代植物體長期埋在地下變成的黑色固體礦物，可用作燃料和化工原料 ◆ 煤炭|煤氣|無煙煤。❷煙塵 ◆ 煤炱。

9 **煠** 同"炸〈二〉"，見400頁左欄。

⁹**煳** [hú ㄏㄨˊ ㊖wu⁴ 胡]
食品燒焦發黑 ◆ 飯煳了│菜燒煳了。

⁹**煙**(㊟烟) [yān ㄧㄢ ㊖jin¹ 胭]
❶物質燃燒時放出的渾濁氣體 ◆ 濃煙滾滾│煙熏火燎│炊煙裊裊│硝煙瀰漫。❷像煙一樣的東西；雲霧 ◆ 煙消雲散│過眼雲煙│灕江煙雨。❸由於煙的刺激使眼睛流淚或睜不開 ◆ 煙了眼睛了。❹煙草，也寫作"菸" ◆ 香煙│烤煙│禁止吸煙。❺特指鴉片 ◆ 煙土。

⁹**煉**(炼) [liàn ㄌㄧㄢˋ ㊖lin⁶ 練]
❶用加熱等辦法除掉雜質，提取有用成分，增加純度或使堅韌 ◆ 煉鋼│煉油│冶煉│精煉而成│多次提煉。❷燒 ◆ 真金不怕火煉。❸反覆推敲；用心琢磨 ◆ 煉字│煉句│千錘百煉。

⁹**煩**(烦) [fán ㄈㄢˊ ㊖fan⁴ 凡]
❶多而雜亂 ◆ 煩雜│煩瑣│要言不煩│不勝其煩│不厭其煩。❷苦悶；不愉快 ◆ 煩悶│煩惱│煩躁不安│心煩意亂。❸因麻煩而沈不住氣；討厭 ◆ 厭煩│膩煩│不耐煩。❹麻煩人 ◆ 煩死人了│你別煩我了。❺有勞他人的敬辭 ◆ 煩勞諸位│煩交李先生│今有一事相煩。

⁹**煖** 同"暖"，見294頁右欄。

⁹**煬**(炀) [yáng ㄧㄤˊ ㊖jœŋ⁴ 羊]
❶熔化金屬。❷火很旺。

⁹**煛** [jiǒng ㄐㄩㄥˇ ㊖gwiŋ² 炯]
日光。

⁹**煴** 〈一〉[yūn ㄩㄣ ㊖wen¹ 溫]
沒有火苗的火；微火。
〈二〉同"熨"，見408頁左欄。

⁹**煦** [xù ㄒㄩˋ ㊖hœy² 許/hœy³ 去]
溫暖 ◆ 春風和煦，陽光明媚。

⁹**煜** [yù ㄩˋ ㊖juk⁷ 郁/jɐp⁹ 入]
照耀。

⁹**照** [zhào ㄓㄠˋ ㊖dziu³ 詔]
❶光線射在物體上 ◆ 照射│陽光普照大地│落日照大旗，馬鳴風蕭蕭│宋王安石《泊船瓜洲》詩："春風又綠江南岸，明月何時照我還？"❷日光 ◆ 夕照│殘照。❸利用光線反射原理，使人或物的形象反映出來 ◆ 照見│照鏡子。❹攝影；拍攝 ◆ 照相│拍照│這張相片是大學畢業時照的。❺相片 ◆ 近照│小照│玉照│劇照。❻憑證；證件 ◆ 執照│護照│汽車牌照。❼根據 ◆ 按照│依照│遵照│照你的意

思辨。❽對比審視 ◆ 對照|比照|
參照。❾關心；想到 ◆ 照顧|照料
|照應|請多關照。❿明白；知道
◆ 心照不宣。⓫告知；通知 ◆ 照
會|知照。⓬對着；向着 ◆ 打個照
面|照着那幢高樓走。

⁹ **煨**［wēi ㄨㄟ ⑧ wui¹ 偎］
❶一種烹調方法，用文火慢
慢煮熟 ◆ 煨牛肉。❷把生的食物
放在帶火的灰裏燒熟 ◆ 煨白薯。

⁹ **煅**［duàn ㄉㄨㄢˋ ⑧ dyn³ 斷］
❶燒製 ◆ 煅石膏。❷同
"鍛"，見750頁左欄。

⁹ **煲**［bāo ㄅㄠ ⑧ bou¹ 褒］
❶像沙鍋一類的餐具，肚大
口敞 ◆ 瓦煲|沙煲。❷用煲煮或熬
◆ 煲飯|煲粥。

⁹ **煌**［huáng ㄏㄨㄤˊ ⑧ woŋ⁴ 黃］
明亮 ◆ 燈火輝煌。

⁹ **煥**［huàn ㄏㄨㄢˋ ⑧ wun⁶ 換］
鮮明；光亮 ◆ 煥然一新|容
光煥發。

⁹ **煞**〈一〉［shā ㄕㄚ ⑧ sat⁸ 殺］
❶結束；結尾 ◆ 煞筆|煞
尾。❷收緊；勒緊 ◆ 煞車|用力煞
一煞腰帶。❸消除 ◆ 煞暑氣|拿
孩子來煞氣。❹用在動詞後，表示
程度深 ◆ 笑煞|恨煞|氣煞人。

〈二〉［shà ㄕㄚˋ ⑧同〈一〉］
❶兇惡的神 ◆ 兇神惡煞。❷很；
極 ◆ 臉色煞白|煞費苦心|煞有其
事。

⁹ **煎**〈一〉［jiān ㄐㄧㄢ ⑧ dzin¹ 箋］
❶一種烹調方法。把食品放
在油鍋裏烤，使表面變黃變熟 ◆ 煎
雞蛋|煎餃子。❷煮；熬 ◆ 煎藥|
煎茶。❸比喻逼迫、折磨 ◆ 受盡
煎熬|三國魏曹植《七步詩》："本
是同根生，相煎何太急。"
〈二〉［jiān ㄐㄧㄢ ⑧ dzin³ 箭］
量詞。中藥煮一次叫一煎 ◆ 頭煎|
二煎。

⁹ **煢**(煢⑧煢)［qióng ㄑㄩㄥˊ ⑧
kiŋ⁴ 瓊］
❶孤單；孤獨無依靠 ◆ 煢獨|煢煢
獨立，形影相弔。❷骰子。

⁹ **煊**［xuān ㄒㄩㄢ ⑧ hyn¹ 圈］
❶太陽温暖 ◆ 寒煊。❷煊
赫，名聲很大，聲勢很盛。

⁹ **輝**
同"輝"，見700頁右欄。

⁹ **煸**［biān ㄅㄧㄢ ⑧ bin¹ 邊］
把食物放在鍋裏烤乾或煎至
半熟。

⁹ **煒**(炜)［wěi ㄨㄟˇ ⑧ wei⁵ 偉］
鮮明光亮的樣子。

9 **煣** [róu ㄖㄡˊ [粵] jɐu⁵ 友] ❶用火烘烤木材使彎曲或伸直。❷使屈服。

10 **熙** ([異]熈 凞) [xī ㄒㄧ [粵] hei¹ 希] ❶光明。❷興盛。❸熙熙，安樂的樣子。❹熙熙攘攘，形容人來人往，非常熱鬧。

10 **熏** 〈一〉[xūn ㄒㄩㄣ [粵] fɐn¹ 芬] ❶用火煙烤炙(食品) ◆ 熏魚｜熏雞。❷和暖 ◆ 熏風｜熏沐春風。❸同"薰"。氣味擴散，接觸物體，使沾染上這種氣味。❹由於長期接觸而受到影響 ◆ 熏陶｜利慾熏心。

〈二〉[xùn ㄒㄩㄣˋ [粵] 同〈一〉] ❶方言。(煤氣)使人窒息中毒 ◆ 爐子安上煙囱，就不至於熏着了。❷指名聲惡劣，盡人皆知。

10 **熄** [xī ㄒㄧ [粵] sik⁷ 式] 停止燃燒；滅(燈火) ◆ 熄滅｜熄火｜熄燈。

10 **熗** (炝) [qiàng ㄑㄧㄤˋ [粵] tsœŋ³ 唱] ❶一種烹調方法。將菜肴放在沸水中略煮，取出後拌作料 ◆ 熗蛤蜊｜熗芹菜。❷一種烹調方法。先把肉菜等用熱油略炒，再加作料和水煮 ◆ 熗鍋肉絲麪。❸同"嗆〈二〉"，見106頁左欄。

10 **熘** [liū ㄌㄧㄡ [粵] lɐu⁶ 漏] 一種烹調方法。把食物拌上澱粉汁後炒熟，或在起鍋前勾芡，使菜肴嫩、脆 ◆ 熘肝尖｜熘肥腸｜醋熘白菜。

10 **熇** [hè ㄏㄜˋ [粵] hɔk⁹ 酷/hiu¹ 囂] 熾熱。

10 **熒** (荧) [yíng ㄧㄥˊ [粵] jiŋ⁴ 營] ❶微弱的光亮 ◆ 熒燭｜一燭熒然｜熒熒之火。❷使人目眩、迷亂 ◆ 熒惑。

10 **熔** ([異]鎔) [róng ㄖㄨㄥˊ [粵] juŋ⁴ 容] ❶加溫使固體金屬液化 ◆ 熔化｜熔解｜熔點。❷熔鑄。

10 **煽** [shān ㄕㄢ [粵] sin³ 扇] ❶搖動扇子等生風。❷鼓動他人做不好的事情 ◆ 煽動｜煽惑｜煽風點火。

10 **煺** ([異]燵) [tuì ㄊㄨㄟˋ [粵] tœy³ 退] 已宰殺的豬、雞等用沸水燙後去毛。

10 **熊** [xióng ㄒㄩㄥˊ [粵] huŋ⁴ 紅] ❶獸名。哺乳動物。頭大尾短，四肢短而粗壯，腳掌大，能攀緣。冬多穴居，始春而出 ◆ 狗熊｜

大熊貓|虎
背熊腰。❷
熊熊，形容
火勢很猛◆
熊熊烈火。
❸姓。

¹¹ **熝** 同"煡"，見406頁右欄。

¹¹ **熱**(热) [rè ㄖㄜˋ ⑧ jit⁹ 移
列切]

❶溫度高；與"冷"相對 ◆ 熱水|炎
熱|水深火熱|趁熱打鐵|急得像熱
鍋上的螞蟻。❷使變熱 ◆ 把飯菜
熱一熱。❸因病而引起的高體溫 ◆
寒熱|發熱|退熱。❹情緒高；情意
深 ◆ 熱心|熱烈|熱情洋溢|熱火
朝天|親親熱熱。❺形容非常羨慕
或迫切想得到 ◆ 熱中|眼熱。❻受
人歡迎的；引人關注的 ◆ 熱銷產
品|熱門話題。❼新的潮流 ◆ 讀書
熱|學電腦熱。❽物理學名詞。物
體內分子不規則運動產生的一種
能。熱量有時亦省稱熱。❾姓。

¹¹ **熬** 〈一〉[áo ㄠˊ ⑧ ŋou⁴ 邀]

❶小火久煮 ◆ 熬粥|熬藥|
熬膠。❷久煮以去掉水分或雜質 ◆
熬鹽|熬油。❸勉強忍耐；忍受 ◆
苦熬|日子難熬|熬過這一關。

〈二〉[āo ㄠ ⑧ 同〈一〉]
一種烹調方法，把蔬菜等放在水裏
煮 ◆ 熬白菜|熬豆腐。

¹¹ **熯** [hàn ㄏㄢˋ ⑧ hɔn³ 漢/hɔn²
罕]

❶烘乾；烘烤。❷方言。用極少的
油煎。

¹¹ **熛** [biāo ㄅㄧㄠ ⑧ biu¹ 標]
火焰。

¹¹ **熳** [màn ㄇㄢˋ ⑧ man⁶ 慢]
爛熳，同"爛漫"。見"爛"，
411頁右欄。

¹¹ **熲** [jiǒng ㄐㄩㄥˇ ⑧ gwiŋ² 炯]
火光。

¹¹ **熟** [shú ㄕㄨˊ/shóu ㄕㄡˊ ⑧
suk⁹ 淑]

❶食物經過加熱到可以食用的程
度。與"生"相對 ◆ 熟食|燒熟|生
米煮成熟飯。❷植物的果實、種子
到完全長成的程度 ◆ 桃子熟了|瓜
熟蒂落|一年三熟。❸煉製過的 ◆
熟鐵|熟牛皮|熟石灰。❹因常見或
慣用而知道得很清楚 ◆ 熟人|熟悉
|耳熟能詳|熟門熟路|駕輕就熟。
❺因常做、常練而有經驗 ◆ 熟練
|熟能生巧|手法純熟|技術嫻熟。
❻常見；習慣 ◆ 熟視無睹。❼程
度深；仔細 ◆ 熟睡|深思熟慮。

¹¹ **熵** [shāng ㄕㄤ ⑧ sœŋ¹ 商]

❶熱力學體系中，不能利用
來作功的熱能可以用熱能的變化量
除以溫度所得的商來表示。這個商

叫做“熵”。❷科學技術上泛指某些物質系統狀態的一種量度或者某些物質系統狀態可能出現的程度。

11 **熨** 〈一〉[yùn ㄩㄣˋ [粵] tɔŋ^{3} 燙]
用烙鐵或熨斗燙平衣物 ◆ 把衣服熨一熨。
〈二〉[yù ㄩˋ [粵] wɐt^{7} 屈]
熨貼。❶妥當；貼切。❷心情舒暢平靜。❸方言。(事情)完全辦妥。

11 **熠** [yì ㄧˋ [粵] jɐp^{9} 入]
鮮明；光亮 ◆ 光彩熠熠。

11 **燑** [tēng ㄊㄥ [粵] tuŋ^{1} 通]
把涼了的食物蒸或烤熱 ◆ 把饅頭燑一燑。

12 **燒**(烧) [shāo ㄕㄠ [粵] siu^{1}消]
❶起火；着火 ◆ 燃燒｜火燒眉毛｜燒燬房屋｜唐白居易《賦得古原草送別》詩：“野火燒不盡，春風吹又生。”❷用火煮熟食物或使某些物體質地發生變化 ◆ 燒飯｜燒水｜燒磚｜燒炭。❸一種烹調方法，食物先用油炸，再加作料煮熟 ◆ 乾燒茄子｜紅燒魚塊。❹烤 ◆ 燒餅｜燒雞｜叉燒。❺體溫升高 ◆ 病人燒得利害。❻比正常體溫高的體溫 ◆ 發燒｜退燒｜高燒不退。❼施肥過多使植物枯萎或死亡。

12 **燁**(烨[異]爗) [yè ㄧㄝˋ [粵] jip^{9} 頁]
明亮；燦爛 ◆ 火光燁燁｜燁然飛濺的浪花。

12 **熹** [xī ㄒㄧ [粵] hei^{1} 希]
天亮；明亮 ◆ 晨光熹微。

12 **燨** 同“熹”，見408頁右欄。

12 **燕** 〈一〉[yàn ㄧㄢˋ [粵] jin^{3} 宴]
❶鳥名，即燕子。背黑腹白，尾巴像剪刀。候鳥 ◆ 勞燕分飛｜燕雀安知鴻鵠之志｜唐劉禹錫《烏衣巷》詩：“舊時王謝堂前燕，飛入尋常百姓家。”❷古同“宴”，見168頁右欄。

〈二〉[yān ㄧㄢ [粵] jin^{1} 煙]
❶周代諸侯國名，戰國七雄之一，在今河北北部和遼寧南部。燕京，今北京。❷指河北北部。❸姓。

12 **燂** [tán ㄊㄢˊ [粵] tam^{4} 潭]
燒熱；熱。

12 **燎** 〈一〉[liáo ㄌㄧㄠˊ [粵] liu^{5} 瞭/liu^{6} 料]
❶延燒；燒 ◆ 燎原烈火｜星星之火，可以燎原。❷燙 ◆ 燎泡。❸火炬。
〈二〉[liǎo ㄌㄧㄠˇ [粵] 同〈一〉]
❶烘烤 ◆ 煙熏火燎｜太陽像一盆

炭火燎着行人的脊背。❷被火燒焦 ◆ 燎眉|鬍子給燎了。
〈三〉[liào ㄌㄧㄠˋ 粵 liu⁶ 料] 照明。

燔 ¹² [fán ㄈㄢˊ 粵 fan⁴ 凡]
❶燒；焚燒 ◆ 燔燒。❷烤；炙。

燃 ¹² [rán ㄖㄢˊ 粵 jin⁴ 言]
❶燒 ◆ 燃燒|燃料|燃眉之急|死灰復燃。❷引火點着；使燃燒 ◆ 點燃|燃燈|燃放爆竹。

燉 ¹² [dùn ㄉㄨㄣˋ 粵 dɐn⁶ 盾⁶]
❶用文火久煮使熟爛 ◆ 燉老母雞。❷隔水加溫使熱 ◆ 燉酒。

熾(炽) ¹² [chì ㄔˋ 粵 tsi³ 次]
❶火勢旺盛 ◆ 熾烈|白熾。❷熱烈旺盛 ◆ 熾盛|感情熾熱。

燐 ¹² 同"磷"，見479頁左欄。

燊 ¹² [shēn ㄕㄣ 粵 sɐn¹ 申]
熾盛。

燚 ¹² [yì ㄧˋ 粵 jik⁹ 亦]
火焰烈。多作人名用字。

燙(烫) ¹² [tàng ㄊㄤˋ 粵 tɔŋ³ 趟]
❶溫度極高 ◆ 水太燙|這孩子小手滾燙，看來燒的很厲害。❷接觸極熱的東西使感覺疼痛；被極熱的東西灼傷 ◆ 小心燙嘴|燙傷了腿。❸利用溫度使變熱或變形 ◆ 燙酒|燙衣服|燙頭髮。❹指燙髮 ◆ 電燙|化燙。

燜(焖) ¹² [mèn ㄇㄣˋ 粵 mun⁶ 悶/mɛn¹ 蚊]
蓋緊鍋蓋，用文火慢慢把食物燉熟 ◆ 燜飯|紅燜肉|油燜筍。

燈(灯) ¹² [dēng ㄉㄥ 粵 dɐŋ¹ 登]
發光照明的器具 ◆ 油燈|電燈|燈塔|張燈結綵|燈火通明|只許州官放火，不許百姓點燈。

燏 ¹² [yù ㄩˋ 粵 jyt⁸ 月]
火光。

燦(灿) ¹³ [càn ㄘㄢˋ 粵 tsan³ 粲]
光彩耀眼 ◆ 燦然|光輝燦爛|金燦燦的陽光|黃燦燦的稻穀。

燥 ¹³ [zào ㄗㄠˋ 粵 tsou³ 醋]
乾；缺少水分 ◆ 乾燥|口乾舌燥。

燭(烛) ¹³ [zhú ㄓㄨˊ 粵 dzuk⁷ 竹]
❶用蠟或其他油脂製成的供照明用的東西 ◆ 蠟燭|香燭|小心火燭|洞

房花燭。❷照亮；照見 ◆ 火光燭天｜燭察其情｜洞燭其奸。❸古代指火炬 ◆ 秉燭夜遊。❹俗稱電燈的功率單位，即瓦。❺姓。

¹³
燬 [huǐ ㄏㄨㄟˇ ⑧ wei² 委]
❶燒掉 ◆ 焚燬｜燒燬｜銷燬。❷烈火。

¹³
燠 〈一〉[yù ㄩˋ ⑧ juk⁷ 郁]
温暖；熱 ◆ 燠暑｜燠熱｜寒燠失時。
〈二〉[yù ㄩˋ ⑧ jɐu¹ 丘]
燠咻，撫慰。

¹³
燴 (烩) [huì ㄏㄨㄟˋ ⑧ wui⁶ 匯]
一種烹調方法。菜炒熟後加水勾芡，或把飯菜混在一起煮 ◆ 燴餅｜燴豆腐｜什錦雜燴。

¹³
燮 (⑧燮) [xiè ㄒㄧㄝˋ ⑧ sip⁸ 攝]
❶調和；協調 ◆ 燮理｜燮和。❷姓。

¹³
燧 [suì ㄙㄨㄟˋ ⑧ sœy⁶ 睡]
❶古代取火的器具 ◆ 鑽燧取火。❷古代邊境報警的烽火 ◆ 烽燧。

¹³
營 (营) [yíng ㄧㄥˊ ⑧ jiŋ⁴ 形]
❶軍隊駐紮的地方 ◆ 軍營｜營房｜

安營紮寨｜步步為營。❷在野外搭起帳篷住宿 ◆ 野營｜夏令營｜營火會。❸軍隊編制單位，隸屬於團，統轄若干連隊 ◆ 營長｜營部。❹謀求 ◆ 營救｜營生｜鑽營｜營私舞弊｜結黨營私。❺建造 ◆ 營造｜營辦｜營建。❻籌劃辦理；管理 ◆ 營運｜營業｜苦心經營｜國營企業。❼姓。

¹⁴
燾 (焘) 〈一〉[dào ㄉㄠˋ ⑧ dou⁶ 道/tou⁴ 逃]
覆蓋。
〈二〉[tāo ㄊㄠ ⑧ tou⁴ 逃]
人名用字。

¹⁴
燹 [xiǎn ㄒㄧㄢˇ ⑧ sin² 洗]
野火。特指戰火 ◆ 兵燹｜烽燹。

¹⁴
燻 同“熏〈一〉❶❸”，見406頁左欄。

¹⁴
燼 (烬) [jìn ㄐㄧㄣˋ ⑧ dzœn⁶ 盡]
火燒過後剩下的東西 ◆ 餘燼｜化為灰燼。

¹⁴
燿 同“耀”，見544頁右欄。

¹⁵
爇 [ruò ㄖㄨㄛˋ ⑧ jyt⁸ 月]
燃燒；點燃 ◆ 爇燭。

15 **爆** [bào ㄅㄠˋ [粵] bau3 包3] ❶猛然破裂；炸裂 ◆ 爆炸｜爆破｜爆裂｜引爆。❷突然；突然出現 ◆ 爆發戰爭｜大爆冷門。❸一種烹調方法，用熱油猛火快炒 ◆ 爆羊肉。

15 **爊**（[異]爈） [āo ㄠ [粵] ou1 澳1] 用微火煨熟。

15 **爍**（烁） [shuò ㄕㄨㄛˋ [粵] sœk8 削] 光亮的樣子 ◆ 燈光閃爍｜繁星爍爍。

16 **爐**（炉） [lú ㄌㄨˊ [粵] lou4 勞] 裝燃料燒火的器具或設備 ◆ 爐子｜煉鋼爐｜圍爐閒話｜爐火純青｜掛爐烤鴨。

17 **爚** [yuè ㄩㄝˋ [粵] jœk9 若] 火光。

17 **爝** [jué ㄐㄩㄝˊ [粵] dzœk8 雀/dziu3 照/dzœk9 嚼] 火炬；火把。

17 **爛**（烂） [làn ㄌㄢˋ [粵] lan6 蘭6] ❶食物燒得過分熟軟；某些固體物質因水分過多變得稀軟 ◆ 爛飯｜牛肉燜得太爛｜醉得如一團爛泥。❷物體腐敗、破碎 ◆ 腐爛｜霉爛｜破爛｜一筐爛梨｜廢銅爛鐵｜海枯石爛不變心。❸很；十分 ◆ 喝得爛醉｜書背得滾瓜爛熟。❹光彩耀眼；有光芒 ◆ 光輝燦爛｜絢爛多彩。❺散亂；沒有頭緒 ◆ 一本爛賬｜留下一個爛攤子。❻爛漫。(1) 光彩分佈的樣子 ◆ 山花爛漫。(2) 坦率純真 ◆ 天真爛漫。

25 **爨** [cuàn ㄘㄨㄢˋ [粵] tsyn3 寸] ❶生火做飯；炊 ◆ 分爨｜分居異爨｜爨桂炊玉。❷灶。❸姓。

爪部

0 **爪** 〈一〉[zhǎo ㄓㄠˇ [粵] dzau2 找] ❶指甲或趾甲 ◆ 趾端有爪｜一鱗半爪。❷鳥獸的腳 ◆ 前爪｜鷹爪｜張牙舞爪。

〈二〉[zhuǎ ㄓㄨㄚˇ [粵] 同〈一〉] ❶鳥獸的腳 ◆ 雞爪子｜貓爪兒。❷借指某些器物的腳 ◆ 三爪鍋。

4 **爭** [zhēng ㄓㄥ [粵] dzɐŋ1 僧] ❶努力求取 ◆ 爭取｜爭奪｜競爭｜分秒必爭｜爭先恐後｜小雞爭食。❷較量；鬥 ◆ 鬥爭｜戰爭｜鷸蚌相爭，漁翁得利。❸吵鬧；辯論 ◆ 爭執｜爭論｜爭吵｜據理力爭｜爭得面紅耳赤。❹怎麼 ◆ 爭奈｜不是一番徹骨寒，爭得梅花撲鼻香。❺方言。差 ◆ 爭些錯過機會｜數目還爭多少？

4 **爬** [pá ㄆㄚˊ ⑧pa⁴ 扒]
❶四肢着地向前移動 ◆ 爬行動物｜孩子八個月就會爬了。❷抓住東西往上攀登 ◆ 爬竿｜爬樹｜爬山。

5 **爰** [yuán ㄩㄢˊ ⑧jyn⁴ 元/wun⁴ 垣]
❶於是 ◆ 爰定我居。❷何處；哪裏 ◆ 爰有寒泉？

13 **爵** [jué ㄐㄩㄝˊ ⑧dzœk⁸ 雀]
❶古代的一種飲酒器，有三條腿。❷君主時代或君主國家所封的貴族等級 ◆ 爵祿｜官爵｜爵位｜封爵｜公爵。

父 部

0 **父** 〈一〉[fù ㄈㄨˋ ⑧fu⁶ 付]
❶父親；爸爸 ◆ 父子情｜認賊作父｜養不教，父之過｜可憐天下父母心。❷家族或親戚中男性長輩的通稱 ◆ 祖父｜叔父｜岳父｜舅父。
〈二〉[fǔ ㄈㄨˇ ⑧fu² 苦]
❶老年人 ◆ 漁父｜田父。❷古同"甫"，古代加在男子名字下面的美稱。

4 **爸** [bà ㄅㄚˋ ⑧ba¹ 巴]
爸爸，即父親。

6 **爹** [diē ㄉㄧㄝ ⑧dɛ¹ 嗲¹]
❶父親 ◆ 爹娘。❷對老年男人的敬稱 ◆ 老爹。

9 **爺**(爷) [yé ㄧㄝˊ ⑧jɛ⁴ 耶]
❶父親 ◆ 爺娘｜《木蘭辭》："軍書十二卷，卷卷有爺名。"❷祖父 ◆ 爺爺。❸對長輩或年長男子的尊稱 ◆ 五爺｜姥爺｜大爺。❹對神靈的稱呼 ◆ 財爺｜閻王爺。❺對官僚、財主等的稱呼 ◆ 老爺｜王爺。❻對從事某種職業的男子的稱呼 ◆ 倒爺｜板兒爺。

爻 部

0 **爻** [yáo ㄧㄠˊ ⑧ŋau⁴ 淆]
《周易》中組成八卦的符號，如"—"是陽爻，"--"是陰爻。

7 **爽** [shuǎng ㄕㄨㄤˇ ⑧sɔŋ² 嗓]
❶明亮；清朗 ◆ 神清目爽｜秋高氣爽｜天空爽朗。❷直率；痛快 ◆ 豪爽｜爽直｜爽快｜人逢喜事精神爽。❸舒服 ◆ 身體不爽。❹違背；差錯 ◆ 爽約｜屢試不爽｜毫釐不爽。

10 **爾**(尔) [ěr ㄦˇ ⑧ji⁵ 耳]
❶你 ◆ 爾虞我詐｜出爾反爾｜唐杜甫《戲為六絕句》詩："爾曹身與名俱滅，不廢江河萬

古流。"❷這；那 ◆ 爾時|爾夜。❸如此；這樣 ◆ 果爾|不過爾爾|何其相似乃爾。❹形容詞或副詞後綴 ◆ 率爾而對|莞爾而笑|偶爾相見。❺語氣詞。用於句末，相當於"而已"、"罷了" ◆ 如反手爾。❻荷爾蒙，英文hormone的音譯。即激素。

爿 部

0 **爿** 〈一〉[pán ㄆㄢˊ ⑧tsœŋ⁴ 祥]
方言。劈成片的竹木等 ◆ 竹爿|柴爿。
〈二〉[pán ㄆㄢˊ ⑧ban⁶ 辦]
量詞。商店、工廠等一家叫一爿 ◆ 一爿商店|一爿工廠。

4 **牀** (⑧床) [chuáng ㄔㄨㄤˊ ⑧tsɛŋ⁴ 藏]
❶供人睡覺的傢具 ◆ 牀鋪|牀單|牀位|鐵牀|雙人牀。❷像牀的器具 ◆ 刨牀|車牀|鑽牀。❸物體的底部 ◆ 河牀|苗牀。❹量詞。用於被褥等 ◆ 一牀被。

5 **牁** [kē ㄎㄜ ⑧gɔ¹ 哥]
牂牁。見"牂"，413頁左欄。

6 **牂** [zāng ㄗㄤ ⑧dzɔŋ¹ 莊]
❶母羊。❷牂牁，船隻停泊時用以繫纜繩的木樁。

13 **牆** (墙⑧墻) [qiáng ㄑㄧㄤˊ ⑧tsœŋ⁴ 詳]
用磚石等砌成的外圍隔離物或屏障 ◆ 城牆|圍牆|隔牆有耳|禍起蕭牆|牆倒眾人推｜宋葉紹翁《遊園不值》詩："春色滿園關不住，一枝紅杏出牆來。"

片 部

0 **片** 〈一〉[piàn ㄆㄧㄢˋ ⑧pin³ 騙]
❶薄而扁平的東西 ◆ 刀片|圖片|肉片|片甲不存|雪片似地飛來。❷少；短；零星；不全的 ◆ 片刻|片言隻語|片紙隻字|片面之詞。❸量詞。(1)用於成片的東西 ◆ 一片樹葉|兩片兒藥。(2)用於地面、水面的範圍 ◆ 一片汪洋|一片沼澤地。(3)用於景象、聲音、心情等 ◆ 一片歡騰|一片痴情|一片心意|一片豐收景象。❹用刀把東西削成薄片 ◆ 魚片兒|一塊豆腐乾片成十幾片兒。❺特指影片 ◆ 拍片|片約|故事片|卡通片。❻整體中分出的一部分 ◆ 片段|分片包幹。❼姓。
〈二〉[piān ㄆㄧㄢ ⑧pin² 偏²]
用於"唱片兒"、"畫片兒"、"片子"等詞。

4 **版** [bǎn ㄅㄢˇ ⑧ban² 板]
❶上面有文字或圖形的供印

刷用的底板 ◆ 拼版|銅版|照相製版|電子排版。❷書籍排印一次為一版 ◆ 第一版|再版書。❸報紙的一面叫一版 ◆ 頭版頭條新聞|第八版大部分是廣告。❹築牆的夾板 ◆ 版築。❺版圖，原指戶籍和地圖，今泛指國家的疆域 ◆ 版圖遼闊。

5 牉 [pàn ㄆㄢˋ ⑧ pun³ 判]
半分；一物中分為二。

8 牋 同"箋"，見503頁左欄。

8 牌 [pái ㄆㄞˊ ⑧ pai⁴ 排]
❶用木板或其他材料做的標誌 ◆ 門牌|招牌|金牌|標牌|揭牌典禮。❷企業單位為自己的產品起的專用名稱 ◆ 名牌|鱷魚牌|冒牌貨|回力牌輪胎。❸以牙、骨、紙等製成的娛樂或賭博用具 ◆ 紙牌|打牌|撲克牌|麻將牌。❹題有神主、靈位的木牌 ◆ 牌位|靈牌。❺古代用來護身的器物 ◆ 盾牌|藤牌|擋箭牌。❻詞曲的調子 ◆ 曲牌|詞牌。

9 牒 [dié ㄉㄧㄝˊ ⑧ dip⁹ 蝶]
❶文書；信札 ◆ 通牒。❷證件 ◆ 度牒。

9 牗 同"閘"，見762頁右欄。

10 牓 同"榜"，見329頁左欄。

11 牖 [yǒu ㄧㄡˇ ⑧ jeu⁵ 友]
窗戶。

15 牘 (牍) [dú ㄉㄨˊ ⑧ duk⁹ 毒]
❶古代寫字用的木簡 ◆ 簡牘。❷文書；信札 ◆ 案牘|文牘|尺牘。

牙 部

0 牙 [yá ㄧㄚˊ ⑧ ŋa⁴ 衙]
❶口腔內咀嚼食物用的器官；牙齒 ◆ 門牙|刷牙|張牙舞爪|笑掉大牙|咬牙切齒|青面獠牙|以血還血，以牙還牙。❷特指象牙 ◆ 牙雕。❸形狀像牙齒的東西 ◆ 牙輪|這張紅木靠椅有幾個牙子碰掉了。❹買賣的中間介紹人 ◆ 牙行|牙婆。❺姓。

8 牚 〈一〉[chēng ㄔㄥ ⑧ tsaŋ¹ 撐]
古同"撐"。支撐；抵拒。
〈二〉[chèng ㄔㄥˋ ⑧ tsaŋ³ 撐³]
❶斜柱。❷桌椅等腿中間的橫檔。

牟平，地名，在山東省。

³ 牡 [mǔ ㄇㄨˇ ⑧meu⁵ 某]
雄性的禽獸；與"牝"相對 ◆
牡牛。

³ 牻 (⑧犛) [māng ㄇㄤ ⑧mɔŋ¹
忙]
方言。牻牛，公牛。

³ 牢 [láo ㄌㄠˊ ⑧lou⁴ 勞]
❶關養牲畜的欄圈 ◆ 亡羊
補牢，猶未為晚。❷古代作祭祀用
的牲畜 ◆ 太牢｜少牢。❸監獄 ◆
牢房｜牢獄｜監牢｜坐牢。❹堅固；
經久 ◆ 牢固｜牢靠｜牢不可破｜牢記
不忘。❺姓。

³ 牠 [tā ㄊㄚ ⑧ta¹ 它]
指稱人以外的動物的代詞。

³ 牣 [rèn ㄖㄣˋ ⑧jen⁶ 刃]
充滿 ◆ 充牣。

⁴ 牦 [máo ㄇㄠˊ ⑧mou⁴ 毛]
牦牛，牛的一種。全身有長
毛，黑褐色、棕色或白色，腿短。
是我國青藏高原地區主要的力畜。

⁴ 牧 [mù ㄇㄨˋ ⑧muk⁹ 木]
❶放養牲畜 ◆ 牧場｜放牧｜
牧童｜牧民｜蘇武牧羊｜遊牧民族。
❷統治；治理 ◆ 牧民之術。❸古
代稱州的長官為牧 ◆ 州牧。

牛 部

⁰ 牛 [niú ㄋㄧㄡˊ ⑧ŋeu⁴ 偶⁴]
❶反芻類家畜，有水牛、黃
牛等 ◆ 老牛破車｜對牛彈琴｜做牛
做馬｜九牛一毛｜泥牛入海｜殺雞焉
用牛刀。❷比喻固執、倔強 ◆ 牛
脾氣。❸星名。二十八宿之一。❹
姓。

亞洲水牛

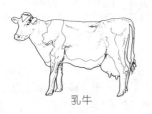

乳牛

² 牝 [pìn ㄆㄧㄣˋ ⑧pɐn⁵ 貧⁵]
雌性的禽獸；與"牡"相對 ◆
牝牛｜牝雞司晨 (母雞報曉)。

² 牟 ⟨一⟩[móu ㄇㄡˊ ⑧meu⁴ 謀]
❶謀取 ◆ 從中牟利｜牟取
暴利。❷姓。
⟨二⟩[mù ㄇㄨˋ ⑧mou⁶ 務/muk⁹ 木]

⁴**物** [wù ㄨˋ ⓿met⁹ 勿]
❶一切有形的東西 ◆ 物品｜物以類聚｜物盡其用｜暴殄天物｜物以稀為貴｜唐王維《相思》詩："紅豆生南國，春來發幾枝？願君多採擷，此物最相思。"❷除自己以外的人或環境 ◆ 物望｜物議｜物我俱忘｜超然物外｜待人接物。❸內容；實質 ◆ 言之有物｜空洞無物。

⁵**牯** [gǔ ㄍㄨˇ ⓿gu² 古]
母牛；閹割過的公牛。也泛指牛 ◆ 牯牛｜大水牯。

⁵**牲** [shēng ㄕㄥ ⓿seŋ¹ 生]
❶家畜 ◆ 牲畜｜牲口。❷古代用作祭品的牛、羊、豬 ◆ 犧牲｜三牲。

⁵**牮** [jiàn ㄐㄧㄢˋ ⓿dzin³ 箭]
❶支撑房屋使不傾斜 ◆ 打牮撥正。❷用土石擋水。也指土石構築的擋水的設施。

⁵**牴**(⓿觝) [dǐ ㄉㄧˇ ⓿dei² 底]
❶牛羊等用角頂；觸 ◆ 這頭牛愛牴人。❷牴觸，同"抵觸"，跟另一方有矛盾。❸牴牾，同"抵牾"，相矛盾。

⁶**特** [tè ㄊㄜˋ ⓿dɐk⁹ 得⁹]
❶不一般；與眾不同 ◆ 特別｜特殊｜特出｜記憶力特強｜獨特的見解。❷專為；着重 ◆ 特地｜特意｜特派員｜特約記者｜特來拜訪。❸指特務，從事刺探情報、顛覆、破壞活動的人 ◆ 敵特｜匪特。❹只；但；僅 ◆ 不特｜非特。

⁶**牷** [quán ㄑㄩㄢˊ ⓿tsyn⁴ 存]
純色的牛。

⁶**牸** [zì ㄗˋ ⓿dzi⁶ 字]
母牛；雌性的動物。

⁷**牾** [wǔ ㄨˇ ⓿ŋ⁶ 悟]
違逆；不順從 ◆ 牾逆｜抵牾。

⁷**牻** [máng ㄇㄤˊ ⓿mɔŋ⁴ 忙]
毛色黑白相間的牛。

⁷**牿** [gù ㄍㄨˋ ⓿guk⁷ 谷]
❶關養牛馬的欄圈。❷綁在牛角上以防牛牴人的橫木。

⁷**犁**(⓿犂) [lí ㄌㄧˊ ⓿lei⁴ 黎]
❶耕地翻土用的農具 ◆ 步犁｜三鏵犁。❷用犁耕地 ◆ 犁田｜犁地。

⁷**牽**(牵) [qiān ㄑㄧㄢ ⓿hin¹ 掀]
❶拉 ◆ 牽引｜牽腸掛肚｜牽一髮動全身｜千里姻緣一線牽。❷關聯；連帶 ◆ 牽連｜牽涉｜牽扯。❸被拖

住；受制約 ◆ 牽累｜牽制｜牽掣。

⁸犄 [jī ㄐㄧ ⑧ gei² 己]
犄角。❶牛羊等的角 ◆ 牛犄角。❷物體兩個邊沿相接的地方；棱角 ◆ 桌子犄角。❸角落 ◆ 牆犄角。

⁸犋 [jù ㄐㄩˋ ⑧ gœy⁶ 巨]
牽引農具的畜力單位，牽引一種農具的畜力叫一犋。

⁸犇 同"奔〈一〉"，見145頁右欄。

⁸犀 [xī ㄒㄧ ⑧ sɐi¹ 西]
❶犀牛，哺乳動物。形狀像牛，鼻子上有一隻或兩隻角，皮堅厚，無毛。犀牛角可入藥或製器物，犀牛皮可製鎧甲等 ◆ 犀甲。❷堅固；鋒利 ◆ 犀利。❸同"樨"，見334頁左欄。

⁸牽 [xiá ㄒㄧㄚˊ ⑧ het⁹ 瞎]
❶車轄。古代為固定車輪而插在車軸兩端的鍵。❷星名。

⁹犎 [fēng ㄈㄥ ⑧ fuŋ¹ 風]
野牛。

⁹犏 [piān ㄆㄧㄢ ⑧ pin¹ 偏]
犏牛，公黃牛與母犛牛雜交所生的牛。

⁹犍 〈一〉[jiān ㄐㄧㄢ ⑧ gin¹ 堅]
閹割過的公牛 ◆ 犍牛｜老犍。
〈二〉[qián ㄑㄧㄢˊ ⑧ kin⁴ 虔]
犍為，地名，在四川省。

¹⁰犒 [kào ㄎㄠˋ ⑧ hou³ 耗]
用酒食財物慰勞 ◆ 犒師｜犒賞｜犒勞三軍。

¹⁰犖 (荦) [luò ㄌㄨㄛˋ ⑧ lɔk⁹ 絡]
❶分明；明顯 ◆ 犖犖大端｜此其犖犖大者。❷卓絕 ◆ 卓犖｜犖犖丈夫志。

¹⁰犗 [jiè ㄐㄧㄝˋ ⑧ gai³ 介]
❶閹割過的牛。❷閹割牛羊等。

¹¹犟 (⑧犟) [jiàng ㄐㄧㄤˋ ⑧ gœŋ⁶ 疆⁶]
固執不馴 ◆ 犟嘴｜脾氣犟｜他從不聽勸告，人稱犟牛。

¹¹犙 同"牦"，見415頁右欄。

¹¹犛 [léi ㄌㄟˊ ⑧ lœy⁴ 雷]
犛牛，即公牛。

15 **犢** (犊) [dú ㄉㄨˊ 粵duk⁹ 讀] 小牛 ◆ 老牛舐犢｜初生牛犢不怕虎。

16 **犨** [chōu ㄔㄡ 粵tseu¹ 抽] ❶牛喘息聲。❷突出；出現。❸姓。

16 **犠** (牺) [xī ㄒ丨 粵hei¹ 希] ❶古代祭祀用的毛色純一的牲畜。❷犠牲。(1)古代祭祀用的牲畜。(2)為了正義的目的獻出自己的生命。泛指為某種目的捨棄權利、利益等 ◆ 壯烈犠牲｜犠牲假日為學生補課。

犬 部

0 **犬** [quǎn ㄑㄩㄢˇ 粵hyn² 勸²] 狗 ◆ 警犬｜犬馬之勞｜犬牙交錯｜喪家之犬｜雞犬不寧｜唐劉長卿《逢雪宿芙蓉山主人》詩：“柴門聞犬吠，風雪夜歸人。”

2 **犰** [qiú ㄑㄧㄡˊ 粵keu⁴ 求] 犰狳，獸名。全身有鱗甲，爪尖利，能掘土，吃昆蟲、白蟻等。產於南美等地。

2 **犯** 〈一〉[fàn ㄈㄢˋ 粵fan⁶ 飯] ❶抵觸；違背 ◆ 犯法｜犯規｜觸犯刑法｜明知故犯｜眾怒難犯。❷侵害 ◆ 侵犯｜秋毫無犯｜井水不犯河水。❸發生；發作 ◆ 犯愁｜犯病｜犯錯誤。
〈二〉[fàn ㄈㄢˋ 粵fan² 反] 犯罪的人 ◆ 罪犯｜囚犯｜戰犯｜主犯｜殺人犯。

3 **犴** 〈一〉[àn ㄢˋ 粵ŋɐn⁶ 岸] ❶北方的一種野狗。❷古代指鄉間牢獄。
〈二〉[hān ㄏㄢ 粵hɔn⁶ 汗] 即駝鹿。

4 **狂** [kuáng ㄎㄨㄤˊ 粵kwɔŋ⁴ 礦⁴] ❶瘋顛；精神失常 ◆ 發狂｜瘋狂｜顛狂｜喪心病狂｜欣喜若狂。❷放蕩不拘；縱情地 ◆ 狂人｜狂放｜輕狂｜狂歡｜狂歌勁舞。❸氣勢猛烈 ◆ 狂風大作｜狂飆突起｜力挽狂瀾。❹過分的自大、自信 ◆ 狂妄之極｜口出狂言。

4 **狄** [dí ㄉㄧˊ 粵dik⁹ 敵] ❶古代稱北方少數民族 ◆ 西夷北狄。❷姓。

4 **狃** [niǔ ㄋㄧㄡˇ 粵neu⁵ 紐] 習以為常而不知變通；拘泥 ◆ 狃於積習｜狃於習俗｜狃於成見。

⁴**狀**(状) [zhuàng ㄓㄨㄤˋ 粵dzɔŋ⁶ 撞]

❶樣子；形態 ◆ 形狀｜狀態｜奇形怪狀｜驚恐萬狀。❷情況；情景 ◆ 狀況｜罪狀｜慘狀｜維持現狀。❸形容；描述 ◆ 不可名狀｜不堪言狀。❹陳述事件、事實經過的文字 ◆ 狀子｜行狀。❺某些文書、文件 ◆ 獎狀｜軍令狀｜委任狀。

⁴**犹** [yǔn ㄩㄣˇ 粵wɐn⁵ 允]
獫犹。見"獫"，423頁右欄。

⁵**狉** [pī ㄆㄧ 粵pei¹ 披]
狉狉，形容野獸成羣走動的樣子 ◆ 鹿豕狉狉。

⁵**狙** [jū ㄐㄩ 粵dzœy¹ 追]
❶獼猴。❷窺伺 ◆ 狙擊。

⁵**狎** [xiá ㄒㄧㄚˊ 粵hap⁹ 峽]
❶親近、親暱而不莊重 ◆ 狎暱｜狎客｜相狎。❷輕侮 ◆ 狎侮。

⁵**狐** [hú ㄏㄨˊ 粵wu⁴ 胡]
❶即狐狸，哺乳動物。體形像狼，尾長，毛赤黃色。皮毛很珍貴，可作裘皮衣服。性狡猾多疑 ◆ 狐疑｜兔死狐悲｜狐假虎威｜狐朋狗黨。❷姓。

⁵**狗** [gǒu ㄍㄡˇ 粵gɐu² 九]
❶家畜之一，哺乳動物。嗅覺、聽覺特別靈敏。種類很多，體態、毛色多有不同。有的用來幫助打獵、牧羊、偵破，有的作為寵物 ◆ 狗仗人勢｜狗急跳牆｜狗尾續貂｜打狗看主人面｜狗嘴裏吐不出象牙。❷比喻幫兇、壞人 ◆ 走狗｜狗腿子。

⁵**狍** 同"麅"，見845頁左欄。

⁵**狖** [yòu ㄧㄡˋ 粵jɐu⁶ 又]
長尾猿。

⁵**狒** [fèi ㄈㄟˋ 粵fɐi⁶ 吠]
狒狒，哺乳動物。身子像猴，面部像狗又像人，毛灰褐色，尾細長，性兇暴，大都產於非洲。

⁶**狨** [róng ㄖㄨㄥˊ 粵juŋ⁴ 容]
金絲猴。

⁶**狘** [yì ㄧˋ 粵jɐi⁶ 曳]
林狘，即猰㺄。

⁶**狡** [jiǎo ㄐㄧㄠˇ 粵gau² 搞]
詭計多端；奸滑 ◆ 狡猾｜狡辯｜狡兔三窟｜狡兔死，走狗烹。

⁶**狩** [shòu ㄕㄡˋ ⑧ seu³ 秀]
冬季打獵；泛指打獵 ◆ 狩獵。

⁶**狋** [lǜ ㄌㄩˋ ⑧ lœt⁹ 律]
愡狋。見"愡"，421頁右欄。

⁶**狠** [hěn ㄏㄣˇ ⑧ hen² 很]
❶兇惡；殘忍 ◆ 兇狠｜狠毒｜心狠手辣｜這人心真狠。❷堅決；下決心 ◆ 下狠心｜狠抓產品質量。❸嚴厲地；重重地 ◆ 狠狠打擊走私活動。❹同"很"，副詞。表示程度深。

⁷**狹**(狭) [xiá ㄒㄧㄚˊ ⑧ hap⁹ 峽/hap⁸ 呷]
窄；不寬闊 ◆ 狹窄｜狹長｜狹路相逢｜心胸狹隘｜氣量狹小。

⁷**狴** [bì ㄅㄧˋ ⑧ bɐi⁶ 幣/bɐi¹ 閉¹]
狴犴，傳說中的走獸。形似虎，古代牢獄門上有此圖案，因此借以指牢獄。

⁷**狟**(狈) [bèi ㄅㄟˋ ⑧ bui³ 貝]
傳說中的一種獸，前腿短，走路時要趴在狼身上，沒有狼它就不能行動 ◆ 狼狽為奸｜狼狽不堪。

⁷**狷** [juàn ㄐㄩㄢˋ ⑧ gyn³ 絹]
❶性情急躁 ◆ 狷急。❷耿直；潔身自好 ◆ 狷士｜狷潔｜狷介之志。

⁷**猁** [lì ㄌㄧˋ ⑧ lei⁶ 利]
猞猁。見"猞"，421頁左欄。

⁷**猄** [yú ㄩˊ ⑧ jy⁴ 余]
犰猄。見"犰"，418頁左欄。

⁷**狺** [yín ㄧㄣˊ ⑧ ŋɐn⁴ 銀]
狺狺，狗叫的聲音 ◆ 猛犬狺狺。

⁷**狼** [láng ㄌㄤˊ ⑧ lɔŋ⁴ 郎]
獸名。哺乳動物。樣子像狗，毛黃色或灰褐色。晝伏夜出，性兇狠而貪婪，會傷害人畜 ◆ 引狼入室｜狼吞虎嚥｜狼狽為奸｜狼子野心｜狼心狗肺。

⁷**狻** [suān ㄙㄨㄢ ⑧ syn¹ 酸]
狻猊，即獅子。

⁸**猜** [cāi ㄘㄞ ⑧ tsai¹ 釵]
❶起疑心 ◆ 猜忌｜猜疑｜兩小無猜。❷揣測；推想 ◆ 猜謎｜猜拳｜猜測｜猜想｜猜不着。

⁸**猗** [yī ㄧ ⑧ ji¹ 衣]
❶語氣詞。用於句末，表示

感慨，相當於"呵"。❷感歎詞。"猗歟"、"猗嗟"連用，放在句首，表示讚歎。

⁸**猋** [biāo ㄅㄧㄠ 粵 biu¹ 標]
❶形容迅速。❷同"飆"。狂風；旋風。❸喻指猛烈的氣勢。

⁸**猇** [xiāo ㄒㄧㄠ 粵 hau¹ 敲]
虎吼聲。

⁸**猖** [chāng ㄔㄤ 粵 tsœŋ¹ 昌]
❶肆意妄為 ◆ 猖狂進攻。❷猖獗，兇猛，放肆 ◆ 走私活動猖獗。

⁸**猘**(粵狾) [zhì ㄓˋ 粵 dzɐi³ 制]
❶（狗）瘋狂。❷瘋狗。比喻狂暴之徒。

⁸**猊** [ní ㄋㄧˊ 粵 ŋei⁴ 危]
狻猊。見"狻"，420頁右欄。

⁸**猞** [shē ㄕㄜ 粵 sɛ³ 舍]
猞猁，獸名。樣子像貓而體大，毛長。皮毛很珍貴。

⁸**猙** [zhēng ㄓㄥ 粵 dzɐŋ¹ 增]
猙獰，兇惡的樣子 ◆ 面目猙獰｜猙獰可畏。

⁸**猲** [hū ㄏㄨ 粵 fɐt⁷ 忽]
猲律，指鱷魚。也作"忽律"。

⁸**猄** [jīng ㄐㄧㄥ 粵 giŋ¹ 京/gɛŋ¹ 鏡¹(語)]
黃猄，鹿類動物。

⁸**猝** [cù ㄘㄨˋ 粵 tsyt⁸ 撮]
突然 ◆ 猝死｜猝不及防。

⁸**猛** [měng ㄇㄥˇ 粵 maŋ⁵ 蜢]
❶兇暴；兇惡 ◆ 兇猛｜猛獸｜猛虎下山｜苛政猛於虎。❷勇敢有力 ◆ 猛士｜勇猛頑強｜一員猛將。❸氣勢盛；劇烈 ◆ 猛烈｜炮火很猛｜突飛猛進｜來勢迅猛｜猛衝猛殺。❹突然；忽然 ◆ 猛醒｜猛然間｜猛回首。

⁹**猢** [hú ㄏㄨˊ 粵 wu⁴ 胡]
猢猻，即猴子 ◆ 樹倒猢猻散。

⁹**猹** [chá ㄔㄚˊ 粵 dza¹ 渣]
獸名，樣子像貛。

⁹**猩** [xīng ㄒㄧㄥ 粵 siŋ¹ 星]
猩猩，哺乳動物。體大於猴，長臂，毛赤褐色。

⁹ **猥** [wěi ㄨㄟˇ 粵 wui² 回²]

❶繁多。❷雜 ◆ 猥雜。❸
卑鄙；庸俗；下流 ◆ 猥鄙｜猥劣｜
猥瑣｜猥褻。

⁹ **猴** [hóu ㄏㄡˊ 粵 heu⁴ 侯]

❶一種形狀似人的哺乳動
物。有尾巴，羣居，行動敏捷。種
類很多，有的已成珍稀動物。通稱
猴子 ◆ 猴王｜耍猴戲｜沐猴而冠｜殺
雞給猴看｜山中無老虎，猴子稱大
王。❷方言。機靈；乖巧 ◆ 這孩
子真猴啊！
❸方言。像
猴子似的蹲
着 ◆ 他猴
在台階上抽
煙。

⁹ **猷** [yóu ㄧㄡˊ 粵 jeu⁴ 由]

計劃；謀略 ◆ 鴻猷｜嘉猷。

⁹ **猶** (犹) [yóu ㄧㄡˊ 粵 jeu⁴ 由]

❶如同；好像 ◆ 猶
如｜過猶不及｜雖死猶生。❷副
詞。還；尚且 ◆ 言猶在耳｜記憶猶
新｜困獸猶鬥。❸猶豫，遲疑不
決；拿不定主意 ◆ 猶豫不決。

⁹ **猸** [méi ㄇㄟˊ 粵 mei⁴ 眉]

猸子，獴的通稱。

⁹ **猱** [náo ㄋㄠˊ 粵 nou⁴ 奴]

一種猴子。

¹⁰ **獉** [zhēn ㄓㄣ 粵 dzœn¹ 津]

獉狉，草木叢雜，野獸出
沒。指文化未開的原始景象。

¹⁰ **獁** (犸) [mǎ ㄇㄚˇ 粵 ma⁵ 馬]

猛獁，古代的一種哺
乳動物。形體大小跟現代的象相
似，全身有長毛，生活在寒冷地
帶，是第四紀的動物，現已絕種。

¹⁰ **猿** (⑧猨猱) [yuán ㄩㄢˊ 粵
jyn⁴ 元]

哺乳動物。樣子像人，比猴子大，
沒有尾巴，種
類很多 ◆ 類
人猿｜長臂猿｜
_唐李白《早發
白帝城》_ 詩：
"兩岸猿聲啼
不住，輕舟已
過萬重山。"

¹⁰ **猾** [huá ㄏㄨㄚˊ 粵 wat⁹ 滑]

狡詐 ◆ 狡猾｜猾吏。

¹⁰ **獃** [dāi ㄉㄞ 粵 ŋɔi⁴ 外⁴]

"呆"的古字。

¹⁰ **獅** (狮) [shī ㄕ 粵 si¹ 師]

猛獸，哺乳動物。頭
大體長，尾巴細長，四肢強壯，雄
獅的頸部有長鬣，吼聲洪大，有獸
王之稱。也稱"獅子" ◆ 獅舞｜河東
獅吼｜獅子搏兔。

10 猻 (狲) ［sūn ㄙㄨㄣ 粵 syn¹ 孫］

猢猻。見"猢"，421頁右欄。

11 獒 ［áo ㄠˊ 粵 ŋou⁴ 熬］

體大而兇猛的狗。

11 獄 (狱) ［yù ㄩˋ 粵 juk⁹ 玉］

❶監牢 ◆ 監獄｜牢獄｜入獄｜越獄。❷訴訟案件；官司 ◆ 獄訟｜冤獄｜文字獄。

11 猄 ［jìng ㄐㄧㄥˋ 粵 gin³ 敬］

傳說中的惡獸名。形狀如虎豹而小，生下來就吃掉生牠的母獸 ◆ 猄猄。

11 獎 (奖 粵 獎 獎) ［jiǎng ㄐㄧㄤˇ 粵 dzœŋ² 掌］

❶鼓勵；勉勵 ◆ 獎勵｜獎賞｜獎品｜獎杯。❷稱讚；表揚 ◆ 誇獎｜嘉獎｜褒獎。❸為鼓勵、表揚而給予的榮譽或錢物 ◆ 得獎｜頒獎｜領獎台｜榮譽獎。

12 玃 ［jué ㄐㄩㄝˊ 粵 kyt⁸ 決］

猏玃。見"猏"，421頁左欄。

12 獠 ［liáo ㄌㄧㄠˊ 粵 liu⁴ 遼］

獠牙，露在外面的長牙 ◆ 青面獠牙。

13 獿 同"猱"，見420頁左欄。

13 獨 (独) ［dú ㄉㄨˊ 粵 duk⁹ 讀］

❶孤單；只有一個 ◆ 單獨｜孤獨｜獨木橋｜無獨有偶｜獨一無二｜獨幕話劇。❷自己一個人 ◆ 獨自｜獨唱｜獨斷專行｜獨善其身｜唐王維《九月九日憶山東兄弟》詩："獨在異鄉為異客，每逢佳節倍思親。" ❸老而無子的人 ◆ 鰥寡孤獨。❹僅僅；只有 ◆ 唯獨｜唯我獨尊。

13 獫 (猃) ［xiǎn ㄒㄧㄢˇ 粵 him²險］

❶長嘴的獵狗。❷獫狁，我國古代北方的一個民族。也寫作"玁狁"。戰國後稱"匈奴"。

13 獪 (狯) ［kuài ㄎㄨㄞˋ 粵 kui²繪］

狡獪，狡詐 ◆ 故弄狡獪。

13 獬 ［xiè ㄒㄧㄝˋ 粵 hai⁵ 蟹］

獬豸，古代傳說中的一種異獸。能分辨曲直，見人爭鬥時，就用角觸理曲者，故認為牠能公正斷獄，也是清代御史和按察使以獬豸為服飾的由來。

14 獲 (获) ［huò ㄏㄨㄛˋ 粵 wɔk⁹鑊］

❶捕得；捉住 ◆ 捕獲｜俘獲｜抓獲｜破獲。❷得到 ◆ 獲准｜獲救｜獲勝｜獲獎｜獲悉。

14 **獴** [měng ㄇㄥˇ [粵] muŋ4 蒙] 哺乳動物的一類。身長，腳短，頭小，嘴尖，耳小。捕食鼠、蛇、魚、蛙、蟹等動物。我國產的有蟹獴、蛇獴和赤頰獴。

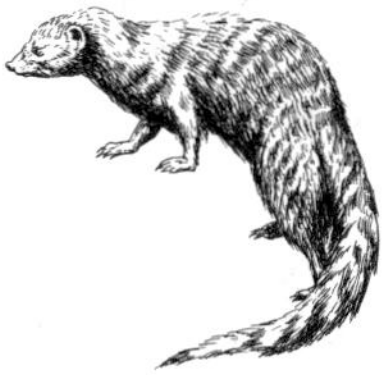

14 **獮** [xiǎn ㄒㄧㄢˇ [粵] sin2 冼] 秋季打獵。

14 **獯** [xūn ㄒㄩㄣ [粵] fɐn1 芬] 獯鬻，我國古代北方的一個民族。周代稱“獫狁”，戰國後稱“匈奴”。也作“葷粥”。

14 **獰**(狞) [níng ㄋㄧㄥˊ [粵] niŋ4 寧] 面目兇惡 ◆ 獰惡｜一陣獰笑｜面目猙獰。

15 **獸**(兽) [shòu ㄕㄡˋ [粵] sɐu3 瘦] ❶有四條腿、全身有毛的哺乳動物的總稱 ◆ 野獸｜如鳥獸散｜困獸猶鬥｜衣冠禽獸｜珍禽異獸。❷比喻野蠻、下流 ◆ 獸慾｜獸行｜獸性大發。

15 **獷**(犷) [guǎng ㄍㄨㄤˇ [粵] gwɔŋ2 廣] 兇猛；粗野 ◆ 粗獷｜獷悍。

15 **獵**(猎) [liè ㄌㄧㄝˋ [粵] lip9 利葉切] ❶捕捉禽獸 ◆ 獵虎｜打獵｜漁獵｜狩獵。❷打獵的 ◆ 獵户｜獵人｜獵槍｜獵手。❸獵獵，象聲詞。形容風聲 ◆ 晚風獵獵。

16 **獺**(獭) [tǎ ㄊㄚˇ [粵] tsat8 察/tat8 達] 獸名，有水獺、旱獺、海獺三種。通常指水獺。哺乳動物。四肢粗短，尾巴長，皮毛很珍貴，可製衣帽。

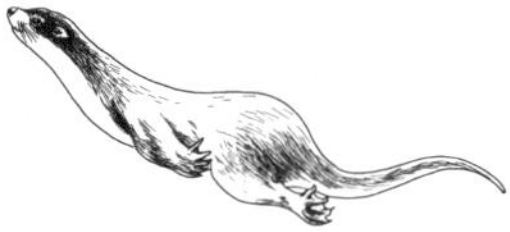

16 **獻**(献) [xiàn ㄒㄧㄢˋ [粵] hin3 憲] ❶恭敬地奉上 ◆ 獻花｜獻禮｜貢獻｜奉獻｜捐獻。❷表演給人看 ◆ 獻演｜獻技｜獻藝｜獻媚。

17 **獼**(猕) [mí ㄇㄧˊ [粵] mei4 眉] 獼猴，猴的一種，上身毛灰褐色，下身橙黃色，紅臉，短尾巴。也叫“沐猴”。

19 **玀**(猡) [luó ㄌㄨㄛˊ [粵] lɔ4 羅]

❶玀玀，對彝族的舊稱。❷方言。豬玀，豬。

²⁰獥 [xiǎn ㄒㄧㄢˇ ⑧him² 險] 獥狁，即獫狁。見“獫”，423頁右欄。

玄 部

⁰玄 [xuán ㄒㄩㄢˊ ⑧jyn⁴ 元] ❶黑色 ◆ 玄服|玄狐。❷深奧；微妙 ◆ 玄妙|玄奧|故弄玄虛。

⁴玅 [miào ㄇㄧㄠˋ ⑧miu⁶ 廟] 同“妙”。精美；精彩。

⁶率 〈一〉[shuài ㄕㄨㄞˋ ⑧sœt⁷ 摔] ❶帶領 ◆ 率先|率領|統率|普天率土|率代表團出訪。❷遵循；沿着 ◆ 率由舊章。❸馬馬虎虎；不細緻、不慎重 ◆ 草率|輕率|率爾而對。❹爽直坦白 ◆ 直率|為人真誠、坦率。❺大致；一般 ◆ 大率|率以為真。❻榜樣 ◆ 為人表率。❼同“帥”。英俊；瀟灑；漂亮 ◆ 字寫得真率。❽姓。

〈二〉[lǜ ㄌㄩˋ ⑧lœt⁹ 律] 兩個相關的數在一定條件下的比值 ◆ 匯率|利率|稅率|效率|出勤率。

玉 部

⁰玉 [yù ㄩˋ ⑧juk⁹ 欲] ❶一種質地堅硬、潤滑有光澤的半透明礦石，可製作裝飾品和工藝品 ◆ 白玉無瑕|拋磚引玉|玉石俱焚|玉不琢，不成器|它山之石，可以攻玉。❷比喻純潔、美麗 ◆ 玉容|玉顏|冰肌玉骨|玉潔冰清|亭亭玉立。❸用作敬辭 ◆ 玉成|玉札|玉音|玉照|玉體安康|玉宇澄清。❹姓。

⁰王 〈一〉[wáng ㄨㄤˊ ⑧wɔŋ⁴ 黃] ❶君主；一國的最高統治者 ◆ 帝王|國王|王室|溥天之下，莫非王土|王子犯法，與庶民同罪。❷在中國，秦漢之前國君稱“王”，秦漢之後改稱“皇”，“王”成為皇族或功臣的最高封號 ◆ 淮南王|常山王|河間獻王。❸泛指同類中最大、最強的 ◆ 獸王|棋王|蛇王|射人先射馬，擒賊先擒王。❹尊稱。如稱祖父為“王父”，祖母為“王母”。❺姓。

〈二〉[wàng ㄨㄤˋ ⑧wɔŋ⁶ 旺] 稱王；統治天下 ◆ 王天下。

²玎 [dīng ㄉㄧㄥ ⑧diŋ¹ 丁] 玎玲、玎璫，象聲詞。形容玉石撞擊的聲音 ◆ 環珮玎璫。

^{2}**玏** [lè ㄌㄜˋ [粵] lɐk^{9}/lak^{9} 肋]
瓎玏。見“瓎”，431頁右欄。

^{3}**玕** [gān ㄍㄢ [粵] gɔn^{3} 幹]
琅玕。見“琅”，429頁右欄。

^{3}**玖** [jiǔ ㄐㄧㄡˇ [粵] gɐu^{2} 久]
❶像玉的黑色美石 ◆ 投我以木李，報之以瓊玖。❷數詞“九”的大寫。

^{3}**玓** [dì ㄉㄧˋ [粵] dik^{7} 嫡]
玓瓅，珠光。

^{3}**玘** [qǐ ㄑㄧˇ [粵] hei^{2} 起]
玉名。多用於人名。

^{4}**玞** [fū ㄈㄨ [粵] fu^{1} 呼]
珷玞。見“珷”，430頁左欄。

^{4}**玩** 〈一〉[wán ㄨㄢˊ [粵] wan^{4} 還/wan^{2} 還^{2}(語)]
❶做某種文體活動；遊戲 ◆ 玩耍｜玩牌｜玩球｜玩意兒｜玩得很開心。❷耍弄；施展(手段、伎倆) ◆ 玩弄｜玩花招｜玩手腕｜玩把戲。
〈二〉[wán ㄨㄢˊ [粵] wun^{6} 喚]
❶戲弄；捉弄 ◆ 玩弄婦女｜你別玩我。❷觀賞；欣賞 ◆ 玩賞｜玩月｜遊山玩水｜玩物喪志。❸供觀賞的東西 ◆ 古玩｜珍玩。(此義粵口語讀 wun^{2} 碗) ❹輕視；不經心 ◆ 玩忽職守｜玩世不恭。❺體會 ◆ 玩味。

^{4}**玡** [yá ㄧㄚˊ [粵] jɛ^{4} 爺]
骨，外形似玉。

^{4}**玭** [pín ㄆㄧㄣˊ [粵] pɐn^{4} 貧]
珠名。一說即蚌。

^{4}**玫** [méi ㄇㄟˊ [粵] mui^{4} 梅]
玫瑰，落葉灌木。枝幹多刺，花多為紫紅色，有香味。供觀賞，花瓣可製香料。也指這種植物的花 ◆ 紅玫瑰。

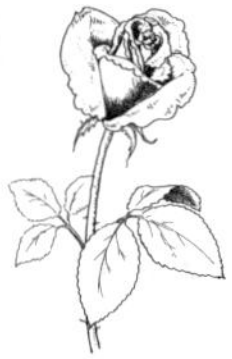

^{4}**玠** [jiè ㄐㄧㄝˋ [粵] gai^{3} 介]
大圭。

^{4}**玢** 〈一〉[bīn ㄅㄧㄣ [粵] bɐn^{1} 賓]
❶一種玉。❷玉的紋理。
〈二〉[fēn ㄈㄣ [粵] fɐn^{1} 芬]
賽璐玢，玻璃紙的一種。無色，透明，有光澤，纖維素經氫氧化鈉和二硫化碳處理後所得的溶液通過窄縫製成，可以染成各種顏色，多用於包裝。

^{4}**玟** 同“珉”，見427頁右欄。

^{4}**玦** [jué ㄐㄩㄝˊ [粵] kyt^{8} 決]
半環形、有缺口的玉珮 ◆ 玉玦。

5 **珏**（[異]玨瑴）［jué ㄐㄩㄝˊ [粵] gɔk⁸ 各］合在一起的兩塊玉。

5 **珐**（[異]琺）［fà ㄈㄚˋ [粵] fat⁸ 法］珐琅，一種塗在金屬表面的像釉那樣的物質。燒製後，形成不同顏色的釉質表面，既可防鏽防腐，又有裝飾器物的作用，如搪瓷、景泰藍等均為珐琅製品。

5 **珂**［kē ㄎㄜ [粵] ɔ¹/ŋɔ¹ 柯］❶像玉的石頭。❷馬籠頭上的裝飾品。

5 **玷**［diàn ㄉㄧㄢˋ [粵] dim² 點］❶白玉上的斑點；引申指缺點、錯誤 ◆ 白圭之玷，尚可磨也。❷弄髒使有污點 ◆ 玷辱｜玷污了家族的名聲。

5 **珅**［shēn ㄕㄣ [粵] sɐn¹ 申］一種玉。

5 **珊**（[異]珊）［shān ㄕㄢ [粵] san¹ 山］珊瑚，在熱帶海洋中，由腔腸動物珊瑚蟲分泌的石灰質所結成的形狀像樹枝的東西。有紅、白等色，可供玩賞。

5 **玳**（[異]瑇）［dài ㄉㄞˋ [粵] dɔi⁶ 代］玳瑁，像龜的爬行動物。背甲為黃褐色，有黑斑，半透明，甲殼可作裝飾品。

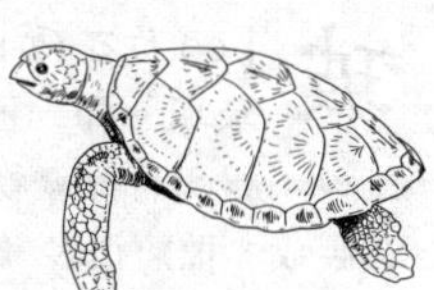

5 **珀**［pò ㄆㄛˋ [粵] pak⁸ 拍］琥珀。見“琥”，430頁右欄。

5 **珍**（[異]珎）［zhēn ㄓㄣ [粵] dzɐn¹ 真］❶寶貴的東西 ◆ 珍寶｜奇珍異寶｜如數家珍｜山珍海味。❷寶貴的；貴重的 ◆ 珍貴文物｜珍禽異獸｜藝術珍品｜珍玩數件。❸愛惜；重視 ◆ 珍愛｜珍重｜珍惜時間｜敝帚自珍。

5 **玲**［líng ㄌㄧㄥˊ [粵] liŋ⁴ 零］❶玲玲，形容玉碰擊的聲音 ◆ 玲玲盈耳。❷玲瓏。(1) 形容物體精巧細緻 ◆ 小巧玲瓏｜玲瓏剔透。(2)（人）靈活敏捷 ◆ 嬌小玲瓏｜八面玲瓏。

5 **珌**［bì ㄅㄧˋ [粵] bɐt⁷ 筆］刀鞘下端的玉飾。

5 **珉**［mín ㄇㄧㄣˊ [粵] mɐn⁴ 民］像玉的石頭。

5 **珈**［jiā ㄐㄧㄚ [粵] ga¹ 加］古代婦女的一種首飾 ◆ 寶珈｜笄珈（首飾。代指婦女）。

⁵**玻** [bō ㄅㄛ ⑧bɔ¹ 波]
玻璃。❶一種透明物體，用細砂、石灰石等礦物質經高溫熔化後製成，種類很多 ◆ 鋼化玻璃｜玻璃茶杯。❷像玻璃的塑料 ◆ 玻璃紙｜有機玻璃。

⁶**珪** 同"圭"，見122頁左欄。

⁶**珥** [ěr ㄦˇ ⑧ji⁶ 異/nei⁶ 膩]
用珠玉做的耳環。

⁶**珙** [gǒng ㄍㄨㄥˇ ⑧guŋ⁴ 鞏]
大璧。

⁶**珠** [zhū ㄓㄨ ⑧dzy¹ 朱]
❶珍珠，蚌殼內生長的圓形顆粒。乳白色，晶瑩發亮，可作裝飾品，也可作保健藥 ◆ 珠寶｜珠圓玉潤｜珠聯璧合｜掌上明珠｜買櫝還珠｜唐白居易《琵琶行》詩："嘈嘈切切錯雜彈，大珠小珠落玉盤。"❷泛指小的球形的東西 ◆ 淚珠｜露珠｜唸珠｜有眼無珠。

⁶**珩** [héng ㄏㄥˊ ⑧heŋ⁴ 恆]
玉珮上的橫玉，形似殘缺的環。

⁶**珧** [yáo ㄧㄠˊ ⑧jiu⁴ 搖]
江珧，一種生活在海岸泥沙裏的軟體動物。殼內肉柱叫"江珧柱"，俗稱"鮮貝"，是珍貴食品。

⁶**珮** [pèi ㄆㄟˋ ⑧pui³ 佩]
古人繫在衣帶上作裝飾的玉
◆ 珮飾｜環珮叮璫。

⁶**珣** [xún ㄒㄩㄣˊ ⑧sœn¹ 詢]
一種玉石。

⁶**珞** [luò ㄌㄨㄛˋ ⑧lɔk⁹ 絡]
❶瓔珞。見"瓔"，435頁左欄。❷珞巴族，我國少數民族之一，分佈在西藏。

⁶**珓** [jiào ㄐㄧㄠˋ ⑧gau³ 較]
占卜用具，用蚌殼或形似蚌殼的竹片、木片製成。也叫"杯珓"。

⁶**班** [bān ㄅㄢ ⑧ban¹ 頒]
❶為工作或學習而編的組織；組別 ◆ 班級｜學習班｜文科班｜補習班｜班主任。❷一天內的某段工作時間 ◆ 早班｜夜班｜上班。❸軍隊的基層單位 ◆ 班長｜偵察班。❹定時開行的 ◆ 班車｜班機。❺舊時對劇團的稱呼 ◆ 戲班｜班裏的戲子。❻返回；調回 ◆ 班師回朝。❼量詞。(1)用於一羣人 ◆ 這班年青姑娘個個愛打扮。(2)用於定時開行的車、船、飛機 ◆ 搭乘下一班飛機。❽姓。

⁷**球** [qiú ㄑㄧㄡˊ ⑧keu⁴ 求]
❶以半圓的直徑為軸，使半圓旋轉一周而成的立體。也泛指球形或接近球形的物體 ◆ 球體｜眼球

|氣球|滾雪球。❷指星球。也專指地球 ◆ 月球|全球|北半球。❸圓球形的體育用品。也指球類運動 ◆ 籃球|足球|球賽|球迷|橄欖球。

⁷**琊** [yá 丨ㄚˊ ⑧ jɛ⁴ 爺]
琅琊。見"琅"，429頁右欄。

⁷**現**(现) [xiàn ㄒㄧㄢˋ ⑧ jin⁶ 彥]
❶顯露 ◆ 顯現|現原形|現身說法|曇花一現|臉上現出笑容。❷此時此刻；目前 ◆ 現在|現代|現狀|現行。❸臨時；當時 ◆ 現編現唱|現吃現做。❹當時實有的 ◆ 現金|現款|現成|現世報|現實情況。❺指現款 ◆ 兌現|貼現。

⁷**理** [lǐ ㄌㄧˇ ⑧ lei⁵ 裏]
❶做某件事情，使有秩序 ◆ 管理|辦理|整理|當家理財|剪不斷，理還亂。❷對別人的言語、行動表示態度或意見(多用於否定)；睬 ◆ 不理不睬|不加理會|置之不理。❸物質組織的紋路 ◆ 紋理|肌理|木理。❹事物的層次、系統 ◆ 條理清晰|有條有理。❺事情的規律、原則 ◆ 道理|事理|合情合理|理所當然|言之成理。❻指自然學科；特指物理學科 ◆ 理科|數理化。❼姓。

⁷**珽** [tǐng ㄊㄧㄥˇ ⑧ tiŋ² 挺²]
玉笏。

⁷**琇** [xiù ㄒㄧㄡˋ ⑧ seu³ 秀]
像玉的石頭。

⁷**琀** [hán ㄏㄢˊ ⑧ hem⁶ 憾]
死者嘴裏含的玉。

⁷**琉**(⑪瑠瑠) [liú ㄌㄧㄡˊ ⑧ leu⁴ 劉]
琉璃。❶用鋁和鈉的硅酸化合物燒製成的釉料，常見的有綠色或金黃色。多加在黏土的外層，燒製成缸、盆、磚瓦等 ◆ 琉璃瓦。❷古代指玻璃。

⁷**琅**(⑪瑯) [láng ㄌㄤˊ ⑧ loŋ⁴ 狼]
❶琅玕，像珠子一樣的美石 ◆ 腰佩翠琅玕。❷琅琅，象聲詞。形容清脆、響亮的如同金石撞擊般的聲音 ◆ 書聲琅琅。❸琅琊，山名。亦作"琅邪"。在山東省。

⁷**珺** [jùn ㄐㄩㄣˋ ⑧ gwen⁸ 郡]
一種美玉。

⁸**琫** [běng ㄅㄥˇ ⑧ buŋ² 保孔切]
刀鞘上的裝飾物。

⁸**琵** [pí ㄆㄧˊ ⑧ pei⁴ 皮]
琵琶，樂器名。四根弦，下部橢圓像瓜子，上有曲柄，木製 ◆ 琵琶獨奏|猶抱琵琶半遮面|唐王翰《涼州詞》詩："葡萄美酒夜光杯，欲飲琵琶馬上催。"

8 斌 [wǔ ㄨˇ ⑧ mou⁵ 武]
斌玞、斌砆，像玉的石頭。

8 琴 (⑧珡) [qín ㄑㄧㄣˊ ⑧ kɐm⁴ 禽]
❶古樂器。古琴原為五弦，後為七弦。❷某些樂器的統稱，如胡琴、月琴、口琴、鋼琴、電子琴等。❸姓。

8 琶 [pá ㄆㄚˊ ⑧ pa⁴ 爬]
琵琶。見"琵"，429頁右欄。

8 琪 [qí ㄑㄧˊ ⑧ kei⁴ 其]
美玉。

8 琳 [lín ㄌㄧㄣˊ ⑧ lɐm⁴ 林]
❶美玉。❷琳琅，美玉，比喻美好的東西 ◆ 琳琅滿目。

8 琦 [qí ㄑㄧˊ ⑧ kei⁴ 其]
❶美玉。❷奇特；不平凡 ◆ 瑰意琦行。

8 琢 ⟨一⟩[zhuó ㄓㄨㄛˊ ⑧ dœk⁸ 啄]
雕刻玉石 ◆ 精雕細琢｜如切如磋，如琢如磨｜玉不琢，不成器；人不學，不知禮。
⟨二⟩[zuó ㄗㄨㄛˊ ⑧同⟨一⟩]
琢磨，思索；考慮 ◆ 琢磨話中的意思｜這件事得好好琢磨一下。

8 琥 [hǔ ㄏㄨˇ ⑧ fu² 虎]
❶雕成虎形的玉器。❷琥珀，古代松柏樹脂變成的化石，可製作裝飾品。

8 琨 [kūn ㄎㄨㄣ ⑧ gwɐn¹ 君/kwɐn¹ 昆(語)]
一種玉石。

8 瑓 同"盞"，見457頁右欄。

8 琲 [bèi ㄅㄟˋ ⑧ pui³ 配]
珠串子。

8 琤 [chēng ㄔㄥ ⑧ tsaŋ¹ 撐]
琤琤，象聲詞，形容玉石碰擊聲、水聲、琴聲等 ◆ 泉水琤琤地流着｜珮玉琤琤。

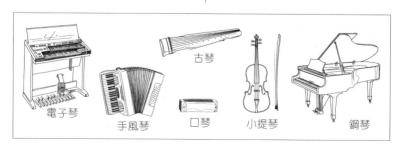

電子琴　古琴　小提琴　鋼琴　手風琴　口琴

⁸**琰** [yǎn ㄧㄢˇ ⑧jim⁵ 染]
一種美玉。

⁸**琱** 同"雕❷❸"，見775頁右欄。

⁸**琮** [cóng ㄘㄨㄥˊ ⑧tsuŋ⁴ 從]
一種八角形的、中間有圓孔的瑞玉。

⁸**琯** [guǎn ㄍㄨㄢˇ ⑧gun² 管]
古代樂器名，六孔，像簫、笛，玉製。

⁸**琬** [wǎn ㄨㄢˇ ⑧jyn² 阮]
一種美玉。

⁸**琛** [chēn ㄔㄣ ⑧tsɐm¹ 侵]
珍寶。

⁸**琚** [jū ㄐㄩ ⑧gœy¹ 居]
❶一種珮玉 ◆ 投我以木瓜，報之以瓊琚。❷姓。

⁸**琭** [lù ㄌㄨˋ ⑧luk⁹ 陸]
琭琭，形容稀少。

⁹**瑟** [sè ㄙㄜˋ ⑧sɐt⁷ 失]
古代弦樂器，形似古琴。現在所用的瑟有二十五弦、十六弦兩種 ◆ 膠柱鼓瑟｜鼓瑟吹笙

⁹**瑛** [yīng ㄧㄥ ⑧jiŋ¹ 英]
❶美玉。❷玉的光彩。

⁹**瑚** [hú ㄏㄨˊ ⑧wu⁴ 胡]
❶古代祭祀時盛黍稷的禮器。比喻治國安邦之才。❷珊瑚。見"珊"，427頁左欄。

⁹**瑊** [jiān ㄐㄧㄢ ⑧dzɐm¹ 針/
gam¹ 緘]
像玉的美石。也叫"瑊石"、"瑊玏"。

⁹**瑒** 〈一〉[yáng ㄧㄤˊ ⑧jœŋ⁴
陽]
玉的一種。
〈二〉[chàng ㄔㄤˋ ⑧tsœŋ³ 暢]
古代祭祀用的一種圭。也叫"瑒圭"。

⁹**瑁** [mào ㄇㄠˋ ⑧mou⁶ 冒/
mui⁶ 妹]
玳瑁。見"玳"，427頁左欄。

⁹**瑞** [ruì ㄖㄨㄟˋ ⑧sœy⁶ 睡]
❶古代用作符信的玉。❷吉祥；好兆頭 ◆ 祥瑞｜瑞雪兆豐年。

⁹**瑀** [yǔ ㄩˇ ⑧jy⁵ 雨]
像玉的石頭。

⁹**瑜** [yú ㄩˊ ⑧jy⁴ 如]
❶美玉。❷玉的光彩，比喻優點 ◆ 瑕不掩瑜｜瑕瑜互見。

⁹瑗 ［yuàn ㄩㄢˋ 🔊jyn⁶ 願］
大孔的璧。

⁹瑄 ［xuān ㄒㄩㄢ 🔊syn¹ 宣］
古代祭天用的大璧。

⁹琿(珲) 〈一〉［hún ㄏㄨㄣˊ 🔊wen⁴ 雲］
❶一種玉。❷琿春，地名，在吉林省。
〈二〉［huī ㄏㄨㄟ 🔊wen⁴ 雲/fei¹ 輝］
璦琿，地名。見"璦"，434頁右欄。

⁹瑕 ［xiá ㄒㄧㄚˊ 🔊ha⁴ 霞］
玉上的斑點，比喻缺點、過失 ◆ 瑕玷｜瑕瑜互見｜瑕不掩瑜｜白璧微瑕｜純潔無瑕｜這點小瑕疵算不了什麼。

⁹瑋(玮) ［wěi ㄨㄟˇ 🔊wei⁵ 偉］
❶美玉。❷珍奇；貴重 ◆ 瑋奇｜瑋藝｜瑋麗｜璀瑋｜明珠瑋寶。

⁹瑉 同"珉"，見427頁右欄。

⁹瑑 ［zhuàn ㄓㄨㄢˋ 🔊tsyn⁵ 寸⁵］
❶玉器上雕刻的凸起的花紋 ◆ 刻瑑｜雕瑑。❷雕刻玉器花紋或文字 ◆ 瑑刻。

⁹瑙 ［nǎo ㄋㄠˇ 🔊nou⁵ 努］
瑪瑙。見"瑪"，432頁右欄。

¹⁰瑪(玛) ［mǎ ㄇㄚˇ 🔊ma⁵ 馬］
瑪瑙，一種礦物。質地堅硬，有紅、白、灰等多種顏色，可製器具和裝飾品。

¹⁰瑱 〈一〉［tiàn ㄊㄧㄢˋ 🔊tin³ 天³/dzen³ 鎮］
❶古人垂在冠冕兩側用來塞耳的玉墜。❷一種玉。
〈二〉［zhèn ㄓㄣˋ 🔊dzen³ 鎮］
古代帝王受諸侯朝見時所執的圭。

¹⁰瑨 ［jìn ㄐㄧㄣˋ 🔊dzœn³ 晉］
像玉的石頭。

¹⁰瑣(琐®瑣) ［suǒ ㄙㄨㄛˇ 🔊so² 所］
❶細小 ◆ 瑣碎｜瑣屑｜瑣事｜繁瑣。❷門窗上雕刻或繪有連環形的花紋圖案。

¹⁰瑰 〈一〉［guī ㄍㄨㄟ 🔊gwei³ 貴/gwei¹ 歸］
❶像玉的美石 ◆ 瓊瑰玉珮。❷奇異；珍奇 ◆ 瑰異｜瑰寶｜瑰麗。
〈二〉［guī ㄍㄨㄟ 🔊gwei³ 貴］
玫瑰。見"玫"，426頁右欄。

¹⁰瑲(玱) ［qiāng ㄑㄧㄤ 🔊tsœŋ¹ 槍］
象聲詞。形容玉石撞擊的聲音。

¹⁰瑤 ［yáo ㄧㄠˊ 🔊jiu⁴ 搖］
❶美玉 ◆ 瑤琴｜投我以木

桃，報之以瓊瑤。❷比喻美好、珍貴 ◆ 瑤漿｜瑤台瓊室。

10 **瑭** [táng ㄊㄤˊ [粵] tɔŋ^{4} 唐]
一種玉。

10 **瑩**（莹）[yíng ㄧㄥˊ [粵] jiŋ^{4} 形] ❶光潔像玉的石頭。❷光潔透明 ◆ 晶瑩。

10 **瑢** [róng ㄖㄨㄥˊ [粵] juŋ^{4} 容]
瑽瑢。見"瑽"，433頁右欄。

11 **璈** [áo ㄠˊ [粵] ŋou^{4} 遨]
一種古樂器。

11 **瑾** [jǐn ㄐㄧㄣˇ [粵] gɐn^{6} 僅^{6}/gɐn^{2} 緊（語）]
美玉。

11 **璊** [mén ㄇㄣˊ [粵] mun^{4} 瞞]
赤色的玉。

11 **璉**（琏）[liǎn ㄌㄧㄢˇ [粵] lin^{5} 連^{5}]
古代宗廟盛黍稷的器具。

11 **璀** [cuǐ ㄘㄨㄟˇ [粵] tsœy^{2} 取]
璀璨，玉石的光彩。形容色彩鮮明 ◆ 璀璨奪目｜一顆璀璨的明珠。

11 **璁** [cōng ㄘㄨㄥ [粵] tsuŋ^{1} 沖]
像玉的石頭。

11 **瑽** [cōng ㄘㄨㄥ [粵] tsuŋ^{1} 沖]
瑽瑢，珮玉撞擊的聲音。

11 **璃**（[異]琍瓈）〈一〉[lí ㄌㄧˊ [粵] lei^{4} 離]
琉璃。見"琉"，429頁右欄。
〈二〉[lí ㄌㄧˊ [粵] lei^{1} 喱]
玻璃。見"玻"，428頁左欄。

11 **璋** [zhāng ㄓㄤ [粵] dzœŋ^{1} 章]
古代的一種玉器，形狀像半個圭，是朝聘、祭祀等場合用的瑞信 ◆ 璋瓚｜弄璋之喜。

11 **璇**（[異]璿琁）[xuán ㄒㄩㄢˊ [粵] syn^{4} 船]
美玉。

11 **璆** [qiú ㄑㄧㄡˊ [粵] kɐu^{4} 求]
美玉。

11 **璅**
同"瑣"，見432頁右欄。

12 **璜**（璜）[huáng ㄏㄨㄤˊ [粵] wɔŋ^{4} 黃]
半璧形的玉。

12 **璞** [pú ㄆㄨˊ [粵] pɔk^{8} 撲]
含有玉的石頭；未經雕琢過的玉 ◆ 璞玉渾金。

12 **璟** [jǐng ㄐㄧㄥˇ [粵] giŋ^{2} 景]
玉的光彩。

¹² **璡** (琎) [jīn ㄐㄧㄣ ⓖdzœn¹ 津/dzœn³ 進]
像玉的美石。多用於人名。

¹² **璠** [fán ㄈㄢˊ ⓖfan⁴ 凡]
美玉。

¹² **璘** [lín ㄌㄧㄣˊ ⓖlœn⁴ 倫]
玉的光彩。

¹² **璗** [dàng ㄉㄤˋ ⓖdɔŋ⁶ 蕩]
黃金。

¹² **璣** (玑) [jī ㄐㄧ ⓖgei¹ 機]
❶不圓的珠子 ◆ 珠璣。❷北斗七星的第三星，即天璣。❸璣衡，即璇璣玉衡，古代觀察天象的儀器。

¹³ **璨** [càn ㄘㄢˋ ⓖtsan³ 燦]
明亮 ◆ 璨然耀眼｜璀璨奪目的東方明珠。

¹³ **璩** [qú ㄑㄩˊ ⓖkœy⁴ 渠]
❶耳環一類的玉器。❷姓。

¹³ **璫** [dāng ㄉㄤ ⓖdɔŋ¹ 當]
❶婦女戴在耳上的裝飾品 ◆ 耳着明月璫。❷宦官的冠飾，也代指宦官 ◆ 環珮玎璫｜冠加黃金璫。

¹³ **璐** [lù ㄌㄨˋ ⓖlou⁶ 路]
美玉。

¹³ **璪** [zǎo ㄗㄠˇ ⓖdzou² 早]
古代君王冠冕前下垂的裝飾，用五彩絲線穿玉做成。

¹³ **環** (环) [huán ㄏㄨㄢˊ ⓖwan⁴ 還]
❶玉石製成的圓圈形的飾品。也泛指圓圈形的東西 ◆ 玉環｜耳環｜花環｜吊環｜滾鐵環。❷圍繞 ◆ 環繞｜環球｜羣山環抱｜三面環山。❸周圍；四周 ◆ 環境｜環視｜環顧。❹環環相套中的一節，比喻事物中的一個部分 ◆ 薄弱環節｜產品檢驗是生產中的重要一環。❺姓。

¹³ **璵** [yú ㄩˊ ⓖjy⁴ 如]
璵璠，美玉。

¹³ **璦** (瑷) [ài ㄞˋ ⓖɔi³/ŋɐi³ 愛]
璦琿，地名，在黑龍江省。今作"愛輝"。

¹³ **璧** [bì ㄅㄧˋ ⓖbik⁷ 碧]
扁平而圓，中心有孔的玉器 ◆ 和氏璧｜完璧歸趙｜白璧無瑕｜珠聯璧合。

¹⁴ **璽** (玺) [xǐ ㄒㄧˇ ⓖsai² 徙]
印章。秦以後專指皇帝的印 ◆ 玉璽。

冬瓜　　　　南瓜　　　　　西瓜　　　　哈密瓜

14 **璺** [wèn ㄨㄣˋ 圖 mɛn⁶ 問]
陶瓷、玻璃等器皿上的裂紋
◆ 打破沙鍋璺（問）到底。

15 **瓊**(琼) [qióng ㄑㄩㄥˊ 圖 kiŋ⁴ 鯨]
❶美玉 ◆ 瓊玉｜瓊琚。❷比喻精美的東西 ◆ 玉液瓊漿｜瓊樓玉宇。❸指瓊崖，在海南島。❹指瓊州，古地名，在海南島，今瓊山縣。

15 **瓅** [lì ㄌㄧˋ 圖 lik⁹ 力]
玓瓅。見"玓"，426頁左欄。

16 **瑰** 同"瑰〈一〉"，見432頁右欄。

16 **瓏**(珑) [lóng ㄌㄨㄥˊ 圖 luŋ⁴ 龍]
玲瓏。見"玲"，427頁右欄。

17 **瓔**(璎) [yīng ㄧㄥ 圖 jiŋ¹ 英]
❶像玉的石頭。❷瓔珞，用珠玉串成的裝飾物。

17 **瓖** [xiāng ㄒㄧㄤ 圖 sœŋ¹ 商]
❶馬帶上的玉飾。❷同"鑲"，見759頁左欄。

18 **瓘** [guàn ㄍㄨㄢˋ 圖 gun³ 貫]
一種玉。

19 **瓚**(瓒) [zàn ㄗㄢˋ 圖 dzan⁶ 賺]
❶質地不純的玉。❷古代祭祀用的玉製酒勺。

20 **瓛** [huán ㄏㄨㄢˊ 圖 wun⁴ 援]
玉圭的一種。多用於人名。

瓜 部

0 **瓜** [guā ㄍㄨㄚ 圖 gwa¹ 卦¹]
蔓生植物。葉手掌狀，花多為黃色，果實可吃。種類很多，如西瓜、木瓜、黃瓜、冬瓜、南瓜、哈密瓜等 ◆ 瓜熟蒂落｜種瓜得瓜，種豆得豆｜瓜田不納履，李下不正冠。

5 **瓞** [dié ㄉㄧㄝˊ 圖 dit⁹ 秩]
小瓜。

6 **瓠** [hù ㄏㄨˋ 圖 wu⁶ 戶]
蔓生蔬類植物，果實圓而

長，俗稱"瓠子"，可吃。

¹¹瓢 [piáo ㄆㄧㄠˊ ⑧piu⁴ 嫖]
用來舀水的器具，把葫蘆剖開或用木頭做成 ◆ 瓢潑大雨|依葫蘆畫瓢。

¹⁴瓣 [bàn ㄅㄢˋ ⑧ban⁶ 扮⁶]
❶花冠的組成部分之一，片狀，有各種顏色 ◆ 花瓣|梅花有五個瓣兒。❷種子、果實、球莖等可以分開的小塊 ◆ 豆瓣兒|蒜瓣兒。❸物體分成的部分 ◆ 七棱八瓣兒|摔成幾瓣兒。❹量詞 ◆ 一瓣蒜|把梨切成四瓣兒。

¹⁷瓤 [ráng ㄖㄤˊ ⑧nɔŋ⁴ 囊]
❶瓜、果皮包着的多汁的肉 ◆ 瓜瓤|紅瓤西瓜。❷泛指某些皮或殼裏包着的東西 ◆ 秫稭瓤|信瓤兒。❸方言。不好；軟弱 ◆ 技術真不瓤|病後身體瓤。

瓦 部

⁰瓦 〈一〉[wǎ ㄨㄚˇ ⑧ŋa⁵ 雅]
❶用泥土燒製成的蓋房頂的建築材料 ◆ 磚瓦|琉璃瓦|土崩瓦解|寧為玉碎，不為瓦全|上無片瓦，下無立錐之地。❷用泥土燒製成的(器物) ◆ 瓦器|瓦盆|瓦釜雷鳴。❸古代婦女紡織用的紡磚。後

稱生女孩子為弄瓦。❹功率單位，1秒鐘作1焦耳的功，即1瓦特。瓦特的簡稱 ◆ 60瓦燈泡。
〈二〉[wà ㄨㄚˋ ⑧ŋa⁶ 訝]
鋪(瓦) ◆ 瓦瓦(wǎ)|瓦刀。

⁴瓮 [wèng ㄨㄥˋ ⑧uŋ³ 蕹/ŋuŋ³ 烏貢切]
❶"甕"的異體字。❷姓。

⁵瓴 [líng ㄌㄧㄥˊ ⑧liŋ⁴ 零]
盛水的瓶子 ◆ 高屋建瓴。

⁶瓷(⑧甆) [cí ㄘˊ ⑧tsi⁴ 池]
用白色的黏土燒製成的材料，質硬而脆，白色或發黃，比陶質細膩。我國的瓷器工藝源遠流長，聞名於世，尤以江西景德鎮的瓷器最為著名。

⁶瓶(⑧缾) [píng ㄆㄧㄥˊ ⑧pin⁴ 平]
口小腹大，可以盛液體或其他東西的器皿 ◆ 酒瓶|花瓶|保溫瓶|守口如瓶。

⁷瓻 [chī ㄔ ⑧tsi¹ 雌]
陶製的酒壺。

⁸瓿 同"缸"，見536頁左欄。

⁸瓿 [bù ㄅㄨˋ ⑧bɐu² 蒲口切]
小甕。

⁹ **甄** [zhēn ㄓㄣ ⑬ dzen¹ 珍/jen¹ 因(語)]

❶鑒別；審查 ◆ 甄別｜甄選｜甄錄｜甄拔人才。❷姓。

⁹ **甃** [zhòu ㄓㄡˋ ⑬ dzeu³ 咒]

❶井壁。❷用磚砌井或池等。

¹⁰ **瓹** [lì ㄌㄧˋ ⑬ lik⁹ 力]

同"鬲"。古代炊具，形狀像鼎。

¹¹ **甍** [méng ㄇㄥˊ ⑬ meŋ⁴ 盟]

屋脊 ◆ 碧瓦朱甍。

¹¹ **甎** 同"磚"，見477頁右欄。

¹¹ **甌**(瓯) [ōu ㄡ ⑬ eu¹/ŋen¹ 歐]

❶方言。盆、盂、杯一類的瓦器 ◆ 酒甌｜茶甌。❷古樂器名。❸甌江，水名，在浙江省。❹浙江溫州市的別稱 ◆ 甌繡｜甌劇。

¹² **厤** [lì ㄌㄧˋ ⑬ lik⁹ 力]

同"鬲"。古代的炊具。

¹² **甏** [bèng ㄅㄥˋ ⑬ peŋ⁶ 彭⁶]

方言。甕；罈子。

¹² **甒** [wǔ ㄨˇ ⑬ mou⁵ 武]

瓦製酒器。

¹² **甑** [zèng ㄗㄥˋ ⑬ dzeŋ⁶ 贈]

❶古代一種蒸飯用的瓦器。❷蒸飯等的用具，略像木桶，有屜子而無底。❸蒸餾或使物體分解用的器皿 ◆ 曲頸甑。

¹³ **甔** [dān ㄉㄢ ⑬ dam¹ 耽]

瓦瓶。

¹³ **甕** [wèng ㄨㄥˋ ⑬ uŋ³ 蕹]

陶製容器，口小腹大 ◆ 甕中捉鱉。

¹³ **甓** [pì ㄆㄧˋ ⑬ bik⁷ 碧]

磚。

¹⁶ **甗** [yǎn ㄧㄢˇ ⑬ jin⁵ 演]

古代炊具，分兩層，上可蒸，下可煮，用陶器或青銅做成。

甘 部

⁰ **甘** [gān ㄍㄢ ⑬ gem¹ 金]

❶甜；美好的 ◆ 甘美｜甘甜可口｜同甘共苦｜久旱逢甘霖。❷情願；樂意 ◆ 心甘情願｜不甘示弱｜絕不甘心｜甘拜下風。❸姓。

4 **甚** 〈一〉[shèn ㄕㄣˋ [粵] sɐm^{6} 心^{6}] ❶超過；勝過 ◆ 日甚一日｜防民之口，甚於防川｜關心他人甚於關心自己。❷方言。什麼 ◆ 甚事｜有甚說甚。❸副詞。很；非常 ◆ 成績甚佳｜朋友甚多｜欺人太甚｜甚囂塵上。

〈二〉[shén ㄕㄣˊ [粵] 同〈一〉] 同"什" ◆ 甚麼。

6 **甜** [tián ㄊㄧㄢˊ [粵] tim^{4} 恬] ❶像糖的味道 ◆ 甘甜｜甜點心｜菜燒得太甜。❷美好；動人 ◆ 笑得真甜｜甜言蜜語｜話說得很甜。❸形容睡得很踏實 ◆ 睡得很甜。

生部

0 **生** [shēng ㄕㄥ [粵] sɐŋ^{1} 牲] ❶草木滋長 ◆ 草木叢生｜生根開花。❷出世；生育 ◆ 生日｜誕生｜生孩子｜生於1950年。❸產生；出現 ◆ 生病｜發生意外｜橫生枝節｜無事生非｜唐白居易《琵琶行》詩："別有幽情暗恨生，此時無聲勝有聲。"❹活着；與"死"相對 ◆ 適者生存｜起死回生｜生死與共｜無一生還｜宋李清照《烏江》詩："生當作人傑，死亦為鬼雄。"❺性命；生命 ◆ 虎口餘生｜劫後殘生｜捨生取義，殺身成仁。❻活着的一段時間 ◆ 前半生｜一生清白｜今生今世｜畢生精力｜奮鬥終生。❼維持生存；為了活着 ◆ 生計｜謀生｜苦營生｜國計民生｜無以為生。❽有生命力的；活的 ◆ 生物｜生靈塗炭｜生龍活虎｜生氣勃勃。❾果實沒有長熟；食物沒有煮熟。與"熟"相對 ◆ 生吃｜生蘋果｜生米煮成熟飯。❿未經加工提煉過的 ◆ 生藥｜生鐵｜生石灰｜生牛皮。⓫不熟悉；不熟練 ◆ 生字｜生手｜陌生｜人地生疏。⓬勉強；硬要 ◆ 生搬硬套｜生拉硬拽｜態度生硬。⓭很 ◆ 生怕｜生恐。⓮學習的人 ◆ 學生｜招生｜尊師愛生｜博士生｜畢業生。⓯對讀書人的稱呼 ◆ 儒生｜童生｜白面書生。⓰戲劇角色的名稱，扮演男子，如小生、老生、武生等。

5 **甡** [shēn ㄕㄣ [粵] sɐn^{1} 伸] 甡甡，形容眾多。

6 **產**(产) [chǎn ㄔㄢˇ [粵] tsan^{2} 燦^{2}] ❶生；生育 ◆ 產婦｜產卵｜難產｜剖腹產。❷自然生長或人工製造；出產 ◆ 產地｜產糧區｜發展生產｜興安嶺盛產木材。❸生長或製造的物品 ◆ 產品｜物產｜水產｜土特產。❹物質財富 ◆ 產權｜財產｜動產｜祖產｜房產｜傾家盪產。❺姓。

7 **甦** [sū ㄙㄨ [粵] sou^{1} 鬚] 復活；昏迷後醒過來 ◆ 甦醒｜復甦。

⁷**甥** [shēng ㄕㄥ ⑧ seŋ¹ 笙]
姊妹的子女 ◆ 外甥。

用 部

⁰**用** [yòng ㄩㄥˋ ⑧ juŋ⁶ 容⁶]
❶使人或物發揮功效 ◆ 任用｜使用｜量材錄用｜物盡其用｜學以致用。❷人或物發揮的功效 ◆ 用處｜功用｜作用｜有用｜效用。❸所需的資財 ◆ 費用｜貼補家用｜強本節用。❹需要 ◆ 不用去｜不用你操心｜不用再說了。❺指吃、喝。敬辭 ◆ 請用茶｜餐廳用飯。❻介詞。以；拿 ◆ 用毛筆寫字｜用消毒水殺菌。❼因此 ◆ 用此觀之｜用特函達。❽姓。

⁰**甩** [shuǎi ㄕㄨㄞˇ ⑧ let⁷ 拉吉切]
❶揮動；擺動 ◆ 甩胳膊｜甩辮子｜甩袖子｜甩鞭子。❷用甩的動作扔出 ◆ 甩手榴彈。❸拋下；拋開 ◆ 把朋友甩了｜別把他一個人甩在後面。

¹**甪** [lù ㄌㄨˋ ⑧ luk⁹ 鹿]
❶甪直，地名，在江蘇省。❷甪堰，地名，在浙江省。

²**甫** [fǔ ㄈㄨˇ ⑧ fu² 苦]
❶古代加在男子名字下的美稱。如孔子字仲尼，人稱尼甫。後世尊稱別人的字叫"台甫"，尊稱別人的父親叫"尊甫"。❷才；剛剛 ◆ 樓觀甫成｜驚魂甫定。❸姓。

²**甬** [yǒng ㄩㄥˇ ⑧ juŋ⁵ 勇]
❶寧波市的別稱。❷甬江，水名，在浙江省，流過寧波。❸甬道。(1) 大的院落或墓地中間對着主要建築物的路，多用磚石砌成。也叫"甬路"。(2) 走廊；過道。

⁴**甭** [béng ㄅㄥˊ ⑧ buŋ³ 不用切³]
方言。"不用"的合音。不用；不必 ◆ 甭提了｜你甭管。

⁴**甮** [fèng ㄈㄥˋ ⑧ muŋ⁶ 夢]
方言。不用。

田 部

⁰**甲** [jiǎ ㄐㄧㄚˇ ⑧ gap⁸ 夾]
❶動物身上的堅硬的外殼 ◆ 龜甲｜甲殼｜甲骨文。❷手指、腳趾上的角質外殼 ◆ 指甲｜趾甲。❸古代軍人穿的護身衣 ◆ 盔甲｜鎧甲｜丟盔卸甲｜解甲歸田。❹圍在戰車外面起保護作用的金屬裝備 ◆ 裝甲車｜裝甲兵。❺天干的第一位 ◆ 甲乙丙丁。❻位居第一的 ◆ 甲等｜桂林山水甲天下。❼舊時戶口編制單位，也是行政區劃的基層單位 ◆ 甲長｜保甲制。❽姓。

⁰申 [shēn ㄕㄣ ⓟ sɐn¹ 新]
❶陳述；説明 ◆ 申辯|申請|申冤|申説理由|申明大義|三令五申。❷十二地支的第九位。❸十二時辰之一，即下午三時至五時 ◆ 申時。❹上海市的別稱。❺姓。

⁰田 [tián ㄊㄧㄢˊ ⓟ tin⁴ 填]
❶耕種的土地 ◆ 農田|稻田|萬頃良田|瓜田李下|滄海桑田。❷指可開採的蘊藏礦物的地方 ◆ 油田|煤田。❸同“畋”。打獵 ◆ 田獵。❹同“佃〈一〉”，見21頁右欄。❺姓。

⁰由 [yóu ㄧㄡˊ ⓟ jɐu⁴ 尤]
❶原因 ◆ 原由|理由|事由|根由。❷經過 ◆ 經由|必由之路。❸聽憑；聽任 ◆ 自由|事不由己|信不信由你。❹介詞。(1)引出做某事的主動者，相當於“歸” ◆ 一切由你決定|這事由公關部管。(2)表示憑藉、根據 ◆ 由此看來|由實驗結果看。(3)表示起點。自；從 ◆ 由北向南|由淺入深|由弱變強。❺姓。

²町 〈一〉[tǐng ㄊㄧㄥˇ ⓟ tiŋ⁵ 挺/tin² 覥]
田界 ◆ 町畦。
〈二〉[dīng ㄉㄧㄥ ⓟ 同〈一〉]
畹町，地名，在雲南省。

²㕭 [kē ㄎㄜ ⓟ hɔ¹ 呵]
㕭㕭，同“坷垃”，土塊。

²㕭 [lā ㄌㄚ ⓟ lai¹ 賴¹]
㕭㕭。見“㕭”，440頁左欄。

²甸 [diàn ㄉㄧㄢˋ ⓟ din⁶ 電]
❶古代稱都城郊外的地方。❷方言。放牧的草地，多用於地名，如吉林有樺甸，遼寧有寬甸。

²男 [nán ㄋㄢˊ ⓟ nam⁴ 南]
❶男性；與“女”相對 ◆ 男子|男生|男耕女織|男女平等。❷兒子 ◆ 長男|生有一男二女。❸古代五等爵位的第五等 ◆ 男爵|公、侯、伯、子、男。

³畀 [bì ㄅㄧˋ ⓟ bei³ 庇]
給予 ◆ 畀予。

³甿 [méng ㄇㄥˊ ⓟ mɐŋ⁴ 盟]
古代稱種田的人。也泛指百姓。

³甾 [zāi ㄗㄞ ⓟ dzɔi¹ 災]
有機化合物的一類(英 steroid)，廣泛存在於動植物體內。膽固醇和許多種激素都屬於甾類化合物。在醫藥上應用廣泛。

⁴畊 同“耕”，見546頁右欄。

⁴畎 (ⓟ甽) [quǎn ㄑㄩㄢˇ ⓟ gyn² 捲]
田間的水溝 ◆ 畎畝。

⁴畈 [fàn ㄈㄢˋ ⑧fan³ 泛³]
方言。❶田地。多用作地名，如浙江有葛畈。❷量詞。用於大片田地 ◆ 一畈田。

⁴畏 [wèi ㄨㄟˋ ⑧wei³ 慰]
❶害怕 ◆ 不畏強暴|畏首畏尾|無所畏懼|望而生畏。❷敬佩 ◆ 畏友|後生可畏。

⁴畋 [tián ㄊㄧㄢˊ ⑧tin⁴ 田]
打獵 ◆ 畋獵。

⁴界 [jiè ㄐㄧㄝˋ ⑧gai³ 介]
❶地域劃分的邊線、盡頭處 ◆ 界線|國界|邊界|以長江為界。❷一定的範圍 ◆ 眼界|管界。❸社會上按職業、性別等劃分的羣體 ◆ 教育界|工商界|文藝界|社會各界。

⁴畇 [yún ㄩㄣˊ ⑧wen⁴ 勻]
畇畇，田地平整的樣子。

⁴畈 [gǎng ㄍㄤˇ ⑧gɔŋ² 港]
❶同“舡”。鹽澤。❷雲南傣語地區舊時指相當於鄉一級的行政區劃和鄉一級的頭人。

⁵畠 [tián ㄊㄧㄢˊ ⑧tin⁴ 田]
日文漢字。旱地。多用作日本姓名。

⁵畖 [wā ㄨㄚ ⑧wa¹ 娃]
畖底，地名，在山西省。

⁵畛 [zhěn ㄓㄣˇ ⑧tsen² 診]
❶田間的道路。❷界限 ◆ 畛域。

⁵留 (⑧留畱畄) [liú ㄌㄧㄡˊ ⑧leu⁴ 流]
❶停止在一個地方不動；不離開 ◆ 停留|滯留|羈留|逗留|繼續留任。❷特指在國外學習 ◆ 留學|留洋|留日學生。❸使不離開 ◆ 留宿|挽留|扣留|此處不留人，自有留人處。❹保存 ◆ 保留下來|留條後路|攝影留念|宋文天祥《過零丁洋》詩：“人生自古誰無死，留取丹心照汗青。”❺遺存 ◆ 留言|遺留|祖輩留下的財產。❻注意 ◆ 留心觀察|留意於此|處處留神。❼姓。

⁵畝 (亩⑧畮畂畆畒畞)
[mǔ ㄇㄨˇ ⑧meu⁵ 某]
計算田地面積的單位。10分為1畝，100畝為1頃。1市畝的面積是60平方丈，666.7平方米 ◆ 畝產千斤。

⁵畜 〈一〉[chù ㄔㄨˋ ⑧tsuk⁷ 束]
禽獸。多指人所飼養的禽獸。牛、馬、羊、豬、犬、雞稱六畜 ◆ 畜生|牲畜|六畜興旺。
〈二〉[xù ㄒㄩˋ ⑧同〈一〉]
飼養(動物) ◆ 畜養|畜牧|畜產品。

⁵畔 [pàn ㄆㄢˋ ⑧bun⁶ 叛]
❶田地的界限。❷旁邊 ◆

湖畔｜河畔｜行吟澤畔｜<u>唐劉禹錫</u>《酬樂天揚州初逢席上見贈》詩："沈舟側畔千帆過，病樹前頭萬木春。"

畚[běn ㄅㄣˇ 圖bun² 本]
用竹篾等編織成的容器 ◆ 畚箕。

畦[qí ㄑㄧˊ 圖kwei⁴ 葵]
長條形的田塊；田壟 ◆ 菜畦。

畤[zhì ㄓˋ 圖dzi² 指/si⁵ 市]
古時帝王祭祀天地五帝的場所。

異(圖异)[yì ㄧˋ 圖ji⁶ 二]
❶ 不相同；不同的 ◆ 大同小異｜日新月異｜異曲同工｜求同存異｜異口同聲。❷奇特的；與眾不同的 ◆ 大放異彩｜標新立異｜異軍突起｜奇異的動物。❸ 驚訝；覺得奇怪 ◆ 大為驚異｜令人詫異。❹另外的；別的 ◆ 異日｜異國情調｜<u>唐王維</u>《九月九日憶山東兄弟》詩："獨在異鄉為異客，每逢佳節倍思親。"❺分開 ◆ 夫妻離異｜同居異爨。

畢(毕)[bì ㄅㄧˋ 圖bet⁷ 筆]
❶結束；完成 ◆ 畢業｜完畢｜事畢｜畢其功於一役｜今日事，今日畢。❷全部；都 ◆ 畢生精力｜原形畢露｜畢力同心。❸姓。

略(圖畧)[lüè ㄌㄩㄝˋ 圖lœk⁹ 掠]
❶掠奪；奪取 ◆ 侵略｜攻城略地。❷計謀；計策 ◆ 策略｜謀略｜戰略｜雄才大略。❸大概；大致；不是精確的 ◆ 約略説來｜粗略算一算。❹簡單；與"詳"相對 ◆ 略圖｜詳略得當｜過於簡略。❺稍微 ◆ 略知一二｜略有所聞｜略勝一籌｜略微受些損失。❻簡要的敍述 ◆ 事略｜傳略｜要略。❼省去；刪去 ◆ 省略｜刪略｜略去下文｜例子從略。

畬〈一〉[yú ㄩˊ 圖jy⁴ 餘]
已開墾耕作過三年的田地。
〈二〉[shē ㄕㄜ 圖sε¹ 些]
刀耕火種 ◆ 畬田。

畲[shē ㄕㄜ 圖sε⁴ 蛇]
畲族，我國少數民族之一，分佈在福建、浙江、廣東一帶。

番〈一〉[fān ㄈㄢ 圖fan¹ 翻]
❶更替；輪流 ◆ 更番｜輪番作業。❷舊時指我國西部和西南部少數民族，如"西番"、"番地"、"番邦"。後泛指外國或外國來的 ◆ 番舶｜番薯｜番茄。❸量詞。(1) 表示次數。次；回 ◆ 幾次三番｜三番五次｜產量翻了一番。(2) 種 ◆ 另一番情趣｜別有一番風情。

〈二〉[pān ㄆㄢ ⑧pun¹ 潘]
番禺,地名,在廣東省。

⁷
畫（画） 〈一〉[huà ㄏㄨㄚˋ ⑧ wak⁹ 或]
❶用線條、色彩或語言文字描繪形象 ◆ 畫龍點睛|畫蛇添足|刻畫人物形象|畫虎畫皮難畫骨,知人知面不知心。❷漢字書寫中的橫筆叫畫;書寫中的一筆叫一畫 ◆ 橫畫|筆畫|"凸"字是五畫。❸簽押 ◆ 畫押|畫供|畫十字。❹姓。
〈二〉[huà ㄏㄨㄚˋ ⑧ wa⁶ 話⁶]
❶描繪成的作品;圖 ◆ 油畫|漫畫|國畫|山水畫。❷繪有形象作裝飾的 ◆ 畫舫|畫屏|雕樑畫棟。

⁷
畯 [jùn ㄐㄩㄣˋ ⑧dzœn³ 俊]
古代掌管農事的官 ◆ 田畯。

⁸
畓 [tán ㄊㄢˊ ⑧tɐm⁴ 提林切]
方言。水塘。多用作地名。

⁸
畸 [jī ㄐㄧ ⑧gei¹ 機/kei¹ 崎（語）]
❶零數;餘數 ◆ 畸零。❷不正常的;奇異的 ◆ 畸形。❸偏 ◆ 畸輕畸重。

⁸
當（当） 〈一〉[dāng ㄉㄤ ⑧ dɔŋ¹ 璫]
❶對等;相稱;不相上下 ◆ 旗鼓相當|年齡相當|門當戶對。❷對着;面對着 ◆ 當面說清|當頭棒喝|

當機立斷|當眾表演|首當其衝|當面鑼,對面鼓|《木蘭辭》:"當窗理雲鬢,對鏡帖花黄。"❸處在某個地方或某個時候 ◆ 當場被捕|烈日當空|當今世界。❹佔據;把守 ◆ 一夫當關,萬夫莫開。❺擋住;阻擋 ◆ 勢不可當|螳臂當車。❻掌管;主持 ◆ 當政|當權者|當家作主|獨當一面。❼擔任 ◆ 當官|當校長|擔當重任。❽承受 ◆ 擔當不起|敢做敢當|當之無愧|一人做事一人當。❾應該 ◆ 應當|理所當然|當仁不讓|不知當講不當講。❿頂端 ◆ 瓦當。⓫象聲詞。同"噹",見112頁右欄。
〈二〉[dàng ㄉㄤˋ ⑧dɔŋ³ 檔]
❶看成;作為 ◆ 安步當車|把他當親兄弟看待。❷以為;認為 ◆ 我當你走了呢|你當我不知道嗎? ❸合適 ◆ 恰當|處理得當|適當時機|大而無當。❸抵得上 ◆ 以一當十|老將出馬,一個當倆。❹抵押;抵押的實物 ◆ 當鋪|當票|贖當。❺騙局;圈套 ◆ 受騙上當。❻指同一時間發生的 ◆ 當天來當天走|當年施工,當年完成。

⁸
畹 [wǎn ㄨㄢˇ ⑧jyn² 宛]
古代土地面積單位,三十畝為一畹。

¹⁰
畿 [jī ㄐㄧ ⑧kei⁴ 其]
國都周圍的地方;京城管轄的地區 ◆ 京畿|邦畿|畿輔。

11 畷 [liú ㄌ丨ㄡˊ ⑧leu⁴ 流]

❶畷城，上海嘉定的別稱。❷姓。

12 疃 (⑥畽) [tuǎn ㄊㄨㄢˇ ⑧tœn² 盾²]

村莊；屯。多用作地名，如山東有柳疃，河北有王疃。

14 疇 (疇) [chóu ㄔㄡˊ ⑧tseu⁴ 酬]

❶田地 ◆ 田疇｜平疇千里。❷種類；類別 ◆ 範疇。

14 疆 [jiāng ㄐㄧㄤ ⑧gœŋ¹ 姜]

❶界限；邊界 ◆ 疆界｜疆土｜疆域｜邊疆。❷極限；盡頭 ◆ 萬壽無疆。

17 疊 (⑥叠疊疊疊)

[dié ㄉㄧㄝˊ ⑧dip⁹ 碟]
❶重複；一層加一層 ◆ 重疊｜疊牀架屋｜重巒疊嶂｜層見疊出。❷摺 ◆ 摺疊｜疊衣服｜鋪牀疊被。❸量詞 ◆ 一疊書｜一疊報紙。

疋 部

0 疋 ⟨一⟩[pǐ ㄆㄧˇ ⑧pɐt⁷ 匹]

❶量詞。用於成捲的布 ◆ 一疋布。❷"匹"的異體字。

⟨二⟩[shū ㄕㄨ ⑧sɔ¹ 唆]
部首用字。

5 疍 [dàn ㄉㄢˋ ⑧dan⁶ 但]

疍民，舊稱在廣東、廣西、福建沿海港灣和內河上從事漁業或水上運輸的居民，多以船為家。

7 疏 (⑥疎) ⟨一⟩[shū ㄕㄨ ⑧sɔ¹ 梳]

❶事物中間距離遠、空隙大；稀。與"密"相對 ◆ 稀疏｜疏落｜枝葉扶疏｜天網恢恢，疏而不漏。❷關係遠；感情有距離；不親近、不熟悉 ◆ 疏遠｜親疏｜生疏｜學業荒疏｜多病故人疏。❸粗 ◆ 疏食。❹忽視；不細心 ◆ 疏忽｜疏失｜疏於防範｜疏漏之處，在所不免。❺空虛；不實在 ◆ 空疏｜才疏學淺｜志大才疏。❻清除阻塞；使暢通 ◆ 疏濬｜疏導交通｜疏通航道。❼分散 ◆ 疏散人口｜仗義疏財。❽姓。

⟨二⟩[shū ㄕㄨ ⑧sɔ³ 梳³]
❶對古書或舊註所作的註釋 ◆ 義疏｜《十三經註疏》。❷分條陳述；給皇帝的奏議 ◆ 奏疏｜上疏。

9 疐 [zhì ㄓˋ ⑧dzi³ 置]

跌倒 ◆ 跋前疐後，進退兩難。

9 疑 [yí ㄧˊ ⑧ji⁴ 而]

❶不相信；不能斷定是非而猜測 ◆ 懷疑｜形跡可疑｜半信半疑

|疑心生暗鬼|宋 陸游《遊山西村》詩："山重水複疑無路，柳暗花明又一村。"❷猶豫不決 ◆ 遲疑不決|疑行無成，疑事無功。❸不能解決的；不能確定的 ◆ 疑問|疑案|疑難雜症|晉 陶淵明《移居》詩："奇文共欣賞，疑義相與析。"

疒部

²疔 [dīng ㄉㄧㄥ ⑧ diŋ¹ 丁/dɛŋ¹ 盯(語)]
一種惡性毒瘡 ◆ 疔瘡。

³疝 [shàn ㄕㄢˋ ⑧ san³ 傘]
病名。即小腸串氣。小腸墜入陰囊引起疼痛 ◆ 疝氣。

³疙 [gē ㄍㄜ ⑧ ŋet⁹ 迄]
疙瘩。❶皮膚上隆起或肌肉上結成的硬塊 ◆ 雞皮疙瘩|額頭上碰了個大青疙瘩。❷泛指結塊的東西 ◆ 土疙瘩|面疙瘩。❸比喻難解決的問題 ◆ 思想上有疙瘩|兩家幾代人的疙瘩終於解開了。

³疚 [jiù ㄐㄧㄡˋ ⑧ geu³ 救]
內心感到痛苦或慚愧不安 ◆ 內疚|負疚|愧疚|深感歉疚。

⁴疣 [yóu ㄧㄡˊ ⑧ jeu⁴ 尤]
一種皮膚病。病原體是一種病毒，症狀是皮膚上出現黃褐色的小疙瘩，表面乾燥而粗糙，不痛不癢。也稱"肉贅"、"瘊子"。

⁴疥 [jiè ㄐㄧㄝˋ ⑧ gai³ 介]
疥瘡，一種傳染性的皮膚病。多發生於手腕、指縫、臀、腹等部位。局部起丘疹和小水泡，發癢。也叫"疥癬"。

⁴痕 [qí ㄑㄧˊ ⑧ kei⁴ 其]
病。

⁴疫 [yì ㄧˋ ⑧ jik⁹ 亦]
流行性急性傳染病的通稱 ◆ 瘟疫|鼠疫|疫情|防疫站。

⁴疢 [chèn ㄔㄣˋ ⑧ tsɐn³ 趁]
熱病 ◆ 疢疾。

⁴疤 [bā ㄅㄚ ⑧ ba¹ 巴]
瘡傷或潰瘍愈合後留下的痕跡 ◆ 瘡疤|好了傷疤忘了疼。

⁵症 〈一〉[zhèng ㄓㄥˋ ⑧ dziŋ³ 政]
疾病；病徵 ◆ 症候|炎症|不治之症|對症下藥|留下後遺症。
〈二〉"癥"的簡化字。

⁵疳 [gān ㄍㄢ ⑧ gɐm¹ 金]
❶疳積，中醫指兒童因營養或消化不良，或因寄生蟲引起的疾病。患者通常面黃肌瘦，腹部膨

脤，肚中隱痛。❷下疳，一種性病。

⁵ **疴** [kē ㄎㄜ ⑧ ɔ¹/ŋɔ¹ 柯]
病◆沈疴在身|居家養疴。

⁵ **病** [bìng ㄅㄧㄥˋ ⑧ biŋ⁶ 並/beŋ⁶ 鼻鄭切(語)]
❶身體受有害細菌侵害或因生理機能障礙而產生的不正常狀態◆病毒|愛滋病|治病救人|病從口入，禍從口出|病來如山倒，病去如抽絲。❷生病◆病了一個月。❸缺點；弊端◆通病|語病|弊病。❹損害◆禍國病民。❺不滿；指責◆詬病|為世人所病。

⁵ **痁** [shān ㄕㄢ ⑧ dim³ 店/dam² 膽(語)]
瘧疾。也泛指疫病。

⁵ **疸** 〈一〉[dǎn ㄉㄢˇ ⑧ tan² 坦]
黃疸，血液中膽紅素增高而引起皮膚、眼球發黃的症狀◆黃疸性肝炎。
〈二〉[da ˙ㄉㄚ ⑧ dap⁸ 答]
疙疸，同"疙瘩"。見"疙"，445頁左欄。

⁵ **疽** [jū ㄐㄩ ⑧ tsœy¹ 吹]
中醫指皮膚腫脹結成硬塊的毒瘡◆癰疽。

⁵ **疷** [zhǐ ㄓˇ ⑧ dzi¹ 之]
打傷。

⁵ **疾** [jí ㄐㄧˊ ⑧ dzɐt⁹ 姪]
❶病◆疾病|頑疾|惡疾|積勞成疾。❷痛苦◆民間疾苦。❸厭惡；憎恨◆疾惡如仇|疾首蹙額。❹急速；猛烈◆迅疾|疾馳|疾步行走|大聲疾呼|疾風知勁草。

⁵ **痄** [zhà ㄓㄚˋ ⑧ dza³ 炸]
痄腮，即流行性腮腺炎。

⁵ **疹** [zhěn ㄓㄣˇ ⑧ tsɛn² 診]
一種皮膚上起紅色小顆粒的病，如風疹、濕疹、麻疹等。

⁵ **疼** [téng ㄊㄥˊ ⑧ tuŋ⁴ 同]
❶痛◆胃疼|疼痛|牙疼不是病，疼起來要人命。❷關切喜愛◆疼愛|誰不疼自己的孩子。

⁵ **疱** [pào ㄆㄠˋ ⑧ pau³ 炮]
皮膚上長的像水泡的小疙瘩◆疱疹。

⁵ **疰** [zhù ㄓㄨˋ ⑧ dzy³ 注]
疰夏，暑症之一。即炎夏季節持續發燒，無食慾，消瘦乏力。

⁵ **痃** [xuán ㄒㄩㄢˊ ⑧ jin⁴ 言]
性病名。症狀是腹股溝淋巴結腫大。也叫"便毒"、"橫痃"。

⁵ **痂** [jiā ㄐㄧㄚ ⑧ ga¹ 加]
瘡口或傷口快痊癒時表面凝結的硬塊◆瘡痂|結痂。

5 疲 [pí ㄆㄧˊ ⓟpei⁴ 皮]
勞累；困乏 ◆ 疲勞過度|疲憊不堪|精疲力竭|疲於奔命。

6 痔 [zhì ㄓˋ ⓟdzi⁶ 自]
一種常見的肛門疾病，有內痔、外痔兩種。通稱"痔瘡"。

6 痏 [wěi ㄨㄟˇ ⓟwei⁵ 偉]
❶瘡。❷瘢痕。

6 痍 [yí ㄧˊ ⓟji⁴ 兒]
創傷 ◆ 滿目瘡痍。

6 疵 [cī ㄘ ⓟtsi¹ 雌]
小毛病；缺點；過失 ◆ 瑕疵|大醇小疵|吹毛求疵。

6 痌 [tōng ㄊㄨㄥ ⓟtuŋ¹ 通]
痛 ◆ 痌瘝在抱。

6 痊 [quán ㄑㄩㄢˊ ⓟtsyn⁴ 全]
病癒 ◆ 痊癒。

6 痎 [jiē ㄐㄧㄝ ⓟgai¹ 皆]
瘧疾。

6 痒 〈一〉[yáng ㄧㄤˊ ⓟjœŋ⁴ 羊]
❶憂慮過度得病。❷受損害。
〈二〉"癢"的簡化字。

6 痕 [hén ㄏㄣˊ ⓟhɐn⁴ 很⁴]
❶瘡傷痊瘉後留下的疤 ◆ 傷痕累累。❷事物留下的印跡 ◆ 痕跡|裂痕|淚痕滿面|彈痕累累。

7 痣 [zhì ㄓˋ ⓟdzi³ 志]
皮膚上所生的斑點，一般是黑色的，也有紅色的 ◆ 額上有一顆痣。

7 痦 (ⓟ疡) [wù ㄨˋ ⓟŋ⁶ 誤]
痦子，突起的痣。

7 痘 [dòu ㄉㄡˋ ⓟdɐu⁶ 豆]
❶病名。即痘瘡，俗稱"天花"。是一種急性傳染病，發病時全身出現豆粒狀膿疱。❷痘苗，預防天花的疫苗。也叫"牛痘苗" ◆ 種痘。

7 痞 [pǐ ㄆㄧˇ ⓟpei² 鄙/pei⁵ 婢/fɐu² 否]
❶中醫指腹內可以摸到的硬塊 ◆ 痞塊。❷流氓無賴；惡棍 ◆ 地痞流氓|一幫痞子。

7 痙 (痉) [jìng ㄐㄧㄥˋ ⓟgiŋ⁶ 競]
痙攣，肌肉緊張而抽搐。

7 痢 [lì ㄌㄧˋ ⓟlei⁶ 利]
病名，即痢疾。一種腸道傳染病，有白痢、赤痢兩種。

7 痗 [mèi ㄇㄟˋ ⓟmui⁶ 昧/fui³ 悔]
病；憂傷。

7 **痤** [cuó ㄘㄨㄛˊ [粵] tsɔ4 鋤] 痤瘡，一種皮膚病。多生在青年人的面部，有的為有黑頭的小紅疙瘩。通常由皮脂腺分泌過多，消化不良，便祕等引起。俗稱“粉刺”。

7 **痧** [shā ㄕㄚ [粵] sa1 沙] ❶病名。中醫指霍亂、中暑等急性病 ◆ 絞腸痧。❷痧子，中醫病名，即痲疹 ◆ 出痧子。

7 **痛** [tòng ㄊㄨㄥˋ [粵] tuŋ3 桶3] ❶身體因疾病或創傷而感到難受 ◆ 胃痛｜牙痛｜切膚之痛｜痛定思痛｜頭痛醫頭，腳痛醫腳。❷悲傷；傷心 ◆ 悲痛欲絕｜沈痛哀悼｜痛不欲生｜痛心泣血。❸徹底地；深切地；盡情地 ◆ 痛快｜痛恨｜痛哭流涕｜痛改前非｜開懷痛飲。

7 **痠** [suān ㄙㄨㄢ [粵] syn1 酸] 人體肌肉因過度疲勞或疾病引起的微痛無力的感覺 ◆ 痠痛｜腰痠背痛。

8 **瘏** [tú ㄊㄨˊ [粵] tou4 屠] 疲勞；病。

8 **瘂** 同“啞〈一〉”，見95頁右欄。

8 **痳** [lìn ㄌㄧㄣˋ [粵] lɐm1 林] 淋病，一種尿道發炎、化膿、尿中帶血的性病。

8 **痲** ([異]麻) [má ㄇㄚˊ [粵] ma4 麻] ❶ 感覺不靈或喪失 ◆ 痲木｜腿發痲。❷痲疹，即麻疹。❸痲風，即麻風。❹痲痺，即麻痺。

8 **瘃** [zhú ㄓㄨˊ [粵] dzuk7 竹] 凍瘡。

8 **痼** [gù ㄍㄨˋ [粵] gu3 固] ❶經久難癒的(病) ◆ 痼疾。❷長期養成的不易克服的(習慣或嗜好) ◆ 痼習｜痼癖。

8 **痱** ([異]疿) [fèi ㄈㄟˋ [粵] fɐi6 吠/ fei4 肥] 痱子，一種夏令常見的皮膚病。由於皮膚不潔、出汗不暢引起。表現為密集的紅色或白色小疹。易發於額、頸、上胸、肘窩等多汗部位。有刺癢和灼熱感。

8 **痴** ([異]癡) [chī ㄔ [粵] tsi1 雌] ❶愚笨；傻 ◆ 痴呆｜痴笑｜白痴｜痴人說夢｜痴人痴福。❷發狂；發瘋 ◆ 發痴。❸沈迷於某人或某事而不能自拔 ◆ 痴迷｜痴情｜書痴｜痴男怨女｜痴心妄想｜痴心女子負心漢。

8 **痿** [wěi ㄨㄟˇ [粵] wɐi1 委] 身體某一部分筋肉萎縮、機

能衰退的病 ◆ 陽瘻。

⁸瘐　[yǔ ㄩˇ 粵 jy⁵ 雨]
瘐死，犯人因受刑、凍餓、疾病而死在獄中。

⁸瘅 (粵瘅)　[bì ㄅㄧˋ 粵 bei³ 祕]
肢體失去知覺，不能隨意活動的病 ◆ 小兒麻瘅症。

⁸瘁　[cuì ㄘㄨㄟˋ 粵 sœy⁶ 睡]
過度勞累；困病 ◆ 心力交瘁｜鞠躬盡瘁，死而後已。

⁸痦　[pēi ㄆㄟ 粵 pui¹ 胚]
❶即痲子。❷衰弱 ◆ 形衰氣痦。

⁸瘀　[yū ㄩ 粵 jy¹ 於/jy³ 嫗]
血液凝積 ◆ 瘀血。

⁸痰　[tán ㄊㄢˊ 粵 tam⁴ 談]
氣管及支氣管分泌出來的黏液 ◆ 痰盂｜禁止隨地吐痰。

⁸瘝　[guǎn ㄍㄨㄢˇ 粵 gun² 管]
❶憂鬱；憂愁。❷疲勞。

⁸病　[ē ㄜ 粵 ɔ¹/ŋɔ¹ 柯]
❶病。❷毛病；缺點。

⁹瘈　〈一〉[zhì ㄓˋ 粵 dzɐi³ 制/gɐi³ 計]
瘋狂 ◆ 瘈狗。

〈二〉[chì ㄔˋ 粵 kɐi³ 契]
手足痙攣 ◆ 瘈瘲。

⁹癞　[là ㄌㄚˋ 粵 lat⁹ 辣]
癞癞，頭上生癬，使頭髮脫落的病。也寫作“鬎鬁”。

⁹瘧 (粵疟)　〈一〉[nüè ㄋㄩㄝˋ 粵 jœk⁹ 若]
瘧疾，一種由瘧蚊傳染的病。患者週期性出現發冷發熱症狀。通稱“瘧子 (yào·zi)”。
〈二〉[yào ㄧㄠˋ 粵 同〈一〉]
義同“瘧〈一〉”，只用於“瘧子”。

⁹瘍 (粵疡)　[yáng ㄧㄤˊ 粵 jœŋ⁴ 羊]
瘡 ◆ 瘍醫｜潰瘍。

⁹瘟　[wēn ㄨㄣ 粵 wɐn¹ 溫]
一時流行於人或牲畜間的急性傳染病 ◆ 瘟疫｜雞瘟。

⁹瘦　[shòu ㄕㄡˋ 粵 sɐu³ 秀]
❶肌肉不豐滿；缺少脂肪。與“胖”、“肥”相對 ◆ 瘦削｜瘦弱｜消瘦｜面黃肌瘦｜骨瘦如柴。❷衣服等窄小；與“肥”相對 ◆ 褲腳太瘦。❸土地貧瘠 ◆ 瘦田｜瘦瘠的荒山。❹字體細而有力 ◆ 瘦硬｜瘦金書。

⁹瘊　[hóu ㄏㄡˊ 粵 hɐu⁴ 喉]
瘊子，“疣”的俗稱。

瘉(瘉) [yù ㄩˋ 粵jy⁶ 預]
病好了 ◆ 痊瘉｜病瘉｜傷口瘉合。

瘓 [huàn ㄏㄨㄢˋ 粵wun⁶ 換]
四肢麻木不能活動的病 ◆ 癱瘓。

瘋(疯) [fēng ㄈㄥ 粵fuŋ¹ 風]
❶癲狂；精神失常。也形容人言行輕狂，任性放縱 ◆ 瘋子｜發瘋｜瘋狂｜瘋人院｜瘋瘋癲癲。❷指農作物生長旺盛但不結果實 ◆ 瘋長｜瘋枝｜這些棉花瘋了。

瘖 [yīn ㄧㄣ 粵jɐm¹ 陰]
❶啞；不能出聲 ◆ 瘖啞。❷默不作聲 ◆ 瘖默。

瘕 [jiǎ ㄐㄧㄚˇ 粵ga³ 假]
腹內結塊的病。

瘛 [chì ㄔˋ 粵tsɐi³ 切]
筋脈痙攣 ◆ 瘛瘲。

瘩(瘩) 〈一〉[dá ㄉㄚˊ 粵dap⁸ 搭]
瘩背，背部所生的癰。
〈二〉[da・ㄉㄚ 粵同〈一〉]
疙瘩。見"疙"，445頁左欄。

瘞(瘗) [yì ㄧˋ 粵ji³ 意/ɐi³/ŋɐi³ 矮³]
埋葬；埋藏 ◆ 瘞藏｜瘞玉埋香。

瘝 [guān ㄍㄨㄢ 粵gwan¹ 關]
病痛；疾苦 ◆ 痌瘝在抱。

瘜 [xī ㄒㄧ 粵sik⁷ 息]
瘜肉，生在鼻腔或腸道內的肉瘤。也作"息肉"。

瘢 [bān ㄅㄢ 粵pun⁴ 盆]
❶疤痕 ◆ 瘢痕。❷皮膚上的斑點 ◆ 雀瘢｜汗瘢｜白瘢。

瘡(疮) [chuāng ㄔㄨㄤ 粵tsɔŋ¹ 倉]
❶皮肉腫脹潰爛等疾病，如癰疽之類 ◆ 腳底生瘡｜瘡口化膿｜好了瘡疤忘了疼。❷外傷 ◆ 刀瘡｜棒瘡。

瘤(瘤) [liú ㄌㄧㄡˊ 粵lɐu⁴ 留]
皮膚上或身體內部長出的肉塊 ◆ 瘤子｜肉瘤｜腫瘤。

瘠 [jí ㄐㄧˊ 粵dzik⁹ 值/dzɛk⁸ 隻]
❶瘦弱 ◆ 羸瘠老弱。❷土地不肥沃；地力薄 ◆ 瘠田｜瘠薄｜貧瘠。

瘥 〈一〉[cuó ㄘㄨㄛˊ 粵tsɔ⁴ 鋤]
疫病 ◆ 瘥瘼。
〈二〉[chài ㄔㄞˋ 粵tsai³ 猜³]
病瘉。

瘙 [sào ㄙㄠˋ 粵sou³ 掃]
❶古代指疥瘡。❷(皮膚)發

瘙 ◆ 瘙癢。

瘸一拐的。

11 瘼 [mò ㄇㄛˋ 粵 mɔk⁹ 莫]
病；疾苦 ◆ 疾瘼｜民瘼。

11 瘭 [biāo ㄅㄧㄠ 粵 biu¹ 標]
毒瘡，疽癰之類。

11 瘻(瘺⍟瘺) [lòu ㄌㄡˋ 粵 leu⁶ 漏]
❶ 頸腫大的病，即頸部淋巴腺結核。❷瘻管，人或動物體內由於外傷、膿腫，在內臟與體表或臟器之間形成的管道。病灶分泌物由此管流出。

11 瘰 [luǒ ㄌㄨㄛˇ 粵 lɔ⁵ 裸]
瘰癧，病名，即淋巴腺結核，俗稱瘰子頸。多發生在頸部，有時也發生在腋窩部。

11 瘲 [zòng ㄗㄨㄥˋ 粵 dzuŋ³ 眾]
瘛瘲。見"瘛"，450頁左欄。

11 瘵 [zhài ㄓㄞˋ 粵 dzai³ 債]
病，多指肺結核 ◆ 癆瘵。

11 瘴 [zhàng ㄓㄤˋ 粵 dzœŋ³ 帳]
❶瘴氣，指南部、西南部地區山林裏濕熱蒸發使人生病的氣。❷瘴癘，受瘴氣侵襲所生的病。

11 瘸 [qué ㄑㄩㄝˊ 粵 kœ⁴ 巨靴切]
跛足 ◆ 瘸腿｜瘸子｜走路一

11 瘳 [chōu ㄔㄡ 粵 tseu¹ 抽]
❶病痛。❷損害；損失。

11 瘆(瘮) [shèn ㄕㄣˋ 粵 sem³ 滲/sem² 審]
使人害怕；可怕 ◆ 瘆人｜一個人走夜路瘆得慌。

12 癍 [bān ㄅㄢ 粵 ban¹ 班]
皮膚上生斑點的病。也指皮膚上生的斑點。

12 癀 [huáng ㄏㄨㄤˊ 粵 wɔŋ⁴ 黃]
癀病，牛、馬、豬、綿羊等家畜的炭疽病。

12 療(疗) [liáo ㄌㄧㄠˊ 粵 liu⁶ 料/liu⁴ 聊(語)]
醫治；治病 ◆ 治療｜醫療｜理療｜療程｜療效顯著。

12 癉(瘅) 〈一〉[dàn ㄉㄢˋ 粵 dan³ 旦/dɔ³ 剁]
❶因過分勞累而生的病。❷憎恨 ◆ 彰善癉惡。
〈二〉[dān ㄉㄢ 粵 dan¹ 丹]
熱症。

12 癌 [ái ㄞˊ/yán ㄧㄢˊ(舊) 粵 ŋam⁴ 巖]
惡性腫瘤 ◆ 肺癌｜胃癌｜癌變｜癌細胞擴散。

癆(痨) ［láo ㄌㄠˊ ⑧lou⁴ 勞］
結核病，多指肺結核
◆ 癆病｜肺癆。

癇(痫⑧癇) ［xián ㄒㄧㄢˊ ⑧ han⁴ 閒］
癲癇，一種神經系統的疾病。發病時神智不清，口吐白沫，全身痙攣。俗稱"羊角風"、"羊癇風"。

癈(废) ［fèi ㄈㄟˋ ⑧fɐi³ 廢］
❶指人肢體殘廢、機能不健全 ◆ 癈疾。❷同"廢❹"，見201頁左欄。

癃 ［lóng ㄌㄨㄥˊ ⑧luŋ⁴ 隆］
❶衰弱多病 ◆ 癃老｜癃病｜癃殘。❷大小便不通 ◆ 癃閉。

癘(疬) ［lì ㄌㄧˋ ⑧lɐi⁶ 麗/lai⁶ 賴］
❶流行性傳染病；瘟疫 ◆ 疫癘。❷惡瘡；痲瘋。

癤(疖) ［jiē ㄐㄧㄝ ⑧dzit⁸ 折］
皮膚上所生的小瘡 ◆ 癤子。

癙 ［shǔ ㄕㄨˇ ⑧sy² 暑］
憂鬱；憂鬱成病 ◆ 癙憂。

癔 ［yì ㄧˋ ⑧ji³ 意］
一種精神病。大都因受嚴重刺激而引起 ◆ 癔病。

癜 ［diàn ㄉㄧㄢˋ ⑧din⁶ 電］
皮膚上長斑點的病，有紫色或白色兩種。俗稱"紫癜風"、"白癜風"。

癖 ［pǐ ㄆㄧˇ ⑧pik⁷ 闢］
成了習慣的愛好；嗜好 ◆ 癖好｜癖性｜怪癖｜嗜酒成癖｜好潔成癖。

癟(瘪⑧癟) 〈一〉［biě ㄅㄧㄝˇ ⑧bit⁹ 別］
枯萎；不飽滿 ◆ 乾癟｜癟穀｜皮球癟了。
〈二〉［biē ㄅㄧㄝ ⑧同〈一〉］
癟三，舊時上海人稱不務正業，以乞討、偷竊為生的人。

癥(症) ［zhēng ㄓㄥ ⑧dziŋ¹ 徵］
腹中結塊的病。比喻事情弄壞或不能解決的關鍵 ◆ 癥結。

癢(痒) ［yǎng ㄧㄤˇ ⑧jœŋ⁵ 仰］
皮膚或黏膜受到刺激，產生想抓撓的感覺 ◆ 止癢｜撓癢癢｜隔靴搔癢，於事無補。

癩(癞) ［lài ㄌㄞˋ ⑧lai⁶ 賴/lat⁹ 辣］
❶痲瘋；惡瘡；頑癬 ◆ 癩皮狗。❷表皮像生了癩瘡的 ◆ 癩蛤蟆想吃天鵝肉。

16
癧(病)　[lì ㄌㄧˋ 粵 lik⁹ 力]
癧癧。見"瘰"，451頁左欄。

17
瘿(瘿)　[yǐng ㄧㄥˇ 粵 jiŋ² 映]
❶長在脖子上的囊狀瘤子。❷樹木上長出的像瘤子的疙瘩。

17
癬(癬)　[xuǎn ㄒㄩㄢˇ 粵 sin² 冼]
皮膚感染發霉菌後引起的一種疾病 ◆ 腳癬｜股癬｜牛皮癬。

17
癮(癮)　[yǐn ㄧㄣˇ 粵 jɐn⁵ 引]
積久成習的嗜好 ◆ 酒癮｜煙癮｜癮頭｜上癮。

18
癯　[qú ㄑㄩˊ 粵 kœy⁴ 渠]
瘦 ◆ 清癯。

18
癰(癰)　[yōng ㄩㄥ 粵 juŋ¹ 翁]
一種惡性膿瘡，多生在肩、背、臀部 ◆ 疽癰。

19
癱(瘫)　[tān ㄊㄢ 粵 tan¹ 灘/tan² 坦(語)]
肢體麻木、不能自由行動的病 ◆ 癱瘓｜偏癱｜癱子｜風癱。

19
癲(癲)　[diān ㄉㄧㄢ 粵 din¹ 顛]
神經錯亂、言行失常 ◆ 癲狂｜瘋癲｜癲癇｜瘋瘋癲癲。

癶 部

4
癸　[guǐ ㄍㄨㄟˇ 粵 gwɐi³ 貴]
❶天干的第十位。❷姓。

7
登　[dēng ㄉㄥ 粵 dɐŋ¹ 燈]
❶從低處向高處走 ◆ 登山｜登高｜登峯造極｜登堂入室｜一步登天。❷記載；刊載 ◆ 登記｜登載｜登報。❸穀物成熟 ◆ 五穀豐登。❹古代指科舉考試被錄用 ◆ 登第｜五子登科。

7
發(发)　[fā ㄈㄚ 粵 fat⁸ 法]
❶射出(箭、子彈等)；放射 ◆ 發射｜百發百中｜引而不發｜閃閃發光｜容光煥發。❷送出；派遣 ◆ 發信｜發出邀請｜散發傳單｜發兵攻打｜打發幾個人去。❸宣佈；表達 ◆ 發佈｜發言｜抒發｜頒發命令｜發表聲明｜發號施令。❹起程 ◆ 出發｜整裝待發｜朝發夕至。❺生長出；產生 ◆ 發芽｜發電｜發生故障｜唐王維《相思》詩："紅豆生南國，春來發幾枝？願君多採擷，此物最相思。"❻顯露出；表現出 ◆ 發怒｜樹葉發黃｜臉色發青｜發揮作用。❼感覺到 ◆ 四肢發麻｜全身發癢。❽揭開；開掘 ◆ 發掘｜揭發｜東窗事發。❾開始；引起 ◆ 發起｜發端｜啟發｜一觸即發｜發人深省。❿擴大；

昌盛 ◆ 發財|發展生產|發家致富|經濟發達|發揚光大。⑪散開 ◆ 揮發|蒸發|發散藥。⑫食物因發酵或水浸而膨脹 ◆ 發海帶|麵發了。⑬量詞。顆，用於槍彈、炮彈 ◆ 一發炮彈。

白 部

⁰ 白 [bái ㄅㄞˊ ⑧bak⁹ 帛]
❶像雪的顏色。與“黑”相對 ◆ 白雪|白璧微瑕|白頭偕老|顛倒黑白|宋岳飛《滿江紅》詞：“莫等閒，白了少年頭，空悲切。”❷純淨 ◆ 白描|白飯|清白|襟懷坦白。❸明亮；天明 ◆ 月白風清|東方既白|雄雞一聲天下白。❹清楚；明瞭 ◆ 明白|真相大白|沈冤莫白|不白之冤。❺空無所有 ◆ 交白卷|白手起家|一窮二白。❻不付代價的 ◆ 白看戲|白吃白拿。❼徒然；無效 ◆ 白花力氣|白跑一趟|白費口舌。❽寫錯字形或讀錯字音 ◆ 白字|這個字唸白了。❾戲劇、歌劇、影視裏除唱詞外角色所說的話 ◆ 道白|對白|獨白|旁白。❿陳述；說明 ◆ 自白|表白|辯白|告白於天下。⑪用白眼珠看人，表示輕視或不滿 ◆ 白了他一眼。⑫方言詞。沒根據；平白無故地 ◆ 白謊|白撞。⑬指白話，即現代漢語 ◆ 文白夾雜|半文半白。⑭指喪事 ◆ 紅白喜事。⑮姓。

¹ 百 [bǎi ㄅㄞˇ ⑧bak⁸ 伯]
❶數詞。十的十倍。大寫作“佰”。❷形容很多或程度高 ◆ 百貨|百折不撓|矛盾百出|殺一儆百|百聞不如一見|百尺竿頭，更進一步。❸姓。

² 皂 (⑧阜) [zào ㄗㄠˋ ⑧dzou⁶ 造]
❶舊時稱地位低下的差役 ◆ 皂隸|皂頭。❷黑色 ◆ 皂鞋|皂絲麻線|不分青紅皂白。❸肥皂 ◆ 香皂|藥皂。

² 皃 [mào ㄇㄠˋ ⑧mau⁶ 貌]
“貌”的古字。

³ 的 〈一〉[dì ㄉㄧˋ ⑧dik⁷ 嫡]
❶箭靶的中心；箭靶 ◆ 眾矢之的|有的放矢|一語破的。❷目標；標準 ◆ 目的|標的。
〈二〉[dí ㄉㄧˊ ⑧同〈一〉]
副詞。確實；實在 ◆ 的確。
〈三〉[de·ㄉㄜ ⑧同〈一〉]
助詞。❶用在名詞的修飾成分之後，表示修飾或限制關係 ◆ 我的父親|幸福的生活|對問題的看法。❷構成“的”字結構代替名詞 ◆ 開汽車的|有兩個孩子，大的八歲，小的五歲。❸用在陳述句句尾，表示肯定語氣 ◆ 總有一天會成功的|不聽人勸，你要後悔的。

⁴**皇** [huáng ㄏㄨㄤˊ 粵 wɔŋ⁴ 黃]
❶大；盛大 ◆ 皇皇文獻|皇皇巨著。❷帝王；君主 ◆ 皇帝|皇宮|皇室|皇權|皇儲|三皇五帝|皇親國戚。❸指天 ◆ 皇天后土|皇天不負苦心人。❹古同"遑"，見712頁左欄。❺姓。

⁴**皈** [guī ㄍㄨㄟ 粵 gwei¹ 歸]
皈依，佛教稱身心歸向佛門 ◆ 皈依佛門。

⁴**皆** [jiē ㄐㄧㄝ 粵 gai¹ 佳]
全；都 ◆ 皆大歡喜|比比皆是|草木皆兵|有口皆碑|四海之內皆兄弟|司馬昭之心，路人皆知|唐李紳《憫農》詩："誰知盤中餐，粒粒皆辛苦。"

⁵**皋**(粵皋皋) [gāo ㄍㄠ 粵 gou¹ 高]
❶沼澤。❷水邊的高地；岸 ◆ 江皋。❸姓。

⁶**皎** [jiǎo ㄐㄧㄠˇ 粵 gau² 絞]
❶潔白明亮 ◆ 皎潔|明月何皎皎。❷姓。

⁷**皕** [bì ㄅㄧˋ 粵 bik⁷ 碧]
二百。

⁷**皓**(粵皜) [hào ㄏㄠˋ 粵 hou⁶ 浩]
❶明亮 ◆ 皓月當空。❷白；潔白 ◆ 鬚髮皓白|龐眉皓髮|明眸皓齒|皓首窮經。

⁷**皖** [wǎn ㄨㄢˇ 粵 wun⁵ 浣]
安徽省的別稱。因境內西部有皖山 (天柱山) 而得名 ◆ 皖南。

⁸**皙** [xī ㄒㄧ 粵 sik⁷ 色]
❶膚色白淨 ◆ 白皙的皮膚。❷白色。

¹⁰**皝** [huàng ㄏㄨㄤˋ 粵 fɔŋ² 訪]
人名用字。

¹⁰**皚**(皑) [ái ㄞˊ 粵 ŋɔi⁴ 呆]
潔白 ◆ 白雪皚皚|皚如雪，皎若月。

¹⁰**皞**(粵皞皞) [hào ㄏㄠˋ 粵 hou⁶ 浩]
指天 ◆ 皞天。

¹²**皤** [pó ㄆㄛˊ 粵 pɔ⁴ 婆]
白色，多形容鬚髮 ◆ 白髮皤然。

¹³**皦** [jiǎo ㄐㄧㄠˇ 粵 giu² 繳]
❶潔白；明亮 ◆ 嶢嶢者易缺，皦皦者易污。❷清白。❸分明；清晰。❹姓。

¹⁷**皭** [jiào ㄐㄧㄠˋ 粵 dziu³ 照/dzœk⁹ 着]
清白；潔淨 ◆ 皭白|皭然。

皮部

0 **皮** [pí ㄆㄧˊ [粵] pei4 脾] ❶動植物體的外層組織 ◆ 皮膚|樹皮|雞毛蒜皮|與虎謀皮|皮之不存，毛將焉傅。❷製過的獸皮；皮革製品 ◆ 皮衣|皮鞋|皮箱|裘皮大衣。❸像皮一樣裹在外面的一層東西 ◆ 書皮|封皮|包袱皮|餃子皮。❹某些薄片狀的東西 ◆ 鐵皮|粉皮。❺事物的表面 ◆ 皮相之談|水過地皮濕。❻有韌性的；變得有韌性，不再酥脆 ◆ 皮糖|皮紙|花生皮了。❼孩子愛玩鬧，不聽話 ◆ 頑皮|調皮|這孩子太皮了。❽指橡膠 ◆ 橡皮|膠皮輪子。❾姓。

5 **皰** 同“疱”，見446頁右欄。

7 **皴** [cūn ㄘㄨㄣ [粵] tsœn1 竣] ❶皮膚因受凍而開裂 ◆ 皴裂|手凍皴了。❷國畫畫法之一，即先勾勒山石輪廓，再用側筆蘸水墨染擦，以顯示山石的紋理及陰陽面 ◆ 皴法。

9 **皸**(皲) [jūn ㄐㄩㄣ [粵] gwen1 軍] 皸裂，皮膚因受凍或乾燥而破裂。

10 **皺**(皱) [zhòu ㄓㄡˋ [粵] dzɐu3 晝] ❶人的皮膚或物體表面因收縮或揉弄形成的凹凸紋路 ◆ 皺紋|衣服弄皺了。❷起皺紋 ◆ 皺眉|眉頭一皺，計上心來。

11 **皻** 同“齇”，見855頁左欄。

皿部

0 **皿** [mǐn ㄇㄧㄣˇ [粵] miŋ5 茗] 碗、盤、碟之類容器的統稱 ◆ 器皿。

3 **盂** [yú ㄩˊ [粵] jy4 餘] 盛液體的敞口容器 ◆ 水盂|痰盂。

4 **盅** [zhōng ㄓㄨㄥ [粵] dzuŋ1 中] 沒有把的小杯子 ◆ 酒盅|茶盅。

4 **盆** [pén ㄆㄣˊ [粵] pun4 盤] 一種較淺的口大底小的盛器，多為圓形 ◆ 臉盆|花盆|盆景|傾盆大雨|覆盆之冤。

4 **盈** [yíng ㄧㄥˊ [粵] jiŋ4 仍] ❶充滿 ◆ 充盈|熱淚盈眶|車馬盈門|笑聲盈耳|惡貫滿盈。

❷有餘；增長 ◆ 盈利|盈餘|自負盈虧|扭虧增盈。❸形容儀態美好；充滿、漾溢的樣子 ◆ 笑盈盈|舞步輕盈|笑語盈盈。

5 **盍**（[異]盇）[hé ㄏㄜˊ [粵] hɐp^9 合] 文言虛字。何不；為什麼不 ◆ 盍各言爾志。

5 **盎** [àng ㄤˋ [粵] ɔŋ^3/ŋɔŋ^3 烏浪切] ❶古人用的一種腹大口小的器具。❷洋溢 ◆ 春意盎然|興味盎然。❸盎司，英美制重量單位，1盎司等於六分之一磅，約合28.35克。

5 **盉** [hé ㄏㄜˊ [粵] wɔ^4 禾] 古代青銅製的酒器，腹大口小，下多為三足。

5 **盌** 同"碗"，見474頁右欄。

5 **益** [yì ㄧˋ [粵] jik^7 億] ❶增加；增進 ◆ 增益|進益|損益|延年益壽。❷好處；有好處的 ◆ 利益|有益|益鳥|良師益友|集思廣益|得益匪淺。❸更加 ◆ 精益求精|多多益善|生活日益富裕起來。❹姓。

6 **盔** [kuī ㄎㄨㄟ [粵] kwɐi^1 規] 保護頭部用的金屬帽子 ◆ 頭盔|鋼盔|盔甲|丟盔卸甲。

6 **盛** 〈一〉[shèng ㄕㄥˋ [粵] siŋ^6 剩] ❶興旺；生機勃勃；情緒高漲 ◆ 強盛|繁盛|茂盛|鼎盛時期|繁榮昌盛|士氣旺盛|年少氣盛|百花盛開。❷熱烈；(規模、名聲等)很大的 ◆ 盛會|盛事|盛況空前|盛大的慶典|盛名之下，其實難副。❸深厚的 ◆ 盛意|盛情難卻。❹豐富的；華麗的 ◆ 盛產|豐盛的筵席|節日的盛裝。❺形容程度深 ◆ 盛讚|盛怒之下。❻廣泛流行 ◆ 盛傳|盛行一時。❼姓。

〈二〉[chéng ㄔㄥˊ [粵] siŋ^4 成] ❶把東西放進器具中；用器具裝東西 ◆ 盛器|小碗盛飯，大碗盛湯|缸裏盛不了那麼多水。❷容納 ◆ 屋子太小，盛不了這麼多東西。

6 **盒** [hé ㄏㄜˊ [粵] hɐp^9 合] 有底有蓋可以相合的盛物器具 ◆ 盒子|飯盒|墨盒|文具盒。

7 **盜**（[異]盗）[dào ㄉㄠˋ [粵] dou^6 杜] ❶偷竊或搶人財物 ◆ 盜竊|偷盜|掩耳盜鈴|監守自盜|誨淫誨盜。❷偷或搶人財物的人 ◆ 海盜|強盜|盜賊|開門揖盜。❸用非法手段取得 ◆ 盜用|欺世盜名。

8 **盞**（盏）[zhǎn ㄓㄢˇ [粵] dzan^2 棧^2] ❶小杯子 ◆ 碗盞|酒盞|把盞言歡。❷量詞。用於酒盞或燈 ◆ 一

盞酒｜一盞燈。

8 **盟** [méng ㄇㄥˊ [粵] mɐŋ⁴ 萌] ❶古代指立誓締約，現在多指為了共同行動而結成集團 ◆ 聯盟｜盟國｜歃血為盟｜攻守同盟｜海誓山盟。❷發（誓）◆ 盟誼｜對天盟誓。❸我國內蒙古自治區的行政區域名，盟下包括旗、縣、市。

8 **盝** [lù ㄌㄨˋ [粵] luk⁹ 陸] 古代小型妝具。

9 **監**（监）〈一〉[jiān ㄐㄧㄢ [粵] gam¹ 減¹] ❶從旁察看 ◆ 監視｜監督｜監考官｜監護人｜監守自盜。❷牢獄 ◆ 監獄｜探監｜收監。

〈二〉[jiàn ㄐㄧㄢˋ [粵] gam³ 鑒] ❶古代官名或官署名 ◆ 中書監｜國子監。❷古代的宦官 ◆ 太監。❸姓。

9 **盡**（尽）〈一〉[jìn ㄐㄧㄣˋ [粵] dzœn⁶ 進⁶] ❶完 ◆ 春蠶到死絲方盡｜取之不盡，用之不竭｜知無不言，言無不盡｜書不盡言，言不盡意｜唐白居易《賦得古原草送別》詩："野火燒不盡，春風吹又生。"❷全部用出 ◆ 盡心盡力｜盡忠報國｜盡其所長｜人盡其才，物盡其用｜鞠躬盡瘁，死而後已。❸達到頂點；達到極端 ◆ 盡頭｜盡善盡美｜山窮水盡｜仁至義盡。❹全部；都 ◆ 應有盡有｜盡人皆知｜盡信書不如無書｜湖光山色盡收眼底。❺只；光 ◆ 盡説空話｜盡吃飯，不幹活。❻死；處死 ◆ 自盡｜同歸於盡。❼姓。

〈二〉同"儘"，見41頁左欄。

10 **盤**（盘）[pán ㄆㄢˊ [粵] pun⁴ 盆] ❶敞口淺底的盛放物品的器皿 ◆ 托盤｜茶盤｜和盤托出｜唐李紳《憫農》詩："誰知盤中餐，粒粒皆辛苦。"❷形狀或功用像盤的一類東西 ◆ 羅盤｜磨盤｜棋盤｜方向盤｜如意算盤。❸迴繞；迴旋曲折 ◆ 盤繞｜盤曲｜盤旋｜盤根錯節｜盤馬彎弓。❹仔細查問；查點 ◆ 盤問｜盤查｜盤賬｜盤貨｜盤根究底。❺把商店或貨物作價轉讓給他人 ◆ 招盤｜出盤｜受盤｜把他的店鋪盤了過來。❻搬運 ◆ 往外盤東西。❼交易市場報出的行情 ◆ 開盤｜收盤。❽量詞 ◆ 一盤磁帶｜一盤石磨。❾姓。

11 **盬** [gǔ ㄍㄨˇ [粵] gu² 古] 盬子，一種形似沙鍋而底口大小相同的盛放食物的器具。

11 **盧**（卢）[lú ㄌㄨˊ [粵] lou⁴ 勞] 姓。

11 **盥** [guàn ㄍㄨㄢˋ [粵] gun³ 貫] ❶洗手 ◆ 盥洗室。❷古代洗手的器具。

¹¹ **盦**　[ān ㄢ ⑧ em¹/ŋem¹ 庵]
❶古代盛食物的一種器皿。
❷圓形草屋。

¹² **盩**　[zhōu ㄓㄡ ⑧ dzeu¹ 周]
盩厔，地名，在陝西省。今改作周至。

¹² **盉**　[qiáo ㄑㄧㄠˊ ⑧ kiu⁴ 僑]
古代碗一類的器皿。

¹² **盨**　[xǔ ㄒㄩˇ ⑧ sɔ² 所]
古代盛食物的青銅器皿，有蓋和兩耳。

¹² **盪(荡)**　[dàng ㄉㄤˋ ⑧ dɔŋ⁶ 宕]
❶搖；擺 ◆ 晃盪|振盪|盪漾|動盪|盪氣迴腸。❷洗 ◆ 滌盪。❸清除；弄光 ◆ 盪除|掃盪|傾家盪產。

¹³ **盬**　[gǔ ㄍㄨˇ ⑧ gu² 古]
❶鹽池。❷不堅實。❸休息；停止。❹吸飲。

¹⁵ **盭**　[lì ㄌㄧˋ ⑧ lœy⁶ 戾]
乖違；乖戾。

目 部

⁰ **目**　[mù ㄇㄨˋ ⑧ muk⁹ 木]
❶眼睛 ◆ 目中無人|目不暇接|耳聞目睹|一葉障目，不見泰山。唐王之渙《登鸛雀樓》詩："欲窮千里目，更上一層樓。"❷看；注視 ◆ 目為奇跡。❸大項中分出的小項 ◆ 條目|要目|細目|綱舉目張。❹名稱 ◆ 目錄|書目|總目|題目|巧立名目。

² **盯**　[dīng ㄉㄧㄥ ⑧ dɛŋ¹ 釘]
注視；集中視線看 ◆ 兩眼盯着那個人。

³ **盱**　[xū ㄒㄩ ⑧ hœy¹ 虛]
張開眼睛向上看 ◆ 盱衡。

³ **直**　[zhí ㄓˊ ⑧ dzik⁹ 席]
❶不彎曲；與"曲"相對 ◆ 直線|是非曲直|筆直的馬路|直立在廣場中央。唐王維《使至塞上》詩："大漠孤煙直，長河落日圓。"❷縱向的；豎的 ◆ 垂直|直行書寫|直升飛機|唐李白《望廬山瀑布水》詩："飛流直下三千尺，疑是銀河落九天。"❸不轉變；沒有躭擱、阻礙 ◆ 現場直播|直達廣州|一直朝前走|徑直來到試驗場。❹行為或性格公正、坦率 ◆ 為人正直|性格剛直|心直口快|此人很直爽。❺正確的；有理的 ◆ 理直氣壯|是非曲直。❻使伸直 ◆ 直起腰來。❼連續不斷地；老是 ◆ 對着我直笑|這孩子直哭|兩腿直發抖。❽表示完全如此 ◆ 簡直。❾僅僅；只是 ◆ 豈直。❿漢字筆畫

之一，也叫"豎"，指從上到下的直畫。⓫ "值"的古字。⓬ 姓。

³**盲** [máng ㄇㄤˊ 圖 maŋ⁴ 猛⁴]
❶ 眼睛瞎，看不見東西 ◆ 盲童｜盲子摸象｜盲人騎瞎馬，夜半臨深池。❷ 比喻無主見、無明確目的 ◆ 盲從｜盲動｜盲目崇拜。❸ 比喻對某些事物或道理認識不清 ◆ 色盲｜文盲｜法盲。

⁴**相** 〈一〉[xiāng ㄒㄧㄤ 圖 sœŋ¹ 商]
❶ 表示彼此都有的行為或態度；交互 ◆ 相互｜相敬如賓｜相親相愛｜相輔相成｜相得益彰。❷ 表示一方對另一方的行為或態度 ◆ 好言相勸｜實不相瞞｜把他當朋友相待｜士別三日，當刮目相看｜宋晏殊《浣溪沙》詞："無可奈何花落去，似曾相識燕歸來。" ❸ 表示進行比較 ◆ 相形見絀｜相差懸殊｜大相徑庭｜相差十萬八千里。❹ 姓。
〈二〉[xiāng ㄒㄧㄤ 圖 sœŋ³ 商³]
親自察看(是否合心意) ◆ 相親｜相不中。
〈三〉[xiàng ㄒㄧㄤ丶 圖 同〈二〉]
❶ 仔細察看 ◆ 相面｜伯樂相馬｜相機行事。❷ 容貌；模樣；外觀 ◆ 相貌｜扮相｜長相｜狼狽相｜真人不露相。❸ 坐、立等的姿態 ◆ 吃相｜站有站相，坐有坐相。❹ 指照片 ◆ 照張相｜標準相。❺ 幫助 ◆ 吉人天相。❻ 古代輔助國君掌管國事

的最高大臣 ◆ 相國｜丞相｜相門有相｜王侯將相｜宰相肚裏能撐船。❼ 古代指主持禮儀活動的人；現在指幫助主人接待賓客的人 ◆ 儐相。❽ 某些國家的高級官員稱相 ◆ 大藏相｜通產相。❾ 交流電路中的一個組成部分 ◆ 三相插座。❿ 姓。

⁴**眄** [miǎn ㄇㄧㄢˇ/miàn ㄇㄧㄢˋ 圖 min⁵ 免/min⁶ 面]
斜着眼看 ◆ 眄視。

⁴**眈** [dǔn ㄉㄨㄣˇ 圖 dzœn³ 俊]
很短時間的睡眠 ◆ 打個眈兒。

⁴**眇** (圖眇) [miǎo ㄇㄧㄠˇ 圖 miu⁵ 秒]
❶ 原指一眼瞎，後也指兩眼瞎。❷ 微小 ◆ 眇小。

⁴**省** 〈一〉[shěng ㄕㄥˇ 圖 saŋ² 所景切]
❶ 節約 ◆ 節省｜儉省｜省錢｜省吃儉用｜不是省油燈。❷ 減少；免去 ◆ 省略｜省免｜省卻煩惱｜省了很多事情｜這些禮節就省了罷。❸ 古代官署名 ◆ 中書省｜尚書省。❹ 我國第一級地方行政區域單位 ◆ 江蘇省｜廣東省。❺ 指省會 ◆ 省裏來的人｜去省裏開會。
〈二〉[xǐng ㄒㄧㄥˇ 圖 siŋ² 醒]
❶ 檢查自己的思想言行 ◆ 反省｜內省｜吾日三省吾身。❷ 探望問候(尊

長)◆ 省親|歸省|昏定晨省。❸明白;醒悟 ◆ 省悟|不省人事|發人深省|猛省過來。

⁴**看**〈一〉[kàn ㄎㄢˋ ⑧ hɔn³ 漢]
❶把視線對着事物 ◆ 看戲|觀看|看球賽|看破紅塵|收看電視節目|宋蘇軾《題西林壁》詩: "橫看成嶺側成峯,遠近高低各不同。"❷為了解情況而仔細考察 ◆ 察看動靜|查看賬目|踏看地形。❸探望;拜訪;問候 ◆ 看望病人|看老朋友去。❹診治 ◆ 看病|把我的病看好了。❺了解情況後作出判斷;預料 ◆ 形勢看好|行情看漲|我看他能勝任。❻用在動詞後面,有姑且試試的意思 ◆ 再等等看|問問他看|站起來走走看。
〈二〉[kàn ㄎㄢˋ ⑧ hɔn¹ 刊]
❶照料 ◆ 在家照看孩子。❷對待 ◆ 看待|另眼相看|士別三日,當刮目相看。❸提醒對方留神 ◆ 別跑,看摔着。
〈三〉[kān ㄎㄢ ⑧ 同〈二〉]
❶守護,照管 ◆ 看門|看護病人|看家本領|看管行李|一人看五台紡機。❷監視 ◆ 看押|看守所|看管犯人。

⁴**眊**[mào ㄇㄠˋ ⑧ mou⁶ 冒]
眼睛昏花,看不清楚。

⁴**盾**[dùn ㄉㄨㄣˋ ⑧ tœn⁵ 徒損切/sœn⁵ 信⁵]
❶古代打仗時用來護身、擋住刀箭的武器 ◆ 盾牌|以子之矛,攻子之盾。❷形狀像盾的東西 ◆ 金盾|銀盾。❸荷蘭、越南、印度尼西亞等國的貨幣單位。

希臘　羅馬　中國

⁴**盻**〈一〉[xì ㄒㄧˋ ⑧ hei⁶ 系]
怒視。
〈二〉[pàn ㄆㄢˋ ⑧ pan³ 盼]
同"盼"。眼睛黑白分明的樣子。

⁴**盼**[pàn ㄆㄢˋ ⑧ pan³ 攀³]
❶看 ◆ 左顧右盼|顧盼自雄。❷殷切期望 ◆ 盼望|盼星星,盼月亮|早盼着你們來。❸眼睛黑白分明的樣子。

⁴**眈**[dān ㄉㄢ ⑧ dam¹ 耽]
眈眈,形容兩眼兒猛地注視着 ◆ 虎視眈眈。

⁴**眍**
同"瞅",見465頁右欄。

⁴**眉**[méi ㄇㄟˊ ⑧ mei⁴ 微]
❶眼眶上面的毛 ◆ 眉清目秀|眉開眼笑|迫在眉睫|舉案齊眉。❷形容像眉一樣細長彎曲的東

西 ◆ 眉月。❸書頁上方的空白部分 ◆ 眉批｜書眉。

⁵**眚** [shěng ㄕㄥˇ ⑧saŋ² 省/siŋ² 醒]
❶眼睛生翳 ◆ 目眚昏花。❷過失 ◆ 不以一眚掩大德。

⁵**眨** [zhǎ ㄓㄚˇ ⑧dzap⁸ 砸/dzam² 斬(語)]
眼皮很快地一張一閉 ◆ 眨眼｜一眨眼功夫｜殺人不眨眼。

⁵**眡** 同"視"，見649頁左欄。

⁵**眢** [yuān ㄩㄢ ⑧jyn¹ 冤]
❶眼乾枯下陷。❷乾涸 ◆ 眢井。

⁵**真** [zhēn ㄓㄣ ⑧dzen¹ 珍]
❶不虛假；與實情相符。與"假"相對 ◆ 真人真事｜真情實感｜千真萬確｜弄假成真《宋蘇軾《題西林壁》詩："不識廬山真面目，只緣身在此山中。"❷清楚不走樣 ◆ 看不真｜聽得很真｜一點不失真。❸本性；本質 ◆ 天真｜返璞歸真。❹副詞。的確；實在 ◆ 真可惜｜真漂亮。❺漢字的一種字體，即楷書 ◆ 真書｜真篆隸草。❻姓。

⁵**眩** [xuàn ㄒㄩㄢˋ ⑧jyn⁴ 元/jyn⁶ 願]
❶(眼睛)昏花 ◆ 頭昏目眩。❷迷惑 ◆ 眩惑。

⁵**眠** [mián ㄇㄧㄢˊ ⑧min⁴ 棉]
❶睡覺 ◆ 睡眠｜失眠｜不眠之夜｜長眠九泉。❷某些動物在一段時間內不吃不動的生理現象 ◆ 冬眠｜蠶眠。

⁵**眙** 〈一〉[chì ㄔˋ ⑧tsi³ 次]
❶直視；瞪着眼看。❷驚愕注視的樣子。
〈二〉[yí ㄧˊ ⑧ji⁴ 宜]
盱眙，地名，在江蘇省。

⁶**眶** [kuàng ㄎㄨㄤˋ ⑧hoŋ¹ 康/kwaŋ¹ 逛¹]
眼窩的四周 ◆ 熱淚盈眶｜眼淚奪眶而出。

⁶**眭** [suī ㄙㄨㄟ ⑧sœy¹ 須]
❶目光深視。❷姓。

⁶**眥**(⑧眦) 〈一〉[zì ㄗˋ ⑧dzi⁶ 字/dzei⁶ 滯]
眼角 ◆ 眥裂。
〈二〉[zì ㄗˋ ⑧dzai⁶ 寨]
睚眥，見"睚"，464頁右欄。

⁶**眾**(众⑧眾) [zhòng ㄓㄨㄥˋ ⑧dzuŋ³ 種]
❶許多；跟"寡"相對 ◆ 眾多｜眾數｜眾口難調｜眾志成城｜眾怒難犯｜萬眾一心｜寡不敵眾｜眾人拾柴火

焰高。❷許多人 ◆ 大眾|聽眾|觀眾|眾望所歸|眾所周知|眾叛親離。❸姓。

⁶**眽** [mò ㄇㄛˋ ⑧mek⁹ 默]
❶看。❷眽眽，同"脈脈"。形容用眼神表達愛慕的情意。

⁶**眺**(覜) [tiào ㄊㄧㄠˋ ⑧tiu³ 跳]
向遠處看 ◆ 眺望|眺覽|登高遠眺。

⁶**眵** [chī ㄔ ⑧tsi¹ 雌]
即眼屎。

⁶**眷** [juàn ㄐㄩㄢˋ ⑧gyn³ 絹]
❶懷念；留戀 ◆ 眷念|眷戀|眷顧|眷眷赤子心。❷親屬 ◆ 眷口|家眷|親眷|願天下有情人終成眷屬。

⁶**眼** [yǎn ㄧㄢˇ ⑧ŋan⁵ 顏⁵]
❶人或動物的視覺器官，通稱眼睛 ◆ 眼明手快|眼不見，心不煩|情人眼裏出西施|眼觀六路，耳聽八方|眼見是實，耳聽是虛。❷小孔；窟窿 ◆ 炮眼|泉眼|針眼兒|鑽個眼兒。❸指事情的關鍵精要處 ◆ 詩眼兒|節骨眼兒。❹戲劇音樂的節拍 ◆ 有板有眼|一板三眼。❺圍棋用語，指成片的白子或黑子中間空白處 ◆ 做眼。❻量詞。用於井泉或池等 ◆ 一拳頭砸出一

眼井。

⁶**眸** [móu ㄇㄡˊ ⑧mɐu⁴ 謀]
眼珠；眼睛 ◆ 明眸皓齒|凝眸遠望|回眸一笑百媚生。

⁷**眨** [shǎn ㄕㄢˇ ⑧sim² 閃]
眨眼。

⁷**眵** [hàn ㄏㄢˋ ⑧wun⁵ 浣]
眼睛瞪大突出。

⁷**睏**(困) [kùn ㄎㄨㄣˋ ⑧kwen³ 困]
❶疲倦想睡。❷方言。睡 ◆ 睏覺。

⁷**睊** [juàn ㄐㄩㄢˋ ⑧gyn³ 絹]
睊睊，側目而視。

⁷**睎** [xī ㄒㄧ ⑧hei¹ 希]
❶望。❷羨慕。

⁷**着** 〈一〉[zhuó ㄓㄨㄛˊ ⑧dzœk⁸ 雀]
❶接觸；附上 ◆ 着陸|着色|不着邊際。❷穿衣 ◆ 衣着講究|吃着不用愁。❸下落；結果 ◆ 沒有着落|尋找無着。❹派遣 ◆ 着人來取。❺做；用 ◆ 着手|着力。(❷粵音讀dzœk⁹ 嚼)
〈二〉[zháo ㄓㄠˊ ⑧dzœk⁹ 嚼]
❶接觸；挨上 ◆ 上不着天，下不着地|前不巴村，後不着店。❷感到；受到 ◆ 着急|着迷|着慌|着

涼。❸燃燒；也指燈發光 ◆ 着火｜一點就着｜路燈都着了。❹用在動詞後，表示達到目的或有了結果 ◆ 拿得着｜夠得着｜睡着了｜猜着了｜燈點着了。❺方言。入睡 ◆ 她躺下就着了。

〈三〉[zhāo ㄓㄠ ⑧同〈二〉]
❶下棋時下一子或走一步叫一着 ◆ 一着不慎，滿盤皆輸。❷比喻計策或手段 ◆ 高着｜使花着｜我可沒着了｜三十六着，走為上着。❸方言。放，擱進去 ◆ 着點兒糖。❹方言。用於應答，表示同意 ◆ 着，就這麼辦。

〈四〉[zhe ·ㄓㄜ ⑧同〈二〉]
❶表示動作或狀態的持續 ◆ 說着話｜敞着胸口｜燈還亮着｜牽着鼻子走。❷助詞。用在動詞或表示程度的形容詞後表示祈使 ◆ 聽着｜防着點｜膽子大着點兒。❸助詞。加在某些動詞後，使變成介詞 ◆ 順着｜沿着｜朝着｜照着。

⁷睇 〈一〉[dì ㄉㄧˋ ⑧dɐi⁶ 弟]
斜視；流盼。
〈二〉[tǐ ㄊㄧ ⑧tɐi² 體]
方言。看 ◆ 睇書。

⁷睆 [huǎn ㄏㄨㄢˇ ⑧wun² 碗]
❶形容果實渾圓的樣子。❷明亮的樣子。❸華美。

⁷睃 [suō ㄙㄨㄛ ⑧dzœn³ 俊]
斜着眼睛看。

⁸睛 [jīng ㄐㄧㄥ ⑧dziŋ¹ 晶]
眼珠 ◆ 定睛一看｜目不轉睛｜畫龍點睛。

⁸睹 [dǔ ㄉㄨˇ ⑧dou² 島]
見；看見 ◆ 耳聞目睹｜有目共睹｜熟視無睹｜先睹為快｜見鞍思馬，睹物思人。

⁸睦 [mù ㄇㄨˋ ⑧muk⁹ 木]
❶和好；親近 ◆ 睦鄰｜兄弟不睦｜和睦相處。❷姓。

⁸睖 [lèng ㄌㄥˋ ⑧liŋ⁶ 另]
睖睜，眼睛發直；發愣。

⁸睚 [yá ㄧㄚˊ ⑧ŋai⁴ 涯]
睚眥，怒目而視，引申為極小的怨恨 ◆ 睚眥之怨。

⁸睞 (睞) [lài ㄌㄞˋ ⑧lɔi⁶ 來⁶]
看；向旁邊看 ◆ 青睞｜明眸善睞｜奴顏婢睞。

⁸睫 [jié ㄐㄧㄝˊ ⑧dzip⁸ 接/dzit⁸ 節 (語)]
上下眼皮上的細毛 ◆ 眼睫毛｜目不交睫｜迫在眉睫。

⁸督 [dū ㄉㄨ ⑧duk⁷ 篤]
❶監察指揮。也指執行監察指揮權的官 ◆ 督察｜督戰｜督學｜監督｜總督｜都督。❷責備 ◆ 督過｜督責。

⁸睨 [nì ㄋㄧˋ ⑧ŋɐi⁶ 偽]
斜着眼睛看 ◆ 睨視|睥睨。

⁸睢
⟨一⟩[suī ㄙㄨㄟ ⑧sœy¹ 雖]
❶水名,由河南流經安徽入淮河。❷睢縣,在河南省。❸姓。
⟨二⟩[huī ㄏㄨㄟ ⑧fɐi¹ 揮]
❶歡樂自得的樣子 ◆ 睢于|睢睢。❷恣睢 (今讀suī),任意妄為。

⁸睥 [pì ㄆㄧˋ ⑧pɐi³ 批³]
睥睨,斜着眼睛看,形容高傲的樣子 ◆ 睥睨一切|睥睨物表。

⁸睬 (⑧俫) [cǎi ㄘㄞˇ ⑧tsɔi² 彩]
答理;理會 ◆ 不理不睬|不予理睬。

⁸睜 [zhēng ㄓㄥ ⑧dzɐŋ¹ 增]
張開眼睛 ◆ 睜開雙眼|半睜半閉|睜眼瞎子|睜一眼閉一眼。

⁸睠
同"眷❶",見463頁左欄。

⁸睒 [shǎn ㄕㄢˇ ⑧sim² 閃]
❶同"覢",見463頁右欄。❷窺視。❸閃爍。

⁸睩 [lù ㄌㄨˋ ⑧luk⁹ 錄]
眼珠轉動。

⁹瞄 [miáo ㄇㄧㄠˊ ⑧miu⁴ 苗]
❶把視力集中在目標上 ◆ 瞄準|瞄也不瞄就打出去了。❷注意看 ◆ 他瞄了我一眼就出去了。

⁹睿 (⑧叡) [ruì ㄖㄨㄟˋ ⑧jœy⁶ 銳]
聰明通達;看得深遠 ◆ 睿智。

⁹睡 [shuì ㄕㄨㄟˋ ⑧sœy⁶ 瑞]
閉目安息 ◆ 睡覺|入睡。

⁹睪 [gāo ㄍㄠ ⑧gou¹ 高]
睪丸,雄性動物生殖器的一部分,在陰囊內。俗稱精巢。

⁹瞅 (⑧瞅) [chǒu ㄔㄡˇ ⑧tsɐu² 醜]
看;望 ◆ 瞅他一眼|東瞅西瞅。

⁹瞍 [sǒu ㄙㄡˇ ⑧sɐu² 首]
❶有眼無珠,看不見東西。❷瞎子。

⁹睽 [kuí ㄎㄨㄟˊ ⑧kwɐi¹ 規]
❶違背;不合 ◆ 睽忤|睽異。❷同"暌"。分離 ◆ 睽違。❸睽睽,睜大眼睛注視的樣子 ◆ 眾目睽睽。

⁹瞀 [mào ㄇㄠˋ ⑧mɐu⁶ 茂]
❶眼睛昏花。❷心緒煩亂。❸愚昧無知。

¹⁰瞌 [kē ㄎㄜ ⑧hɐp⁹ 合]
瞌睡,因睏倦而想睡覺。

¹⁰瞋 [chēn ㄔㄣ ⑧tsɐn¹ 親]
發怒地瞪大眼睛 ◆ 瞋目而視。

¹⁰瞇 (⑧眯) 〈一〉[mī ㄇㄧ ⑧mei¹ 微¹]
眼皮微微合上 ◆ 瞇着眼睛笑｜眼睛瞇成一條縫。
〈二〉[mí ㄇㄧˊ ⑧mei⁵ 米]
塵土入眼中，不能睜開看東西 ◆ 沙子瞇了眼睛。

¹⁰瞎 [xiā ㄒㄧㄚ ⑧het⁹ 核]
❶眼睛看不見東西；失明 ◆ 瞎子｜耳聾眼瞎｜瞎子摸象｜盲人騎瞎馬，夜半臨深池。❷沒來由地；胡亂 ◆ 瞎說｜瞎操心｜瞎起勁。❸打不響的炮彈或沒有爆炸的爆破裝置 ◆ 瞎炮。

¹⁰瞑 [míng ㄇㄧㄥˊ ⑧miŋ⁴ 明]
閉上眼睛 ◆ 徹夜不瞑｜死不瞑目。

¹¹瞢 [méng ㄇㄥˊ ⑧muŋ⁴ 蒙⁴/ mɐŋ⁴ 盟]
❶視線模糊。❷昏暗。❸煩悶。❹慚愧。

¹¹瞞 (瞞) [mán ㄇㄢˊ ⑧mun⁴ 門]
隱藏實情，不讓人知道 ◆ 隱瞞｜瞞天過海｜瞞心昧己｜欺上瞞下｜紙包不住火，想瞞也瞞不過去。

¹¹瞤 [zhǎn ㄓㄢˇ ⑧dzam² 斬]
方言。眼皮開合，眨眼。

¹¹瞖 同 "翳❷"，見544頁左欄。

¹¹瞘 (眍) [kōu ㄎㄡ ⑧ɐu¹/ŋɐu¹ 謳]
眼珠子深陷在眼眶裏 ◆ 眼睛瞘進去了。

¹¹瞟 [piǎo ㄆㄧㄠˇ ⑧piu² 嫖²]
斜着眼睛看 ◆ 別老瞟着我｜瞟了他一眼。

¹¹瞠 [chēng ㄔㄥ ⑧tsaŋ¹ 撑]
瞪大眼睛看 ◆ 瞠目結舌｜瞠乎其後。

¹¹瞜 (瞜) [lōu ㄌㄡ ⑧lɐu¹ 褸]
方言。看 ◆ 讓我瞜一瞜。

¹²瞰 [kàn ㄎㄢˋ ⑧hɐm³ 勘]
❶從高處往下看；俯視 ◆ 鳥瞰。❷窺視；偷看。

¹²瞫 [shěn ㄕㄣˇ ⑧sɐm² 審]
往深處看。

¹²瞭 〈一〉[liǎo ㄌㄧㄠˇ ⑧liu⁵ 了]
同 "了"。明白；清楚 ◆ 明瞭｜瞭如指掌｜一目瞭然。
〈二〉[liào ㄌㄧㄠˋ ⑧liu⁴ 聊]

遠望◆瞭望。

12 **瞥** [piē ㄆㄧㄝ ⓟpit⁸ 撇]
眼光掠過；匆匆一看◆瞥見｜西湖一瞥｜瞥了他一眼。

12 **瞧** [qiáo ㄑㄧㄠˊ ⓟtsiu⁴ 潮]
看◆瞧一瞧｜瞧不起｜東瞧西望｜騎驢看唱本，走着瞧。

12 **瞬** [shùn ㄕㄨㄣˋ ⓟsœn³ 信]
眼珠一轉動；一眨眼◆轉瞬｜瞬間｜瞬息萬變｜稍瞬即逝。

12 **瞳** [tóng ㄊㄨㄥˊ ⓟtuŋ⁴ 同]
瞳孔，眼球中央的小孔，可以隨着光線的強弱縮小或擴大。俗稱"瞳人"。

12 **瞵** [lín ㄌㄧㄣˊ ⓟlœn⁴ 倫]
瞪眼注視◆鷹瞵鶚視。

12 **瞤** [rún ㄖㄨㄣˊ ⓟjyn⁴ 玄]
眼皮跳動。

12 **瞷** [jiàn ㄐㄧㄢˋ ⓟgan³ 澗]
探視；偷看。

12 **瞪** [dèng ㄉㄥˋ ⓟtsiŋ⁴ 呈/tsɐŋ⁴ 撑⁴]
❶睜大眼睛◆瞪眼｜目瞪口呆｜瞪目結舌｜眼睛瞪得大大的。❷睜大眼睛不滿地看人◆瞪了他一眼｜吹鬍子瞪眼。

13 **瞽** [gǔ ㄍㄨˇ ⓟgu² 古]
❶眼瞎◆瞽人。❷指沒有識別能力、無見地的◆瞽言｜瞽說。❸古代以瞽者為樂官，因此瞽為樂官的代稱◆瞽史。

13 **瞿** ⟨一⟩[qú ㄑㄩˊ ⓟkœy⁴ 渠]
❶古代的一種兵器，屬矛、戟一類。❷姓。
⟨二⟩[qú ㄑㄩˊ/jù ㄐㄩˋ (舊) ⓟgœy³ 據]
驚視；驚恐。

13 **瞼**(睑) [jiǎn ㄐㄧㄢˇ ⓟgim² 檢]
眼皮◆眼瞼。

13 **瞻** [zhān ㄓㄢ ⓟdzim¹ 尖]
向上或向前看◆瞻仰｜觀瞻｜瞻前顧後｜高瞻遠矚。

14 **矇** ⟨一⟩[méng ㄇㄥˊ ⓟmuŋ⁴ 蒙]
❶眼瞎◆矇瞍。❷盲人樂官◆瞽矇。❸矇矓，兩眼半開半閉，看東西不清楚。同"蒙矓"◆睡眼矇矓｜醉眼矇矓。
⟨二⟩[mēng ㄇㄥ ⓟ同⟨一⟩]
❶欺騙◆別矇人｜欺上矇下。❷胡亂瞎猜◆這回總算給你矇着了。❸神智不清；昏迷◆矇頭轉向｜被壞人打矇了。

15 **矍** [jué ㄐㄩㄝˊ ⓟgwɔk⁸ 郭]
❶驚惶注視的樣子◆矍然

失色。❷矍鑠，形容年老而強健 ◆ 精神矍鑠。

¹⁶ **矑** ［lú ㄌㄨˊ ⑧lou⁴ 盧］
眼珠。

¹⁶ **矓**（眬） ［lóng ㄌㄨㄥˊ ⑧luŋ⁴ 龍］
矇矓。見“矇〈一〉❸”，467頁右欄。

¹⁹ **矗** ［chù ㄔㄨˋ ⑧tsuk⁷ 促］
直立；高聳 ◆ 矗立。

²⁰ **矙** ［kàn ㄎㄢˋ ⑧hɐm³ 勘］
窺視；看望。

²¹ **矚**（瞩） ［zhǔ ㄓㄨˇ ⑧dzuk⁷ 足］
注視 ◆ 矚目｜矚望｜高瞻遠矚。

矛 部

⁰ **矛** ［máo ㄇㄠˊ ⑧mau⁴ 茅］
古代兵器。長柄，一端裝有槍頭 ◆ 矛頭｜矛盾｜自相矛盾｜以子之矛，攻子之盾。

⁴ **矜** 〈一〉［jīn ㄐㄧㄣ ⑧giŋ¹ 京］
❶同情；憐憫 ◆ 矜憫孤贏。❷拘謹；慎重 ◆ 矜持。❸驕傲；誇耀 ◆ 驕矜｜矜恃｜力戒矜誇。❹尊重 ◆ 為世矜式。

〈二〉［qín ㄑㄧㄣˊ ⑧kɐn⁴ 勤］
矛柄。

〈三〉古同“鰥”，見825頁右欄。

⁷ **矟** ［shuò ㄕㄨㄛˋ ⑧sɔk⁸ 朔］
長矛。即槊。

⁷ **矞** ［yù ㄩˋ ⑧jyt⁹ 月］
雲的彩色。引申為優美的樣子 ◆ 矞矞皇皇。

¹¹ **矜** ［qín ㄑㄧㄣˊ ⑧kɐn⁴ 勤］
同“矜”。矛柄。

矢 部

⁰ **矢** ［shǐ ㄕˇ ⑧tsi² 始］
❶箭 ◆ 流矢｜飛矢｜無的放矢｜矢不虛發｜矢在弦上，不得不發。❷發誓 ◆ 矢志不渝｜矢口否認。❸同“屎”。糞便 ◆ 遺矢。

² **矣** ［yǐ ㄧˇ ⑧ji⁵ 以］
文言語氣詞。❶表示事物的既成狀態 ◆ 今日病矣｜吾助苗長矣！❷表示對事物發展趨勢的一種肯定預測 ◆ 漢室可興矣。❸表示感歎 ◆ 甚矣，汝之不慧。

³ **知** ［zhī ㄓ ⑧dzi¹ 支］
❶懂得；了解 ◆ 知道｜知根知底｜知書達理｜眾所周知｜知己知

彼，百戰不殆｜畫虎畫皮難畫骨，
知人知面不知心。❷知識；見解
◆ 求知慾｜愚昧無知｜真知灼見。
❸使人知道 ◆ 通知｜告知｜知照。
❹有交情；相好 ◆ 知交｜舊知｜他
鄉遇故知。❺主持；主管 ◆ 知事
｜知政。

⁴ **矧** [shěn ㄕㄣˇ 圖 tsɐn² 診]
❶何況；況且。❷亦；又。

⁵ **矩** [jǔ ㄐㄩˇ 圖 gœy² 舉]
❶畫直角或方形的曲尺 ◆ 矩
尺｜不以規矩，不成方圓。❷四角
都是直角的四邊形 ◆ 矩形。❸法
則；法度 ◆ 循規蹈矩｜規行矩步。

⁷ **短** [duǎn ㄉㄨㄢˇ 圖 dyn² 端²]
❶空間或時間的兩端之間距
離小；與"長"相對 ◆ 短跑｜短期｜
短綆汲深｜短暫停留｜紙短情長。
❷缺點；缺陷 ◆ 短處｜不要護短｜
取長補短｜説長道短｜揚長避短。
❸缺少；欠 ◆ 短欠｜短缺｜短斤缺
兩｜你還短我五塊錢。❹淺薄 ◆
見識短｜目光短淺。

⁷ **矬** [cuó ㄘㄨㄛˊ 圖 tsɔ⁴ 鋤]
身材短小；矮 ◆ 矬子。

⁸ **矮** [ǎi ㄞˇ 圖 ɐi²/ŋɐi² 烏蟹切]
❶身材短；與"高"相對 ◆
高矮｜矮小｜矮個兒。❷高度小；低
◆ 矮牆｜矮屋｜矮板凳兒。

¹² **矯**(矫) ⟨一⟩[jiǎo ㄐㄧㄠˇ 圖
giu² 繳]
❶把彎曲的東西弄直；糾正 ◆ 矯正
｜矯形｜矯枉過正｜矯揉造作｜上邪
下難正，眾枉不可矯。❷假託；故
意做作 ◆ 矯詔｜矯命｜矯飾｜矯情。
❸強健；勇武 ◆ 矯健｜矯若游龍。
❹姓。
⟨二⟩[jiáo ㄐㄧㄠˊ 圖 同⟨一⟩]
矯情，斤斤計較，不講道理 ◆ 這
人太矯情，別理他。

¹² **矰** [zēng ㄗㄥ 圖 dzɐŋ¹ 增]
一種繫有絲繩用來射鳥的短
箭。

¹⁴ **矱** [yuē ㄩㄝ 圖 wɔk⁸ 獲⁸]
法度；準則 ◆ 矩矱。

石 部

⁰ **石** ⟨一⟩[shí ㄕˊ 圖 sɛk⁹ 碩]
❶構成地殼的堅硬物質 ◆
巖石｜飛沙走石｜以卵擊石｜石破天
驚｜精誠所至，金石為開。❷碑
刻；碑碣 ◆ 石刻｜刻石頌德｜刻於
金石。❸古代治病用的石針和藥物
◆ 病入膏肓，藥石難治。❹古樂
八音(金、石、土、革、絲、木、
匏、竹)之一，即石磬。❺姓。
⟨二⟩[dàn ㄉㄢˋ 圖 同⟨一⟩]
量詞。❶容量單位。10斗為1石。

❷重量單位。1石合60公斤。

³ **矸** 〈一〉[gān 《ㄢ ⑧gɔn¹ 乾]
煤裏的石塊 ◆ 煤矸石。
〈二〉[gàn 《ㄢˋ ⑧gɔn³ 幹]
山石白淨的樣子。

³ **矼** [gāng 《ㄤ ⑧gɔŋ¹ 缸]
石橋 ◆ 石矼。

³ **矻** [kū ㄎㄨ ⑧fɐt⁷ 忽]
矻矻，形容勤勞不懈的樣子
◆ 矻矻終日｜孜孜矻矻。

³ **矽** [xī ㄒㄧ ⑧dzik⁹ 夕]
"硅"的舊稱。

⁴ **研** 〈一〉[yán ㄧㄢˊ ⑧jin⁴ 言]
❶細細地磨 ◆ 研碎｜研墨｜
研成粉末。❷仔細探討 ◆ 研究｜研
討｜認真鑽研。
〈二〉[yàn ㄧㄢˋ ⑧jin⁶ 現]
同"硯"。硯台。

⁴ **砆** [fū ㄈㄨ ⑧fu¹ 呼]
碔砆。見"碔"，473頁右欄。

⁴ **砑** [yà ㄧㄚˋ ⑧ŋa⁶ 訝]
用力碾磨使物體光滑亮澤 ◆
砑金｜砑光。

⁴ **砘** [dùn ㄉㄨㄣˋ ⑧dœn⁶ 頓]
❶砘子，播種覆土後用來壓
實鬆土的石製農具。❷播種後用石

砘把鬆土壓實。

⁴ **砒** [pī ㄆㄧ ⑧pei¹ 丕]
❶ "砷"的舊稱，也叫"信
石"，可入藥，有劇毒。❷砒霜，砷
的化合物，有劇毒。

⁴ **砌** 〈一〉[qì ㄑㄧˋ ⑧tsɐi³ 切]
❶用灰漿疊磚石 ◆ 砌牆｜砌
灶｜堆砌。❷台階 ◆ 砌階｜雕欄玉
砌。
〈二〉[qiè ㄑㄧㄝˋ ⑧同〈一〉]
砌末，古代稱戲劇演出中所用的道
具。

⁴ **砂** [shā ㄕㄚ ⑧sa¹ 紗]
❶同"沙"。細碎的石粒 ◆
砂輪｜磨砂紙｜紫砂壺｜飛砂走石｜
眼裏放不下砂子｜擔雪塞井，炊砂
作飯。❷像砂的東西 ◆ 砂糖｜礦
砂。

⁴ **砉** [xū ㄒㄩ / huā ㄏㄨㄚ ⑧
wak⁹ 或]
❶象聲詞。形容破裂聲；皮骨脫離
聲 ◆ 砉然響然。❷象聲詞。形容
迅速動作的聲音 ◆ 砉的一聲飛出
鳥窩。

⁴ **砍** [kǎn ㄎㄢˇ ⑧hɐm² 坎]
❶用刀、斧等猛力把東西劈
開 ◆ 砍柴｜砍刀｜砍伐樹木｜砍瓜切
菜。❷削減；除掉 ◆ 砍價｜項目砍
掉一半。

⁴ **砄** [jué ㄐㄩㄝˊ ⑧kyt⁸ 決]
石頭。

⁵ **砝** [fǎ ㄈㄚˇ ⑧fat⁸ 法]
砝碼，天平上用作重量標準的物體。

⁵ **砵** [bō ㄅㄛ ⑧but⁸ 鉢]
❶銅砵，地名，在福建省。❷"鉢"的異體字。

⁵ **砢** 〈一〉[kē ㄎㄜ ⑧lɔ² 裸]
方言。砢磣，寒磣，難看。
〈二〉[luǒ ㄌㄨㄛˇ ⑧同〈一〉]
磊砢。❶眾多的樣子。❷才能卓越。

⁵ **砸** [zá ㄗㄚˊ ⑧dzap⁸ 咂]
❶摔破；打碎 ◆ 不小心把碗砸了。❷敲擊使破；重物壓 ◆ 砸核桃│砸地基│搬起石頭砸自己的腳。❸比喻失敗 ◆ 戲演砸了│事情搞砸了。

⁵ **砯** [pēng ㄆㄥ ⑧paŋ¹ 烹]
象聲詞。形容撞擊等巨大的響聲 ◆ 砯砯砯的敲門聲│"砯"的一聲，子彈擊中了靶心│幾十面大鼓砯砯作響。

⁵ **砧**(⑧碪) [zhēn ㄓㄣ ⑧dzɐm¹ 針]
❶搗衣石。❷墊在底下的器具 ◆ 砧板│鐵砧。

⁵ **砷** [shēn ㄕㄣ ⑧sɐn¹ 申]
一種非金屬元素，符號As（英arsenium）。有毒，化合物可做殺菌劑和殺蟲劑。舊稱"砒"。

⁵ **砟** [zhǎ ㄓㄚˇ ⑧dzɔk⁹ 昨]
碎石、碎煤塊等 ◆ 道砟│煤砟│爐灰砟。

⁵ **砼** [tóng ㄊㄨㄥˊ ⑧tuŋ⁴ 同]
混凝土。

⁵ **砭** [biān ㄅㄧㄢ ⑧bin¹ 邊]
❶古代治病刺穴位的石針。❷用石針刺穴位治病。引申為刺 ◆ 砭灸│寒風砭骨│砭人肌骨。❸比喻抨擊或規勸他人改正錯誤 ◆ 針砭時弊│大加針砭。

⁵ **砥** [dǐ ㄉㄧˇ ⑧dɐi² 底/dzi¹ 知/dzi² 只]
❶質地很細的磨刀石 ◆ 砥礪。❷磨。

⁵ **砲** 同"炮〈二〉"，見400頁左欄。

⁵ **砫** [zhù ㄓㄨˋ ⑧tsy⁵ 柱]
石砫，地名，在四川省。今作"石柱"。

⁵ **砬** [lá ㄌㄚˊ ⑧lap⁹ 立]
方言。砬子，大石塊。多用於地名，如河北有紅石砬。

⁵ 砣 [tuó ㄊㄨㄛˊ ⑧ to⁴ 駝]
秤錘 ◆ 砣子|秤砣雖小壓千斤。

⁵ 砩 [fú ㄈㄨˊ ⑧ fet⁷ 氟]
砩石，即螢石。今作"氟石"。

⁵ 砮 [nǔ ㄋㄨˇ ⑧ nou⁵ 努]
石製的箭頭。

⁵ 破 [pò ㄆㄛˋ ⑧ po³ 婆³]
❶完整的東西受到損壞。也指碎裂、不完整 ◆ 破壞|破碎|破鏡重圓|破罐破摔|頭破血流。❷使毀壞；使碎裂 ◆ 破釜沉舟|勢如破竹|顛撲不破|破壁飛去|打破沙鍋問到底。❸揭穿；使顯露真相 ◆ 破案|識破|破譯密碼|一語道破。❹打敗；攻克 ◆ 大破敵軍|攻破防線。❺耗費 ◆ 破鈔|讓你破費了。❻消除；消失 ◆ 破除迷信|幻想破滅|消愁破悶。❼不受常規的束縛 ◆ 破例|破格提升。❽嘲諷質量低劣的東西 ◆ 誰要看這種破戲。

⁶ 硎 [xíng ㄒㄧㄥˊ ⑧ jin⁴ 仍]
磨刀石。

⁶ 硅 [guī ㄍㄨㄟ ⑧ gwei¹ 歸]
一種非金屬元素，符號Si (英 silicium)。是重要的半導體材料。舊稱"矽"。

⁶ 砈 [ài ㄞˋ ⑧ ŋai⁶ 艾]
放射性非金屬元素，符號At (英 astatium)。自然界有極少量存在，是天然放射系的蛻變產物。

⁶ 硒 [xī ㄒㄧ ⑧ sɐi¹ 西]
一種非金屬元素，符號Se (英 selenium)。可用來製造光電池及晶體管。

⁶ 砦 [zhài ㄓㄞˋ ⑧ dzai⁶ 債⁶]
❶同"寨" ◆ 鹿砦。❷姓。

⁶ 硐 [dòng ㄉㄨㄥˋ ⑧ duŋ⁶ 洞]
山洞、窖洞或礦坑。

⁶ 硃 (朱) [zhū ㄓㄨ ⑧ dzy¹ 豬]
硃砂也叫"丹砂"，一種天然礦物質。顏色鮮紅，可入藥，也可作顏料 ◆ 硃批。

⁶ 硇 [náo ㄋㄠˊ ⑧ nau⁴ 撓]
硇砂，一種天然礦物質，可入藥。

⁶ 硪
同"夯〈一〉"，見144頁右欄。

⁶ 硌 〈一〉[luò ㄌㄨㄛˋ ⑧ lɔk⁹ 烙]
大石頭 ◆ 硌石。
〈二〉[gè ㄍㄜˋ ⑧ gɔk⁸ 各]
因接觸凸起的硬物而感到不舒服或受損傷 ◆ 鞋墊不平，老硌腳|飯裏有沙子，硌得牙疼。

⁶ **硋** 同"礙"，見479頁右欄。

⁷ **硭** [máng ㄇㄤˊ ⑧mɔŋ⁴ 忙]

硭硝，一種無機化合物，是含有十個分子結晶水的硫酸鈉（$Na_2SO_4 \cdot 10H_2O$）。是化工原料，可入藥。也寫作"芒硝"。

⁷ **硨**（砗） [chē ㄔㄜ ⑧tsɛ¹ 車]

硨磲，一種軟體動物。有三角形介殼，殼可做器皿，肉可吃。

⁷ **硬** [yìng ㄧㄥˋ ⑧ŋaŋ⁶ 吾罌切⁶]

❶物體堅實；與"軟"相對 ◆ 堅硬|硬木|硬殼蟲|比鐵還硬。❷剛強；倔強 ◆ 硬漢|強硬|死硬派|軟硬兼施|欺軟怕硬|嘴硬骨頭酥。❸強勁有力 ◆ 本錢硬|硬通貨|硬語盤空。❹勉強 ◆ 硬挺|硬撐|生搬硬套|寫不出時不硬寫。

⁷ **硤**（硖） [xiá ㄒㄧㄚˊ ⑧hap⁹ 峽]

硤石，地名，在浙江省。

⁷ **硜**（硁⑧硜） [kēng ㄎㄥ ⑧heŋ¹ 亨]

❶敲擊石頭的聲音。❷硜硜，形容見識淺陋而固執的樣子。

⁷ **硝** [xiāo ㄒㄧㄠ ⑧siu¹ 消]

❶硝石，一種礦物質。可用來製造火藥。❷用硝硝處理皮革使皮件柔軟 ◆ 硝一塊皮子。

⁷ **硯**（砚） [yàn ㄧㄢˋ ⑧jin⁶ 現]

❶文房四寶之一，磨墨的工具 ◆ 硯台|楮墨筆硯|磨穿鐵硯。❷稱有同學關係的 ◆ 硯兄|硯友|同硯。

⁷ **磢** 同"磢❶"，見478頁右欄。

⁷ **磏** [wò ㄨㄛˋ ⑧ŋɔ⁶ 臥]

打地基或打樁用的圓形石餅或鐵餅 ◆ 打磏。

⁷ **硞** [què ㄑㄩㄝˋ ⑧kɔk⁸ 確]

❶同"埆"。土地貧瘠。❷同"確"，見477頁左欄。

⁷ **硫** [liú ㄌㄧㄡˊ ⑧leu⁴ 流]

一種非金屬元素，符號S（英sulphur）。黃色固體，易燃，是製造火藥、火柴、硫酸等的重要原料，也可用來治療皮膚病。俗稱"硫磺"。

⁷ **硠** [láng ㄌㄤˊ ⑧lɔŋ⁴ 郎]

石頭撞擊的聲音。

⁸ **碔** [wǔ ㄨˇ ⑧mou⁵ 武]

碔砆，像玉的石頭 ◆ 魚目

豈可混珠，碔砆焉能亂玉。

8 **碏** [què ㄑㄩㄝˋ [粵] tsœk^8 綽]
人名用字。石碏，春秋時衞國大夫。

8 **碕** [qí ㄑㄧˊ [粵] kei^4 其]
❶同“埼”。彎曲的堤岸。❷形容山嶺綿長。

8 **碘** 〈一〉[diǎn ㄉㄧㄢˇ [粵] din^2 典]
一種非金屬元素，符號 I (英 iodium)。碘的製劑可用來消毒，也可用作染料。
〈二〉[diǎn ㄉㄧㄢˇ [粵] din^1 顛]
用於“碘酒”。

8 **碓** [duì ㄉㄨㄟˋ [粵] dœy^3 對]
石製的舂米器具 ◆ 碓臼｜碓房｜水碓。

8 **碑** [bēi ㄅㄟ [粵] bei^1 卑]
❶上面刻有文字，豎立起來作為紀念物或標誌的石頭 ◆ 碑文｜石碑｜紀念碑｜里程碑｜樹碑立傳｜有口皆碑。❷古代豎在宮、廟門前用來觀測日影或拴牲畜的石頭。

8 **硼** [péng ㄆㄥˊ [粵] paŋ^4 彭]
一種非金屬元素，符號 B (英 borum)。有粉狀的和結晶的，可用來製造堅硬的合金材料或防腐劑。

8 **碉** [diāo ㄉㄧㄠ [粵] diu^1 刁]
軍事上防守或瞭望用的建築物 ◆ 碉堡｜碉樓。

8 **碎** [suì ㄙㄨㄟˋ [粵] sœy^3 歲]
❶完好的東西破裂成零散的殘片殘塊 ◆ 粉碎｜支離破碎｜粉身碎骨｜寧為玉碎，不為瓦全。❷零星的；不完整的 ◆ 碎布｜零碎｜瑣碎｜七零八碎｜雞零狗碎。❸繁雜；瑣細 ◆ 風暖鳥聲碎。❹說話嘮叨 ◆ 嘴碎｜閒言碎語。

8 **碚** [bèi ㄅㄟˋ [粵] bui^3 貝]
北碚，地名，在四川省。

8 **碰** ([異]掽) [pèng ㄆㄥˋ [粵] puŋ^3 捧^3]
❶物體相撞 ◆ 碰撞｜碰杯｜碰壁｜碰釘子｜碰一鼻子灰。❷遇見 ◆ 碰上一位熱心人｜這幾天老碰不上他。❸試探 ◆ 碰運氣｜碰機會。

8 **碇** ([異]矴) [dìng ㄉㄧㄥˋ [粵] diŋ^3 訂]
繫船的石墩 ◆ 起碇｜下碇。

8 **碗** ([異]椀) [wǎn ㄨㄢˇ [粵] wun^2 腕]
❶圓形敞口的盛飲食的器皿 ◆ 瓷碗｜海碗｜碗盞｜飯碗｜鍋裏有了，碗裏就有了。❷像碗一樣的東西 ◆ 軸碗。❸量詞 ◆ 來一碗三鮮湯。

⁸碌 〈一〉[lù ㄌㄨˋ ⑧ luk⁹ 祿/ luk⁷ 麓 (語)]
❶事務繁忙 ◆ 忙碌｜一生勞碌。❷平庸無能 ◆ 庸碌｜碌碌無為。
〈二〉[liù ㄌㄧㄡˋ ⑧ luk⁹ 祿]
碌碡，一種農具。用石頭做成，圓柱形。用來壓土平地、碾穀脫粒。俗稱"石磙"。

⁹碶 [qì ㄑㄧˋ ⑧ kɐi³ 契]
大碶頭，地名，在浙江省。

⁹碧 [bì ㄅㄧˋ ⑧ bik⁷ 壁]
❶青綠色的玉石 ◆ 碧玉｜珠碧｜金碧輝煌。❷青綠色；淺藍色 ◆ 碧樹｜碧海藍天｜唐李白《黃鶴樓送孟浩然之廣陵》詩："孤帆遠影碧空盡，惟見長江天際流。"

⁹磗 [zhóu ㄓㄡˊ ⑧ dzuk⁹ 俗]
碌碡。見"碌〈二〉"，475頁左欄。

⁹碟 [dié ㄉㄧㄝˊ ⑧ dip⁹ 蝶]
❶盛食物的小盤子 ◆ 碟子｜一碟花生米。❷唱片；光盤 ◆ 光碟｜影碟。

⁹碴 〈一〉[chá ㄔㄚˊ ⑧ dza¹ 渣]
❶碎屑 ◆ 冰碴｜玻璃碴。❷引起糾紛的事端 ◆ 別找碴兒。❸提到的事情或人家剛說的話 ◆ 別答碴兒。
〈二〉[chā ㄔㄚ ⑧ 同〈一〉]

拉碴，雜亂；蓬亂 ◆ 鬍子拉碴。

⁹碩 (硕) [shuò ㄕㄨㄛˋ ⑧ sɛk⁹ 石]
❶大 ◆ 豐碩｜肥碩｜碩果纍纍｜碩果僅存｜碩大無朋。❷姓。

⁹礆 同"鹼"，見844頁左欄。

⁹磜 [zhà ㄓㄚˋ ⑧ dza³ 炸]
大水磜，地名，在甘肅省。

⁹碭 (砀) [dàng ㄉㄤˋ ⑧ dɔŋ⁶ 蕩]
❶有花紋的石頭。❷碭山，地名，在安徽省。

⁹碣 [jié ㄐㄧㄝˊ ⑧ kit⁸ 竭]
圓頂的石碑 ◆ 碑碣｜墓碣｜殘碑斷碣。

⁹碨 〈一〉[wěi ㄨㄟˇ ⑧ wui² 煨²]
碨磊，形容高低不平整的樣子。
〈二〉[wèi ㄨㄟˋ ⑧ wɐi³ 畏]
方言。石磨。

⁹碍 [è ㄜˋ ⑧ ŋɔk⁹ 愕]
碍嘉，地名，在雲南省。

⁹碳 [tàn ㄊㄢˋ ⑧ tan³ 炭]
一種非金屬元素，符號C(英carbonium)。化學性質穩定，是有

機物主要構成成分，在工業、醫藥等方面用途廣泛。

⁹碫 [duàn ㄉㄨㄢˋ ⑧dyn³ 鍛] 磨刀石。

⁹碸(砜) [fēng ㄈㄥ ⑧fuŋ¹ 風] 硫酰基與烴基或芳香基結合成的有機化合物(英sulfone)。如二甲碸、二苯碸。

⁹碲 [dì ㄉㄧˋ ⑧dei³ 帝] 一種非金屬元素，符號Te(英tellurium)。可用來製作合金材料。

⁹磁 [cí ㄘˊ ⑧tsi⁴ 池] ❶能吸引鐵、鎳、鈷等金屬的特性 ◆ 磁性|磁力|磁鐵|錄音磁帶。❷古同"瓷"。"瓷器"也作"磁器"。

⁹碥 [biǎn ㄅㄧㄢˇ ⑧bin² 扁] ❶水旁斜着伸出的山石。多作地名用字。❷山崖險峻處的石級。

⁹碣 同"珉"，見427頁右欄。

¹⁰碼(码) [mǎ ㄇㄚˇ ⑧ma⁵ 馬] ❶表示數目的符號；記數的字 ◆ 數碼|頁碼|號碼|明碼標價。❷表示數目的用具 ◆ 籌碼|砝碼。❸英美制長度單位，1碼為3英尺，合0.9144米。❹量詞。用於事情 ◆ 這是兩碼事，不要混為一談。❺方言。堆貨 ◆ 把磚頭碼起來。

¹⁰磕 [kē ㄎㄜ ⑧kɔi³ 慨] ❶碰在硬東西上 ◆ 磕碰|磕頭碰腦|磕破一塊皮。❷敲擊 ◆ 磕打|磕煙斗。

¹⁰磊 [lěi ㄌㄟˇ ⑧lœy⁵ 呂] ❶石頭多 ◆ 山石磊磊。❷磊落，胸懷坦白，光明正大 ◆ 光明磊落。

¹⁰磑(硙) 〈一〉[wèi ㄨㄟˋ ⑧wei³ 畏] 同"碨"。方言。磨。
〈二〉[ái ㄞˊ ⑧ŋei⁴ 危] ❶磑磑，形容山勢高峻 ◆ 磑磑崑崙。❷古同"皚皚"。

¹⁰磈 [kuǐ ㄎㄨㄟˇ ⑧fai³ 快] 磈磊，同"塊壘"。比喻心中鬱結的不平之氣。

¹⁰磐 [pán ㄆㄢˊ ⑧pun⁴ 盆] 扁而厚的大石 ◆ 安如磐石|心如磐石堅。

¹⁰磎 [xī ㄒㄧ/qī ㄑㄧ (舊) ⑧kɐi¹ 稽] 同"溪"。山澗的小河溝；山谷 ◆ 磎

水｜礤谷。

礤。❷用碾子滾軋；滾壓 ◆ 碾米
｜碾碎。

10 磔

[zhé ㄓㄜˊ ⑧dzak⁸ 責]
❶古代分裂犯人肢體的一種
酷刑，即車裂；古代祭祀時，分裂
祭牲肢體也叫磔。❷漢字筆畫，即
向右下的捺 ◆ 波磔。

10 磉

[sǎng ㄙㄤˇ ⑧soŋ² 爽]
柱下石。

10 碻

同“確”，477頁左欄。

11 磧 (碛)

[qì ㄑㄧˋ ⑧tsik⁷ 斥]
❶水中的沙堆。❷沙
漠 ◆ 沙磧。

10 磅

〈一〉[páng ㄆㄤˊ ⑧poŋ⁴ 旁]
磅礴。❶廣大無邊際 ◆ 氣
勢磅礴。❷充滿 ◆ 磅礴於世界。
〈二〉[bàng ㄅㄤˋ ⑧boŋ⁶ 傍]
❶英美制重量單位，1磅合 0.4536
公斤。❷用磅秤稱重量 ◆ 過磅｜磅
一下體重。

11 磬

[qìng ㄑㄧㄥˋ ⑧hiŋ³ 慶]
❶古代用玉、石做成的打擊
樂器，形狀像曲尺。❷寺院裏用銅
做成的打擊樂器，形狀像鉢。

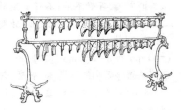

10 磋

[cuō ㄘㄨㄛ ⑧tsɔ¹ 初]
❶把獸角、獸骨加工成器物
◆ 如切如磋，如琢如磨。❷商量
研討 ◆ 磋商｜切磋技藝。

10 確 (确)

[què ㄑㄩㄝˋ ⑧kɔk⁸
涸]
❶真實可靠 ◆ 確實｜正確｜的確｜確
有其事｜千真萬確｜證據確鑿。❷
堅定；堅固 ◆ 確信｜確認｜確立地
位｜確乎不拔。

11 礚

[kàn ㄎㄢˋ ⑧hɛm³ 瞰]
山崖。多用於地名。如浙江
有槐花礚，香港有紅礚。

11 磚 (砖)

[zhuān ㄓㄨㄢ ⑧dzyn¹
專]
❶用黏土燒製成的建築材料 ◆ 磚
窰｜磚瓦｜瓷磚｜敲門磚｜秦磚漢瓦｜
拋磚引玉。❷形狀像磚的東西 ◆
茶磚｜煤磚。

10 碾

[niǎn ㄋㄧㄢˇ ⑧nin⁶ 年⁶]
❶軋碎穀物或使去殼的器
具，即碾子 ◆ 碾磨｜碾槽｜碾盤｜藥

11 磠

[cáo ㄘㄠˊ ⑧tsou⁴ 曹]
斫磠，地名，在湖南省。

¹¹**磠**(硵) [lǔ ㄌㄨˇ ⑧lou⁵ 老]
磠砂，即鹵砂。見
"鹵"，843頁右欄。

¹¹**磜** [qì ㄑㄧˋ ⑧kɐi³ 契]
地名用字。如江西有小磜，
福建有磜頭。

¹¹**磨** 〈一〉[mó ㄇㄛˊ ⑧mɔ⁴ 魔⁴]
❶物體相摩擦 ◆ 磨刀｜磨墨
｜磨礪｜磨拳擦掌｜十年磨一劍｜只
要功夫深，鐵杵磨成針。❷比喻
遇到困難、阻礙 ◆ 磨難｜折磨｜好
事多磨｜英雄只怕病來磨。❸消
滅；消失 ◆ 百世不磨｜不可磨滅的
貢獻。❹消耗、拖延時間 ◆ 磨蹭
｜磨洋工｜消磨時間。
〈二〉[mò ㄇㄛˋ ⑧mɔ⁶ 魔⁶]
❶用來碾碎穀物的器具 ◆ 石磨｜鋼
磨｜水磨｜磨盤｜卸磨殺驢。❷用磨
碾碎穀物 ◆
磨麵｜磨豆
腐。❸掉轉
方向 ◆ 把車
磨過來｜磨不
過彎兒來。

¹¹**磢** [zú ㄗㄨˊ ⑧dzuk⁹ 族]
同"鏃"。箭頭。

¹¹**磩** [xuàn ㄒㄩㄢˋ ⑧syn⁶ 篆]
❶橋樑、涵洞等建築物的
弧形部分。❷用磚、石等築成弧
形。

¹¹**碾** [gǔn ㄍㄨㄣˇ ⑧gwɐn² 滾]
❶碾子，一種用來壓平土地、
碾穀物脫粒的圓柱形石製農具，即
碌磚 ◆ 石碾。❷用碾子碾壓。

¹¹**礘** 同"砬"，471頁右欄。

¹¹**磟** [liù ㄌㄧㄡˋ ⑧luk⁹ 六]
同"碌〈二〉"，見475頁左欄。
磟磚，也寫作"碌磚"。

¹¹**磣**(碜) [chěn ㄔㄣˇ ⑧tsɐm²
寢]
❶食物中夾雜有沙子，吃起來有不
舒服的感覺 ◆ 牙磣。❷醜陋；難
看 ◆ 孩子長得不寒磣。

¹²**磽**(硗) [qiāo ㄑㄧㄠ ⑧hau¹
敲]
土地不肥沃 ◆ 磽確｜磽薄。

¹²**磺** 〈一〉[huáng ㄏㄨㄤˊ ⑧wɔŋ⁴
黃]
硫磺。
〈二〉同"礦"，見480頁左欄。

¹²**礃** [tán ㄊㄢˊ ⑧tam⁴ 潭]
礃口，地名，在福建省。

¹²**礂** [zhǎng ㄓㄤˇ ⑧dzœŋ² 掌]
礂子，採礦或隧道工程中掘
進的工作面。即礂子面。也寫作"掌
子"。

12 碑 [dī ㄉㄧ 粵dɐi¹ 低]
古代染絲織品用的一種黑色礦物染料。

12 礄 (硚) [qiáo ㄑㄧㄠˊ 粵kiu⁴ 橋]
地名用字。如四川有礄頭。

12 礁 [jiāo ㄐㄧㄠ 粵dziu¹ 招]
❶海洋中隱現水面的巖石 ◆ 礁石｜暗礁。❷由珊瑚蟲遺骸堆積而成的像巖石一樣的物體 ◆ 珊瑚礁。

12 磻 [pán ㄆㄢˊ 粵pun⁴ 盆]
磻溪，地名，在浙江省。

12 礅 [dūn ㄉㄨㄣ 粵dœn¹ 噸]
供人蹲坐的大石頭 ◆ 石礅。

12 磷 (燐) [lín ㄌㄧㄣˊ 粵lœn⁴ 倫]
一種非金屬元素，符號P（英 phosphorum）。有白磷和紅磷兩種，可用來製造火藥、肥料及藥品。

12 磲 [qú ㄑㄩˊ 粵kœy⁴ 渠]
硨磲。見“硨”，473頁左欄。

12 磴 [dèng ㄉㄥˋ 粵dɐŋ³ 凳]
❶石頭台階；石級。❷量詞。台階一級叫一磴。

12 磯 (矶) [jī ㄐㄧ 粵gei¹ 基]
江河邊上突出的巖石

或石灘 ◆ 燕子磯｜採石磯。

13 礎 (础) [chǔ ㄔㄨˇ 粵tsɔ² 楚]
柱下的石礅 ◆ 礎石｜基礎｜基礎教育｜月暈而風，礎潤而雨。

13 礓 [jiāng ㄐㄧㄤ 粵gœŋ¹ 姜]
❶小石塊。❷礓礤，台階。

13 礌 (礧) [léi ㄌㄟˊ 粵lœy⁶ 類]
古代作戰時從高處推下石頭以打擊敵人 ◆ 礌石。

14 礞 [méng ㄇㄥˊ 粵muŋ⁴ 蒙]
礞石，一種礦物。可入藥。

14 礙 (碍) [ài ㄞˋ 粵ŋɔi⁶ 外]
阻止；阻擋；妨害 ◆ 阻礙｜妨礙｜障礙｜有礙觀瞻。

14 礤 [cā ㄘㄚ 粵tsat⁸ 察]
礓礤。見“礓❷”，479頁右欄。

15 礥 [cǎ ㄘㄚˇ 粵tsat⁸ 察]
粗石。

15 礬 (矾) [fán ㄈㄢˊ 粵fan⁴ 凡]
一種透明的結晶體。有白、藍、紅等顏色，白色的俗稱“明礬”。礬在工業中用途廣泛，也可入藥 ◆ 明礬｜綠礬。

15 礪(砺) [lì ㄌㄧˋ ⓟlei⁶ 麗]
❶磨刀石 ◆ 礪石｜礪山帶河｜金就礪則利。❷磨 ◆ 砥礪｜磨礪以須｜礪戈秣馬。

15 磌(硕) [zhì ㄓˋ ⓟdzɐt⁷ 質]
柱下的石礅。

15 礦(矿) [kuàng ㄎㄨㄤˋ ⓟkwɔŋ³ 曠]
❶埋藏在地下的有採掘價值的自然物質 ◆ 礦藏｜礦物｜煤礦｜鐵礦｜礦產豐富。❷開採礦物的場所 ◆ 礦井｜礦坑｜礦山。

15 礫(砾) [lì ㄌㄧˋ ⓟlik⁹ 力/lik⁷ 力⁷ (語)]
小石塊；碎石 ◆ 砂礫｜瓦礫｜棄瓊拾礫。

16 礮
同“炮〈二〉”，見400頁左欄。

16 磨 [mò ㄇㄛˋ ⓟmɔ⁶ 磨⁶]
磨石渠，地名，在山西省。

16 礱(砻) [lóng ㄌㄨㄥˊ ⓟluŋ⁴ 龍]
❶有齒槽的用來去掉稻殼的工具。❷用礱碾去稻殼 ◆ 礱稻穀。

17 礴 [bó ㄅㄛˊ ⓟbɔk⁹ 薄]
磅礴。見“磅〈一〉”，477頁左欄。

17 礵 [shuāng ㄕㄨㄤ ⓟsœŋ¹ 商]
地名用字。如福建有南礵島、北礵島。

示 部

0 示 [shì ㄕˋ ⓟsi⁶ 士]
給人看；表明，使人知道 ◆ 出示｜表示｜暗示｜顯示｜遊行示威｜不甘示弱。

1 礼 [lǐ ㄌㄧˇ ⓟlei⁵ 醴]
❶同“禮”，見484頁右欄。❷“禮”的簡化字。

2 礽 [réng ㄖㄥˊ ⓟjiŋ⁴ 仍]
福。

3 社 [shè ㄕㄜˋ ⓟsɛ⁵ 舍⁵]
❶土地神；祭土地神；祭土地神的地方 ◆ 社稷｜社宮｜社廟｜城狐社鼠。❷古代地方基層行政單位，相當於“里”。❸有組織的集體 ◆ 詩社｜合作社｜通訊社｜結社自由。

3 祀(⁽ᵛⁿ⁾禩) [sì ㄙˋ ⓟdzi⁶ 字]
❶祭 ◆ 祭祀｜祀祖｜祀天。❷殷代稱年為祀。

3 祁 [qí ㄑㄧˊ ⓟkei⁴ 其]
❶盛大。❷姓。

⁴ **祆** [xiān ㄒㄧㄢ 粵hin¹ 軒]
拜火教。古代波斯人瑣羅亞斯德所創，於南北朝時傳入中國。

⁴ **祉** [zhǐ ㄓˇ 粵tsi² 此]
福 ◆ 福祉。

⁴ **祈** [qí ㄑㄧˊ 粵kei⁴ 其]
❶向天或神禱告求福 ◆ 祈禱｜祈福｜祈年。❷請求；乞求；希望 ◆ 祈求｜祈借｜祈望｜敬祈光臨。❸姓。

⁴ **祇** 〈一〉[qí ㄑㄧˊ 粵kei⁴ 其]
土地神 ◆ 神祇｜天神地祇。
〈二〉[zhǐ ㄓˇ 粵dzi² 止]
同“只〈一〉”，見75頁右欄。

⁴ **祊** [bēng ㄅㄥ 粵paŋ¹ 烹]
宗廟門內設祭的地方。

⁵ **祛** [qū ㄑㄩ 粵kœy¹ 驅]
除去；消除 ◆ 祛痰｜祛淤｜祛疑｜祛風寒｜扶正祛邪｜祛除緊張心理。

⁵ **祜** [hù ㄏㄨˋ 粵wu⁶ 戶]
福。

⁵ **祐** [yòu ㄧㄡˋ 粵jɐu⁶ 右]
神靈的幫助 ◆ 保祐。

⁵ **祏** [shí ㄕˊ 粵sɛk⁹ 石]
宗廟裏放置神主的石匣。

⁵ **祓** [fú ㄈㄨˊ 粵fɐt⁷ 忽]
古代除災求福的一種祭祀活動；消除 ◆ 祓除。

⁵ **祖** [zǔ ㄗㄨˇ 粵dzou² 早]
❶一個家族或民族的先輩 ◆ 祖先｜祖宗｜祖傳｜光宗耀祖｜數典忘祖。❷特指父親的父母親和與父親的父母親同輩的長輩 ◆ 祖父｜祖母｜伯祖｜叔祖。❸某一學派或行業的創始人；開始 ◆ 始祖｜鼻祖｜佛祖｜祖師｜萬物之祖。❹效法。❺古代出行時祭祀路神的祭名；引申指餞行送別 ◆ 祖餞。❻姓。

⁵ **神** [shén ㄕㄣˊ 粵sɐn⁴ 晨]
❶宗教及神話中稱天地萬物的創造者和主宰者 ◆ 神仙｜神明｜神靈｜料事如神｜八仙過海，各顯神通｜唐杜甫《奉贈韋左丞丈二十二韻》詩：“讀書破萬卷，下筆如有神。”❷迷信的人稱人死後的靈魂 ◆ 神主。❸令人驚異；異乎尋常 ◆ 神奇｜神速｜神童｜神醫｜神勇｜神槍手｜神機妙算。❹人的意識、精神；精力 ◆ 神智｜神交｜聚精會神｜閉目養神｜神采奕奕｜炯炯有神｜心曠神怡。❺姓。

⁵ **祝** [zhù ㄓㄨˋ 粵dzɐu³ 咒]
❶向神祈禱求福 ◆ 祝福。❷古代主持祭禮的人 ◆ 巫祝。❸向人表示良好的願望；慶賀 ◆ 祝願｜祝賀｜祝壽｜慶祝｜祝頌。❹斷絕；

剪斷 ◆ 祝髮文身。❺姓。

⁵**祚** [zuò ㄗㄨㄛˋ ⑧dzou⁶ 做]
❶福；賜福。❷皇位 ◆ 帝祚｜踐祚。

⁵**祔** [fù ㄈㄨˋ ⑧fu⁶ 付]
❶古代祭名，指後死者與祖先合享的祭祀。❷合葬。

⁵**祗** [zhī ㄓ ⑧dzi¹ 支]
恭敬而有禮貌 ◆ 祗候佳音。

⁵**祕** (⑧秘) 〈一〉[mì ㄇㄧˋ ⑧bei³ 臂]
❶隱蔽的；不讓人知道的 ◆ 祕密｜祕訣｜祖傳祕方｜宮庭祕史｜行動詭祕｜神祕莫測。❷罕見的 ◆ 祕籍。❸保守祕密 ◆ 祕而不宣。
〈二〉[bì ㄅㄧˋ ⑧同〈一〉]
❶閉塞 ◆ 便祕。❷祕魯，南美洲國名。❸姓。

⁵**祠** [cí ㄘˊ ⑧tsi⁴ 池]
供奉祖先或有功德者的廟堂 ◆ 祠堂｜宗祠｜武侯祠。

⁵**祟** [suì ㄙㄨㄟˋ ⑧sœy⁶ 睡]
神鬼作怪害人；借指不正當的行為或暗中破壞 ◆ 作祟｜鬼鬼祟祟。

⁶**票** [piào ㄆㄧㄠˋ ⑧piu³ 漂]
❶上有文字、作為憑證的紙片 ◆ 票證｜車票｜支票｜發票｜股票｜選票。❷特指紙幣 ◆ 鈔票｜零票｜角票。❸稱被綁架來的人質 ◆ 綁票｜肉票｜撕票。❹業餘的戲劇演出 ◆ 票友｜玩票。❺量詞。一宗買賣叫一票 ◆ 一票生意。

⁶**祫** [xiá ㄒㄧㄚˊ ⑧hap⁹ 峽]
古代在太廟合祭遠祖。通常為三年一次。

⁶**祧** [tiāo ㄊㄧㄠ ⑧tiu¹ 挑]
❶祭祀遠祖的廟。❷繼承上代 ◆ 承祧｜兼祧。

⁶**祭** 〈一〉[jì ㄐㄧˋ ⑧dzɐi³ 制]
❶向神佛、祖先行禮膜拜的儀式 ◆ 祭祀｜祭祖｜祭壇。❷向死去的人舉行哀悼儀式 ◆ 祭文｜公祭｜祭奠英靈。❸舊小說中指使用法寶。
〈二〉[zhài ㄓㄞˋ ⑧dzɐi³ 責]
姓。

⁶**祥** [xiáng ㄒㄧㄤˊ ⑧tsœŋ⁴ 詳]
❶吉利；幸運 ◆ 祥和｜祥瑞｜吉祥如意｜不祥之兆。❷吉凶的預兆。❸古代喪祭名。父母死後十三個月而祭叫"小祥"，二十五個月而祭叫"大祥"。❹姓。

⁷**祲** [jìn ㄐㄧㄣˋ ⑧dzɐm³ 浸／dzɐm¹ 針]
古人所說的不祥之氣。

8 **祺** [qí ㄑㄧˊ 粤 kei⁴ 其]
吉祥；幸福。

8 **禁** 〈一〉[jìn ㄐㄧㄣˋ 粤 gɐm³ 金³]
❶制止 ◆ 禁止｜禁煙｜禁賭
｜嚴禁走私｜查禁黃色書刊。❷法
令或習俗所不允許或忌諱的 ◆ 犯
禁｜違禁物品｜令行禁止｜入境問禁
｜百無禁忌。❸拘捕；關押 ◆ 監禁
｜軟禁｜囚禁｜幽禁。❹皇帝居住的
地方；皇宮內的事物 ◆ 禁中｜禁內
｜禁苑｜禁軍｜宮禁。
〈二〉[jīn ㄐㄧㄣ 粤 gɐm¹ 金]
❶承受得起 ◆ 禁受｜禁得起重壓｜
弱不禁風的小姐。❷控制住；忍
住 ◆ 失禁｜情不自禁｜不禁笑了起
來。

8 **祼** [guàn ㄍㄨㄢˋ 粤 gun³ 貫]
祭祀時斟酒澆地以降神。

8 **祿** [lù ㄌㄨˋ 粤 luk⁹ 六]
❶福氣 ◆ 福祿壽全。❷古
代官吏的薪俸 ◆ 俸祿｜高官厚祿。
❸姓。

9 **禊** [xì ㄒㄧˋ 粤 hɐi⁶ 系]
古代民俗，每年春秋兩季在
水邊舉行的一種祭祀活動，以求祛
邪消災。

9 **禖** [méi ㄇㄟˊ 粤 mui⁴ 煤]
古代求子的祭祀。也指求子
所祭的神。

9 **福** [fú ㄈㄨˊ 粤 fuk⁷ 幅]
❶使人心滿意足的事都可叫
福，如富貴榮華、遇事幸運、健康
長壽、生活美滿、子孫滿堂等等。
與“禍”相對 ◆ 福氣｜享福｜幸福｜洪
福齊天｜天有不測風雲，人有旦夕
禍福。❷祭祀用的酒肉 ◆ 福物｜福
酒。❸舊時婦女行禮致敬叫福 ◆ 萬
福。❹指福建省 ◆ 福橘。❺姓。

9 **禋** [yīn ㄧㄣ 粤 jɐn¹ 因]
❶古代祭名。升煙以祭天求
福。❷泛指祭祀 ◆ 禋祀。

9 **禎** (祯) [zhēn ㄓㄣ 粤 dziŋ¹ 晶]
吉祥 ◆ 禎祥。

9 **禍** (祸) [huò ㄏㄨㄛˋ 粤 wɔ⁶ 和⁶]
❶一切災難與不幸；與“福”相對 ◆
禍害｜闖禍｜車禍｜天災人禍｜禍不
單行｜是福不是禍，是禍躲不過。
❷為害；損害 ◆ 禍國殃民。

9 **禘** [dì ㄉㄧˋ 粤 dɐi³ 帝]
古代的祭名，或祭天，或祭
祖。

9 **禕** (祎) [yī ㄧ 粤 ji¹ 衣]
美好。

10 **禡** 〈一〉[mà ㄇㄚˋ 粤 ma⁶ 罵]
古代在行軍駐地舉行祭禮。
〈二〉[yá ㄧㄚˊ 粤 ŋa⁴ 牙]

廣東舊俗在陰曆每月的初二和十六日所進行的祭祀。

¹⁰ 禎 [zhēn ㄓㄣ ⓟdzɐn¹ 真]
有福。多用於人名。

¹⁰ 禚 [zhuó ㄓㄨㄛˊ ⓟdzœk⁸ 雀]
❶春秋時齊國地名,在今山東長清境內。❷姓。

¹¹ 禤 [xuān ㄒㄩㄢ ⓟhyn¹ 喧]
姓。

¹¹ 禦(御) [yù ㄩˋ ⓟjy⁶ 預]
❶抵擋;抵抗 ◆ 禦敵|禦寒|防禦。❷阻止;制止。

¹² 禧 [xǐ ㄒㄧˇ / xī ㄒㄧ (舊) ⓟhei¹ 希]
幸福;吉祥 ◆ 恭賀新禧。

¹² 禥 同"祊",見481頁左欄。

¹² 禪(禅) 〈一〉[chán ㄔㄢˊ ⓟsim⁴ 蟬]
❶佛教用語。指打坐靜思 ◆ 參禪|坐禪。❷泛指與佛教有關的事物 ◆ 禪宗|禪房|禪林|禪杖|禪林。
〈二〉[shàn ㄕㄢˋ ⓟsin⁶ 善]
古代天子讓位 ◆ 禪讓|受禪。

¹² 禨 〈一〉[jī ㄐㄧ ⓟgei¹ 機]
祭鬼神以求福。

〈二〉[jì ㄐㄧˋ ⓟgei⁶ 忌]
❶沐後飲酒。❷沐後飲的酒。

¹³ 禮(礼) [lǐ ㄌㄧˇ ⓟlɐi⁵ 醴]
❶社會生活中由於道德觀念、風俗習慣而形成的種種儀式 ◆ 禮節|禮儀|婚禮|典禮|禮尚往來。❷表示敬意,尊敬 ◆ 敬禮|禮賢下士。❸表示尊敬或慶賀而贈送的物品 ◆ 禮物|送禮|受禮|見面禮|千里送鵝毛,禮輕情意重。

¹⁴ 禱(祷) [dǎo ㄉㄠˇ ⓟdou² 賭/tou² 土 (語)]
❶向神求福或祝告 ◆ 禱告|祈禱。❷祈求;盼望 ◆ 盼禱|是所至禱。

¹⁴ 禰(祢) 〈一〉[nǐ ㄋㄧˇ ⓟnɐi⁵ 泥⁵]
古代父死後在宗廟中立牌位叫禰。
〈二〉[mí ㄇㄧˊ / nǐ ㄋㄧˇ (舊) ⓟnei⁴ 尼]
姓。

¹⁷ 禳 [ráng ㄖㄤˊ ⓟjœŋ⁴ 羊]
古人向神祈禱消除災害的祭祀活動 ◆ 禳災。

禸 部

⁴ 禹 〈一〉[yù ㄩˋ ⓟjy⁶ 預]
一種猴。

〈二〉[yú ㄩˊ ⑧jy⁴ 餘]
番禺,地名,在廣東省。

⁴ 禹 [yǔ ㄩˇ ⑧jy⁵ 雨]
❶傳説中的古代部落首領,即夏禹,又稱大禹。相傳治理洪水有功。❷姓。

⁸ 禽 [qín ㄑㄧㄣˊ ⑧kem⁴ 琴]
❶鳥類的總稱 ◆ 家禽|飛禽|走獸|衣冠禽獸|良禽擇木而棲。❷鳥獸的總稱 ◆ 五禽之戲|禽困覆車。❸姓。

禾 部

⁰ 禾 [hé ㄏㄜˊ ⑧wo⁴ 和]
❶穀類植物的通稱 ◆ 禾苗|禾粟|唐李紳《憫農》詩:"鋤禾日當午,汗滴禾下土。誰知盤中餐,粒粒皆辛苦。"❷特指水稻 ◆ 禾田|禾米。❸古代指粟,即小米。

² 秃 [tū ㄊㄨ ⑧tuk⁷ 他谷切]
❶頭上沒有頭髮;鳥獸羽毛脱落;某些物體失去尖鋒 ◆ 秃頂|秃鷹|秃筆|秃尾巴。❷山無草木,樹無枝葉 ◆ 秃山|秃樹。❸表示不圓滿,不周全 ◆ 這篇文章中間一段有點秃。❹罵人的言詞。指僧侶 ◆ 秃驢。

² 秀 [xiù ㄒㄧㄡˋ ⑧seu³ 瘦]
❶美麗;美好 ◆ 秀美|娟秀|眉清目秀|山明水秀|秀外慧中|風景秀麗。❷特別優異出眾 ◆ 優秀|後起之秀|鍾靈毓秀|秀才不出門,能知天下事。❸穀物吐穗開花 ◆ 秀穗|秀而不實。

² 私 [sī ㄙ ⑧si¹ 司]
❶屬於個人或個人之間的;與"公"相對 ◆ 私事|私交|私人財產|徇私枉法|公私分明|結黨營私|公報私仇。❷利己的;與"公"相對 ◆ 私心太重|自私自利|大公無私|假公濟私。❸偷偷地;暗地裏 ◆ 私了|私訪|私奔|私通|私藏槍枝|竊竊私語。❹祕密而不合法的 ◆ 私貨|私鹽。❺違法販運的貨品 ◆ 走私|販私。

³ 秈(⑧籼) [xiān ㄒㄧㄢ ⑧sin¹ 仙]
稻的一種,即早熟而黏性小的稻,俗稱"早稻",去殼後的米稱"秈米"。

³ 秉 [bǐng ㄅㄧㄥˇ ⑧bin² 丙]
❶握着;拿着 ◆ 秉筆直書|秉燭夜遊。❷主持;掌握 ◆ 秉公辦事|共秉朝政。❸量詞。古代容量單位,十六斛為一秉。❹姓。

⁴ 秕(⑧粃) [bǐ ㄅㄧˇ ⑧bei² 比]
❶穀粒不飽滿;癟穀 ◆ 秕粒|秕子|秕糠。❷比喻不好

的，壞的 ◆ 秕政。

⁴**秒** [miǎo ㄇㄧㄠˇ ⑧miu⁵ 渺]
計量單位名稱。❶用於計時：60秒為1分，60分為1小時 ◆ 秒錶｜讀秒。❷用於計弧度、角度：60秒為1分，60分為1度。❸用於計長度：10忽為1秒，10秒為1毫。

⁴**种** 〈一〉[chóng ㄔㄨㄥˊ ⑧tsuŋ⁴ 蟲]
姓。
〈二〉"種" 的簡化字。

⁴**衹** 同 "祇〈二〉"，見481頁左欄。

⁴**秔** 同 "粳"，見512頁右欄。

⁴**秋** (⑧烋) [qiū ㄑㄧㄡ ⑧tsɐu¹ 抽]
❶一年的第三季，即農曆七、八、九三個月 ◆ 秋季｜秋涼｜秋收｜秋高氣爽｜春華秋實。❷穀物成熟、收成 ◆ 麥秋。❸年 ◆ 千秋萬代｜一日不見，如隔三秋。❹某個時期 ◆ 多事之秋｜危急存亡之秋。❺秋千，同 "鞦韆"。❻姓。

⁴**科** [kē ㄎㄜ ⑧fɔ¹ 火¹]
❶事物的分門別類；類別 ◆ 文科｜理科｜外科｜牙科｜豆科植物。❷機關內部分設的辦事單位 ◆ 財務科｜人事科。❸法律條文 ◆ 作奸犯科。❹依法定罪；判處 ◆ 科罪｜科以重刑｜科以罰金。❺刑罰事實 ◆ 有前科。❻古代科舉取士的名目；也指科舉考試 ◆ 進士科｜博學鴻詞科｜科甲｜科場。❼古代戲劇中角色的動作 ◆ 科白｜笑科｜插科打諢。❽姓。

⁴**秭** [zǐ ㄗˇ ⑧dzi² 子]
❶古代數目名。十萬為億，一萬億為秭。❷秭歸，地名，在湖北省。

⁵**秦** [qín ㄑㄧㄣˊ ⑧tsœn⁴ 巡]
❶古國名。即戰國七雄之一，轄地在今陝西中部和甘肅東部一帶 ◆ 朝秦暮楚｜秦晉之好。❷朝代名。公元前221年秦統一中國後建立的王朝，公元前206年為漢所滅 ◆ 先秦。❸指今陝西省地區 ◆ 秦腔。❹姓。

⁵**秣** [mò ㄇㄛˋ ⑧mut⁹ 抹]
❶餵養牲口的飼料 ◆ 秣芻｜糧秣。❷餵養牲口 ◆ 秣馬｜秣馬厲兵。

⁵**秫** [shú ㄕㄨˊ ⑧sœt⁹ 術]
黏高粱 ◆ 秫米｜秫稭。

⁵**秤** [chèng ㄔㄥˋ ⑧tsiŋ³ 清³]
衡量輕重的器具 ◆ 秤桿｜秤

星｜一桿秤。

5 **秬** [jù ㄐㄩˋ [粵] gœy6 巨]
黑黍。

5 **租** [zū ㄗㄨ [粵] dzou1 遭]
❶田賦；地租 ◆ 租稅｜田租｜收租｜冷天冷在風裏，窮人窮在租裏。❷東西暫借他人使用，收取一定代價 ◆ 租用｜租賃｜出租｜租借｜租了一套房屋。❸東西暫借他人使用所收取的代價（金錢或實物）◆ 房租。

5 **秧** [yāng ㄧㄤ [粵] jœŋ1 央]
❶植物的幼苗 ◆ 秧苗｜稻秧｜插秧｜樹秧｜育秧。❷某些植物的莖 ◆ 瓜秧｜豆秧｜瓜長在秧上。❸某些初生的動物 ◆ 魚秧｜豬秧子。❹栽種；畜養 ◆ 秧稻｜秧了一池魚。

5 **秩** [zhì ㄓˋ [粵] dit9 迭]
❶次序；條理 ◆ 會場秩序井然。❷古代官吏的職位或品級 ◆ 爵秩｜貶秩一等。❸古代稱官吏的俸祿 ◆ 秩祿｜官秩。❹十年稱為一秩 ◆ 八秩大慶。

6 **秸** 〈一〉[jiē ㄐㄧㄝ [粵] git8 結]
同"稭"。禾稈；某些作物的莖 ◆ 麥秸｜豆秸｜高粱秸。
〈二〉[jī ㄐㄧ [粵] 同〈一〉]
秸鞠，鳲鳩。即布穀鳥。

6 **桃** [táo ㄊㄠˊ [粵] tou4 逃]
方言。桃黍，高粱。

6 **稀** 同"垛〈二〉"，見127頁左欄。

6 **移** [yí ㄧˊ [粵] ji4 宜]
❶變動原來的位置 ◆ 移動｜移民｜移山倒海｜移花接木｜愚公移山｜物換星移。❷改變；變化 ◆ 移易｜移風易俗｜矢志不移｜潛移默化｜江山易改，本性難移｜富貴不能淫，貧賤不能移。

7 **稍** 〈一〉[shāo ㄕㄠ [粵] sau2 哨2]
❶略微；略為 ◆ 稍微｜稍等片刻｜稍有不適｜稍有不同｜稍縱即逝｜稍勝一籌。❷古代是逐漸的意思 ◆ 稍奪之權。
〈二〉[shào ㄕㄠˋ [粵] 同〈一〉]
稍息，軍事或體操口令，命令隊伍從立正姿勢變為休息的姿勢。

7 **稈**（[異]秆）[gǎn ㄍㄢˇ [粵] gɔn2 趕]
某些植物的莖 ◆ 麥稈｜高粱稈。

7 **程** [chéng ㄔㄥˊ [粵] tsiŋ1 情]
❶度量衡的總名。❷道路的遠近距離 ◆ 路程｜旅程｜行程萬里｜日夜兼程｜錦繡前程。❸法式；規章 ◆ 程式｜操作規程｜學會章程。❹事情發生的步驟、階段 ◆ 發展過程｜會議議程｜工藝流程。❺進

度；期限 ◆ 程度│程序│日程│課程。❻估量 ◆ 計日程功。❼姓。

稀 [xī ㄒㄧ 粵hei¹ 希]
❶疏；不密。與"密"相對 ◆ 稀疏│地廣人稀│月明星稀。❷少 ◆ 稀少│稀有金屬│稀奇古怪│人生七十古來稀。❸不濃厚；與"稠"相對 ◆ 稀飯│空氣稀薄│稀泥不上牆。❹用在某些形容詞前面，表示程度深 ◆ 稀爛│稀鬆│稀嫩的雞。

稃 [fū ㄈㄨ 粵fu¹ 呼]
穀粒外層的硬殼。

稅 [shuì ㄕㄨㄟˋ 粵sœy³ 歲]
❶政府按規定向人民徵收的錢或實物 ◆ 稅收│稅率│營業稅│照章納稅│偷稅漏稅。❷姓。

稊 [tí ㄊㄧˊ 粵tɐi⁴ 提]
稊子一類的草，籽實如小米。

稂 [láng ㄌㄤˊ 粵lɔŋ⁴ 狼]
形似禾苗的雜草，俗稱狼尾草 ◆ 稂莠│不稂不莠│稂不莠。

稑 [lù ㄌㄨˋ 粵luk⁹ 六]
遲播而早熟的穀物。

稜 〈一〉[léng ㄌㄥˊ 粵liŋ⁴ 玲]
❶同"棱"，見319頁右欄。

❷威勢 ◆ 稜岸│稜威。❸打；揍 ◆ 稜殺。
〈二〉[lèng ㄌㄥˋ 粵同〈一〉]
❶田埂，田間土壟。❷失神，發呆。

稙 [zhī ㄓ 粵dzik⁹ 迹]
早種早熟的穀物。

稞 [kē ㄎㄜ 粵fɔ¹ 科]
大麥的一種，通稱"青稞"。主要產於西藏、青海，可作食品，也可釀酒。

稚(粵稺稺) [zhì ㄓˋ 粵dzi⁶ 自]
幼小 ◆ 童稚│幼稚│稚氣│稚子。

稗 [bài ㄅㄞˋ 粵bai⁶ 敗]
❶稻田裏的一種雜草，葉子像稻，籽實像粟 ◆ 稗子│秕稗│稗草拔光，稻穀滿倉。❷比喻卑微、瑣細 ◆ 稗官│稗史│稗官野史。

稔 [rěn ㄖㄣˇ 粵jɐm⁵ 任⁵]
❶穀物成熟。引申指收成好 ◆ 稔年│豐稔。❷熟悉 ◆ 稔知│稔悉│素稔。❸年；一年。"一年"、"五年"也作"一稔"、"五稔"。

稠 [chóu ㄔㄡˊ 粵tsɐu⁴ 酬]
❶多而密 ◆ 稠密│稠人廣眾。❷濃厚；與"稀"相對 ◆ 粥熬得太稠。❸姓。

⁸ **稟**(⁰稟)[bǐng ㄅㄧㄥˇ ⑩ben² 品]

❶向上級或長輩報告 ◆ 稟告｜稟報。❷承受 ◆ 稟承｜稟受。❸生就；賦予 ◆ 稟性｜稟賦。

⁸ **稨** [bàng ㄅㄤˋ ⑩bɔŋ⁶ 磅] 方言。稨頭，玉米。也寫作"棒頭"。

⁹ **稭** [jiē ㄐㄧㄝ ⑩git⁸ 結] 禾稈；某些作物的莖 ◆ 麥稭｜豆稭｜高粱稭。

⁹ **種**(种)〈一〉[zhǒng ㄓㄨㄥˇ ⑩dzuŋ² 腫]

❶用來培育新的植物體的籽實；泛指用來繁殖後代的動植物 ◆ 種子｜稻種｜花種｜種畜｜傳種接代。❷生物羣類 ◆ 物種｜人種｜黃種人｜反對種族歧視。❸泛指事物的類別 ◆ 種類｜品種｜多種多樣｜特種工藝｜地方劇種。❹量詞。表示種類 ◆ 兩種風格｜幾種顏色｜千種風情。

〈二〉[zhòng ㄓㄨㄥˋ ⑩dzuŋ³ 眾]

❶栽植；培植 ◆ 種樹｜種花｜耕種｜種瓜得瓜，種豆得豆。❷把疫苗注入人體用來抗疫 ◆ 種牛痘｜接種卡介苗。

⁹ **稱**(称)〈一〉[chēng ㄔㄥ ⑩tsiŋ¹ 清]

❶舉；舉起 ◆ 稱兵伐趙｜稱彼兕觥｜稱觴祝壽。❷讚許；頌揚 ◆ 稱讚｜稱頌｜值得稱道。❸叫；叫做。也指"以……自居" ◆ 自稱｜稱呼｜稱兄道弟｜稱名道姓｜堪稱一絕｜稱孤道寡｜稱王稱霸｜山上無老虎，猴子稱大王。❹聲言；說 ◆ 聲稱｜宣稱｜拍手稱快｜人人稱便。❺名號 ◆ 稱號｜名稱｜愛稱｜簡稱。❻姓。

〈二〉[chèn ㄔㄣˋ ⑩tsiŋ³ 秤] 合適；相當 ◆ 相稱｜稱職｜稱心如意｜勻稱｜對稱。

〈三〉[chēng ㄔㄥ ⑩同〈二〉] 用衡器測定物的輕重 ◆ 稱體重｜稱1公斤香蕉｜蛤蟆跳在戥子上，自稱自讚。

〈四〉[chèng ㄔㄥˋ ⑩同〈二〉] 測定物的輕重的衡器。現通作"秤"。

⁹ **稨** [biǎn ㄅㄧㄢˇ ⑩bin² 扁] 稨豆，即扁豆。

⁹ **稬** [jì ㄐㄧˋ ⑩gei³ 既] 稠密 ◆ 深耕稬種。

¹⁰ **穀**(谷)[gǔ ㄍㄨˇ ⑩guk⁷ 菊]

❶莊稼和糧食的總稱 ◆ 穀物｜五穀豐登｜穀賤傷農｜四體不勤，五穀不分。❷穀子，一種禾本科植物。子實去皮後就是小米，供食用。❸方言。稻；也指稻的子實 ◆ 稻穀。

¹⁰ **稽**〈一〉[jī ㄐㄧ ⑩kɐi² 啟] ❶考核；查考 ◆ 稽核｜稽查

|有案可稽|無稽之談。❷計較；爭論 ◆ 反唇相稽。❸停留；拖延 稽留|稽失|稽延時日|稽滯不決。❹姓。

〈二〉[qǐ ㄑㄧˇ 圖同〈一〉]
稽首，古代一種禮節，雙膝跪下，叩頭至地 ◆ 稽首再拜。

¹⁰ 稷 [jì ㄐㄧˋ 圖dzik⁷ 即]
❶一種穀物，或説是粟，或説是黍。❷古人把稷看作百穀之長，因此以稷為穀神 ◆ 社稷。

¹⁰ 稻 [dào ㄉㄠˋ 圖dou⁶ 道]
穀物之一，為一年生草本植物，大都種在水田裏，所以通常叫"水稻"。去殼後叫"大米"，是我國的主要糧食作物 ◆ 稻田|稻穀|晚稻|稻多打出米來，人多講出理來|宋辛棄疾《西江月》詞："稻花香裏説豐年，聽取蛙聲一片。"

¹⁰ 稿 [gǎo ㄍㄠˇ 圖gou² 高²]
❶禾稈 ◆ 稿薦。❷詩文、圖畫的草底；也指寫成的詩文 ◆ 稿件|草稿|詩稿|文稿|清樣稿|歡迎投稿。

¹⁰ 稾 同"稿"，見490頁左欄。

¹⁰ 稼 [jià ㄐㄧㄚˋ 圖ga³ 嫁]
❶種植穀物 ◆ 稼穡。❷農作物 ◆ 莊稼。

¹¹ 積(积) [jī ㄐㄧ 圖dzik⁷ 即]
❶一點一點聚集起來；逐漸增加 ◆ 積肥|積累|積穀防饑|日積月累|積財千萬，不如薄技在身。❷長時間積累起來的 ◆ 積習|積弊|積勞成疾|積重難返。❸算術中指乘法的得數 ◆ 乘積|體積|面積。❹中醫指消化不良的病 ◆ 食積|疳積|捏積。

¹¹ 穆 [mù ㄇㄨˋ 圖muk⁹ 木]
❶温和美好 ◆ 穆如清風。❷莊敬 ◆ 肅穆。❸靜默 ◆ 靜穆。❹姓。

¹¹ 穎(穎^圖穎) [yǐng ㄧㄥˇ 圖win⁶ 泳]
❶帶芒的穀穗 ◆ 嘉禾重穎。❷東西末端的尖鋭部分 ◆ 穎端|短穎狼毫|脱穎而出。❸聰明 ◆ 穎悟|聰穎過人。

¹¹ 穌(稣) [sū ㄙㄨ 圖sou¹ 蘇]
❶同"蘇"。蘇醒 ◆ 復穌。❷耶穌。見"耶"，548頁左欄。

¹¹ 穄 [jì ㄐㄧˋ 圖dzei³ 祭]
沒有黏性的黍粟之類，也叫"穈子"。

11 **穆**(穇)　[cǎn ㄘㄢˇ 粵sam¹ 衫]
穇子，植物。葉狹長，子實可吃。

12 **穗**　[suì ㄙㄨㄟˋ 粵sœy⁶ 睡]
❶稻麥等穀類植物聚生在一起的花或果實 ◆ 吐穗｜麥穗。❷用絲線、布條等做的，往下垂的裝飾品。俗稱“流蘇” ◆ 穗子。❸廣州市的別稱。

12 **穜**　〈一〉[tóng ㄊㄨㄥˊ 粵tuŋ⁴ 同]
早播而遲熟的穀類 ◆ 穜稑。
〈二〉同“種”，見489頁左欄。

13 **穡**(穑)　[sè ㄙㄜˋ 粵sik⁷ 色]
收割穀物 ◆ 稼穡。

13 **穢**(秽)　[huì ㄏㄨㄟˋ 粵wɐi³ 畏]
❶荒蕪；雜草叢生 ◆ 蕪穢。❷骯髒；不潔 ◆ 污穢｜穢土。❸醜惡的；淫亂的 ◆ 穢跡｜自慚形穢。

13 **穠**　[nóng ㄋㄨㄥˊ 粵nuŋ⁴ 農]
形容花木繁盛。

13 **穟**　[suì ㄙㄨㄟˋ 粵sœy⁶ 睡]
❶同“穗”，見491頁左欄。
❷禾穗下垂的樣子 ◆ 穟穟。

14 **穫**(获)　[huò ㄏㄨㄛˋ 粵wɔk⁹ 獲]
收割莊稼 ◆ 收穫。

14 **穩**(稳)　[wěn ㄨㄣˇ 粵wɐn² 溫²]
❶不動搖；沒有變動 ◆ 穩定｜穩固｜安穩｜平穩｜站穩腳跟｜穩如泰山｜任憑風浪起，穩坐釣魚船。❷沈着；不急不浮 ◆ 穩重｜穩健｜穩紮穩打。❸靠得住，有把握 ◆ 穩妥｜穩操勝券｜十拿九穩。

15 **穭**(稆)　[lǚ ㄌㄩˇ 粵lœy⁵ 呂]
野生的禾 ◆ 穭葵。

15 **穮**　[biāo ㄅㄧㄠ 粵biu¹ 標]
鋤草；耘田。

17 **穐**　同“秋”，見486頁左欄。

17 **穰**　[ráng ㄖㄤˊ 粵jœy⁴ 羊]
❶禾稈。❷莊稼豐收 ◆ 穰歲｜饑穰。❸同“瓤”。果類的肉。❹興盛；興旺 ◆ 稠穰｜人稠物穰。

21 **穐**　同“秋”，見486頁左欄。

穴 部

0 **穴**　[xué ㄒㄩㄝˊ 粵jyt⁹ 月]
❶巖洞；地洞或動物藏身的

地方 ◆ 穴居│洞穴│空穴來風│不入虎穴，焉得虎子│螻蟻之穴，潰千丈之堤。❷墓地；埋棺材的坑 ◆ 墓穴│生不同居，死則同穴。❸人體經絡要害部分，可以進行針灸或點壓的地方 ◆ 穴位│穴道│點穴。❹姓。

2 **究** [jiū ㄐㄧㄡ ⑧ geu³ 救]
❶仔細探求；查尋 ◆ 研究│探究│追究責任│尋根究底。❷到底；畢竟 ◆ 究竟│事實終究是事實。

3 **空** 〈一〉[kōng ㄎㄨㄥ ⑧ huŋ¹ 凶]
❶什麼都沒有；裏面沒有東西 ◆ 空房│空虛│空谷足音│人去樓空│坐吃山空│如入寶山，空手而歸。❷不切實際 ◆ 空想│空幻│紙上空談│空話連篇│徒託空言。❸天上 ◆ 領空│太空站│晴空萬里│空中樓閣│唐李白《黃鶴樓送孟浩然之廣陵》詩：“孤帆遠影碧空盡，惟見長江天際流。”❹副詞。徒然的；白白地 ◆ 空歡喜│空懷報國心│宋岳飛《滿江紅》詞：“莫等閒，白了少年頭，空悲切。”❺無；沒有 ◆ 目空一切│人財兩空│空前絕後。❻佛教用語。佛教把超乎色相現實的境界叫做空，認為現實世界的一切皆為虛無；又指佛教 ◆ 遁入空門│色即是空，空即是色。
〈二〉[kòng ㄎㄨㄥˋ ⑧ huŋ³ 控]
❶間隙；尚未佔用的地方或開暇的時間 ◆ 空隙│空白│空缺│填空│抽空去一趟。❷留下地方或時間 ◆ 空出兩個座位│空出一週時間│開頭要空兩格寫。

3 **穸** [xī ㄒㄧ ⑧ dzik⁹ 夕]
窀穸。見“窀”，493頁左欄。

3 **穹** [qióng ㄑㄩㄥˊ ⑧ huŋ¹ 兇/guŋ¹ 公 (語)]
❶天空 ◆ 蒼穹│穹壤之異。❷中間隆起而四面下垂的形狀 ◆ 穹隆│穹窿│天似穹廬，籠蓋四野。❸大 ◆ 穹石。❹深 ◆ 幽林穹谷。

4 **窊** 同“阱”，見766頁右欄。

4 **突** [tū ㄊㄨ ⑧ dɐt⁹ 凸]
❶猛力衝 ◆ 突破│突圍│突擊│狼奔豕突。❷忽然；猝然 ◆ 突然│突如其來│風雲突變。❸觸犯；抵觸 ◆ 唐突│衝突。❹高出；凸出 ◆ 突出│突起。❺煙囱 ◆ 曲突徙薪。

4 **穿** [chuān ㄔㄨㄢ ⑧ tsyn¹ 川]
❶戳破；鑿通 ◆ 穿孔│洞穿│穿壁引光│穿窬之盜│水滴石穿│拆穿西洋鏡。❷貫串；通過 ◆ 穿珠│穿針引線│穿街走巷│貫穿古今│穿房入戶。❸着衣着鞋 ◆ 穿衣│穿小鞋│穿紅着綠│穿衣戴帽，各人所好。

⁴**窀** [zhūn ㄓㄨㄣ 粵dzœn¹ 津]

窀穸,墓穴。

⁵**窅** [yǎo ㄧㄠˇ 粵jiu² 夭]

❶深;深遠 ◆ 窅眇。❷窅然,惆悵的樣子。

⁵**窄** [zhǎi ㄓㄞˇ 粵dzak⁸ 責]

❶狹小。引申為氣量小,不開朗 ◆ 窄小|狹窄|窄路相逢|冤家路窄|心眼兒窄。❷不寬裕 ◆ 寬打窄用|這些年,他們家的日子過得挺窄。

⁵**窊** [wā ㄨㄚ 粵we¹ 蛙]

❶下凹;低陷。❷同“窪”,用於地名,南窊子,在山西省。

⁵**窆** [biǎn ㄅㄧㄢˇ 粵bin² 貶]

埋葬;下葬。

⁵**窌** [jiào ㄐㄧㄠˋ 粵gau³ 教]

地窖。

⁵**窈** [yǎo ㄧㄠˇ 粵jiu² 夭/miu⁵ 秒(語)]

❶深遠;幽暗 ◆ 窈然|窈冥。❷窈窕。(1)形容文靜而漂亮 ◆ 窈窕淑女,君子好逑。(2)形容幽深、深遠。

⁶**窒** [zhì ㄓˋ 粵dzet⁹ 姪]

阻塞不通 ◆ 窒息|窒礙難行。

⁶**窕** [tiǎo ㄊㄧㄠˇ 粵tiu⁵ 條⁵]

窈窕。見“窈❷”,493頁左欄。

⁷**窖** [jiào ㄐㄧㄠˋ 粵gau³ 教]

❶儲藏東西的地洞 ◆ 地窖|入窖|窖藏|白菜窖|冰天雪窖。❷把東西放進窖裏 ◆ 窖藏|窖冰|窖蘿蔔。

⁷**窗** (⊛窓窻窗牕牎牕)

[chuāng ㄔㄨㄤ 粵tsœŋ¹ 昌]

牆壁上開的用作通氣透光的結構 ◆ 窗戶|門窗|百頁窗|窗明几淨|打開窗子説亮話。

⁷**窘** [jiǒng ㄐㄩㄥˇ 粵kwen⁵ 困⁵]

❶窮迫;貧困 ◆ 窘困|處境窘迫|生活困窘|貨源枯窘。❷為難;使為難 ◆ 受窘|窘態畢露|可把他窘住了。

⁸**窠** [kē ㄎㄜ 粵fɔ¹ 科]

❶動物的巢穴 ◆ 蜂窠|狗窠|鳩雀爭窠。❷比喻人們安居的矮小的處所。❸古人寫字、篆刻時劃下的界格 ◆ 擘窠大字|擺脱前人的窠臼,獨創一格。

⁸**窣** [sū ㄙㄨ 粵sœt⁷ 恤]

❶窣窣,象聲詞。形容細小的摩擦聲 ◆ 陰風窣窣|窣窣有聲。❷窸窣。見“窸”,495頁左欄。

8 **窟** [kū ㄎㄨ 粵 fɐt^{7} 忽] ❶洞穴 ◆ 石窟｜狡兔三窟。❷人聚集的地方；特指壞人聚集的地方 ◆ 賭窟｜匪窟｜盜窟｜貧民窟。❸窟窿，洞；孔 ◆ 冰窟窿｜老鼠窟窿｜針尖大的窟窿斗大的風。

9 **窩**（窝） [wō ㄨㄛ 粵 wɔ^{1} 倭] ❶禽獸、昆蟲等動物的巢穴 ◆ 鳥窩｜馬蜂窩｜螞蟻窩｜虎狼窩。❷比喻人的住處。特指壞人聚居的地方 ◆ 挪窩｜賊窩｜土匪窩｜安樂窩｜金窩銀窩，不如自己的茅草窩。❸凹進去的地方 ◆ 肘窩｜酒窩｜胳肢窩｜心口窩。❹藏匿；私藏 ◆ 窩藏｜窩贓｜窩主。❺把直的東西弄彎 ◆ 把鐵絲窩個掛鈎。❻不能自由發泄；不能正常進行 ◆ 窩火｜窩工。❼量詞。動物一胎所生或一次孵卵出來叫一窩 ◆ 孵了一窩小雞｜一窩生了三隻小貓。

9 **窬** [yú ㄩˊ 粵 jy^{4} 餘] 從牆上爬過去 ◆ 穿窬之盜。

9 **窨** 〈一〉[yìn ㄧㄣˋ 粵 jɐm^{3} 蔭] ❶地窖；地下室 ◆ 地窨子。❷窨井，為便於疏通下水道而修築的井狀建築物，上面有蓋。

〈二〉[xūn ㄒㄩㄣ 粵 fɐn^{1} 分] 用有香味的花把茶葉熏香。

9 **窪**（洼） [wā ㄨㄚ 粵 wa^{1} 蛙] ❶凹陷 ◆ 窪地｜低窪｜窪陷。❷凹陷的地方 ◆ 水窪｜山窪。

10 **窮**（穷） [qióng ㄑㄩㄥˊ 粵 kuŋ^{4} 渠弓切] ❶貧困；沒有錢財。與"富"相對 ◆ 窮苦｜貧窮｜窮鄉僻壤｜窮困潦倒｜人窮志不短。❷盡；終極 ◆ 無窮｜窮盡｜理屈辭窮｜黔驢技窮｜層出不窮｜日暮途窮｜唐王之渙《登鸛雀樓》詩："欲窮千里目，更上一層樓。" ❸追究到底；極力 ◆ 窮究｜窮原竟委｜窮理盡性｜窮追猛打。❹極端 ◆ 窮兇極惡｜窮奢極侈。❺不得志；不顯貴。與"達"相對 ◆ 窮當益堅｜窮則獨善其身，達則兼濟天下。

10 **窳** [yǔ ㄩˇ 粵 jy^{5} 羽] ❶器物粗劣 ◆ 窳劣｜窳敗。❷懶惰 ◆ 窳惰。

10 **窰**（異窑窯） [yáo ㄧㄠˊ 粵 jiu^{4} 搖] ❶燒製磚瓦、陶瓷器皿等的建築物 ◆ 磚窰｜瓦窰｜石灰窰。❷採煤挖的洞 ◆ 煤窰。❸窰洞，我國西北地區在土坡上挖的用來住人的洞。❹指妓院 ◆ 窰子｜窰姐。

11 **窺**（窥） [kuī ㄎㄨㄟ 粵 kwɐi^{1} 虧] 從孔或縫隙裏往外看；暗中察看 ◆ 窺測｜窺探｜管窺蠡測｜管中窺豹。

11 **窶**(窭) 〈一〉[jù ㄐㄩˋ ⑧ gœy⁶ 巨]

貧窮 ◆ 貧窶。

〈二〉[lóu ㄌㄡˊ ⑧ lɐu⁴ 流]

甌窶，狹小的高地。

11 **窵**(窵) [diào ㄉㄧㄠˋ ⑧ diu³ 吊]

深遠 ◆ 窵遠。

11 **窸** [xī ㄒㄧ ⑧ sik⁷ 色]

窸窣，象聲詞。形容細小的摩擦聲。

12 **窾** [kuǎn ㄎㄨㄢˇ ⑧ fun² 款]

空；挖空。

12 **窿** [lóng ㄌㄨㄥˊ ⑧ luŋ⁴ 龍]

❶窟窿。見"窟❸"，494頁左欄。❷高起；突出 ◆ 穹窿。❸方言。煤礦坑道 ◆ 窿工 | 清理廢窿。

13 **竄**(窜) [cuàn ㄘㄨㄢˋ ⑧ tsyn³ 寸]

❶逃跑；亂跑 ◆ 逃竄 | 東奔西竄 | 流竄作案 | 抱頭鼠竄 | 狼突豕竄。❷放逐；流放。❸刪改文字 ◆ 竄改 | 點竄。

13 **竅**(窍) [qiào ㄑㄧㄠˋ ⑧ hiu³ 曉³]

❶孔；洞 ◆ 七竅 | 鬼迷心竅。❷比喻事情的關鍵、要點 ◆ 竅門 | 訣竅 | 一竅不通。

15 **竇**(窦) [dòu ㄉㄡˋ ⑧ dɐu⁶ 豆]

❶洞；孔穴 ◆ 狗竇 | 疑竇 | 杜門塞竇。❷人體某些器官或組織內部凹入部分 ◆ 鼻竇 | 胃竇。❸姓。

17 **竊**(窃) [qiè ㄑㄧㄝˋ ⑧ sit⁸ 屑]

❶偷；用不正當的手段取得 ◆ 行竊 | 盜竊 | 偷竊 | 竊據要職 | 竊鈎者誅，竊國者侯。❷小偷 ◆ 竊賊 | 慣竊。❸偷偷地；暗中 ◆ 竊聽 | 竊笑。❹謙指自己；私下 ◆ 竊以為不可。

立 部

0 **立** [lì ㄌㄧˋ ⑧ lap⁹ 臘/lɐp⁹ 笠⁹]

❶站着 ◆ 立正 | 肅立 | 站立 | 側目而視，重足而立 | 宋楊萬里《小池》詩："小荷才露尖尖角，早有蜻蜓立上頭。"❷把物體垂直地豎起來；豎起的物體 ◆ 豎立 | 聳立 | 高樓林立 | 立竿見影。❸建樹；造就 ◆ 立功 | 成家立業 | 三十而立 | 立身揚名。❹設置；制定 ◆ 建立 | 設立 | 創立 | 立法 | 立下軍令狀。❺存在；生存 ◆ 自立 | 獨立自主 | 勢不兩立 | 安身立命。❻君主即位；繼承某個位置 ◆ 立君 | 立嗣 |

立為太后。❼即時；馬上 ◆ 立刻
|立即|立等回音|放下屠刀，立地
成佛。❽姓。

⁴竑 [hóng ㄏㄨㄥˊ ⑧wɐŋ⁴ 宏]
❶廣大。❷量度；測量。

⁵站 [zhàn ㄓㄢˋ ⑧dzam⁶ 暫]
❶身體直立着 ◆ 站立|站崗
|站得高，看得遠。❷停下來 ◆ 站
住|不怕慢，只怕站。❸交通運輸
線上為乘客上下或貨物裝卸需要
而設的停車的地方 ◆ 車站|站台|
起點站|火車到站。❹某些分支辦
事機構 ◆ 空間站|氣象站|物資供
應站。

⁵竝 古同"並"，見6頁左欄。

⁵竚 同"佇"，見23頁左欄。

⁶章 [zhāng ㄓㄤ ⑧dzœŋ¹ 張]
❶成篇的作品或作品的一個
部分 ◆ 文章|篇章|樂章|章節|出
口成章。❷法規；條款 ◆ 章程|規
章|違章行駛|招生簡章|約法三
章。❸條理 ◆ 雜亂無章。❹舊時
大臣向皇帝呈遞的一種文書 ◆ 奏
章。❺印信；戳記 ◆ 圖章|印章|
私章|簽名蓋章。❻佩戴在身上的
標誌 ◆ 肩章|袖章|徽章|紀念章。
❼姓。

⁶竟 [jìng ㄐㄧㄥˋ ⑧giŋ² 景]
❶終了；完畢 ◆ 歲竟|未竟
之業。❷終於；到底 ◆ 究竟|有志
者事竟成|請看今日之域中，竟是
誰家之天下。❸全；從頭至尾、自
始至終 ◆ 竟日|竟夜不眠。❹探
究；追究 ◆ 窮源竟委。❺表示事
情發生出乎意外；居然 ◆ 他竟敢
當面撒謊|沒想到竟在這裏遇到你
|對這件事他竟然漠然置之。

⁷竦 [sǒng ㄙㄨㄥˇ ⑧suŋ² 聳]
❶恭敬；肅敬。❷同"聳"，
見549頁右欄。

⁷童 [tóng ㄊㄨㄥˊ ⑧tuŋ⁴ 同]
❶未成年的人；小孩子 ◆
兒童|童年|童黨|童顏鶴髮|返老
還童|唐杜牧《清明》詩："借問酒
家何處有？牧童遙指杏花村。"❷
沒有長犄角的牛羊 ◆ 童牛|童羖。
❸山上沒有草木或人禿頂 ◆ 童山
|頭童齒豁。❹同"僮"。舊時指未
成年的僕人 ◆ 書童|家童。❺姓。

⁷竢 同"俟〈一〉"，見28頁右欄。

⁷竣 [jùn ㄐㄩㄣˋ ⑧tsœn¹ 春]
事情完畢 ◆ 竣工|竣事|大
橋工程日前告竣。

⁹竭 [jié ㄐㄧㄝˊ ⑧kit⁸ 揭]
❶完；盡 ◆ 竭力|竭誠|精

疲力竭|再衰三竭|聲嘶力竭|取之
不盡，用之不竭。❷乾枯 ◆ 枯竭
|竭澤而漁。

9
端 [duān ㄉㄨㄢ ⓟ dyn¹ 短¹]
❶事物的一頭 ◆ 筆端|頂端
|尖端鋒利|首鼠兩端|直插雲端。
❷事情的開頭 ◆ 發端|開端。❸事
情的原因 ◆ 爭端|無端。❹頭緒；
方面 ◆ 端緒|端倪|變化多端|各執
一端|舉其一端|舉舉大端。❺
正；正派 ◆ 端正|端莊|行為不端
|端端正正。❻用手捧着 ◆ 端茶
|連鍋端。❼姓。❽端木，複姓。

15
競(竞) [jìng ㄐㄧㄥˋ ⓟ giŋ⁶ 勁]
比賽；爭勝負 ◆ 競爭|競賽|競選
|龍舟競渡。

竹 部

0
竹 [zhú ㄓㄨˊ ⓟ dzuk⁷ 足]
❶多年生常綠植物。莖直有
節，中空質硬，嫩芽叫"筍"。種類
很多，有毛竹、淡竹、斑竹、苦
竹、紫竹等，通稱"竹子"。可做建
築材料和日用工藝器物 ◆ 竹林|茂
林修竹|勢如破竹|胸有成竹|一竹
竿打到底|宋蘇軾《惠崇春江晚景》
詩："竹外桃花三兩枝，春江水暖
鴨先知。"❷指古代用來寫字的竹

片 ◆ 竹簡|竹帛|明張家玉《軍中
夜感》詩："裹屍馬革英雄事，縱
死終令汗竹香。"
❸八音(金、石、
土、革、絲、木、
匏、竹)之一，簫笛
之類的管樂器 ◆ 江
南絲竹。❹姓。

2
竺 [zhú ㄓㄨˊ ⓟ dzuk⁷ 足]
❶天竺，印度的古稱。❷
姓。

3
竿 [gān ㄍㄢ ⓟ gon¹ 乾]
竹幹；竹幹的一截 ◆ 竹竿
|釣竿|立竿見影|日上三竿|百尺
竿頭，更進一步。

3
竽 [yú ㄩˊ ⓟ jy⁴ 如]
一種古樂
器，形狀像笙 ◆
濫竽充數。

4
笄 [jī ㄐㄧ ⓟ gɐi¹ 雞]
❶古代束髮用的簪子。❷古
禮女子滿十五歲可以插笄，表示已
經成年，可以婚嫁，因此稱女子十
五歲為"及笄"、"笄年"。

4
笑 [xiào ㄒㄧㄠˋ ⓟ siu³ 嘯]
❶露出愉快的表情，發出歡
喜的聲音 ◆ 笑聲|微笑|笑容可掬
|歡歌笑語|眉開眼笑|笑一笑，十

年少。❷譏諷 ◆ 嘲笑|取笑|恥笑|蚍蜉撼大樹，可笑不自量。

⁴ **筞** [zhào ㄓㄠˋ ⑧dzau³ 罩]
筞籬，用竹篾或金屬絲等編成的能濾水的杓形器具。

⁴ **笏** [hù ㄏㄨˋ ⑧fet⁷ 忽]
古代大臣朝見皇帝時所執的手板，用來記事。

⁴ **笈** [jí ㄐㄧˊ ⑧kɐp⁷ 級]
書箱 ◆ 負笈從師。

⁴ **笆** [bā ㄅㄚ ⑧ba¹ 巴]
用竹片或樹枝編的器物 ◆ 笆斗|籬笆|竹篾笆。

⁵ **笨** [bèn ㄅㄣˋ ⑧bɐn⁶ 奔⁶]
❶不聰明；智力差 ◆ 笨人|愚笨|笨頭笨腦|笨鳥先飛。❷不靈巧 ◆ 笨拙|笨嘴拙舌|笨手笨腳。❸形容物件粗重 ◆ 笨重。

⁵ **笸** [pǒ ㄆㄛˇ ⑧pɔ² 叵]
笸籮，用竹篾或柳條編成的容器，一般都比較淺。

⁵ **笪** [dá ㄉㄚˊ ⑧dat⁸ 達⁸]
❶粗的竹蓆。❷拉船用的繩索。❸姓。

⁵ **笛** [dí ㄉㄧˊ ⑧dɛk⁹ 糴]
❶用竹做成的橫吹的管樂器 ◆ 吹笛|笛聲悠揚|唐王之渙《涼州詞》詩："羌笛何須怨楊柳，春風不度玉門關。"❷能發出響聲的裝置 ◆ 汽笛|警笛。

⁵ **笙** [shēng ㄕㄥ ⑧sɐŋ¹ 生]
一種管樂器，有十餘根裝有簧的長短不等的竹管組成 ◆ 笙歌|蘆笙。

⁵ **筰** 〈一〉[zé ㄗㄜˊ ⑧dzak⁸ 責]
姓。
〈二〉[zuó ㄗㄨㄛˊ ⑧dzɔk⁹ 鑿]
竹篾擰成的繩索。

⁵ **符** [fú ㄈㄨˊ ⑧fu⁴ 扶]
❶古代的一種信物，用竹木或金玉製成，上面有文字或圖形，分成兩片，雙方各執其一，使用時以兩片是否相合驗證真假 ◆ 符節|虎符|信陵君竊符救趙。❷相合 ◆ 符合|相符|名不符實。❸道士所畫的一種圖形或線條，迷信的人認為可以用來驅鬼神、避災禍 ◆ 符咒|符籙|護身符|宋王安石《元日》詩："千門萬戶曈曈日，總把新桃換舊符。"❹記號 ◆ 符號|音符|中文的形聲字由形符和聲符兩部分組成。❺姓。

⁵ **笫** [zǐ ㄗˇ ⑧dzi² 子]
竹篾編的牀蓆 ◆ 牀笫之歡。

⁵ **笭** [líng ㄌ丨ㄥˊ ⑧ liŋ⁴ 零]
笭箵，裝魚的竹簍。

⁵ **笱** [gǒu ㄍㄡˇ ⑧ gɐu² 狗]
竹篾編的捕魚器具，魚能進不能出。

⁵ **笠** [lì ㄌ丨ˋ ⑧ lɐp⁷ 粒⁷]
用竹篾和竹葉編成的帽子，可以遮雨、擋陽。俗稱"斗笠" ◆ 竹笠｜草笠｜唐柳宗元《江雪》詩："孤舟蓑笠翁，獨釣寒江雪。"

⁵ **笥** [sì ㄙˋ ⑧ si³ 四]
古代用竹篾或蘆葦編成的用來盛飯食或放衣物的方形器具。

⁵ **笢** [mǐn ㄇ丨ㄣˇ ⑧ mɐn⁵ 敏]
竹篾。

⁵ **第** [dì ㄉ丨ˋ ⑧ dɐi⁶ 弟]
❶放在數詞前表示次序的詞頭 ◆ 第一名｜第三排｜第五章。❷古代官僚、貴族的住宅 ◆ 宅第｜門第｜府第。❸科舉考試的等級 ◆ 及第｜落第。

⁵ **笳** [jiā ㄐ丨ㄚ ⑧ ga¹ 加]
一種類似笛子的古樂器，即胡笳。

⁵ **笤** [tiáo ㄊ丨ㄠˊ ⑧ tiu⁴ 條]
笤帚，清除塵土、垃圾的用具，多用去粒的穀穗或葦穗捆紮而成。

⁵ **笞** [chī ㄔ ⑧ tsi¹ 雌]
❶用竹板、鞭子、棍棒等抽打 ◆ 笞杖｜鞭笞。❷古代五刑(唐律為笞、杖、徒、流、死)之一，即用竹板抽打人的背部或臀部 ◆ 笞刑。

⁶ **筐** [kuāng ㄎㄨㄤ ⑧ hɔŋ¹ 康]
用竹篾、枝條等編的容器 ◆ 籮筐｜土筐｜一筐白菜。

⁶ **等** [děng ㄉㄥˇ ⑧ dɐŋ² 登²]
❶品級；次第 ◆ 等級｜等第｜一等品｜頭等大事｜中等身材。❷相同；一樣 ◆ 等同｜相等｜對等｜同等學歷｜等價交換｜等量齊觀。❸種；類；輩 ◆ 這等事｜此等人｜我等愛國人士。❹表示列舉未盡，用"等"或"等等" ◆ 京、津、滬等地｜筆墨紙硯等等一應俱全。❺先停下來，不馬上有所行動 ◆ 等待｜等候｜稍等片刻｜立等可取｜請你等一下再說。

⁶ **笛**
同"寇"，見507頁右欄。

⁶**箬** [kǎo ㄎㄠˇ ⑧hau² 考]
箬筶，同"栲栳"。見"栲"，312頁右欄。

⁶**筶** [lǎo ㄌㄠˇ ⑧lou⁵ 老]
筶筶。見"箬"，500頁左欄。

⁶**筑** [zhù ㄓㄨˋ ⑧dzuk⁷ 竹]
❶古樂器，形狀像琴，有十三根弦。❷貴陽市的別稱。❸"築"的簡化字。

⁶**筇** [qióng ㄑㄩㄥˊ ⑧kuŋ⁴ 窮]
一種竹子，可做手杖，因此也稱手杖為筇。

⁶**策**(⑧筞) [cè ㄘㄜˋ ⑧tsak⁸ 冊]
❶馬鞭 ◆ 振長策而御宇內。❷用鞭子驅馬 ◆ 鞭策｜揚鞭策馬。❸一片片串起來的竹簡 ◆ 簡策。❹古代皇帝封官受爵的文書；皇帝封官受爵 ◆ 策書｜策封｜策命。❺古代考試的一種方式；也指一種文體。朝廷為選拔人材，事先把有關國家政治、經濟等問題寫在簡策上，應考者就考題陳述己見，寫出論文 ◆ 策問｜策論｜賈誼有《治安策》。❻計謀；辦法 ◆ 策劃｜國策｜計策｜方針政策｜束手無策。❼姓。(❸❹也作"冊"。)

⁶**筒** [tǒng ㄊㄨㄥˇ ⑧tuŋ⁴ 同]
❶粗的竹管 ◆ 竹筒倒豆子。❷較粗的圓管 ◆ 筆筒｜煙筒｜郵筒｜火箭筒。❸衣褲鞋襪的筒狀部分 ◆ 袖筒｜褲筒｜襪筒。

⁶**筅** [xiǎn ㄒㄧㄢˇ ⑧sin² 洗]
方言。筅帚，炊帚，用竹子做成的刷鍋、碗的用具。

⁶**筈** [kuò ㄎㄨㄛˋ ⑧kut⁸ 豁]
箭的末端。

⁶**筏**(⑧栰) [fá ㄈㄚˊ ⑧fet⁹ 伐]
渡水用具。用竹、木編紮而成，也有用橡皮、獸皮做成的 ◆ 竹筏｜木筏｜皮筏｜乘橡皮筏漂流長江。

⁶**筌** [quán ㄑㄩㄢˊ ⑧tsyn⁴ 全]
竹製的捕魚器具 ◆ 得魚忘筌。

⁶**答** 〈一〉[dá ㄉㄚˊ ⑧dap⁸ 搭]
❶應對；對別人的提問作出反應 ◆ 回答｜問答｜答非所問｜對答如流。❷還報 ◆ 答謝｜不知該怎麼報答你為我們所做的一切。
〈二〉[dā ㄉㄚ ⑧同〈一〉]
義同〈一〉❶。用於"答應"、"答理"等詞。

⁶**筋** [jīn ㄐ丨ㄣ ⑧gen¹ 根]
❶動物肌腱或骨頭上的韌帶 ◆ 筋肉|牛蹄筋。❷皮下靜脈管 ◆ 青筋暴起。❸像筋的東西 ◆ 橡皮筋|鋼筋水泥。

⁶**筍**(⑧筝) [sǔn ㄙㄨㄣˇ ⑧sœn² 詢²]
竹根長出的嫩芽，可做菜吃，味道鮮美。通稱"竹筍" ◆ 筍乾|冬筍|雨後春筍。

⁶**筊** [jiǎo ㄐ丨ㄠˇ ⑧gau² 狡/ŋau⁴ 肴]
竹篾擰成的繩索。

⁶**筆**(笔) [bǐ ㄅ丨ˇ ⑧bet⁷ 不]
❶寫字繪畫的用具 ◆ 毛筆|鉛筆|鋼筆|畫筆|唐杜甫《奉贈韋左丞丈二十二韻》詩："讀書破萬卷，下筆如有神。"❷組成漢字的點橫直撇捺叫"筆畫" ◆ 凸字共五筆|一筆一畫，一絲不苟。❸用筆書寫；記述 ◆ 筆錄|筆談|請人代筆。❹寫法；技巧 ◆ 伏筆|敗筆|曲筆|工筆畫。❺量詞。(1)用於款項、交易等 ◆ 一筆貸款|一筆生意。(2)用於書畫作品 ◆ 一筆好字。

⁷**筭** [suàn ㄙㄨㄢˋ ⑧syn³ 算]
❶古代計算用的籌碼。❷同"算"，見503頁左欄。

⁷**箬** [zhé ㄓㄜˊ ⑧dzei³ 制]
方言。箬子，一種粗的竹蓆。

⁷**筠** 〈一〉[yún ㄩㄣˊ ⑧wen⁴ 雲]
❶青色的竹皮。借指竹 ◆ 松筠之節。
〈二〉[jūn ㄐㄩㄣ ⑧gwen¹ 君]
筠連，地名，在四川省。

⁷**筢** [pá ㄆㄚˊ ⑧pa⁴ 爬]
用竹子或鐵絲做成的用來聚攏柴草的農具，俗稱"筢子"。

⁷**筮** [shì ㄕˋ ⑧sei⁶ 逝]
古代用蓍草占卜吉凶叫筮 ◆ 卜筮|龜筮。

⁷**筻** [gàng ㄍㄤˋ ⑧gaŋ³ 耕³]
筻口，地名，在湖南省。

⁷**筴** (筴) 〈一〉[jiā ㄐ丨 ⑧gap⁸ 夾]
❶古代指筷子。❷夾東西的工具。
〈二〉"策"的異體字。

⁷**筲** [shāo ㄕㄠ ⑧sau¹ 梢]
❶筲箕，一種竹編容器，用來淘米洗菜。❷水桶 ◆ 水筲|兩筲水。

⁷**筧**(笕) [jiǎn ㄐ丨ㄢˇ ⑧gan² 柬]
用來引水的長竹管，安在簷下或田間。

⁷筯
[zhù ㄓㄨˋ 圖 dzy⁶ 住/dzy³ 注]
❶同“箸”，見502頁右欄。❷火筴。

⁷筥
[jǔ ㄐㄩˇ 圖 gœy² 舉]
圓形的竹筐。

⁷筱
[xiǎo ㄒㄧㄠˇ 圖 siu² 小]
❶同“篠”。小竹子。❷同“小”。多用於人名。

⁷筰
[zuó ㄗㄨㄛˊ 圖 dzɔk⁹ 昨]
竹篾擰成的繩索。

⁷筷
[kuài ㄎㄨㄞˋ 圖 fai³ 快]
夾菜用的餐具，俗稱“筷子”◆ 竹筷|象牙筷|一根筷子容易斷，十根筷子折不斷。

⁷筦
[guǎn ㄍㄨㄢˇ 圖 gun² 館]
❶“管”的異體字。❷姓。

⁷節(节)
⟨一⟩[jié ㄐㄧㄝˊ 圖 dzit⁸ 折]
❶植物枝幹連接的地方 ◆ 竹節|節外生枝|盤根錯節|芝麻開花節節高。❷人或動物骨骼的連接部分 ◆ 關節|骨節。❸文章的段落、音樂的拍子以及整體中可以分解出來的一個組成部分 ◆ 章節|節拍|故事情節。❹時令 ◆ 節令|節氣|春耕季節|唐杜牧《清明》詩：“清明時節雨紛紛，路上行人欲斷魂。”❺每年固定的舉行慶祝、紀念或祭祀活動的日子 ◆ 節日|佳節|中秋節|國慶節。❻人的操守 ◆ 氣節|卑躬屈節|高風亮節。❼古代朝廷派遣使者或調兵遣將用的信物 ◆ 符節。❽派駐他國的外交人員 ◆ 使節。❾禮儀 ◆ 禮節|繁文縟節。❿約束；限制 ◆ 節制|調節。⓫減省 ◆ 節省|節儉|節衣縮食。⓬姓。

⟨二⟩[jiē ㄐㄧㄝ 圖 同⟨一⟩]
❶節骨眼，方言。比喻緊要、能起決定作用的環節或時機。❷節子，木材上的疤痕，是樹木分枝在幹枝上留下的疤。

⁷筩
同“筒”，見500頁左欄。

⁸箐
⟨一⟩[qìng ㄑㄧㄥˋ 圖 sin³ 先]
方言。山間的大竹林。泛指竹木叢生的山谷。
⟨二⟩[jīng ㄐㄧㄥ 圖 dziŋ¹ 精]
小籠。
⟨三⟩[qiāng ㄑㄧㄤ 圖 tsœŋ¹ 窗]
細竹名。

⁸箸
[zhù ㄓㄨˋ 圖 dzy⁶ 住/dzy³ 注]
筷子。

⁸箝
[qián ㄑㄧㄢˊ 圖 kim⁴ 鈐]
同“鉗”。夾住；緊閉 ◆ 箝口。

8 **箍** [gū ㄍㄨ [粵]ku^{1} 卡烏切] ❶用竹篾或金屬條等把東西捆緊 ◆ 箍木桶。❷捆緊東西的竹篾圈或金屬圈等 ◆ 鐵箍|髮箍|金箍咒。

8 **箕** [jī ㄐㄧ [粵]gei^{1} 基] ❶用來簸糧食或清除垃圾的器具，用竹篾、柳條或鐵皮等製成，方形，三面有矮沿，一面敞口。俗稱“簸箕” ◆ 箕帚|畚箕。❷箕形的指紋。指紋像螺形的叫“斗”，像箕形的叫“箕”。❸星宿名。二十八宿之一。❹姓。

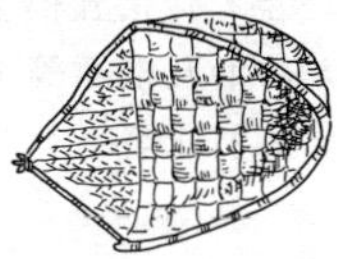

8 **箑** [shà ㄕㄚˋ [粵]sap^{8} 霎/sip^{8} 攝] 扇子。

8 **箋**（笺）[jiān ㄐㄧㄢ [粵]dzin^{1} 煎] ❶古書註解的一種 ◆ 箋註|《毛詩》鄭(玄)箋。❷古代文體之一，是下級給上級的文書。後泛指信札。❸小幅而精美的紙；也泛指用來寫信或題字的紙 ◆ 便箋|信箋。

8 **箎** 同“篪”，見506頁右欄。

8 **算**（[異]祘）[suàn ㄙㄨㄢˋ [粵]syn^{3} 蒜] ❶核計數目 ◆ 算賬|心算|計算器|成本核算|精打細算。❷計劃；謀劃 ◆ 打算|算計|神機妙算|老謀深算|穩操勝算|一着失算，全盤皆輸|《紅樓夢》：“機關算盡太聰明，反誤了卿卿性命。”❸當做；認為 ◆ 就算是我的不是吧|他可算是一個精明的企業家。❹得到承認 ◆ 算數|你說的不能算數。❺作罷 ◆ 算了，別再說了。

8 **筭** [bì ㄅㄧˋ [粵]bɐi^{3} 閉] 用竹片或金屬條製成的有空隙的器物。俗稱“筭子”。竹製的用來蒸飯菜的叫“竹筭子”；爐底用來承煤漏灰的叫“爐筭子”。

8 **筵** [yán ㄧㄢˊ [粵]jin^{4} 言] ❶竹編的墊蓆；也指座位。❷古人宴飲時席地而坐，因此宴席也叫筵 ◆ 喜筵|壽筵|慶功筵|天下沒有不散的筵席。

8 **箇** [gè ㄍㄜˋ [粵]gɔ^{3} 哥^{3}] ❶同“個”，見31頁左欄。❷竹的一枝。❸這；那。

8 **箄** ‹一› [pái ㄆㄞˊ [粵]pai^{4} 排] 同“簰”。大筏。

‹二› [bēi ㄅㄟ [粵]bei^{1} 悲] 竹製的捕魚工具。

8 **箚**（札[異]劄）[zhá ㄓㄚˊ [粵]dzat^{8} 札]

❶箚子，古代的一種公文。多指大臣向朝廷進言議事的書面陳奏，也可指朝廷下發的指令性公文。❷筆記 ◆ 筍記。

⁸筝 [zhēng ㄓㄥ 粵 dzɐŋ¹ 僧]
❶一種弦樂器，長條形，古代十二根弦，現在三十六根弦 ◆ 古

筝。❷風筝，一種玩具。用竹篾紥成某種形體，糊上紙，繫上長線，借風力使升空 ◆ 放風筝｜斷了線的風筝。

⁸籣 [fú ㄈㄨˊ 粵 fuk⁹ 服]
箭囊。

⁸箔 [bó ㄅㄛˊ 粵 bɔk⁹ 薄]
❶用竹子、葦子、秫秸等編織的簾子 ◆ 竹箔｜葦箔｜蓆箔｜珠箔銀屏。❷養蠶的器具，像篩子或蓆子 ◆ 蠶箔。❸金屬製成的薄片 ◆ 金箔｜錫箔。

⁸管 [guǎn ㄍㄨㄢˇ 粵 gun² 館]
❶簫笛一類的吹奏樂器 ◆ 管樂器｜銅管樂｜單簧管｜羌管悠悠。❷圓而細長中間空的東西 ◆ 水管｜鋼管｜支氣管｜動脈血管｜管中窺豹。❸鑰匙 ◆ 掌北門之管。❹主持；處理 ◆ 管理｜掌管｜主管人事｜統管業務。❺保證；負責供給 ◆ 管保｜包管退換｜管吃管住。❻約束 ◆ 管束｜管制｜嚴加管教。❼干涉；過問 ◆ 不管你的事｜狗逮耗子，多管閒事。❽介詞。用法相當於"把" ◆ 北方人管玉米叫"棒子"｜從前人們管火柴叫"洋火"或"自來火"。❾姓。

⁸箜 [kōng ㄎㄨㄥ 粵 huŋ¹ 空]
箜篌，一種古樂器。豎的像豎琴，橫的像瑟，有弦五根至二十五根不等，用手彈撥。

⁹箧（篋） [qiè ㄑㄧㄝˋ 粵 hip⁸ 歉]
收藏東西的小箱子 ◆ 書箧｜翻箱倒箧。

⁹箬 [ruò ㄖㄨㄛˋ 粵 jœk⁹ 若]
❶一種竹子。高1米左右，葉子寬大，可做斗笠或包粽子用。也寫作"篛"。❷箬竹的葉子 ◆ 箬笠。

⁹箂 古同"頁"，見787頁右欄。

⁹箱 [xiāng ㄒㄧㄤ 粵 sœŋ¹ 商]
❶收藏衣物的器具 ◆ 皮箱｜樟木箱｜翻箱倒櫃。❷形狀像箱子的東西 ◆ 冰箱｜信箱｜車箱｜音箱

|老鼠鑽風箱，兩頭受氣。❸量詞。用於裝箱的物品 ◆ 一箱書│三箱蘋果。

⁹**範**（范）【fàn ㄈㄢˋ ⑧ fan⁶ 飯】❶鑄造器物的模子 ◆ 範鑄│鐵範│錢範。❷法式；榜樣 ◆ 範式│模範│規範│典範作品│示範動作。❸周圍界限 ◆ 範疇│範圍│使其就範│漢字屬表意文字的範疇。

⁹**箴**【zhēn ㄓㄣ ⑧ dzɐm¹ 針】❶規勸；勸戒 ◆ 箴諫│箴言│箴規。❷古代的一種文體，內容以規諫為主。❸同“針”，見732頁右欄。

⁹**箵**【xīng ㄒㄧㄥ ⑧ siŋ² 醒】笭箵。見“笭”，499頁左欄。

⁹**篅**【chuán ㄔㄨㄢˊ ⑧ syn⁴ 船】圓形的貯糧器，像囤。

⁹**箠**【chuí ㄔㄨㄟˊ ⑧ tsœy⁴ 徐】❶鞭子。❷用鞭子打；特指杖刑 ◆ 箠楚。

⁹**篁**【huáng ㄏㄨㄤˊ ⑧ wɔŋ⁴ 黃】❶竹林 ◆ 幽篁。❷泛指竹子 ◆ 修篁。

⁹**篌**【hóu ㄏㄡˊ ⑧ hɐu⁴ 喉】箜篌。見“箜”，504頁右欄。

⁹**籭**同“樋”，見326頁右欄。

⁹**箭**【jiàn ㄐㄧㄢˋ ⑧ dzin³ 戰】古兵器，一端裝有金屬尖頭的細桿，用弓發射 ◆ 弓箭│箭靶│一箭雙雕│箭在弦上，不得不發│光陰似箭，日月如梭。

⁹**筅**【xiǎn ㄒㄧㄢˇ ⑧ sin² 洗】“筅”的本字。

⁹**篇**【piān ㄆㄧㄢ ⑧ pin¹ 偏】❶完整的文章 ◆ 篇章│佈局謀篇。❷量詞。用於文章、紙張、書頁等 ◆ 一篇文章│三篇蠟光紙。

⁹**篆**【zhuàn ㄓㄨㄢˋ ⑧ syn⁶ 船⁶】❶漢字字體的一種，字形長方，筆畫圓轉 ◆ 篆字│大篆│小篆。❷印章 ◆ 篆刻。

¹⁰**篝**【gōu ㄍㄡ ⑧ kɐu¹ 溝】竹籠 ◆ 篝火。

¹⁰**篤**（笃）【dǔ ㄉㄨˇ ⑧ duk⁷ 督】❶忠誠；專一 ◆ 誠篤│篤志│篤學│篤行不倦│感情甚篤│篤實敦厚。❷指病勢沈重 ◆ 病篤。

¹⁰ **築**(筑) [zhù ㄓㄨˋ ⑧dzuk⁷ 足]

建造；修建 ◆ 築路｜建築｜構築工事｜築室道謀｜債台高築。

¹⁰ **篥** [lì ㄌㄧˋ ⑧lœt⁹ 栗]

觱篥。見"觱"，652頁左欄。

¹⁰ **篚** [fěi ㄈㄟˇ ⑧fei² 匪]

放衣物的圓形竹器。

¹⁰ **篹** 〈一〉[zhuàn ㄓㄨㄢˋ ⑧dzan⁶ 賺]

同"撰"。撰述。

〈二〉[zuǎn ㄗㄨㄢˇ ⑧dzyn⁶ 轉⁶]

同"纂❶"。編寫；編輯。

¹⁰ **篡**(簒) [cuàn ㄘㄨㄢˋ ⑧san³ 散]

非法奪取；特指大臣非法奪取君位 ◆ 篡奪｜篡位。

¹⁰ **篔** [yún ㄩㄣˊ ⑧wɐn⁴ 雲]

篔簹，生長在水邊的節長竿高的大竹子。

¹⁰ **箈** 同"筲"，見501頁右欄。

¹⁰ **篩**(筛) [shāi ㄕㄞ ⑧si¹ 司/sɐi¹ 西(語)]

❶用竹篾或金屬絲等編織的有密孔的器具，用來漏去細碎的，留下較粗的。通稱"篩子"。❷用篩分離東西 ◆ 篩糠｜篩麵｜篩選。❸敲(鑼) ◆ 篩鑼。❹斟(酒) ◆ 篩酒。❺使酒熱 ◆ 把酒篩一篩再喝。❻比喻經挑選後淘汰 ◆ 經過一番篩選，終於組成了一支代表隊參賽。

¹⁰ **篦** [bì ㄅㄧˋ ⑧bɐi⁶ 閉⁶]

❶齒很密的梳頭用具，俗稱"篦子"。❷用篦子梳頭 ◆ 篦頭。

¹⁰ **篪** [chí ㄔˊ ⑧tsi⁴ 池]

古代竹管樂器，形狀像笛子，有八孔。

¹⁰ **篘** [chōu ㄔㄡ ⑧tsɐu¹ 抽]

❶竹篾編的濾酒器。❷用篘濾酒。

¹⁰ **篙** [gāo ㄍㄠ ⑧gou¹ 高]

撐船用的竹竿或木桿 ◆ 篙子｜竹篙。

¹⁰ **篛** [ruò ㄖㄨㄛˋ ⑧jœk⁹ 若]

❶嫩竹。指開始褪殼的竹 ◆ 篛竹。❷古書上指嫩香蒲。

¹⁰ **篨** [chú ㄔㄨˊ ⑧tsœy⁴ 徐]

籧篨。見"籧"，510頁右欄。

¹¹ **篲** 同"彗"，206頁右欄。

¹¹ **簀**(箦) [zé ㄗㄜˊ ⑧dzak⁸ 責]

竹蓆；牀蓆。

11 **簕** [lè ㄌㄜˋ 粵 lɐk⁹ 肋]
簕竹。❶地名，在廣東省。❷一種竹子。

11 **簌** [sù ㄙㄨˋ 粵 tsuk⁷ 叔]
簌簌，象聲詞。❶形容細碎的聲音 ◆ 風吹樹葉簌簌響。❷形容紛紛落下 ◆ 淚珠簌簌地掉了下來。

11 **篳**(筚) [bì ㄅㄧˋ 粵 bɐt⁷ 畢]
竹條或荊條編成的籬笆或其他遮攔物 ◆ 篳路襤褸|蓬門篳戶|蓬篳生輝。

11 **篗**(篓) [lǒu ㄌㄡˇ 粵 lɐu⁵ 柳]
用竹篾或荊條編成的器具，有圓形的和方形的 ◆ 竹篗|字紙篗。

11 **篾** [miè ㄇㄧㄝˋ 粵 mit⁹ 滅]
竹子劈成的細而長的薄片；破開的葦子也叫篾 ◆ 竹篾|篾蓆|篾匠|葦篾。

11 **簉** [zào ㄗㄠˋ 粵 tsɐu³ 臭]
副的；附屬的 ◆ 簉室(指妾)。

11 **篃** [yí ㄧˊ 粵 ji⁴ 而]
閣樓旁邊的小屋。

11 **篠** [xiǎo ㄒㄧㄠˇ 粵 siu² 小]
小竹；細竹。

11 **篼** [dōu ㄉㄡ 粵 dɐu¹ 兜]
❶用竹篾、藤條、荊條等編成的盛物器 ◆ 背篼。❷竹子做的轎子。

11 **篷** [péng ㄆㄥˊ 粵 puŋ⁴ 捧⁴]
❶用竹片、葦蓆、帆布等製成的用來遮陽擋風雨的覆蓋物 ◆ 斗篷|篷布|帳篷|車篷|烏篷船。❷船帆 ◆ 扯篷起航。

11 **簏** [lù ㄌㄨˋ 粵 luk⁹ 陸]
❶竹箱 ◆ 書簏。❷方言。用竹篾、柳條或藤條編成的圓形盛物器，較小而深，多用來盛零碎的東西 ◆ 字紙簏。

11 **簰** [bù ㄅㄨˋ 粵 peu² 菱口切/bou⁶ 部]
竹簍。

11 **簇** [cù ㄘㄨˋ 粵 tsuk⁷ 促]
❶叢聚；成堆成團的 ◆ 簇擁|花團錦簇。❷量詞。用於成堆成團的東西 ◆ 一簇鮮花。❸極。表示程度高 ◆ 簇新。

11 **簿**
同"簿"，見508頁右欄。

11 **簆** [kòu ㄎㄡˋ 粵 kɐu³ 扣]
織布機上用來固定經線位置的部件，簆上下移動可讓緯線自由通過並使緊密。

¹¹**簋** [guǐ ㄍㄨㄟˇ 粵 gwɐi² 鬼]
古代盛食物的器具。圓口，有兩耳。

¹¹**篸** 〈一〉同"簪"，見508頁左欄。〈二〉[cǎn ㄘㄢˇ 粵 dzam² 簪]
方言。一種簸箕 ◆ 垃圾篸。

¹²**簧** [huáng ㄏㄨㄤˊ 粵 wɔŋ⁴ 黃]
❶樂器裏能震動發聲的薄片，用銅或其他材料製成 ◆ 吹笙鼓簧｜巧舌如簧。❷器物裏有彈力的部件 ◆ 彈簧｜鎖簧。

¹²**簠** [fǔ ㄈㄨˇ 粵 fu² 苦]
古代祭祀時盛穀物的器具，方形，有四足。

¹²**簟** [diàn ㄉㄧㄢˋ 粵 tim⁵ 甜⁵]
竹蓆。

¹²**簪** (⁽粵⁾簪) [zān ㄗㄢ 粵 dzam¹ 站¹]
❶用來別住髮髻不使鬆散的針形首飾 ◆ 簪子｜碧玉簪。❷在頭上插戴 ◆ 簪花。

¹²**簣** (簣) [kuì ㄎㄨㄟˋ 粵 gwɐi⁶ 跪]
盛土的竹器 ◆ 為山九仞，功虧一簣。

¹²**簞** (箪) [dān ㄉㄢ 粵 dan¹ 丹]
古代盛飯食用的竹器 ◆ 簞食壺漿｜簞食瓢飲｜一簞食，一壺飲。

¹²**簰** [pái ㄆㄞˊ 粵 pai⁴ 排]
大筏，用竹子或木頭平排着編紮成的水上交通工具。也指紮成排的在水上漂浮、運送的木材或竹材。

¹²**簡** (简) [jiǎn ㄐㄧㄢˇ 粵 gan² 柬]
❶古代用來寫字的狹長的竹片 ◆ 竹簡｜漢簡。❷借指書信 ◆ 簡札｜書簡｜簡帖｜小簡｜殘篇斷簡。❸單純的；不複雜的；淺顯的。與"繁"相對 ◆ 簡單｜簡便｜一切從簡｜簡明扼要｜以簡馭繁｜言簡意賅。❹使簡單 ◆ 簡化｜精兵簡政。❺選擇；選拔 ◆ 簡拔｜簡選。❻姓。

¹²**篹** [sǔn ㄙㄨㄣˇ 粵 sœn² 筍]
古代用來懸掛鐘鼓的橫架子。

¹²**簦** [dēng ㄉㄥ 粵 dɐŋ¹ 登]
古代有柄的斗笠。

¹³**籀** [zhòu ㄓㄡˋ 粵 dzɐu⁶ 就]
❶讀書；誦讀。❷指籀文，

古代的一種字體，也就是大篆。

簸

〈一〉[bǒ ㄅㄛˇ 粵 bɔ³ 播/bɔ² 波²]

❶用箕盛穀物上下顛動揚去糠秕、塵土等雜物 ◆ 簸穀。❷搖晃、顛動 ◆ 顛簸。

〈二〉[bò ㄅㄛˋ 粵 bɔ³ 播]

義同〈一〉，只用於"簸箕"。簸箕，用竹篾或柳條等編成的器具，用來簸糧食或盛東西。

簴

同"虡"，見614頁右欄。

簽 (签)

[qiān ㄑㄧㄢ 粵 tsim¹ 僉]

❶寫上名字或畫上記號 ◆ 簽名｜簽押｜簽到｜簽字｜簽訂合同。❷寫上簡要的意見 ◆ 簽註。❸同"籤"，見510頁右欄。

簷 (⑭檐)

[yán ㄧㄢˊ 粵 jim⁴ 嚴]

❶屋頂伸出牆外的邊沿部分 ◆ 屋簷｜房簷｜在人矮簷下，怎敢不低頭。❷器物上形狀像屋簷的部分 ◆ 帽簷兒。

簾 (帘)

[lián ㄌㄧㄢˊ 粵 lim⁴ 廉]

掛在門窗上有遮蔽作用的器物，一般用細竹條、葦子編織起來或用布做成 ◆ 窗簾｜門簾｜珠簾。

簿

[bù ㄅㄨˋ 粵 bou⁶ 步]

❶記事、書寫用的冊子 ◆ 簿冊｜賬簿｜日記簿｜作文簿。❷文書；訴狀 ◆ 對簿公堂。

簫 (箫)

[xiāo ㄒㄧㄠ 粵 siu¹ 消]

竹製的管樂器。用多根竹管排列起來的叫"排簫"；通常指單管直吹的洞簫 ◆ 吹簫。

籍

[jí ㄐㄧˊ 粵 dzik⁹ 直]

❶圖書；簿冊 ◆ 書籍｜古籍｜戶籍｜簿籍。❷個人的祖居地或出生地 ◆ 籍貫｜原籍｜寄籍｜客籍。❸個人對國家或組織的隸屬關係 ◆ 國籍｜學籍｜黨籍。❹姓。

籌 (筹)

[chóu ㄔㄡˊ 粵 tseu⁴ 酬]

❶用小的竹木片製成的計數物品 ◆ 籌碼｜竹籌｜略勝一籌。❷計劃；謀劃 ◆ 籌劃｜籌措｜統籌兼顧｜運籌帷幄｜一籌莫展。

籃 (篮)

[lán ㄌㄢˊ 粵 lam⁴ 藍]

❶用竹子、柳條、藤條等編成的盛放東西的器物，上面有提梁，俗稱"籃子" ◆ 菜籃｜花籃｜竹籃子打水一場空。❷籃球架上供投球用的圓框和網子 ◆ 投籃｜

籃板球｜切入籃下｜扣籃成功。❸
指籃球或籃球隊 ◆ 籃壇｜男籃｜中
國女子籃球隊的5號隊員是她的偶
像。

¹⁶ 籜 (箨) ［tuò ㄊㄨㄛˋ ⑧tɔk⁸
托］
竹皮；筍殼。

¹⁶ 籟 (籁) ［lài ㄌㄞˋ ⑧lai⁶ 賴］
❶古代的一種簫 ◆
鳴籟。❷從空穴中發出的聲音；聲
響 ◆ 千籟｜天籟｜萬籟俱寂｜林籟
泉韻。

¹⁶ 籙 (箓) ［lù ㄌㄨˋ ⑧luk⁹ 陸］
❶簿冊 ◆ 圖籙。❷
道士所畫的圖文 ◆ 符籙。

¹⁶ 籠 (笼) 〈一〉［lóng ㄌㄨㄥˊ ⑧
luŋ⁴ 龍］
❶用竹子等編的用來關養鳥獸的器
具 ◆ 鳥籠｜樊籠｜籠中鳥｜衝出牢
籠。❷蒸食物的器具 ◆ 籠屜｜蒸籠
｜剛出籠的包子。
〈二〉［lǒng ㄌㄨㄥˇ ⑧同〈一〉］
❶像籠子一樣罩在上面；遮蓋 ◆ 籠
罩｜籠蓋｜煙籠霧罩。❷包括：包羅
◆ 籠而統一。
〈三〉［lǒng ㄌㄨㄥˇ ⑧luŋ⁵ 壟］
用竹子等編的箱子 ◆ 箱籠。

¹⁷ 籧 ［qú ㄑㄩˊ ⑧kœy⁴ 渠］
籧篨，粗的竹蓆。

¹⁷ 籥 ［yuè ㄩㄝˋ ⑧jœk⁹ 若］
古代管樂器，
形似笛。

¹⁷ 籤 (签) ［qiān ㄑㄧㄢ ⑧tsim¹
簽］
❶上面有文字符號的細長的竹片，
用來占卜吉凶或決定比賽次序 ◆ 籤
子｜籤筒｜求籤｜抽籤｜中籤。❷作
為標誌用的小條 ◆ 書籤｜標籤｜浮
籤。❸有尖頭的細長的桿子 ◆ 牙
籤｜竹籤。

¹⁷ 簞 (簞) ［lán ㄌㄢˊ ⑧lan⁴ 蘭］
古代一種
形似木桶的放箭
的器具。

¹⁷ 簻 ［mí ㄇㄧˊ ⑧mei⁴ 彌］
竹篾。

¹⁸ 簖 (簖) ［duàn ㄉㄨㄢˋ ⑧dyn⁶
段］
攔河竹柵欄，用來圍住魚、蝦、螃
蟹，以便捕捉。

¹⁹ 籮 (箩) ［luó ㄌㄨㄛˊ ⑧lɔ⁴ 羅］
用竹子編的器具，大
多方底圓口 ◆ 籮筐｜淘籮。

19 籩（笾）[biān ㄅ丨ㄢ 粵bin¹ 邊]
古代祭祀和宴會時用來放果脯的竹編器具，形狀像木製的豆◆籩豆。

19 籬（篱）[lí ㄌ丨ˊ 粵lei⁴ 離]
用竹或樹枝等編成起隔離作用的柵欄◆竹籬|藩籬|一個籬笆三個椿，一個好漢三個幫。

20 籰（籰籰）[yuè ㄩㄝˋ 粵wok⁹ 獲]
方言。籰子，繞絲、紗、線等的器具。

20 籯（籯）[yíng 丨ㄥˊ 粵jin⁴ 迎]
❶箱籠一類的竹器。❷放筷子的竹籠子。

26 籲（吁）[yù ㄩˋ 粵jy⁶ 預]
呼告；請求◆呼籲|籲請。

米 部

0 米[mǐ ㄇ丨ˇ 粵mei⁵ 迷⁵]
❶穀類或某些植物去殼後的子粒；特指稻穀的子粒◆大米|米麵|花生米|魚米之鄉|米珠薪桂|開門七件事，柴米油鹽醬醋茶。❷量詞。長度單位。1米即1公尺，合3市尺◆百米賽跑|米制即國際公制。❸姓。

3 籸[shēn ㄕㄣ 粵sen¹ 申]
糧食、油料等加工後剩下的渣滓。

3 籹[nǚ ㄋㄩˇ 粵nœy⁵ 餒]
粔籹。見"粔"，511頁右欄。

3 籽[zǐ ㄗˇ 粵dzi² 子]
植物的種子◆棉籽|油菜籽。

4 粉[fěn ㄈㄣˇ 粵fen² 分²]
❶細末◆粉末|麵粉|藕粉|洗衣粉|漂白粉。❷指化妝用的細末◆香粉|紅粉|粉白黛黑|塗脂抹粉。❸塗抹；裝飾◆粉刷|粉飾太平|粉墨登場。❹用澱粉製成的食品◆涼粉|米粉|肉絲炒粉條。❺碾碎；使成粉末◆粉身碎骨。❻白色的；帶白色的；介於白色和其他顏色之間的顏色◆粉色|粉紅。

4 粑[bā ㄅㄚ 粵ba¹ 巴]
餅類食品◆糍粑|糌粑。

5 粔[jù ㄐㄩˋ 粵gœy⁶ 巨]
粔籹，一種食品。把麵搓成

細條，扭成環形，油炸。今稱“饊子”。

⁵ **粘**〈一〉[zhān ㄓㄢ 粵 nim⁴ 念⁴] 黏性的東西把物體連接在一起；膠着 ◆ 粘貼｜腸粘連｜粘信封。
〈二〉[nián ㄋㄧㄢˊ 粵 同〈一〉]
❶同“黏”，見848頁右欄。❷姓。

⁵ **粗**[cū ㄘㄨ 粵 tsou¹ 操]
❶條狀物體圓徑較大的；與“細”相對 ◆ 粗線｜粗壯｜粗枝大葉。❷顆粒較大的；與“細”相對 ◆ 粗鹽｜粗沙。❸東西不精緻；與“精”相對 ◆ 粗糙｜粗布｜粗茶淡飯｜粗瓷碗雕不出細花。❹不周密 ◆ 粗略｜粗疏｜粗心大意。❺不文雅的；魯莽 ◆ 粗人｜粗口｜粗魯｜粗暴｜粗情大性｜談吐粗俗。❻聲音重濁 ◆ 粗聲粗氣。❼略微 ◆ 粗知一二｜粗具規模。

⁵ **粕**[pò ㄆㄛˋ 粵 pok⁸ 撲]
酒糟、豆渣之類 ◆ 糟粕。

⁵ **粒**[lì ㄌㄧˋ 粵 nɐp⁷ 凹/lɐp⁷ 笠]
❶一顆顆穀物；泛指穀物 ◆ 米粒｜粒食。❷顆粒狀的東西 ◆ 鹽粒｜微粒。❸量詞。用於細小的顆粒狀的東西 ◆ 一粒米｜一粒子彈。

⁶ **粟**[sù ㄙㄨˋ 粵 suk⁷ 叔]
❶穀子，指顆粒細小如粟之物。也泛指糧食 ◆ 粟米｜滄海一粟。

|唐 李紳《憫農》詩：“春種一粒粟，秋收萬顆子。”❷姓。

⁶ **粞**[xī ㄒㄧ 粵 sɐi¹ 西]
碎米。

⁶ **粧** 同“妝”，見151頁右欄。

⁶ **粢**〈一〉[zī ㄗ 粵 dzi¹ 支]
❶古代供祭祀用的穀物 ◆ 粢盛。❷穀類的總稱 ◆ 粢糰。
〈二〉[zī ㄗ 粵 tsi¹ 痴]
糍飯，江南一帶的一種食品。

⁶ **粥**〈一〉[zhōu ㄓㄡ 粵 dzuk⁷ 竹]
稀飯 ◆ 八寶粥｜粥少僧多｜一粥一飯，當思來之不易。
〈二〉[yù ㄩˋ 粵 juk⁹ 育]
❶同“鬻”，賣。❷姓。

⁷ **粳**（粵粳）[jīng ㄐㄧㄥ 粵 gɐn¹ 庚]
粳稻，俗稱晚稻。去殼後的米叫“粳米”，有黏性。

⁷ **粲**[càn ㄘㄢˋ 粵 tsan³ 燦]
❶形容鮮明、美好的樣子 ◆ 粲若明星｜粲然可觀。❷露齒而笑 ◆ 粲然一笑｜以博一粲。❸精米；上等白米。

⁷ **粤**[yuè ㄩㄝˋ 粵 jyt⁹ 月]
❶古民族名，居於江、浙、

閩、粵一帶，總稱“百粵”。也作“百
越”。❷地名。古稱“百粵”人民所居
住的地區。廣東、廣西古為“百粵”
之地，所以兩廣也稱“兩粵”。❸廣
東省的別稱 ◆ 粵劇｜粵語。

⁷ **粱** [liáng ㄌㄧㄤˊ ⑧lœŋ⁴ 良]
❶即穀子。去殼後稱小米 ◆
黃粱一夢。❷指精美的飯食 ◆ 粱米
｜粱肉｜膏粱子弟｜膏粱錦繡。❸高
粱，一種糧食作物，子實紅褐色，
可食用，也可釀酒。❹姓。

⁸ **精** [jīng ㄐㄧㄥ ⑧dziŋ¹ 晶/
dzeŋ¹ 子盈切(語)]
❶經過提煉的；經過挑選的 ◆ 精
鹽｜精品｜酒精｜香精｜精金美玉。
❷完美；最好 ◆ 精粹｜精益求精｜
精彩紛呈｜取其精華，去其糟粕｜
兵在精而不在多，將在謀而不在
勇。❸細緻；與“粗”相對 ◆ 精細
｜精級｜精密｜精雕細刻。❹機靈 ◆
精幹｜精明強幹｜這孩子太精。❺
真誠；專一 ◆ 精誠所至，金石為
開｜精誠團結，共商國事。❻擅
長；透徹的了解 ◆ 精通｜精於此道
｜博而不精｜唐韓愈《進學解》：“業
精於勤荒於嬉，行成於思毀於
隨。”❼人的意識、活力 ◆ 精神｜
精力｜聚精會神｜殫精竭慮｜精疲力
盡。❽神靈鬼怪 ◆ 精靈｜妖精｜狐
狸精｜白骨精。❾生物的雄性生殖
物質 ◆ 精子｜精液｜受精。❿副詞。
十分；徹底 ◆ 輸個精光。

⁸ **粺** [bài ㄅㄞˋ ⑧bai⁶ 敗]
❶精米 ◆ 精粺。❷同“粃”，
見488頁右欄。

⁸ **粼** [lín ㄌㄧㄣˊ ⑧lœn⁴ 倫]
粼粼，形容清澈、明淨的樣
子 ◆ 波光粼粼｜水石粼粼。

⁸ **粹** [cuì ㄘㄨㄟˋ ⑧sœy³ 稅]
❶純淨；純正；不含雜質 ◆
純粹｜粹白之狐｜粹而不雜。❷精
華 ◆ 精粹｜國粹。

⁸ **粽** ⁽⑧粽⁾ [zòng ㄗㄨㄥˋ ⑧
dzuŋ³ 眾]
即粽子，用竹葉或葦葉裹糯米，做
成三角形或其他形狀，連葉煮熟後
即可食用的食品。我國民間有端午
吃粽子的習俗。古代叫“角黍” ◆ 肉
粽｜嘉興粽。

⁹ **糊** 〈一〉[hú ㄏㄨˊ ⑧wu⁴ 胡]
❶粥。❷用粥充飢 ◆ 養家糊口。
❸用黏性物粘、貼、塗抹 ◆ 裱糊
｜糊窗戶｜糊燈籠。❹像粥一樣有黏
性的東西 ◆ 糨糊。❺同“煳”，見
404頁左欄。
〈二〉[hū ㄏㄨ ⑧同〈一〉]
用黏稠的東西把縫隙封住 ◆ 把牆
縫糊上。
〈三〉[hù ㄏㄨˋ ⑧同〈一〉]
濃稠像粥的食物 ◆ 麵糊｜辣椒糊｜
芝麻糊。

⁹**糌** [zān ㄗㄢ ⑧dza¹ 渣]
糌粑，藏族人的一種主食。把炒熟的青稞麥磨成粉，吃時用酥油拌和捏成小團。

⁹**糍**(⑧瓷) [cí ㄘˊ ⑧tsi⁴ 池]
糍粑，把糯米煮熟後搗成泥狀並做成糕餅一樣的食品。

⁹**糈** [xǔ ㄒㄩˇ ⑧sœy² 水]
糧食。

⁹**糅** [róu ㄖㄡˊ ⑧jeu⁶ 右/neu⁶ 扭⁶]
混雜 ◆ 糅雜｜雜糅｜糅合。

¹⁰**糒** [bèi ㄅㄟˋ ⑧bei⁶ 備]
乾糧。

¹⁰**糗** [qiǔ ㄑㄧㄡˇ ⑧heu² 口]
炒熟的米、麥等乾糧 ◆ 糗糒。

¹⁰**糖**(⑧餹) [táng ㄊㄤˊ ⑧tɳ⁴ 唐]
❶食糖的統稱，用甘蔗、甜菜等製成，有麥芽糖、白糖、紅糖、冰糖等。❷用糖製成的食品 ◆ 糖果｜水果糖｜薄荷糖。

¹⁰**糕**(⑧餻) [gāo ㄍㄠ ⑧gou¹ 高]
用米粉、麵粉等為原料製成的食品。種類繁多，如年糕、發糕、蛋糕、鬆糕等。

¹¹**糟** [zāo ㄗㄠ ⑧dzou¹ 租]
❶酒渣 ◆ 酒糟｜貧賤之交不可忘，糟糠之妻不下堂。❷用酒或酒糟醃製食品 ◆ 糟雞｜糟魚｜糟豆腐。❸腐爛；老朽 ◆ 木頭全糟了｜糟老頭。❹壞；不好 ◆ 糟糕｜糟得很｜事情辦糟了。❺作踐；浪費 ◆ 糟踏｜糟蹋。

¹¹**糞**(粪) [fèn ㄈㄣˋ ⑧fɐn³ 訓]
❶動物的屎 ◆ 糞便｜牛糞｜視為糞土｜糞土之牆不可杇。❷施肥 ◆ 糞田。❸掃除 ◆ 糞除。

¹¹**糙** [cāo ㄘㄠ ⑧tsou³ 燥]
❶米沒舂過或碾得不精 ◆ 糙米。❷不細緻；不光滑 ◆ 毛糙｜粗糙。

¹¹**糜** 〈一〉[mí ㄇㄧˊ ⑧mei⁴ 眉]
❶粥 ◆ 肉糜(肉粥)。❷潰爛 ◆ 糜爛。❸浪費 ◆ 糜費。❹姓。
〈二〉[méi ㄇㄟˊ ⑧同〈一〉]
糜子，一種不黏的黍。

¹¹**糠**(⑧穅粇) [kāng ㄎㄤ ⑧hɔŋ¹ 康]
❶穀物的皮或殼 ◆ 米糠｜糠秕｜吃糠嚥菜｜貧賤之交不可忘，糟糠之妻不下堂。❷蘿蔔等因失去水分而

中空不實 ◆ 蘿蔔糠了。

11 **糨** [jiàng ㄐㄧㄤˋ [粵] gœŋ⁶ 姜⁶]
同"糡"。糊。

11 **糍**（[異]糍）[jiàng ㄐㄧㄤˋ [粵] dzœŋ¹ 章]
❶液體很稠 ◆ 粥熬得太糍了。❷糍糊，把麪粉加水煮熟攪拌成糊狀，用來黏貼東西。

11 **糁**（糁）[sǎn ㄙㄢˇ [粵] sɐm² 審]
飯粒。引申為散粒、碎粒。

12 **糧**（粮）[liáng ㄌㄧㄤˊ [粵] lœŋ⁴ 良]
❶穀類食物的總稱 ◆ 糧食｜糧倉｜寅吃卯糧｜五穀雜糧｜兵馬未到，糧草先行｜插起招軍旗，就有吃糧人。❷作為農業稅的糧食。舊稱"田賦" ◆ 繳公糧｜抗糧鬥爭。

13 **糲** 古同"糲"，見515頁右欄。

14 **糯**（[異]稬穤）[nuò ㄋㄨㄛˋ [粵] nɔ⁶ 懦]
黏性的稻米或穀子 ◆ 糯米｜秋糯｜糯高粱。

14 **糰**（团）[tuán ㄊㄨㄢˊ [粵] tyn⁴ 團]
用粉或米做成的球形食品 ◆ 糰子｜湯糰｜糕糰。

15 **糲**（粝）[lì ㄌㄧˋ [粵] lɐi⁶ 麗]
粗米；糙米 ◆ 粗糲｜糲食。

16 **糴**（籴）[dí ㄉㄧˊ [粵] dɛk⁹ 笛]
買進糧食；與"糶"相對 ◆ 糴米。

16 **糵**（[異]蘗）[niè ㄋㄧㄝˋ [粵] jit⁹ 熱]
釀酒用的麴。

19 **糶**（粜）[tiào ㄊㄧㄠˋ [粵] tiu³ 眺]
賣出糧食；與"糴"相對 ◆ 平糶｜糶新穀。

糸部

1 **糸** [xì ㄒㄧˋ [粵] hɐi⁶ 係]
❶有聯屬關係的相關事物組成的整體 ◆ 系統｜譜系｜體系｜水系｜派系之爭｜直系親屬。❷高等學校按學科所分的教學行政單位 ◆ 中文系｜系主任。❸地層系統的分類 ◆ 泥盆系。❹"繫"的簡化字。❺"係"的簡化字。

1 **糺** 同"糾"，見516頁左欄。

² 糾 (纠)

[jiū ㄐㄧㄡ ⑧ geu² 九]

❶纏繞 ◆ 糾纏｜糾紛｜糾葛｜糾結一起。❷集結；集合 ◆ 糾集｜糾合。❸督察 ◆ 糾察。❹矯正 ◆ 糾正｜有錯必糾。❺檢舉揭發 ◆ 糾舉｜糾發。

³ 紆 (纡)

[yū ㄩ ⑧ jy¹ 於]

彎曲；曲折。

³ 紅 (红)

〈一〉[hóng ㄏㄨㄥˊ ⑧ huŋ⁴ 洪]

❶像鮮血那樣的顏色 ◆ 紅旗｜紅棗｜紅綢子｜大紅燈籠｜桃紅柳綠｜萬紫千紅｜宋 葉紹翁《遊園不值》詩："春色滿園關不住，一枝紅杏出牆來。"❷象徵喜慶或光榮 ◆ 紅白喜事｜上紅榜。❸形容得寵或事業成功，受人歡迎 ◆ 紅人｜走紅｜紅歌星｜滿堂紅｜這位歌星現正紅得發紫。❹企業的利潤 ◆ 紅利｜年終分紅。❺姓。

〈二〉[gōng ㄍㄨㄥ ⑧ guŋ¹ 工]

舊指婦女所做的縫紉、刺繡、紡織等工作 ◆ 女紅。

³ 紂 (纣)

[zhòu ㄓㄡˋ ⑧ dzeu⁶ 就]

商朝末代君主，相傳為暴君 ◆ 助紂為虐。

³ 紇 (纥)

〈一〉[hé ㄏㄜˊ ⑧ het⁹ 劾]

回紇，我國古代少數民族名。也寫作"回鶻"。

〈二〉[gē ㄍㄜ ⑧ 同〈一〉]

紇縫，紗線、織物等打成的結 ◆ 線紇縫｜包袱紇縫。

³ 紃

[xún ㄒㄩㄣˊ ⑧ sœn⁴ 純]

絛帶。

³ 紈 (纨)

[wán ㄨㄢˊ ⑧ jyn⁴ 元]

輕而細的白絹 ◆ 紈扇｜紈袴子弟。

³ 約 (约)

〈一〉[yuē ㄩㄝ ⑧ jœk⁸ 若⁸]

❶管束；限制 ◆ 約束｜制約。❷預先商定的 ◆ 約定｜預約｜約會｜約定俗成。❸預先約定須共同遵守的條文 ◆ 條約｜公約｜契約｜約法三章｜有約在先。❹邀請 ◆ 約請｜特約｜約他前來。❺節儉；儉省 ◆ 節約｜儉約。❻簡略；簡要 ◆ 簡約｜由博返約。❼大略；大概 ◆ 約略｜大約｜約數｜年約七旬。

〈二〉[yāo ㄧㄠ ⑧ 同〈一〉]

用秤稱 ◆ 約約有多重。

³ 紀 (纪)

〈一〉[jì ㄐㄧˋ ⑧ gei² 己]

❶記錄；記載 ◆ 紀錄｜紀要｜紀實。❷記住；把印象保留在頭腦中 ◆ 紀念｜紀念冊。❸古代史書上記述帝王歷史事跡的一種體裁，如《史記》中的"本紀"。❹記年單位。古代以十二年為一紀，現在以一百年為一個世紀。❺地質年

代分類中的第二級，如寒武紀、侏羅紀等。❻規矩；法度 ◆ 紀律｜遵紀守法｜綱紀有序。
〈二〉[jǐ ㄐㄧˇ 粵同〈一〉]
姓。

³ **紉**（紉） [rèn ㄖㄣˋ 粵 jen⁶ 刃]
❶捻線；搓繩。❷以線穿針 ◆ 紉針。❸用針縫 ◆ 縫紉。❹感激 ◆ 感紉｜紉佩。

⁴ **素** [sù ㄙㄨˋ 粵 sou³ 訴]
❶白色的絲綢 ◆ 纖素｜十三能織素，十四學裁衣。❷白色的 ◆ 素服｜縞素｜素車白馬。❸質樸；不豔麗 ◆ 素淨｜衣着樸素。❹真情 ◆ 情素。❺向來；平常；一向 ◆ 平素｜素不相識｜素昧平生｜我行我素｜安之若素。❻蔬食；與"葷"相對 ◆ 素菜｜吃素｜素餐館。❼構成事物的基本成分 ◆ 元素｜要素｜激素｜抗菌素。❽空；白白地 ◆ 尸位素餐。

⁴ **紜**（紜） [yún ㄩㄣˊ 粵 wen⁴ 雲]
紜紜、紛紜；形容多而雜亂 ◆ 紛紛紜紜｜眾説紛紜，莫衷一是。

⁴ **索** [suǒ ㄙㄨㄛˇ 粵 sok⁸ 朔/sak⁸ 愬]
❶粗繩子；粗鐵鏈 ◆ 索道｜繩索｜鐵索橋。❷尋找；搜求 ◆ 搜索｜探索｜思索｜戰國屈原《離騷》："路漫漫其修遠今，吾將上下而求索。"❸要；求取 ◆ 索取｜索還｜簡章備索｜敲詐勒索。❹離散；孤獨 ◆ 離羣索居。❺寂寞；無意趣 ◆ 索然無味｜興味索然。❻姓。

⁴ **紘**（紘） [hóng ㄏㄨㄥˊ 粵 wen⁴ 宏]
❶古代繫帽的帶子。❷懸掛磬的繩子。

⁴ **純**（純） [chún ㄔㄨㄣˊ 粵 sœn⁴ 唇]
❶單一不雜；不含雜質 ◆ 單純｜純潔｜純金｜純毛織品｜純天然藥物。❷熟練 ◆ 技藝純熟。❸淨；完全 ◆ 純利｜爐火純青。

⁴ **紕**（紕） [pī ㄆㄧ 粵 pei¹ 披/pei⁴ 皮]
❶布帛、絲縷等破裂、披散。❷差錯；錯誤 ◆ 紕漏｜紕繆。

⁴ **紗**（紗） [shā ㄕㄚ 粵 sa¹ 沙]
❶用棉、麻等紡成的細絲 ◆ 紗廠｜棉紗｜100支紗｜紡紗織布。❷某些輕軟細薄的紡織品 ◆ 羽紗｜麻紗｜喬其紗。❸經緯稀疏的織品 ◆ 紗布｜輕紗｜窗紗。❹像窗紗一樣的製品 ◆ 鐵紗。

⁴ **納**（納） [nà ㄋㄚˋ 粵 nap⁹ 鈉]
❶收進；讓進入 ◆ 出納｜吐故納新｜閉門不納｜納入正軌｜瓜田不納履，李下不正冠。❷

接受 ◆ 納賄|採納|請笑納|接納會員|招降納叛。❸上繳;繳付 ◆ 納稅|繳納會費。❹享受 ◆ 納福|納涼晚會。❺一種縫紉方法,即在鞋底、襪底等處密縫補綴,使結實耐磨 ◆ 納鞋底。

⁴ 紝 (纴®絍) [rèn ㄖㄣˋ 圖jem⁶ 任/jem⁴ 吟]
❶織布帛的絲縷。❷紡織。

⁴ 紟 [jīn ㄐㄧㄣ 圖gem¹ 今]
繫衣裳的帶子。

⁴ 紛 (纷) [fēn ㄈㄣ 圖fen¹ 分]
眾多;雜亂 ◆ 紛繁|紛亂|紛至沓來|眾説紛紜,莫衷一是。|唐杜牧《清明》詩:"清明時節雨紛紛,路上行人欲斷魂。"

⁴ 紙 (纸®帋) [zhǐ ㄓˇ 圖dzi²子]
❶供寫字、繪畫、印刷、包裝等用的東西,大都用植物纖維製成。我國漢代已發明用紙 ◆ 紙張|宣紙|紙上談兵|洛陽紙貴|紙包不住火。❷量詞。指張數 ◆ 一紙空文。

⁴ 級 (级) [jí ㄐㄧˊ 圖kep⁷ 給]
❶等次;等第 ◆ 等級|升級|上級|超級|特級。❷學校編制的名稱,學年的分段 ◆ 年級|低年級|同級不同班。❸台階 ◆ 石級|拾級而上。❹量詞。用於

台階、樓梯等 ◆ 數十級台階|一級一級往上爬。

⁴ 紋 (纹) 〈一〉[wén ㄨㄣˊ 圖men⁴ 文]
織物上的花樣圖形。亦泛指物體上的凸棱或條痕 ◆ 花紋|紋理|皺紋|螺紋|指紋。
〈二〉同"璺",見435頁左欄。

⁴ 紊 [wěn ㄨㄣˇ 圖men⁶ 問]
雜亂 ◆ 紊亂|有條不紊。

⁴ 紡 (纺) [fǎng ㄈㄤˇ 圖fɔŋ⁵ 訪]
❶把絲、麻、棉、毛等纖維抽成紗線 ◆ 紡織|紡棉花|紡紗織布。❷一種質地細軟而輕薄的絲織品 ◆ 紡綢|杭紡。

⁴ 紖 (纼) [zhèn ㄓㄣˋ 圖dzen⁶ 陣]
牛鼻繩。也泛指拴牲口的繩子。

⁴ 紐 (纽) [niǔ ㄋㄧㄡˇ 圖neu⁵ 扭]
❶器物上可以抓住而提起來的部分 ◆ 印紐|秤紐。❷扣襻;結扣 ◆ 紐釦|衣紐|紐襻。❸事物的根本;關鍵 ◆ 樞紐。

⁴ 紓 (纾) [shū ㄕㄨ 圖sy¹ 舒]
❶延緩;緩和。❷解除;排除 ◆ 紓難|紓禍。

5 紺 (绀)

[gàn ㄍㄢˋ 圖 gem³ 禁]

深青透紅的顏色。

5 紲 (绁圖 緤)

[xiè ㄒㄧㄝˋ 圖 sit⁸ 泄]

❶繩索 ◆ 縲紲。❷捆綁；拴 ◆ 紲馬。

5 紮 (圖 紥)

〈一〉[zā ㄗㄚ 圖 dzat⁸ 札]

❶捆；束 ◆ 紮帶｜紮緊。❷量詞。東西一束叫一紮。

〈二〉[zhā ㄓㄚ 圖 同〈一〉]

停留；暫住 ◆ 駐紮｜紮營。

5 紱 (绂)

[fú ㄈㄨˊ 圖 fet⁷ 忽]

❶古代用來繫印章的絲帶。其顏色依官位品級而不同 ◆ 印紱。❷同 “黻”，見851頁左欄。

5 組 (组)

[zǔ ㄗㄨˇ 圖 dzou² 祖]

❶絲帶。特指印章上的絲帶。也借指官印或作官 ◆ 組綬｜組纓｜解組。❷事物或人員結合起來成系統、成整體 ◆ 組織｜組合｜組閣｜改組｜編組。❸人員結合起來的單位 ◆ 班組｜創作組｜採訪組｜小組討論。❹成套的東西 ◆ 組曲｜組詩｜組歌。

5 綻

[zhàn ㄓㄢˋ 圖 dzan⁶ 綻]

縫補。

5 紳 (绅)

[shēn ㄕㄣ 圖 sen¹ 新]

❶古代士大夫束在腰間的大帶子。❷束紳的人士。借指有地位權勢的人 ◆ 豪紳｜鄉紳｜土豪劣紳。

5 累

〈一〉[lěi ㄌㄟˇ 圖 lœy⁵ 呂]

❶堆積；積聚 ◆ 積累｜日積月累｜成千累萬｜危如累卵｜積年累月。❷連續；多次 ◆ 累次｜累戰皆捷｜連篇累牘。❸牽連 ◆ 連累｜牽累｜累及無辜。(❶❷也作 “纍”。)

〈二〉[lèi ㄌㄟˋ 圖 lœy⁶ 類]

疲勞；使疲勞 ◆ 勞累｜走累了｜真累人｜髒活累活一人幹。

〈三〉[léi ㄌㄟˊ 圖 lœy⁴ 雷]

累贅，也作 “纍贅”。麻煩、多餘；使人感到麻煩、多餘的東西 ◆ 這事多累贅｜簡直成了累贅。

5 細 (细)

[xì ㄒㄧˋ 圖 sei³ 世]

❶微小。(1) 與 “大” 相對 ◆ 細小｜細節｜細雨濛濛｜事無巨細｜細大不捐｜唐賀知章《詠柳》詩：“不知細葉誰裁出，二月春風似剪刀。”(2) 與 “粗” 相對 ◆ 細竹｜纖細｜細鐵絲｜顆粒很細｜粗細不勻。❷精緻 ◆ 細瓷｜精雕細刻。❸周密；詳盡 ◆ 仔細｜詳細｜精細｜精打細算｜膽大心細｜深耕細作。

5 紬 (䌷)

〈一〉[chōu ㄔㄡ 圖 tseu¹ 抽]

❶綴集 ◆ 紬績。❷引出；抽出 ◆

紬繹。

〈二〉"綢"的異體字。

5 **紩** [zhì ㄓˋ ⑧dit⁹ 秩]
縫；縫補 ◆ 紩衣。

5 **絁** [shī ㄕ ⑧si¹ 施]
粗綢子 ◆ 絁巾｜絁布。

5 **紾** (紾) [zhěn ㄓㄣˇ ⑧dzen²
真²/tsen² 診]
扭；扭轉 ◆ 紾戾。

5 **終** (终) [zhōng ㄓㄨㄥ ⑧
dzuŋ¹ 忠]
❶末了；結束。與"始"相對 ◆ 終
點｜終結｜告終｜自始至終｜年終歲
末｜有始無終｜靡不有初，鮮克有
終。❷指生命完結；人死 ◆ 臨終
｜終年｜養老送終｜壽終正寢。❸畢
竟；到底 ◆ 終究｜終歸｜終於成功
｜終將水落石出。❹從開始到末了
的整段時間 ◆ 終年｜終生｜終身大
事｜飽食終日，無所用心。❺姓。

5 **絆** (绊) [bàn ㄅㄢˋ ⑧bun³
半]
行走時被別的東西擋住或纏住。引
申為受阻礙 ◆ 羈絆｜絆馬索｜絆腳
石｜使絆子｜絆了一跤｜絆手絆腳。

5 **紵** [zhù ㄓㄨˋ ⑧tsy⁵ 柱]
❶苧麻。❷用苧麻織成的
布。

5 **綍** (绋) [fú ㄈㄨˊ ⑧fet⁷ 忽]
大繩索。特指牽引靈
柩的繩索 ◆ 執綍。

5 **絀** (绌) [chù ㄔㄨˋ ⑧dzyt⁸
拙/dzœt⁷ 卒]
不足 ◆ 支絀｜相形見絀。

5 **紹** (绍) [shào ㄕㄠˋ ⑧siu⁶
邵]
❶繼承；繼續。❷替人引見 ◆ 介
紹。❸浙江紹興的簡稱 ◆ 紹酒。

5 **紿** (绐) [dài ㄉㄞˋ ⑧tɔi⁵ 殆]
欺騙；哄騙。

6 **絜** 〈一〉[xié ㄒㄧㄝˊ ⑧kit⁸ 揭]
量物體周圍的長度。
〈二〉[jié ㄐㄧㄝˊ ⑧git⁸ 結]
古同"潔"，見387頁右欄。

6 **絨** (绒⑧毧) [róng ㄖㄨㄥˊ ⑧
juŋ⁴ 容]
❶動植物表面長的細毛 ◆ 絨毛｜羽
絨製品。❷表面上有一層柔軟細毛
的紡織品 ◆ 呢絨｜絲絨｜燈芯絨。
❸刺繡用的絲線 ◆ 絨線。

6 **絓** (结) [guà ㄍㄨㄚˋ ⑧gwa³
掛/wa⁶ 話]
掛；絆住。

6 **結** (结) 〈一〉[jié ㄐㄧㄝˊ ⑧
git⁸ 潔]

❶用繩絲等打疙瘩或編織 ◆ 結網｜結毛衣｜結繩記事｜張燈結綵。❷繩、線、帶子等打成的疙瘩 ◆ 打結｜死結｜蝴蝶結｜柔腸百結。❸互相聯合，發生某種關係 ◆ 結拜｜結伴｜結親｜結盟｜精誠團結｜結黨營私。❹凝聚 ◆ 凝結｜結冰｜結晶｜結成硬塊｜鬱結於心。❺構建；構成 ◆ 結怨｜結仇｜結廬。❻終了；終止 ◆ 結束｜結賬｜了結｜歸根結底。❼表示保證的字據 ◆ 具結｜保結。

〈二〉[jiē ㄐㄧㄝ 🔊 同〈一〉]
植物長出果實 ◆ 開花結果｜結實纍纍。

⁶ **絰**(绖) [dié ㄉㄧㄝˊ 🔊 dit⁹ 秩]

古代服喪時結在頭上或束在腰間的麻帶。

⁶ **紫** [zǐ ㄗˇ 🔊 dzi² 子]
❶紅與藍合成的顏色 ◆ 紫氣東來｜萬紫千紅｜唐李白《望廬山瀑布水》詩：“日照香爐生紫煙，遙看瀑布掛前川。”❷姓。

⁶ **絎**(绗) [háng ㄏㄤˊ 🔊 hoŋ⁴ 杭]

用針線粗粗地縫，使面和裏子以及所絮的棉花連在一起 ◆ 絎棉襖｜絎被子。

⁶ **給**(给) 〈一〉[jǐ ㄐㄧˇ 🔊 kɐp⁷ 吸]

❶供應 ◆ 供給｜補給｜配給｜自給自足｜給水排水工程。❷富足 ◆ 家給人足。

〈二〉[gěi ㄍㄟˇ 🔊 同〈一〉]
❶把東西交付別人 ◆ 給予｜給你筆｜給我信心｜送給他一件禮品。❷讓；使 ◆ 不給他看｜伸出手來給我瞧瞧。❸介詞。(1) 替；為 ◆ 給他介紹朋友｜給病人動手術。(2) 被 ◆ 給蛇咬了｜給弄壞了。(3) 向 ◆ 給老師拜年。

⁶ **絢**(绚) [xuàn ㄒㄩㄢˋ 🔊 hyn³ 勸]

有文彩；色彩華麗 ◆ 絢文｜絢麗｜絢爛。

⁶ **絳**(绛) [jiàng ㄐㄧㄤˋ 🔊 goŋ³ 降]

深紅色。

⁶ **絡**(络) 〈一〉[luò ㄌㄨㄛˋ 🔊 lɔk⁸ 烙]

❶纏繞 ◆ 絡紗｜絡絲女工。❷包羅；網羅 ◆ 網絡古今。❸聯繫；拉攏 ◆ 聯絡｜籠絡。❹罩住；兜住。特指馬籠頭 ◆ 絡頭｜髮髻上絡個絲網｜黃金絡。❺網狀物 ◆ 橘絡｜絲瓜絡。❻人體內的經脈、血管 ◆ 經絡｜脈絡。

〈二〉[lào ㄌㄠˋ 🔊 同〈一〉]
義同〈一〉。絡子。❶繩線編結的小網袋。❷繞絲繞紗的器具。多用竹子或木條交叉構成。

⁶絕 (绝) [jué ㄐㄩㄝˊ ⑧dzyt⁹ 拙⁹]

❶斷；隔斷；失去聯繫 ◆ 斷絕｜交｜絕緣｜與世隔絕｜絡繹不絕。❷盡；完 ◆ 氣絕｜絕後｜絕種｜斬盡殺絕｜彈盡糧絕｜唐柳宗元《江雪》詩：「千山鳥飛絕，萬徑人蹤滅。」❸沒希望、沒出路的境地 ◆ 絕望｜絕境｜懸崖絕壁｜絕處逢生。❹獨一無二的；卓越的；高超的 ◆ 絕技｜卓絕｜堪稱一絕｜絕代佳人｜精妙絕倫。❺極；非常；最 ◆ 絕妙｜絕佳｜絕密｜深惡痛絕｜絕無僅有｜唐杜甫《望嶽》詩：「會當凌絕頂，一覽眾山小。」❻完全 ◆ 絕對｜絕無此事｜絕不低頭。❼古代詩體之一，即絕句 ◆ 五絕｜七絕。

⁶絞 (绞) [jiǎo ㄐㄧㄠˇ ⑧gau² 狡]

❶把多股線狀物扭在一起 ◆ 絞繩｜把幾十根鋼絲絞成鋼索。❷擰 ◆ 把衣服絞乾。❸用輪軸牽引、升降物體 ◆ 絞車｜絞盤。❹用金屬工具切、削、粉碎 ◆ 絞孔｜絞螺紋｜絞肉機。❺用繩子勒死 ◆ 絞刑｜絞死｜絞索。❻量詞。用於線、紗等 ◆ 一絞絲線。

⁶統 (统) [tǒng ㄊㄨㄥˇ ⑧tuŋ² 桶]

❶一脈相承的關係；事物間按一定關係組成的整體 ◆ 血統｜傳統｜系統工程｜正統思想。❷規矩；準則 ◆ 法統｜不成體統。❸綜合；總括；全部 ◆ 統籌｜統計｜統管｜統購統銷｜書、報、雜誌等統稱為出版物。❹主管；率領 ◆ 統領｜統帥｜統兵百萬。❺統一 ◆ 一統天下。❻同「筒」 ◆ 長統靴子。

⁶絮 [xù ㄒㄩˋ ⑧sœy³ 稅/sœy⁵ 緒(語)]

❶棉花的纖維；彈鬆的棉花 ◆ 棉絮｜吐絮｜被絮。❷植物種子所附像棉絮的茸毛 ◆ 蘆絮｜柳絮。❸把棉花、絲棉等均勻地鋪在衣服、被褥裏 ◆ 絮棉襖｜絮被窩。❹形容説話重複囉嗦 ◆ 絮叨｜話休絮煩，言歸正傳。

⁶絲 (丝) [sī ㄙ ⑧si¹ 私]

❶蠶絲，蠶吐的細細長長的東西，是紡織綢緞的主要原料 ◆ 絲綢｜絲線｜唐李商隱《無題》詩：「春蠶到死絲方盡，蠟炬成灰淚始乾。」❷細長像絲的東西 ◆ 鐵絲｜粉絲｜雨絲｜蛛絲馬跡｜藕斷絲連。❸微小的計量單位，10絲為1毫，10毫為1釐。❹形容極少或極小 ◆ 絲毫不差｜一絲風也沒有。❺古代八音之一，指弦樂器 ◆ 江南絲竹。

⁷綆 (绠) [gěng ㄍㄥˇ ⑧geŋ² 梗]

打水桶上繫的繩索 ◆ 綆短汲深。

經(经) [jīng ㄐㄧㄥ ⑧ giŋ¹ 京]

❶織布的縱線叫"經"，橫線叫"緯"。❷道路以南北為"經"，東西為"緯"；為確定地球上某一地方的地理位置，設定貫穿南北兩端的直線叫"經"，與赤道平行的東西線叫"緯" ◆ 經度|東經120度。❸中醫稱人體內部氣血運行道路的主幹叫經 ◆ 經絡|經脈。❹常規；原則；道義法制 ◆ 荒誕不經|不經之談|天經地義。❺傳統的最具權威性的著作；各宗教宣傳教義的權威性著作；講述某種技藝的專書 ◆ 經典|五經|佛經|黃帝內經|小和尚唸經，有口無心。❻指婦女的月經 ◆ 經期|經血不調。❼通過；經過 ◆ 經過|經手|經天津至山海關|經董事會討論決定。❽禁受 ◆ 經受|經得起|經不起誘惑。❾親自做過；親身遭遇過 ◆ 經歷|身經百戰|經一事，長一智|唐元稹《離思》詩："曾經滄海難為水，除卻巫山不是雲。"❿籌劃管理；治理 ◆ 經營|經理|經商|經世之才。⓫常；長久 ◆ 經常|經久不變。⓬姓。

綃(绡) [xiāo ㄒㄧㄠ ⑧ siu¹ 消]

生絲。也指生絲織成的薄綢子 ◆ 紅綃。

絹 古同"繭"，見609頁左欄。

絹(绢) [juàn ㄐㄩㄢˋ ⑧ gyn³ 眷]

一種生絲織品。質薄而堅韌，古代用來寫字或繪畫 ◆ 絹本|絹花|絹帛。

綁(绑) [bǎng ㄅㄤˇ ⑧ bɔŋ² 榜]

用繩、帶等捆紮起來 ◆ 鬆綁|綁腿|五花大綁|捆綁不成夫妻。

絛(绦⑧縧縚) [tāo ㄊㄠ ⑧ tou¹ 滔]

絲帶。

締 [chī ㄔ ⑧ tsi¹ 雌]

細葛布。

綌 [xì ㄒㄧˋ ⑧ kwik⁷ 隙]

粗葛布。

綏(绥) [suí ㄙㄨㄟˊ ⑧ sœy¹ 須]

❶安撫 ◆ 綏靖。❷安好；平安 ◆ 敬頌台綏。❸古代車上用作拉手的繩子。

綈(绨) 〈一〉[tí ㄊㄧˊ ⑧ tɐi⁴ 提]

光滑厚實的絲織品 ◆ 綈衣|綈袍|綈細。
〈二〉[tì ㄊㄧˋ ⑧ 同〈一〉]
一種用絲做經、棉線做緯織成的紡織品 ◆ 線綈。

8 綪

[qiàn ㄑㄧㄢˋ ⓟ sin³ 扇]
青赤色的絲織品。

8 緒 (绪)

[xù ㄒㄩˋ ⓟ sœy⁵ 髓]
❶絲頭 ◆ 絲多緒亂。❷事情的開端 ◆ 端緒|緒言|千頭萬緒|茫無頭緒。❸心情；情思 ◆ 情緒|心緒|愁緒|思緒萬端|離情別緒。❹前人留下來事業；功業。❺姓。

8 綾 (绫)

[líng ㄌㄧㄥˊ ⓟ liŋ⁴ 零]
一種似緞而較薄的絲織品 ◆ 綾子|綾羅綢緞|唐白居易《賣炭翁》詩：“半匹紅紗一丈綾，繫向牛頭充炭直！”

8 綦

[qí ㄑㄧˊ ⓟ kei⁴ 其]
❶青黑色。❷鞋帶。❸極；很 ◆ 希望綦切。

8 緅

[zōu ㄗㄡ ⓟ dzɐu¹ 周]
深青透紅的顏色。

8 綝

[lín ㄌㄧㄣˊ / shēn ㄕㄣ ⓟ lɐm⁴ 林]
綝纚，衣裳、毛羽下垂的樣子。也形容盛裝。

8 緊 (紧ⓟ緊緊)

[jǐn ㄐㄧㄣˇ ⓟ gɐn² 謹]
❶物體受力後所形成的一種狀態；與“鬆”相對 ◆ 拉緊繩子|勒緊腰帶|畫布繃得很緊。❷物體間很密合，無空隙，不鬆動。與“鬆”相對 ◆ 緊湊|握緊拳頭|把螺絲撐緊|門太緊，關不上。❸收束；使變緊 ◆ 緊一下拉索|緊一緊螺絲。❹急迫；急促 ◆ 緊迫|緊張|緊急任務|不緊不慢|西風緊，北雁南飛。❺經濟不寬裕；困窘 ◆ 最近手頭太緊|日子過得緊巴巴的。❻副詞。密切地；迫近 ◆ 緊跟|緊靠着北門。

8 緉

[liǎng ㄌㄧㄤˇ ⓟ lœŋ⁶ 諒]
(鞋) 一雙。

8 綺 (绮)

[qǐ ㄑㄧˇ ⓟ ji² 倚]
❶有花紋的絲織品 ◆ 唐張俞《蠶婦》詩：“遍身羅綺者，不是養蠶人。”❷美麗；華麗 ◆ 綺媚|綺麗|綺靡。

8 綽 (绰)

〈一〉[chuò ㄔㄨㄛˋ ⓟ tsœk⁸ 卓]
寬裕 ◆ 綽綽有餘。
〈二〉[chāo ㄔㄠ ⓟ 同〈一〉]
抓取；拿起 ◆ 綽起兩把板斧。

8 縥

[shàng ㄕㄤˋ ⓟ sœŋ⁶ 尚]
把鞋幫和鞋底縫在一起 ◆ 縥鞋。

8 緄 (绲)

[gǔn ㄍㄨㄣˇ ⓟ gwɐn² 滾/kwɐn² 細(語)]
❶用線織成的帶子。❷繩。❸縫紉

中用布條包邊叫"緄邊"，包邊用的布條叫"緄條"。

⁸**綱** (纲) [gāng 《ㄤ ⑧ gɔŋ¹ 江]

❶魚網上的總繩；比喻事物的主體，起決定作用的部分 ◆ 總綱｜綱要｜綱舉目張｜提綱挈領｜教學大綱｜編寫提綱。❷生物分類系統上所用的等級之一，大類叫門，門以下叫綱，綱以下叫目，如駱駝屬動物門哺乳綱偶蹄目。❸唐、宋時代成批運送貨物的組織 ◆ 茶綱｜鹽綱｜花石綱。

⁸**網** (网) [wǎng ㄨㄤˇ ⑧ mɔŋ⁵ 惘]

❶用繩線編結成的用來捕魚捕鳥的器具 ◆ 魚網｜自投羅網｜三天打魚，兩天曬網。❷特指嚴密的法律 ◆ 法網｜天網恢恢，疏而不漏。❸像網一樣的東西 ◆ 髮網｜電網｜蜘蛛網｜鐵絲網。❹構成像網一樣的組織或系統 ◆ 網頁｜通信網｜發行網｜關係網｜形成網絡｜網上書店。❺用網捕捉；引申為搜尋、招致 ◆ 網到一條大魚｜網羅人才。❻覆蓋；像網一樣籠罩着 ◆ 眼裏網着血絲。

⁸**緋** (绯) [fēi ㄈㄟ ⑧ fei¹ 非]

紅色 ◆ 緋紅｜緋袍｜緋聞 (桃色新聞)。

⁸**緌** [ruí ㄖㄨㄟˊ ⑧ jœy⁴ 銳⁴]

下垂的帽帶。

⁸**維** (维) [wéi ㄨㄟˊ ⑧ wɐi⁴ 圍]

❶大繩子 ◆ 天柱折，地維絕。❷借指國家的綱紀、法度 ◆ 綱維｜四維。❸連結；連繫 ◆ 維繫感情。❹保持；保護 ◆ 維護｜維修｜維持原判。❺同"惟"。想；思考 ◆ 邏輯思維。❻某些細絲狀的物質 ◆ 纖維｜神經纖維｜植物纖維。❼維吾爾族簡稱"維"或"維族"。❽文言語氣詞 ◆ 進退維谷。❾姓。

⁸**綿** (绵⑧絲) [mián ㄇㄧㄢˊ ⑧ min⁴ 眠]

❶像棉花一樣的絲絮；也指像絲絮一樣的東西 ◆ 絲綿｜綿裏藏針。❷細密 ◆ 綿密。❸連續不斷 ◆ 綿延｜連綿起伏｜春雨綿綿｜此恨綿綿無盡期。❹微弱；薄弱 ◆ 綿力｜稍盡綿薄之力。❺方言。指性情温和 ◆ 他這人外表粗俗，性子挺綿。

⁸**綸** (纶) 〈一〉 [lún ㄌㄨㄣˊ ⑧ lœn⁴ 輪]

❶青絲帶子。❷釣魚用的絲線 ◆ 垂綸。❸某些合成纖維絲 ◆ 滌綸｜錦綸絲襪。

〈二〉 [guān 《ㄨㄢ ⑧ gwan¹ 關] 綸巾，古代用絲帶編的頭巾 ◆ 宋蘇軾《念奴嬌》詞："羽扇綸巾，談笑間，強虜灰飛煙滅。"

⁸**綵** (彩) [cǎi ㄘㄞˇ ⑧ tsɔi² 採]

彩色的絲綢 ◆ 綵樓｜拋綵球｜張燈結綵。

⁸綬 (绶)

[shòu ㄕㄡˋ ⑧ seu⁶ 受]

絲帶，古代用來拴玉珮和印璽 ◆ 印綬。

⁸綢 (绸)

[chóu ㄔㄡˊ ⑧ tseu⁴ 酬]

❶絲織品的通稱 ◆ 綢子｜絲綢｜紅綢舞｜綾羅綢緞。❷纏縛 ◆ 未雨綢繆。

⁸綯

[táo ㄊㄠˊ ⑧ tou⁴ 陶] 繩子。

⁸絡 (绺)

[liǔ ㄌㄧㄡˇ ⑧ leu⁵ 柳]

線、髮等一束叫一絡 ◆ 一絡絲線｜一絡青絲。

⁸綣 (绻)

[quǎn ㄑㄩㄢˇ ⑧ hyn³ 勸/hyn² 犬]

繾綣。見"繾"，534頁右欄。

⁸綜 (综)

〈一〉[zōng ㄗㄨㄥ ⑧ dzuŋ³ 眾]

總合起來 ◆ 綜合｜綜述｜綜括｜綜觀大局。

〈二〉[zèng ㄗㄥˋ/zòng ㄗㄨㄥˋ (舊) ⑧ 同〈一〉]

織布機上使經線交錯着上下分開以便梭子通過的裝置。

⁸綻 (绽)

[zhàn ㄓㄢˋ ⑧ dzan⁶ 賺]

裂開 ◆ 綻開｜破綻｜皮開肉綻。

⁸綰 (绾)

[wǎn ㄨㄢˇ ⑧ wan² 挽²]

❶把長條形束西盤繞起來打結 ◆ 綰髻。❷捲 ◆ 綰起袖子。

⁸綮

〈一〉同"棨"，見323頁右欄。

〈二〉[qǐng ㄑㄧㄥˇ ⑧ hiŋ³ 慶]

筋骨結合的地方 ◆ 肯綮。

⁸綴 (缀)

[zhuì ㄓㄨㄟˋ ⑧ dzœy³ 最]

❶縫合 ◆ 補綴。❷連結 ◆ 綴合｜連綴。❸裝飾 ◆ 點綴。

⁸綠 (⑧菉)

〈一〉[lǜ ㄌㄩˋ ⑧ luk⁹ 陸]

❶像青草那樣的顏色 ◆ 綠洲｜綠樹｜綠水青山｜紅男綠女｜春來江水綠如藍。❷使變綠 ◆ 宋王安石《泊船瓜洲》詩："春風又綠江南岸，明月何時照我還。"

〈二〉[lù ㄌㄨˋ ⑧ 同〈一〉]

義同〈一〉，用於"綠林"、"綠營"。

⁸緇 (缁)

[zī ㄗ ⑧ dzi¹ 支]

黑色。

⁹緙 (缂)

[kè ㄎㄜˋ ⑧ hɛk⁷ 克]

緙絲，一種絲織手工

藝，穿引不同色彩的緯線編織出各種花紋圖畫，和刺繡近似。也指緙絲製成品。

⁹緤 同"紲"，見519頁左欄。

⁹緗（缃）[xiāng ㄒㄧㄤ ⑧ sœŋ¹ 商]
淺黃色。

⁹練（练）[liàn ㄌㄧㄢˋ ⑧ lin⁶ 煉]
❶白絹 ◆ 澄江靜如練。❷把生絲煮熟，使柔軟潔白 ◆ 練絲。❸反覆學習和實踐 ◆ 練習｜練功｜訓練｜勤學苦練。❹精熟；經驗多 ◆ 老練｜熟練｜精明幹練。❺姓。

⁹緘（缄）[jiān ㄐㄧㄢ ⑧ gam¹ 監]
❶捆束西的繩索 ◆ 緘縢。❷封；閉 ◆ 三緘其口。❸書信 ◆ 信緘。

⁹緬（缅）[miǎn ㄇㄧㄢˇ ⑧ min⁵ 免]
遙遠 ◆ 緬邈｜緬想｜緬懷先烈。

⁹緻（致）[zhì ㄓˋ ⑧ dzi³ 至]
精細；細密 ◆ 精緻｜細緻。

⁹緹（缇）[tí ㄊㄧˊ ⑧ tei⁴ 提]
橘紅色。

⁹緲（缈）[miǎo ㄇㄧㄠˇ ⑧ miu⁵ 秒]
縹緲。見"縹"，530頁右欄。

⁹緝（缉）〈一〉[jī ㄐㄧ ⑧ tsɐp⁷ 輯]
捉拿；搜捕 ◆ 緝捕｜緝私｜通緝。
〈二〉[qī ㄑㄧ ⑧ 同〈一〉]
一種縫紉方法，針腳細密地縫 ◆ 緝鞋口。

⁹緼（缊）〈一〉[yùn ㄩㄣˋ ⑧ wɐn² 穩]
❶新舊混合的絲綿 ◆ 緼袍。❷亂麻。
〈二〉[yūn ㄩㄣ ⑧ wɐn¹ 温]
絪緼，同"氤氳"。

⁹緦（缌）[sī ㄙ ⑧ si¹ 私]
細麻布。古時用來製作喪服。

⁹縎（缟）[guā ㄍㄨㄚ ⑧ gwa¹ 瓜/gwɔ¹ 戈]
❶青紫色的綬帶。❷比喻婦女盤結的髮髻。

⁹緞（缎）[duàn ㄉㄨㄢˋ ⑧ dyn⁶ 段]
質地厚實，一面有光澤的絲織品 ◆ 錦緞｜緞子被面。

⁹緶（缏）〈一〉[biàn ㄅㄧㄢˋ ⑧ pin⁴ 駢]

用麻或麥楷等編成的扁帶，可用來做草帽、扇子等物 ◆ 草帽緶。
〈二〉[pián ㄆㄧㄢˊ 粵 同〈一〉] 方言。用針縫。

⁹ 線 (线®綫) [xiàn ㄒㄧㄢˋ 粵 sin³ 扇]

❶用絲、棉、麻、金屬等製成的又細又長可以任意彎曲纏繞的東西 ◆ 絲線｜毛線｜電線｜放長線釣大魚｜唐孟郊《遊子吟》詩：“慈母手中線，遊子身上衣。”❷一種幾何圖形，由點任意延伸而成 ◆ 直線｜曲線｜拋物線。❸細長像線一樣的東西 ◆ 光線｜紅外線。❹從一地到另一地所經過的道路 ◆ 路線｜航線｜運輸線｜新幹線｜沿線風光迷人。❺交界處；邊緣 ◆ 邊線｜界線｜國境線｜貧困線以下｜掙扎在死亡線上。❻比喻事物發展的脈絡或探求解決問題的頭緒、途徑 ◆ 線索｜眼線。❼量詞。與“一”結合，表示極少 ◆ 一線生機｜一線希望。

⁹ 緱 (缑) [gōu ㄍㄡ 粵 keu¹ 溝]

❶纏在刀劍柄上的絲繩。❷姓。

⁹ 緩 (缓) [huǎn ㄏㄨㄢˇ 粵 wun⁶ 換]

❶寬；鬆 ◆《古詩十九首·行行重行行》：“相去日已遠，衣帶日已緩。”❷慢；遲。與“急”相對 ◆ 緩慢｜遲緩｜緩不濟急。❸寬鬆平和；不緊張、不激烈 ◆ 緩和｜緩衝。❹延遲；推遲 ◆ 緩期｜延緩｜緩兵之計｜刻不容緩。❺恢復正常 ◆ 終於緩過來了。

⁹ 總

同“總”，見531頁左欄。

⁹ 締 (缔) [dì ㄉㄧˋ 粵 dɐi⁶ 第]

❶結合；訂立 ◆ 締結｜締約國。❷創立；構築 ◆ 共同締造。❸約束；限制 ◆ 取締。

⁹ 緪 (®緪緪緪) [gēng ㄍㄥ 粵 gɐŋ¹ 庚]

❶粗繩。❷緊。

⁹ 編 (编) [biān ㄅㄧㄢ 粵 pin¹ 篇]

❶把細長條狀的東西交叉組織起來製成器物 ◆ 編籮筐｜編草帽｜編織毛衣。❷按一定的順序、條理排列起來 ◆ 編排｜編組｜編年體。❸纂集；纂寫 ◆ 編程｜編書｜編劇｜編輯｜編纂詞典｜編譯工作。❹捏造；瞎説 ◆ 編造｜瞎編｜胡編亂造｜編了一通謊言。❺一本書或書的一部分 ◆ 巨編｜人手一編｜全書分上下兩編｜續編資料詳實。❻古代用來穿聯竹簡的繩子 ◆ 韋編三絕。

⁹ 緡 (缗) [mín ㄇㄧㄣˊ 粵 men⁴ 民]

❶釣魚的絲線。❷穿銅錢的繩子。

借指成串的銅錢，一千文為一緡 ◆
錢千緡。

⁹ **緯**（纬）[wěi ㄨㄟˇ 粵 wei⁶ 胃/
wei⁵ 偉（語）]

❶ 織物的橫紗或橫線叫"緯"，縱紗
或縱線叫"經"。❷ 道路的東西為
"緯"，以南北為"經"；為確定地球
上某一地方的地理位置，設定與赤
道平行的東西線叫"緯"，貫穿南北
兩端的直線叫"經" ◆ 緯度│北緯
25度。❸ "緯書"的簡稱。緯書是指
漢代以神學迷信附會儒家經典的一
類書 ◆ 春秋緯│讖緯之學。

⁹ **緣**（缘）[yuán ㄩㄢˊ 粵 jyn⁴
元/jyn⁶ 願]

❶ 事物的邊沿 ◆ 邊緣。❷ 沿着；
順着 ◆ 緣溪行。❸ 攀援 ◆ 緣附│
緣木求魚。❹ 原因 ◆ 緣故│緣由│
無緣無故。❺ 因為 ◆ 緣何而來│
宋蘇軾《題西林壁》詩："不識廬山
真面目，只緣身在此山中。"❻ 人
與人之間相遇相親的情分 ◆ 緣分│
隨緣│機緣│不解之緣│千里姻緣一
線牽│有緣千里來相會，無緣對面
不相逢。

¹⁰ **縠**[hú ㄏㄨˊ 粵 huk⁹ 酷]

縐紗 ◆ 縠紋。

¹⁰ **縛**（缚）[fù ㄈㄨˋ 粵 bok⁹ 薄]

捆綁 ◆ 束縛│作繭自
縛│手無縛雞之力。

¹⁰ **縟**（缛）[rù ㄖㄨˋ 粵 juk⁹ 肉]

繁瑣 ◆ 縟禮│繁文縟
節。

¹⁰ **縉**（缙）[jìn ㄐㄧㄣˋ 粵 dzœn³
進]

赤色的絹帛。

¹⁰ **縣**（县）〈一〉[xiàn ㄒㄧㄢˋ 粵
jyn⁶ 願]

中國行政區劃單位之一，由省、市
或地區管轄；縣以下有鄉、鎮 ◆ 縣
城│縣政府。

〈二〉[xuán ㄒㄩㄢˊ 粵 jyn⁴ 元]
"懸"的古字。

¹⁰ **緉**[tā ㄊㄚ 粵 tap⁸ 塌]

用繩圈套住。

¹⁰ **縋**（缒）[zhuì ㄓㄨㄟˋ 粵
dzœy⁶ 罪]

用繩子拴着人或物從高處往下送 ◆
縋城而下│夜縋而出。

¹⁰ **縚**[tāo ㄊㄠ 粵 tou¹ 滔]

❶ 同"絛"，見523頁右欄。
❷ 同"韜"。套子。

¹⁰ **繁**[pán ㄆㄢˊ 粵 pun⁴ 盆]

小袋。

¹⁰ **縢**[téng ㄊㄥˊ 粵 tɐŋ⁴ 騰]

❶ 繩索。❷ 封閉。❸ 捆。❹
綁腿布。

¹⁰**縝**(缜) [zhěn ㄓㄣˇ ⓟtsɐn² 診]

細緻；嚴密 ◆ 縝密。

¹⁰**縐**(绉) [zhòu ㄓㄡˋ ⓟdzɐu³ 晝]

❶織出皺紋的紡織品 ◆ 縐紗｜縐布｜線縐。❷同"皺"。皺縮 ◆ 風乍起，吹縐一池春水。

¹⁰**縗**(缞) [cuī ㄘㄨㄟ ⓟtsœy¹ 吹]

舊時喪服，用粗麻布製成，披於胸前 ◆ 齊縗｜斬縗。

¹⁰**縞**(缟) [gǎo ㄍㄠˇ ⓟgou² 稿]

❶白色的絹 ◆ 縞衣。❷白色 ◆ 縞羽。

¹⁰**縊**(缢) [yì ㄧˋ ⓟɐi³/ŋɐi³ 翳]

勒死，吊死 ◆ 懸樑自縊。

¹⁰**縑**(缣) [jiān ㄐㄧㄢ ⓟgim¹ 兼]

細絹 ◆ 縑帛。

¹⁰**縈**(萦) [yíng ㄧㄥˊ ⓟjiŋ⁴ 營]

❶盤曲纏繞 ◆ 縈迴｜縈紆。❷心中牽掛 ◆ 縈懷｜牽腸縈心。

¹¹**績**(绩®勣) [jì ㄐㄧˋ ⓟdzik⁷ 即]

❶把麻搓成線或繩 ◆ 紡績｜績麻。❷功勞；功業 ◆ 成績｜功績｜業績｜豐功偉績。

¹¹**縶**(絷) [zhí ㄓˊ ⓟdzɐp⁷ 汁]

❶絆馬索；馬韁繩。❷拴住；捆。❸拘禁。

¹¹**縹**(缥) 〈一〉[piǎo ㄆㄧㄠˇ ⓟpiu⁵ 殍]

❶青白色，也叫"月白色" ◆ 縹緗。❷青白色的絲織品。

〈二〉[piāo ㄆㄧㄠ ⓟpiu² 飄²]

縹緲，隱隱約約、若有若無的樣子 ◆ 虛無縹緲。

¹¹**緊** [yī ㄧ ⓟɐi¹/ŋɐi¹ 矮¹]

文言副詞。❶表示僅限於某一範圍。相當於"唯獨"、"只有" ◆ 人皆有母，緊我獨無。❷表示強調。相當於"才"、"就是"。

¹¹**縷**(缕) [lǚ ㄌㄩˇ ⓟlœy⁵ 呂]

❶細線 ◆ 千絲萬縷｜不絕如縷｜身無寸縷｜唐無名氏《雜詩十九首》："勸君莫惜金縷衣，勸君須惜少年時。"❷量詞。用於像縷那樣細長的東西 ◆ 一縷炊煙。❸逐條地；詳盡地 ◆ 縷述｜條分縷析。

¹¹**縵**(缦) [màn ㄇㄢˋ ⓟman⁶ 慢]

沒有花紋的絲織品。

¹¹**縲**(缧) [léi ㄌㄟˊ ⑧ley⁴ 雷] 捆縛犯人的繩索 ◆ 縲絏。

¹¹**縗** [suì ㄙㄨㄟˋ ⑧sœy³ 碎] 收絲。

¹¹**繃**(绷⑧綳) 〈一〉[bēng ㄅㄥ ⑧beŋ¹ 崩]

❶撐開;拉緊 ◆ 把繩子繃直。❷衣服等張緊 ◆ 上衣繃在身上。❸用棕繩、藤皮等編結起來的牀 ◆ 棕繃|藤繃。❹猛然彈起 ◆ 橡皮筋繃飛了。❺粗粗地縫上或用針別上 ◆ 繃被頭。❻詐騙 ◆ 坑繃拐騙。

〈二〉[běng ㄅㄥˇ ⑧同〈一〉]

❶板着 ◆ 繃着臉直生氣。❷強忍着 ◆ 他繃不住笑了。

〈三〉[bèng ㄅㄥˋ ⑧同〈一〉]

裂開 ◆ 繃了一道口子。

¹¹**繁**(⑧緐) 〈一〉[fán ㄈㄢˊ ⑧fan⁴ 凡]

❶多;與"簡"相對 ◆ 繁星|繁雜|繁重|紛繁|名目繁多|繁文縟節|刪繁就簡。❷茂盛;興盛 ◆ 繁華|繁花似錦|繁榮昌盛。❸生殖 ◆ 繁殖|自繁自養|繁育新品種。

〈二〉[pó ㄆㄛˊ ⑧pɔ⁴ 婆]

姓。

¹¹**總**(总) [zǒng ㄗㄨㄥ ⑧dzuŋ² 腫]

❶彙集;合起來 ◆ 總括|總數|彙總|總而言之。❷全部的;概括全部的 ◆ 總綱|總指揮|總公司|算總賬。❸副詞。(1) 表示估計 ◆ 看樣子她總有三十多歲了。(2) 表示持續不變 ◆ 再三相勸,他總是不聽。(3) 畢竟 ◆ 總算來了|事實總是事實|宋朱熹《春日》詩:"等閒識得春風面,萬紫千紅總是春。"

¹¹**縱**(纵) 〈一〉[zòng ㄗㄨㄥˋ ⑧dzuŋ³ 眾]

❶放;釋放 ◆ 縱火|縱虎歸山|欲擒故縱。❷放任;無約束 ◆ 縱酒|縱恣|縱情|放縱|縱目遠眺。❸躍起 ◆ 縱身一跳。❹連詞。即使 ◆ 縱然|縱使。

〈二〉[zòng ㄗㄨㄥˋ/zōng ㄗㄨㄥ (舊) ⑧dzuŋ¹ 忠]

❶南北方向的;垂直方向的。與"橫"相對 ◆ 縱貫|縱橫|縱座標|縱剖面。❷從前到後;從外到內 ◆ 縱深。

¹¹**縫**(缝) 〈一〉[féng ㄈㄥˊ ⑧fuŋ⁴ 逢]

用針線連結、合攏起來 ◆ 縫紉|縫合|裁縫|縫補漿洗|唐孟郊《遊子吟》詩:"慈母手中線,遊子身上衣。臨行密密縫,意恐遲遲歸。"

〈二〉[fèng ㄈㄥˋ ⑧fuŋ⁶ 奉]

❶衣服縫合的線跡 ◆ 衣縫|天衣無縫。❷空隙;裂痕 ◆ 裂縫|見縫插針|門縫裏瞧人,把人看扁了。

繇

⟨一⟩[yáo ㄧㄠˊ ⓟjiu⁴ 謠]
❶草木茂盛的樣子。❷姓。
⟨二⟩[zhòu ㄓㄡˋ ⓟdzɛu⁶ 宙]
占卜 ◆ 繇文|繇辭。

縻

[mí ㄇㄧˊ ⓟmei⁴ 眉]
❶牛鼻繩。❷牽制;束縛
◆ 羈縻。

縭 (缡)

[lí ㄌㄧˊ ⓟlei⁴ 離]
同"褵"。古代婦女出嫁時的蒙頭巾 ◆ 結縭。

縴 (纤)

[qiàn ㄑㄧㄢˋ ⓟhin¹ 牽]
拉船的繩索 ◆ 拉縴|縴夫。

縯

[yǎn ㄧㄢˇ ⓟjin⁵ 演⁵]
延長。

縮 (缩)

⟨一⟩[suō ㄙㄨㄛ ⓟsuk⁷ 叔]
❶由大由長變小變短;減少 ◆ 伸縮|壓縮|縮短|收縮|緊縮開支|熱脹冷縮|節衣縮食。❷延伸展開,或伸展開後又收回去 ◆ 蜷縮|縮手縮腳|縮頭烏龜。❸後退 ◆ 退縮|畏縮不前。
⟨二⟩[sù ㄙㄨˋ ⓟ同⟨一⟩]
縮砂密,簡稱"縮砂",草本植物。子實叫"砂仁",可入藥。

繆 (缪)

⟨一⟩[móu ㄇㄡˊ ⓟmeu⁴ 謀]

綢繆。(1)修繕 ◆ 宜未雨而綢繆,毋臨渴而掘井。(2)情意纏綿 ◆ 情意綢繆。
⟨二⟩[miù ㄇㄧㄡˋ ⓟmeu⁶ 茂]
錯誤 ◆ 紕繆。
⟨三⟩[miào ㄇㄧㄠˋ ⓟmiu⁶ 妙]
姓。

緤 (缲)

[sāo ㄙㄠ ⓟsou¹ 蘇]
把蠶繭浸在滾水裏抽出蠶絲 ◆ 緤絲。

繞 (绕)

[rào ㄖㄠˋ ⓟjiu⁵ 擾]
❶把細長的東西迴旋地纏在另一物體上 ◆ 纏繞|繞毛線。❷圍在四周;圍着轉圈 ◆ 環繞|繞場一周|流水繞孤村|月亮繞着地球轉。❸迴環旋轉;盤旋往復 ◆ 繚繞|縈繞|餘音繞樑,三日不絕。❹走迂迴的遠路 ◆ 繞行|繞道|繞過暗礁。❺不順口 ◆ 繞嘴|繞口令。❻頭緒不清;糾纏不清 ◆ 別跟他繞了|把人給繞糊塗了。

繖

[sǎn ㄙㄢˇ ⓟsan³ 汕]
"傘"的古字。

繐

[suì ㄙㄨㄟˋ ⓟsœy³ 稅]
❶細而稀疏的麻布,古時多用作喪服。❷同"穗"。用絲線等結紮成的往下垂的裝飾物。

繚 (缭)

[liáo ㄌㄧㄠˊ ⓟliu⁴ 聊]

❶纏繞；環繞◆繚繞。❷用針把布邊斜着針腳縫起來◆繚貼邊。❸紛亂◆眼花繚亂。

12 **繢** [huì ㄏㄨㄟˋ [粵] kui^{2} 繪] ❶布疋的頭尾。❷同"繪"。繪畫。

12 **繙** [fān ㄈㄢ [粵] fan^{1} 番] 同"翻❹"。翻譯。

12 **織**（织） [zhī ㄓ [粵] dzik^{7} 即] 用絲、麻、棉、毛等製成布疋或衣物、器具◆織布|紡織|機織|織襪子|織漁網。

12 **繕**（缮） [shàn ㄕㄢˋ [粵] sin^{6} 善] ❶整修；修補◆修繕。❷抄寫◆繕寫。

12 **繒**（缯） 〈一〉[zēng ㄗㄥ [粵] tsɐŋ^{4} 曾] 古代對絲織品的通稱。
〈二〉[zèng ㄗㄥˋ [粵] 同〈一〉] 方言。捆；紮◆把竹筒繒起來。

12 **繠** [ruǐ ㄖㄨㄟˇ [粵] jœy^{5} 蕊] 佩飾下垂的樣子。

12 **繈** [qiǎng ㄑㄧㄤˇ [粵] kœŋ^{5} 強] ❶繩索。特指穿線的繩索。亦指穿好線的繩索。❷同"襁"，見645頁左欄。

13 **繨** [da·ㄉㄚ [粵] dat^{9} 達] 紇繨。見"紇〈二〉"，516頁右欄。

13 **繫**（系） 〈一〉[xì ㄒㄧˋ [粵] hɐi^{6} 係] ❶聯絡；關聯◆聯繫|維繫|情繫中華|一身繫天下之安危。❷牽掛◆繫念|繫戀|繫懷。❸拴；綁◆繫馬。❹拘禁◆繫囚|繫獄。❺懸掛◆繫匏。❻帶子。
〈二〉[jì ㄐㄧˋ [粵] 同〈一〉] 打結；紮◆繫鞋帶|繫上腰帶。

13 **繩**（绳） [shéng ㄕㄥˊ [粵] siŋ^{4} 成] ❶合股絞成的長條物，用來牽引、捆紮東西◆繩子|繩索|韁繩|麻繩|一朝被蛇咬，三年怕草繩。❷標準；法度◆準繩。❸糾正；制裁◆繩之以法。❹姓。

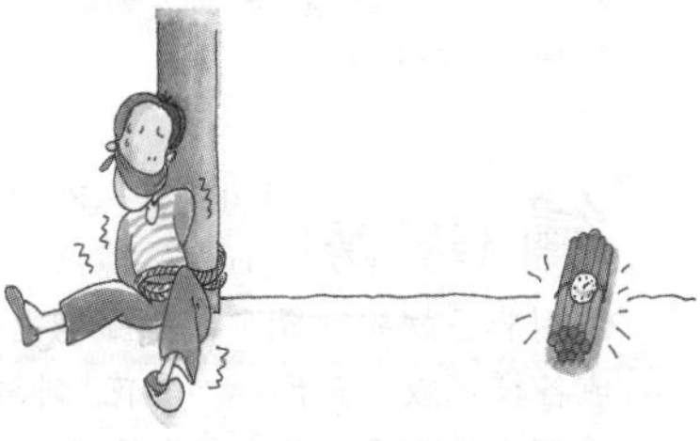

13 **繰**（缲） 〈一〉[qiāo ㄑㄧㄠ [粵] sou^{1} 蘇] 把布邊往裏頭捲進去縫，外面不露針腳◆繰邊|繰一根帶子。
〈二〉同"繅"，見532頁右欄。

¹³ **繹** (绎)　[yì 丨ˋ ⑧jik⁹ 亦]
❶抽絲。❷理出事物的頭緒；尋究事物的原因 ◆ 尋繹｜演繹。❸連續不斷 ◆ 絡繹不絕。

¹³ **繯** (缳)　[huán ㄏㄨㄢˊ ⑧wan⁶ 幻]
❶繩圈；絞索 ◆ 投繯 (上吊)。❷絞殺 ◆ 繯首。

¹³ **繳** (缴)　〈一〉[jiǎo ㄐㄧㄠˇ ⑧giu² 矯]
❶交納 ◆ 繳納｜繳學費｜上繳國庫。❷主動或被迫交出 ◆ 繳還｜繳械｜繳槍不殺。
〈二〉[zhuó ㄓㄨㄛˊ ⑧dzœk⁸ 雀]
射鳥時繫在箭上的生絲繩，射中了可以拉住。

¹³ **繪** (绘)　[huì ㄏㄨㄟˋ ⑧kui² 潰]
畫出圖形 ◆ 繪畫｜繪圖｜描繪｜繪製藍圖｜繪影繪聲。

¹³ **繡** (绣⑧綉)　[xiù ㄒㄧㄡˋ ⑧seu³ 秀]
❶用彩色絲線在綢、布等織物上織成各種花紋、圖形 ◆ 繡花｜刺繡｜繡荷包｜描龍繡鳳｜繡花枕頭。❷刺繡工藝產品 ◆ 湘繡｜蘇繡。

¹⁴ **繻**　[xū ㄒㄩ ⑧sœy¹ 須/jy⁴ 如]
❶有彩色的繒。❷古代用帛製成的出入關卡的憑證。

¹⁴ **繾** (缱)　[qiǎn ㄑㄧㄢˇ ⑧hin² 顯]
繾綣，情意纏綿，難捨難分 ◆ 情意繾綣。

¹⁴ **纁**　[xūn ㄒㄩㄣ ⑧fen¹ 芬]
淺紅色 ◆ 纁黃。

¹⁴ **纂**　[zuǎn ㄗㄨㄢˇ ⑧dzyn² 轉²]
❶編寫；編輯 ◆ 纂寫｜纂修｜編纂史書。❷赤色的絲帶。❸方言。纂兒，婦女梳在頭後邊的髮髻。

¹⁴ **纆** (缨)　[yǐn ㄧㄣˇ ⑧jen² 隱]
方言。絎 ◆ 纆棉襖。

¹⁴ **辮** (辫)　[biàn ㄅㄧㄢˋ ⑧bin¹ 邊]
❶把頭髮分股後交叉編成的條狀物 ◆ 髮辮｜小辮子。❷像髮辮的東西 ◆ 蒜辮｜草帽辮。

¹⁴ **繽** (缤)　[bīn ㄅㄧㄣ ⑧pen¹ 貧¹/ben¹ 賓 (語)]
繽紛。❶繁多；眾多 ◆ 五彩繽紛｜絡繹繽紛。❷紛亂 ◆ 落英繽紛。

¹⁴ **繼** (继)　[jì ㄐㄧˋ ⑧gei³ 計]
❶接連；接續；接着 ◆ 繼續｜夜以繼日｜前仆後繼｜繼而又遭劫難｜焚膏繼晷，畫夜不倦。❷承接 ◆ 繼承｜繼往開來。

纈(缬) [xié ㄒㄧㄝˊ ⑧kit⁸ 揭]

有花紋的絲織品。

續(续) [xù ㄒㄩˋ ⑧dzuk⁹ 逐]

❶連接不斷 ◆ 繼續|連續|持續|陸續|斷斷續續。❷在原有事物的後面添加 ◆ 續弦|續集|狗尾續貂。❸姓。

纍(累) 〈一〉[léi ㄌㄟˊ/léi ㄌㄟˊ ⑧løy⁴ 雷]

❶粗繩。❷拘禁 ◆ 纍囚|纍臣。❸纍纍。(1)形容連結成串的樣子 ◆ 結實纍纍|碩果纍纍。(2)形容失意、狼狽不堪的樣子 ◆ 纍纍如喪家之犬。

〈二〉同"累〈一〉❶❷",見519頁右欄。

纆 [mò ㄇㄛˋ ⑧mɐk⁹ 墨]

繩索。

纊(纩⑧絖) [kuàng ㄎㄨㄤˋ ⑧kwɔŋ³ 礦]

絲棉。

纏(缠) [chán ㄔㄢˊ ⑧tsin⁴ 前/dzin⁶ 賤]

❶盤繞;縈束 ◆ 纏繞|纏足|長辮子纏在頸上|木桶上纏了幾道鐵絲。❷攪擾 ◆ 糾纏|公務纏身|胡攪蠻纏。❸應付 ◆ 這人很難纏,怎樣説都不行。

纇 [lèi ㄌㄟˋ ⑧løy⁶ 淚]

缺點;毛病 ◆ 疵纇|珠有纇,玉有瑕。

纑(纑) [lú ㄌㄨˊ ⑧lou⁴ 盧]

❶練過的麻線。❷紵麻一類植物。

纓(缨) [yīng ㄧㄥ ⑧jiŋ¹ 英]

❶帽帶。❷繩子 ◆ 請纓。❸某些器物上像穗子樣的裝飾物 ◆ 紅纓槍。

纖(纤) [xiān ㄒㄧㄢ ⑧tsim¹ 簽]

❶細小;細微 ◆ 纖細|纖微|纖巧|纖雲弄巧。❷纖維 ◆ 化纖。

纎

同"纔❸～❻",見237頁左欄。

纕 [rǎng ㄖㄤˇ ⑧sœŋ¹ 相]

同"攘"。挽起袖子 ◆ 纕臂高呼。

纛 [dào ㄉㄠˋ ⑧duk⁹ 讀/dou⁶ 度]

❶古時軍隊中的大旗 ◆ 大纛。❷古代用旄牛尾或野雞尾製成的舞具,也用作帝王車上的裝飾品。

纚 〈一〉[xǐ ㄒㄧˇ ⑧sɐi² 徙]

古代用來束髮的帛。

〈二〉[lí ㄌ ㄧ ˊ ⑬ lei⁴ 離]
絼纚。見"絼"，524頁左欄。

19 纘 (缵) [zuǎn ㄗ ㄨ ㄢ ˇ ⑬ dzyn² 轉]
繼承。

21 纜 (缆) [lǎn ㄌ ㄢ ˇ ⑬ lam⁶ 濫]
❶繫船的繩子 ◆ 解纜啟航。❷合股絞成的像纜繩的東西 ◆ 電纜│纜繩│纜車。❸用繩拴住 ◆ 纜舟。

缶 部

0 缶 [fǒu ㄈ ㄡ ˇ ⑬ feu³ 否]
❶大肚小口的瓦器，用來盛酒或打水 ◆ 瓦缶。❷瓦製的打擊樂器 ◆ 擊缶而歌。

3 缸 [gāng ㄍ ㄤ ⑬ gɔŋ¹ 江]
❶盛東西的圓形器物，口寬、肚大、底小 ◆ 水缸│米缸│酒缸。❷像缸一樣的容器 ◆ 茶缸│金魚缸。❸一種用砂石陶土燒製成的質料，外面塗上粗釉，質地堅硬 ◆ 缸瓦│缸盆│缸磚。

4 缺 [quē ㄑ ㄩ ㄝ ⑬ kyt⁸ 決]
❶殘破；破損 ◆ 缺口│殘缺│

完好無缺│抱殘守缺。❷不夠；短少 ◆ 缺少│缺乏│欠缺│此書缺了幾頁。❸空的 ◆ 缺額│填補缺門。❹該到而未到 ◆ 缺課│缺席。❺舊時指官職的空位 ◆ 肥缺│出缺。

6 䆲 [xiàng ㄒ ㄧ ㄤ ˋ ⑬ hɔŋ⁶ 項]
古代儲錢或收受書信的器物，小口。

10 罌 [yīng ㄧ ㄥ ⑬ ɐŋ¹/ŋɐŋ¹ 嚶]
小口大肚的長頸瓶。

11 罄 [qìng ㄑ ㄧ ㄥ ˋ ⑬ hiŋ³ 慶]
❶器物中空。❷盡；用完 ◆ 告罄│罄其所有│罄南山之竹，書罪未窮。

11 罅 [xià ㄒ ㄧ ㄚ ˋ ⑬ la³ 喇]
裂縫；縫隙 ◆ 石罅│罅隙│罅漏。

12 罎 (坛⑬罐) [tán ㄊ ㄢ ˊ ⑬ tam¹ 潭]
一種肚大口小的陶器 ◆ 酒罎子。

12 罇
同"樽"，見334頁左欄。

13 甕 (⑬罋) [wèng ㄨ ㄥ ˋ ⑬ uŋ³ 甕]
同"甕"。陶製容器。

14 罌（罌 罃）[yīng ㄧㄥ ⓟ ɐŋ¹/ŋɐŋ¹ 鶯]
❶陶製容器，肚大口小。❷罌粟，二年生草本植物。花有紅、紫、白等色。果實球形，未成熟時，果實中有白漿，是製鴉片的原料。

15 罍 [léi ㄌㄟˊ ⓟ lœy⁴ 雷]
古代盛酒器。

16 鑪 [lú ㄌㄨˊ ⓟ lou⁴ 勞]
❶小口盛酒的瓦器。❷同"壚"。舊時酒店裏安放酒甕的土台子。也指酒店。

18 罐（罐 鏆）[guàn ㄍㄨㄢˋ ⓟ gun³ 灌]
盛東西的器皿 ◆ 罐子｜瓦罐｜糖罐｜茶葉罐｜洋鐵罐。

网 部

0 网 [wǎng ㄨㄤˇ ⓟ mɔŋ⁵ 罔]
"網"的古字。

3 罕 [hǎn ㄏㄢˇ ⓟ hɔn² 侃]
❶稀少 ◆ 罕見｜稀罕｜人跡罕至。❷古時捕鳥的網。❸姓。

3 罔 [wǎng ㄨㄤˇ ⓟ mɔŋ⁵ 惘]
❶無；沒有 ◆ 罔效｜置若罔聞。❷誆騙；蒙蔽 ◆ 欺罔｜誣罔

罔君罔上。❸疑惑 ◆《論語》："學而不思則罔，思而不學則殆。"

4 罘 [fú ㄈㄨˊ ⓟ feu⁴ 浮]
❶捕捉兔子用的網。❷罘罳，古代的一種屏風。

5 罡 [gāng ㄍㄤ ⓟ gɔŋ¹ 江]
❶北斗星的斗柄。也叫"天罡"。❷罡風，道家稱天空極高處的風。

5 罟 [gǔ ㄍㄨˇ ⓟ gu² 古]
魚網。

5 罝 [jū ㄐㄩ ⓟ dzœy¹ 追/dzɛ¹ 遮]
捕捉兔子用的網。

5 罛 [gū ㄍㄨ ⓟ gu¹ 孤]
大魚網。

6 罣 [guà ㄍㄨㄚˋ ⓟ gwa³ 卦]
牽掛；牽連 ◆ 罣念｜罣誤。

7 罥 [juàn ㄐㄩㄢˋ ⓟ gyn³ 捲]
掛 ◆ 掛罥。

7 罦 [fú ㄈㄨˊ ⓟ feu⁴ 浮/fu¹ 夫]
一種裝有機關的捕鳥網，一經鳥觸動就會自動將其罩住。

8 署 [shǔ ㄕㄨˇ ⓟ sy⁶ 樹/tsy⁵ 柱（語）]

❶官員辦公的處所 ◆ 官署 | 公署。❷佈置;安排 ◆ 部署。❸代理;暫任 ◆ 署理。❹簽名;題字 ◆ 署名 | 簽署。

⁸**置** [zhì ㄓˋ ⑧dzi³ 至]
❶擱;安放 ◆ 擱置 | 置之不理 | 本末倒置。❷設立;安排 ◆ 設置 | 佈置。❸購買 ◆ 購置 | 添置。❹放棄;廢棄 ◆ 棄置 | 廢置。

⁸**罭** [yù ㄩˋ ⑧wik⁹ 域]
細眼魚網。

⁸**罨** [yǎn ㄧㄢˇ ⑧jim² 掩]
❶一種魚網,俗稱撒網。❷覆蓋 ◆ 熱罨(熱敷)。

⁸**罩** [zhào ㄓㄠˋ ⑧dzau³ 爪³]
❶捕魚用的圓筒形竹器,上口小下口大。❷覆蓋在外的東西 ◆ 紗罩 | 燈罩 | 口罩。❸覆蓋;遮蓋 ◆ 罩衣 | 罩衫 | 迷霧籠罩着江面。

⁸**罪** [zuì ㄗㄨㄟˋ ⑧dzœy⁶ 聚]
❶犯法的行為 ◆ 罪人 | 罪行 | 犯罪 | 罪大惡極 | 滔天之罪 | 將功贖罪。❷過錯 ◆ 罪過 | 謝罪 | 負荊請罪 | 歸罪於人。❸苦難;痛苦 ◆ 受罪 | 找罪受。❹責備 ◆ 怪罪。

⁹**罱** [lǎn ㄌㄢˇ ⑧lam⁵ 覽]
❶一種捕魚或撈水草、河泥的工具。❷用罱撈取 ◆ 罱河泥。

⁹**罳** [sī ㄙ ⑧si¹ 司]
罘罳。見"罘❷",537頁右欄。

⁹**罰**(罚)(罸) [fá ㄈㄚˊ ⑧fet⁹ 乏]
懲處 ◆ 罰款 | 處罰 | 賞罰分明 | 罰不當罪 | 得到了應有的懲罰。

¹⁰**罵**(骂)(駡) [mà ㄇㄚˋ ⑧ma⁶ 麻⁶]
❶用粗野的惡毒的話侮辱人 ◆ 罵人 | 謾罵 | 破口大罵 | 潑婦罵街 | 指桑罵槐 | 喜笑怒罵。❷斥責 ◆ 責罵 | 斥罵。

¹⁰**罷**(罢) 〈一〉[bà ㄅㄚˋ ⑧ba⁶ 霸⁶]
❶停止 ◆ 罷休 | 罷工 | 欲罷不能 | 善罷甘休。❷免除;免職 ◆ 罷免 | 罷官 | 罷職 | 罷黜。❸完;完畢 ◆ 吃罷晚飯就走了 | 說罷就揚長而去。
〈二〉[ba ㄅㄚ ⑧同〈一〉]
同"吧"。語氣助詞。❶用在祈使句句末,表示請求、商量、命令等 ◆ 幫幫他罷!❷用在疑問句句末,表示揣測語氣 ◆ 你就是張工程師罷?❸用在句末表示同意或認可 ◆ 好罷,就這樣說定了。❹放在句中表示停頓,帶有舉例、讓步、假設等意味 ◆ 就說你罷,也該認真讀點書了 | 去罷,路實在太遠了;不去罷,又實在不好意思。
〈三〉古同"疲",見447頁左欄。

11 **罷** [lù ㄌㄨˋ [粵] luk^9 鹿] 小魚網。

11 **罹** [lí ㄌㄧˊ [粵] lei^4 離] ❶遭遇；遭受 ◆ 罹難|罹禍。❷憂患；苦難。

11 **罻** [wèi ㄨㄟˋ [粵] $wɐi^3$ 畏] 捕鳥的網 ◆ 罻羅。

12 **罽** [jì ㄐㄧˋ [粵] $gɐi^3$ 計] 氈子一類的毛織品 ◆ 罽帳|罽幕。

12 **罿** [chōng ㄔㄨㄥ [粵] $tsuŋ^1$ 充] 捕鳥的網。

12 **罾** [zēng ㄗㄥ [粵] $dzɐŋ^1$ 增] 一種用竿作支架的魚網。

14 **羆**（罴）[pí ㄆㄧˊ [粵] bei^1 卑] 熊的一種，俗稱“人熊”。

14 **羅**（罗）[luó ㄌㄨㄛˊ [粵] $lɔ^4$ 蘿] ❶捕鳥的網 ◆ 羅網|天羅地網。❷張網捕捉 ◆ 門可羅雀。❸招致；搜集 ◆ 羅致|網羅|搜羅。❹包括 ◆ 包羅萬象。❺陳列；分佈 ◆ 羅列|星羅棋佈。❻一種細密像篩子的器具，用來篩麪粉。❼一種輕軟而稀疏的絲織品 ◆ 綾羅綢緞|宋張俞《蠶婦》詩：“遍身羅綺者，不是養蠶人。”❽姓。

14 **羃** 同“冪”，見48頁左欄。

19 **羈**（羁[異]羇）[jī ㄐㄧ [粵] gei^1 機] ❶馬籠頭 ◆ 無羈之馬。❷拘束；束縛 ◆ 羈絆|不羈之才|放蕩不羈。❸寄居外鄉；停留 ◆ 羈旅|羈留。

羊部

0 **羊** [yáng ㄧㄤˊ [粵] $jœŋ^4$ 陽] ❶反芻類哺乳動物，有山羊、綿羊、羚羊等 ◆ 羊羣|牧羊|羊腸小道|掛羊頭賣狗肉|北齊《敕

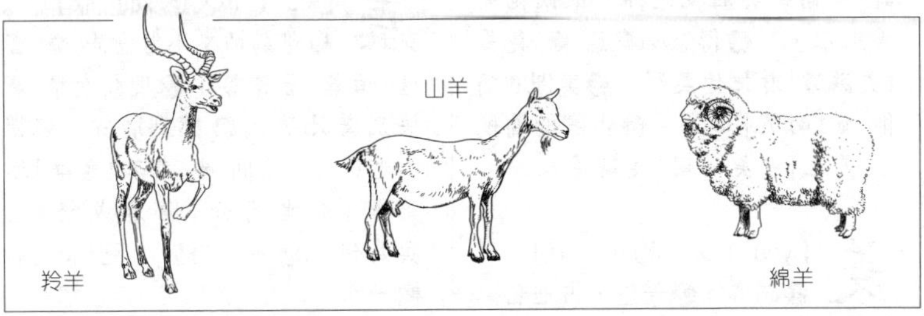

勒歌》："天蒼蒼，野茫茫，風吹草低見牛羊。"❷姓。

⁰ **半** ⟨一⟩[miē ㄇㄧㄝ 粵 mɛ¹ 咩 (語)]

同"咩"。羊叫聲。

⟨二⟩[mǐ ㄇㄧˇ 粵 mɐi⁵ 米]

姓。

² **羌** (粵羌羌) [qiāng ㄑㄧㄤ 粵 gœŋ¹ 疆]

❶我國古代西部地區的一個民族，東晉時曾建立後秦 ◆ 唐王之渙《涼州詞》詩："羌笛何須怨楊柳，春風不度玉門關。"❷句首語氣詞 ◆ 羌無故實。❸姓。

³ **美** [měi ㄇㄟˇ 粵 mei⁵ 尾]

❶漂亮；好看。與"醜"相對 ◆ 美麗｜美容｜華美｜美如冠玉｜美人遲暮｜明湯顯祖《牡丹亭》詩："良辰美景奈何天，賞心樂事誰家院。"❷使美麗、好看 ◆ 美容｜化環境。❸好的；令人滿意的 ◆ 美好｜美味｜美滿｜成人之美｜美中不足｜盡善盡美｜唐王翰《涼州詞》詩："葡萄美酒夜光杯，欲飲琵琶馬上催。"❹得意；樂意 ◆ 臭美｜美滋滋｜看把你美得。❺美洲的簡稱 ◆ 南美｜北美。❻美國的簡稱 ◆ 美元｜中美兩國｜美籍華人。

³ **羑** [yǒu ㄧㄡˇ 粵 jeu⁵ 有]

❶誘導。❷羑里，古地名，

在今河南湯陰北。

⁴ **羒** [fén ㄈㄣˊ 粵 fen⁴ 墳]

白色的公羊。

⁴ **羖** [gǔ ㄍㄨˇ 粵 gu² 古]

黑公羊 ◆ 五羖大夫。

⁴ **羔** [gāo ㄍㄠ 粵 gou¹ 高]

幼羊；小羊 ◆ 羊羔｜羔羊。

⁴ **羓** [bā ㄅㄚ 粵 ba¹ 巴]

醃肉；臘肉。

⁵ **羘** 同"羖"，見540頁右欄。

⁵ **羚** [líng ㄌㄧㄥˊ 粵 liŋ⁴ 零]

羚羊，體形像山羊，四肢細長，角向後彎。羚羊角是珍貴的藥材。

⁵ **羝** [dī ㄉㄧ 粵 dɐi¹ 低]

公羊 ◆ 羝羊觸藩，進退兩難。

⁵ **羞** [xiū ㄒㄧㄡ 粵 seu¹ 收]

❶難為情；不好意思 ◆ 害羞｜怕羞｜羞答答。❷使難為情 ◆ 快別羞她了。❸感到恥辱；覺得不光彩、不體面 ◆ 羞恥｜羞辱｜遮羞布｜羞愧萬分｜惱羞成怒｜羞與為伍。❹古同"饈"，見800頁右欄。

⁵ 羕 [yàng ㄧㄤˋ 粵jœŋ⁶ 樣]
形容水長。

⁶ 羢 [róng ㄖㄨㄥˊ 粵juŋ⁴ 容]
同"絨❶"。細羊毛。泛指人或動物身上短而柔軟的毛 ◆ 羢毛｜駝羢。

⁷ 羥(羟) [qiǎng ㄑㄧㄤˇ 粵kœŋ⁵ 強]
即羥基，由氫氧原子構成。

⁷ 義(义) [yì ㄧˋ 粵ji⁶ 二]
❶公正合宜的道德、行為 ◆ 道義｜正義｜義不容辭｜見利忘義｜大義滅親｜多行不義，必自斃。❷合乎正義的；有益公眾的 ◆ 義舉｜義演｜義賣｜義務教育。❸情感；情誼 ◆ 情義｜無情無義｜忘恩負義。❹不是親屬，因撫養或拜認而成為親屬的 ◆ 義父｜義子。❺假的；非固有的 ◆ 義肢｜義齒。❻意思；內容 ◆ 詞義｜意義｜斷章取義｜顧名思義｜開宗明義。❼姓。

⁷ 羨(粵羡) [xiàn ㄒㄧㄢˋ 粵sin⁶ 善]
❶因為愛慕而希望自己也具有 ◆ 羨慕｜歆羨｜欽羨｜臨淵羨魚，不如退而結網。❷剩餘；多餘 ◆ 羨餘｜羨力。❸姓。

⁷ 羣(粵群) [qún ㄑㄩㄣˊ 粵kwɐn⁴ 裙]
❶聚集在一起的人或物 ◆ 人羣｜成羣結隊｜鶴立雞羣｜物以類聚，人以羣分｜羊羣裏跑出個駱駝來。❷成羣的；眾多的 ◆ 羣居｜羣山｜羣島｜羣英會｜羣芳競豔。❸眾人 ◆ 羣策羣力｜羣起而攻之。❹量詞。用於成羣的人或物 ◆ 一羣活潑的孩子。

⁷ 羧 [suō ㄙㄨㄛ 粵sɔ¹ 梳]
一種有機酸。

⁹ 羯 [jié ㄐㄧㄝˊ 粵git⁸ 結]
❶閹過的公羊。泛指羊。❷我國古代北部的一個民族，東晉時曾建立後趙。

⁹ 羰 [tāng ㄊㄤ 粵tɔŋ¹ 湯]
即羰基，一種碳、氧兩種原子構成的二價基團（＞C＝0）。

¹⁰ 羱 [yuán ㄩㄢˊ 粵jyn⁴ 元]
一種野羊。

¹⁰ 羲 [xī ㄒㄧ 粵hei⁴ 希]
❶即伏羲，古代傳說中的帝王，與女媧、神農合稱三皇。❷姓。

¹² 羴 古同"羶"，見541頁右欄。

¹³ 羶 [shān ㄕㄢ 粵sin¹ 仙]
羊肉的臊味 ◆ 羶味｜羊肉沒

吃上，倒惹一身羶。

13 **羸** [léi ㄌㄟˊ [粵] lœy4 雷]
瘦弱；疲憊 ◆ 羸弱｜羸師｜羸頓｜羸老。

13 **羹** [gēng ㄍㄥ [粵] gɐŋ1 庚]
用肉、菜等做成的帶濃汁的食物 ◆ 蛇羹｜魚羹｜蛋羹｜蓮子羹。

15 **羼** [chàn ㄔㄢˋ [粵] tsan3 燦/tsan2 產]
攙雜 ◆ 羼雜｜羼入。

羽部

0 **羽** [yǔ ㄩˇ [粵] jy5 雨]
❶鳥類身上的毛 ◆ 羽毛｜羽絨｜宋蘇軾《念奴嬌》詞：“羽扇綸巾，談笑間，強虜灰飛煙滅。”❷鳥類或昆蟲的翅膀 ◆ 振羽｜奮羽。❸指鳥類 ◆ 羽族｜鱗羽。❹古代箭上的羽毛；借指箭 ◆ 飲羽。❺古代五音之一 ◆ 宮商角徵羽。

3 **羿** [yì ㄧˋ [粵] ŋɐi6 毅]
即后羿，古代傳說中夏代有窮國的國君，善於射箭 ◆ 羿射九日。

4 **翅** ([異]翄) [chì ㄔˋ [粵] tsi3 次]
❶鳥類、昆蟲的飛行器官，即翅膀 ◆ 展翅｜插翅難飛。❷鯊魚的鰭，是珍貴食品 ◆ 魚翅。

4 **翃** [hóng ㄏㄨㄥˊ [粵] wɐŋ4 宏]
飛。

4 **翀** [chōng ㄔㄨㄥ [粵] tsuŋ1 充]
鳥直往上飛。

4 **翁** [wēng ㄨㄥ [粵] juŋ1 雍]
❶父親 ◆ 宋陸游《示兒》詩：“王師北定中原日，家祭無忘告乃翁。”❷丈夫的父親；妻子的父親 ◆ 翁姑｜翁婿。❸老年男子；老頭兒 ◆ 老翁｜漁翁｜賣炭翁｜唐柳宗元《江雪》詩：“孤舟蓑笠翁，獨釣寒江雪。”❹姓。

5 **習**（习） [xí ㄒㄧˊ [粵] dzap9 雜]
❶反覆地學 ◆ 習字｜複習｜温習｜練習。❷通過學或實踐獲得知識、技能 ◆ 學習｜補習｜實習。❸經常接觸到的；熟悉的 ◆ 習見｜習以為常｜習非成是｜習慣成自然。❹長時間形成的一種性格、作風或風俗 ◆ 習性｜習俗｜習氣｜積習難改｜陳規陋習｜相沿成習。❺姓。

5 **翎** [líng ㄌㄧㄥˊ [粵] liŋ4 玲]
鳥類翅膀或尾巴上長而硬的羽毛 ◆ 翎毛｜雁翎｜孔雀翎。

5 **翊** [yì ㄧˋ [粵] jik9 亦]
❶輔佐；幫助 ◆ 翊贊｜翊

戴。❷翊翊。(1) 恭敬的樣子。(2) 飛的樣子。

⁵翌 [yì ㄧˋ ⑧jik⁹ 亦]
次於今年、今天的 ◆ 翌日｜翌年。

⁶翕 [xī ㄒㄧ ⑧jep⁷ 泣/hɛp⁷ 恰]
❶閉合；收斂 ◆ 翕張｜翕動。❷一致；協調 ◆ 翕然。

⁶翔 [xiáng ㄒㄧㄤˊ ⑧tsœŋ⁴ 祥]
盤旋地飛 ◆ 飛翔｜翱翔｜滑翔機。

⁷翛 [xiāo ㄒㄧㄠ ⑧siu¹ 消]
翛然，自然而然，無拘無束。

⁸翥 [zhù ㄓㄨˋ ⑧dzy³ 注]
向上飛 ◆ 龍翔鳳翥。

⁸翡 [fěi ㄈㄟˇ ⑧fei² 匪]
翡翠。❶綠色的硬玉。❷一種鳥。也叫"翠鳥"。

⁸翟 〈一〉[dí ㄉㄧˊ ⑧dik⁹ 敵]
❶長尾巴的野雞。❷古代樂舞所拿的野雞毛。
〈二〉[zhái ㄓㄞˊ ⑧dzak⁹ 摘/dik⁹ 敵]
姓。

⁸翠 [cuì ㄘㄨㄟˋ ⑧tsœy³ 脆]
❶青綠色 ◆ 翠竹｜蒼翠｜葱

翠。❷指翡翠 ◆ 珠翠。

⁹翦 [jiǎn ㄐㄧㄢˇ ⑧dzin² 展]
❶姓。❷"剪"的異體字。

⁹翬（翬）[huī ㄏㄨㄟ ⑧fɐi¹ 輝]
❶飛。❷有彩色花紋的野雞。

⁹翫
同"玩〈二〉"，見426頁左欄。

⁹翩 [piān ㄆㄧㄢ ⑧pin¹ 篇]
❶疾飛。❷輕快；敏捷 ◆ 翩若驚鴻。❸翩翩。(1) 形容輕快地飛舞 ◆ 翩翩起舞。(2) 形容風度優美，舉止瀟灑 ◆ 翩翩少年｜風度翩翩。

¹⁰翰 [hàn ㄏㄢˋ ⑧hɔn⁶ 汗]
❶羽毛。❷借指毛筆 ◆ 翰墨｜揮翰疾書。❸借指文辭、書信 ◆ 翰藻｜華翰｜書翰。

¹⁰翮 [hé ㄏㄜˊ ⑧hɐt⁹ 瞎]
❶鳥類硬羽的毛管。❷借指鳥類的翅膀 ◆ 振翮高飛。

¹⁰翱（翱）[áo ㄠˊ ⑧ŋou⁴ 遨]
翱翔，展開翅膀在空中迴旋地飛 ◆ 在空中翱翔。

¹⁰翯 [hè ㄏㄜˋ ⑧hɔk⁹ 學]
翯翯，形容羽毛潔白有光澤。

¹¹ 翳 [yì ㄧˋ ⓐei³/ŋei³ 縊]
❶遮蔽 ◆ 翳日｜陰翳。❷眼球上長的白膜 ◆ 白翳。

¹¹ 翼 [yì ㄧˋ ⓐjik⁸ 亦]
❶鳥類或昆蟲的翅膀 ◆ 比翼雙飛｜薄如蟬翼｜如虎添翼｜唐·白居易《長恨歌》詩："在天願作比翼鳥，在地願為連理枝。"❷像鳥翼樣的東西 ◆ 飛機的兩翼。❸軍隊的左右兩支兵力；作戰的兩側 ◆ 右翼部隊｜兩翼陣地｜左翼直插敵陣。❹政治上的派別。傾向進步的稱"左翼"，傾向保守的稱"右翼"。❺輔助 ◆ 輔翼｜翼戴。❻二十八宿之一。❼翼翼，形容小心謹慎 ◆ 小心翼翼。❽姓。

¹² 翹(翹) ⟨一⟩[qiáo ㄑㄧㄠˊ ⓐkiu⁴ 喬]
❶鳥尾巴上的長毛；鳥尾巴 ◆ 搖翹振羽。❷舉起；抬起 ◆ 翹首｜翹企｜翹足而待。❸平直的木板變彎 ◆ 好好的板子給曬翹了。
⟨二⟩[qiào ㄑㄧㄠˋ ⓐgiu⁶ 撬]
一頭向上仰起 ◆ 翹尾巴｜翹翹板｜翹舌音｜彎木兩頭翹。

¹² 翻 [fān ㄈㄢ ⓐfan¹ 番]
❶翻轉過來，使變動位置 ◆ 翻身｜人仰馬翻｜翻箱倒櫃｜陰溝裏翻船｜翻手為雲覆手雨。❷改變原來的 ◆ 翻案｜翻供｜翻臉不認人。❸越過 ◆ 翻山越嶺。❹把一種語言文字譯成另一種語言文字 ◆ 翻譯｜把英文翻成中文。❺按照原樣重新製作 ◆ 翻印｜翻版｜翻修。❻數量成倍增加 ◆ 翻一倍｜翻番增量。

¹³ 翽 [huì ㄏㄨㄟˋ ⓐwei³ 畏]
翽翽，鳥飛時搧動翅膀的聲音 ◆ 翽翽其羽。

¹³ 翾 [xuān ㄒㄩㄢ ⓐhyn¹ 圈]
低飛。

¹⁴ 耀 [yào ㄧㄠˋ ⓐjiu⁶ 曜]
❶光線照射 ◆ 照耀｜耀眼。❷顯示自己；自誇 ◆ 誇耀｜炫耀｜耀武揚威｜顯耀才華。❸光榮 ◆ 榮耀。❹光大 ◆ 光宗耀祖。

老 部

⁰ 老 [lǎo ㄌㄠˇ ⓐlou⁵ 魯]
❶年紀大的；與"少"、"幼"相對 ◆ 老人｜老當益壯｜扶老攜幼｜老馬識途｜人老珠黃｜老吾老以及人之老，幼吾幼以及人之幼。❷對長輩的尊稱 ◆ 老伯｜老大爺｜老大娘｜老爺爺。❸歷時已久的；與"新"相對 ◆ 老廠｜老主顧｜老牌子｜老朋友。❹陳舊的；過時的 ◆ 老腦筋｜老古董｜老一套｜老式傢具｜老調重彈。❺原來的 ◆ 老家｜老地

方見|穿新鞋，走老路。❻歷事
多；經驗豐富的 ◆ 老練|老到|老
手|老隊員|老成持重|老謀深算。
❼變硬了；不鮮嫩。與"嫩"相對 ◆
老韭菜|豬肝炒老了。❽經常；總
是 ◆ 老愛哭|老跟人開玩笑|老是
我行我素的。❾很；極 ◆ 老早就
來了|老遠就看到他了|老大一把
年紀了。❿前綴。(1) 放在單音姓
氏前，用來稱呼人，表示親切 ◆ 老
李|老王|老張。(2) 放在數字前，
表示兄弟姐妹的排行。放在"大"前
表示排行第一，放在"么"前表示排
行最末 ◆ 老大|老三|老么。(3) 放
在"兒子"、"閨女"等稱呼前，表示
排行最末 ◆ 老兒子|老閨女|老姨
子。(4) 放在指人或動植物的名詞
前，構成一般名詞 ◆ 老鼠|老鷹|
老倭瓜|老百姓|老虎頭上撲蒼蠅。
⓫古代哲學家老子簡稱"老" ◆ 老
莊哲學。⓬姓。

考 [kǎo ㄎㄠˇ 粵hau² 巧]
❶測試；測驗 ◆ 考試|考
卷|考場|考起|出個題目考考他。
❷檢查 ◆ 考察|考核|考績。❸深
入研究 ◆ 考證|考釋|考古|考據|
考量。❹稱已死的父親為"考"，已
死的母親為"妣" ◆ 先考|如喪考
妣。

者 [zhě ㄓㄜˇ 粵dzɛ² 姐]
❶放在名詞、動詞、形容詞
(或詞組)之後，表示從事某種工作

或具有某種特性的人 ◆ 記者|作者
|強者|勝利者|無神論者。❷放在
"前"、"後"或數詞之後，指代人或
事物 ◆ 前者正確，後者錯誤|二
者必居其一。❸放在判斷句的主語
之後，起提頓作用 ◆ 師者，所以
傳道授業解惑也。

耆 [qí ㄑㄧˊ 粵kei⁴ 其]
老；年高 ◆ 耆年|耆老|耆
耊|耆英。

耄 [mào ㄇㄠˋ 粵mou⁶ 冒]
❶年老 ◆ 老耄|耄耊之年。
❷糊塗；昏亂。

耇 (粵耉耇) [gǒu ㄍㄡˇ 粵gɐu² 九]
年老；高壽 ◆ 耇老。

耊 [dié ㄉㄧㄝˊ 粵dit⁹ 秩]
年老；高壽 ◆ 耄耊之年。

而 部

而 [ér ㄦˊ 粵ji⁴ 兒]
❶連詞。(1) 連接意思相近
的成分 ◆ 價廉而物美|天真而又好
奇|高大而結實的身體。(2) 連接
意思相對立的成分 ◆ 不勞而獲|不
言而喻|緊張而有秩序。(3) 表示
修飾與被修飾的關係 ◆ 席地而坐

|挺身而出|侃侃而談。(4)表示由一種狀態過渡到另一種狀態 ◆ 由遠而近|自上而下|一而再，再而三。(5)表示因果關係 ◆ 脣亡而齒寒|因成績優異而獲獎。(6)"為……而……"格式，表示行為的目的 ◆ 為事業的發展而耗盡心血|為求生計而四處奔波。(7)表示假設關係 ◆ 人而無信，不知其可也。❷代詞。你；你的 ◆ 而翁。

³ **耐** [nài ㄋㄞˋ ⑧ nɔi⁶ 奈]
受得住；禁得起 ◆ 耐用|耐煩|耐高溫|吃苦耐勞|耐人尋味。

³ **耍** [shuǎ ㄕㄨㄚˇ ⑧ sa² 灑]
❶玩 ◆ 玩耍|到外邊耍去。❷玩弄 ◆ 耍猴|給人耍了。❸施展；表現 ◆ 耍手腕|耍花招|耍無賴|別耍小孩子脾氣。❹舞動 ◆ 關公面前耍大刀。

耒 部

⁰ **耒** [lěi ㄌㄟˇ ⑧ lœy⁵ 呂/lœy⁶ 淚]

❶古代翻土的農具，形狀像木叉。❷耒耜的木柄。

³ **耔** [zǐ ㄗˇ ⑧ dzi² 子]
培土。

⁴ **耕** [gēng ㄍㄥ ⑧ gaŋ¹ 加坑切]
❶犁地；鬆土播種 ◆ 耕種|耕作|耕耘|春耕|男耕女織。❷比喻從事某種工作、勞動 ◆ 筆耕|舌耕(從事教書工作)。

⁴ **耘** [yún ㄩㄣˊ ⑧ wɐn⁴ 雲]
除草 ◆ 耘田|春耕夏耘，秋收冬藏。

⁴ **耖** [chào ㄔㄠˋ ⑧ tsau³ 初教切]
❶農具名。用來把耙過後的土塊弄碎整平。❷用耖整地 ◆ 耖田。

⁴ **耗** [hào ㄏㄠˋ ⑧ hou³ 好³]
❶漸漸減少 ◆ 消耗|耗費|損耗|耗盡心血。❷拖延時間 ◆ 別耗着，快幹活|一耗就是大半天。❸壞的消息；音信 ◆ 噩耗|聞耗莫不震驚。❹耗子，老鼠 ◆ 狗拿耗子，多管閒事。

⁴ **耙** ⟨一⟩[bà ㄅㄚˋ ⑧ ba⁴ 霸]
❶一種帶齒的碎土農具 ◆ 犁和耙。❷用耙碎土 ◆ 耙了兩遍。
⟨二⟩[pá ㄆㄚˊ ⑧ pa⁴ 爬]
❶一種用來聚攏或散開穀物、柴草

等的農具，在長把的一端裝有平排的尖齒。俗稱"耙子" ◆ 竹耙｜鐵耙。❷用耙子耙物 ◆ 耙柴草。

⁵ 耜 ［sì ㄙˋ ⑧ dzi⁶ 自/tsi² 似］
❶古代的一種農具，形似現代的鍬。❷古代農具的一種配件，類似現代鍬和犁下端用來翻土的鐵片 ◆ 耒耜。

⁵ 枷 ［jiā ㄐㄧㄚ ⑧ ga¹ 加］
俗稱"連枷"，一種手工脫粒農具。

⁶ 耠 ［huō ㄏㄨㄛ ⑧ hɐp⁹ 合］
❶翻鬆土壤的農具。❷用耠子翻土 ◆ 耠地。

⁸ 耥 ［tǎng ㄊㄤˇ ⑧ tɔŋ² 倘］
❶一種農具，用於水稻田中的耕耘。❷用耥平整田地，清除雜草。

⁹ 耦 ［ǒu ㄡˇ ⑧ ŋɐu⁵ 偶］
❶兩人一起耕地 ◆ 耦耕。❷古同"偶"。成雙；配偶。

¹⁰ 耩 ［jiǎng ㄐㄧㄤˇ ⑧ gɔŋ² 講］
用耬播種 ◆ 耩地｜耩豆子｜耩棉花。

¹⁰ 耨 ［nòu ㄋㄡˋ ⑧ nɐu⁶ 扭⁶］
❶除草的農具。❷除草 ◆ 深耕細耨。

¹⁰ 耪 ［pǎng ㄆㄤˇ ⑧ pɔŋ⁵ 蚌］
用鋤除草、鬆土、培土 ◆ 耪地｜耪穀子｜去把地耪一耪。

¹¹ 耬 (耬) ［lóu ㄌㄡˊ ⑧ lɐu⁴ 流］
一種播種農具，即耬車。耬車底部有兩齒鬆土開溝，上有木斗放種子。使用時由牲畜在前牽引，一人扶耬搖動，種子從木斗漸漸落入土溝。

¹² 耮 (耮) ［lào ㄌㄠˋ ⑧ lou⁶ 路］
❶一種用荊條等編成的農具，用於平整土地。❷用耮平整土地 ◆ 耮地。

¹⁵ 耰 ［yōu ㄧㄡ ⑧ jɐu¹ 休］
❶古代的一種農具，用來碎土或平地。❷播種後用耰翻土、蓋土，保護種子。

¹⁵ 耱 (耱) 同"耙〈一〉"，見546頁右欄。

¹⁶ 耲 ［huái ㄏㄨㄞˊ ⑧ wai⁴ 懷］
耲耙，東北地區一種翻土的農具。

¹⁶ **䅸** 【mò ㄇㄛˋ ⑧mɔ⁶ 磨⁶】
即䅸。

耳 部

⁰ **耳** 【ěr ㄦˇ ⑧ji⁵ 以】
❶動物的聽覺器官，即耳朵
◆ 耳鳴|耳旁風|言猶在耳|耳聞目
睹|良藥苦口利於病，忠言逆耳利
於行。❷形狀像耳朵的東西 ◆ 木
耳|銀耳。❸在物體兩旁的：(1)為
方便拿而附着在物體兩旁的東西 ◆
鼎耳。(2)位置在兩旁的 ◆ 耳房。
❹語氣助詞，用在句末。相當於"罷
了"、"而已" ◆ 技止此耳。

² **耵** 【dīng ㄉㄧㄥ ⑧diŋ² 鼎】
耵聹，耳垢。

³ **耷** 【dā ㄉㄚ ⑧dap⁸ 答】
大耳朵。

³ **耶** 〈一〉【yé ㄧㄝˊ ⑧jɛ⁴ 爺】
❶語末助詞，表示疑問。相
當於"呢"、"嗎" ◆ 是耶？非耶？
|天災耶？人禍耶？❷古同"爺"，
見412頁右欄。
〈二〉【yē ㄧㄝ ⑧同〈一〉】
用於譯音，如耶穌，耶路撒冷。

⁴ **耿** 【gěng ㄍㄥˇ ⑧geŋ² 梗】
❶光明。❷正直；剛直 ◆

耿直|耿介。❸耿耿。(1)形容心中
不安 ◆ 耿耿不寐。(2)形容記掛不
忘 ◆ 忠心耿耿|耿耿於懷。(3)形
容明亮 ◆ 銀河耿耿。❹姓。

⁴ **耽** 【dān ㄉㄢ ⑧dam¹ 擔】
❶遲延；延誤 ◆ 耽擱|耽
誤。❷過度喜好，近乎入迷；沈溺
◆ 耽溺|耽於聲色。

⁵ **耼** 【dān ㄉㄢ ⑧dam¹ 耽】
❶耳朵長大。古以為象徵長
壽。❷老耼，即老子，古代哲學家。

⁵ **聆** 【líng ㄌㄧㄥˊ ⑧liŋ⁴ 零】
聽 ◆ 聆聽|聆教。

⁵ **聊** 【liáo ㄌㄧㄠˊ ⑧liu⁴ 撩】
❶依賴；寄託 ◆ 百無聊賴
|民不聊生。❷姑且 ◆ 聊備一格|
聊以自慰|聊復爾耳。❸略微 ◆
聊勝於無|聊表寸心。❹閒談 ◆
聊天|閒聊。❺姓。

⁶ **聒** 【guō ㄍㄨㄛ ⑧kut⁸ 括】
聲音嘈雜，令人厭煩 ◆ 聒
噪|絮聒。

⁷ **聘** 【pìn ㄆㄧㄣˋ ⑧piŋ³ 娉】
❶請人擔任職務 ◆ 聘請|聘
任|聘用|聘書|招聘。❷訂婚；定
親 ◆ 聘禮|聘金。❸女兒出嫁 ◆
出聘。❹古代兩國間為了修好而互
派使者出訪、問候 ◆ 聘問|來聘。

7 聖 (圣) [shèng ㄕㄥˋ 粵 sin³ 姓]

❶具有最高智慧和道德修養的 ◆ 聖人｜聖賢｜聖哲｜先聖。❷最崇高的、莊嚴的 ◆ 聖地｜神聖。❸造詣極高的 ◆ 詩聖｜書聖｜聖手。❹封建時代稱皇帝為聖 ◆ 聖上｜聖旨｜聖駕。❺宗教上與教主有關的事物 ◆ 聖誕｜聖經｜聖母｜朝聖。

8 職

同"馘〈一〉"，見802頁左欄。

8 聞 (闻) [wén ㄨㄣˊ 粵 men⁴ 文/men⁶ 問]

❶聽；聽到 ◆ 聞所未聞｜聞雞起舞｜耳聞目睹｜百聞不如一見｜一葉障目，不見泰山；兩豆塞耳，不聞雷鳴｜唐劉長卿《逢雪宿芙蓉山主人》詩："柴門聞犬吠，風雪夜歸人。"❷消息；聽到的事情 ◆ 新聞｜奇聞｜見聞｜傳聞未必可靠。❸名聲 ◆ 聲聞｜醜聞｜穢聞昭著。❹用鼻子嗅 ◆ 聞聞香不香｜如入蘭芷之室，久而不聞其香。❺姓。

8 聚 [jù ㄐㄩˋ 粵 dzœy⁶ 序]

❶人或事物集合在一起 ◆ 聚集｜聚會｜歡聚一堂｜聚精會神｜聚沙成塔。❷村落；人們聚居的地方 ◆ 聚落。

11 聱 [áo ㄠˊ 粵 ŋou⁴ 遨]

❶不聽取別人的意見。❷文詞艱澀難讀 ◆ 佶屈聱牙。

11 聲 (声) [shēng ㄕㄥ 粵 sɛŋ¹ 腥]

❶由物體振動而產生的音響 ◆ 聲音｜聲控｜雷聲｜立體聲｜聲淚俱下｜風聲鶴唳｜此時無聲勝有聲。❷特指樂音、樂歌 ◆ 和聲｜美聲｜聲樂｜聲色犬馬。❸發出聲音；宣佈；表達 ◆ 聲明｜聲言｜不聲不響｜聲東擊西。❹名譽 ◆ 名聲｜聲望｜聲譽｜聲名狼藉。❺漢語字音開頭的輔音叫"聲母"。❻漢語字音的高低升降叫"聲調" ◆ 上聲｜去聲。❼量詞。表示聲音發出的次數 ◆ 大喝一聲｜一聲汽笛劃破長空。

11 聰 (聪) [cōng ㄘㄨㄥ 粵 tsuŋ¹ 充]

❶聽覺靈敏 ◆ 耳聰目明。❷聽覺；聽力 ◆ 失聰｜耳欠聰。❸悟性高；智力強 ◆ 聰穎｜聰慧｜聰明反被聰明誤。

11 聳 (耸) [sǒng ㄙㄨㄥˇ 粵 suŋ² 慫]

❶高起；高高地直立 ◆ 高聳｜聳了聳肩膀｜巍然聳立在浦江之濱。❷使人吃驚 ◆ 危言聳聽｜聳人聽聞。

11 聯 (联) [lián ㄌㄧㄢˊ 粵 lyn⁴ 巒]

❶連接；結合 ◆ 聯繫｜蟬聯｜聯名｜聯合｜聯邦｜珠聯璧合。❷對聯 ◆

春聯｜楹聯｜上聯｜下聯。

¹²聶（聂） [niè ㄋㄧㄝˋ 粵 nip⁹ 捏]
姓。

¹²聵（聩） [kuì ㄎㄨㄟˋ 粵 wui² 匯/ŋɐi⁶ 外]
❶耳聾 ◆ 聾聵｜振聾發聵。❷不明事理；糊塗 ◆ 昏聵。

¹²職（职） [zhí ㄓˊ 粵 dzik⁷ 即]
❶所擔任的工作；應當做的事情 ◆ 職務｜職權｜職守｜教師以育人為天職。❷擔任職務的地位 ◆ 職位｜副職｜辭職｜撤職｜就職演說。❸作為主要生活來源的工作 ◆ 職業｜求職｜謀職。❹舊時公文用語，下屬對上司的自稱 ◆ 卑職｜職奉命查辦。❺掌管 ◆ 職掌。

¹⁴聹（聍） [níng ㄋㄧㄥˊ 粵 niŋ⁴ 寧]
耵聹。見"耵"，548頁左欄。

¹⁶聽（听） 〈一〉[tīng ㄊㄧㄥ 粵 tiŋ³ 庭/tɛŋ¹ 廳]
❶用耳朵感受聲音 ◆ 聽見｜聽力｜聽不清｜洗耳恭聽｜聽其言而觀其行。❷服從；接受 ◆ 聽從｜言聽計從｜惟命是聽｜他就是不聽人勸。❸某些金屬製的罐、筒 ◆ 一聽煙｜兩聽餅乾。
〈二〉[tīng ㄊㄧㄥ 粵 tiŋ³ 庭]

❶任憑；順着 ◆ 聽任｜聽憑｜聽其自然｜聽天由命。❷處理；裁斷 ◆ 聽政｜聽訟｜聽審。

¹⁶聾（聋） [lóng ㄌㄨㄥˊ 粵 luŋ⁴ 龍]
耳朵聽不見或聽不清 ◆ 聾子｜耳聾｜聾啞學校｜裝聾作啞｜耳不聾眼不花｜不痴不聾，不成姑公。

聿 部

⁰聿 [yù ㄩˋ 粵 jyt⁹ 月]
文言文中用在句首或句中的語氣詞，無實在意思。

⁷肆 〈一〉[sì ㄙˋ 粵 si³ 試]
❶放縱；不顧一切，由着性子做 ◆ 放肆｜肆無忌憚｜肆行無忌｜肆意妄為。❷集市 ◆ 市肆。❸店鋪 ◆ 店肆｜茶樓酒肆｜如入鮑魚之肆，久而不聞其臭。❹陳列；擺出來 ◆ 肆筵設席。
〈二〉[sì ㄙˋ 粵 sei³ 四]
數詞"四"的大寫。

⁷肄 [yì ㄧˋ 粵 ji⁶ 義]
❶學習 ◆ 肄業。❷勞苦 ◆ 莫知我肄。

⁸肅（肃） [sù ㄙㄨˋ 粵 suk⁷ 叔]
❶恭敬 ◆ 肅立｜肅然

起敬。❷莊嚴；莊重 ◆ 嚴肅｜肅靜｜肅穆。❸清除；消除 ◆ 肅反｜肅清。

8 **肇** ([異]肈) [zhào ㄓㄠˋ [粵] siu6 紹]
❶開始 ◆ 肇始｜肇端。❷引起；發生 ◆ 肇事｜肇禍。❸姓。

肉部

0 **肉** [ròu ㄖㄡˋ [粵] juk9 玉]
❶人或動物皮下包着骨頭的柔韌物質 ◆ 肌肉｜豬肉｜皮開肉綻｜皮笑肉不笑｜手心手背都是肉｜唐杜甫《自京赴奉先縣崔懷五百字》詩：“朱門酒肉臭，路有凍死骨。”❷某些瓜果去掉皮、核後可吃的部分 ◆ 果肉｜桂圓肉｜核桃肉。

1 **肊** 同“臆”，見564頁左欄。

2 **肌** [jī ㄐㄧ [粵] gei1 基]
皮肉的統稱。古代也稱皮膚為肌 ◆ 肌膚｜肌理｜冰肌玉骨。

2 **肎** [kěn ㄎㄣˇ [粵] hɐŋ2 享2]
“肯”的古字。

2 **肋** 〈一〉[lèi ㄌㄟˋ [粵] lɐk9 勒]
胸部的兩側 ◆ 肋骨｜左肋｜右肋｜兩肋插刀。
〈二〉[lē ㄌㄜ [粵]同〈一〉]
肋脦，衣裳肥大，不整潔 ◆ 瞧你穿得這麼肋脦。

3 **肝** [gān ㄍㄢ [粵] gɔn1 乾]
人或高等動物的內臟之一，即肝臟 ◆ 肝炎｜豬肝｜肝膽相照｜披肝瀝膽。

3 **肚** 〈一〉[dù ㄉㄨˋ [粵] tou5 逃5]
人或動物的腹部。俗稱“肚子” ◆ 肚皮｜肚臍｜一肚子壞水｜宰相肚裏好撐船。
〈二〉[dǔ ㄉㄨˇ [粵]同〈一〉]
供食用的動物的胃 ◆ 肚子｜豬肚｜羊肚湯。

3 **肛** ([異]疘) [gāng ㄍㄤ [粵] gɔŋ1 江]
即肛門，人體直腸末端排糞的出口 ◆ 脫肛。

3 **肘** [zhǒu ㄓㄡˇ [粵] dzɐu2 走/dzau2 爪(語)]
人的上臂與下臂相連接、可以彎曲的部位。俗稱“胳膊肘兒” ◆ 肘腋｜掣肘｜懸肘｜捉襟見肘。

3 **肖** 〈一〉[xiào ㄒㄧㄠˋ [粵] tsiu3 俏]
像；相似 ◆ 肖像｜不肖｜惟妙惟肖。
〈二〉[xiāo ㄒㄧㄠ [粵] siu1 消]
姓。

³ 肞 同"胳〈一〉"，見556頁右欄。

³ 肜 [róng ㄖㄨㄥˊ ⑧ juŋ⁴ 容]
祭祀後第二天再祭 ◆ 肜祭。

³ 肓 [huāng ㄏㄨㄤ ⑧ foŋ¹ 方]
人的心臟與橫膈膜之間的部位 ◆ 病入膏肓。

⁴ 肼 [jǐng ㄐㄧㄥˇ ⑧ dzɛŋ² 井]
一種有機化合物，分子式 H_2NNH_2（英 hydrazine），是聯氨的衍生物，用來製藥和作火箭燃料。也叫"聯氨"。

⁴ 肕 [ruǎn ㄖㄨㄢˇ ⑧ jyn⁵ 軟]
即蛋白質。

⁴ 肺 [fèi ㄈㄟˋ ⑧ fɐi³ 廢]
人或動物的呼吸器官 ◆ 肺病｜肺活量｜狼心狗肺｜肺腑之言。

⁴ 肢 [zhī ㄓ ⑧ dzi¹ 支]
人的手和腳；某些動物的腿 ◆ 四肢｜下肢｜後肢｜截肢｜義肢。

⁴ 肽 [tài ㄊㄞˋ ⑧ tai³ 太]
一種有機化合物（英 peptide），由氨基酸脫水而成，含有羧基和氨基，是一種兩性化合物，也叫"胜"。

⁴ 肶 同"疣"，見445頁左欄。

⁴ 胘 [gōng ㄍㄨㄥ ⑧ gwɐŋ¹ 轟]
胳膊由肘到肩的部分。也泛指手臂 ◆ 曲胘而枕｜三折胘為良醫。

⁴ 胅 [zhūn ㄓㄨㄣ ⑧ dzœn¹ 津]
禽類的胃 ◆ 雞胅｜鴨胅。

⁴ 肯（⑧肎肎肯） [kěn ㄎㄣˇ ⑧ hɐŋ² 享²]
❶附在骨頭上的肉 ◆ 肯綮｜中肯。
❷表示同意、願意 ◆ 首肯｜不肯參加。

⁴ 肭 [nà ㄋㄚˋ ⑧ nœt⁹ 訥]
膃肭。見"膃"，560頁右欄。

⁴ 肸 [xī ㄒㄧ ⑧ het⁷ 乞/hit⁸ 歇]
人名用字。春秋時晉國有羊舌肸。

⁴ 肴（⑧餚） [yáo ㄧㄠˊ ⑧ ŋau⁴ 爻]
魚肉等葷菜 ◆ 菜肴｜美味佳肴。

⁴ 䏌 同"臁"，見561頁右欄。

⁴ 股 [gǔ ㄍㄨˇ ⑧ gu² 古]
❶大腿 ◆ 股胘。❷整體中的一部分。(1) 機關、團體中的某個組織單位 ◆ 財務股｜人事股。(2) 企業中全部資金的若干份額 ◆ 股份｜股東大會｜每股百元｜按股分紅。(3)繩線的一束 ◆ 三股繩。❸古代

算學名稱。在不等腰直角三角形中，直角旁的短邊叫"勾"，長邊叫"股"，斜邊叫"弦"。❹量詞。(1)相當於"條"、"縷"、"支"等 ◆ 一股泉水|一股清香|小股土匪。(2)用於神態、勁頭、力量等 ◆ 大家擰成一股繩。

⁴**肪** [fáng ㄈㄤˊ ⊕ fɔŋ¹ 方]
脂肪，動物體內肥厚的油質。

⁴**育** 〈一〉[yù ㄩˋ ⊕ juk⁹ 玉]
❶生孩子 ◆ 育齡|生育|節育|不育之症。❷撫養 ◆ 哺育|撫育|育嬰堂。❸培植 ◆ 育苗|育秧|培育。❹培養；教導 ◆ 育才|教育|教書育人。
〈二〉[yō ㄧㄛ ⊕ yo¹ 唷]
杭育，象聲詞。重體力勞動時發出的呼喊聲。

⁴**肩** [jiān ㄐㄧㄢ ⊕ gin¹ 堅]
❶兩臂最上端的部位。俗稱"肩膀" ◆ 肩頭|並肩|摩肩接踵|肩不能擔擔，手不能提籃。❷擔負 ◆ 肩負|身肩重任。

⁴**肥** [féi ㄈㄟˊ ⊕ fei⁴ 腓]
❶肌肉豐滿，脂肪多。與"瘦"相對 ◆ 肥豬|肥肉|減肥|膘肥體壯|馬無夜草不肥|桃花流水鱖魚肥。❷地力好，養分充足 ◆ 肥沃。❸給土地增加養分 ◆ 河泥可以肥田。❹能增加養分的物質

◆ 肥料|化肥|綠肥|施肥|肥水不流外人田。❺由不正當的收入而富裕 ◆ 損公肥私。❻衣服等寬大 ◆ 褲腳做得太肥了。❼豐厚；油水多 ◆ 肥缺|肥差。❽姓。

⁵**胠** [qū ㄑㄩ ⊕ kœy¹ 驅]
❶腋下腰上的部位。❷從旁打開 ◆ 胠篋。

⁵**胡** [hú ㄏㄨˊ ⊕ wu⁴ 狐]
❶某些動物頸下的垂肉 ◆ 狼跋其胡。❷古代泛稱我國北方和西方各民族 ◆ 胡人|胡越|胡服騎射|唐岑參《白雪歌送武判官歸京》詩："北風捲地白草折，胡天八月即飛雪。"❸古代指國外傳來的東西 ◆ 胡琴|胡椒|胡桃。❹任意亂來 ◆ 胡扯|胡鬧|胡天胡帝|胡作非為|胡說八道。❺疑問代詞。為什麼；怎麼 ◆ 胡禁不止，曷令不行。❻姓。❼"鬍"的簡化字。

⁵**胚** (®胚) [pēi ㄆㄟ ⊕ pui¹ 培¹]
未脫母體的初期發育的幼體 ◆ 胚胎|胚芽。

⁵**胈** [bá ㄅㄚˊ ⊕ bɐt⁹ 拔]
腿上的細毛。

⁵**胩** [kǎ ㄎㄚˇ ⊕ ka¹ 卡]
有機化合物的一類(英carbylamine)。無色液體，有惡臭。也叫"異腈"。

5 **背** 〈一〉[bèi ㄅㄟˋ [粵] bui3 貝] ❶肩下腰上與胸相對的部位 ◆ 背脊｜駝背｜汗流浹背｜芒刺在背｜面朝黃土背朝天。❷物體的反面或後面 ◆ 背影｜背後｜力透紙背｜手心手背都是肉。❸背對着；不是面向着 ◆ 背光｜背水作戰｜背山面水｜背道而馳。❹離開 ◆ 背離｜背井離鄉。❺違反 ◆ 背德｜背叛｜背約｜背信棄義。

〈二〉[bèi ㄅㄟˋ [粵] bui6 焙]
❶憑記憶讀出 ◆ 背書｜背誦｜死記硬背。❷偏僻 ◆ 這條小路太背。❸不順利；倒霉 ◆ 手氣太背｜太背時了。❹聽覺不靈 ◆ 耳朵有點背。

〈三〉[bēi ㄅㄟ [粵] 同〈一〉]
用背馱 ◆ 背柴草｜背孩子。

5 **胂** 〈一〉[shēn ㄕㄣ [粵] sɐn1 申] 夾脊肉。

〈二〉[shèn ㄕㄣˋ [粵] sɐn6 慎]
有機化合物的一類(英arsine)。是砷化氫分子中的氫被烴基替換後生成的化合物。胂類化合物大多有劇毒。

5 **胛** [jiǎ ㄐㄧㄚˇ [粵] gap8 甲] 即肩胛，指肩背間，肩膀的後部。

5 **胄** [zhòu ㄓㄡˋ [粵] dzɐu6 就] 古代稱帝王或貴族的子孫 ◆ 胄裔｜天潢貴胄｜帝胄。

5 **胃** [wèi ㄨㄟˋ [粵] wɐi6 惠] ❶五臟之一，人或動物的消化器官 ◆ 胃液｜胃潰瘍。❷二十八星宿之一。

5 **胜** 〈一〉[shēng ㄕㄥ [粵] siŋ1 升] 一種有機化合物，即肽。
〈二〉“勝”的簡化字。

5 **胙** [zuò ㄗㄨㄛˋ [粵] dzou6 做] ❶古代祭祀用的肉。❷賞賜 ◆ 胙土。

5 **胍** [guā ㄍㄨㄚ [粵] gwa1 瓜] 有機化合物的一類，分子式 CH_5N_3 (英guanidine)。無色結晶體，易潮解。是製藥工業的重要原料。

5 **胗** [zhēn ㄓㄣ [粵] dzɐn1 珍] 同“肫”。禽類的胃 ◆ 雞胗｜鴨胗。

5 **胝** [zhī ㄓ [粵] dzi1 支] 胼胝。見“胼”，556頁右欄。

5 **朐** [qú ㄑㄩˊ [粵] kœy4 渠] ❶屈曲的肉脯。❷臨朐，地名，在山東省。

5 **胞** [bāo ㄅㄠ [粵] bau1 包] ❶裹在胎兒外面的膜，俗稱“胞衣”、“胎衣”。❷同一父母所生的；嫡親的 ◆ 胞妹｜同胞兄弟。

⁵ **胤** [yìn ㄧㄣˋ 粵 jɐn⁶ 刃]
後代 ◆ 胤嗣｜胤子。

⁵ **胖** 〈一〉[pàng ㄆㄤˋ 粵 bun⁶ 叛]
人體脂肪多；與"瘦"相對 ◆
肥胖｜發胖｜打腫臉充胖子。
〈二〉[pán ㄆㄢˊ 粵 pun⁴ 盤]
安泰舒適 ◆ 心廣體胖。

⁵ **胥** [xū ㄒㄩ 粵 sœy¹ 雖]
❶小官吏 ◆ 胥吏｜里胥。
❷都；全 ◆ 民胥仿效。❸姓。

⁵ **胬** [nǔ ㄋㄨˇ 粵 nou⁵ 努]
胬肉，中醫指眼球結膜增生
而突起的肉狀物。

⁵ **胎** [tāi ㄊㄞ 粵 tɔi¹ 台]
❶人或動物在母體內的幼體
◆ 懷胎｜胎兒｜胎盤。❷懷孕或生
育的次數 ◆ 頭胎｜三胎生了四個孩
子。❸器物的粗坯或填在內部的東
西 ◆ 泥胎｜棉花胎。❹事物的基
始、根源 ◆ 禍胎。❺用橡膠製成
的輪帶 ◆ 輪胎｜內胎。

⁶ **胾** [zì ㄗˋ 粵 dzi³ 志]
大塊的肉。

⁶ **胹** [ér ㄦˊ 粵 ji⁴ 而]
煮。

⁶ **胯** [kuà ㄎㄨㄚˋ 粵 kwa³ 誇³/
kwa¹ 夸/fu³ 富]
大腿跟部和大腿之間 ◆ 胯骨｜胯下
之辱。

⁶ **胰** [yí ㄧˊ 粵 ji⁴ 兒]
即胰臟，也叫"胰腺"，是人
或動物體內的內分泌腺。能分泌胰
島素，調節體內糖的新陳代謝。形
狀像牛舌，在胃的下面。

⁶ **胔** [zì ㄗˋ 粵 dzi³ 字]
腐爛的肉。

⁶ **胱** [guāng ㄍㄨㄤ 粵 gwɔŋ¹ 光]
膀胱。見"膀〈一〉"，561頁右
欄。

⁶ **胴** [dòng ㄉㄨㄥˋ 粵 duŋ⁶ 洞]
❶軀幹 ◆ 胴體。❷大腸 ◆
豬胴。

⁶ **胭** (粵膹) [yān ㄧㄢ 粵 jin¹ 煙]
胭脂，一種紅色的化
妝品。

⁶ **脈** (粵脉) 〈一〉[mài ㄇㄞˋ 粵
mɛk⁹ 默]
❶血管 ◆ 脈管｜動脈｜靜脈。❷ "脈
搏"的簡稱。脈搏指因心臟收縮而引
起動脈的跳動，中醫可據此診斷疾
病 ◆ 按脈｜切脈。❸像血管一樣連
貫而成系統的東西 ◆ 山脈｜支脈｜餘
脈｜一脈相承。❹脈狀的紋理 ◆ 葉
脈｜翅脈。❺指事物像血管連貫有條
理 ◆ 脈衝｜掌握經濟活動的命脈。

〈二〉[mò ㄇㄛˋ 粵同〈一〉]

脈脈，形容含情凝視、默默無語的樣子 ◆ 脈脈含情｜脈脈地望着遠去的親人。

⁶脎 [sà ㄙㄚˋ 粵 sat⁸ 殺]

有機化合物的一類 (英 osazone)，由同一個分子內的兩個羰基和兩個分子苯肼縮合而成。

⁶脆(粵脆) [cuì ㄘㄨㄟˋ 粵 tsœy³ 翠]

❶東西容易折斷容易破碎；與“韌”相對 ◆ 這玻璃杯又薄又脆。❷食品酥鬆易嚼碎 ◆ 餅乾很鬆脆｜涼拌黃瓜又嫩又脆。❸聲音清越 ◆ 嗓音清脆動人。❹說話、做事情爽快 ◆ 辦事乾脆利索｜說話乾脆，做事麻利。

⁶脂 [zhī ㄓ 粵 dzi¹ 支]

❶動物體內的油質。也指植物所含的油質 ◆ 脂肪｜油脂｜羊脂｜松脂。❷指胭脂 ◆ 脂粉｜塗脂抹粉。❸姓。

⁶胸(粵胷) [xiōng ㄒㄩㄥ 粵 hun¹ 空]

❶身軀前面脖子以下腹部以上的部分 ◆ 挺胸｜胸膛｜捶胸頓足｜拍拍胸脯說。❷指人的思想、氣量、見識等 ◆ 胸襟｜心胸開闊｜直抒胸臆｜胸有成竹｜胸中無數｜胸中自有雄兵百萬。

⁶膞 同“膀〈三〉”，見561頁右欄。

⁶胳 〈一〉[gē ㄍㄜ 粵 gak⁸ 格]

胳膊，手臂。

〈二〉[gā ㄍㄚ 粵同〈一〉]

腋下 ◆ 胳肢窩。

〈三〉[gé ㄍㄜˊ 粵同〈一〉]

胳肢，方言。在別人身上抓撓，使發癢。

⁶胼 [pián ㄆㄧㄢˊ 粵 pin⁴ 騙⁴]

胼胝，掌心腳底因長期勞作受摩擦而生的老繭 ◆ 手足胼胝。

⁶脊 [jǐ ㄐㄧˇ 粵 dzik⁸ 即⁸/dzɛk⁸ 隻(語)]

❶人或動物背部中間的骨柱 ◆ 脊髓｜脊柱｜脊梁｜脊椎骨。❷大的物體中央高起如脊柱的部分 ◆ 山脊｜屋脊。

⁶胲 [hǎi ㄏㄞˇ 粵 hɔi² 海]

有機化合物的一類 (英 hydroxylamine)。是羥胺的烴基衍生物的統稱。

⁶脒 [mǐ ㄇㄧˇ 粵 mɐi⁵ 米]

有機化合物的一類 (英 amidine)。是含有 CNHNH₂ 原子團的化合物，例如磺胺脒。

⁶胺 [àn ㄢˋ 粵 ɔn¹/ŋɔn¹ 安]

有機化合物的一類 (英 ami-

ne)。指氨的氫原子被烴基代替所成
的化合物。

⁶脅 (胁®胁) [xié ㄒㄧㄝˊ ®hip⁸ 怯]
❶人體兩側從腋下至腰上的部位 ◆
兩脅。❷用威力逼迫 ◆ 威脅｜脅從。

⁶能 [néng ㄋㄥˊ ®nɐŋ⁴ 尼恆切]
❶才幹；本事 ◆ 能力｜才能
｜技能｜無能之輩。❷有才幹、有本
事的 ◆ 能手｜能者多勞｜能工巧匠。
❸物理學中稱物質作功的能力 ◆
能源｜電能｜熱能｜能量轉換。❹表
示有能力、有可能 ◆ 全能｜能歌善
舞｜能說會道｜能用英語交談｜大晴
天能下雨嗎？❺表示許可 ◆ 公共
場合不能抽煙。❻表示應該 ◆ 你
不能丟下小孩不管。

⁷脖 (®頸) [bó ㄅㄛˊ ®but⁹ 勃]
❶頭和身體相連的部
分，即頸項。俗稱"脖子" ◆ 臉紅
脖子粗。❷像脖子的 ◆ 腳脖子。

⁷脯 ⟨一⟩[fǔ ㄈㄨˇ ®pou² 普/fu²
苦]
❶乾肉 ◆ 豬肉脯。❷蜜餞果乾 ◆
杏脯｜桃脯｜果脯。
⟨二⟩[pú ㄆㄨˊ ®pou⁴ 葡]
胸部 ◆ 胸脯｜雞脯肉。

⁷脰 [dòu ㄉㄡˋ ®dɐu⁶ 豆]
脖子。

⁷腻 [de·ㄉㄜ ®tik⁷ 惕]
肋腻。見"肋⟨二⟩"，551頁右
欄。

⁷脛 (胫) [jìng ㄐㄧㄥˋ ®giŋ³
敬]
小腿，自膝蓋到腳的部分 ◆ 不脛
而走。

⁷脡 [tǐng ㄊㄧㄥˇ ®tiŋ⁵ 挺⁵]
直。

⁷脢 [méi ㄇㄟˊ ®mui⁴ 梅/mui⁶
妹]
背脊肉。

⁷脞 [cuǒ ㄘㄨㄛˇ ®tsɔ² 楚]
瑣細；瑣碎 ◆ 叢脞。

⁷脬 [pāo ㄆㄠ ®pau¹ 拋]
❶膀胱 ◆ 尿脬。❷量詞，
用於屎和尿 ◆ 一脬尿。

⁷脝 [hēng ㄏㄥ ®hɐŋ¹ 亨]
膨脝，肚子脹的樣子。

⁷脫 ⟨一⟩[tuō ㄊㄨㄛ ®tyt⁸ 他
括切]
❶附着的東西掉下，或除去附着的
東西 ◆ 脫皮｜脫髮｜脫毛｜脫衣服｜
脫帽致敬｜油漆已全部脫落。❷離
開 ◆ 脫離｜脫險｜脫軌｜逃脫｜脫韁
之馬。❸遺漏 ◆ 脫字｜脫誤｜脫漏。
❹吐出；冒出 ◆ 脫口而出｜脫穎而

出。

〈二〉[tuì ㄊㄨㄟˋ ⑧ tœy³ 蛻]

❶脫脫，舒緩的樣子。❷同"蛻"，見621頁左欄。

⁷**脘** [wǎn ㄨㄢˇ ⑧ gun² 管]

胃的內腔 ◆ 胃脘。

⁷**脲** [niào ㄋㄧㄠˋ ⑧ niu⁶ 尿]

尿素，有機化合物的一類，分子式$CO(NH_2)_2$。可用作肥料、製造塑料、藥劑等。

⁷**朘** 〈一〉[juān ㄐㄩㄢ ⑧ dzyn¹ 專]

❶剝削。❷減少。

〈二〉[zuī ㄗㄨㄟ ⑧ dzœy¹ 追]

男孩的生殖器。

⁸**腈** [jīng ㄐㄧㄥ ⑧ dziŋ¹ 晶]

有機化合物的一類。是烴基和氰基的碳原子連接而成的 ◆ 滌腈。

⁸**脹**(胀) [zhàng ㄓㄤˋ ⑧ dzœŋ³ 帳]

❶皮肉浮腫 ◆ 腫脹。❷身體內壁因受到壓迫而產生的不舒暢感覺 ◆ 肚子發脹|頭昏腦脹。❸物體的長度或體積增大 ◆ 膨脹|熱脹冷縮。

⁸**腊** 〈一〉[xī ㄒㄧ ⑧ sik⁷ 色]

乾肉。

〈二〉"臘"的簡化字。

⁸**腖**(胨) [dòng ㄉㄨㄥˋ ⑧ duŋ³ 凍]

有機化合物蛋白腖的簡稱。醫學上用作細菌的培養基。

⁸**腎**(肾) [shèn ㄕㄣˋ ⑧ sɐn⁶ 慎]

內臟之一，俗稱"腰子" ◆ 腎炎|腎功能衰竭。

⁸**腌** 〈一〉[ā ㄚ ⑧ jim¹ 淹/jip⁸ 摞]

腌臢，不乾淨。

〈二〉"醃"的異體字。

⁸**腆** [tiǎn ㄊㄧㄢˇ ⑧ tin² 天²]

❶腼腆。見"腼"，560頁左欄。❷挺起；凸出 ◆ 腆胸|腆起肚子。❸豐厚。

⁸**腓** [féi ㄈㄟˊ ⑧ fei⁴ 肥]

❶腿肚子。❷病；枯萎 ◆ 百卉俱腓。

⁸**腴** [yú ㄩˊ ⑧ jy⁴ 如]

❶人或其他動物腹下的肥肉 ◆ 垂腴尺餘。❷肥胖；肌肉豐滿 ◆ 豐腴。❸土地肥沃 ◆ 膏腴之地。❹富有；豐裕 ◆ 處腴能約。

⁸**脾** [pí ㄆㄧˊ ⑧ pei⁴ 皮]

人或高等動物內臟之一，即脾臟，在胃的左側，長條形，有調節新陳代謝的作用 ◆ 脾虛|脾寒|脾胃。

⁸**腋** [yè ㄧㄝˋ 粵jik⁸ 亦]
❶人的肩臂連接處下面的窩狀部位，俗稱"胳肢窩" ◆ 腋毛。❷也指禽獸翅、腿與腹部連接處 ◆ 集腋成裘。

⁸**腑** [fǔ ㄈㄨˇ 粵fu² 苦]
中醫稱人體內部器官，以心、肝、脾、肺、腎為"臟"，以胃、膽、三焦、大腸、小腸、膀胱為"腑" ◆ 五臟六腑｜肺腑之言。

⁸**腐** [fǔ ㄈㄨˇ 粵fu⁶ 附]
❶朽爛變壞；發臭 ◆ 腐爛｜腐朽｜風雨腐蝕｜流水不腐，戶樞不蠹。❷思想陳舊或行為墮落 ◆ 陳腐｜迂腐｜腐化｜腐敗。❸舊時把割去生殖器的酷刑叫"宮刑"，也叫"腐刑"。❹某些豆製品 ◆ 腐乳｜腐竹｜豆腐。

⁸**脺**
同"膵"，見563頁左欄。

⁸**腙** [zōng ㄗㄨㄥ 粵dzuŋ¹ 忠]
有機化合物的一類（英hyd-razone）。由羰基與肼縮合而成。

⁸**腚** [dìng ㄉㄧㄥˋ 粵diŋ⁶ 定]
臀部 ◆ 光腚。

⁸**腔** [qiāng ㄑㄧㄤ 粵hɔŋ¹ 康]
❶人或動物口、鼻、胸、腹等的空間部分 ◆ 口腔｜鼻腔｜胸腔｜腹腔｜滿腔熱血。❷樂曲的調子 ◆ 唱腔｜崑腔｜字正腔圓｜花腔女高音。❸說話的語音、語調 ◆ 京腔｜打官腔｜南腔北調｜裝腔作勢。❹量詞。用於已宰殺的羊 ◆ 一腔肥羊。

⁸**腕** [wàn ㄨㄢˋ 粵wun² 碗]
胳膊與手掌相連接的可活動的部位 ◆ 手腕｜懸腕｜腕力｜扼腕而泣。

⁸**脊** [qǐ ㄑㄧˇ 粵kei² 啟]
小腿後面的肌肉，即小腿肚。

⁸**腒** [jū ㄐㄩ 粵kœy⁴ 渠]
乾醃的鳥類肉。

⁹**腠** [còu ㄘㄡˋ 粵tsɐu³ 臭]
皮膚的紋理 ◆ 腠理。

⁹**腩** [nǎn ㄋㄢˇ 粵nam⁵ 南⁵]
牛肚上和近肋骨處的鬆軟肌肉 ◆ 牛腩。

⁹**膈** [bì ㄅㄧˋ 粵bik⁷ 逼]
膈臆，同"愊臆"。煩悶。

⁹**腰** [yāo ㄧㄠ 粵jiu¹ 邀]
❶人體中間胯骨以上、肋骨以下的部位 ◆ 腰桿｜腰圍｜彎腰｜伸懶腰｜腰纏萬貫｜不為五斗米折腰。❷褲、裙等圍在腰上的部分 ◆

褲腰。❸俗稱腎為腰或腰子 ◆ 腰子病|炒腰花。❹事物的中間部位 ◆ 半山腰。

⁹**腼** [miǎn ㄇㄧㄢˇ ⑧ min⁵ 免]
腼腆，形容害羞、不自然的樣子。

⁹**腸**(肠⑧膓) [cháng ㄔㄤˊ ⑧ tsœŋ⁴ 祥]
人或動物的消化器官之一，分大腸和小腸 ◆ 腸子|腸道病|腸粘連|柔腸百結|肝腸寸斷|羊腸小道|牽腸掛肚。

⁹**腥** [xīng ㄒㄧㄥ ⑧ siŋ¹ 升/sɛŋ¹ 聲(語)]
❶古代指生肉。後泛指肉類、魚類食物 ◆ 葷腥|哪個貓兒不吃腥。❷魚、蝦、肉、血等的難聞的氣味 ◆ 腥氣|腥味兒|血雨腥風。

⁹**腮**(⑧顋) [sāi ㄙㄞ ⑧ sœi¹ 鰓]
面頰的下部 ◆ 腮頰|腮幫子|腮腺炎。

⁹**膈** (膈) [luó ㄌㄨㄛˊ ⑧ lɔ⁴ 羅/gwa¹ 瓜]
手指紋 ◆ 膈紋。

⁹**腭**(⑧齶) [è ㄜˋ ⑧ ŋɔk⁹ 岳] 分隔口腔與鼻腔的組織，分為兩部，前面叫"硬腭"，後面叫"軟腭"。

⁹**膃** [wà ㄨㄚˋ ⑧ wɐt⁷ 屈]
膃肭。❶肥胖。❷海狗。

⁹**腫**(肿) [zhǒng ㄓㄨㄥˇ ⑧ dzuŋ² 總]
皮膚、肌肉等浮脹 ◆ 腫脹|紅腫|浮腫|打腫臉充胖子。

⁹**腹** [fù ㄈㄨˋ ⑧ fuk⁷ 福]
❶肚子 ◆ 腹部|捧腹大笑|腹中空空|指腹為婚|食不果腹|推心置腹。❷喻指中心部位；在內的 ◆ 腹地|心腹之患。❸喻指內心 ◆ 以小人之心度君子之腹。

⁹**腺** [xiàn ㄒㄧㄢˋ ⑧ sin³ 線]
生物體內分泌液汁的細胞組織 ◆ 汗腺|乳腺|胰腺炎。

⁹**腯** [tú ㄊㄨˊ ⑧ dɐt⁹ 突]
肥壯。

⁹**腧** [shù ㄕㄨˋ ⑧ sy³ 恕]
腧穴，中醫指人體的穴位。又四肢遠端有五腧穴。

⁹**腳**(⑧脚) ⟨一⟩[jiǎo ㄐㄧㄠˇ ⑧ gœk⁸ 居勺切]
❶人或動物腿的最下端部分 ◆ 腳印|腳背|腳後跟|腳踏兩隻船。❷物體的最下端，根基部分 ◆ 山腳|牆腳|高腳杯。❸舊時指供人僱用的搬運工人 ◆ 腳夫|腳力|挑腳。

〈二〉[jué ㄐㄩㄝˊ [粵] 同〈一〉]
同"角"。戲劇的各色演員 ◆ 腳色|旦腳|主腳。

9 **膣** [zhì ㄓˋ [粵] dzɐt9 窒]
陰道，女性生殖器的一部分。

9 **腱** [jiàn ㄐㄧㄢˋ [粵] gin1 肩/gin6 件]
連接肌肉和骨骼的韌性組織。

9 **腦**(脑) [nǎo ㄋㄠˇ [粵] nou5 努]
❶人或高等動物中樞神經系統的主要部分，主管思維、記憶、行動的重要器官 ◆ 腦子|腦力|動腦筋。❷指頭 ◆ 腦袋|腦滿腸肥|探頭探腦|搖頭晃腦。❸稱形狀或顏色像腦子的東西 ◆ 樟腦|豆腐腦兒。

10 **膆**
同"嗉"，見104頁左欄。

10 **膊** [bó ㄅㄛˊ [粵] bɔk8 博]
❶上臂 ◆ 胳膊。❷泛指上身 ◆ 赤膊。

10 **膈** [gé ㄍㄜˊ [粵] gak8 隔]
膈膜，即胸腔和腹腔之間的膜。也叫"橫膈膜"。

10 **膇** [zhuì ㄓㄨㄟˋ [粵] dzœy6 序]
腳腫。

10 **膍** [pí ㄆㄧˊ [粵] pei4 皮]
牛百葉，即牛胃。

10 **膏** 〈一〉[gāo ㄍㄠ [粵] gou1 高]
❶油脂 ◆ 膏火|春雨如膏|民脂民膏|焚膏繼晷|豈無膏沐，誰適為容？❷肥肉 ◆ 膏粱。❸肥沃 ◆ 膏腴之地。❹煎煉、加工而成的半固體物質 ◆ 藥膏|梨膏|唇膏|雪花膏|牙膏。

〈二〉[gào ㄍㄠˋ [粵] gou3 告]
❶滋潤 ◆ 膏澤。❷用油脂塗抹使潤滑 ◆ 膏車|在車軸上膏油。❸把毛筆蘸上墨，在硯台邊搽勻 ◆ 膏筆|膏墨。

10 **膀** 〈一〉[páng ㄆㄤˊ [粵] pɔŋ4 旁]
膀胱，貯尿的器官。俗稱"尿泡"。

〈二〉[bǎng ㄅㄤˇ [粵] bɔŋ2 綁]
❶胳膊上部靠肩的部分 ◆ 肩膀|膀闊腰圓。❷鳥的兩翼 ◆ 翅膀。

〈三〉[pāng ㄆㄤ [粵] 同〈一〉]
浮腫 ◆ 他有腎炎，臉都膀了。

〈四〉[bàng ㄅㄤˋ [粵] 同〈二〉]
方言。調情 ◆ 吊膀子。

10 **膂** [lǚ ㄌㄩˇ [粵] lœy5 旅]
脊骨 ◆ 膂力過人。

10 **膁** [qiǎn ㄑㄧㄢˇ [粵] him2 險]
身體兩旁肋骨和胯骨之間的部分（多指獸類）◆ 狐膁（指狐狸胸腹部和腋下的毛皮）。

¹⁰ 膲 同"膲"，見564頁右欄。

¹⁰ 腿 [tuǐ ㄊㄨㄟˇ ⑧ tœy² 推²]
❶人的下肢（大腿、小腿），動物的四肢（前腿、後腿）◆ 腿腳｜拔腿就跑｜胳膊扭不過大腿。❷桌椅等器物下面的支柱 ◆ 桌子腿兒。❸特指醃製過的豬腿 ◆ 火腿。

¹¹ 膜 〈一〉[mó ㄇㄛˊ ⑧ mɔk⁹ 莫]
❶動物體內像薄皮一樣的組織 ◆ 耳膜｜肋膜｜視網膜｜腦膜炎。❷像膜一樣的東西 ◆ 笛膜｜地膜｜塑料薄膜。
〈二〉[mó ㄇㄛˊ ⑧ mou⁴ 無]
膜拜，跪在地上舉兩手虔誠地行禮。

¹¹ 膝 [xī ㄒㄧ ⑧ sɐt⁷ 失]
大腿與小腿連接處的關節的外部 ◆ 膝蓋｜膝行｜護膝｜盤膝而坐｜卑躬屈膝。

¹¹ 膞 (肫) [zhuān ㄓㄨㄢ ⑧ dzyn¹ 專]
方言。鳥類的胃 ◆ 雞膞。

¹¹ 膘 (⑧膔) [biāo ㄅㄧㄠ ⑧ biu¹ 標]
牲畜的肥肉 ◆ 長膘｜跌膘｜膘肥體壯。

¹¹ 膚 (肤) [fū ㄈㄨ ⑧ fu¹ 呼]
❶人體的表皮 ◆ 皮膚｜膚色｜肌膚｜體無完膚｜切膚之痛。❷淺薄 ◆ 膚淺｜膚泛之論。

¹¹ 膛 [táng ㄊㄤˊ ⑧ tɔŋ² 唐]
❶胸腔 ◆ 膛音｜胸膛｜開膛破肚。❷器物的中空部分 ◆ 爐膛｜槍膛｜子彈上膛。

¹¹ 膕 (腘) [guó ㄍㄨㄛˊ ⑧ gwɔk⁸ 國]
膝蓋的後部彎曲處。

¹¹ 膗 [chuái ㄔㄨㄞˊ ⑧ sai⁴ 曬⁴/tsœy⁴ 徐]
方言。肥胖而肌肉鬆 ◆ 看你這膗樣。

¹¹ 膙 [jiǎng ㄐㄧㄤˇ ⑧ kɔŋ⁵ 襁]
即趼。手、腳因摩擦而生的硬皮。

¹¹ 膠 (胶) [jiāo ㄐㄧㄠ ⑧ gau¹ 交]
❶具有黏性的半固體物質，有的用動物的皮、角等熬成，有的是植物分泌出來的，有的是人工合成的。膠可用來黏合器物，有的可食用或入藥 ◆ 骨膠｜樹膠｜乳膠｜阿膠｜強力膠｜如膠似漆。❷用膠黏合 ◆ 膠合｜膠柱鼓瑟。❸特指橡膠 ◆ 膠鞋｜膠布。❹某些塑料製品 ◆ 膠片｜膠捲。

¹² 膩 (腻) [nì ㄋㄧˋ ⑧ nei⁶ 餌]
❶食物中含油過多 ◆

油膩|肥膩。❷厭煩；厭倦 ◆ 膩煩
|膩味|看膩了|膩得慌。❸細緻；
光滑 ◆ 細膩。❹污垢 ◆ 垢膩|膩
穢。

¹²膵 [cuì ㄘㄨㄟˋ ⑧sœy⁶ 睡/
sœy⁵ 緒]
膵臟，胰腺的舊稱。

¹²膨 [péng ㄆㄥˊ ⑧paŋ⁴ 彭]
脹大 ◆ 膨脹。

¹²膰 [fán ㄈㄢˊ ⑧fan⁴ 凡]
古代祭祀用的熟肉。

¹²膪 [chuài ㄔㄨㄞˋ ⑧dza⁶ 炸⁶]
囊膪，豬的乳部肥而鬆軟的
肉。

¹²膳 (⑧饍) [shàn ㄕㄢˋ ⑧sin⁶
善]
飯食 ◆ 早膳|用膳|膳食|膳費|御
膳。

¹²膦 [lìn ㄌㄧㄣˋ ⑧lœn⁶ 論]
有機化合物的一類。由磷化
氫的氫原子被烴基代替而形成。

¹³臌 [gǔ ㄍㄨˇ ⑧gu² 古]
鼓脹。肚子脹起的病，有水
臌、氣臌等。

¹³膿 同"膿"，見564頁右欄。

¹³膿 (脓) [nóng ㄋㄨㄥˊ ⑧nuŋ⁴
農]
瘡口潰爛後成的黏液 ◆ 膿腫|化膿。

¹³臊 〈一〉[sāo ㄙㄠ ⑧sou¹ 蘇]
腥臭味 ◆ 臊味|腥臊。
〈二〉[sào ㄙㄠˋ ⑧sou³ 掃]
害羞 ◆ 不害臊|臊得滿臉通紅。

¹³臉 (脸) [liǎn ㄌㄧㄢˇ ⑧lim⁵
斂]
❶兩頰；面部 ◆ 臉頰|臉蛋|京劇
臉譜。❷臉部的表情 ◆ 臉色|笑臉
相迎|翻臉不認人。❸體面；面子
◆ 臉面|丟臉|不要臉|沒臉見人|
樹要皮，人要臉。

¹³膾 (脍) [kuài ㄎㄨㄞˋ ⑧kui²
繪]
細切的肉或魚 ◆ 膾炙人口|食不厭
精，膾不厭細。

¹³膽 (胆) [dǎn ㄉㄢˇ ⑧dam²
擔²]
❶人或動物的內臟之一，貼在肝
上，形狀像小囊，內有苦汁，能幫
助消化 ◆ 膽汁|苦膽|膽囊炎|膽結
石|臥薪嘗膽|披肝瀝膽。❷勇氣
◆ 膽怯|膽子小|膽大心細|膽小如
鼠|一身是膽。❸某些器物內部可
裝液體或空氣的東西 ◆ 瓶膽|球膽。

¹³膺 [yīng ㄧㄥ ⑧jiŋ¹ 英]
❶胸 ◆ 服膺|義憤填膺。

❷接受；承當 ◆ 膚選│榮膚。❸打擊 ◆ 膚懲。

13 **膻**
同"羶"，見541頁右欄。

13 **臁** [lián ㄌㄧㄢˊ ⑧lim⁴ 廉]
小腿的兩側 ◆ 臁骨。

13 **臆** [yì ㄧˋ ⑧jik⁷ 益]
❶胸；當胸之處 ◆ 胸臆│臆骨。❷主觀想像；主觀推測 ◆ 臆測│臆斷│臆造。

13 **臃** [yōng ㄩㄥ ⑧juŋ² 擁]
腫脹 ◆ 臃腫。

13 **臀**(⑧臋) [tún ㄊㄨㄣˊ ⑧tyn⁴ 團]
大腿根部與腰下相連接的後面部位。口語叫"屁股" ◆ 臀部│臀圍。

13 **臂** 〈一〉[bì ㄅㄧˋ ⑧bei³ 祕]
人的上肢(胳膊)，動物的前肢 ◆ 臂膀│手臂│長臂猿│失之交臂。
〈二〉[bei・ㄅㄟ ⑧同〈一〉]
胳臂，同"胳膊"。上肢，肩膀以下手腕以上的部分。

14 **臑** [nào ㄋㄠˋ ⑧nou⁶ 怒]
人體的上肢，動物的前肢。

14 **臍**(脐) [qí ㄑㄧˊ ⑧tsi⁴ 池]
❶連接胚胎與胎盤的

帶狀物——臍帶，出生時臍帶脫落留下的痕跡。俗稱"肚臍"或"肚臍眼兒" ◆ 噬臍莫及。❷蟹肚下面的甲殼。尖臍的是雄蟹，圓臍的是雌蟹。

15 **臘**(腊) [là ㄌㄚˋ ⑧lap⁹ 蠟]
❶臘祭，古時在農曆十二月祭眾神。因此農曆十二月又叫"臘月" ◆ 臘梅│臘酒│臘八粥。❷冬季醃製肉類食物 ◆ 臘肉│臘雞│臘腸│臘味。❸姓。

16 **臛** [huò ㄏㄨㄛˋ ⑧hɔk⁸ 哭]
肉羹。

16 **臚**(胪) [lú ㄌㄨˊ ⑧lou⁴ 勞]
❶陳列 ◆ 臚列。❷陳述；傳達 ◆ 臚陳│臚傳。

18 **臟**(脏) [zàng ㄗㄤˋ ⑧dzɔŋ⁶ 撞]
體內器官的總稱 ◆ 心臟│肝臟。

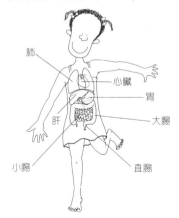

肺 心臟 胃 大腸 肝 小腸 直腸

【肉部】

18
臒 同"癯"，453頁左欄。

19
臢（臜） ［zā ㄗㄚ ⑧ dzam¹ 簪］
腌臢。見"腌〈一〉"，558頁右欄。

19
臠（脔） ［luán ㄌㄨㄢˊ ⑧ lyn⁵ 戀］
切成小塊或小片的肉 ◆ 臠割｜嚐鼎一臠。

臣 部

0
臣 ［chén ㄔㄣˊ ⑧ sɐn⁴ 神］
❶古指奴隸、戰俘。❷君主時代的官吏。有時也包括一般的百姓 ◆ 君臣｜臣下｜臣民｜率土之濱，莫非王臣。❸官吏在皇帝面前的自稱。也用為一般人表示謙卑的自稱 ◆ 臣領旨。

2
臥（⑧臥） ［wò ㄨㄛˋ ⑧ ŋɔ⁶ 餓］
❶躺下；趴下 ◆ 臥倒｜臥病｜臥林不起｜臥虎藏龍｜臥冰求魚｜臥薪嘗膽。❷供睡覺休息的地方 ◆ 臥室｜臥鋪｜軟臥車箱｜臥榻之側，豈容酣睡。

8
臧 ［zāng ㄗㄤ ⑧ dzɔŋ¹ 莊］
❶善；好 ◆ 臧否。❷古代稱奴隸 ◆ 臧獲。❸姓。

8
臨（临） ［lín ㄌㄧㄣˊ ⑧ lɐm⁴ 林］
❶從高處往低處看 ◆ 居高臨下｜登高臨遠。❷到；來 ◆ 雙喜臨門｜光臨｜來臨｜身臨其境｜臨渴掘井｜臨陣磨槍。❸面對；靠近 ◆ 臨街｜臨危不懼｜如臨大敵｜臨淵羨魚，不如退而結網。❹將要，快要 ◆ 臨走｜臨睡｜臨產｜臨別贈言。❺對着書畫範本學着寫或畫 ◆ 臨摹｜臨帖。❻姓。

自 部

0
自 ［zì ㄗˋ ⑧ dzi⁶ 字］
❶自己；自身 ◆ 自愛｜自重｜自強不息｜自作自受｜自謀出路｜蚍蜉撼大樹，可笑不自量。❷理所當然；必然 ◆ 自不待言｜自當加倍努力｜是非曲直自有公論。❸從；由 ◆ 自南向北｜來自四面八方｜宋文天祥《過零丁洋》詩："人生自古誰無死，留取丹心照汗青。"

4
臬 ［niè ㄋㄧㄝˋ ⑧ jit⁹ 熱/nip⁹ 聶（語）］
❶射箭的靶子、目標。❷古代測日影的標杆。❸喻指法度、標準 ◆ 奉為圭臬。

4
臭 〈一〉［chòu ㄔㄡˋ ⑧ tsɐu³ 湊］
❶難聞的氣味；與"香"相對

◆ 臭味│口臭│狐臭│臭氣燻天│如入鮑魚之肆，久而不聞其臭。❷令人厭惡的；壞名聲 ◆ 臭美│臭架子│臭名遠揚│遺臭萬年。❸拙劣的；不高明的 ◆ 臭棋│三個臭皮匠，抵個諸葛亮。❹狠狠地 ◆ 臭罵一頓。

〈二〉[xiù ㄒㄧㄡˋ ⑧同〈一〉]

❶氣味 ◆ 無色無臭│乳臭未乾。❷同"嗅"。聞。

¹⁰ 齤 [niè ㄋㄧㄝˋ ⑧jit⁹熱]
齤脆，不安定。

至 部

⁰ 至 [zhì ㄓˋ ⑧dzi³志]
❶到；到達 ◆ 從古至今│自始至終│無所不至│朝發夕至│不積跬步，無以至千里。❷極；最 ◆ 至尊│至親至愛│至高無上│至理名言。❸至於 ◆ 甚至│竟至。

³ 致 [zhì ㄓˋ ⑧dzi³至]
❶給；給予 ◆ 致函│致電。❷表達 ◆ 致敬│致謝│致意│致賀。❸引起；招來 ◆ 致病│導致│因傷致殘│羅致人才。❹取得；達到 ◆ 勞動致富│學以致用。❺盡；用全部心力 ◆ 致力│專心致志。❻志趣；情趣 ◆ 情致│別致│雅致│興致勃勃│閒情逸致。❼"緻"的簡化字。

¹⁰ 臻 [zhēn ㄓㄣ ⑧dzœn¹津]
達到 ◆ 臻於完善。

臼 部

⁰ 臼 [jiù ㄐㄧㄡˋ ⑧kɐu⁵舅]
❶舂米的器具，通常用石頭或木頭做成，中間凹陷 ◆ 石臼│杵臼。❷中間凹陷，形狀像臼的 ◆ 臼齒。

² 臾 [yú ㄩˊ ⑧jy⁴餘]
須臾，片刻，一會兒。

³ 舁 [yú ㄩˊ ⑧jy⁴如]
扛；抬起。

³ 舂 [chā ㄔㄚ ⑧tsap⁸插]
古代農具，類似現在的鍬 ◆ 耒舂。

⁴ 舀 [yǎo ㄧㄠˇ ⑧jiu⁵繞]
用瓢、勺等取水或其他液體 ◆ 舀水。

⁵ 舂 [chōng ㄔㄨㄥ ⑧dzuŋ¹忠]
用木棍(杵)在石臼裏搗穀去皮或搗碎 ◆ 舂米。

⁶ 舄 (⑧舃) [xì ㄒㄧˋ ⑧sik⁷色]
❶古代一種以木為複底的鞋。❷鞋的通稱。❸姓。

6 與（与）

〈一〉[yǔ ㄩˇ ⑧ jy⁵ 雨]

❶給 ◆ 付與｜交與｜與人方便，自己方便。❷結交；交好 ◆ 相與｜與國。❸讚許；幫助 ◆ 與人為善。❹介詞。跟；同 ◆ 與人相處｜與虎謀皮｜與日俱增｜與君一席話，勝讀十年書。❺連詞。和 ◆ 教師與學生｜生產與銷售。

〈二〉[yù ㄩˋ ⑧ jy⁶ 預]

參加 ◆ 參與｜與會人士。

〈三〉古同"歟"，見342頁右欄。

7 舅

[jiù ㄐㄧㄡˋ ⑧ keu⁵ 臼]

❶母親的兄弟 ◆ 舅父｜大舅｜舅媽｜舅母。❷妻子的兄弟 ◆ 妻舅｜小舅子。❸古代稱丈夫的父親 ◆ 唐朱慶餘《閨意獻張水部》詩："洞房昨夜停紅燭，待曉堂前拜舅姑。"

9 舉（舉⑧舉）

[jǔ ㄐㄩˇ ⑧ gœy² 矩]

❶把東西往上托，向上抬 ◆ 舉手｜舉重｜舉案齊眉｜舉棋不定｜唐李白《靜夜思》詩："舉頭望明月，低頭思故鄉。"❷提出 ◆ 舉例｜不勝枚舉｜毛舉細故｜舉一反三。❸興起；發動 ◆ 舉兵｜舉義｜舉事。❹推薦；推選 ◆ 舉薦｜推舉｜選舉。❺揭發 ◆ 檢舉｜舉發。❻行動；動作 ◆ 舉動｜舉措｜創舉｜壯舉｜多此一舉｜十年窗下無人問，一舉成名天下知。❼全 ◆ 舉國｜舉世無雙｜舉世聞名。

9 興（兴）

〈一〉[xīng ㄒㄧㄥ ⑧ hiŋ¹ 兄]

❶起來 ◆ 夙興夜寐。❷開始；創建；發動 ◆ 大興土木｜百廢俱興｜興利除弊｜興師動眾。❸旺盛；蓬勃發展 ◆ 興旺｜興盛｜興隆｜天下興亡，匹夫有責。❹姓。

〈二〉[xìng ㄒㄧㄥˋ ⑧ hiŋ³ 慶]

❶喜悅的情趣 ◆ 興趣｜興致勃勃｜興高彩烈｜乘興而去，敗興而歸。❷詩歌表現手法之一，即先寫一事然後引起抒情、言志。《詩經》表現手法有所謂"比"、"賦"、"興"。

12 舊（旧）

[jiù ㄐㄧㄡˋ ⑧ geu⁶ 夠⁶]

❶過時的；使用很久了的。與"新"相對 ◆ 舊貨｜陳舊｜喜新厭舊｜因循守舊｜舊瓶裝新酒。❷從前的；原來的。與"新"相對 ◆ 舊聞｜舊居｜依舊｜舊貌換新顏｜唐劉禹錫《烏衣巷》詩："舊時王謝堂前燕，飛入尋常百姓家。"❸老朋友；老交情 ◆ 懷舊｜念舊｜故舊｜彼此有舊。

13 舋

同"釁"，見730頁左欄。

舌 部

0 舌

[shé ㄕㄜˊ ⑧ sit⁹ 折]

❶人和動物口腔中用來辨別

滋味、幫助咀嚼和發聲的能自由活動的器官 ◆ 舌頭｜搖唇鼓舌｜瞠目結舌｜鸚鵡學舌。❷器物上像舌頭樣的東西 ◆ 帽舌｜火舌。

² **舍**〈一〉[shè ㄕㄜˋ ⑧ sɛ³ 卸]
❶房屋 ◆ 校舍｜宿舍｜茅舍｜寒舍｜打家劫舍。❷飼養牲畜、家禽的棚屋 ◆ 牛舍｜雞舍。❸謙稱自己親屬中的小輩 ◆ 舍弟｜舍姪。❹古代稱行軍三十里為一舍 ◆ 退避三舍。❺古代行軍住一宿叫"舍"。
〈二〉"捨"的簡化字。

⁴ **舐**[shì ㄕˋ ⑧ si⁶ 事]
用舌頭舔 ◆ 舐犢情深。

⁶ **舒**[shū ㄕㄨ ⑧ sy¹ 書]
❶伸展；緩解 ◆ 舒展｜舒心｜舒暢｜舒筋活血。❷遲緩；從容 ◆ 舒緩｜進退舒遲。❸姓。

⁸ **舔**[tiǎn ㄊㄧㄢˇ ⑧ tim² 忝]
用舌頭接觸東西 ◆ 舔嘴唇。

⁹ **舖**
同"鋪〈二〉"，見743頁左欄。

舛 部

⁰ **舛**[chuǎn ㄔㄨㄢˇ ⑧ tsyn² 喘]
❶相違背；相抵觸 ◆ 舛

迕。❷錯誤；差錯 ◆ 舛誤｜舛謬｜舛錯。

⁶ **舜**[shùn ㄕㄨㄣˋ ⑧ sœn³ 信]
❶傳說中遠古的帝王。也叫"虞舜" ◆ 人皆可以為堯舜。❷姓。

⁸ **舞**[wǔ ㄨˇ ⑧ mou⁵ 武]
❶按音樂節奏擺動身軀四肢做出種種姿態的藝術表現形式 ◆ 舞蹈｜舞劇｜載歌載舞｜輕歌曼舞。❷揮動、耍弄(某種東西) ◆ 舞動｜揮舞｜舞劍｜舞龍燈｜聞雞起舞｜手舞足蹈｜張牙舞爪。❸玩弄文字、權術等 ◆ 舞文弄墨｜營私舞弊。

舟 部

⁰ **舟**[zhōu ㄓㄡ ⑧ dzɐu¹ 周]
船 ◆ 輕舟｜一葉扁舟｜舟車勞頓｜**唐劉禹錫**《酬樂天揚州初逢席上見贈》詩："沈舟側畔千帆過，病樹前頭萬木春。"

² **舠**[dāo ㄉㄠ ⑧ dou¹ 刀]
形狀像刀的小船。

³ **舡**[chuán ㄔㄨㄢˊ ⑧ syn⁴ 船]
船。

³ **舢**[shān ㄕㄢ ⑧ san¹ 山]
舢板，用槳划行的輕便小

船。也作"舢舨"。

⁴
舨 [bǎn ㄅㄢˇ 圖 ban² 板]
舢舨。見"舢"，568頁右欄。

⁴
般 〈一〉[bān ㄅㄢ 圖 bun¹ 搬]
❶種；樣 ◆ 如此這般|百般刁難|十八般武藝。❷一樣；似的 ◆ 雪片般地飛來|暴風雨般的掌聲。❸同"搬"，見262頁右欄。
〈二〉[pán ㄆㄢˊ 圖 pun⁴ 盆]
❶旋轉；迴旋 ◆ 般旋|般辟。❷大 ◆ 般樂。❸遊玩；遊樂 ◆ 般遊|般費。
〈三〉[bō ㄅㄛ 圖 but⁸ 撥]
般若，佛教名詞，意為智慧。

⁴
航 [háng ㄏㄤˊ 圖 hɔŋ⁴ 杭]
❶船 ◆ 臨河而無航。❷船在水上、飛機在天空行駛都叫"航" ◆ 航行|航海|航天|航程|起航。

⁴
舫 [fǎng ㄈㄤˇ 圖 fɔŋ² 訪]
船 ◆ 遊舫|畫舫|石舫。

⁵
舸 [gě ㄍㄜˇ 圖 gɔ² 哥²]
大船 ◆ 百舸爭流。

⁵
舳 [zhú ㄓㄨˊ 圖 dzuk⁹ 逐]
舳艫，船頭和船尾。也指大船。

⁵
舴 [zé ㄗㄜˊ 圖 dzuk⁸ 責]
舴艋，小船 ◆ 宋李清照《武陵春》詞："只恐雙溪舴艋舟，載不動許多愁。"

⁵
舶 [bó ㄅㄛ 圖 bak⁹ 帛]
航海的大船 ◆ 船舶|海舶|舶來品。

⁵
舲 [líng ㄌㄧㄥˊ 圖 liŋ⁴ 玲]
有窗戶的小船。

⁵
船(圖船) [chuán ㄔㄨㄢˊ 圖 syn⁴ 旋]
水上的交通、運輸工具 ◆ 木船|輪船|船隻|船到江心補漏遲|唐張繼《楓橋夜泊》詩："姑蘇城外寒山寺，夜半鐘聲到客船。"

⁵
舷 [xián ㄒㄧㄢˊ 圖 jin⁴ 言]
船或飛機的邊沿 ◆ 左舷|右舷|叩舷而歌。

⁵
舵 [duò ㄉㄨㄛˋ 圖 tɔ⁴ 駝]
在船尾用來控制航行方向的裝置 ◆ 掌舵|舵手。

⁶
舾 [xī ㄒㄧ 圖 sɐi¹ 西]
舾裝。❶船上錨、桅杆、梯、管路、電路等設備和裝置的總稱。❷船體下水後，裝備上述設備和刷油漆等項工作的總稱。

⁷
艄 [shāo ㄕㄠ 圖 sau¹ 梢]
❶船尾 ◆ 船艄。❷舵 ◆ 掌艄。

7 艇

[tǐng ㄊㄧㄥˇ ⑧ tiŋ⁵ 挺/tɛŋ⁵ 廳⁵]

輕便的小船 ◆ 汽艇|遊艇|護衛艇。

7 艅

[yú ㄩˊ ⑧ jy⁴ 餘]

艅艎，古代的一種大船。

8 艋

[měng ㄇㄥˇ ⑧ maŋ⁵ 猛]

舴艋。見"舴"，569頁左欄。

9 艘

[sōu ㄙㄡ ⑧ sɐu¹ 收/sɐu² 首 (語)]

量詞。用於船 ◆ 一艘輪船。

9 艎

[huáng ㄏㄨㄤˊ ⑧ wɔŋ⁴ 王]

艅艎。見"艅"，570頁左欄。

9 艏

[shǒu ㄕㄡˇ ⑧ sɐu² 首]

船的前端或前部。

10 艑

[tà ㄊㄚˋ ⑧ tap⁸ 榻]

船。

10 艙 (舱)

[cāng ㄘㄤ ⑧ tsɔŋ¹ 倉]

船或飛機內部載人或裝物的部分 ◆

船艙|機艙|貨艙|客艙。

10 艗

[yì ㄧˋ ⑧ jik⁹ 亦]

船。

11 艚

[cáo ㄘㄠˊ ⑧ tsou⁴ 曹]

船。

12 艟

[chōng ㄔㄨㄥ ⑧ tsuŋ¹ 沖]

艨艟。見"艨"，570頁右欄。

13 艢

同"檣"，見335頁左欄。

13 艣

[lǔ ㄌㄨˇ ⑧ lou⁵ 櫓]

❶一種比槳大的划船工具。
❷指船。

13 艤

[yǐ ㄧˇ ⑧ ŋei⁵ 蟻]

停船靠岸 ◆ 艤舟。

14 艨

[méng ㄇㄥˊ ⑧ muŋ⁴ 蒙]

艨艟，古代的戰船。

14 艦 (舰)

[jiàn ㄐㄧㄢˋ ⑧ lam⁶ 濫]

驅逐艦

核動力巡洋艦

核動力航空母艦

戰船 ◆ 艦隊|戰艦|軍艦|航空母艦。

15 **艪** 同"艣"，見570頁右欄。

16 **艫**(舻) ［lú ㄌㄨˊ ⑧lou⁴ 勞］
舳艫。見"舳"，569頁左欄。

艮 部

0 **艮** 〈一〉［gèn ㄍㄣˋ ⑧gen³ 根³］
❶八卦卦名之一，卦形是☶，象徵山。❷姓。
〈二〉［gěn ㄍㄣˇ ⑧同〈一〉］
方言。❶食物不鬆脆 ◆ 花生米艮了。❷指人脾氣倔強或説話生硬 ◆ 這個人艮得不轉彎。

1 **良** ［liáng ㄌㄧㄤˊ ⑧lœŋ⁴ 梁］
❶好的；優良的 ◆ 良種|良師|良藥苦口利於病|明湯顯祖《牡丹亭》："良辰美景奈何天，賞心樂事誰家院。"❷善良、清白的(人) ◆ 良民|良家婦女|除暴安良。❸很 ◆ 良久|得益良多|用心良苦。❹的確 ◆ 良然。❺舊時婦女稱丈夫 ◆ 良人|從良。❻姓。

11 **艱**(艰) ［jiān ㄐㄧㄢ ⑧gan¹ 奸］
❶困難；困苦 ◆ 艱難|艱辛|艱苦

卓絕|戰國屈原《離騷》："長太息以掩涕兮，哀民生之多艱。"❷遭父母喪亡；憂 ◆ 丁艱。

色 部

0 **色** 〈一〉［sè ㄙㄜˋ ⑧sik⁷ 式］
❶紅、黃、藍、白等各種顏色 ◆ 色彩|綠色|五顏六色|唐白居易《買花》詩："一叢深色花，十户中人賦。"❷臉部的神情表現 ◆ 臉色|色屬內荏|喜形於色|和顏悦色|察言觀色。❸指女色；情慾 ◆ 姿色|色情|好色之徒|桃色新聞|耽於聲色。❹種類 ◆ 貨色|清一色|各色各樣。❺物品的質量 ◆ 成色。❻情景；景象 ◆ 山色|行色匆匆|宋葉紹翁《遊園不值》詩："春色滿園關不住，一枝紅杏出牆來。"
〈二〉［shǎi ㄕㄞˇ ⑧同〈一〉］
色子，一種用木頭或骨頭做的賭具。

5 **艴** ［bó ㄅㄛˊ ⑧but⁹ 勃］
生氣、發怒的樣子 ◆ 艴然不悦。

艸 部

0 **艸** ［cǎo ㄘㄠˇ ⑧tsou² 粗²］
"草"的本字。

² **艾** 〈一〉[ài ㄞˋ 粤ŋai⁶ 刈]
❶多年生草本植物。花黃色。葉子製成艾絨，可供針灸用 ◆ 艾蒿|艾酒|蘭艾同焚。❷停止 ◆ 方興未艾。❸艾艾，口吃的樣子 ◆ 期期艾艾。❹美；漂亮。❺姓。
〈二〉[yì ㄧˋ 粤同〈一〉]
懲治 ◆ 自怨自艾。

² **芁** [jiāo ㄐㄧㄠ 粤ɡɐu¹ 久/kɐu¹ 求]
秦芁，草本植物。花紫色。根土黃色，相互糾結，可入藥。

² **芳** [lè ㄌㄜˋ 粤lɛk⁹ 肋]
蘿芳，一年生草本植物。花白色或帶紫色，莖、葉有香氣。可做香料或入中藥。通稱"矮糠"。也寫作"羅勒"。

² **芀** [nǎi ㄋㄞˇ 粤nai⁵ 奶]
芋芀，見"芋"，572頁左欄。

³ **芋** [yù ㄩˋ 粤wu⁶ 戶]
❶多年生草本植物。地下塊莖含澱粉豐富，可供食用 ◆ 芋頭|芋芀。❷泛指馬鈴薯、甘薯等植物 ◆ 洋芋|山芋|番芋。

³ **芏** [dù ㄉㄨˋ 粤tou² 土]
芏芏，見"芏"，582頁右欄。

³ **芉** [qiān ㄑㄧㄢ 粤tsin¹ 千]
草木茂盛 ◆ 芉芉|芉綿。

³ **芃** [péng ㄆㄥˊ 粤puŋ⁴ 篷]
芃芃，草木茂密的樣子。

³ **芄** [wán ㄨㄢˊ 粤jyn⁴ 元]
芄蘭，即蘿藦，多年生蔓草。葉心形，夏季開白花，有紫斑點。種子果殼可入藥，莖、葉可作農藥，莖、皮纖維可製人造棉。又叫"飛來鶴"，俗稱"婆婆針線包"。

³ **芍** [sháo ㄕㄠˊ 粤dzœk⁸ 卓]
芍藥，多年生草本植物。花大而美麗，有白、粉紅、紫紅等色。根可入藥。也指這種植物的花。

³ **芒** 〈一〉[máng ㄇㄤˊ 粤mɔŋ⁴ 忙]
❶多年生草本植物。葉細長有尖，可造紙或編織草鞋 ◆ 芒鞋。❷某些植物子實外的針狀細刺 ◆ 稻芒|芒刺在背|針尖對麥芒。❸尖端；鋒刃 ◆ 刀芒|鋒芒畢露。❹光線 ◆ 光芒。
〈二〉[máng ㄇㄤˊ 粤mɔŋ¹ 忙¹]
芒果，同"杧果"。見"杧"，305頁右欄。

³ **芎** [xiōng ㄒㄩㄥ 粤huŋ¹ 空/ɡuŋ¹ 弓 (語)]
芎藭，多年生草本植物。葉子似芹菜，秋天開白色花，根莖可入藥。

產於四川、雲南等地。也叫"川芎"。

³芑 [qǐ ㄑㄧˇ 粵 hei² 起]
古書上說的一種野菜。

⁴芙 [fú ㄈㄨˊ 粵 fu⁴ 扶]
芙蓉。❶落葉灌木。花紅、白色，單或重瓣，又稱"木芙蓉" ◆ 芙蓉樹。❷荷花的別名。又稱"芙蕖" ◆ 出水芙蓉|唐李白《經亂離後贈江夏韋太守良宰》詩："清水出芙蓉，天然去雕飾。"

⁴芫 〈一〉[yán ㄧㄢˊ 粵 jyn⁴ 元]
芫荽，一年生或二年生草本植物。花白色，莖和葉有香氣，可作調味品。又稱"香菜"。
〈二〉[yuán ㄩㄢˊ 粵 同〈一〉]
芫花，落葉灌木。開紫色花，可觀賞，花蕾供藥用。

⁴芸 [yún ㄩㄣˊ 粵 wen⁴ 雲]
❶芸香，多年生草本植物。開黃色花，有特殊香氣，供藥用。❷芸芸，形容眾多 ◆ 芸芸眾生。

⁴茀 〈一〉[fèi ㄈㄟˋ 粵 fei³ 廢]
蔽茀，形容樹幹和樹葉小。
〈二〉[fú ㄈㄨˊ 粵 fet⁷ 忽]
❶草木繁茂。❷同"黻"，見851頁左欄。

⁴芰 [jì ㄐㄧˋ 粵 gei⁶ 技]
古代指菱 ◆ 芰葉|芰荷。

⁴茀 [fú ㄈㄨˊ 粵 feu⁴ 浮]
茀苢，古書上指車前。多年生草本植物。開淡綠色花，種子與葉可入藥。

⁴苉 [pǐ ㄆㄧˇ 粵 pet⁷ 匹]
一種有機化合物，分子式 $C_{22}H_{14}$（英 picene），存在於煤焦油中。

⁴苊 [è ㄜˋ 粵 ak⁷ 握]
碳氫化合物的一類，分子式 $C_{12}H_{10}$（英 acenaphthene）。為無色針狀結晶，可以做媒染劑。

⁴芽 [yá ㄧㄚˊ 粵 ŋa⁴ 牙]
❶植物的幼體。可發育成莖、葉或花 ◆ 胚芽|嫩芽|萌芽|豆芽|枯枝發芽。❷形狀像芽的東西 ◆ 肉芽|礦芽。❸比喻事物的發生或開始 ◆ 防芽遏萌。

⁴芷 [zhǐ ㄓˇ 粵 dzi² 止]
白芷，多年生草本植物，夏季開白花。根有香氣，可入藥 ◆ 宋范仲淹《岳陽樓記》："岸芷汀蘭，郁郁青青。"

⁴芮 [ruì ㄖㄨㄟˋ 粵 joey⁶ 銳]
❶周代諸侯國名，在今陝西大荔東南。❷姓。

⁴芼 [mào ㄇㄠˋ 粵 mou⁶ 務]
拔取（菜、草）。

4 **花** ([異]苍蘤) [huā ㄏㄨㄚ [粵] fa^{1} 化^{1}]
❶種子植物的有性繁殖器官。生於莖枝之上，有各種顏色與形狀，大多有香氣 ◆ 花朵｜花瓣｜花好月圓｜風花雪月｜花有重開日，人無再少年。❷開花 ◆ 花期｜桃李始花。❸指開花供觀賞的植物 ◆ 養花｜花園｜花架｜花壇。❹形狀像花的東西 ◆ 燈花｜雪花｜火花｜浪花｜火樹銀花。❺煙火的一種，燃放時能噴出火花 ◆ 花炮｜禮花。❻用花或圖案裝飾的 ◆ 花籃｜花車｜花布｜花燭。❼顏色或種類錯雜繁多 ◆ 花花綠綠｜花裏胡哨｜花團錦簇。❽視覺模糊迷亂 ◆ 頭昏眼花｜眼花繚亂｜白花花的銀子。❾迷惑人的；不真實的 ◆ 花招｜花頭｜耍花槍｜花言巧語。❿指某些滴、珠、顆粒、小塊 ◆ 油花兒｜蔥花兒｜鹽花兒。⓫比喻年輕女子 ◆ 花容｜校花｜姊妹花。⓬指妓女或跟妓女有關的 ◆ 煙花巷｜花街柳巷｜尋花問柳。⓭棉花 ◆ 軋花｜彈花。⓮痘 ◆ 天花｜種花兒｜出過花兒。⓯作戰時所受外傷 ◆ 掛花。⓰耗費；用 ◆ 花錢｜花時間。⓱姓。

4 **芹** [qín ㄑㄧㄣˊ [粵] kɐn^{4} 勤]
芹菜，一年或二年生草本植物。花白色，莖葉可食，是普通蔬菜。

4 **芥** 〈一〉[jiè ㄐㄧㄝˋ [粵] gai^{3} 介]
❶芥菜，一年或二年生草本植物。花黃色，莖葉與塊根可食用，種子可做調味品，味辛辣 ◆ 芥子｜芥末。❷小草。借指細微的事物 ◆ 草芥｜纖芥｜芥舟(小舟)｜心存芥蒂。❸芥子氣，一種毒氣。
〈二〉[gài ㄍㄞˋ [粵] 同〈一〉]
即蓋菜，一年生草本植物。芥(jiè)菜的變種，葉子大而多皺紋，是普通蔬菜，也稱"芥(gài)菜"。

4 **芩** [qín ㄑㄧㄣˊ [粵] kɐm^{4} 琴]
❶古書上指蘆葦一類的植物。❷黃芩，多年生草本植物。花淡紫色，根可製染料，也可入藥。

4 **芬** [fēn ㄈㄣ [粵] fɐn^{1} 分]
❶芬芳，花草的香氣 ◆ 芬菲｜芬郁｜清芬｜蘭蕙含芬。❷比喻盛德，美名 ◆ 揚芬千載。

4 **芪** [qí ㄑㄧˊ [粵] kei^{4} 其]
黃芪，多年生草本植物。莖臥生地面，葉有毛茸，花小，淡黃色，根可入藥。

4 **芡** [qiàn ㄑㄧㄢˋ [粵] him^{3} 欠]
❶一年生草本水生植物。莖、葉有刺，花紫色。種子叫"芡實"，可食用及製澱粉，也可入藥。俗稱"雞頭" ◆ 芡葉｜芡粉｜芡塘｜以芡作糧。❷做菜時用芡粉或其他澱粉調成的濃汁 ◆ 勾芡。

4 **芻** (刍) [chú ㄔㄨˊ [粵] tsɔ^{1} 初]
❶餵牲口用的草 ◆

芻草|芻豆|芻秣|反芻。❷割草 ◆
芻蕘|芻樵。❸用於謙辭，在向別
人提供意見時將自己比為割草打
柴、見識鄙陋之人 ◆ 芻言|芻議。

⁴芶 [gǒu ㄍㄡˇ 粵 geu² 狗]
同"苟"，姓。

⁴芟 [shān ㄕㄢ 粵 sam¹ 衫]
❶收穫莊稼或割除雜草 ◆
芟草|芟麥|芟秋。❷除去 ◆ 芟除
|芟夷盜賊。❸大鐮刀 ◆ 芟刀。

⁴茇 [jī ㄐㄧ 粵 kɐp⁷ 吸/gɐp⁷ 急
（語）]
❶白芨，多年生草本植物。葉長，
花紫紅色，塊莖可入藥。❷ 茇茇
草，多年生草本植物。葉狹長，花
淡綠色。可做飼料，也可編織成
筐、蓆等。

⁴苄 [biàn ㄅㄧㄢˋ 粵 bin⁶ 辨]
苄基，碳氫化合物的一種
（英benzyl）。有機化學中常將它作
為一個化合單位看。也叫"苯甲
基"。

⁴芝 [zhī ㄓ 粵 dzi¹ 支]
❶蕈的一種，即靈芝。菌蓋
腎臟形，赤褐色或
暗紫色，菌柄長，
有光澤。可供觀
賞，也可入藥，有
滋補作用，古人看

作瑞草。❷香草名 ◆ 芝艾俱焚|如
入芝蘭之室，久而不聞其香。

⁴芳 [fāng ㄈㄤ 粵 fɔŋ¹ 方]
❶香；香氣 ◆ 芬芳|芳香|
芳澤|芳香天涯。❷美好的（德行、
名聲）◆ 芳齡|芳名|芳容|芳心|萬
古流芳。❸花卉 ◆ 芳園|芳菲|羣
芳|芳郊。❹姓。

⁴芯 〈一〉[xìn ㄒㄧㄣˋ 粵 sɐm¹ 心]
❶裝在器物中心的線狀物。
俗稱"捻子"、"芯子" ◆ 燭芯|爆竹
芯。❷物體的中心部分 ◆ 巖芯|機
芯|圓珠筆芯。❸蛇的舌頭。也作
"信子" ◆ 蛇芯|吐芯。

〈二〉[xīn ㄒㄧㄣ 粵 同〈一〉]
去皮的燈芯草 ◆ 燈芯。

⁴芭 [bā ㄅㄚ 粵 ba¹ 巴]
❶芭蕉。(1) 多年生草本植
物。秦嶺、淮
河以南常陸地
栽培供觀賞。
葉片長圓粗大
◆ 雨打芭蕉|
宋 蔣捷《一剪
梅》詞："流光容易把人拋，紅了
櫻桃，綠了芭蕉。"(2) 多年生草本
植物，全株黃綠，上被白粉。果實
細膩香甜，可食用，也叫"芭蕉"。
❷芭蕉扇，用蒲葵葉子做的扇子。
❸芭蕾舞，一種起源於意大利，常
用足尖點地跳舞的舞劇。

⁴芧 [xù Tㄩˋ 🔊dzœy⁶ 序]
古書上指橡實 ◆ 芧栗。

⁴苀 [kōu ㄎㄡ 🔊kɐu¹ 溝]
❶古書上葱的別稱。❷苀脈，中醫稱按上去中空無力，感覺如按葱管的脈搏。

⁵茉 [mò ㄇㄛˋ 🔊mut⁹ 末]
❶茉莉，常綠灌木。栽培供觀賞。花白色，香味濃郁，可薰製茶葉。也指這種植物的花。❷紫茉莉，一年生草本植物。開紫、紅、白、黃等色花，供觀賞，胚乳粉質，可製化妝粉用；花與根入藥。也叫"野茉莉"、"草茉莉"、"晚飯花"。

⁵苷 [gān ㄍㄢ 🔊gɐm¹ 金]
糖苷，有機化合物甙(dài)的別稱。

⁵苦 [kǔ ㄎㄨˇ 🔊fu² 府]
❶五味之一。像膽汁或黃連的滋味；跟"甘"、"甜"相反 ◆ 苦瓜｜苦菜｜甜酸苦辣｜良藥苦口利於病，忠言逆耳利於行。❷難受；痛苦 ◆ 艱苦｜困苦｜苦日子｜苦盡甘來｜苦海無邊｜唐李紳《憫農》詩："誰知盤中餐，粒粒皆辛苦。"❸盡心竭力地 ◆ 苦幹｜苦勸｜苦吟｜勤學苦練｜苦心孤詣｜書山有路勤為徑，學海無涯苦作舟。❹使痛苦；使難受 ◆ 徒弟闖禍，苦了師父。❺為某事所苦 ◆ 苦旱｜苦夏｜苦飢。

⁵苯 [běn ㄅㄣˇ 🔊bun² 本]
一種碳氫化合物，分子式為C_6H_6(英benzene)。無色液體，有特殊的氣味，易揮發，燃點低，可從煤焦油、石油中提取。可製燃料、染料、溶劑、香料等，是有機合成的重要原料。

⁵苛 [kē ㄎㄜ 🔊hɔ¹ 呵]
❶對人要求過高；過於嚴厲；不寬厚 ◆ 苛刻｜苛求｜苛責。❷煩瑣，繁重，使人難於承受的 ◆ 苛法｜苛捐雜稅｜苛政猛於虎。

⁵菾 [piě ㄆㄧㄝˇ 🔊pei² 鄙]
菾藍，即擘藍，二年生草本植物。葉長卵形，莖膨大成球形，外皮綠色或紫色、綠白色。球莖鮮食或醃製，種子榨油供食用，葉與種子可入藥。

⁵若 〈一〉[ruò ㄖㄨㄛˋ 🔊jœk⁹ 弱]
❶如；好像 ◆ 若無其事｜敬若神明｜欣喜若狂｜若有若無｜唐王勃《送杜少府之任蜀州》詩："海內存知己，天涯若比鄰。"❷代詞。你；你們 ◆ 若等｜若輩。❸連詞。假如；如果 ◆ 若要人不知，

除非己莫為｜唐李賀《金銅仙人辭漢歌》詩：“衰蘭送客咸陽道，天若有情天亦老。”❹古書上的香草名 ◆ 杜若｜蘭若。

〈二〉[rě ㄖㄜˇ 粵 jɛ⁵ 野]
般若。見“般”，569頁左欄。

茇
⁵[bá ㄅㄚˊ 粵 bɐt⁹ 拔]
草根。

茂
⁵[mào ㄇㄠˋ 粵 mɐu⁶ 貿]
❶草木繁盛 ◆ 茂密｜茂盛｜繁茂｜根深葉茂｜茂林修竹。❷豐富精美 ◆ 圖文並茂。

苹
⁵[píng ㄆㄧㄥˊ 粵 piŋ⁴ 平]
❶古書上指蒿一類的草本植物。❷“蘋”的簡化字。

苣
⁵〈一〉[jù ㄐㄩˋ 粵 gœy⁶ 巨]
萵苣。見“萵”，592頁右欄。
〈二〉[qǔ ㄑㄩˇ 粵 同〈一〉]
苣蕒菜，多年生草本植物，開黃色花，莖葉嫩時可食用。

苫
⁵〈一〉[shān ㄕㄢ 粵 sim¹ 閃¹]
草編的蓋東西或墊東西的器物 ◆ 草苫子｜寢苫枕塊。
〈二〉[shàn ㄕㄢˋ 粵 sim³ 閃³]
用蓆、布、簾子等遮蓋 ◆ 苫布｜要下暴雨了，快用油布把這批貨苫上。

苡
⁵[yǐ ㄧˇ 粵 ji⁵ 以]
薏苡。見“薏”，606頁左欄。

苴
⁵[jū ㄐㄩ 粵 dzœy¹ 追/tsœy¹ 吹]
大麻的雌株，開花後結籽的麻 ◆ 苴麻。

苜
⁵[mù ㄇㄨˋ 粵 muk⁹ 木]
苜蓿，一年生或多年生草本植物。葉形長圓，花紫色。是一種重要的牧草和綠肥作物，也可當蔬菜。

苗
⁵[miáo ㄇㄧㄠˊ 粵 miu⁴ 描]
❶初生的植物；也專指某些蔬菜的嫩莖、嫩葉 ◆ 秧苗｜蒜苗｜苗木｜苗圃｜拔苗助長｜苗而不秀。❷某些初生的被飼養的動物 ◆ 豬苗｜鰻魚苗。❸能使肌體產生免疫力的細菌製劑 ◆ 疫苗｜牛痘苗｜種卡介苗。❹事物的因由、開端及初露出來的跡象 ◆ 苗頭｜根苗｜礦苗｜事故苗子。❺形狀像苗的 ◆ 火苗。❻後代 ◆ 苗裔。❼苗族，我國少數民族之一，分佈在貴州、雲南、廣西、四川、湖南等地。❽姓。

苒
⁵[rǎn ㄖㄢˇ 粵 jim⁵ 染]
❶苒苒，草茂盛的樣子 ◆ 苒苒芳草。❷荏苒。見“荏”，581頁右欄。

英
⁵[yīng ㄧㄥ 粵 jiŋ¹ 嬰]
❶花；花瓣 ◆ 落英繽紛。

❷才能傑出的，也指才能傑出的人 ◆ 英豪|英才|英名|羣英會|英雄無用武之地。❸精華；事物最精粹的部分 ◆ 英華|民族精英|含英咀華。❹英國的簡稱 ◆ 英尺|英鎊。❺姓。

⁵**苢** [yǐ ㄧˇ ⑧ji⁵ 以]
芣苢。見"芣"，573頁右欄。

⁵**苘** [qǐng ㄑㄧㄥˇ ⑧kiŋ² 頃]
❶苘麻，一年生草本植物。莖長而直，花黃色。莖皮纖維用來製麻繩、麻袋。❷這種植物的莖皮纖維。

⁵**苲** [zhǎ ㄓㄚˇ ⑧dza² 楂²]
苲草，指金魚藻一類水生植物 ◆ 苲草。

⁵**茌** [chí ㄔˊ ⑧tsi⁴ 池]
茌平，地名，在山東省。

⁵**苻** [fú ㄈㄨˊ ⑧fu⁴ 扶]
❶同"莩"，見585頁左欄。❷姓。

⁵**苽**
同"菰"，590頁右欄。

⁵**苶** [nié ㄋㄧㄝˊ ⑧nip⁹ 聶]
疲倦；精神不振 ◆ 發苶|神色疲苶|兩天沒合眼，他看上去有點苶。

⁵**苓** [líng ㄌㄧㄥˊ ⑧liŋ⁴ 零]
❶茯苓。見"茯"，581頁左欄。❷苓耳，即捲耳，一年生或多年生草本植物。全株被毛，莖單一或簇生，花白色，全草入藥。

⁵**苟** [gǒu ㄍㄡˇ ⑧geu² 狗]
❶隨便；馬馬虎虎 ◆ 苟同|苟簡|一絲不苟。❷暫且，姑且 ◆ 苟活|苟安|苟且偷生|苟延殘喘|苟全性命。❸不合正義；不正當 ◆ 苟合|蠅營狗苟|苟且之事。❹連詞。假若；如果 ◆《史記》："苟富貴，無相忘。"❺姓。

⁵**茅** [máo ㄇㄠˊ ⑧meu⁴ 矛]
❶同"茅"。白茅。❷姓。

⁵**苑** [yuàn ㄩㄢˋ ⑧jyn² 婉]
❶古代馴養禽獸、廣植林木的地方，多指帝王的花園 ◆ 林苑|鹿苑|上林苑。❷學術文藝薈萃的地方 ◆ 文苑|藝苑|畫苑。❸姓。

⁵**苞** [bāo ㄅㄠ ⑧bau¹ 包]
❶花沒開放時包着花朵的小片 ◆ 花苞|苞芽|苞蕚|含苞待放。❷叢生而茂盛 ◆ 竹苞茂盛。

⁵**范** [fàn ㄈㄢˋ ⑧fan⁶ 飯]
❶姓。❷"範"的簡化字。

⁵**苧**(苎) [zhù ㄓㄨˋ ⑧tsy⁵ 柱]
❶苧蔴，多生年草本

植物。莖直立，葉子互生，卵圓形或心臟形，花綠色，雌雄同株，莖皮纖維潔白，是重要的紡織原料。❷這種植物的莖皮纖維。

⁵ 苧 [xué ㄒㄩㄝˊ 粵 tsyt⁸ 猝]
苧子，用高粱稈或蘆葦編成的粗蓆，狹而長，圍起來可以囤糧食。

⁵ 苾 [bì ㄅ丨ˋ 粵 bit⁹ 別]
濃香。

⁵ 苠 [mín ㄇ丨ㄣˊ 粵 men⁴ 民]
莊稼生長期較長，成熟期較晚 ◆ 苠高粱｜黃穀子比白穀子苠。

⁵ 苻 [fú ㄈㄨˊ 粵 fet⁷ 忽]
雜草多，不便通行。

⁵ 茁 [zhuó ㄓㄨㄛˊ 粵 dzyt⁸ 啜]
指植物動物旺盛地生長 ◆ 茁長｜茁實｜牛羊茁壯｜孩子們茁壯成長。

⁵ 茄 〈一〉[qié ㄑ丨ㄝˊ 粵 kɛ⁴ 騎⁴]
❶茄子，一年生草本植物。開紫色花。果實也叫"茄子"，多為紫色，也有綠色或白色的，是普通蔬菜。又名"落蘇"。❷番茄，即西紅柿，一年生草本植物。果實圓形，紅色或黃色，是常見蔬果 ◆ 茄汁黃魚。
〈二〉[jiā ㄐ丨ㄚ 粵 ga¹ 加]

譯音字 ◆ 雪茄煙｜茄克衫。

⁵ 苕 〈一〉[tiáo ㄊ丨ㄠˊ 粵 tiu⁴ 條]
古書上指凌霄花，落葉藤本植物。開紅色花，花可入藥。也叫"紫葳"。
〈二〉[sháo ㄕㄠˊ 粵 siu⁴ 韶]
方言。紅苕，即甘薯。通稱"紅薯"。

⁵ 苔 〈一〉[tái ㄊㄞˊ 粵 tɔi⁴ 台]
苔蘚植物的一綱。這一綱植物的根、莖、葉區別不明顯，綠色，生長在陰濕的地方 ◆ 青苔｜苔衣｜蒼苔。
〈二〉[tāi ㄊㄞ 粵 同〈一〉]
舌苔，舌頭表面上滑膩的物質。醫生常根據病人舌苔的情況診斷病情。

⁵ 茅 [máo ㄇㄠˊ 粵 mau⁴ 矛]
❶白茅，多年生草本植物。根莖入藥，全草可用來蓋屋頂，也可做造紙原料 ◆ 茅草｜茅舍｜三顧茅廬｜茅塞頓開｜名列前茅。❷姓。

⁶ 荆 [jīng ㄐ丨ㄥ 粵 giŋ¹ 京]
❶落葉灌木。葉子有長柄，花小，藍紫色枝條可編筐籃 ◆ 荆條｜荆筐｜披荆斬棘｜荆天棘地｜負荆請罪｜荆釵布裙。❷舊時謙辭，稱自己的妻子 ◆ 拙荆｜荆妻。❸借稱初次見面和結識的人 ◆ 識荆。❹春秋時楚國的別稱。❺荆州，古

代"九州"之一，漢代轄境很大，明、清為府，在今湖北江陵。今湖北有荊州地區。❻姓。

⁶莙 [lǎo ㄌㄠˇ 📢 lou⁵ 老]
莙濃溪，水名，在台灣。

⁶茸 〈一〉[róng ㄖㄨㄥˊ 📢 juŋ⁴ 容]
❶草初生細軟的樣子 ◆ 綠茸茸｜春草纖茸。❷細軟的毛 ◆ 茸毛。❸橄欖，樹名 ◆ 參茸補膏。
〈二〉[rǒng ㄖㄨㄥˇ 📢 juŋ⁵ 湧]
闒茸。見"闒"，765頁右欄。

⁶茜 〈一〉[qiàn ㄑㄧㄢˋ 📢 sin³ 先]
❶茜草，多年生草本植物。花黃色。根紅色，可提取染料，也可入藥。❷借指大紅色 ◆ 樹欲｜茜裙｜茜衫。
〈二〉[xī ㄒㄧ 📢 sei¹ 西]
譯音字，多用於人名。

⁶茬 [chá ㄔㄚˊ 📢 tsa⁴ 茶]
❶建立；豎後留在地裏的短莖和根 ◆ 豆茬｜麥茬｜翻茬。❷同一塊地上作物種植或收割的次數 ◆ 換茬｜輪茬｜改茬｜頭茬麥子二茬豆｜一年能種四五茬蔬菜。❸短而硬的髮、鬍子 ◆ 鬍子茬。

⁶荑 〈一〉[tí ㄊㄧˊ 📢 tei⁴ 提]
❶白茅的葉芽；泛指植物的嫩芽 ◆ 手如柔荑，膚如凝脂。❷稗子一類的草。

〈二〉[yí ㄧˊ 📢 ji⁴ 移]
除去田地裏的野草。

⁶茈 〈一〉[cí ㄘˊ 📢 tsi⁴ 池]
鳧茈，古書上指荸薺。
〈二〉[zǐ ㄗˇ 📢 dzi² 子]
即紫草，多年生草本植物。全株有硬毛，開白色花。根粗壯，含紫色結晶物質，可作染料，也可入藥。
〈三〉[chái ㄔㄞˊ 📢 tsai⁴ 豺]
茈胡，即柴胡，多年生草本植物。莖直立，開黃色小花。根肥厚、可入藥。

⁶草 [cǎo ㄘㄠˇ 📢 tsou² 粗²]
❶除栽培植物以外的莖幹較柔軟的草本植物的通稱 ◆ 草叢｜青草｜草原｜打草驚蛇｜疾風知勁草｜牆頭草，兩邊倒｜兔子不吃窩邊草。❷作飼料或燃料的植物 ◆ 草料｜柴草｜招兵買馬，聚草囤糧｜兵馬未動，糧草先行。❸原野，借指在野、民間 ◆ 草民百姓｜草莽英雄｜落草為寇。❹雌性的 ◆ 草雞｜草驢。❺擬稿 ◆ 草擬。❻稿子 ◆ 起草｜詩草｜《南冠草》。❼臨時的；非正式的 ◆ 草稿｜草案｜草圖｜草簽｜草台班。❽粗糙；馬虎 ◆ 草率｜浮皮潦草。❾漢字字體的一種 ◆ 草體｜草書｜狂草｜真草隸篆。❿字母或數字的手寫體 ◆ 大草｜小草。

⁶苘 [tóng ㄊㄨㄥˊ 📢 tuŋ⁴ 同]
苘蒿，一年生或二年生草本

植物。葉互生，長形羽狀分裂，開
黃色或白色花，嫩莖和葉有特殊香
氣，是普通蔬菜。也叫"蓬蒿"。

⁶ 茵 [yīn ㄧㄣ 粵 jɐn¹ 因]
墊子或褥子 ◆ 車茵｜茵褥｜
芳草如茵。

⁶ 茴 [huí ㄏㄨㄟˊ 粵 wui⁴ 回]
❶多年生草本植物。開黃色
花，莖葉可食用，果實橢圓形，大
如麥粒。是調味用的香料，又可入
藥。俗稱"小茴香"。❷即八角，常
綠小喬木。葉橢圓形，花紅色，果
實呈八角形。可作調味的香料和入
藥，也稱"八角茴香"或"大茴香"。

⁶ 茱 [zhū ㄓㄨ 粵 sy⁴ 殊]
茱萸，山茱萸、食茱萸、吳
茱萸的統稱，落葉喬木或小喬木。
有濃烈香味，果實紅紫色，可入
藥。古代有重陽節頭插茱萸或佩茱
萸囊以避邪的風俗 ◆ 唐王維《九月
九日憶山東兄
弟》詩："遙知
兄弟登高處，
遍插茱萸少一
人。"

⁶ 苦 [guā ㄍㄨㄚ 粵 kut⁸ 括]
同"栝"。見"栝"，313頁右欄。

⁶ 茯 [fú ㄈㄨˊ 粵 fuk⁹ 伏]
茯苓，菌類植物。寄生於松

樹根上，形狀像甘薯，外皮深褐
色，多皺，內部粉粒狀，白色或淡
粉紅色。可供食用，也可入藥。有
利水消腫、安神鎮靜等功用。

⁶ 荏 [rěn ㄖㄣˇ 粵 jɐm⁵ 淫⁵]
❶即白蘇，一年生草本植
物。氣味芳香，葉有鋸齒，花白
色。種子通稱"蘇子"，可以榨油。
❷軟弱 ◆ 荏弱｜色厲內荏。❸荏
苒，(時間)漸漸過去 ◆ 光陰荏苒。

⁶ 莀 [hòu ㄏㄡˋ 粵 gɐu² 狗]
薜莀。見"薜"，605頁右欄。

⁶ 荇 [xìng ㄒㄧㄥˋ 粵 hɐŋ⁶ 杏]
荇菜，水生草本植物。葉浮
於水面，花黃色，根莖嫩時可食
用。也叫"莕菜" ◆ 荇葉荷風｜芰裳
荇帶｜《詩經》："參差荇菜，左右
流之。"

⁶ 荃 [quán ㄑㄩㄢˊ 粵 tsyn⁴ 全]
古書上說的一種香草 ◆ 荃
蘭｜荃蕙｜荃蓀。

⁶ 茶 [chá ㄔㄚˊ 粵 tsa⁴ 查]
❶常綠灌木。開白色花，嫩
葉經加工後成為茶葉 ◆ 茶樹｜茶山
｜茶農｜茶鄉。❷茶葉 ◆ 花茶｜茶莊
｜茶磚｜雨前茶｜早晨起來七件事，
柴米油鹽醬醋茶。❸用茶葉沏成的
飲料 ◆ 清茶｜品茶｜茶點｜茶話會｜
粗茶淡飯。❹一種顏色 ◆ 茶色｜茶

晶|茶鏡。❺油茶樹 ◆ 茶油。❻山茶 ◆ 茶花。❼某些飲料 ◆ 奶茶|杏仁茶|咖啡茶。❽舊時聘禮的代稱 ◆ 下茶|受茶|茶禮。

荅
同"答"，500頁右欄。

荀
[xún ㄒㄩㄣˊ 🔊 sœn¹ 詢]
❶荀草，古代傳說中的一種香草。❷姓。

茗
[míng ㄇㄧㄥˊ 🔊 miŋ⁵ 皿]
❶古代指茶芽。一說指晚收的茶。❷茶葉的通稱。❸水沏茶葉而成的飲料 ◆ 香茗|品茗。

茭
[jiāo ㄐㄧㄠ 🔊 gau¹ 交]
❶茭白，即菰的花莖經菰黑粉菌侵入後，基部形成的肥大嫩莖，可作蔬菜。也稱"茭筍"。❷餵牲口的乾草 ◆ 芻茭。

茨
[cí ㄘˊ 🔊 tsi⁴ 池]
❶用茅草或蘆葦蓋的屋頂 ◆ 茅茨土階。❷蒺藜。❸茨菰，即慈姑。多年生水生草本植物。葉片戟形，地下球莖可作蔬菜。

荒
[huāng ㄏㄨㄤ 🔊 foŋ¹ 方]
❶未開墾的；未開發的 ◆ 荒地|荒灘|荒原|荒瘠|荒山禿嶺。❷廢棄 ◆ 荒疏|荒廢了時間|業精於勤荒於嬉。❸沒有耕種的土地 ◆ 開荒|墾荒|拓荒|北大荒。❹偏僻；冷落 ◆ 荒僻|荒漠|荒城|荒涼|荒郊野外|荒無人煙。❺莊稼歉收 ◆ 荒年|災荒|饑荒|備荒|救荒|逃荒要飯。❻某種有害物過多，嚴重影響莊稼生長 ◆ 蟲荒|沙荒|鹼荒。❼嚴重的缺乏 ◆ 水荒|糧荒。❽不合情理 ◆ 荒唐|荒誕無稽|荒謬絕倫。❾古代用來矯 ◆ 荒淫酒色。❿邊遠；遠方 ◆ 八荒。

荄
[gāi ㄍㄞ 🔊 gɔi¹ 該]
草根。

茺
[chōng ㄔㄨㄥ 🔊 tsuŋ¹ 充]
茺蔚，即益母草。二年生草本植物。莖呈方形，直立，花淡紫紅色，堅果有棱。莖葉、果實均可入藥。

茳
[jiāng ㄐㄧㄤ 🔊 gɔŋ¹ 江]
茳芏，多年生草本植物。莖三棱形，開綠褐色花。莖可編蓆，是改良鹽鹼地的優良草種。又叫"鹹水草"。

茫
[máng ㄇㄤˊ 🔊 mɔŋ⁴ 忙]
❶形容水或天空等遼闊無際，看不清楚 ◆ 蒼茫|迷茫|渺茫|微茫|浩茫。❷對事情全無所知 ◆ 茫無頭緒|茫然不知所措。

茛
[gèn ㄍㄣˋ 🔊 gɐn³ 斤³]
毛茛，多年生草本植物。莖

葉有茸毛，開黃色花。全株有毒，可作外用藥，敷貼穴位。莖葉汁液，可殺滅孑孓、蛆蟲等。俗稱"老虎腳爪草"。

⁶ **莈** [qiáo ㄑㄧㄠˊ ⓟ kiu⁴ 僑] ❶古書上指錦葵，二年或多年生草本植物。開紫色或白色花。栽培供觀賞。❷同"蕎"。蕎麥。

⁶ **茹** [rú ㄖㄨˊ ⓟ jy⁴ 如/jy⁶ 喻] ❶吃 ◆ 茹素│茹毛飲血│含辛茹苦。❷蔬菜的總稱。❸姓。

⁶ **荔** (ⓟ荔) [lì ㄌㄧˋ ⓟ lei⁶ 例] ❶荔枝，常綠喬木。果實球形或卵形，外殼有疙瘩，熟時紫紅色，肉白嫩多汁，味甜美，是我國特產的果品 ◆ 荔枝園│荔枝蜜│荔枝譜│荔枝熟了│宋蘇軾《食荔枝》詩："日啖荔枝三百顆，不辭長作嶺南人。"❷薜荔。見"薜"，606頁右欄。

⁷ **莰** [kǎn ㄎㄢˇ ⓟ hem² 坎] 一種有機化合物，分子式 $C_{10}H_{18}$（英camphane）。為白色晶體，其常見的含氧衍生物是樟腦。

⁷ **茝** ⟨一⟩[chǎi ㄔㄞˇ ⓟ tsɔi² 彩] 古書上說的一種香草。常用作人名。
⟨二⟩[zhǐ ㄓˇ ⓟ dzi² 子] 白茝鮮多年生草本植物。根可入藥。

⁷ **荂** 同"荇"，見581頁右欄。

⁷ **荸** [bí ㄅㄧˊ ⓟ but⁹ 勃] 荸薺，多年生草本植物。生在池沼或水田中，地下莖呈扁球形，皮赤褐色，肉白色。可以食用。又叫"地栗"或"馬蹄"。

⁷ **莆** ⟨一⟩[pú ㄆㄨˊ ⓟ pou⁴ 葡] ❶莆田，地名，在福建省。❷姓。
⟨二⟩[fǔ ㄈㄨˇ ⓟ fu² 苦] 蓮莆。見"蓮"，588頁左欄。

⁷ **莽** [mǎng ㄇㄤˇ ⓟ mɔŋ⁵ 網/mɔŋ⁶ 忘] ❶叢生的草；草叢 ◆ 莽原│叢莽│林莽│榛莽。❷遼闊；廣大 ◆ 蒼莽│莽蕩│檢檢舉舉案。❸粗魯冒失 ◆ 粗莽│莽撞│莽漢子│魯莽滅裂。

⁷ **荚** (莢) [jiá ㄐㄧㄚˊ ⓟ gap⁸ 夾] 一般指豆類植物的長形果實 ◆ 莢果│豆莢│皂莢│槐樹莢。

毛豆　　四季豆　　豌豆

⁷ **莖**(茎) [jīng ㄐㄧㄥ 粵 heŋ⁴ 恆]

❶多指植物的主幹。下端連接根，上端生枝長葉開花，起支撐和輸送水分養料的作用。有的植物有地下莖 ◆ 莖幹｜花莖｜塊莖｜攀緣莖｜匍匐莖。❷量詞。用於條狀物 ◆ 一莖小草｜幾莖白髮｜唐盧延讓《苦吟》詩：「吟安一個字，拈斷數莖鬚。」

⁷ **莫** ⟨一⟩[mò ㄇㄛˋ 粵 mɔk⁹ 漠]

❶不；不能 ◆ 莫如｜愛莫能助｜鞭長莫及｜變化莫測｜議論紛紛，莫衷一是。❷沒有；誰；沒有什麼 ◆ 莫不歡欣｜人莫予毒｜莫大的榮譽｜哀莫大於心死。❸不要；勿 ◆ 莫動｜莫哭｜若要人不知，除非己莫為。❹表示揣測或反問 ◆ 莫不是｜莫須有｜莫非他病了？❺姓。
⟨二⟩[mù ㄇㄨˋ 粵 mou⁶ 冒]
「暮」的本字。

⁷ **莧**(苋) [xiàn ㄒㄧㄢˋ 粵 jin⁶ 現]

莧菜，一年生草本植物。葉綠色或紫紅色，開黃綠色小花。莖葉可食，是普通蔬菜，全草可入藥。

⁷ **莒** [jǔ ㄐㄩˇ 粵 gœy² 舉]

莒縣，地名，在山東省。

⁷ **莪** [é ㄜˊ 粵 ŋɔ⁴ 鵝]

莪蒿，多年生草本植物。生在水邊，葉子針狀，嫩時可食用，開黃綠色小花。

⁷ **莛** [tíng ㄊㄧㄥˊ/tǐng ㄊㄧㄥˇ (舊)粵 tiŋ⁴ 廷]

稱某些草本植物的莖 ◆ 麥莛｜以莛撞鐘。

⁷ **莉** [lì ㄌㄧˋ 粵 lei⁶ 利]

茉莉。見「茉」，576頁左欄。

⁷ **莠** [yǒu ㄧㄡˇ 粵 jɐu⁵ 友]

❶狗尾草，一年生草本植物。葉片闊線形，花序密集成圓柱狀，形似狗尾，為田間常見雜草。❷比喻壞的 ◆ 莠民｜良莠不齊｜不稂不莠。

⁷ **莓** [méi ㄇㄟˊ 粵 mui⁴ 梅]

❶指某些果實很小，聚生在球形花托上的植物。常見的是草莓，為多年生草本植物。花白色或略帶紅色，花托形成紅色漿果，味酸甜，可食用及製果醬、果酒。又有樹莓、蛇莓等。❷指青苔。

⁷ **荷** ⟨一⟩[hé ㄏㄜˊ 粵 hɔ⁴ 何]

即蓮，水生草本植物。葉子圓形，花大，淡紅色或白色。供觀賞，地下莖叫「藕」，種子叫「蓮子」，均可食用 ◆ 荷葉｜新荷｜秋荷｜荷

塘月色｜宋 楊萬里《曉出淨慈寺送林子方》詩：“接天蓮葉無窮碧，映日荷花別樣紅。”

〈二〉[hè ㄏㄜˋ ⑧ hɔ⁶ 賀]

❶扛；擔◆ 荷鋤｜荷槍實彈。❷承擔；負載◆ 負荷｜載荷｜電荷｜肩負重荷。❸承受(多用於書信中表示感激)◆ 為荷｜感荷｜至荷。

莜 7 [yóu ㄧㄡˊ ⑧ jeu⁴ 由]

❶莜麥，一年生草本植物。葉子細長扁平而軟，栽培取其子實，供食用或作飼料，莖、葉可做牧草。也稱“裸燕麥”或“油麥”。❷這種植物的子實。

茶 7 〈一〉[tú ㄊㄨˊ ⑧ tou⁴ 途]

❶古書上說的一種苦菜。❷苦；使痛苦◆ 茶毒生靈。❸古書上指茅草、蘆葦的白花◆ 如火如茶。❹茶蘼，落葉灌木。攀緣莖，有刺，初夏開白花，栽培供觀賞。又作“酴醾”。

〈二〉[chá ㄔㄚˊ ⑧ tsa⁴ 查]

“茶”的古字。

莝 7 [cuò ㄘㄨㄛˋ ⑧ tsɔ³ 錯]

莝草，已剉碎的草。

荽 7 [suī ㄙㄨㄟ ⑧ sœy¹ 須]

荽荽。見“芫”，573頁左欄。

莩 7 [fú ㄈㄨˊ ⑧ fu¹ 呼]

蘆葦稈子裏的薄膜◆ 葭莩

之親(比喻疏遠的親戚或泛指親戚關係)。

荻 7 [dí ㄉㄧˊ ⑧ dik⁹ 敵]

多年生草本植物。生長水邊，外形像蘆葦，莖可以編蓆◆ 蘆荻｜唐 白居易《琵琶行》詩：“潯陽江頭夜送客，楓葉荻花秋瑟瑟。”

莘 7 〈一〉[shēn ㄕㄣ ⑧ sen¹ 辛]

❶莘莘，形容眾多◆ 莘莘學子。❷莘縣，地名，在山東省。❸姓。

〈二〉[xīn ㄒㄧㄣ ⑧ 同〈一〉]

❶即細辛，多年生草本植物。根狀莖細長，芳香，花紫色，鐘形，全草入藥。❷莘莊，地名，在上海市。

莎 7 〈一〉[suō ㄙㄨㄛ ⑧ sɔ¹ 梳]

莎草，多年生草本植物。莖三棱形，花黃褐色，地下塊莖可供藥用。又叫“香附子”。

〈二〉[shā ㄕㄚ ⑧ sa¹ 沙]

❶莎雞，一種昆蟲，俗稱“紡織娘”。❷莎車，漢 西域國名。在今新疆維吾爾自治區。❸人名、譯名用字。

莞 7 〈一〉[guān ㄍㄨㄢ ⑧ gun¹ 官]

❶即水葱，多年生草本植物。莖圓柱形，生於湖邊或淺水中，莖可編蓆、造紙，也可入藥。俗名“蓆子草”。❷用莞編製的蓆子。❸姓。

〈二〉[guǎn ㄍㄨㄢˇ 粵gun² 管]
東莞，地名，在廣東省。

〈三〉[wǎn ㄨㄢˇ 粵wun⁵ 浣]
莞爾，微笑的樣子 ◆ 相顧莞爾｜莞爾一笑。

⁷莨 〈一〉[liáng ㄌㄧㄤˊ 粵lœŋ⁴ 梁]

❶薯莨，多年生藤本植物。地下塊莖外部紫黑色，內部木紅色，莖內含單寧，可做染料、釀酒原料，中醫入藥，名"紅孩兒"。❷這種植物的塊莖。

〈二〉[làng ㄌㄤˋ 粵lɔŋ⁶ 浪]
莨菪，一年或二年生草本植物。有毒，全株有黏性腺毛，並有特殊臭味，花黃色，葉和種子供藥用。又名"天仙子"。

⁷莙 [jūn ㄐㄩㄣ 粵gwɐŋ¹ 君／kwɐŋ⁵ 窘]

莙蓬菜，即變種葉用甜菜，二年生草本植物。根不肥大，葉大，是常見蔬菜。也稱"牛皮菜"、"厚皮菜"。

⁷莊 (庄) [zhuāng ㄓㄨㄤ 粵dzɔŋ¹ 裝]

❶村子 ◆ 村莊｜農莊｜莊戶人家。❷鄉間別墅；園林 ◆ 山莊。❸私人所有的大片田地 ◆ 田莊｜皇莊｜莊丁｜莊園主。❹大商號 ◆ 布莊｜茶莊｜錢莊｜飯莊。❺牌戲或賭博中主持的一方 ◆ 坐莊｜莊家。❻嚴

肅；端重 ◆ 莊重｜莊嚴｜端莊｜亦莊亦諧。❼莊稼，田裏長着的農作物(多指糧食作物) ◆ 莊稼漢｜莊稼活兒。❽姓。

⁸菶 [běng ㄅㄥˇ 粵buŋ² 邊孔切]
菶菶，古書上形容草木茂盛。

⁸華 (华) 〈一〉[huá ㄏㄨㄚˊ 粵twa⁴ 蛙⁴]

❶指中國。中國古稱華夏，簡稱華 ◆ 華人｜華僑｜華東｜華語｜對華投資。❷光輝；光暈 ◆ 光華｜月華。❸美麗而有光彩的 ◆ 華美｜華麗｜華衣｜華羽｜華筵。❹敬辭，用於與對方有關的事物，表示讚美 ◆ 華翰｜華章｜華札｜六十華誕。❺青少年時代；年歲；時光 ◆ 華年｜韶華｜風華正茂｜年華似水。❻繁盛；充沛 ◆ 繁華｜榮華｜草木華滋｜腹有詩書氣自華。❼精要的、最好的部分 ◆ 精華｜英華｜才華橫溢｜含英咀華。❽貴族的 ◆ 華胄。❾奢侈；虛浮 ◆ 奢華｜浮華｜華而不實｜文字華靡，內容空泛。❿頭髮花白 ◆ 早生華髮。

〈二〉[huā ㄏㄨㄚ 粵fa¹ 化¹]
"花"的古字 ◆ 春華秋實。

〈三〉[huà ㄏㄨㄚˋ 粵wa⁶ 話]
❶華山，五嶽中的西嶽，在陝西省。❷姓。

⁸菁 [jīng ㄐㄧㄥ 粵dziŋ¹ 晶]
❶菁華，指最精美的部分 ◆

藝苑菁華｜取其菁華，棄其糟粕。❷"菁菁"，草木茂盛的樣子 ◆ 其葉菁菁。

8 **菾** [tián ㄊㄧㄢˊ [粵] tim⁴ 甜]
菾菜，即甜菜，二年生草本植物。開綠色小花，主根為圓錐等形肉質塊根。可製砂糖，葉和糖渣可作飼料。其變種葉用甜菜稱"君薘菜"，為常見蔬菜。

8 **萇** [cháng ㄔㄤˊ [粵] tsœŋ⁴ 祥]
❶萇楚，即獼猴桃，藤本植物。小枝密生毛，葉卵形，開白色花。漿果球形或橢球形，味甜，含多種維生素，可食用、製果醬或釀酒，根入藥。又叫"陽桃"、"藤梨"、"木子"、"獼猴梨"。❷姓。

8 **著** 〈一〉[zhù ㄓㄨˋ [粵] dzy³ 注]
❶顯明；顯出 ◆ 顯著｜著名｜著稱｜聲名卓著｜見微知著。❷寫作 ◆ 著者｜編著｜譯著｜撰著｜著書立說。❸文字作品 ◆ 專著｜原著｜名著｜論著｜煌煌巨著｜著作等身。
〈二〉[zhù ㄓㄨˋ / zhuó ㄓㄨㄛˊ (舊) [粵] 同〈一〉]
土著，世代居住本地的人。
〈三〉同"着"，見463頁右欄。

8 **菝** [bá ㄅㄚˊ [粵] bɐt⁹ 拔]
❶菝葜，藤本植物。葉子卵圓形，莖有刺，花黃綠色。根莖入藥。又名"金剛刺"、"鐵菱角"。❷菝蔄，薄荷的別名。

8 **菱** ([異]蔆) [líng ㄌㄧㄥˊ [粵] liŋ⁴ 玲]
❶一年生草本植物。生長於池塘中，花白色，果實有硬殼和尖角，果肉可食。又名"芰"，俗稱"菱角" ◆ 菱湖｜菱花｜菱塘。❷這種植物的果實 ◆ 菱藕｜菱粉｜採菱｜菱形｜賣紅菱。

8 **菢** [bào ㄅㄠˋ [粵] bou⁶ 步]
孵卵 ◆ 菢小雞｜母雞菢窩。

8 **萁** 〈一〉[qí ㄑㄧˊ [粵] kei⁴ 期]
豆子的稭稈 ◆ 豆萁｜三國魏曹植《七步詩》："煮豆燃豆萁，豆在釜中泣；本是同根生，相煎何太急！"
〈二〉[jī ㄐㄧ [粵] gei¹ 基]
❶古書上說的一種草，形狀像荻，比荻細。❷語助词。

8 **菻** [lǐn ㄌㄧㄣˇ [粵] lɐm⁵ 凜]
❶古書上說的一種蒿類植物。❷拂菻，中國古代稱東羅馬帝國。

8 **菥** [xī ㄒㄧ [粵] sik⁷ 色]
菥蓂，即遏藍菜，二年生草本植物。野生，葉匙形，開白色小花，短角果。葉可作蔬菜，種子榨油可製肥皂、潤滑油或食用，種子及全草入藥。

⁸ **菘** [sōng ㄙㄨㄥ 圖 suŋ¹ 鬆]
古書上指大白菜，一年生或二年生草本植物。葉子闊大，有結球、半結球等類型，花淡黃色。是普通蔬菜。也叫"黃芽菜"、"菘菜"。

⁸ **萘** [nài ㄋㄞˋ 圖 nɔi⁶ 耐]
一種有機化合物，分子式 $C_{10}H_8$（英naphthalene）。白色晶體，有特殊氣味。從煤焦油中提取，可用於製造樹脂、染料、香料、藥品等，常用的衛生球即由萘製成。

⁸ **萁** [qí ㄑㄧˊ 圖 kei⁴ 其]
萁萊主山，山名，在台灣。

⁸ **菴** 同"庵"，見199頁左欄。

⁸ **萊**(莱) [lái ㄌㄞˊ 圖 lɔi⁴ 來]
❶藜草 ◆ 草萊｜唐陳子昂《感遇》詩："感時思報國，拔劍起蒿萊。"❷古代指休耕的土地；荒地。❸萊菔，蘿蔔主根的別稱。❹姓。

⁸ **蘷** [shà ㄕㄚˋ 圖 sap⁹ 霎/sip⁸ 攝]
❶蘷莆，傳說中的瑞草名。❷扇的別名。

⁸ **萋** [qī ㄑㄧ 圖 tsɐi¹ 妻]
形容草生長茂盛 ◆ 唐崔顥《黃鶴樓》詩："晴川歷歷漢陽樹，芳草萋萋鸚鵡洲。"

⁸ **菽** [shū ㄕㄨ 圖 suk⁷ 叔]
豆類的總稱 ◆ 布帛菽粟｜不辨菽麥。

⁸ **菓** 同"果❶"，見307頁左欄。

⁸ **菖** [chāng ㄔㄤ 圖 tsœŋ¹ 昌]
菖蒲，多年生草本植物。生長在水邊，有香氣，根莖入藥，是提取芳香油、澱粉與纖維的原料。又叫"白菖蒲"。

⁸ **萌** [méng ㄇㄥˊ 圖 mɐŋ⁴ 盟]
❶植物發芽 ◆ 萌芽｜萌發｜萌蘖｜草木萌動。❷比喻開始發生 ◆ 萌生愛情｜春意萌動｜故態復萌｜防芽遏萌｜杜漸防萌。❸植物的芽苞。

⁸ **萜** [tiē ㄊㄧㄝ 圖 tip⁸ 貼]
有機化合物的一類（英terpenes）。多為有香味的液體，如薄荷油、松節油等都是含萜的化合物。

⁸ **菌** 〈一〉[jūn ㄐㄩㄣ 圖 kwɐn² 捆]
❶低等植物的一大類。不含葉綠素，不開花，沒有莖葉，不能自己

製造養料，種類很多，如真菌、細菌等 ◆ 菌株│菌蓋│菌質體│菌類飼料。❷特指細菌 ◆ 病菌│菌苗│抗菌素。

〈二〉[jùn ㄐㄩㄣˋ 粵同〈一〉]
菌子，即"蕈"一類植物。

⁸ **菲** 〈一〉[fěi ㄈㄟˇ 粵fei² 匪]
❶古書上指蕪菁一類的植物。❷微薄 ◆ 菲禮│菲儀│菲酌│妄自菲薄。

〈二〉[fēi ㄈㄟ 粵fei¹ 非]
❶形容花草茂盛，香氣濃 ◆ 春草菲菲│百般紅紫鬥芳菲。❷菲林，指攝影用的膠片。

⁸ **萎** [wěi ㄨㄟˇ 粵wai³ 慰]
❶植物乾枯 ◆ 枯萎│萎謝│萎蔫│萎落。❷衰退（口語常讀作：wēi）◆ 貿易萎縮│形體衰萎│萎靡不振。

⁸ **萸** [yú ㄩˊ 粵jy⁴ 如]
茱萸。見"茱"，581頁左欄。

⁸ **萑** [huán ㄏㄨㄢˊ 粵wun⁴ 桓]
❶古書上指蘆葦一類的植物 ◆ 萑葦。❷萑苻，春秋時鄭國澤名。

⁸ **萆** [bēi ㄅㄟ/bì ㄅㄧˋ 粵bei¹ 悲]
萆薢，多年生纏繞藤本植物。根狀莖含有多種皂苷，可入藥。

⁸ **茒** [dì ㄉㄧˋ 粵dik⁷ 的]
古代指蓮子 ◆ 綠房紫茒。

⁸ **菜** [cài ㄘㄞˋ 粵tsɔi³ 賽]
❶能做副食品的植物的總稱 ◆ 白菜│酸菜│菜餚│菜心│菜市│面有菜色。❷特指油菜 ◆ 菜籽│菜油。❸葷素佐餐食品的總稱 ◆ 做菜│菜肴│菜譜│粵菜│菜牛│八菜一湯。

⁸ **菔** [fú ㄈㄨˊ 粵fuk⁹ 服/bak⁹ 帛]
萊菔，即蘿蔔。

⁸ **菟** 〈一〉[tù ㄊㄨˋ 粵tou³ 吐]
菟絲子，一年生草本植物。莖紅長，呈絲狀，纏繞寄生在別的植物上，對栽培植物有害。葉子退化，花小，白色，種子入藥。也叫"菟絲"。

〈二〉[tú ㄊㄨˊ 粵tou⁴ 逃]
於菟（wū tú），虎的別稱。

⁸ **萄** [táo ㄊㄠˊ 粵tou⁴ 逃]
葡萄。見"葡"，593頁左欄。

⁸ **菪** [dàn ㄉㄢ 粵dam⁶ 氮]
菡菪。見"菡"，591頁左欄。

⁸ **菊** [jú ㄐㄩˊ 粵guk⁷ 谷]
通稱"菊花"，多年生草本植物。是著名的觀賞植物，秋季開花，經人工培養，種類繁多。白菊

花可作飲料，與黃菊均可入藥 ◆ 菊展｜菊圃｜墨菊｜梅蘭竹菊｜晉陶淵明《飲酒》詩：“採菊東籬下，悠然見南山。”

萃 [cuì ㄘㄨㄟˋ ⑧ sœy⁶ 睡]
❶叢生；聚集 ◆ 集萃｜精品薈萃。❷聚集在一起的同類事物 ◆ 出類拔萃。

菸 [yān ㄧㄢ ⑧ jin¹ 胭]
同“煙❹”。煙草。

菩 [pú ㄆㄨˊ ⑧ pou⁴ 葡]
❶菩提，佛教名詞。意為對佛教“真諦”的覺悟 ◆ 菩提心｜菩提樹。❷菩薩，梵語“菩提薩埵”的省稱。佛教中指修行到地位僅次於佛的人 ◆ 菩薩心腸｜大慈大悲的觀世音菩薩。

荽 [tǎn ㄊㄢˇ ⑧ tam² 貪²]
初生出的荻。

萍 [píng ㄆㄧㄥˊ ⑧ piŋ⁴ 平]
浮萍，小草本植物。浮生水面，葉狀，夏季開白色花。可作飼料或綠肥 ◆ 飄萍｜梗跡萍蹤｜萍水相逢。

萢(⑧菹) [zū ㄗㄨ ⑧ dzœy¹ 追]
❶多水草的沼澤地帶。❷醃菜；酸菜。❸將菜、肉切碎。

菠 [bō ㄅㄛ ⑧ bɔ¹ 波]
❶菠菜，一年或二年生草本植物。根帶紅色，莖葉可食，是普通蔬菜。❷菠蘿，即鳳梨，多年生草本植物。葉大，花紫色，果實外部呈鱗片狀。果肉芳香，味甜酸，可食用。產於熱帶地區。這種植物的果實也叫“菠蘿”，俗稱“菠蘿蜜”。

荡 [dàng ㄉㄤˋ ⑧ dɔŋ⁶ 蕩]
莨荡。見“莨”，586頁左欄。

菅 [jiān ㄐㄧㄢ ⑧ gan¹ 奸]
❶多年生草本植物。葉子細長而尖，是造紙原料，根堅韌，可製刷、帚等 ◆ 菅屨｜草菅人命。❷姓。

菀 ⟨一⟩[yù ㄩˋ ⑧ wɐt⁷ 屈]
❶茂盛的樣子。❷鬱積。
⟨二⟩[wǎn ㄨㄢˇ ⑧ jyn² 婉]
紫菀，多年生草本植物。莖粗壯直立，花序密集生於莖頂，中央黃色，邊緣藍紫色，根可入藥。

菇 [gū ㄍㄨ ⑧ gu¹ 姑]
指某些高等菌類。生長在樹林裏或草地上，種類很多，有的可食用，有的有毒 ◆ 蘑菇｜香菇｜冬菇｜草菇。

菰 [gū ㄍㄨ ⑧ gu¹ 姑]
❶多年生草本植物。生長在

淺水中，花淡紫紅色，嫩莖，通稱"茭白"，可做蔬菜；果實如米，古稱"雕胡米"，可以作飯 ◆ 菰葉｜菰米｜菰蒲。❷同"菇"，見590頁右欄。

8

菡　[hàn ㄏㄢˋ 📖ham⁵ 咸⁵]

菡萏，荷花的別稱。

8

菑　〈一〉[zī ㄗ 📖dzi¹ 之]

❶古代指初耕的田地。❷除草，開荒。

〈二〉"災"的異體字。

8

蒛　[qiā ㄑ丨ㄚ 📖kit⁸ 揭]

蒛葜。見"葜"，587頁左欄。

8

葑　〈一〉[fēng ㄈㄥ 📖fuŋ¹ 風]

古書上指蕪菁 ◆ 葑菲。

〈二〉[fèng ㄈㄥˋ 📖fuŋ³ 諷]

古書上指菰的根，即茭白的根。

9

葚　〈一〉[shèn ㄕㄣˋ 📖sɐm⁶ 甚]

桑葚，桑樹結的果實。成熟時一般呈紫黑色或白色，味甜，可食用和釀酒。

〈二〉[rèn ㄖㄣˋ 📖同〈一〉]

葚兒，即桑葚兒，指桑樹的果實。用於口語。

9

葉　(叶)　[yè 丨ㄝˋ 📖jip⁹ 業]

❶植物的營養器官之一，形狀多樣，一般為片狀，綠色，通稱葉子 ◆ 樹葉｜荷葉｜葉脈｜葉綠素｜秋風掃落葉｜樹高千丈，葉落歸根｜唐杜牧《山行》詩："停車坐愛楓林晚，霜葉紅於二月花。"❷像葉子的 ◆ 肺葉｜百葉窗｜千葉蓮｜一葉扁舟。❸同"頁" ◆ 冊葉｜活葉文選。❹時期 ◆ 清代中葉｜十九世紀末葉。❺古邑名，春秋時楚地 ◆ 葉（舊讀shè）公好龍。❻姓。

9

葫　[hú ㄏㄨˊ 📖wu⁴ 胡]

❶葫蘆，一年生草本植物。莖蔓生，開白色花，果實形狀像大小兩個圓球連接在一起，可做盛器，也可玩賞，果殼入藥。又叫"蒲蘆" ◆ 葫蘆苗｜葫蘆架｜野生葫蘆。❷葫蘆的果實以及用它製作的盛器 ◆ 酒葫蘆｜藥葫蘆｜不知葫蘆裏賣的什麼藥。❸形狀像葫蘆的 ◆ 冰糖葫蘆。

9

葙　[xiāng ㄒ丨ㄤ 📖sœŋ¹ 商]

青葙，一年生草本植物。花淡紅色，供觀賞，嫩莖可作飼料，種子叫"青葙子"，中醫入藥。又名"野雞冠"。

9

葳　[wēi ㄨㄟ 📖wɐi¹ 威]

❶葳蕤，形容草木枝葉繁盛的樣子 ◆ 春蘭葳蕤，清芬四溢。❷紫葳，即凌霄花，落葉藤本植物。攀援莖，開鮮紅色花，花冠呈

漏斗形。莖、葉、花都可入藥。

⁹葬 (⮜莖葵)
[zàng ㄗㄤˋ ⑧ dzɐŋ³ 壯]

❶掩埋死者遺體 ◆ 殯葬｜送葬｜埋葬｜殉葬｜葬禮。❷泛稱處理死者遺體 ◆ 火葬｜天葬｜海葬｜懸棺葬。❸埋 ◆ 黛玉葬花。

⁹皆
[kǎi ㄎㄞˇ ⑧ kai² 楷]

有機化合物，分子式 $C_{10}H_{18}$（英 carane）。是茨的同分異構體，天然的皆尚未發現，皆的重要衍生物皆酮，有類似樟腦的氣味。

⁹葺
[qì ㄑㄧˋ ⑧ tsɐp⁷ 輯]

原指用茅草覆蓋屋頂，後泛指修理房屋 ◆ 葺牆｜重葺｜修葺屋子。

⁹萬 (万)
[wàn ㄨㄢˋ ⑧ man⁶ 慢]

❶數詞。一千的十倍 ◆ 一萬｜萬分之一。❷形容多 ◆ 萬代｜萬事｜萬水千山｜萬籟無聲｜氣象萬千｜一本萬利｜宋朱熹《春日》詩：“等閒識得東風面，萬紫千紅總是春。”❸很；絕對 ◆ 萬難｜萬幸｜萬不可｜萬全之策｜萬萬想不到。❹姓。

⁹葛
⟨一⟩[gé ㄍㄜˊ ⑧ gɔt⁸ 割]

❶多年生草本植物。蔓生，開紫紅色花，莖可編籃，莖皮可織葛布，根肥大，可製澱粉及入藥。又名“葛麻” ◆ 葛巾｜葛藤｜糾葛。❷一種提花的紡織品 ◆ 毛葛被面。

⟨二⟩[gě ㄍㄜˇ ⑧ 同⟨一⟩]

姓。

⁹葸
[xǐ ㄒㄧˇ ⑧ sai² 徙]

畏懼；害怕 ◆ 畏葸不前。

⁹萵 (莴)
[wō ㄨㄛ ⑧ wɔ¹ 窩]

萵苣，一年或二年生草本植物。莖直立而粗，葉面光滑或皺縮，花黃色。又名“萵筍”，是普通蔬菜。

⁹萼 (⮜蕚)
[è ㄜˋ ⑧ ŋɔk⁹ 岳]

❶環列在花朵外部的葉狀薄片，一般為綠色，有保護花芽的作用 ◆ 花萼｜萼片。❷泛指花苞或花。

⁹萩
[qiū ㄑㄧㄡ ⑧ tsɐu¹ 秋]

古書上說的一種蒿類植物。

⁹董
[dǒng ㄉㄨㄥˇ ⑧ duŋ² 懂]

❶監督管理 ◆ 董理。❷董事，某些企業、學校、團體推舉出來監督和主持業務的人 ◆ 校董｜董事長。❸指古代流傳下來的器物 ◆ 骨董｜古董。❹姓。

⁹葆
[bǎo ㄅㄠˇ ⑧ bou² 保]

❶草木茂盛。❷保全；保持 ◆ 永葆青春。❸姓。

9 **葠** 同"參〈二〉"，見72頁左欄。

9 **葩** [pā ㄆㄚ [粵] pa[1] 趴] 花 ◆ 奇葩異草｜名葩異卉｜餐葩飲露。

9 **葎** [lǜ ㄌㄩˋ [粵] lœt[9] 慄] 葎草，一年生或多年生草本植物。莖蔓生，有刺，開淡綠色花，果實可入藥。

9 **葊** [ān ㄢ [粵] ɐm[1]/ŋɐm[1] 諳] "庵"的古字。

9 **葡** [pú ㄆㄨˊ [粵] pou[4] 蒲] ❶葡萄，藤本植物。花淡黃綠色，果為漿果，味酸甜，是常見水果，也是釀酒的原料。也作"蒲桃" ◆ 葡萄架｜葡萄園｜盆栽葡萄。❷這種植物的果實 ◆ 葡萄乾｜葡萄酒｜唐王翰《涼州詞》詩："葡萄美酒夜光杯，欲飲琵琶馬上催。"❸國名，葡萄牙的簡稱 ◆ 葡菜｜葡人｜葡國。

9 **葱**（[異]蔥）[cōng ㄘㄨㄥ [粵] tsuŋ[1] 沖] ❶多年生草本植物。葉子圓筒形，中空，開白色小花。莖葉有辣味，是普通蔬菜，也可入藥 ◆ 葱花｜葱白｜小葱拌豆腐——一清（青）二白。❷青色 ◆ 葱綠｜葱翠｜葱蘢｜青葱｜鬱鬱葱葱。

9 **葶** [tíng ㄊㄧㄥˊ [粵] tiŋ[4] 停] 葶藶，一年生草本植物。花黃色，種子入藥，稱"葶藶子"。

9 **蒂**（[異]蔕）[dì ㄉㄧˋ [粵] dɐi[3] 帝] ❶花或瓜果等與枝、莖相連的部分；把兒 ◆ 花蒂｜瓜蒂｜並蒂蓮｜根深蒂固｜瓜熟蒂落。❷細小的梗狀物 ◆ 陰蒂｜煙蒂。

9 **葹** [shī ㄕ [粵] si[1] 詩] 古書上說的一種植物，即蒼耳。

9 **蔿** [wěi ㄨㄟˇ [粵] wɐi[5] 偉] ❶春秋時楚邑名。❷姓。

9 **葓** [hóng ㄏㄨㄥˊ [粵] huŋ[4] 紅] ❶即蕹菜。❷同"葒"，見595頁左欄。

9 **蒎** [pài ㄆㄞˋ [粵] pai[3] 派] 有機化合物，分子式 $C_{10}H_{18}$（英 pinane）。化學性質穩定，不易被無機酸和氧化劑分解。

9 **落** 〈一〉[luò ㄌㄨㄛˋ [粵] lɔk[9] 樂] ❶掉下；下降 ◆ 落下｜落淚｜落葉｜降落｜墜落｜一落千丈｜唐王勃《滕王閣詩序》："落霞與孤鶩齊飛，秋水共長天一色。"❷刪除；削除 ◆ 刊落｜刪落｜落髮。❸丟失 ◆ 失落｜失魂落魄。❹衰敗；失意 ◆ 破落｜敗落｜衰落｜沒落｜家

道中落。|唐白居易《琵琶行》詩：
"同是天涯淪落人，相逢何必曾相
識。" ❺因跟不上而遺留在後面 ◆
落後|落選|落伍|落榜|名落孫山。
❻停留；留下 ◆ 落腳|落戶|座落
|落下話柄|不落痕跡。❼停留的地
方 ◆ 下落|着落。❽人羣聚居的地
方 ◆ 村落|墟落|聚落|部落|羣落。
❾陷入不利境地 ◆ 落網|落難。❿
指某個地方或範圍 ◆ 院落|角落|
段落|唐白居易《長恨歌》詩："上
窮碧落下黃泉，兩處茫茫皆不
見。" ⓫指某種情狀 ◆ 零落|疏落
|寥落|光明磊落。⓬歸屬；得到
◆ 落空|落成|落實。⓭寫下 ◆ 落
筆|落款|大處着眼，小處着墨。
〈二〉[lào ㄌㄠˋ ⑧同〈一〉]
義同〈一〉，限用於某些口語詞 ◆ 落
架|落炕|落枕。
〈三〉[là ㄌㄚˋ ⑧lɔk⁹ 樂/lai⁶ 賴 (語)]
❶遺漏；丟下 ◆ 丟三落四|背包落
在家裏了。❷因跟不上而遺留在後
面 ◆ 他走得慢，被落下很遠。
〈四〉[luō ㄌㄨㄛ ⑧同〈一〉]
大大落落，指態度大方。

萱

9 萱 [xuān ㄒㄩㄢ ⑧hyn¹ 圈]
❶萱草，多年生草本植物。
葉子細長，開橘紅色或橘黃色花，
供觀賞。❷古代稱母親的居處為"萱
堂"，因借指母親。

葖

9 葖 [tū ㄊㄨ ⑧dɐt⁹ 突]
❶古代指蘿蔔。❷葖葖。見

"蓇"，596頁左欄。

葷

9 葷 (荤) 〈一〉[hūn ㄏㄨㄣ ⑧
fɐn¹ 昏]
❶指魚、肉類食物；跟"素"相對
◆ 葷菜|葷油|開葷|不吃葷腥。
❷指葱蒜等有特殊氣味的菜 ◆ 葷
辛|五葷。❸形容庸俗、淫穢的 ◆
葷話。
〈二〉[xūn ㄒㄩㄣ ⑧同〈一〉]
葷粥 (yù)，我國古代北方的一個民
族。也作"獯鬻"。

萹

9 萹 [biān ㄅㄧㄢ ⑧pin¹ 篇]
萹蓄，一年生草本植物。葉
子狹長，像竹葉，開小花，白色帶
紅，全草可入藥。又叫"扁竹"。

葭

9 葭 [jiā ㄐㄧㄚ ⑧ga¹ 加]
初生的蘆葦 ◆ 葭蘆|葭灰|
葭莩|《詩經》："蒹葭蒼蒼，白露
為霜。所謂伊人，在水一方。"

葦

9 葦 (苇) [wěi ㄨㄟˇ ⑧wɐi⁵ 偉]
蘆葦。見"蘆"，610頁
左欄。

葸

9 葸 [xǐ ㄒㄧˇ ⑧sai² 徙/sɐi² 洗]
葸耳即蒼耳，一年生草本植
物。葉有長柄，葉片寬三角形，果
實叫"蒼耳子"，有刺。易附於人、
畜體上到處傳播，可提取工業用的
脂肪油，果實及嫩苗有毒，不可食
用，果實、莖、葉可入藥。

9 **葵** [kuí ㄎㄨㄟˊ ⑧kwɐi⁴ 攜]

❶向日葵，一年生草本植物。莖高，開黃花，圓盤形頭狀花序，常朝向太陽。種子叫"葵花子"，可炒食或榨油。又名"葵花"。❷蒲葵，常綠喬木。高達二十米，幹粗大直立。栽培供觀賞。葉似棕櫚，可製扇，俗稱"芭蕉扇"。果、根、葉可入藥 ◆ 葵扇。

9 **葒**(葒) [hóng ㄏㄨㄥˊ ⑧huŋ⁴ 紅]

葒草，一年生草本植物。全株有毛，葉大，卵形，花白色或粉紅色，穗狀花序長而下垂。我國廣泛栽培，供觀賞，果與全草可入藥。

9 **葤**(葤) [zhòu ㄓㄡˋ ⑧dzœu⁶ 就]

❶用草包裹。❷用草繩束成的一捆東西 ◆ 一葤碗。

9 **葯** [yuè ㄩㄝˋ ⑧jœk⁹ 若]

草名，即白芷。見"芷"，573頁右欄。

10 **蓁** [zhēn ㄓㄣ ⑧dzœn¹ 津]

❶蓁蓁，草木茂盛的樣子。❷荊棘叢生的樣子。❸叢生的荊棘 ◆ 深蓁。

10 **蒜** [suàn ㄙㄨㄢˋ ⑧syn³ 算]

❶多年生草本植物。地下鱗莖分瓣，開白色花，葉子與花軸嫩時是普通蔬菜，鱗莖味辣，有特殊刺激性氣味，具殺菌作用，可做佐料，也可入藥。❷這種植物的鱗莖，通稱"大蒜"。

10 **蒱** [pú ㄆㄨˊ ⑧pou⁴ 蒲]

摴蒱。見"摴"，264頁右欄。

10 **蓍** [shī ㄕ ⑧si¹ 詩]

蓍草，多年生草本植物。莖直立，有棱，開白色花，莖、葉含芳香油，可作香料，全草入藥。我國上古用它的莖占卜。通稱"蚰蜒草"或"鋸齒草" ◆ 蓍龜。

10 **蓋**(盖) 〈一〉[gài ㄍㄞˋ ⑧gɔi³ 該³/kɔi³ ㄎㄞ (語)]

❶有遮蔽作用的東西 ◆ 蓋子｜蓋碗｜瓶蓋｜掀起箱蓋。❷動物背部的甲殼 ◆ 螃蟹蓋｜烏龜蓋。❸古時稱傘 ◆ 華蓋｜車蓋｜唐杜甫《夢李白》詩："冠蓋滿京華，斯人獨憔悴。"❹遮掩；蒙上 ◆ 遮蓋｜覆蓋｜掩蓋真象｜鋪天蓋地｜欲蓋彌彰｜蓋棺論定。❺建造房屋等 ◆ 蓋樓｜蓋房子｜蓋工廠。❻壓倒；勝過 ◆ 蓋世無雙｜功蓋天下｜成績蓋過了其他所有選手。❼用印 ◆ 蓋印｜蓋章｜蓋戳。❽虛詞。(1)副詞。用在句中，表示推測，相當於"大概"、"大約" ◆ 這部巨著的完成，

蓋在他的晚年。(2) 連詞。連接上句或上段，表示原因，相當於“就因為”或“原來是” ◆ 宋蘇洵《六國論》：“不賂者以賂者喪。蓋失強援，不能獨完。”(3) 助詞。用於句首，有提起引發的作用，無具體意義 ◆《史記》：“蓋天下萬物之萌生，靡不有死。”

〈二〉[gě ㄍㄜˇ 粵 gɐp8 蛤]
姓。

10 **蓐** [rù ㄖㄨˋ 粵 juk9 肉]
❶能做褥子的草。❷草席；草墊子 ◆ 坐蓐｜蓐婦。

10 **蒔** (莳) 〈一〉[shì ㄕˋ 粵 si6 示]
❶栽種 ◆ 蒔花弄草。❷移栽 ◆ 蒔秧｜蒔田。

〈二〉[shí ㄕˊ 粵 si4 時]
蒔蘿，多年生草本植物。子實含芳香油，可入藥。又叫“小茴香”。

10 **蓇** [gū ㄍㄨ 粵 gwɐt7 骨]
蓇葖。❶花骨朵兒，指未開的花蕾。❷果實的一種。即子房只有一個室，如芍藥、八角的果實。

10 **蒽** [ēn ㄣ 粵 jɐn1 因]
一種有機化合物，分子式 $C_{14}H_{10}$ (英anthracene)。是菲的同分異構體，無色結晶，發青綠色熒光，從分餾煤焦油取得，可用於製作染料。

10 **蒨** [qiàn ㄑㄧㄢˋ 粵 sin5 善]
❶同“茜〈一〉”，見580頁左欄。❷形容草茂盛。

10 **蓚** 同“蓨”，見600頁左欄。

10 **蓓** [bèi ㄅㄟˋ 粵 pui5 倍]
蓓蕾，花骨朵兒，還沒開的花 ◆ 蓓蕾滿枝｜蓓蕾初放。

10 **蒐** [sōu ㄙㄡ 粵 sɐu1 收]
❶同“搜”。求索；尋找 ◆ 蒐求｜蒐羅。❷聚集 ◆ 蒐集。❸古代指春季打獵。

10 **蓖** [bì ㄅㄧˋ 粵 bɐi1 篦]
蓖麻，一年生或多年生草本植物。莖圓形，中空，有分枝，葉子大，分裂成掌狀。種子叫“蓖麻子”，可榨油，工業和醫藥上用途廣泛，葉可飼蓖麻蠶，莖的韌皮纖維可製繩和造紙。莖、葉、種子均可入藥。

10 **蓏** [luǒ ㄌㄨㄛˇ 粵 lɔ2 裸]
古時指瓜類植物的果實 ◆ 果蓏。

10 **蒼** (苍) [cāng ㄘㄤ 粵 tsɔŋ1 倉/tsɔŋ2 敞]
❶青色 ◆ 蒼翠｜蒼鬱｜蒼天｜蒼松翠

柏|白雲蒼狗。❷灰白色 ◆ 蒼白|
兩鬢蒼蒼。❸姓。

¹⁰**蓊** [wěng ㄨㄥˇ ⓹ jung² 湧]
形容草木生長茂盛 ◆ 蓊鬱。

¹⁰**蒯** [kuǎi ㄎㄨㄞˇ ⓹ fai³ 快]
❶蒯草，多年生草本植物。
叢生於水邊，莖可以編蓆、造紙。
❷姓。

¹⁰**蓑**(⑧簑) [suō ㄙㄨㄛ ⓹ so¹ 梭]
蓑衣，用草或棕製成的雨衣 ◆ 唐·柳宗元《江雪》詩："千山鳥飛絕，萬徑人蹤滅。孤舟蓑笠翁，獨釣寒江雪。"

¹⁰**蒿** [hāo ㄏㄠ ⓹ hou¹ 好¹]
通常指花小，葉子作羽狀分裂，有某種特殊氣味的草本植物。
有的可供藥用 ◆ 青蒿|白蒿|蓬蒿|蒿萊。

¹⁰**蓆** [xí ㄒㄧˊ ⓹ dzik⁹ 直/dzɛk⁹ 只⁹(語)]
以草、竹篾等編成的鋪墊用具 ◆ 草蓆|涼蓆|割蓆。

¹⁰**蒺** [jí ㄐㄧˊ ⓹ dzɐt⁹ 疾]
蒺藜。❶一年生草本植物。
莖平鋪在地，花黃色，果實有尖刺。又叫"刺蒺藜" ◆ 種桃李者得實，種蒺藜者得刺。❷這種植物的

果實，可入藥。❸像蒺藜的東西，軍事上用為禦敵的障礙物 ◆ 鐵蒺藜。

¹⁰**蒟** [jǔ ㄐㄩˇ ⓹ gœy² 舉]
❶蒟醬，即蔞葉。見"蔞"，599頁右欄。❷蔞葉果實做成的醬，味辣，供食用。❸蒟蒻，即魔芋，多年生草本植物。塊莖扁球形，先花後葉，開淡黃色花，外有紫色苞片，莖有毒，用石灰水漂煮後，可食用或釀酒，也可入藥。

¹⁰**蒡** 〈一〉[bàng ㄅㄤˋ ⓹ bong² 榜]
牛蒡，多年生草本植物。葉子大，呈心形，開紫紅色小花，果實瘦小，根可食用，果實稱牛蒡子或大力子，可入藥。

〈二〉[páng ㄆㄤˊ ⓹ pɐng⁴ 朋]
蒡葧，古書同"茼蒿"。

¹⁰**蓄** [xù ㄒㄩˋ ⓹ tsuk⁷ 促]
❶儲存；積聚 ◆ 儲蓄|私蓄|蓄水池|養精蓄銳|兼收並蓄。❷留着不剃掉 ◆ 蓄長髮|蓄鬚明志。❸心裏藏有 ◆ 蓄意|蓄謀已久。

¹⁰**蒹** [jiān ㄐㄧㄢ ⓹ gim¹ 兼]
古書上指蘆葦一類的植物 ◆《詩經》："蒹葭蒼蒼，白露為霜。所謂伊人，在水一方。"

¹⁰**蒴** [shuò ㄕㄨㄛˋ ⓹ sok⁸ 朔]
蒴果，乾果的一種。由兩個

以上的心皮構成，內含許多種子，成熟後裂開，如芝麻、百合、棉花等的果實都是蒴果。

¹⁰**蒲** [pú ㄆㄨˊ ⑧ pou⁴ 葡]
❶香蒲，多年生草本植物。叢生在淺水邊，葉子狹長而尖，可以編為包、扇、蓆子等。❷菖蒲 ◆ 蒲劍。❸蒲州，古地名，在今山西永濟西。❹姓。

¹⁰**莅**（®涖茬）[lì ㄌㄧˋ ⑧ lei⁶ 利]
到 ◆ 莅臨｜務請莅會。

¹⁰**滾** [làng ㄌㄤˋ ⑧ lɔŋ⁶ 浪]
寧滾，地名，在雲南省。

¹⁰**薓** 同“參〈二〉”，見72頁左欄。

¹⁰**蓉** [róng ㄖㄨㄥˊ ⑧ juŋ⁴ 容]
❶芙蓉。見“芙”，573頁左欄。❷蓯蓉。見“蓯”，600頁左欄。❸四川成都市的別稱 ◆ 蓉城。

¹⁰**蒙** 〈一〉[méng ㄇㄥˊ ⑧ muŋ⁴ 朦]
❶覆蓋 ◆ 蒙上棉被｜蒙頭蓋腦。❷隱瞞 ◆ 蒙騙｜蒙蔽｜蒙混過關｜蒙在鼓裏。❸受 ◆ 承蒙｜蒙冤｜蒙難｜蒙羞｜蒙垢｜蒙受委屈｜多蒙關照。❹愚昧；無知 ◆ 蒙昧｜開蒙｜童蒙｜愚蒙｜啟蒙運動。❺姓。

〈二〉[měng ㄇㄥˇ ⑧ 同〈一〉]
❶蒙古族，我國少數民族之一。分佈於我國北方。❷蒙古國的簡稱 ◆ 中蒙邊境。

〈三〉[mēng ㄇㄥ ⑧ 同〈一〉]
❶昏迷；使昏迷 ◆ 蒙頭轉向。❷胡亂猜測。

¹⁰**蓂** 〈一〉[míng ㄇㄧㄥˊ ⑧ miŋ⁴ 明/mik⁹ 覓]
蓂莢，古代傳說中一種預示祥瑞的草。

〈二〉[mì ㄇㄧˋ ⑧ 同〈一〉]
菥蓂。見“菥”，587頁右欄。

¹⁰**蒻** [ruò ㄖㄨㄛˋ ⑧ jœk⁹ 弱]
❶古書上指嫩的香蒲 ◆ 蒲蒻。❷蒟蒻。見“蒟”，597頁右欄。

¹⁰**蓀**（荪）[sūn ㄙㄨㄣ ⑧ syn¹ 孫]
古書上說的一種香草。

¹⁰**蒓**（莼®蓴）[chún ㄔㄨㄣˊ ⑧ sœn⁴ 純]
蒓菜，多年生水生草本植物。葉橢圓形，浮於水面，嫩莖和葉背有膠狀透明物質，開暗紅色小花，嫩葉可做湯食用。也作“蓴菜” ◆ 蒓羹鱸膾｜蒓鱸之思。

¹⁰**蒸** [zhēng ㄓㄥ ⑧ dziŋ¹ 晶]
❶液體表面緩慢地轉化成氣體 ◆ 蒸發｜蒸騰｜蒸餾｜水蒸氣｜雲

蒸霞蔚。❷用熱氣使食物熟熱或進
行消毒 ◆ 蒸糕│蒸籠│粉蒸肉│蒸沙
成飯│蒸煮手術器械。

11 蕚 [huì ㄏㄨㄟˋ/suì ㄙㄨㄟˋ (舊) 粵sœy6 睡]

王蕚，古書上指地膚，一年生草本
植物。開黃綠色花。嫩苗可以吃，
果實名"地膚子"，可入藥，老株可
紮掃帚。俗稱"掃帚菜"。

11 蔫 [niān ㄋㄧㄢ 粵jin1 煙]

❶花木、水果等因失去水分
而萎縮 ◆ 打蔫│蔫蔫│這盆花兒蔫
了。❷精神不振；消沈 ◆ 蔫呼呼
│病蔫了。

11 蓺 [yì ㄧˋ 粵ŋɐi6 毅]

同"藝❸"。種植。

11 蓮(蓮) [lián ㄌㄧㄢˊ 粵lin4 連]

多年生草本植物。長在淺水中，葉
大而圓，叫"荷葉"；花淡紅色或白
色，供觀賞；地下莖叫"藕"，種子
叫"蓮子"，可食用。也叫"荷"、"芙
蓉"、"芙蕖"、"菡萏"等 ◆ 蓮蓬│
蓮塘│並蒂蓮│步步蓮花。

11 蔌 [sù ㄙㄨˋ 粵tsuk7 速]

❶蔬菜 ◆ 山肴野蔌。❷蔌
蔌，象聲詞。(1) 形容風聲 ◆ 花枝
蔌蔌。(2) 形容水流動聲 ◆ 清泉蔌
蔌。

11 蕡 同"蕡"，見580頁右欄。

11 蓽(蓽) [bì ㄅㄧˋ 粵bɐt7 畢]

❶同"篳"，見507頁
左欄。❷蓽撥，多年生藤本植物。
漿果卵形，中醫用果穗入藥。

11 蔞(蔞) [lóu ㄌㄡˊ 粵lɐu4 流]

❶蔞蒿，多年生草本
植物。花淡黃色，莖可以吃，葉子
可做艾的代用品，全草可入藥。又
叫"水蒿"。❷蔞葉，常綠木本植
物。莖蔓生，花綠色，漿果有辣
味，可以製醬，稱為"蒟醬"，葉可
入藥。

11 蔓 ⟨一⟩[wàn ㄨㄢˋ 粵wan6 慢]

細長而不能直立的莖 ◆ 爬
蔓│壓蔓│順蔓摸瓜│扁豆蔓兒爬上
了架。
⟨二⟩[màn ㄇㄢˋ 粵同⟨一⟩]
義同⟨一⟩，多用於合成詞 ◆ 蔓草│
蔓生│蔓延│枝蔓│不枝不蔓。
⟨三⟩[mán ㄇㄢˊ 粵man4 蠻]
蔓菁，即蕪菁。見"蕪"，602頁右
欄。

11 蔑 [miè ㄇㄧㄝˋ 粵mit9 滅]

❶小；輕 ◆ 蔑視│輕蔑。
❷無；沒有 ◆ 蔑如│蔑以復加。

11 蓧 [diào ㄉㄧㄠˋ 粵diu6 掉]

古代除草用的竹製農具。

¹¹ **蓨** [tiáo ㄊ丨ㄠˊ (粵)tiu⁴ 條]
古地名，在今河北景縣南。

¹¹ **蔦**（茑）
[niǎo ㄋ丨ㄠˇ (粵)niu⁵ 鳥]
❶落葉小喬木。莖能攀援其他植物。葉子表面有柔毛，花帶綠色，果實呈球形。❷蔦蘿，一年生草本植物。莖細長，纏繞，開紅色或白色花，蒴果卵圓形，栽培可供觀賞。

¹¹ **菟** [dōu ㄉㄡ (粵)dɐu¹ 兜]
方言。❶指有些植物的根和靠近根的莖 ◆ 禾菟｜樹菟。❷量詞。相當於"叢"或"棵" ◆ 一菟草｜一菟樹｜一菟黃芽菜。

¹¹ **蓰** [xǐ ㄒ丨ˇ (粵)sai² 徙]
五倍 ◆ 倍蓰（數倍）。

¹¹ **葰**（苁）
[cōng ㄘㄨㄥ (粵)tsuŋ¹ 充]
❶草蓯蓉，一年生寄生草本植物。根狀莖膨大、直立，紫褐色，花暗紫色。全草可入藥，為肉蓯蓉的代用品。❷肉蓯蓉，多年生寄生草本植物。全株黃褐色，葉小，花暗紫色。莖可入藥，有補腎壯陽的功能。

¹¹ **葍**（卜）
[bo ㄅㄛ (粵)bak⁹ 白]
蘿葍。見"蘿"，612頁右欄。

¹¹ **蓬** [péng ㄆㄥˊ (粵)puŋ⁴ 篷]
❶飛蓬，二年生草本植物。莖直立，葉子像柳葉，子實有毛，莖葉可提芳香油 ◆ 蓬蒿｜蓬戶門｜蓬草｜蓬蓽生輝。❷散亂 ◆ 蓬鬆｜蓬亂｜蓬首垢面｜蓬頭粗服。

¹¹ **蔡** [cài ㄘㄞˋ (粵)tsɔi³ 菜]
❶周代諸侯國名，在今河南上蔡西南，後遷到新蔡一帶。❷古時占卜用的大龜 ◆ 蓍蔡。❸姓。

¹¹ **蔗** [zhè ㄓㄜˋ (粵)dzɛ³ 借]
甘蔗，一年或多年生草本植物。莖直立，圓柱形，有節，外皮有紫、黃、綠等色，可生食或製糖 ◆ 蔗園｜蔗糖｜蔗農｜蔗酒｜甘蔗沒有兩頭甜。

¹¹ **蔴** [má ㄇㄚˊ (粵)ma⁴ 麻]
同"麻❶"，草本植物名。

¹¹ **蔟** [cù ㄘㄨˋ (粵)tsuk⁷ 促]
供蠶吐絲作繭的設備，用麥稈等紮成。又稱"蠶山" ◆ 蠶蔟｜蠶上蔟結繭了。

¹¹ **蔻** [kòu ㄎㄡˋ (粵)kɐu³ 扣]
❶豆蔻，多年生草本植物。外形像芭蕉，莖直立，開淡黃色花，蒴果卵圓形，種子有香味，可入藥。❷這種植物的果實或種

子。❸蔻丹，音譯詞，染指甲用的油。

11 **蓿** [xu·ㄒㄩ / sù ㄙㄨˋ (舊) [粵] suk^{7} 宿]
苜蓿。見“苜”，577頁右欄。

11 **蔚** 〈一〉[wèi ㄨㄟˋ [粵] wɐi^{3} 慰]
❶茂盛；盛大 ◆ 蔚然成風|蔚為大觀。❷華麗多彩 ◆ 雲蒸霞蔚。
〈二〉[yù ㄩˋ [粵] wɐt^{7} 屈]
蔚縣，地名，在河北省。

11 **蔣**(蒋) 〈一〉[jiǎng ㄐㄧㄤˇ [粵] dzœŋ^{2} 掌]
姓。
〈二〉[jiāng ㄐㄧㄤ [粵] dzœŋ^{1} 張]
植物名。菰，即茭白。

11 **蓼** [liǎo ㄌㄧㄠˇ [粵] liu^{5} 瞭]
❶蓼屬一類的泛稱，一年生或多年生草本植物。花淡紅色或白色，瘦果三角形或兩面凸起。品種甚多，有水蓼、葒草等。❷水蓼，一年生草本植物。莖直立或傾斜，節膨大，花淡綠色或淡紅色，瘦果卵形，莖葉有辣味，全草可入藥。又叫“辣蓼”。❸蓼藍，一年生草本植物。葉乾後變藍色，花紅色。葉可入藥，又可製藍靛，用作染料。

11 **蔘** 同“參〈二〉”，見72頁左欄。

11 **蔭**(荫) 〈一〉[yīn ㄧㄣ [粵] jɐm^{3} 音^{3}]
樹木的影子 ◆ 樹蔭|綠蔭|蔭蔽|蔭翳|濃蔭匝地。
〈二〉[yīn ㄧㄣ / yìn ㄧㄣˋ (舊) [粵] jɐm^{3} 陰^{3}]
❶不見陽光，又涼又潮 ◆ 山洞裏很蔭。❷庇護；遮蔽 ◆ 蔭庇|福蔭。❸封建時代因父祖輩有功而給予子孫入學或任官的特權 ◆ 祖蔭|先世餘蔭|封妻蔭子|以父蔭為官。

12 **蕘**(荛) [ráo ㄖㄠˊ [粵] jiu^{4} 搖]
❶柴草 ◆ 芻蕘。❷蕘花，落葉灌木。葉子長橢圓狀披針形，花黃色，莖皮纖維可造紙。

12 **蕙** [huì ㄏㄨㄟˋ [粵] wɐi^{6} 惠]
❶多年生草本植物。蘭的一個品種，花淡黃綠色，清香，供觀賞。也叫“蕙蘭”。❷比喻美好 ◆ 蕙心|蕙質|蘭心蕙性。❸蕙草，多年生草本植物。葉卵圓形或披針形，花白色，莖葉含芳香油，可製作香料、香精，古代認為佩之可以避疫。又名“薰草”、“澤蘭”、“佩蘭” ◆ 戰國楚屈原《離騷》：“余既滋蘭之九畹兮，又樹蕙之百畝。”

12 **蕈** [xùn ㄒㄩㄣˋ [粵] tsɐm⁵ 尋⁵] 高等菌類植物。生長於草地或寄生於朽木，種類很多，有的可食用，如松蕈、香蕈。又稱“香菇”、“冬菇”，有的有毒，如毒蠅蕈。

12 **蕆**(蒇) [chǎn ㄔㄢˇ [粵] tsin² 淺] 完成；解決 ◆ 蕆事。

12 **蕨** [jué ㄐㄩㄝˊ [粵] kyt⁸ 決] 多年生草本植物。生長在山野，根莖橫生地下，用孢子繁殖，嫩葉可以吃，地下莖可製澱粉，全株可入藥。俗稱“蕨菜”。

12 **蕤** [ruí ㄖㄨㄟˊ [粵] jœy⁴ 銳⁴] ❶花；下垂的花 ◆ 芳蕤。❷下垂的裝飾物 ◆ 纓蕤。❸葳蕤。見“葳”，591頁右欄。

12 **蕓**(芸) [yún ㄩㄣˊ [粵] wɐn⁴ 雲] 蕓薹，油菜的別稱。一年生或二年生草本植物。莖圓柱形，多分枝，花淡黃色，長角果，種子黑、黃、紅等色，可榨油，供食用和工業用。

12 **蔽** [bì ㄅㄧˋ [粵] bɐi³ 閉] ❶遮蓋；隱瞞 ◆ 隱蔽｜掩蔽｜遮蔽｜蒙蔽｜旌旗蔽野｜衣不蔽體｜一葉蔽目，不見泰山。❷概括 ◆ 一言以蔽之。

12 **蕞** [zuì ㄗㄨㄟˋ [粵] dzœy⁶ 罪] 蕞爾，形容小 ◆ 蕞爾小國｜蕞爾之軀。

12 **蕺** [jí ㄐㄧˊ [粵] dzɐp⁷ 執/tsɐp⁷ 緝(語)] 蕺菜，多年生草本植物。莖和葉有魚腥氣，全草可入藥。也叫“魚腥草”。

12 **蕢**(蒉) [kuì ㄎㄨㄟˋ [粵] gwɐi⁶ 跪] 古代指草編成的筐。

12 **蕒**(荬) [mǎi ㄇㄞˇ [粵] mai⁵ 埋⁵] 苣蕒菜。見“苣”，577頁左欄。

12 **蕪**(芜) [wú ㄨˊ [粵] mou⁴ 無] ❶長滿野草 ◆ 荒蕪｜蕪城｜蕪漫｜蕪穢。❷亂草叢生的地方 ◆ 宋歐陽修《踏莎行》詞：“平蕪盡處是春山，行人更在春山外。”❸雜亂 ◆ 蕪雜｜繁蕪｜蕪淺｜去蕪存菁｜蕪詞累語必須刪去。❹蕪菁，二年生草本植物。塊根肉質，有甜味，球形或扁圓形，有白、紫、黃等色，葉狹長，開黃色花，根、葉作蔬菜。也叫“蔓菁”。❺指這種植物的塊根。❻蕪菁甘藍，二年生草本植物。花黃色，塊莖卵球形，黃色或白色，鹽醃或醬漬後供食用。也叫"大頭菜"。

用，稱青藏高原地區及當地土著民族、部落，又作"吐番"。

¹²**蕎**(荞)[qiáo ㄑㄧㄠˊ 圖 kiu⁴ 橋]

蕎麥。❶一年生草本植物。莖直立，花白色或淡粉紅色，瘦果三角形。子實脫殼後可做飯食，也可磨粉食用，是常見的雜糧。❷指這種植物的子實。

¹²**蕉**[jiāo ㄐㄧㄠ 圖 dziu¹ 招]

❶香蕉，多年生草本植物。生在熱帶或亞熱帶地方，假莖濃綠，被白粉，葉子長而大，花淡黃色，果實長形，稍彎，果肉軟而香甜。又叫"甘蕉"。❷指香蕉的果實。❸芭蕉。見"芭"，575頁右欄。❹美人蕉，多年生草本植物。直立，葉片長橢圓形，開鮮紅色花，栽培供觀賞，由根狀莖繁殖，花可止血。有的品種，莖葉可作人造棉及造紙原料。

¹²**蕃**⟨一⟩[fán ㄈㄢˊ 圖 fan⁴ 凡]

❶(草木)茂盛 ◆ 蕃茂｜蕃盛。❷繁殖；生息 ◆ 蕃息｜蕃滋｜蕃育｜蕃殖｜蕃衍。

⟨二⟩[fān ㄈㄢ 圖 fan¹ 翻]

同"番⟨一⟩"。古代中國指外國或外族的。

⟨三⟩[bō ㄅㄛ 圖 bɔ³ 波³]

吐蕃，公元七至九世紀時我國藏族在青藏高原建立的政權，與唐經濟文化的聯繫至為密切。宋以後沿

¹²**蕕**(莸)[yóu ㄧㄡˊ 圖 jeu⁴ 由]

❶落葉小灌木。葉子卵形，開淡藍色或白色帶紫的花，供觀賞。❷古書上說的一種有臭味的草，似細蘆，蔓生水邊。常比喻壞人 ◆ 薰蕕不同器。

¹²**蕖**[qú ㄑㄩˊ 圖 kœy⁴ 渠]

芙蕖。見"芙"，573頁左欄。

¹²**蕩**(荡)[dàng ㄉㄤˋ 圖 dɔŋ⁶ 宕]

❶閒逛 ◆ 遊蕩｜閒蕩｜流蕩｜蕩馬路。❷平坦；廣闊 ◆ 坦蕩｜浩蕩｜君子坦蕩蕩，小人長戚戚。❸放縱 ◆ 放蕩｜淫蕩｜浪蕩子。❹淺水湖 ◆ 蘆葦蕩｜黃天蕩。❺同"盪"，見459頁左欄。

¹²**薂**[ǒu ㄡˇ 圖 ŋeu⁵ 偶]

"藕"的本字。

¹²**蒀**[wēn ㄨㄣ 圖 wɐn² 穩]

蒀草，指水生的雜草，可作為肥料。

¹²**蕊**(蕋蘂)[ruǐ ㄖㄨㄟˇ 圖 jœy⁵ 銳⁵]

❶花蕊，種子植物有性生殖器官的一部分，分雄蕊和雌蕊。❷借指花 ◆ 蕊寒香冷｜浮花浪蕊。

¹²**蕁**(荨) 〈一〉[qián ㄑㄧㄢˊ 粵 tsɐm⁴ 尋]

蕁麻。❶多年生草本植物。莖、葉上有細毛，皮膚接觸會引起刺痛，莖皮纖維可做紡織原料。❷這種植物的莖皮纖維。

〈二〉[xún ㄒㄩㄣˊ 粵 同〈一〉]

蕁麻疹，一種過敏性皮疹。也叫"風疹塊"、"風疹疙瘩"。

¹²**蔬**[shū ㄕㄨ 粵 sɔ¹ 梳]

泛稱可以做菜吃的草本植物 ◆ 蔬菜｜菜蔬｜蔬果｜布衣蔬食。

¹²**薌**(芗) [xiāng ㄒㄧㄤ 粵 hœŋ¹ 香]

❶古書上所說用來調味的香草。❷同"香"，見802頁左欄。

¹³**蕻**〈一〉[hòng ㄏㄨㄥˋ 粵 huŋ⁶ 紅⁶]

❶茂盛。❷稱某些蔬菜的長莖 ◆ 菜蕻。

〈二〉[hóng ㄏㄨㄥˊ 粵 同〈一〉]

雪裏蕻，一年生草本植物。芥菜的變種，開黃色花。莖葉是普通蔬菜，可醃製食用。也作"雪裏紅"。

¹³**蓬**[dá ㄉㄚˊ 粵 dat⁹ 達]

莙蓬菜。見"莙"，586頁左欄。

¹³**薑**(姜) [jiāng ㄐㄧㄤ 粵 gœŋ¹ 羌]

多年生草本植物。地下莖黃色，味道辛辣，是常用的調味品，也可入藥。通稱"生薑" ◆ 薑湯｜薑芽｜葱薑｜薑是老的辣。

¹³**薔**(蔷) [qiáng ㄑㄧㄤˊ 粵 tsœŋ⁴ 祥]

❶薔薇，落葉或常綠灌木。莖直立、攀緣或蔓延，有的品種枝條上密生小刺，花白色、黃色或淡紅色，有芳香。栽培供觀賞，有的花可取芳香油。果、花、根、葉可藥用。❷指薔薇的花。

¹³**薤**[xiè ㄒㄧㄝˋ 粵 hai⁶ 械]

❶多年生草本植物。葉形細長，開紫色小花，地下鱗莖像蒜。嫩莖與莖可作蔬菜，莖加工又可製醬菜，乾燥鱗莖稱薤白頭，可入藥。又名"藠頭"、"莜子"。❷這種植物的鱗莖。

¹³**蕾**〈一〉[lěi ㄌㄟˇ 粵 lœy⁵ 呂]

花苞；花骨朵 ◆ 花蕾｜蕾鈴｜蓓蕾初開。

〈二〉[lěi ㄌㄟˇ 粵 lœy⁴ 雷]

芭蕾舞。見"芭"，575頁右欄。

¹³**薯**[shǔ ㄕㄨˇ 粵 sy⁶ 樹/sy⁴ 殊 (語)]

番薯、馬鈴薯、薯蕷等有地下塊

根、塊莖的植物的統稱。❶番薯，多年生草本植物。塊根白色、紅色或黃色，莖蔓生，花紫色或白色。塊根含澱粉，可作糧食、製酒精、澱粉，蔓葉可作飼料或藥用。又名山芋、甘薯、紅薯、白薯、紅苕、地瓜。❷馬鈴薯，多年生草本植物。地下塊莖卵圓形，皮多為黃白色，花白、紅、紫色。塊莖用作糧食、蔬菜，也可製澱粉、酒精。俗稱"土豆"、"洋山芋"。❸薯蕷，即山藥。見"蕷"，607頁左欄。

¹³**蕗**[lù ㄌㄨˋ ⓟ lou⁶ 路]
古書上甘草的別名。

¹³**薨**[hōng ㄏㄨㄥ ⓟ gwɐŋ¹ 轟]
古代稱諸侯或二品以上大官的死 ◆ 薨逝。

¹³**薙**[tì ㄊㄧˋ ⓟ tɐi³ 替]
❶除去野草 ◆ 薙草。❷"剃"的異體字。

¹³**薐**[léng ㄌㄥˊ ⓟ liŋ⁴ 玲]
菠薐菜，即菠菜。見"菠"，590頁右欄。

¹³**薛**[xuē ㄒㄩㄝ ⓟ sit⁸ 屑]
❶周代諸侯國名，在今山東滕縣東南。❷姓。

¹³**奠**[yù ㄩˋ ⓟ juk⁷ 旭]
蘡奠。見"蘡"，611頁右欄。

¹³**薇**[wēi ㄨㄟ ⓟ mei⁴ 眉]
即巢菜，多年生草本植物。花冠蝶形，青紫色。嫩苗及種子可做蔬菜，栽培可作綠肥或牧草，全草可入藥 ◆ 採薇｜食薇。

¹³**薟**[xiān ㄒㄧㄢ ⓟ him¹ 謙]
豨薟，一年生草本植物。莖直立，葉卵圓形，花黃色。全草可入藥，鮮葉搗爛可外敷，治蛇咬傷和蜂刺傷。又稱"蝦柑草"。

¹³**薈**(荟)[huì ㄏㄨㄟˋ ⓟ wɐi³ 畏/wui³ 匯³/wui⁶ 匯(語)]
❶草木繁盛 ◆ 薈蔚。❷薈萃，聚集 ◆ 人才薈萃｜薈萃一堂。

¹³**薆**[ài ㄞˋ ⓟ oi³/ŋɐi³ 愛]
❶隱蔽。❷草木茂密。❸香氣濃。❹薆薆，陰暗不明。

¹³**薊**(蓟)[jì ㄐㄧˋ ⓟ gɐi³ 計]
❶多年生草本植物。全株有硬刺，開紫紅色花，全草可入藥。又名"大薊"。❷古地名。在今北京城西南，曾為周朝燕國國都 ◆ 薊門煙樹(為北京"燕京八景"之一)｜唐杜甫《聞官軍收河南河北》詩："劍外忽傳收薊北，初聞涕淚滿衣裳。"❸姓。

¹³**薢**[xiè ㄒㄧㄝˋ ⓟ hai⁶ 械/gai² 解]

❶蘚苢，古書上菱的別名。❷萆蘚。見"萆"，589頁左欄。

13 **薦**（荐）［jiàn ㄐㄧㄢˋ [粵] dzin3 箭］

❶推舉；介紹 ◆ 推薦｜保薦｜引薦｜薦人｜薦舉｜毛遂自薦。❷草。❸草席；草墊 ◆ 草薦。

13 **薪** ［xīn ㄒㄧㄣ [粵] sɐn1 新］

❶柴火 ◆ 臥薪嘗膽｜杯水車薪｜釜底抽薪｜曲突徙薪｜米珠薪桂｜唐白居易《賣炭翁》詩："賣炭翁，伐薪燒炭南山中。"❷工資 ◆ 薪水｜薪俸｜月薪｜工薪階層。

13 **薏** ［yì ㄧˋ [粵] ji3 意］

薏苡，一年生或多年生草本植物。稈直立粗壯，穎果卵形，灰白色有光澤。種仁稱"米仁"，也叫"薏米"、"薏仁米"、"苡仁"、"苡米"。可供食用及藥用，莖、葉可作造紙原料，根可入藥。

13 **蕹** ［wèng ㄨㄥˋ [粵] uŋ3 甕］

蕹菜，一年生草本植物。莖蔓生，中空，花粉紅色或白色，嫩莖葉可做蔬菜。也叫"空心菜"。

13 **薄** 〈一〉［báo ㄅㄠˊ [粵] bɔk9 泊］

❶厚度小 ◆ 薄片｜薄紙｜薄餅｜底子薄｜如履薄冰。❷感情冷淡 ◆ 情分薄。❸味道淡 ◆ 詩味薄｜薄酒一杯，不成敬意。❹土地不肥沃 ◆ 這裏的土質很薄。

〈二〉［bó ㄅㄛˊ [粵] 同〈一〉］

❶義同〈一〉，用於合成詞和成語，如厚薄、單薄、淡薄、瘠薄、薄情寡意等。❷輕微；少 ◆ 菲薄｜稀薄｜薄田｜薄技｜薄倖｜德薄位尊。❸不厚道；不莊重 ◆ 刻薄｜輕薄｜尖嘴薄舌。❹看不起；輕視 ◆ 鄙薄｜妄自菲薄｜厚此薄彼｜厚古薄今。❺減少；減輕 ◆ 輕徭薄賦。❻迫近；靠近 ◆ 薄暮｜日薄西山，氣息奄奄。❼姓。

〈三〉［bò ㄅㄛˋ [粵] 同〈一〉］

薄荷，多年生草本植物。莖和葉有清涼香味，可入藥，也用於糖果、飲料。

13 **蕭**（萧）［xiāo ㄒㄧㄠ [粵] siu1 消］

❶冷清寂寞，沒有生氣 ◆ 蕭條｜蕭颯｜蕭疏｜蕭索｜秋風蕭瑟。❷蕭蕭，象聲詞。馬叫聲或風聲 ◆ 蕭蕭馬鳴｜唐杜甫《後出塞》詩："落日照大旗，馬鳴風蕭蕭。"❸古書上指艾蒿。見"艾"，572頁左欄。❹姓。

13 **薜** ［bì ㄅㄧˋ [粵] bɐi6 弊］

薜荔，常綠藤本植物。莖蔓生，花極小，果實富果膠，可做食用的涼粉，莖、葉、果均可藥用。又名"木蓮"。

13 **薅** ［hāo ㄏㄠ [粵] hou1 蒿］

拔除 ◆ 薅草｜薅頭髮。

¹³ **蕷**（蓣） ［yù ㄩˋ ⑧jy⁶ 譽］
薯蕷，多年生藤本植物。莖蔓生，有地下圓柱形肉質塊莖，開乳白色花，以塊莖或芽繁殖，塊莖可吃，也供藥用。通稱"山藥"。

¹⁴ **藉** 〈一〉［jí ㄐㄧˊ ⑧dzik⁹ 直］
❶狼藉，形容凌亂不堪或名聲很壞。也作"狼籍" ◆ 滿地狼藉｜杯盤狼藉｜聲名狼藉。❷姓。
〈二〉［jiè ㄐㄧㄝˋ ⑧dzik⁹ 直/dzɛ⁶ 謝］
同"借"。❶用東西襯墊 ◆ 藉地而坐。❷墊在下面的東西。❸假託 ◆ 藉口｜藉故｜藉古諷今。❹依靠；利用 ◆ 憑藉｜藉手他人｜藉題發揮。

¹⁴ **薹** ［tái ㄊㄞˊ ⑧tɔi⁴ 台］
❶多年生草本植物。生長在水田裏，莖呈扁三棱形，葉扁平而長，花穗淺綠褐色，葉可製蓑衣。❷油菜、韭菜、蒜等到一定階段長出的細長的莖，頂上開花結實，嫩時可作蔬菜食用 ◆ 菜薹｜蒜薹。

¹⁴ **藂** 同"叢"，見73頁右欄。

¹⁴ **藍**（蓝） ［lán ㄌㄢˊ ⑧lam⁴ 籃］
❶像晴朗天空那樣的顏色 ◆ 藍天｜藍布｜碧藍｜湛藍｜蔚藍｜景泰藍。❷蓼藍，一年生草本植物。花紅色。葉可藥用，也可提取藍靛，作染料 ◆ 青出於藍。❸姓。

¹⁴ **藏** 〈一〉［cáng ㄘㄤˊ ⑧tsɔŋ⁴ 牀］
❶躲避；隱蔽 ◆ 躲藏｜隱藏｜埋藏｜潛藏｜暗藏｜藏龍臥虎。❷存；儲 ◆ 收藏｜儲藏｜珍藏｜冷藏｜藏書｜金屋藏嬌。
〈二〉［zàng ㄗㄤˋ ⑧dzɔŋ⁶ 撞］
❶儲存大量東西的地方 ◆ 寶藏｜府藏。❷佛教或道教經典的總稱 ◆ 道藏｜大藏經。❸西藏自治區的簡稱 ◆ 青藏公路。❹藏族，我國少數民族之一，分佈在西藏、青海、甘肅、四川、雲南 ◆ 藏胞｜藏民｜藏曆。

¹⁴ **薷** ［rú ㄖㄨˊ ⑧jy⁴ 如］
香薷，一年生草本植物。莖方形，全株有芳香氣味，花淡藍色，莖葉可提取芳香油，全草可入藥。

¹⁴ **藊** ［biǎn ㄅㄧㄢˇ ⑧bin² 扁］
藊豆，一年生草本植物。蔓生，花白色或紫色，莢果扁平，寬而短，淡綠、紅或紫色。嫩莢及種子是普通蔬菜，種子、種皮和化可入藥。也作"扁豆"。

¹⁴ **薰** ［xūn ㄒㄩㄣ ⑧fɐn¹ 芬］
❶氣味或煙侵襲，又引申指受人或事物的影響 ◆ 薰陶｜薰染｜臭氣薰天｜利慾薰心｜宋林昇《題臨

安邸》詩：“暖風薫得遊人醉，直把杭州作汴州。”❷溫暖 ◆ 薫風。❸花草的香氣 ◆ 陌上草薫｜蘭薫桂馥。❹一種香草 ◆ 薫草｜薫蕕不同器。

藐 [miǎo ㄇㄧㄠˇ 粵 miu⁵ 秒/ mɔk⁹ 莫]
❶小 ◆ 藐小。❷輕視 ◆ 藐視。

藑 [qióng ㄑㄩㄥˊ 粵 kiŋ⁴ 瓊]
藑茅，古書上説的一種草。

薿 [nǐ ㄋㄧˇ 粵 ji⁵ 以/jik⁹ 亦]
薿薿，茂盛的樣子。

薧 [gǎo ㄍㄠˇ 粵 gou² 稿]
薧城，地名，在河北省。

薺 (荠) 〈一〉[jì ㄐㄧˋ 粵 tsɐi⁵ 齊⁵]
薺菜，一年生或二年生草本植物。葉被毛茸，花小，白色。是常見的野菜，嫩葉可以吃，全草入藥。
〈二〉[qi·ㄑㄧ 粵 tsi⁴ 池]
荸薺。見“荸”，583頁右欄。

藻 [piáo ㄆㄧㄠˊ 粵 piu⁴ 嫖]
浮萍。

薴 [níng ㄋㄧㄥˊ 粵 niŋ⁴ 寧]
一種有機化合物。分子式 $C_{10}H_{16}$（英 limonene）。液體，無色，有香味。存在於柑橘類的果皮中，可以提取香料。

蓋 (荩) [jìn ㄐㄧㄣˋ 粵 dzɐn² 盡]
❶蓋草，一年生草本植物。花紫褐色。可以作牧草，編筐籠，做造紙原料或黃色染料，莖葉藥用。❷忠誠 ◆ 蓋臣。

薩 (萨) [sà ㄙㄚˋ 粵 sat⁸ 殺]
❶菩薩。見“菩”，590頁左欄。❷姓。

藕 [ǒu ㄡˇ 粵 ŋɐu⁵ 偶]
蓮的地下莖，長形，肥大有節，外皮白褐色，中間有管狀孔，肉鮮脆微甜，可食用及製作藕粉 ◆ 蓮藕｜藕斷絲連。

藝 (艺) [yì ㄧˋ 粵 ŋɐi⁶ 毅]
❶技能；技術 ◆ 技藝｜手藝｜工藝｜棋藝｜多才多藝｜藝高人膽大。❷藝術，指文學、音樂、美術、戲劇、舞蹈、建築、影視、曲藝等方面的創造活動 ◆ 文藝｜曲藝｜藝林｜藝苑｜藝人｜藝員。❸種植 ◆ 園藝。❹準則；限度 ◆ 貪賄無藝。

藪 (薮) [sǒu ㄙㄡˇ 粵 sɐu² 手]
❶生長着許多草的湖澤 ◆ 山林藪澤。❷人或物聚集的地方 ◆ 淵藪｜人才藪｜財賦藪｜逋逃藪（藏納逃亡者的地方）。

15 **繭**（茧 [異]蠒）［jiǎn ㄐㄧㄢˇ [粵] gan2 簡］
❶某些昆蟲的幼蟲在變成蛹之前吐絲結成的殼。家蠶的繭通常為白色或黃色，也有果綠等不同顏色，是抽絲紡織的原料 ◆ 蠶繭｜作繭自縛。❷手掌、腳掌因摩擦而生出的硬皮。也作"研" ◆ 老繭。

15 **藜**（[異]蔾）［lí ㄌㄧˊ [粵] lɐi4 黎］
❶一年生草本植物。莖直立，粗壯有棱，葉子嫩時可吃，花小，種子黑色，可榨油。莖長老後可做枴杖。全草入藥 ◆ 藜杖｜藜藿。❷蒺藜。見"蒺"，597頁左欄。

15 **蕎**［jiào ㄐㄧㄠˋ [粵] kiu2 橋2/ kiu5 橋5］
蕎頭，即薤。見"薤"，604頁右欄。

15 **藤**（[異]籐）［téng ㄊㄥˊ [粵] tɐŋ4 騰］
❶某些植物的匍匐莖或攀援莖 ◆ 瓜藤｜紫藤｜葛藤｜葡萄藤｜攀藤附葛｜順藤摸瓜。❷某些有匍匐莖或攀緣莖的植物 ◆ 白藤｜紫藤。❸用這些植物莖製成的 ◆ 藤椅｜藤箱。

15 **藷**
同"薯"，見604頁左欄。

15 **蘑**［mó ㄇㄛˊ [粵] mɔ6 磨6］
蘼蘑，即芄蘭。見"芄"，572頁右欄。

15 **藨**［biāo ㄅㄧㄠ [粵] biu1 標］
藨草，多年生草本植物。莖呈三棱形，葉子條形，花褐色，果實倒卵形。莖可編蓆或作造紙原料。

15 **藩**［fān ㄈㄢ [粵] fan4 凡］
❶籬笆 ◆ 藩籬。❷屏障 ◆ 屏藩。❸封建王朝的屬國或屬地 ◆ 藩屬｜藩國｜藩鎮。

15 **藭**（䓖）［qióng ㄑㄩㄥˊ [粵] kuŋ4 窮］
芎藭。見"芎"，572頁右欄。

15 **藥**（药）［yào ㄧㄠˋ [粵] jœk9 若］
❶可以治病的物品 ◆ 藥材｜成藥｜靈丹妙藥｜對症下藥｜換湯不換藥｜良藥苦口利於病，忠言逆耳利於行。❷某些化學品 ◆ 火藥｜農藥｜炸藥｜焊藥。❸用藥治療 ◆ 不可救藥。❹用藥毒死 ◆ 藥老鼠｜藥蟲子。

15 **蘊**（蕴）［yùn ㄩㄣˋ [粵] wɐn2 穩］
❶積聚；包含 ◆ 蘊藏｜蘊涵｜蘊結｜風流蘊藉。❷事理深奧處 ◆ 義蘊｜精蘊｜底蘊。

16 **蘀**（萚）［tuò ㄊㄨㄛˋ [粵] tɔk8 託］
草木脱落的皮或葉。

藜¹⁶
同"蕘"，見603頁右欄。

蘼¹⁶（苻）
[ㄇㄧˋ ㄌㄧˋ ⑧ lik⁹ 力]
蘼蕪。見"蕪"，593頁右欄。

藿¹⁶
[huò ㄏㄨㄛˋ ⑧ fɔk⁸ 霍]
❶豆葉 ◆ 藜藿之羹。❷藿香，多年生芳香草本植物。莖方形，花白色或紫色，莖、葉可入藥，並提取芳香油。

蘋¹⁶
〈一〉[pín ㄆㄧㄣˊ ⑧ pen⁴ 貧]
蕨類植物，莖橫生在淺水的泥中，葉柄頂端生四片小葉，像"田"字。也叫"田字草" ◆ 蘋藻｜<u>戰國楚宋玉</u>《風賦》："風生於地，起於青蘋之末。"
〈二〉[píng ㄆㄧㄥˊ ⑧ pen⁴ 貧/piŋ⁴ 萍(語)]
❶蘋果，落葉喬木。葉橢圓形，花淡紅或淡紫紅色，邊緣顏色較深，果實圓或長圓、扁圓形，味甜或帶酸，是普通的水果。❷這種植物的果實 ◆ 蘋果臉｜蘋果綠。〈二〉可簡化為"苹"。)

蘆¹⁶（芦）
〈一〉[lú ㄌㄨˊ ⑧ lou⁴ 勞]
蘆葦，多年生草本植物。生長水邊，莖中空。可用來編蓆或造紙，根、莖入藥 ◆ 蘆葦｜蘆根｜蘆花｜蘆溝曉月。

〈二〉[lú ㄌㄨˋ ⑧ 同〈一〉]
油葫蘆，昆蟲。形體像蟋蟀而較大，黑褐色，腹部肥大，雄蟲的翅能摩擦發聲。晝伏夜出，吃豆類、穀類、瓜類等。

蘄¹⁶（蕲）
[qí ㄑㄧˊ ⑧ kei⁴ 其]
❶祈求。❷指蘄州，古地名，今湖北蘄春南。❸姓。

蘅¹⁶
[héng ㄏㄥˊ ⑧ heŋ⁴ 衡]
杜蘅，多年生草本植物。生長於山野，開紫色小花。根、莖入藥。又名"南細辛"。也寫作"杜衡"。

蘇¹⁶（苏⑧蘓）
[sū ㄙㄨ ⑧ sou¹ 鬚]
❶紫蘇，一年生草本植物。莖方形，帶紫色，花紅或淡紅色。嫩葉作蔬菜，種子可榨油，莖、葉、果實入藥，莖葉叫"紫蘇"，老莖叫"蘇梗"，果實叫"蘇子"。❷白蘇，一年生芳香草本植物。莖方形，花白色，小堅果球形，葉可提取芳香油，種子可榨油，老莖和種子可入藥。❸指用作裝飾的鬚狀下垂物 ◆ 流蘇。❹同"甦"。假死後再活過來 ◆ 蘇醒｜復蘇。❺指江蘇 ◆ 蘇浙｜蘇南｜蘇北。❻指蘇州 ◆ 蘇繡｜上有天堂，下有蘇杭。❼前蘇聯的簡

稱。❽姓。

16 **藹**(蔼) ［ǎi ㄞˇ ⑳ɔi²/ŋɔi² 靄］
和氣；和善 ◆ 和藹｜藹如｜藹然可親｜藹然長者的風度。

16 **蘐** 同"萱"，見594頁左欄。

16 **蘑** ［mó ㄇㄛˊ ⑳mɔ⁴ 磨］
❶食用蕈類植物蘑菇的省稱 ◆ 鮮蘑｜白蘑｜口蘑。❷蘑菇。(1)故意糾纏 ◆ 他一個勁兒地蘑菇。(2) 動作緩慢，拖延時間 ◆ 泡蘑菇｜再蘑菇下去，非誤了航班不可。

16 **蘢**(茏) ［lóng ㄌㄨㄥˊ ⑳luŋ⁴ 龍］
蘢葱，草木青翠茂盛的樣子。也作"葱蘢"。

16 **藻** ［zǎo ㄗㄠˇ ⑳dzou² 早］
❶隱花植物的一個大類，沒有根、莖、葉之分，生長在水中或陸上陰濕的地方 ◆ 水藻｜海藻｜紅藻｜綠藻｜小球藻。❷水中綠色植物的泛稱 ◆ 貍藻｜金魚藻。❸華麗的文辭；文彩 ◆ 辭藻｜藻飾｜藻繪。

16 **蕙** 同"萱"，見594頁左欄。

16 **藺**(蔺) ［lìn ㄌㄧㄣˋ ⑳lœn⁶ 吝］
❶古時指燈芯草，多年生草本植物。生於沼澤中，莖直立，花淡綠色。莖可造紙、織蓆、編鞋，莖髓白色，舊時用作油燈芯，也可入藥。❷姓。

17 **蘧** ［qú ㄑㄩˊ ⑳kœy⁴ 渠］
❶蘧然，驚喜的樣子。❷姓。

17 **蘡** ［yīng ㄧㄥ ⑳jiŋ¹ 英］
蘡薁，落葉藤本植物。有捲鬚，枝條細長有棱，葉子闊卵形，圓錐花序，漿果黑色。果可釀酒，根、葉可藥用。俗稱"野葡萄"。

17 **蘩** ［fán ㄈㄢˊ ⑳fan⁴ 凡］
❶古書上指白蒿。❷古書上指款冬，多年生草本植物。葉叢生，冬季花莖先葉出現，花黃色。花蕾稱"款冬花"，可入藥。

17 **蘖**(蘗) ［niè ㄋㄧㄝˋ ⑳jit⁹ 熱］
❶樹木被砍伐後，又長出來的新芽 ◆ 荏蘖。❷植物由莖的基部長出的分枝 ◆ 分蘖｜蘖枝。

17 **蘞**(蔹) ［liǎn ㄌㄧㄢˇ ⑳lim⁵ 斂］
白蘞，藤本植物。有紡錘形塊根，葉掌狀。夏季開黃綠色小花，結白色漿果，塊根入藥。俗稱"鵝抱蛋"。

¹⁷蘚(藓) [xiǎn ㄒㄧㄢˇ 粵 sin² 冼]

隱花植物的一類。莖和葉都很小，綠色，無根，生長在陰濕的地方 ◆ 苔蘚。

¹⁷蘘 [ráng ㄖㄤˊ 粵 jœŋ⁴ 羊]

蘘荷，多年生草本植物。生於山野蔭蔽處，根狀莖淡黃色，有辛辣味，花淡黃色。花穗和嫩芽供食用，根狀莖入藥。又名"陽藿"。

¹⁷蘼 [mí ㄇㄧˊ 粵 mei⁴ 眉]

荼蘼。見"荼"，585頁左欄。

¹⁷蘭(兰) [lán ㄌㄢˊ 粵 lan⁴ 欄]

❶蘭花，多年生常綠草本植物。根簇生，葉線形，早春由葉叢間抽生花莖，每莖頂開一花，淡黃綠色，清香。野生於山坡林蔭下，盆栽供觀賞，常見種類有建蘭、墨蘭、蕙蘭等。又名"春蘭"、"山蘭"、"草蘭" ◆ 春蘭秋菊｜梅蘭竹菊｜蘭摧玉折。❷蘭草，多年生草本植物。葉卵形，邊緣有鋸齒。秋季開白花，可供觀賞，莖葉含芳香油，可作皂用香精，有的品種可入藥。又名"澤蘭"。❸古書上指木蘭，落葉小喬木或灌木。早春先葉開花，外紫內白。栽培供觀賞，乾花蕾入藥 ◆ 宋蘇軾《赤壁賦》："桂櫂兮蘭槳。"❹姓。

¹⁷蘗 [bò ㄅㄛˋ 粵 bak⁸ 百/pak⁸ 拍]

黃蘗，落葉喬木。樹皮淡灰色，羽狀複葉，小葉卵形或卵狀披針形，開黃綠色小花，果實球形，黑色。木材堅硬，供建築、航空、槍托製造用材，樹皮可製軟木及入藥，莖可做黃色染料。也作"黃柏"。

¹⁹蘸 [zhàn ㄓㄢˋ 粵 dzam³ 湛]

往汁液、粉末或糊狀物裏沾一下就拿出來 ◆ 蘸糖｜蘸水筆｜蘸一點辣醬。

¹⁹蘿(萝) [luó ㄌㄨㄛˊ 粵 lɔ⁴ 羅]

❶指某些能爬蔓的植物 ◆ 藤蘿｜薜蘿｜女蘿。❷蘿蔔，二年生或一年生草本植物。肉質主根肥大，呈球形或圓柱形，外皮白、紅、紫、綠等色，葉大，開白色或淺紫色花。是常見的普通蔬菜。也叫"萊菔"。❸這種植物的主根 ◆ 蘿蔔青菜，各有所愛。

¹⁹蘪 [mí ㄇㄧˊ 粵 mei⁴ 眉]

蘪蕪，古書上指芎藭的苗。

¹⁹蘺 [lí ㄌㄧˊ 粵 lei⁴ 梨]

江蘺。❶古書上說的一種香草。❷紅藻的一種。生在海灣淺水中，藻體線形圓柱狀，紫褐或綠色、黃綠色，肥滿多汁，乾後軟骨質，可供食用，或提取瓊膠。又名"龍鬚菜"。

²¹ 蘲 [léi ㄌㄟˊ ⑧ lœy⁴ 雷]
盛土的筐。

虍 部

⁰ 虍 [hū ㄏㄨ ⑧ fu¹ 呼]
❶虎皮上的斑紋。❷部首用字。

² 虎 〈一〉[hǔ ㄏㄨˇ ⑧ fu² 苦]
❶哺乳動物，猛獸。毛黃褐色，有黑色斑紋，頭大而圓。力大，性兇猛，嗅覺與聽覺靈敏，夜間活動，捕食鳥獸。通稱"老虎" ◆ 猛虎｜拧虎鬚｜狐假虎威｜苛政猛於虎｜老虎屁股摸不得｜畫虎畫皮難畫骨，知人知面不知心。❷像虎似的，比喻勇猛威武 ◆ 虎將｜虎威｜虎步｜虎頭虎腦｜虎背熊腰｜虎虎有生氣。❸像虎形的 ◆ 虎符。❹姓。
〈二〉[hù ㄏㄨˋ ⑧ 同〈一〉]
方言。虎不拉，伯勞。

³ 虐 [nüè ㄋㄩㄝˋ ⑧ jœk⁹ 若]
殘暴狠毒 ◆ 虐待｜虐殺｜肆虐｜助紂為虐。

⁴ 虒 [sī ㄙ ⑧ si¹ 司]
❶古書上說的一種獸，像虎而有角，能行於水中。❷虒亭，地名，在山西省。

⁴ 虓 [xiāo ㄒㄧㄠ ⑧ hau¹ 敲]
猛虎怒吼。

⁴ 虔 [qián ㄑㄧㄢˊ ⑧ kin⁴ 其言切]
恭敬 ◆ 虔誠｜虔心｜虔敬。

⁵ 虜 同"處"，見613頁右欄。

⁵ 處 (处) 〈一〉[chǔ ㄔㄨˇ ⑧ tsy⁵ 柱⁵]
❶位於；居住 ◆ 處於｜地處｜穴居野處。❷一起生活；交往 ◆ 相處｜難處｜和平共處｜立身處世。❸存；置 ◆ 處境｜處心積慮｜養尊處優｜錐處囊中，其末立見。❹辦理；安排 ◆ 處理｜處置｜處事｜查處｜裁處。❺懲罰 ◆ 處罰｜處治｜處分｜處死｜懲處｜處以重刑。
〈二〉[chù ㄔㄨˋ ⑧ tsy³ 柱³]
❶地方 ◆ 去處｜住處｜各處｜心靈深處｜絕處逢生。❷部分；方面 ◆ 長處｜錯處｜妙處｜一無是處｜恰到好處。❸機關或機關裏的一個部門 ◆ 處長｜教務處｜編纂處。

⁵ 虜 [fú ㄈㄨˊ ⑧ fuk⁹ 服]
姓。

⁶ 虛 [xū ㄒㄩ ⑧ hœy¹ 墟]
❶空；跟"實"相反 ◆ 虛實｜虛浮｜虛幻｜避實就虛｜乘虛而入｜虛無縹緲。❷空着 ◆ 虛席｜虛位以待。❸缺乏信心或勇氣 ◆ 膽虛

|做賊心虛。❹徒然；白白地 ◆ 虛
度|虛驚|虛設|不虛此行|彈無虛
發。❺不真實的 ◆ 虛偽|虛榮|虛
名|虛構|虛情假意|故弄玄虛。❻
不自滿 ◆ 虛心|謙虛|虛己|虛懷若
谷。❼體質虧弱 ◆ 虛弱|虛汗|氣
虛|血虛|虛勞。❽指思想理論或方
針政策方面 ◆ 務虛|以虛帶實。❾
星名，二十八宿之一。

7 號(号) 〈一〉[hào ㄏㄠˋ ⓹ hou⁶ 浩]

❶名稱 ◆ 稱號|國號|年號。❷人
在名或字以外的自稱 ◆ 別號|雅號
|蘇軾字子瞻，號東坡居士。❸標
誌 ◆ 符號|信號|暗號|記號。❹等
級；次第 ◆ 頭號|大號|編號|掛號
|號數|天字第一號。❺商店 ◆ 商
號|分號|寶號。❻命令 ◆ 發號施
令。❼樂隊或軍隊裏用的西式喇叭
◆ 圓號|號兵|鼓號齊鳴。❽用號吹
出的表示一定意義的聲音 ◆ 起牀
號|衝鋒號。❾特指一個月裏的日
子 ◆ 九月一號開學|她二十五號
到香港。❿量詞，用於人數或成交
的次數 ◆ 一百來號人|一會兒就做
成了幾號買賣。⓫把脈 ◆ 號脈。
〈二〉[háo ㄏㄠˊ ⓹ hou⁴ 豪]
❶大聲呼喊 ◆ 號叫|呼號|啼飢號
寒|北風怒號。❷大聲哭 ◆ 哀號|
號喪|號啕大哭。

7 虜(虏ⓡ虜) [lǔ ㄌㄨˇ ⓹ lou⁵ 老]

❶活捉 ◆ 虜獲|俘虜敵方兩名軍
官。❷被活捉的敵人 ◆ 俘虜。❸
古代指奴隸。❹古代對外族的貶稱
◆ 醜虜|虜騎|宋岳飛《滿江紅》
詞：“壯志飢餐胡虜肉，笑談渴飲
匈奴血。”

7 虞 [yú ㄩˊ ⓹ jy⁴ 如]

❶猜測；預料 ◆ 不虞有詐
|以防不虞。❷憂慮 ◆ 水旱無虞|
無凍餒之虞。❸欺騙 ◆ 爾虞我
詐。❹傳說中的朝代名，舜所建 ◆
唐堯虞舜。❺周朝國名，在今山西
平陸東北。❻姓。

8 虡 [jù ㄐㄩˋ ⓹ gœy⁴ 巨]

❶古代懸掛鐘、磬的木架，
其兩側的柱子叫虡。❷古代放在榻
前的一種高几。

9 虢 [guó ㄍㄨㄛˊ ⓹ gwik⁷ 古伯切]

周朝諸侯國名，西虢在今陝
西寶雞東，後遷到今河南陝縣東
南。東虢在今河南鄭州西北。後代
也用作封國的名稱，如唐玄宗時有
虢國夫人。

10 虣 [bào ㄅㄠˋ ⓹ bou⁶ 步]

猛獸。

11 虧(亏) [kuī ㄎㄨㄟ ⓹ kwei¹ 規]

❶受損失 ◆ 虧損|虧欠|虧累|虧賠
|吃啞巴虧|吃一回虧，學一回

乖。❷欠；缺 ◆ 理虧|體虧|月亮盈虧|功虧一簣。❸對不起；辜負 ◆ 虧待|虧負|為人不做虧心事|人虧地一時，地虧人一年。❹表示具備了所說的條件，才產生或者避免某種情況，有慶幸、感激的意思 ◆ 幸虧|虧得|多虧您幫忙，否則糟了。❺反說，表示諷刺或斥責 ◆ 這種過河折橋的事，虧你做得出！

12 **虩** [xì ㄒㄧˋ ㊥hik7 許卻切]
虩虩，恐懼的樣子。。

虫部

0 **虫** 〈一〉[huǐ ㄏㄨㄟˇ ㊥wei2 毀]
"虺"的本字。毒蛇。
〈二〉"蟲"的簡化字。

1 **虬** (㊔虯) [qiú ㄑㄧㄡˊ ㊥kɐu4 求]
❶傳說中的一種龍，也稱"虬龍"。❷盤屈夭矯像虬龍的 ◆ 虬曲|虬根|虬髯|一株老幹虬枝的梅樹。

3 **虹** 〈一〉[hóng ㄏㄨㄥˊ ㊥huŋ4 紅]
雨後天空中小水珠經陽光照射發生折射和反折射現象而形成的弧形彩帶，有紅、橙、黃、綠、藍、靛、紫七種顏色，出現於和太陽相對的方向 ◆ 彩虹|虹霓。
〈二〉[jiàng ㄐㄧㄤˋ ㊥同〈一〉]
義同〈一〉，限於口語中單用。

3 **虺** 〈一〉[huǐ ㄏㄨㄟˇ ㊥wei2 毀]
古書上說的一種毒蛇 ◆ 虺蛇|虺毒。
〈二〉[huī ㄏㄨㄟ ㊥fui1 恢]
虺隤，疲勞生病(多用於馬)。也作"虺隤"。

3 **虼** [gè ㄍㄜˋ ㊥gɔt8 吉]
虼蚤，即跳蚤。見"蚤"，617頁左欄。

3 **虻** (㊔蝱) [méng ㄇㄥˊ ㊥mɐŋ4 萌]
昆蟲。像蠅而稍大，灰黑色，體粗壯，多毛，頭闊眼大，刺吸式口器。幼蟲生活在沼澤中，雄蟲吸植物汁液或花蜜，雌蟲吸人畜的血 ◆ 牛虻。

3 **虵** 同"蛇〈一〉"，見618頁左欄。

4 **蚨** [fú ㄈㄨˊ ㊥fu4 扶]
青蚨，傳說中的一種蟲。古代用為銅錢的別名。

4 **蚉** 同"蠹"，見633頁右欄。

4 **蚘** 同"蛔"，見618頁右欄。

⁴ 蚜 [yá ㄧㄚˊ ⑧ ŋa⁴ 牙]
蚜蟲,昆蟲。卵圓形,綠色、黃色或棕色。生在豆類、棉花、稻、麥、菜的幼苗上,吸取汁液,是農業的害蟲,種類很多。俗稱"膩蟲"。

⁴ 蚍 [pí ㄆㄧˊ ⑧ pei⁴ 皮]
蚍蜉,大螞蟻 ◆ 蚍蜉撼大樹,可笑不自量。

⁴ 蚛 [zhòng ㄓㄨㄥˋ ⑧ dzuŋ⁶ 仲]
蟲蛟。

⁴ 蚩 [chī ㄔ ⑧ tsi¹ 雌]
無知;傻。

⁴ 蚋 [ruì ㄖㄨㄟˋ ⑧ jœy⁶ 銳]
昆蟲。黑色,頭小,翅闊透明。幼蟲生活在水中,成蟲會飛,吸食人畜血液 ◆ 蚊蚋。

⁴ 蚌 〈一〉[bàng ㄅㄤˋ ⑧ pɔŋ⁵ 旁⁵]
軟體動物。有兩片可以開閉的橢圓形甲殼,生活在淡水中,某些種類產珍珠 ◆ 珠蚌|蚌殼|鷸蚌相爭,漁人得利。

〈二〉[bèng ㄅㄥˋ ⑧ 同〈一〉]

蚌埠,地名,在安徽省。

⁴ 蚝 〈一〉[cì ㄘˋ ⑧ tsi³ 次]
古書上指毛蟲。
〈二〉同"蠔",見632頁左欄。

⁴ 蚧 [jiè ㄐㄧㄝˋ ⑧ gai³ 介]
❶即介殼蟲。種類很多,成蟲極小,雄蟲有翅,體背上有蠟質分泌物或硬殼覆蓋。寄生於植物枝葉間,大多為果樹、林木的害蟲,如吹綿蚧、紅蠟蚧、龜蠟蚧;僅少數為有益的資源昆蟲,如紫膠蟲、白臘蟲(能產紫膠、白臘)等。❷蛤蚧。見"蛤",619頁左欄。

⁴ 蚡 古同"鼢",見853頁右欄。

⁴ 蚣 [gōng ㄍㄨㄥ ⑧ guŋ¹ 公]
蜈蚣。見"蜈",620頁右欄。

⁴ 蚊 (⑧蚉蚉蟁蚉蟲)
[wén ㄨㄣˊ ⑧ mɐn¹ 文¹/mɐn⁴ 文]
昆蟲。種類很多,成蟲身體細長,會飛,幼蟲叫孑孓,生長在水中。雄蚊吸植物汁液,雌蚊吸人畜血液,能傳播瘧疾、流行性腦炎等病。通稱"蚊子" ◆ 蚊蚋|消滅蚊蠅|蚊叮蟲咬。

⁴ 蚪 [dǒu ㄉㄡˇ ⑧ dɐu² 抖]
蝌蚪。見"蝌",624頁右欄。

⁴ 蚓　[yǐn ㄧㄣˇ ⑧ jɐn⁵ 引]
蚯蚓。見“蚯”，617頁左欄。

⁴ 蚤　[zǎo ㄗㄠˇ ⑧ dzou² 早]
昆蟲。深褐色，善跳躍，寄生在人畜的身體表面，吸取血液，能傳染鼠疫、斑疹傷寒等病。通稱“跳蚤”、“屹蚤”。

⁵ 蚶　[hān ㄏㄢ ⑧ hɐm¹ 堪]
蚶子，軟體動物。貝殼厚，產於淺海泥沙、礁石縫隙中。品種很多，其中泥蚶是我國沿海貝類養殖主要對象，其肉味鮮美，殼供藥用 ◆蚶田。

⁵ 蛄　[gū ㄍㄨ ⑧ gu¹ 姑]
❶螻蛄。見“螻”，628頁左欄。❷蟪蛄。見“蟪”，630頁左欄。

⁵ 蛆　〈一〉[qū ㄑㄩ ⑧ dzœy¹ 追]
蠅類的幼蟲。白色，體柔軟，有環節。多生在糞便、動物屍體和不潔淨的地方。比喻專幹壞事的卑鄙可恥的人 ◆蛆蟲。
〈二〉[jū ㄐㄩ ⑧ 同〈一〉]
蝍蛆。見“蝍”，621頁左欄。

⁵ 蚰　[yóu ㄧㄡˊ ⑧ jɐu⁴ 由]
❶蚰蜒，節肢動物，像蜈蚣，體短而扁，觸角和腳細長，灰白色，生活在陰濕的地方。舊稱“草鞋蟲”。❷蜒蚰，即蛞蝓。見“蛞”，619頁左欄。

⁵ 蚺　[rán ㄖㄢˊ ⑧ jim⁴ 炎]
蚺蛇，即蟒蛇。見“蟒”，627頁右欄。

⁵ 蚱　[zhà ㄓㄚˋ ⑧ dza³ 炸/dzak⁸ 責]
❶蚱蜢，昆蟲。體長形，綠色或黃褐色，頭尖，後翅大，後肢特長。善跳躍，不能遠飛，危害禾本科植物。也稱“蟿螽”，俗稱“螞蚱”。❷蚱蟬，最大和最常見的一種蟬，俗稱“知了”。

⁵ 蚮　同“蛇〈一〉”，見618頁左欄。

⁵ 蚯　[qiū ㄑㄧㄡ ⑧ jɐu¹ 休]
蚯蚓，環節動物，昆蟲。體柔軟細長，生活在土壤中，翻鬆泥土，有利於農作物的生長。通稱“曲蟺”，又省稱“蚓”。

⁵ 蛉　[líng ㄌㄧㄥˊ ⑧ liŋ⁴ 零]
❶白蛉，昆蟲。體形似蚊而小，灰黃色，飛行力弱。雄蛉吸食植物液汁，雌蛉吮吸人畜血液，傳播黑熱病、白蛉熱等，幼蟲生活在泥土及縫隙中。❷蟆蛉。見“蟆”，627頁左欄。

5**蛀** [zhù ㄓㄨˋ [粵] dzy3 注] ❶蛀蟲。咬嚙木頭、衣物等的小蟲。❷被蟲咬壞 ◆ 蟲蛀|霉蛀|防蛀。

5**蛇** 〈一〉[shé ㄕㄜˊ [粵] sɛ4 佘] 爬行動物。體圓而細長，有鱗，無四肢，舌細長而分叉。種類很多，卵生或卵胎生，以動物為食，有的有毒。俗稱"長蟲" ◆ 蛇蠍|蛇蛻|畫蛇添足|杯弓蛇影|打蛇打七寸|人心不足蛇吞象。

〈二〉[yí ㄧˊ [粵] ji4 移] 委蛇。見"委"，152頁右欄。

5**蛋** [dàn ㄉㄢˋ [粵] dan6 但/dan2 丹2] ❶鳥類或龜、蛇類等的帶硬殼的卵 ◆ 鴨蛋|恐龍蛋|雞飛蛋打|蒼蠅不叮無縫的蛋。❷形狀像蛋的 ◆ 臉蛋|山藥蛋。

5**蚴** [yòu ㄧㄡˋ [粵] jɐu3 幼] 絛蟲、血吸蟲等寄生蟲的幼蟲 ◆ 毛蚴|尾蚴|胞蚴。

6**蛙** [wā ㄨㄚ [粵] wa1 娃] 兩棲動物。生活在淺水邊草叢中，背黃綠、深綠或灰棕色，有黑斑，頭寬扁，舌尖分叉，趾間有蹼。捕食害蟲，有益農業。產卵，孵成蝌蚪，漸變為蛙。常見的為青蛙，俗稱"田雞"。又有牛蛙(飼養可供食用)、雨蛙等 ◆ 蛙鼓|蛙鳴閣閣|宋辛棄疾《西江月》詞："稻花香裏說豐年，聽取蛙聲一片。"

6**蛩** [qióng ㄑㄩㄥˊ [粵] kuŋ4 窮] 古書上指蟋蟀 ◆ 蛩聲|傳來一陣陣秋蛩的吟聲。

6**蛕** 同"蛔"，見618頁右欄。

6**蛭** [zhì ㄓˋ [粵] dzɐt9 姪] ❶環節動物。體形長而扁平，前後各有一個吸盤。生活於淡水中或潮濕的陸地上，大多營半寄生生活，有螞蟥、水蛭、湖蛭、山蛭等。❷水蛭，環節動物。體狹長，背腹扁平，後端稍闊，背黃綠色，腹暗灰色。生活於水田、湖沼，吸食人畜血液，有的在醫學上可用來吸取濃血。蟲體炮製後可入藥。也稱"日本醫蛭"。❸羊肝蛭，即肝片吸蟲。寄生在羊、牛及其他動物膽管內，危害宿主，人偶或也有感染。

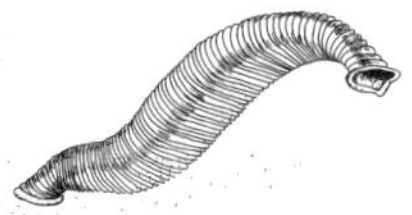

6**蛐** [qū ㄑㄩ [粵] kuk7 曲] ❶蛐蛐(兒)，方言。蟋蟀。❷蛐蟮，口語。指蚯蚓，也作"曲蟮"。

6**蛔** ([異]蛕痐) [huí ㄏㄨㄟˊ [粵] wui4 回]

蛔蟲。體長圓柱形，白色。成蟲寄生在人的小腸內，是最常見的危害人體健康的寄生蟲，兒童感染較多。

6 **蛛** [zhū ㄓㄨ (粵) dzy^1 朱] 蜘蛛。見"蜘"，622頁左欄 ◆ 蛛網|蛛絲馬跡。

6 **蛞** [kuò ㄎㄨㄛˋ (粵) kut^8 括] ❶蛞蝓，軟體動物。外形像去殼的蝸牛而大，體灰色、黃褐色或紅褐色，有暗帶紋及斑點，觸角兩對，能分泌黏液，爬行後留下銀白色印跡。生活在潮濕陰暗處，夜晚外出，對果樹、蔬菜有害，可作中藥。又稱"蜒蚰"、"鼻涕蟲"。❷蛞螻，即螻蛄。見"螻"，628頁左欄。

6 **蛤** 〈一〉[gé ㄍㄜˊ (粵) gɐp^8 急^8] ❶蛤蜊，軟體動物。體外有雙殼，產於淺海泥沙中，肉可食 ◆ 文蛤|花蛤。❷蛤蚧，爬行動物。生活於山巖間，背紫灰色，有赤色斑點，乾燥全體入藥。

〈二〉[há ㄏㄚˊ (粵) 同〈一〉] 蛤蟆，指青蛙和蟾蜍 ◆ 癩蛤蟆想吃天鵝肉。

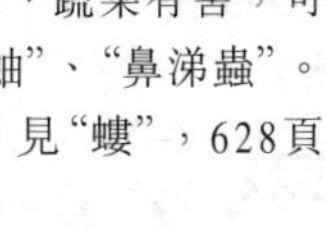

6 **蛟** [jiāo ㄐㄧㄠ (粵) gau^1 交] 古代傳説中興風作浪、能發洪水的一種龍 ◆ 蛟龍得雲雨，終非池中物。

6 **蛘** [yáng ㄧㄤˊ (粵) jœŋ^4 羊] 方言。一種生在米裏的黑色小甲蟲。俗稱"蛘子"。

6 **蛇** [zhà ㄓㄚˋ (粵) tsa^3 詫] 即海蜇。見"蜇"，619頁右欄。

6 **蛑** [móu ㄇㄡˊ (粵) mɐu^4 謀] 蝤蛑。見"蝤"，625頁左欄。

7 **蜇** 〈一〉[zhē ㄓㄜ (粵) dzit^8 折] ❶毒蟲叮刺 ◆ 被蠍子蜇了|他昨日被大黃蜂蜇傷了。❷某些物質刺激皮膚或黏膜使感覺微痛 ◆ 碘酒蜇皮膚|洋葱的氣味蜇眼睛。

〈二〉[zhé ㄓㄜˊ (粵) 同〈一〉] 海蜇，腔腸動物。生長在海水中，其上面的膠質傘狀物，俗稱"海蜇皮"，下面的口腕叫"海蜇頭"，可以食用和入藥。

7 **蜐** [jié ㄐㄧㄝˊ (粵) gip^8 劫] 石蜐，甲殼類動物。生活在海邊巖石縫裏，因身體外形像龜的腳，又名"龜足"、"龜腳"。

7 **蛷** [qiú ㄑㄧㄡˊ (粵) kɐu^4 求] 蛷螋，即"蠼螋"。見"蠼"，634頁左欄。

⁷ 蜅 [fǔ ㄈㄨˇ ⑧fu² 苦]
蝛蜅鯗，即墨魚乾，是墨魚的乾製食品。

⁷ 蜃 [shèn ㄕㄣˋ ⑧sen⁶ 慎]
❶大蛤蜊。❷蜃景，大氣中由於光線的折射作用而形成的一種自然現象。當大氣各層密度有較大差異時，就有可能把遠處景物反映在天空或地面，形成幻景，這種現象多於夏季出現在海上或沙漠地區。又稱"海市蜃樓"。

⁷ 蛱(蛺) [jiá ㄐㄧㄚˊ ⑧gap⁸ 夾]
蛱蝶，昆蟲，蝴蝶的一類。成蟲赤黃色，翅上有各種鮮豔的色斑，幼蟲灰黑色，身上有刺，有害農作物。

⁷ 蛸 〈一〉[shāo ㄕㄠ ⑧sau¹ 梢]
蟏蛸。見"蟏"，633頁左欄。
〈二〉[xiāo ㄒㄧㄠ ⑧siu¹ 消]
螵蛸。見"螵"，628頁左欄。

⁷ 蜆(蚬) [xiǎn ㄒㄧㄢˇ ⑧hin² 顯]
軟體動物。生活在淡水河、湖中，殼爲圓形或近三角形，厚而堅固，肉可食用及入藥，也是魚、禽的食料，殼是煅燒石灰的原料。通稱"蜆子"。

⁷ 蜎 [yuān ㄩㄢ ⑧jyn¹ 淵]
古書上指蚊子的幼蟲孑孓。

⁷ 蜈 [wú ㄨˊ ⑧ŋ⁴ 吳]
蜈蚣，節肢動物。體長而扁，每節有足一對，頭部的足像鈎子，有毒，中醫入藥。俗稱"百腳"。

⁷ 蜀 [shǔ ㄕㄨˇ ⑧suk⁹ 熟]
❶周代國名，在今四川成都一帶，後沿稱這一地區 ◆ 蜀中|蜀錦|巴山蜀水|得隴望蜀|樂不思蜀|蜀犬吠日。❷朝代名。(1)蜀漢(公元221—263年)，劉備所建，轄有今四川、雲南、貴州及陝西漢中一帶，爲魏所滅。(2)前蜀，五代時王建所建(公元907—925年)。(3)後蜀，五代時孟知祥所建(公元934—965年)。❸今四川省的別稱。

⁷ 蛾 〈一〉[é ㄜˊ ⑧ŋɔ⁴ 娥]
❶昆蟲。腹部粗短，有四個帶鱗片的翅膀，多在夜間活動，性喜燈光，種類很多，多爲農業害蟲。俗稱"蛾子" ◆ 蜈蛾|飛蛾撲火。❷蛾眉。(1)女子的眉毛。古時以蠶蛾彎曲細長的觸鬚比喻女子長而美的眉毛 ◆ 蛾眉粉黛|皓齒蛾眉。(2)美女的代稱 ◆ 蛾眉善妒。
〈二〉古同"蟻"，見632頁左欄。

⁷ 蜓 [tíng ㄊㄧㄥˊ ⑧tiŋ⁴ 停]
蜻蜓。見"蜻"，621頁右欄。

⁷ 蜊 [lí ㄌㄧˊ ⑧lei⁴ 離]
蛤蜊。見"蛤〈一〉"，619頁左欄。

7**蜍** [chú ㄔㄨˊ [粵] sy4 殊]
蟾蜍。見“蟾”，631頁右欄。

7**蜉** [fú ㄈㄨˊ [粵] feu4 浮]
❶蜉蝣，昆蟲。幼蟲生活於水中，成蟲褐綠色，成蟲生存期極短 ◆ 宋蘇軾《前赤壁賦》：“寄蜉蝣於天地，渺滄海之一粟。”❷蚍蜉。見“蚍”，616頁左欄。

7**蜂**（[異]蠭𧒂䗬）
[fēng ㄈㄥ [粵] fuŋ1 風]
❶昆蟲。能飛，有毒刺，會蜇人，常羣居活動，種類有可以人工飼養以供採蜜的蜜蜂以及熊蜂、胡蜂、細腰蜂等 ◆ 蜂王｜工蜂｜捅馬蜂窩。❷特指蜜蜂 ◆ 蜂蜜｜蜂房｜蜂王漿｜養蜂人。❸比喻眾多，成羣地 ◆ 蜂起｜蜂擁｜蜂屯蟻聚。

7**蜕** [tuì ㄊㄨㄟˋ [粵] tœy3 退/sœy3 稅]
❶蛇、蟬等脫皮 ◆ 蜕皮｜蜕化｜蜕變。❷蛇、蟬等脫下的皮 ◆ 蛇蜕｜蟬蜕。❸鳥換毛（脫舊毛長新毛）。

7**蝍** [jí ㄐㄧˊ [粵] dzik7 即]
蝍蛆，即蟋蟀。一說蜈蚣。

7**蛹** [yǒng ㄩㄥˇ [粵] juŋ5 湧]
❶昆蟲從幼蟲變為成蟲的一種過渡形態，在此期間，蟲體不食不動，外皮變厚，身形縮短 ◆ 蜂蛹｜蠅蛹。❷特指蠶蛹。

8**蜻** [qīng ㄑㄧㄥ [粵] tsiŋ1 青]
蜻蜓，昆蟲。身體細長，胸的背面有兩對膜狀翅，頭部可靈活轉動，複眼發達，常在水邊飛舞，捕食蚊子等小蟲，成蟲產卵於水中，稱為“水蠆”。是有益於人類的益蟲，品種極多 ◆ 蜻蜓點水｜宋楊萬里《小池》詩：“小荷才露尖尖角，早有蜻蜓立上頭”。

8**蜗**
同“蜗”，見616頁左欄。

8**蜞** [qí ㄑㄧˊ [粵] kei4 其]
蟛蜞。見“蟛”，629頁右欄。

8**蜡** 〈一〉[zhà ㄓㄚˋ [粵] dza3 乍]
古代的一種年終祭祀 ◆ 蜡祭。
〈二〉“蠟”的簡化字。

8**蜥** [xī ㄒㄧ [粵] sik7 色]
蜥蜴，爬行動物。種類繁多，體表有鱗，尾長，大多有四肢，趾端有爪，也有前肢、後肢或四肢退化者，生活在草叢、樹上、水中，捕食昆蟲等，一般為卵生。常見的有壁虎、蛇蜥、草蜥、石龍子等，均無毒。

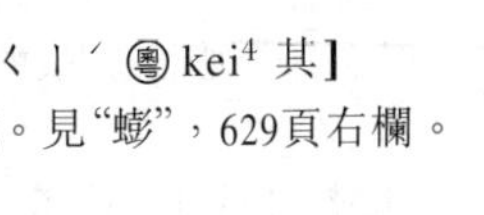

8 楝

[dōng ㄉㄨㄥ ⑧ duŋ¹ 東]
蝀楝。見"蝀"，628頁左欄。

8 蜮

[yù ㄩˋ ⑧ wak⁹ 惑]
古代傳說中一種害人的動物，頭像鼈，三足，能在水中含沙射人 ◆ 鬼蜮伎倆。

8 蝸

同"魍"，見815頁右欄。

8 蜾

[guǒ ㄍㄨㄛˇ ⑧ gwo² 果]
蜾蠃蜂，蜂的一種。常在泥牆或樹枝上做窩，並捕捉螟蛉等小蟲存放窩內，以作為幼蟲食物，古人誤認蜾蠃養螟蛉為己子，因而借稱抱養的兒子為"螟蛉之子"。

8 蜴

[yì ㄧˋ ⑧ jik⁹ 亦]
蜥蜴。見"蜥"，621頁右欄。

8 蜎

同"魍"，見816頁左欄。

8 蜚

〈一〉[fēi ㄈㄟ ⑧ fei¹ 非]
古同"飛" ◆ 蜚語｜蜚揚｜蜚短流長｜蜚聲中外｜流言蜚語｜蜚黃騰達。

〈二〉[fěi ㄈㄟˇ ⑧ fei⁶ 吠]
❶ 古書上指一種危害水稻的小飛蟲，蟓類。❷蜚蠊，古書上指蟑螂。

8 蜘

[zhī ㄓ ⑧ dzi¹ 支]
蜘蛛，節肢動物。體分頭、胸部和腹部，有四對足，通過尾部分泌的黏液凝成細絲、織而成網、捕食昆蟲。

8 蜒

[yán ㄧㄢˊ ⑧ jin⁴ 言]
❶ 蜒蚰，即蛞蝓。見"蛞"，619頁左欄。❷蚰蜒。見"蚰"，617頁左欄。❸蜿蜒。見"蜿"，623頁左欄。

8 蜑

[dàn ㄉㄢˋ ⑧ dan⁶ 但]
❶ 古代南方的一種少數民族。❷蜑民，清中期以前廣東、廣西、福建沿海和內河上的水上居民。多從事漁業、運輸業，以船為家，蜑民舊時受到社會歧視。也作"疍民"。又稱"蜑戶"。

8 蜺

[ní ㄋㄧˊ ⑧ ŋei⁴ 危]
❶寒蟬，蟬的一種。似蟬而小，青赤色。❷同"霓"，見778頁右欄。

8 蝂

[bǎn ㄅㄢˇ ⑧ ban² 版]
蝜蝂。見"蝜"，625頁左欄。

8 蜱

[pí ㄆㄧˊ ⑧ pei⁴ 皮]
節肢動物。頭胸部和腹部合在一起，體形扁平，有四對足，種類很多，有的吸植物汁液，有害農作物，有的吸人畜的血，傳播多種疾病。也叫"壁蝨"。

⁸**蝕**(蚀)　[shí ㄕˊ 🔊sik⁹ 食]
❶蟲蛀物；引申為損傷、侵蝕 ◆ 蛀蝕｜腐蝕。❷日、月虧缺的現象 ◆ 日蝕｜月蝕。❸虧損 ◆ 蝕本｜把錢蝕光了。

⁸**蜩**　[tiáo ㄊㄧㄠˊ 🔊tiu⁴ 條]
古書上指蟬。

⁸**蜣**　[qiāng ㄑㄧㄤ 🔊gœŋ¹ 姜]
蜣螂，昆蟲。黑色。會飛，吃動物的屍體和糞便等，常把糞滾成球形。俗稱"屎殼郎"。

⁸**蜷**　[quán ㄑㄩㄢˊ 🔊kyn¹ 權]
(人或動物的肢體)拳曲的樣子 ◆ 蜷曲｜蜷伏｜蜷縮｜蜷局｜蜷做一團。

⁸**蜿**　[wān ㄨㄢ 🔊jyn¹ 淵]
蜿蜒。❶蛇曲折爬行的樣子 ◆ 筆勢如龍蛇般天矯蜿蜒。❷(河流、山脈、道路等)曲折延伸 ◆ 道路蜿蜒｜山勢蜿蜒｜蜿蜒的海岸線。

⁸**蜜**　[mì ㄇㄧˋ 🔊met⁹ 勿]
❶蜂蜜。蜜蜂採取花蜜釀成的稠黏液體，黃白色，味道香甜，含葡萄糖和果糖，供食用和藥用 ◆ 釀蜜｜割蜜｜荔枝蜜｜唐羅隱《蜂》詩："採得百花成蜜後，為誰辛苦為誰甜？"❷像蜂蜜的東西 ◆ 蜜糖｜花蜜。❸比喻甜美 ◆ 蜜酒｜蜜橘｜水蜜桃｜甜言蜜語｜口蜜腹劍。

⁸**蜢**　[měng ㄇㄥˇ 🔊maŋ⁵ 猛]
蚱蜢。見"蚱"，617頁右欄。

⁹**蝽**　[chūn ㄔㄨㄣ 🔊tsœn¹ 春]
昆蟲。身體圓形或橢圓形，嘴細長。吸植物莖和果實的汁，種類很多，有的能放出惡臭，多數是害蟲。也叫"椿象"。

⁹**蝶**(🔊蜨)　[dié ㄉㄧㄝˊ 🔊dip⁹ 碟]
蝴蝶 ◆ 彩蝶｜蝶形花｜狂蜂浪蝶｜宋楊萬里《宿新市徐公店》詩："兒童急走追黃蝶，飛入菜花無處尋。"

⁹**蝴**　[hú ㄏㄨˊ 🔊wu⁴ 胡]
蝴蝶，昆蟲。體分頭、胸、腹三部分，翅上有各種花斑，能在花間、草地飛行，吸食花蜜。種類極多，有的對農作物有害。簡稱"蝶" ◆ 花蝴蝶｜蝴蝶結。

⁹**蝻**　[nǎn ㄋㄢˇ 🔊nam⁴ 南]
蝗蟲的幼蟲。形似成蟲而較小，頭大，僅有翅芽，還沒生成翅膀。成羣吃稻、麥、玉米等，危害農作物 ◆ 蝗蝻。

⁹**蝘**　[yǎn ㄧㄢˇ 🔊jin² 演²]
❶古書上指蟬一類的昆蟲。

❷蝘蜓，即蠍虎，爬行類動物。形狀像壁虎，尾極扁平，背灰褐色，腹黃白色或灰白色。生活於住宅內或庭園中，捕食昆蟲。

⁹**蜊** ［là ㄌㄚˋ ⑧lat⁹ 辣］
蜊蛄，甲殼類動物。形狀似龍蝦而小，第一對足像蟹螯。生活在淡水中，是肺吸蟲的中間宿主。

⁹**蝠** ［fú ㄈㄨˊ ⑧fuk⁷ 福］
蝙蝠。見"蝙"，625頁右欄。

⁹**蝰** ［kuí ㄎㄨㄟˊ ⑧kwɐi¹ 規］
蝰蛇，一種毒蛇。長約1米，背部暗褐色，有淡褐色鏈狀橢圓斑紋，腹面灰白色。生活在山地、平原。晝夜活動，捕食鼠類。卵胎生。分佈於我國福建、兩廣、台灣及印度和東南亞。

⁹**蝎** ⟨一⟩同"蠍"，見631頁左欄。
⟨二⟩［hé ㄏㄜˊ ⑧hɔt⁹ 褐］
古書上指木頭中的蛀蟲。

⁹**蝟** (⑧猬) ［wèi ㄨㄟˋ ⑧wɐi⁶ 胃］
刺蝟，哺乳動物。頭小腿短，身上有硬刺。

⁹**蝸** (蜗) ［wō ㄨㄛ ⑧gwa¹ 瓜/wɔ¹ 窩 (語)］
蝸牛，軟體動物。頭部有兩對觸角，有螺旋形扁圓的硬殼。棲息在潮濕的地方，吃綠色植物，有害於農業，種類多，可作中藥，有的可供食用 ◆ 蝸居｜蝸角虛名。

⁹**蝌** ［kē ㄎㄜ ⑧fɔ¹ 科］
蝌蚪，蛙、蟾蜍、蠑螈、鯢等兩棲動物的幼體。體呈橢圓形，尾大而扁。游泳水中。成長時，蛙、蟾蜍先生後肢，繼生前肢，蠑螈相反，經變態而成成體。

⁹**蝮** ［fù ㄈㄨˋ ⑧fuk⁷ 福］
蝮蛇，爬行動物。頭部呈三角形，有毒牙，身體灰褐色，有斑紋。生活在山野和島上，以鼠、鳥、蛙等小動物為食，卵胎生。別稱"草上飛"、"土公蛇"。

⁹**蒐** ［sōu ㄙㄡ ⑧sɐu¹ 收］
蠷蒐。見"蠷"，634頁左欄。

⁹**蝗** ［huáng ㄏㄨㄤˊ ⑧wɔŋ⁴ 皇］
蝗蟲，昆蟲。體形細長，綠色或黃褐色，後足強大。適於跳躍。食量大，常羣飛危害禾本科

植物。種類極多，如飛蝗、稻蝗、竹蝗、蔗蝗、棉蝗等，都是重要害蟲。俗稱"螞蚱" ◆ 蝗災｜蝗蝻｜滅蝗。

9 **蝓** [yú ㄩˊ [粵] jy⁴ 如]
蛞蝓。見"蛞"，619頁左欄。

9 **蝜** [fù ㄈㄨˋ [粵] fu⁶ 父]
蝜蝂，昆蟲草蛉的幼蟲。常以枝葉屑片或排泄物作成一堆，覆蓋體背，負載而行。也作"負版"。

9 **蝨** ([異]虱蝨蝨蝨)
[shī ㄕ [粵] sɐt⁷ 失]
蝨子，昆蟲。體小，扁平，無翅。寄生於人和哺乳動物體表，吸食血液，卵白色，橢圓形。種類有人蝨、陰蝨、牛蝨、馬蝨等。人蝨傳播回歸熱、斑疹傷寒等。

9 **蝣** [yóu ㄧㄡˊ [粵] jɐu⁴ 由]
蜉蝣。見"蜉"，621頁左欄。

9 **蝤** 〈一〉[qiú ㄑㄧㄡˊ [粵] tsɐu⁴ 囚]
蝤蠐，古書上指天牛的幼蟲。此蟲細長，足短，白色，古代用以比喻婦女白潤的頸項 ◆《詩經》："領如蝤蠐"。

〈二〉[jiū ㄐㄧㄡ [粵] dzɐu¹ 周]
蝤蛑，即梭子蟹。羣棲淺海海底，胸甲菱形，暗紫色，有青白色雲斑，螯足長大，可供食用。

〈三〉[yóu ㄧㄡˊ [粵] jɐu⁴ 由]
蜉蝤，同"蜉蝣"。見"蜉"，621頁左欄。

9 **螂** ([異]蜋) [láng ㄌㄤˊ [粵] lɔŋ⁴ 郎]
❶螳螂。見"螳"，628頁左欄。❷蜣螂。見"蜣"，623頁左欄。❸蟑螂。見"蟑"，629頁左欄。

9 **蝙** [biān ㄅㄧㄢ [粵] bin¹ 邊]
蝙蝠，哺乳動物。頭和軀幹像老鼠，前後肢和尾之間有皮膜相連，白天潛伏暗處，夜晚飛出捕食蚊、蛾等小昆蟲。

9 **蝦** (虾) 〈一〉[xiā ㄒㄧㄚ [粵] ha¹ 哈/ha⁴ 霞]
節肢動物。身體長而彎曲，有薄而透明的軟殼，生活在水中，種類很多，可以吃 ◆ 河蝦｜對蝦｜龍蝦｜蝦鬚｜蝦兵蟹將。

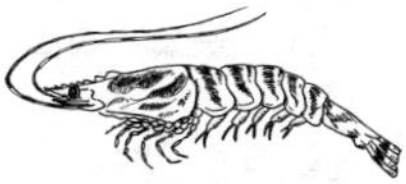

〈二〉[há ㄏㄚˊ [粵] ha⁴ 霞]
蝦蟆，同"蛤蟆"。青蛙和蟾蜍的統稱。

9 **蝥** [máo ㄇㄠˊ [粵] mau⁴ 矛/mɐu⁴ 謀]

❶斑蝥，昆蟲。觸角呈鞭狀，腿細長，鞘翅上有黃黑色斑紋，是農作物的害蟲，可入藥。❷同"蝨"，見629頁右欄。

¹⁰ **螓** [qín ㄑㄧㄣˊ ⓤ tsœn⁴ 秦]
古書上指像蟬而比蟬小的一種昆蟲 ◆ 螓首蛾眉（額廣而方，眉毛細長，形容女子貌美）。

¹⁰ **螞**(蚂) 〈一〉[mǎ ㄇㄚˇ ⓤ ma⁵ 馬]
❶螞蟻。見"蟻"，632頁左欄。❷螞蟥，蛭類動物的通稱。部分種類，如水蛭、山蛭吸人畜的血。❸我國常見的為寬體螞蟥，呈紡錘形，扁平而肥壯，暗綠色，有吸盤，雌雄同體。生活在水田、河湖中，能刺傷皮膚，但不吸血。蟲體乾燥炮製後入藥。
〈二〉[mà ㄇㄚˋ ⓤ ma⁶ 罵]
螞蚱。(1) 方言。蝗蟲。(2) 蚱蜢。見"蚱"，617頁右欄。
〈三〉[mā ㄇㄚ ⓤ ma¹ 媽]
方言。螞螂，蜻蜓。

¹⁰ **蠡** 同"蠱"，見633頁右欄。

¹⁰ **融**(ⓤ螎) [róng ㄖㄨㄥˊ ⓤ juŋ⁴ 容]
❶冰雪受熱變成水或某些固體受熱變成液體 ◆ 融解|冰雪開始消融|路面上的柏油都被烈日曬得融化了。❷幾種不同的事物和諧地合為一體 ◆ 融合|融洽|融會貫通|水乳交融。❸流通 ◆ 金融。❹融融。
(1) 形容溫暖舒適 ◆ 春光融融。
(2) 形容和睦快樂 ◆ 新年一家團聚，其樂融融。

¹⁰ **螈** [yuán ㄩㄢˊ ⓤ jyn⁴ 原]
蠑螈。見"蠑"，632頁右欄。

¹⁰ **螘** [yǐ ㄧˇ ⓤ ŋɐi⁵ 危⁵]
"蟻"的本字。

¹⁰ **螅** [xī ㄒㄧ ⓤ sik⁷ 色]
水螅，一種腔腸動物。身體圓管形，口周圍有小觸手，用於捕捉食物，大多雌雄同體，附着在池沼、水溝中的水草、石塊或其他物體上。

¹⁰ **螄**(蛳) [sī ㄙ ⓤ si¹ 師]
螺螄。見"螺"，628頁右欄。

¹⁰ **螣** 〈一〉[téng ㄊㄥˊ ⓤ tɐŋ⁴ 騰]
螣蛇，古書上說的一種能飛的蛇。
〈二〉[tè ㄊㄜˋ ⓤ dɐk⁹ 特]
古書上指一種吃禾苗的害蟲。也作"蟘"。

¹⁰ **螗** [táng ㄊㄤˊ ⓤ tɔŋ⁴ 唐]
古書上指一種體形較小的蟬。

10 **螃** [páng ㄆㄤˊ ㉄pɔŋ4 旁]
螃蟹。見“蟹”，631頁右欄。

10 **螠** [yì ㄧˋ ㉄jik7 益]
無脊椎動物。雌雄異體，身體圓筒形，不分節。生活在海底泥沙中，種類很多。

10 **螢**（萤）[yíng ㄧㄥˊ ㉄jiŋ4 仍]
螢火蟲，昆蟲。體細長而扁平，雌雄均有鞘翅，腹部末端有發光器，夜間飛行時發出螢光。捕食蚯蚓、蝸牛等其他昆蟲，種類甚多 ◆ 流螢｜夜螢｜螢窗｜囊螢｜聚螢映雪。

10 **螟** [míng ㄇㄧㄥˊ ㉄miŋ4 明]
❶螟蛾的幼蟲。種類很多，有二化螟、三化螟、大螟、玉米螟等，對水稻、玉米、甘蔗、果樹、養蜂業及倉庫存糧造成危害 ◆ 螟害｜螟蟲是中國南方主要害蟲之一。❷螟蛉，一種綠色小蟲。寄生蜂蜾蠃捕捉螟蛉存放在窩中，在螟蛉身上產卵，孵化後以它為食物。古人誤以為蜾蠃無子，餵養螟蛉為子，因此以“螟蛉”比喻養子女 ◆ 螟蛉之子｜螟蛉義女。

11 **䘌**（㊀䘌）[nì ㄋㄧˋ ㉄nik7 匿]
中醫指蟲咬的病 ◆ 陰䘌(外陰部瘙癢的一種婦科病)。

11 **蟒** [mǎng ㄇㄤˇ ㉄mɔŋ5 網]
❶一種無毒的大蛇。體長可達6米，口大，舌尖有分叉，背部有黃褐色或黑褐色斑紋，腹部白色。多生活在熱帶近水的森林裏，捕食小禽獸 ◆ 大蟒｜巨蟒｜蟒蛇。❷指蟒袍。(1)明清兩代大臣的禮服。(2)傳統戲曲表演中帝王將相及后妃貴婦的官服。

11 **螫** 〈一〉[shì ㄕˋ ㉄sik7 色]
有毒腺的蟲子如蜂、蠍等刺人或牲畜。
〈二〉[zhē ㄓㄜ ㉄同〈一〉]
義同〈一〉，用於口語 ◆ 不小心讓蜜蜂螫了手。

11 **蟆**（㊀蟇）[má ㄇㄚˊ ㉄ma4 麻]
蛤蟆。見“蛤〈二〉”，619頁左欄。

11 **螯** [áo ㄠˊ ㉄ŋou4 遨]
螃蟹等甲殼動物的第一對足。形狀像鉗子，能開合，用於自衛及取食 ◆ 蟹螯｜九月重陽，是持螯賞菊的日子。

11 **蟄**（蛰）[zhé ㄓㄜˊ ㉄dzap9 習/dzɐt9 姪]
❶動物冬眠時潛伏不動的狀態 ◆ 蟄蟲｜蟄伏｜蟄雷｜雨水種瓜，驚蟄種豆。❷比喻人隱藏不出 ◆ 蟄居斗室｜久蟄鄉間，過着世外桃源般的生活。

¹¹**蟎**(蟎) [mǎn ㄇㄢˇ ⓐmun⁵ 滿]

節肢動物的一類。體形微小，大多數是圓形或橢圓形。種類很多，有的寄生在人或動物體內外，如疥蟎、毛囊蟎、肺蟎、塵蟎等，能傳播或引起多種疾病；有的如葉蟎（又稱紅蜘蛛）、粉蟎能危害農作物、果樹及倉庫存糧。

¹¹**蠟** [cáo ㄘㄠˊ ⓐtsou⁴ 曹]

蠨蠟。見“蠨”，632頁右欄。

¹¹**螵** [piāo ㄆㄧㄠ ⓐpiu¹ 飄]

螵蛸，螳螂的卵塊。

¹¹**蟻** [qī ㄑㄧ ⓐtsik⁷ 戚]

貝類動物。貝殼無螺旋紋，呈笠狀，又名“笠貝”、“帽貝”，吸在海邊礁石上，肉供食用。

¹¹**蠮** [dì ㄉㄧˋ ⓐdɐi³ 帝]

蠮蜾，又作“蝃蝀”。虹。

¹¹**螳** [táng ㄊㄤˊ ⓐtɔŋ⁴ 堂]

螳螂，昆蟲。綠或褐色，頭三角形，有絲狀觸角，前足發達，像鐮刀，捕食害蟲，對農業有益 ◆ 螳臂擋車|螳螂捕蟬，黃雀在後。

¹¹**螻**(螻) [lóu ㄌㄡˊ ⓐlɐu⁴ 流]

螻蛄，褐色，有翅，穴居土中，前足鏟狀，能掘泥土，並能切斷植物的根、莖、嫩苗，是重要的農業地下害蟲。也叫“螻蟈”、“拉拉蛄”、“土狗子” ◆ 螻蟻貪生。

¹¹**螺** [luó ㄌㄨㄛˊ ⓐlɔ⁴ 羅]

❶ 軟體動物。體外包有錐形、紡錘形、扁橢圓形的硬殼，上有迴旋紋。生活在湖泊、河流、池塘、水田中的為田螺，肉可食，亦可作魚類或家畜、家禽的飼料，殼可作中藥。通稱“螺螄”。海螺形體大，殼可做號角或手工藝品 ◆ 螺號|螺紋|螺鈿|螺絲釘|螺旋槳|螺螄殼裏做道場。❷指螺旋形的指紋 ◆ 她十個手指中有三個螺。

¹¹**蟈**(蟈) [guō ㄍㄨㄛ ⓐgwɔk⁸ 國]

蟈蟈，一種昆蟲。身體綠色或鐵鏽色，腹大翅短，善跳躍，雄的前翅根部有發聲器，能振動發聲，吃植物的花與嫩葉，可供籠養玩賞。也稱“叫哥哥”。

¹¹**蠨** [xiū ㄒㄧㄡ ⓐsɐu¹ 收]

即竹節蟲。體形細長，像竹節或樹枝，綠色或褐色，頭小而無

翅，生活在樹上，食樹葉。

11 **蟋** [xī ㄒㄧ ⑧sik⁷ 色]
蟋蟀，昆蟲。身體黑褐色，有絲狀觸角。雄的好鬥，以翅摩擦發音，雌的產卵管裸出，在地下活動，嚙食植物根、莖、葉，對農業有害，中醫以乾燥蟲體入藥。古稱"促織"，俗稱"蛐蛐兒"
◆ 鬥蟋蟀|蟋蟀盆。

11 **螽** [zhōng ㄓㄨㄥ ⑧dzuŋ¹ 宗]
螽斯，昆蟲。體形像蚱蜢，綠色或褐色。善跳躍，雄的前翅有發聲器，能振動發聲。吃農作物，有害農業。

11 **蟅** [zhè ㄓㄜˋ ⑧dzɛ³ 借]
蟅蟲，即地鱉，昆蟲。體扁平，卵圓形，棕黑色而帶光澤，頭小，觸角長絲狀，雄蟲有翅。白天潛伏牆根土內、石塊或樹根落葉層下，夜出覓食。可人工飼養，中醫以乾燥雌蟲體入藥。又稱"土鱉"。

11 **螭** [chī ㄔ ⑧tsi¹ 雌]
古代傳說中一種無角的龍。古建築或工藝品上常用它的形狀作為裝飾 ◆ 螭首|螭蟠|蛟螭。

11 **蟑** [zhāng ㄓㄤ ⑧dzœŋ¹ 章]
蟑螂。昆蟲。體扁平，黑褐色，有光澤，頭小，有絲狀觸角，背部有翅，能疾走，生活在室內或野外，能分泌特殊臭氣，常在夜間活動，是沾污食物、傳染疾病的害蟲。

11 **螹** [shuài ㄕㄨㄞˋ ⑧sœt⁷ 摔]
蟋蟀。見"蟋"，629頁左欄。

11 **螹**
同"蚓"，見617頁左欄。

11 **螿** [jiāng ㄐㄧㄤ ⑧dzœŋ¹ 章]
寒螿，古書上說的一種蟬，體形較小，青紅色。

11 **蟊** [máo ㄇㄠˊ ⑧mɐu⁴ 謀]
吃苗根的害蟲 ◆ 蟊賊。

12 **蟯** (蛲) [náo ㄋㄠˊ ⑧jiu⁴ 搖]
蟯蟲，寄生在人體小腸下部和大腸裏的一種蟲。體小，形似針，白色，雄蟲長約5毫米，雌蟲長可達12毫米，能使人得蟯蟲病。

12 **蟢** [xǐ ㄒㄧˇ ⑧hei² 起]
蟢子。蟏蛸的通稱。也稱"喜子"、"喜蛛"。見"蟏"，633頁左欄。

12 **蟛** [péng ㄆㄥˊ ⑧paŋ⁴ 彭]
蟛蜞，蟹的一種。體小，生長在水邊，種類較多，分佈廣，會傷害禾苗，損壞田埂、堤岸，對農業與水利有害，可食用。也作"螃蜞"。又稱"相手蟹"。

12 蟥 [huáng ㄏㄨㄤˊ ⑧ wɔŋ⁴ 黃]
螞蟥。見"螞〈一〉"，626頁左欄。

12 蟪 [huì ㄏㄨㄟˋ ⑧ wɐi⁶ 惠]
蟪蛄，一種蟬。體形較小，青紫色，有黑紋，後翅除外緣均為黑色，雄的腹部有發音器。俗稱"伏天兒" ◆《莊子》："朝菌不知晦朔，蟪蛄不知春秋。"

12 蟫 [yín ㄧㄣˊ ⑧ jɐm⁴ 吟/tam⁴ 潭]
古書上指衣魚。體形長而扁，外被銀色細鱗，無翅，是一種蛀蝕書籍、衣服的小蟲。也稱"蠹魚"。

12 蟲(虫) [chóng ㄔㄨㄥˊ ⑧ tsuŋ⁴ 松]
❶蟲子、昆蟲的通稱 ◆ 甲蟲｜毛蟲｜飛蟲｜草蟲｜百足之蟲，死而不僵。❷稱動物 ◆ 長蟲(指蛇)｜大蟲(指老虎)｜老蟲(指鼠)｜血吸蟲。❸斥罵之詞 ◆ 懶蟲｜應聲蟲｜糊塗蟲｜可憐蟲。

12 蟬(蝉) [chán ㄔㄢˊ ⑧ sim⁴ 嬋]
❶昆蟲名，一般常見的為蚱蟬。黑褐色，有前後翅，雄的腹部有發聲器，夏日鳴聲很大。幼蟲棲息土中，吸樹根汁液，所蛻殼稱"蟬蛻"、"蟬衣"，可入藥。俗稱"知了" ◆ 蟬鳴｜蟬唱｜薄如蟬翼｜噤若寒蟬。❷連續 ◆ 蟬聯冠軍。

12 蟘 [tè ㄊㄜˋ ⑧ dɐk⁹ 特]
古書上指一種吃禾苗的害蟲。也作"螣"。見"螣〈二〉"，626頁右欄。

12 蟠 [pán ㄆㄢˊ ⑧ pun⁴ 盤]
曲折環繞 ◆ 蟠曲｜蟠螭紋｜虎踞龍蟠｜龍蟠鳳逸。

12 蟮 [shàn ㄕㄢˋ ⑧ sin⁵ 善⁵]
❶蚰蟮，即蚯蚓。也作"曲蟮"、"曲蟺"。❷同"鱔"，見828頁右欄。

12 蟣(虮) [jǐ ㄐㄧˇ ⑧ gei² 己]
蟣子，蝨子的卵。也稱蝨蟣。

13 蠆(虿) [chài ㄔㄞˋ ⑧ tsai³ 猜³]
古書上指蠍子一類的毒蟲。

13 蟶(蛏) [chēng ㄔㄥ ⑧ tsiŋ¹ 清]
蟶子，一種軟體動物。有兩扇狹長

的殼，淡褐色，肉味鮮美，產於沿海泥沙中，也可以人工養殖 ◆ 蟶苗|蟶田。

13 **蠅**(蝇) [yíng ㄧㄥˊ [粵]jiŋ4 迎] ❶昆蟲。種類很多，全身密生短毛，灰黑色，有一對前翅，能飛。產卵在糞便及腐敗物體中，幼蟲白色，稱為蛆，繁殖快，能傳染傷寒、霍亂、痢疾等病的病原菌。通稱"蒼蠅" ◆ 蠅拍|消滅蚊蠅|蒼蠅不鑽沒縫的蛋。❷像蒼蠅一樣的 ◆ 蠅頭微利|蠅營狗苟。

13 **蠍** [xiē ㄒㄧㄝ [粵]hit8 歇/kit8 揭(語)] 同"蝎"。蠍子，節肢動物。身體黃褐色，口部兩側有一對螯，胸部有四對足，腹部末端有一毒鉤，內具毒腺，用於捕食或禦敵，棲居於土穴中，夜出，以蜘蛛、昆蟲等為食，卵胎生。中醫以乾燥蟲體入藥，今多人工飼養 ◆ 蠍毒|毒如蛇蠍|蛇蠍心腸。

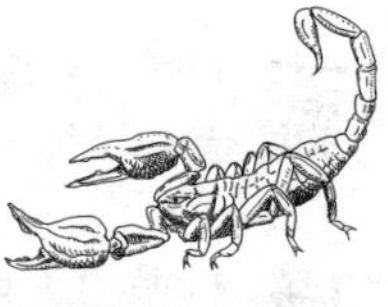

13 **蠋** [zhú ㄓㄨˊ [粵]dzuk7 捉/suk9 淑] 蝴蝶、蛾子等的幼蟲。

13 **蠞** [jié ㄐㄧㄝˊ [粵]dzit8 折] 節肢動物。體呈細稈狀，有觸角，胸部有足七對，前兩對都有半鉗，第二對特別大，生活在海洋中的藻類上。又叫"麥稈蟲"、"海藻蟲"。

13 **蟾** [chán ㄔㄢˊ [粵]sim4 蟬] ❶蟾蜍，兩棲動物。體長可在10厘米以上，背面多黑綠色，皮上有大小不等的疙瘩，內有毒腺，腹部乳黃色，趾間有蹼，多棲於草間、泥洞或石下，夜晚捕食昆蟲。耳後腺和皮膚腺的白色分泌物可製成"蟾酥"，供藥用。俗稱"癩蛤蟆"。❷古代傳説月亮中有三條腿的蟾蜍，詩詞中用以借指月亮 ◆ 蟾影|蟾光|銀蟾高掛|蟾宮折桂。

13 **蟹**([異]蠏) [xiè ㄒㄧㄝˋ [粵]hai5 駭] 螃蟹，節肢動物。生活在海水或淡水河湖中，多數水陸兩棲。身體扁平，有甲殼，足有五對，前面一對為鉗狀，叫螯。橫着爬行，腹部分節，俗稱臍，雄的尖臍，雌的團臍。常見的有青蟹、梭子蟹與河蟹等，簡稱蟹 ◆ 蟹粉|蟹黃|醉蟹|蝦兵蟹將|蝦有蝦路，蟹有蟹路。

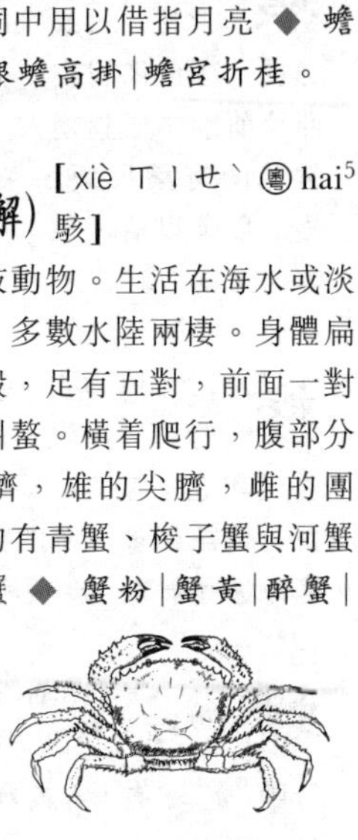

13 **蠊** [lián ㄌㄧㄢˊ [粵]lim4 廉] 蜚蠊。見"蜚〈二〉"，622頁左欄。

13 **蠃** [luǒ ㄌㄨㄛˇ ⑧ lɔ⁵ 裸⁵]
蜾蠃。見"蜾",622頁左欄。

13 **蟻** (蚁) [yǐ ㄧˇ ⑧ ŋiɐ⁵ 危⁵]
❶螞蟻,昆蟲,蟻科的通稱。種類甚多,一般體形小,多為紅褐或黑色,雌蟻與雄蟻有翅,工蟻與兵蟻無翅,羣居棲息於土洞中。有的種類能危害農作物,或能捕食農業害蟲 ◆ 螻蟻|蟻聚蜂屯|如蟻附膻|千里之堤,潰於蟻穴。❷姓。

14 **蠖** [huò ㄏㄨㄛˋ ⑧ wɔk⁸ 獲⁸]
尺蠖,尺蠖蛾的幼蟲。身體細長,顏色像樹皮,行動時一屈一伸地前進,成蟲翅大。種類較多,常見的有桑尺蠖、茶尺蠖、棗尺蠖,危害果樹、桑、茶、棉和林木等。又稱"步曲"。

14 **蠓** [měng ㄇㄥˇ ⑧ muŋ⁵ 蒙⁵]
蠓蟲,昆蟲。比蚊子小,褐色或黑色,在空中飛舞,叮咬人畜,種類很多,有的吸血並能傳播病原蟲和病毒 ◆ 蠛蠓。

14 **蠕** (⑧蝡) [rú ㄖㄨˊ ⑧ jyn⁵ 軟]
像蟲爬行一樣慢慢地行動 ◆ 蠕行|蠕蟲|蠕動|蠕蠕而行。

14 **蠔** [háo ㄏㄠˊ ⑧ hou⁴ 豪]
即牡蠣 ◆ 蠔汁|蠔油牛肉。

14 **蠐** (蛴) [qí ㄑㄧˊ ⑧ tsɐi⁴ 齊]
蠐螬,金龜子的幼蟲。圓筒形,白色,生活在土中,吃農作物的根和莖,是害蟲。又有"土蠶"、"地蠶"、"核桃蟲"等俗稱。

14 **蠑** (蝾) [róng ㄖㄨㄥˊ ⑧ wiŋ⁴ 榮]
蠑螈,兩棲動物。長約 7 厘米,體側和背部黑色,腹朱紅色帶黑斑,頭扁平,四肢細長,前肢四指,後肢五趾,尾側扁,生活於清冷的靜水中。

14 **蠙** [pín ㄆㄧㄣˊ ⑧ pɐn⁴ 貧]
❶蚌的別稱。❷蚌珠。

15 **蠢** [chǔn ㄔㄨㄣˇ ⑧ tsœn² 春²]
❶愚笨;笨拙 ◆ 愚蠢|蠢人|蠢貨|蠢材|幹蠢事。❷蟲子爬動的樣子 ◆ 蠢動|蠢蠢欲動。

15 **蠚** [hē ㄏㄜ ⑧ kɔk⁸ 確]
蟲類咬蜇。

15 **蠛** [miè ㄇㄧㄝˋ ⑧ mit⁹ 滅]
蠛蠓,古書上指蠓。見"蠓",632頁左欄。

15 **蠣** (蛎) [lì ㄌㄧˋ ⑧ lɐi⁶ 麗]
牡蠣,一種軟體動物。殼形不規則,因種而異,下殼較大而凹,上殼較小而平,掩覆如蓋。肉味鮮美，可製蠔豉、蠔油及罐頭，殼可燒石灰，中醫可入藥。有些可人工養殖。也稱"蠔"，又寫作"蚝"◆蠣黃｜蠣塘。

¹⁵蠡（一）[líㄌㄧˊ ⑧lei⁴ 黎]
❶瓢◆以蠡測海｜管窺蠡測。❷貝殼。
（二）[lǐ ㄌㄧˇ ⑧lei⁵ 禮]
❶用於人名，范蠡，春秋時越國大夫。❷蠡縣，地名，在河北省。

¹⁵蠟（蜡）[là ㄌㄚˋ ⑧lap⁹ 臘]
❶動植物或礦物所產生的某些油質，常溫下多為固體，具有可塑性，易熔化，但不溶於水。有白蠟、石蠟、蜂蠟等◆蠟果｜蠟紙｜味同嚼蠟｜銀樣蠟槍頭。❷指蠟燭◆蠟淚｜點蠟｜洋蠟 唐 李商隱《無題》詩："春蠶到死絲方盡，蠟炬成灰淚始乾。"❸像蠟的淡黃色◆蠟梅｜蠟黃。

¹⁶蠢 同"蠹"，見633頁右欄。

¹⁷蠭 同"蜂"，見621頁左欄。

¹⁷蠨（蟏）[xiāo ㄒㄧㄠ ⑧siu¹ 消]
蠨蛸，一種小蜘蛛。

身體細長，腹部圓筒形，腿長，暗褐色。常棲於水邊草際或樹間，結網呈車輪狀。也稱"蟢子"、"喜珠"、"喜母"。

¹⁷蠱（蛊）[gǔ ㄍㄨˇ ⑧gu² 古]
❶將許多毒蟲放在器皿中，使相互吞食，最後活着不死的毒蟲叫蠱，舊時傳說蠱可以用來毒害人◆放蠱｜巫蠱｜蠱毒。❷古代指人腹中的寄生蟲◆腹有蠱。❸古書上指陳穀中所生的蟲。❹誘惑；欺騙◆蠱媚｜蠱惑人心。

¹⁷蠲 [juān ㄐㄩㄢ ⑧gyn¹ 捐]
免除（租稅、勞役、罰款等）◆蠲除｜蠲免。

¹⁸蠹 [dù ㄉㄨˋ ⑧dou³ 到]
❶蛀蝕器物的蟲◆蠹蟲｜蠹魚｜木蠹｜書蠹。❷因蟲蛀而損壞◆戶樞不蠹，流水不腐。

¹⁸蠶（蚕）[cán ㄘㄢˊ ⑧tsam⁴ 慚]
家蠶，昆蟲。幼蟲灰白色，胸腹部有足八對，以桑葉為主要飼料，經四次蛻皮後成熟，停止進食，吐絲作繭，繭可繰絲，製成綢緞等絲織品。蠶在繭內化蛹，蛹羽化成蛾，破繭而出，交尾產卵後死去。又稱"桑蠶"。另有柞蠶，比家蠶大，以柞樹、櫟樹等樹葉為食料，室外人工放養，柞蠶的絲可織繭綢◆蠶絲

|蠶蛹|蠶蛾|蠶寶寶|宋 張俞《蠶婦》詩：“遍身羅綺者，不是養蠶人。”

18 蠷
同“蠼”，見634頁左欄。

18 蠵
[xī ㄒ丨 ⑧kwɐi⁴ 葵]

蠵龜，爬行動物。長約1米，背褐色，腹部淡黃，嘴鈎狀，四肢呈鰭足狀。以魚蝦等為食，生活在海中，卵可食，龜甲供藥用，在我國列為二類保護動物。

19 蠻 (蛮)
[mán ㄇㄢˊ ⑧man⁴ 漫]

❶粗野；強橫 ◆ 野蠻|蠻橫|胡攪蠻纏|蠻不講理。❷我國古代稱南方的民族 ◆ 南蠻|蠻夷|蠻女|蠻荒之地。

20 蠷
[qú ㄑㄩˊ ⑧kœy⁴ 渠]

蠷螋，昆蟲。身體扁平狹長，觸角細長多節，有前後翅或缺翅，尾部呈鋏狀，能夾人或物，生活於潮濕的土石或雜草間，危害家蠶等。也作“蠼螋”。又稱“蚨螋”。

血 部

0 血
〈一〉[xuè ㄒㄩㄝˋ ⑧hyt⁸ 呼決切]

❶血液，人與動物體內循環系統中的液體組織。鮮紅或暗赤色，主要成分為血漿、血細胞和血小板。血細胞分紅血細胞與白血細胞。味鹹而腥，有營養組織、調節器官活動、防禦有害物質的功能 ◆ 血壓|血管|血債|椎心泣血|碧血丹心|殺人不見血。❷有血統關係的 ◆ 血緣|血親|血族|親骨血。❸紅色 ◆ 血色很好。❹比喻剛強、激烈 ◆ 血戰|血性男兒。

〈二〉[xiě ㄒㄧㄝˇ ⑧同〈一〉]

義同“血〈一〉” ◆ 血糊糊|血淋淋。

4 衃
[pēi ㄆㄟ ⑧pui⁴ 胚]

凝聚的血。

4 衄 (⑧衂衊)
[nǜ ㄋㄩˋ ⑧nuk⁹ 忸]

❶流鼻血，泛指出血 ◆ 鼻衄。❷戰敗 ◆ 敗衄。

6 衇
同“脈〈一〉”，見555頁右欄。

15 衊 (蔑)
[miè ㄇㄧㄝˋ ⑧mit⁹ 滅]

造謠言毀壞別人的名譽 ◆ 誣衊。

行 部

0 行
〈一〉[xíng ㄒㄧㄥˊ ⑧hɐŋ⁴ 恆/hɐŋ⁶ 幸/haŋ⁴ 坑⁴]

❶走 ◆ 步行｜行進｜人行道｜兒行千里母擔憂｜三人行必有我師｜唐孟郊《遊子吟》：“慈母手中線，遊子身上衣，臨行密密縫，意恐遲遲歸。”❷指旅行 ◆ 故鄉行｜海南之行｜天山記行。❸跟旅行有關的 ◆ 行裝｜行期｜錢行｜行色匆匆。❹流動性的；臨時性的 ◆ 行商｜行營｜行轅｜行宮。❺流通；傳佈；推行 ◆ 行銷｜印行｜頒行｜行文雷屬風行｜流行歌曲。❻做；辦；實行；從事 ◆ 舉行｜履行｜行醫｜行動｜三思而行。❼(舊讀 xìng) 行為 ◆ 品行｜操行｜德行｜學行｜聽其言而觀其行。❽可以 ◆ 不親自去不行｜只要能住就行。❾能幹 ◆ 你真行！❿經歷 ◆ 行年五十。⓫古詩的一種體裁 ◆ 歌行｜飲馬長城窟行。⓬漢字書寫的一種字體 ◆ 行書。⓭副詞。就要；將要 ◆ 行將啟程。⓮姓。

〈二〉[háng ㄏㄤˊ 粵 hɔŋ⁴ 杭]
❶行列；排 ◆ 單行｜雙行｜綠樹成行。❷排行，兄弟姊妹中長幼的位次 ◆ 您行幾｜排行第三(粵語又讀 heŋ⁴ 坑)。❸工商業中的類別；職業 ◆ 同行｜各行各業｜三百六十行，行行出狀元。❹某種營業機構 ◆ 銀行｜商行｜洋行｜參行。❺量詞。用於成行的東西 ◆ 兩行熱淚｜一行草書｜結尾三行詩寫得特別好｜唐杜甫《絕句》：“兩個黃鸝鳴翠柳，一行白鷺上青天。”

〈三〉[hàng ㄏㄤˋ 粵 同〈二〉]
樹行子，指排成行列的樹木或小樹林。

〈四〉[héng ㄏㄥˊ 粵 heŋ⁶ 杏]
道行，僧道修行的功夫，比喻技能、本領所達到的程度 ◆ 道行淺｜他在中醫針灸上的道行可深了，別人比不過他。

³衍 [yǎn ㄧㄢˇ 粵 jin² 演]
❶蔓延；擴展 ◆ 衍變｜繁衍｜衍生物｜流衍四方。❷書籍因傳抄錯誤等原因多出來的字句 ◆ 衍文。

⁴術 [yuàn ㄩㄢˋ 粵 jyn² 院]
術術，見“術”，635頁右欄。

⁴術 [háng ㄏㄤˊ 粵 hɔŋ⁴ 杭]
術術，金元時代指妓女或優伶藝人的住處。有時也指妓女或優伶藝人。又寫作“行院”。

⁵術(术) [shù ㄕㄨˋ 粵 sœt⁹ 述]
❶技藝；技巧；學問 ◆ 技術｜武術｜藝術｜學術｜催眠術｜不學無術。❷方法；策略 ◆ 戰術｜騙術｜經營有術｜心術不正｜束手無術。

⁵衒 [xuàn ㄒㄩㄢˋ 粵 jyn⁶ 願]
同“炫”。誇耀 ◆ 自衒其能。

⁶街 [jiē ㄐㄧㄝ 粵 gai¹ 佳]
❶城鎮中兩邊有房屋、商店

的較寬闊的道路 ◆ 大街|街道|街
巷|街燈|街談巷議|十里長街|老
鼠過街，人人喊打。❷方言。集市
◆ 趕街。

⁶ **衕** 〈一〉[lòng ㄌㄨㄥˋ 粵 luŋ⁶
弄]
同"弄"。方言，指小巷，小胡同。
〈二〉同"巷"，見190頁左欄。

⁶ **徆** [tòng ㄊㄨㄥˋ 粵 tuŋ⁴ 同]
徆徆。見"衚"，636頁左欄。

⁷ **衙** [yá ㄧㄚˊ 粵 ŋa⁴ 牙]
舊時官員辦公的機關 ◆ 縣
衙|官衙|衙役|衙署|衙門八字
開，有理無錢莫進來。

⁹ **衚** [hú ㄏㄨˊ 粵 wu⁴ 胡]
衚衕，同"胡同"。巷。

⁹ **衝(沖)** 〈一〉[chōng ㄔㄨㄥ 粵
tsuŋ¹ 充]
❶交通要道 ◆ 要衝|首當其衝|地
處衝要。❷快速地往前直闖，突破
阻礙 ◆ 衝刺|衝力|衝鋒陷陣|橫衝
直撞|衝出重圍|衝口而出。❸猛
烈撞擊；意見或思想感情上相抵觸
◆ 衝突|衝犯|語言衝撞|遇事冷
靜，不要太衝動。❹直上；升 ◆
直衝雲霄|怒髮衝冠。❺天文學名
詞，即太陽系中，除水星與金星
外，其餘的某一行星運行到跟地
球、太陽成一直線，而地球正處在

這一行星與太陽之間的位置時，稱
為"衝"。
〈二〉[chòng ㄔㄨㄥˋ 粵 同〈一〉]
❶向着或對着 ◆ 她衝我一笑|你衝
我發火是不對的。❷憑；根據 ◆
就衝你這句話，我也得幫忙。❸
氣味濃烈刺鼻 ◆ 這白酒味兒衝，
只能少飲。❹力量大；勁頭足 ◆
他幹活兒真衝。

¹⁰ **衠** [zhēn ㄓㄣ 粵 dzœn¹ 津]
方言。純粹；純。

¹⁰ **衡** [héng ㄏㄥˊ 粵 heŋ⁴ 恆]
❶ 秤桿，泛指稱重量的器
具，如秤、天平等 ◆ 衡器。❷稱
重量 ◆ 度量衡。❸評量；比較；
考慮 ◆ 衡量|權衡得失|衡估業績。
❹平；對等 ◆ 平衡|抗衡|力量均
衡。❺姓。

¹⁰ **衛(卫 粵衞)** [wèi ㄨㄟˋ 粵 wɐi⁶
胃]
❶保護；防護 ◆ 保衛|捍衛|防衛
|衛兵|衛戍|保家衛國。❷擔任防
守、保護之職的人 ◆ 警衛|門衛|
後衛。❸明代駐兵的地點，後相沿
成為地名 ◆ 威海衛|金山衛。❹周
代諸侯國名，在今河北南部和河南
北部一帶。❺姓。

¹⁸ **衢** [qú ㄑㄩˊ 粵 kœy⁴ 渠]
四通八達的道路；大路 ◆
通衢。

衣 部

⁰ **衣** [yī ㄧ ⓟji¹ 醫]

❶穿在身上遮蔽身體和禦寒的東西 ◆ 衣服│衣着│衣食住行│人要衣裝，佛要金裝│**唐李白《清平調詞》**："雲想衣裳花想容，春風拂檻露華濃。"❷物體的外罩或外皮 ◆ 炮衣│糖衣│筍衣│豆腐衣│花生衣。❸胞衣，即胎盤與胎膜。❹穿衣服（舊讀yì）◆ 衣錦夜行│衣錦還鄉│解衣衣我。

³ **表** [biǎo ㄅㄧㄠˇ ⓟbiu² 標²]

❶外面；外部。跟"裏"相對 ◆ 表面│表象│儀表│表裏如一│出人意表│徒有其表。❷把思想感情顯示出來；敍述 ◆ 發表│表現│表示│表達│表明│表彰│略表寸心│按下不表。❸一種親屬關係，用來稱呼祖父、父親的姐妹的子女，或祖母、母親的兄弟姐妹的子女 ◆ 中表│姑表│姨表│表兄│表弟。❹中醫指用藥物將病人感受的風寒發散出來。❺用表格形式排列事項的文件或著述 ◆ 表格│報表│統計表│《春秋大事表》。❻古代文體，奏章的一種 ◆ **晉李密《陳情表》。**❼同"錶"，見745頁右欄。❽古代測量日影的標竿 ◆ 圭表。❾榜樣；模範 ◆ 表率│為人師表。

³ **衫** [shān ㄕㄢ ⓟsam¹ 三]

單上衣 ◆ 襯衫│單衫│長衫│汗衫│連衫裙│**唐白居易《琵琶行》**："座中泣下誰最多，江州司馬青衫濕。"

³ **衩** ⟨一⟩[chà ㄔㄚˋ ⓟtsa³ 岔]

衣服旁邊開口的地方 ◆ 衩口│這件旗袍開衩很高。

⟨二⟩[chǎ ㄔㄚˇ ⓟ同⟨一⟩]

褲衩，短褲 ◆ 褲衩兒。

⁴ **袤**

同"邪"，見717頁左欄。

⁴ **袄** ⟨一⟩[fū ㄈㄨ ⓟfu¹ 夫]

衣服的前襟 ◆ 袄襟。

⟨二⟩[kù ㄎㄨˋ ⓟfu³ 富]

粵方言。"褲"的俗字 ◆ 衫袄│男袄│呢袄。

⁴ **袁** [yuán ㄩㄢˊ ⓟjyn⁴ 元]

姓。

⁴ **袒** [nì ㄋㄧˋ ⓟnik⁹ 匿/jɐt⁹ 日]

內衣；貼身衣 ◆ 袒衣│袒服。

⁴ **衰** ⟨一⟩[shuāi ㄕㄨㄞ ⓟsœy¹ 須]

❶事物由強趨弱；跟"盛"相對 ◆ 衰弱│衰退│衰敗│衰竭│未老先衰。❷方言詞。敗壞；不善 ◆ 衰運│衰鬼。

⟨二⟩[cuī ㄘㄨㄟ ⓟtsœy¹ 催]

❶等衰，即等次、等差，指事物的

等級高低。❷同"繶",見530頁左欄。

⁴ **衷** [zhōng ㄓㄨㄥ ⓟdzuŋ¹中/tsuŋ¹ 沖]

❶內心 ◆ 衷心｜衷曲｜初衷｜衷腸話｜由衷之言｜無動於衷｜不是不願意，而是有苦衷。❷同"中"，正中不偏 ◆ 折衷。❸決斷 ◆ 莫衷一是。❹姓。

⁴ **衳** [nà ㄋㄚˋ ⓟnap⁹ 納]

❶補；縫綴 ◆ 百衳衣｜百衳本｜千補百衳。❷和尚穿的衣服，僧衣。❸和尚的自稱或代稱 ◆ 老衳｜衳子。

⁴ **衽**(⁰衽) [rèn ㄖㄣˋ ⓟjem⁶ 任]

❶古代稱衣襟 ◆ 左衽｜斂衽。❷睡臥用的蓆子 ◆ 衽蓆。

⁴ **衿** [jīn ㄐㄧㄣ ⓟkem¹ 襟]

❶古代在胸前相交領的衣服 ◆ 青衿(稱讀書人穿的衣服)。❷同"襟"。衣服的前幅。❸繫衣裳的帶子。

⁴ **衾** [qīn ㄑㄧㄣ ⓟkem¹ 襟]

❶被子 ◆ 布衾｜衾枕｜同衾共枕｜生同衾，死同穴｜南唐李煜《浪淘沙》詞："簾外雨潺潺，春意闌珊，羅衾不耐五更寒。"❷入殮時屍體所蓋的東西 ◆ 衣衾棺槨。

⁴ **衮**(⁰衷) [gǔn ㄍㄨㄣˇ ⓟgwen² 滾/kwen² 捆]

❶古代帝王等的禮服 ◆ 衮服｜衮冕｜服衮而朝。❷繼續不斷；眾多 ◆ 衮衮諸公。

⁴ **袂** [mèi ㄇㄟˋ ⓟmɐi⁶ 迷⁶]

衣袖 ◆ 衣袂｜分袂(離別)｜奮袂而起｜以袂掩面｜聯袂演出。

⁵ **祛** [qū ㄑㄩ ⓟkœy¹ 拘]

❶袖口。❷舉起；撩起。

⁵ **袒**(⁰襢) [tǎn ㄊㄢˇ ⓟdan⁶ 但]

❶脫去或敞開上衣，露出身體的一部分 ◆ 袒露｜袒胸露臂｜袒腹東牀。❷不公正地維護一方面；偏向一方 ◆ 袒護｜偏袒｜左袒｜不作左右袒。

⁵ **袖** [xiù ㄒㄧㄡˋ ⓟdzeu⁶ 就]

❶袖子。指衣服套在手臂上的部分 ◆ 袖口｜衣袖｜水袖｜拂袖而去｜兩袖清風｜長袖善舞，多財善賈。❷藏在袖中 ◆ 袖着手｜袖手旁觀。

⁵ **袠**(⁰袠袟) [zhì ㄓˋ ⓟdit⁹ 秩]

同"帙"。❶書套；書函。❷卷冊；函冊。

⁵ **袋** [dài ㄉㄞˋ ⓟdɔi⁶ 代]

❶口袋。盛東西的器物 ◆

衣袋│郵袋│塑料袋│酒囊飯袋。**❷**
裝；放入口袋。**❸**量詞 ◆ 一袋奶
粉│抽一袋旱煙。

⁵ **袗** [zhěn ㄓㄣˇ ⑧tsɐn² 診]
❶單衣。**❷**華美 ◆ 袗衣。

⁵ **袍** [páo ㄆㄠˊ ⑧pou⁴ 葡]
袍子。中式的長衣服 ◆ 棉
袍│旗袍│皮袍│長袍馬褂。

⁵ **袢** 〈一〉[pàn ㄆㄢˋ ⑧pan³ 盼]
❶同“襻”，見647頁左欄。
❷袷袢。見“袷〈一〉”，640頁左欄。
〈二〉[fán ㄈㄢˊ ⑧fan⁴ 凡]
夏天穿的白色內衣。

⁵ **袈** [jiā ㄐㄧㄚ ⑧ga¹ 加]
袈裟，和尚披在外面的法
衣，用許多長方形布片拼綴製成。

⁵ **被** 〈一〉[bèi ㄅㄟˋ ⑧pei⁵ 婢]
❶被子，睡臥時覆蓋身體的
用品 ◆ 單被│棉被│被褥│鴨絨被。
❷遮蓋 ◆ 被覆│植被。**❸**遭遇 ◆
被災│被難。
〈二〉[bèi ㄅㄟˋ ⑧bei⁶ 辮]
❶介詞。用在句子中，表示主語是
受事的一方 ◆ 他被邀請出席會議
│作品被讀者爭購一空。**❷**用在動
詞前，表示遭受，構成被動詞組 ◆
被罵│被嘲笑│被冷落。
〈三〉[pī ㄆㄧ ⑧pei¹ 丕]
“披”的古字。

⁵ **袤** [mào ㄇㄠˋ ⑧mɐu⁶ 茂]
土地南北的長度 ◆ 廣袤的
大平原。

⁵ **袎** 同“勒”，見783頁右欄。

⁶ **袺** [jié ㄐㄧㄝˊ ⑧git⁸ 結]
用手將衣襟向上提以兜住東
西。

⁶ **裁** [cái ㄘㄞˊ ⑧tsɔi⁴ 才]
❶用剪刀剪或用刀割開 ◆
裁紙│裁縫│看菜吃飯，量體裁
衣。**❷**去掉一部分；削減 ◆ 裁減
│裁員│裁軍。**❸**判斷；決定 ◆ 裁
判│裁決│裁奪│仲裁。**❹**文章的體
制、格式 ◆ 體裁。**❺**安排；取捨
(多用於文學藝術方面) ◆ 別出心裁
│《清詩別裁》。**❻**刎頸 ◆ 自裁。
❼控制；抑止 ◆ 獨裁│制裁。

⁶ **袴** 同“褲”，見644頁左欄。

⁶ **裂** [liè ㄌㄧㄝˋ ⑧lit⁹ 列]
❶破而分開 ◆ 裂縫│分裂│
迸裂│感情破裂│天崩地裂│撕心裂
肺。**❷**葉子或花冠的邊緣上較大較
深的缺口 ◆ 有花萼裂片五枚。

⁶ **裀** [yīn ㄧㄣ ⑧jɐn¹ 因]
❶夾衣。**❷**同“茵”。墊子；
褥子 ◆ 裀褥。

⁶**袱** [fú ㄈㄨˊ ⑧fuk⁹ 服]
❶古代婦女的包頭巾，也稱"首帕"。❷包裹衣服物品的布塊 ◆ 包袱皮。❸包袱。(1) 用布塊包成的包裹 ◆ 挽着一個花布包袱。(2) 比喻影響思想或行動的心理負擔 ◆ 思想包袱。(3) 指相聲、快書等曲藝表演中的笑料 ◆ 抖包袱。

⁶**裒** [póu ㄆㄡˊ ⑧peu⁴ 掊]
❶聚集 ◆ 裒集|裒錄|裒輯成書。❷減少；取出 ◆ 裒取|裒多益寡。

⁶**袷** 〈一〉[qiā ㄑㄧㄚ ⑧gip⁸ 劫]
袷袢，維吾爾、塔吉克等民族男子穿的一種長袍。右衽斜領，長及膝蓋，無旁衩，無鈕釦，用長方巾紮腰。也作"袷襻"。
〈二〉同"袼"，見640頁右欄。

⁶**袼** [gè ㄍㄜˋ ⑧gok⁸ 各]
❶衣袖上端靠腋下的部分。❷袼褙，用碎布塊或舊布加襯紙裱成的厚片，可用來製布鞋。

⁶**裉** [kèn ㄎㄣˋ ⑧ken⁴ 卡凳切]
上衣腋下的接縫部分 ◆ 抬裉(上衣從肩到腋下的尺寸)|煞裉(將裉縫上)。

⁷**裘** [qiú ㄑㄧㄡˊ ⑧keu⁴ 求]
❶毛皮衣服 ◆ 貂裘|狐裘|輕裘肥馬|集腋成裘。❷姓。

⁷**補**(补) [bǔ ㄅㄨˇ ⑧bou² 寶]
❶修理破損的東西使完整 ◆ 修補|縫補|挖補|亡羊補牢|剜肉補瘡|船到江心補漏遲。❷把不足或缺少的添上使齊全 ◆ 補充|彌補|取長補短|拾遺補缺|拆東牆補西牆。❸滋養 ◆ 補血|補品|補藥|大補元氣|冬令進補|藥補不如食補。❹益處 ◆ 於事無補|不無小補。

⁷**裋** [shù ㄕㄨˋ ⑧sy⁶ 樹]
裋褐，粗布衣服。

⁷**裌** [jiá ㄐㄧㄚˊ ⑧gep⁸ 甲]
雙層的(衣、被等)，也作"夾"，"袷" ◆ 裌衣|裌被。

⁷**裏**(里⑧裡)
〈一〉[lǐ ㄌㄧˇ ⑧lei⁵ 里/lœy⁵ 呂 (語)]
衣服被褥等不露在外的內層 ◆ 襯裏|鞋裏兒|被裏兒|大衣裏兒。
〈二〉[lǐ ㄌㄧˇ ⑧lœy⁵ 呂]
❶內部的；裏面的。跟"外"相對 ◆ 裏層|裏圈|行家裏手|表裏如一。❷在一定的時間、空間、範圍以內；跟"外"相對 ◆ 手裏|心裏|假期裏|霧裏看花|笑裏藏刀。❸用在"這"、"那"、"哪"等字後表示地點 ◆ 這裏|那裏|哪裏可以找到他？

⁷**裎** 〈一〉[chéng ㄔㄥˊ ⑧tsiŋ⁴ 情]

脱去衣服，光着身子 ◆ 裸裎。
〈二〉[chěng ㄔㄥˇ ⓟ tsiŋ² 請]
古代的一種對襟單衣。

7 裛 [yì ㄧˋ ⓟ jɐp⁸ 邑]
即包書的套子，用布製成。

7 裔 [yì ㄧˋ ⓟ jœy⁶ 銳]
❶後代子孫 ◆ 後裔｜苗裔｜華裔科學家。❷邊遠的地方 ◆ 四裔。❸姓。

7 裊 (裊⑧裏) [niǎo ㄋㄧㄠˇ ⓟ niu⁵ 鳥]
❶裊裊，也作"嫋嫋"。(1) 纖長柔美的樣子 ◆ 裊裊柳絲。(2) 形容聲音婉轉悠揚、延綿不斷 ◆ 餘音裊裊，不絕如縷。(3) 形容煙的繚繞上升 ◆ 炊煙裊裊｜裊裊騰騰的煙霧。(4) 裊裊婷婷，形容女子走路體態輕盈。❷裊娜，也作"嫋娜"。(1) 草木纖長柔美的樣子 ◆ 裊娜的楊柳，天矯的古松。(2) 形容女子體態優美 ◆ 這位少女身段裊娜，氣質高雅。❸裊繞，繚繞不斷 ◆ 歌聲裊繞。

7 裕 [yù ㄩˋ ⓟ jy⁶ 預]
❶豐富；充足 ◆ 富裕｜寬裕｜條件優裕｜應付裕如｜綽有餘裕。❷使富足 ◆ 富國裕民。❸姓。

7 裟 [shā ㄕㄚ ⓟ sa¹ 沙]
袈裟。見"袈"，639頁左欄。

7 裙 (⑧帬裠) [qún ㄑㄩㄣˊ ⓟ kwɐn⁴ 羣]
❶裙子，一種圍在腰部以下的服裝 ◆ 長裙｜襯裙｜超短裙｜裙帶風｜荊釵布裙。❷像裙子的東西 ◆ 圍裙｜鱉裙。

7 裝 (装) [zhuāng ㄓㄨㄤ ⓟ dzɔŋ¹ 莊]
❶衣服；衣裳 ◆ 時裝｜服裝｜春裝｜戎裝｜西裝。❷修飾；打扮；化裝 ◆ 裝飾｜裝扮｜裝潢｜裝修一新。❸演員化裝時穿戴塗抹的東西 ◆ 戲裝｜上裝｜卸裝。❹行裝，出門時攜帶的東西 ◆ 治裝｜束裝｜整裝待發｜輕裝簡從。❺故意做作，以掩飾真相 ◆ 假裝｜裝糊塗｜不懂裝懂｜裝模作樣｜裝瘋賣傻｜裝腔作勢。❻安置；放入 ◆ 安裝｜裝箱｜裝運｜裝卸｜裝配｜裝車。❼包裝商品的東西，如紙、瓶、盒子等 ◆ 包裝｜簡裝。❽指書籍的裝訂 ◆ 平裝｜精裝｜線裝書。

8 裱 [biǎo ㄅㄧㄠˇ ⓟ biu² 表]
❶用紙、絲織品等把字畫古書襯托裝潢起來 ◆ 裱畫｜裝裱｜裱褙。❷用紙或其他材料糊屋子的牆壁或頂棚 ◆ 這間客廳需要裱糊一下。

8 裓 [guà ㄍㄨㄚˋ ⓟ gwa³ 掛]
褂子，中式的單上衣 ◆ 短褂｜小褂｜大褂｜馬褂。

褚 ⟨一⟩[chǔ ㄔㄨˇ 圐tsy² 處]
姓。

⟨二⟩[zhǔ ㄓㄨˇ 圐dzy² 主]
❶絲棉。❷用棉裝衣服。❸口袋。

⁸**裲** [liǎng ㄌ丨ㄤˇ 圐lœŋ⁵ 兩]
裲襠，古代指背心或坎肩。

⁸**裴** [péi ㄆㄟˊ 圐pui⁴ 培]
姓。

⁸**褙** 同"裉"，見640頁左欄。

⁸**裳** ⟨一⟩[cháng ㄔㄤˊ 圐sœŋ⁴ 常]
古代指遮蔽下體的衣裙 ◆ 丹裳|上衣下裳。

⟨二⟩[shang ·ㄕㄤ 圐同⟨一⟩]
衣裳，衣服的通稱 ◆ 新衣裳|為他人作嫁衣裳。

⁸**裸**(圐躶臝) [luǒ ㄌㄨㄛˇ 圐lɔ² 羅²]
❶光着身子；不加遮蓋 ◆ 裸露|裸體|赤裸裸|裸足走過草地。❷沒有東西包着的 ◆ 裸線|裸子植物。

⁸**裹** [guǒ ㄍㄨㄛˇ 圐gwɔ² 果]
❶用布、紙或其他片狀物纏繞；包紮 ◆ 裹腿|裹傷口|裹粽子|裹足不前|馬革裹屍。❷包紮好的東西 ◆ 郵政包裹。❸為不正當的目的將人或物夾雜在別的人或物之

中 ◆ 裹脅|裹挾|裹進了不少次貨。

⁸**裼** ⟨一⟩[xī ㄒ丨 圐sik⁸ 錫]
袒開或脫去上衣，露出身體 ◆ 袒裼裸裎。

⟨二⟩[tì ㄊ丨ˋ 圐tɐi³ 替]
嬰兒的包被。

⁸**製**(制) [zhì ㄓˋ 圐dzɐi³ 祭]
❶剪裁；裁衣 ◆ 裁製|縫製|製衣。❷製造 ◆ 製品|製藥|仿製|製版|試製|如法炮製。❸寫作；撰著 ◆ 製文|佳製|鴻篇巨製。

⁸**裨** ⟨一⟩[bì ㄅ丨ˋ 圐bei¹ 悲]
補助；增添 ◆ 裨助|大有裨益|無裨於事。

⟨二⟩[pí ㄆ丨ˊ 圐pei⁴ 皮]
輔佐的；副的；小的 ◆ 裨將|偏裨|這本書裨販舊說，很少創見。

⁸**裯** [chóu ㄔㄡˊ 圐tsɐu⁴ 綢]
❶單被；被子 ◆ 衾裯。❷牀上的帳子。

⁸**裾** [jū ㄐㄩ 圐gœy¹ 居]
❶衣服的大襟（前襟）。❷衣服的前後部分。❸衣袖。

⁸**裰** [duó ㄉㄨㄛˊ 圐dzyt⁸ 啜]
❶縫補 ◆ 補裰。❷直裰，也作"直掇"。(1)古代士大夫穿的長袍便服。(2)僧道穿的大領長袍。

⁹褙 [bèi ㄅㄟˋ ⑧bui³ 背]
將布或紙一層一層地粘在一起 ◆ 裱褙 | 袼褙。

⁹褐 [hè ㄏㄜˋ ⑧hɔt⁸ 渴]
❶黃黑色，即像生栗子皮那樣的顏色 ◆ 褐色 | 褐鐵礦 | 丁香褐。
❷粗布或粗布衣服 ◆ 短褐 | 被褐懷玉。

⁹複(复) [fù ㄈㄨˋ ⑧fuk⁷ 福]
❶(相同的東西) 又一次出現；又一次做 (相同的事情) ◆ 複製 | 複寫 | 複印 | 複述 | 重複 | 宋陸游《遊山西村》詩："山重水複疑無路，柳暗花明又一村。"❷繁多的；不是單一的 ◆ 複雜 | 複合詞 | 她複姓歐陽 | 蜻蜓有發達的複眼。

⁹褓(⑧緥) [bǎo ㄅㄠˇ ⑧bou² 保]
襁褓。見"襁"，645頁左欄。

⁹褒(⑧褒) [bāo ㄅㄠ ⑧bou¹ 煲]
❶讚美；誇獎。與"貶"相對 ◆ 褒揚 | 褒獎 | 褒義詞 | 褒貶不一。❷指衣服肥大 ◆ 褒衣博帶。❸周代古國名，在今陝西勉縣東南，周幽王之后褒姒，即褒國之女。

⁹褕 [yú ㄩˊ ⑧jy⁴ 愉]
❶襜褕，古代一種短的便衣。❷褕衣，華美的衣服 ◆ 褕衣甘食。

⁹褌(⑧裩) [kūn ㄎㄨㄣ ⑧gwɐn¹ 君]
古代稱有襠的褲子 ◆ 蝨處褌中。

⁹褊 [biǎn ㄅㄧㄢˇ ⑧bin² 貶]
狹小；狹隘 ◆ 褊急。

⁹褘 (祎) [huī ㄏㄨㄟ ⑧fɐi¹ 揮]
❶即蔽膝，古代稱繫在前面的圍裙。❷褘衣，古代王后參加祭禮時穿的一種服飾，上畫五彩的雉鳥。

¹⁰褡 [dā ㄉㄚ ⑧dap⁸ 搭]
❶褡包，繫在衣服外面的長而寬的腰帶。❷褡褳。(1) 一種中間開口，兩頭裝錢物的長方形口袋，也叫"褡膊"。(2) 摔跤運動員穿的一種用多層布製成的上衣。

¹⁰褧(⑧絅) [jiǒng ㄐㄩㄥˇ ⑧gwiŋ² 炯]
古代一種罩在外面的麻質的單衣 ◆ 褧衣 | 褧裳。

¹⁰褥 [rù ㄖㄨˋ ⑧juk⁹ 玉]
睡臥時墊在身下的物品，用棉織物或獸皮製成 ◆ 被褥 | 牀褥 | 褥單 | 褥瘡 | 皮褥子。

¹⁰褟 [tā ㄊㄚ ⑧dzap⁹ 習]
❶方言。在衣物上縫綴花邊

或縧子 ◆ 褐一道花邊。❷汗褐兒，方言。夏季穿的一種中式貼身小褂。

10 **褫** [chǐ ㄔˇ ⑧tsi² 始]
剝奪(舊時多用於法律行政範圍) ◆ 褫革功名｜褫奪官職｜褫職查辦。

10 **褲**(裤) [kù ㄎㄨˋ ⑧fu³ 富]
褲子，穿在腰部以下的衣服，有褲腰、褲襠及兩條褲管 ◆ 西褲｜女褲｜呢褲｜牛仔褲。

10 **褰**(⑨攐) [qiān ㄑㄧㄢ ⑧hin¹ 牽]
撩起；掀起(衣服、簾幕、帳子等) ◆ 褰帷｜褰簾｜褰裳涉水。

10 **褪** 〈一〉[tuì ㄊㄨㄟˋ ⑧tœy³ 蛻]
(羽毛、衣服、顏色等)脫下或脫落 ◆ 褪毛｜褪色｜褪去棉襖，換上春裝。
〈二〉[tùn ㄊㄨㄣˋ ⑧tɐn³ 吞³]
退縮身體的某部分，使套着的衣物脫除 ◆ 褪下袖子｜把鐲子褪下來｜褪去濺滿泥漿的長褲。

10 **褫** [nài ㄋㄞˋ ⑧nɔi⁶ 奈]
褦襶。❶衣服粗重寬大，不合身，不合時。❷比喻物品粗笨而不合用 ◆ 這個衣櫥做得式樣褦襶，一點不好看。❸比喻人無能，

不曉事 ◆ 褦襶子。

11 **襀** [jī ㄐㄧ ⑧gei¹ 基]
衣服上的褶子 ◆ 襞襀。

11 **褻**(亵) [xiè ㄒㄧㄝˋ ⑧sit⁸ 屑]
❶親近而不莊重；輕慢 ◆ 褻慢｜狎褻｜褻瀆神明｜可遠觀而不可褻玩。❷淫穢 ◆ 猥褻｜穢褻｜褻語。❸貼身內衣 ◆ 褻衣。

11 **褳**(裢) [lián ㄌㄧㄢˊ ⑧lin⁴ 連]
褡褳。見"褡"，643頁右欄。

11 **褵** [shī ㄕ ⑧si¹ 斯]
❶羽毛初生的樣子。❷羽毛豐盛的樣子。❸襤褵，見"襤"，647頁左欄。

11 **褵** 〈一〉同"縭"，見532頁左欄。
〈二〉同"襹"，見647頁左欄。

11 **褸**(褛) 〈一〉[lǚ ㄌㄩˇ ⑧lœy⁵ 呂]
襤褸。見"襤"，646頁左欄。
〈二〉[lōu ㄌㄡ ⑧lɐu¹ 樓¹]
方言。大衣。借指衣服 ◆ 皮褸｜風褸｜雨褸。

11 **襄** [xiāng ㄒㄧㄤ ⑧sœŋ¹ 商]
❶幫助；助理 ◆ 襄助｜襄理｜共襄盛舉。❷姓。

¹¹ 褶 〈一〉[zhě 坐さˇ ⓖdzip⁸ 接]
褶子。❶指衣服紙張經過摺疊留下的痕跡 ◆ 褶痕｜褶皺。❷衣服上經摺疊而縫成的紋 ◆ 打褶｜百褶裙。❸皮膚上的皺紋。
〈二〉[xí ㄒ丨ˊ ⓖdzap⁹ 習]
褶子，傳統戲曲中男女平民的長便服，也用為帝王官紳的襯衣。男褶子大襟，女褶子有大襟、對襟兩種。
〈三〉[dié ㄉ丨ㄝˊ ⓖdip⁹ 碟]
❶夾衣。❷上衣。

¹¹ 襁(⓪襁) [qiǎng ㄑ丨ㄤˇ ⓖkœŋ⁵ 強]
襁褓，用來包裹嬰兒的被子和帶子。也作"襁緥" ◆ 那時他很小，還在襁褓之中。

¹² 襆 [fú ㄈㄨˊ ⓖfuk⁹ 服]
❶包衣物用的布單。❷用袱子包紮衣物，整理行裝 ◆ 襆被前往。❸同"幞"，見194頁左欄。

¹² 襩(襩) [kuì ㄎㄨㄟˋ ⓖwei³ 畏]
❶方言。襩兒，用繩子、帶子等拴成的結 ◆ 死襩兒｜活襩兒。❷方言。拴，紮 ◆ 襩個襩兒｜快把牲口襩上。

¹² 襌 [dān ㄉㄢ ⓖdan¹ 單]
單衣。

¹² 襇(襇) [jiǎn ㄐ丨ㄢˇ ⓖgan³ 澗]

裙子等衣服上打的褶子 ◆ 打襇。

¹² 襏 [bó ㄅㄛˊ ⓖbut⁸ 撥]
襏襫。❶古代指蓑衣一類的防雨服。❷粗糙結實的衣服。

¹³ 襟 [jīn ㄐ丨ㄣ ⓖgɐm¹ 禁/kɐm¹ 琴¹(語)]
❶古代指衣的交領，後指衣服胸前的部分 ◆ 衣襟｜大襟｜對襟｜正襟危坐｜捉襟見肘｜唐杜甫《蜀相》詩："出師未捷身先死，長使英雄淚滿襟。"❷指姐妹丈夫間的關係 ◆ 連襟｜襟兄。❸心胸；抱負 ◆ 胸襟｜襟懷坦白｜推襟送抱。

¹³ 襠(裆) [dāng ㄉㄤ ⓖdɔŋ¹ 當]
❶褲襠，兩褲腿相連接的地方 ◆ 直襠｜橫襠｜開襠褲。❷兩條腿的中間 ◆ 腿襠｜踢襠｜蹲襠。❸褲襠。見"褲"，642頁左欄。

¹³ 襖(袄) [ǎo ㄠˇ ⓖou²/ŋou² 懊²]
❶有襯裏的中式上衣 ◆ 夾襖｜棉襖。❷為上衣的統稱。

¹³ 襝(裣) [liǎn ㄌ丨ㄢˇ ⓖlim⁶ 斂]
襝衽，古代稱女子向人行禮。也作"斂衽"。

¹³ 襜 [chān ㄔㄢ ⓖtsim¹ 簽]
❶古代繫在衣服前的圍裙。

❷褅褕，一種短的便衣。

¹³ **襚** [suì ㄙㄨㄟˋ ⑧sœy⁶ 睡]
❶贈送給死者的衣衾。❷贈送給生者的衣物。

¹³ **襞** [bì ㄅㄧˋ ⑧bik⁷ 壁]
❶衣服上的褶襉或皺紋 ◆ 襞襀｜皺襞。❷腸、胃等內部器官上的褶皺。

¹⁴ **襤**(褴) [lán ㄌㄢˊ ⑧lam⁴ 藍]
襤褸，衣服破爛 ◆ 衣衫襤褸｜襤褸篳路。

¹⁴ **襦** [rú ㄖㄨˊ ⑧jy⁴ 如]
短衣；短襖。

¹⁵ **襫** [shì ㄕˋ ⑧sik⁷ 色]
襏襫。見"襏"，645頁右欄。

¹⁵ **襪**(袜) [wà ㄨㄚˋ ⑧met⁹ 勿]
襪子，用布、紗線、尼龍絲等製成的穿在腳上的物品 ◆ 短襪｜線襪｜尼龍襪｜長筒襪。

¹⁵ **襭** [xié ㄒㄧㄝˊ ⑧kit⁸ 揭/git⁸ 潔]
翻轉衣襟插在腰帶上以兜東西。

¹⁵ **襮** [bó ㄅㄛˊ ⑧buk⁷ 瀑⁷]
❶繡着花紋的衣領。❷外表。❸顯露(自己) ◆ 自我表襮。

¹⁵ **襬**(摆) [bǎi ㄅㄞˇ ⑧bai³ 擺]
衣裾的最下端 ◆ 下襬｜裙下襬繡了一朵花。

¹⁶ **襯**(衬) [chèn ㄔㄣˋ ⑧tsen³ 趁]
❶在裏面再托上一層 ◆ 襯絨｜襯一層紙｜襯上鞋墊。❷托在裏面的；穿在裏面的 ◆ 襯衣｜襯衫｜襯褲。❸附在衣服鞋帽裏的布 ◆ 鞋襯｜帽襯。❹借助別的東西使事物更加鮮明突出 ◆ 陪襯｜反襯｜映襯｜襯托｜紅花要綠葉來襯。

¹⁶ **襲**(袭) [xí ㄒㄧˊ ⑧dzap⁹ 習]
❶趁人不備，突然攻擊 ◆ 襲擊｜空襲｜夜襲｜襲取｜偷襲敵軍陣地。❷觸及 ◆ 寒氣襲人｜花香襲人。❸照樣子做；繼承 ◆ 承襲｜抄襲｜沿襲｜世襲領地｜因襲多，創意少。❹量詞。用於成套的衣服 ◆ 一襲單衣，還覺得熱。❺姓。

¹⁷ **襶** [dài ㄉㄞˋ ⑧dai³ 戴]
襶襶。見"襶"，644頁左欄。

¹⁷ **襄** [ráng ㄖㄤˊ ⑧jœŋ⁴ 羊]
髒(見於舊小説) ◆ 衣服襄了，快脱下來。

¹⁷ **襴** [lán ㄌㄢˊ ⑧lan⁴ 蘭]
古代一種上下衣相連的服裝 ◆ 襴衫。

18 襀 同"襀",見645頁左欄。

19 襻 [pàn ㄆㄢˋ ⑧pan³ 盼]
❶古代指繫衣裙的帶子 ◆ 襻帶。❷襻兒,扣住鈕鈕的套 ◆ 鈕襻。❸功用或形狀類似襻的東西 ◆ 鞋襻|車襻。❹用帶子、線、繩等將分開的東西連在一起 ◆ 需要襻上幾針|用繩子襻上,免得風吹開。

19 襷 [lí ㄌㄧˊ ⑧lei⁴ 離]
襷褷,羽毛沾濕而黏合在一起的樣子。也作"襧褷" ◆ 毛羽襷褷。

西(西)部

0 西 [xī ㄒㄧ ⑧sei¹ 犀]
❶方向。太陽落下的一邊;跟"東"相對 ◆ 西面|西南|西廂房|東邊日出西邊雨,道是無晴卻有晴。❷西洋;內容或形式屬於西方的 ◆ 西裝|西點|西醫|西學|學貫中西|中西合璧。❸姓。❹西門,複姓。

3 要 〈一〉[yào ㄧㄠˋ ⑧jiu³ 腰³]
❶重大;值得重視的 ◆ 主要|重要|機要|要事|要人|要言不煩。❷重大、值得重視的內容 ◆

提要|摘要|綱要|擇要講解。❸希望得到或保持住 ◆ 要漂亮|要一份工作|這件衣服我還要呢|我要淺藍色的那一種。❹因希望得到或收回而表示 ◆ 要債|要價|要了幾個菜。❺請求 ◆ 他要我教他英語。❻表示做某件事的願望 ◆ 要出國|要賺錢。❼需要;應該 ◆ 要反覆練習|大家要早點來。❽將要,將 ◆ 天要晴了|叔叔明天要回香港。❾表示估計,用於比較 ◆ 北方比南方要冷得多|他的方法要簡明得多。❿如果;倘若 ◆ 她要來,請她等我一會|明天要下雨,我們就不去了。⓫要麼。連詞,表示兩種意願的選擇關係 ◆ 要麼去看電影,要麼去踢足球,別老闆坐在家裏。
〈二〉[yāo ㄧㄠ ⑧jiu¹ 腰]
❶求 ◆ 要求。❷強迫;威脅 ◆ 要挾。❸同"邀" ◆ 要客|要功。❹"腰"的古字。❺姓。

5 覂 [fěng ㄈㄥˇ ⑧fuŋ² 逢²]
(車馬)翻;傾覆 ◆ 覂駕之馬。

6 覃 〈一〉[tán ㄊㄢˊ ⑧tam⁴ 談]
❶深 ◆ 覃思。❷姓。
〈二〉[qín ㄑㄧㄣˊ ⑧tsɐm⁴ 尋]
姓。

12 覆 [fù ㄈㄨˋ ⑧fuk⁷ 福/fɐu⁶ 復]
❶遮蓋;蒙住 ◆ 覆蓋|天覆地載。❷歪倒;底朝上翻過來 ◆

傾覆|顛覆|重蹈覆轍|水能載舟，也能覆舟|唐 杜甫《貧交行》詩："翻手作雲覆手雨，紛紛輕薄何足數。" ❸同"復"。回答；回報 ◆ 覆命|覆信|至今未見函覆。

¹³ **覇** 同"霸"，見779頁右欄。

¹³ **覈** [hé ㄏㄜˊ ⑤ het⁹ 瞎] 同"核"。仔細地對照考察 ◆ 考覈|覈實|覈算|審覈。

¹⁷ **覉** 同"羈"，見539頁右欄。

¹⁹ **覊** 同"羈"，見539頁右欄。

見 部

⁰ **見**(见) 〈一〉[jiàn ㄐㄧㄢˋ ⑤ gin³ 建] ❶看到 ◆ 常見|罕見|見聞|見多識廣|見微知著|百聞不如一見|一葉障目，不見泰山。❷遇到；接觸 ◆ 見風使舵|這種糖見熱要融化。❸看得出；顯現出 ◆ 見效|見分曉|見好就收|殺人不見血。❹會面 ◆ 見面|接見|謁見|相見|一日不見，如隔三秋|醜媳婦總要見公婆。❺對事物的看法、觀點 ◆ 見解|見識

|遠見|成見|政見|意見|一孔之見|門戶之見。❻指明出處或需要參考的地方 ◆ 見下|見附頁|見註釋。❼助詞。(1)被，用在動詞前，表示被動 ◆ 見怪|見愛|見笑|請不要見外。(2)用在動詞前表示對我怎麼樣 ◆ 見諒|見告|見教|見示。❽用在動詞"看"、"聽"等字後，表示效果 ◆ 看見|看不見|聽不見。❾姓。

〈二〉[xiàn ㄒㄧㄢˋ ⑤ jin⁶ 彥] "現"的古字。顯露；出現 ◆ 圖窮匕見|北朝 無名氏《敕勒歌》："天蒼蒼，野茫茫，風吹草低見牛羊。"

³ **覎**(觃) [yàn ㄧㄢˋ ⑤ jim³ 厭] 覎口，地名，在浙江 富陽南。

⁴ **規**(规⑧椝) [guī ㄍㄨㄟ ⑤ kwɐi¹ 虧] ❶圓規，畫圓形的工具 ◆ 兩腳規|沒有規矩，不成方圓。❷法度；章程 ◆ 規範|規格|規章|常規|犯規|墨守成規|蕭規曹隨。❸勸告 ◆ 規勸|規諫。❹謀劃；打算 ◆ 規定|規劃|規避。

⁴ **覓**(觅⑧覔) [mì ㄇㄧˋ ⑤ mik⁹ 汨] 尋求；找 ◆ 尋覓|覓食|尋死覓活|踏破鐵鞋無覓處，得來全不費工夫。

⁴ 視 (视®睇)　[shì ㄕˋ ⑧ si⁶ 事]

❶看 ◆ 視覺｜近視｜仰視｜視而不見｜熟視無睹。❷看待 ◆ 正視｜忽視｜無視｜歧視｜視死如歸。❸觀察；考察 ◆ 巡視｜監視｜視察。❹看望 ◆ 探視｜省視雙親。❺監視，督察 ◆ 十目所視，十手所指。

⁵ 覘 (觇)　[chān ㄔㄢ ⑧ tsim¹ 簽]

觀測；窺視 ◆ 覘標 (一種測量標誌)｜使人覘之。

⁵ 覗　[sì ㄙˋ ⑧ dzi⁶ 自]

窺視。

⁷ 覡 (觋)　[xí ㄒㄧˊ ⑧ het⁹ 瞎]

男巫師 ◆ 男覡女巫｜巫覡之言。

⁸ 覩　[dǔ ㄉㄨˇ ⑧ dou² 島]

❶同 “睹”，見464頁右欄。❷明白；懂得。

⁸ 覥 (®覥)　[tiǎn ㄊㄧㄢˇ ⑧ tin² 天²]

❶形容慚愧 ◆ 覥顏事仇。❷靦覥。見 “靦”，782頁左欄。❸口語中，厚着臉皮叫覥着臉。

⁹ 覦 (觎)　[yú ㄩˊ ⑧ jy⁴ 如/jy⁶ 喻]

覬覦。見 “覬”，649頁右欄。

⁹ 親 (亲)　〈一〉[qīn ㄑㄧㄣ ⑧ tsen¹ 嗔]

❶父母 ◆ 母親｜父親｜雙親｜省親｜娘親。❷血統最接近的 ◆ 親生｜嫡親｜親兄弟｜親骨肉｜親叔姪。❸有血統或婚姻關係的 ◆ 親屬｜親戚｜親人｜親友｜姨表親｜沾親帶故。❹婚姻 ◆ 親事｜定親｜提親。❺指新娘 ◆ 娶親｜搶親｜迎親。❻關係密切，感情好；跟 “疏” 相對 ◆ 親熱｜親切｜親密｜相親相愛｜親疏之別｜親者痛，仇者快。❼接近 ◆ 三國蜀諸葛亮《出師表》：“親賢臣，遠小人。”❽指接近和信任的人 ◆ 眾叛親離。❾用嘴唇接觸，吻 ◆ 親吻｜親嘴｜親了親孩子的臉。❿本身，自己的 ◆ 親自｜親筆｜親眼所見｜親口對我說｜他親臨現場，指揮抗洪救災。

〈二〉[qìng ㄑㄧㄥˋ ⑧ tsen³ 趁]

親家。❶兩家子女婚配而形成的親戚關係 ◆ 兩親家。❷夫妻雙方父母彼此間的互稱 ◆ 親家公｜親家母。

¹⁰ 覯 (觏)　[gòu ㄍㄡˋ ⑧ geu³ 夠]

遇見 ◆ 罕覯。

¹⁰ 覬 (觊)　[jì ㄐㄧˋ ⑧ gei³ 記]

覬覦，非分的希望或企圖 ◆ 覬覦之心。

¹¹ 覲 (觐)　[jìn ㄐㄧㄣˋ ⑧ gen³ 僅³]

朝見君主或朝拜聖地 ◆ 入覲｜覲見｜朝覲。

11 **覰** 同"覷"，見650頁左欄。

12 **覷**（觑） 〈一〉[qū ㄑㄩ [粵] tsœy³ 趣]
把眼睛瞇成一條細縫（注意地看）◆ 偷覷了對方一眼｜他覷起眼睛，看牆上的照片。
〈二〉[qù ㄑㄩˋ [粵] 同〈一〉]
看；瞧 ◆ 小覷｜冷眼相覷｜面面相覷。

12 **覵** 同"瞯"，見467頁左欄。

13 **覷** 同"覷"，見650頁左欄。

13 **覺**（觉） 〈一〉[jué ㄐㄩㄝˊ [粵] gɔk⁸ 角]
❶感覺。指動物的器官對外界刺激的感受和辨別 ◆ 知覺｜視覺｜警覺｜錯覺｜幻覺｜不知不覺｜唐 孟浩然《春曉》詩："春眠不覺曉，處處聞啼鳥。"❷睡醒 ◆ 大夢初覺。❸醒悟；明白 ◆ 覺悟｜覺醒｜自覺｜先知先覺。❹使人醒悟，明白 ◆ 先知覺後知。
〈二〉[jiào ㄐㄧㄠˋ [粵] gau³ 教]
睡眠的過程 ◆ 睡午覺｜一覺醒來，雨也停了。

14 **覽**（览） [lǎn ㄌㄢˇ [粵] lam⁵ 攬]
看；閱 ◆ 展覽｜飽覽｜瀏覽｜遊覽｜一覽表｜一覽無餘｜唐 杜甫《望嶽》詩："會當凌絕頂，一覽眾山小。"

14 **覼** [luó ㄌㄨㄛˊ [粵] lɔ⁴ 羅]
覼縷，敍述詳盡而有條理 ◆ 非三數語所能覼縷｜情況已明，不煩覼縷。

15 **覿**（觌） [dí ㄉㄧˊ [粵] dik⁹ 敵]
見；相見 ◆ 私覿｜覿面。

18 **觀**（观） 〈一〉[guān ㄍㄨㄢ [粵] gun¹ 官]
❶看；察看 ◆ 觀看｜觀賞｜觀察｜觀摩｜參觀｜坐井觀天｜坐山觀虎鬥｜當局者迷，旁觀者清。❷景象或樣子 ◆ 奇觀｜外觀｜改觀｜美觀｜概觀｜蔚為大觀。❸對事物的看法、認識 ◆ 達觀｜悲觀｜人生觀｜文學觀。
〈二〉[guàn ㄍㄨㄢˋ [粵] gun³ 貫]
❶道教的廟宇建築 ◆ 道觀｜三清觀｜蘇州玄妙觀。❷姓。

角部

0 **角** 〈一〉[jiǎo ㄐㄧㄠˇ [粵] gɔk⁸ 各]
❶羊、牛、鹿等有蹄類動物

頭上或鼻前所生細長、堅硬的東西 ◆ 牛犄角｜犀角。❷古時軍隊裏吹奏的樂器 ◆ 鼓角｜號角。❸像角的東西 ◆ 豆角｜皂角。❹物體兩個邊沿相接之處 ◆ 桌角｜牆角｜轉彎抹角。❺伸入海中的尖形陸地；岬角，多用於地名 ◆ 沙頭角｜好望角。❻量詞。從整塊劃分成角形的 ◆ 一角餅｜一角青天。❼數學上指從一點引出的兩條直線夾成的圖形 ◆ 三角｜直角｜鈍角。❽我國貨幣單位，一元的十分之一。❾古時指兒童梳在頭頂兩側的髻 ◆ 總角之交。❿星名，即角宿，二十八宿之一。

〈二〉[jué ㄐㄩㄝˊ ⑧同〈一〉]
❶競爭；較量 ◆ 角逐｜角力｜角鬥｜口角。❷戲曲演員的行當 ◆ 旦角｜丑角。❸戲劇電影演員及其飾演的人物 ◆ 角兒｜角色｜主角。❹古代的一種酒器，像爵 ◆ 兩角酒。❺古代五音宮、商、角、徵、羽之一，相當於簡譜中的“3”。

觔 [jīn ㄐㄧㄣ ⑧ gen¹ 巾]
❶同“斤”。重量單位。舊制1斤等於16兩，現市制1斤為10兩，合500克。❷同“筋”。觔斗，即跟頭，指向前或向後彎曲而翻轉身體的動作。也作“筋斗”、“斤斗” ◆ 翻觔斗。

犕 同“粗”，見512頁左欄。

觖 [jué ㄐㄩㄝˊ ⑧ kyt⁸ 決]
不滿足；不滿意 ◆ 觖望。

觚 [gū ㄍㄨ ⑧ gu¹ 姑]
❶古代的一種酒器，喇叭形，細腰，高圈足。❷古代用來書寫的木簡 ◆ 率爾操觚。❸棱角；棱形。❹劍的柄。

觜 〈一〉[zī ㄗ ⑧ dzi¹ 之]
星名，即觜宿，二十八宿之一。

〈二〉[zuǐ ㄗㄨㄟˇ ⑧ dzœy² 咀]
同“嘴”。特指鳥喙。

觥 [gōng ㄍㄨㄥ ⑧ gweŋ¹ 轟]
古代的一種酒器 ◆ 觥籌交錯。

觧 同“解”，見651頁右欄。

解 〈一〉[jiě ㄐㄧㄝˇ ⑧ gai² 佳²]
❶剖開 ◆ 解剖。❷分裂；渙散 ◆ 解凍｜解體｜土崩瓦解。❸將束縛着的東西打開；鬆開 ◆ 解衣｜解纜｜解甲歸田｜解鈴還須繫鈴人。❹去除；消除 ◆ 解渴｜解恨。❺廢除；停止 ◆ 解職｜解約。❻調停；疏通 ◆ 調解｜勸解｜和解。❼分析；說明 ◆ 講解｜解答｜釋疑解

惑。❽明白；知道 ◆ 理解｜迷惑不解。❾演算 ◆ 解題｜求解｜解方程。❿代數方程式中未知數的值。⓫排泄大小便 ◆ 解手｜小解。

〈二〉[jiè ㄐㄧㄝˋ [粵] gai3 介]
押送；護送到上一級機構 ◆ 押解｜解送｜解款｜解元。

〈三〉[xiè ㄒㄧㄝˋ [粵] hai6 駭]
❶舊指騎在馬上表演的馬術等雜技技藝 ◆ 跑馬賣解。❷解縣，在山西省。❸姓。

7 **觫** [sù ㄙㄨˋ [粵] suk7 叔]
觳觫。見"觳"，652頁左欄。

8 **觭** [jī ㄐㄧ [粵] gei1 基]
同"奇"(jī)。單數。

9 **觱** [bì ㄅㄧˋ [粵] bɐt7 畢]
觱篥，古代吹奏樂器名。又名笳管、管子。從西域傳入我國，以竹為管，管口有蘆製的哨子，形狀像胡茄。也寫作"蓽篥"。

10 **觳** [hú ㄏㄨˊ [粵] huk9 酷]
觳觫，由於恐懼而發抖。

11 **觴** (觞) [shāng ㄕㄤ [粵] sœŋ1 商]
❶古代的一種酒器；酒杯 ◆ 舉觴｜壺觴｜曲水流觴。❷向人勸酒或自飲 ◆ 觴飲｜觴政｜晉王羲之《蘭亭集序》："一觴一詠，亦足以暢敘幽情。"

12 **觶** [zhì ㄓˋ [粵] dzi3 至/dzi1 支]
古代的一種酒器，形狀像尊而小，可盛三升酒。

13 **觸** (触) [chù ㄔㄨˋ [粵] tsuk7 速/dzuk7 足(語)]
❶頂撞 ◆ 抵觸｜觸犯｜觸忤。❷碰到；撞上；接觸 ◆ 觸礁｜筆觸｜觸景生情｜觸類旁通｜觸一髮，動全身。❸感動；引起 ◆ 觸動｜觸發｜感觸。

14 **觺** [yí ㄧˊ [粵] ji4 疑]
觺觺，形容獸角鋭利的樣子 ◆ 犀牛身軀粗大，一角觺觺，看上去威風凜凜。

18 **觿** [xī ㄒㄧ [粵] kwɐi4 葵/fɐi1 揮]
古代隨身佩帶解結的用具。形狀像錐，以骨或玉製成。

言部

0 **言** [yán ㄧㄢˊ [粵] jin4 延]
❶話 ◆ 發言｜名言｜格言｜金玉良言｜一言九鼎｜言近旨遠｜一言既出，駟馬難追。❷說；講 ◆ 言而有信｜言之成理｜知無不言，言無不盡。❸漢語的一個字 ◆ 五言詩｜萬言書｜七言絕句。❹古漢語助詞，用於一句之首，動詞的前面，無實義。❺姓。

² **計** (计) [jì ㄐㄧˋ ⑧ gɐi³ 繼] ❶核算;結算 ◆ 計算|計件工資|不可計量|數以萬計。❷測量或計算用的儀器 ◆ 溫度計。❸謀劃;打算 ◆ 設計|從長計議|為市場銷售計|讓我們計劃一下。❹主意;策略 ◆ 妙計|方針大計|疑兵之計|眉頭一皺,計上心來。

² **訂** (订) [dìng ㄉㄧㄥˋ ⑧ diŋ³ 帝慶切] ❶經商討而立下 ◆ 訂交|訂婚|訂條約|訂守則|訂體例|訂規劃。❷預先約定 ◆ 訂貨|訂閱|預訂。❸修改,改正 ◆ 修訂|訂正|訂誤|校訂譯文。❹用線、鐵絲等將書頁等連在一起 ◆ 訂書|裝訂成冊。

² **訃** (讣) [fù ㄈㄨˋ ⑧ fu⁶ 父] 向親友等報喪,也指報喪的通知 ◆ 訃聞|訃告|訃文|訃電。

² **㐬** [qiú ㄑㄧㄡˊ ⑧ kɐu⁴ 求] 以言詞相逼迫。

² **訇** [hōng ㄏㄨㄥ ⑧ gwɐŋ¹ 轟] ❶形容大聲 ◆ 訇然有聲|"訇"的一聲。❷阿訇,伊斯蘭教中主持宗教儀式、講授經典的人。

³ **許** (讦) [jié ㄐㄧㄝˊ ⑧ git⁸ 拮/kit⁸ 揭(語)] 攻擊他人的短處或揭發他人的隱私 ◆ 攻許|互許。

³ **訏** [xū ㄒㄩ ⑧ hœy¹ 虛] 大 ◆ 訏謨(大計)。

³ **訌** (讧) [hòng ㄏㄨㄥˋ ⑧ huŋ⁴ 紅/huŋ³ 控] 爭吵;潰亂 ◆ 內訌。

³ **討** (讨) [tǎo ㄊㄠˇ ⑧ tou² 土] ❶征伐;發動攻擊 ◆ 討伐|征討|南征北討。❷索取;請求 ◆ 討債|討教|討饒|乞討。❸招,惹 ◆ 討嫌|討厭|討人喜歡|自討苦吃。❹研究;探索 ◆ 研討|商討|探討|討論。

³ **訕** (讪) [shàn ㄕㄢˋ ⑧ san³ 汕] ❶譏謗;譏笑 ◆ 訕笑|訕謗|訕辱。❷難為情,不好意思的樣子 ◆ 搭訕|訕搭搭地|他訕着臉問|訕訕地走了。

³ **訖** (讫) [qì ㄑㄧˋ ⑧ gɐt⁷ 吉] ❶完畢;終了 ◆ 收訖|驗訖|銀貨兩訖。❷截止;停止 ◆ 起訖。

³ **託** [tuō ㄊㄨㄛ ㄅㄨˇ ⑧ tɔk⁸ 柝] ❶委託,請別人代為辦事 ◆ 託他代為選購|此事就拜託你了。❷寄放 ◆ 託兒所|託跡山林。❸推

託,借故推辭或逃避 ◆ 託故不來
|託言生病|這是一句託辭。❹憑
藉;依靠。常用於客套話 ◆ 託福|
託庇|終身有託。

³訓 (训) [xùn ㄒㄩㄣˋ ⑧ fen³ 糞]

❶教導;告誡 ◆ 訓誨|訓斥|訓導
|訓誡|教訓了他一頓。❷可以作為
準則的話 ◆ 家訓|遺訓|訓格之言
|不足為訓。❸解釋字詞的意義 ◆
訓詁|反訓。

³訊 (讯) [xùn ㄒㄩㄣˋ ⑧ sœn³ 信]

❶問;打聽 ◆ 問訊。❷特指官府、
法庭中的審問 ◆ 審訊|刑訊逼供。
❸音信;消息 ◆ 音訊|電訊|通訊
|海外文訊|體壇快訊。

³記 (记) [jì ㄐㄧˋ ⑧ gei³ 寄]

❶記憶,將印象保存
在腦子裏 ◆ 銘記|牢記|記性|博聞
強記。❷將事物寫下來 ◆ 記人|記
事|記錄|記載|記敍|記賬。❸記
載事物的文字或書籍 ◆ 日記|遊記
|《史記》|《石鐘山記》|《獵人筆
記》。❹標誌;符號 ◆ 記號|戳記
|印記。❺ 皮膚上生來就有的深
色斑 ◆ 胎記|她手臂上有一小塊
記。

³訑

古同"訑",見656頁左欄。

³訒 [rèn ㄖㄣˋ ⑧ jen⁶ 孕]

言語遲緩,不流暢。

⁴訝 (讶) [yà ㄧㄚˋ ⑧ ŋa⁶ 迓]

感到驚奇 ◆ 驚訝。

⁴訥 (讷) [nè ㄋㄜˋ ⑧ nœt⁹ 內骨切]

說話遲鈍,不善言辭 ◆ 木訥少言
|訥於言而敏於行。

⁴許 (许) [xǔ ㄒㄩˇ ⑧ hœy² 栩]

❶准許,同意 ◆ 不許|允許|特許
|許可。❷稱讚;認可 ◆ 推許|稱
許|讚許。❸預先答應給予 ◆ 許願
|以身許國|這本書非送不可,我
許了他的。❹許配 ◆ 許婚|父母
作主,將她從小許了人家。❺或
者;可能 ◆ 或許|也許|他許是忘
了。❻這樣;這麼 ◆ 如許|許久|
許多。❼表示約略估計 ◆ 少許|夫
人外貌年青,如三十許人。❽
處所;地方 ◆ 不知何許人也。❾
姓。

⁴訛 (讹) [é ㄜˊ ⑧ ŋo⁴ 俄]

❶同"譌"。錯誤 ◆
訛誤|訛言|訛字|以訛傳訛。❷假
借理由向人進行敲詐,以取得財物
等 ◆ 訛詐|訛人。

⁴訢

同"欣",見340頁左欄。

4 **詾**（讻[異]哅）[xiōng ㄒㄩㄥ [粵] huŋ¹ 空]
❶爭辯。❷詾詾，今通作"洶洶"。(1) 喧擾紛亂的樣子 ◆ 詾詾之聲盈耳。(2) 氣勢猛烈或兇悍的樣子 ◆ 聲勢詾詾|意氣詾詾。

4 **訟**（讼）[sòng ㄙㄨㄥˋ [粵] dzuŋ⁶ 頌]
❶打官司，在法庭爭辯是非 ◆ 訴訟|爭訟|訟事。❷爭辯是非 ◆ 聚訟紛紜。❸責備 ◆ 自訟。❹《周易》六十四卦之一。

4 **設**（设）[shè ㄕㄜˋ [粵] tsit⁸ 徹]
❶建立；佈置；陳列 ◆ 設置|設立|設防|設宴款待|室內陳設。❷籌劃 ◆ 設計|設法。❸假定；想像成 ◆ 假設|設想|設x=1。❹假使 ◆ 設或|設若。

4 **訪**（访）[fǎng ㄈㄤˇ [粵] fɔŋ² 紡]
❶詢問；調查 ◆ 採訪|人物專訪|新聞訪談|明查暗訪|微服私訪。❷探問；看望 ◆ 探訪|訪友|訪問|造訪。❸探求；尋覓 ◆ 訪書|訪古。

4 **訦** [chén ㄔㄣˊ [粵] tsɐm⁴ 尋]
誠實可信。

4 **訣**（诀）[jué ㄐㄩㄝˊ [粵] kyt⁸ 決]
❶竅門；巧妙的方法 ◆ 妙訣|秘訣|要訣。❷以事物的主要內容編成的順口而易於記憶的語句 ◆ 訣語|乘法口訣|《湯頭歌訣》。❸辭別(多指不易再見的離別) ◆ 訣別|永訣。

5 **詁**（诂）[gǔ ㄍㄨˇ [粵] gu² 古]
❶用通行的文字對古代語言文字或方言字詞的意義作解釋 ◆ 訓詁。❷字詞的意義 ◆ 解詁|釋詁|字詁|《説文詁林》。

5 **訶**（诃）[hē ㄏㄜ [粵] hɔ¹ 苛]
❶同"呵"。用言辭斥責 ◆ 訶責|訶斥。❷訶子，常綠喬木。葉子呈卵圓或橢圓形，產於我國滇、粵及南亞等地。果實像橄欖，可入藥，也叫"藏(zàng)青果"。

5 **評**（评）[píng ㄆㄧㄥˊ [粵] piŋ⁴ 平]
❶議論、分析和判斷 ◆ 評論|評判|評議|評介|評價|評選|評頭論足|品評高下。❷用來議論批評的文章或話 ◆ 書評|影評|好評。

5 **詎**（讵）[jù ㄐㄩˋ [粵] gœy⁶ 巨]
豈；怎。用於反問 ◆ 詎知|詎料會發生這樣的變化？

5 **詛**（诅）[zǔ ㄗㄨˇ [粵] dzɔ³ 佐/dzɔ² 阻]

❶求神降災禍於別人；咒罵 ◆ 詛咒。❷盟誓。

⁵ **詈** [lì ㄌㄧˋ 粵lei⁶ 吏]
罵 ◆ 詈詞｜詈罵。

⁵ **詗** (诇) [xiòng ㄒㄩㄥˋ 粵hiŋ³ 慶]
偵察；刺探。

⁵ **詐** (诈) [zhà ㄓㄚˋ 粵dza³ 炸]
❶欺騙 ◆ 欺詐｜敲詐｜訛詐｜詐騙｜兵不厭詐。❷假裝 ◆ 詐忠｜詐降｜詐死。❸以假話或手段試探，誘使對方吐露真情 ◆ 他這是在用話詐你。

⁵ **訸** [hé ㄏㄜˊ 粵wɔ⁴ 和]
和諧。常用於人名。

⁵ **訑** [yí ㄧˊ 粵ji⁴ 而]
訑訑，洋洋自得的樣子。

⁵ **訴** (诉) [sù ㄙㄨˋ 粵sou³ 素]
❶對人說 ◆ 訴說｜訴苦｜告訴｜哭訴｜傾訴衷情｜如泣如訴。❷控告 ◆ 起訴｜上訴｜訴訟｜訴狀。

⁵ **診** (诊) [zhěn ㄓㄣˇ 粵tsɐn² 疹]
醫生檢查病人身體內外部的情況以斷定病情 ◆ 診斷｜診所｜診脈｜門診｜出診｜會診。

⁵ **詆** (诋) [dǐ ㄉㄧˇ 粵dɐi² 底]
以言辭譭謗 ◆ 詆譭｜醜詆。

⁵ **註** [zhù ㄓㄨˋ 粵dzy³ 注]
❶用文字來解釋不易懂的字、詞、句 ◆ 註解文章｜註釋詩詞。❷解釋字、詞、句所用的文字 ◆ 箋註｜夾註｜批註。

⁵ **詝** [zhǔ ㄓㄨˇ 粵dzy² 主]
智慧；知識。多用於人名。如清咸豐帝名奕詝。

⁵ **詑** 古同"訑"，見656頁左欄。

⁵ **詠** (咏) [yǒng ㄩㄥˇ 粵wiŋ⁶ 泳]
❶聲調抑揚地唸、唱 ◆ 吟詠｜歌詠｜詠詩｜詠唱｜詠歎調。❷用詩、詞等形式來敍述 ◆ 詠菊｜詠峨眉山。

⁵ **詞** (词) 詈 [cí ㄘˊ 粵tsi⁴ 池]
❶在句子中能獨立運用的最小語言單位，如"樹"、"雲"、"愛情"、"信任"等。❷指有組織的語言文字 ◆ 歌詞｜文詞｜悼詞｜詞庫｜詞彩｜演說詞。❸古典詩歌體裁之一，用字講平仄，押韻，句子長短不一，有固定的調式。產生於唐，興盛於宋。也叫"詩餘"、"長短句" ◆ 宋詞｜詩詞。

⁵詘(诎) ［qū ㄑㄩ ⑧wɐt⁷ 屈］
❶屈曲；摺疊 ◆ 詘詘。❷屈服；敗退。❸言語鈍拙 ◆ 詘於言。❹姓。

⁵詔(诏) ［zhào ㄓㄠˋ ⑧dziu³ 照］
❶皇帝頒發的命令文告 ◆ 詔書｜詔令｜手詔｜下詔｜頒詔｜密詔。❷告訴(多用於上告下)。

⁵詖(诐) ［bì ㄅㄧˋ ⑧bei³ 臂/bei¹ 悲］
偏頗；邪僻 ◆ 詖行。

⁵詒(诒) ［yí ㄧˊ ⑧ji⁴ 而/tɔi⁵ 殆］
同 "貽"。贈送；遺留 ◆ 歸詒｜書以詒之。

⁶誆(诓) ［kuāng ㄎㄨㄤ ⑧gwɔŋ⁶ 光⁶/gwaŋ⁶ 逛(語)］
欺騙 ◆ 誆騙｜誆人。

⁶試(试) ［shì ㄕˋ ⑧si³ 嗜］
❶按照預定或已知的方法非正式地做 ◆ 嘗試｜試驗｜試行｜試用｜試婚｜以身試法。❷考；測驗 ◆ 試期｜考試｜口試｜面試｜試題｜復試。

⁶詿(诖) ［guà ㄍㄨㄚˋ ⑧gwa³ 卦/wa⁶ 話］
❶失誤 ◆ 詿誤(也寫作 "掛誤"、"罣誤")。❷欺騙。

⁶詩(诗) ［shī ㄕ ⑧si¹ 師］
❶一種文學體裁，形式多樣，大多數押韻，語言精煉，講究節奏，富於想像力，可以歌詠朗誦 ◆ 詩人｜詩歌｜抒情詩｜敍事詩｜熟讀唐詩三百首，不會吟詩也會吟。❷特指《詩經》。

⁶詰(诘) ［jié ㄐㄧㄝˊ ⑧kit⁸ 揭］
❶問 ◆ 詰問｜反詰｜盤詰。❷曲折，艱澀，不順暢 ◆ 文辭詰屈聱牙。

⁶誇(夸) ［kuā ㄎㄨㄚ ⑧kwa¹ 跨］
❶將事情説得超過實際情況 ◆ 誇大｜誇口｜誇耀｜誇張｜浮誇｜誇誇其談。❷讚揚；用話語獎勵 ◆ 我剛才還在誇你呢。

⁶詼(诙) ［huī ㄏㄨㄟ ⑧fui¹ 灰］
詼諧，説話富有風趣，引人發笑。

⁶誠(诚) ［chéng ㄔㄥˊ ⑧siŋ⁴ 成］
❶真心實意，沒有虛假 ◆ 誠實｜誠懇｜誠摯｜坦誠｜修辭立其誠｜為人真誠坦白。❷的確；實在 ◆ 誠然。❸如果；果真 ◆ 誠能如此，那是他的造化。

⁶ **訾** 〈一〉[zǐ ㄗˇ ⑧ dzi² 子]
說別人壞話;非議別人 ◆
訾議紛紛｜無可訾議。
〈二〉[zī ㄗ ⑧ dzi¹ 支]
姓。

⁶ **誄** (诔) [lěi ㄌㄟˇ ⑧ lœy⁵ 呂]
古代文體的一種,用
於敍述死者生平事跡,表示哀悼。
也叫"誄辭"。

⁶ **誅** (诛) [zhū ㄓㄨ ⑧ dzy¹ 朱]
❶將罪人殺死 ◆ 誅
戮｜誅殺｜罪不容誅。❷譴責;討伐
◆ 口誅筆伐。❸勒索 ◆ 誅求。

⁶ **詇** (诜) [shēn ㄕㄣ ⑧ sɐn¹ 伸]
詇詇,形容眾多。

⁶ **話** (话) [huà ㄏㄨㄚˋ ⑧ wa⁶
華⁶]
❶話語,言語 ◆ 講話｜對話｜悄悄
話｜酒逢知己千杯少,話不投機半
句多。❷談;說 ◆ 話別｜茶話會｜
自說自話。

⁶ **詬** (诟) [gòu ㄍㄡˋ ⑧ gɐu³
究/kɐu³ 寇]
❶辱罵;指責 ◆ 詬罵｜他這件事,
頗為人所詬病。❷恥辱 ◆ 詬恥。

⁶ **詮** (诠) [quán ㄑㄩㄢˊ ⑧
tsyn⁴ 全]
❶作詳細解釋 ◆ 詮釋｜詮解。❷

事物的道理、規律 ◆ 真詮。

⁶ **詹** [zhān ㄓㄢ ⑧ dzim¹ 尖]
姓。

⁶ **詭** (诡) [guǐ ㄍㄨㄟˇ ⑧ gwɐi²
鬼]
❶欺詐 ◆ 詭詐｜詭辯｜陰謀詭計｜詭
計多端。❷奇怪的;不平常的 ◆
詭異｜詭譎｜行蹤詭祕｜奇詭莫測。

⁶ **詣** (诣) [yì ㄧˋ ⑧ ŋɐi⁶ 毅]
❶到達;前往。特指
去尊長所在之處 ◆ 詣府求教｜詣闕
上書。❷(學問、藝術等)所達到的
水準、程度 ◆ 造詣。

⁶ **詢** (询) [xún ㄒㄩㄣˊ ⑧ sœn¹
荀]
問;請教 ◆ 詢問｜諮詢｜垂詢。

⁶ **詢**
同"諏",見655頁左欄。

⁶ **詧** [chá ㄔㄚˊ ⑧ tsat⁸ 刷]
"察"的古字。

⁶ **該** (该) [gāi ㄍㄞ ⑧ gai¹ 垓]
❶應當;理應如此 ◆
應該｜該罵｜該當受罰｜該下班了｜
該他值日。❷欠,欠賬 ◆ 我不該
他一分錢。❸那個,指前面說過的
人或事(多用於公文) ◆ 該校｜該生
｜該項撥款。

⁶詳(详) [xiáng ㄒㄧㄤˊ 圖 tsœŋ⁴ 祥/jœŋ⁴ 羊]
❶周密完備 ◆ 詳細｜詳情｜詳談｜詳實｜詳盡｜周詳。❷說明；細說 ◆ 內詳。❸清楚地知道 ◆ 生卒不詳｜地址未詳。

⁶訕
同"酬"，見726頁右欄。

⁶詫(诧) [chà ㄔㄚˋ 圖 tsa³ 岔]
驚訝；感到奇怪 ◆ 驚詫｜詫異。

⁶詡(诩) [xǔ ㄒㄩˇ 圖 hœy² 許]
說大話；誇耀 ◆ 自詡。

⁷誡(诫) [jiè ㄐㄧㄝˋ 圖 gai³ 介]
❶警告；規勸 ◆ 勸誡｜規誡｜小懲大誡｜諄諄告誡。❷警戒，警惕 ◆ 誡誓｜前車覆，後車誡。❸古代文體之一，內容帶有訓誨的性質。

⁷誓 [shì ㄕˋ 圖 sɐi⁶ 逝]
❶發誓或盟誓，表示決心按照所說的話去做 ◆ 誓師｜誓死殺敵｜誓不兩立。❷誓辭，表示決心的話 ◆ 誓言｜立誓｜發誓｜宣誓。

⁷誌 [zhì ㄓˋ 圖 dzi³ 至]
❶記 ◆ 誌哀｜新婚誌喜｜永誌不忘｜《聊齋誌異》。❷文字記載、記錄 ◆ 雜誌｜日誌。❸記號 ◆ 標誌。

⁷誣(诬) [wū ㄨ 圖 mou⁴ 無]
❶捏造事實以冤枉別人 ◆ 誣陷｜誣賴｜誣告｜誣衊｜誣害。❷欺騙 ◆ 邪說誣民。

⁷語(语) 〈一〉[yǔ ㄩˇ 圖 jy⁵ 雨]
❶話 ◆ 漢語｜妙語｜語氣｜語言｜語重心長｜語不驚人死不休。❷指古語、成語、諺語 ◆ 語云：活到老，學到老。❸代替語言表示一定意思的動作、信號 ◆ 啞語｜旗語。❹說 ◆ 不言不語｜輕聲細語｜語無倫次。
〈二〉[yù ㄩˋ 圖 jy⁶ 預]
告訴 ◆ 吾語汝｜切勿語人。

⁷誚(诮) [qiào ㄑㄧㄠˋ 圖 dziu³ 趙]
❶責備。❷譏諷 ◆ 譏誚。

⁷誤(误) [wù ㄨˋ 圖 ŋ̩⁶ 悟]
❶錯 ◆ 錯誤｜失誤｜筆誤｜誤會｜誤解。❷耽擱，耽誤 ◆ 誤事｜誤點｜誤工｜誤了航班。❸因自己做錯事而使他方受害 ◆ 誤國｜誤人子弟｜誤人不淺。❹不是故意的 ◆ 誤傷。

⁷誥(诰) [gào ㄍㄠˋ 圖 gou³ 告]
皇帝對臣子封贈、褒獎、任命、貶謫並加以宣告的命令

文字。也是古代文體之一 ◆ 制誥|
誥命夫人。

⁷誘(诱) [yòu ㄧ ㄡ ˋ 粵 jeu⁵ 有]
❶引導;教導 ◆ 誘導|循循善誘。❷導致 ◆ 誘因|誘發疾病。❸用手段引人隨從自己的意願 ◆ 引誘|誘降|誘惑|誘敵|威迫利誘。

⁷誨(诲) [huì ㄏㄨㄟ ˋ 粵 fui³ 悔]
教;引導 ◆ 教誨|誨淫誨盜|學而不厭,誨人不倦。

⁷誑(诳) [kuáng ㄎㄨㄤ ˊ 粵 gwɔŋ² 廣²]
用言語欺騙,瞞哄 ◆ 誑語。

⁷説(说) 〈一〉[shuō ㄕㄨㄛ 粵 syt⁸ 雪]
❶講;用話語表達自己的意思 ◆ 説話|説笑|説書|説明|演説|説長道短。❷言論;主張 ◆ 學説|謬説|新説|自圓其説|著書立説。❸批評;責備 ◆ 我説他,他還不服|狠狠説了他一頓。❹指從中介紹,促成別人的事 ◆ 説媒|説合|説和。
〈二〉[shuì ㄕㄨㄟ ˋ 粵 sœy³ 税]
用話勸説別人,使採納自己的主張 ◆ 遊説|説客。

⁷認(认) [rèn ㄖㄣ ˋ 粵 jiŋ⁶ 迎]
❶識別;分辨 ◆ 認識|認字|認領|認不出|認清是非。❷同意;承認 ◆ 公認|否認|認可|認錯|認罪|認同。❸與人建立某種關係 ◆ 認乾親|認老師|認作義子。

⁷誦(诵) [sòng ㄙㄨㄥ ˋ 粵 dzuŋ⁶ 頌]
❶用高低抑揚的聲調讀出來 ◆ 朗誦|吟誦|誦詩|誦讀。❷背誦 ◆ 熟讀成誦。❸述説 ◆ 傳誦。

⁷誒 〈一〉[xī ㄒㄧ 粵 ɛ⁶]
❶感歎聲。❷勉強做出來的某種神情 ◆ 誒笑。
〈二〉同"欸",見340頁右欄。

⁸請(请) [qǐng ㄑㄧㄥ ˇ 粵 tsiŋ² 逞/ tsɛŋ² 七靜切(語)]
❶求,向對方説明要求,希望得到滿足 ◆ 請假|請求|請示|請纓。❷邀;約;延聘 ◆ 請客|請醫生|請鋼琴老師。❸敬辭。用在動詞前 ◆ 請問|請坐|請用茶|請欣賞|請遞給我。

⁸諸(诸) [zhū ㄓㄨ 粵 dzy¹ 朱]
❶眾;許多 ◆ 諸位|諸多|諸子百家|袞袞諸公。❷文言中"之於"連用的合音字 ◆ 公諸社會|付諸實施|藏諸名山。❸文言中"之乎"連用的合音字 ◆ 有諸?❹作助詞 ◆ 日居月諸。❺姓。❻諸葛,複姓。

諏(诹) [zōu ㄗㄡ ⑧dzɐu¹ 周]

商量；諮詢 ◆ 諏謀｜諏議｜諏定｜諏吉（選擇好日子）｜諮諏（詢問政事）。

諑(诼) [zhuó ㄓㄨㄛˊ ⑧dœk⁸ 啄]

造謠；誹謗 ◆ 謠諑。

諓 [jiàn ㄐㄧㄢˋ ⑧dzin⁶ 賤]

巧言；能說會道 ◆ 讒人諓諓。

諑 [chù ㄔㄨˋ ⑧tsuk⁷ 促]

諑詭，奇特怪異。

課(课) [kè ㄎㄜˋ ⑧fɔ³ 貨]

❶教學的科目 ◆ 專業課｜英語課。❷教材的段落或教學的時間單位 ◆ 課程｜上課｜第三節課｜每週二十四課時。❸指教書 ◆ 課徒。❹舊時指稅或徵收捐稅 ◆ 課稅。❺舊時學校、機關、工廠中分設的辦事部門 ◆ 祕書課｜會計課。❻迷信占卜的一種 ◆ 起課｜文王神課。

誹(诽) [fěi ㄈㄟˇ ⑧fei² 匪]

背後說別人的壞話 ◆ 誹謗｜腹誹。

諉(诿) [wěi ㄨㄟˇ ⑧wei² 毀]

推託，將責任推給別人 ◆ 推諉｜諉過於人。

諛(谀) [yú ㄩˊ ⑧jy⁴ 如]

諂媚；奉承 ◆ 諂諛｜阿諛｜諛辭。

誰(谁) [shuí ㄕㄨㄟˊ/shéi ㄕㄟˊ ⑧sœy⁴ 垂]

❶指人的疑問代詞 ◆ 誰來的信｜這項業務是誰在辦？❷任何人 ◆ 誰都可以去。❸不確定的人，表示虛指 ◆ 不知是誰，打來這個電話｜唐孟郊《遊子吟》："誰言寸草心，報得三春暉？"

誕(诞) [dàn ㄉㄢˋ ⑧dan³ 旦]

❶指人的出生 ◆ 誕生｜誕辰。❷指生日 ◆ 壽誕｜華誕｜聖誕節。❸荒唐虛妄，不合情理 ◆ 虛誕｜怪誕｜此劇荒誕不經，迎合部分人的嗜好。

論(论) 〈一〉[lùn ㄌㄨㄣˋ ⑧lœn⁶ 吝]

❶分析問題，說明道理 ◆ 議論｜評論｜辯論｜論說｜這件事需要討論一次。❷分析和說明事理的文章、言論、理論等 ◆ 政論｜社論｜輿論｜宏論｜概論｜相對論。❸看待；講說 ◆ 一概而論｜相提並論｜又當別論。❹衡量；評定 ◆ 論處｜論罪｜論功行賞。❺按照某種單位或類別說 ◆ 論斤｜論件｜論理｜論經驗｜論學術水平。

〈二〉[lún ㄌㄨㄣˊ ⑧lœn⁴ 倫]

《論語》，書名。由孔子的弟子根據

孔子有關言行編輯而成。全書二十篇，為儒家經典之一 ◆ 論、孟、老、莊。

8 **諍**（诤） 〈一〉[zhèng ㄓㄥˋ ㊚ dzɐŋ3 增3]
直言指出別人的錯誤，勸其改正 ◆ 諫諍｜諍言｜諍友。
〈二〉[zhēng ㄓㄥ ㊚ dzɐŋ1 增]
諍訟，因爭執而引起訴訟。

8 **諗**（谂） [shěn ㄕㄣˇ ㊚ sɐm2 審]
❶知道 ◆ 諗知｜諗悉。❷勸告；規諫。

8 **調**（调） 〈一〉[tiáo ㄊㄧㄠˊ ㊚ tiu4 條]
❶使和諧適合 ◆ 調味｜調色｜調整｜調停｜調解｜調劑業餘生活。❷配合得均勻適當 ◆ 風調雨順。❸挑撥 ◆ 調唆｜調三窩四。❹挑逗 ◆ 調笑｜調戲｜調情｜調侃。
〈二〉[diào ㄉㄧㄠˋ ㊚ diu6 掉]
❶更動位置或用途 ◆ 調動｜調運｜調集｜調度｜調兵遣將｜調虎離山。❷語音中的高低變化 ◆ 聲調｜語調｜南腔北調。❸音樂術語，指調式類別和調式主音高度 ◆ F大調｜E小調。❹曲調，音樂上高、低、長、短配合和諧的一組音 ◆ 這個調子非常動聽。❺人的才情風格 ◆ 才調｜情調。❻古代賦稅的一種 ◆ 租庸調。

8 **諂**（谄） [chǎn ㄔㄢˇ ㊚ tsim2 簽2]
巴結；奉承 ◆ 諂媚｜脅肩諂笑｜諂事權貴。

8 **諒**（谅） [liàng ㄌㄧㄤˋ ㊚ lœŋ6 亮]
❶原諒，對他人的疏忽或過失不加責備或懲罰 ◆ 體諒｜諒解｜諒察。❷料想 ◆ 諒必｜諒他也不敢。

8 **諄**（谆） [zhūn ㄓㄨㄣ ㊚ dzœn1 津]
懇切 ◆ 諄諄教導｜言者諄諄，聽者藐藐。

8 **誶**（谇） [suì ㄙㄨㄟˋ ㊚ sœy3 稅]
❶責罵 ◆ 詬誶之聲，傳於戶外。❷詰問。

8 **談**（谈） [tán ㄊㄢˊ ㊚ tam4 譚]
❶說；與人對話 ◆ 談心｜談吐｜談天｜談何容易｜談虎色變｜談笑風生。❷言論 ◆ 奇談怪論｜無稽之談。❸姓。

8 **誼**（谊） [yì ㄧˋ ㊚ ji6 異]
交情 ◆ 友誼｜交誼｜情誼｜深情厚誼。

8 **誾** [yín ㄧㄣˊ ㊚ ŋɐn4 銀]
誾誾。❶形容和顏悅色地直言。❷形容急切爭辯的樣子。

⁹ **諾(诺)** [nuò ㄋㄨㄛˋ ⑧nɔk⁹ 如各切]

❶答應;允許 ◆ 允諾｜承諾｜諾言｜一諾千金。❷答應的聲音(表示同意、順從) ◆ 諾諾連聲｜唯唯諾諾。

⁹ **謀(谋)** [móu ㄇㄡˊ ⑧mɐu⁴ 牟]

❶計劃;對策;主意 ◆ 計謀｜陰謀｜謀略｜謀士｜有勇無謀｜足智多謀。❷圖謀,設法尋求 ◆ 謀劃｜謀生｜謀害｜這是一件謀殺案｜謀求一最佳方案｜謀事在人,成事在天。❸商議 ◆ 各不相謀｜不謀而合。

⁹ **諶(谌)** [chén ㄔㄣˊ ⑧sɐm⁴ 岑]

❶相信;信任。❷的確;誠然。❸(又讀 shèn)姓。

⁹ **諜(谍)** [dié ㄉㄧㄝˊ ⑧dip⁹ 碟]

❶刺探敵方軍事、政治、經濟等方面情報的活動 ◆ 諜報。❷從事諜報活動的人 ◆ 間諜｜女諜。

⁹ **諫(谏)** [jiàn ㄐㄧㄢˋ ⑧gan³ 澗]

規勸君主、尊長,使改正錯誤 ◆ 諫勸｜諫諍｜勸諫｜進諫｜犯顏直諫。

⁹ **諧(谐)** [xié ㄒㄧㄝˊ ⑧hai⁴ 鞋]

❶配合適當 ◆ 和諧｜諧和｜諧調｜兩人不相諧。❷事情辦成;談妥 ◆ 婚事已諧｜事不諧矣。❸風趣;滑稽 ◆ 詼諧｜諧趣｜亦莊亦諧。

⁹ **謔(谑)** [xuè ㄒㄩㄝˋ ⑧jœk⁹ 若]

開玩笑 ◆ 謔稱｜戲謔｜諧謔｜謔不傷雅。

⁹ **謁(谒)** [yè ㄧㄝˋ ⑧jit⁸ 咽]

進見;拜見。用於去見輩份或地位高的人 ◆ 謁見｜拜謁。

⁹ **謂(谓)** [wèi ㄨㄟˋ ⑧wɐi⁶ 胃]

❶說 ◆ 所謂｜可謂絕妙。❷告訴 ◆ 謂太子曰。❸稱呼;叫做 ◆ 稱謂｜何謂彗星。❹意思;意義 ◆ 無謂之至。

⁹ **諤(谔)** [è ㄜˋ ⑧ŋɔk⁹ 岳]

❶諤諤,直言爭論的樣子。❷正直的話 ◆ 忠諤。

⁹ **謏(谝)** [xiǎo ㄒㄧㄠˇ ⑧siu² 小]

微小 ◆ 謏才｜謏聞(小有名聲)。

⁹ **諭(谕)** [yù ㄩˋ ⑧jy⁶ 預]

❶告訴;吩咐(舊時用於長輩對晚輩,上級對下級) ◆ 手諭｜曉諭｜面諭｜諭示。❷特指皇帝的詔令 ◆ 上諭｜聖諭｜諭旨。

諼(谖) [xuān ㄒㄩㄢ 粤 hyn² 犬]

❶諼草，即萱草，古人認為可以忘憂的一種草。❷欺詐。

諷(讽) [fěng ㄈㄥˇ 粤 fuŋ³ 風³]

❶用言語譏刺 ◆ 諷刺｜冷嘲熱諷。❷用委婉的語言指責或勸告 ◆ 諷諭。❸背誦；朗讀 ◆ 諷誦｜諷經唸佛。

諺(谚) [yàn ㄧㄢˋ 粤 jin⁶ 現]

諺語，流傳於民間的通俗而包含某種經驗或道理的固定語句 ◆ 古諺｜民諺｜謠諺｜農諺｜諺語二百則。

諮(谘) [zī ㄗ 粤 dzi¹ 之]

同"咨"。商量。

諳(谙) [ān ㄢ 粤 ɐm¹/ŋɐm¹ 庵]

熟悉 ◆ 熟諳｜諳熟｜諳練 (熟練有經驗) ｜不諳水性｜深諳中醫學。

諦(谛) [dì ㄉㄧˋ 粤 dɐi³ 帝]

❶仔細 ◆ 諦視｜諦聽。❷意義；道理 ◆ 真諦｜畫學之妙諦。

譌(讹) [é ㄜˊ 粤 ŋɔ⁴ 俄]

錯誤 ◆ 譌誤｜譌言｜譌字｜以譌傳譌。

諠 同"喧"，見103頁左欄。

諢(诨) [hùn ㄏㄨㄣˋ 粤 wɐn⁶ 運]

詼諧逗趣的話 ◆ 插科打諢｜諢號｜諢名。

諞(谝) [piǎn ㄆㄧㄢˇ 粤 pin⁵ 片⁵]

❶顯示；誇耀 ◆ 諞能。❷花言巧語。

諱(讳) [huì ㄏㄨㄟˋ 粤 wɐi³ 畏/wɐi⁵ 偉 (語)]

❶因有避忌而不說 ◆ 忌諱｜諱言｜直言不諱｜諱疾忌醫。❷舊時指對帝王、尊長的名字避開而不直稱 ◆ 避諱。❸指所避諱的名字。在提到時，於名字前加上"諱"字，以示尊重 ◆ 蒲留仙先生諱松齡，別號柳泉居士，山東淄川人。

譃(谞) [xū ㄒㄩ 粤 sœy² 水]

❶才智。❷機謀。

講(讲) [jiǎng ㄐㄧㄤˇ 粤 gɔŋ² 港]

❶說，談 ◆ 講話｜講述｜講情｜講演｜對講｜講故事｜她已經對我講了。❷解釋 ◆ 講解｜這話怎麼講。❸講求，注重 ◆ 講質量｜講衛生｜講速度。❹商議 ◆ 講和｜講數｜講價｜講條件。

10 **謊**(谎) [huǎng ㄏㄨㄤˇ 粵 foŋ¹ 方]

騙人的話；假話 ◆ 撒謊｜説謊｜謊言｜謊話｜彌天大謊。

10 **謌**

同"歌"，見341頁右欄。

10 **謖**(谡) [sù ㄙㄨˋ 粵 suk⁷ 叔]
❶起；起立。❷挺拔有力 ◆ 謖謖青松。

10 **謝**(谢) [xiè ㄒㄧㄝˋ 粵 dzɛ⁶ 樹]
❶感激 ◆ 感謝｜致謝｜道謝｜謝幕｜謝謝你。❷道歉或認錯 ◆ 負荊謝罪。❸婉言拒絕 ◆ 謝絕｜閉門謝客。❹凋落 ◆ 凋謝｜新陳代謝。❺姓。

10 **謄**(誊) [téng ㄊㄥˊ 粵 teŋ⁴ 騰]
照底稿抄寫，轉錄 ◆ 謄寫｜謄清｜謄錄｜謄抄｜謄繕｜這份講稿還要謄一遍。

10 **謠**(谣) [yáo ㄧㄠˊ 粵 jiu⁴ 搖]
❶歌謠，民間流傳的韻語 ◆ 童謠｜民謠。❷謠言，憑空捏造的沒有事實依據的消息 ◆ 造謠｜闢謠｜謠言。

10 **謅**(诌) [zhōu ㄓㄡ 粵 dzeu¹ 周]
隨口編造 ◆ 瞎謅｜瞎胡謅。

10 **謗**(谤) [bàng ㄅㄤˋ 粵 bɔŋ³ 旁³]
惡意地説別人的壞話 ◆ 謗詞｜誹謗｜譏謗。

10 **謎**(谜) [mí ㄇㄧˊ 粵 mɐi⁴ 迷]
❶謎語，影射事物或文字供人猜測的隱語。由説出或寫出作為線索的謎面和作為答案的謎底構成 ◆ 猜謎｜燈謎｜揭開謎底。❷比喻難以理解的或尚未弄明白的事物 ◆ 創造這些原始岩畫的民族至今還是個謎。

10 **謚**(谥⑧謐) [shì ㄕˋ 粵 si⁶ 士]
中國古代帝王、貴族、大臣、后妃等死後，按其生前業績，由朝廷給予的其中寓含褒貶的稱號。如"武帝"、"仁宗"、"文正"之類。也叫"謚號"。

10 **謙**(谦) [qiān ㄑㄧㄢ 粵 him¹ 欠¹]
❶不自高自大；虛心 ◆ 謙虛｜謙遜｜謙讓｜謙虛恭謹｜謙謙君子｜滿招損，謙受益。❷《周易》六十四卦之一。

10 **謇** [jiǎn ㄐㄧㄢˇ 粵 gin² 堅²]
❶説話口吃，不暢達。❷忠誠；正直 ◆ 謇正｜謇謇。

¹⁰ 謐(谧) ［mì ㄇㄧˋ ⑧ met⁹ 勿］
安靜 ◆ 安謐|靜謐

¹¹ 謨(谟⑧謩) ［mó ㄇㄛˊ ⑧ mou⁴ 毛］
策略；計劃 ◆ 宏猷遠謨。

¹¹ 謷 ［áo ㄠˊ ⑧ ŋou⁴ 遨］
❶詆毀別人 ◆ 謷謷。❷高大的樣子 ◆ 謷乎大哉。

¹¹ 謦 ［qǐng ㄑㄧㄥˇ ⑧ kiŋ² 頃］
❶咳嗽。❷借指談笑 ◆ 不聞先生謦欬已三年。

¹¹ 謹(谨) ［jǐn ㄐㄧㄣˇ ⑧ gen² 緊］
❶慎重小心 ◆ 謹慎|謹嚴|謹小慎微|謹守規則，從不逾越。❷鄭重和恭敬地 ◆ 謹啟|謹上|謹祝|謹賀|謹表真摯的謝意。

¹¹ 謳(讴) ［ōu ㄡ ⑧ eu¹/ŋeu¹ 歐］
❶歌唱 ◆ 謳歌。❷民歌 ◆ 村謳|越謳。

¹¹ 謾(谩) ⟨一⟩［màn ㄇㄢˋ ⑧ man⁶ 慢］
輕視；怠慢；無禮貌 ◆ 輕謾|謾罵。⟨二⟩［mán ㄇㄢˊ ⑧ man⁴ 蠻］
欺瞞；蒙蔽 ◆ 欺上謾下。

¹¹ 讁(谪⑧讁) ［zhé ㄓㄜˊ ⑧ dzak⁹ 擇］
❶責備；譴責 ◆ 眾口交讁。❷封建時代高級官員因罪被降職到邊遠地方或流放 ◆ 貶讁|遷讁|讁降|讁戍|讁伊犁。❸仙人有過失，被罰降臨到人間 ◆ 讁仙(讁降人世的神仙)。

¹¹ 謬(谬) ［miù ㄇㄧㄡˋ ⑧ meu⁶ 茂］
❶錯誤的；不合情理的 ◆ 謬論|謬獎|荒謬|謬種流傳。❷差錯 ◆ 謬誤|失之毫釐，謬以千里。

¹² 譊 ［náo ㄋㄠˊ ⑧ nau⁴ 錨］
譊譊，爭辯聲；嘈雜聲。

¹² 譁 ［huá ㄏㄨㄚˊ ⑧ wa¹ 娃］
吵嚷；人多聲雜 ◆ 聽眾大譁|譁眾取寵。

¹² 譆 ［xī ㄒㄧ ⑧ hei¹ 希］
❶悲歎的聲音。❷呼痛的聲音。

¹² 譈 同"嘲⟨一⟩"，見110頁左欄。

¹² 譚(谭) ［tán ㄊㄢˊ ⑧ tam⁴ 談］
❶同"談"，見662頁右欄。❷姓。

¹² 譖(谮) ［zèn ㄗㄣˋ ⑧ dzɐm³ 浸］
暗中説壞話誣陷人 ◆ 譖人|譖言

譖下譞上。

---

¹² **譙**(谯) [qiáo ㄑㄧㄠˊ 粵tsiu⁴ 潮]

❶瞭望 ◆ 譙樓。❷姓。

¹² **識**(识) 〈一〉[shí ㄕˊ 粵sik⁷ 色]

❶知道；認得；能識別 ◆ 認識|識字|識貨|識時務者為俊傑|不識廬山真面目。❷所知道的道理，認識的東西 ◆ 學識|常識|知識。❸見識，辨別事理的能力 ◆ 遠見卓識。

〈二〉[zhì ㄓˋ 粵dzi³ 志]

❶記住 ◆ 默識於心|博聞強識。❷記號；標誌 ◆ 標識|款識。

¹² **譜**(谱) [pǔ ㄆㄨˇ 粵pou² 普]

❶依照事物的類別或系統編製的表冊、圖書 ◆ 年譜|家譜|食譜|花譜。❷作示範供研習觀摩的圖冊 ◆ 棋譜|畫譜|戲曲臉譜。❸用符號記錄音樂曲調旋律的書冊 ◆ 簡譜|樂譜|曲譜|歌譜|五線譜。❹編寫樂曲 ◆ 譜曲。❺打算；大致的準則 ◆ 心中有譜|他做事沒個譜兒。

¹² **譔**

同“撰”，見268頁右欄。

¹² **證**(证粵証) [zhèng ㄓㄥˋ 粵dziŋ³ 政]

❶憑據，幫助斷定事理的東西 ◆ 憑證|物證|人證|旁證|會員證|以此為證。❷用人物、事實來表明或斷定 ◆ 證人|證明|證實|求證|論證。

¹² **譎**(谲) [jué ㄐㄩㄝˊ 粵kyt⁸ 決]

❶欺詐；耍弄手段 ◆ 行事譎詐。❷怪異；變化 ◆ 譎詭|言行詭譎|雲譎波詭。

¹² **譏**(讥) [jī ㄐㄧ 粵gei¹ 基]

❶挖苦；諷刺 ◆ 譏笑|譏諷|譏刺|譏誚。❷譴責；非議 ◆ 譏呵|譏彈。

¹³ **警** [jǐng ㄐㄧㄥˇ 粵giŋ² 景]

❶使人注意可能發生意外或危險 ◆ 警告|警戒|警惕|警備。❷需要戒備的危險事件或消息 ◆ 報警|火警|告警|警鐘|警鈴。❸感覺敏銳 ◆ 機警|警覺|十分警醒。❹戒備；保衛 ◆ 警察|警衛。❺警察的簡稱 ◆ 巡警|軍警|交通警。

¹³ **譟** [zào ㄗㄠˋ 粵tsou³ 噪]

喧譟；哄動 ◆ 鼓譟|聲名大譟。

¹³ **譯**(译) [yì ㄧˋ 粵jik⁹ 亦]

將一種語言文字的意義用另一種語言文字表達出來 ◆ 翻譯|口譯|直譯|譯文。

¹³
譞 [xuān ㄒㄩㄢ ⑧ hyn¹ 宣]
聰慧。

¹³
譽(誉) [yù ㄩˋ ⑧ jy⁶ 預/jy⁴ 如]
❶名聲 ◆ 聲譽｜名譽｜榮譽。❷特指好的名聲 ◆ 譽滿全國｜享譽中外。❸稱讚；誇獎 ◆ 讚譽｜譽不絕口｜譭譽不一。

¹³
譭 [huǐ ㄏㄨㄟˇ ⑧ wei² 委]
誹謗，說別人的壞話。也作"毀" ◆ 詆譭｜譭謗。

¹³
譫(谵) [zhān ㄓㄢ ⑧ dzim¹ 尖]
❶多說話。❷特指病中胡言亂語 ◆ 譫語｜譫言。

¹³
議(议) [yì ㄧˋ ⑧ ji⁵ 以]
❶商量；討論 ◆ 商議｜會議｜議程｜議案｜計議已定｜這個問題要再議一次。❷言論；意見 ◆ 建議｜提議｜無異議｜議論紛紜。❸古代文體的一種，用以陳述意見或論事說理 ◆ 駁議｜奏議。

¹³
譬 [pì ㄆㄧˋ ⑧ pei³ 屁]
比喻；比方 ◆ 譬如｜譬喻｜設譬。

¹⁴
護(护) [hù ㄏㄨˋ ⑧ wu⁶ 戶]
❶盡力照顧，使不受損害 ◆ 保護｜救護｜愛護｜護理｜護

士。❷掩蔽；包庇 ◆ 庇護｜袒護｜護短｜護身符｜可不能一味護着他。

¹⁴
譸 [zhōu ㄓㄡ ⑧ dzɐu¹ 周]
❶詛咒。❷譸張，欺騙，作偽。也作"侜張"。

¹⁴
譴(谴) [qiǎn ㄑㄧㄢˇ ⑧ hin² 顯]
❶責備；申斥 ◆ 譴責｜嚴譴。❷舊時官員因罪而貶官謫戍 ◆ 因直言獲譴新疆伊犁。

¹⁵
讀(读) 〈一〉[dú ㄉㄨˊ ⑧ duk⁹ 獨]
❶按照文字唸 ◆ 宣讀｜朗讀。❷看書，閱覽 ◆ 閱讀｜讀者｜讀書破萬卷，下筆如有神。❸求學，在校學習 ◆ 讀高中。
〈二〉[dòu ㄉㄡˋ ⑧ dɐu⁶ 逗]
舊指文章裏語句中的短暫停頓 ◆ 句讀。

¹⁵
譾(谫⑧谫) [jiǎn ㄐㄧㄢˇ ⑧ dzin² 剪]
淺薄 ◆ 學識譾陋｜不揣譾陋，發表一點看法。

¹⁵
讅(谂) [shěn ㄕㄣˇ ⑧ sɐm² 審]
知道 ◆ 讅知｜讅悉。

¹⁶
讌(讌) [yàn ㄧㄢˋ ⑧ jin³ 燕]
同"宴❶"。用酒飯招

待客人。

|讔女。

¹⁶ **讎**（雠®讐）[chóu ㄔㄡˊ 圖 tsɐu⁴ 酬]
❶同"仇〈一〉"，見15頁右欄。❷校對文字 ◆ 校讎｜讎校｜校讎學。

¹⁶ **讋**（讋）[zhé ㄓㄜˊ 圖 dzip⁸ 接]
恐懼 ◆ 讋服。

¹⁶ **變**（变）[biàn ㄅㄧㄢˋ 圖 bin³ 邊³]
❶指事物的性質、狀態或情況和以前不同，發生更改 ◆ 變化｜變更｜變動｜改變｜變幻莫測｜變本加厲｜氣候變暖。❷突然發生的非常事件 ◆ 事變｜兵變｜政變。❸唐代興起的一種説唱文學，多用韻文和散文交錯組成，內容為佛經故事以及歷史故事、民間傳説，如《目蓮變文》等。

¹⁷ **讖**（谶）[chèn ㄔㄣˋ 圖 tsɐm³ 侵³]
❶舊時一種認為會應驗的預言 ◆ 讖語｜讖緯｜符讖。❷迷信認為的一種預兆 ◆ 詩讖。

¹⁷ **讒**（谗）[chán ㄔㄢˊ 圖 tsam⁴ 慚]
❶在別人面前説陷害他人的壞話 ◆ 進讒｜讒害忠良｜不能一味聽信讒言。❷指説壞話的人 ◆ 讒人｜讒子

¹⁷ **讓**（让）[ràng ㄖㄤˋ 圖 jœŋ⁶ 樣]
❶不爭，將好處或方便給別人 ◆ 謙讓｜禮讓｜讓步｜推賢讓能｜把音樂會的票子讓給了弟弟。❷請 ◆ 把客人讓進屋來。❸索取一定代價，把東西給人 ◆ 出讓｜轉讓｜只花了一半價，他就把這沙發讓給了我。❹使；容許；聽任 ◆ 讓她來吧｜不能讓他冒這個險。❺被 ◆ 收錄機讓他弄壞了｜獎杯又一次讓她捧到了手。❻責備 ◆ 責讓｜怨讓。

¹⁷ **讕**（谰）[lán ㄌㄢˊ 圖 lan⁵ 爛]
誣賴 ◆ 讕言。

¹⁷ **讔**[yǐn ㄧㄣˇ 圖 jɐn² 隱]
指隱去謎底，通過比喻等修辭手法以指事。

¹⁸ **讙**[huān ㄏㄨㄢ 圖 hyn¹ 圈]
❶喧讙。❷同"歡"，見342頁右欄。

¹⁹ **讚**
同"囈"，見116頁右欄。

¹⁹ **讚**（赞）[zàn ㄗㄢˋ 圖 dzan³ 贊]
誇獎；稱許 ◆ 讚美｜讚歎｜讚許｜讚頌｜讚揚｜誇讚｜讚不絕口。

²⁰讞₍谳₎　[yàn ㄧㄢˋ ⑧jin⁵ 演⁵/jip⁸ 熱]

審判定案；議罪 ◆ 定讞。

²⁰讜₍谠₎　[dǎng ㄉㄤˇ ⑧doŋ² 黨]

正直的（言論） ◆ 正言讜論。

²²讟　[dú ㄉㄨˊ ⑧duk⁹ 讀]

誹謗；怨言 ◆ 怨讟│民無謗讟。

谷 部

⁰谷　〈一〉[gǔ ㄍㄨˇ ⑧guk⁷ 菊]

❶兩山間的流水道或狹長地帶 ◆ 谷口│谷地│河谷│峽谷│虛懷若谷。❷姓。❸"穀"的簡化字。

〈二〉[yù ㄩˋ ⑧juk⁹ 肉]

吐谷渾，中國古代西部少數民族，鮮卑的一支。

¹⁰谿₍谿₎　[xī ㄒㄧ ⑧kɐi¹ 蹊]

❶同"溪"，見381頁左欄。❷ 同"蹊〈一〉"，見692頁左欄。❸谿刻，苛刻、刻薄 ◆ 為人谿刻。❹勃谿，家庭中為瑣事而爭吵。也作"勃谿" ◆ 婦姑勃谿。

¹⁰豁　〈一〉[huō ㄏㄨㄛ ⑧kut⁸ 括]

❶開裂；破缺 ◆ 豁開│豁嘴│豁了一道裂縫。❷捨棄；拼 ◆ 豁

出性命│豁出些時間│老子豁出去了。

〈二〉[huò ㄏㄨㄛˋ ⑧同〈一〉]

❶空闊；敞亮 ◆ 心胸豁達│豁然開朗。❷開拓 ◆ 開豁胸襟。❸免除 ◆ 豁免。

〈三〉[huá ㄏㄨㄚˊ ⑧wa⁴ 華/wa¹ 娃]

豁拳，飲酒時助興的一種遊戲，也叫"猜拳"。

豆 部

⁰豆 ₍⑧荳₎　[dòu ㄉㄡˋ ⑧dɐu⁶ 竇]

❶豆類作物，也指豆類作物的種子 ◆ 大豆│蠶豆│豆腐│豆沙│種瓜得瓜，種豆得豆。❷形狀像豆粒的東西 ◆ 土豆│花生豆兒│唐王維《相思》詩："紅豆生南國，春來發幾枝？" ❸古代盛食物的器皿，木製，形狀像高腳盤，後多用於祭祀 ◆ 俎豆。❹姓。

³豇　[jiāng ㄐㄧㄤ ⑧goŋ¹ 江]

豇豆，草本植物。開淡青或紫色花，果實為長莢，嫩莢與種子是普通的蔬菜。

³豈 ₍岂₎　[qǐ ㄑㄧˇ ⑧hei² 起]

助詞。❶ 哪裏；如何；怎麼。表示反問 ◆ 豈敢│豈但│豈有此理│豈不荒謬│豈止這個

數？❷難道。表示揣度 ◆ 豈非|足下豈有意乎？

⁴ **豉** [chǐ ㄔˇ] (粵)si⁶ 士]
豆豉，一種用豆子煮熟、發酵後做成的調味品 ◆ 豆豉鯪魚罐頭。

⁸ **䜗** [chǎi ㄔㄞˇ / cè ㄘㄜˋ (舊) (粵)tsik⁷ 斥]
䜗兒，碾碎的麥子、豆子、玉米等 ◆ 䜗兒粥|豆䜗兒|大麥䜗兒|玉米䜗兒。

⁸ **豎**(竪®豎) [shù ㄕㄨˋ (粵)sy⁶ 樹]
❶ 上下方向的或前後方向的；跟"橫"相對 ◆ 豎寫|豎線|橫七豎八|豎著種一排冬青。❷與地面相垂直的 ◆ 豎琴|豎井。❸使直立 ◆ 豎立|豎旗杆|豎蜻蜓|害怕得汗毛都豎起來。❹漢字從上往下寫的筆形"|" ◆ 三橫一豎的"王"。❺年輕的僕人；卑賤的人 ◆ 童豎|豎子。❻宮中小臣 ◆ 宦豎|閹豎。

⁸ **豌** [wān ㄨㄢ (粵)wun¹ 碗]
豌豆，草本植物。開白色花。嫩的莖、葉、莢和種子都可食用，為普通的蔬菜 ◆ 豌豆苗|送上一盤可口的甜豌豆沙。

¹⁰ **䜴** [xiàn ㄒㄧㄢˋ (粵)han⁵ 咸⁵]
放在糕餅中的豆沙餡。

¹¹ **豐**(丰) [fēng ㄈㄥ (粵)fuŋ¹ 風]
❶茂盛；茂密 ◆ 豐茂|豐盛|豐草長林。❷豐富；充足；多 ◆ 豐年|豐收|豐足|豐富|五穀豐登。❸大 ◆ 豐碑|豐功偉績。❹《周易》卦象名。❺姓。

²¹ **豔**(艳®艷豔)
[yàn ㄧㄢˋ (粵)jim⁶ 驗]
❶色彩鮮明；鮮豔 ◆ 嬌豔|美豔|妖豔|豔陽天氣|百花爭豔|光豔照人。❷有關情愛方面的 ◆ 豔史|豔詩|豔情|豔福不淺。❸美女 ◆ 吳娃越豔。❹羨慕 ◆ 豔美|心豔不已。

豕 部

⁰ **豕** [shǐ ㄕˇ (粵)tsi² 始]
豬 ◆ 狼奔豕突。

³ **豗** [huī ㄏㄨㄟ (粵)fui¹ 灰]
水撞擊聲。

⁴ **豚** [tún ㄊㄨㄣˊ (粵)tyn⁴ 臀]
小豬，泛指豬 ◆ 豚肩|豚蹄。

4 豘

同"豚"，見671頁右欄。

4 豝

[bā ㄅㄚ ⑭ ba¹ 巴]
母豝。

5 象

[xiàng ㄒㄧㄤˋ ⑭ dzœŋ⁶ 丈]
❶一種哺乳動物，是陸地上最大的動物。耳大，眼小，鼻子與上唇合成長圓筒狀，可蜷曲及取食物等，多有長而大的一對門牙，突出口外，全身毛稀皮厚。吃嫩葉、野菜、果實等。產於我國雲南、南亞諸國及非洲。經馴服可運貨載人與展覽。象牙為高級工藝製品原料 ◆ 象牙｜大象｜人心不足蛇吞象。❷指象牙 ◆ 象棋｜象笏。❸形狀；樣子；現象 ◆ 跡象｜形象｜星象｜表象｜氣象｜萬象更新。❹仿效；摹擬 ◆ 象徵｜象形｜象聲詞。

6 豢

[huàn ㄏㄨㄢˋ ⑭ wan⁶ 患]
餵養牲畜 ◆ 豢養。

7 豨

[xī ㄒㄧ ⑭ hei¹ 希/hei² 喜]
豬。

7 豪

[háo ㄏㄠˊ ⑭ hou⁴ 毫]
❶指突出的人才 ◆ 英豪｜文豪｜豪傑。❷氣魄大；直爽痛快；不受拘束 ◆ 豪放｜豪邁｜豪爽｜豪俠｜豪飲｜豪言壯語。❸奢侈；揮霍 ◆ 豪華｜一擲萬金的豪舉。❹強橫 ◆ 豪門｜豪強｜豪紳｜巧取豪奪。

8 豬 (⑬猪)

[zhū ㄓㄨ ⑭ dzy¹ 朱]
一種家畜，哺乳動物。頭大，鼻子與口吻長，眼小耳大，足短體肥。肉可食，皮可製革，鬃可製毛刷並做工業原料，糞可作肥料。

8 豵

[zòng ㄗㄨㄥˋ ⑭ dzuŋ³ 眾]
公豬。

9 豭

[jiā ㄐㄧㄚ ⑭ ga¹ 加]
公豬。

9 豫

[yù ㄩˋ ⑭ jy⁶ 預]
❶歡喜；快樂 ◆ 他面有不豫之色。❷安適；舒服 ◆ 憂勞興國，逸豫亡身。❸河南省的別稱 ◆ 豫劇。

10 豳

[bīn ㄅㄧㄣ ⑭ bɐu¹ 賓]
古國名，在今陝西彬縣旬邑一帶，周代公劉始遷於豳。《詩經》十五《國風》中有"豳風"。

11 豂

[lóu ㄌㄡˊ ⑭ lɐu⁴ 劉]
求偶的母豬。

12 豶 (豶)

[fén ㄈㄣˊ ⑭ fɐn⁴ 焚]
❶經過閹割的公豬。❷方言。指雄性的牲畜 ◆ 豶豬。

豸部

⁰ **豸** [zhì ㄓˋ ⑧dzi⁶ 自/dzai⁶ 寨]
古書上指沒有腳的蟲 ◆ 蟲
豸。

³ **豺** [chái ㄔㄞˊ ⑧tsai⁴ 柴]
一種野獸，哺乳動物。外形
像狼而小，耳朵比狼短且圓。性殘
暴而貪食，常成羣侵襲家畜 ◆ 豺
狼成性 | 豺狼當道。

³ **豹** [bào ㄅㄠˋ ⑧pau³ 泡]
❶一種野獸，哺乳動物。比
虎小，毛皮黃褐色或赤褐色，上多
黑色斑點，善於跳躍，能爬樹，捕
食小動物，毛皮可製衣、褥等 ◆ 雲
豹 | 雪豹 | 豺狼虎豹 | 豹死留皮，人
死留名。❷豹貓，哺乳動物，比虎
小，形狀跟貓相似，頭部有黑色條
紋。性兇猛，吃鳥、鼠、蛇、蛙等
小動物。毛皮可以做衣服。也叫"山
貍"、"貍貓"、"貍子"。

⁵ **貂** [diāo ㄉㄧㄠ ⑧diu¹ 刁]
一種哺乳動物。尖嘴長尾，
短足，體細長，聽覺敏銳，種類很
多，毛皮黃黑色或帶紫色，是珍貴
的衣料，我國東北盛產紫貂。也叫
貂鼠 ◆ 貂皮大衣 | 狗尾續貂。

⁶ **貆** [huán ㄏㄨㄢˊ ⑧wun⁴ 垣/
hyn¹ 圈]
幼小的貉。

⁶ **貃** [mò ㄇㄛˋ ⑧mɐk⁹ 陌]
❶中國古代稱東北地區的少
數民族為貃。❷同"貘❶"，見674頁
右欄。

⁶ **貅** [xiū ㄒㄧㄡ ⑧jeu¹ 休]
貔貅。見"貔"，674頁右欄。

⁶ **貉** 〈一〉[hé ㄏㄜˊ ⑧hɔk⁹ 學]
一種野獸，哺乳動物。毛色
棕灰，嘴尖耳小，兩頰有長毛橫
生。棲息於山林中，畫伏夜出，捕
食小動物及魚蝦等，皮毛可製衣。
也叫"貍"。通稱"貉(háo)子" ◆ 一
丘之貉。

〈二〉[háo ㄏㄠˊ [粵] 同〈一〉]
義同〈一〉，專用於稱貉絨、貉子。
〈三〉[mò ㄇㄛˋ [粵] mɐk^{9} 麥]
同"貊"。中國古代東北的一個民族。

7**貍** ([異]狸) [lí ㄌㄧˊ [粵] lei^{4} 離] 即豹貓，獸名。樣子像貓，毛黑褐色有斑點，也叫"貍貓"、"貍子"、"山貍"。

7**貌** [mào ㄇㄠˋ [粵] mau^{6} 矛^{6}] ❶面容；相貌 ◆ 容貌｜面貌｜年青貌美｜以貌取人。❷外表的形象 ◆ 外貌｜形貌｜禮貌｜貌似｜貌合神離。❸古書及詞典的註解表示某種狀態時用的字，如"沛，充盛貌。"

9**貏** ([異]猰) [yà ㄧㄚˋ [粵] at^{8}/ŋat^{8} 壓]
貏貐，古代傳説中外形像貙，長着虎爪，行走迅速，會吃人的一種猛獸。

9**貓** ([異]猫) 〈一〉[māo ㄇㄠ [粵] mau^{4} 矛^{4}/miu^{4} 苗]
一種家畜，哺乳動物。面部較圓，體長，兩耳短，眼大，瞳孔大小隨一天中光線強弱而變化，四肢短，趾爪鋭利。善於跳躍，能捕鼠，毛皮有白、黑、灰、褐、黃各種顏色，多有斑紋 ◆ 貓捉老鼠｜貓哭老鼠假慈悲。
〈二〉[máo ㄇㄠˊ [粵] 同〈一〉]
貓腰，方言。彎下腰。

9**貐** ([異]貐) [yǔ ㄩˇ [粵] jy^{5} 雨] 貏貐。見"貏"，674頁左欄。

10**貔** [pí ㄆㄧˊ [粵] pei^{4} 皮] ❶古書上説的一種猛獸，似虎。❷貔貅。⑴古書上説的二種猛獸。⑵比喻勇猛的軍隊 ◆ 貔貅之士。

11**貘** [mò ㄇㄛˋ [粵] mɐk^{9} 麥] ❶古書中記載的一種野獸。外形像熊，小頭短足，毛色黑白相間。食竹，產於蜀中峨眉山，據推測即大熊貓。❷一種野獸，哺乳動物。外形像犀牛，但矮小，鼻端無角，前突長而能自由伸縮，食嫩枝葉，善游泳，產於東南亞、中美洲、南美洲等熱帶地區。

11**貙** [chū ㄔㄨ [粵] sy^{1} 書] ❶古書上説的一種野獸，比虎小，比貍(山貓)大。❷古代居住在江漢地區的一個氏族 ◆ 貙人。

18**貛** ([異]獾 貆) [huān ㄏㄨㄢ [粵] fun^{1} 歡]
一種哺乳動物。毛灰色，四肢與腹部黑色，頭部有三條白色的縱紋，趾爪鋭利，穴居山野。脂肪經冶煉可治療燙傷，毛可製筆。也叫"狗貛"。俗稱"貛子"。

貝 部

貝(贝) [bèi ㄅㄟˋ ⓹ bui³ 輩]
❶軟體動物的統稱。水產上指長有介殼的軟體動物,如蛤蜊、蚌、珠母、文蛤、鮑魚、扇貝等。❷貝殼 ◆ 貝雕。❸古代用貝殼做的貨幣。

貞(贞) [zhēn ㄓㄣ ⓹ dziŋ¹ 晶]
❶有節操;堅定不變 ◆ 堅貞|忠貞。❷舊禮教的一種道德觀念,指要求女子不失身,不改嫁 ◆ 貞節|貞烈|貞女|貞婦|貞操|貞潔。❸古代指占卜。

負(负) [fù ㄈㄨˋ ⓹ fu⁶ 父]
❶背(bēi),用肩背承受重量 ◆ 負重|如釋重負|負笈遠遊|負荊請罪。❷擔當;承擔的責任與事務 ◆ 負責|肩負重任|文責自負|減輕負擔。❸依靠;倚仗 ◆ 自負|負隅頑抗|負險固守。❹具有;享有 ◆ 負重望|負有名望。❺遭受 ◆ 負傷|負屈含冤。❻虧欠;拖欠 ◆ 負債纍纍。❼違背;背棄 ◆ 負心|負約|負情|有負重託|忘恩負義。❽失敗;跟"勝"相對 ◆ 不分勝負|三勝兩負。❾小於零的 ◆ 負號|負數|負值。❿與正面相反的一面 ◆ 負極|負電|負效應|負增長。

負 同"員",見93頁右欄。

貢(贡) [gòng ㄍㄨㄥˋ ⓹ guŋ³ 工³]
❶古代指屬國或臣民獻給帝王財物 ◆ 貢品|貢稅|貢賦。❷貢品 ◆ 進貢|納貢。❸封建時代指選拔人才,推薦給朝廷、皇帝 ◆ 貢舉|貢生。❹姓。

財(财) [cái ㄘㄞˊ ⓹ tsɔi⁴ 才]
金錢和物資 ◆ 財寶|財富|財產|財源|升官發財|仗義疏財。

貤(贴) 〈一〉[yí ㄧˊ ⓹ ji⁴ 移]
舊時指官員將自身及妻室所受封爵名號等奏請朝廷移授給親族尊長或移贈給先人 ◆ 貤封|貤贈|貤恩。
〈二〉[yì ㄧˋ ⓹ ji⁶ 義]
物體重疊;重複 ◆ 貤繆(也作"貤繆")。

責(责) [zé ㄗㄜˊ ⓹ dzak⁸ 窄]
❶責任,份內應做的事 ◆ 負責|職責|盡責|責無旁貸|責有所歸。❷要求做成某事或做事達到一定標準 ◆ 責成|求全責備|責人寬,責己嚴。❸詰問 ◆ 責問

|責難。❹責備，指摘過失 ◆ 責怪
|責罵|斥責。❺處罰 ◆ 鞭責|重責
五十大板。

⁴**販**（贩） ［fàn ㄈㄢˋ ⑧ fan³ 泛］
❶指買進貨物後加價
出售 ◆ 販運|販賣|販貨|販水果。
❷販子，指往來各地買貨物出賣的
行商或小商人 ◆ 商販|攤販|小販
|毒販|販夫走卒。

⁴**貨**（货） ［huò ㄏㄨㄛˋ ⑧ fo³
課］
❶物品；商品 ◆ 貨物|貨色|貨款
|百貨|貨真價實|奇貨可居。❷貨
幣；錢 ◆ 通貨。❸賣；出售 ◆ 貨
卜|貨鬻。❹用於玩笑話和罵人的
話 ◆ 蠢貨|騷貨。

⁴**貪**（贪） ［tān ㄊㄢ ⑧ tam¹ 談¹］
❶本指貪財，後多指
貪污 ◆ 貪賄|貪官污吏|貪贓枉
法。❷求多，對某種事物的慾望老
是不能滿足 ◆ 貪婪|貪吃|貪得無
厭。❸片面追求；貪圖 ◆ 貪涼|貪
小便宜|貪生怕死。

⁴**貧**（贫） ［pín ㄆ丨ㄣˊ ⑧ pen⁴
頻］
❶窮；少財物。跟"富"相對 ◆ 貧窮
|貧苦|貧民|貧寒|貧困|慈老憐
貧。❷缺少；不足 ◆ 貧血|貧乏|貧
瘠。❸方言。説話煩多可厭 ◆ 耍
貧嘴|貧嘴薄舌|這個人嘴真貧！

⁴**貫**（贯） ［guàn ㄍㄨㄢˋ ⑧
gun³ 灌］
❶穿過；連通 ◆ 貫穿|全神貫注|
融會貫通|如雷貫耳|學貫中西。
❷事例 ◆ 一仍舊貫。❸罪惡 ◆ 惡
貫滿盈。❹舊時將方孔錢穿在繩子
上，每一千個稱做一貫。❺原籍，
世代居住的地方 ◆ 籍貫。❻姓。

⁵**貳**（贰） ［èr ㄦˋ ⑧ ji⁶ 二］
❶數詞"二"的大寫
字。❷不信任；懷疑 ◆ 決無疑貳
|任賢勿貳。❸違背；背叛 ◆ 貳心
|貳臣。

⁵**賁**（贲） 〈一〉［bì ㄅ丨ˋ ⑧ bei³
臂］
❶裝飾得華美光彩。❷《周易》六十
四卦之一。

〈二〉［bēn ㄅㄣ ⑧ ben¹ 奔］
❶虎賁，勇士。❷賁門，胃與食管
相連的部分，是胃上端的開口，食
物由賁門而進入胃。

〈三〉［féi ㄈㄟˊ ⑧ 同〈二〉］
姓。

⁵**貰**（贳） ［shì ㄕˋ ⑧ sei³ 世］
❶租賃；借貸 ◆ 貰
錢|貰貸|貰屋以居。❷賒欠 ◆ 貰
賬。❸買（多指酒）◆ 貰酒。

⁵**貼**（贴） ［tiē ㄊ丨ㄝ ⑧ tip⁸ 帖］
❶把薄片狀的東西粘
在另一個東西上 ◆ 黏貼|張貼|剪

貼|貼郵票。❷緊挨；親近 ◆ 貼身|貼近|貼心。❸添補；補助 ◆ 津貼|貼補|補貼|貼錢。❹同"帖"。順從；適合；妥當。❺平服 ◆ 熨貼。❻量詞。膏藥一張稱一貼。

⁵**貴** (贵) [guì ㄍㄨㄟˋ 粵gwei³ 桂]
❶價錢大；價值高。跟"賤"相對 ◆ 售價昂貴|物以稀為貴|黃金比白銀貴得多。❷重要；值得珍視 ◆ 寶貴|可貴|珍貴。❸地位高；身分優越 ◆ 貴族|貴婦|貴賓|貴公子|貴為天子|貴人多忘事。❹地位高，身分優越的人 ◆ 權貴。❺以某種情況為可貴 ◆ 人貴有自知之明。❻敬辭。用於稱與對方有關的事物 ◆ 貴校|貴方|貴庚|貴公司。❼姓。

⁵**貺** (贶) [kuàng ㄎㄨㄤˋ 粵fɔŋ³ 放]
贈送；賜予 ◆ 貺贈|貺臨(光臨)|貺以佳品，不勝感謝。

⁵**買** (买) [mǎi ㄇㄞˇ 粵mai⁵ 埋⁵]
❶用錢換東西，跟"賣"相對 ◆ 採買|購買|買賣|買汽車。❷用財物等籠絡人，以達到某種目的 ◆ 買通|收買。

⁵**貸** (贷) [dài ㄉㄞˋ 粵tai³ 太]
❶借入或借出錢款 ◆

稱貸|告貸|借貸無門|已經貸到了兩千萬元。❷指貸款 ◆ 農貸|高利貸。❸推卸責任 ◆ 責無旁貸。❹寬免；饒恕 ◆ 決不寬貸|嚴懲不貸。

⁵**貶** (贬) [biǎn ㄅㄧㄢˇ 粵bin² 扁]
❶降低；減低 ◆ 貶職|貶謫|貶官|貶黜|貶價|貨幣貶值。❷給予不好的評價，跟"褒"相對 ◆ 褒貶|貶低|貶損|貶抑|貶義詞。

⁵**貿** (贸) [mào ㄇㄠˋ 粵meu⁶ 茂]
❶交換；交易 ◆ 貿易|商貿|對外貿易。❷輕率冒失的樣子 ◆ 貿然登門|貿貿然來求教。

⁵**貯** (贮) [zhù ㄓㄨˋ 粵dzy⁵ 主/tsy⁵ 柱(語)]
儲存；收存 ◆ 貯藏|貯存|貯備糧食。

⁵**費** (费) 〈一〉[fèi ㄈㄟˋ 粵fei³ 廢]
❶錢款；開支 ◆ 費用|郵費|經費|生活費|給小費。❷消耗；花費 ◆ 費時|費錢|費事|消費|費周折|枉費心機。❸指言詞煩冗 ◆ 辭費。❹姓。
〈二〉[bì ㄅㄧˋ 粵bei³ 臂]
古地名。春秋魯邑，在今山東費(fèi)縣西北。

5**賀**（贺）［hè ㄏㄜˋ [粵] hɔ6 荷6］❶慶祝；祝頌 ◆ 慶賀｜賀禮｜祝賀｜賀年卡｜可喜可賀｜恭賀新禧。❷姓。

5**貽**（贻）［yí ㄧˊ [粵] ji4 兒］❶贈送。❷遺留 ◆ 貽害無窮｜貽笑大方。

6**賈**（贾）〈一〉［jiǎ ㄐㄧㄚˇ [粵] ga2 假2］姓。

〈二〉［gǔ ㄍㄨˇ [粵] gu2 古］❶商人，古代特指開店售貨的商人 ◆ 商賈｜書賈｜大腹賈｜坐賈行商。❷賣出 ◆ 餘勇可賈。❸做買賣 ◆ 長袖善舞，多錢善賈。❹招引；招致 ◆ 賈禍。

6**賊**（贼）［zéi ㄗㄟˊ [粵] tsak9 拆9］❶偷東西的人，盜匪 ◆ 竊賊｜盜賊｜家賊難防｜賊去關門｜賊喊捉賊。❷指危害國家和人民的人 ◆ 賊人｜賣國賊｜獨夫民賊｜亂臣賊子。❸傷害；殺害 ◆ 戕賊。❹邪；鬼祟不正派的 ◆ 賊頭賊腦｜賊眉鼠眼｜賊心不死｜上賊船容易，下賊船難。

6**賄**（贿）［huì ㄏㄨㄟˋ [粵] fui2 悔2/kui2 繪（語）］❶財物，今指用來買通別人的財物 ◆ 受賄。❷賄賂，用財物買通別人 ◆ 行賄｜賄選｜貪賄無厭。

6**貲**［zī ㄗ [粵] dzi1 支］❶計算（多用於否定語氣）◆ 不可貲計｜所費不貲。❷同“資❶”，見678頁右欄。

6**賃**（赁）［lìn ㄌㄧㄣˋ [粵] jɐm6 任］租用；租借 ◆ 租賃｜賃車｜賃借｜賃屋｜出賃。

6**賂**（赂）［lù ㄌㄨˋ [粵] lou6 路］❶賄賂。見“賄❷”，678頁左欄。❷財物，特指贈送的財物 ◆ 賂遺（wèi）｜受賂。

6**資**（资）［zī ㄗ [粵] dzi1 支］❶財物；本錢；費用 ◆ 物資｜資金｜資本｜資產｜工資｜中外合資。❷供給；幫助 ◆ 資助｜以資參考。❸天生的才能、性情 ◆ 天資｜資性｜資質。❹指地位、閱歷、聲望 ◆ 資格｜年資｜資深議員｜論資排輩。

6**賅**（赅）［gāi ㄍㄞ [粵] gɔi1 該］❶完備；齊全 ◆ 賅存｜言簡意賅｜學問賅博。❷方言。擁有 ◆ 他家賅着好幾處公司、商場。

7**賕**（赇）［qiú ㄑㄧㄡˊ [粵] kɐu4 求］

賄賂 ◆ 受賕枉法。

7 **賑**（赈）[zhèn ㄓㄣˋ [粵] dzɐn3 振] 用財物救濟 ◆ 賑災｜賑濟受災民眾。

7 **賒**（赊）[shē ㄕㄜ [粵] sɛ1 些] 買賣貨物時延期收款或付款 ◆ 賒欠｜賒賬。

7 **賓**（宾）[bīn ㄅㄧㄣ [粵] bɐn1 奔] 客人 ◆ 賓客｜賓館｜來賓｜嘉賓｜賓至如歸｜喧賓奪主。

8 **賦**（赋）[fù ㄈㄨˋ [粵] fu3 富] ❶授給；所授給的 ◆ 賦予｜天賦｜稟賦。❷舊指田地稅 ◆ 田賦｜賦稅。❸我國古代的一種文體，有的有韻，句式如散文 ◆ 辭賦｜漢賦｜詩賦｜《赤壁賦》｜吟詩作賦。❹指做詩詞 ◆ 賦七言絕句一首。

8 **賙**（赒）〈一〉[qíng ㄑㄧㄥˊ [粵] tsiŋ4 情] 受賜 ◆ 賙受。
〈二〉[jìng ㄐㄧㄥˋ [粵] dziŋ6 靜] 賜予。

8 **賭**（赌）[dǔ ㄉㄨˇ [粵] dou2 倒] ❶用財物作注，以一定方式爭輸贏 ◆ 賭博｜賭徒｜賭場｜聚賭。❷泛指較量輸贏 ◆ 打賭｜賭東道。

8 **賬**（账）[zhàng ㄓㄤˋ [粵] dzœŋ3 障] ❶關於錢財、貨物出入的記錄 ◆ 記賬｜賬目｜賬簿｜賬戶。❷指債務 ◆ 欠賬｜還賬｜清賬。

8 **賣**（卖）[mài ㄇㄞˋ [粵] mai6 邁] ❶用物品或技藝等換錢，跟"買"相對 ◆ 賣酒｜賣藝｜變賣｜買賣不成仁義在。❷背叛祖國、親友以換取個人利益 ◆ 賣國｜賣友求榮｜賣身投靠。❸儘量使出來；不保留 ◆ 賣命｜賣力氣。❹故意顯露和表現自己 ◆ 賣弄｜賣俏｜賣乖｜賣功勞。

8 **賢**（贤）[xián ㄒㄧㄢˊ [粵] jin4 言] ❶有道德的；有才能的 ◆ 賢明｜賢人｜賢士｜賢慧｜賢淑｜賢妻良母。❷有道德的人；有才能的人 ◆ 聖賢｜先賢｜禮賢下士｜任人惟賢｜選賢舉能。❸敬辭。用於平輩或晚輩 ◆ 賢弟｜賢妹｜賢姪。

8 **賚**（赉）[lài ㄌㄞˋ [粵] lɔi6 睞] 賞賜；贈送 ◆ 賚賞｜賚賜。

8 **賫**（赍[異]賷）[jī ㄐㄧ [粵] dzɐi1 劑/dzi1 枝] ❶持；帶；送 ◆ 賫旨｜賫奉。❷抱

着；懷着 ◆ 賚志｜賚恨。

賤 (贱) [jiàn ㄐㄧㄢˋ ⑧dzin⁶ 煎⁶]

❶價錢低 ◆ 賤賣｜賤價｜穀賤傷農｜唐白居易《賣炭翁》詩：「可憐身上衣正單，心憂炭賤願天寒。」❷地位低下；跟"貴"相對 ◆ 貴賤｜卑賤｜低賤｜貧賤之交不可忘｜富貴不能淫，貧賤不能移，威武不能屈。❸言行卑鄙，人格低下 ◆ 下賤｜卑賤相｜賤骨頭。❹輕視 ◆ 貴遠賤近｜自輕自賤。❺自謙語，用於稱與自己有關的事物 ◆ 賤內｜賤恙｜賤軀粗安，多蒙掛念。

賞 (赏) [shǎng ㄕㄤˇ ⑧sœŋ² 想]

❶獎勵；尊長給下級或晚輩財物 ◆ 獎賞｜賞賜｜賞罰分明。❷獎賞的東西 ◆ 領賞｜懸賞｜邀功請賞。❸欣賞；玩味 ◆ 賞花｜玩賞｜鑒賞｜雅俗共賞｜晉陶潛《移居》詩：「奇文共欣賞，疑義相與析。」❹敬辭。請對方接收邀請和要求 ◆ 賞光｜賞臉。

賜 (赐) [cì ㄘˋ ⑧tsi³ 次]

❶給；指尊長給下級或晚輩 ◆ 賜給｜賜予｜賞賜｜恩賜｜長者所賜。❷敬辭。指所受的禮物 ◆ 受賜良多｜厚賜受之有愧。❸敬稱別人對自己的行動 ◆ 請賜回音｜切望不吝賜教。

質 (质) 〈一〉[zhì ㄓˋ ⑧dzet⁷ 栓]

❶性質；本性 ◆ 質地｜品質｜變質｜本質｜實質｜素質｜氣質高貴。❷指產品或工作的優劣程度 ◆ 保質保量｜質量並重。❸物質 ◆ 鐵質｜吃流質的食物。❹單純；樸實 ◆ 為人真誠質樸。❺依據事實來詢問或加以責問 ◆ 質疑｜質詢｜質問。〈二〉[zhì ㄓˋ ⑧dzi³ 至]

❶典當；抵押 ◆ 用一幅名畫質錢二十萬。❷作抵押的物品或人 ◆ 以此為質｜被歹徒扣作人質。

賙 (赒) [zhōu ㄓㄡ ⑧dzɐu¹ 周]

救濟；接濟 ◆ 賙濟 (也作周濟)。

賡 (赓) [gēng ㄍㄥ ⑧gɐŋ¹ 庚]

連續；繼續 ◆ 賡續｜賡和。

賠 (赔) [péi ㄆㄟˊ ⑧pui⁴ 陪]

❶償還損失 ◆ 賠償｜賠款。❷向受損害的人道歉或認錯 ◆ 賠禮｜賠情｜賠罪｜賠不是。❸做交易虧損 ◆ 賠本｜賠錢｜賠了夫人又折兵。

賧 (赕) [dǎn ㄉㄢˇ ⑧dam⁶ 啖]

我國古代西南地區少數民族語的音譯字。❶奉獻財物以贖罪 ◆ 賧佛。❷用於地名。

⁸ **賨**　[cóng ㄘㄨㄥˊ ⑧tsuŋ⁴ 松]
秦、漢時期今湖南、四川一帶少數民族交納的一種賦稅名稱，所交錢幣稱"賨錢"，所交布稱"賨布"。此一部分少數民族後來因此被稱為"賨人"。

⁹ **賴**(赖⑧頼)　[lài ㄌㄞˋ ⑧lai⁶籟]
❶依靠；倚仗 ◆ 依賴｜仰賴｜信賴｜有賴於｜百無聊賴。❷抵賴，不承認事實、責任或過錯 ◆ 賴賬｜賴婚｜狡賴｜有人證和物證，他賴不了。❸硬說別人有過錯 ◆ 誣賴好人｜自己幹的事，反賴別人。❹刁鑽潑辣，蠻不講理 ◆ 耍賴｜賴皮。❺留在某處不肯走開 ◆ 賴着不走是不行的。❻責怪；埋怨 ◆ 這件事辦不成，不能賴他一個人。❼方言。壞 ◆ 今年年成不賴｜是好是賴，現在估計不出。❽姓。

⁹ **賵**(赗)　[fèng ㄈㄥˋ ⑧fuŋ³諷]
❶古代指用財物幫助人家辦喪事 ◆ 賻賵。❷古代指贈送給辦喪事人家的財物。

⁹ **賣**
同"賸"，見682頁右欄。

¹⁰ **購**(购)　[gòu ㄍㄡˋ ⑧keu³扣/geu³夠]
買 ◆ 購買｜採購｜收購｜選購｜爭購｜購銷兩旺｜購物中心。

¹⁰ **賻**(赙)　[fù ㄈㄨˋ ⑧fu⁶付]
以錢財幫助人辦理喪事 ◆ 賻儀｜賻金｜賻贈。

¹⁰ **賸**　[shèng ㄕㄥˋ ⑧siŋ⁶盛]
❶同"剩"，見57頁左欄。❷增益；增加。❸送。❹真；唯。❺盡；盡情。❻尚；猶。❼躓。❽雙；二。

¹⁰ **賺**(赚)　〈一〉[zhuàn ㄓㄨㄢˋ ⑧dzan⁶撰]
❶做買賣等獲得利潤；跟"賠"相對 ◆ 賺錢｜有賠有賺｜賺了一大筆美元。❷方言。利潤 ◆ 賺兒｜賺頭不大。❸方言。指掙錢 ◆ 賺錢養家。
〈二〉[zuàn ㄗㄨㄢˋ ⑧同〈一〉]
方言。誆騙 ◆ 賺人。

¹⁰ **賽**(赛)　[sài ㄙㄞˋ ⑧tsɔi³菜]
❶在一定的活動中，比較本領、技藝的高低、優劣 ◆ 比賽｜競賽｜決賽｜賽車｜賽馬｜大獎賽。❷勝過；比得上 ◆ 來參選的模特小姐，一位賽似一位。❸舊時民間為酬報神靈而舉行的活動 ◆ 祭賽｜賽神｜迎神賽會。

¹¹ **贅**(赘)　[zhuì ㄓㄨㄟˋ ⑧dzœy³醉]
❶多餘的；多而無用的 ◆ 贅述｜贅

疣｜贅詞｜累贅｜這一段文字頗覺冗贅，不如刪掉。❷指男子到女家結婚，並成為女家的家庭成員 ◆ 招贅｜入贅｜贅婿。

¹¹贄(贽) [zhì ㄓˋ ⑧dzi³ 至]
古代初次拜見尊長時所送的禮品 ◆ 贄敬｜贄禮｜贄見一位學術界的前輩。

¹¹賾(赜) [zé ㄗㄜˊ ⑧dzak⁹ 宅]
幽深難明；深奧 ◆ 探幽索賾｜他探賾索隱，研究了好多年。

¹²賧 [dàn ㄉㄢˋ ⑧dam⁶ 啖]
❶買東西預先付款。❷書畫裝裱成卷軸，其卷頭上貼綾的地方。也叫"玉池"。

¹²贊(赞⑧贊) [zàn ㄗㄢˋ ⑧dzan³ 讚]
❶同意 ◆ 贊成。❷幫助；輔助 ◆ 贊助。❸贊禮；唱贊 ◆ 贊歌。

¹²贇 [yūn ㄩㄣ ⑧wɐn¹ 溫]
美好。常用於人名。

¹²贈(赠) [zèng ㄗㄥˋ ⑧dzɐŋ⁶ 增⁶]
❶將物品等無償地送給別人 ◆ 贈送｜贈閱｜贈言｜贈答｜饋贈｜捐贈。❷指死後追封爵位名號 ◆ 封贈｜追贈為抗日烈士。

¹³贍(赡) [shàn ㄕㄢˋ ⑧sim⁶ 蟬⁶]
❶供養；供給 ◆ 贍養父母｜以贍國用。❷富足；充足 ◆ 豐贍｜宏贍｜文辭贍麗｜識見高卓，才力富贍。

¹³贏(赢) [yíng ㄧㄥˊ ⑧jiŋ⁴ 仍/jɛŋ⁴ 以成切(語)]
❶賺錢；餘利 ◆ 贏利｜贏餘。❷勝；跟"輸"相對 ◆ 贏家｜贏錢｜這次比賽，贏的可能性很大。❸因成功而獲得 ◆ 贏取｜贏得一片喝彩聲。

¹⁴贓(赃⑧贜) [zāng ㄗㄤ ⑧dzɔŋ¹ 莊]
❶贓物，貪污、受賄或偷盜所得的財物 ◆ 追贓｜賊贓｜贓款｜栽贓陷害｜貪贓枉法｜捉賊要贓，捉姦要雙。❷貪污；受賄 ◆ 贓官污吏｜贓污狼藉。

¹⁴贔 [bì ㄅㄧˋ ⑧bei³ 避]
贔屭。❶用力的樣子。❷傳說中外形像龜的一種動物，舊時大石碑的底座多雕成贔屭狀。

¹⁴贑 同"贛〈一〉"，見683頁左欄。

¹⁴贐(赆) [jìn ㄐㄧㄣˋ ⑧dzœn⁶ 盡]
古代指離別時贈送給遠行人的路費或禮物 ◆ 贐儀。

【貝部】

贖（赎）　[shú ㄕㄨˊ ⑭ suk⁹ 淑]
❶用錢財換回抵押品 ◆ 贖當(dàng)｜贖身。❷繳財物以減免刑罰；用行動抵銷罪過 ◆ 贖免｜立功自贖｜將功贖罪。

贗（赝⑭贋）　[yàn ㄧㄢˋ ⑭ ŋan⁶ 雁]
偽造的；假的 ◆ 贗品｜贗幣｜贗本(假託名家手筆的書畫)。

贛（赣）　〈一〉[gàn ㄍㄢˋ ⑭ gɐm³ 禁]
❶江西的別稱 ◆ 贛劇｜贛南。❷贛江，水名，自南向北，縱貫江西，注入鄱陽湖。
〈二〉[gòng ㄍㄨㄥˋ ⑭ guŋ³ 貢]
❶賜給。❷姓。

赤 部

赤　[chì ㄔˋ ⑭ tsik⁸ 斥⁸/tsɛk⁸ 尺(語)]
❶火的顏色。也泛稱紅色 ◆ 赤紅｜赤小豆｜赤鐵礦｜面紅耳赤。❷忠誠 ◆ 赤誠｜海外赤子｜赤膽忠心。❸光着；裸露(身體) ◆ 赤膊｜赤腳｜赤身裸體。❹空無所有 ◆ 赤貧｜赤手空拳。

赦　[shè ㄕㄜˋ ⑭ sɛ³ 瀉]
免除對犯罪者的刑罰 ◆ 赦罪｜赦免｜大赦。

赧　[nǎn ㄋㄢˇ ⑭ nan⁵ 難⁵]
因慚愧而臉紅 ◆ 赧顏。

赦　古同“赧”，見683頁右欄。

赫　[hè ㄏㄜˋ ⑭ hak⁷ 客⁷]
❶顯明；盛大 ◆ 顯赫｜聲威赫赫｜赫赫有名。❷赫兹的簡稱，頻率單位，1秒鐘振動1次為1赫兹，1秒鐘振動10000次為10000赫兹，符號是Hz。❸姓。

赭　[zhě ㄓㄜˇ ⑭ dzɛ² 者]
紅褐色 ◆ 赭石。

赬（赪⑭頳赬）　[chēng ㄔㄥ ⑭ tsiŋ¹ 清]
紅色 ◆ 赬霞。

赯　[táng ㄊㄤˊ ⑭ tɔŋ⁴ 唐]
紅色(用於人的臉色) ◆ 紫赯臉。

走 部

走　[zǒu ㄗㄡˇ ⑭ dzɐu² 酒]
❶步行，人或鳥獸的腳交互朝前移動 ◆ 走路｜走動｜行走｜走南闖北｜我們快點走。❷跑 ◆ 走馬

觀花｜奔走相告｜丟盔棄甲而走。
❸移動；挪動 ◆ 走棋子｜錶走得很準。❹離開；去 ◆ 她早走了｜還是我走一趟吧。❺指親友間往來 ◆ 走親戚｜走親訪友｜他們兩家走得很勤。❻漏出；泄漏 ◆ 走私｜走漏｜走氣｜走電｜說走了嘴。❼失去原樣 ◆ 走樣｜走調｜跑腔走板｜不要讓茶葉走了香味。

赴 [fù ㄈㄨˋ 粵 fu⁶ 父]
❶往；去；到(某處) ◆ 赴會｜赴京｜赴約｜赴美｜赴湯蹈火。❷投身進去 ◆ 全力以赴。❸訃告；報喪。

² **起** [jiū ㄐㄧㄡ 粵 geu² 九]
起起，健壯威武的樣子 ◆ 雄起起｜起起武夫。

³ **赸** [shàn ㄕㄢˋ 粵 san³ 汕]
尷尬，難為情的樣子 ◆ 搭赸｜赸赸｜赸笑。

³ **起** [qǐ ㄑㄧˇ 粵 hei² 喜]
❶由坐卧而站立或由躺而坐 ◆ 起牀｜起來｜起居｜起身迎接。❷向上升 ◆ 起伏｜起錨｜冉冉而起。❸開始移動位置 ◆ 起飛｜起航｜起身赴香港。❹開始；開端 ◆ 起初｜起因｜起點｜起源｜起頭｜從明天起。❺發生；出現 ◆ 起火｜起痱子｜起壞心｜禍起蕭牆｜狼煙四起。❻發動；興起 ◆ 起兵｜起義｜起事｜揭

竿而起｜勤儉起家。❼興建；建立 ◆ 起樓｜另起爐灶。❽領取；取出 ◆ 起貨｜起護照｜起釘子。❾草擬 ◆ 起草｜起稿。❿表示從何處或從何時開始 ◆ 起止｜起訖｜從何說起｜從頭學起。⓫量詞。件；次 ◆ 兩起事故｜一起火警。⓬羣；批 ◆ 客人來了一起又一起｜貨分兩起運到新加坡。⓭ 在動詞後，跟"來"連用，表示動作開始 ◆ 跳起來｜輕聲唱起來。⓮ 在動詞後，跟"不"、"得"連用。(1)表示力量夠得上或夠不上 ◆ 買得起｜經不起使用。(2)表示達到或達不到某種標準 ◆ 看得起｜瞧不起。

⁵ **越** [yuè ㄩㄝˋ 粵 jyt⁹ 月]
❶渡過；跨過 ◆ 跨越｜翻山越嶺｜越洋求學。❷超出 ◆ 逾越｜越出｜越權｜越境｜越位｜越俎代庖。❸昂揚 ◆ 聲音清越。❹搶奪 ◆ 殺人越貨。❺副詞。表示程度加深 ◆ 越發精神了｜小姑娘越長越好看了。❻春秋時國名，在今江蘇、安徽、江西、浙江一帶，建都會稽(今浙江紹興)，前306年，為楚所滅。❼浙江東部的代稱 ◆ 越劇。❽姓。

⁵ **趄** 〈一〉[qiè ㄑㄧㄝˋ 粵 tsɛ³ 斜³]
傾斜 ◆ 趄坡兒｜趄着身子。
〈二〉[jū ㄐㄩ 粵 tsœy¹ 吹]
❶趑趄。見"趑"，685頁左欄。❷趔趄。見"趔"，685頁左欄。

⁵ **趁** (圖趂) [chèn ㄔㄣˋ 圖tsɐn³ 襯]

❶利用 (時間、機會等) ◆ 趁空|趁早|趁便|趁熱打鐵|趁人之危|趁火打劫。❷方言。掙；擁有 ◆ 趁一大筆財產。

⁵ **超** [chāo ㄔㄠ 圖tsiu¹ 潮¹]

❶高出；越過 ◆ 超過|超羣|超脫|超凡入聖|超塵出俗|超今越古|超然物外。❷越出某種範圍的；不受限制的 ◆ 超級|超人|超現實。

⁶ **趔** [liè ㄌㄧㄝˋ 圖lit⁹ 列]

趔趄，身體歪斜，腳步不穩要跌倒的樣子。

⁶ **趑** (圖趦趀) [zī ㄗ 圖tsi¹ 雌]

趑趄。❶行走困難 ◆ 她腳步趑趄，病得不輕。❷想前進又不敢前進 ◆ 趑趄不前。

⁷ **趙** (赵) [zhào ㄓㄠˋ 圖dziu⁶ 召]

❶戰國時代國名，在今河北南部和山西中部、北部一帶。後為秦國所滅。❷姓。

⁷ **趕** (赶) [gǎn ㄍㄢˇ 圖gon² 桿]

❶追，儘早或及時到達 ◆ 趕集|趕早|趕路|趕快|趕火車|你追我趕|恐怕趕不上了。❷快做；加緊進行 ◆ 趕活兒|趕功課

|趕文章|趕稿子。❸驅逐；驅散 ◆ 趕蚊蠅|趕跑了那個傢伙|喝碗薑湯，趕走寒氣。❹驅策；駕馭 ◆ 趕鴨|趕牲口|趕着一輛馬車。❺遇到 (某種情形)；趁着 (某個時機) ◆ 趕緊|我昨晚去看你，趕巧你不在家|回去晚了，正趕上一場大雨。❻介詞。表示到某個時候 ◆ 趕明兒我來幫你整理。

⁷ **趖** [suō ㄙㄨㄛ 圖sɔ¹ 梭]

❶走。❷指太陽、星斗西移 ◆ 日頭趖西。

⁸ **趣** [qù ㄑㄩˋ 圖tsœy³ 脆]

❶趣向 ◆ 志趣|旨趣高尚。❷使人感到愉快、有意思、有吸引力的特性 ◆ 興趣|樂趣|童趣|情趣|風趣|趣味|相映成趣|自討沒趣。

⁸ **趟** (圖蹚) 〈一〉 [tàng ㄊㄤˋ 圖tɔŋ³ 燙]

❶量詞。指走動的次數 ◆ 看了一趟醫生|去了兩趟廣州|還有一趟去上海的列車。❷方言。量詞。用於成行的東西 ◆ 一趟課桌|一趟欄杆。❸趟兒，指行列 ◆ 年紀大了，跟不上趟兒了！

〈二〉同"蹚"，見693頁左欄。

¹⁰ **趨** (趋) 〈一〉 [qū ㄑㄩ 圖tsœy¹ 吹]

❶快步向前走 ◆ 趨前|趨迎|亦步

亦趨|趨之若鶩。❷迎合；歸附 ◆ 趨奉|趨附|趨炎附勢。❸朝某個方向發展 ◆ 趨向|趨吉避凶|大勢所趨|日趨完善|各方面看法趨於一致。

〈二〉古同"促"，見27頁左欄。

¹⁴ **趯** [tì ㄊㄧˋ ⑧ tik⁷ 惕]
❶跳躍。❷踢。

¹⁹ **趲** (趲⑧趲) [zǎn ㄗㄢˇ ⑧ dzan² 盞]
趕(路)；快走 ◆ 趲程|趲行|星夜趲路。

足 部

⁰ **足** [zú ㄗㄨˊ ⑧ dzuk⁷ 竹/dzy³ 注]
❶腳 ◆ 足球|足跡|手舞足蹈|手足之情|畫蛇添足|百足之蟲，死而不僵。❷器物下面像足的支撐部分 ◆ 鼎足之勢。❸滿；足夠；充分 ◆ 充足|滿足|心滿意足|豐衣足食|足知多謀|人無完人，金無足赤。❹夠得上；值得 ◆ 微不足道|何足掛齒。

² **趴** [pā ㄆㄚ ⑧ pa¹ 扒]
❶胸腹向下臥倒 ◆ 他趴在地上瞄準靶心。❷身體向前靠在物體上 ◆ 趴在桌上看書|她累壞了，趴在牀上歇了好一會。

³ **趵** 〈一〉[bào ㄅㄠˋ ⑧ bau³ 爆/pau³ 豹 (語)]
跳躍 ◆ 趵突泉(泉名，在山東濟南)。

〈二〉[bō ㄅㄛ ⑧ 同〈一〉]
趵趵，象聲詞。腳踏地的聲音。

⁴ **趼** [jiǎn ㄐㄧㄢˇ ⑧ gin² 塞]
手掌與腳掌上因摩擦而生的硬皮 ◆ 趼子|老趼。

⁴ **趺** [fū ㄈㄨ ⑧ fu¹ 夫]
❶同"跗"。腳背 ◆ 趺坐|一尊白瓷的赤着雙趺的菩薩像。❷同"俯"。趺下；趺伏。

⁴ **跂** 〈一〉[qí ㄑㄧˊ ⑧ kei⁴ 其]
❶多生出的腳趾。❷蟲子爬行的樣子 ◆ 跂行。

〈二〉[qǐ ㄑㄧˇ ⑧ kei⁵ 企]
❶盼望；向往；企求。❷踮起腳跟。❸指基礎。

⁴ **趾** [zhǐ ㄓˇ ⑧ dzi² 止]
❶腳指頭 ◆ 足趾|趾骨。❷腳 ◆ 趾高氣揚。

⁴ **趹** [yuè ㄩㄝˋ ⑧ jyt⁹ 月]
古代的一種刑罰，即把腳砍掉。也作"刖"。

⁴ **趿** [tā ㄊㄚ ⑧ sap⁸ 圾]
趿拉，將鞋後幫踩在腳跟下 ◆ 懶洋洋地趿拉着一雙鞋。

⁵**跖** [zhí ㄓˊ ⑧ dzɛk⁸ 炙]
同“蹠”。用作人名。如春秋時有柳下跖（盜跖）。

⁵**跋** [bá ㄅㄚˊ ⑧ bɐt⁹ 拔]
❶翻越山嶺 ◆ 跋山涉水｜長途跋涉。❷文體的一種，寫在文章或書籍等的後面，多用來評介內容或説明寫作經過等，篇幅不長 ◆ 跋文｜序跋｜題跋。

⁵**距** [jù ㄐㄩˋ ⑧ kœy⁵ 拒]
❶離開，距離 ◆ 相距很近｜距此處三四十米遠｜距今已有二千多年了。❷雄雞、雉等的爪後突出如腳趾的部分。

⁵**跌** [diē ㄉㄧㄝ ⑧ dit⁸ 秩⁸]
❶摔倒 ◆ 跌跤｜跌倒｜跌跌撞撞｜爬得高，跌得重。❷（物體）從高處落下 ◆ 一失手，把盤子跌得粉碎｜風箏飛起不久，就跌到了草地上。❸價格、數值、情緒、音調等往下降 ◆ 股價狂跌｜水位下跌｜文章跌宕起伏。

⁵**跗** [fū ㄈㄨ ⑧ fu¹ 夫]
❶腳背 ◆ 跗面｜跗骨｜跗蹠。❷泛指條狀物的末端 ◆ 劍跗｜筆跗。

⁵**跥** [tuò ㄊㄨㄛˋ ⑧ tɔk⁸ 託]
跥弛，放縱不羈 ◆ 跥弛之材。

⁵**胝** 同“胼”，見554頁右欄。

⁵**跚** [shān ㄕㄢ ⑧ san¹ 山]
蹣跚。見“蹣”，692頁右欄。

⁵**跑** 〈一〉[pǎo ㄆㄠˇ ⑧ pau² 拋²]
❶快步前進；奔 ◆ 跑步｜跑馬｜奔跑｜飛跑｜小跑｜長跑比賽。❷走 ◆ 趕跑｜跑出門｜跑了一天，總算找到了他。❸逃走 ◆ 別讓他跑了｜跑得了和尚，跑不了廟。❹為某種事務而奔走活動 ◆ 跑碼頭｜跑外勤｜跑生意｜文官動動嘴，武官跑斷腿。❺泄漏 ◆ 跑電｜跑油｜底片跑光，不能使用了。❻離開 ◆ 風把手帕吹跑了｜這篇作文跑了題，所以不能及格。
〈二〉[páo ㄆㄠˊ ⑧ pau⁴ 刨]
走獸、牲口用足刨地 ◆ 跑槽｜虎跑泉（在浙江杭州）。

⁵**跎** [tuó ㄊㄨㄛˊ ⑧ tɔ⁴ 駝]
蹉跎。見“蹉”，692頁右欄。

⁵**跏** [jiā ㄐㄧㄚ ⑧ ga¹ 加]
跏趺，佛教徒的一種坐法。以雙腳背分別放在另一條大腿上 ◆ 跏趺靜坐。

⁵**跛** [bǒ ㄅㄛˇ ⑧ bɔ² 波²/bɐi¹ 閉¹(語)]
腿腳有毛病；瘸腿 ◆ 跛腳｜跛足｜跛行。

跬 [kuǐ ㄎㄨㄟˇ 📖 kwɐi² 規²]
古代稱人行走，舉足兩次為步，舉足一次為跬。跬為一抬腳的距離，即半步 ◆ 跬步不離|不積跬步，無以至千里。

跫 [qióng ㄑㄩㄥˊ 📖 kuŋ⁴ 窮]
腳步聲 ◆ 足音跫然。

跨 [kuà ㄎㄨㄚˋ 📖 kwa¹ 誇/kwa³ 誇³]
❶向前或向旁邊邁步 ◆ 跨過門檻。❷兩腿分開或坐立；騎 ◆ 跨馬|跨在摩托車上。❸超越某一個界限 ◆ 跨省|跨行業|跨國公司|跨世紀工程|大橋橫跨江上。❹附在旁邊 ◆ 跨院。

趾 〈一〉[cǐ ㄘˇ 📖 tsi² 此]
❶踏；踩 ◆ 趾梯子爬高|腳趾着大門檻兒。❷抬起腳跟，腳尖着地。
〈二〉[cī ㄘ 📖 同〈一〉]
腳站立未穩而滑動 ◆ 腳一趾，險些跌倒|她不顧泥濘，一趾一滑地趕來看我。

踳 [zhuǎi ㄓㄨㄞˇ 📖 jɐi⁶ 義毅切]
身體肥胖不靈活，走路左右搖擺 ◆ 小胖子走路一踳一踳的。

跣 [xiǎn ㄒㄧㄢˇ 📖 sin² 冼]
光着腳 ◆ 科頭跣足|被 (pī) 髮跣足。

跲 [jiá ㄐㄧㄚˊ 📖 gap⁸ 甲]
❶受阻礙。❷牽絆。

跳 [tiào ㄊㄧㄠˋ 📖 tiu⁴ 條/tiu³ 跳 (語)]
❶兩腳用力使身體離地向上或向前 ◆ 跳高|跳遠|跳躍|跳水|跳跳蹦蹦|歡蹦亂跳。❷物體向上彈起 ◆ 球剛打足氣，一跳老高。❸一起一伏地動 ◆ 心跳|眼皮跳|脈搏跳得很快。❹越過；超越 ◆ 跳級|跳過這一段，你往下看。

跺 [duò ㄉㄨㄛˋ 📖 dɔ² 躲]
頓足，提起腳來用力踏。是生氣、焦急、憤恨時的動作 ◆ 跺地|氣得直跺腳。

跪 [guì ㄍㄨㄟˋ 📖 gwɐi⁶ 櫃]
屈膝；使膝蓋着地 ◆ 跪拜|跪下|下跪求饒。

路 [lù ㄌㄨˋ 📖 lou⁶ 露]
❶道；往來通行的途徑 ◆ 路攤|道路|鐵路|水路|路不拾遺|宋 陸游《遊山西村》詩："山重水複疑無路，柳暗花明又一村。"❷路線；線路 ◆ 兵分兩路|電路故障|五路公共汽車。❸思想、行動的方向、途徑 ◆ 生路|走正路|思路清晰|走投無路|廣開言路|必由之路。❹方面；地區 ◆ 南路貨|這批西瓜是外路來的|建造大橋的各路人馬都已到齊。❺種類；等次 ◆

二路貨｜都是一路貨色。

⁶跡 (®迹蹟)

[jì ㄐㄧˋ ⑧ dzik⁷ 積]

❶腳印或留下的印痕 ◆ 足跡｜蹤跡｜痕跡｜印跡｜筆跡｜銷聲匿跡｜蛛絲馬跡。❷前人留下的事物 ◆ 古跡｜遺跡｜陳跡｜劣跡｜勝跡。❸跡象 ◆ 跡近違抗｜形跡可疑。

⁶跤

[jiāo ㄐㄧㄠ ⑧ gau¹ 交]
跟頭 ◆ 摔跤｜跌跤。

⁶跟

[gēn ㄍㄣ ⑧ gɐn¹ 斤]
❶腳的後部 ◆ 腳跟｜足跟。❷泛指物體底部或後部 ◆ 鞋跟｜襪後跟｜高跟鞋。❸追隨；緊接着 ◆ 跟我來｜跟着又上來一道點心。❹舊時指婦女嫁人 ◆ 跟人｜我十八歲上跟了他。❺連詞。和；同 ◆ 我跟她是中學同學。❻介詞。對；向 ◆ 他已經跟我説了。

⁷踁

同"脛"，見557頁右欄。

⁷踅

[xué ㄒㄩㄝˊ ⑧ dzyt⁹ 絕]
❶盤旋；來回亂轉 ◆ 羣鴉在空中打踅，天已經黑了。❷中途折回 ◆ 踅轉身，他又走了回來。

⁷跟

〈一〉[liàng ㄌㄧㄤˋ ⑧ lœŋ⁶ 亮/lɔŋ⁴ 狼]
跟蹌，形容跌跌撞撞，走路不穩。

也作"跟蹡" ◆ 腳步跟蹌，差點摔倒。
〈二〉[liáng ㄌㄧㄤˊ ⑧ lœŋ⁴ 良]
跳跟，跳跳蹦蹦 ◆ 跳跟大叫。

⁷跔

[jú ㄐㄩˊ ⑧ guk⁹ 局]
❶彎曲；收縮 ◆ 褲腳跔上去了，這樣穿着很不舒服。❷跔蹐。也作"局蹐"。(1) 畏縮不安的樣子。(2) 狹隘；不舒展。

⁷跽

[jì ㄐㄧˋ ⑧ gei⁶ 忌]
兩膝着地，上身挺直的姿勢，也稱長跪 ◆ 跽坐。

⁷踊

[yǒng ㄩㄥˇ ⑧ juŋ¹ 湧]
❶"踴"的本字。❷"踴"的簡體字。

⁸踖

[jí ㄐㄧˊ ⑧ dzik⁷ 即]
踧踖。見"踧"，690頁左欄。

⁸踦

〈一〉[qī ㄑㄧ ⑧ kei¹ 崎]
❶一隻腳；跛足。❷偏重一面。
〈二〉[jī ㄐㄧ ⑧ gei² 己]
❶單隻；單數。❷孤獨。
〈三〉[yǐ ㄧˇ ⑧ ji² 倚]
抵住。

⁸踐 (践)

[jiàn ㄐㄧㄢˋ ⑧ tsin⁵ 前⁵]
❶踩；踏 ◆ 踐踏。❷履行；實行 ◆ 踐約｜實踐｜履踐｜以踐前言。

8 **踧** 〈一〉[cù ㄘㄨˋ [粵] dzuk^{7} 捉] 踧踖，恭敬而侷促不安的樣子。
〈二〉[dí ㄉㄧˊ [粵] dik^{9} 迪] 踧踧，平坦的樣子。

8 **踔** [chuō ㄔㄨㄛ [粵] tsœk^{8} 綽] ❶踢◆以足踔之。❷跳◆踔騰|踔厲風發。❸超越◆踔絕。

8 **踝** [huái ㄏㄨㄞˊ [粵] wa^{5} 華^{5}] 腳腕兩旁突起的部分◆踝骨|腳踝。

8 **踢** [tī ㄊㄧ [粵] tɛk^{8} 他歷切] 用腳或蹄子觸擊◆踢足球|一腳踢開|他被那匹馬狠狠踢了一下。

8 **踏** 〈一〉[tà ㄊㄚˋ [粵] dap^{9} 沓] ❶用腳踩◆踐踏|踏水|踏青|踏着月光|踏自行車|大踏步向前走去。❷指親自在現場查看◆踏看|踏勘。
〈二〉[tā ㄊㄚ [粵] 同〈一〉] 踏實。也作"塌實"。❶切實；不虛浮◆做事踏實，穩妥。❷(情緒)安定，不擔憂◆心裏很踏實。

8 **䠊** 同"剕"，見56頁左欄。

8 **踟** [chí ㄔˊ [粵] tsi^{4} 池] 踟躕，心中猶豫，要走不走的樣子，也作"踟躇"。

8 **踒** [wō ㄨㄛ [粵] wɔ^{1} 窩] 肢體猛折而筋骨受傷◆穿高跟鞋，不小心踒傷了腳。

8 **踩** ([異]跴) [cǎi ㄘㄞˇ [粵] tsai^{2} 踹] 用腳踏在地面或物體上◆踩踏|踩三輪車|踩縫紉機|一腳踩在了水裏。

8 **踮** [diǎn ㄉㄧㄢˇ [粵] dim^{3} 店] ❶提起腳跟，用腳尖着地◆踮起腳，向公路的那一頭張望。❷方言。跛足人走路用腳尖點地◆踮腳。

8 **踣** [bó ㄅㄛˊ [粵] bak^{9} 白/fɐu^{6} 復] ❶向前跌倒◆屢踣屢起。❷毀壞；敗亡◆踣其國家。

8 **踫** 〈一〉[pán ㄆㄢˊ [粵] pin^{4} 片^{4}] ❶赤腳渡水。❷方言。爬行。
〈二〉同"碰"，見474頁右欄。

8 **踡** [quán ㄑㄩㄢˊ [粵] kyn^{4} 拳] 身體彎曲不伸直◆踡局（也作"蜷跼"）。

8 **踞** [jù ㄐㄩˋ [粵] gœy^{3} 句] ❶蹲或坐◆箕踞|踞坐|龍

蟠虎踞。❷佔據 ◆ 盤踞。❸倚靠 ◆ 三面踞山,一面臨湖。

⁹**踳** [chǔn ㄔㄨㄣˇ ⑧tsyn² 喘]
踳駁,錯謬雜亂;踳雜 ◆ 這本書議論踳駁處不少,質量不高。

⁹**蹀** [dié ㄉㄧㄝˊ ⑧dip⁹ 蝶]
蹀躞,小步走;徘徊 ◆ 蹀躞於深夜的街頭。

⁹**踖** [chǎ ㄔㄚˇ ⑧tsa¹ 差]
踩;在泥濘中走 ◆ 踖雨|踖泥|一雙布鞋都踖濕了。

⁹**蹙**(⑧跨跣) [chěn ㄔㄣˇ ⑧tsɐm² 寢]
蹙踔,跳着走。

⁹**踒** [wǎi ㄨㄞˇ ⑧wai² 歪²]
指手足扭傷 ◆ 一不小心,踒痛了腳。

⁹**踹** [chuài ㄔㄨㄞˋ ⑧tsai² 踩]
❶用腳底向外猛踢 ◆ 一腳踹開了門。❷踩 ◆ 不小心一腳踹在了泥水裏。

⁹**踵** [zhǒng ㄓㄨㄥˇ ⑧dzuŋ² 總]
❶腳後跟 ◆ 舉踵|摩肩接踵|接踵而至|摩頂放踵。❷親自到 ◆ 踵門道謝|踵門致歉。❸跟隨;繼承 ◆ 踵其後|踵事增華。

⁹**踽** [jǔ ㄐㄩˇ ⑧gœy² 舉]
踽踽,形容獨自走路孤零零的樣子 ◆ 踽踽獨行。

⁹**踰** 同"逾",見712頁右欄。

⁹**踱** [duó ㄉㄨㄛˊ ⑧dɔk⁹ 度]
慢步行走 ◆ 踱方步|踱來踱去|閒步踱到荷花池邊。

⁹**蹄**(⑧蹏) [tí ㄊㄧˊ ⑧tɐi⁴ 提]
❶馬、牛、羊、豬等生在趾端的角質保護物。❷指趾端生有角質保護物的動物的腳 ◆ 豬蹄兒|馬不停蹄|唐孟郊《登科後》詩:"春風得意馬蹄疾,一日看盡長安花。"

⁹**蹁** [pián ㄆㄧㄢˊ ⑧pin⁴ 駢]
蹁躚,形容旋轉的舞姿 ◆ 舞步蹁躚。

⁹**踺** [jiàn ㄐㄧㄢˋ ⑧gin⁶ 健]
踺子、體操等運動中的一種翻身動作。

⁹**踴**(踊) [yǒng ㄩㄥˇ ⑧juŋ⁵ 勇]
❶往上跳 ◆ 踴躍。❷指上漲 ◆ 物價騰踴,生計日艱。

⁹**蹂** [róu ㄖㄡˊ ⑧jɐu⁴ 由/jɐu⁵ 友]
蹂躪,踐踏;用腳踩。比喻

用暴力侮辱、侵害、欺壓、摧殘他人 ◆ 決不讓敵寇肆意蹂躪我們的同胞。

10 **蹋** [tà ㄊㄚˋ [粵] dap⁹ 踏]
❶踏；踩。❷踢 ◆ 蹋鞠。

10 **蹐** [jí ㄐㄧˊ [粵] dzik⁸ 即⁸/dzɛk⁸ 隻]
走小步 ◆ 蹐步｜跼天蹐地。

10 **蹈** [dǎo ㄉㄠˇ [粵] dou⁶ 道]
❶跳；用腳踏地 ◆ 舞蹈｜手舞足蹈。❷踩上；踏入 ◆ 赴湯蹈火｜自蹈死地｜蹈海自盡。❸遵循；實行 ◆ 循規蹈矩｜蹈襲前人，缺少獨創意識。

10 **蹊** 〈一〉[xī ㄒㄧ [粵] hɐi⁴ 兮]
小路 ◆ 獨闢蹊徑｜桃李不言，下自成蹊。
〈二〉[qī ㄑㄧ [粵] kɐi¹ 溪]
蹊蹺，事情奇怪，可疑。也作"蹺蹊" ◆ 發生了一件蹊蹺事。

10 **蹌** (跄) [qiàng ㄑㄧㄤˋ [粵] tsœŋ³ 唱]
❶蹌踉，同"踉蹌"。見"踉"，689頁左欄。❷蹌蹌，走路有節奏的樣子。也作"蹡蹡"。

10 **蹓** 〈一〉[liù ㄌㄧㄡˋ [粵] lɐu⁶ 漏]
蹓躂，散步；慢慢地走。也作"遛達"、"溜達"。
〈二〉[liū ㄌㄧㄡ [粵] lɐu⁴ 留]
❶滑行。❷悄悄走開。

10 **蹉** [cuō ㄘㄨㄛ [粵] tsɔ¹ 初]
❶蹉跎，虛度光陰 ◆ 歲月蹉跎｜蹉跎了大好年華。❷蹉跌，失足跌倒，比喻意外的差錯 ◆ 經過這一番蹉跌，他增長了閱歷。

10 **蹇** [jiǎn ㄐㄧㄢˇ [粵] gin² 堅²/dzin² 剪(語)]
❶跛；瘸 ◆ 蹇足。❷遲鈍；不順利 ◆ 吐辭蹇澀，不善於説話｜命蹇時乖，做什麼都不順利。❸指駑馬，也指驢。❹《周易》六十四卦之一。❺姓。

10 **蹍** [zhǎn ㄓㄢˇ/niǎn ㄋㄧㄢˇ (舊) [粵] dzin² 展]
踩；踹。

11 **蹣** (蹒[異]⿰足般⿺足般)
[pán ㄆㄢˊ [粵] pun⁴ 盤]
蹣跚。❶走路緩慢，左右搖擺 ◆ 步履蹣跚。❷走路一瘸一拐 ◆ 他拖着殘疾的左腿，蹣跚地走着。

11 **蹔** 同"暫"，見296頁左欄。

11 **蹧** [zāo ㄗㄠ [粵] dzou¹ 租]
同"糟"。❶作踐；浪費 ◆ 蹧踏。❷壞。

11 **蹙** [cù ㄘㄨˋ ⑧ tsuk⁷ 促/dzuk⁷ 捉]

❶急迫；困窘 ◆ 窮蹙｜政事漸蹙。

❷皺起；收縮 ◆ 蹙眉｜眉尖緊蹙。

❸減少；縮小 ◆ 國土日蹙，淪喪於敵手。

11 **蹚** [tāng ㄊㄤ ⑧ tɔŋ¹ 湯]

❶從淺水中走過去 ◆ 蹚過小河，來到對岸。❷用鋤、耙等翻土除草 ◆ 蹚地。

11 **蹕** (趩) [bì ㄅㄧˋ ⑧ bɐt⁷ 畢]

❶帝王出行時清道，禁止行人往來通過 ◆ 警蹕｜出警入蹕。❷指帝王出行的車駕 ◆ 駐蹕。

11 **蹦** [bèng ㄅㄥˋ ⑧ bɐŋ¹ 崩]

兩腳併攏着往上跳 ◆ 蹦跳｜歡蹦亂跳｜一蹦老高｜一羣蹦蹦跳跳的小朋友。

11 **蹤** (⑧踪) [zōng ㄗㄨㄥ ⑧ dzuŋ¹ 宗]

❶行動留下的腳印 ◆ 蹤跡｜蹤影｜失蹤｜跟蹤｜影蹤｜萍蹤浪跡｜唐柳宗元《江雪》詩：“千山鳥飛絕，萬徑人蹤滅。”❷追隨；繼承 ◆ 繼蹤前賢｜他的山水畫，可以追蹤古人。

11 **蹠** [zhí ㄓˊ ⑧ dzɛk⁸ 隻]

❶腳面上接近腳趾的部分。❷腳；腳掌。❸踩；踏。

11 **蹢** 〈一〉[dí ㄉㄧˊ ⑧ dik⁷ 的]

獸蹄。

〈二〉[zhí ㄓˊ ⑧ dzak⁹ 宅/dzik⁹ 值]

蹢躅，徘徊不進的樣子。

11 **蹤** [shuāi ㄕㄨㄞ ⑧ sœt⁷ 恤]

同“摔”。身體失去平衡而跌跤 ◆ 蹤跤｜蹤跟頭。

12 **蹡** 〈一〉[qiāng ㄑㄧㄤ ⑧ tsœŋ¹ 槍]

蹡蹡，同“蹌蹌”。見“蹌”，692頁左欄。

〈二〉[qiàng ㄑㄧㄤˋ ⑧同〈一〉]

蹡蹌，同“蹌跟”、“跟蹌”。見“跟”，689頁左欄。

12 **蹺** (蹻) [qiāo ㄑㄧㄠ ⑧ hiu¹ 囂]

❶腳後跟抬起 ◆ 把腳蹺在小凳子上。❷抬起腿 ◆ 蹺着二郎腿。❸豎起指頭 ◆ 蹺起大拇指，不住地稱讚。❹指高蹺(一種化妝的，踩着有踏腳裝置的木棍進行表演的遊藝項目)。❺跛 ◆ 他一條腿有病，走路一蹺一拐。

12 **蹶** 〈一〉[jué ㄐㄩㄝˊ ⑧ kyt⁸ 決]

❶跌倒；摔跤。❷比喻挫折、失敗 ◆ 一蹶不振。

〈二〉[juě ㄐㄩㄝˇ ⑧同〈一〉]

尥蹶子，騾、馬等跳起用後腿向後面踢。

12 **歷** 同“蹶”，見693頁右欄。

12 **蹽** [liāo ㄌㄧㄠ 粵liu⁴ 聊]
方言。❶跑；快走 ◆ 連奔帶跑，一口氣蹽出二十里地。❷偷偷地走開；溜走。

12 **躇** [chú ㄔㄨˊ 粵tsy⁴ 廚]
躊躇。見“躊”，695頁左欄。

12 **蹼** [pǔ ㄆㄨˇ 粵buk⁷ 瀑⁷]
鴨、龜、青蛙、水獺等動物腳趾中間的薄膜，用於划水。

12 **蹩** [bié ㄅㄧㄝˊ 粵bit⁹ 別]
❶腳腕或手腕扭傷 ◆ 蹩傷了腳。❷蹩腳，方言。指質量不好，本領不強 ◆ 蹩腳貨｜手藝蹩腳。

12 **蹻** 〈一〉[jiǎo ㄐㄧㄠˇ 粵giu² 矯/kœk⁹ 卻⁹]
蹻蹻。❶強壯勇武的樣子。❷驕傲的樣子。
〈二〉[jué ㄐㄩㄝˊ 粵gœk⁸ 腳]
同“屩”。草鞋。
〈三〉“蹺”的異體字。

12 **蹯** [fán ㄈㄢˊ 粵fan⁴ 凡]
獸類的腳掌 ◆ 熊蹯。

12 **蹴** (粵蹵) [cù ㄘㄨˋ 粵tsuk⁷ 促/dzuk⁷ 竹]
❶踢 ◆ 蹴鞠（古代稱踢球）。❷踏 ◆ 一蹴而至｜一蹴而就。

12 **蹾** [dūn ㄉㄨㄣ 粵dœn¹ 敦]
方言。重重地往地下放 ◆ 請注意輕放，別蹾着，箱子裏是瓷器。

12 **蹲** 〈一〉[dūn ㄉㄨㄣ 粵dœn¹ 敦]
❶兩腿彎曲如坐，而臀部不着地 ◆ 做這個動作，必須蹲下去，雙手平舉。❷指閒居在家或呆在某處 ◆ 整天蹲在家裏看書｜老人依舊蹲在那個村子裏。
〈二〉[cún ㄘㄨㄣˊ 粵tsyn⁴ 存]
方言。腿、腳猛然落地受傷 ◆ 下山時不留神蹲了腿。

12 **蹭** [cèng ㄘㄥˋ 粵tsɐŋ³ 曾³]
❶摩擦 ◆ 蹭癢癢｜手上蹭破了一塊皮。❷因擦過而沾上 ◆ 衣服上蹭了不少機油。❸不花代價而得到 ◆ 聽蹭戲｜到老朋友家蹭一頓飯。❹行動拖拉，緩慢 ◆ 動作快點，不要磨蹭｜他老是磨磨蹭蹭的｜走不動，一點一點往前蹭。❺蹭蹬，遭受挫折，困頓失意。

12 **蹬** 〈一〉[dèng ㄉㄥˋ 粵dɐŋ⁶ 鄧]
蹭蹬。見“蹭”，694頁右欄。
〈二〉[dēng ㄉㄥ 粵dɐŋ¹ 燈]
踩；踏；腿腳向腳底方向用力 ◆ 蹬腿｜蹬了那人一腳｜靠蹬三輪兒生活。

13 **躉**(趸) [dǔn ㄉㄨㄣˇ ㊕dɐn² 燉²]
❶整批 ◆ 躉賣|躉批。❷整批地買進 ◆ 躉貨|現躉現賣。❸方言詞。擁躉，支持者；擁戴者。

13 **躂**(跶) [da·ㄉㄚ ㊕tat⁸ 撻] 蹓躂。見"蹓"，692頁左欄。

13 **躁** [zào ㄗㄠˋ ㊕tsou³ 燥] 性急；不冷靜 ◆ 急躁|暴躁|焦躁|不驕不躁。

13 **躅** ‹一›[zhú ㄓㄨˊ ㊕dzuk⁹ 俗] 躑躅。見"躑"，695頁右欄。
‹二›[zhuó ㄓㄨㄛˊ ㊕同‹一›] 足跡；蹤跡。

13 **躈** [qiào ㄑㄧㄠˋ ㊕hiu³ 竅] 牲畜的肛門。

13 **躃** 同"躄"，見695頁左欄。

13 **躄** [bì ㄅㄧˋ ㊕bik⁷ 碧] ❶兩腿瘸 ◆ 躄者。❷向前跌倒。

14 **躊**(踌) [chóu ㄔㄡˊ ㊕tsɐu⁴ 囚]
躊躇。❶猶豫不決 ◆ 他躊躇了半天。❷徘徊不前的樣子 ◆ 躊躇不前。❸從容自得的樣子 ◆ 躊躇滿志。

14 **躋**(跻) [jī ㄐㄧ ㊕dzɐi¹ 擠] 上升；登 ◆ 躋攀科學高峯|躋身於著名翻譯家之列。

14 **躍**(跃) [yuè ㄩㄝˋ ㊕jœk⁹ 若]
❶跳 ◆ 跳躍|騰躍|雀躍|龍騰虎躍|一躍而起|海闊憑魚躍，天高任鳥飛。❷比喻極快地前進 ◆ 飛躍|躍進。❸躍然，形容活生生地顯現出 ◆ 躍然紙上。❹躍躍，急於要行動的樣子 ◆ 躍躍欲試。

15 **躓**(踬) [zhì ㄓˋ ㊕dzi³ 至] ❶被東西絆倒。❷比喻不順利，遭受挫折 ◆ 顛躓一生，到老年才得以安享幸福。

15 **躕**(㊖蹰) [chú ㄔㄨˊ ㊕tsy⁴ 廚]
踟躕。見"踟"，690頁左欄。

15 **躔** [chán ㄔㄢˊ ㊕tsin⁴ 前] ❶獸的足跡。❷泛指足跡；經歷。❸日月星辰等天體的運行。

15 **躑**(踯) [zhí ㄓˊ ㊕dzak⁹ 摘/dzik⁹ 值]
躑躅，徘徊不前。也作"蹢躅"◆ 一個人躑躅於街頭。

15 **躒** ‹一›[lì ㄌㄧˋ ㊕lik⁹ 歷] 走動。
‹二›[luò ㄌㄨㄛˋ ㊕lɔk⁹ 落]

卓躒，才能品德優異不凡 ◆ 英才卓躒。

15
躐 [liè ㄌㄧㄝˋ ⊜lip⁹ 獵]
❶逾越 ◆ 躐進|躐遷|學不躐等。❷踐踏；踩。

16
躚(跹) [xiān ㄒㄧㄢ ⊜sin¹ 仙]
蹁躚。見"蹁"，691頁右欄。

17
躞 [xiè ㄒㄧㄝ ⊜sip⁸ 攝]
蹀躞。見"蹀"，691頁左欄。

18
躡(蹑) [niè ㄋㄧㄝˋ ⊜nip⁹ 聶]
❶踩；踏 ◆ 躡足其間。❷追隨；跟蹤 ◆ 追躡|躡其蹤跡。❸放輕腳步，動作小心地走 ◆ 躡手躡腳。

18
躥(蹿) [cuān ㄘㄨㄢ ⊜tsyn¹ 村]
❶向上跳 ◆ 躥房越脊|身子往上一躥，猛扣一球|火勢很大，轉眼躥上了三樓。❷方言。噴射 ◆ 躥火|鼻子躥血|肚子不好，躥稀。

19
躦(躜) [zuān ㄗㄨㄢ ⊜dzyn¹ 專]
向上或向前衝。

20
躪(躏) [lìn ㄌㄧㄣˋ ⊜lœn⁶ 論]
蹂躪。見"蹂"，691頁右欄。

20
躩 [jué ㄐㄩㄝˊ ⊜kwɔk⁸ 廓/gwɔk⁸ 國]
❶跳躍 ◆ 猿躩鳶飛。❷快步走 ◆ 躩步。

身 部

0
身 [shēn ㄕㄣ ⊜sɐn¹ 辛]
❶人或動物的軀體 ◆ 全身|上身|身體|轉過身來。❷物體的主要部分 ◆ 河身|船身|機身|車身需要洗一洗。❸生命 ◆ 奮不顧身|以身殉職。❹親自；本人 ◆ 身臨其境|身體力行|以身作則|設身處地。❺指人的品德、才能、地位 ◆ 修身|身分|出身|立身處世|修身養性|身敗名裂。❻身兒，量詞。專用於指全身的衣服 ◆ 新做了身兒夏裝。

3
躭 [léng ㄌㄥˊ ⊜liŋ⁴ 零]
身體瘦小；矮小 ◆ 那細躭的身體不停地發抖。

3
躬(躳) [gōng ㄍㄨㄥ ⊜guŋ¹ 弓]
❶身體；自身 ◆ 反躬自問。❷親自 ◆ 躬行|躬耕|事必躬親|躬逢其盛。❸彎曲身體 ◆ 躬身下拜。

4
躭 同"耽"，見548頁右欄。

⁶ 躯 [huàng ㄏㄨㄤˋ ⑧fɔŋ² 訪]
同“晃”。搖晃；搖擺。

⁶ 躱 [duǒ ㄉㄨㄛˇ ⑧dɔ² 朵]
避開；隱藏 ◆ 躱避｜躱開｜躱藏｜躱雨｜明槍易躱，暗箭難防。

⁸ 躺 [tǎng ㄊㄤˇ ⑧tɔŋ² 倘]
身體平臥在牀或其他地方，也指長的物件橫倒在地上 ◆ 躺倒｜平躺｜躺椅｜自行車躺在地上了。

¹¹ 軀(躯) [qū ㄑㄩ ⑧kœy¹ 拘]
身體 ◆ 軀體｜軀殼｜身軀｜病軀｜七尺之軀｜為國捐軀。

¹² 軃 同“嚲”，見116頁左欄。

車 部

⁰ 車(车) 〈一〉[chē ㄔㄜ ⑧tsɛ¹ 奢]
❶陸地上有輪子的交通工具 ◆ 汽車｜火車｜自行車｜摩托車｜裝甲車｜車如流水馬如龍。❷用輪軸來轉動的器械和機器 ◆ 風車｜水車｜紡車｜衣車｜機車｜車間。❸用帶輪軸的器械或機器做活 ◆ 車水｜車零件。❹姓。
〈二〉[jū ㄐㄩ ⑧gœy¹ 居]
象棋棋子 ◆ 車馬炮｜丟卒保車。

¹ 軋(轧) 〈一〉[yà ㄧㄚˋ ⑧at⁸/ŋat⁸ 壓]
❶碾；滾壓 ◆ 軋棉花｜將馬路軋平。❷排擠 ◆ 傾軋。❸象聲詞。機器開動的聲音 ◆ 機聲軋軋。
〈二〉[zhá ㄓㄚˊ ⑧同〈一〉]
把鋼坯壓成一定形狀 ◆ 冷軋。
〈三〉[gá ㄍㄚˊ ⑧同〈一〉]
方言。❶擠 ◆ 軋車｜馬路上人軋人。❷擁擠 ◆ 人太多，太軋，慢一點走！❸結交 ◆ 軋朋友。❹查對賬目 ◆ 軋賬｜軋平數字。

² 軌(轨) [guǐ ㄍㄨㄟˇ ⑧gwɐi² 鬼]
❶車子兩輪間的距離，也指車轍 ◆ 車同軌，書同文。❷軌道，一定的路線。特指鋪設軌道的鋼條 ◆ 路軌｜鋼軌｜鐵軌｜火車出軌｜有軌電車。❸比喻應該遵循的規矩、秩序、法度 ◆ 越軌｜步入正軌。

² 軍(军) [jūn ㄐㄩㄣ ⑧gwɐn¹ 君]
❶軍隊，武裝部隊 ◆ 軍官｜軍事｜空軍｜軍令如山｜軍法從事｜軍中無戲言。❷軍隊的編制單位，一軍統轄若干師 ◆ 三軍｜軍長｜軍部。

³ 軒(轩) [xuān ㄒㄩㄢ ⑧hin¹ 牽]
❶古代一種有帷幕而前頂較高的車子。❷古代車子前高後低叫軒，前低後高叫輊，因借指高 ◆ 軒昂｜軒

然|不分軒輊。❸指有窗的長廊或小室 ◆ 唐孟浩然《過故人莊》詩："開軒面場圃，把酒話桑麻。"

³軑(軑) [dài ㄉㄞˋ ⑧dai⁶ 大]
古代指車轂端的圓管狀帽蓋。也指車輪。

³軔(轫⑧軔) [rèn ㄖㄣˋ ⑧jen⁶ 刃]
古代車輛上用來剎住車輪的木頭，啟動時必須抽去 ◆ 軔車|發軔。

⁴軛(轭) [è ㄜˋ ⑧ak⁷/ŋak⁷ 於格切]
牲畜拉東西時架在脖子上的器具 ◆ 車軛。

⁴軟(软⑧輭) [ruǎn ㄖㄨㄢˇ ⑧jyn⁵ 遠]
❶柔；指物體受外力後容易改變外形。跟"硬"相對 ◆ 柔軟|鬆軟|軟木|軟糖。❷柔和 ◆ 軟風|軟磨|軟話|軟語。❸軟弱 ◆ 腿腳痠軟|欺軟怕硬。❹質量差；能力弱 ◆ 貨色軟|工夫軟|股票行情疲軟。❺容易動搖或被感動 ◆ 耳朵軟|心腸軟。❻軟件。(1)軟設備。電腦中使用的所有程序和有關資料的總稱。也叫"軟體"。(2)指人員素質、管理水平和服務質量等。❼姓。

⁵軱(轱) [gū ㄍㄨ ⑧gu¹ 姑]
軲轆。也作"轂轤"、"轂轆"。❶車輪子 ◆ 車軲轆。❷滾動 ◆ 大石頭軲轆到水裏去了。

⁵軻(轲) 〈一〉[kē ㄎㄜ ⑧ɔ¹/ŋɔ¹ 柯]
用於人名。戰國時有思想家孟軻。
〈二〉[kě ㄎㄜˇ ⑧hɔ² 可]
轗軻，同"坎坷"。見"坎"，123頁右欄。

⁵軸(轴) 〈一〉[zhóu ㄓㄡˊ ⑧dzuk⁹ 俗]
❶穿在輪子中間的圓柱形物件，輪子或其他機件繞着或隨着它轉動 ◆ 軸承|輪軸。❷安在字畫長卷下端便於捲起的圓桿 ◆ 捲軸|牙籤萬軸(書籍繁富)。❸量詞 ◆ 兩軸絲線|一軸仿古山水畫。❹將平面或立體分成對稱兩部分的直線 ◆ 軸對稱|中軸線。
〈二〉[zhòu ㄓㄡˋ ⑧同〈一〉]
戲曲術語。一次戲曲演出中，作為主要劇目，排在最末的一齣戲叫"大軸(子)"，排在倒數第二齣的叫"壓軸(子)"◆ 那天晚上的大軸戲是梅先生的《三堂會審》。

⁵軹(轵) [zhǐ ㄓˇ ⑧dzi² 紙]
古代指車軸的末端。

⁵軼(轶) [yì ㄧˋ ⑧jɐt⁹ 日]
同"逸"。❶超出一般 ◆ 軼羣|軼倫|超軼絕塵。❷散失 ◆ 軼事|軼名|軼文|訪求軼書。

年的別稱 ◆ 三年五載|千載難逢。

⁵軱 [gū ㄍㄨ ⑧ gu¹ 孤]
大骨。

⁵軫(轸) [zhěn ㄓㄣˇ ⑧ tsɐn² 診]
❶古代車箱底部後面的橫木，也借指車。❷琴瑟箜篌等腹下轉動弦的木柱，用以調音。❸傷痛 ◆ 軫悼|軫念|軫懷|軫恤。❹星名，二十八宿之一。

⁵軪 同"軮"，見698頁左欄。

⁵軺(轺) [yáo ㄧㄠˊ ⑧ jiu⁴ 遙]
古代的一種輕便馬車 ◆ 軺車。

⁶軾(轼) [shì ㄕˋ ⑧ sik⁷ 色]
古代車箱前面用來做扶手的橫木。

⁶載(载) 〈一〉[zài ㄗㄞˋ ⑧ dzɔi³ 再]
❶用車、船等裝 ◆ 載客|裝載|車載斗量。❷科學技術上指傳遞、運送能量或其他物質 ◆ 載體|載波|上載|下載。❸充滿 ◆ 怨聲載道|風雪載途。❹載……載……，表示動作同時進行 ◆ 載歌載舞。❺姓。
〈二〉[zǎi ㄗㄞˇ ⑧ 同〈一〉]
記錄、刊登在書報上 ◆ 登載|記載|刊載|轉載。
〈三〉[zǎi ㄗㄞˇ ⑧ dzɔi² 宰]

⁶輊(轾) [zhì ㄓˋ ⑧ dzi³ 至]
軒輊。見"軒"，697頁右欄。

⁶輋 [shē ㄕㄜ ⑧ sɛ¹ 些]
❶同"畬"，見442頁右欄。❷地名用字。如香港沙田有禾輋。

⁶輈 [zhōu ㄓㄡ ⑧ dzɐu⁴ 舟]
古代的一種車轅。也泛稱車。

⁶輇 [quán ㄑㄩㄢˊ ⑧ syn⁴ 旋]
❶古代用平面圓木製成而無輻條的車輪。❷淺薄 ◆ 輇才小慧。

⁶輅(辂) [lù ㄌㄨˋ ⑧ lou⁶ 路]
❶古代車轅上用來挽車的橫木。❷古代車名，多用來稱帝王用的大車。

⁶較(较) [jiào ㄐㄧㄠˋ ⑧ gau³ 教]
❶比較 ◆ 較量|較勁兒|她英文水平較高|兩者相較，情況截然相反|比去年同期有較大增長。❷明顯 ◆ 彰明較著|二者較然不同。

⁷輒(辄⑧輙) [zhé ㄓㄜˊ ⑧ dzip⁸ 接]
❶總是 ◆ 每言及此，輒感歎不已。❷即；就 ◆ 淺嘗輒止|動輒得咎。

⁷**輔** (辅) ［fǔ ㄈㄨˇ 粵 fu⁶ 父］
❶從旁幫助 ◆ 輔佐｜輔導｜輔弼｜輔音｜輔幣。❷人的頰骨 ◆ 輔車相依。❸姓。

⁷**輕** (轻) ［qīng ㄑㄧㄥ 粵 hiŋ¹ 兄/heŋ¹ 希腥切 (語)］
❶重量小；跟"重"相對 ◆ 輕巧｜輕便｜輕於鴻毛｜唐杜牧《秋夕》詩："紅燭秋光冷畫屏，輕羅小扇撲流螢。"❷負載小；裝備簡單 ◆ 輕裝簡從｜輕車熟路。❸程度淺；數量少 ◆ 輕傷｜輕聲｜工作輕｜年紀輕｜輕描淡寫｜輕微的疼痛。❹不重大 ◆ 責任輕｜輕重緩急｜這件事影響較輕。❺輕鬆 ◆ 輕音樂｜輕歌曼舞。❻用力小 ◆ 輕而易舉｜手上用力要輕。❼認為價值低，不重要 ◆ 輕視｜輕蔑｜輕敵｜看輕｜輕財重義。❽隨便；不莊重 ◆ 輕率｜輕信｜輕薄｜輕佻｜輕浮｜輕諾寡信。

⁷**輓** ［wǎn ㄨㄢˇ 粵 wan⁵ 挽］
❶牽引 (車輛) ◆ 輓車。❷追悼死者 ◆ 輓聯｜輓歌｜輓詩｜輓辭。

⁸**輦** (辇) ［niǎn ㄋㄧㄢˇ 粵 lin⁵ 連⁵］
古代用人力拉的車子，後專用於皇家使用的車 ◆ 步輦｜龍車鳳輦。

⁸**輛** (辆) ［liàng ㄌㄧㄤˋ 粵 lœŋ⁶ 亮］
❶量詞。用於車 ◆ 三輛轎車｜一輛自行車。❷車輛，對各種車的統稱 ◆ 車輛行人，各行其道。

⁸**輩** (辈) ［bèi ㄅㄟˋ 粵 bui³ 貝］
❶代，指家屬親友間的世系先後 ◆ 祖輩｜先輩｜長輩｜晚輩｜輩份｜英雄輩出｜前輩藝術家。❷指人的某一類 ◆ 我輩｜無名鼠輩｜無能之輩｜庸碌之輩。❸指人的一生 ◆ 半輩子｜一輩子。

⁸**輝** (辉) ［huī ㄏㄨㄟ 粵 fei¹ 揮］
❶閃射的光彩 ◆ 光輝｜餘輝｜星月亮的清輝瀉在水面上。❷照耀 ◆ 交相輝映。

⁸**輥** (辊) ［gǔn ㄍㄨㄣˇ 粵 gwen² 滾/knen² 捆 (語)］
機器上圓筒狀能滾動的機件的統稱 ◆ 輥軸｜軋輥。

⁸**輞** (辋) ［wǎng ㄨㄤˇ 粵 mɔŋ⁵ 網］
古代車輪周圍的框子。

⁸**輪** (轮) ［lún ㄌㄨㄣˊ 粵 lœn⁴ 倫］
❶車輛或機械上能旋轉或滾動的圓形部件 ◆ 車輪｜齒輪｜飛輪｜輪軸｜輪胎｜三輪摩托。❷形狀像輪子的東西 ◆ 日輪｜月輪｜年輪。❸指輪船 ◆ 渡輪｜小火輪。❹輪流，依照

次序一個接替一個(做事) ◆ 輪班|
輪換|輪訓|輪值|一星期每人輪到
一天。❺量詞。(1) 用於日、月等
圓形物體 ◆ 一輪紅日|一輪明月高
掛在夜空。(2) 用於循環的事物 ◆
首輪演出|乒乓冠軍賽已經打了一
輪兒|表姐的年齡比我大一輪兒。

⁸輟 (辍)
[chuò ㄔㄨㄛˋ ⑧ dzyt⁸ 啜]

停止;中止 ◆ 輟學|輟筆|日夜不
輟|時作時輟。

⁸輜 (辎)
[zī ㄗ ⑧ dzi¹ 支]

❶輜車,古代一種有
帷蓋的車。❷輜重,總稱行軍時攜
帶的器械、裝備、車輛、糧草等。

⁹輳 (辏)
[còu ㄘㄡˋ ⑧ tseu³ 湊]

輻輳,指車輻聚集於轂。見"輻",
701頁左欄。

⁹輻 (辐)
[fú ㄈㄨˊ ⑧ fuk⁷ 福]

❶車輪上連接車輞
(輪框)和車轂的直條 ◆ 輻射。❷
輻輳,形容人物聚集,如同車輻集
中到車轂一樣。

⁹輯 (辑)
[jí ㄐㄧˊ ⑧ tsep⁷ 緝]

❶聚集,特指將文字
材料編次整理成書 ◆ 輯錄|選輯|
特輯|編輯。❷整套書籍資料按照
一定標準分成的各個部分 ◆ 第一

輯|一輯有十種。

⁹輴
[chūn ㄔㄨㄣ ⑧ tsœn¹ 春]

❶古代運載棺柩的靈車。❷
古代用於泥濘路上的交通工具,即
一種木橇。

⁹輸 (输)
[shū ㄕㄨ ⑧ sy¹ 書]

❶從一個地方運送到
另一個地方 ◆ 運輸|輸入|輸送|輸
油管|輸電站。❷捐獻 ◆ 捐輸。
❸在較量中失敗;跟"贏"相對 ◆
輸贏|輸球|輸家|輸蝕|認輸|官司
打輸了。

⁹輶
[yóu ㄧㄡˊ ⑧ jeu⁴ 由]

❶古代一種輕便的馬車,使
者所乘 ◆ 輶軒之使。❷輕。

⁹輮
[róu ㄖㄡˊ ⑧ jeu⁴ 由/jeu⁵ 友]

❶古代車輪的外周。❷將直
的弄成彎曲的 ◆ 輮以為輪。

¹⁰轅 (辕)
[yuán ㄩㄢˊ ⑧ jyn⁴ 元]

❶車前駕牲畜的直木 ◆ 車轅|轅
馬。❷指轅門,古代帝王巡狩歇宿
處的出入口。後借稱高級官員的行
署 ◆ 行轅|唐岑參《白雪歌送武判
官歸京》詩:"紛紛暮雪下轅門,
風掣紅旗凍不翻。"❸姓。

¹⁰轂 (毂)
〈一〉[gǔ ㄍㄨˇ ⑧ guk⁷
谷]

車輪中心，有圓孔可以插車軸的部分，也借指車 ◆ 車轂｜轂擊肩摩。

〈二〉[gū ㄍㄨ [粵] 同〈一〉]

轂轆，同"軲轆"。見"軲"，698頁左欄。

10 **輿**(舆) [yú ㄩˊ [粵] jy^4 如] ❶車箱，古代車中載人載物的部分，也借指車 ◆ 輿馬｜車輿。❷轎子 ◆ 肩輿｜彩輿。❸眾人；公眾 ◆ 輿論｜輿情。❹地；疆域 ◆ 輿地｜輿圖。

10 **轄**(辖) [xiá ㄒㄧㄚˊ [粵] hɐt^9 瞎] ❶古代固定車輪與車軸位置，插在軸端孔穴裏的小鐵棍 ◆ 車轄。❷管理 ◆ 統轄｜直轄市。

10 **輾**(辗) 〈一〉[zhǎn ㄓㄢˇ [粵] dzin^2 展] 輾轉。❶指身體翻來覆去 ◆ 輾轉不眠｜輾轉反側。❷經過許多人或許多地方；曲折地；間接地 ◆ 輾轉流傳至各地。

〈二〉同"碾"，見477頁左欄。

11 **轉**(转) 〈一〉[zhuǎn ㄓㄨㄢˇ [粵] dzyn^2 纂] ❶改換方向、位置、情況、形勢等 ◆ 轉身｜轉型｜轉學｜轉彎｜轉瞬之間｜情形好轉。❷把一方的物品或意見、信息等，經過別人或別的地方，傳送到對方 ◆ 轉交｜轉達｜轉載｜轉贈｜轉錄。

〈二〉[zhuàn ㄓㄨㄢˋ [粵] dzyn^3 鑽] ❶旋轉，圍繞着中心運動 ◆ 轉動｜轉悠｜轉盤｜轉椅｜自轉｜風扇轉得飛快。❷繞着某物移動；打轉 ◆ 轉來轉去｜沿着花壇轉圈子。❸量詞。繞一個圈兒叫一轉 ◆ 每分鐘一萬轉。

〈三〉[zhuǎi ㄓㄨㄞˇ [粵] 同〈一〉]

轉文，指說話時不用口語，而夾用文言詞句，表示有學問 ◆ 這個人說話好轉文，酸不溜丟的。

11 **轆**(辘) [lù ㄌㄨˋ [粵] luk^7 陸] ❶轆轤。⑴一種利用輪軸原理安裝在井上用來汲水的工具。⑵機械上的絞盤。❷轆轆，象聲詞。形容車輪等 ◆ 大車發出粗重的轆轆聲｜飢腸轆轆。❸軲轆。見"軲"，698頁左欄。

12 **轎**(轿) [jiào ㄐㄧㄠˋ [粵] kiu^2 僑] 轎子，舊式交通工具。方形，以竹、木等做成，外有帷，兩邊各有木槓，由人抬着走或由牲畜馱着行走 ◆ 小轎｜花轎｜轎夫｜八抬大轎。

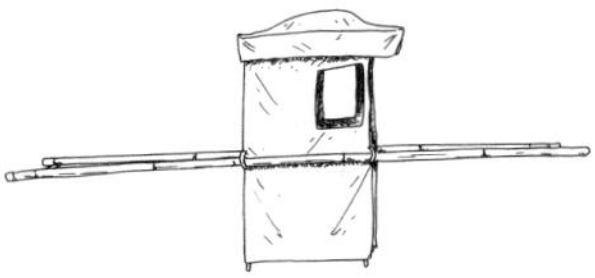

12 **轍**(辙) [zhé ㄓㄜˊ [粵] tsit^8 設]

❶車轍，車輪碾過的痕跡 ◆ 如出一轍|重蹈覆轍|復蹈前轍。❷轍兒。(1)車行的一定路線 ◆ 順轍兒|搶轍兒。(2)曲藝、戲曲、歌辭所押的韻 ◆ 轍口|合轍|十三轍。(3)方言。辦法；主意 ◆ 瞧，沒轍了吧。

12 **轔**(辚) [lín ㄌㄧㄣˊ [粵] lœn4 粼]
轔轔，象聲詞。形容眾多車輛行走的聲音 ◆ 車轔轔，馬蕭蕭。

13 **轘** 〈一〉[huán ㄏㄨㄢˊ [粵] wan4 還]
轘轅，山名，關口名，在河南偃師東南。
〈二〉[huàn ㄏㄨㄢˋ [粵] wan6 患]
古代一種用車來分裂人體的酷刑 ◆ 轘裂。

14 **轟**(轰) [hōng ㄏㄨㄥ [粵] gwɐŋ1 肱]
❶象聲詞。指雷鳴、炮擊、爆炸等發出的巨大聲響 ◆ 轟隆|轟然倒坍|驚雷轟的一聲，大地都在顫抖。❷指雷鳴、炮擊、炸彈爆炸等 ◆ 轟炸|轟擊|用重炮轟。❸驅趕 ◆ 轟牲口|轟麻雀|把看熱鬧的孩子們轟了出去。

15 **轡**(辔) [pèi ㄆㄟˋ [粵] bei3 臂]
駕馭牲口的韁繩和嚼子 ◆ 轡頭。

15 **轢**(轹) [lì ㄌㄧˋ [粵] lik9 歷]
❶車輪碾壓。❷欺壓 ◆ 陵轢。

16 **轤**(轳) [lú ㄌㄨˊ [粵] lou4 勞]
❶轆轤。見"轆"，702頁右欄。❷軲轤。見"軲"，698頁左欄。

辛 部

0 **辛** [xīn ㄒㄧㄣ [粵] sɐn1 新]
❶辣味 ◆ 辛辣。❷艱難；身心勞苦 ◆ 辛苦|辛勞|辛勤|艱辛|千辛萬苦。❸痛苦 ◆ 辛酸|酸辛。❹天干的第八位 ◆ 辛丑條約|辛亥革命。❺姓。

5 **辜** [gū ㄍㄨ [粵] gu1 姑]
❶罪 ◆ 無辜|死有餘辜。❷辜負，對不住別人的期望、好意或幫助。也作"孤負" ◆ 別辜負了人家的一番好意。❸姓。

6 **辠** [zuì ㄗㄨㄟˋ [粵] dzœy6 聚]
"罪"的古字。

6 **辟** [bì ㄅㄧˋ [粵] pik7 僻/bik7 碧]
❶天子；君主 ◆ 復辟。❷徵召，指召見並授予官職 ◆ 徵辟|辟為軍中參謀。❸罪；刑法 ◆ 大辟。

⁷ 辣(®辢) ［ là ㄌㄚˋ ㊀lat⁹ 癩］
❶蒜、薑、辣椒、胡椒等有刺激性的味道 ◆ 辛辣｜辣醬｜辣椒｜酸甜苦辣｜麻辣豆腐。❷辣味刺激(口、眼、鼻) ◆ 辣嘴｜辣眼睛。❸狠毒 ◆ 毒辣｜心狠手辣。

⁹ 辨 ［ biàn ㄅㄧㄢˋ ㊀bin⁶ 辯］
區分；分別 ◆ 辨別｜辨認｜辨析｜分辨｜辨明是非｜是非莫辨。

⁹ 辦(办) ［ bàn ㄅㄢˋ ㊀ban⁶ 瓣］
❶處理；料理 ◆ 辦事｜辦公｜辦手續｜就這樣辦吧｜這事兒難辦。❷創設；興辦 ◆ 辦學校｜辦公司｜辦工廠。❸置備 ◆ 辦貨｜辦酒筵｜辦嫁妝。❹懲治；處罰 ◆ 辦罪｜法辦｜嚴辦。

⁹ 辥
同“薛”，見605頁左欄。

¹² 辭(辞®辝) ［ cí ㄘˊ ㊀tsi⁴ 池］
❶詞語；有組織的語言、文字 ◆ 辭藻｜辭章｜辭令｜辭典｜修辭。❷古典文學中的一種體裁 ◆ 楚辭｜辭賦。❸古體詩中的一種 ◆ 秋風辭。❹告別 ◆ 辭別｜辭行｜告辭｜唐李白《黃鶴樓送孟浩然之廣陵》詩：“故人西辭黃鶴樓，煙花三月下揚州。”❺不接受；請求離去 ◆ 辭職。❻解僱 ◆ 辭退了不稱職的員工。❼躲避；推託 ◆ 推辭｜萬死

不辭。

¹⁴ 辯(辩) ［ biàn ㄅㄧㄢˋ ㊀bin⁶ 辨］
説明自己對事物或問題的見解，用言辭進行爭論 ◆ 辯論｜辯解｜辯駁｜辯護律師｜百口莫辯。

辰 部

⁰ 辰 ［ chén ㄔㄣˊ ㊀sen⁴ 神］
❶地支的第五位 ◆ 辰巳午未。❷日、月、星的統稱 ◆ 辰宿｜星辰。❸古代把一晝夜分作十二辰 ◆ 時辰。❹辰時，指上午的七時到九時。❺時光；日子 ◆ 辰光｜誕辰｜六十壽辰。❻指辰州，舊時府名，在今湖南沅陵 ◆ 辰砂。

³ 辱 ［ rǔ ㄖㄨˇ ㊀juk⁹ 肉］
❶恥辱；跟“榮”相對 ◆ 羞辱｜恥辱｜奇恥大辱｜榮辱與共。❷侮辱；使受恥辱 ◆ 污辱｜辱罵｜喪權辱國｜飽受欺辱。❸玷辱 ◆ 辱沒｜不辱使命｜有辱家聲。❹書面用謙詞。表示承蒙 ◆ 辱書｜辱臨｜辱承指教。

⁶ 農(农®辳) ［ nóng ㄋㄨㄥˊ ㊀nung⁴ 濃］
❶耕作土地，栽培作物的生產活動 ◆ 農業｜務農｜農田｜農具｜農活｜農

時|農學。❷農民，指長期從事耕種的人 ◆ 農夫|農家|農户。❸姓。

辵部

0 **辵** [chuò ㄔㄨㄛˋ [粵] tsœk^{8} 綽]
部首用字。

2 **辻** [shí ㄕˊ [粵] sɐp^{9} 拾]
日本漢字，十字路口。多用於日本姓名。

3 **迂** [yū ㄩ [粵] jy^{1} 於/jy^{4} 如]
❶曲折；繞彎 ◆ 迂迴|山道迂曲難走。❷拘泥，言行不切實際 ◆ 迂闊|迂腐|迂論。

3 **辿** [chān ㄔㄢ [粵] san^{1} 珊]
❶安步而行。❷用於地名。如山西有龍王辿。

3 **迄** [qì ㄑㄧˋ [粵] hɐt^{7} 乞]
❶至；到 ◆ 迄今已有兩月。❷始終；一直 ◆ 迄無音信|迄未成功。

3 **迅** [xùn ㄒㄩㄣˋ [粵] sœn^{3} 信]
快速；很快 ◆ 迅速|迅捷|迅猛|迅即|迅息|迅雷不及掩耳。

4 **返** [fǎn ㄈㄢˇ [粵] fan^{2} 反]
❶回；歸 ◆ 返航|迷途知返|流連忘返|積重難返|返璞歸真|返老還童|回光返照。❷重新；再一次 ◆ 返工|返修。

4 **迓** [yà ㄧㄚˋ [粵] ŋa^{6} 訝]
迎接 ◆ 迎迓。

4 **迍** [zhūn ㄓㄨㄣ [粵] dzœn^{1} 津]
困頓不得志 ◆ 迍邅坎坷了半輩子。

4 **迕** [wǔ ㄨˇ [粵] ŋ^{5} 誤]
❶違背；相抵觸 ◆ 違迕。❷相遇。

4 **近** [jìn ㄐㄧㄣˋ [粵] gɐn^{6} 僅^{6}/kɐm^{5} 勤^{5}]
❶空間、時間上距離小；跟“遠”相對 ◆ 附近|近代|最近|近在咫尺|近水樓台|遠親不如近鄰|人無遠慮，必有近憂。❷靠攏；縮小距離 ◆ 靠近。❸親密，關係密切 ◆ 親近|不近人情|近親不宜結婚。❹接近；差別小；差不多 ◆ 近似|相近|年近七十。❺淺顯 ◆ 淺近|言近旨遠。

4 **迎** [yíng ㄧㄥˊ [粵] jiŋ^{4} 形/jiŋ^{6} 認]
❶迎接 ◆ 歡迎|迎候|迎娶|迎賓小姐。❷使自己符合別人的心意 ◆ 迎合|阿諛逢迎。❸對着；向着 ◆ 迎視|迎刃而解|迎頭痛擊|迎頭趕上|迎面而來。

⁴迒

[háng ㄏㄤˊ ⑧hɔŋ⁴ 杭/gɔŋ¹ 剛]

❶鳥獸的腳印。❷道路。

⁵述

[shù ㄕㄨˋ ⑧sœt⁹ 術] 講說；記載 ◆ 口述|敍述|描述|陳述|述評|述而不作。

⁵迪 (⑧廸)

[dí ㄉㄧˊ ⑧dik⁹ 敵] 開導 ◆ 啟迪。

⁵迥 (⑧逈逈)

[jiǒng ㄐㄩㄥˇ ⑧gwiŋ² 炯] ❶遠；深遠 ◆ 天高地迥。❷相差遠；差別大 ◆ 迥然不同|兩首樂曲風格迥異。

⁵迭

[dié ㄉㄧㄝˊ ⑧dit⁹ 秩] ❶交替；輪流 ◆ 更迭。❷多次；連着 ◆ 迭次商談|高潮迭起。❸及 ◆ 忙不迭|後悔不迭。

⁵迮

[zé ㄗㄜˊ ⑧dzak⁸ 責/dzɔk⁸ 作] ❶同"窄"。狹窄。❷倉促。❸逼迫。❹姓。

⁵迤 (⑧迆)

⟨一⟩[yí ㄧˊ ⑧jy⁴ 移/jy⁵ 以] 逶迤。見"逶"，710頁右欄。
⟨二⟩[yǐ ㄧˇ ⑧同⟨一⟩]
❶往；地勢等向某一個方向延伸 ◆ 山迤西是一片湖水|樹林子東迤，直達一座幽靜的花園。❷迤邐，曲折連綿的樣子 ◆ 山道迤邐而上|一帶舊城牆迤邐伸向遠方。

⁵迫 (⑧廹)

⟨一⟩[pò ㄆㄛˋ ⑧bak⁷ 伯⁷]
❶用強力威逼，壓制 ◆ 逼迫|強迫|壓迫|迫降|迫害|飢寒交迫|迫不得已。❷急；緊急 ◆ 迫切|急迫|緊迫|窘迫|迫不及待|迫在眉睫|從容不迫。❸接近 ◆ 迫近。
⟨二⟩[pǎi ㄆㄞˇ ⑧同⟨一⟩]
迫擊炮，一種從炮口裝彈、曲射為主的火炮。炮身短，射程近，輕便靈活，可射擊遮蔽物後面的目標。

⁵迦

[jiā ㄐㄧㄚ ⑧ga¹ 加] 譯音用字，如釋迦牟尼。

⁵迢

[tiáo ㄊㄧㄠˊ ⑧tiu⁴ 條] ❶遙遠；高 ◆ 迢遙|迢遞|千里迢迢。❷長久；漫長 ◆ 良夜迢迢，月明如水。

⁵迨

[dài ㄉㄞˋ ⑧dɔi⁶ 代] ❶趁着。❷等到；及。

⁶迺

[nǎi ㄋㄞˇ ⑧nai⁵ 奶] ❶同"乃"，見7頁右欄。❷姓。

⁶迴 (回⑧逥迴)

[huí ㄏㄨㄟˊ ⑧wui⁴ 回] 旋轉；環繞；曲折 ◆ 迴旋|迴避|

迴廊｜迂迴｜峯迴路轉。

錄。❷迻譯，翻譯。

6 **适** 〈一〉[kuò ㄎㄨㄛˋ 粵kut⁸ 括]
❶快速。❷人名用字。如宋代有洪适。❸"逛"的本字。
〈二〉"適"的簡化字。

6 **追** [zhuī ㄓㄨㄟ 粵dzœy¹ 錐]
❶在後面緊趕前面的 ◆ 追趕｜追捕｜尾追不捨｜奮起直追｜一言既出，駟馬難追。❷竭力探求；尋求 ◆ 追問｜追尋｜追查｜追詢｜追根究底｜追本窮源。❸為一定的目的而努力 ◆ 追求｜追歡買笑｜那小伙子正在追她。❹跟隨 ◆ 追隨。❺回顧過去 ◆ 追念｜追思｜追悔｜追憶｜追悼｜撫今追昔。❻事後補做 ◆ 追贈｜追認｜追加撥款。

6 **逅** [hòu ㄏㄡˋ 粵heu⁶ 後]
邂逅。見"邂"，716頁左欄。

6 **逃** (粵迯) [táo ㄊㄠˊ 粵tou⁴ 桃]
❶怕被捉住而很快離開 ◆ 逃跑｜逃竄｜逃亡｜叛逃｜出逃｜逃之夭夭｜望風而逃。❷躲避 ◆ 逃婚｜逃荒｜逃難｜逃得了和尚逃不了廟。

6 **逄** [páng ㄆㄤˊ 粵pɔŋ⁴ 旁]
姓。

6 **迻** [yí ㄧˊ 粵ji⁴ 移]
同"移"。❶迻錄，抄錄；過

6 **迸** [bèng ㄅㄥˋ 粵biŋ³ 並]
❶向外噴射或飛濺 ◆ 泉水迸流｜迸射出火星。❷突然碎裂 ◆ 迸裂。❸突然發出 ◆ 迸發｜他半天不響，終於迸出一句話來。

6 **送** [sòng ㄙㄨㄥˋ 粵suŋ³ 宋]
❶將物品運去或交付出去 ◆ 送貨｜送信｜運送｜遞送｜投送。❷贈給 ◆ 送禮｜贈送｜送人情。❸傳遞 ◆ 播送｜暗送秋波｜傳送信息｜輸送新鮮血液。❹陪伴離去的人上路或到達某一地點 ◆ 送行｜送別｜送客｜歡送畢業生｜送佛送到西天。❺喪失；了結 ◆ 送命｜送死｜白送了性命。

6 **迷** [mí ㄇㄧˊ 粵mei⁴ 謎]
❶分辨不清，失去了判別的能力 ◆ 迷惑｜迷惘｜迷路｜迷失方向｜神志昏迷｜迷途羔羊。❷因特別喜愛而陶醉或迷惑 ◆ 迷戀｜紙醉金迷｜財迷心竅。❸特殊愛好某種事物的人 ◆ 歌迷｜戲迷｜球迷｜財迷。

6 **逆** [nì ㄋㄧˋ 粵jik⁹ 亦]
❶方向相反；向相反的方向。跟"順"相對 ◆ 逆風｜逆流而上｜逆水行舟｜倒行逆施｜形勢突然逆轉。❷不順利；不如意 ◆ 逆境｜逆來順受。❸抵觸；不順從 ◆ 忤逆｜悖逆｜良藥苦口利於病，忠言逆

耳利於行。❹背叛者；背叛者的 ◆ 叛逆｜附逆｜逆產。❺事先；預先 ◆ 逆料。❻迎接。

6 退 [tuì ㄊㄨㄟˋ 圖 tœy³ 蜕]

❶向後移；向與原來相反的方向發展。跟"進"相對 ◆ 倒退｜退步｜退化｜退避三舍｜進退兩難。❷使向後移 ◆ 退兵｜退子彈｜退敵之策。❸離開；辭去 ◆ 退位｜退休｜退伍｜退隱。❹把已定的事撤銷 ◆ 退婚。❺歸還；不接受 ◆ 退貨｜退款｜退票｜退還。❻讓；謙讓 ◆ 謙退。❼逐步減弱 ◆ 退燒｜退色。

7 逝 [shì ㄕˋ 圖 sɐi⁶ 誓]

❶指水、時間等流過 ◆ 流逝｜稍縱即逝｜光陰易逝｜逝者如斯夫，不捨晝夜。❷死；去世 ◆ 病逝｜仙逝｜傷逝｜逝世。

7 逑 [qiú ㄑㄧㄡˊ 圖 kɐu⁴ 求]

配偶 ◆ 窈窕淑女，君子好逑。

7 連(连) [lián ㄌㄧㄢˊ 圖 lin⁴ 憐]

❶(事物)相銜接，相接續 ◆ 連接｜連續｜連年｜藕斷絲連｜在天願作比翼鳥，在地願為連理枝。❷帶；加上 ◆ 連根拔起｜連説帶比｜連她一共六個人。❸軍隊的編制單位，由若干個排組成，是排的上一級 ◆ 連隊｜炮兵連。❹表示強調，

下文往往用"也"、"都"與它相應 ◆ 連媽媽也忘了這件事｜他熱得連背心都脱掉了。❺姓。

7 逋 [bū ㄅㄨ 圖 bou¹ 褒]

❶逃亡 ◆ 逋逃。❷拖欠。❸逋峭，形容人物或詩文有風姿。

7 速 [sù ㄙㄨˋ 圖 tsuk⁷ 促]

❶快 ◆ 快速｜迅速｜火速｜速成｜欲速則不達。❷指快慢的程度 ◆ 流速｜風速｜光速｜時速70公里。❸邀請 ◆ 不速之客。

7 逗 [dòu ㄉㄡˋ 圖 dɐu⁶ 竇]

❶逗留，暫時停留。也作"逗遛" ◆ 在上海逗留一星期。❷句中的停頓 ◆ 逗號｜這裏必須逗一下，句子太長。❸引；惹弄 ◆ 逗引｜逗笑｜逗趣｜逗孩子玩兒。❹引人發笑 ◆ 這兩人表演的小品真逗。

7 逐 [zhú ㄓㄨˊ 圖 dzuk⁹ 俗]

❶追趕 ◆ 追逐｜逐鹿中原｜追亡逐北。❷隨；追隨 ◆ 隨波逐流｜遊牧民族逐水草而居。❸追求 ◆ 捨本逐末｜逐十一之利。❹趕走 ◆ 驅逐｜下逐客令。❺挨次序 ◆ 逐日｜逐漸｜逐一｜逐字逐句｜逐步進行。❻競爭 ◆ 角逐。

7 逕

同"徑❶❷"，見209頁右欄。

⁷**逍** [xiāo ㄒㄧㄠ 粵siu¹ 消]
逍遙，自由自在；不受拘束
◆ 逍遙自在｜逍遙法外。

⁷**逞** [chěng ㄔㄥˇ 粵tsiŋ² 請]
❶顯示；施展；炫耀 ◆ 逞
能｜逞強｜逞英雄｜逞才使氣。❷縱
容，放任 ◆ 逞性子｜逞兇作惡。❸
意願實現；稱心 ◆ 得逞｜不逞之徒
｜以求一逞。

⁷**造** 〈一〉[zào ㄗㄠˋ 粵dzou⁶ 做]
❶做；製作 ◆ 創造｜建造｜
製造｜造船｜造冊登記｜植樹造林。
❷假編 ◆ 造謠｜捏造。
〈二〉[zào ㄗㄠˋ/chào ㄔㄠˋ (舊) 粵
tsou³ 醋]
❶到；前往 ◆ 造訪｜登峯造極｜改
日造府請教。❷成就 ◆ 造詣。❸
培養 ◆ 深造｜可造之才。❹指相對
的兩個方面的人，法院中指訴訟的
兩方 ◆ 兩造｜甲造｜乙造。

⁷**透** [tòu ㄊㄡˋ 粵teu³ 偷³]
❶穿過；通過 ◆ 透風｜透氣
｜透明｜透視｜透光｜我透過玻璃門
看到了那輛車。❷暗中告訴 ◆ 透
信兒｜透露消息。❸詳盡而深入；
透徹 ◆ 對這個人，我是看透了。
❹達到應有的或極端的數量、程度
◆ 雨下透了｜桃子熟透了｜心裏恨
透了｜這個傢伙討厭透頂。❺顯露
◆ 白裏透紅｜這孩子透着一股子靈
秀氣。

⁷**途** [tú ㄊㄨˊ 粵tou⁴ 陶]
道路 ◆ 路途｜途徑｜老馬識
途｜迷途知返｜半途而廢｜道聽途說
｜日暮途窮。

⁷**逜** [kuò ㄎㄨㄛˋ 粵kut⁸ 括]
古同"适"，疾速。

⁷**逛** [guàng ㄍㄨㄤˋ 粵kwaŋ³
框³/gwaŋ⁶ 誑]
閒遊；散步遊覽 ◆ 閒逛｜逛馬路｜
逛公園｜逛商場。

⁷**逖** [tì ㄊㄧˋ 粵tik⁷ 惕]
遠。

⁷**逢** 〈一〉[féng ㄈㄥˊ 粵fuŋ⁴ 馮]
❶遇到 ◆ 逢凶化吉｜逢場
作戲｜萍水相逢｜千載難逢｜棋逢敵
手，將遇良才。❷迎合 ◆ 阿諛逢
迎。
〈二〉[péng ㄆㄥˊ 粵puŋ⁴ 篷]
逢逢。❶象聲詞。常形容鼓聲。❷
盛多的樣子。
〈三〉[páng ㄆㄤˊ 粵同〈二〉]
姓。

⁷**這**(这) 〈一〉[zhè ㄓㄜˋ 粵
dzɛ² 姐]
❶用來指較近的時間、地方或事
物；跟"那"相對 ◆ 這天｜這裏｜這
件西服上裝｜這山望着那山高。❷
這時候；此刻 ◆ 這才想起｜我這就
去辦。

〈二〉[zhèi ㄓㄟˋ 🔊同〈一〉]
口語音。"這"與"一"的合音，但指
數量時不限於一 ◆ 這位｜這些｜這
年｜這三棵銀杏樹。

⁷通 〈一〉[tōng ㄊㄨㄥ 🔊tuŋ¹
同¹]

❶沒有阻礙，中間可以穿過 ◆ 通
行｜通暢｜貫通｜流通｜這個主意行
得通 唐 李商隱《無題》詩："身無
彩鳳雙飛翼，心有靈犀一點通。"
❷有道路、管線等達到 ◆ 通電話
｜四通八達。❸消除阻隔，使成為
相通的 ◆ 通煙筒｜通路子，託人
情。❹互相往來；交往 ◆ 通商｜通
婚｜私通｜互通有無。❺發出去，使
人知道 ◆ 通知｜通告｜通風報信。
❻了解；明白 ◆ 通曉｜精通電腦｜
通三國文字。❼指對某方面非常了
解的人 ◆ 中國通｜美國通。❽普
遍；一般 ◆ 通常｜通俗｜通病。❾
全部；整個 ◆ 通共｜通盤考慮｜通
宵達旦｜通力合作。❿量詞。用於
文書電報等 ◆ 一通電報｜一通文
告。⓫姓。
〈二〉[tòng ㄊㄨㄥˋ 🔊同〈一〉]
量詞。用於動作 ◆ 擊鼓三通｜狠狠
說了一通。

⁷逡 [qūn ㄑㄩㄣ 🔊tsœn¹ 竣]
退讓；退 ◆ 逡巡。

⁸達 [kuí ㄎㄨㄟˊ 🔊kwei⁴ 葵]
四通八達的大路。

⁸逴 同"奔〈二〉"，見146頁左欄。

⁸逴 [chuō ㄔㄨㄛ 🔊tsœk⁸ 綽]
遠；超越。

⁸邊 同"逖"，見709頁右欄。

⁸逶 [wēi ㄨㄟ 🔊wei¹ 威]
逶迤，山川道路等彎曲而延
續的樣子 ◆ 山勢逶迤向東南｜長城
一直逶迤到天邊。

⁸進 (进) [jìn ㄐㄧㄣˋ 🔊dzœn³
俊]

❶向前移動；跟"退"相對 ◆ 前進
｜推進｜進軍｜進階｜進了一步。❷
入；從外面往裏面去。跟"出"相對
◆ 進入｜進公司工作｜師傅領進
門，修行在個人。❸收入或買入
◆ 進項｜進款｜進貨。❹用在動詞
後，表示到裏面 ◆ 走進園門｜收
貨款｜放進嘴裏。❺舊式建築，一
所大宅將房院分作前後幾排的，一
排稱為一進 ◆ 他家住在最後一
進。❻奉呈 ◆ 進獻。

⁸週 [zhōu ㄓㄡ 🔊dzeu¹ 州]
❶圓圈形；圈子 ◆ 圓週｜繞
場一週。❷某一處的外圍 ◆ 四週
｜週圍。❸環繞一圈 ◆ 週而復始。
❹普遍；全部 ◆ 週遍｜眾所週知。
❺完備；嚴密 ◆ 週到｜週密｜照顧

不週|考慮不週。❻交流電的變化或電磁波的振盪從一點開始完成一個過程叫一週波，簡稱"週"。❼一星期稱一週 ◆ 週末|週刊。❽一整年 ◆ 週年|週歲。(❶~❻也作"周")

⁸**逸** [yì ㄧˋ ⑧ jet⁹ 日]
❶逃；奔 ◆ 逃逸|逸馬傷人。❷散失；失傳 ◆ 逸書|逸聞|逸史|逸事遺聞。❸安樂；安閒 ◆ 安逸|閒逸|驕奢淫逸|一勞永逸|勞逸不均|以逸待勞|好逸惡勞。❹退隱 ◆ 逸民(古代稱避世隱居的人)。❺超過一般的；出眾的 ◆ 逸才|逸品|俊逸|逸羣絕倫|書法秀逸。

⁸**逭** [huàn ㄏㄨㄢˋ ⑧ wun⁶ 換]
避；逃 ◆ 罪無可逭。

⁸**逮** 〈一〉[dài ㄉㄞˋ ⑧ dɐi⁶ 弟]
❶捉；捕拿 ◆ 逮捕。❷及；到達 ◆ 力有未逮。
〈二〉[dǎi ㄉㄞˇ ⑧ 同〈一〉]
捉；捕拿 ◆ 逮住一隻野兔。

⁸**遉** [guī ㄍㄨㄟ ⑧ gwɐi¹ 龜]
古同"歸"。回 ◆ 舫舟而遉。

⁸**逯** [lù ㄌㄨˋ ⑧ luk⁹ 綠]
姓。

⁹**達** (达) [dá ㄉㄚˊ ⑧ dat⁹ 笪⁹]
❶通，到達 ◆ 抵達|四通八達|這是北京直達廣州的列車。❷達到，實現 ◆ 目標已達|達成心願。❸通達，對事理認識得透徹 ◆ 達觀|通權達變|達人知命。❹告知；表述 ◆ 傳達|轉達|詞不達意|下情上達。❺指人處於有權勢的地位 ◆ 顯達|社會賢達|達官貴人。❻姓。

⁹**逼** [bī ㄅㄧ ⑧ bik⁷ 碧]
❶強迫；給人以威脅 ◆ 威逼|強逼|催逼|逼和一局|刑訊逼供|逼上梁山|官逼民反。❷靠近；接近 ◆ 逼真|神情逼肖|比分逼近。❸狹窄 ◆ 他住的地方逼仄而不通風。

⁹**遏** [è ㄜˋ ⑧ at⁸/ŋat⁸ 壓]
阻止；阻攔 ◆ 遏止|遏制|阻遏|怒不可遏。

⁹**遇** [yù ㄩˋ ⑧ jy⁶ 預]
❶人與人相逢會面 ◆ 路遇|不期而遇|半路正好遇見他。❷遭到，碰到 ◆ 遇險|遇救|遭遇|境遇|懷才不遇。❸機會 ◆ 機遇。❹對待；款待 ◆ 禮遇|冷遇|優遇|待遇|獲此殊遇，實在愧不敢當。

⁹**過** (过) 〈一〉[guò ㄍㄨㄛˋ ⑧ gwɔ³ 果³/gwɔ¹ 戈]
❶經歷一段時間或空間 ◆ 過年|過草原|過暑假|過河拆橋。❷從甲

方轉到乙方 ◆ 過戶|過賬。❸經過某種處理 ◆ 過秤|過目|過水，這批新到的貨要過一過數。❹超出 ◆ 過鹹|過火|過猶不及|人數過半。❺錯誤 ◆ 過錯|過失|記過|聞過則喜|功大於過|大人不記小人過。❻量詞。相當於"次"、"回"、"遍" ◆ 誦讀一過。

〈二〉[guo ˙ㄍㄨㄛ 圖同〈一〉]
❶放在動詞後，表示曾經或已經 ◆ 到過|看過|有過|說過|提起過。❷跟"來"、"去"連用，表示趨向 ◆ 走過來|轉過去。❸放在形容詞後，表示比較 ◆ 水平高過對方選手。

〈三〉[guō ㄍㄨㄛ 圖同〈一〉]
姓。

⁹**遄** [chuán ㄔㄨㄢˊ 圖 syn⁴ 船]
快速；迅疾 ◆ 遄往|遄返|遄歸。

⁹**遑** [huáng ㄏㄨㄤˊ 圖 woŋ⁴ 皇]
❶閒暇；有空閒時間 ◆ 遑安|不遑。❷急迫；恐懼 ◆ 遑急|遑遽。❸遑遑，匆忙。也作"皇皇"。❹遑論，哪裏說得上，更不用說 ◆ 吃飯穿衣尚且艱難，遑論買房置產。

⁹**遁** (圖遯) [dùn ㄉㄨㄣˋ 圖 dœn⁶ 頓]
逃避；逃走 ◆ 逃遁|遁去|遁詞|隱遁|遁跡山林|遁入空門。

⁹**逾** [yú ㄩˊ 圖 jy⁴ 餘]
超過；越過 ◆ 逾期作廢|逾越常規|逾牆鑽穴|年逾九十。

⁹**遆** [tí ㄊㄧˊ 圖 tɐi⁴ 啼]
姓。

⁹**遊** [yóu ㄧㄡˊ 圖 jɐu⁴ 由]
❶遊逛，從容地走和看 ◆ 遊玩|遊覽|遊園|遨遊|遊學西歐。❷交往；結交朋友 ◆ 交遊。❸同"游"。不固定的；流動的 ◆ 遊牧|遊民|遊擊隊。

⁹**道** [dào ㄉㄠˋ 圖 dou⁶ 杜]
❶路 ◆ 道路|小道|國道|通衢大道|任重道遠|河道縱橫。❷方向；途徑 ◆ 正道|旁門左道|歪門邪道。❸道理；合乎規律的事理 ◆ 天道|用兵之道|慘無人道|荒淫無道。❹方法；技術 ◆ 醫道|辦事有門道。❺道家，中國古代思想流派之一，以先秦的老聃、莊周為代表 ◆ 儒、道、佛三家共同構成了中國傳統文化的哲學基礎。❻道教，中國主要宗教之一，創立於東漢 ◆ 道觀|道院。❼指信奉道教的道士 ◆ 一僧一道。❽指某些民間迷信組織 ◆ 一貫道|會道門。❾說 ◆ 說道|道謝|道乏|道賀|常言道|說長道短。❿我國歷史上行政區劃名稱 ◆ 江南道。⓫線條 ◆ 白色的粉筆道兒。⓬量詞 ◆ 一道口子|兩道大門|十道題目|一道命

令|六道工序。

⁹ **逎** [qiú ㄑㄧㄡˊ 粵 tsɐu⁴ 囚]
強健;有力 ◆ 逎勁的筆力
|詩風逎健,境界深廣。

⁹ **遂** 〈一〉[suì ㄙㄨㄟˋ 粵 sœy⁶ 睡]
❶順;如意 ◆ 遂心|遂意|
遂願|諸事順遂。❷成功;實現 ◆
未遂。❸就;於是 ◆ 經治療後,
疼痛遂止。
〈二〉[suí ㄙㄨㄟˊ 粵 同〈一〉]
義同〈一〉 ❶,用於"半身不遂"一
詞。

⁹ **運** (运) [yùn ㄩㄣˋ 粵 wɐn⁶ 混]
❶轉動;物體按規律不斷移動 ◆
運行|運轉|運動。❷搬送 ◆ 運送
|運輸|運載|海運|這批山水畫將
運到北京展出。❸動用;靈活地使
用 ◆ 運算|運籌帷幄|運筆作畫。
❹命運;運氣 ◆ 運程|幸運|倒運
|交好運。

⁹ **遍** (粵偏) [biàn ㄅㄧㄢˋ 粵 bin³
變/pin³ 騙(語)]
❶全面;到處 ◆ 普遍|周遍|遍佈
|遍天下|遍體鱗傷|滿山遍野。❷
量詞。次;回 ◆ 讀一遍|一遍又一
遍地呼喊着她的名字。

⁹ **遐** [xiá ㄒㄧㄚˊ 粵 ha⁴ 霞]
❶空間遠 ◆ 遐想|名聞遐

邇。❷時間久;年代久 ◆ 老人胸
襟開闊,身體健康,因而得享遐
齡。

⁹ **違** (违) [wéi ㄨㄟˊ 粵 wɐi⁴
維]
❶不遵照;相背 ◆ 違背|違反|違
法|違抗|違約|陽奉陰違。❷離
別;不見面 ◆ 久違。

¹⁰ **遘** [gòu ㄍㄡˋ 粵 gɐu³ 夠]
遇見;遭逢。

¹⁰ **遠** (远) [yuǎn ㄩㄢˇ 粵 jyn⁶
願]
❶空間或時間距離長,跟"近"相對
◆ 遠古|遠程|遙遠|遠走高飛|遠
水救不了近火。❷不親密;關係疏
遠 ◆ 遠房親眷。❸差別大 ◆ 遠
不及他|高下相去甚遠。❹不接近
◆ 敬而遠之。❺深遠 ◆ 遠謀|遠
慮|遠見卓識。

¹⁰ **遢** [tā ㄊㄚ 粵 tap⁸ 塔]
邋遢。見"邋",716頁右欄。

¹⁰ **遣** [qiǎn ㄑㄧㄢˇ 粵 hin² 顯]
❶委派;差;打發 ◆ 派遣
|差遣|特遣|遣送。❷排解;消
除;發泄 ◆ 消遣|遣悶|遣興之作
|自我排遣。

¹⁰ **遝** [tà ㄊㄚˋ 粵 dap⁹ 踏]
雜遝,行人眾多而擁擠紛亂

◆ 傳來一陣雜遝的腳步聲。

10 **遞**（递） [dì ㄉㄧˋ ⓅＤ dɐi⁶ 第]
❶傳送；傳達 ◆ 傳遞｜投遞｜遞送｜遞眼色｜請把茶遞給我。❷依着次序 ◆ 遞進｜遞增｜遞減｜遞補。❸迢遞。(1) 遙遠的樣子。(2) 高峻的樣子 ◆ 層樓迢遞。

10 **遙** [yáo ㄧㄠˊ ⓅＤ jiu⁴ 搖]
遠 ◆ 遙遠｜遙望｜遙遙相對｜遙遙無期｜路遙知馬力，日久見人心｜唐王維《九月九日憶山東兄弟》詩：“遙知兄弟登高處，遍插茱萸少一人。”

10 **遛** 〈一〉[liù ㄌㄧㄡˋ ⓅＤ leu⁶ 漏]
❶散步；隨意地慢慢走 ◆ 閒遛｜遛彎兒｜沿湖遛一圈兒。❷為解除牲畜的疲勞等牽着牲畜慢慢走 ◆ 遛馬｜拉牲口去遛遛。❸遛達，散步。也作“蹓躂”、“溜達”。
〈二〉[liú ㄌㄧㄡˊ ⓅＤ leu⁴ 留]
逗遛。見“逗”，708頁右欄。

10 **遡** 同“溯”，見382頁左欄。

10 **遜**（逊） [xùn ㄒㄩㄣˋ ⓅＤ sœn³ 信]
❶讓出 (帝王的位號) ◆ 遜位。❷謙虛；恭順 ◆ 謙遜｜出言不遜。❸ (品質、質量) 比不上，顯得差 ◆ 遜色｜稍遜一籌。

11 **遨** [áo ㄠˊ ⓅＤ ŋou⁴ 熬]
遨遊，漫遊；遊逛。

11 **遭** [zāo ㄗㄠ ⓅＤ dzou¹ 糟]
❶逢；遇 ◆ 遭難｜遭罪。❷周；圈 ◆ 周遭。❸量詞。回；次 ◆ 頭一遭。

11 **遷**（迁） [qiān ㄑㄧㄢ ⓅＤ tsin¹ 千]
❶移動；轉換 ◆ 遷移｜遷居｜遷徙｜遷怒。❷改變 ◆ 變遷｜事過境遷。❸舊指調動官職 ◆ 升遷｜左遷。

11 **遮** [zhē ㄓㄜ ⓅＤ dzɛ¹ 嗟]
掩蔽；掩蓋 ◆ 遮蓋｜遮蔽｜遮醜｜遮遮掩掩｜遮人耳目｜宋辛棄疾《菩薩蠻》詞：“青山遮不住，畢竟東流去。”

11 **適**（适） [shì ㄕˋ ⓅＤ sik⁷ 色]
❶切合；相合 ◆ 適合｜適宜｜適當｜合適｜滋味適口。❷舒服；暢快 ◆ 舒適｜適意｜身體不適。❸正好；恰好 ◆ 適得其反｜適逢其會。❹剛才；方才 ◆ 適才。❺往，去 ◆ 無所適從。❻舊稱女子出嫁 ◆ 適人。

12 **遶** 同“繞❷❹”，見532頁右欄。

12 **遼**（辽） [liáo ㄌㄧㄠˊ ⓅＤ liu⁴ 聊]

❶遠◆ 遼闊|遼遠。❷朝代名(公元907—1125年)。契丹族阿保機建立,初名契丹,後改稱遼,統治我國北方地區,為金所滅。❸遼河,水名,流貫遼寧中部,注入渤海。

¹²遺(遗) 〈一〉[yí ㄧˊ 粵 wei⁴ 維]

❶丟失;漏掉◆ 遺失|遺漏|遺忘。❷丟失的東西;遺漏的部分◆ 補遺|路不拾遺|拾遺補闕。❸留下◆ 遺恨|遺憾|不遺餘力。❹人死後留下的;過去時代留下的◆ 遺產|遺孀|遺囑|遺著|遺跡|遺臭萬年。❺不自覺地排泄(小便或精液)◆ 遺尿|遺精|夢遺。

〈二〉[wèi ㄨㄟˋ 粵 wei⁶ 位]
贈與;給予◆ 遺以重金。

¹²遴 [lín ㄌㄧㄣˊ 粵 lœn⁴ 鄰(語)]
謹慎選擇◆ 遴選。

¹²遵 [zūn ㄗㄨㄣ 粵 dzœn¹ 津]
依照;按照◆ 遵照|遵從|遵循|遵命照辦|遵守協議。

¹²遲(迟®遲) 〈一〉[chí ㄔˊ 粵 tsi⁴ 池]

❶慢◆ 遲緩|遲鈍|遲遲未到|遲疑不決|說時遲,那時快。❷晚;時間上靠後◆ 推遲|延遲|遲到|遲誤|遲暮。❸姓。

〈二〉[zhì ㄓˋ 粵 dzi⁶ 字]
❶等待。❷比及,等到。

¹²選(选) [xuǎn ㄒㄩㄢˇ 粵 syn² 損]

❶挑揀◆ 選擇|選拔|挑選|篩選種子。❷推舉◆ 大選|競選|普選|選舉議員。❸被選中了的人或物◆ 人選|入選|選題。❹挑選出來編在一起的作品◆ 詩選|作品選。

¹²遹 [yù ㄩˋ 粵 jyt⁹ 日]
遵循。常用於人名。

¹³邁(迈) [mài ㄇㄞˋ 粵 mai⁶ 賣]

❶抬腿跨步◆ 邁步|邁進|邁開雙腿。❷年老◆ 老邁|年邁。

¹³遽 [jù ㄐㄩˋ 粵 gœy⁶ 巨]
❶匆忙;倉促◆ 急遽|遽下結論。❷猝然;忽然◆ 遽聞。❸驚慌◆ 惶遽。

¹³還(还) 〈一〉[huán ㄏㄨㄢˊ 粵 wan⁴ 環]

❶回到原地;恢復原狀◆ 還鄉|還家|還俗|還原|唐李白《早發白帝城》詩:"朝辭白帝彩雲間,千里江陵一日還。"❷回報◆ 還禮|還情|還手|以眼還眼,以牙還牙。❸償◆ 還賬|還債|償還|歸還|殺人抵命,欠債還錢。❹姓。

〈二〉[hái ㄏㄞˊ 粵 同〈一〉]
❶仍舊;依然◆ 她還在美國。❷更◆ 這裏秋天的景物比春天還美。❸再;又◆ 等一會還有一位朋友

要來。④尚；勉強 ◆ 身體還好，只是休息的時間太少。⑤尚且 ◆ 你還說不行，我比你更差了。⑥表示對某件事的結果感到意外 ◆ 她唱得還真有水平|還真上了這個壞傢伙的當。

13 **邀** [yāo ㄧㄠ [粵] jiu¹ 腰] ①約請；招 ◆ 邀約|邀客|邀請賽|邀他來參加舞會|唐李白《月下獨酌》詩："舉杯邀明月，對影成三人。"②求得；謀取 ◆ 邀功|邀賞|邀買|邀寵。③中途攔截 ◆ 邀擊。

13 **邂** [xiè ㄒㄧㄝˋ [粵] hai⁶ 械/hai⁵ 蟹] 邂逅，偶然間相遇 ◆ 邂逅相識|與他初次邂逅是在去年夏天。

13 **邅** [zhān ㄓㄢ [粵] dzin¹ 煎] ①難行。②轉；改變方向。

13 **避** [bì ㄅㄧˋ [粵] bei⁶ 鼻] ①躲開 ◆ 迴避|逃避|躲避|避難|避開|避重就輕。②防止 ◆ 避孕|避雷裝置。

14 **邇**（迩）[ěr ㄦˇ [粵] ji⁵ 耳] 近 ◆ 邇來|聞名遐邇。

14 **邈** [miǎo ㄇㄧㄠˇ [粵] mɔk⁹ 漠] 遠 ◆ 年代邈遠。

14 **邃** [suì ㄙㄨㄟˋ [粵] sœy³ 稅] ①深遠 ◆ 邃古（很遠的古代）。②精深 ◆ 深邃。

15 **邊**（边）[biān ㄅㄧㄢ [粵] bin¹ 辮] ①事物的周圍部分 ◆ 邊沿|桌邊|天邊|邊緣學科|周邊地區。②國家或地區之間的交界處 ◆ 邊疆|邊陲|邊塞|邊境|戍邊。③旁；近處 ◆ 身邊|馬路邊|手邊缺錢。④方面 ◆ 邊幹邊學|我站在他一邊|女主人一邊說話，一邊取出飲料。⑤用在方位詞後面，表示地位，方向 ◆ 上邊|左邊|前邊。⑥幾何學上指夾成角或圍成多角形的直線 ◆ 斜邊。

15 **邋** [lā ㄌㄚ [粵] lap⁹ 臘] 邋遢，骯髒；不整潔。

19 **邐**（逦）[lǐ ㄌㄧˇ [粵] lei⁵ 李] 迤邐，見"迤〈二〉"，706頁左欄。

19 **邏**（逻）[luó ㄌㄨㄛˊ [粵] lɔ⁴ 羅] ①巡邏，來回巡視察看。②邏輯。(1) 思維的規律 ◆ 這個說法很不合邏輯。(2) 指事物發展的規律性 ◆ 事物演變的邏輯就是這樣。(3) 研究思維的形式和規律的科學。舊稱"名學"或"論理學"，今稱"邏輯學"。

邑（阝右）部

⁰ 邑 [yì ㄧˋ ⑧ jɐp⁷ 泣]
❶城市；都城 ◆ 都邑｜通都大邑。❷縣 ◆ 邑境依山臨水。

³ 邗 [hán ㄏㄢˊ ⑧ hɔn⁴ 寒]
邗江，水名，在江蘇省。

³ 邛 [qióng ㄑㄩㄥˊ ⑧ kuŋ⁴ 窮]
❶邛崍山，在四川西部、岷江和大渡河之間，海拔4000米左右。❷邛崍，在四川省。❸臨邛，古地名，在今邛崍縣。

³ 邙 [máng ㄇㄤˊ ⑧ mɔŋ⁴ 亡]
北邙山，在河南洛陽北。東漢以後，王侯公卿多葬於此。

³ 邕 [yōng ㄩㄥ ⑧ juŋ¹ 翁]
❶廣西南寧的別稱。❷邕寧，在廣西中南部。

⁴ 邢 [xíng ㄒㄧㄥˊ ⑧ jiŋ⁴ 仍]
❶邢台，地名，在河北省。❷周代諸侯國名。在今河北邢台。❸姓。

⁴ 邪 〈一〉[xié ㄒㄧㄝˊ ⑧ tsɛ⁴ 斜]
❶不正當 ◆ 邪惡｜異端邪說｜歪風邪氣｜改邪歸正。❷中醫

指能引起疾病的外界因素 ◆ 風邪｜外邪。
〈二〉[yé ㄧㄝˊ ⑧ jɛ⁴ 耶]
❶古漢語中語氣詞，表疑問，同"耶" ◆ 此情此景，真邪？幻邪？❷莫邪，傳說中寶劍名。也作"鏌鋣"。

⁴ 邦 (⑧邦) [bāng ㄅㄤ ⑧ bɔŋ¹ 幫]
國 ◆ 家邦｜友邦｜鄰邦｜邦交。

⁴ 邠 [bīn ㄅㄧㄣ ⑧ bɐn¹ 奔]
❶邠縣，地名，在陝西省，今作彬縣。❷同"豳"，見672頁右欄。❸姓。

⁴ 邡 [fāng ㄈㄤ ⑧ fɔŋ¹ 方]
什邡，地名，在四川成都平原北部。

⁴ 那 〈一〉[nà ㄋㄚˋ ⑧ na⁵ 拿⁵]
❶指較遠的人、時間、地點和事物；跟"這"相對 ◆ 那人｜那天｜那裏｜那本畫冊｜那是誰的曲子？❷表示承接上文 ◆ 你再晚走，那就要下雨了｜你有興趣，那我們一起去看這個畫展。
〈二〉[nèi ㄋㄟˋ ⑧ 同〈一〉]
在口語中，是"那" (nà) 與"一"的合音，用於量詞、數量詞之前，指數量不限於一 ◆ 那個｜那些｜那幾天｜那盆蘭花｜那個女孩兒。
〈三〉[nā ㄋㄚ ⑧ 同〈一〉]
姓。

〈四〉[nǎ ㄋㄚˇ 粵同〈一〉]
疑問代詞。❶ 如何；怎麼。❷ 哪裏；何處。❸ 那個，猶言哪一個。

〈五〉[nuó ㄋㄨㄛˊ 粵nɔ⁶ 糯]
❶ "奈何"的合音 ◆ 無那。❷ 姓。

⁵邯 [hán ㄏㄢˊ 粵hɔn⁴ 寒]
邯鄲。❶ 戰國時趙國都城，秦時改置縣、郡，故址在今邯鄲西南 ◆ 邯鄲學步。❷ 地名，在河北省。

⁵邴 [bǐng ㄅㄧㄥˇ 粵biŋ² 丙]
❶ 古地名，在今山東費縣。❷ 姓。

⁵邳 [pī ㄆㄧ 粵pei⁴ 皮]
❶ 下邳，古地名，秦代置。在今江蘇睢寧西北。後曾改為郡。❷ 邳縣，地名，在江蘇省，今改為邳州市，位於睢寧北。❸ 姓。

⁵邶 [bèi ㄅㄟˋ 粵bui⁶ 背/bui³ 背(語)]
❶ 周代諸侯國名。在今河南湯陰東南。❷ 姓。

⁵郍 [nà ㄋㄚˋ 粵na⁵ 拿⁵]
周代諸侯國名，在今湖北荊門境內。

⁵邱 [qiū ㄑㄧㄡ 粵jeu¹ 休]
❶ 同"丘"，見5頁右欄。❷ 姓。

⁵邸 [dǐ ㄉㄧˇ 粵dɐi² 底]
❶ 貴族、高級官員居住或辦事的地方 ◆ 邸宅｜官邸｜私邸｜高官的府邸。❷ 旅舍 ◆ 客邸｜旅邸。❸ 姓。

⁵郍 [bì ㄅㄧˋ 粵bɐt⁹ 拔]
古地名，春秋時屬鄭國，在今河南鄭州東。

⁵邨 [chū ㄔㄨ 粵tsœt⁷ 出]
邨江，地名，在四川成都西大邑境內。

⁵邵 [shào ㄕㄠˋ 粵siu⁶ 紹]
❶ 地名用字。如江蘇有邵北鎮，湖南有邵陽市。❷ 姓。

⁵邰 [tái ㄊㄞˊ 粵tɔi¹ 胎]
姓。

⁶邽 [guī ㄍㄨㄟ 粵gwɐi¹ 歸]
❶ 下邽，古地名，秦代置，在今陝西渭南東北。❷ 姓。

⁶郋 [shī ㄕ 粵si¹ 詩]
❶ 周代諸侯國名，在今山東濟寧東南。❷ 姓。

⁶郁 〈一〉[yù ㄩˋ 粵juk⁷ 沃]
❶ 香氣很濃 ◆ 馥郁｜郁烈｜濃郁的玫瑰花香。❷ 郁郁。(1) 有文彩 ◆ 文彩郁郁。(2) 香氣濃厚 ◆ 花香郁郁。❸ 姓。

〈二〉“鬱”的簡化字。

⁶ 郕 [chéng ㄔㄥˊ 粵sin⁴ 成]
❶周代諸侯國名，在今山東寧陽東北。❷姓。

⁶ 郅 [zhì ㄓˋ 粵dzɐt⁷ 質]
❶極，最。❷姓。

⁶ 邾 [zhū ㄓㄨ 粵dzy¹ 朱]
❶周代諸侯國名，後改稱鄒。❷古地名，秦代置，在今湖北黃州西北。❸姓。

⁶ 郈 [hòu ㄏㄡˋ 粵hɐu⁵ 厚]
❶春秋時邑名。在今山東東平東南。❷姓。

⁶ 郃 [hé ㄏㄜˊ 粵hɐp⁹ 合]
郃陽，地名，在陝西，今改作“合陽”。

⁶ 郄 〈一〉[xì ㄒㄧˋ 粵tsi¹ 雌/hei¹ 希]
❶同“隙”，見772頁左欄。❷周代地名，在今河南沁陽。❸姓。
〈二〉[qiè ㄑㄧㄝˋ 粵同〈一〉]
姓。

⁶ 郇 〈一〉[xún ㄒㄩㄣˊ 粵sœn¹ 詢]
❶周代諸侯國名，在今山西南端臨猗西南。❷姓。
〈二〉[huán ㄏㄨㄢˊ 粵wan⁴ 頑]
姓。

⁶ 郊 [jiāo ㄐㄧㄠ 粵gau¹ 交]
❶春秋時晉國地名，在今山西運城。❷城外 ◆ 城郊｜郊遊｜郊區｜郊野｜荒郊野外。

⁷ 郝 [hǎo ㄏㄠˇ 粵kɔk⁸ 確]
姓。

⁷ 鄥 [wú ㄨˊ 粵ŋ⁴ 吾]
❶鄌鄥。見“鄌”，見722頁左欄。❷姓。

⁷ 郏 (郟) [jiá ㄐㄧㄚˊ 粵gap⁸ 夾]
❶郟縣，地名，在河南省。❷郟鄏，古代山名，在今河南洛陽西北。

⁷ 郢 [yǐng ㄧㄥˇ 粵jiŋ⁵ 映⁵]
❶郢都，戰國時楚國的國都，在今湖北江陵，後楚國幾次遷都，也都稱“郢”。❷姓。

⁷ 郜 [gào ㄍㄠˋ 粵gou³ 告]
姓。

⁷ 郤 [xì ㄒㄧˋ 粵kwik⁷ 隙]
❶同“隙”，見772頁左欄。❷姓。

⁷ 郭 [fú ㄈㄨˊ 粵fu¹ 呼]
古代指外城，又叫“郭”。

⁷ 郎 [láng ㄌㄤˊ 粵lɔŋ⁴ 狼]
❶稱年青男子，又泛稱青年

人 ◆ 兒郎｜金髮女郎。❷舊時女子稱情人或丈夫 ◆ 郎君｜情郎｜唐李白《長干行》詩："郎騎竹馬來，繞牀弄青梅。"❸稱從事某種職業的男子 ◆ 牛郎｜貨郎｜賣油郎。❹稱別人的兒子 ◆ 令郎。❺古代中央官職名 ◆ 侍郎｜員外郎。

⁷**郡** [jùn ㄐㄩㄣˋ ⑧ gwen⁶ 君⁶]
❶春秋至隋代的地方行政區域名，郡大於縣，郡的長官為太守 ◆ 郡縣。❷姓。

⁸**都** 〈一〉[dū ㄉㄨ ⑧ dou¹ 刀]
❶大城市 ◆ 都市｜都會｜通都大邑。❷首都，全國最高行政機構所在的城市 ◆ 故都｜建都｜遷都｜都城｜西都長安，東都洛陽。❸總計；共 ◆ 詩、文、詞都五十六卷。❹姓。
〈二〉[dōu ㄉㄡ ⑧ 同〈一〉]
❶全，完全 ◆ 孩子們都去游泳了。❷表示加重語氣 ◆ 都什麼時候了，還在睡懶覺！

⁸**郰** [zōu ㄗㄡ ⑧ dzɐu¹ 周]
❶春秋時魯國邑名，在今山東曲阜東南，為孔子誕生地。也作"陬"。❷姓。

⁸**郴** [chēn ㄔㄣ ⑧ tsɐm¹ 侵/sɐm¹ 深 (語)]
❶郴江，水名，在湖南，流入湘江。❷郴州，地名，在湖南東南

部。❸郴縣，地名，在湖南省。

⁸**郪** [qī ㄑㄧ ⑧ tsɐi¹ 妻]
❶郪江，水名，在四川省。❷漢代地名，在今四川三台南。❸姓。

⁸**郳** [ní ㄋㄧˊ ⑧ ŋei⁴ 倪]
❶周代諸侯國名，在今山東滕縣東南。❷姓。

⁸**郫** [pí ㄆㄧˊ ⑧ pei⁴ 皮]
郫縣，地名，在四川省中部。

⁸**郭** [guō ㄍㄨㄛ ⑧ gwɔk⁸ 國]
❶古代在城牆外加築的一道城牆 ◆ 城郭｜唐孟浩然《過故人莊》詩："綠樹村邊合，青山郭外斜。"❷姓。

⁸**部** [bù ㄅㄨˋ ⑧ bou⁶ 步]
❶整體中的局部或一些個體 ◆ 部分｜內部｜西部｜頭部｜部位。❷行政或業務機關的一部分，部門 ◆ 外交部｜出版部｜司令部｜廣告部。❸門類 ◆ 部首｜"人"部｜經史子集四部。❹統屬；統率 ◆ 所部｜部下｜部屬。❺指軍隊 ◆ 該部。❻量詞 ◆ 一部機器｜一部辭典。

⁸**郯** [tán ㄊㄢˊ ⑧ tam⁴ 談]
郯城，地名，在山東最南端。

9 **郒** [ruò ㄖㄨㄛˋ ⓟ jœk⁹ 弱]

❶周代諸侯國名，分為上郒和下郒，上郒在今湖北宜城東南。下郒在今河南內鄉和陝西商州之間。❷姓。

9 **郾** [yǎn ㄧㄢˇ ⓟ jin² 演²]

郾城，地名，在河南中南部。

9 **鄄** [juàn ㄐㄩㄢˋ ⓟ gyn³ 眷]

鄄城，地名，在山東西南部。

9 **鄂** [è ㄜˋ ⓟ ŋɔk⁹ 岳]

湖北省的別稱。

9 **郵** (邮) [yóu ㄧㄡˊ ⓟ jɐu⁴ 由]

❶寄，由政府專門設置的機構遞送信件等 ◆ 郵信｜郵遞｜給她郵去三百元。❷有關郵務的 ◆ 郵電｜郵政｜郵戳｜郵局｜郵件。

9 **鄋** [sōu ㄙㄡ ⓟ sɐu¹ 收]

春秋時北方少數民族長狄的一支所建立的一個小國。也稱“鄋瞞”。故址在今山東濟南北。

9 **鄅** [yǔ ㄩˇ ⓟ jy⁵ 雨]

周代諸侯國名，在今山東臨沂。

9 **鄃** [shū ㄕㄨ ⓟ sy¹ 書]

鄃縣，西漢時置，在今山東平原西南。

9 **鄆** (郓) [yùn ㄩㄣˋ ⓟ wɐn⁶ 運]

鄆城，在山東西南部。

9 **郿** [méi ㄇㄟˊ ⓟ mei⁴ 眉]

❶郿縣，地名，在陝西西部，今作眉縣。❷郿鄠，地方戲曲劇種名，因產生於陝西秦嶺山脈太白山北麓的郿 (今眉縣)、鄠 (今戶縣) 兩地，故稱。也流行於山西、甘肅一帶。

9 **鄉** (乡) [xiāng ㄒㄧㄤ ⓟ hœŋ³ 向]

❶城市以外的地區；農村 ◆ 鄉村｜鄉下｜窮鄉僻壤。❷祖籍或自己生長的地方 ◆ 家鄉｜故鄉｜異鄉｜同鄉｜他鄉遇故知。❸縣以下的農村行政區劃單位 ◆ 鄉長｜鄉政府｜鄉鎮企業。

10 **鄏** [rǔ ㄖㄨˇ ⓟ juk⁹ 辱]

郟鄏。見“郟”，719頁右欄。

10 **鄖** (郧) [yǔn ㄩㄣˇ ⓟ wɐn⁴ 雲]

鄖縣，地名，在湖北東北部。

10 **鄔** (邬) [wū ㄨ ⓟ wu¹ 烏]

❶古地名，春秋時屬鄭國，後屬周，在今河南偃師西南。❷姓。

10**鄒**(邹) [zōu ㄗㄡ [粵] dzɐu¹ 周]
❶周代諸侯國名，在今山東鄒城東南，為孟子誕生地。❷姓。

10**鄗** 〈一〉[hào ㄏㄠˋ [粵] hou⁶ 號]
古地名，春秋時屬晉，戰國時屬趙，東漢初改名高邑。在今河北柏鄉北。
〈二〉[qiāo ㄑㄧㄠ [粵] hau¹ 烤]
山名，在今河南滎陽境內。

10**鄌** [táng ㄊㄤˊ [粵] tɔŋ⁴ 唐]
鄌郚，地名，在山東濰坊昌樂縣。

11**鄢** [yān ㄧㄢ [粵] jin¹ 煙]
❶鄢陵，地名，在河南中部。❷姓。

11**鄚** [mào ㄇㄠˋ [粵] mɔk⁹ 莫]
戰國時趙國地名，漢代於此置鄚縣，在今河北任丘北鄚州鎮。

11**鄞** [yín ㄧㄣˊ [粵] ŋɐn⁴ 銀]
鄞縣，地名，在浙江省。

11**鄠** [hù ㄏㄨˋ [粵] wu⁶ 户]
❶鄠縣，地名，在陝西省，今改稱“户縣”。❷鄠鄠。見“鄠”，721頁右欄。

11**鄙** [bǐ ㄅㄧˇ [粵] pei² 痞]
❶庸俗；品質差 ◆ 卑鄙｜鄙陋。❷輕視 ◆ 鄙視｜鄙薄｜言行可鄙。❸邊遠的地方 ◆ 邊鄙之地。❹用於自謙 ◆ 鄙人｜鄙意｜鄙公司。

11**鄘** [yōng ㄩㄥ [粵] juŋ⁴ 容]
❶周人諸侯國名，在今河南新鄉西北。❷姓。

11**鄜** [fū ㄈㄨ [粵] fu¹ 夫]
❶鄜州，唐代地名，今陝西富縣。❷鄜縣，地名，在陝西省延安南，今改作“富縣”。❸姓。

12**鄲**(郸) [dān ㄉㄢ [粵] dan¹ 丹]
❶邯鄲。見“邯”，718頁左欄。❷鄲城，地名，在河南東部。

12**鄱** [pó ㄆㄛˊ [粵] pɔ⁴ 婆]
❶鄱陽湖，水名，在江西北部，為贛江、修水、鄱江、信江等河的總匯，我國最大的淡水湖。湖水北經湖口注入長江。❷鄱陽，地名，在江西省，今改作“波陽”，位於江西北部，景德鎮西南。

12**鄯** [shàn ㄕㄢˋ [粵] sin⁶ 善]
❶鄯善。(1)古代西域國名，在今新疆鄯善縣。(2)地名，在今新疆東部，吐魯番東南。❷姓。

12**鄰**(邻[異]隣) [lín ㄌㄧㄣˊ [粵] lœn⁴ 倫]

❶住處接近的人家 ◆ 鄉鄰｜四鄰｜左鄰右舍｜海內存知己，天涯若比鄰。❷靠近；附近的 ◆ 相鄰｜鄰近｜鄰接｜鄰國｜鄰居｜鄰人。❸周代制度以五家為鄰。❹姓。

12 鄭 (郑) [zhèng ㄓㄥˋ 圖dzeŋ⁶ 淨]
❶周代諸侯國名，在今河南新鄭一帶。❷姓。

12 鄩 [xún ㄒㄩㄣˊ 圖tsɐm⁴ 尋]
❶斟鄩，周代諸侯國名，在今山東濰坊西南。❷春秋時周國地名，在今河南鞏縣西南。

12 鄧 (邓) [dèng ㄉㄥˋ 圖dɐŋ⁶ 燈⁶]
❶春秋時國名，在今湖北襄樊北，一說疆域到達今河南鄧州。❷鄧縣，秦代置，在今湖北襄樊北。近代改屬河南省，在南陽西南。今改稱“鄧州”，與湖北襄樊相鄰接。❸姓。

13 鄴 (邺) [yè ㄧㄝˋ 圖jip⁹ 葉]
❶古都地名，戰國時魏國都城。秦代置鄴縣，東漢末，曹操以為魏都。在今河北臨漳西。❷姓。

13 鄶 (郐) [kuài ㄎㄨㄞˋ 圖kui³ 憒]
周代諸侯國名，在今河南密縣東北。

14 鄹 [zōu ㄗㄡ 圖dzɐu² 週]
❶同“鄒”。春秋時魯國的地名。❷周朝國名，在今山東鄒縣一帶。

15 鄾 [yōu ㄧㄡ 圖jɐu¹ 休]
周代諸侯國名，在今湖北襄樊北。

15 鄺 (邝) [kuàng ㄎㄨㄤˋ 圖kwɔŋ³ 曠]
姓。

17 酃 [líng ㄌㄧㄥˊ 圖liŋ⁴ 零]
❶酃縣，地名，在湖南東部。❷姓。

18 酆 [fēng ㄈㄥ 圖fuŋ¹ 風]
❶西周國都之一，在今陝西戶縣東。❷酆都，地名，在四川東部，涪陵東北，今改作“豐都”。❸姓。

18 酄 [quān ㄑㄩㄢ 圖hyn¹ 喧]
地名用字。如河北有柳樹酄、畢家酄，天津有蒙酄。

19 酈 (郦) 〈一〉[lì ㄌㄧˋ 圖lik⁹ 力]
姓。
〈二〉[zhí ㄓˊ 圖同〈一〉]
酈縣，古地名，秦代置，在今河南

內鄉縣。

¹⁹ **酇**〈一〉[cuó ㄘㄨㄛˊ ⑧ tsɔ⁴ 鋤]
酇縣，古地名，秦代置，在
今河南東部永城西酇縣。
〈二〉[zàn ㄗㄢˋ ⑧ dzan³ 讚]
❶酇縣，古地名，漢代置，在湖
北老河口。❷姓。

酉 部

⁰ **酉**[yǒu ㄧㄡˇ ⑧ jeu⁵ 有]
❶地支的第十位。❷酉時，
舊指十七時至十九時。

² **酊**〈一〉[dīng ㄉㄧㄥ ⑧ diŋ¹ 丁]
酊劑，用生藥或化學藥物與
酒精配合而成的藥劑，有顛茄酊、
橙皮酊、磺酊等。簡稱酊。
〈二〉[dǐng ㄉㄧㄥˇ ⑧ 同〈一〉]
酩酊。見"酩"，726頁左欄。

² **酋**[qiú ㄑㄧㄡˊ ⑧ tseu⁴ 囚/jeu⁴
由 (語)]
❶部落的首領 ◆ 酋長。❷指盜匪
或侵略者的頭目 ◆ 匪酋|賊酋|敵
酋。

³ **酐**[gān ㄍㄢ ⑧ gɔn¹ 干]
酸酐的簡稱 (英 anhydride)。
是含氧的無機或有機酸縮水而成的
氧化物。如二氧化硫、醋酸酐。

³ **酎**[zhòu ㄓㄡˋ ⑧ dzɐu⁶ 就]
醇酒。

³ **酌**[zhuó ㄓㄨㄛˊ ⑧ dzœk⁸ 雀]
❶往杯或碗等器皿裏倒酒 ◆
酌酒。❷飲酒；喝酒 ◆ 對酌|自斟
自酌|唐李白《月下獨酌》詩："花
間一壺酒，獨酌無相親。舉杯邀
明月，對影成三人。"❸酒；酒飯
◆ 菲酌|便酌|聊備一酌。❹考
慮；掂量 ◆ 酌辦|酌情|酌量|斟酌
|字斟句酌。

³ **酒**[jiǔ ㄐㄧㄡˇ ⑧ dzɐu² 走]
❶用含澱粉或糖的糧食、水
果等發酵製成的含乙醇的飲料 ◆ 米
酒|黃酒|葡萄酒|酒囊飯袋|花天
酒地|醉翁之意不在酒|唐杜甫《自
京赴奉先縣詠懷五百字》詩："朱
門酒肉臭，路有凍死骨。"❷筵席
◆ 辦十桌酒。❸喝酒；飲酒 ◆ 酒
後吐真言。❹姓。

³ **配**[pèi ㄆㄟˋ ⑧ pui³ 佩]
❶兩性結合。(1) 男女結為
夫妻 ◆ 配偶|婚配|許配|原配夫
妻。(2) 使牲畜交媾 ◆ 配種|交
配。❷按一定的要求調和或選取 ◆
配藥|搭配|配顏色|配眼鏡。❸按
一定的規格補足缺損的部分 ◆ 修
配|配零件|配鑰匙。❹按一定的計
劃或標準來分派 ◆ 配售|配給|調
配|按勞分配。❺輔助；襯托 ◆ 配
角|配殿|紅花配綠葉。❻相當；夠

得上 ◆ 般配|相配|這樣的人不配
稱為老師。❼流放。古代的一種刑
罰，把犯人押送到荒遠的地方服勞
役 ◆ 刺配|發配|配軍。❽匹敵；
媲美 ◆ 追配前人。

³**酏** [yǐ ㄧˇ ⑧ji⁵ 以/ji⁴ 移]
❶酏劑 (英elixir)。含有糖
和揮發油或另含有主要藥物的酒精
溶液的製劑。簡稱酏。❷古代一種
用黍米釀成的酒。

⁴**酞** [tài ㄊㄞˋ ⑧tai³ 太]
有機化合物的一類 (英phth-
alcine)，是由一個分子的鄰苯二酸
酐與兩個分子的酚經縮合作用而得
到的產物。酚酞就屬於酞類。

⁴**酕** [máo ㄇㄠˊ ⑧mou⁴ 毛]
酕醄，大醉的樣子 ◆ 酕醄
大醉。

⁴**酗** [xù ㄒㄩˋ ⑧hœy³ 去]
沈溺於酒；撒酒瘋 ◆ 酗酒
滋事。

⁴**酚** [fēn ㄈㄣ ⑧fɐn¹ 分]
❶羥基直接與苯環的炭原子
相連的一類化合物 (英phenol)。特
指苯酚。❷酚酞，有機化合物，分子
式 $C_{20}H_{14}O_4$ (英phenolphthalein)。無
色結晶體。其酒精溶液在中性或酸
性溶液中無色，在鹼性溶液中呈紅
色，故常用作化學分析的指示劑。

⁴**酔** 同"醉"，見727頁右欄。

⁴**酘** [dòu ㄉㄡˋ ⑧tɐu⁴ 投]
(酒)再釀 ◆ 酘酒。

⁴**酖** [dān ㄉㄢ ⑧dam¹ 耽]
❶特別喜愛(喝酒) ◆ 酖酒。
❷深切地愛好；入迷 ◆ 酖玩典籍
|酖溺酒色。

⁵**酣** [hān ㄏㄢ ⑧ham⁴ 函/hɐm⁴
含]
❶酒喝得暢快 ◆ 酣飲|酒酣耳熱。
❷盡興；痛快 ◆ 酣暢|酣夢|酣
睡。❸激烈緊張 ◆ 酣戰|酣鬥|戰
猶酣。

⁵**酤** [gū ㄍㄨ ⑧gu¹ 姑/gu³ 固/
wu⁶ 互]
❶古代原指一夜釀成的酒。後也泛
指酒 ◆ 清酤。❷買酒 ◆ 酤酒。
❸賣酒 ◆ 酤酒|酤賣。

⁵**酢** ⟨一⟩ [zuò ㄗㄨㄛˋ ⑧dzɔk⁹
鑿]
客人用酒回敬主人 ◆ 酬酢。
⟨二⟩ 古同"醋"，見727頁左欄。

⁵**酥** [sū ㄙㄨ ⑧sou¹ 蘇]
❶從煮沸並冷卻的牛奶或羊
奶表層提出的一層脂肪 ◆ 酥油。
❷鬆軟易碎 ◆ 酥脆|酥糖|酥鬆。
❸含油多而鬆脆的點心 ◆ 桃酥。

❹肢體軟弱無力 ◆ 酥軟|嘴硬骨頭酥。❺比喻物體潔白細膩 ◆ 酥胸|酥手。

⁵ **酡** [tuó ㄊㄨㄛˊ 粵to⁴ 駝]
喝酒而臉紅 ◆ 酡紅|酡然|酡顏。

⁶ **酮** [tóng ㄊㄨㄥˊ 粵tuŋ⁴ 同]
有機化合物的一類（英 ketone），是一個羰基和兩個烴基連接而成的化合物。酮類中的丙酮是工業上常用的溶劑。

⁶ **酰** [xiān ㄒㄧㄢ 粵sin¹ 先]
酰基（英 acyl）。無機或有機含氧酸除去羥基後所餘下的原子團。

⁶ **酯** [zhǐ ㄓˇ 粵dzi² 子]
有機化合物的一類，是酸分子中能電離的氫原子被烴基取代而成的化合物。一種酯是有香氣的揮發性液體，另一種酯是蠟狀固體或很稠的液體，是動植物油脂的主要部分。

⁶ **酩** [mǐng ㄇㄧㄥˇ 粵miŋ⁵ 皿]
酩酊，大醉的樣子 ◆ 酩酊大醉。

⁶ **酪** 〈一〉[lào ㄌㄠˋ 粵lɔk⁹ 烙]
用牛、羊等動物乳汁做成的半凝固的食品 ◆ 奶酪|乳酪。

〈二〉[lào ㄌㄠˋ 粵lou⁶ 路]
用果實做成的糊狀食品 ◆ 杏仁酪|山楂酪|核桃酪。

⁶ **酬** (酧醻) [chóu ㄔㄡˊ 粵tsɐu⁴ 囚]
❶勸酒；敬酒 ◆ 酬酢。❷報答 ◆ 酬謝|酬報|大德不酬。❸償付的錢或物 ◆ 報酬|計酬|稿酬|同工同酬。❹交往；應答 ◆ 應酬|酬答|酬唱。❺成為現實；得到落實 ◆ 壯志未酬。

⁷ **酵** [jiào ㄐㄧㄠˋ 粵hau³ 烤]
發酵，複雜的有機化合物在微生物的作用下分解成比較簡單的物質。發麵、釀酒等都要經過發酵。

⁷ **酺** [pú ㄆㄨˊ 粵pou⁴ 葡]
古代指喜慶時聚會飲酒。

⁷ **酲** [chéng ㄔㄥˊ 粵tsiŋ⁴ 情]
酒醉後神志不清 ◆ 解酲|宿酲|餘酲。

⁷ **酷** [kù ㄎㄨˋ 粵huk⁹ 斛]
❶兇狠殘忍 ◆ 殘酷|嚴酷|酷刑|酷吏。❷極；程度深 ◆ 酷暑|酷愛|酷似。

⁷ **酶** [méi ㄇㄟˊ 粵mui⁴ 梅]
生物體細胞產生的有機膠狀物質（英 enzyme），由蛋白質組成。

對於有機體內的化學變化，如氧化作用、消化作用、發酵等起催化作用。

7**醾** [tú ㄊㄨˊ ⑧tou⁴ 途]
①酒麴。②酒釀。③醾釀。(1) 一種重釀的酒。(2) 花名，也寫作"荼蘼"。一種有香氣、供觀賞的花。

7**醊** [lèi ㄌㄟˋ ⑧lœy⁶ 淚/lœi⁶ 來⁶]
用酒灑地，表示祭奠 ◆ 宋 蘇軾《念奴嬌》詞："人生如夢，一尊還醊江月。"

7**酸** [suān ㄙㄨㄢ ⑧syn¹ 孫]
①類似醋的味道或氣味 ◆ 酸菜｜酸棗｜草莓又酸又甜｜打翻了五味瓶，酸、甜、苦、辣、鹹都有。②悲傷；傷心 ◆ 酸楚｜心酸｜辛酸。③拘謹而迂腐 ◆ 窮酸｜寒酸｜酸秀才。④化學上指能在水溶液中產生氫離子的化合物 (英 acid) ◆ 鹽酸｜硝酸｜草酸。⑤同"痠"，見448頁左欄。

8**醋** 〈一〉[cù ㄘㄨˋ ⑧tsou³ 燥]
①一種味酸的液體調味品，多用米或高粱等發酵製成 ◆ 陳醋｜米醋｜添油加醋｜開門七件事：柴米油鹽醬醋茶。②比喻因男女關係而引起的嫉妒情緒 ◆ 醋意｜醋勁｜吃醋。

〈二〉[zuò ㄗㄨㄛˋ ⑧dzɔk⁹ 昨]
同"酢"。謂客人以酒回敬主人。

8**醃** [yān ㄧㄢ ⑧jim¹ 淹]
用鹽並加糖、醬、酒等浸漬食品 ◆ 醃肉｜醃魚｜醃菜｜已經多年沒吃醃蘿蔔了。

8**醆** 同"盞"，見457頁右欄。

8**醌** [kūn ㄎㄨㄣ ⑧kwɐn¹ 昆]
一類含有兩個雙鍵的六員環狀二酮 (含兩個羰基) 結構的有機化合物 (英 quinone)。

8**醄** [táo ㄊㄠˊ ⑧tou⁴ 逃]
酕醄。見"酕"，725頁左欄。

8**醇** (⑧醕) [chún ㄔㄨㄣˊ ⑧sœn⁴ 純]
①酒味淳厚。也指味道淳正濃厚的酒 ◆ 醇酒。②精純；純粹 ◆ 醇正｜精醇｜大醇小疵。③淳厚質樸 ◆ 醇厚｜醇樸。④有機化合物的一類 (英 alcohol)，是含有羥基的烴化合物。醫學上常用的酒精，就是醇類中的乙醇。

8**醉** [zuì ㄗㄨㄟˋ ⑧dzœy³ 最]
①因喝酒過量而神志不清 ◆ 喝醉｜爛醉｜醉醺醺｜酩酊大醉｜醉翁之意不在酒。②沈迷；過分愛好 ◆ 醉心｜陶醉｜紙醉金迷。③用酒

泡製 (食品) ◆ 醉蟹|醉白魚。

⁸醅 [pēi ㄆㄟ ⑧pui¹ 胚]
沒有濾去糟的酒。也泛指酒。

⁸醊 [zhuì ㄓㄨㄟˋ ⑧dzœy³ 最]
祭祀時以酒灑地；祭奠 ◆ 醊奠。

⁸醁 [lù ㄌㄨˋ ⑧luk⁹ 陸]
美酒 ◆ 醁酒。

⁹醐 [hú ㄏㄨˊ ⑧wu⁴ 胡]
醍醐。見"醍"，728頁左欄。

⁹醍 〈一〉[tí ㄊㄧˊ ⑧tɐi⁴ 提]
醍醐，從酥酪中提煉出來的精華。佛教用以比喻最高的佛法 ◆ 如飲醍醐|醍醐灌頂。
〈二〉[tǐ ㄊㄧˇ ⑧同〈一〉]
清純的淺紅色酒。

⁹醞 (酝) [yùn ㄩㄣˋ ⑧wɐn² 溫²]
❶釀造 (酒)。也指酒 ◆ 佳醞。❷醞釀，造酒的發酵過程。比喻為使條件成熟而在事前做準備工作 ◆ 經過充分醞釀，產生了候選人名單。

⁹醒 [xǐng ㄒㄧㄥˇ ⑧siŋ¹ 星/siŋ² 星²/sɛŋ² 腥² (語)]
❶從神志昏迷不清中恢復正常狀態 ◆ 甦醒|醒酒|病人醒過來了。❷

睡眠狀態結束或尚未入睡 ◆ 睡醒|如夢方醒|一覺醒來。❸覺悟；明白 ◆ 醒悟|提醒|發人深醒。❹顯眼；清楚 ◆ 醒目|醒豁。

⁹醑 [xǔ ㄒㄩˇ ⑧sœy² 水]
❶美酒 ◆ 醑觚|清醑|金樽綠醑。❷醑劑，揮發性物質溶解在酒精中所成的製劑。簡稱醑。

¹⁰醛 [quán ㄑㄩㄢˊ ⑧tsyn⁴ 全]
有機化合物的一類 (英alde-hyde)。由羰基和一個烴基、一個氫原子結合而成。有甲醛、乙醛等，乙醛在醫學上用來做催眠、鎮痛劑。

¹⁰醢 [hǎi ㄏㄞˇ ⑧hɔi² 海]
肉醬。古代的一種酷刑，將人剁成肉醬。

¹⁰醜 (丑) [chǒu ㄔㄡˇ ⑧tsɐu² 瞅]
❶相貌或樣子難看；跟"美"相對 ◆ 醜陋|醜八怪|醜小鴨。❷可恥的；令人厭惡的 ◆ 醜聞|醜態百出|醜話說在前邊。❸可恥的或不光彩的事情 ◆ 出醜|出乖露醜|家醜不可外揚。

¹⁰醣 [táng ㄊㄤˊ ⑧tɔŋ⁴ 唐]
有機化合物的一類 (英sugar)。也叫碳水化合物。是人類食物中主要成分之一，也是植物和某

些動物的支持保護物，並可作工業上的重要原料。

10 **醚** [mí ㄇㄧˊ ⑧mɐi⁴ 迷]
有機化合物的一類（英ether）。由一個氧原子聯結兩個烴基而成，多為液體，如醫藥上常用的麻醉劑乙醚。

10 **醡** [zhà ㄓㄚˋ ⑧dza³ 炸]
壓出物體裏汁液的器具 ◆ 酒醡｜油醡。

11 **醫**（医⑧毉） [yī ㄧ ⑧ji¹ 衣]
❶診治疾病的人 ◆ 名醫｜庸醫｜醫囑｜病急亂投醫。❷診治疾病 ◆ 醫治｜醫術｜行醫｜諱疾忌醫｜死馬當作活馬醫。❸關於診治疾病的科學 ◆ 醫書｜學醫｜中醫｜西醫。

11 **醨** [lí ㄌㄧˊ ⑧lei⁴ 離]
薄酒。

11 **醬**（酱） [jiàng ㄐㄧㄤˋ ⑧dzœŋ³ 帳]
❶用經過發酵的豆、麥等加上鹽做成的糊狀或液狀調味品 ◆ 黃醬｜醬油｜甜麵醬｜油鹽醬醋。❷用醬或醬油醃的；用醬油煮的 ◆ 醬瓜｜醬菜｜醬肉｜醬黃豆。❸用醬或醬油醃製 ◆ 把蘿蔔醬一醬。❹像醬的糊狀食品 ◆ 果醬｜蟹醬｜花生醬｜芝麻醬。

11 **醪** [láo ㄌㄠˊ ⑧lou⁴ 牢]
❶濁酒，一種汁渣混合的酒 ◆ 醪糟｜濁醪。❷泛稱酒 ◆ 醪醴｜瓊醪。

12 **醰** [tán ㄊㄢˊ ⑧tam⁴ 潭]
酒味醇厚。

12 **醭** [bú ㄅㄨˊ ⑧pɔk⁸ 撲]
酒、醋、醬油等腐敗或物體受潮後表面所生的白霉。

12 **醮** [jiào ㄐㄧㄠˋ ⑧dziu³ 照]
❶古代結婚時的一種飲酒禮節 ◆ 再醮（再嫁）｜改醮。❷指僧、道設壇祭神 ◆ 打醮。

12 **醯** [xī ㄒㄧ ⑧hei¹ 希]
❶醋。❷酰的舊稱。

12 **醱** ⟨一⟩[pō ㄆㄛ ⑧put⁸ 潑]
酒再釀 ◆ 醱醅（重釀未濾的酒）。
⟨二⟩[fā ㄈㄚ ⑧同⟨一⟩]
醱酵，即發酵。

13 **醵** [jù ㄐㄩˋ ⑧gœy⁶ 巨/kœk⁹ 卻⁹]
❶湊錢聚飲 ◆ 聚醵。❷集資；湊錢 ◆ 醵金｜醵資。

13 **醴** [lí ㄌㄧˇ ⑧lei⁵ 禮]
❶甜酒 ◆ 醴酒｜君子之交淡若水，小人之交甘若醴。❷甘

美的泉水 ◆ 甘醴|醴泉。

13 **醲** [nóng ㄋㄨㄥˊ [粵] nuŋ⁴ 農] ❶味濃的酒。❷酒味濃。

14 **醺** [xūn ㄒㄩㄣ [粵] fɐn¹ 芬] 酒醉 ◆ 微醺|醉醺醺。

16 **醼** [yàn ㄧㄢˋ [粵] jin³ 燕] 同"宴"。聚飲；宴會。

17 **醽** [líng ㄌㄧㄥˊ [粵] liŋ⁴ 零] 美酒 ◆ 醽酒。

17 **釂** [jiào ㄐㄧㄠˋ [粵] dziu³ 照] 喝盡杯中的酒；乾杯。

17 **釀**（酿）[niàng ㄋㄧㄤˋ [粵] jœŋ⁶ 讓] ❶利用發酵作用製造 ◆ 釀酒|釀造|醞釀。❷蜜蜂做蜜 ◆ 釀蜜。❸造成；漸漸形成 ◆ 釀病|釀成大禍。❹酒 ◆ 佳釀。

17 **醾**（[異]醿醿）[mí ㄇㄧˊ [粵] mei⁴ 眉] 酴醾。見"酴"，727頁左欄。

18 **釁**（衅）[xìn ㄒㄧㄣˋ [粵] jɐn³ 印] ❶古代血祭，用牲畜的血塗於新製成器物的縫隙 ◆ 釁鐘|釁鼓。❷爭端；嫌隙 ◆ 釁端|尋釁|這是挑釁行為。

19 **釃**（酾）[shī ㄕ/shāi ㄕㄞ [粵] si¹ 詩] ❶濾（酒）。❷斟（酒）。❸疏導（河渠）。

20 **釅**（酽）[yàn ㄧㄢˋ [粵] jim⁶ 驗] ❶味濃 ◆ 釅茶|釅酒。❷色深 ◆ 墨磨得釅釅的。❸形容感情深厚。

釆部

0 **釆** [biàn ㄅㄧㄢˋ [粵] bin⁶ 便] ❶"辨"的古字。❷部首用字。

1 **采** 〈一〉[cǎi ㄘㄞˇ [粵] tsɔi² 彩] ❶精神；神態 ◆ 風采|神采|無精打采。❷搜集 ◆ 采詩。❸運氣；幸運 ◆ 采頭。❹"採"的簡化字。
〈二〉[cài ㄘㄞˋ [粵] tsɔi³ 菜] 同"寀"。采地，采邑，古代諸侯分封給卿大夫的土地。

5 **釉** [yòu ㄧㄡˋ [粵] jɐu⁶ 又] 以石英、長石、硼砂、黏土等為原料製成，塗在瓷器、陶器表面，燒製後發出玻璃光澤，可增加陶瓷的機械強度和絕緣性能。

13 **釋**（释）[shì ㄕˋ [粵] sik⁷ 色] ❶解說使人明白 ◆

釋義|解釋|註釋|詮釋|古詩詞淺釋。❷消溶；消除 ◆ 釋疑|消釋前嫌|渙然冰釋。❸解開；放下 ◆ 如釋重負|愛不釋手|手不釋卷。❹恢復被關押者的自由 ◆ 開釋|保釋|獲釋|刑滿釋放。❺佛教創始人釋迦牟尼的簡稱，也借指佛教 ◆ 釋門|釋家|釋典。

里 部

⁰ **里** [lǐ ㄌㄧˇ ⑧ lei⁵ 理]

❶長度單位，市里的簡稱，合二分之一公里，等於 500 公尺 ◆ 里程|千里馬|鵬程萬里|如墮五里霧中。❷街坊 ◆ 鄰里|閭里|里弄。❸指鄉村中村民聚居的地方；家鄉 ◆ 故里|鄉里|入國問禁，入里問俗|榮歸故里。❹古代地方行政組織，以五家為鄰，五鄰為里，後規模有所不同。❺姓。❻"裏"的簡化字。

² **重** 〈一〉[zhòng ㄓㄨㄥˋ ⑧ tsuŋ⁵ 蟲⁵]

❶分量，物體因地心引力的作用而具有的向下的力 ◆ 體重|失重|超重。❷分量大；跟"輕"相對 ◆ 重型|重擔|笨重|頭重腳輕|漢司馬遷《報任少卿書》："人固有一死，或重於泰山，或輕於鴻毛。"❸分量大的事物 ◆ 舉重|如牛負重|拈輕

怕重。❹數量多 ◆ 重金|重兵。❺程度深 ◆ 重病|重罰|嚴重|災難深重|千里送鵝毛，禮輕情意重。

〈二〉[zhòng ㄓㄨㄥˋ ⑧ dzuŋ⁶ 仲]

❶具有很大意義、作用和影響的 ◆ 重要|重地|身負重任|權衡輕重。❷認為要緊而認真對待 ◆ 器重|重用|重男輕女|只重衣衫不重人。❸嚴肅；不隨便 ◆ 莊重|穩重|鄭重其事|老成持重。

〈三〉[chóng ㄔㄨㄥˊ ⑧ tsuŋ⁴ 蟲]

❶再；又一次出現或又一次做 ◆ 重複|重婚|老調重彈|捲土重來|這本書買重了|宋陸游《遊山西村》詩："山重水複疑無路，柳暗花明又一村。"❷層 ◆ 雙重|九重霄|心事重重。

⁴ **野** [yě ㄧㄝˇ ⑧ jɛ⁵ 冶]

❶郊外，離人聚居處較遠的地方 ◆ 原野|田野|野外|漫山遍野|野火燒不盡，春風吹又生。❷分界；限度 ◆ 視野|分野。❸民間；不當政的地位。跟"朝"相對 ◆ 朝野|下野|在野。❹非人工培植或畜養的 ◆ 野獸|野兔|野菜|野草。❺粗魯蠻橫，缺乏教養的 ◆ 野蠻|粗野|撒野|這孩子野得很。❻不受約束；難以約束 ◆ 野性|孩子玩得心都野了。❼非正式的；不合法的 ◆ 野老公|野鴛鴦。

⁵ **量** 〈一〉[liáng ㄌㄧㄤˊ ⑧ lœŋ⁴ 良]

❶用作為標準的器物計算事物的長短、大小、多少或其他性質 ◆ 量杯｜測量｜量體溫｜車載斗量｜量體裁衣｜人不可貌相，海水不可斗量。❷估計；推斷 ◆ 打量｜思量｜估量｜衡量。

〈二〉[liàng ㄌㄧㄤˋ ⑩ lœŋ⁶ 亮]
❶能容納或禁受的最大程度 ◆ 飯量｜膽量｜充其量｜寬宏大量。❷數目 ◆ 產量｜降雨量｜質量並重。❸估計；權衡 ◆ 量刑｜量入為出｜量才錄用｜等量齊觀｜蚍蜉撼大樹，可笑不自量。❹古代指計量物體多少的容器，如斗、升等。

¹¹釐 〈一〉[lí ㄌㄧˊ ⑩ lei⁴ 離]
❶計量單位。(1) 市制長度單位，一尺的千分之一 ◆ 失之毫釐，謬以千里。(2) 重量單位，舊制兩的千分之一。(3) 地積單位，畝的百分之一。(4) 利率單位，年利一釐為本金的百分之一，月利一釐為本金的千分之一。❷整治 ◆ 釐正｜釐定。

〈二〉[xǐ ㄒㄧˇ/xī ㄒㄧ (舊) ⑩ hei¹ 希]
幸福；吉祥 ◆ 年釐｜恭賀新釐。

金 部

⁰金 [jīn ㄐㄧㄣ ⑩ gɐm¹ 今]
❶金屬元素，符號 Au（英 aurum）。黃赤色，質柔軟，延展性大，屬貴重金屬。通稱金子或黃金 ◆ 金幣｜鍍金｜金鑾殿｜璞玉渾金｜浪子回頭金不換。❷金屬的總稱，通常指金、銀、銅、鐵、錫等 ◆ 五金｜合金｜金石｜眾口鑠金。❸錢 ◆ 金錢｜金額｜現金｜基金｜獎學金｜拾金不昧。❹金屬製的打擊樂器 ◆ 鳴金｜金鼓齊鳴。❺比喻高貴、貴重 ◆ 金口｜黃金檔期｜金科玉律｜金枝玉葉。❻比喻堅固 ◆ 金城｜固若金湯。❼顏色像黃金的 ◆ 金髮｜金燦燦｜金蟬脫殼。❽五行之一。❾朝代名，女真族完顏部領袖阿骨打所建（公元1115—1234年），疆域主要在中國北部。❿姓。

¹釔（钇）[yǐ ㄧˇ ⑩ jyt⁸ 乙]
金屬元素，符號 Y（英 yttrium）。灰黑色粉狀物，用來製合金與特種玻璃。

¹釓（钆）[gá ㄍㄚˊ ⑩ ga¹ 加]
金屬元素，符號 Gd（英 gadolinium）。是一種稀土金屬。原子能工業上用做反應堆的結構材料。

²針（针）[zhēn ㄓㄣ ⑩ dzɐm¹ 斟]
❶縫衣物引線用的工具，細長而小，一頭有孔或鈎，另一頭尖銳，多用金屬製成 ◆ 針線｜繡花針｜穿針引線｜大海撈針｜只要功夫深，鐵杵磨成針。❷形狀類似針的東西

◆ 別針|唱針|松針|指南針|大頭針。❸注射用的藥物 ◆ 打針|防疫針。❹用針扎 ◆ 針灸|一針見血。❺特指針狀的醫療器具 ◆ 針頭。

釘 (钉)

〈一〉[dīng ㄉㄧㄥ ⑧ diŋ¹ 丁/dεŋ¹ 盯(語)]

❶用金屬或竹木製成的細條形物件，一端扁平，一端尖銳，主要用來固定或連接物體 ◆ 鐵釘|竹釘|螺絲釘|斬釘截鐵|一口釘子一個眼。❷緊跟着不放鬆 ◆ 要釘住對方的得分手，使他拿不到球。❸督促；追問 ◆ 釘問|這孩子不太自覺，你要多釘着點。❹同 "盯"。專注地看；注視。

〈二〉[dìng ㄉㄧㄥˋ ⑧ 同〈一〉]

❶把釘子或楔子捶打進別的東西，使固定或連接起來 ◆ 釘鞋|釘馬掌|板上釘釘(dīng)|他用幾塊木板釘了個信箱。❷用針線把別的東西縫合上 ◆ 釘紐釦。

釗 (钊)

[zhāo ㄓㄠ ⑧ dziu¹ 招/tsiu¹ 超(語)]

勉勵。多用於人名。

釙 (钋)

[pō ㄆㄛ ⑧ pɔk⁸ 撲]

放射性金屬元素，符號 Po(英 polonium)。半衰期約為138天。

釜

[fǔ ㄈㄨˇ ⑧ fu² 苦]

❶古代的一種鍋 ◆ 釜底抽薪|釜底游魚|破釜沈舟|三國魏曹植《七步詩》："煮豆燃豆萁，豆在釜中泣。本是同根生，相煎何太急。"❷古代量器名。也是容量單位。

釕 (钌)

〈一〉[liǎo ㄌㄧㄠˇ ⑧ liu⁵ 瞭]

金屬元素，符號 Ru(英 ruthenium)。銀灰色，質堅而脆，有時呈海棉狀或碎片狀。純釕可以做裝飾品，三氯化釕可以做防腐劑、催化劑。

〈二〉[liào ㄌㄧㄠˋ ⑧ 同〈一〉]

釕銱，釘在門窗上可以把門窗扣住的鐵片。

釷 (钍)

[tǔ ㄊㄨˇ ⑧ tou² 土]

放射性金屬元素，符號 Th(英 thorium)。銀灰色粉末，質地柔軟。可製鈾(U²³³)，也可做耐火材料、電極等。在醫藥上的作用和鐳相同。

釬

同 "焊"，見402頁左欄。

釦

[kòu ㄎㄡˋ ⑧ kɐu³ 叩]

衣紐 ◆ 衣釦|子母釦。

釬 (钎)

[qiān ㄑㄧㄢ ⑧ tsin¹ 千]

採掘工程中常用的打鑿孔眼的工具，用鋼棍製成，釬頭有一定硬度和刃角 ◆ 鋼釬|打釬。

³ 釧 (钏) ［chuàn ㄔㄨㄢˋ ⑧ tsyn³ 串］

鐲子，一種套在手臂或手腕上的環形裝飾品 ◆ 金釧｜玉釧。

³ 釤 (钐) ⟨一⟩［shān ㄕㄢ ⑧ sam³ 衫³］

放射性金屬元素，符號 Sm（英 samarium）。銀灰色結晶，質硬，半衰期很長，能放出甲種射線而變成釹。釤的氧化物是原子反應堆上陶瓷保護層的重要成分。

⟨二⟩［shàn ㄕㄢˋ ⑧ 同⟨一⟩］
❶一種長柄的大鐮刀 ◆ 釤刀｜釤鐮。❷用鐮刀或釤鐮掄開着割 ◆ 釤草｜釤麥。

³ 釣 (钓) ［diào ㄉㄧㄠˋ ⑧ diu³ 吊］

❶用魚鈎捉魚或其他水生動物 ◆ 釣魚｜垂釣｜放長線，釣大魚。❷比喻用手段謀取 ◆ 釣利｜沽名釣譽。❸指捉魚或其他水生動物的鈎子 ◆ 下釣。

³ 釩 (钒) ［fán ㄈㄢˊ ⑧ fan⁴ 凡］

金屬元素，符號 V（英 vanadium）。銀白色，在常溫中不易氧化。熔合在鋼中，能增加鋼的抗張強度、彈性和硬度，工業上用途很大。

³ 釹 (钕) ［nǚ ㄋㄩˇ ⑧ nœy⁵ 女］

金屬元素，符號 Nd（英 neodymiun）。色微黃，在空氣中易氧化，能分解水。多用來製造合金。

³ 釵 (钗) ［chāi ㄔㄞ ⑧ tsai¹ 猜］

婦女髮髻上的一種首飾，由兩股簪子合成 ◆ 金釵｜荊釵布裙。

⁴ 鉶 (铏) ⟨一⟩［xíng ㄒㄧㄥˊ ⑧ jiŋ⁴ 形］

古代的一種盛酒器。類似小盅，但頸長。

⟨二⟩［jiān ㄐㄧㄢ ⑧ gin¹ 堅］
人名用字。

⁴ 鈇 (铁) ⟨一⟩［fū ㄈㄨ ⑧ fu¹ 夫］

鍘刀。用以切草，也用為斬人的刑具。

⟨二⟩同“斧”，見282頁右欄。

⁴ 鈣 (钙) ［gài ㄍㄞˋ ⑧ kɔi³ 慨］

金屬元素，符號 Ca（英 calcium）。銀白色晶體，化學性質活潑。人的血液和骨骼中都含有鈣，缺鈣會引起骨骼疏鬆。鈣的化合物在建築工程上和醫藥上用途很大。

⁴ 鈈 (钚) ［bù ㄅㄨˋ ⑧ bɐt⁷ 畢］

放射性元素，符號 Pu（英 plutonium）。有淡藍色光澤，在空氣中容易氧化。化學性質跟鈾相似，是原子能工業的重要原料。

4 **鈦**（钛）[tài ㄊㄞˋ [粵] tai3 太] 金屬元素，符號Ti（英titanium）。銀白色，質堅韌而輕，有較強的耐腐蝕性，熔點高。純鈦和以鈦為主的合金是新型的結構材料，主要用於飛機和輪船製造工業。

4 **鈑** [bǎn ㄅㄢˇ [粵] ban2 板] 古代指形狀像餅的金銀塊。後也指板塊形狀的金屬 ◆ 鋁鈑｜鋼鈑。

4 **鈪** [è ㄜˋ [粵] ak8 厄8] 方言。鐲子 ◆ 手鈪｜金鈪。

4 **鈍**（钝）[dùn ㄉㄨㄣˋ [粵] dœn6 頓] ❶不鋒利；跟"鋭"、"利"相對 ◆ 刀鈍了｜成敗利鈍｜鈍刀子割肉，半天也割不出血來。❷笨拙；不靈巧 ◆ 遲鈍｜魯鈍｜拙嘴鈍舌。

4 **鈚** [pī ㄆㄧ [粵] pɐi1 批] 古代箭的一種。箭頭薄而闊，箭桿較長 ◆ 鈚箭。

4 **鈔**（钞）[chāo ㄔㄠ [粵] tsau1 抄] ❶謄寫 ◆ 鈔寫｜傳鈔｜手鈔本。❷剽竊；把他人作品照寫下來當成自己的作品 ◆ 鈔襲｜文鈔公。❸選錄而成的集子 ◆ 詩鈔｜《北堂書鈔》｜《清稗類鈔》。❹紙幣 ◆ 現鈔｜鈔票｜外鈔。（❶❷❸同"抄"。）

4 **鈉**（钠）[nà ㄋㄚˋ [粵] nap9 納] 金屬元素，符號Na（英natrium）。銀白色，質柔軟，有延展性，在空氣中易氧化。鈉和它的化合物在工業上用途廣泛。鈉也是人體肌肉和神經組織中的主要成分之一。

4 **鈐**（钤）[qián ㄑㄧㄢˊ [粵] kim4 黔] ❶舊時官場上使用的圖章，不及印或關防鄭重 ◆ 鈐記。❷蓋（圖章）◆ 鈐印｜鈐章。

4 **鈞**（钧）[jūn ㄐㄩㄣ [粵] gwɐn1 君] ❶古代重量單位，合15公斤 ◆ 千鈞一髮｜雷霆萬鈞之勢。❷敬辭。用於與尊長或上級有關的事物或行為 ◆ 鈞座｜鈞旨｜鈞啟。

4 **鈎**（钩[異]鉤）[gōu ㄍㄡ [粵] ŋɐu1 勾] ❶懸掛、探取或連結東西用的器具，形狀彎曲，頂端尖鋭 ◆ 帳鈎｜秤鈎｜釣魚鈎｜姜太公釣魚，願者上鈎｜唐李賀《馬詩》："大漠沙如雪，燕山月似鈎。"❷用鈎子或像鈎子的東西搭、掛或探取 ◆ 手臂鈎着一隻菜籃子｜衣服被鈎破了一個角。❸用帶鈎的針編織；用針粗縫 ◆ 鈎貼邊｜鈎一塊袷布。❹漢字的筆畫，附在橫、豎等筆畫的末端成鉤子形，形狀是"亅、一、乚、乚"。❺一種像鉤子形狀的符號，形狀是"✓"，多表示正確或合格。舊時也用作表示勾乙或刪除。❻姓。

鈧 (钪) [kàng ㄎㄤˋ ⑧ koŋ³ 抗]

金屬元素，符號 Sc (英 scandium)。銀白色，質軟，易溶於酸，常跟釓、鉬等混合存在，產量稀少，可用來製特種玻璃和輕質耐高溫合金。

⁴鈁 (钫) [fāng ㄈㄤ ⑧ foŋ¹ 方]

❶放射性元素，符號 Fr (英 francium)。最穩定的同位素，半衰期為21分鐘。❷古代的一種方形壺，用來盛酒漿或糧食。

⁴鈥 (钬) [huǒ ㄏㄨㄛˇ ⑧ fo² 火]

金屬元素，符號 Ho (英 holmium)。是一種稀土金屬。

⁴鈄 (鈄) [dǒu ㄉㄡˇ ⑧ dɐu² 斗]

古代酌酒的器具。

⁴鈕 (纽) [niǔ ㄋㄧㄡˇ ⑧ nɐu⁵ 扭]

❶印鼻，印章上端的雕飾。形式多樣，如瓦鈕、環鈕、龜鈕、虎鈕等，古代用來分別官印的等級。❷衣鈕 ◆ 鈕釦。❸機器、儀表等器

物上用手開關或調節的部分 ◆ 電鈕｜按鈕｜旋鈕。❹姓。(❶❷同"紐"。)

⁴鈀 (钯) 〈一〉[bǎ ㄅㄚˇ ⑧ ba² 把]

金屬元素，符號 Pd (英 palladium)。銀白色，富延展性，能吸收多量的氫，可用來提取純粹的氫氣，又可製催化劑。鈀的合金可用做牙科材料和裝飾品。

〈二〉[pá ㄆㄚˊ ⑧ pa⁴ 爬]
❶聚攏穀物或平土除草的用具 ◆ 鈀子｜犁鈀。❷古代的一種兵器。

⁵鈺 (钰) [yù ㄩˋ ⑧ juk⁹ 玉]

❶珍寶。❷堅硬的金屬。

⁵鉦 (钲) [zhēng ㄓㄥ ⑧ dziŋ¹ 晶]

古代的一種打擊樂器，用銅製成，有柄，行軍時敲打以節制步伐。

⁵鉗 (钳) [qián ㄑㄧㄢˊ ⑧ kim⁴ 黔]

❶用來夾住或夾斷物體的器具 ◆ 鉗子｜焊鉗｜老虎鉗｜鉗形攻勢。❷夾持；限制；約束 ◆ 鉗制｜鉗口結舌。❸節肢動物的螯 ◆ 蝦鉗。

⁵鈷 (钴) [gǔ ㄍㄨˇ ⑧ gu² 古]

❶金屬元素，符號Co (英cobaltum)。銀白色結晶，有延

展性，熔點高，可以磁化，是製造超硬耐熱合金和磁性合金的重要原料，也可做玻璃和瓷器的藍顏料。鈷的放射性同位素鈷(Co^{64})在機械、化工、冶金等方面都有廣泛的應用，在醫療上可以代替鐳治療癌症。❷鈷鉧，熨斗的古稱。

5 **鉢**(钵[異]盋鉢)

[bō ㄅㄛ [粵]but8 撥]

❶盛食品或研磨藥物的陶製器皿◆飯鉢|茶鉢|乳鉢(研藥成粉末的器皿)。❷特指和尚用的食具，梵語"鉢多羅"的省稱。底平，口略小，形圓稍扁◆實鉢|托鉢|和尚在，鉢盂在。

5 **銤** [shù ㄕㄨˋ [粵]sœt9 術]

❶古代指長針。❷戳；刺◆銤足|銤心劌目(意為嘔心瀝血)。

5 **鈳**(钶) [kē ㄎㄜ [粵]kɔ1 卡柯切]

小釜。

5 **鉕**(钷) [pǒ ㄆㄛˇ [粵]pɔ2 頗]

由鈾裂變產生的放射性金屬元素，符號Pm(英promethium)。鉕的乙種射線能使燐光體發光，用來製造熒光粉、航標燈。鉕也用來製造輕巧的原子電池。

5 **鈸**(钹) [bó ㄅㄛˊ [粵]bɐt9 拔]

銅質圓形的打擊樂器，中心鼓起成半球形，兩片合起來拍打發聲◆銅鈸。

5 **鉅** [jù ㄐㄩˋ [粵]gœy6 巨]

❶同"巨"，見189頁左欄。❷堅硬的鐵。❸鈎子。

5 **鉞**(钺) [yuè ㄩㄝˋ [粵]jyt9 月]

古代兵器，青銅或鐵製成，像板斧而較大◆斧鉞。

5 **鉬**(钼) [mù ㄇㄨˋ [粵]muk9 目]

金屬元素，符號Mo(英molybdenum)。銀白色結晶，質硬，可與鋁、銅、鐵等製成合金，為電子工業重要材料。

5 **鉭**(钽) [tǎn ㄊㄢˇ [粵]tan2 坦]

金屬元素，符號Ta(英tantalum)。銀白色，有超導電性和延展性，強抗酸、抗碱性。可做電子管的電極，還可以做電解電容。碳化鉭熔點高，極堅硬，可製切削刀具和鑽頭等。鉭對人體內部組織沒有刺激作用，醫療上用來製成薄片或細線，縫補破壞的組織。

5 **鉏**

同"鋤"，見743頁右欄。

5 **鉀**(钾) [jiǎ ㄐㄧㄚˇ [粵]gap8 甲]

金屬元素，符號 K (英 kalium)。銀白色，蠟狀。有延展性，化學性質活潑，在空氣中容易氧化，遇水產生氫氣，能引起爆炸。鉀在動植物生長發育過程中起很大作用。鉀的化合物在工業上用途廣泛。

⁵ **鈿** (钿)
〈一〉[diàn ㄉㄧㄢˋ ⑧ tin⁴ 田/din⁶ 電]
用片狀的金、銀、玉、貝等製成的花朵形裝飾品，可做首飾，也可鑲嵌在某些器具上 ◆ 金鈿｜寶鈿｜螺鈿｜花鈿。
〈二〉[tián ㄊㄧㄢˊ ⑧ tin⁴ 田]
錢；硬幣 ◆ 銅鈿｜車鈿。

⁵ **鈾** (铀)
[yóu ㄧㄡˊ ⑧ jeu⁴ 由]
放射性金屬元素，符號 U (英 uranium)。銀白色，質地堅硬，能裂變。把鈾熔合在鋼中做成的鈾鋼，非常堅硬，可以製造機器，鈾在自然界中分量極少，主要用來產生原子能。

⁵ **鉑** (铂)
[bó ㄅㄛˊ ⑧ bok⁹ 薄]
金屬元素，符號 Pt(英 platinum)。銀白色，有光澤。富延展性，導熱導電性能好，化學性質穩定。可製坩堝、蒸發皿等，也用做催化劑。鉑和銥的合金是製造自來水筆尖的材料。通稱"白金"。

⁵ **鈴** (铃)
[líng ㄌㄧㄥˊ ⑧ lin⁴ 零]

❶用金屬做成的、振動小錘發聲的響器。在不同的使用場合，有種種不同的形狀 ◆ 搖鈴｜車鈴｜風鈴｜電鈴｜掩耳盜鈴｜解鈴還須繫鈴人。❷形狀像鈴的東西 ◆ 啞鈴｜槓鈴。❸棉花的花蕾和棉鈴 ◆ 落鈴。

⁵ **鉛** (铅⑧鈆)
〈一〉[qiān ㄑㄧㄢ ⑧ jyn⁴ 元]
❶ 金屬元素，符號 Pb (英 plumbum)。青灰色，質軟而重，有延展性，容易氧化，熔點低。主要用途是製造合金、蓄電池、電纜的外皮和屏蔽丙種射線的裝備 ◆ 鉛條｜鉛印｜鉛球。❷用石墨或加入帶顏料的黏土做的筆心 ◆ 鉛筆。
〈二〉[yán ㄧㄢˊ ⑧同〈一〉]
地名用字。如江西有鉛山縣。

⁵ **鉚** (铆)
[mǎo ㄇㄠˇ ⑧ mau⁵ 卯]
❶用釘子連接金屬板或其他器件的一種工藝 ◆ 鉚接｜鉚工｜鉚釘。❷卯，榫眼 ◆ 釘是釘，鉚是鉚。❸指捶打鉚釘 ◆ 鉚上鉚釘。❹方言。集中(全力) ◆ 鉚足了勁兒。

⁵ **鉋** (铇)
〈一〉[páo ㄆㄠˊ ⑧ pau⁴ 咆]
"刨〈一〉"的古字。
〈二〉[bào ㄅㄠˋ ⑧同〈一〉]
❶刮平木料用的手工工具；對金屬製品加工使平滑的工作母機 ◆ 鉋子｜鉋牀｜平鉋｜槽鉋｜牛頭鉋。❷用鉋子或鉋牀推刮 ◆ 鉋平｜鉋花｜

鉋木頭。❸泛指刮或削 ◆ 鉋黃瓜|把茄子皮鉋了。

5 **鈰**(铈) [shì ㄕˋ 粵 si5 市] 金屬元素，符號Ce(英cerium)。灰色結晶，質地軟，有延展性，能導熱，不易導電。化學性質活潑，是優良的還原劑，可用來製造合金。

5 **鉉**(铉) [xuàn ㄒㄩㄢˋ 粵 jyn5 軟] 古代舉鼎的器具。銅質鈎狀，橫貫鼎耳 ◆ 鼎鉉。

5 **鉈**(铊) [tā ㄊㄚ 粵 ta1 他] 金屬元素，符號Tl(英thallium)。灰白色，質柔軟。用來製造光電管、低溫溫度計、光學玻璃等。鉈的化合物有毒，用於醫藥。

〈二〉[tuó ㄊㄨㄛˊ 粵 tɔ4 駝] 同"砣"。秤錘 ◆ 秤鉈。

5 **鉍**(铋) [bì ㄅㄧˋ 粵 bit7 必] 金屬元素，符號Bi(英bismuthum)。銀白色，質地硬而脆。鉍合金熔點很低，可做保險絲和汽鍋上的安全塞等。

5 **鈮**(铌) [ní ㄋㄧˊ 粵 nei4 尼] 金屬元素，符號Nb(英niobium)。灰白色晶體，有光澤，有延展性。主要用於製造耐高溫、抗腐蝕、高硬度的合金。鈮能吸收氣體，用作除氣劑，也是一種良好的超導體。

5 **鈹**(铍) [pí ㄆㄧˊ 粵 pɐi4 皮] 金屬元素，符號Be(英beryllium)。銀白色，六角形晶體，是最輕的金屬之一，具有很強的透X射線的能力，可用來製造X射線管。鈹鋁合金質硬而輕，可用來製造飛機機件及火箭部件。在原子能工業中，鈹也有重要用途。

5 **鉧** [mǔ ㄇㄨˇ 粵 mou5 母] 鈷鉧。見"鈷"，736頁右欄。

6 **鉶**(铏) [xíng ㄒㄧㄥˊ 粵 jiŋ4 營] 古代盛菜羹的器具，常在祭祀時使用。

6 **銬**(铐) [kào ㄎㄠˋ 粵 kɐu3 寇] ❶鎖手的刑具 ◆ 手銬|鐐銬。❷戴上鎖手的刑具 ◆ 把犯人銬起來。

6 **銠**(铑) [lǎo ㄌㄠˇ 粵 lou5 老] 金屬元素，符號Rh(英rhodium)。銀白色或帶灰藍色，有光澤，質地堅硬。不受酸的侵蝕，用於製催化劑。探照燈等的反射鏡上常鍍銠。鉑銠合金可以製化學儀器和測量高溫的儀器。

⁶ **鉺**(铒) [ěr ㄦˇ ⑧ji⁵ 耳]
金屬元素，符號Er(英erbium)。是一種稀土金屬，有銀色光澤，能使水分解。

⁶ **鉷** [hóng ㄏㄨㄥˊ ⑧huŋ⁴ 洪]
古代弓弩上射箭的裝置。

⁶ **銪**(铕) [yǒu ㄧㄡˇ ⑧jɐu⁵ 有]
金屬元素，符號Eu(英europium)。是稀土金屬中存量最少的一種。在原子反應堆中用作吸收中子的材料。

⁶ **鋮** [chéng ㄔㄥˊ ⑧siŋ⁴ 成]
人名用字。

⁶ **銕** 同"鐵"，見756頁右欄。

⁶ **銍** [zhì ㄓˋ ⑧dzɛt⁷ 質]
❶短鐮刀。❷用鐮刀割。❸割下的禾穗。❹古地名，在今安徽宿縣西南。

⁶ **銅**(铜) [tóng ㄊㄨㄥˊ ⑧tuŋ⁴ 同]
❶金屬元素，符號Cu(英cuprum)。淡紫紅色，延展性、導電性和導熱性都很強，在濕空氣中易生銅綠，遇醋起化學作用產生乙酸銅，有毒。在工業上銅的合金是重要原料

◆ 紫銅|銅壺。❷指銅錢；錢 ◆ 銅臭。❸比喻壯實；堅固 ◆ 銅筋鐵骨|銅牆鐵壁。

⁶ **銱**(铞) [diào ㄉㄧㄠˋ ⑧diu³ 吊]
釘銱。見"釘"，733頁右欄。

⁶ **銦**(铟) [yīn ㄧㄣ ⑧jɐn¹ 因]
金屬元素，符號In(英indium)。銀白色，有延展性，比鉛軟，能拉成細絲，可做低熔點的合金。探照燈的反射鏡鍍上銦可以增加反光能力。

⁶ **銖**(铢) [zhū ㄓㄨ ⑧sy⁴ 殊]
古代重量單位。合舊制一兩的二十四分之一。常指極微小的數量 ◆ 錙銖|銖積寸累|銖兩悉稱。

⁶ **銑**(铣) ⟨一⟩[xiǎn ㄒㄧㄢˇ ⑧sin² 癬]
❶光澤度極好的金屬。❷銑鐵，生鐵、鑄鐵，質脆，適於鑄造器物。
⟨二⟩[xǐ ㄒㄧˇ ⑧同⟨一⟩]
用一種能旋轉的多刃刀具切削金屬工件 ◆ 銑牀|銑刀|銑汽缸。

⁶ **銩**(铥) [diū ㄉㄧㄡ ⑧diu¹ 刁]
金屬元素，符號Tm(英thulium)。是稀土金屬之一。

6 **銛** [xiān ㄒㄧㄢ ⑧ tsim¹ 籤]
鋒利 ◆ 銛利。

6 **銜** (衔⑧衘)

[xián ㄒㄧㄢˊ ⑧ ham⁴ 咸]
❶馬嚼子。❷嘴含着；嘴咬着 ◆
銜枚│燕子銜泥│他嘴裏銜着煙
斗。❸心裏懷有 ◆ 銜恨│銜冤。❹
接受 ◆ 銜命。❺相連接 ◆ 銜接。
❻行政、軍事、學術等系統中的職
級稱號 ◆ 頭銜│軍銜│學銜│職銜│
大使銜。

6 **銓** (铨) [quán ㄑㄩㄢˊ ⑧
tsyn⁴ 全]
❶衡量；鑒別 ◆ 銓量│銓衡輕重。
❷舊時稱量才授官，選拔官吏 ◆
銓選│銓敍。

6 **鉿** (铪) [hā ㄏㄚ ⑧ ha¹ 哈]
金屬元素，符號Hf(英
hafnium)。熔點高，性質跟鋯相似，
用作X射線管的陰極。鉿和鎢或鉬
的合金用作高壓放電管的電極。

6 **銚** (铫) ⟨一⟩[diào ㄉㄧㄠˋ ⑧ diu⁶
掉]
銚子，煮水熬藥等用的器具，形狀
像壺，口大有蓋，有柄 ◆ 沙銚│石
銚│藥銚兒。
⟨二⟩[yáo ㄧㄠˊ ⑧ jiu⁴ 搖]
❶古代的一種大鋤。❷姓。
⟨三⟩[tiáo ㄊㄧㄠˊ ⑧ siu⁶ 兆]

古代的一種兵器，即長矛。

6 **銘** (铭) [míng ㄇㄧㄥˊ ⑧ miŋ⁴
明]
❶刻在器物上的文辭；用以表示
警戒或激勵的文句 ◆ 碑銘│硯銘│
墓誌銘│座右銘。❷在器物上刻
字；比喻深刻記住 ◆ 銘刻│銘功│
銘記│銘諸肺腑│刻骨銘心│銘感終
身。

6 **鉻** (铬) [gè ㄍㄜˋ ⑧ gɔk⁸ 各]
金屬元素，符號 Cr (英
chromium)。銀灰色結晶體，質硬
而脆。主要用於製不鏽鋼和高強度
耐腐蝕合金鋼。在別種金屬上鍍鉻
可以防鏽。也叫"克羅米"。

6 **銫** (铯) [sè ㄙㄜˋ ⑧ sik⁷ 色]
金屬元素，符號Cs(英
caesium)。銀白色，質軟，有延展
性。在已知金屬中，銫的化學性質
最活潑，能分解水而爆炸。銫可做
真空管中的去氧劑，化學上可做催
化劑。

6 **鉸** (铰) ⟨一⟩[jiǎo ㄐㄧㄠˇ ⑧
gau² 狡]
❶剪斷 ◆ 鉸辮子│用剪子鉸碎。
❷機械工業上用絞刀對孔進行精加
工，以提高孔的精度和表面光潔度
的一種方法 ◆ 鉸孔。
⟨二⟩[jiào ㄐㄧㄠˋ ⑧ gau³ 教]
方言。剪刀 ◆ 鉸剪。

銥 (铱)
[yī ㄧ ⑩ ji¹ 衣]
金屬元素，符號Ir（英 iridium）。銀白色，熔點高，質硬而脆，化學性質穩定，合金可做坩堝、自來水筆尖等。

銃 (铳)
[chòng ㄔㄨㄥˋ ⑩ tsuŋ³ 充³]
❶舊時指槍一類的火器 ◆ 火銃｜鳥銃。❷用金屬做成的一種打眼器具 ◆ 銃子。

銨 (铵)
[ǎn ㄢˇ ⑩ ɔn¹ 安]
銨根（英 ammonium），化學中一種陽性複根，以 NH₄⁺ 表示，在化合物中的地位相當於金屬離子。含有銨根的化合物有氯化銨、硫化銨等。

銀 (银)
[yín ㄧㄣˊ ⑩ ŋɐn⁴ 垠]
❶金屬元素，符號Ag（英 argentum）。白色，質軟，延展性很大，是熱和電的良導體，在空氣中不氧化。用來鍍金屬器物、鏡子和保温瓶瓶膽，合金可以製貨幣、日用器皿、電器設備、感光材料及裝飾品等。通稱"銀子"或"白銀" ◆ 銀牌｜鍍銀｜金銀財寶｜此地無銀三百兩。❷跟貨幣有關的 ◆ 銀行｜銀根｜銀號。❸類似銀子的顏色 ◆ 銀白｜火樹銀花。❹姓。

銣 (铷)
[rú ㄖㄨˊ ⑩ jy⁴ 如]
金屬元素，符號Rb（英 rubidium）。銀白色，質軟而輕，化學性質活潑，與水作用能發生爆炸。是製造光電管的材料，銣的碘化物可供藥用。

錖
[pàn ㄆㄢˋ ⑩ pan³ 盼]
器物上便於手提的部分 ◆ 桶錖。

鋩 (铓)
[máng ㄇㄤˊ ⑩ mɔŋ⁴ 忙]
❶刀劍等的尖鋒 ◆ 鋒鋩｜針尖對麥鋩。❷鋩鑼，雲南少數民族地區流行的一種打擊樂器。

錴
同"汞"，見355頁右欄。

鋆
〈一〉[yún ㄩㄣˊ ⑩ wɐn⁴ 雲]
金子。
〈二〉[jūn ㄐㄩㄣ ⑩ gwɐn¹ 君]
人名用字。

錸
[qiú ㄑㄧㄡˊ ⑩ kɐu⁴ 求]
古代一種鑿子。也有說是獨頭斧。

鋪 (铺)
〈一〉[pū ㄆㄨ ⑩ pou¹ 普¹]
❶把東西散開放置，平擺 ◆ 鋪牀｜鋪設｜鋪砌｜鋪平道路｜把紙鋪在桌面上。❷一件事接一件事挨着說 ◆ 鋪敍｜平鋪直敍。❸方言。量詞。用於炕 ◆ 一鋪炕。

〈二〉[pù ㄆㄨˋ ⑧pou³ 普³]
❶商店 ◆ 鋪子｜藥鋪｜雜貨鋪。❷舊時的驛站。現多用於地名 ◆ 五里鋪｜沙河鋪。

〈三〉[pù ㄆㄨˋ ⑧同〈一〉]
臨時搭的牀 ◆ 牀鋪｜臥鋪｜上下鋪。

⁷**鋙** [wú ㄨˊ ⑧ŋ⁴ 吾]
錕鋙。見“錕”，746頁右欄。

⁷**鋏**（铗） [jiá ㄐㄧㄚˊ ⑧gap⁸ 夾]
❶劍；劍把 ◆ 長鋏。❷夾取東西的金屬工具 ◆ 鐵鋏。

⁷**鋱**（铽） [tè ㄊㄜˋ ⑧tik⁷ 惕]
金屬元素，符號 Tb（英terbium）。銀灰色金屬。用於高溫燃料電池及激光材料。鋱的化合物可以用做殺蟲劑，也可以用來治療某些皮膚病。

⁷**鋣** [yé ㄧㄝˊ ⑧jɛ⁴ 爺]
鎁鋣。見“鎁”，753頁左欄。

⁷**銷**（销） [xiāo ㄒㄧㄠ ⑧siu¹ 消]
❶加熱使金屬變成液態；熔化 ◆ 銷鑠｜銷金鍋兒。❷溶解；溶解 ◆ 銷釋｜冰銷瓦解。❸除去；消散 ◆ 勾銷｜註銷｜銷案｜銷聲匿跡｜**唐·李白**《宣州謝朓樓餞別校書叔雲》詩：“抽刀斷水水更流，舉杯銷愁愁更愁。”❹賣；出售 ◆ 銷售｜暢銷｜供銷社。❺耗費；

消費 ◆ 花銷｜開銷。❻插在器物中起固定或連接作用的零件，形狀像釘子 ◆ 銷子｜插銷｜把門插上銷。❼插上銷子 ◆ 用銷子銷上。

⁷**銲** 同“焊”，見402頁左欄。

⁷**鋇**（钡） [bèi ㄅㄟˋ ⑧bui³ 貝]
金屬元素，符號 Ba（英baryum）。銀白色，易氧化，燃燒時發黃綠色的光，是一種鹼土金屬。鋇的鹽類可做高級白色顏料。

⁷**鋤**（锄⑧耡） [chú ㄔㄨˊ ⑧tsʰo⁴ 初⁴]
❶農具，用作鬆土除草等 ◆ 鋤頭｜鐵鋤｜荷鋤。❷用鋤鬆土除草 ◆ 鋤草｜**唐·李紳**《憫農》詩：“鋤禾日當午，汗滴禾下土。誰知盤中餐，粒粒皆辛苦。”❸鏟除；消滅 ◆ 鋤奸｜鋤強扶弱｜誅鋤異己。

⁷**鋰**（锂） [lǐ ㄌㄧˇ ⑧lei⁵ 李]
金屬元素，符號 Li（英lithium）。銀白色，是金屬中最輕的，質柔軟，化學性質很活潑。可用來製造特種合金、特種玻璃，也應用在原子能工業中。

7 **鋜** [zhuó ㄓㄨㄛˊ ⑧dzok⁹ 鑿]
❶套在腳腕上的鐲子 ◆ 鋜金。❷把足鎖住 ◆ 鋜足。

7 **鋥** (锃) [zèng ㄗㄥˋ ⑧tsaŋ⁶ 橙⁶]
器物經擦磨後顯得閃亮 ◆ 鋥光|鋥亮|鋥明徹亮。

7 **鋁** (铝) [lǚ ㄌㄩˇ ⑧lœy⁵ 呂]
金屬元素，符號Al(英aluminum)。銀白色，質輕，富有延展性，導電性強。鋁及其合金在飛機、火箭、車輛、船舶製造業及電子工業中佔重要的地位。通常也用來製造炊事用具等。

7 **鋯** (锆) [gào ㄍㄠˋ ⑧gou³ 告]
金屬元素，符號Zr(英zirconium)。灰色結晶體或灰色粉末，有亮光，硬而脆，高熔點金屬之一。應用於原子能工業和在高溫高壓下用作耐蝕化工材料等。

7 **鋨** (锇) [é ㄜˊ ⑧ŋɔ⁴ 俄]
金屬元素，符號Os(英osmium)。灰藍色，有光澤，硬而脆。工業上用來製電燈泡的絲、自來水筆尖等。

7 **鋌** (铤) ⟨一⟩[tǐng ㄊㄧㄥˇ ⑧tiŋ² 挺²]
急走的樣子 ◆ 鋌而走險。
⟨二⟩[dìng ㄉㄧㄥˋ ⑧tiŋ⁵ 挺]
古代指尚未冶鑄成器的銅、鐵。

7 **銼** (锉) [cuò ㄘㄨㄛˋ ⑧tsɔ³ 挫]
❶銼刀，用來對金屬、木料、皮革等工件表層加工的磨削工具。長條形，表面多鋸齒形鋒刃，按橫斷面形狀分為扁銼、圓銼、方銼、三角銼等。❷用銼刀磨削 ◆ 銼鐵管|把鋸銼一銼。

7 **鋒** (锋) [fēng ㄈㄥ ⑧fuŋ¹ 風]
❶刀劍等的銳利或尖端部分；刃 ◆ 刀鋒|交鋒|針鋒相對。❷隊列的較前的部分 ◆ 中鋒|前鋒|急先鋒。❸鋒芒；勢頭 ◆ 話鋒|詞鋒|筆鋒所指。

7 **鋅** (锌) [xīn ㄒㄧㄣ ⑧sɐn¹ 辛]
金屬元素，符號Zn(英zincum)。藍白色結晶，質地脆。可製鋅版，塗在鐵上可防生鏽。鋅白即氧化鋅是一種重要的白色顏料。

7 **銃** [liǔ ㄌㄧㄡˇ ⑧leu⁵ 柳]
銅、鎳等有色金屬冶煉過程中產生的金屬硫化物的互熔體。又稱"冰銅"。

7 **銳** (锐) [ruì ㄖㄨㄟˋ ⑧jœy⁶ 裔]
❶尖而鋒利；跟"鈍"相對 ◆ 尖銳

|銳利。❷勇往直前的氣勢 ◆ 養精蓄銳|銳不可當|銳意改革。❸靈敏;精細 ◆ 敏銳。❹急劇 ◆ 銳進|銳減|銳增。❺指鋒利的武器 ◆ 披堅執銳。❻(聲音)刺耳 ◆ 銳聲尖叫。

7 **銻**(锑) [tī ㄊㄧ ⑧ tɐi¹ 梯]
金屬元素,符號Sb(英stibium)。銀白色,有光澤,質硬而脆,有冷脆性。在化學工業、電子工業和醫藥上有廣泛應用。

7 **鍪** [wù ㄨˋ ⑧ juk⁷ 沃]
❶銅 ◆ 赤鍪。❷白銅。❸鍍上白銅。

7 **銀**(锒) [láng ㄌㄤˊ ⑧ lɔŋ⁴ 狼]
銀鐺,鐵鎖鏈,一種(舊)人的刑具。也表示被鐵鎖鏈鎖着 ◆ 銀鐺入獄。

7 **鋟**(锓) [qǐn ㄑㄧㄣˇ ⑧ dzim¹ 尖/tsɐm² 寢]
刻,特指雕刻印書的木板 ◆ 鋟版。

7 **鍋**(锔) 〈一〉[jú ㄐㄩˊ ⑧ guk⁹ 局]
人工獲得的放射性元素,符號Cm(英curium)。化學性質和稀土金屬釓相似。可在人造衛星和宇宙飛船上用作熱電源。
〈二〉[jū ㄐㄩ ⑧ guk⁷ 谷]
❶一種金屬打成的扁平的兩腳釘,

用來拼合破裂的器物 ◆ 鍋子。❷用鍋子拼合(破裂的器物) ◆ 鍋碗|鍋鍋。

8 **錆** [qiāng ㄑㄧㄤ ⑧ tsœŋ¹ 槍]
錆色,某些礦物表面因氧化作用而形成的薄膜所呈現的色彩。常常不同於礦物固有的顏色。

8 **錶**(表) [biǎo ㄅㄧㄠˇ ⑧ biu² 表]
❶計時的器具。通常比鐘小,可以套在手腕上或隨身攜帶 ◆ 手錶|懷錶|掛錶。❷計算某種使用量的儀器 ◆ 水錶|電錶。

8 **鍺**(锗) [zhě ㄓㄜˇ ⑧ dzɛ² 者]
金屬元素,符號Ge(英germanium)。銀白色結晶,質脆,有光澤,化學性質穩定。有單方向導電的性能,是重要的半導體,主要用來製造半導體晶體管。

8 **鎝** [jī ㄐㄧ ⑧ gei¹ 基]
鎝鎝。見"鎝",750頁右欄。

8 **錯**(错) 〈一〉[cuò ㄘㄨㄛˋ ⑧ tsɔ³ 挫]
❶誤;不正確 ◆ 錯誤|差錯|將錯就錯|鑄成大錯。❷過失 ◆ 過錯|出錯。❸差;壞(用於否定式) ◆ 不錯|錯不了。❹岔開;沒碰上 ◆ 錯開|錯車|錯過機會。

〈二〉[cuò ㄘㄨㄛˋ [粵] tsɔk⁸ 雌惡切] ❶參差；夾雜在一起 ◆ 錯綜|交錯|錯落有致|盤根錯節。❷打磨玉石的礪石 ◆ 他山之石，可以為錯。❸打磨玉石 ◆ 攻錯。❹用金、銀鑲嵌或塗飾 ◆ 錯金。

8 **錛**(锛) [bēn ㄅㄣ [粵] bɐn¹ 奔] ❶砍平木料的一種工具。柄與刃具相垂直呈丁字形，刀具扁而寬，使用時向下向裏用力 ◆ 錛子。❷用錛子削 ◆ 用錛子錛木頭。

8 **錡** [qí ㄑㄧˊ [粵] kei⁴ 其] ❶古代一種底下有三足的鍋 ◆ 錡釜。❷古代的一種鑿木工具。

8 **錸**(铼) [lái ㄌㄞˊ [粵] lɔi⁴ 來⁴] 金屬元素，符號 Re（英 rhenium）。是最分散的稀有金屬之一。機械強度高，耐高溫，耐腐蝕。可用來製電燈絲，化學上用做催化劑，在原子能工業中製做原子核反應堆防護板和測量高溫的熱提取芳

8 **錢**(钱) 〈一〉[qián ㄑㄧㄢˊ [粵] tsin⁴ 前] ❶一種銅質、圓形、中有方孔的輔幣 ◆ 銅錢|錢孔|一串錢|一個錢當兩個使。❷貨幣；鈔票 ◆ 一元錢|有錢有勢|人老珠黃不值錢。❸費用；款子 ◆ 車錢|一筆錢。❹形狀類似銅錢的東西 ◆ 榆錢兒。❺重量單位。舊制兩的十分之一。❻姓。

〈二〉[jiǎn ㄐㄧㄢˇ [粵] dzin² 展] 古代鏟一類的農具。

8 **鍀**(锝) [dé ㄉㄜˊ [粵] dɐk⁷ 得] 放射性元素，符號 Tc（英 technetium）。是第一種人工製成的元素。是良好的超導體，也用作鋼鐵的防鏽材料。

8 **錁**(锞) [kè ㄎㄜˋ [粵] gwɔ² 果] 舊時用作貨幣的小塊金錠或銀錠。

8 **錕**(锟) [kūn ㄎㄨㄣ [粵] gwɐn¹ 軍/kwɐn¹ 坤（語）] 錕鋙，古書上記載的出金屬礦的山名，所產金屬可以鑄刀劍，因此利劍也稱為"錕鋙"。

8 **錫**(锡) [xī ㄒㄧ [粵] sik⁸ 色⁸/sɛk⁸ 石⁸（語）] ❶金屬元素，符號 Sn（英 stannum）。純錫為銀白色，富有延展性，質軟，有光澤，在空氣中不易起變化。多用來鍍鐵、焊接金屬或製造合金。❷姓。

8 **錮**(锢) [gù ㄍㄨˋ [粵] gu³ 故] ❶用金屬溶液填塞（物體空隙）◆ 錮漏。❷禁閉；禁止跟外界接觸 ◆ 禁錮|黨錮。

8 **鋼** (钢) 〈一〉[gāng 《尢 ⑧ gɔŋ³ 降/gɔŋ¹ 剛]

❶鐵和碳的合金，含炭量低於1.7%，並含有少量的錳、硅、硫、磷等元素。比鐵更堅硬更富於彈性，可以淬火、鍛造、軋製，是工業上極重要的原料。❷堅硬；堅牢 ◆ 鋼強。

〈二〉[gàng 《尢 丶 ⑧ 同〈一〉]

❶磨刀使鋒利 ◆ 鋼刀布│刀鈍了，要鋼一鋼。❷在刀口上加鋼後再打造 ◆ 這把斧子鋼了刃，該鋼了。

8 **鋋** [chán 彳ㄢˊ/ yán ㄧㄢˊ ⑧ sin⁴ 仙⁴/jin⁴ 言]

古代一種有鐵柄的短矛 ◆ 鋋矛。

8 **錐** (锥) [zhuī ㄓㄨㄟ ⑧ dzœy¹ 追]

❶一頭尖銳，可以鑽孔的工具 ◆ 針錐│錐處囊中│上無片瓦，下無立錐之地。❷形狀類似錐子的東西 ◆ 錐體。❸用錐刺或鑽 ◆ 錐洞眼。

8 **錦** (锦) [jǐn ㄐㄧㄣˇ ⑧ gɐm² 感]

❶有彩色花紋的絲織品 ◆ 織錦│錦旗│錦上添花│花團錦簇。❷形容色彩鮮豔美麗 ◆ 錦霞│錦雞│錦鱗。❸比喻美好 ◆ 錦心繡口│錦繡前程。❹敬詞。舊時書信用語 ◆ 錦念│錦注。

8 **鍁** (锨) [xiān ㄒㄧㄢ ⑧ hin¹ 掀]

❶掘土或鏟東西用的工具。用鐵或木頭做成，柄長，一頭成板狀 ◆ 鐵鍁。❷用鍁掘或鏟 ◆ 鍁土。

8 **錚** (铮) 〈一〉[zhēng ㄓㄥ ⑧ tsaŋ¹ 撐]

象聲詞。形容金屬撞擊聲 ◆ 錚錚│錚錚鐵骨。

〈二〉[zhèng ㄓㄥ 丶 ⑧ 同〈一〉]

方言。形容器物表面閃亮耀眼 ◆ 錚亮。

8 **鍃** [huō ㄏㄨㄛ ⑧ kut⁸ 括]

一種金屬加工方法。用專門的工具對工件上已有的孔進行加工，刮平端面或切出錐形、圓柱形凹坑 ◆ 鍃孔。

8 **錞** 〈一〉[duì ㄉㄨㄟ 丶 ⑧ dœy⁶ 隊]

古代矛戟柄末端的平底金屬套。

〈二〉[chún 彳ㄨㄣˊ ⑧ sœn⁴ 醇]

錞于，古代的一種青銅製樂器。

8 **錇** (锫) [péi ㄆㄟˊ ⑧ pui⁴ 培]

放射性金屬元素，符號 Bk（英 berkelium）。是由甲種粒子轟擊鋦而得到的。

8 **錈** [juǎn ㄐㄩㄢˇ ⑧ gyn⁶ 倦]

刀劍等的鋒刃捲曲。

8 **錟** [tán ㄊㄢˊ ⑧ tam⁴ 談]

長矛。

⁸錠(锭) [dìng ㄉㄧㄥˋ ⑧diŋ³ 訂]

❶紡車或紡紗機上繞紗的機件 ◆ 錠子｜紗錠。❷金屬或藥物等做成的成塊的東西 ◆ 金錠｜銀錠｜萬應錠。❸量詞。用於成錠的東西 ◆ 一錠墨｜一錠銀子。

⁸鍆(钔) [mén ㄇㄣˊ⑧mun⁴ 門]

放射性金屬元素,符號Md(英mendelevium)。是在迴旋加速器中用甲種粒子轟擊鑀而獲得的。

⁸鋸(锯) 〈一〉[jù ㄐㄩˋ ⑧gœy³ 句/gœ³ 居御切]

❶一種剖開木料、石料、鋼材等的工具,主要部分是具有許多尖齒的薄鋼片 ◆ 手鋸｜電鋸｜鋸條｜鋸齒｜一把鋸。❷用鋸子剖開 ◆ 鋸樹｜鋸鐵管。
〈二〉[jū ㄐㄩ⑧guk⁷ 谷]
❶一種金屬打成的扁平的兩腳釘,用來拼合破裂的器物 ◆ 鋸子。❷用鋸子拼合(破裂的器物) ◆ 鋸碗｜鋸鍋。

⁸錄(录) [lù ㄌㄨˋ⑧luk⁹ 陸]

❶記載;謄寫 ◆ 記錄｜錄供｜有聞必錄｜照錄不誤。❷用來記載的書刊或表冊等 ◆ 目錄｜語錄｜備忘錄｜回憶錄。❸採取;任用 ◆ 錄取｜錄用｜收錄。❹通疏 ◆ 錄音｜錄像。

⁸錳(锰) [měng ㄇㄥˇ⑧maŋ⁵ 猛]

金屬元素,符號Mn(英manganum)。灰色結晶體,質硬而脆,有光澤,在濕空氣中氧化。主要用來製錳鋼。見"莨二氧化錳可供瓷器和玻璃着色用。高錳酸鉀可做殺菌劑。

⁸錒(锕) [ā ㄚ ⑧a³/ŋa³ 亞]

放射性化學元素,符號Ac(英actinium)。由鈾衰變而成,又能衰變成一系列的放射性元素。

⁸錙(锱) [zī ㄗ⑧dzi¹ 支]

❶古代重量單位,舊制一兩的四分之一。❷引申指極少;細微 ◆ 錙銖必較。

⁹鍥(锲) [qiè ㄑㄧㄝˋ⑧kit⁸ 揭]

用刀刻 ◆ 鍥刻｜鍥而不捨。

⁹鍩(锘) [nuò ㄋㄨㄛˋ⑧nɔk⁹ 諾]

人工獲得的放射性元素,符號No(英nobelium)。是用碳離子轟擊鋦得到的。

⁹錨(锚) [máo ㄇㄠˊ⑧mau⁴ 矛]

鐵製的停船器具,一端做成鈎爪形,另一端用鐵鏈固定在船上。船要停泊時,拋到水底或岸邊使船停

穩 ◆ 拋錨│起錨│錨鏈。

⁹**鍊** ❶同"煉"，見404頁左欄。❷同"鏈"，見753頁右欄。

⁹**鍼** 同"針"，見732頁右欄。

⁹**鍇（锴）** [kǎi ㄎㄞˇ/jiē ㄐㄧㄝ 圖kai² 卡歹切/gai¹ 皆] 好鐵；精鐵。

⁹**鍘（铡）** [zhá ㄓㄚˊ圖dzap⁸ 習] ❶切草或切其他東西的刀具。由兩片刀組成，一片安在底槽上，一片可以上下活動，兩片刀在一頭固定 ◆ 鍘刀│鋼鍘│虎頭鍘。❷用鍘刀切 ◆ 鍘草。

⁹**錫（钖）** [yáng ㄧㄤˊ圖jœŋ⁴ 羊] 古代馬額上綴金屬的皮革飾物，馬走動時會振動發聲。

⁹**鍶（锶）** [sī ㄙ圖si¹ 詩] 金屬元素，符號Sr(英strontium)。銀白色結晶，有延展性。鍶的化合物燃燒時發出紅色火焰，是製造焰火的原料。

⁹**鍋（锅）** [guō ㄍㄨㄛ圖wɔ¹ 窩] ❶烹飪器具，圓形中凹，內放食物 ◆ 鐵鍋│沙鍋│不到火候不揭鍋│吃着碗裏，看着鍋裏。❷專門用來加熱液體的器具 ◆ 鍋爐。❸形狀像鍋的東西 ◆ 煙袋鍋。

⁹**鍔（锷）** [è ㄜˋ圖ŋɔk⁹ 岳] 刀劍的鋒刃 ◆ 鋒鍔│劍鍔。

⁹**錘（錘圖鎚）** [chuí ㄔㄨㄟˊ圖tsœy⁴ 徐] ❶用來敲打的工具。前有鐵做的頭，有一個與頭垂直的柄 ◆ 鐵錘│釘錘│汽錘│快馬不用鞭催，響鼓不用重錘。❷類似錘子的東西 ◆ 紡錘│活葉│秤錘雖小壓千斤。❸用錘子敲打 ◆ 千錘百煉。❹古代一種兵器，柄的一端有一個金屬圓球 ◆ 銅錘。

⁹**鍤（锸）** [chā ㄔㄚ圖tsap⁸ 插] 鐵鍬；挖土的工具 ◆ 荷鍤。

⁹**鍫（锹圖鍬）** [qiāo ㄑㄧㄠ圖tsiu¹ 超]

❶起砂、土等的工具，用熟鐵或鋼打成片狀，前一半略呈葫蘆的果尖，後一半末端安有長木把 ◆ 鐵鍬。❷用鍬挖掘 ◆ 鍬河泥｜鍬煤工人。

⁹鍾(钟) [zhōng ㄓㄨㄥ 粵dzuŋ¹ 終]
❶盛酒的器皿 ◆ 酒鍾。❷古代的容量單位。❸彙聚；集中 ◆ 鍾愛｜一見鍾情｜情有獨鍾。❹姓。

⁹鍛(锻®鍛) [duàn ㄉㄨㄢˋ 粵dyn³ 斷]
❶把金屬加熱變軟後錘打，使成為所要求的形狀及大小 ◆ 鍛鐵｜鍛工｜鍛件。❷羅織罪名，陷人於罪 ◆ 鍛成其獄。❸比喻反覆推敲、錘煉文句。

⁹鎪(鎪) [sōu ㄙㄡ 粵seu¹ 收]
鏤刻 ◆ 雕鎪。

⁹鍠 [huáng ㄏㄨㄤˊ 粵waŋ⁴ 橫⁴]
象聲詞。形容鐘鼓聲 ◆ 鐘鼓鍠鍠。

⁹鎼 [xiàn ㄒㄧㄢˋ 粵sin³ 扇]
金屬線 ◆ 裸鎼｜漆包鎼。

⁹鍮 [tōu ㄊㄡ 粵teu¹ 偷]
黃銅 ◆ 鍮銅。

⁹鍰(锾) [huán ㄏㄨㄢˊ 粵wan⁴ 環]
❶古代重量單位，一鍰等於舊制六兩。❷錢；錢幣 ◆ 百鍰｜罰鍰｜贖鍰。

⁹鎄(鎄) [āi ㄞ 粵ɔi¹/ŋɔi¹ 哀]
金屬元素，符號Es（英einsteinium）。可用氦核轟擊鈾等方法取得，有放射性。

⁹鍍(镀) [dù ㄉㄨˋ 粵dou⁶ 道]
用電解或其他化學方法在金屬或其他物體的表面上敷着一層薄薄的金屬 ◆ 鍍金｜鍍銀｜鍍鋅鐵。

⁹鎂(镁) [měi ㄇㄟˇ 粵mei⁵ 美]
金屬元素，符號Mg（英magnesium）。銀白色，質輕，略有延展性，燃燒時能發強光，在濕空氣中表面易生鹼式碳酸鎂薄膜而漸失金屬光澤。鎂粉可做照相用的閃光粉，也用來製造照明彈和煙火。鎂和鋁的合金是飛機製造工業的重要原料。硫酸鎂可做瀉藥，俗稱"瀉鹽"。

⁹鎡(镃) [zī ㄗ 粵dzi¹ 支]
鎡基，也作"鎡錤"，古代的一種大鋤。

⁹ **鎯** (鎯) ［láng ㄌㄤˊ ⑧ loŋ⁴ 郎］

❶鎯頭，同"榔頭"。錘子(多指較大的) ◆ 鐵鎯頭｜鼓鎯頭。❷鎯鐺。同"銀鐺"。

⁹ **鍵** (键) ［jiàn ㄐㄧㄢˋ ⑧ gin⁶ 件］

❶使軸與齒輪、皮帶輪等連接並固定在一起的零件，一般是鋼製的短棍。也叫"轄" ◆ 鍵槽。❷關鎖門戶用的金屬做的棍子 ◆ 門鍵。❸樂器或機器上使用時按動的部分 ◆ 琴鍵｜按鍵｜電鍵｜鍵盤。❹化學結構式中的短橫線，表示原子價。

⁹ **鎇** (镅) ［méi ㄇㄟˊ ⑧ mei⁴ 眉］放射性金屬元素，符號Am(英 americium)。銀白色，有光澤，質軟而韌，最穩定的同位素半衰期約8000年。

⁹ **鍪** ［móu ㄇㄡˊ ⑧ meu⁴ 謀］

❶古代的一種鍋，類似於釜而較小。❷古代戰士戴的一種頭盔 ◆ 鍪甲｜兜鍪。

¹⁰ **鎝** ［dā ㄉㄚ ⑧ dap⁸ 答］刨土用的一種農具，有三個至六個略向裏彎的鐵齒 ◆ 鐵鎝。

¹⁰ **鎛** ［bó ㄅㄛˊ ⑧ bok⁸ 博］

❶古代一種除草的鋤。❷古代樂器。形似鐘，用青銅製。

¹⁰ **鎘** (镉) ［gé ㄍㄜˊ ⑧ gak⁸ 隔］金屬元素，符號Cd(英 cadmium)。銀白色，延展性強，在空氣中表面生成一層保護膜。用於製合金、釉料、顏料，並用作原子指古代流傳流下來的器物

¹⁰ **鎒** 同"耨"，見547頁右欄。

¹⁰ **鎖** (锁® 鎻鏁)

［suǒ ㄙㄨㄛˇ ⑧ sɔ² 所］

❶在門、窗、箱子、抽屜等開合處或鐵鏈的環孔中安裝的要用鑰匙才能打開的金屬器具 ◆ 掛鎖｜暗鎖｜鎖鑰｜一把鑰匙開一把鎖。❷用鎖關住 ◆ 鎖門｜把抽屜鎖上。❸緊皺(眉頭) ◆ 雙眉緊鎖。❹封閉 ◆ 封鎖｜閉關鎖國。❺鏈子 ◆ 鎖鏈｜枷鎖｜名韁利鎖。❻一種縫紉方法，在衣物邊緣或釦眼上用線斜交或鈎連 ◆ 鎖邊｜鎖釦眼。❼形狀像鎖的東西 ◆ 石鎖。

¹⁰ **鎧** (铠) ［kǎi ㄎㄞˇ ⑧ hɔi² 海/ kɔi³ 慨］古代作戰時穿的護身服裝，用金屬片綴成 ◆ 鎧甲｜鐵鎧。

¹⁰鎳(镍)

[niè ㄋㄧㄝˋ ⓤ nip⁹ 聶]

金屬元素，符號 Ni (英 niccolum)。銀白色，質堅硬，可塑性強，略有磁性，不生鏽。可用來製造器具、貨幣等，鍍在其他金屬上可以防鏽，是製造不鏽鋼的重要原料。

¹⁰鎢(钨)

[wū ㄨ ⓤ wu¹ 烏]

金屬元素，符號 W (英 wolfram)。灰色或棕黑色晶體，質硬而脆，熔點很高。用來製造燈絲和特種合金鋼。

¹⁰錚(镎)

[ná ㄋㄚˊ ⓤ na⁴ 拿]

放射性金屬元素，符號 Np (英 neplunium)。銀白色，是用中子轟擊鈾而取得。

¹⁰鎗

[qiāng ㄑㄧㄤ ⓤ tsœŋ¹ 窗]

❶同 "槍"，見328頁右欄。❷象聲詞。形容金屬撞擊的聲音 ◆ 鎗鎗｜鎗鍠。

¹⁰鎮(镇)

[zhèn ㄓㄣˋ ⓤ dzɐn³ 振]

❶用重物壓；向下加重力 ◆ 鎮紙｜鎮尺｜妖怪被鎮在了大山下面。❷抑止；壓制 ◆ 鎮痛。❸安定 ◆ 鎮靜｜故作鎮定。❹壓服；用武力維持安定 ◆ 鎮守｜鎮壓｜親自坐鎮。❺把守的地方 ◆ 藩鎮｜軍事重鎮。❻較大的市集；縣以下一級的行政區劃單位 ◆ 鎮子｜市鎮｜集鎮

｜鎮政府。❼把食物、飲料等放在冰箱、冰塊或冷水中使涼 ◆ 冰鎮橘子水｜把啤酒放在冰箱裏鎮一鎮。❽姓。

¹⁰鎦(镏)

⟨一⟩[liú ㄌㄧㄡˊ ⓤ lɐu⁴ 流]

鎦金，用金子的溶液塗飾器物的一種方法。器物的表面用刷子塗上溶解在水銀裏的金子，晾乾後用炭火烘烤，再用瑪瑙軋光。需重複三次才完成一道工序。

⟨二⟩[liù ㄌㄧㄡˋ ⓤ 同⟨一⟩]

方言。戒指 ◆ 鎦子｜手鎦｜金鎦 (戒指)。

¹⁰鎬(镐)

⟨一⟩[gǎo ㄍㄠˇ ⓤ gou² 稿]

刨土的工具 ◆ 鎬頭｜十字鎬。

⟨二⟩[hào ㄏㄠˋ ⓤ hou⁶ 浩]

西周的國都，在今陝西西安西南。

¹⁰鎊(镑)

[bàng ㄅㄤˋ ⓤ bɔŋ⁶ 磅]

英語 pound 的音譯。英國、埃及、愛爾蘭等國的本位貨幣。

¹⁰鎰(镒)

[yì ㄧˋ ⓤ jɐt⁹ 溢]

古代重量單位，合古代的二十兩，一說合二十四兩。

¹⁰鎣

[yíng ㄧㄥˊ ⓤ jiŋ⁴ 營]

地名用字。如四川有華鎣山。

10 **鎏** [liú ㄌㄧㄡˊ [粵] lɐu4 流] ❶成色好的金子。❷同"鎦〈一〉"，見752頁右欄。

10 **鎋** 同"轄"，見702頁左欄。

10 **鎵**(镓) [jiā ㄐㄧㄚ [粵] ga1 家] 金屬元素，符號Ga(英gallium)。銀白色結晶體，質地柔軟。可製合金，也可製測高溫的溫度計。砷化鎵是重要的半導體材料。

10 **鐥**(钐) [shàn ㄕㄢˋ [粵] sam3 衫3] ❶一種長柄的大鐮刀 ◆ 鐥刀|鐥鐮。❷用鐮刀或鐥鐮掄開着割 ◆ 鐥草|鐥麥。

11 **鏌** [mò ㄇㄛˋ [粵] mɔk9 莫] 鏌鋣人羣聚居的地。傳說為春秋吳國鑄劍高手莫邪所鑄，故名。

11 **鏊** [ào ㄠˋ [粵] ŋou6 傲] 一種烙餅的平底鍋，平面圓形，中心稍凸 ◆ 餅鏊|熱鏊子上螞蟻，走投無路。

11 **鏨**(錾) [zàn ㄗㄢˋ [粵] dzam6 暫] ❶在磚石或金屬上鑿刻 ◆ 鏨花|鏨字|鏨金。❷鑿刻金石用的刀具 ◆ 鏨子|鏨刀。

11 **鏈**(链) [liàn ㄌㄧㄢˋ [粵] lin2 憐] ❶金屬環相連而成的像繩子的東西 ◆ 鐵鏈|鎖鏈|鏈條。❷計量海洋上距離的長度單位。1鏈等於1海里的十分之一，合185.2米。

11 **鏗**(铿) [kēng ㄎㄥ [粵] hɐŋ1 亨] 象聲詞。形容響亮的聲音 ◆ 鏗然|鏗鏘。

11 **鏢**(镖) [biāo ㄅㄧㄠ [粵] biu1 標] 舊式投擲暗器，形狀像長矛的頭 ◆ 飛鏢|放鏢|鏢槍。

11 **鏜**(镗) 〈一〉[tāng ㄊㄤ [粵] tɔŋ1 湯] 象聲詞。形容鐘、鑼等聲音 ◆ 時鐘鏜鏜地響了好幾下。

〈二〉[táng ㄊㄤˊ [粵] tɔŋ4 堂] 加工機械零件內孔的一種方法，工件固定在工作枱上，刀具裝在鏜桿上伸入孔內旋轉切削，使原有孔眼擴大、光滑而精確。

11 **鏤**(镂) [lòu ㄌㄡˋ [粵] lɐu6 漏] 刻；雕刻 ◆ 鏤刻|鏤花|鏤骨銘心|精雕細鏤。

11 **鏝**(镘) [màn ㄇㄢˋ [粵] man6 頁/man4 謾] ❶泥瓦工抹牆用的工具；抹子 ◆

泥鏝。❷舊時銅錢無字的一面。

¹¹ **鏰**(鏰) [bèng ㄅㄥˋ ⑧ beŋ¹ 崩]

原指清朝末年不帶孔的小銅幣，十個當一個銅元。後指小形的硬幣 ◆ 鏰子｜銅鏰子｜鋼鏰兒。

¹¹ **鎩**(铩) [shā ㄕㄚ ⑧ sat⁸ 殺] ❶古代一種長矛。❷剪除(鳥羽)；傷殘 ◆ 鎩羽。

¹¹ **鏟**(铲) [chǎn ㄔㄢˇ ⑧ tsan² 產]

❶鐵或其他金屬製的用具，一端像簸箕或平板，帶有長把 ◆ 煤鏟｜鍋鏟｜鏟子。❷用鏟子或鐵鍬撮取或清除 ◆ 鏟煤｜鏟土｜鏟平。

¹¹ **鏞**(镛) [yōng ㄩㄥ ⑧ juŋ⁴ 容]

古代的一種大鐘，奏樂時用來表示節拍。

¹¹ **鏖** [áo ㄠˊ ⑧ ou¹/ŋou¹ 澳¹] 苦戰；激戰 ◆ 鏖兵｜鏖戰了三天三夜。

¹¹ **鏡**(镜) [jìng ㄐㄧㄥˋ ⑧ geŋ³ 頸³]

❶能照見影像的器具，古代用銅磨製，現代用玻璃製成 ◆ 銅鏡｜鏡子｜穿衣鏡｜破鏡重圓｜豬八戒照鏡子，裏外不是人。❷根據光學

原理製成的幫助視力或做光學實驗用的器具。主要部分是玻璃薄片 ◆ 眼鏡｜凹鏡｜凸鏡｜望遠鏡｜三棱鏡。

¹¹ **鏑**(镝) ⟨一⟩[dī ㄉㄧ ⑧ dik⁷ 的]

金屬元素，符號Dy(英dysprosium)。是稀土元素之一。

⟨二⟩[dí ㄉㄧˊ ⑧ dik⁷ 的] 箭頭 ◆ 鋒鏑｜鳴鏑。

¹¹ **鏃**(镞) [zú ㄗㄨˊ ⑧ dzuk⁷ 祝]

箭頭 ◆ 箭鏃｜飛鏃。

¹¹ **鏇**(旋) [xuàn ㄒㄩㄢˋ ⑧ syn⁶ 篆/syn⁴ 船]

❶用車牀或刀子轉着圈地切削 ◆ 鏇牀｜鏇車軸｜把蘋果皮鏇掉。❷鏇子。(1)一種金屬器具，像盤而較大，通常用來做粉皮等。(2)溫酒時盛水的金屬器具。

¹¹ **鏹**(镪) ⟨一⟩[qiāng ㄑㄧㄤ ⑧ kœŋ⁵ 襁]

鏹水，強酸的俗稱 ◆ 硝鏹水。

⟨二⟩[qiǎng ㄑㄧㄤˇ ⑧ 同⟨一⟩] 古代指成串的錢。後多指銀錠。

¹¹ **鏘**(锵) [qiāng ㄑㄧㄤ ⑧ tsœŋ¹ 槍]

象聲詞。形容金屬、玉石等撞擊聲 ◆ 鏗鏘｜鏘聲鏘鏘。

11 **鏐** [liú ㄌㄧㄡˊ ⓟleu⁴ 流]
❶成色精純的黃金。❷精純
◆ 鏐鐵。

12 **鐃**(铙) [náo ㄋㄠˊ ⓟnau⁴ 譊]
❶銅質圓形的打擊樂器。以兩片為
一副，相擊發聲，聲音比同樣大小
的鈸所發的要低沉而悠長 ◆ 鐃鈸。
❷古代軍中使用的樂器，青銅製，
體短而闊，中
有可插木柄的
短柄，用槌敲
擊發聲，表示
止鼓退軍 ◆ 金
鐃。❸姓。

12 **鏵**(铧) [huá ㄏㄨㄚˊ ⓟwa⁴ 華]
安裝在犁的下端，用來翻土的三角
形鐵器 ◆ 五鏵犁。

12 **鐯**(镨) [zhuō ㄓㄨㄛ ⓟdzœk⁸ 雀]
方言。用鎬刨地或刨莊兒 ◆ 鐯玉
米|鐯高粱。

12 **鐄** [huáng ㄏㄨㄤˊ ⓟwaŋ⁴ 橫]
❶象聲詞。形容鐘聲 ◆ 鐘
鼓鐄鐄。❷古代樂器，大鐘。

12 **鐝**(镢) [jué ㄐㄩㄝˊ ⓟkyt⁸ 決]
用來刨土的農具，類似鎬 ◆ 鐝頭|

一鐝頭掘不成個井。

12 **鐐**(镣) [liào ㄌㄧㄠˋ ⓟliu⁴ 聊]
鎖住腳的刑具 ◆ 腳鐐手銬|枷鎖鐐
銬。

12 **鏷**(镤) [pú ㄆㄨˊ ⓟbuk⁹ 瀑] 放射性元素，符號Pa
(英protactinium)。灰白色，有光
澤。

12 **鐅** [piě ㄆㄧㄝˇ ⓟpit⁸ 撇]
燒鹽用的敞口鍋。用於地
名，表示是燒鹽的地方。如江蘇有
潘家鐅。

12 **鐜**(镦) 〈一〉同"錞〈一〉"，見
747頁右欄。
〈二〉[duī ㄉㄨㄟ ⓟdœy¹ 堆]
古代打夯用的重錘 ◆ 鐵鐜。
〈三〉[dūn ㄉㄨㄣ ⓟdœn¹ 噸]
衝壓金屬板，使其變形 ◆ 冷鐜|熱
蒔花

12 **鐘**(钟) [zhōng ㄓㄨㄥ ⓟdzuŋ¹
中]
❶一種撞擊發聲的聲器，用銅或鐵
製成，中空 ◆ 打鐘|警鐘|鐘樓|暮
鼓晨鐘|做一天和尚撞一天鐘|唐
張繼《楓橋夜泊》詩："姑蘇城外寒
山寺，夜半鐘聲到客船。"❷計時
的器具。比錶大，有的可掛在牆

上，有的可放在桌上 ◆ 閙鐘|掛鐘|柏鐘|鐘座|自鳴鐘。❸指時間 ◆ 五點鐘|走十分鐘的路。

鐥 (鐥) [shàn ㄕㄢˋ ⓟ sam³ 衫³]

❶一種長柄的大鐮刀 ◆ 鐥刀|鐥鐮。❷用鐮刀或鐥鐮揄開着割 ◆ 鐥草|鐥麥。

鐠 (鐠) [pǔ ㄆㄨˇ ⓟ pou² 普]

金屬元素，符號Pr(英praseodymium)。黃色結晶，用於製造特種合金和特種玻璃。

鐒 (鐒) [láo ㄌㄠˊ ⓟ lou⁴ 勞]

放射性元素，符號Lr(英lawrencium)。是用硼轟擊鐦得到的。

錫 (錫) [tāng ㄊㄤ ⓟ tɔŋ¹ 湯]

樂器名。小銅鑼 ◆ 錫鑼。

鐦 (鐦) [kāi ㄎㄞ ⓟ hoi¹ 開]

放射性金屬元素，符號Cf(英californium)。是用甲種粒子轟擊質量數為242的鋦鐦製得的。

鐧 (鐧) 〈一〉[jiàn ㄐㄧㄢˋ ⓟ gan³ 諫]

嵌在車軸上的鐵，可以保護車軸並減少磨擦力。

〈二〉[jiǎn ㄐㄧㄢˇ ⓟ gan² 簡]
古代的一種兵器，像鞭，四棱 ◆ 四

棱鐧鐵鐧。

鐨 (鐨) [fèi ㄈㄟˋ ⓟ fei³ 費]

一種人造的放射性元素，符號Fm(英fermium)。

鐙 (鐙) 〈一〉[dèng ㄉㄥˋ ⓟ dɐŋ³ 凳]

掛在馬鞍兩旁的東西，供騎馬人放腳用，多用鐵製成 ◆ 馬鐙|腳鐙。
〈二〉[dēng ㄉㄥ ⓟ dɐŋ¹ 凳¹]
❶古代盛肉食的器皿。❷同"燈"，指油燈。

鏺 (鏺) [pō ㄆㄛ ⓟ put⁸ 潑]

方言。❶一種割草的農具。兩邊有刃，裝有木柄。❷割；芟除。

鐍 (鐍) [jué ㄐㄩㄝˊ ⓟ kyt⁸ 決]

箱子上安鎖的環狀物。也指鎖 ◆ 扃鐍|門鐍。

鐵 (鐵) [tiě ㄊㄧㄝˇ ⓟ tit⁸ 提歇切]

❶金屬元素，符號Fe(英ferrum)。灰白色，質堅硬，有光澤，富延展性，顯磁性，在潮濕空氣中容易生鏽。工業上用途極廣 ◆ 鐵礦|鋼鐵|趁熱打鐵|恨鐵不成鋼|只要功夫深，鐵杵磨成針。❷指刀、槍等兵器 ◆ 手無寸鐵。❸形容堅強；堅固 ◆ 鐵腕|鐵人|鐵石心腸|銅牆鐵壁。❹形容強暴或精銳 ◆ 鐵蹄

|鐵騎|鐵流。❺形容確定不移 ◆ 鐵證|鐵定|鐵案如山。❻姓。

¹³鐳(镭) [léi ㄌㄟˊ ⑧ lœy⁴ 雷]
放射性元素,符號Ra(英radium)。銀白色,有光澤,質軟。鐳能慢慢地蛻變成氦和氡,最後變成鉛。醫學上用鐳來治癌症和皮膚病。

¹³鐺(铛) 〈一〉[dāng ㄉㄤ ⑧ dɔŋ¹ 當]
象聲詞。撞擊金屬器物的聲音 ◆ 鐺唧|丁零鐺唧|鐘"鐺鐺鐺"地響了起來。
〈二〉[chēng ㄔㄥ ⑧ tsɐŋ¹ 撐]
烙餅或做菜用的平底淺鍋 ◆ 餅鐺。

¹³鐸(铎) [duó ㄉㄨㄛˊ ⑧ dɔk⁹ 踱]
古代的一種大鈴,宣佈政教法令或遇戰事時使用 ◆ 木鐸|鈴鐸。

¹³鐶(镮) [huán ㄏㄨㄢˊ ⑧ wan⁴ 環]
環;圓形有孔可貫穿的東西。

¹³鐲(镯) [zhuó ㄓㄨㄛˊ ⑧ dzuk⁹ 俗]
套在手腕或腳腕上的環形裝飾品 ◆ 玉鐲|金鐲。

¹³鐫(镌^⑩鎸) [juān ㄐㄩㄢ ⑧ dzyn¹ 專]
鑿;雕刻 ◆ 鐫刻|鐫碑|雕鐫。

¹³鐮(镰^⑩鎌鐮) [lián ㄌㄧㄢˊ ⑧ lim⁴ 廉]
一種由刀片和木把構成的農具,用來收割莊稼或割草 ◆ 鐮刀|開鐮|掛鐮。

¹³鐿(镱) [yì ㄧˋ ⑧ ji³ 意]
金屬元素,符號Yb(英ytterbium)。銀白色,有光澤,質軟,富延展性。用於製特種合金。

¹³鑔(镲) [chǎ ㄔㄚˇ ⑧ tsa² 叉²]
小鈸,一種打擊樂器。

¹³鏽(锈^⑩銹) [xiù ㄒㄧㄡˋ ⑧ sɐu³ 秀]
❶金屬表面在潮濕的空氣中氧化而形成的物質。鐵的氧化物呈紅黃色,銅的氧化物呈綠色 ◆ 鐵鏽|銅鏽|這把刀子長鏽了。❷金屬表面產生氧化物而變色 ◆ 鐮刀鏽了|門上的鎖鏽住了。❸農作物受真菌侵害而患病,莖和枝葉上出現病態的紅黃色 ◆ 鏽病|查鏽|滅鏽。

¹³鎅(鎅) [bèi ㄅㄟˋ ⑧ bik⁷ 壁]
把刀在布、皮、石頭等上反覆摩擦,使鋒利 ◆ 鎅刀|鎅刀布。

¹⁴鑊(镬) [huò ㄏㄨㄛˋ ⑧ wɔk⁹ 獲]
❶古代的大鍋 ◆ 鼎鑊。❷方言鍋。

¹⁴ **鑄**（铸）［zhù ㄓㄨˋ ⑧ dzy³ 注］

❶鑄造，把金屬熔化或以液態非金屬材料澆在模子裏製成器物 ◆ 鑄字｜鑄幣｜陶鑄｜熔鑄｜澆鑄。❷造成 ◆ 鑄錯｜他一意孤行，終於鑄成大錯。

¹⁴ **鑒**（鉴⑧鑑鑑）［jiàn ㄐㄧㄢˋ ⑧ gam³ 監³］

❶鏡子。古代鏡子用青銅製成 ◆ 銅鑒。❷借指可以作為警戒或引為教訓的事 ◆ 鑒戒｜借鑒｜殷鑒｜引以為鑒｜前車之覆，後車之鑒。❸審察 ◆ 鑒別｜賞鑒｜鑒往知來。❹映照 ◆ 水清可鑒｜油光可鑒。❺編年史的一種名稱 ◆ 年鑒。❻舊時書信慣用語，用在開頭的稱呼之後，表示請人看信 ◆ 惠鑒｜鈞鑒｜台鑒。

¹⁴ **鑌**（镔）［bīn ㄅㄧㄣ⑧ ben¹ 賓］

精鐵 ◆ 鑌鐵。

¹⁵ **鑮** 同“鉋〈二〉”，見738頁右欄。

¹⁵ **鑕**（锧）［zhì ㄓˋ ⑧ dzɐt⁷ 質］

❶古代指腰斬犯人用的砧板 ◆ 砧鑕。❷古代刑具鍘刀的底座。

¹⁵ **鐼**（镥）［lǔ ㄌㄨˇ ⑧ lou⁵ 老］

金屬元素，符號Lu（英lutetium）。是稀土金屬之一，自然界中存量極少。

¹⁵ **鑛** 同“礦”，見480頁左欄。

¹⁵ **鑣**（镳）［biāo ㄅㄧㄠ⑧ biu¹ 標］

❶勒馬嘴具露出嘴外的兩端 ◆ 分道揚鑣。❷同“鏢”，見753頁右欄。

¹⁵ **鑠**（铄）［shuò ㄕㄨㄛˋ ⑧ sœk⁸ 削］

❶熔化 ◆ 鑠石流金｜眾口鑠金。❷消損；銷毀 ◆ 銷鑠｜日銷月鑠。❸同“爍”，見411頁左欄。

¹⁵ **鑞**（镴）［là ㄌㄚˋ ⑧ lap⁹ 臘］

鉛錫合金。通常叫“焊錫”或“錫鑞”。用來焊接金屬或製造器皿。

¹⁶ **鑪** 同“爐”，見411頁左欄。

¹⁶ **鑫**［xīn ㄒㄧㄣ⑧ jem¹ 音］

財富興旺。多用於人名或商店字號。

¹⁷ **鑰**（钥）〈一〉［yuè ㄩㄝˋ ⑧ jœk⁹ 若］

❶鎖 ◆ 門鑰｜魚鑰。❷關鍵；樞要 ◆ 北門鎖鑰（北方邊防要地）。❸鑰匙。

〈二〉[yào ㄧㄠˋ ㊤ jœk⁹ 若]
開鎖的器具 ◆ 鑰匙。

17 鑱 [chán ㄔㄢˊ ㊤ tsam⁴ 慚]
❶古代的一種掘土工具，鐵製，裝有彎曲的長柄 ◆ 長鑱。❷刺。

17 鑲 (镶) [xiāng ㄒㄧㄤ ㊤ sœŋ¹ 商]
把東西嵌進去或在外圍圍邊 ◆ 鑲嵌｜鑲牙｜鑲邊｜裙子下襬鑲了一道花邊。

17 鑭 (镧) [lán ㄌㄢˊ ㊤ lan⁴ 蘭]
金屬元素，符號La(英lanthanum)。銀白色，稀土金屬之一。鑭、鈰和鐵的合金用來製造火石。又可做催化劑。

18 鑷 (镊) [niè ㄋㄧㄝˋ ㊤ nip⁹ 聶]
❶夾取毛髮或其他細小東西的器具 ◆ 鑷子｜銅鑷。❷用鑷子夾取 ◆ 鑷眉毛。

18 鑹 (镩) [cuān ㄘㄨㄢ ㊤ tsyn¹ 穿]
❶一種鐵製的鑿冰器具 ◆ 冰鑹。❷用冰鑹鑿冰 ◆ 鑹冰。

19 鑼 (锣) [luó ㄌㄨㄛˊ ㊤ lɔ⁴ 羅]
一種打擊樂器，形狀像銅盤 ◆ 鑼鼓喧天｜敲鑼打鼓｜當面鼓，背後鑼。

19 鑽 (钻®鑽) 〈一〉[zuān ㄗㄨㄢ ㊤ dzyn¹ 專]
❶用錐狀物在另一物體上轉動穿孔 ◆ 鑽孔｜鑽探｜鑽木取火。❷進入或突出 ◆ 鑽山洞｜鑽出水面｜蒼蠅不鑽沒縫的蛋｜太陽從雲層中鑽了出來。❸深入研究 ◆ 鑽研｜仰之彌高，鑽之彌堅。❹找門路謀取名利 ◆ 鑽營｜鑽謀。
〈二〉[zuàn ㄗㄨㄢˋ ㊤ dzyn³ 轉³]
❶打窟窿的工具 ◆ 電鑽｜衝擊鑽。❷指金剛石 ◆ 鑽戒｜金剛鑽｜鑽石項鏈。

19 鑾 (銮) [luán ㄌㄨㄢˊ ㊤ lyn⁴ 聯]
古代帝王車上的鈴鐺。借指皇帝的車駕 ◆ 迎鑾｜金鑾殿。

20 鑿 (凿) [záo ㄗㄠˊ ㊤ dzɔk⁹ 昨]
❶打孔或挖槽的工具。長條形，前端有刃，使用時用重物砸後端 ◆ 鑿子｜扁鑿｜圓鑿。❷穿孔；挖掘 ◆ 鑿井｜開鑿｜鑿了個窟窿。❸器物上的凹孔 ◆ 方枘圓鑿。❹明確；真實 ◆ 證據確鑿。

20 鐋 (镋) [tǎng ㄊㄤˇ ㊤ tɔŋ² 倘]
古代一種兵器，形如半月，有柄 ◆ 流金鐋。

²⁰**钁**（钁） [jué ㄐㄩㄝˊ 粵 gwɔk⁹ 國]

❶一種類似鎬的掘土農具 ◆ 钁頭。❷用钁頭挖掘 ◆ 钁地。

長 部

⁰**長**（长） 〈一〉[cháng ㄔㄤˊ 粵 tsœŋ⁴ 祥]

❶兩端之間的距離大；跟"短"相對。(1)指空間 ◆ 長城｜狹長｜長驅直入｜放長線釣大魚｜尺有所短，寸有所長｜唐王勃《滕王閣詩序》："落霞與孤鶩齊飛，秋水共長天一色。"(2)指時間 ◆ 長期｜長壽｜來日方長｜長痛不如短痛。❷長度或高度 ◆ 修長｜身長｜趙州橋全長64.4米。❸時間持續得久 ◆ 長久｜從長計議｜細水長流｜天長地久。❹常常；經常 ◆ 長川｜長是。❺某方面的特出之處；優點 ◆ 特長｜一技之長｜取長補短。❻善於做某事 ◆ 他長於繪畫。

〈二〉[zhǎng ㄓㄤˇ 粵 dzœŋ² 象]

❶年齡較大 ◆ 年長｜他比我長三歲。❷排行中第一的 ◆ 長子｜長兄｜長孫。❸輩份高 ◆ 師長｜長輩｜目無尊長。❹領導人；負責人 ◆ 校長｜院長｜市長。❺產生 ◆ 長鏽｜長了個瘡。❻生長；成長 ◆ 孩子長高了｜莊稼長勢很好。❼增加；增進 ◆ 長見識｜教學相長｜長他人志

氣，滅自己威風。

〈三〉[zhàng ㄓㄤˋ 粵 dzœŋ⁶ 丈]

剩餘；多餘 ◆ 身無長物。

門 部

⁰**門**（门） [mén ㄇㄣˊ 粵 mun⁴ 瞞]

❶房屋、車船、圍牆等的出入口。也指裝置在出入口、能開關的障隔物 ◆ 大門｜前門｜鐵門｜敲門磚｜閉門思過｜城門失火，殃及池魚。❷指上述出入口跟前 ◆ 門可羅雀｜班門弄斧｜門庭若市。❸形狀或作用像門的東西 ◆ 櫃門｜球門｜閘門｜水門｜電門。❹人身上的某些孔竅 ◆ 產門｜肛門。❺訣竅；途徑 ◆ 門徑｜入門｜竅門｜歪門邪道｜不二法門｜師傅領進門，修行在個人。❻路徑的關口，多用於關塞、河流、海灣險要處的名稱 ◆ 玉門｜澳門｜鯉魚跳龍門。❼舊指家族或家族的一支，現指一般家庭 ◆ 門閥｜豪門｜長門長子｜滿門抄斬｜雙喜臨門。❽門第 ◆ 門當户對。❾宗教或思想、學術上的派別 ◆ 同門｜門徒｜佛門｜旁門左道。❿類別；事物的分類 ◆ 門類｜熱門｜分門別類｜五花八門。⓫生物學分類等級中的一級 ◆ 原生動物門｜脊椎動物門｜裸子植物門。⓬量詞 ◆ 一門炮｜一門科學｜幾門手藝。⓭姓。

¹閂 (闩) [shuān ㄕㄨㄢ ⑧ san¹ 山]

❶門關上後插在門內使門推不開的棍子 ◆ 門閂 | 門還沒有上閂。❷插上門閂 ◆ 把門閂上 | 門閂得很緊。

²閃 (闪) [shǎn ㄕㄢˇ ⑧ sim² 陝]

❶突然出現；忽隱忽現 ◆ 閃念 | 閃現 | 一個人閃進門來 | 往事隱隱約約地在記憶中閃過。❷側身躲避；避讓 ◆ 閃開 | 閃避 | 躲躲閃閃。❸因動作過猛而使局部筋肉扭傷 ◆ 閃了腰 | 小心別閃了手。❹天空中突然出現又突然消失的電光 ◆ 閃電 | 打閃。❺光亮晃動，忽明忽暗；光彩耀眼 ◆ 閃爍 | 閃耀 | 金光閃閃。❻搖晃；晃動 ◆ 他腳下一滑，閃了閃，差點跌倒。❼姓。

³閆 [yán ㄧㄢˊ ⑧ jim⁴ 炎]

❶姓。❷同"閻"，姓。

³閈 [hàn ㄏㄢˋ ⑧ hɔn⁶ 汗]

❶里巷的門 ◆ 里閈。❷牆。

³閉 (闭) [bì ㄅㄧˋ ⑧ bei³ 蔽]

❶合攏；關緊 ◆ 閉嘴 | 關閉 | 閉門羹 | 閉關自守 | 夜不閉戶 | 閉門造車。❷堵塞；不通暢 ◆ 閉氣 | 閉塞。❸結束；停止 ◆ 閉會 | 閉經。❹掩蔽；遮掩 ◆ 閉月羞花 | 烏雲閉日。❺姓。

⁴閏 (闰) [rùn ㄖㄨㄣˋ ⑧ jœn⁶ 潤]

曆法術語。地球公轉1周的時間為365天5時48分46秒。陽曆把1年定為365天，所餘的時間約每4年積累成1天，加在2月裏；陰曆把1年定為354天或355天，所餘的時間約每3年積累成1個月，加在某1年裏。這種處理方法曆法上叫閏。

⁴開 (开) [kāi ㄎㄞ ⑧ hɔi¹ 海¹]

❶使閉合的東西不再閉合 ◆ 打開 | 開啟 | 開抽屜 | 開門見山 | 一夫當關，萬夫莫開。❷打通；拓展 ◆ 開闢 | 開荒 | 頓開茅塞 | 逢山開路，遇水架橋。❸(花朵)綻放 ◆ 開花 | 花開花謝自有時。❹東西分裂，不再連成一體 ◆ 開裂 | 皮開肉綻 | 釦兒開了 | 雲開日出。❺融解；解凍 ◆ 開凍 | 河開了。❻消除；解除 ◆ 開戒 | 開禁 | 開脫。❼通電；啟動並操縱(車船等) ◆ 開關 | 開燈 | 開機 | 開車 | 開炮 | 開飛機。❽(隊伍)出發，由一地趕到另一地 ◆ 開拔 | 開赴前線 | 部隊昨天開走了。❾着手做；開始 ◆ 開工 | 開學 | 開演。❿建立；設置 ◆ 開辦 | 開戶 | 開工廠 | 開山祖師 | 開國元勳。⓫舉辦；舉行 ◆ 開會 | 召開 | 開運動會 | 開歡迎會。⓬寫出；列出 ◆ 開發票 | 開賬單 | 開介紹信。⓭支付；消費 ◆ 開支 | 開銷。⓮革除；除名 ◆ 開除 | 開革 | 經濟蕭條時期，大批工人被開掉

了。⑮沸騰 ◆ 水開了｜死豬不怕開水燙｜哪壺不開提哪壺。⑯用於動詞後。(1)表示變大、變廣 ◆ 喜訊傳開了。(2)表示持續 ◆ 幹開了｜小姐妹們聚在一起，就説開了。⑰啟發 ◆ 開導｜開竅。⑱揭示；表明 ◆ 開宗明義｜開誠佈公。⑲指十分之幾的比例 ◆ 三七開。⑳印刷業行話，指整張紙的若干分之一 ◆ 16開本。㉑黃金的純度單位(以24開為純金) ◆ 18開金。㉒熱力學温度單位開爾文的簡稱，符號K。㉓姓。

4閎 [hóng ㄏㄨㄥˊ [粵] wɐŋ4 宏]
❶里巷的門。❷宏大；廣博 ◆ 閎大｜精深閎博。

4間 (间) 〈一〉[jiān ㄐㄧㄢ [粵] gan1 奸]
❶房屋等建築物內分隔的各個部分 ◆ 房間｜外間｜套間｜車間｜衛生間。❷指物質存在的客觀形式，表現為佔據的位置和存在的持續 ◆ 空間｜時間｜人世間｜瞬息間。❸內；裏面 ◆ 居間｜字裏行間｜間不容髮。❹量詞。(1)用於房屋 ◆ 一間房｜五間門面。(2)方言。家；所 ◆ 一間學校｜一間貿易公司。

〈二〉[jiàn ㄐㄧㄢˋ [粵] gan3 諫]
❶空隙；嫌隙 ◆ 間隙｜親密無間。❷隔斷；不相連 ◆ 間隔｜間斷。❸挑撥 ◆ 離間｜反間計。❹拔掉；鋤去 ◆ 間苗。

4閒 (闲[異]閑) [xián ㄒㄧㄢˊ [粵] han4 閒]
❶空暇；沒有事情做 ◆ 空閒｜閒暇｜清閒｜遊手好閒。❷放着不用 ◆ 閒置｜四海無閒田。❸沒事做的時候 ◆ 農閒｜忙裏偷閒。❹與正事無關的；無關緊要的 ◆ 閒聊｜閒言碎語｜愛看閒書。

4閔 (闵) [mǐn ㄇㄧㄣˇ [粵] mɐn5 敏]
姓。

4閌 [kàng ㄎㄤˋ [粵] kwɔŋ4 抗]
❶高大的樣子。❷門限。❸方言。閌閬，建築物中空廓的部分。也叫“閌閬子”。

5閘 (闸) [zhá ㄓㄚˊ [粵] dzap9 雜]
❶修建在堤壩中用來控制河渠水流的建築物 ◆ 水閘｜泄洪閘｜攔河閘。❷截住；止住 ◆ 閘住水流｜把話閘住。❸製動器的通稱 ◆ 車閘。❹指較大型的電源開關 ◆ 電閘。

5閟 [bì ㄅㄧˋ [粵] bei3 庇]
❶關門；關閉。❷掩蔽；隱藏。

6閨 (闺) [guī ㄍㄨㄟ [粵] gwɐi1 歸]
❶王宮中的小門 ◆ 閨闈。❷內室。特指女子的居室 ◆ 閨門｜閨房

|深閨|閨閣。❸借指婦女 ◆ 閨人
|閨女|大家閨秀。

⁶ **閩** (闽) [mǐn ㄇㄧㄣˇ ⑧ men⁴
民]
❶閩江，水名，在福建省。❷福建省的別稱 ◆ 閩南。

⁶ **閥** (阀) [fá ㄈㄚˊ ⑧ fɐt⁹ 乏]
❶指憑藉權勢具有特殊地位和力量的個人、家族或集團 ◆ 軍閥|財閥|門閥。❷管道、泵或其他機器中調節和控制流體的流量、壓力和流動方向的裝置。通稱"活門" ◆ 閥門|氣閥|油閥。

⁶ **閤** (合) ⟨一⟩同"閣"，見765頁右欄；同"合"，見79頁左欄。
⟨二⟩[gé ㄍㄜˊ ⑧ gɔk⁸ 各]
❶小門；側門。❷同"閣"，見763頁左欄。❸姓。

⁶ **閣** (阁) [gé ㄍㄜˊ ⑧ gɔk⁸ 各]
❶一種園林建築物，四方形、六角形或八角形，一般兩層，周圍開窗，多建在高處，可供遠眺 ◆ 亭台樓閣|仙山瓊閣。❷指女子的居室 ◆ 閨閣|出閣|香閣繡閣。❸稱某些國家中的最高行政機關 ◆ 內閣|組閣|閣員。❹古多用以對地位顯貴人的敬稱。現泛用作對人的敬稱 ◆ 閣下。❺放東西的架子 ◆ 束之高閣。

⁶ **閡** (阂) [hé ㄏㄜˊ ⑧ ŋɔi⁶ 外]
阻隔不通 ◆ 隔閡。

⁷ **閫** (阃) [kǔn ㄎㄨㄣˇ ⑧ kwen²
捆]
❶門檻，門框下挨着地面的橫木 ◆ 閫外。❷舊時指女子居住的內室 ◆ 閫閫|閫閨。

⁷ **閭** (闾) [lǘ ㄌㄩˊ ⑧ lœy⁴ 雷]
❶里巷的大門 ◆ 門閭|倚閭而望。❷泛指居民眾居的地方 ◆ 鄉閭|閭里|閭巷。❸古代戶籍編制單位，二十五家為一閭。❹姓。

⁷ **閩** (闯) [chuài ㄔㄨㄞˋ ⑧
tsœy³ 翠]
閩閩。見"閩"，764頁左欄。

⁷ **閱** (阅) [yuè ㄩㄝˋ ⑧ jyt⁹
月]
❶看；默讀 ◆ 閱讀|翻閱資料|閱覽室。❷領袖或高級首長親臨隊伍或人羣前面察看檢驗 ◆ 檢閱|閱兵式。❸經歷；經過 ◆ 閱歷|閱世|試行已閱三月。

⁷ **閬** (阆) ⟨一⟩[làng ㄌㄤˋ ⑧
lɔŋ⁶ 浪]
❶地名用字。如四川有閬中縣。❷空曠；高大 ◆ 閬苑 (仙人居處)。
⟨二⟩[láng ㄌㄤˊ ⑧同⟨一⟩]
方言。閬閬，見"閬"，762頁右欄。

闍 〈一〉[dū ㄉㄨ ⓟ dou¹ 刀]
城門上的台 ◆ 城闍。
〈二〉[shé ㄕㄜˊ ⓟ sɛ⁴ 蛇]
闍梨，梵文音譯，義為軌範師，即
指高僧，也泛指僧。又譯為"阿闍
梨"。

閾 (阈) [yù ㄩˋ ⓟ wik⁹ 域/kwik⁷ 隙]
❶門檻 ◆ 踰閾。❷指界限或範圍
◆ 視閾｜聽閾。

閹 (阉) [yān ㄧㄢ ⓟ jim¹ 淹]
❶割掉睪丸或卵巢 ◆
閹雞｜閹豬。❷舊時指太監 ◆ 閹人
｜閹黨。

閶 (阊) [chāng ㄔㄤ ⓟ tsœŋ¹ 昌]
閶闔。❶傳說中的天門。❷宮門；
京都城門。

閿 (阌) [wén ㄨㄣˊ ⓟ mɐn⁴ 文]
地名用字。如河南靈寶有閿鄉。

閗 (挣) [zhèng ㄓㄥˋ ⓟ dzɐŋ³ 增³]
閗閗，掙扎，多見於元曲。

闀 (阍) [hūn ㄏㄨㄣ ⓟ fɐn¹ 芬]
❶門。多指天門、宮門 ◆ 帝闀｜開
闀。❷看門；守門 ◆ 闀者｜闀人。

閻 (阎) [yán ㄧㄢˊ ⓟ jim⁴ 炎]
❶里巷內的門。也指
里巷 ◆ 閻閭。❷閻王、閻羅，傳
說中的地獄王。❸姓。

閼 (阏) 〈一〉[è ㄜˋ ⓟ at⁸/ŋat⁸ 壓]
❶堵塞 ◆ 閼河。❷門扇；擋板。
〈二〉[yān ㄧㄢ ⓟ jin¹ 煙]
閼氏，漢代匈奴單于、諸王的正妻
的統稱。

闉 [yīn ㄧㄣ ⓟ jen¹ 因]
❶ 古代圍繞在城門外的小
城。也指城門外小城的門。❷阻塞
◆ 闉塞。

闌 (阑) [lán ㄌㄢˊ ⓟ lan⁴ 蘭]
❶同"欄"。欄杆；門
前柵欄 ◆ 門闌｜憑闌。❷快到盡頭
◆ 歲闌｜夜闌人靜。

闃 (阒) [qù ㄑㄩˋ ⓟ kwik⁷ 隙]
寂靜；沒有聲響 ◆
闃寂｜闃然｜闃無一人。

闆 (板) [bǎn ㄅㄢˇ ⓟ ban² 板]
老闆。

闇 [àn ㄢˋ ⓟ ɐm³/ŋɐm³ 暗]
❶不亮；光線不足 ◆ 闇冥
｜晦闇｜闇無天日。❷ 糊塗；愚
昧 ◆ 闇昧｜闇劣｜兼聽則明，偏信

則闍。

亂子闖大了。

---

⁹ 闊（阔⑧濶）[kuò ㄎㄨㄛˋ ⑧ fut⁸ 苦括切]

❶（面積）大；寬廣 ◆ 開闊｜闊步｜大刀闊斧｜海闊憑魚躍，天高任鳥飛。❷（時間）長久 ◆ 闊別｜疏闊。❸迂遠；不切實際 ◆ 迂闊｜高談闊論。❹富有；奢侈 ◆ 擺闊｜闊氣｜闊綽｜闊少爺。

---

⁹ 闈（闱）[wéi ㄨㄟˊ ⑧ wɐi⁴ 圍]

❶古代宮室、宗廟的旁側小門 ◆ 宮闈｜王闈。❷古代指后妃居住的宮室 ◆ 帝闈｜椒闈。❸指科舉考試或科舉考場 ◆ 春闈｜秋闈｜入闈｜鄉闈。

---

⁹ 闋（阕）[què ㄑㄩㄝˋ ⑧ kyt⁸ 決]

❶終止 ◆ 樂闋（奏樂終了）。❷量詞。(1)用於歌曲或詞 ◆ 上闋｜下闋｜一闋頌歌｜填詞一闋。(2)用於奏樂等的次數 ◆ 樂奏三闋。

---

¹⁰ 闖（闯）[chuǎng ㄔㄨㄤˇ ⑧ tsɔŋ³ 創/tsɔŋ² 廠(語)]

❶猛衝；突然直接進入 ◆ 闖勁｜私闖民宅｜橫衝直闖｜闖進了會議廳。❷奔走；浪遊 ◆ 闖蕩｜闖江湖｜走南闖北。❸在外鍛煉 ◆ 闖練｜到外面的世界去闖一番。❹開創 ◆ 闖牌子｜闖出一片新天地。❺招惹；造成（壞的結果）◆ 闖禍｜

---

¹⁰ 闔（阖）[hé ㄏㄜˊ ⑧ hɐp⁹ 合]

❶全部；總共 ◆ 闔城｜闔家安樂。❷關閉；閉合 ◆ 闔戶｜闔眼。

---

¹⁰ 闒 [tà ㄊㄚˋ ⑧ tap⁸ 塔]

樓上小户。引申為卑下 ◆ 闒懦｜闒茸（卑賤、低劣）。

---

¹⁰ 闓（闿）[kǎi ㄎㄞˇ ⑧ hɔi² 海/hɔi¹ 開]

開啟。

---

¹⁰ 闐（阗）[tián ㄊㄧㄢˊ ⑧ tin⁴ 田]

充塞；填滿 ◆ 喧闐｜賓客闐門。

---

¹⁰ 闕（阙）〈一〉[quē ㄑㄩㄝ ⑧ kyt⁸ 決]

❶過錯；疏失 ◆ 闕失｜裨補時闕。❷同“缺” ◆ 闕如｜闕疑｜抱殘守闕｜拾遺補闕。❸姓。

〈二〉[què ㄑㄩㄝˋ ⑧ 同〈一〉]

❶皇宮門前面兩邊的樓。借指帝王的住所 ◆ 宮闕。❷墓道外所立的石柱。

---

¹¹ 闚 同“窺”，見494頁右欄。

---

¹¹ 闞 同“嫖”，見160頁左欄。

11 關（关⊕関）[guān ㄍㄨㄢ ⑧ gwan¹ 鰥]

❶使打開的物體合攏 ◆ 關攏｜關門｜關抽屜。❷禁閉；放在裏面不使出來 ◆ 關押｜關在籠子裏｜宋葉紹翁《遊園不值》詩：“春色滿園關不住，一枝紅杏出牆來。”❸(商店、企業等) 倒閉；歇業 ◆ 關廠｜這家南貨店去年就關了。❹貨物出口和入口收稅的地方 ◆ 關稅｜海關。❺比喻重要的轉折點或經受嚴峻考驗的時刻 ◆ 難關｜年關｜緊要關頭。❻切斷電流，使機器等停止運轉 ◆ 關機｜關電視。❼古代在險要地方或邊境出入的通道設置的守衛處所 ◆ 關隘｜關外｜山海關｜過五關，斬六將。❽起轉折聯絡作用的部分 ◆ 機關｜關節｜關鍵。❾牽連；牽涉 ◆ 關乎｜關心｜毫不相關｜息息相關｜無關緊要。❿發給或領取 (薪餉) ◆ 關餉。⓫姓。

12 闞（阚）〈一〉[kàn ㄎㄢˋ ⑧ hem³ 瞰]

❶望；看望。❷姓。
〈二〉[hǎn ㄏㄢˇ ⑧ ham² 喊²]
同“嘁”。虎吼 ◆ 闞吼。

12 闠 [huì ㄏㄨㄟˋ ⑧ wui⁶ 匯]

闠闠。見“闤”，766頁右欄。

12 闡（阐）[chǎn ㄔㄢˇ ⑧ tsin² 淺/dzin² 展 (語)]

說明；表明 ◆ 闡述｜闡發｜闡明。

13 闥（闼）[tà ㄊㄚˋ ⑧ tat⁸ 達]

內室小門，也泛指門 ◆ 闥門｜破闥而入｜排闥直入。

13 闤 [huán ㄏㄨㄢˊ ⑧ wan⁴ 環]

闤闠，街市，街道。

13 闢（辟）[pì ㄆㄧˋ ⑧ pik⁷ 僻]

❶開；開拓 ◆ 開闢｜開天闢地｜闢出一個專欄。❷透徹；切中要害 ◆ 精闢｜透闢。❸排斥；批駁 ◆ 闢謠｜闢駁。

阜（阝左）部

0 阜 [fù ㄈㄨˋ ⑧ feu⁶ 覆]

❶土山 ◆ 阜丘。❷豐厚 ◆ 物阜民富。

3 阢 [wù ㄨˋ ⑧ ŋet⁹ 兀]

阢陧，不安定，多形容局勢、局面、心情等 ◆ 阢陧不安。

3 阡 [qiān ㄑㄧㄢ ⑧ tsin¹ 千]

❶田間南北方向的小路。也泛指田間小路或道路 ◆ 阡陌。❷借指田地。❸墳墓。

4 阱 [jǐng ㄐㄧㄥˇ ⑧ dziŋ⁶ 靜/dzɛŋ⁶ 鄭]

陷坑。用來捕捉人或野獸 ◆ 挖陷阱。

4 **阮** [ruǎn ㄖㄨㄢˇ [粵] jyn² 婉/jyn⁵ 軟]
❶一種弦樂器。形似月琴，柄長而直，四根弦，也有三根弦的。傳說因西晉阮咸善彈此樂器，故名為阮咸。簡稱阮。❷姓。

4 **阪** [bǎn ㄅㄢˇ [粵] ban⁶ 辦/fan² 反]
❶山坡；斜坡 ◆ 阪田｜阪上走丸。❷大阪，日本地名。

4 **阨** 〈一〉"厄"的異體字。
〈二〉[ài ㄞˋ [粵] ai³/ŋai³ 隘]
險要的地方 ◆ 險阨。

4 **阯** 同"址"，見123頁左欄。

4 **阬** 同"坑"，見124頁左欄。

4 **防** [fáng ㄈㄤˊ [粵] fɔŋ⁴ 房]
❶戒備；做好準備以應付攻擊或避免受害 ◆ 預防｜防汛｜猝不及防｜明槍易躲，暗箭難防。❷有關警戒衞護，抗擊入侵的事務 ◆ 佈防｜防務｜國防｜海防｜突破防線。❸堤壩，擋水的建築物 ◆ 堤防。❹姓。

4 **阧** [dǒu ㄉㄡˇ [粵] dɐu² 抖]
水閘之類設施。

5 **阿** 〈一〉[ā ㄚ [粵] a³/ŋa³ 亞]
名詞前綴。❶用在姓、名或排行的前面，有親暱的意味 ◆ 阿李｜阿珠｜阿四。❷用在親屬稱謂前面 ◆ 阿爸｜阿姨｜阿妹。
〈二〉[ē ㄜ [粵] ɔ¹/ŋɔ¹ 柯]
❶曲從；迎合 ◆ 阿附｜阿諛｜阿其所好｜剛正不阿。❷(山、水等)凹曲處 ◆ 山阿。❸指山東東阿縣 ◆ 阿膠。

5 **阽** [diàn ㄉㄧㄢˋ [粵] jim⁴ 鹽]
瀕臨(危險) ◆ 阽危。

5 **阻** [zǔ ㄗㄨˇ [粵] dzɔ² 左]
攔住；隔絕 ◆ 阻擋｜阻止｜阻隔｜攔阻｜通行無阻。

5 **阼** [zuò ㄗㄨㄛˋ [粵] dzou⁶ 做]
古代指大堂下東側的台階，是主人迎客時站立的地方 ◆ 阼階。

5 **陁** 同"陀"，見767頁右欄。

5 **附** [fù ㄈㄨˋ [粵] fu⁶ 父]
❶外加；隨帶 ◆ 附帶｜附件｜隨信附上。❷貼近；靠近 ◆ 附近｜附耳說了幾句。❸依傍；依附 ◆ 附議｜附庸｜皮之不存，毛將焉附。

5 **陀** [tuó ㄊㄨㄛˊ [粵] tɔ⁴ 駝]
❶高低不平 ◆ 盤陀｜陂陀。❷陀螺，兒童玩具，形狀略似海

螺，通常用木頭製成，能使之在地上直立旋轉。

⁵**阮** 同"阸"，見767頁左欄。

⁵**陂** 〈一〉[bēi ㄅㄟ ⑧ bei¹ 悲]
❶池塘 ◆ 陂塘｜陂池。❷山坡 ◆ 山陂。
〈二〉[pí ㄆㄧˊ ⑧ pei⁴ 皮]
地名用字。如湖北有黃陂縣。
〈三〉[pō ㄆㄛ ⑧ po¹ 破]
不平坦 ◆ 陂陀。
〈四〉[bì ㄅㄧˋ ⑧ bei³ 畀]
❶傾危。❷偏頗，邪僻不正。

⁶**陋** [lòu ㄌㄡˋ ⑧ leu⁶ 漏]
❶醜；難看 ◆ 醜陋。❷粗劣 ◆ 粗陋｜簡陋｜因陋就簡。❸(住處)狹小簡易 ◆ 陋室｜陋巷。❹粗鄙；不文明 ◆ 陋俗｜陋習。❺(見聞)少；不廣 ◆ 淺陋｜孤陋寡聞。

⁶**陌** [mò ㄇㄛˋ ⑧ mek⁹ 墨]
❶田間東北方向的小路。也泛指田間小路或道路 ◆ 阡陌縱橫。❷陌生，生疏；不熟悉 ◆ 陌生人｜視同陌路。

⁶**陒** 同"垝"，見127頁左欄。

⁶**降** 〈一〉[jiàng ㄐㄧㄤˋ ⑧ gong³ 鋼]
❶下落；跟"升"相對 ◆ 降雨｜空降｜降落傘｜從天而降。❷賜給；給予 ◆ 降福｜降罪。❸使下落；使成為低下 ◆ 降價｜降格｜降溫。❹出生；誕生 ◆ 降生｜不拘一格降人才。❺姓。
〈二〉[xiáng ㄒㄧㄤˊ ⑧ hong⁴ 杭]
❶歸順，表示停止抵抗 ◆ 投降｜降將｜寧死不降。❷指歸順的人 ◆ 招降納叛。❸制伏；使馴服 ◆ 降伏｜降龍伏虎｜一物降一物。

⁶**陔** [gāi ㄍㄞ ⑧ goi¹ 該]
❶台階的階級。❷田埂。借指田畝。

⁶**限** [xiàn ㄒㄧㄢˋ ⑧ han⁶ 閒⁶]
❶門檻 ◆ 門限。❷確定的範圍 ◆ 界限｜期限｜權限｜無限。❸規定範圍不許超越 ◆ 限額｜限期完成｜字數不限。

⁷**陡** [dǒu ㄉㄡˇ ⑧ deu² 抖]
❶斜坡近於垂直 ◆ 陡峭｜陡峻｜陡坡｜樓梯很陡，當心點。❷突然 ◆ 陡然｜形勢陡變。

⁷**陣** (阵) [zhèn ㄓㄣˋ ⑧ dzen⁶ 振⁶]
❶古代指作戰隊伍的排列組合方式。現在指作戰時的兵力部署 ◆ 陣容｜敵陣｜嚴陣以待｜一字長蛇陣。❷軍隊作戰所佔據的地方 ◆ 陣地｜陣亡｜赤膊上陣。❸指一段時間

◆ 這陣子｜那陣兒｜他想了好一陣。
❹量詞。表示事情或動作經過的時間段落 ◆ 一陣雨｜一陣掌聲。

⁷**陝**(陕)　[shǎn ㄕㄢˇ ⑧ sim² 閃]

❶指陝西省。❷姓。

⁷**陛**　[bì ㄅㄧˋ ⑧ bɐi⁶ 幣]
宮殿的台階 ◆ 陛下 (宮殿台階之下，用作對帝王的尊稱)。

⁷**陘**(陉)　[xíng ㄒㄧㄥˊ ⑧ jiŋ⁴ 形]
山脈中斷的地方。

⁷**陟**　[zhì ㄓˋ ⑧ dzik⁷ 職]
❶登高；由低處向高處走 ◆ 陟升｜陟山。❷提拔 ◆ 黜陟。

⁷**陗**　同“峭”，見182頁右欄。

⁷**陞**　同“升❷”，見67頁左欄。

⁷**除**　[chú ㄔㄨˊ ⑧ tsœy⁴ 徐]
❶去掉 ◆ 鏟除｜排除｜除草｜興利除弊｜斬草除根。❷指光陰消逝 ◆ 除夕｜爆竹聲中一歲除。❸不包括；不算在內 ◆ 除了｜除非｜除此之外。❹數學計算方法之一，用一個數把另一個數分成若干份 ◆ 用3除12得4。❺古代把拜官、授職

稱為除，意思是卸去舊職，就任新職。❻台階 ◆ 黎明即起，灑掃庭除。

⁷**院**　[yuàn ㄩㄢˋ ⑧ jyn² 願/jyn² 婉 (語)]
❶房屋前後用牆或柵欄圍起來的空地 ◆ 庭院｜場院｜四合院｜深宅大院。❷某些機關和公共場所的稱呼 ◆ 法院｜劇院｜科學院｜博物院。❸指學院 ◆ 大專院校。

⁸**陸**(陆)　⟨一⟩[lù ㄌㄨˋ ⑧ luk⁹ 綠]
❶高出水面的土地 ◆ 陸地｜大陸｜登陸艇。❷旱路 ◆ 水陸並進。❸姓。
⟨二⟩[liù ㄌㄧㄨˋ ⑧ 同⟨一⟩]
數詞“六”的大寫。

⁸**陵**　[líng ㄌㄧㄥˊ ⑧ liŋ⁴ 玲]
❶連綿成片的小山 ◆ 丘陵｜岡陵｜陵谷變邊。❷古代指帝王的墳墓。現在多指領袖人物或革命烈士的墳墓 ◆ 陵墓｜謁陵｜中山陵｜十三陵｜烈士陵園。❸衰微；衰落 ◆ 陵夷｜家道陵替。

⁸**陬**　[zōu ㄗㄡ ⑧ dzɐu¹ 周]
❶山腳 ◆ 山陬｜嶺陬。❷角落 ◆ 城陬｜東南陬。

⁸**陳**(陈)　[chén ㄔㄣˊ ⑧ tsɐn⁴ 塵]

❶排列；擺設 ◆ 陳列｜陳設。❷敘述；説明 ◆ 陳述｜詳陳｜慷慨陳詞。❸舊的；長久的 ◆ 陳酒｜陳舊｜新陳代謝｜推陳出新。❹春秋諸侯國名。在今河南淮陽及安徽亳州一帶。❺朝代名。南朝之一，陳霸先所建（公元557—589年），在長江以南地區。❻姓。

8 **陴** [pí ㄆㄧˊ [粵] pei4 皮]
❶女牆，城牆上呈凹凸形的小牆 ◆ 登陴｜女陴。❷泛指城墻上的矮牆。

8 **陰**（阴[異]隂黔霒）
[yīn ㄧㄣ [粵] jɐm1 音]
❶中國古代哲學認為宇宙中適用於一切物質和人事的兩大對立面之一，跟"陽"相對。(1) 指月亮 ◆ 太陰｜陰曆。(2) 山的北面；水的南面，常用作地名 ◆ 蒙陰（縣名，在山東蒙山之北）｜江陰（縣名，在江蘇長江之南）。(3) 背面 ◆ 碑陰。(4) 凹下的 ◆ 陰文。(5) 隱蔽的；不露出來的 ◆ 陰溝｜陽奉陰違。(6) 指冥間；屬於鬼神的 ◆ 陰宅｜陰間｜陰司｜陰曹地府。(7) 帶負電的 ◆ 陰電｜陰極。❷光線被遮住的地方 ◆ 樹陰｜背陰。❸天空中十分之八以上的部分被雲遮住的天氣狀況 ◆ 陰天｜陰轉小雨｜陰雨綿綿｜宋蘇軾《水調歌頭》詞："人有悲歡離合，月有陰晴圓缺，此事古難全。"❹詭詐，不光明 ◆ 陰險｜陰毒｜陰謀詭計。❺生殖器，有時特指女性生殖器 ◆ 陰莖｜陰道｜女陰。❻姓。

8 **陶** 〈一〉[táo ㄊㄠˊ [粵] tou4 圖]
❶用高嶺土燒製的（器物）◆ 陶器｜陶瓷｜陶俑。❷用高嶺土燒製的器物 ◆ 白陶｜黑陶｜彩陶。❸製造用高嶺土作為原料的器物 ◆ 陶冶｜陶鑄。❹比喻培育 ◆ 熏陶｜陶冶情操。❺喜悦；快樂 ◆ 陶醉｜樂陶陶。❻姓。
〈二〉[yáo ㄧㄠˊ [粵] jiu4 搖]
皋陶，傳説中上古人名。

8 **陷** [xiàn ㄒㄧㄢˋ [粵] ham6 餡]
❶為捕捉人或野獸而挖的坑 ◆ 陷坑｜陷阱。❷掉進；沈下 ◆ 陷入｜下陷｜越陷越深｜身陷囹圄。❸凹進去 ◆ 凹陷｜塌陷｜天崩地陷｜他瘦得眼睛都陷進去了。❹設計加害 ◆ 誣陷｜陷害｜構陷｜陷人於罪。❺攻佔 ◆ 淪陷｜陷落｜衝鋒陷陣｜無堅不陷。❻缺點；不足之處 ◆ 缺陷。

8 **陪** [péi ㄆㄟˊ [粵] pui4 培]
❶伴隨 ◆ 陪同｜陪讀｜作陪｜陪客人｜捨命陪君子。❷輔佐；協助 ◆ 陪審。

9 **陜** 同"狹"，見420頁左欄。

隋

9 隋 〈一〉[suí ㄙㄨㄟˊ ⑧ tsœy⁴ 徐]

❶朝代名，楊堅所建(公元581—618年)。❷姓。

〈二〉[duò ㄉㄨㄛˋ ⑧ dɔ⁶ 惰]

同"墮"。墜落；垂下。

階

9 階(阶⑧堦) [jiē ㄐㄧㄝ ⑧ gai¹ 佳]

❶建在大門前或坡道上供人上下的梯形建築物 ◆ 台階｜階梯｜階下囚。❷等第；品級 ◆ 官階｜軍階。

陽

9 陽(阳) [yáng ㄧㄤˊ ⑧ jœŋ⁴ 羊]

❶中國古代哲學認為宇宙中適用於一切物質和人事的兩大對立面之一，跟"陰"相對。(1) 日；日光 ◆ 太陽｜陽光｜陽曆。(2) 山的南面；水的北面，常用作地名 ◆ 衡陽(市名，在湖南衡山之南)｜洛陽(市名，在河南洛河之北)。(3) 凸出的 ◆ 陽文。(4) 明顯的；露出來的 ◆ 陽溝｜陽剛之氣｜陽奉陰違。(5) 指活人的；現實人世的 ◆ 陽宅｜陽間｜陽壽。(6) 帶正電的 ◆ 陽電｜陽極。❷指男性生殖器 ◆ 陽痿｜陰陽人。❸姓。

隅

9 隅 [yú ㄩˊ ⑧ jy⁴ 如]

❶兩堵牆或類似牆的東西的相接處；角落 ◆ 城隅｜牆隅｜向隅而泣。❷邊遠的地方 ◆ 海隅｜日出東南隅。

隈

9 隈 [wēi ㄨㄟ ⑧ wui¹ 偎]

河流、山脈等彎曲的地方 ◆ 山隈｜城隈｜江隈。

陲

9 陲 [chuí ㄔㄨㄟˊ ⑧ sœy⁴ 垂]

邊疆；靠邊界的地方 ◆ 邊陲。

陧

9 陧 [niè ㄋㄧㄝˋ ⑧ jit⁹ 熱]

阢陧。見"阢"，766頁右欄。

隍

9 隍 [huáng ㄏㄨㄤˊ ⑧ wɔŋ⁴ 黃]

沒有水的護城壕 ◆ 城隍｜築城浚隍。

隃

9 隃 [yú ㄩˊ ⑧ jy⁴ 如]

同"逾"。逾越；超過。

隆

9 隆 〈一〉[lóng ㄌㄨㄥˊ ⑧ luŋ⁴ 龍]

❶盛大 ◆ 隆重。❷興盛；發達 ◆ 興隆｜隆盛｜隆替。❸深；深厚 ◆ 隆冬｜隆情厚誼｜禮遇甚隆。❹凸起 ◆ 隆起｜隆準(高鼻樑)。❺姓。

〈二〉[lōng ㄌㄨㄥ ⑧ 同〈一〉]

象聲詞 ◆ 咕隆｜轟隆隆。

隊

9 隊(队) 〈一〉[duì ㄉㄨㄟˋ ⑧ dœy⁶ 兌]

❶人或物排成的直行或橫行 ◆ 站隊｜車隊｜隊列｜成羣結隊。❷具有特定性質的集體 ◆ 球隊｜軍隊｜消防隊｜緝私隊。❸量詞。用於成羣成列的人或物 ◆ 一隊人馬。

〈二〉同"墜"，見137頁右欄。

¹⁰ **隔** [gé ㄍㄜˊ ⑧gak⁸ 格]
❶遮斷；阻塞 ◆ 隔離│阻隔│隔熱層│隔岸觀火│人心隔肚皮。❷距離；相距 ◆ 隔天│相隔很遠│母子重逢，恍如隔世│一日不見，如隔三秋。

¹⁰ **隙** (⑨隙) [xì ㄒㄧˋ ⑧kwik⁷ 綺戟切]
❶裂開或自然露出的狹長空處 ◆ 縫隙│牆隙│白駒過隙。❷空閒；閒暇 ◆ 隙地│空隙│農隙│間隙。❸空子；機會 ◆ 伺隙│無隙可乘│乘隙突圍。❹嫌恨；感情上的裂痕 ◆ 嫌隙│仇隙│彼此有隙。

¹⁰ **隕** (隕) [yǔn ㄩㄣˇ ⑧wɐn⁵ 允]
墜落；掉下 ◆ 隕落│隕石│星隕如雨。

¹⁰ **隖** [wù ㄨˋ ⑧wu² 滸/ou³ 澳]
"塢"的本字。

¹⁰ **隗** 〈一〉[wěi ㄨㄟˇ ⑧ŋei⁵ 蟻]
❶春秋國名，在今湖北秭歸東罋子城。❷姓。
〈二〉[kuí ㄎㄨㄟˊ ⑧kwɐi⁴ 葵]
姓。

¹⁰ **隘** [ài ㄞˋ ⑧ai³/ŋai³ 阨]
❶窄；寬度小 ◆ 狹隘│隘

巷。❷險峻的要地 ◆ 關隘│要隘│一人守隘，萬夫莫開。

¹¹ **際** (际) [jì ㄐㄧˋ ⑧dzɐi³ 製]
❶靠邊或交界的地方 ◆ 邊際│分際│天際│無邊無際。❷中間；裏邊 ◆ 腦際│胸際。❸彼此之間 ◆ 國際│校際│人際關係。❹某個特定時刻 ◆ 值此校慶之際。❺適逢；正當 ◆ 際此盛會。❻遭遇 ◆ 遭際│際遇。

¹¹ **隀** [yōng ㄩㄥ ⑧juŋ⁴ 溶]
同"墉"。城牆或高牆。

¹¹ **障** [zhàng ㄓㄤˋ ⑧dzœŋ³ 帳]
❶阻塞；遮隔 ◆ 障礙│障眼法│雲遮霧障│一葉障目，不見泰山。❷用來分隔遮擋的東西 ◆ 障扇│屏障│帷障。

¹² **隤** 同"頹"，見791頁左欄。

¹³ **隨** (随) [suí ㄙㄨㄟˊ ⑧tsœy⁴ 徐]
❶跟從；追從 ◆ 隨從│隨大流│隨風倒│隨機應變│隨聲附和│螳螂捕蟬，黃雀隨後。❷沿着；順着 ◆ 隨順│隨風轉舵。❸聽任；任憑 ◆ 隨意│隨便│幹不幹隨你。❹順便 ◆ 隨手關門。❺方言。像；相似 ◆ 他長得隨他爸爸。❻《周易》六十四卦之一。❼姓。

隩 〈一〉[yù ㄩˋ ⑧juk⁷ 旭]
水流彎曲的地方 ◆ 湖隩。
〈二〉[ào ㄠˋ ⑧ou³/ŋou³ 奧]
古代指房屋的西南角，也泛指房屋的深處 ◆ 堂隩。

險(险) [xiǎn ㄒㄧㄢˇ ⑧him² 謙²]
❶地勢惡劣難以通行的地方 ◆ 天險｜履險如夷。❷有發生不幸、遭遇失敗或災難的可能 ◆ 冒險｜脫險｜化險為夷｜鋌而走險。❸不安全的 ◆ 險地｜險灘｜險隘。❹存心狠毒 ◆ 陰險｜險詐｜奸險。❺差一點(發生) ◆ 險遭不測｜險些摔倒。

隧 [suì ㄙㄨㄟˋ ⑧søy⁶ 睡]
隧道，隧洞，鑿通山石或在地下挖溝所成的通道。

隰 [xí ㄒㄧˊ ⑧dzap⁹ 習]
低窪潮濕的地方 ◆ 原隰。

隱(隐) [yǐn ㄧㄣˇ ⑧jen² 忍]
❶藏匿；不顯露 ◆ 隱蔽｜隱匿｜退隱｜若隱若現。❷潛藏的 ◆ 隱情｜隱患｜隱疾。❸不明朗；不清楚 ◆ 隱晦曲折｜隱約其辭。

隳 [huī ㄏㄨㄟ ⑧fei¹ 揮]
毀壞；廢棄 ◆ 隳敗｜隳城。

隴(陇) [lǒng ㄌㄨㄥˇ ⑧luŋ⁵ 壟]
❶隴山，山名，在陝西和甘肅交界處。❷甘肅省的別稱。

隶 部

隶 〈一〉[dài ㄉㄞˋ ⑧dɐi⁶ 弟]
❶"逮"的本字。❷部首用字。
〈二〉"隸"的簡化字。

隸(隶⑥隸隸) [lì ㄌㄧˋ ⑧lei⁶ 麗/dɐi⁶ 弟(語)]
❶沒有人身自由被奴役的人；奴僕 ◆ 奴隸｜僕隸。❷從屬 ◆ 隸屬。❸舊時指衙門裏的差役 ◆ 皂隸｜隸卒。❹漢字書寫的一種形體 ◆ 隸書｜隸體。

隹 部

隹 [zhuī ㄓㄨㄟ ⑧dzœy¹ 追]
短尾鳥的總稱。

隼 [sǔn ㄙㄨㄣˇ ⑧søn² 筍]
鳥類的一科。翅膀窄而尖，嘴短而寬，上嘴彎曲並有齒狀突起。是一種飛行速度最快的鳥，性銳敏，善襲擊，經馴養可以幫助打獵。在中國有小隼、遊隼、燕隼、

灰背隼、紅腳隼、紅隼等 ◆ 鷹隼|如
隼展翅。

2 **隻**(只) [zhī ㄓ ⑧ dzɛk8 炙]
❶單獨的;極少的 ◆
隻身|隻手遮天|隻言片語|獨具隻
眼|形單影隻。❷量詞 ◆ 兩隻手|
一隻鴨|一隻箱子|腳踏兩隻船|睜
隻眼閉隻眼。

3 **雀** [què ㄑㄩㄝˋ ⑧ dzœk8 酌]
鳥類的一科。身體小、翅膀
長,雌雄羽毛顏色多不相同,雄鳥
的顏色會隨氣候改變,發聲器官發
達,有的鳴叫聲很動聽,以糧食或
昆蟲等為食物 ◆ 鳥雀|雀躍|門可
羅雀|鴉雀無聲。

4 **集** [jí ㄐㄧˊ ⑧ dzap9 習]
❶聚;會合 ◆ 聚集|集合|
集大成|百感交集|集腋成裘。❷
定期買賣貨物的臨時市場 ◆ 集市|
趕集。❸收錄單篇(幅)作品或多人
有關作品而成的書本、畫冊 ◆ 文
集|全集|畫集。❹中國古代圖書四
部分類法中的一部,即經史子集中
的"集部",是古代作家的詩文作品
的彙總。❺某些篇幅較長的書籍或
本數較多的影視片中的部分或段落
◆ 上集|第一集。❻姓。

4 **雁**(⑧鴈) [yàn ㄧㄢˋ ⑧ ŋan6 贗]
鳥類的一屬,候鳥。形狀略像鵝,

頸、翼較長,足、尾較短,羽毛淡
紫褐色,腹部白色,嘴扁平。羣居
在水邊,飛行時喜排列成行 ◆ 鴻
雁|雁南飛|
雁過拔毛|
沈魚落雁|
人過留名,
雁過留聲。

4 **雄** [xióng ㄒㄩㄥˊ ⑧ huŋ4 紅]
❶生物中能產生精細胞的;
跟"雌"相對 ◆ 雄性|雄獅|雄蕊。
❷氣勢大;有魄力的 ◆ 雄偉|雄圖
|雄姿|雄赳赳|雄才大略。❸強大
的;有力量的 ◆ 雄風|百萬雄師|
事實勝於雄辯。❹強有力者 ◆ 羣
雄|稱雄|顧盼自雄|英雄無用武之
地|一文錢難倒英雄漢|宋李清照
《絕句》:"生當作人傑,死亦為鬼
雄。"

4 **雅** 〈一〉[yǎ ㄧㄚˇ ⑧ ŋa5 瓦]
❶正規的;符合規範的 ◆
雅正|雅言|雅樂。❷高尚而不俗的
◆ 雅觀|幽雅|雅座|溫文爾雅。❸
敬辭。用於指對方的 ◆ 雅意|雅教
|敬請雅正。❹交往的情誼 ◆ 一日
之雅|同窗之雅。❺平時;素常 ◆
雅素|雅善鼓琴。❻很;甚 ◆ 雅以
為美。❼指《詩經》中的《大雅》、
《小雅》等詩篇,是西周朝廷上的樂
歌。

〈二〉[yā ㄧㄚ ⑧ ŋa1 瓦1]
"鴉"的古字。

⁴雇

[gù ㄍㄨˋ 粵gu³ 故]
❶同"僱",見39頁左欄。❷姓。

⁵雎

[jū ㄐㄩ 粵dzœy¹ 追]
雎鳩,即魚鷹,生活於江河海濱,捕魚為食。

⁵雋 (雋)

⟨一⟩[juàn ㄐㄩㄢˋ 粵tsyn⁵ 吮]
❶意味深長 ◆ 雋語|玄妙雋永。❷姓。
⟨二⟩[jùn ㄐㄩㄣ 粵dzœn³ 俊]
同"俊"。才智出眾的 ◆ 雋傑|英雋|才雋。

⁵雉

[zhì ㄓˋ 粵dzi⁶ 自]
❶鳥名,通稱"野雞"或"山雞"。雄的羽毛呈赤銅色或深綠色,尾巴長;雌的呈灰褐色,尾巴稍短。善走,不能久飛。肉可以吃,羽毛可做裝飾品。❷古代城牆丈量單位,長三丈高一丈叫一雉 ◆ 一雉之牆。❸指城牆上面修築的矮而短的牆,用於守城時起掩護作用 ◆ 雉堞|樓雉。

⁵䳭

[gòu ㄍㄡˋ 粵gɐu³ 夠]
野雞叫。

⁵雍

⟨一⟩[yōng ㄩㄥ 粵juŋ¹ 翁]
❶協調;和諧 ◆ 雍和。❷雍容,從容大方 ◆ 雍容華貴|態度雍容。

⟨二⟩[yōng ㄩㄥ 粵juŋ³ 用³]
❶雍州,古九州之一。❷姓。

⁶雌

[cí ㄘˊ 粵tsi¹ 痴]
生物中能產生卵細胞的;跟"雄"相對 ◆ 雌性|雌蕊|雌兔|一決雌雄。

⁶雒

[luò ㄌㄨㄛˋ 粵lɔk⁸ 烙]
❶古水名,即洛河,發源於陝西省,流入河南省。❷姓。

⁸雕

[diāo ㄉㄧㄠ 粵diu¹ 刁]
❶同"鵰",見837頁右欄。❷刻畫 ◆ 雕刻|雕花|木雕泥塑|精雕細刻|雕蟲小技|朽木不可雕。❸經刻畫裝飾的 ◆ 雕弓|雕樑畫棟|雕欄玉砌。❹"凋"的古字。衰落。❺姓。

⁹雖 (虽)

[suī ㄙㄨㄟ 粵sœy¹ 須]
連詞。❶用在上半句,下半句往往有"可是"、"但是"、"卻"等跟它呼應,表示承認甲事為事實,但乙事並不因此而不成立 ◆ 雖然|雖說|雖則|事情雖小,影響卻極大。❷縱然;即使 ◆ 雖敗猶榮|雖死猶生。

¹⁰雟 (雟)

⟨一⟩[guī ㄍㄨㄟ/xī ㄒㄧ 粵kwɐi¹ 規]
子雟,即子規,杜鵑鳥的別名。
⟨二⟩[xī ㄒㄧ 粵sœy⁵ 水]

越巂，地名，在四川省。今作越西。

¹⁰ **雙**(双) [shuāng ㄕㄨㄤ ⑧ sœŋ¹ 傷]

❶成對的兩個；跟"單"相對 ◆ 雙手｜雙方｜雙胞胎｜舉世無雙｜拿賊要臟，捉姦要雙。❷偶數的；跟"單"相對 ◆ 雙號｜雙日｜雙數。❸加倍的 ◆ 雙料｜雙幅｜雙份。❹量詞。用於成對的東西 ◆ 一雙手｜一雙鞋。❺姓。

¹⁰ **雞**(鸡⑧鷄) [jī ㄐㄧ ⑧ gɐi¹ 計¹]

家禽的一種。品種很多，嘴短，上嘴稍彎曲，頭頂有紅色肉冠，翅膀短，不能高飛。也叫"家雞" ◆ 雞蛋｜養雞｜落湯雞｜雞飛蛋打｜聞雞起舞｜雄雞一聲天下白｜一人得道，雞犬升天。

¹⁰ **雘** [huò ㄏㄨㄛˋ ⑧ wɔk⁸ 獲⁸]

赤石脂之類物質，可作顏料。

¹⁰ **雛**(雏) [chú ㄔㄨˊ ⑧ tsɔ⁴ 鋤]

❶小雞。泛指幼禽或幼獸 ◆ 燕雛｜鴨雛。❷幼小的；新生的 ◆ 雛雞｜雛妓｜雛形｜雛鶯乳燕。❸借指幼兒 ◆ 絜婦將雛。❹比喻年紀輕、閱歷少的人 ◆ 雛兒。❺未定型的 ◆ 人的雛形｜建築物的雛形。

¹⁰ **雜**(杂⑧襍) [zá ㄗㄚˊ ⑧ dzap⁹ 習]

❶多種多樣的，不純粹的；不單一的 ◆ 雜亂｜龐雜｜複雜｜苛捐雜稅。❷攙和；混合在一起 ◆ 夾雜｜攙雜｜雜牌軍｜五方雜處｜魚龍混雜。

¹⁰ **雝** 同"雍"，見775頁左欄。

¹¹ **難**(难) 〈一〉[nán ㄋㄢˊ ⑧ nan⁴ 尼開切]

❶做起來費事的；不容易 ◆ 難題｜難產｜難言之隱｜一言既出，駟馬難追｜明槍易躲，暗箭難防。❷使人感到做起來費事 ◆ 令人為難｜這可真把我難住了。❸不大可能 ◆ 難免｜難保。❹不好；使人感覺不舒服的 ◆ 難聽｜難看｜難頂。

〈二〉[nàn ㄋㄢˋ ⑧ nan⁶ 尼雁切]

❶災禍；不幸的遭遇 ◆ 災難｜難民｜遭難｜逃難｜大難不死，必有後福。❷質問；詰責 ◆ 非難｜責難｜發難。

¹¹ **離**(离) [lí ㄌㄧˊ ⑧ lei⁴ 梨]

❶分開，不再在一起 ◆ 分離｜生離死別｜妻離子散｜形影不離。❷在空間或時間上相隔；相距 ◆ 距離｜工廠離家不遠｜離運動會開幕只有三天了。❸短少 ◆ 發展生產離不了科學技術。❹八卦之一，卦形是☲，代表火。❺姓。

雨部

0 **雨** [yǔ ㄩˇ [粵] jy5 語] 從雲層中降下的水點，由空氣中的水蒸氣遇冷凝聚而成 ◆ 雨點｜陣雨｜揮汗如雨｜春雨貴如油。

3 **雩** [yú ㄩˊ [粵] jy4 如] 古代為求雨而舉行的祭禮 ◆ 雩祭｜雩壇。

3 **雪** [xuě ㄒㄩㄝˇ [粵] syt8 說] ❶空中降落的白色結晶體，六角花形，是氣温降至0℃以下時空中的水蒸氣凝結而成的 ◆ 雪花｜積雪｜雪中送炭｜瑞雪兆豐年。❷洗去；除去 ◆ 雪恥｜雪恨。

4 **雲**（云） [yún ㄩㄣˊ [粵] wen4 魂] ❶空中由水滴、冰晶聚集形成的懸浮物體 ◆ 雲彩｜風起雲湧｜騰雲駕霧｜大旱望雲霓。❷指雲南省。

4 **雰** [fēn ㄈㄣ [粵] fen1 芬] ❶霧氣 ◆ 雨雪雰雰。❷同"氛"，見352頁右欄。

4 **雯** [wén ㄨㄣˊ [粵] men4 文] 成花紋的雲彩 ◆ 素雯｜祥雯。

4 **雱**（[異]霶） [pāng ㄆㄤ [粵] pɔŋ1 滂] 雨雪下得大的樣子。

5 **電**（电） [diàn ㄉㄧㄢˋ [粵] din6 殿] ❶一種能源，可以發光、發熱、產生動力等 ◆ 正電｜電氣化｜發電站。❷以電為能源的設備、機器 ◆ 電車｜電單車｜電飯鍋。❸電子設備，一種處理無線電波或有線傳送二進制訊息的裝置 ◆ 電腦｜電視機。❹由電子設備發送、接收或存儲的 ◆ 電報｜電郵｜電子書。❺雲層放電時發出的光 ◆ 閃電｜雷電。❻觸電，受電流打擊 ◆ 電門有毛病，電了我一下。❼發電報 ◆ 電匯｜電告。

5 **雷** [léi ㄌㄟˊ [粵] lœy4 擂] ❶雲層放電時發出的巨響 ◆ 打雷｜雷雨｜如雷貫耳｜迅雷不及掩耳。❷軍事上用的爆炸武器 ◆ 地雷｜魚雷｜佈雷｜掃雷。❸姓。

5 **零** [líng ㄌㄧㄥˊ [粵] liŋ4 玲] ❶細碎的；小數目的 ◆ 零件｜零售｜零敲碎打｜化整為零。❷表示整數後還有餘數 ◆ 三個月零五天。❸ 表示數的空位，相當於"0" ◆ 四零五號｜二千零一年。❹表示沒有數量 ◆ 五減五等於零。❺某些量度的計算起點 ◆ 攝氏零度｜北京時間零點整。❻凋落；掉落 ◆ 零落｜凋零｜感激涕零。

⁵雹 [báo ㄅㄠˊ ⓟ bok⁹ 薄]
空中降下來的冰塊，多在晚春和夏季的午後伴同雷陣雨出現 ◆ 冰雹｜雹子。

⁶需 [xū ㄒㄩ ⓟ sœy¹ 須]
❶應該有或必須有 ◆ 需求｜急需｜需用。❷對事物的慾望或要求 ◆ 按需分配｜不時之需。❸要用的物資 ◆ 軍需。❹《周易》六十四卦之一。

⁷震 [zhèn ㄓㄣˋ ⓟ dzen³ 振]
❶劇烈地顫動 ◆ 震顫｜地震｜震盪｜震耳欲聾。❷情緒異常激動 ◆ 震驚｜震怒。❸《周易》八卦之一，符號是☳，代表雷。又為六十四卦之一。

⁷霄 [xiāo ㄒㄧㄠ ⓟ siu¹ 消]
雲層；天空 ◆ 霄壤｜九重霄｜氣衝雲霄｜拋到九霄雲外。

⁷霆 [tíng ㄊㄧㄥˊ ⓟ tiŋ⁴ 停]
巨雷；霹靂 ◆ 雷霆。

⁷霉 [méi ㄇㄟˊ ⓟ mui⁴ 梅]
❶衣物、食品等在潮熱條件下因受霉菌作用而變質 ◆ 霉爛｜發霉｜霉豆腐。❷背時；不走運 ◆ 霉運｜倒霉。❸"黴"的簡化字。

⁷雲 [zhà ㄓㄚˋ ⓟ dzap⁸ 習]
雲溪，水名，在浙江省。

⁷霂 [mù ㄇㄨˋ ⓟ muk⁹ 木]
小雨 ◆ 霢霂｜二月響春雷，三月霢春霂。

⁷霈 [pèi ㄆㄟˋ ⓟ pui³ 佩]
❶大雨 ◆ 甘霈。❷(雨、雪等)又大又多的樣子 ◆ 雨霈。

⁸霖 [lín ㄌㄧㄣˊ ⓟ lem⁴ 林]
連綿不斷的雨 ◆ 秋霖。

⁸霏 [fēi ㄈㄟ ⓟ fei¹ 非]
❶(雨、雪)很盛的樣子 ◆ 雨雪其霏｜霪雨霏霏。❷飄灑；飛揚 ◆ 煙霏雲斂。

⁸霓 [ní ㄋㄧˊ ⓟ ŋei¹ 危]
天空中有時與虹同時出現的彩色圓弧，色彩比虹淡，排列順序和虹相反，紅在內、紫在外。也叫"副虹" ◆ 虹霓｜如大旱之望雲霓。

⁸霍 [huò ㄏㄨㄛˋ ⓟ fok⁸ 慢]
❶快；迅速 ◆ 霍然病癒｜霍地閃開。❷象聲詞 ◆ 磨刀霍霍｜門霍地開了。❸姓。

⁸霎 [shà ㄕㄚˋ ⓟ sap⁸ 颯]
❶瞬間；一會兒 ◆ 霎時｜一霎｜霎時間｜霎那間。❷象聲詞 ◆ 風雨霎霎。

⁸霑 [zhān ㄓㄢ ⓟ dzim¹ 尖]
❶沾濕 ◆ 霑衣｜汗出霑背。

❷因碰着而被黏附 ◆ 霑水│霑泥。
❸受益；沾光 ◆ 霑足│霑沐。

9 **霙** [yīng ㄧㄥ ⑧ jiŋ¹ 英]
雪花 ◆ 雪霙。

9 **霜** [shuāng ㄕㄨㄤ ⑧ sœŋ¹ 商]
❶附着在地面或靠近地面的
物體上的微細冰晶，是接近地面的
水汽冷至0℃以下時凝結而成的 ◆
霜期│雪上加霜│唐李白《靜夜思》
詩：“牀前明月光，疑是地上霜。
舉頭望明月，低頭思故鄉。”❷指
白色成霜狀的東西 ◆ 柿霜│鹽霜。
❸指潤膚的化妝品 ◆ 護膚霜。❹
比喻白色 ◆ 霜鬢。❺年歲的代稱
◆ 已歷三霜。

9 **霞** [xiá ㄒㄧㄚˊ ⑧ ha⁴ 瑕]
日光斜射而使天空出現的彩
色光像或彩色的雲 ◆ 朝霞│晚霞│
唐王勃《滕王閣詩序》：“落霞與孤
鶩齊飛，秋水共長天一色。”

9 **霛** [líng ㄌㄧㄥˊ ⑧ liŋ⁴ 玲]
“靈”的古字。

10 **霢**（⑧霡） [mài ㄇㄞˋ ⑧ mɐk⁹
脈]
霢霂，小雨。

10 **霤** [liù ㄌㄧㄡˋ ⑧ lɐu⁶ 陋]
❶順房頂滴下來的水 ◆ 簷霤
│承霤。❷屋簷下接水的槽 ◆ 水霤。

11 **霪** [yín ㄧㄣˊ ⑧ jɐm⁴ 吟]
（雨）連綿不斷，下得過多 ◆
霪雨。

11 **霧**（雾） [wù ㄨˋ ⑧ mou⁶ 務]
❶接近地面的空氣中
懸浮着的小水點，因氣溫下降水
氣凝結而成，能使視野模糊不清 ◆
晨霧│霧靄│霧蒙蒙│騰雲駕霧│如
墮五里霧中。❷指密集的小水點 ◆
噴霧器。

12 **霰** [xiàn ㄒㄧㄢˋ ⑧ sin³ 線]
下雪前或下雪時從天空中降
下的細白米粒狀的小冰粒。有的地
方叫“雪子”或“雪糝” ◆ 霰粒。

13 **霸** [bà ㄅㄚˋ ⑧ ba³ 壩]
❶依仗權勢或暴力橫行一方
的人 ◆ 惡霸│漁霸│車匪路霸。❷
依仗權勢或暴力強行佔有 ◆ 霸佔│
軍閥割據，各霸一方。❸古代指
諸侯聯盟的首領。現指憑藉軍事和
經濟實力在世界上強行推行代表自
己一方意志的政策的國家 ◆ 稱霸│
霸主│爭霸│春秋五霸。❹姓。

13 **露** 〈一〉[lù ㄌㄨˋ ⑧ lou⁶ 路]
❶凝結在地面或靠近地面的
物體表面上的水珠，是由於地面上
的物體在夜間放熱而冷卻，地表面
空氣溫度逐漸下降使所含水氣達到
飽和後形成的。通稱“露水” ◆ 露
珠│甘露│三朝霧露起西風。❷用

藥料、果汁等製成的飲料 ◆ 露酒|枇杷露|果子露|玫瑰露。❸ 顯示；表現 ◆ 顯露|露骨|拋頭露面|原形畢露|臉上露出了笑容|宋楊萬里《小池》詩："小荷才露尖尖角，早有蜻蜓立上頭。"

〈二〉[lòu ㄌㄡˋ 粵 同〈一〉]
顯示；表現(用於一些口語詞) ◆ 露底|露面|露馬腳|露餡兒|露一手。

13 **霶** 同"雱"，見777頁右欄。

13 **霹** [pī ㄆㄧ 粵 pik⁷ 闢]
霹靂，響聲很大的雷。是雲和地面之間強烈的雷電現象，會造成巨大的危害。也叫"落雷" ◆ 一聲霹靂|晴天霹靂。

14 **霾** [mái ㄇㄞˊ 粵 mai⁴ 埋]
因懸浮着大量的煙、塵等微粒而造成的天空混濁現象 ◆ 陰霾。

14 **霽**(霁) [jì ㄐㄧˋ 粵 dzɐi³ 祭]
❶下雨或下雪後天氣轉晴 ◆ 雪霽|雨霽|光風霽月。❷怒氣消散轉為和悦 ◆ 怒霽|色霽。

15 **靁** [léi ㄌㄟˊ 粵 lœy⁴ 擂]
"雷"的本字。

16 **靆**(叇) [dài ㄉㄞˋ 粵 dɔi⁶ 代]
靉靆。見"靉"，780頁右欄。

16 **靂**(雳) [lì ㄌㄧˋ 粵 lik⁹ 力/lik⁷ 力⁷(語)]
霹靂。見"霹"，780頁左欄。

16 **靈**(灵) [líng ㄌㄧㄥˊ 粵 liŋ⁴ 玲/lɛŋ⁴ 郎丁切(語)]
❶有效驗 ◆ 靈驗|靈丹妙藥|這一招真靈！❷機敏；反應快 ◆ 靈敏|心靈手巧|老大爺耳朵不太靈。❸精神；魂魄 ◆ 心靈|英靈。❹稱神仙或關於神仙的 ◆ 神靈|靈怪。❺有關死者的 ◆ 靈柩|守靈|靈位。

16 **靄**(霭) [ǎi ㄞˇ 粵 ɔi²/ŋɔi² 藹]
雲氣；煙霧 ◆ 霧靄|暮靄。

17 **靉**(叆) [ài ㄞˋ 粵 ɔi³/ŋɔi³ 愛]
靉靆，形容雲層濃密的樣子 ◆ 彤雲靉靆。

青部

0 **青** [qīng ㄑㄧㄥ 粵 tsiŋ¹ 清/tsɛŋ¹ 請¹]
❶顏色名。(1) 藍色；紫色 ◆ 雪青|青出於藍|雨過天青。(2) 綠色 ◆ 青苔|青蛙|青豆|青山綠水。(3) 黑色 ◆ 青布|青眼|玄青|青絲。❷嫩草；沒有成熟的莊稼 ◆ 看青|青苗|踏青|青黃不接。❸ 比喻年輕 ◆ 青春|青少年。❹姓。

⁴靖 [jìng ㄐㄧㄥˋ ⑧dziŋ⁶ 靜]
❶安定；太平 ◆ 安靖｜寧靖。
❷平定(動亂)；使社會秩序安定 ◆
靖亂｜平靖｜綏靖政策。❸姓。

⁷靚(靓) 〈一〉[jìng ㄐㄧㄥˋ ⑧
dziŋ⁶ 靜]
❶打扮；裝飾 ◆ 靚妝。❷豔麗 ◆
靚衣｜靚麗。
〈二〉[liàng ㄌㄧㄤˋ ⑧lɛŋ³ 疾政切]
方言。俊俏；漂亮 ◆ 靚仔｜靚女。

⁸靜 [jìng ㄐㄧㄥˋ ⑧dziŋ⁶ 淨]
❶安定不動 ◆ 靜止｜安靜｜
靜物寫生｜風平浪靜｜澄江靜如練｜
樹欲靜而風不止。❷沒有聲響 ◆
幽靜｜寂靜｜靜謐｜靜悄悄｜夜深人
靜。❸姓。

⁸靛 [diàn ㄉㄧㄢˋ ⑧din⁶ 電]
❶靛藍，深藍色有機染料。
用蓼藍的葉子發酵製成，也有人工
合成的，可用來染布。也叫"藍靛"
或"靛青"。❷深藍色。

非 部

⁰非 [fēi ㄈㄟ ⑧fei¹ 飛]
❶不；不是 ◆ 非賣品｜非
親非故｜似懂非懂｜非同小可｜冰凍
三尺，非一日之寒。❷錯誤；不正
確，跟"是"相對 ◆ 是非｜文過飾非｜

大是大非。❸違反；不符合 ◆ 非
法｜非禮｜非分之想。❹邪惡；惡行
◆ 為非作歹。❺反對；責怪；不
以為然 ◆ 非議｜非難｜口是心非｜無
可厚非。❻跟"不"連用，表示一定
得 ◆ 非下苦功不可｜非搞懂這道
難題不可。❼非洲的簡稱 ◆ 亞非
拉。

⁷靠 [kào ㄎㄠˋ ⑧kau³ 苦到切]
❶人或物憑別的人或物的支
撐而不倒下；倚 ◆ 靠背｜背靠背｜
掃帚靠在牆角旁。❷挨近；縮小距
離 ◆ 靠攏｜停靠｜船靠岸。❸憑
藉；依賴 ◆ 投靠｜靠山｜無依無靠
｜靠山吃山，靠水吃水｜不靠天，
不靠地，全靠自己救自己。❹信
賴 ◆ 可靠｜靠得住。❺戲曲中古代
武將穿着的鎧甲 ◆ 長靠。

¹¹靡 〈一〉[mí ㄇㄧˊ ⑧mei⁴ 眉]
無節制地花費 ◆ 靡費｜奢
靡。
〈二〉[mǐ ㄇㄧˇ ⑧mei⁵ 美]
❶無；沒有 ◆ 靡日不思｜靡不有
初，鮮克有終。❷隨風倒下 ◆ 風
靡｜所向披靡。

面 部

⁰面(⑧面) [miàn ㄇㄧㄢˋ ⑧
min⁶ 麵]

❶頭的從額到下巴的部分；臉 ◆面孔｜面容｜笑面虎｜滿面春風｜畫龍畫虎難畫骨，知人知面不知心。❷臉對着臉(做某事) ◆面商｜面授｜面壁思過｜耳提面命。❸指私人間互相在場時要顧及的情分 ◆面子｜情面｜顧及顏面｜不看僧面看佛面。❹朝着；臉對着 ◆面南｜對｜背山面水。❺幾何學上指線條移動所形成的形跡，有長寬，沒有厚 ◆平面｜面積｜點面線。❻物體的表層 ◆封面｜海面｜地面｜桌面。❼部位；事物的一方 ◆方面｜全面｜左面｜四面受敵｜威風八面｜獨當一面｜一面之詞。❽量詞。(1)用於扁平的東西 ◆一面旗｜一面鑼｜一面鏡子。(2)用於見到人的次數 ◆見過一面。

⁷**靦** ⟨一⟩[tiǎn ㄊㄧㄢˇ 粵tin² 天²]
❶形容人臉 ◆靦然人面。❷形容慚愧 ◆靦顏。❸臉皮厚 ◆靦着臉。
⟨二⟩[miǎn ㄇㄧㄢˇ 粵min⁵ 免]
靦覥，害羞；不自然 ◆姑娘靦覥地笑了笑。

¹²**靧** [huì ㄏㄨㄟˋ 粵fui³ 悔]
洗臉 ◆靧面。

¹⁴**靨**(靥) [yè ㄧㄝˋ 粵jip⁸ 葉⁸]
面頰上的小窩。俗稱酒窩 ◆酒靨｜笑靨。

革 部

⁰**革** ⟨一⟩[gé ㄍㄜˊ 粵gak⁸ 格]
❶去毛後再經加工的獸皮 ◆皮革｜製革｜西裝革履｜馬革裹屍。❷更改；改變 ◆革新｜改革｜洗心革面。❸去除；開除 ◆革除｜革職｜開革｜革故鼎新。
⟨二⟩[jí ㄐㄧˊ 粵gik⁷ 激]
危急。

²**靪** [dīng ㄉㄧㄥ 粵diŋ¹ 丁]
❶補鞋底。❷鞋襪衣服上補綴的地方 ◆打補靪。

³**靰** [wù ㄨˋ 粵wu¹ 烏]
靰鞡，我國東北地區冬天穿的一種用皮革做的鞋，裏面墊着靰鞡草。也寫作"烏拉"。

³**靮**
同"韌"，見786頁左欄。

⁴**靴** [xuē ㄒㄩㄝ 粵hœ¹]
幫子略呈筒狀高到踝子骨以上的鞋 ◆皮靴｜馬靴｜雨靴｜隔靴搔癢。

⁴**靳** [jìn ㄐㄧㄣˋ 粵gen³ 斤]
❶吝惜；捨不得給與 ◆靳而不與。❷姓。

⁴鞁 [sǎ ㄙㄚˇ 粵 sap⁸ 颯]
鞁鞋。❶拖鞋。❷一種鞋幫
納得很密，前面有皮面的布鞋。

⁴靷 [yǐn ㄧㄣˇ 粵 jɐn⁵ 引]
引車向前的皮帶 ◆ 挽靷。

⁴靶 [bǎ ㄅㄚˇ 粵 ba³ 霸]
練習射擊或射箭的目標 ◆
打靶 | 槍靶 | 箭靶 | 靶場。

⁵靺 [mò ㄇㄛˋ 粵 mut⁹ 末]
靺鞨，我國古代東北方的少
數民族。

⁵靻 [dá ㄉㄚˊ 粵 dat⁸ 笪]
韃靼。見"韃"，785頁右欄。

⁵鞅 〈一〉[yāng ㄧㄤ/yǎng ㄧㄤˇ
（舊）粵 jœŋ² 映]
古代用馬拉車時套在馬頸上的皮帶
◆ 鞅勒 | 解鞅。
〈二〉[yàng ㄧㄤˋ 粵 jœŋ² 央²]
架在牛頸上的器具 ◆ 牛鞅。

⁵靽 [bàn ㄅㄢˋ 粵 bun⁶ 畔]
駕車時套在牲口後部的皮帶
◆ 馬靽。

⁵韶 同"韶"，見853頁左欄。

⁵鞍 [bèi ㄅㄟˋ 粵 bei⁶ 備]
❶古代對套車用具的總稱 ◆

鞍靽。❷套鞍轡等在馬身上 ◆ 鞍
馬。

⁵鞠 [yào ㄧㄠˋ 粵 au³ 拗]
靴筒或襪筒 ◆ 靴鞠 | 高鞠兒
襪子。

⁶鞋 (⁽舊⁾鞵) [xié ㄒㄧㄝˊ 粵 hai⁴
孩]
穿在腳上，走或跑時着地的東西，
沒有高筒 ◆ 布鞋 | 鞋幫 | 皮鞋 | 常在
河邊走，哪能不濕鞋？

⁶鞏 (巩) [gǒng ㄍㄨㄥˇ 粵 guŋ²
拱]
❶堅固 ◆ 鞏固。❷姓。

⁶鞀 同"鼗"，見853頁左欄。

⁶鞍 (⁽舊⁾鞌) [ān ㄢ 粵 ɔn¹/ŋɔn¹
安]
放在牲口背上馱運東西或供人乘坐
的器具，多用皮革或木頭加棉墊製
成 ◆ 馬鞍 | 鞍
轡 | 鞍前馬後 |
人靠衣裳馬恃
鞍。

⁷鞘 〈一〉[qiào ㄑㄧㄠˋ 粵 tsiu³
俏]
裝刀、劍的套子 ◆ 刀鞘 | 劍鞘 | 弓
上弦，刀出鞘。
〈二〉[shāo ㄕㄠ 粵 sau¹ 梢]

拴在鞭子頭上的細皮條 ◆ 鞭鞘。

⁷鞓 [tīng ㄊㄧㄥ 粵tiŋ¹ 停¹]
用皮革製的腰帶 ◆ 鞓帶。

⁷鞔 [mán ㄇㄢˊ 粵mun⁴ 瞞]
❶把布蒙在鞋幫上，或以皮革補綴鞋頭 ◆ 鞔鞋。❷繃緊皮革固定在鼓框周圍，做成鼓面 ◆ 鞔鼓。

⁸韡 同"琫"，見429頁右欄。

⁸鞡 [la·ㄌㄚ 粵lai¹ 拉]
靰鞡。見"靰"，782頁右欄。

⁸鞝 [shàng ㄕㄤˋ 粵sœŋ⁶ 尚]
把鞋幫、鞋底縫合成鞋 ◆ 鞝鞋。

⁸鞞 [bǐng ㄅㄧㄥˇ 粵biŋ² 丙]
刀鞘；劍鞘。

⁸鞠 [jū ㄐㄩ 粵guk⁷ 谷]
❶撫養；撫育 ◆ 鞠養｜鞠育。❷彎曲 ◆ 鞠躬｜鞠躬盡瘁。❸古代的一種球，原用以練武，後用以腳踢為遊戲 ◆ 蹴鞠。

⁸鞟 同"鞹"，見785頁左欄。

⁸鞒 同"琫"，見429頁右欄。

⁸鞚 [kòng ㄎㄨㄥˋ 粵huŋ³ 控]
帶嚼子的馬籠頭。也借指馬 ◆ 鞚鞍。

⁹鞮 [dī ㄉㄧ 粵dɐi¹ 低]
古代一種用薄皮革製成的鞋子。

⁹鞨 [hé ㄏㄜˊ 粵hɔt⁹ 褐]
靺鞨。見"靺"，783頁左欄。

⁹鞦(秋) [qiū ㄑㄧㄡ 粵tsɐu¹ 秋]
鞦韆，也作"秋千"，一種運動和遊戲器具，板子兩端拴上長繩，長繩另一端繫在木架或鐵架上。人在板上利用腳蹬板的力量在空中前後擺動 ◆ 荡鞦韆。

⁹鞭 [biān ㄅㄧㄢ 粵bin¹ 邊]
❶驅使牲畜的用具，長條形，有柄 ◆ 馬鞭｜鞭梢｜揚鞭策馬｜鞭長莫及｜投鞭斷流。❷形狀細長，類似鞭子的東西 ◆ 教鞭。❸成串的小爆竹，燃放時響聲連續不斷 ◆ 鞭炮｜放鞭｜一掛鞭。❹用鞭子打；驅趕 ◆ 鞭馬。❺督促；激勵 ◆ 鞭策。❻指動物的陰莖 ◆ 鹿鞭｜牛鞭。❼古代一種攻擊性兵器，用鐵做成，有幾節而沒有鋒刃 ◆ 鋼鞭｜竹節鞭。

⁹鞥 [ēng ㄥ 粵ŋ¹/ŋɐŋ¹ 鶯]
馬韁繩。

9 **鞠** [jū ㄐㄩ ⑧ guk⁷ 谷]
查問；審訊 ◆ 鞠問｜鞠訊。

9 **鞧** [qiū ㄑㄧㄡ ⑧ tsɐu¹ 秋]
❶套車時拴在駕轅牲口屁股周圍的皮帶、帆布帶等 ◆ 後鞧。❷方言。退縮；收縮 ◆ 鞧脖子｜鞧着尾毛｜大轅馬鞧着屁股向後退。

9 **韃** [jiān ㄐㄧㄢ ⑧ gin¹ 堅]
安在馬上盛弓箭的器具 ◆ 玉韃。

9 **鞣** [róu ㄖㄡˊ ⑧ jɐu⁴ 柔]
用鉻鹽、栲膠、魚油等能使獸皮變軟的物質加工獸皮，製成皮革 ◆ 鞣皮子｜這張皮鞣得不夠熟。

10 **鞲** [gōu ㄍㄡ ⑧ kɐu¹ 溝]
鞲鞴，即活塞，指在唧筒裏或蒸氣機、內燃機的氣缸裏往復運動的機件。

10 **鞴** [bèi ㄅㄟˋ ⑧ bei⁶ 備]
❶把鞍轡等套在馬身上 ◆ 鞴馬。❷鞲鞴。見“鞲”，785頁左欄。

10 **韃** [wēng ㄨㄥ ⑧ juŋ¹ 翁]
方言。高筒靴勒，一種高筒棉鞋 ◆ 韃靴。

11 **鞹** [kuò ㄎㄨㄛˋ ⑧ kwɔk⁸ 廓]
去皮的獸皮；皮革。

12 **鞾** 同“靴”，見782頁右欄。

12 **鞽** (鞒) [qiáo ㄑㄧㄠˊ ⑧ kiu⁴ 橋]
馬鞍拱起的部分 ◆ 鞍鞽。

12 **鞿** [jī ㄐㄧ ⑧ gei¹ 機]
馬韁繩 ◆ 鞿鞚。

13 **韃** (鞑) [dá ㄉㄚˊ ⑧ tat⁸ 撻]
韃靼，我國古代北方各遊牧民族的統稱。

13 **韁** (缰⑧繮) [jiāng ㄐㄧㄤ ⑧ gœŋ¹ 僵]
拴牲口的繩子 ◆ 韁繩｜名韁利鎖｜信馬由韁｜一聲令下，運動員個個似脫韁之馬向終點衝去。

13 **韂** [chàn ㄔㄢˋ ⑧ tsim³ 僭]
墊在馬鞍下用來擋泥的東西 ◆ 鞍韂。

15 **韈** 同“襪”，見646頁左欄。

15 **韀** [qiān ㄑㄧㄢ ⑧ tsin¹ 千]
鞦韆。見“鞦”，784頁右欄。

17 **韉** (鞯) [jiān ㄐㄧㄢ ⑧ dzin¹ 煎]
馬鞍子和墊在馬鞍子底下的東西 ◆ 鞍韉。

韋部

⁰韋(韦) [wéi ㄨㄟˊ ⑧ wei⁴ 圍]
❶皮革 ◆ 韋編三絕。❷姓。

³靭(韌®靭) [rèn ㄖㄣˋ ⑧ jɛn⁶ 刃/ŋɛn⁶ 銀⁶(語)]
❶柔軟而結實,受彎折而不易斷裂 ◆ 堅靭│強靭│靭度。❷形容意志堅忍不拔 ◆ 靭戰│靭性的反抗。

⁵韍(韨) [fú ㄈㄨˊ ⑧ fɐt⁷ 忽]
古代一種用熟皮製成的服飾,在祭祀或朝覲時穿戴 ◆ 赤韍。

⁸韔 [chàng ㄔㄤˋ ⑧ tsœŋ³ 唱]
古代裝弓的皮袋 ◆ 虎韔。

⁸韓(韩) [hán ㄏㄢˊ ⑧ hɔn⁴ 寒]
❶周朝諸侯國名,在今河南中部和山西東南部。❷姓。

⁹韞(韫) [yùn ㄩㄣˋ ⑧ wɐn² 醖]
蘊藏;包含 ◆ 韞玉│韞藉。

⁹韙(韪) [wěi ㄨㄟˇ ⑧ wei⁵ 偉]
是;正確(多和“不”連用) ◆ 冒天下之大不韙。

¹⁰韝 [gōu ㄍㄡ ⑧ kɐu¹ 溝]
古代一種皮製套袖 ◆ 錦韝。

¹⁰韜(韬) [tāo ㄊㄠ ⑧ tou¹ 滔]
❶弓套;劍套。❷掩藏;隱藏 ◆ 韜光養晦。❸指兵法 ◆ 六韜│韜略。

¹¹鞴 [bài ㄅㄞˋ ⑧ bei⁶ 鼻]
古代鼓風吹火的皮囊,作用相當於風箱 ◆ 皮鞴。

¹²韡 [wěi ㄨㄟˇ ⑧ wei⁵ 偉]
光明;美盛 ◆ 韡韡│韡煌。

¹⁵韤 同“襪”,見646頁左欄。

韭部

⁰韭(®韮) [jiǔ ㄐㄧㄡˇ ⑧ gɐu² 九]
多年生草本植物。叢生,葉細小而扁,開小白花。葉和花嫩時可作蔬菜食用 ◆ 韭菜。

¹¹齏 [jī ㄐㄧ ⑧ dzɐi¹ 擠]
切成細末的醃菜或醬菜,也指搗碎的薑蒜。

音 部

音 0 [yīn ㄧㄣ 粵 jɐm¹ 陰]
❶聲響；由物體振動而發生的波通過聽覺所產生的印象 ◆ 聲音｜音響｜八音盒｜半元音｜唐賀知章《回鄉偶書》詩：“少小離家老大回，鄉音無改鬢毛衰。”❷消息；信息 ◆ 佳音｜回音｜杳無音信。

韶 5 [sháo ㄕㄠˊ 粵 siu¹ 燒¹]
❶美好 ◆ 韶光｜韶華。❷古代虞舜時樂名，後也作為正宗音樂的統稱。

韻 10（粵韵） [yùn ㄩㄣˋ 粵 wɐn⁶ 運]
❶悅耳動聽的聲音 ◆ 琴韻悠揚｜松聲竹韻。❷情趣 ◆ 韻致｜韻味｜風韻。❸指韻母，漢語字音中聲母、字調以外的部分 ◆ 押韻｜疊韻。❹姓。

響 12（响） [xiǎng ㄒㄧㄤˇ 粵 hœŋ² 享]
❶回聲 ◆ 響應｜影響｜回響｜如響斯應。❷泛指聲音 ◆ 聲響｜響動｜不同凡響。❸發出聲音 ◆ 響箭｜不聲不響｜掌聲響起來了｜一個巴掌拍不響。❹形容聲音洪亮 ◆ 響亮｜炮聲真響｜響鼓不用重錘。❺量詞。

用於發出聲音的次數 ◆ 二十一響禮炮。

頁 部

頁 0（页） [yè ㄧㄝˋ 粵 jip⁹ 葉]
❶書冊中的一張紙 ◆ 活頁｜插頁｜畫頁｜扉頁。❷指形狀功效像紙的薄片狀物 ◆ 網頁｜百頁窗。❸量詞。(1) 用於使用一面的一張紙 ◆ 一頁信紙｜扯去一頁日曆。(2) 用於兩面印刷的書本中一張紙的一面 ◆ 全書有三百多頁。

頂 2（顶） [dǐng ㄉㄧㄥˇ 粵 diŋ² 鼎/dɛŋ² 盯²]
❶人體或物體的最上端或高處 ◆ 頭頂｜屋頂｜山頂｜塔頂｜吸頂燈。❷用頭支承 ◆ 頂碗(一種雜技項目)｜頂天立地。❸用角或頭撞擊 ◆ 這頭牛時常頂人｜只見他用頭一頂，球應聲入網。❹從下向上拱 ◆ 種子的嫩芽把土頂起來了。❺支撐；抵住 ◆ 用門槓把門頂上｜機車在後面頂着列車向前駛去。❻用強硬的話反駁 ◆ 頂撞｜大夥兒頂了他幾句，他就再也不敢吭聲了。❼對着；迎着 ◆ 頂風冒雨。❽擔當；承擔 ◆ 人去少了不頂事｜他一個人把這些活兒全頂下來了。❾抵，相當；等於 ◆ 老將出馬，一個頂倆。❿以別的人或物代

替 ◆ 頂名│冒名頂替。⑪轉讓或取得企業的經營權或房屋的租賃權 ◆ 出頂│頂進來。⑫表示程度最高；最 ◆ 頂好│頂大│頂頂大名│頂喜歡玩遊戲機。⑬量詞。用於有頂的物品 ◆ 一頂帽子│一頂帳子│一頂花轎。

² 頃 (顷) [qǐng ㄑ丨ㄥˇ 粤kiŋ² 傾²]

❶土地面積單位之一，1頃合100畝 ◆ 1頃地│良田萬頃。❷瞬間；極短的時間 ◆ 少頃│有頃│俄頃│頃刻。❸剛剛；不久以前 ◆ 頃聞│頃接來函。❹指某個時間左右 ◆ 民國18年頃。

³ 頇 (顸) [hān ㄏㄢ 粤hɔn¹ 刊]

❶粗；圓柱形的東西直徑大的 ◆ 這線太頇。❷顢頇。見“顢”，792頁右欄。

³ 項 (项) [xiàng ㄒ丨ㄤˋ 粤hɔŋ⁶ 巷]

❶頸的後部 ◆ 頸項│項鏈│望其項背│唐 駱賓王《詠鵝》詩：“鵝鵝鵝，曲項向天歌。白毛浮綠水，紅掌撥清波。”❷用途確定的錢款 ◆ 款項│用項│存項。❸量詞。用於分門別類的事物 ◆ 一項任務│下列各項。❹姓。

³ 順 (顺) [shùn ㄕㄨㄣˋ 粤sœn⁶ 純⁶]

❶趨向同一個方向；跟“逆”相對 ◆ 順風│順水推舟。❷沿；循 ◆ 順河邊走│水順着石壁流下來。❸使方向一致；整理使有次序 ◆ 把車子順過來│這篇總結報告還得順一順。❹依次 ◆ 筆順│會期遇兩順延。❺隨；趁便 ◆ 順手牽羊│順手關門│順口說了出來。❻服從；不違背 ◆ 順從│歸順│百依百順│順我者昌，逆我者亡。❼適合；如意 ◆ 順心│看不順眼。❽姓。

³ 須 (须) [xū ㄒㄩ 粤sœy¹ 雖]

❶一定要 ◆ 須知│務須│必須。❷等到；等待。❸姓。

⁴ 項 (顼) [xū ㄒㄩ 粤juk⁷ 郁]

姓。

⁴ 頑 (顽) [wán ㄨㄢˊ 粤wan⁴ 還]

❶玩耍 ◆ 頑耍│頑火自焚。❷愚蠢無知 ◆ 痴頑│頑石點頭│冥頑不靈。❸固執；不聽勸導或難以制伏 ◆ 頑固│頑敵│頑疾│負隅頑抗。❹愛玩愛鬧，不聽勸導；淘氣 ◆ 頑皮│頑童。

⁴ 頓 (顿) 〈一〉[dùn ㄉㄨㄣˋ 粤dœn⁶ 鈍]

❶頭碰着地；腳踩地 ◆ 頓首│捶胸頓足。❷稍停 ◆ 停頓│頓號│抑揚頓挫│說到這裏，他頓了一下。❸書法或繪畫用筆技法之一，指用力

使筆着紙暫不移動 ◆ 提頓|頓折|一橫的兩頭都要頓一頓。❹ 立刻;突然 ◆ 頓然|頓時|頓悟|茅塞頓開。❺處置;安置 ◆ 整頓|安頓。❻勞累;困倦 ◆ 困頓|勞頓。❼ 量詞 ◆ 一頓臭罵|一天三頓飯。❽姓。

〈二〉[dú ㄉㄨˊ 粵 duk⁹ 毒]
冒頓,漢初匈奴族的一個君主名。

⁴頎 (颀) [qí ㄑㄧˊ 粵 kei⁴ 其]
(身體)修長 ◆ 頎長。

⁴頒 (颁) 〈一〉[bān ㄅㄢ 粵 ban¹ 班]
公佈;發佈 ◆ 頒佈命令|頒發獎章。

〈二〉[fén ㄈㄣˊ 粵 fen⁴ 墳]
形容頭大 ◆ 有頒其頭。

⁴頌 (颂) 〈一〉[sòng ㄙㄨㄥˋ 粵 dzuŋ⁶ 仲]
❶讚揚;讚美 ◆ 稱頌|頌揚|歌功頌德。❷表示祝願,多用於書信結尾 ◆ 敬頌福祉。❸古代祭祀時用的舞曲,配曲的歌詞有些收集在《詩經》裏 ◆《魯頌》|《周頌》。❹文體名,指以頌揚為內容的詩文 ◆《祖國頌》。

〈二〉[róng ㄖㄨㄥˊ 粵 juŋ⁴ 容]
"容"的古字。儀容。

⁴頏 (颃) [háng ㄏㄤˊ 粵 hɔŋ⁴ 杭/kɔŋ³ 亢]

頡頏。見"頡",790頁左欄。

⁴預 (预) [yù ㄩˋ 粵 jy⁶ 譽]
❶事前 ◆ 預先|預備|預防|預產期|天氣預報|勿謂言之不預。❷參與;過問 ◆ 預會|參預|干預。

⁵頔 [dí ㄉㄧˊ 粵 dik⁹ 迪]
美好。多用於人名。

⁵領 (领) [lǐng ㄌㄧㄥˇ 粵 liŋ⁵ 玲⁵/lɛŋ⁵ 嶺 (語)]
❶頸;脖子 ◆ 領帶|引領而望。❷衣服上圍繞脖子的部分 ◆ 衣領|領子|圓領|尖領|雞心領。❸要點;事物的綱要 ◆ 綱領|提綱挈領|不得要領。❹帶引;統率 ◆ 領導|率領|領隊|把新生領進教室|清趙翼《論詩》:"江山代有才人出,各領風騷數百年。"❺治理的;管轄的 ◆ 領土|領空|領海。❻接受;取得 ◆ 領情|領教|領工資|領材料。❼理解;明白 ◆ 領會|領悟|領略|心領神會。❽量詞。(1) 用於衣服 ◆ 一領長袍|一領青衫。(2) 用於蓆、箔等 ◆ 一領蓆|一領箔。

⁵頗 (颇) 〈一〉[pō ㄆㄛ 粵 pɔ¹ 婆¹]
偏;歪斜 ◆ 偏頗。

〈二〉[pō ㄆㄛ 粵 pɔ² 叵]
很;相當地 ◆ 頗久|頗費斟酌|頗不以為然。

6 頡 (颉)

〈一〉[xié ㄒㄧㄝˊ 粵 kit⁸ 揭]

頡頏。❶鳥向上向下飛。❷不相上下；可匹敵 ◆ 他的繪畫作品可與名家相頡頏。❸姓。

〈二〉[jiá ㄐㄧㄚˊ 粵 git⁸ 結]

截取。

〈三〉[jié ㄐㄧㄝˊ 粵 git⁹ 傑]

人名用字。傳說上古有倉頡，是漢字的創造者。

6 頜 (颌)

[hé ㄏㄜˊ/gé ㄍㄜˊ 粵 hep⁹ 合]

構成口腔上部和下部的骨頭和肌肉等組織 ◆ 上頜|下頜。

6 頫 (頫)

[fǔ ㄈㄨˇ 粵 fu² 苦]

"俯"的古字。

6 頠 (頠)

[wěi ㄨㄟˇ 粵 ŋei⁵ 蟻]

熟習；熟練。

6 頟 (頟)

同"額"，見792頁左欄。

6 頦 (颏)

〈一〉[kē ㄎㄜ 粵 hoi⁴ 孩/goi² 改]

臉的最下部分，在兩腮和嘴的下面。通稱"下巴"或"下巴頦兒"。

〈二〉[ké ㄎㄜˊ 粵 同〈一〉]

鳥名用字。紅點頦、藍點頦。

6 頞 (頞)

[è ㄜˋ 粵 at⁸/ŋat⁸ 壓]

鼻樑 ◆ 鼻頞。

7 頤 (颐)

[yí ㄧˊ 粵 ji¹ 兒]

❶腮；面頰 ◆ 頤指氣使。❷保護調養 ◆ 頤養|頤神。

7 頭 (头)

〈一〉[tóu ㄊㄡˊ 粵 teu⁴ 投]

❶人體最上部或動物最前部長着口、鼻、眼等器官的部分 ◆ 頭顱|虎頭蛇尾|低頭認罪|牛頭不對馬嘴|頭痛醫頭，腳痛醫腳。❷指頭髮或頭髮梳理的式樣 ◆ 剃頭|梳頭|披頭散髮|白頭偕老|宋岳飛《滿江紅》詞："莫等閒，白了少年頭，空悲切！"❸物體的頂端或末梢 ◆ 箭頭|報頭|橋頭堡|百尺竿頭，更進一步|宋楊萬里《小池》詩："小荷才露尖尖角，早有蜻蜓立上頭。"❹事情的起點或終點 ◆ 話頭|開頭|總算熬到了頭。❺物品的殘餘部分 ◆ 煙頭|粉筆頭。❻邊；處所的近旁 ◆ 田頭|案頭。❼為首的人 ◆ 頭領|頭目|巨頭|寡頭|他是我們的頭兒。❽方面 ◆ 一心掛兩頭|解決問題不能只顧一頭。❾第一 ◆ 頭等|燒頭炷香|頭號人物。❿領頭的；次序居先的 ◆ 頭班車|先拔頭籌。⓫用在數量詞前，表示次序在前的 ◆ 頭一遍|頭半部|頭幾個|頭三天。⓬臨；接近 ◆ 頭雞叫就起來幹活了。⓭表示約數，數量不大 ◆ 十頭八斤。⓮量詞。用於家畜、蒜等 ◆ 一頭牛|三頭驢|一頭蒜。

〈二〉[tou ·ㄊㄡ 粵 同〈一〉]

❶名詞後綴。(1)放在名詞後 ◆ 拳頭|苗頭|磚頭|避風頭。(2)放在形容詞後 ◆ 吃苦頭|嚐到了甜頭。(3)放在動詞後 ◆ 念頭|有聽頭|沒個看頭。❷方位詞後綴 ◆ 裏頭|外頭|上頭|唐劉禹錫《酬樂天揚州初逢席上見贈》詩："沈舟側畔千帆過，病樹前頭萬木春。"

7 **頰**（颊）[jiá ㄐㄧㄚˊ [粵] gap8 夾]
臉的兩側從眼到下頷的部分 ◆ 面頰|兩頰緋紅。

7 **頸**（颈）〈一〉[jǐng ㄐㄧㄥˇ [粵] gɛŋ2 鏡2]
❶頭部與軀幹相連的部分；脖子 ◆ 頭頸|頸項|刎頸之交。❷器物上頂部或口部與主體相連的部分 ◆ 瓶頸|曲頸甑。
〈二〉[gěng ㄍㄥˇ [粵] 同〈一〉]
脖子 ◆ 脖頸兒（脖子的後部）。

7 **頻**（频）[pín ㄆㄧㄣˊ [粵] pɐn4 貧]
屢次；接連多次 ◆ 頻繁|頻仍|頻頻得手|捷報頻傳。

7 **頲**（颋）[tǐng ㄊㄧㄥˇ [粵] tiŋ2 挺2]
頭挺直的樣子。引申為正直。

7 **頹**（颓[異]穨）[tuí ㄊㄨㄟˊ [粵] tœy4 推4]
❶崩壞；倒塌 ◆ 頹垣殘壁。❷衰落；敗壞 ◆ 衰頹|頹敗|頹敝|世風日頹。❸消沈；委靡 ◆ 頹喪|頹靡|頹廢。

7 **頷**（颔）[hàn ㄏㄢˋ [粵] hɐm5 含5]
❶頦；下巴 ◆ 下頷。❷點頭，表示同意 ◆ 頷首。

8 **頍** [qī ㄑㄧ [粵] hei1 欺]
❶古代打鬼驅疫時扮神的人所戴的假面具，樣子又怪又醜。❷醜；難看 ◆ 頍醜。

8 **顆**（颗）[kē ㄎㄜ [粵] fɔ2 火]
量詞。多用於圓粒狀的東西 ◆ 一顆心|一顆顆汗珠|唐李紳《古風》詩："春種一粒粟，秋收萬顆子。四海無閒田，農夫猶餓死。"

8 **頿** 同"悴"，見222頁右欄。

9 **顑** [kǎn ㄎㄢˇ [粵] hɐm2 砍]
顑頷，面黃肌瘦的樣子 ◆ 面容顑頷。

9 **題**（题）[tí ㄊㄧˊ [粵] tɐi4 提]
❶額頭 ◆ 雕題黑齒。❷概括詩文或講演內容的詞句 ◆ 標題|正題|文不對題|下筆千言，離題萬里。❸練習或考試時要求解

答的提問 ◆ 答題|數學題|填充題。
❹書寫;簽署 ◆ 題詞|題簽|題名。
❺評議 ◆ 品題。❻姓。

⁹**顒**(颙) [yóng ㄩㄥˊ ⑧ juŋ⁴ 容]

❶大頭。也泛指大。❷仰慕 ◆ 顒望|顒仰。

⁹**顎**(颚) [è ㄜˋ ⑧ ŋɔk⁹ 岳]

❶某些節肢動物用來攝取食物的器官 ◆ 上顎|下顎。❷同"腭",見560頁左欄。

⁹**顓**(颛) [zhuān ㄓㄨㄢ ⑧ dzyn¹ 專]

愚昧 ◆ 顓愚|顓蒙。

⁹**顔**(颜) [yán ㄧㄢˊ ⑧ ŋan⁴ 眼⁴]

❶面孔;臉色 ◆ 容顏|顏面|奴顏婢膝|喜笑顏開。❷面子;情面 ◆ 厚顏無恥|無顏見江東父老。❸色彩 ◆ 顏料|五顏六色。❹姓。

⁹**額**(额) [é ㄜˊ ⑧ ŋak⁹ 軛⁹] ❶眉上髮下部位 ◆ 額頭|額角|額手稱慶|焦頭爛額。❷牌匾 ◆ 匾額|橫額。❸限定的數目 ◆ 名額|定額|額外。

¹⁰**願**(愿) [yuàn ㄩㄢˋ ⑧ jyn⁶ 縣]

❶希望將來能達到某種目的的想法 ◆ 心願|夙願|事與願違。❷認為符合自己的心意而同意做 ◆ 情願|願意|自願|在天願作比翼鳥,在地願為連理枝。❸對神佛許下的酬謝 ◆ 許願|還願。

¹⁰**顖** [xìn ㄒㄧㄣˋ ⑧ sœn³ 信]

嬰兒頭頂骨尚未長合縫的地方,在頭頂前部的中央 ◆ 顖門。

¹⁰**顛**(颠) [diān ㄉㄧㄢ ⑧ din¹ 癲]

❶頭頂 ◆ 華顛(黑髮白髮相雜的頭頂)。❷泛指高而直立的物體的頂部 ◆ 塔顛|山顛。❸上下震盪 ◆ 顛簸|山路不平,車顛得很|船頭坐得穩,不怕浪來顛。❹跌落;倒下來 ◆ 顛覆|顛撲不破|顛倒黑白。❺方言。跳着跑 ◆ 連跑帶顛。

¹⁰**類**(类) [lèi ㄌㄟˋ ⑧ lœy⁶ 淚] ❶許多相似或相同的事物的綜合 ◆ 種類|人類|鳥類|類型|分門別類。❷大致相像;相似 ◆ 類似|相類|類人猿|畫虎不成反類犬。

¹⁰**顙**(颡) [sǎng ㄙㄤˇ ⑧ sɔŋ² 爽]

額頭;腦門子。

¹¹**顢**(颟) [mān ㄇㄢ ⑧ mun⁴ 門]

顛頂，糊塗而馬虎 ◆ 他這人太顑頂，不能把事情交給他。

12 顥（颢）[hào ㄏㄠˋ ⑧hou⁶ 浩] 白而光亮 ◆ 顥顥。

12 顟（顟）同"憔"，見229頁右欄。

12 顧（顾）[gù ㄍㄨˋ ⑧gu³ 故]
❶回頭看；看 ◆ 顧盼｜回顧｜顧影自憐｜伯樂一顧，馬價十倍。❷照管；關心 ◆ 照顧｜顧念｜自顧不暇｜奮不顧身｜顧此失彼｜統籌兼顧。❸訪問；探望 ◆ 惠顧｜眷顧｜光顧｜三顧茅廬。❹稱買主或要求服務的 ◆ 主顧｜顧客｜歡迎惠顧。❺姓。

13 顫（颤）〈一〉[chàn ㄔㄢˋ ⑧dzin³ 戰]
抖動；短促而頻繁地振動 ◆ 顫抖｜顫動｜顫巍巍。
〈二〉[zhàn ㄓㄢˋ ⑧同〈一〉]
發抖 ◆ 顫慄。

14 顬（颥）[rú ㄖㄨˊ ⑧jy⁴ 如]
顳顬。見"顳"，793頁右欄。

14 顯（显）[xiǎn ㄒㄧㄢˇ ⑧hin² 遣]
❶露出在外容易看到 ◆ 明顯｜顯眼｜顯而易見。❷呈現；露出 ◆ 顯現

｜顯露｜顯微鏡｜大顯身手｜八仙過海，各顯神通。❸有名聲並有權勢地位的 ◆ 顯達｜顯赫｜達官顯貴。❹敬辭。用於稱先人 ◆ 顯考｜顯妣。

15 顰（颦）[pín ㄆㄧㄣˊ ⑧pen⁴ 頻]
皺眉頭 ◆ 顰眉｜一顰一笑｜東施效顰。

16 顱（颅）[lú ㄌㄨˊ ⑧lou⁴ 勞]
❶頭蓋骨。❷頭 ◆ 拋頭顱，灑熱血。

18 顴（颧）[quán ㄑㄩㄢˊ ⑧kyn⁴ 權]
眼睛下面、兩腮上面突出的顏面骨 ◆ 顴骨｜雙顴。

18 顳（颞）[niè ㄋㄧㄝˋ ⑧jip⁹ 業]
顳顬，即顳骨，在頭部兩側靠近耳朵的上方。為顱骨之一。

風 部

0 風（风）[fēng ㄈㄥ ⑧fuŋ¹ 封]
❶流動着的空氣 ◆ 風向｜西風｜狂風大作｜風餐露宿｜春風化雨｜北朝無名氏《敕勒歌》："天蒼蒼，野茫茫，風吹草低見牛羊。"❷借風力吹(使東西乾燥或純

淨）◆ 風乾｜曬乾風淨。❸借風力吹乾的 ◆ 風雞｜風肉。❹像風那樣迅速 ◆ 風發｜風靡｜雷厲風行。❺習俗；流行的愛好或習慣 ◆ 風俗｜風氣｜蔚然成風｜移風易俗。❻景象 ◆ 風光｜風物｜風景。❼態度；表現出來的思想、行為的狀態 ◆ 作風｜風度｜風紀｜風範｜八面威風｜高風亮節。❽傳播出來的消息 ◆ 走漏風聲｜通風報信｜聞風而動。❾傳播的；沒有確實根據的 ◆ 風聞｜風傳｜風言風語。❿原指《詩經》裏的《國風》。後指民歌，也泛指詩文方面的事情 ◆ 採風｜風雅｜清 趙翼《論詩》：“江山代有才人出，各領風騷數百年。”⓫中醫指某些疾病 ◆ 羊癇風｜鵝掌風。⓬姓。

颭 [zhǎn ㄓㄢˇ ⑧dzim² 尖²]
風吹物體使搖曳顫動 ◆ 颭拂。

颮 [biāo ㄅㄧㄠ ⑧pau⁴ 咆]
氣象學上指風向突變，風速急驟增大的天氣現象。颮出現時，氣溫下降，有時還伴有陣雨。

颯 (飒⑧颭) [sà ㄙㄚˋ ⑧sap⁸ 圾]
象聲詞。形容風聲 ◆ 颯然｜秋風颯颯。

颱 (台) [tái ㄊㄞˊ ⑧tɔi⁴ 抬]
颱風，發生在太平洋

西部熱帶海洋上的一種極猛烈的風暴，風力常達十級以上，同時有暴雨。夏秋兩季常侵襲我國。

颳 (刮) [guā ㄍㄨㄚ ⑧gwat⁸ 刮]
（風）猛吹 ◆ 颳風。

颶 (飓⑧颶) [jù ㄐㄩˋ ⑧gœy⁶ 巨]
颶風，發生在大西洋西部和西印度羣島一帶熱帶海洋上的風暴，風力常達十級以上，同時有暴雨。

颺 [yáng ㄧㄤˊ ⑧jœŋ⁴ 羊]
在空中飄動 ◆ 飄颺｜飛颺。

颸 (飔) [sī ㄙ ⑧tsi¹ 雌]
涼風。

颼 (飕) [sōu ㄙㄡ ⑧sɐu¹ 收]
❶同“嗖”。象聲詞。(1) 形容風雨聲 ◆ 雨聲颼颼。(2) 形容動作很快的聲音 ◆ 他颼的一聲拔出了刀。❷方言。風吹（使變乾或變冷）◆ 洗的衣服被風颼乾了。

颿 [fān ㄈㄢ ⑧fan⁴ 凡/fan⁶ 飯]
❶ 馬奔馳。❷ 泛指疾速。❸ 同“帆”，見190頁右欄。

飀 [yáo ㄧㄠˊ ⑧jiu⁴ 搖]
隨風飄動 ◆ 飄飀。

10 飀(飀) [liú ㄌㄧㄡˊ ⑧leu⁴ 留]

❶象聲詞。形容風雨聲 ◆ 飀飀。
❷飀飀，微風吹動的樣子 ◆ 飀飀的春風。

11 飄(飘⑧飃) [piāo ㄆㄧㄠ ⑧ piu¹ 飄]

❶隨風飛動 ◆ 飄揚|雪花飄飄。❷輕浮；不踏實 ◆ 輕飄飄|飄飄然。
❸比喻流浪，東奔西走 ◆ 飄泊。

11 飀

〈一〉[liù ㄌㄧㄡˋ/liú ㄌㄧㄡˊ ⑧leu⁴ 留]
西風。
〈二〉[liáo ㄌㄧㄠˊ ⑧同〈一〉]
飀戾。❶象聲詞，形容風聲。❷很快的樣子。

12 飆(飚⑧風猋飇)

[biāo ㄅㄧㄠ ⑧biu¹ 標]
❶暴風；旋風 ◆ 狂飆。❷迅速；急疾 ◆ 飆升。

18 飌 [fēng ㄈㄥ ⑧fuŋ¹ 封]
"風"的古字。

飛 部

0 飛(飞) [fēi ㄈㄟ ⑧fei¹ 非]

❶(鳥、蟲等)鼓動翅膀在空中活動 ◆ 飛翔|飛禽|雞飛蛋打|插翅難飛|海闊憑魚躍，天高任鳥飛。❷利用動力機械在空中行動 ◆ 飛機起飛了|明天直飛北京。❸物體借助風力在空中飄浮遊動 ◆ 飛舞|大雪紛飛|飛沙走石。❹形容極快 ◆ 飛速|飛奔|物價飛漲|唐李白《望廬山瀑布水》詩："飛流直下三千尺，疑是銀河落九天。"❺意外的；憑空而來的 ◆ 流言飛語|飛來橫禍。

12 飜 [fān ㄈㄢ ⑧fan¹ 翻]
同"翻❸"。飛 ◆ 飜飛。

食 部

0 食

〈一〉[shí ㄕˊ ⑧sik⁹ 蝕]
❶吃；吃飯 ◆ 吞食|食肉類|蠶食鯨吞|廢寢忘食|虎毒不食子。❷人吃的東西 ◆ 主食|食譜|吃白食|節衣縮食。❸飼料；一般動物吃的東西 ◆ 豬食|餓虎撲食。❹可吃的或供調味用的 ◆ 食物|食糖|食鹽。❺一種天文現象。指月球走到太陽、地球之間遮蔽了太陽，或地球走到太陽、月球之間遮蔽了月球，造成人們看到日月虧缺或是完全看不見的現象 ◆ 日食|月食|全食。❻也作"蝕"。
〈二〉[sì ㄙˋ ⑧dzi⁶ 自]
拿東西給人吃。

〈三〉[yì ㄧˋ 粵ji⁶ 異]
用於人名。漢代有酈食其。

² 飣 [dìng ㄉㄧㄥˋ 粵diŋ³ 訂]
饾飣。見"饾"，798頁左欄。

² 飤 古同"飼"，見797頁左欄。

² 飢 (饥) [jī ㄐㄧ 粵gei¹ 機]
餓；吃不飽 ◆ 飢餓｜
充飢｜飢寒交迫｜啼飢號寒｜飢不擇食。

² 飧 古同"餐"，見798頁左欄。

³ 飦 同"饘"，見801頁左欄。

³ 飥 (饦) [tuō ㄊㄨㄛ 粵tɔk⁸ 托]
餺飥。見"餺"，800頁左欄。

³ 飧 (粵飱) [sūn ㄙㄨㄣ 粵syn¹ 孫]
晚飯，也泛指飯食 ◆ 飧粥｜飧餐。

⁴ 飯 (饭) [fàn ㄈㄢˋ 粵fan⁶ 犯]
❶煮熟的穀類食物(多指稻米煮成的) ◆ 米飯｜飯粒｜炒冷飯｜生米煮成熟飯。❷人每天按時吃的食物 ◆ 早飯｜午飯｜晚飯｜家常便飯。❸吃每天按時吃的食物 ◆

茶餘飯後｜廉頗老矣，尚能飯否？

⁴ 飩 (饨) [tún ㄊㄨㄣˊ 粵tyn¹ 團]
餛飩。見"餛"，799頁左欄。

⁴ 飪 (饪粵餁) [rèn ㄖㄣˋ 粵jem⁵ 稔]
燒飯做菜 ◆ 烹飪。

⁴ 飫 (饫) [yù ㄩˋ 粵jy³ 嫗]
飽 ◆ 飫足｜飫飽。

⁴ 飭 (饬) [chì ㄔˋ 粵tsik⁷ 斥]
❶治理；整頓 ◆ 整飭。❷命令；告誡 ◆ 飭令｜申飭。❸謹慎；嚴謹 ◆ 謹飭。

⁴ 飲 (饮粵歒) 〈一〉[yǐn ㄧㄣˇ 粵jem² 音²]
❶喝 ◆ 暢飲｜飲鴆止渴｜飲水思源。❷可喝的食品 ◆ 飲料｜冷飲。❸宜於冷着喝的湯藥 ◆ 飲子｜香蘇飲。❹含忍；強壓在心裏 ◆ 飲恨沙場。
〈二〉[yìn ㄧㄣˋ 粵jem³ 蔭]
給牲畜水喝 ◆ 飲馬｜飲牛。

⁵ 飾 (饰) [shì ㄕˋ 粵sik⁷ 色]
❶裝點使美觀 ◆ 裝飾｜修飾｜飾物｜粉飾太平。❷用來裝飾使美觀的物品 ◆ 首飾｜衣飾｜窗飾。❸裝扮；扮演 ◆ 飾演｜她在這部電影中飾女主角。❹假託；

遮掩 ◆ 掩飾｜飾詞｜文過飾非。

⁵ **飽** (饱) [bǎo ㄅㄠˇ ⑧ bau² 包²]

❶滿足了食量；跟"餓"相對 ◆ 溫飽｜飽食終日｜我吃飽了。❷形容植物籽實長得豐滿 ◆ 顆粒飽滿｜穀粒兒很飽。❸充足；充分 ◆ 飽和｜飽學｜飽經風霜。❹滿足 ◆ 一飽眼福。

⁵ **飼** (饲 ⑧ 飤) [sì ㄙˋ ⑧ dzi⁶ 自]

❶餵養；給動物東西吃 ◆ 飼養｜飼料｜飼雞豕。❷餵養家畜或家禽的食料 ◆ 打草儲飼。

⁵ **飿** (饳) [duò ㄉㄨㄛˋ ⑧ dzyt⁸ 苗]

餶飿。見"餶"，800頁左欄。

⁵ **飴** (饴) [yí ㄧˊ ⑧ ji⁴ 而]

❶用米、麥芽熬成的糖漿 ◆ 甘之如飴。❷指某些軟糖類的糖果 ◆ 高粱飴｜綠豆飴。

⁶ **餌** (饵) [ěr ㄦˇ ⑧ nei⁶ 膩]

❶糕餅 ◆ 果餌｜香餌。❷引魚上鈎或誘捕其他動物的食物 ◆ 魚餌｜誘餌｜毒餌。❸引誘 ◆ 餌敵｜餌以重利。

⁶ **餂** [tiǎn ㄊㄧㄢˇ ⑧ tim² 舔]

鈎取；誘取。

⁶ **餉** (饷 ⑧ 饟) [xiǎng ㄒㄧㄤˇ ⑧ hœŋ² 享]

❶用酒食款待人 ◆ 餉客。❷舊時指軍警等的俸給 ◆ 關餉｜領餉。

⁶ **餄** (饸) [hé ㄏㄜˊ ⑧ gap⁸ 甲]

餄餎，北方的一種條狀麵食，用蕎麥麵或高粱麵軋製而成，以湯煮食。

⁶ **餎** (饹) 〈一〉[gē ㄍㄜ ⑧ gɔk⁸ 各]

餎饆，一種食品。用豆麵做成餅形，切成塊炸着吃或炒着吃。

〈二〉[le ·ㄌㄜ ⑧ lɔk⁸ 烙]

餄餎。見"餄"，797頁右欄。

⁶ **餃** (饺) [jiǎo ㄐㄧㄠˇ ⑧ gau² 狡]

一種包成半圓形的有餡的麵食 ◆ 水餃｜蒸餃。

⁶ **養** (养) 〈一〉[yǎng ㄧㄤˇ ⑧ jœŋ⁵ 仰]

❶供給物品或費用使人能生活下去 ◆ 撫養｜供養｜養家活口｜當家才知柴米價，養子方曉父母恩。❷培植(花草)；給動物吃東西 ◆ 養花｜養豬｜馴養｜養虎遺患。❸生育；生小孩兒 ◆ 生養｜她快養了。❹有撫育關係而非親生的 ◆ 養子｜養女｜養父｜養母。❺按照一定的目的長期教育和訓練；使形成 ◆ 培養｜教養｜蓄養｜姑息養奸｜從小就要養成

良好的學習習慣。❻調理休息，以增進精力或恢復健康 ◆ 養病｜休養｜保養｜調養｜養精蓄銳。❼維護；修補 ◆ 養路。❽扶持；幫助 ◆ 以農養牧。

〈二〉[yǎng ㄧㄤˇ／yàng ㄧㄤˋ(舊)⑧jœŋ⁶ 讓]

奉養；事奉。

餅(饼) [bǐng ㄅㄧㄥˇ ⑧bɛŋ² 把井切]

❶烤熟或蒸熟的扁圓形的麵食 ◆ 餅乾｜燒餅｜大餅｜廣式月餅｜畫餅充飢。❷形狀像餅的東西 ◆ 鐵餅｜豆餅｜柿餅。

餑(饽) [bō ㄅㄛ ⑧but⁹ 勃]

餑餑。方言。❶饅頭、麵餅、餃子之類麵食。也指用雜糧麵製成的塊狀食物 ◆ 貼餑餑｜棒子麵餑餑｜心急吃不了熱餑餑。❷糕點。

餖[dòu ㄉㄡˋ ⑧dɐu⁶ 豆]

餖飣。❶供擺設的食品。❷比喻文辭堆砌 ◆ 餖飣獺祭。

餐(⑧湌) [cān ㄘㄢ ⑧tsan¹ 產¹]

❶吃(飯) ◆ 聚餐｜會餐｜餐廳｜廢寢忘餐｜餐風宿露。❷飯食 ◆ 午餐｜西餐｜唐李紳《憫農》詩："誰知盤中餐，粒粒皆辛苦。"❸量詞。用於吃飯的頓數 ◆ 一日三餐。

餓(饿) [è ㄜˋ ⑧ŋɔ⁶ 卧]

胃裏沒有食物，想吃東西；跟"飽"相對 ◆ 飢餓｜餓殍遍野｜飽人不知餓人飢｜唐李紳《憫農》詩："春種一粒粟，秋收萬顆子。四海無閒田，農夫猶餓死。"

餘(余) [yú ㄩˊ ⑧jy⁴ 如]

❶剩下的；多出來的 ◆ 餘糧｜餘黨｜殘餘｜不遺餘力｜成事不足，敗事有餘。❷剩下；留存 ◆ 虎口餘生｜餘音繞樑。❸整數或度量單位等後面的零數 ◆ 十餘人｜三十餘｜四百餘斤。❹以外；以後 ◆ 工餘｜課餘｜茶餘飯後｜業餘學校。

餒(馁) [něi ㄋㄟˇ ⑧nœy⁵ 女]

❶飢餓 ◆ 凍餒。❷喪失勇氣 ◆ 氣餒｜勝不驕，敗不餒。❸古代指魚類腐爛 ◆ 魚餒肉敗。

餕[jùn ㄐㄩㄣˋ ⑧dzœn³ 俊]

吃剩的食物 ◆ 餕餘。

餞(饯) [jiàn ㄐㄧㄢˋ ⑧dzin⁶ 賤/dzin³ 箭(語)]

❶設酒食送行 ◆ 餞行｜餞別。❷(用蜜、糖)浸漬果品。也指用蜜、糖浸漬的食品 ◆ 蜜餞。

餜(餜) [guǒ ㄍㄨㄛˇ ⑧gwo² 果]

餜子，一種油炸的麵食。

⁸ 餛(馄)

[hún ㄏㄨㄣˊ 粵 wen⁴
雲]

餛飩，一種用薄麵片包餡做成的食品，通常煮熟連湯一起吃。

⁸ 餒

〈一〉同"餒"，見798頁右欄。
〈二〉同"餵"，見799頁右欄。

⁸ 餡(馅)

[xiàn ㄒㄧㄢˋ 粵 ham⁶
陷]

包在麵食、點心等食品裏面的糖、豆沙或切碎的肉、菜等 ◆ 露餡|餃子餡|棗泥餡月餅。

⁸ 館(馆®舘)

[guǎn ㄍㄨㄢˇ 粵
gun² 管]

❶接待賓客或旅客住宿的房屋 ◆
賓館|旅館。❷外交使節常駐的辦公處所 ◆ 大使館|領事館。❸某些服務行業的商店的名稱 ◆ 飯館|照相館|理髮館|吃館子。❹某些收藏、陳列文物，開展文化或體育活動的場所 ◆ 博物館|天文館|展覽館|文化館|體育館|圖書館。❺舊時指進行教學的地方 ◆ 家館|蒙館|私學館。

⁹ 餬

[hú ㄏㄨˊ 粵 wu⁴ 胡]
❶粥。也指粉加水調和煮成的黏稠物 ◆ 麵餬|米粉餬。❷勉強維持生計 ◆ 餬口。

⁹ 餷(馇)

〈一〉[chā ㄔㄚ 粵 tsa¹
叉]

拌煮豬、狗的食料 ◆ 餷豬食。
〈二〉[zha ·ㄓㄚ 粵 同〈一〉]
餎餷。見"餎"，797頁右欄。

⁹ 饕

[tiè ㄊㄧㄝˋ 粵 tit⁸ 鐵]
饕餮。見"饕"，801頁左欄。

⁹ 餳(饧)

〈一〉[xíng ㄒㄧㄥˊ 粵
tsin⁴ 情]

❶糖稀，一種含水分較多的麥芽糖 ◆ 餳糖。❷糖塊、麵劑子等變軟 ◆ 糖餳了。❸形容眼睛半睜半閉，精神不振 ◆ 餳澀|眼睛發餳|眼餳耳赤。
〈二〉[táng ㄊㄤˊ 粵 toŋ⁴ 唐]
"糖"的古字。

⁹ 餲

〈一〉[ài ㄞˋ 粵 ai³/ŋai³ 噯]
食物經久而變了味道。
〈二〉[hé ㄏㄜˊ 粵 at⁸/ŋat⁸ 壓]
餲子，一種油炸的麵食。

⁹ 餵

[wèi ㄨㄟˋ 粵 wei³ 畏]
❶把食物送進人的嘴裏 ◆ 餵奶|給孩子餵飯。❷把飼料等給動物吃；飼養 ◆ 餵牲口|餵雞餵鴨。

⁹ 餿(馊)

[sōu ㄙㄡ 粵 seu¹ 收]
❶飯菜等因受潮熱而變質，發出酸臭味 ◆ 餿飯|這盆菜餿了，不能吃。❷不巧妙的；不高

明的 ◆ 餿點子|餿主意。

⁹ 餱（⑬糇）

[hóu ㄏㄡˊ ⑬heu⁴ 喉]

食糧；乾糧 ◆ 餱糧。

¹⁰ 餺（馎）

[bó ㄅㄛˊ ⑬bɔk⁸ 博]

餺飥，古代一種呈薄片狀，用湯煮的麵食。也寫作"飥飥"或"不托"。

¹⁰ 餶（馉）

[gǔ ㄍㄨˇ ⑬gwɐt⁷ 骨]

餶餔，古代一種麵製食品，有餡。一說即餛飩。

¹⁰ 餼（饩）

[xì ㄒㄧˋ ⑬hei³ 氣]

❶穀物；飼料 ◆ 糧餼。❷活的牲畜。也指生肉。❸餽贈；贈送(穀物、飼料、牲畜等)。

¹⁰ 餽（馈）

[kuì ㄎㄨㄟˋ ⑬gwei⁶ 跪]

❶祭祀鬼神。❷糧餉 ◆ 餽饟。❸同"饋"，見801頁左欄。

¹⁰ 餧

[duī ㄉㄨㄟ ⑬dœy¹ 堆]

古時一種餅類食品 ◆ 餧餅。

¹⁰ 餾（馏）

〈一〉[liù ㄌㄧㄡˋ ⑬leu⁶ 漏]

把半熟的食物蒸熟或把熟的食物蒸熱 ◆ 餾饅頭。

〈二〉[liú ㄌㄧㄡˊ 同〈一〉]

用加熱等方法使物質分離或分解 ◆ 蒸餾|分餾。

¹¹ 饃（馍⑬饝饆餹糢）

[mó ㄇㄛˊ ⑬mɔ⁴ 磨]

麵製食品。北方地區指饅頭 ◆ 蒸饃|饃饃|白麵饃。

¹¹ 饉（馑）

[jǐn ㄐㄧㄣˇ ⑬gɐn⁶ 近/gɐn² 謹(語)]

歉收；饑荒 ◆ 饑饉。

¹¹ 饅（馒）

[mán ㄇㄢˊ ⑬man⁴ 謾]

饅頭，一種用發過酵的麵粉蒸成的食品，形狀上圓底平。北方稱無餡的為饅頭，有餡的為包子，吳語區有餡無餡統稱饅頭。

¹¹ 饈（馐）

[xiū ㄒㄧㄡ ⑬seu¹ 收]

味道好的食品 ◆ 珍饈美味。

¹² 饒（饶）

[ráo ㄖㄠˊ ⑬jiu⁴ 搖]

❶富裕；多 ◆ 豐饒|饒舌|饒有趣味|美麗富饒。❷添加；額外增加 ◆ 饒頭|就再饒上一個吧。❸寬恕；免予處罰 ◆ 饒恕|饒命|饒你這一次|得饒人處且饒人。❹儘管；任憑 ◆ 饒你怎麼說他，他這老毛病就是不改。❺姓。

¹² 饐

[yì ㄧˋ ⑬ji³ 意]

食物經久而腐敗變質 ◆ 飯饐了。

¹²饊(饊) [sǎn ㄙㄢˇ ⑧san²傘²]

饊子，一種油炸的麵製食品，細如麵條，呈環形柵狀。

¹²饋(馈) [kuì ㄎㄨㄟˋ ⑧gwei⁶跪]

贈送 ◆ 饋贈│饋送。

¹²饌(馔) [zhuàn ㄓㄨㄢˋ ⑧dzan⁶撰]

❶飯食；菜餚 ◆ 盛饌│餚饌。❷吃喝；給吃喝。

¹²饗(飨) [xiǎng ㄒㄧㄤˇ ⑧hœŋ²享]

用酒食宴請。泛指請人享受 ◆ 饗客│以饗讀者。

¹²饑(饥) [jī ㄐㄧ ⑧gei¹機]

莊稼收成不好或沒有收成 ◆ 饑荒│饑饉。

¹³饕 [tāo ㄊㄠ ⑧tou¹滔]

饕餮。❶古代傳說中的一種兇惡貪食的怪物。古代鐘鼎等銅器上多刻它的頭部形狀作為裝飾。❷比喻兇惡的人。❸比喻好吃貪婪的人。

¹³饘 [zhān ㄓㄢ ⑧dzin¹煎]

稠粥 ◆ 饘粥。

¹³饔 [yōng ㄩㄥ ⑧juŋ¹翁]

❶煮熟的食物。❷早飯 ◆ 饔飧不繼。

¹⁴饜(餍) [yàn ㄧㄢˋ ⑧jim³厭/jim¹淹]

吃飽。引申指滿足 ◆ 饜足。

¹⁴饌(饌) 〈一〉[zhuàn ㄓㄨㄢˋ ⑧dzan⁶饌]

❶同"饌"，見801頁左欄。❷同"撰"，見268頁右欄。

〈二〉[zuǎn ㄗㄨㄢˇ ⑧dzyn²轉]

同"纂"。編輯。

¹⁷饞(馋) [chán ㄔㄢˊ ⑧tsam⁴慚]

❶貪吃；想吃好的食物 ◆ 嘴饞│饞涎欲滴。❷貪羨；很想滿足慾望 ◆ 眼饞。

²²饢(馕) 〈一〉[nǎng ㄋㄤˇ ⑧nɔŋ⁴囊]

拚命地把食物塞進嘴裏。

〈二〉[náng ㄋㄤˊ ⑧同〈一〉]

一種烤製成的麵餅，維吾爾、哈薩克等族的主食之一。

首 部

⁰首 〈一〉[shǒu ㄕㄡˇ ⑧sɐu²手]

❶頭部；腦袋 ◆ 首飾│首級│昂首闊步│橫眉冷對千夫指，俯首甘為孺子牛。❷初始、開端的部

分 ◆ 篇首|歲首|起首|首尾貫通。
❸頭目；主腦人物；負主要責任的
人 ◆ 首領|首長|元首|罪魁禍首。
❹第一；最高的 ◆ 首席|首富|首
屆|首要人物。❺最先；最早 ◆ 首
次|首創|首映式|首屈一指|首當
其衝。❻表示方位，相當於面、邊
◆ 右首|左首。❼量詞。用於歌曲
詩詞等 ◆ 一首歌|《唐詩三百首》。
❽姓。
〈二〉[shǒu ㄕㄡˇ 圖 seu³ 秀]
❶出頭告發；伏罪 ◆ 自首|出首。
❷向，朝着。

²馗 同"逵"，見710頁左欄。

⁸馘 〈一〉[guó ㄍㄨㄛˊ 圖 gwɔk⁸ 國]
古代戰爭中割取俘虜或所殺
敵人左耳以計數請功。也指割下的
左耳。
〈二〉[xù ㄒㄩˋ 圖 同〈一〉]
臉；臉面。

香 部

⁰香 [xiāng ㄒㄧㄤ 圖 hœŋ¹ 鄉]
❶氣味好聞；跟"臭"相對
◆ 香氣|香水|芳香|花香鳥語。❷
味道好吃 ◆ 飯很香|吃香的，喝辣
的。❸吃東西胃口好 ◆ 吃得真香。
❹形容睡得塌實 ◆ 他睡得正香呢。

❺受重視；受歡迎 ◆ 這種貨很吃
香|她在公司更吃香了。❻香料，
在常溫下能發出芬芳氣味的有機物
質，一種是從動植物體中取得的天
然產品，如麝香、靈貓香以及玫
瑰、薔薇等的香精油，另一種是人
工製造的。用於製造化妝品、食品
等。❼用木屑攙和香料製成的細條
狀物，用於祭祀祖先、供奉神佛
等，有的加藥物用來熏蚊子 ◆ 線
香|蚊香|急來抱佛腳，閒時不燒
香。❽借指年輕美貌的女子 ◆ 憐
香惜玉|香消玉殞。❾姓。

⁹馥 [fù ㄈㄨˋ 圖 fuk⁹ 服]
香氣 ◆ 馥郁|流香吐馥。

¹¹馨 [xīn ㄒㄧㄣ 圖 hiŋ¹ 兄]
散播很遠的香氣 ◆ 如蘭之
馨。

馬 部

⁰馬 (马) [mǎ ㄇㄚˇ 圖 ma⁵ 碼]
❶一種哺乳動物。頭
小面部長，耳殼直立，頸上有鬃，
尾有長毛，四肢強健，有蹄。性溫
馴，善跑，常用來供人騎或拉東西
等。皮可製革 ◆ 馬車|駿馬|馬前
卒|人仰馬翻|死馬當活馬醫|捨得
一身剮，敢把皇帝拉下馬。❷大
◆ 馬棗|馬蜂|馬勺。❸姓。

² **馮**（冯） 〈一〉[féng ㄈㄥˊ ⑧ fuŋ⁴ 逢]

姓。

〈二〉[píng ㄆㄧㄥˊ ⑧ peŋ⁴ 朋]
❶徒步過河 ◆ 暴虎馮河。❷“憑”的古字。

² **馭**（驭） [yù ㄩˋ ⑧ jy⁶ 預]

駕駛車馬 ◆ 駕馭｜馭手。

³ **馱**（驮⑧馱） 〈一〉[tuó ㄊㄨㄛˊ ⑧ tɔ⁴ 駝]

多指牲口用背負載人或物 ◆ 馱運｜馱騾。

〈二〉[duò ㄉㄨㄛˋ ⑧ dɔ⁶ 惰]
馱子。❶牲口所背負的貨物 ◆ 把馱子卸下來，讓牲口休息一會兒。❷量詞。用於牲口背負着的貨物 ◆ 運來了兩馱子貨。

³ **馴**（驯） [xùn ㄒㄩㄣˋ ⑧ sœn⁴ 純]

❶溫和順從的；善良 ◆ 馴良｜馴順｜這匹馬很馴。❷使服從人的指使 ◆ 馴養｜馴馬｜馴獸師。

³ **馳**（驰） [chí ㄔˊ ⑧ tsi⁴ 池]

❶車馬快跑。泛指疾駛，快速奔走或運行 ◆ 馳行｜馳騁｜飛馳而過｜風馳電掣｜星夜馳援。❷傳揚；傳播 ◆ 馳譽｜馳名中外。❸嚮往 ◆ 神馳｜馳想｜情馳｜心馳神往。

⁴ **駁**（驳） [bó ㄅㄛˊ ⑧ bɔk⁸ 博]

❶説出自己的理由，否定別人的意見 ◆ 駁斥｜批駁｜反駁｜駁回。❷在岸與船、船與船之間往返轉運的小船 ◆ 駁船。❸方言。把岸堤向外擴展 ◆ 這段堤岸太窄，要駁出去1米。❹一種顏色夾雜着其他顏色 ◆ 斑駁。❺文體名。駁論，一般的辯正是非的論著。

⁴ **駃**（駃） [jué ㄐㄩㄝˊ ⑧ kyt⁸ 決]

駃騠。❶騾騾，公馬與母騾所生的雜種力畜。❷古書上所説的一種良馬名。

⁵ **駔**（驵） [zǎng ㄗㄤˇ / zù ㄗㄨˋ ⑧ dzɔŋ² 莊²]

駿馬；壯馬。

⁵ **駛**（驶） [shǐ ㄕˇ ⑧ si² 史/sɐi² 洗 (語)]

❶馬快跑。泛指疾行 ◆ 急駛而過。❷開動車船等交通工具 ◆ 駕駛｜行駛｜遊輪緩緩駛入港灣。

⁵ **駟**（驷） [sì ㄙˋ ⑧ si³ 試]

❶古代指同拉一輛車的四匹馬或者套着四匹馬的車 ◆ 駟車｜一言既出，駟馬難追。❷馬 ◆ 良駟。

⁵ **駙**（驸） [fù ㄈㄨˋ ⑧ fu⁶ 父]

❶古代幾匹馬一起拉車，在駕轅旁邊的馬叫駙。❷駙

馬,駙馬都尉的簡稱,漢代官名,最初由一位公主的丈夫擔任,後代皇帝的女婿照例加此稱號,因以指皇帝的女婿。

⁵ **駒**(驹) [jū ㄐㄩ ⑧kœy¹ 俱]
❶少壯的馬 ◆ 千里駒|人生在世,如駒過隙。❷初生或不滿一歲的騾、馬、驢 ◆ 駒子|小驢駒。

⁵ **駐**(驻) [zhù ㄓㄨˋ ⑧dzy³ 注]
❶車馬停止。泛指停留 ◆ 駐足。❷(部隊、機關及其人員)設在某地或住在執行任務的地方 ◆ 駐軍|駐滬辦事處|各國駐京使節。❸保持不變 ◆ 駐顏有術。

⁵ **駝**(驼⑧駞) [tuó ㄊㄨㄛˊ ⑧to⁴ 佗]
❶指駱駝 ◆ 駝峯|駝絨|單峯駝|雙峯駝。❷身體前曲,背脊突起 ◆ 駝背|這老漢背駝得很厲害。

⁵ **駑**(驽) [nú ㄋㄨˊ ⑧nou⁴ 奴]
❶劣馬;跑不快的馬 ◆ 駑馬十駕,功在不捨。❷比喻能力低下 ◆ 駑鈍|駑才|駑弱。

⁵ **駕**(驾) [jià ㄐㄧㄚˋ ⑧ga³ 嫁]
❶把車或農具套在牲口身上 ◆ 駕轅|駕輕就熟|駕着牲口耕地。❷操縱交通工具使行駛 ◆ 駕駛|駕飛機。❸古代指帝王的車乘,常用以借指帝王 ◆ 保駕|見駕|駕崩|御駕親征。❹敬辭。尊稱對方 ◆ 勞駕|擋駕|大駕光臨。

⁵ **駘**(骀) 〈一〉[tái ㄊㄞˊ ⑧tɔi⁴ 台]
跑不快的劣馬。比喻庸才 ◆ 駑駘。
〈二〉[dài ㄉㄞˋ ⑧dɔi⁶ 待/tɔi⁴ 台]
駘蕩。❶無所局限、拘束;放縱。❷舒緩起伏;盪漾。

⁶ **駰** [yīn ㄧㄣ ⑧jɐn¹ 因]
淺黑帶白色的雜毛馬。

⁶ **駢**(骈) [pián ㄆㄧㄢˊ ⑧pin⁴ 騙⁴]
雙馬並駕。泛指事物並列成雙的;對偶的 ◆ 駢句|駢肩|駢文。

⁶ **駱**(骆) [luò ㄌㄨㄛˋ ⑧lɔk⁸ 烙]
❶駱駝,反芻類哺乳動物。身體高大,背部隆起成峯狀。耐飢渴能力特強,適於在沙漠中負重遠行,是沙漠地區主要的力畜 ◆ 瘦死的駱駝比馬大。❷古書上指黑鬃的白馬。❸姓。

⁶ **駮** [bó ㄅㄛˊ ⑧bɔk⁸ 博]
❶指毛色不純的牛、馬。❷

樹名。駮馬，即梓榆。❸同"駁"，見803頁右欄。

---

⁶駭(骇)　[hài ㄏㄞˋ ⑧hai⁵ 蟹/hai⁶ 械]

驚懼；震驚 ◆ 駭異|驚駭|驚濤駭浪|駭人聽聞。

---

⁷駹　[máng ㄇㄤˊ ⑧mɔŋ⁴ 忙]

❶面額白色而毛色暗黑的馬。❷青色馬。❸雜色牲口。

---

⁷騁(骋)　[chěng ㄔㄥˇ ⑧tsiŋ² 請]

❶奔跑；奔馳 ◆ 馳騁。❷放開；儘量展開 ◆ 騁懷|騁目遠望。

---

⁷騂　[xīng ㄒㄧㄥ ⑧siŋ¹ 星]

紅色的馬。也指紅色的牛羊等。

---

⁷駸(骎)　[qīn ㄑㄧㄣ ⑧tsɐm¹ 侵]

駸駸，馬跑得很快的樣子。比喻時間迅速消逝。也比喻事業進展很快 ◆ 祖國的現代化建設駸駸日上。

---

⁷騃　[ái ㄞˊ ⑧ŋɔi⁶ 艾]

呆；傻 ◆ 痴騃。

---

⁷駿(骏)　[jùn ㄐㄩㄣˋ ⑧dzœn³ 進]

❶好馬；良馬。❷(馬)高大健壯 ◆ 駿馬。

---

⁸騏(骐)　[qí ㄑㄧˊ ⑧kei⁴ 其]

有青黑色斑紋的馬 ◆ 騏驥(駿馬)。

---

⁸騎(骑)　〈一〉[qí ㄑㄧˊ ⑧kei⁴ 其/kɛ⁴ 茄(語)]

❶兩腿叉開着坐(在牲畜或其他東西上) ◆ 騎馬|騎自行車|騎虎難下|騎驢看唱本，走着瞧◆唐李白《長干行》詩："郎騎竹馬來，繞牀弄青梅。"❷跨接兩邊 ◆ 騎縫章。

〈二〉[qí ㄑㄧˊ/jì ㄐㄧˋ (舊) ⑧gei⁶ 技/kei³ 冀(語)]

❶騎兵，也泛指騎馬的人 ◆ 車騎|輕騎|鐵騎。❷騎的馬。也泛指人乘坐的其他動物 ◆ 坐騎。

---

⁸騍(骒)　[kè ㄎㄜˋ ⑧fɔ³ 課]

❶母馬。❷雌性的 ◆ 騍驢|騍騾。

---

⁸騑　[fēi ㄈㄟ ⑧fei¹ 非]

古時一車駕四馬，中間夾轅的兩匹馬叫"服馬"，服馬兩旁的馬叫"騑馬"，也叫"驂馬"。

---

⁸騅(骓)　[zhuī ㄓㄨㄟ ⑧dzœy¹ 追]

毛色青白相雜的馬 ◆ 力拔山兮氣蓋世，時不利兮騅不逝。

---

⁹騠　[tí ㄊㄧˊ ⑧tɐi⁴ 提]

駃騠。見"駃"，803頁右欄。

⁹騧 [guā ㄍㄨㄚ 粵 wa¹ 蛙]
黑嘴的黃毛馬。

⁹騞 [huō ㄏㄨㄛ 粵 fak⁸ 虎伯切]
用刀破開東西的聲音 ◆ 騞然｜他拔出一把短刀，"騞"的一聲，把小樹砍斷了。

⁹駿 (騌) [zōng ㄗㄨㄥ 粵 dzuŋ¹ 宗/tsuŋ¹ 從]
❶馬鬃。 ❷馬的首飾。

⁹騙 (骗) [piàn ㄆㄧㄢˋ 粵 pin³ 片]
❶欺蒙；用謊言或詭計使人上當 ◆ 騙人｜欺騙｜哄騙｜騙子。❷用欺蒙的手段謀取 ◆ 騙錢。

⁹騤 [kuí ㄎㄨㄟˊ 粵 kwei⁴ 葵]
騤騤，形容馬健壯。

⁹騖 (骛) [wù ㄨˋ 粵 mou⁶ 務]
❶馳騁 ◆ 馳騖。❷致力；追求 ◆ 外騖｜好高騖遠。

¹⁰騲 [cǎo ㄘㄠˇ 粵 tsou² 草]
雌馬。

¹⁰騬 [chéng ㄔㄥˊ 粵 siŋ⁴ 成]
閹馬；閹割過的馬 ◆ 騬馬。

¹⁰騰 (腾) [téng ㄊㄥˊ 粵 teŋ⁴ 藤]
❶奔跑；跳躍 ◆ 奔騰｜騰躍｜歡

騰。❷飛起；上升 ◆ 騰空｜升騰｜飛騰｜騰雲駕霧。❸挪出；空出來 ◆ 騰地方｜把房間騰出來｜暫時還騰不出時間來。❹詞尾。用在某些動詞後，表示動作反覆連續 ◆ 倒騰｜翻騰｜折騰｜鬧騰。❺姓。

¹⁰騮 (骝) [liú ㄌㄧㄡˊ 粵 leu⁴ 流]
古書上指鬃尾黑色身呈紅色的馬 ◆ 紫騮｜驊騮。

¹⁰騶 (驺) [zōu ㄗㄡ 粵 dzeu¹ 周]
❶古代貴族出門時所帶的騎馬的侍從 ◆ 騶從。❷姓。

¹⁰騫 (骞) [qiān ㄑㄧㄢ 粵 hin¹ 牽]
❶仰；高舉。❷多用於人名。如漢代有張騫。

¹⁰騸 (骟) [shàn ㄕㄢˋ 粵 sin³ 扇]
閹割牲畜的睪丸 ◆ 騸馬。

¹⁰騷 (骚) [sāo ㄙㄠ 粵 sou¹ 蘇]
❶擾亂；不安定 ◆ 騷亂｜騷擾｜騷動。❷舉止輕佻，淫蕩 ◆ 騷貨（罵人話，淫蕩的女人）｜風騷。❸雄性的（某些家畜）◆ 騷牛｜騷驢。❹腥臭味 ◆ 騷氣｜腥騷｜不吃羊肉空惹一身騷。❺指我國戰國時代楚國詩人屈原的作品《離騷》。後也泛指摹仿《離騷》形式

的詩作或泛稱詩歌 ◆ 騷體｜騷人墨客。

10 **騭**（骘）[zhì ㄓˋ ⑧ dzɐt⁷ 質]
❶評定；評論 ◆ 評騭。❷陰德 ◆ 陰騭。

11 **驀**（蓦）[mò ㄇㄛˋ ⑧ mɐk⁹ 默]
突然；出乎意料地 ◆ 驀地｜驀然回首。

11 **驁**（骜）[ào ㄠˋ ⑧ ŋou⁶ 傲]
❶駿馬。❷傲慢；不馴服 ◆ 桀驁不馴。❸同"傲"，見36頁右欄。

11 **驅**（驱⑧駈）[qū ㄑㄩ ⑧ kœy¹ 拘]
❶趕牲口使前進 ◆ 驅馬向前。❷趕跑 ◆ 驅逐｜驅趕｜驅蟲劑。❸奔跑 ◆ 馳驅｜前驅｜長驅直入｜並駕齊驅。

11 **驃**（骠）〈一〉[piào ㄆㄧㄠˋ ⑧ piu³ 票]
❶馬快跑的樣子 ◆ 驃騎（古代將軍的名號）。❷矯健；勇猛 ◆ 驃壯｜驃勇。
〈二〉[biāo ㄅㄧㄠ ⑧ biu¹ 標]
一種黃毛夾雜着白斑或黃色白鬃尾的馬 ◆ 黃驃馬。

11 **駥**
同"驊"，見808頁右欄。

11 **騾**（骡）[luó ㄌㄨㄛˊ ⑧ lɔ⁵ 羅/lœy⁴ 雷(語)]
一種家畜，由公驢和母馬交配所生的雜種。鬃短，尾巴略扁，體型比驢大，毛色多為黑褐色。壽命長，一般沒有生育能力。多用來馱東西或拉車。

11 **驄**（骢）[cōng ㄘㄨㄥ ⑧ tsuŋ¹ 沖]
青白色相雜的馬。

11 **驂**（骖）[cān ㄘㄢ ⑧ tsam¹ 參]
古代指駕在車轅兩側的馬。也指同駕一車的三匹馬。

12 **驍**（骁）[xiāo ㄒㄧㄠ ⑧ hiu¹ 囂]
❶好馬；良馬。❷勇武有力 ◆ 驍騎｜驍將｜驍勇善戰。

12 **驊**（骅）[huá ㄏㄨㄚˊ ⑧ wa⁴ 華]
駿馬 ◆ 驊騮。

12 **驕**（骄）[jiāo ㄐㄧㄠ ⑧ giu¹ 嬌]
❶自高自大，看不起別人 ◆ 驕傲｜驕橫｜戒驕戒躁｜驕奢淫逸｜驕兵必敗。❷旺盛；猛烈 ◆ 驕日｜驕陽似火。

12 **驏**（骣）[zhàn ㄓㄢˋ ⑧ dzan² 盞]

騎馬等牲畜不加鞍轡 ◆ 驃騎｜驃馬。

13 **驚**（惊） ［jīng ㄐㄧㄥ ⑧ giŋ¹ 京/gɛŋ¹ 頸¹］
❶ 馬因受到突然的刺激而行動失常，不受控制 ◆ 馬驚了。❷ 泛指突然的刺激而引起的精神緊張；恐懼 ◆ 受驚｜驚喜｜膽戰心驚｜驚心動魄｜為人不做虧心事，半夜敲門不吃驚。❸ 使受侵擾；震動 ◆ 驚擾｜打草驚蛇｜驚天動地｜語不驚人死不休。

13 **驛**（驿） ［yì ㄧˋ ⑧ jik⁹ 亦］
驛站，古代供傳遞政府文書、官員來往及運輸等中途休息、住宿的地方。現在多用於地名。如四川有龍泉驛，湖南有鄭家驛。

13 **驗**（验⑭骏） ［yàn ㄧㄢˋ ⑧ jim⁶ 豔］
❶ 檢查；察看 ◆ 驗血｜查驗｜驗收｜驗貨｜驗明正身。❷ 產生預期的效果 ◆ 應驗｜靈驗｜屢試屢驗。❸ 預期的效果 ◆ 效驗。

13 **贏** 同 "驟"，見807頁右欄。

13 **驌** ［sù ㄙㄨˋ ⑧ suk⁷ 叔］
驌驦，古書上説的一種良馬。

14 **驟**（骤） ［zhòu ㄓㄡˋ ⑧ dzɐu⁶ 宙/dzɐu⁶ 棹 (語)］
❶ 馬快跑。泛指奔馳 ◆ 馳驟。❷ 急；疾速 ◆ 驟雨｜雨疏風驟。❸ 突然；猛然 ◆ 狂風驟起｜形勢驟變。

14 **驍** ［méng ㄇㄥˊ ⑧ muŋ⁴ 蒙］
驢子。

16 **驢**（驴） ［lǘ ㄌㄩˊ ⑧ lœy⁴ 雷/lou⁴ 勞 (語)］
一種像馬的家畜，體型比馬小，耳朵和臉都較長，毛多為灰褐色。常用來馱東西、拉車或供人騎乘 ◆ 毛驢｜驢唇不對馬嘴｜好心當成驢肝肺。

16 **驥**（骥） ［jì ㄐㄧˋ ⑧ gei³ 寄/kei³ 冀 (語)］
好馬；駿馬。常用來比喻傑出的人才 ◆ 騏驥｜三國魏曹操《步出夏門行》詩："老驥伏櫪，志在千里；烈士暮年，壯心不已。"

17 **驦** ［shuāng ㄕㄨㄤ ⑧ sœŋ¹ 商］
驌驦。見 "驌"，808頁左欄。

17 **驤**（骧） ［xiāng ㄒㄧㄤ ⑧ sœŋ¹ 商］
❶ 馬抬頭奔跑。❷（頭）上仰；高舉。

18 **驪** 同 "歡"，見342頁右欄。

¹⁹ **驪**(骊)　[lí ㄌㄧˊ ⑧lei⁴ 離]
深黑色的馬。

骨 部

⁰ **骨** 〈一〉[gǔ ㄍㄨˇ ⑧gwɐt⁷ 橘]
❶人和脊椎動物體內起支撐身體、有保護內臟作用的堅硬組織 ◆ 骨骼|筋骨|粉身碎骨|骨瘦如柴|畫龍畫虎難畫骨，知人知面不知心|唐杜甫《自京赴奉先縣詠懷五百字》詩："朱門酒肉臭，路有凍死骨。"❷指物體內部起支撐作用的架子 ◆ 扇骨|鋼骨水泥。❸比喻在總體中起主要作用的部分 ◆ 技術骨幹。❹品質；氣概 ◆ 骨氣|傲骨|媚骨|仙風道骨。❺比喻書畫詩文等剛健有力的風格 ◆ 骨力|建安風骨。❻比喻隱含在話裏的不滿、諷刺等意味 ◆ 話裏有骨頭。
〈二〉[gū ㄍㄨ 同〈一〉]
❶骨朵，沒有開放的花朵。❷骨碌，形容物體滾動 ◆ 他一骨碌就爬起來了。

³ **骭** [gàn ㄍㄢˋ ⑧han⁶ 限]
❶脛骨。也指小腿。❷肋骨。

³ **骪** [wěi ㄨㄟˇ ⑧wei² 委]
委曲；枉曲 ◆ 骪曲(委曲遷就)|骪法(枉法)。

⁴ **骰** [tóu ㄊㄡˊ ⑧tɐu⁴ 頭]
骰子，一種賭具。也用以占卜、行酒令或作遊戲。用骨頭、木頭等製成的立體小方塊。六面分別刻上一至六點，一、四塗以紅色，餘塗黑色。擲之視所見點數或顏色定勝負，故又稱"色子(shǎi ·zi)"、"投子"。

⁴ **骯**(肮) [āng ㄤ ⑧ɔŋ¹/ŋɔŋ¹ 益¹]
骯髒。❶不乾淨。❷比喻醜惡、卑鄙 ◆ 骯髒交易|骯髒的行為。

⁵ **骷** [kū ㄎㄨ ⑧fu¹ 枯]
❶骷髏，沒有皮肉毛髮的全副死人骨骼或頭骨。❷泛指屍骨。

⁵ **骶** [dǐ ㄉㄧˇ ⑧dei³ 帝]
腰部下面尾骨上面的部分。

⁶ **骺** [hóu ㄏㄡˊ ⑧hɐu⁴ 喉]
骨骺，長條形骨頭兩端鼓起的部分。

⁶ **骼** [gé ㄍㄜˊ ⑧gak⁸ 格]
骨骼，人和脊椎動物體內起支撐身體、保護內臟作用的堅硬組織。

⁶ **骸** [hái ㄏㄞˊ ⑧hai⁴ 鞋]
❶人的骨頭，多指屍骨 ◆ 屍骸|遺骸。❷指身體 ◆ 病骸|殘骸。

⁷ **骾**
同“鯁”，見820頁左欄。

⁷ **骹**
同“腿”，見562頁左欄。

⁸ **髁**
[kē ㄎㄜ ⑧fɔ¹ 科]
骨的關節端呈圓丘狀的部分。

⁸ **髀**
[bì ㄅㄧˋ ⑧bei² 比]
大腿骨。也指股部；大腿。

⁹ **髃**
[yú ㄩˊ ⑧jy⁴ 如/ŋeu⁵ 偶]
肩前骨；肩頭。

⁹ **髂**
[qià ㄑㄧㄚˋ ⑧ka³ 卡³]
髂骨，腰部下面位於腹部兩側的骨骼，左右各一。下緣與恥骨、坐骨聯成髖骨。

¹⁰ **髆**
同“膊”，見561頁左欄。

¹⁰ **髈**
〈一〉[pǎng ㄆㄤˇ ⑧pɔŋ² 榜]
大腿。
〈二〉同“膀〈二〉”，見561頁右欄。

¹¹ **髏**(髏)
[lóu ㄌㄡˊ ⑧leu⁴ 留]
骷髏。見“骷”，809頁右欄。

¹¹ **髎**
[liáo ㄌㄧㄠˊ ⑧liu⁴ 聊]
骨節的空隙處。

¹³ **髒**(脏)
[zāng ㄗㄤ ⑧dzɔŋ¹ 莊]
❶污濁；不清潔 ◆ 骯髒｜髒衣服。
❷弄污；使不乾淨 ◆ 別髒了手。

¹³ **髓**
[suǐ ㄙㄨㄟˇ ⑧sœy⁵ 緒]
❶骨髓，骨頭裏面的空腔中的膠狀物質 ◆ 敲骨吸髓。❷像骨髓的東西 ◆ 脊髓｜腦髓｜石髓。❸比喻事物精要的部分 ◆ 精髓。

¹³ **體**(体)
〈一〉[tǐ ㄊㄧˇ ⑧tei² 替²]
❶人、動物的全身 ◆ 身體｜體重｜體無完膚｜心寬體胖。❷指人、動物全身中的一部分 ◆ 肢體｜五體投地。❸事物的本身或全部 ◆ 整體｜集體｜氣體｜液體｜體積。❹指文字的書寫形式或作品的表現形式 ◆ 字體｜楷體｜文體｜騷體｜舊體詩。❺親身的；設身處地的 ◆ 體諒｜體會｜體驗｜體貼入微｜身體力行。
〈二〉[tī ㄊㄧ ⑧同〈一〉]
體己，也寫作“梯己”。❶家庭成員個人私存的財物；私人積蓄 ◆ 體己錢。❷親近的；貼心的 ◆ 體己人｜體己話。

¹³ **髑**
[dú ㄉㄨˊ ⑧duk⁹ 獨]
髑髏，死人的頭骨。

¹⁴ **髕**(髌)
[bìn ㄅㄧㄣˋ ⑧pɐn⁵ 臏]
❶膝蓋骨。❷古代的一種酷刑，剔

去罪犯的膝蓋骨。

15 **髖** (髖) [kuān ㄎㄨㄢ ⑧ fun¹ 寬]

髖骨，組成骨盆的大骨，左右各一。是由髂骨、坐骨、恥骨合成的。通稱"胯骨"。

高 部

0 **高** [gāo ㄍㄠ ⑧ gou¹ 膏]

❶ 由下至上的距離大；跟"低"相反。(1) 由下到上距離遠的 ◆ 高山｜高樓大廈｜高枕無憂｜不知天高地厚｜人往高處走，水往低處流。(2) 等級在上的 ◆ 高級｜高貴｜高等教育。(3) 在一般標準或平均程度之上的 ◆ 高價｜高超｜高速度｜眼高手低｜藝高人膽大｜見解高人一等。(4) 聲音響亮或尖銳 ◆ 高聲｜她的聲音高而明亮。❷ 高度 ◆ 長寬高｜那座樓高達70米。❸ 敬辭 ◆ 高見｜高壽。❹ 酸根或化合物中比標準酸根多一個氧原子的 ◆ 高錳酸鉀($KMnO_4$)。❺ 姓。

髟 部

2 **髡** 同"髡"，見811頁右欄。

3 **髡** [kūn ㄎㄨㄣ ⑧ kwɐn¹ 坤]

古代剃去男子頭髮的一種刑罰 ◆ 髡首。

3 **髢** [dí ㄉㄧˊ / dì ㄉㄧˋ (舊) ⑧ dɐi⁶ 遞]

髢髢，假頭髮。

4 **髦** 同"髯"，見812頁左欄。

4 **髣** 同"鬢"，見813頁左欄。

4 **髦** [máo ㄇㄠˊ ⑧ mou⁴ 毛]

古代稱兒童下垂至眉的長頭髮，是男子未成年時的裝束。

4 **髣** [fǎng ㄈㄤˇ ⑧ fɔŋ² 訪]

髣髴，同"彷彿"。見"彷〈一〉"，208頁左欄。

5 **髮** (发) [fà ㄈㄚˋ ⑧ fat⁸ 法]

頭髮 ◆ 理髮｜髮廊｜怒髮衝冠｜令人髮指｜間不容髮｜白髮蒼蒼。

5 **髯** [rán ㄖㄢˊ ⑧ jim⁴ 炎 / jim⁶ 焰]

兩頰上的鬍子。也泛指鬍鬚 ◆ 美髯公｜白髮蒼髯。

5 **髴** (⑧ 髴) 髣髴，同"彷彿"。見

"彷〈一〉"，208頁左欄。

⁵ **髫** ［tiáo ㄊㄧㄠˊ ⑧tiu⁴ 條］
古代指兒童的下垂的頭髮 ◆
黃髮垂髫。

⁶ **髻** ［jì ㄐㄧˋ ⑧gɐi³ 繼］
梳在腦後或頭頂上的各種形
狀的髮結 ◆ 髮髻｜蝴蝶髻。

⁶ **髭** ［zī ㄗ ⑧dzi¹ 資］
嘴唇上邊的鬍子 ◆ 髭鬚。

⁶ **髹** ［xiū ㄒㄧㄡ ⑧jɐu¹ 休］
在器物上塗飾油漆 ◆ 髹塗
｜髹漆工藝。

⁷ **鬎** ［lì ㄌㄧˋ ⑧lei¹ 喱］
鬎鬁，同"瘌痢"。見"瘌"，
449頁右欄。

⁷ **鬈** 同"鬅"，見812頁右欄。

⁷ **髽** ［zhuā ㄓㄨㄚ ⑧dza¹ 渣］
梳在頭頂兩旁的髮髻，是舊
時女孩子的髮式，叫"髽髻"。

⁷ **鬀** 同"剃"，見55頁右欄。

⁸ **鬆** (松) ［sōng ㄙㄨㄥ ⑧suŋ¹ 嵩］
❶頭髮散亂的樣子 ◆ 鬅鬆。❷疏

散；不堅實；不緊密 ◆ 鬆散｜土質
鬆｜捆得太鬆｜蛋糕鬆軟可口。❸
寬；不緊張；不嚴格 ◆ 鬆懈｜鬆弛
｜寬鬆的環境｜對這些孩子的安全
要管得嚴，不能放鬆。❹放開；
使寬舒 ◆ 鬆綁｜鬆手｜鬆了口氣。
❺用魚、肉等做成的茸毛狀或碎末
形的食品 ◆ 魚鬆｜肉鬆。

⁸ **鬅** ［péng ㄆㄥˊ ⑧pɐŋ⁴ 朋/puŋ⁴ 篷］
頭髮鬆散 ◆ 鬅鬆｜鬅頭散髮。

⁸ **鬈** ［quán ㄑㄩㄢˊ ⑧kyn⁴ 拳］
❶毛髮彎曲 ◆ 鬈毛｜鬈髮｜
鬈曲。❷古代指頭髮好看。

⁸ **鬃** ［zōng ㄗㄨㄥ ⑧dzuŋ¹ 宗/tsuŋ¹ 從］
馬、豬、獅等獸類頸上的長毛，有
的可製刷、帚等用具 ◆ 鬃毛｜鬃
刷。

⁹ **鬍** (胡) ［hú ㄏㄨˊ ⑧wu⁴ 胡］
嘴周圍和連着鬢角長
的毛 ◆ 鬍鬚｜鬍髭｜大鬍子｜絡腮
鬍。

⁹ **鬎** ［là ㄌㄚˋ ⑧lat⁸ 辣⁸］
鬎鬁，同"瘌痢"。見"瘌"，
449頁右欄。

⁹ **鬏** ［jiū ㄐㄧㄡ ⑧dzɐu¹ 周］
腦後頭髮盤成的結。

【髟部】

9 髮　同"鬆"，見812頁右欄。

10 鬐　[qí ㄑㄧˊ ⑧kei⁴ 其]
即胡鬚。馬頸上部的長毛。
也叫"馬鬣"。

10 鬒　[zhěn ㄓㄣˇ ⑧tsɐn² 診]
頭髮烏黑稠密 ◆ 鬒髮如雲。

10 鬑　[lián ㄌㄧㄢˊ ⑧lim⁴ 廉]
鬑鬑，鬍髮稀疏 ◆ 鬑鬑頗
有鬚。

10 鬎　同"剃"，見55頁右欄。

12 鬚　(须)　[xū ㄒㄩ ⑧sou¹ 蘇]
❶鬍子 ◆ 鬍鬚|捋虎
鬚|鬚眉男子|巾幗不讓鬚眉。❷動
植物體上長的細毛 ◆ 觸鬚|花鬚。

13 鬟　[huán ㄏㄨㄢˊ ⑧wan⁴ 還]
古代婦女梳的環形髮髻 ◆
丫鬟。

14 鬢　(鬓)　[bìn ㄅㄧㄣˋ ⑧ben³
殯]
臉旁邊靠近耳朵的頭髮 ◆ 雙鬢|鬢
髮|鬢腳|兩鬢蒼蒼。

15 鬣　[liè ㄌㄧㄝˋ ⑧lip⁹ 獵]
馬、獅子等獸類頸上的長毛
◆ 馬鬣。

鬥 部

0 鬥　(斗⑧鬧鬪鬭)
[dòu ㄉㄡˋ ⑧dɐu³ 豆³]
❶雙方對打 ◆ 爭鬥|搏鬥|戰鬥|格
鬥|鬥毆。❷ 一種遊藝或賭博活
動，使人與動物或動物與動物相較
量 ◆ 鬥牛|鬥雞|鬥蟋蟀。❸比賽
爭勝 ◆ 鬥嘴|鬥智|爭強鬥勝|爭奇
鬥豔。❹拼合；往一塊兒湊 ◆ 鬥
榫|這頂小帽子是用各色絨布鬥起
來的。

5 鬧　(闹⑧鬧)　[nào ㄋㄠˋ ⑧nau⁶
撓]
❶聲音嘈雜，不安靜 ◆ 喧鬧|熱鬧
|鬧嚷嚷|鬧中取靜|這裏鬧得很，
到別處去吧。❷吵，攪擾 ◆ 鬧
騰|鬧新房|大哭大鬧|快別鬧了，去
睡吧。❸發泄；發作 ◆ 鬧情緒|鬧
脾氣。❹發生(疾病、災害或不好
的事情) ◆ 鬧肚子|鬧水災|鬧矛
盾。❺幹；搞；弄 ◆ 鬧革命|鬧元
宵|把事情鬧清楚再説。❻茂盛；
旺盛 ◆ 宋宋祁《玉樓春》詞："綠
楊煙外曉寒輕，紅杏枝頭春意
鬧。"

6 鬨　(⑧閧)　〈一〉[hòng ㄏㄨㄥˋ ⑧
huŋ⁶ 控⁶]

同"哄"。吵鬧，攪擾 ◆ 起鬨|鬨鬨
鬨|一鬨而散。

〈二〉[xiàng ㄒㄧㄤˋ 粵hɔŋ⁶ 巷]
巷，胡同。

⁸鬩(阋)
[xì ㄒㄧˋ 粵hik⁷ 許激切]
吵鬧；爭鬥 ◆ 兄弟鬩牆(比喻內部
不和)。

¹²鬫
[kàn ㄎㄢˋ 粵hɐm³ 瞰]
"闞"的本字。

¹⁸鬮(阄)
[jiū ㄐㄧㄡ 粵kɐu¹ 溝]
為了賭輸贏或決定某
事而抓取的紙捲或紙團，上面有預
先做好的記號 ◆ 抓鬮兒決定誰先
上。

鬯 部

⁰鬯
[chàng ㄔㄤˋ 粵tsœŋ³ 唱]
古代舉行宗廟祭祀時用的一
種香酒，用鬱金香和黑黍釀成。

¹⁹鬱(郁®鬱鬱)
[yù ㄩˋ 粵wɐt⁷ 屈]
❶(草木)茂密繁盛 ◆ 鬱鬱葱葱|蒼
鬱的松林。❷(愁悶、氣憤等)情緒
壓抑在內心，不得發泄 ◆ 鬱悶|憂
鬱|鬱鬱不樂|他這兩天鬱鬱寡
歡，不知有什麼心事。

鬲 部

⁰鬲
〈一〉[lì ㄌㄧˋ 粵lik⁹ 力]
古代一種
炊具。樣子像
鼎，三隻腳，口
圓，中空。

〈二〉[gé ㄍㄜˊ 粵gak⁸ 革]
鬲津，古河流名，發源於河北，故
道經山東入海，西漢時已淤塞。

⁷鬵
古同"釜"，見733頁左欄。

¹²鬻
[yù ㄩˋ 粵juk⁹ 肉]
賣；出售 ◆ 鬻畫|賣官鬻
爵|賣兒鬻女|以鬻文為生。

¹⁴鬻
[zhǔ ㄓㄨˇ 粵dzy² 主]
"煮"的古字。

鬼 部

⁰鬼
[guǐ ㄍㄨㄟˇ 粵gwɐi² 軌]
❶迷信的人所説的人死後的
靈魂 ◆ 鬼魂|鬼怪|鬼哭狼嚎|鬼使
神差|鬼蜮伎倆。❷陰險；不光明
◆ 鬼話|鬼把戲|鬼鬼祟祟|心懷鬼
胎。❸見不得人的打算或勾當 ◆

搗鬼|心裏有鬼。❹形容糟糕，惡劣 ◆ 鬼天氣|這鬼地方沒法待下去了。❺狡黠；機靈 ◆ 這孩子真鬼|他的點子鬼得很。❻對人表示輕蔑或厭惡的稱呼 ◆ 鬼子|酒鬼|煙鬼|膽小鬼|吸血鬼|吝嗇鬼。❼星名，二十八宿之一。

3 **彪** 同“魅”，見815頁左欄。

4 **魂**（[異]䰟）[hún ㄏㄨㄣˊ [粵] wɐn⁴ 雲]
❶迷信的人指附在人的軀體上作為主宰的一種非物質的東西 ◆ 靈魂|鬼魂|魂魄|迷魂陣|魂不附體。❷指意念或情緒 ◆ 魂牽夢縈|神魂顛倒。❸指能體現某種崇高形象的精神 ◆ 國魂|民族魂。

4 **魁** [kuí ㄎㄨㄟˊ [粵] fui¹ 灰]
❶領頭和為首的人 ◆ 黨魁|文章魁首|罪魁禍首。❷形容身材高大 ◆ 魁梧|魁偉。❸魁星，北斗七星中形成斗形的四顆星。一說，指其中離斗柄最遠的一顆。

5 **魅** [mèi ㄇㄟˋ [粵] mei⁶ 味]
❶傳說中能蠱惑人的鬼怪 ◆ 鬼魅|魑魅魍魎。❷魅力，比喻特別吸引人的力量。

5 **魃** [bá ㄅㄚˊ [粵] bɐt⁹ 拔]
旱魃，迷信傳說中能造成旱災的鬼怪。

5 **魆** [xū ㄒㄩ [粵] fɐt⁷ 忽]
暗 ◆ 黑魆魆。

5 **魄** 〈一〉[pò ㄆㄛˋ [粵] pak⁸ 拍]
❶迷信的人指依附人的軀體而存在的一種非物質的東西 ◆ 魂魄|喪魂失魄|驚心動魄。❷膽識；精力 ◆ 氣魄|魄力|體魄。
〈二〉[tuò ㄊㄨㄛˋ [粵] tɔk⁸ 託]
落魄，同“落拓”。❶潦倒失意。❷豪邁，不拘束。
〈三〉[bó ㄅㄛˊ [粵] bɔk⁹ 薄]
落魄，同“落泊”。❶潦倒失意。❷豪邁，不拘束。

7 **魈** [xiāo ㄒㄧㄠ [粵] siu¹ 消]
山魈。❶哺乳動物，獼猴的一種。尾極短，鼻部深紅，兩側有皺紋，色鮮藍而透紫，嘴部有白鬚或橙鬚，長牙尖利，形狀醜惡，全身毛黑褐色，腹部灰白色，臀部有大塊鮮紅色疣。產於西非洲多石的山上，性兇猛，羣居，以小鳥、野鼠等為食，是珍貴動物之一，可供展覽。❷傳說中的山中怪物。

8 **魎**（魉）[liǎng ㄌㄧㄤˇ [粵] lœŋ⁵ 兩]
魍魎。見“魍”，816頁左欄。

8 **魊** 同“蜮”，見622頁左欄。

⁸魍 [wǎng ㄨㄤˇ 粵 mɔŋ⁵ 網]
魍魎，古代傳說中的山川精怪。也作"蝄蜽"。

⁸魏 [wèi ㄨㄟˋ 粵 ŋɐi⁶ 偽]
❶古代國名。(1)西周時所封的諸侯國，姬姓，在今山西芮城西北。後為晉所攻滅。(2)戰國時七大強國之一，建都在今山西夏縣西北的安邑，因曾遷都大梁，故也稱梁。公元前225年為秦所滅。❷三國之一，曹丕代漢稱帝所建(公元220—265年)，在今黃河流域甘肅以下各省和湖北、安徽、江蘇三省北部和遼寧南部，都洛陽，後為司馬炎所取代而建立晉朝。❸北朝之一，鮮卑族拓跋部的拓跋珪所建(公元386—543年)。❹隋末李密在今河南所建國號。❺魏闕，古代宮門外的建築，是發佈政令的地方，後用為朝廷的代稱。❻姓。

⁸魋 〈一〉[tuí ㄊㄨㄟˊ 粵 tœy⁴ 頹]
古書上說的一種像小熊的野獸。
〈二〉[zhuī ㄓㄨㄟ/chuī ㄔㄨㄟ 粵 tsœy⁴ 徐]
魋，結；結成椎形的髻。

¹¹魔 [mó ㄇㄛˊ 粵 mɔ¹ 摩]
❶迷信的人指迷惑和殘害人的惡鬼 ◆ 惡魔|病魔|魔怪|妖魔鬼怪|道高一尺，魔高一丈。❷比喻惡勢力 ◆ 魔掌|魔爪|魔窟|魔影。

❸神祕；奇異 ◆ 魔力|魔術。

¹¹魑 [chī ㄔ 粵 tsi¹ 雌]
傳說中山林裏能害人的一種怪物 ◆ 魑魅。

¹⁴魘 (魇) [yǎn ㄧㄢˇ 粵 jim² 掩/jip⁸ 葉⁸]
做惡夢；睡夢中感到身體被壓和呼吸困難 ◆ 夢魘|魘住了。

魚 部

⁰魚 (鱼) [yú ㄩˊ 粵 jy⁴ 如]
❶脊椎動物。生活於水中，一般身體側扁，有鱗或無鱗，以鰭游泳，以鰓呼吸，聽覺依靠內耳，體溫隨外界溫度變化。種類極多，大部分可食用或製魚膠、魚粉等 ◆ 魚翅|魚餌|魚塘|魚米之鄉|魚龍混雜|魚目混珠|海闊憑魚躍，天高任鳥飛。❷姓。

魚鰓　魚鰾　魚鰭

²魛 同"鮊"，見817頁右欄。

²魛 (魛) [dāo ㄉㄠ 粵 dou¹ 刀]
古書上指形狀像刀的

魚,如帶魚、刀鱭。

³ 魤 [jǐ ㄐㄧˇ ⑧gei² 己]
魚類的一屬。體側扁,呈橢圓形,綠褐色,頭小而鈍,口小。生活在亞熱帶海底礁石間。

⁴ 魷(鮋) [yóu ㄧㄡˊ ⑧jɐu⁴ 由]
魷魚,即槍烏賊,軟體動物。生活在海洋中,形狀像烏賊,但稍長,色蒼白,有淡褐色斑點,尾端呈菱形,腕有吸盤,可鮮食或乾製。也稱“柔魚”。

⁴ 魨 [tún ㄊㄨㄣˊ ⑧tyn⁴ 團]
魚名。體圓筒形、側扁或多邊形,口小,鰓孔也小,種類很多。生活在海洋中,少數進入淡水,主食無脊椎動物,河豚是其中的一種。肉味鮮美,但很多種類的肝臟、卵巢及血液等均含毒素。

⁴ 鮎 [hú ㄏㄨˊ ⑧wu⁴ 胡]
魚名,即鮒魚。見“鮒”,825頁左欄。

⁴ 魯(鲁) [lǔ ㄌㄨˇ ⑧lou⁵ 老]
❶蠢笨;遲鈍◆愚魯|魯鈍。❷莽撞;粗俗◆魯莽|粗魯。❸周代諸侯國名,在今山東南部一帶。❹山東省的簡稱。❺姓。

⁴ 魴(鲂) [fáng ㄈㄤˊ ⑧fɔŋ⁴ 妨]

魚名。外形跟鯿魚相似,體較寬,細鱗,銀灰色,背部隆起,腹部具肉棱,生活在淡水中,草食。

⁴ 鮊 [bā ㄅㄚ ⑧ba¹ 巴]
魚名。體側扁或略呈圓筒形,口有鬚,背鰭有時具硬刺。常棲息於水流湍急的溪澗,種類繁多。主要分佈於我國的華南與西南。也作“鮰”。

⁵ 鮁(鲅) [bà ㄅㄚˋ ⑧bɐt⁹ 拔]
魚名。體略呈紡錘形,吻尖突,口大,鱗細,背部黑藍色。腹部兩側銀灰色,可長達一米多,生活在海洋中,性兇猛,種類頗多,我國沿海均產。可鮮食或製成乾品;肝可製魚肝油。也稱“馬鮫”、“鰆”。

⁵ 鮃(鲆) [píng ㄆㄧㄥˊ ⑧piŋ⁴ 平]
魚名,比目魚的一類。體形側扁,兩眼都在身體左側,左側灰褐色或具斑塊,右側白色。生活在淺海中,以小動物為食。肉可食用;肝可製魚肝油。種類繁多,常見的有“牙鮃”、“花鮃”、“斑鮃”等。

⁵ 鮎 同“鯰”,見822頁右欄。

⁵ 鮋 [yóu ㄧㄡˊ ⑧jɐu⁴ 尤]
魚類的一科。身體側扁,頭

大，有許多棘和棱，是生活在近海巖石間的中小型魚類。種屬很多，有"菖鮋"、"伊豆鮋"、"蓑鮋"等。

⁵**鮓**（鲊） [zhǎ ㄓㄚˇ ⑧ dza² 炸²]
❶一種用鹽和紅麯醃成的魚。❷泛指用鹽和其他作料醃製而便於保存的切碎的菜 ◆ 鵝鮓｜茄子鮓｜扁豆鮓。

⁵**鮒**（鲋） [fù ㄈㄨˋ ⑧ fu⁶ 付]
古書上指鯽魚 ◆ 涸轍之鮒。

⁵**鮊** 〈一〉[bó ㄅㄛˊ ⑧ bak⁹ 白]
魚類的一屬。身體長而側扁，嘴大，斜或上翹，腹部有肉棱，背鰭有硬刺。以魚、蝦等為食，生活在淡水中。肉質細嫩，可以吃。也稱"鱎"。
〈二〉[bà ㄅㄚˋ ⑧ bɐt⁹ 拔]
同"鲅"，見817頁右欄。

⁵**鮈** [jū ㄐㄩ ⑧ gœy¹ 居]
魚類的一屬。身體側扁或呈圓筒形，有鬚一對，背鰭一般無硬刺，是生活在温帶淡水中的中小型魚類。種類繁多。我國河流湖泊均產。可供食用。

⁵**鮑**（鲍） 〈一〉[bào ㄅㄠˋ ⑧ bau¹ 包]
軟體動物。貝殼呈橢圓形，螺旋部分很小，質堅厚，多為綠褐色，殼內有珍珠光澤。生活於海藻繁茂的巖礁海底。肌肉發達，含豐富營養物質，歷來視為海味珍品，殼可入藥。古稱"鰒"或"石決明"，俗稱"鮑魚"。
〈二〉[bào ㄅㄠˋ ⑧ bau⁶ 包⁶]
❶鹹魚 ◆ 如入鮑魚之肆，久而不聞其臭。❷姓。

⁵**鮌** [gǔn ㄍㄨㄣˇ ⑧ gwɐn² 滾]
古人名。傳說是大禹的父親。也作"鯀"。

⁵**鲏**（鲏） [pí ㄆㄧˊ ⑧ pei¹ 披]
鰟鲏。見"鰟"，826頁左欄。

⁵**鮐**（鲐） [tái ㄊㄞˊ ⑧ tɔi⁴ 胎]
魚名。身體紡錘形，頭頂淺黑色，背青藍色，腹白色，兩側上部有深藍色波狀條紋。是生活在海洋中的洄游性魚類，以魚蝦、甲殼動物為食。可鮮食、醃、薰或製成罐頭，肝可製魚肝油。也稱"鯖"、"青鰺魚"、"青花魚"等。

⁵**鮣**（鲫） [yìn ㄧㄣˋ ⑧ jen³ 印]
魚名。身體細長，略呈圓柱形，長達80餘厘米。黑褐色，有兩條白色縱紋。頭平扁，口大，頭頂有吸盤，常吸附於大魚或船底而移徙遠方，我國沿海均產。肉可吃。

鮭 (鮭)

〈一〉[guī ㄍㄨㄟ ⑧ gwai¹ 皈]

魚類的一科。身體大，略呈紡錘形，口大而斜，鱗細而圓。種類很多，淡水或海洋裏都有，重要的有大馬哈魚、哲羅魚、細鱗魚等。可食用，精巢可製魚精蛋白等。

〈二〉[xié ㄒㄧㄝˊ ⑧ hai⁴ 鞋]

古代用來總稱魚類菜肴。

鮚 (鮚)

[jié ㄐㄧㄝˊ ⑧ git⁸ 結/git⁹ 傑]

❶古書上說的一種蚌。❷古有地名。鮚埼亭，在今浙江鄞縣，因當地產蚌多，故稱。

鮪 (鮪)

[wěi ㄨㄟˇ ⑧ wai⁵ 偉]

❶魚名。體呈紡錘形，背藍黑色，腹灰白色，吻尖，背鰭和臀鰭後各有七或八個小鰭。生活在溫帶及熱帶海洋中。為重要的經濟魚類。廣東俗稱"白卜"。❷古書上指"鱘"或"鰉"。❸古稱"白鱘"。又名"象魚"、"劍魚"、"琴魚"。

鮦 (鮦)

[tóng ㄊㄨㄥˊ ⑧ tuŋ⁴ 同]

❶古書上指鱧魚。❷地名用字。如鮦城，在安徽臨泉。

鰷 (鰷)

[tiáo ㄊㄧㄠˊ ⑧ tiu⁴ 條/jeu⁴ 由]

魚名，即鰺魚。見"鰺"，827頁左欄。

鮠 (鮠)

[wéi ㄨㄟˊ ⑧ wai⁴ 圍]

魚類的一屬。身體前部平扁，後部側扁，長達1米左右。淺灰色，無鱗，眼小，有四對鬚，尾鰭分叉。生活在河流和江口等淡水中，以無脊椎動物和小魚等為食。肉鮮美，鰾肥厚，可製魚肚。主產於我國長江流域。也稱"江團"、"白吉"。

鮫 (鮫)

[jiāo ㄐㄧㄠ ⑧ gau¹ 交]

即鯊魚。

鮮 (鮮 ⑧ 鱻)

〈一〉[xiān ㄒㄧㄢ ⑧ sin¹ 先]

❶(剛生產、宰殺或烹製的食物) 沒有變質，也沒有經過醃製、乾製等加工 ◆ 鮮果∣鮮魚∣鮮貨∣新鮮的蛋糕。❷花朵充滿生機，沒有枯萎 ◆ 鮮花。❸(色彩等) 明亮；有光彩 ◆ 鮮豔∣鮮明∣鮮亮∣顏色鮮∣光鮮奪目。❹食品味道好 ◆ 鮮美∣鮮嫩。❺指新上市的、味道好的食物 ◆ 嘗鮮∣時鮮。❻特指魚、蝦、蟹等水產類食物 ◆ 海鮮∣魚鮮。❼姓。❽鮮于，複姓。

〈二〉[xiǎn ㄒㄧㄢˇ ⑧ sin² 冼]

少 ◆ 鮮見∣鮮有∣屢見不鮮。

鮟 (鮟)

[ān ㄢ ⑧ on¹/ŋon¹ 安]

鮟鱇，魚名。體前半部平扁，呈圓盤形，頭大口寬，尾部細小，長50厘米以上，全身無鱗，背部紫褐色，在近海底層生活。能發出老人咳嗽的聲音，俗稱"老頭兒魚"。我國沿海均出產。

⁷ **鯁**(鯁) ［gěng ㄍㄥˇ ⑧ gen² 梗］

❶魚刺，魚骨頭 ◆ 骨鯁(比喻剛正忠直)｜如鯁在喉，不吐不快。❷(魚骨頭等)卡在喉嚨裏 ◆ 這種魚刺多，當心鯁住。

⁷ **鯗**(鯗) ［cān ㄘㄢ ⑧ tsan¹ 餐］ 魚名，即鯑魚。見"鯑"，827頁左欄。

⁷ **鯉**(鯉) ［lǐ ㄌㄧˇ ⑧ lei⁵ 李］ 魚名。體稍側扁，青黃色，長可達1米，嘴邊有長短觸鬚各一對，背鰭、臀鰭有硬刺，是我國重要淡水魚類之一。品種頗多，有鏡鯉、革鯉、荷包鯉、紅鯉等。肉味鮮美，鱗可製魚鱗膠，鰾可製魚鰾膠，內臟和骨可製魚粉 ◆ 鯉魚跳龍門。

⁷ **鮸**(鮸) ［miǎn ㄇㄧㄢˇ ⑧ min⁵ 免］ 魚名。體形側扁，灰褐色，頭尖長，口大而微斜，灰黑色，尾呈矛狀。生活在近海，以小魚、蝦等為食。可食用，並製成魚膠、魚鱗膠、魚粉、魚油等。也叫"米魚"。

⁷ **鯀**(鯀) ［gǔn ㄍㄨㄣˇ ⑧ gwen² 滾/kwen² 捆(語)］

❶古書上説的一種大魚。❷古人名，傳説是大禹的父親。

⁷ **鮺**(鮺) ［zhǎ ㄓㄚˇ ⑧ dza² 渣²］

❶同"鮓"，見818頁左欄。❷同"苲"。鮺草灘，在四川省。

⁷ **鯔** 同"鯤"，見823頁右欄。

⁷ **鯊**(鯊) ［shā ㄕㄚ ⑧ sa¹ 沙］ 魚名。生活在海洋中的兇猛魚類，身體紡錘形，稍扁，身被盾鱗，胸、腹鰭大，尾鰭發達，捕食其他魚類。種類很多，經濟價值高，肉可以吃，骨可製膠，肝可製魚肝油，鰭乾製成魚翅，唇部乾製成魚唇，是名貴食品。皮可製裝飾品或刀鞘。也叫"沙魚"。又稱"鮫"。

⁷ **鯇**(鯇) ［huàn ㄏㄨㄢˋ ⑧ wan⁵ 挽］

❶魚名。身體略呈圓筒形，長可達1米以上，體青黃色，鰭灰黑色，吃水草等，是我國重要的淡水養殖魚類之一。也叫"草魚"。❷黑鯇，"青魚"的又稱。

⁷ **鯝** ［jūn ㄐㄩㄣ ⑧ gwen¹ 軍］ 魚類的一屬。身體狹長，側

扁，灰褐色，有不規則黑色斑紋，口大而斜，尾鰭圓形。生活在近海的巖礁間。

⁷**鯽**(鯽)　[jì ㄐㄧˋ ⑧dzik⁷ 績]
魚名。形似鯉魚而小，身體側扁，頭尖，無觸鬚，脊背隆起，青褐色，腹銀白色，背、臀鰭具硬刺。肉質細嫩，味鮮美，是我國重要食用魚類之一。古代稱"鰿"，又稱"鮒"。可供觀賞的金魚，是鯽魚經人工長期進行選擇後形成的變種。

⁷**鯒**　[yǒng ㄩㄥˇ ⑧juŋ⁵ 湧]
魚的一類。體形長而平扁，黃褐色，頭部一般扁而寬，具棘和棱，口大。生活在溫帶和亞熱帶海中。肉可食用。

⁸**鯖**　⟨一⟩[qīng ㄑㄧㄥ ⑧tsiŋ¹ 青]
魚類的一科。身體呈紡錘形，側扁，頭尖口大，鱗圓而細，生活在海洋中。如鮐魚就屬於鯖科。
⟨二⟩[zhēng ㄓㄥ ⑧dziŋ¹ 徵]
古代稱魚和肉烹燒成的雜膾，如五侯鯖。

⁸**鯪**(鯪)　[líng ㄌㄧㄥˊ ⑧liŋ⁴
零/ lɛŋ⁴ 靈 (語)]
❶ 魚名。身體側扁，銀灰色，口小，鰭長，有兩對觸鬚。以藻類為食，生長迅速，肉味鮮美。生活在淡水，不耐低溫，是我國南方重要

魚類之一。也叫"土鯪魚"。❷ 鯪鯉，即穿山甲，哺乳動物。體長50厘米左右，頭小，吻尖，舌細長，全身有角質鱗片。穴居，吃螞蟻等，鱗片可製藥。

⁸**鯕**　[qí ㄑㄧˊ ⑧kei⁴ 奇]
鯕鰍，魚名。身體長，側扁，黑褐色，長達1米以上，頭高大，嘴大眼小，背鰭很長，尾鰭分叉深。游速很快，集合成羣，生活在海洋中。

⁸**鯫**(鯫)　[zōu ㄗㄡ ⑧dzɐu⁶
宙]
❶ 小魚。❷ 鯫生。(1) 卑微愚陋的人。古代用為罵人的話。(2) 古代用為謙詞，自稱。

⁸**鯤**(鯤)　[kūn ㄎㄨㄣ ⑧gwɐn¹
君/kwɐn¹ 昆 (語)]
古代傳說中的一種大魚。身長背闊都達幾千里，並能變化為大鵬，凌空騰飛，稱為"鯤鵬"。

⁸**鯧**(鯧)　[chāng ㄔㄤ ⑧tsœŋ¹
昌]
魚名。身體短而側扁，呈卵圓形，長達40厘米，背青白色，腹銀白色，沒有腹鰭，口小牙細，鱗成小圓形，以甲殼類等為食。我國沿海均產。肉細膩鮮美，是一種名貴用魚類。也稱"銀鯧"、"車片魚"等。

⁸鯝(鯝)

[gù ㄍㄨˋ ⑧gu³ 故]
魚類的一屬。身體長而側扁,長約30厘米。銀白帶黃色,口小,無觸鬚。生活在江河湖泊等淡水中,以藻類等水生植物為食。生長較快,天然產量高,是食用經濟魚類。

⁸鯡(鯡)

[fēi ㄈㄟ ⑧fei¹ 非]
魚名。身體側扁而長,長約20厘米,背青黑色,腹銀白色,口小,牙細。以浮游生物為食,生活在海洋中。肉含油量較高,可鮮食及製罐頭食品;精巢可製魚精蛋白。是重要的經濟魚類。也叫"鰊"。

⁸鱖(鱖)

[jì ㄐㄧˋ ⑧gwɐi³ 貴]
鱖花魚,即鱖魚。見"鱖",828頁左欄。

⁸鯢(鯢)

[ní ㄋㄧˊ ⑧ŋɐi⁴ 危]
兩棲動物名,有大鯢和小鯢兩種。大鯢長60厘米以上,大者可達180厘米。身體表面黏滑,頭扁圓,眼小,口大,四肢短小,趾間有微蹼,尾巴扁。常棲息於山溪中,以魚蛙、蝦等為食。因叫聲似小孩啼,俗稱"娃娃魚"。肉可食用,為我國二級保護動物。小鯢,長5到9厘米,背黑色,腹部色淡,全身有銀白色斑點,前肢四趾,後肢五趾,尾短側扁,生活在水邊草間。

⁸鯰(鯰)

[nián ㄋㄧㄢˊ ⑧nim⁴ 念⁴]
魚名。體延長,前部平扁,後部側扁,蒼黑色,有不規則暗色斑塊,皮膚多黏液腺,無鱗。頭扁口大,有鬚兩對。分佈於河湖池沼等淡水中,長可達1米以上,以小魚等為食。肉味鮮美。鰾滋補,可入藥。也作"鮎"。

⁸鯛(鯛)

[diāo ㄉㄧㄠ ⑧diu¹ 刁]
魚類的一屬。身體側扁,背部微凸,頭大,口小,側線發達,生活在海洋中。肉味鮮美。有"真鯛"、"黑鯛"、"長棘鯛"等。

⁸鯨(鯨)

[jīng ㄐㄧㄥ ⑧kiŋ⁴ 瓊]
哺乳動物。形狀像魚,身體可長達30多米,是現在世界上形體最大的動物。頭大,眼小,鼻孔生在頭的上部,耳殼退化,前肢像鰭,後肢退化,用肺呼吸,潛水能力強,胎生。生活在海洋中,種類很多。肉可以吃,脂肪是工業原料,皮可製革 ◆ 鯨吞。

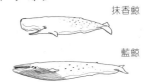

抹香鯨

藍鯨

⁸鱶(鱶)

[xiǎng ㄒㄧㄤˇ ⑧sœŋ² 想]

剖開風乾的魚 ◆ 鰲魚｜鰻鰲｜白鰲。

8 **鯥** [lù ㄌㄨˋ 粵 luk9 陸]
魚類的一屬。長約9厘米以上，身體側扁，灰褐色，有不規則黑色斑紋，頭部有棘和棱，眼和嘴都較大，鱗呈櫛狀。生活在近海的巖石間。

8 **鯔**(鯔) [zī ㄗ 粵 dzi1 之]
魚類的一屬。身體長，銀灰色，前部略圓，後部側扁，頭部平扁，吻寬而短，眼大，鱗圓，有背鰭兩個。生活在淺海及河口鹹水、淡水相接處，以硅藻等生物為食料。肉味鮮美，是常見的食用魚。

9 **鰆**(鰆) [chūn ㄔㄨㄣ 粵 tsœn1 春]
魚名。即鮫，也叫“馬鮫”。見“鮫”，817頁右欄。

9 **鰊** [liàn ㄌㄧㄢˋ 粵 lin6 鍊]
魚名。即鯡。見“鯡”，822頁左欄。

9 **鰈**(鰈) [dié ㄉㄧㄝˊ 粵 dip9 蝶]
魚類的一科，比目魚的一類。身體側扁，像薄片，長橢圓形，有細鱗，兩眼都在右側。右側暗褐色，左側白色，向下臥在沙底，生活在温帶及寒帶淺海。種類繁多，常見的有“木葉鰈”、“星鰈”、“高眼鰈”等。可供食用，肝可製魚肝油。

9 **鯻** [là ㄌㄚˋ 粵 lat9 刺]
魚名。身體側扁，銀灰色，有縱向的黑色條紋，嘴小。生活在熱帶與亞熱帶近海，多製成鹹乾品，也可鮮食。

9 **鯸** [bī ㄅㄧ 粵 bik7 逼]
魚名。身體小，側扁，長10厘米左右，略呈卵圓形，青褐色，嘴小，鱗細。種類頗多，主產於我國南海，為小型食用魚類。

9 **鯷** [tí ㄊㄧˊ 粵 tɐi4 提]
魚名。體側扁，長10至13厘米，背深青綠色，側腹銀灰色，腹部圓柱形，眼和口都大，無側線。在淺海羣集生活，主食小型浮游甲殼動物等。肉鮮美，幼鯷加工成魚乾，叫“海蜒”。

9 **鰂**(鰂) 〈一〉[zéi ㄗㄟˊ 粵 tsak9 賊]
烏鰂。即金烏賊，軟體動物。身體橢圓扁平，呈袋形，蒼白色，頭部發達，有一對大眼，口邊有十隻腕足，足內側生吸盤。介殼呈舟狀，在外套膜中，通稱“烏賊骨”，中藥稱“海螵蛸”。體內有墨囊，遇危險會分泌黑色液體掩護脫逃。生活在海中，有多種。肉厚味美，可鮮食或乾製。通稱"烏賊"，也叫"墨魚"、"墨斗魚"。

〈二〉[zé ㄗㄜˊ ⑧同〈一〉]

地名用字，香港島東部有鯽魚涌。

⁹ **鰛** [wēn ㄨㄣ ⑧wen¹ 溫]

❶魚名。身體小而側扁，銀白色。是世界重要經濟魚類之一，多用來生產罐頭食品。也叫"沙丁魚"。❷鰛鯨，哺乳動物。形狀像魚，體長6至9米，背黑色，腹部白色，頭上有噴水孔，口內沒有牙齒，有鯨鬚，背鰭小。生活在海洋中。脂肪可以煉油。

⁹ **鰃** [wēi ㄨㄟ ⑧wui¹ 煨]

魚類的一屬。身體側扁，長20餘厘米，呈紅色，有銀白色縱帶，口大，眼大，頭部有強棘，體被堅硬櫛鱗，背鰭及臀鰭棘強大。生活在熱帶海洋中。也叫"金鱗魚"。

⁹ **鰓**(鰓) [sāi ㄙㄞ ⑧soi¹ 腮]

多數水生動物的呼吸器官，其位置、形態、構造等差異極大，有外鰓、內鰓之分，多為絲狀、羽狀或板狀，能吸取溶解在水中的氧。

⁹ **鰍**(鰍⑧鰌) [qiū ㄑㄧㄡ ⑧tseu¹ 秋]

❶魚類的一屬。身體圓柱形，尾側扁，口小，有鬚三至六對，鱗細小

或退化。種類多，常見的有"泥鰍"、"花鰍"和"長薄鰍"等。❷鰭鰍。見"鰭"，821頁右欄。

⁹ **鰒**(鰒) [fù ㄈㄨˋ ⑧fuk⁷ 福]

"鮑"的古稱。俗稱"鮑魚"。見"鮑"，818頁左欄。

⁹ **鯿** [biān ㄅㄧㄢ ⑧bin¹ 邊]

魴魚。

⁹ **鰉**(鳇) [huáng ㄏㄨㄤˊ ⑧woŋ⁴ 黃]

魚類的一屬。體形跟鱘相似，長可達5米，重1000公斤，背灰綠色，腹黃白色，嘴突出成半月形，兩旁有扁平的鬚。夏季在江河中產卵，過一段時期後再回到海洋中。肉味鮮美，卵尤名貴，鰾和脊索可製魚膠。古代稱"鱣"。

⁹ **鯶** [quán ㄑㄩㄢˊ ⑧tsyn⁴ 全]

魚類的一屬。長達10餘厘米，稍側扁，深棕色，有斑紋，口小。生活在淡水底層，雜食性。肉可以吃。

⁹ **鯶** 同"鯇"，見820頁右欄。

⁹ **鯾**(鯾) [biān ㄅㄧㄢ ⑧bin¹ 邊]

魚名。身體側扁，中部略高，頭尖尾小，鱗細，銀灰色，生活在淡水

中。肉鮮嫩。

9 **鰕** 同"蝦"，見625頁右欄。

10 **鰭**（鳍）[qí ㄑㄧˊ [粵] kei4 其] 魚類和其他水生脊椎動物的運動器官。由薄膜、柔軟分節的鰭條和堅硬不分節的鰭棘組成。按所在的部位，可分為"背鰭"、"臀鰭"、"尾鰭"、"胸鰭"和"腹鰭"五種。

10 **鰣**（鲥）[shí ㄕˊ [粵] si4 時] 魚名。身體側扁，背部灰黑色，略帶藍色光澤，腹部銀白色，眼四周銀白色帶金光，鱗下多脂肪。肉味肥嫩鮮美，是名貴的食用魚。生活在海洋中，春末夏初到江河支流及湖泊中繁殖產卵，深秋順水回到海裏。以浮游生物為食，盛產於長江中下游、富春江、西江等河流。古稱"魱"，也稱"時魚"。

10 **鰨**（鳎）[tǎ ㄊㄚˇ [粵] tap8 塔] 魚類的一科，比目魚的一類。身體側扁，頭部短小，口小，兩眼都在身體的右側，右側褐色，左側向下臥在淺海底的泥沙上，捕食小魚。種類繁多，主要分佈於熱帶、亞熱帶。常見的有"卵鰨"、"條鰨"、"舌鰨"等。可供鮮食。

10 **鰫** [huá ㄏㄨㄚˊ [粵] wat9 挖9] 魚類的一屬。身體側扁，長約30餘厘米，頭略尖，有一對觸鬚，背鰭具硬刺，尾鰭分叉。雜食性，生活於淡水中，是常見的中小型食用魚類之一。也稱"花鰫"。

10 **鰥**（鳏）[guān ㄍㄨㄢ [粵] gwan1 關] ❶古書上説的一種魚。一説即鯇。❷沒有娶過妻子或妻子亡故而未能再娶的男人 ◆ 鰥夫｜鰥居｜鰥寡孤獨。

10 **鰤** [shī ㄕ [粵] si1 師] 魚名。身體呈紡錘形，背部藍褐色，腹部銀白色，鱗為小圓形，尾鰭分叉。肉可吃。生活在我國近海中。

10 **鰟** [wēng ㄨㄥ [粵] juŋ1 翁] 魚類的一屬。身體側扁，略呈長方形，長約10餘厘米，鱗圓，吻不尖，顏色美麗。生活在近海中。

10 **鰩** [yáo ㄧㄠˊ [粵] jiu4 搖] 魚類的一科。體平扁，略呈圓形或菱形，表面光滑或有小刺，口小，牙細而多。有的種類在胸鰭和頭側間或尾側有一對能發電的器官。生活在海洋底層，食貝類、小魚蝦等。種類頗多。肉可吃，肝可製魚肝油，皮可製皮革。

¹⁰ **鳑** [páng ㄆㄤˊ ⑧fɔŋ⁴ 房]

鳑鮍，魚名。體形跟鯽魚相像但略小，銀灰色，背淡綠色，帶藍色閃光，背鰭和臀鰭均長。生活在淡水中，以水生植物為食。雌魚以產卵管將卵產在蚌殼裏孵化。

¹⁰ **螣**(螣) [téng ㄊㄥˊ ⑧teŋ⁴ 藤]

魚名。身體粗壯，略呈圓筒形，後部側扁，青灰色，有褐色網狀斑紋，頭大而闊，眼小，下頜突出，有一或兩個背鰭。以小魚為食，常棲息在淺海底層。為常見的食用雜魚。

¹⁰ **鰜** [jiān ㄐㄧㄢ ⑧gim¹ 兼]

魚名，比目魚的一種。身體長卵圓形，側扁，兩眼都在身體的左側或右側，有眼的一側深褐色，無眼睛的一側色淡。口大，牙尖銳。我國主要產在南海和南海南部。肉可食用。也稱"大口鰜"。

¹⁰ **鰫** [yóng ㄩㄥˊ ⑧juŋ⁴ 溶]

魚名。即鱅魚。見"鱅"，827頁右欄。

¹¹ **鱄** [zhuān ㄓㄨㄢ ⑧dzyn¹ 專]

魚名。見"鮊"，818頁右欄。

¹¹ **鰳**(鰳) [lè ㄌㄜˋ ⑧lɐk⁹ 肋]

魚名。身體側扁，銀白色，頭小，鰓孔大，臀鰭長，腹鰭很小，沒有側線。生活在海洋中，以魚類和無脊椎動物為食。為重要食用性魚類，供鮮食或製魚鯗和酒糟鯗等。也叫"鱠魚"、"白鱗魚"、"曹白魚"、"鯗魚"。

¹¹ **鰱**(鰱) [lián ㄌㄧㄢˊ ⑧lin⁴ 連]

魚名。身體側扁，背部較高，青黑色，腹部白色，頭小，鱗細。性活潑，善跳躍，生活於江河湖泊中。生長快，個體大，是我國最主要的淡水養殖魚類。可鮮食，鱗可製魚鱗膠和珍珠素。也叫"鰱子"、"白鰱"。古稱"鱮"。

¹¹ **鰹**(鰹) [jiān ㄐㄧㄢ ⑧gin¹ 堅]

魚名。身體側扁，呈紡錘形，長達1米，兩側有數條濃青色縱線。大部份無鱗，頭大，嘴尖，尾柄細小。以小魚和浮游甲殼類為食。分佈於熱帶和亞熱帶海洋中。供鮮食或製成鹹乾品。

¹¹ **鰾**(鰾) [biào ㄅㄧㄠˋ ⑧piu⁵ 殍]

❶某些魚類體內的長囊形器官。有的具有輔助呼吸的作用。裏面充滿氣體，可以調節身體比重，收縮時魚體下沈，膨脹時上浮。鰾可食用或製魚膠。❷鰾膠，用魚鰾或豬皮等熬製的膠，黏性大，可以粘木器等。

鱈 (鳕) [xuě ㄒㄩㄝˇ ⓟ syt⁸ 雪]

鱈魚。體形稍側扁，頭大，尾小，下頜有一根觸鬚，背部有許多小黑斑，有背鰭三個，腹部灰白色。以中小型魚類和無脊椎動物為食，分佈於北部海洋中。可鮮食和醃製。肝是製藥用魚肝油的重要原料。也稱"鰵"、"大頭魚"。

鰻 (鳗) [mán ㄇㄢˊ ⓟ man⁶ 慢/man⁴ 蠻]

鰻鱺，魚名。身體長，前部呈圓筒形，後部側扁，表面多黏液，上部灰黑色，下部白色，鱗細小，埋沒皮膚下，頭尖，背鰭、臀鰭和尾鰭相連，沒有腹鰭。以捕捉小動物為食。生活在淡水中，成熟後到海洋中產卵。肉味細嫩鮮美，為上等食用魚類，可以養殖。也稱"白鱔"，簡稱"鰻"。

鰵 (鳘) [mǐn ㄇㄧㄣˇ ⓟ men⁵ 敏]

即鱈魚。見"鱈"，827頁左欄。

鰷 (鲦) [tiáo ㄊㄧㄠˊ ⓟ tiu⁴ 條]

魚名。身體小，呈條狀，側扁，銀白色，背鰭具硬刺。生活在淡水中。也作"鰺"。又叫"鰵鰷"或"鰵魚"。

鰶 [jì ㄐㄧˋ ⓟ dzɐi³ 制]

魚名。身體側扁，長橢圓形，長約20厘米。銀灰色，有黑斑，口小，無牙齒，背鰭最後一條延長成絲狀。行動活潑，以浮游動植物為食。生活於沿海，常見的有斑鰶及花鰶。肉肥美，可鮮食或製成鹹乾品。

鱇 [kāng ㄎㄤ ⓟ hɔŋ¹ 康]

鮟鱇。見"鮟"，819頁右欄。

鱅 (鳙) [yōng ㄩㄥ ⓟ juŋ⁴ 庸]

魚名。身體側扁而高，暗黑色，鱗細密，背面有不規則小黑斑，長可達1米餘。頭大，眼睛靠近頭的下部。生活在淡水中，以浮游生物為食。是重要的食用魚類之一，可養殖。也稱"鰫"。又叫"花鰱"、"胖頭魚"，廣東叫"大魚"。

鰃 [wèi ㄨㄟˋ ⓟ wei³ 畏]

魚類的一屬。身體長約6至9厘米，側扁或呈鰻形，無鱗。種類繁多，生活在近海中。

鱂 [jiāng ㄐㄧㄤ ⓟ dzœŋ¹ 張]

魚類的一屬。體側扁，長約3至4厘米。銀灰色。頭部扁平，口小，鱗大，臀鰭長。生活在淡水中，喜成羣游動，捕食蚊子幼蟲等。也稱"青鱂"。

鰼 (鳛) [xí ㄒㄧˊ ⓟ dzap⁹ 習]

❶古書上指泥鰍。❷

地名用字。如貴州有鰼水，今作"習水"。

11 **鰺** [shēn ㄕㄣ ⓐsam^{1} 深]
魚類的一屬。身體側扁而高，或延長呈紡錘形，鱗細，背鰭長，呈鐮刀狀，尾鰭細小，分叉。生活在熱帶或亞熱帶海中。種類繁多，有"竹筴魚"、"圓鰺"、"鰤"等。

12 **鱝** [fèn ㄈㄣˋ ⓐfɐn^{5} 奮]
魚類的一屬。身體扁闊，呈菱形，胸鰭延伸至吻部，分化為吻鰭，尾部細長，常具硬刺，有毒。以貝類、小魚蝦為食。種類很多，生活在熱帶和亞熱帶海洋中。

12 **鱚** [xǐ ㄒㄧˇ ⓐhei^{2} 起]
魚名。身體長約20厘米左右，呈亞圓筒形，銀灰色，眼大，口小，嘴尖長，背鰭有硬棘，棲息於近海沙底，以無脊椎動物為食。也稱"沙鑽"。

12 **鱏**
同"鱘"，見828頁右欄。

12 **鱖**（鳜） [guì ㄍㄨㄟˋ ⓐgwɐi^{3} 貴]
魚名。身體側扁，背隆起，呈黃綠色，全身有黑色斑點，尾鰭呈扇形。口大，鱗細。生活在淡水中。肉味鮮美，是我國的特產。也稱"桂魚"、"鯚花魚"。

12 **鱓**
〈一〉同"鱔"，見828頁右欄。
〈二〉[tuó ㄊㄨㄛˊ ⓐtɔ^{4} 馱]
同"鼉"，揚子鱷。

12 **鱔**（鳝） [shàn ㄕㄢˋ ⓐsin^{5} 善^{5}]
鱔魚，通常指黃鱔。身體像蛇，黃褐色，有黑色斑點，光滑無鱗。生活在池塘、小河、稻田的泥洞或石縫中。肉味鮮美，可食用。

12 **鱗**（鳞） [lín ㄌㄧㄣˊ ⓐlœn^{4} 倫]
❶魚類、爬行類和少數哺乳類動物身體表面緊密排列的薄片狀組織，由角質、骨質等組成，具有保護作用 ◆ 魚鱗|鱗甲|鱗片|一鱗半爪。❷像魚鱗的 ◆ 遍體鱗傷|鱗次櫛比。

12 **鱒**（鳟） [zūn ㄗㄨㄣ ⓐdzyn^{6} 傳]
魚名，即赤眼鱒。身體長，前部圓筒形，後部側扁，銀灰色，眼上緣紅色，每鱗片後有一小黑斑，尾鰭分叉。生活在淡水中，是常見養殖魚類之一。又叫"紅眼魚"。

12 **鱘**（鲟） [xún ㄒㄩㄣˊ ⓐtsɐm^{4} 尋]
魚名。身體呈紡錘形，長達3米餘，

青黃色，腹白色，背部和腹部有大片硬鱗，其餘各部無鱗。口小，吻尖，以無脊椎動物和小魚為食。生活在淡水中，有的入海越冬。肉、卵均可吃，味美。我國有東北鱘、中華鱘、長江鱘等。古稱“鱣”。

¹²鱍　[bō ㄅㄛ ⓥ but⁸ 鉢]
鱍鱍。❶象聲詞。魚在水面跳躍擺尾的聲音。❷形容魚鮮活跳躍的樣子。

¹³鰔　[gǎn ㄍㄢˇ ⓥ gem² 感]
魚名。身體長可達1米，重50公斤左右，亞圓筒形，青黃色，口大，吻尖長，眼小，尾鰭分叉。性兇猛，捕食其他魚類。生活在淡水中，是淡水養殖的害魚之一。肉質鮮嫩，天然產量高，為上等食用魚類。也稱“黃鑽”、“竿魚”。

¹³鱥　[guì ㄍㄨㄟˋ ⓥ gwɐi³ 貴]
魚名。身體稍側扁，銀灰色，有黑色小斑點，口大，吻尖，無鬚，性喜寒冷，生活在溪流中。

¹³鱧（鳢）　[ǐ ㄌㄧˇ ⓥ lɐi⁵ 禮]
魚名。身體長，呈亞圓筒形。頭扁，口大，牙尖。青褐色，有三根縱行黑色斑塊。性兇猛，以小魚、蝦及水生昆蟲為食，是淡水養殖業的害魚之一。肉肥美，供食用。也叫“烏魚”、“黑魚”、“烏鱧”。古稱“鮦”。

¹³鱛　[xù ㄒㄩˋ ⓥ dzœy⁶ 序]
魚名，即鰱魚。見“鰱”，826頁右欄。

¹³鱟（鲎）　[hòu ㄏㄡˋ ⓥ hɐu⁶ 後]
節肢動物。又名中國鱟、東方鱟。有甲殼，身體黃褐色，分頭胸、腹、尾三部。頭胸部的甲殼略呈馬蹄形，腹部的甲殼呈六角形，尾長，劍狀。生活在海洋中。肉可食用，也可製藥。

¹³鱠（鲙）　[kuài ㄎㄨㄞˋ ⓥ kui³ 會]
❶魚名，即鰳魚。❷同“膾”，見563頁右欄。

¹³鱣（鳣）　〈一〉[zhān ㄓㄢ ⓥ dzin¹ 煎]
古書上指鱘、鰉一類魚。
〈二〉[shàn ㄕㄢˋ ⓥ sin⁵ 鱔]
同“鱔”，見828頁右欄。

¹⁴鑪　[hù ㄏㄨˋ ⓥ wa⁶ 話/wu⁶ 互]
魚名。身體細長，約30厘米，灰褐色，有黑色小點。頭平扁，眼在上側位，口旁有觸鬚四對，背鰭和胸鰭各具一硬刺，無鱗。生活在淡水中。肉質細嫩，是常見的食用魚類。

¹⁴鱨（鲿）　[cháng ㄔㄤˊ ⓥ sœŋ⁴ 常]

❶魚名。即鮁。❷毛鱘魚，體形側扁，長1米餘，灰褐色，吻鈍尖，眼小，尾鰭雙凹形，生活在海中，是大型食用海產魚類。也稱"大魚"。

¹⁴ **鱤** [guǎn ㄍㄨㄢˇ ⑧gun² 館]
魚名。身體呈長圓筒形，1厘米至60寸。銀白色，鱗小，頭小而尖，無鬚。以小魚等為食，是淡水養殖業的害魚之一。產於長江及其以南地區水域。天然產量較高，具有經濟價值。

¹⁴ **鯳** [xián ㄒㄧㄢˊ ⑧ham⁴ 咸]
魚類的一科。身體平扁，長僅數厘米。口小，牙細，吻尖。背鰭一或兩個，胸鰭寬大，無鱗。棲息在熱帶及溫帶近海底層，有些種類也能進入淡水生活。

¹⁴ **鱭** (鮆) [jì ㄐㄧˋ ⑧tsɐi⁵ 齊⁵]
魚名。身體側扁，尾部尖細，銀白色，胸鰭上部有游離的絲狀鰭條，尾鰭不對稱，腹部有棱鱗，生活在海洋中。是名貴的經濟魚類，供鮮食及製罐頭食品。我國產的有"鳳鱭"(也叫"烤子魚"、"鳳尾魚")、"刀鱭"(也叫"刀魚"、"毛鱭")等。

¹⁵ **鱵** [zhēn ㄓㄣ ⑧dzɐm¹ 斟]
魚名。長達20厘米，淡藍色。身體細圓柱形，下頷前伸很長，呈針狀，鱗圓形，尾鰭分叉。在近海生活，有的也進入淡水。又叫"針魚"。

¹⁵ **鱲** [liè ㄌㄧㄝˋ ⑧lip⁹ 獵]
魚名。身體長約10厘米，側扁，背部灰暗，兩側銀白色，雄魚泛出紅色，有藍色橫紋，生殖季節色澤豔麗。是生活在溪流中的小型魚類。可供食用。也稱"桃花魚"。

¹⁶ **鱷** (鰐⑧鱷) [è ㄜˋ ⑧ŋɔk⁹ 岳]
爬行動物的一屬。長約2米餘，大的可達3米到6米。背部暗褐色，具黃色斑紋，腹灰色，四肢短，尾巴長，有灰黑環紋，皮和鱗都很堅硬。善於游泳，性兇猛，以魚、蛙、鳥類等為食，也會襲擊人、畜。生活在河流沼澤中，產卵繁殖。皮可製革。我國特產為揚子鱷，是一類保護動物。古稱"鼉"。俗稱"鱷魚"、"豬婆龍"。

¹⁶ **鱸** (鱸) [lú ㄌㄨˊ ⑧lou⁴ 勞]
魚名。身體側扁，嘴大，鱗細，背部青灰色，腹部灰白色，身體兩側和背鰭有黑斑。生活在近海，秋末到河口產卵。肉味鮮美，是名貴的食用魚。

¹⁹**鱺**(鲡) [lí ㄌㄧˊ 粵lei⁴ 離]
鰻鱺,魚名。見"鰻",827頁左欄。

鳥 部

⁰**鳥**(鸟) 〈一〉[niǎo ㄋㄧㄠˇ 粵niu⁵ 裊]
脊椎動物的一綱。體溫恆定,卵生,沒有牙齒,用肺呼吸,全身有羽毛,前肢變成翅膀,靠後肢行走。大多數飛翔生活,有的翅膀退化,不能飛行。種類繁多,生態多樣,如燕、雁、鷹、雞、鵝、鴕鳥都屬於鳥類 ◆ 鳥瞰|鳥獸散|鳥盡弓藏|一石兩鳥|唐賈島《題李凝幽居》詩:"鳥宿池邊樹,僧敲月下門。"

〈二〉[diǎo ㄉㄧㄠˇ 粵diu² ㄉ²]
同"屌"。舊小說中常用作罵人的粗話 ◆ 鳥人|鳥嘴。

²**鳩**(鸠) [jiū ㄐㄧㄡ 粵geu¹ 救¹]
❶鳥名。鳩鴿科部分種類的通稱。我國有綠鳩、皇鳩、鵑鳩和斑鳩等 ◆ 鳩佔鵲巢|鳩形鵠面。❷聚集 ◆ 鳩集|鳩合。

²**鳧**(凫) [fú ㄈㄨˊ 粵fu⁴ 扶]
❶水鳥名。形狀像家鴨而較小,雄的頭部綠色,有光澤,背部黑褐色,雌的黑褐色。常羣游湖泊中,能飛,吃小魚貝類及種子、果實等。肉味鮮美。俗稱"野鴨",又叫"綠頭鴨"。❷浮游 ◆ 鳧水。

³**鳶**(鸢) [yuān ㄩㄢ 粵jyn¹ 完]
鳥名,鷹的一種。嘴較短,上體暗褐雜棕白色,耳羽黑褐色,下體多為灰棕色帶黑褐色縱紋,翅膀下面有白斑,尾分叉。善於飛翔,捕食蛇、鼠、雞、小鳥等。又稱"老鷹" ◆ 鳶飛魚躍|明 高啟《村居》詩:"兒童散學歸來早,忙趁東風放紙鳶。"

³**鳴**(鸣) [míng ㄇㄧㄥˊ 粵miŋ⁴ 明]
❶鳥獸或昆蟲叫 ◆ 鳥鳴|蟬鳴|不鳴則已,一鳴驚人|唐杜甫《絕句》詩:"兩個黃鸝鳴翠柳,一行白鷺上青天。"❷發出聲響或使發出聲響 ◆ 耳鳴|雷鳴|自鳴鐘|鳴鑼開道|孤掌難鳴|鳴鼓而攻之。❸發表;抒發(意見、情感等) ◆ 鳴謝|百家爭鳴|鳴冤叫屈。

³**鳳**(凤) [fèng ㄈㄥˋ 粵fuŋ⁶ 奉]
❶鳳凰,古代傳說中的百鳥之王,

羽毛美麗，常用來象徵祥瑞。一說雄的叫"鳳"，雌的叫"凰" ◆ 鳳冠|鳳毛麟角|龍飛鳳舞|<u>唐 李商隱</u>《無題》詩："身無彩鳳雙飛翼，心有靈犀一點通。"❷姓。

³ 鳾 [shī ㄕ ⑧si¹ 詩]
鳾鳩雉，古書上指布穀鳥。

⁴ 鴟(鵄) [shī ㄕ ⑧si¹ 師]
鳥名，鴟科各種類的通稱。體長約12厘米，嘴長而尖，腳短爪長，背部藍灰色，翅膀的羽毛黑色，胸部白色，腹部棕黃色，尾短。生活在森林中，吃昆蟲和種子。別稱"穿樹皮"、"松枝兒"。

⁴ 鴉(鴉®鵶) [yā ㄧㄚ ⑧a¹/ŋa¹ 丫]
鳥名，鴉科部分種類的通稱。體形較大，毛色大多單純，嘴大，翅膀長，腳有力，雜食穀類、果實、昆蟲及動物腐敗的屍體等。種類很多，常見的有烏鴉、寒鴉、白頸鴉等 ◆ 塗鴉|鴉雀無聲|<u>元 馬致遠</u>《天淨沙》曲："枯藤老樹昏鴉，小橋流水人家，古道西風瘦馬。"

⁴ 鴇(鴇) [bǎo ㄅㄠˇ ⑧bou² 保]
❶鳥名。形體比雁大，背部有黃褐色和黑色斑紋，頸部為淺灰色，腹面近白色，翅膀闊，尾巴短。常成行列行動，足強健善走，能涉水，以吃植物為主。常見的為大鴇。肉可以吃，羽毛可作裝飾品。❷舊說鴇性淫，因借稱老妓或開設妓院的婦女 ◆ 老鴇|鴇母|姐兒愛俏，鴇兒愛鈔。

⁴ 鴆(鴆) [zhèn ㄓㄣˋ ⑧dzɛm⁶ 朕]
❶傳說中的一種毒鳥。喜食蛇，用它的羽毛浸在酒裏可以毒殺人 ◆ 鴆酒。❷用鴆羽泡成的毒酒 ◆ 飲鴆止渴。❸用毒酒害人 ◆ 鴆殺之。

⁴ 鴃(®鵙) [jué ㄐㄩㄝˊ ⑧kyt⁸ 決]
❶同"鵙"。即"伯勞"。❷鴃舌，形容語音難懂，如同鴃鳥(伯勞)的叫聲。

⁵ 鴣(鴣) [gū ㄍㄨ ⑧gu¹ 姑]
❶鷓鴣。見"鷓"，835頁左欄。❷鵓鴣。見"鵓"，840頁右欄。

⁵ 鴨(鴨) [yā ㄧㄚ ⑧ap⁸/ŋap⁸ 烏甲切]
鳥類的一科，通常指家鴨。嘴扁腿短，趾間有蹼，善於游泳，肉及蛋可食用，絨毛可用來絮被子、填充枕頭 ◆ 鴨舌帽|鵝行鴨步|趕鴨子上架|<u>宋 蘇軾</u>《惠崇春江晚景》詩：

"竹外桃花三兩枝,春江水暖鴨先知。"

英國卡其鴨　　北京鴨

5 **鴞**(鸮) [xiāo ㄒㄧㄠ 粵hiu¹ 囂]

鳥名,鴟鴞科各種類的統稱。俗稱"貓頭鷹"。

5 **鴦**(鸯) [yāng ㄧㄤ 粵jœŋ¹ 央]

鴛鴦。見"鴛",833頁右欄。

5 **鴒**(鸰) [líng ㄌㄧㄥˊ 粵liŋ⁴ 零]

鶺鴒。見"鶺",839頁右欄。

5 **鴟**(鸱) [chī ㄔ 粵tsi¹ 雌]

❶古書上指"鷂鷹"。❷鴟鴞,鳥類的一科,頭大,嘴、爪彎曲呈鈎狀,銳利,周身羽毛褐色有斑點,晝伏夜出,吃鼠類、小鳥和昆蟲等,是益鳥。也作"鴟梟"。各種類古代通稱"鴟"或"梟",民間泛稱"貓頭鷹"或"夜貓子"。❸鴟鴞,鳥名,鴟鴞科角鴞屬各種的舊稱。

5 **鴝**(鸲) [qú ㄑㄩˊ 粵kœy⁴ 渠] 鴝鵒,鳥名。全身羽毛黑色有光澤,嘴和足黃色,鼻羽

呈冠狀,翼羽有白斑,呈"八"字形,食果實、種子和昆蟲等。雄鳥善鳴,經訓練,能摹仿人聲。也作"鸜鵒",俗稱"八哥"。

5 **鴛**(鸳) [yuān ㄩㄢ 粵jyn¹ 淵]

鴛鴦,鳥名。形體像野鴨,但較小,嘴扁,頸長,趾間有蹼,善於游泳,翅膀長,能飛。雄的羽色絢爛奪目,嘴紅色,腳黃色。雌的羽毛蒼褐色,嘴灰黑色。生活在內陸湖泊和溪流邊,雌雄多成對相隨,文學上常用來比喻恩愛夫妻 ◆ 鴛鴦嬉水。

5 **鴕**(鸵) [tuó ㄊㄨㄛˊ 粵tɔ¹ 馱]

鴕鳥,現代生存鳥類中形體最大的鳥。高可近3米,頸長,頭小,嘴扁平,兩翼退化,不能飛,腿長,足具兩趾和肉墊,強健善走。羣居,雜食,生長在非洲草原和沙漠地帶。可人工馴養,取用羽毛及肉 ◆ 鴕鳥政策。

6 **鴯**(鸸) [ér ㄦˊ 粵ji⁴ 而] 鴯鶓,鳥名。體形似鴕鳥而較小,嘴短而扁,羽毛灰色或褐色,翅膀退化,足三趾,腿長善走,吃樹葉和野果。築巢、孵卵、撫育幼鳥等由雄鳥擔負。生活

在澳洲草原和沙漠地區。可以飼養繁殖。

⁶**鴷**（鴷）[liè ㄌㄧㄝˋ ⑧ lit⁹ 列]

鳥名,古書上指"啄木鳥"。腳短,趾端有利爪,善於攀緣樹木,嘴尖而硬,舌細長,能啄開木頭取食樹洞裏的蟲,尾羽粗硬,在啄木時可支撐身體。是有利於森林的益鳥。

⁶**鴣**（鴣）[guā ㄍㄨㄚ ⑧ kut⁸ 括]

老鴣,烏鴉的俗稱 ◆ 老鴣窩裏出鳳凰。

⁶**鵂**（鵂）[xiū ㄒㄧㄡ ⑧ jɐu¹ 休]

❶鵂鶹。見"鶹",833頁左欄。❷鵂鶹,鳥名,鵂鶹科。體長可達30厘米,外形像鵂鶹(角鴟),頭部無角狀羽毛。羽毛暗褐色,有白色細狹橫斑,尾黑褐色,足羽白色,以鼠、兔、小鳥、昆蟲等為食,是益鳥。也稱"橫紋小鴞"或"斑頭鵂鶹"。

⁶**鵀**[rén ㄖㄣˊ ⑧ jɐm⁴ 吟/jɐm⁶ 任]

戴鵀,鳥名,即"戴勝"。羽毛大部為棕色,頭上有棕栗色羽冠,頸、胸等處色澤較淡,下背和肩羽色黑褐而雜有棕、白色色斑,嘴細長而稍彎,尾脂腺能分泌臭液,吃昆蟲,常見於園地或郊野,對農業有益。俗稱"山和尚"。

⁶**鴴**（鸻）[héng ㄏㄥˊ ⑧ hɐŋ⁴ 恒]

鳥類的一屬。身體較小,嘴短而直,羽毛多為沙灰色,綴有黃、褐等色斑紋,翼、尾都短,足細長,適於涉水,生活在澤地、田野或水邊,吃蠕蟲、昆蟲、螺類和甲殼類等。

⁶**鵃**（鸼）[zhōu ㄓㄡ ⑧ dzau¹ 嘲]

鶻鵃。見"鶻",839頁左欄。

⁶**鴿**（鸽）[gē ㄍㄜ ⑧ gɐp⁸ 急⁸]

鳥名。嘴短,足短,翅膀發達,飛翔能力強,雌雄雙棲,喜羣飛,羽毛有灰、白、醬色等,以穀類種子為食。有家鴿、巖鴿、原鴿等。通常指家鴿。按用途又可分玩賞、傳書、肉用三大類品種。常作為和平的象徵。通稱"鴿子"。

⁶**鵁**（鹣）[jiāo ㄐㄧㄠ ⑧ gau¹ 交]

鵁鶄,鳥名。即池鷺,雄鳥頭、上頸及羽冠呈栗紅色,上背及肩羽鉛褐色,蓑狀,其餘體羽白色,腿長,活動於湖沼、稻田一帶,食魚、蛙、昆蟲等。

⁶**鴻**（鸿）[hóng ㄏㄨㄥˊ ⑧ huŋ⁴ 洪]

❶鴻雁，鳥名。雄鳥長達80厘米，雌鳥稍小，羽毛棕灰色，頭頂至頸後有紅棕色長紋。腹部白色，嘴扁平，腿短，趾間有蹼，吃植物的種子或魚、蟲等。棲息於河川、沼澤地帶。飛行時常排成“一”字形或“人”字形。也叫“大雁”◆鴻傳書│輕於鴻毛│雪泥鴻爪。❷借指書信◆來鴻。❸大◆鴻圖大略│唐劉禹錫《陋室銘》：“談笑有鴻儒，往來無白丁。”

鵁
同“鷯”，見839頁左欄。

鵡 [wú ㄨˊ ⑧mou⁴ 無]
鳥類的一屬。形體像麻雀或稍小，嘴型特殊，閉嘴時，上嘴的邊緣與下嘴的邊緣不緊密相接。雄鳥的羽毛色澤鮮豔。吃種子和昆蟲。種類較多，大多為候鳥。

鵓(鹁) [bó ㄅㄛˊ ⑧but⁹ 勃]
❶鵓鴣，斑鳩的泛稱◆鵓鴣英（蒲公英）。❷鵓鳩，即斑鳩。體形像鴿，大小及毛色因種類而不同，棲於平原和山地的林間，食漿果及種子等，分佈廣泛。天要下雨或放晴時，常發出咕咕的急叫聲，因而俗稱“水鵓鴣”。❸鵓鴣，鴿子的一種，即家鴿，體呈紡錘形，毛色複雜，多青灰色，也有純白、茶褐、黑白交雜等，可馴養。參見“鴿”。

鵙 [jué ㄐㄩㄝˊ ⑧kyt⁸ 決]
鳥名。伯勞各種類的通稱。我國常見的有棕背伯勞。頭、頸、上背呈珠灰色，向後至腰部漸轉棕黃。頭側及額部黑色，翼及尾羽大部分黑色，頦及喉乳白色，下體帶灰色。喙堅強銳利，食大型昆蟲、蛙、蜥蜴、小鳥等。為食蟲益鳥。古書上也作“鴃”。

鵑(鹃) [juān ㄐㄩㄢ ⑧gyn¹ 娟]
❶杜鵑花，植物名。半常綠或落葉灌木，高2米左右，多分枝，葉卵狀橢圓形，春季開花，紅色，簇生枝端，產於長江以南，野生或栽培於庭園，種類繁多，是世界著名觀賞植物。又名“映山紅”。❷鳥名。杜鵑科的一屬。體形、羽毛多樣，部分種類不築巢而產卵於別的鳥巢中，由其他鳥孵卵育雛。主食昆蟲，如毛蟲及松毛蟲，是益鳥。有大杜鵑、小杜鵑、鷹鵑等。古代稱“鶗鴃”，又名“杜宇”、“子規”。

鵠(鹄) 〈一〉[gǔ ㄍㄨˇ ⑧guk⁷ 谷]
箭靶的中心；射箭的目標◆鵠的│中鵠。
〈二〉[hú ㄏㄨˊ ⑧huk⁹ 酷]
鳥名。形體像鵝而較大，頸長，全身毛羽純白色，嘴基黃色，嘴端黑色，腳黑色，有蹼。羣棲於湖泊、沼澤地帶，善於飛翔，吃水生植物、貝類、魚類等。俗稱"天鵝"。列為國家二類保護動物 ◆ 鵠立｜鵠望｜燕雀安知鴻鵠之志！

---

⁷ **鵝**(鵝⁰鵞鵞)
[é ㄜˊ ⑧ ŋɔ⁴ 俄]

家禽名。體形像鴨而較大，羽毛白色或灰色，額部有橙黃色或黑褐色的肉質突起，嘴扁闊，頸長，尾短，腳大有蹼。吃穀物、青草、魚蝦等，肉和卵都可吃 ◆ 鵝毛扇｜鵝行鴨步｜千里送鵝毛，禮輕情意重｜唐駱賓王《詠鵝》詩："鵝鵝鵝，曲項向天歌，白毛浮綠水，紅掌撥清波。"

---

⁷ **鵒**(鵒)
[yù ㄩˋ ⑧ juk⁹ 肉]

鴝鵒。見"鴝"，833頁左欄。

---

⁷ **鵟**
[kuáng ㄎㄨㄤˊ ⑧ kwɔŋ⁴ 狂]

鳥名，鷹科的一屬。形似老鷹，但尾羽圓而不分叉，毛褐色，善飛翔，捕食鼠類，冬季遷往江南地區，是益鳥。

---

⁷ **鵜**(鵜)
[tí ㄊㄧˊ ⑧ tɐi⁴ 提]

❶鵜鴂，鳥名。即杜鵑。❷鵜鶘，水鳥名，體長可達2

米，嘴長，尖端彎曲，下頜底部有一個可存放食物的皮質喉囊，翅膀大，羽毛白色，少數黑色。善於游泳和捕魚。多成羣飛翔，棲息在江河、湖泊地區。俗稱"塘鵝"或"淘河"。❸鵜鶘，即鸊鷉。見"鸊"，842頁右欄。

---

⁸ **鵡**(鵡)
[wǔ ㄨˇ ⑧ mou⁵ 武]

鸚鵡。見"鸚"，843頁左欄。

---

⁸ **鶄**(鶄)
⟨一⟩[jīng ㄐㄧㄥ ⑧ dziŋ¹ 晶]

鳽鶄。見"鳽"，834頁右欄。
⟨二⟩[qīng ㄑㄧㄥ ⑧ 同⟨一⟩]
鶄鶴，水鳥名。體形像鶴，產於我國南方，喜在水面或水邊棲息。

---

⁸ **鵲**(鵲)
[què ㄑㄩㄝˋ ⑧ tsœk⁸ 綽]

鳥名。身體大部分毛羽黑色，肩和腹部白色，尾巴長，叫聲嘈雜，民間傳說，鵲噪會有客來或喜事至。通稱"喜鵲" ◆ 鵲橋相會｜鵲巢鳩佔。

---

⁸ **鶇**(鶇)
[dōng ㄉㄨㄥ ⑧ duŋ¹ 東]

鳥類的一屬。羽毛呈淡褐或黑色，常有雜斑細紋，嘴細長而側扁，翅膀長而平，鳴聲悅耳。吃昆蟲，是益鳥。常棲息於田圃或林間，種類很多，我國常見的有“烏鵗”、“灰背鵗”、“斑鵗”等。

鵪(鹌) [ān ㄢ 粤em¹/ŋem¹ 庵]

鵪鶉，鳥名。體形像雞而小，頭小，尾短而禿，羽毛赤褐色，雜有暗黃條紋，不善飛翔。雄鳥好鬥。肉、卵都可以吃，味美而營養豐富。

鵾 [kūn ㄎㄨㄣ 粤gwɐn¹君/kwɐn¹坤(語)]

鵾雞，古書上說的一種鳥，形體像鶴，羽毛黃白色。也作“鯤雞”。

鵴 同“鵴”，見837頁左欄。

鵖 [yì ㄧˋ 粤jik⁹亦]
❶即鵴，古書上說的一種水鳥。❷鵖鵖，鵝叫聲。

鵬 [bēi ㄅㄟ 粤pɐt⁷ 匹]
鳥類的一屬。羽毛大部為黑褐色，腿短而細弱，大多成羣活動，叫聲明亮動聽，吃野果、昆蟲等。

鵬(鹏) [péng ㄆㄥˊ 粤paŋ⁴彭]
《莊子》寓言中形體最大的鳥，背闊幾千里。又名“鯤鵬” ◆ 鵬程萬里。

鵊 [fú ㄈㄨˊ 粤fuk⁹伏]
古書上說的一種像貓頭鷹似的鳥，形體小，迷信認為不祥。

鵰 [diāo ㄉㄧㄠ 粤diu¹刁]
❶鳥名，鷹科的一屬。羽毛褐色，上嘴鈎曲，視力很強，性兇猛，能捕食山羊、野兔等。各種類都是大型猛禽。也作“雕”。也叫“鷲”。❷鵰鵄，鵰鵄的一種，大型猛禽，羽毛暗褐色，帶黃色斑紋，夜間活動，食鼠、兔、蛙或爬行動物等。

鶊(鹐) [qiān ㄑㄧㄢ 粤dzam¹簪]
鳥或家禽用尖的嘴啄 ◆ 曬的穀子別讓雞來鶊。

鵷(鹑) [chún ㄔㄨㄣˊ 粤sœn⁴純]
鵷鶉。見“鵪”，837頁左欄。

鵵(鹒) [gēng ㄍㄥ 粤gɐŋ¹庚]
鵷鵵。見“鶬”，839頁左欄。

鵷 [yuān ㄩㄢ 粤jyn¹冤]
鵷鶵，古代傳說中的與鸞、鳳同類的鳥。也作“鵷雛”。

鶓(鹋) [miáo ㄇㄧㄠˊ 粤miu⁴苗]
鴯鶓。見“鴯”，833頁右欄。

9 鶘 (鴴)

[hú ㄏㄨˊ 🔊 wu⁴ 胡]
鶘鶘。見"鵜"，836頁左欄。

9 鶒

[chì ㄔˋ 🔊 tsik⁷ 斥]
鸂鶒。見"鸂"，842頁右欄。

9 鴃

[jué ㄐㄩㄝˊ 🔊 gwik⁷ 號]
"鴃"的本字。

9 鶗

[tí ㄊㄧˊ 🔊 tɐi⁴ 提]
鶗鴃，鳥名。杜鵑的古稱。

9 鶡 (鶡)

[hé ㄏㄜˊ 🔊 hɔt⁹ 褐]
❶ 鶡雞，鳥名。即"褐馬雞"，羽毛黑色，眼周紅色，頷和上喉、耳羽色白，腰羽和尾羽也是白色，性好鬥，棲於高山森林中，屬於珍禽，列為一類保護動物。古代武士用它的尾羽作帽的裝飾，象徵勇武。❷ 鶡鴠，古書上動物名，即"寒號蟲"，屬蝙蝠類，古人誤以為鳥。又作"曷旦"。

9 鶚 (鶚)

[è ㄜˋ 🔊 ŋɔk⁹ 岳]
鳥名。頭、頸和腹部羽毛白色，背部有暗褐色縱紋，嘴短腳長，趾爪尖銳，在樹上或巖石上築巢，活動於江河海濱，性兇猛，以魚為食，為魚業害鳥，但羽毛可用。通稱"魚鷹"。

9 鶖 (鶖)

[qiū ㄑㄧㄡ 🔊 tsɐu¹ 秋]
鳥名，古書上所說的一種水鳥。傳說形體似鶴而大，羽毛青蒼色，長頸赤目，嘴長而扁，嗉下有袋如鵜鶘，足如雞爪，黑色，頭和頸上都無毛。性兇惡貪吃，吃魚、蛇、鳥等。也叫"禿鶖"。

9 鷀 (鶿⑧鸕鷀)

[cí ㄘˊ 🔊 tsi⁴ 池]
鸕鷀。見"鸕"，843頁左欄。

9 鞠

同"鶪"，837頁左欄。

9 鶥 (鶥)

[méi ㄇㄟˊ 🔊 mei⁴ 眉]
鳥類的一屬。通常指"畫眉"。羽毛多為棕褐色，翅膀短，嘴尖，尾巴長，叫聲婉轉動聽。棲息於樹林中，吃蟲，是益鳥。種類很多，我國常見的有棕頸鈎嘴鶥、紅頂鶥、黑臉噪鶥等。

9 鶩 (鶩)

[wù ㄨˋ 🔊 mou⁶ 務]
禽名，即鴨子 ◆ 野鶩｜雞鶩｜趨之若鶩｜唐王勃《滕王閣詩序》詩："落霞與孤鶩齊飛，秋水共長天一色。"

10 殼

[kòu ㄎㄡˋ 🔊 kɐu³ 扣]
初生的小鳥。

10 鷊

[yì ㄧˋ 🔊 jik⁹ 亦]
❶ 同"鷁"，見839頁右欄。

❷鳥名，古書上指吐綬雞。形體高大，頭部無毛而有珊瑚狀皮瘤，喉下有肉垂，胸部飽突。雄鳥尾呈扇狀，羽毛有黑、白、深黃等色，馴養可供觀賞，肉可食。俗稱"火雞"。

¹⁰**鷃**　[yàn ㄧㄢˋ 粵 an³/ŋan³ 晏]
鷃雀，古籍中的一種小鳥名。也稱"斥鷃"、"尺鷃"。形體很小，不能遠飛。

¹⁰**鶻**（鹘）　⟨一⟩[hú ㄏㄨˊ 粵 wet⁹ 屈⁹]
鳥類的一科，即隼。翅膀窄而尖，嘴短而寬，上嘴彎曲，有齒狀突起。飛行快速，性兇猛，常襲擊其他鳥類，我國有遊隼、燕隼等。
⟨二⟩[gǔ ㄍㄨˇ 粵 gwet⁷ 骨]
鶻鵃，古書上說的一種鳥。羽毛青黑色，尾巴短。

¹⁰**鷈**（䴘）　[tī ㄊㄧ 粵 tei¹ 梯]
鷈鷉，見"鷉"，842頁右欄。

¹⁰**鶬**（鸧）　[cāng ㄘㄤ 粵 tsɔŋ¹ 倉]
鶬鶊，鳥名。即黃鸝。也寫作"倉庚"。見"鸝"，843頁右欄。

¹⁰**鶲**（鹟）　[wēng ㄨㄥ 粵 juŋ¹ 翁]
鳥類的一科，形體小，嘴略扁平，腳短小。常久棲樹枝，窺視

飛蟲，突擊捕獲，是一種益鳥。種類很多，有烏鶲、北灰鶲、白眉鶲等。

¹⁰**鷂**（鹞）　[yào ㄧㄠˋ 粵 jiu⁶ 耀/jiu⁴ 遙]
❶鳥名。像鷹而形體較小，雄鳥頭頸灰色，背灰褐色，腹白色泛青，尾覆白羽。雌鳥褐色，綴有斑點。性兇猛，善捕小鳥為食。通稱"雀鷹"、"鷂鷹" ◆ 鷂子翻身｜深山出俊鷂。❷鷂子，方言。指風箏 ◆ 紙鷂｜斷線鷂子。

¹⁰**鶹**　[liú ㄌㄧㄡˊ 粵 leu⁴ 留]
鵂鶹。見"鵂"，834頁左欄。

¹⁰**鶵**　[chú ㄔㄨˊ 粵 tsɔ⁴ 雌]
❶鵷鶵。見"鵷"，837頁右欄。❷同"雛"，見776頁左欄。

¹⁰**鶺**（鹡）　[jí ㄐㄧˊ 粵 dzik⁸ 即⁸/dzɛk⁸ 炙(語)]
鶺鴒。❶鳥類的一屬。最常見的一種，形體小，頭黑額白，背部黑色，腹部白色，嘴細長，尾巴和翅膀都很長，黑色有白斑。生活在水邊，吃昆蟲和小魚，是益鳥。也寫作"脊令"。❷古代常比喻兄弟。

¹⁰**鷁**　[yì ㄧˋ 粵 jik⁹ 亦]
古書上說的一種水鳥。形體像鷺而較大，羽毛蒼白色，能高飛。

¹⁰ **鶼**（鹣） ［jiān ㄐㄧㄢ ⓤ gim¹ 兼］

鶼鶼，古代傳説中的一種鳥，即比翼鳥。雌雄不並翼不飛，各有一目一翅，常比喻恩愛的夫妻 ◆ 鶼鰈情深。

¹⁰ **鶯**（莺 ⓢ 鸎） ［yīng ㄧㄥ ⓤ eŋ¹/ŋaŋ¹ 營］

❶ 鳥類的一科。形體比麻雀小，羽毛多綠褐色或綠綠色，嘴細長叫聲清脆悦耳。種類甚多，吃昆蟲，是農林益鳥 ◆ 鶯歌燕舞｜鶯聲燕語。❷ 舊指黃鶯，也稱"黃鶯"。

¹⁰ **鶴**（鹤） ［hè ㄏㄜˋ ⓤ hɔk⁹ 學］

鳥類的一科。羽毛白色或灰色，頭小頸長，頭頂紅色，腿細長，嘴長而直，翅膀大，善於飛翔，叫聲清脆響亮，常在沼澤地帶平原水邊羣居，捕食魚和昆蟲。種類很多，有"白鶴"、"灰鶴"、"丹頂鶴"等 ◆ 鶴壽｜鶴立雞羣｜風聲鶴唳。

¹¹ **鷙**（鸷） ［zhì ㄓˋ ⓤ dzi³ 至］

兇狠；勇猛 ◆ 鷙鳥｜勇鷙。

¹¹ **鷗**（鸥） ［ōu ㄡ ⓤ eu¹/ŋeu¹ 歐］

鳥類的一科。頭大，嘴扁平，前趾有蹼，翅膀尖長，羽毛多為灰、白色。生活在海洋及內陸河川，主要捕食魚類、昆蟲和各種水生動物。種類繁多，有"海鷗"、"銀鷗"、"燕鷗"等。

¹¹ **鷖**（鹥） ［yī ㄧ ⓤ ei¹/ŋai¹ 矮¹］

古書上"鷗"的別名。

¹¹ **鶒** 同"鷘"，見843頁左欄。

¹¹ **鷓**（鹧） ［zhè ㄓㄜˋ ⓤ dzɛ³ 借］

鷓鴣，鳥名。背部和腹部的羽毛黑白相雜，足黃褐色或紅褐色。棲息於有灌木或樹的山地，吃昆蟲及穀、豆等植物種子。雄鳥好鬥。肉味肥美。

¹¹ **鷟**（鹙） ［zhuó ㄓㄨㄛˊ ⓤ dzɔk⁹ 昨］

鸑鷟。見"鸑"，842頁右欄。

¹¹ **鷚**（鹨） ［liù ㄌㄧㄡˋ ⓤ leu⁶ 漏］

❶ 鳥類的一屬，形體較小，嘴細長，尾巴長。常見的有"田鷚"、"樹

鷜"、"水鷜"等。❷天鷜，百靈科的"雲雀"的別名。

鷰
12 同"燕〈一〉"，見408頁右欄。

鷯 (鹩)
12 [liáo ㄌㄧㄠˊ ⑧ liu⁴ 聊]

鷦鷯。見"鷦"，841頁左欄。

鷦 (鹪)
12 [jiāo ㄐㄧㄠ ⑧ dziu¹ 焦]

鷦鷯，鳥名。形體小，長約10厘米，頭部淺棕色，有黃色眉紋，上體連尾栗棕色，雜有稀疏的黑斑，尾羽短而上翹。常活動於灌木叢中，吃昆蟲。築巢呈圓屋頂狀，一側開孔出入，形狀精巧。又稱"巧婦鳥"。

鷭 (鹱)
12 [fán ㄈㄢˊ ⑧ fan⁴ 煩]

鳥名。形體有點像雞，背羽暗青灰色，腹面灰黑色，腹部灰白色，腳暗綠色，前額有紅色塊狀物。常棲息在江河湖泊近旁，善於游泳，吃昆蟲、魚、貝等。

鷲 (鹫)
12 [jiù ㄐㄧㄡˋ ⑧ dzɐu⁶ 就]

❶鳥名，鷹科部分種類的通稱。均為大型猛禽，如禿鷲、兀鷲等。❷舊時對雕的俗稱，如稱"海雕"為"海鷲"。

鷳 (鹇⑧鷴)
12 [xián ㄒㄧㄢˊ ⑧ han⁴ 閒]

白鷳，鳥名。雉的一種，雄鳥體長1米以上，冠及下體純藍黑色，上體及兩翼白色帶黑紋。雌鳥棕綠色。棲於高山竹林間，成羣覓食，種類甚多。我國列為三類保護動物。馴養可供觀賞。

鷸 (鹬)
12 [yù ㄩˋ ⑧ jyt⁹ 月]

鳥名，鷸科多數種類的通稱。羽毛多為沙灰、黃、褐等色，密綴斑紋，嘴細長，足也很長，趾間無蹼。常棲息在淺水處，吃小魚、貝類、昆蟲等，天將要下雨時會鳴叫。常見的如"丘鷸"◆鷸蚌相爭，漁翁得利。

鷥 (鸶)
12 [sī ㄙ ⑧ si¹ 詩]

鷺鷥。見"鷺"，841頁右欄。

鷺 (鹭)
13 [lù ㄌㄨˋ ⑧ lou⁶ 路]

鳥類的一科。體形一般高大瘦削，嘴直而尖，頸和腿都長，趾具半蹼，適於涉水覓食。頭頂、胸、肩、背部都生有絲狀長毛。常飛翔和活動於水田、澤地，吃魚、蛙、貝類、昆蟲等。常見的有“白鷺”、“蒼鷺”、“綠鷺”等。也叫“鷺鷥”。

13 **䴉** [huán ㄏㄨㄢˊ [粵] wun^{6} 玩] 鳥名，䴉科部分種類的通稱。形體大小像白鷺，嘴細長而圓，向下彎曲，足粗健，較鷺短，但趾爪都長。生活在水邊。我國常見的為白䴉。比較罕見的有朱䴉，為我國一類保護動物。

13 **鷽** [xué ㄒㄩㄝˊ [粵] hɔk^{9} 學] 鳥類的一屬。為小型鳴禽，形體似雀而羽毛顏色不一，鳴聲悦耳，可籠養，吃昆蟲、果實等。

13 **鸇** [zhān ㄓㄢ [粵] dzin^{1} 煎] 古書上説的一種猛禽。外形像鷂鷹，羽毛青黃色，捕食燕雀等小鳥。

13 **鷹**（鹰） [yīng ㄧㄥ [粵] jiŋ^{1} 英] 鳥類的一科。嘴彎曲鋭利，頸短，四趾有鈎爪。性兇猛，晝間活動，棲息山林或平原地區，捕食小獸及其他鳥類。常見的有“蒼鷹”、“雀鷹”等 ◆ **鷹犬｜鷹隼｜不見兔子不撒鷹**。

白頭鷹

金鷹

13 **鸂** [xī ㄒㄧ [粵] kɐi^{1} 溪] 鸂鶒，古書上指像鴛鴦的一種水鳥。多紫色，形體比鴛鴦略大，俗稱“紫鴛鴦”。

13 **鷫** [sù ㄙㄨˋ [粵] suk^{7} 粟] 鷫鸘，鳥名，雁的一種。頸長，羽毛綠色。也作“鷫鷞”。

13 **鷿**（䴙） [pì ㄆㄧˋ [粵] pik^{7} 闢] 鷿鷈，鳥名。形體像鴨而較小，羽毛暗褐色，翅膀短小，尾短，蹼足，不善於飛翔。棲息於水草叢生的湖沼地帶，常浮於水面，善潛水，吃水生昆蟲、小魚、小蝦和軟體動物。

14 **鸌** [hù ㄏㄨˋ [粵] wɔk^{8} 鑊] 鳥類的一科。頭、頸白色，綴以棕紋，其餘部分暗褐色，下體純白，嘴端鈎曲，趾間有蹼。生活在海岸邊，會游泳和潛水，夜間覓食魚類和軟體動物。

14 **鸏** [méng ㄇㄥˊ [粵] muŋ^{4} 蒙] 鳥類的一屬。是中型或大型海鳥，羽毛白色或灰色，嘴強而直，略側扁，末端尖鋭，尾羽中央兩枚鮮明奪目。生活在熱帶海洋上，主食魚類。也稱“熱帶鳥”。我國有“紅嘴鸏”，繁殖在西沙羣島。

14 **鸑** [yuè ㄩㄝˋ [粵] ŋɔk^{9} 岳] 鸑鷟。❶古書上説的一種水

鳥，形體像鷙而大，赤目。❷古書上鳳的別稱。

16
鸕(鸬) [lú ㄌㄨˊ ⑨ lou⁴ 勞]
鸕鷀，鳥名。羽毛黑色，有紫色光澤，嘴扁長，暗黑色，上嘴尖端有鈎。善於潛水捕魚，捕得的魚放在喉下的皮膚囊內，棲息在河川、湖沼與海濱。馴養後可用來幫助捕魚。俗稱"水老鴉"、"魚鷹"。

17
鸘 [shuāng ㄕㄨㄤ ⑨ sœŋ¹ 商]
鸘鶴。見"鶴"，842頁右欄。

17
鸚(鹦) [yīng ㄧㄥ ⑨ jiŋ¹ 英]
鸚鵡，鳥名。頭圓，上嘴彎曲，羽毛色澤豔麗，有白、赤、黃、綠等色。生活在熱帶森林裏吃果實。經反覆訓練，能摹仿人説話。可供觀賞，種類很多。俗稱"鸚哥"。

18
鸛(鹳) [guàn ㄍㄨㄢˋ ⑨ gun³ 貫]
鳥類的一屬。體形像鶴或鷺，嘴長而直，翅膀大，尾巴短，羽毛灰色、白色或黑色，腳長，

紅色。生活在溪邊，夜棲高樹。吃魚、蛙、蛇、甲殼類。我國的"黑鸛"、"白鸛"列為一類保護動物。

18
鸜 [qú ㄑㄩˊ ⑨ kœy⁴ 渠]
鸜鵒，同"鴝鵒"。見"鴝"，833頁左欄。

19
鸝(鹂) [lí ㄌㄧˊ ⑨ lei⁴ 離]
鳥名。雄鳥羽色金黃而有光澤，頭眼部有黑紋，雌鳥羽毛黃中帶綠，嘴淡紅色，鳴聲婉轉悦耳。吃森林中的害蟲，是一種益鳥。也稱"黃鶯"、"黃鳥"、"鶬鶊"◆唐杜甫《絕句》："兩個黃鸝鳴翠柳，一行白鷺上青天。"

19
鸞(鸾) [luán ㄌㄨㄢˊ ⑨ lyn⁴ 聊]
傳説中鳳凰一類的鳥。有五彩的羽毛◆鸞鳳和鳴｜顛鸞倒鳳。

鹵 部

0
鹵(卤) 〈一〉[lú ㄌㄨˊ ⑨ lou⁵ 老]
❶鹽鹵，熬鹽時剩下的黑色液體，為氯化鎂、硫酸鎂和氯化鈉的混合物，味苦有毒。可用來使豆漿凝結

成豆腐。也稱"鹵水"。❷鹵素，指氟、氯、溴、碘、砹等五種化學性質很相似的元素族。能直接和金屬化合成鹽類，是最強的氧化劑之一，為重要的化學原料，在藥物、染料、塑料、合成橡膠等製造工業上應用廣泛。❸鹵砂，礦物名。常見於近代火山活動區，由火山噴出的氯化銨氣體凝聚而成。在工農業及醫藥上都有廣泛用途。
〈二〉"爐"的異體字。

鹹(咸) [xián ㄒㄧㄢˊ 粵ham⁴ 函]

味道像鹽的，含鹽分多的 ◆ 鹹肉｜鹹白菜｜吃得太鹹不利於健康。

鹺(鹾) [cuó ㄘㄨㄛˊ 粵tsɔ⁴ 鋤]

❶鹹 ◆ 鹺魚。❷鹽的別名 ◆ 鹺商（鹽商）。

鹽(盐) [yán ㄧㄢˊ 粵jim⁴ 炎]

❶一種可使食物味道變鹹的物質。白色粉粒狀，化學成分是氯化鈉。按其產地的不同，有海鹽、池鹽、井鹽、巖鹽等 ◆ 鹽花｜鹽商｜鹽汽水。❷酸類中的氫根被金屬元素置換而成的化合物，如"正鹽"、"酸式鹽"、"鹼式鹽"等。

鹼(硷®鎌磏) [jiǎn ㄐㄧㄢˇ 粵gan² 簡]

❶含在土裏的一種物質。化學成分是碳酸鈉，有澀味，性滑，可洗去污垢。常用於肥皂、玻璃等製造業中，也用來中和發麵中的酸味。❷含氫氧根的化合物的統稱，能使石蕊試紙變藍，能跟酸中和而形成鹽。❸受鹽鹼侵蝕 ◆ 鹽鹼地。

鹿 部

鹿 [lù ㄌㄨˋ 粵luk⁹ 六]

❶哺乳動物的一科。尾巴短，腿細長，毛多為黃褐色，有花斑或條紋。通常雄的頭上有角，個別種類雌的也有角，也有的雌雄均無角（如麝、麅）。具有特別靈敏的聽覺和嗅覺。性情溫馴，角可入藥。我國所產種類很多，有"麝"、"鹿"、"水鹿"、"梅花鹿"、"白唇鹿"、"麋鹿"、"麅"、"麑"等 ◆ 鹿死誰手｜逐鹿中原｜心頭小鹿撞個不住。❷姓。

長頸鹿

馴鹿

麂 [jǐ ㄐㄧˇ 粵gei² 己]

哺乳動物。一種體形較小的

鹿，毛黃黑色。善於跳躍，雄的有短角，皮很柔軟，可用來製革，做鞋面、手套等。肉可以吃。常見的有"黃鹿"、"黑鹿"、"赤鹿"等 ◆ 鹿皮鞋。

² 麀 ［yōu ㄧㄡ ⑧ jɐu¹ 休］
古書上指雌鹿。

⁴ 麁
古同"粗"，見512頁左欄。

⁵ 麇 ⟨一⟩［jūn ㄐㄩㄣ ⑧ gwɐn¹ 君］
古書上指麕子。
⟨二⟩［qún ㄑㄩㄣˊ ⑧ kwɐn⁴ 羣］
許多人或事物聚集在一起 ◆ 麇集｜麇聚。

⁵ 麃 ［páo ㄆㄠˊ ⑧ pau⁴ 刨］
哺乳動物，鹿的一種。體長達 1 米餘，毛夏季栗紅色，冬季棕褐色，臀部灰白色。後肢略比前肢長，雄的有分枝狀的角。吃青草、野果和野菌等，棲息於山坡、小樹林中。肉可以吃，毛皮可做褥、墊或製革。通稱"麃子"或"狍子"。

⁵ 麈 ［zhǔ ㄓㄨˇ ⑧ dzy² 主］
古書上指體型較大的一種鹿，一說即"麋鹿"（四不像）。古代用其尾製拂塵，魏、晉時人清談時常拿在手中，稱為麈尾 ◆ 揮麈談玄。

⁵ 麚 ［jiā ㄐㄧㄚ ⑧ ga¹ 加］
古書上指雄鹿。

⁶ 麋 ［mí ㄇㄧˊ ⑧ mei⁴ 眉］
麋鹿，哺乳動物，鹿的一種。體型較大，長2米餘，肩高1米餘，毛淡褐色，雄的有整齊的分叉的角。過去一般認為它角似鹿非鹿，頭似馬非馬，身似驢非驢，蹄似牛非牛，因又稱"四不像"。性溫馴，以植物為食，是我國特產珍貴動物。今野生種已絕跡，北京動物園等處有飼養。

⁸ 麒 ［qí ㄑㄧˊ ⑧ kei⁴ 其］
麒麟，古代傳說中的一種動物。形體像鹿而較大，獨角，尾像牛，全身有鱗，古代作為吉祥的象徵。也簡稱"麟"。

⁸ 麓 ［lù ㄌㄨˋ ⑧ luk⁹ 陸］
山腳，山的靠近平地的部分 ◆ 山麓｜太行山南麓。

⁸ 麗（丽）⟨一⟩［lì ㄌㄧˋ ⑧ lei⁶ 例］
❶美；好看；漂亮 ◆ 美麗｜秀麗｜壯麗｜麗人｜風和日麗。❷附着 ◆ 附麗。
⟨二⟩［lí ㄌㄧˊ ⑧ lei⁴ 離］
❶麗水，地名。在浙江省。❷高

麗，朝鮮歷史上的王朝(公元918—1392年)。舊時習慣沿用指稱朝鮮 ◆ 高麗參｜高麗紙。

麤
8 同"麋"，見845頁左欄。

麑
8 [ní ㄋㄧˊ ⑧ ŋei⁴ 危]
古書上指幼鹿。

麖
8 [jīng ㄐㄧㄥ ⑧ giŋ¹ 京]
即水鹿，鹿的一種。身體高大，耳大而直立，頸較長，尾短，四肢長，體暗褐色，胸灰褐，腹部土黃色，臀部有白色塊斑。雄的有角，粗大而分叉。生活在亞熱帶及熱帶的森林中，羣棲。毛皮可製革，鹿茸是珍貴藥材。是國家二類保護動物。也叫"黑鹿"。

麝
10 [shè ㄕㄜˋ ⑧ sɛ⁶ 射]
哺乳動物。形體像鹿而小，毛棕色或灰褐色而有斑紋。前腿短，後腿長，善於跳躍。耳大，無角，尾巴短。重約10公斤。不羣居，以青草、苔蘚等為食。雄麝肚臍與生殖孔之間有腺囊，能分泌麝香，麝香可做香料或入藥。肉可食，皮可製革。俗稱"香麞"。

麞
11 (⑧獐) [zhāng ㄓㄤ ⑧ dzœŋ¹ 章]
哺乳動物。形體像鹿而較小。毛黃褐色，腹部白色，較粗長，頭上無

角。雄的犬齒發達，形成獠牙，露出口外。行動靈敏，善跳躍，能游泳。生活於蘆灘、草原等地區。肉可食，皮可以製革。也稱"牙麞" ◆ 麞頭鼠目。

麟
12 (⑧麐) [lín ㄌㄧㄣˊ ⑧ lœn⁴ 鄰]
麒麟，也簡稱"麟"。見"麒"，845頁右欄 ◆ 鳳毛麟角。

麤
22 麤麤 (⑧麤) [cū ㄘㄨ ⑧ tsou¹ 操]
❶超遠行；泛指遠行。❷同"粗"，見512頁左欄。

麥 部

麥
0 (麦) [mài ㄇㄞˋ ⑧ mɐk⁹ 脈]
❶一年生或二年生草本植物。子實可以磨成麵粉供食用，也可作精飼料、製飴糖或釀酒。麥稈可編織器物和作造紙原料。常見的有小麥、大麥、黑麥、燕麥等。主要產在我國北方，是重要的糧食作物。❷專指小麥。通稱"麥子"。❸姓。

大麥　　小麥

³**麩**（麸®䴸粰）[fū ㄈㄨ ⑧ fu¹ 呼]

麩子，指小麥磨麵時篩過以後剩下的麥皮和碎屑。也叫"麩皮"。

⁴**麪**（面®麵）⑧ [miàn ㄇㄧㄢˋ ⑧ min⁶ 面]

❶糧食作物的子實磨成的粉，特指小麥磨成的粉 ◆ 白麪|麪粉|玉米麪。❷粉狀物 ◆ 藥麪兒|胡椒麪兒。❸用小麥或其他糧食磨成的粉做成的細條狀食品 ◆ 麪條|湯麪|炸醬麪。❹形容食物含纖維少而口感柔軟 ◆ 麪倭瓜|這種甜瓜麪得很。

⁴**麨**[chǎo ㄔㄠˇ ⑧ tsau² 炒]

米、麥等炒熟後磨成的粉，或炒熟的米粉、麪粉。舊時作為乾糧。

⁶**麯**（曲®粬）[qū ㄑㄩ ⑧ kuk⁷ 曲]

❶釀酒或製醬時所用的塊狀物，以麯黴菌和麥子、麩皮、大豆混合形成的培養基製成。❷姓。

⁶**麰**[móu ㄇㄡˊ ⑧ meu⁴ 謀]

古代稱大麥。

⁸**麴**

同"麯"，見847頁左欄。

⁹**麵**

同"麪"，見847頁左欄。

麻 部

⁰**麻**[má ㄇㄚˊ ⑧ ma⁴ 馬⁴]

❶草本植物。種類很多，有"大麻"、"亞麻"、"苧麻"、"黃麻"、"苘麻"、"劍麻"等。莖皮纖維長而柔韌，是紡織及製繩工業的重要原料 ◆ 殺人如麻|蓬生麻中，不扶自直|唐孟浩然《過故人莊》詩："開軒面場圃，把酒話桑麻。"❷指這些植物的纖維 ◆ 麻繩|麻紗|快刀斬亂麻。❸舊時指用麻布做成的喪服 ◆ 披麻戴孝。❹指芝麻 ◆ 麻油|麻醬。❺表面不平整，不光滑 ◆ 麻核桃。❻人出天花後臉上留下的瘢痕 ◆ 麻臉|麻子。❼表面有細碎斑點的 ◆ 麻雀|麻葉海棠。❽由於局部長時間受壓迫、外界刺激或神經系統疾患引起的不舒服感覺 ◆ 手麻了|麻辣豆腐|半邊身子發麻。❾感覺不靈或全部喪失 ◆ 麻醉|麻痺|麻木不仁。❿姓。（❶～❹同"蔴"。）

³**麼**（幺）〈一〉[me ㄇㄜ ⑧ mo¹ 魔/mo⁵ 孇]

❶詞尾 ◆ 怎麼|那麼|這麼|什麼。❷歌詞中的襯字 ◆ 滿山的杜鵑，紅呀麼紅似火。

〈二〉[mó ㄇㄛˊ ⑧ mo⁴ 磨]

小；卑微 ◆ 幺麼小丑。

〈三〉[ma ·ㄇㄚ 粵me¹ 媽]
助詞。❶用在句末表示疑問或反語 ◆ 你到過北京麼|難道你不喜歡這種式樣麼？❷用在句中使所說的內容引起注意 ◆ 這個人麼就是這樣的性格。

⁴麾 [huī ㄏㄨㄟ 粵fɐi¹ 輝]
❶古代用來指揮軍隊的旗子 ◆ 麾下。❷同"揮"。指揮 ◆ 麾師南下。

黃 部

⁰黃(黃) [huáng ㄏㄨㄤˊ 粵woŋ⁴ 王]
❶像金子或向日葵花的顏色 ◆ 金黃|黃燦燦|黃粱一夢|人老珠黃。❷特指色情的 ◆ 黃帶|掃黃|黃色小説。❸指黃河 ◆ 黃泛區|治黃工程。❹用於口語，指事情失敗或計劃不能實現 ◆ 買賣黃了|這個項目黃不了。❺姓。

⁵䵐 [tiān ㄊㄧㄢ 粵tim¹ 添]
白黃色 ◆ 䵐鹿(鹿的一種)。

⁵䵔 [tǒu ㄊㄡˇ 粵tɐu² 偷²]
❶黃色。❷增加 ◆ 䵔益。

⁸䵑 [tūn ㄊㄨㄣ 粵tɐn¹ 吞]
黃顏色。

¹³黌(黌) [hóng ㄏㄨㄥˊ 粵waŋ⁴ 橫]
古代稱學校。

黍 部

⁰黍 [shǔ ㄕㄨˇ 粵sy² 鼠]
黍子。❶一年生草本植物。葉子線形，子實白色、褐色或淡黃色，比小米顆粒大，煮熟後有的性黏。可以做糕和釀酒。是產於我國北方的一種重要糧食作物。❷指這種植物的子實。

³黎 [lí ㄌㄧˊ 粵lɐi⁴ 犁]
❶眾；眾多 ◆ 黎民|黎庶。❷黎族，我國少數民族之一。多數居住在海南省。❸姓。

⁵黏 [nián ㄋㄧㄢˊ 粵nim¹ 念¹]
❶具有稠粘性質的；能使物體互相膠合、連接在一起的 ◆ 黏土|黏液|黏度|這膠水黏性很好。❷有黏性的東西附着在物體上或互相連接 ◆ 黏貼|黏合|黏結|黏上郵票|糖黏在牙齒上了。

¹⁰䵚 [tǎo ㄊㄠˇ 粵tou² 討]
䵚黍，方言。即高粱。

¹¹䴾 [méi ㄇㄟˊ 粵mei⁴ 眉]
䴾子，一各無黏性的黍子。

又稱“穄”。也作“糜(méi)子”。

11 **黐** [chī ㄔ/lí ㄌㄧˊ [粵] tsi1 雌] ❶用細葉冬青的莖的內皮搗碎製成的木膠，可以用來捕鳥。❷粵方言。黏合。

黑部

0 **黑** [hēi ㄏㄟ [粵] hɐk7 刻] ❶像煤或墨的顏色 ◆ 墨黑|烏黑|黑髮|黑眼珠|黑不溜秋|天下烏鴉一般黑|黑雲壓城城欲摧。❷暗，光線不充足 ◆ 天黑了|黑咕隆咚|一條道走到黑。❸祕密的；不公開的 ◆ 黑話|黑幕|黑貨|黑客|黑社會|黑市交易。❹壞；狠毒 ◆ 黑心腸。❺姓。

4 **默** [mò ㄇㄛˋ [粵] mɐk9 麥] ❶不說話；不出聲 ◆ 沈默|默讀|默認|默許|默哀|默契|默默無言。❷憑記憶(寫) ◆ 默寫|默英語單詞。

4 **黔** [qián ㄑㄧㄢˊ [粵] kim4 鉗] ❶黑顏色 ◆ 黔首(古代稱老百姓)。❷貴州省的別稱 ◆ 黔劇|黔驢技窮|黔驢之技。

4 **黕** [dǎn ㄉㄢˇ [粵] dɐm2 都感切] ❶垢污；黑斑。❷烏黑。

5 **點**(点) [diǎn ㄉㄧㄢˇ [粵] dim2 玷] ❶細小的痕跡或物體 ◆ 斑點|雨點兒|胸無點墨。❷漢字筆畫之一，形狀是“、” ◆ “三點水”偏旁。❸幾何學中指只有位置而沒有長、寬、厚的幾何圖形。線段的兩端或兩條直線相交處都是點。❹數學上在整數和小數之間使用的符號，左邊是整數，右邊是小數。如24.5讀作“二十四點五”。❺一定的位置或程度的標誌 ◆ 起點|終點|冰點|沸點|焦點|從這一點做起。❻事物的方面或部分 ◆ 重點|疑點|優點|特點。❼用筆加上點子 ◆ 圈點|文不加點|畫龍點睛。❽在物體的很小部分上碰觸 ◆ 點穴|點石成金|蜻蜓點水。❾(頭或手)向下動一動 ◆ 點了點頭|點頭哈腰。❿使物體一滴滴或一顆顆落下 ◆ 點鹵|點眼藥水|點播種子。⓫逐個查對；檢核 ◆ 點名|清點|盤點|點數。⓬在很多人或事物中指定(很少的部分) ◆ 點菜|點戲|點播節目。⓭指明；啟發 ◆ 點撥|點破|指點|他肯用心，老師一點就明白了。⓮燃；引着火 ◆ 點燃|點火|只許官家放火，不許百姓點燈。⓯裝飾 ◆ 點染|點綴|裝點門面。⓰指糕餅之類的食品 ◆ 早點|糕點|茶點|西點。⓱時間單位。舊時夜間計時，一夜分五更，一更分五點。現在稱一天的二十四分之一的時間為一點鐘 ◆ 三更三點|下午四點鐘。

⑱規定的時間 ◆ 到點|正點|誤點|晚點。⑲量詞。用於事項 ◆ 一點看法|三點意見。⑳點兒，量詞。表示少量 ◆ 喝點兒牛奶再睡|養點兒花草，自得其樂。

⁵黛 [dài ㄉㄞˋ ⑧dɔi⁶ 代]
❶青黑色的顏料，古代女子用來畫眉 ◆ 黛眉|眉黛|粉黛。❷青黑色 ◆ 黛色。

⁵黜 [chù ㄔㄨˋ ⑧tsœt⁷ 出]
免除或降低(職位) ◆ 黜免|黜退|罷黜|被廢黜的國王。

⁵黝 [yǒu ㄧㄡˇ ⑧jeu² 友²]
淡黑色 ◆ 黝黑|黑黝黝的皮膚。

⁶點 [xiá ㄒㄧㄚˊ ⑧het⁹ 核]
聰明而狡猾 ◆ 慧點|狡點。

⁶黟 [yī ㄧ ⑧ji¹ 衣]
黟縣，地名，在安徽省。

⁷黢 [qū ㄑㄩ ⑧dzœt⁷ 卒]
黑；暗黑 ◆ 黢黑|黑黢黢的山洞。

⁸黨(党) [dǎng ㄉㄤˇ ⑧dɔŋ² 擋]
❶代表某個階級、階層或集團的利益而進行鬥爭和活動的政治組織 ◆ 政黨|黨派|黨員。❷由私人利害關

係結成的小集團 ◆ 黨徒|朋黨|同黨|死黨|結黨營私。❸偏袒；祖護 ◆ 黨同伐異。❹舊時指親屬 ◆ 父黨|母黨|妻黨。

⁸鸝 [lí ㄌㄧˊ ⑧lɐi⁴ 黎]
黑裏透黃，多形容人的臉色 ◆ 面目鸝黑。

⁸黥 [qíng ㄑㄧㄥˊ ⑧kiŋ⁴ 擎]
❶古代的一種刑罰，在犯人臉上刺刻塗黑，以為標誌。也叫"墨刑"。❷指文身，是一種習俗，即在人身體上刺文字、花紋、圖形等。

⁸黦 [yuè ㄩㄝˋ ⑧jyt⁸ 乙]
黃黑色。

⁹點 〈一〉[dǎn ㄉㄢˇ ⑧dam⁶ 淡/tam² 毯/tam³ 探]
❶黑色。❷蒙昧。
〈二〉[shèn ㄕㄣˋ ⑧sɐm⁶ 甚]
同"葚"，桑葚，桑樹的果實。

⁹黯 [àn ㄢˋ ⑧ɐm²/ŋɐm² 暗²]
❶深黑；昏暗 ◆ 黯淡。❷情緒沮喪 ◆ 黯然下淚|黯然神傷。

¹⁰黰 [zhěn ㄓㄣˇ ⑧tsɐn² 診]
❶烏黑。❷同"鬒"，見813頁左欄。

¹¹黴 [méi ㄇㄟˊ ⑧mei⁴ 微]
❶黴菌，真菌的一類，用孢

子繁殖，常寄生或腐生。種類很多，常見的有根黴、毛黴(白黴)、曲黴和青黴等。可用以生產工業原料，進行食品加工、製造抗生素，也能引起工農業原料、產品的發霉變質，部分黴菌還會造成人與動植物的病害。❷面垢黑 ◆ 黴䵟|黴黑。❸同"梅"。黴毒。

11 黪 [cǎn ㄘㄢˇ ⑧tsam² 慘]
❶淺青黑色 ◆ 灰黪|黪淡。❷顏色暗淡 ◆ 黪黷(混濁不清)。

13 黬 [zhǎn ㄓㄢˇ ⑧dam² 膽]
方言。弄髒，染上污點 ◆ 墨水把紙黬了|這種布料經黬。

14 黶(黡) [yǎn ㄧㄢˇ ⑧jim² 掩]
皮膚上生的黑痣。

15 黷(黩) [dú ㄉㄨˊ ⑧duk⁹ 毒]
❶玷污；污辱。❷輕率隨便；不鄭重 ◆ 窮兵黷武。

黹 部

0 黹 [zhǐ ㄓˇ ⑧dzi² 紙]
縫紉、刺繡等針線活 ◆ 針黹。

5 黻 [fú ㄈㄨˊ ⑧fet⁷ 忽]
❶古代禮服上繡的青黑二色相間的花紋。❷同"韍"，見786頁左欄。

7 黼 [fǔ ㄈㄨˇ ⑧fu² 苦]
古代禮服上繡的白黑二色相間的花紋。

黽 部

0 黽(黾) 〈一〉[mǐn ㄇㄧㄣˇ ⑧men⁵ 敏]
黽勉，指努力；勉力 ◆ 黽勉從事|黽勉求之。
〈二〉[miǎn ㄇㄧㄢˇ ⑧men⁵ 敏/min⁵ 免]
黽池，同"澠池"。見"澠"，391頁左欄。

4 黿(鼋) [yuán ㄩㄢˊ ⑧jyn⁴ 元]
鱉的一種，爬行動物。吻突很短，背甲近圓形，散生小疣，暗綠色，一般長24厘米至66厘米以上，大者可達一米多。腹面、前肢外緣和蹼均呈白色。生活於河中。二級保護動物。俗稱"癩頭黿"。又稱"綠團魚"。

5 鼂 [cháo ㄔㄠˊ ⑧tsiu⁴ 潮]
同"晁"。姓。

6 鼃 同"蛙"，見618頁左欄。

11 **鼇**（鰲®螯）
[áo ㄠˊ ⑧ŋou⁴ 遨]

神話傳說中大海裏能背負山的大龜或大鱉 ◆ 獨佔鼇頭。

12 **鼈**（鱉®螫）
[biē ㄅㄧㄝ ⑧bit⁸ 憋]

一種爬行動物。形狀似龜而扁，吻突尖長，頭部青灰色，散有黑點，背甲長達20餘厘米，無紋，邊緣柔軟，腹面乳白色，生活在河湖池沼中，捕食魚蝦、螺等，我國各地均分佈。肉可食用，鱉甲入藥。也叫"甲魚"、"團魚"。俗稱"王八" ◆ 甕中捉鱉｜甕中之鱉。

12 **鼉**（鼍）
[tuó ㄊㄨㄛˊ ⑧tɔ⁴ 駝]

我國特產爬行動物揚子鱷的古稱。又稱"鼉龍"。俗稱"豬婆龍"。見"鱷"，830頁右欄。

鼎 部

0 **鼎**
[dǐng ㄉㄧㄥˇ ⑧diŋ² 頂]

❶古代炊器。多用青銅製成，圓的三足兩耳，方的四足兩耳，一般都又大又重，盛行於殷、周時。後也用陶鼎隨葬 ◆ 鼎立｜鼎峙｜鼎足三分｜人聲鼎沸｜鐘鳴鼎食之家。❷古代用鼎為立國的重器，後喻指國家政權 ◆ 問鼎。❸大 ◆ 鼎力｜鼎鼎大名。❹正在；正當 ◆ 鼎盛。

2 **鼏**
[mì ㄇㄧˋ ⑧mik⁹ 覓]

鼎的蓋子。

2 **鼐**
[nài ㄋㄞˋ ⑧nai⁵ 乃/nɔi⁶ 耐]

大鼎。

3 **鼒**
[zī ㄗ ⑧dzi¹ 資]

一種鼎，上端收斂而口小。

鼓 部

0 **鼓**（®皷）
[gǔ ㄍㄨˇ ⑧gu² 古]

❶一種打擊樂器。多為圓桶形或扁圓形，中間空，一面或兩面蒙着皮革，敲擊發聲 ◆ 軍鼓｜腰鼓｜銅鼓｜鼓手｜撥浪鼓｜蒙在鼓裏。❷形狀、聲音、作用像鼓的事物 ◆ 石鼓｜耳鼓｜蛙鼓。❸敲，使發出聲響 ◆ 鼓掌｜鼓琴｜鼓噪｜一鼓作氣。❹用風箱等扇（風） ◆ 鼓風機。❺發動；使振奮 ◆ 鼓動｜鼓勵｜鼓舞｜鼓起勇氣。❻凸起；膨脹 ◆ 鼓脹｜鼓

鼓囊囊｜書包塞得脹鼓鼓的。

5 鼕 (冬)
[dōng ㄉㄨㄥ ⑧tuŋ⁴ 同]
象聲詞。形容打鼓聲或敲門聲等 ◆ 鼓聲鼕鼕｜"鼕！鼕！鼕！"，有人急促地敲門。

6 鼗
[táo ㄊㄠˊ ⑧tou⁴ 徒]
鼓的一種。長柄，來回轉動，可使鼓身兩旁繫在短繩上的小槌碰撞鼓面而發聲。是幼兒的玩具。賣雜貨的小販也用來吸引顧客。又叫"撥浪鼓"。

8 鼙
[pí ㄆㄧˊ ⑧pei⁴ 皮]
古代軍隊中用的一種鼓，形體較小 ◆ 漁陽鼙鼓。

12 鼟
[tēng ㄊㄥ ⑧teŋ¹ 藤¹]
象聲詞。擊鼓聲。

鼠 部

0 鼠
[shǔ ㄕㄨˇ ⑧sy² 暑]
哺乳動物的一科。種類很多，大多體小尾長，門齒發達，毛褐色或黑色，繁殖力很強，喜咬齧衣物等，有的還能傳染鼠疫等疾病。通稱"老鼠"，俗稱"耗子" ◆ 鼠目寸光｜鼠頭鼠目｜抱頭鼠竄｜鼠肚雞腸｜老鼠過街，人人喊打。

4 鼢
[fén ㄈㄣˊ ⑧fen⁴ 墳]
鼢鼠，哺乳動物。皮毛灰色，尾巴短，眼睛小，在地下打洞，吃農作物的根與果實，也吃牧草，對農牧業危害極大，甚至危害河堤。也叫"盲鼠"。

5 鼫
[shí ㄕˊ ⑧sɛk⁹ 石]
❶鼠的一種。形體較大，頭像兔子，尾巴有毛，青黃色，住在土穴樹洞中。❷古書上指鼫鼠。

5 鼥
[bá ㄅㄚˊ ⑧bɐt⁹ 拔]
鼧鼥。見"鼧"，854頁左欄。

5 鼬
[yòu ㄧㄡˋ ⑧jɐu⁶ 又]
哺乳動物的一科。身體細長，四肢短小，耳小而圓，尾粗而短，唇有鬚，毛有黃褐色、棕色、灰棕色等。

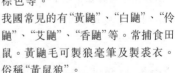

我國常見的有"黃鼬"、"白鼬"、"伶鼬"、"艾鼬"、"香鼬"等。常捕食田鼠。黃鼬毛可製狼毫筆及製裘衣。俗稱"黃鼠狼"。

5 鼩
[qú ㄑㄩˊ ⑧kœy⁴ 渠]
❶鼩鼱，一種哺乳動物。比家鼠小，毛黃灰色，尾短，棲息於山野，捕食蟲類，也吃種子和穀物。❷麝鼩，一種哺乳動物。外形與鼩鼱相似，體長約6厘米，尾長3至4

厘米多，毛細密而有光澤，背面深褐色或黑褐色，腹淺棕灰色。一般常誤為鼠類。棲息於草地中，以昆蟲和植物為食。也稱"小麝鼩"。

5 **鼵** [tuó ㄊㄨㄛˊ ⓟ tɔ⁴ 駝]

鼵鼰，即旱獺，一種哺乳動物。身體粗壯，頭闊，耳朵小，前肢爪發達，喜掘地。體背土黃色，雜以褐色，腹黃褐色，生活在草原、曠野或巖石間，穴居，羣棲，以植物為食。能傳染疾病，毛皮柔軟珍貴。也稱"土撥鼠"。

5 **鼩**

同"貂"，見673頁右欄。

7 **鼯** [wú ㄨˊ ⓟ ŋ⁴ 吳]

鼯鼠，一種哺乳動物。體長可達50厘米以上，前後肢之間有較寬的薄膜，能在樹間滑翔，吃植物的皮、果實和昆蟲等。生活在高山樹林中，晝伏夜出。毛色隨種類而不同，毛皮可利用。也稱"大飛鼠"。

8 **鼱** [jīng ㄐㄧㄥ ⓟ dziŋ¹ 晶]

鼩鼱。見"鼩"，853頁右欄。

9 **鼹**(ⓟ鼴鼲) [yǎn ㄧㄢˇ ⓟ jin² 堰]

哺乳動物。毛黑褐色，身體矮胖，長10餘厘米，嘴尖，眼小，耳小，前肢發達，掌心向外，趾有鈎爪。善於掘土打洞，生活在土穴中，捕食昆蟲，也吃農作物的根。因挖掘洞道，有害農業。也稱"鼴鼠"。

10 **鼹** [xī ㄒㄧ ⓟ hɐi⁴ 兮]

鼹鼠，即小家鼠，哺乳動物。體長約8厘米，身體小，吻部尖而長，耳朵較大，尾細長，全身黑灰色或灰褐色。棲息於山野、田地或建築物中，盜吃食物與糧食，危害作物，傳播疾病，繁殖力強。實驗用的小白鼠是其變種。

鼻 部

0 **鼻** [bí ㄅㄧˊ ⓟ bei⁶ 備]

❶ 人與高等動物的嗅覺器官，也是呼吸器官的組成部分，位於頭部，有兩個孔道 ◆ 鼻梁|鼻音|仰人鼻息|橫挑鼻子豎挑眼。❷ 器物上突出帶孔的部分或帶孔的零件 ◆ 針鼻|門鼻|劍鼻。❸創始；開端 ◆ 鼻祖。

2 **鼽** [qiú ㄑㄧㄡˊ ⓟ kɐu⁴ 求]

鼻塞不通。

3 **鼾** [hān ㄏㄢ ⓟ hɔn⁴ 寒]

熟睡時粗重的鼻息聲 ◆ 打

鼾｜鼾聲如雷。

⁵ 齁 [hōu ㄏㄡ ⑧hɐu¹ 口¹]
❶熟睡時粗重的呼吸聲 ◆
齁聲。❷喉嚨因受食物太甜或太鹹
的刺激而感覺不舒服 ◆ 湯太鹹了，
齁人。

⁹ 齇 同"齇"，見855頁左欄。

¹⁰ 齆 [wèng ㄨㄥˋ ⑧uŋ³/ŋuŋ³ 甕]
因鼻塞而發音不清 ◆ 齆鼻
子。

¹¹ 齇 [zhā ㄓㄚ ⑧dza¹ 渣]
酒糟鼻子上長的紅疱。

²² 齉 [nàng ㄋㄤˋ ⑧nɔŋ⁶ 囊⁶]
鼻子堵塞不通氣，發音不清
◆ 齉鼻子｜感冒了，鼻子有點兒
齉。

齊 部

⁰ 齊(齐) 〈一〉[qí ㄑㄧˊ ⑧tsɐi⁴
妻⁴]
❶整齊；高低一樣平或成一條直線
◆ 齊步走｜參差不齊｜向右看齊。
❷達到；跟什麼一樣高或一樣平 ◆
齊黑｜齊頭｜舉案齊眉｜齊根剪斷｜
河水齊腰深。❸相同；思想行動一

致 ◆ 齊名｜齊心協力｜人心齊，泰
山移。❹同時；一起 ◆ 齊唱｜齊奏
｜百花齊放。❺全；完備 ◆ 齊全｜
材料都預備齊了｜全班學生都到齊
了。❻周代諸侯國名，在今山東北
部、東部和河北東南部。❼朝代
名。(1)南朝之一，蕭道成所建立
(公元479─502年)，通常稱"南
齊"。(2)北朝之一，高洋所建立(公
元500─577年)，通常稱"北齊"。
❽姓。
〈二〉古同"齋"，見855頁右欄。
〈三〉[jì ㄐㄧˋ ⑧dzɐi⁶ 滯]
❶調味品。❷合金(此意今讀qī)。

³ 齋(斋⑧夈) [zhāi ㄓㄞ ⑧
dzai¹ 債¹]
❶屋子，常用作書房、商店或學校
宿舍的名稱 ◆ 聊齋｜榮寶齋｜采芝
齋。❷古代指舉行祭祀等重要典禮
前戒除葷酒等嗜慾，表示虔誠莊
重 ◆ 齋戒。❸佛教、道教等教徒
所吃的素食 ◆ 吃齋｜素齋｜齋飯｜齋
菜館。❹佈施，捨飯給僧人 ◆ 齋
僧。

⁷ 齎 [jī ㄐㄧ ⑧dzɐi¹ 劑/dzi¹ 枝]
❶帶着；懷抱着(思想、情
感等) ◆ 齎恨終身｜齎志以歿。❷
送東西給別人 ◆ 齎送。

⁹ 齏(齑) [jī ㄐㄧ ⑧dzɐi¹ 擠]
❶切碎的醃菜或醬
菜。❷細碎的 ◆ 化為齏粉。

齒 部

⁰ **齒**（齿） ［chǐ ㄔˇ 粵 tsi² 始］
❶人和動物嘴裏嚼食物的器官，由骨組織和釉質構成，質地堅硬，成顆粒狀排列。按部位和形狀的不同，分為門齒、犬齒、前臼齒和臼齒。通稱"牙"或"牙齒" ◆ 唇齒相依│伶牙利齒│唇亡齒寒。❷物體上排列成牙齒形狀的部分 ◆ 鋸齒│葉齒。❸帶齒形部分的 ◆ 齒輪。❹指年齡 ◆ 齒德俱尊。

² **齔**（龀） ［chèn ㄔㄣˋ 粵 tsɐn³ 趁］
兒童換齒，即乳齒脫落，長出恆齒。古代借指"童年"。

³ **齕** ［hé ㄏㄜˊ 粵 hɐt⁹ 瞎］
咬；啃。

⁴ **齗** ［yín ㄧㄣˊ 粵 ŋɐn⁴ 銀］
❶同"齦"。牙齦。❷齗齗，爭辯的樣子。

⁴ **齘** ［xiè ㄒㄧㄝˋ 粵 hai⁶ 械］
❶牙齒相磨切。❷參差不齊，不密合。

⁴ **齤** ［bà ㄅㄚˋ 粵 ba⁶ 罷］
牙齒不齊而外露 ◆ 齤牙。

⁵ **齩** ⟨一⟩［qiā ㄑㄧㄚ 粵 苦加切］
咬。
⟨二⟩［kē ㄎㄜ 粵 kɔi³ 慨］
同"嗑"。用上下門牙咬有殼的或硬的東西。

⁵ **齟**（龃） ［jǔ ㄐㄩˇ 粵 dzœy⁶ 罪］
齟齬，上下兩排牙齒對不上。比喻意見抵觸，不一致 ◆ 從此雙方產生了齟齬。

⁵ **齡**（龄） ［líng ㄌㄧㄥˊ 粵 liŋ⁴ 零］
❶歲數，存活的年數 ◆ 年齡│同齡│七十高齡│正當妙齡。❷年限；年數 ◆ 工齡│艦齡│學齡兒童│育齡婦女。❸某些生物體發育過程中不同的階段所經歷的時間。如昆蟲的幼蟲第一次蛻皮前叫"一齡蟲"；水稻長到七個葉叫"七葉齡"。

⁵ **齣**（出） ［chū ㄔㄨ 粵 tsœt⁷ 出］
❶一本傳奇中的一個大段落 ◆ 《桃花扇》的第二十四齣是《罵筵》。❷戲曲的一個獨立劇目 ◆ 今晚頭一齣是《拾玉鐲》。

⁵ **齙**（龅） ［bāo ㄅㄠ 粵 pau⁴ 刨］
牙齒突露在嘴唇的外面 ◆ 齙牙。

⁵ **齠**（龆） ［tiáo ㄊㄧㄠˊ 粵 tiu⁴ 條］

兒童換齒，即脫去乳齒，長出恆齒
◆ 齠齡(童年時代)｜齠年。

6 齧(⑩嚙) [niè ㄋㄧㄝˋ ⑩niŋ⁴ 寧]
❶同"嚙"，見115頁左欄。❷姓。

6 齜(齜) [zī ㄗ ⑩dzi¹ 枝]
張口露齒 ◆ 齜牙咧嘴。

6 齩 同"咬"，見91頁左欄。

6 齦(龈) 〈一〉[yín ㄧㄣˊ ⑩ŋen⁴ 銀]
牙牀，牙根上的肉 ◆ 牙齦｜上齦。
〈二〉同"啃"，見96頁右欄。

7 齬(龉) [yǔ ㄩˇ ⑩jy⁵ 雨]
齟齬。見"齟"，856頁右欄。

7 齪(龊) [chuò ㄔㄨㄛˋ ⑩tsuk⁷ 畜]
齷齪。見"齷"，857頁右欄。

9 齲(龋) [qǔ ㄑㄩˇ ⑩gœy² 舉]
牙齒因有病而殘缺 ◆
齲攣｜齲齒(也叫"蛀牙"，俗稱"蟲牙")。

9 齷(龌) [wò ㄨㄛˋ ⑩ɐk⁷/ŋɐk⁷ 握]
齷齪。骯髒；不乾淨 ◆ 衣服齷齪
了｜卑鄙齷齪的行為。

12 齩 同"咬"，見91頁左欄。

龍 部

0 龍(龙) [lóng ㄌㄨㄥˊ ⑩luŋ⁴ 隆]
❶ 中國古代傳說中的一種神異動
物。體形長，生有鱗角及四爪，能
在空中飛行、水中游泳，能興雲降
雨 ◆ 龍鳳呈祥｜龍蟠虎踞｜龍飛鳳
舞｜龍爭虎鬥｜虎穴龍潭也要去闖
一闖｜唐劉禹錫《陋室銘》："山不
在高，有仙則名；水不在深，有

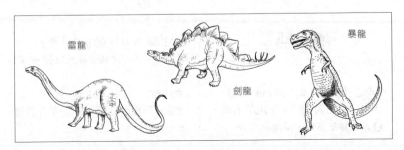
雷龍　劍龍　暴龍

龍則靈。"❷封建時代稱與皇帝有關
的事物 ◆ 龍袍｜龍牀｜龍顏大怒。
❸近代古生物學上指一些巨大的有
腳有尾的爬行動物，如恐龍、翼手
龍等。❹姓。

⁴龑（龑）[yǎn ㄧㄢˇ ⑧jim⁵染]

人名用字。五代時南
漢劉龑所造字。

⁶龔（龚）[gōng ㄍㄨㄥ ⑧guŋ¹
公]

姓。

⁶龕（龛）[kān ㄎㄢ ⑧hɐm¹
堪]

❶供奉神像、神位的石室或小閣
子，結構模仿房屋建築 ◆ 石龕｜神
龕。❷泛指牆上的小室 ◆ 龕室。

龠部

⁰龠[yuè ㄩㄝˋ ⑧jœk⁹若]

❶古同"籥"，見510頁右欄。
❷古代容量單位，兩龠為一合。

⁴龡[chuī ㄔㄨㄟ ⑧tsœy¹催]

"吹"的古字。

⁵龢[hé ㄏㄜˊ ⑧wɔ⁴禾]

"和"的古字。多用於人名。

龜部

⁰龜（龟）〈一〉[guī ㄍㄨㄟ ⑧gwɐi¹歸]

爬行動物的一科。身體長圓而扁，
腹背部隆起，有硬甲，頭、尾和腳
能縮進甲中，四肢短，趾有蹼。生
活在水邊，吃植物或小魚蝦，能耐
飢渴，壽命很長。龜甲也叫"龜
板"，可用作藥材，古人也用來占
卜。常見的為"烏龜" ◆ 龜卜｜蓍龜
｜龜鑒｜龜縮｜龜兔賽跑｜龜足即石
蜐｜敵軍像縮頭烏龜般躲在碉堡
裏。

〈二〉[jūn ㄐㄩㄣ ⑧gwɐn¹軍]
同"皸"。因乾燥或受凍而開裂 ◆ 龜
裂。

〈三〉[qiū ㄑㄧㄡ ⑧kɐu¹溝]
龜茲，漢代西域國名，在今新疆庫
車一帶。

附錄一
128組字形對比表

常用字形	異寫字形	常用字舉例	常用字形	異寫字形	常用字舉例
丷②	八②	兑益遂	斥⑤	斥⑤	訴拆柝
⺈②	勹②	陷餡勉	令⑤	令⑤令⑤	領怜苓
夂③	夊③	凌唆唛	友⑤	友⑤	拔跋髮
⻌③	⻍③	連速逝	玄⑤	玄④	弦眩炫
夊③	攵③	致緻	冄④	冉④	苒再冓
牛③	牜④	舜偉舞	术⑤	术⑤	述怵術
刃③	刄③	仞靭忍	米	半⑤小⑤	欅遷皋
及③	及④	吸級伋	瓜⑤	瓜⑤	孤狐弧
冃④	冃⑤	亭高隔	灰⑥	灰⑥	恢盔詼
夋④	夋④	沒殁	印⑥	印⑥	茚鉚
壬④	壬④	任紝鈝	耒⑥	耒⑥	耕耘籍
壬④	壬④	廷呈聖	糸⑥	糸⑥	紅紡級
开④	开⑥	研形型	丟⑥	丟⑥	銈
卝④	卝④	勸夢權	产⑥	产④	產彥諺
丰④	丰④	蚌豐契	并⑥	并⑧	併屏餅
冃④	曰④	冒最冕	羽⑥	羽⑥	翎翔習
戶④	户④	房扁扇	朵⑥	朵⑥	剁躲垛
礻④	礻⑤示⑤	社祝視	充⑥	充⑥	琉統
丑④	丑④	妞紐羞	朲	禾⑥	眾聚驟
勹④	勹④	均鈞筠	次⑥	次⑥	姿恣瓷
屯④	屯④	純頓鈍	夾⑥	夾⑥	莢勝塍
牙④	牙④	伢邪雅	角⑦	角⑦	觔解斛
反④	反④	叛板飯	即⑦	即⑦	節卿鄉
巨⑤	巨⑤	拒距渠	柔⑦	柔⑦	殺搬弒
卉⑤	卉⑥	奔噴墳	呂⑦	呂⑥	侶營閭
瓦⑤	瓦④	瓶瓷瓮	攸⑦	攸⑥	修條筱
氐⑤	氐⑤氏⑤	低底坻	羊⑦	羊⑦	差着槎
禸⑤	禸⑤	離喁篱	吳⑦	吳⑦	俁娛虞
另⑤	另⑤	拐枴	志⑦	志⑦	誌痣
㕣⑤	㕣⑤	鉛船沿	告⑦	告⑦	誥浩皓

常用字形	異寫字形	常用字舉例	常用字形	異寫字形	常用字舉例
㬰⑦	㬰⑦	侵浸寢	袁⑩	袁⑧	園猿遠
囪⑦	囱⑦	窗總聰	骨⑩	骨⑨	滑猾骼
免⑦	免⑧	挽冤娩	鬼⑩	鬼⑨	槐魁傀
㐬⑦	㐬⑥	琉流蔬	蚤⑩	蚤⑨	搔騷瘙
肖⑧	肖⑦ 甪⑦	敞弊蔽	真⑩	眞⑩	慎填巔
耳⑧	耳⑦	敢嚴憨	䍃⑩	䍃⑩	搖遙鎋
者⑧	者⑨	都著豬	倉⑩	倉⑩	創蒼嗆
直⑧	直⑨	值植殖	害⑩	害⑩	割嗐豁
郎⑧	郎⑨ 郞⑨	廊瑯螂	唐⑩	唐⑩	塘搪糖
彔⑧	录⑧	綠氯錄	䁈⑩	䁈⑩ 晉⑪	縉搢溍
虎⑧	虎⑨	唬遞號	兼⑩	兼⑩	歉賺慊
並⑧	並⑧	踫桫碰	蚩⑩	蚩⑨	嗤媸
雨⑧	雨⑧	雪雷電	荒⑩	荒⑨	謊慌
爭⑧	爭⑧ 争⑥	淨睜箏	鬲⑩	鬲⑩ 鬲⑪	隔膈鎘
周⑧	周⑨	碉綢雕	敖⑪	敖⑩	傲遨驁
妻⑧	妻⑧	淒悽凄	莽⑪	莽⑫	漭蟒
䍃⑧	䍃⑨	惱璃腦	異⑪	異⑫	冀戴撰
臾⑧	臾⑨	黃瘐腴	婁⑪	婁⑪	樓摟簍
丽⑧	丽⑦	驪麗儷	率⑪	率⑪	摔蟀
貪⑧	貪⑧ 貪⑦	飲飽飢	麥⑪	麥⑪	麩麭麵
卑⑧	卑⑨	牌脾碑	黃⑫	黃⑪	廣橫簧
疌⑧	疌⑨	捷睫睫	虛⑫	虛⑪	噓墟歔
青⑧	青⑧	倩清靜	象⑫	象⑫	像橡豫
延⑧	延⑦	誕蜒涎	普⑫	普⑫	譜譄鐠
疆⑧	疅⑨	強糨繈	朁⑫	朁⑫ 替⑫	潛憯簪
奐⑧	奐⑨	煥喚瘓	奧⑬	奧⑫	澳懊鏊
咼⑨	咼⑧	過蝸窩	肅⑬	肅⑬ 肅⑭	繡蕭瀟
垂⑧	垂⑧ 垂⑨	睡郵埵	睘⑬	睘⑬	還環寰
昷⑨	昷⑩	溫瘟慍	虜⑬	虜⑬	擄
俞⑨	俞⑨	偷愈逾	會⑬	會⑬	創檜儈
既⑨	旣⑪	溉慨概	寧⑭	寧⑭	嚀撐濘
茲⑨	茲⑩	滋磁慈	鹽⑭	鹽⑭	繼斷
叟⑨	叟⑨ 叟⑩	嫂瘦搜	賣⑮	賣⑮	讀續贖
畀⑨	畀⑨	縣懸	䜌⑮	䜌⑮	臘蠟獵

附錄二
漢語拼音方案
（附國語注音字母）

（1957年11月1日國務院全體會議第60次會議通過）
（1958年2月11日第一屆全國人民代表大會第五次會議批准）

一、字　母　表						
字母 名稱	Aa ㄚ	Bb ㄅㄝ	Cc ㄘㄝ	Dd ㄉㄝ	Ee ㄜ	Ff ㄝㄈ	Gg ㄍㄝ
	Hh ㄏㄚ	Ii ㄧ	Jj ㄐㄧㄝ	Kk ㄎㄝ	Ll ㄝㄌ	Mm ㄝㄇ	Nn ㄋㄝ
	Oo ㄛ	Pp ㄆㄝ	Qq ㄑㄧㄡ	Rr ㄚㄦ	Ss ㄝㄙ	Tt ㄊㄝ	
	Uu ㄨ	Vv ㄪㄝ	Ww ㄨㄚ	Xx ㄒㄧ	Yy ㄧㄚ	Zz ㄗㄝ	

v只用來拼寫外來語、少數民族語言和方言。
字母的手寫體依照拉丁字母的一般書寫習慣。

二、聲　母　表								
b ㄅ玻	p ㄆ坡	m ㄇ摸	f ㄈ佛		d ㄉ得	t ㄊ特	n ㄋ訥	l ㄌ勒
g ㄍ哥	k ㄎ科	h ㄏ喝			j ㄐ基	q ㄑ欺	x ㄒ希	
zh ㄓ知	ch ㄔ蚩	sh ㄕ詩	r ㄖ日		z ㄗ資	c ㄘ雌	s ㄙ思	

在給漢字注音的時候，為了使拼式簡短，
zh ch sh 可以省作 ẑ ĉ ŝ。

三、韻 母 表

	i ㄧ　　　衣	u ㄨ　　　烏	ü ㄩ　　　迂
a ㄚ　　　啊	ia ㄧㄚ　　　呀	ua ㄨㄚ　　　蛙	
o ㄛ　　　喔		uo ㄨㄛ　　　窩	
e ㄜ　　　鵝	ie ㄧㄝ　　　耶		üe ㄩㄝ　　　約
ai ㄞ　　　哀		uai ㄨㄞ　　　歪	
ei ㄟ　　　欸		uei ㄨㄟ　　　威	
ao ㄠ　　　熬	iao ㄧㄠ　　　腰		
ou ㄡ　　　歐	iou ㄧㄡ　　　憂		
an ㄢ　　　安	ian ㄧㄢ　　　煙	uan ㄨㄢ　　　彎	üan ㄩㄢ　　　冤
en ㄣ　　　恩	in ㄧㄣ　　　因	uen ㄨㄣ　　　溫	ün ㄩㄣ　　　暈
ang ㄤ　　　昂	iang ㄧㄤ　　　央	uang ㄨㄤ　　　汪	
eng ㄥ　哼的韻母	ing ㄧㄥ　　　英	ueng ㄨㄥ　　　翁	
ong (ㄨㄥ)　轟的韻母	iong ㄩㄥ　　　雍		

四、聲 調 符 號

陰平	陽平	上聲	去聲
-	'	ˇ	`

聲調符號標在音節的主要母音上，輕聲不標。例如：

媽 mā	麻 má	馬 mǎ	罵 mà	嗎 ma
(陰平)	(陽平)	(上聲)	(去聲)	(輕聲)

五、隔 音 符 號

　　a, o, e 開頭的音節連接在其他音節後面的時候，如果音節的界限發生混淆，用隔音符號（'）隔開，例如：pi'ao（皮襖）。

韻母表説明

(1) "知、蚩、詩、日、資、雌、思"等七個音節的韻母用 i，即：知、蚩、詩、日、資、雌、思等字拼作 zhi, chi, shi, ri, zi, ci, si。

(2) 韻母ㄦ寫成er，用做韻尾的時候寫成r。例如："兒童"拼作ertong，"花兒"拼作 huar。

(3) 韻母ㄝ單用的時候寫成 ê。

(4) i 行韻母，前面沒有聲母的時候，寫成：yi（衣），ya（呀），ye（耶），yao（腰），you（憂），yan（煙），yin（因），yang（央），ying（英），yong（雍）。

　　u 行韻母，前面沒有聲母的時候，寫成：wu（烏），wa（蛙），wo（窩），wai（歪），wei（威），wan（彎），wen（溫），wang（汪），weng（翁）。

　　ü 行韻母，前面沒有聲母的時候，寫成：yu（迂），yue（約），yuan（冤），yun（暈）；ü上兩點省略。

　　ü 行韻母，跟聲母j, q, x拼的時候，寫成：ju（居），qu（區），xu（虛），ü 上面兩點也省略；但跟聲母n, l拼的時候，寫成：nü（女），lü（呂）。

(5) iou, uei, uen 前面加聲母的時候，寫成：iu, ui, un，例如：niu（牛），gui（歸），lun（論）。

(6) 在給漢字注音的時候，為了使拼式簡短，ng 可以省作 ŋ。

附錄三
廣州話注音：國際音標

一、聲 母 表					
聲母	例字	拼寫	聲母	例字	拼寫
b	巴	ba¹	l	啦	la¹
d	打	da²	m	媽	ma¹
dz	渣	dza¹	n	拿	na⁴
f	花	fa¹	ŋ	牙	ŋa⁴
g	家	ga¹	p	扒	pa⁴
gw	瓜	gwa¹	s	沙	sa¹
h	蝦	ha¹	t	他	ta¹
j	也	ja⁵	ts	茶	tsa⁴
k	卡	ka¹	w	蛙	wa¹
kw	誇	kwa¹			

三、聲 調 表			
聲調	符號	例字	拼寫
陰平	1	詩	si¹
陰上	2	史	si²
陰去	3	試	si³
陽平	4	時	si⁴
陽上	5	市	si⁵
陽去	6	事	si⁶
陰入	7	色	sik⁷
中入	8	錫	sik⁸
陽入	9	食	sik⁹

二、韻母表

韻母	例字	拼寫	韻母	例字	拼寫
a	巴	ba¹	ik	力	lik⁹
ai	佳	gai¹	ou	母	mou⁵
au	交	gau¹	ɔ	破	pɔ³
am	函	ham⁴	ɔi	開	hɔi¹
an	晏	an³/ŋan³	ɔn	岸	ŋɔn⁶
aŋ	坑	haŋ¹	ɔŋ	方	fɔŋ¹
ap	鴨	ap⁸/ŋap⁸	ɔt	割	gɔt⁸
at	壓	at⁸/ŋat⁸	ɔk	擴	kwɔk⁸
ak	百	bak⁸	œ	靴	hœ¹
ɐi	溪	kɐi¹	œy	女	nœy⁵
ɐu	收	sɐu¹	œn	倫	lœn⁴
ɐm	金	gɐm¹	œŋ	強	kœŋ⁴
ɐn	根	gɐn¹	œt	律	lœt⁹
ɐŋ	耿	gɐŋ²	œk	約	jœk⁸
ɐp	汁	dzɐp⁷	u	烏	wu¹
ɐt	疾	dzɐt⁹	ui	灰	fui¹
ɐk	得	dɐk⁷	un	援	wun⁴
ei	戲	hei³	uŋ	夢	muŋ⁶
ɛ	借	dzɛ³	ut	潑	put⁸
ɛŋ	鏡	gɛŋ³	uk	曲	kuk⁷
ɛk	隻	dzɛk⁸	y	書	sy¹
i	似	tsi⁵	yn	村	tsyn¹
iu	耀	jiu⁶	yt	月	jyt⁹
im	點	dim²	m̩	唔	m̩⁴ (輔音元音化)
in	年	nin⁴			
iŋ	炯	gwiŋ²	ŋ̩	五	ŋ̩⁵ (輔音元音化)
ip	貼	tip⁸			
it	列	lit⁹			

附錄四
部首讀音表

部首	普通話	廣州話	
一 畫			
一	yī	jɐt⁷	壹
丨	gǔn	gwɐn²	滾
丶	zhǔ	dzy²	主
丿	piě	pit⁸	撇
乙	yǐ	jyt⁸	
亅	jué	gyt⁸	
二 畫			
二	èr	ji⁶	異
亠	tóu	tɐu⁴	頭
人	rén	jɐn⁴	仁
儿	ér	jɐn⁴	人
入	rù	jɐp⁹	邑⁹
八	bā	bat⁸	
冂	jiǒng	gwiŋ²	迴
冖	mì	mik⁹	覓
冫	bīng	biŋ¹	冰
几	jī	gei¹	機
凵	kǎn	hɐm²	砍
刀	dāo	dou¹	都
力	lì	lik⁹	曆
勹	bāo	bau¹	包

部首	普通話	廣州話	
匕	bǐ	bei²	比
匚	fāng	fɔŋ¹	方
匸	xì	hɐi⁵	奚⁵
十	shí	sɐp⁹	拾
卜	bǔ	buk⁷	
卩	jié	dzit⁸	節
厂	chǎng	hɔn³	漢
厶	sī	si¹	私
又	yòu	jɐu⁶	右
三 畫			
口	kǒu	hɐu²	
囗	wéi	wɐi⁴	圍
土	tǔ	tou²	討
士	shì	si⁶	是
夂	suī	sœy¹	衰
夕	xī	dzik⁹	直
大	dà	dai⁶	
女	nǔ	nœy⁵	餒
子	zǐ	dzi²	紫
宀	mián	min⁴	棉
寸	cùn	tsyn³	串
小	xiǎo	siu²	消²

部首	普通話	廣州話		部首	普通話	廣州話	
尢 (兀)	wāng	wɔŋ¹	汪	攴 (攵)	pū	pɔk⁸	撲
尸	shī	si¹	施	文	wén	mɐn⁴	聞
屮	chè	tsit⁸	徹	斗	dǒu	dɐu²	兜²
山	shān	san¹	珊	斤	jīn	gɐn¹	巾
巛	chuān	tsyn¹	穿	方	fāng	fɔŋ¹	荒
工	gōng	guŋ¹	公	无	wú	mou⁴	毛
己	jǐ	gei²	紀	日	rì	jɐt⁹	逸
巾	jīn	gɐn¹	斤	曰	yuē	jœk⁹	若
干	gān	gɔn¹	肝	月	yuè	jyt⁹	粵
幺	yāo	jiu¹	腰	木	mù	muk⁹	目
广	yǎn	yim⁵	染	欠	qiàn	him³	謙³
廴	yǐn	jɐn⁵	引	止	zhǐ	dzi²	子
廾	gǒng	guŋ²	拱	歹	è	at⁸	壓
弋	yì	jik⁹	亦	殳	shū	sy⁴	殊
弓	gōng	guŋ¹	公	毋	wú	mou⁴	無
ヨ	jì	gɐi³	計	比	bǐ	bei²	彼
彡	shān	sam¹	衫	毛	máo	mou⁴	無
彳	chì	tsik⁷	斥	氏	shì	si⁶	是
四畫				气	qì	hei³	氣
心 (忄)	xīn	sɐm¹	深	水 (氵) (氺)	shuǐ	sœy²	雖²
戈	gē	gwɔ¹		火 (灬)	huǒ	fɔ²	夥
戶	hù	wu⁶	互	爪	zhǎo	dzau²	找
手	shǒu	sɐu²	首				
支	zhī	dzi¹	知				

部首	普通話	廣州話		部首	普通話	廣州話	
(爫)				(皿)			
父	fù	fu⁶	付	矛	máo	mau⁴	茅
爻	yáo	ŋau⁴	肴	矢	shǐ	tsi²	始
爿	pán	tsœŋ⁴	牆	石	shí	sɛk⁹	碩
片	piàn	pin³	騙	示	shì	si⁶	是
牙	yá	ŋa⁴	芽	内	róu	jɐu⁴	由
牛	niú	ŋau⁴		禾	hé	wɔ⁴	和
犬	quǎn	hyn²	圈²	穴	xué	jyt⁹	月
				立	lì	lap⁹	蠟
五畫							
玄	xuán	jyn⁴	元	**六畫**			
玉	yù	juk⁹	肉	竹	zhú	dzuk⁷	足
(王)				米	mǐ	mɐi⁵	迷⁵
瓜	guā	gwa¹		糸	mì	mik⁹	覓
瓦	wǎ	ŋa⁵	雅	缶	fǒu	fɐu²	否
甘	gān	gɐm¹	金	网	wǎng	mɔŋ⁵	網
生	shēng	sɐŋ¹	牲	(罒)			
用	yòng	juŋ⁶	容⁶	(⺲)			
田	tián	tin⁴	填	羊	yáng	jœŋ⁴	揚
疋	shū	sɔ¹	疏	羽	yǔ	jy⁵	雨
(⺪)				老	lǎo	lou⁵	魯
疒	nì	nik⁹	溺	而	ér	ji⁴	兒
癶	bō	but⁹	撥	耒	lěi	lɔi⁶	淚
白	bái	bak⁹	百⁹	耳	ěr	ji⁵	已
皮	pí	pei⁴	脾	聿	yù	wɐt⁹	屈⁹
皿	mǐn	miŋ⁵	茗	肉	ròu	juk⁹	玉
目	mù	muk⁹	木	(月)			

部首	普通話	廣州話	
臣	chén	sɐn⁴	神
自	zì	dzi⁶	字
至	zhì	dzi³	志
臼	jiù	kɐu³	扣
舌	shé	sit⁹	
舛	chuǎn	tsyn²	喘
舟	zhōu	dzɐu¹	周
艮	gèn	gɐn³	根³
色	sè	sik⁷	式
艸 (艹)	cǎo	tsou²	草
虍	hū	fu¹	呼
虫	huǐ	wɐi²	毁
血	xuè	hyt⁸	
行	xíng	hɐŋ⁴	恆
衣 (衤)	yī	ji¹	醫
襾	xià	a³	亞
七畫			
見	jiàn	gin³	建
角	jiǎo	gɔk⁸	各
言	yán	jin⁴	然
谷	gǔ	guk⁷	菊
豆	dòu	dɐu⁶	鬥⁶
豕	shǐ	tsi²	始
豸	zhì	dzi⁶	治

部首	普通話	廣州話	
貝	bèi	bui³	背
赤	chì	tsik⁸	斥⁸
走	zǒu	dzɐu²	酒
足	zú	dzuk⁷	竹
身	shēn	sɐn¹	申
車	chē	tsɛ¹	奢
辛	xīn	sɐn¹	身
辰	chén	sɐn⁴	臣
辵 (辶)	chuò	tsœk⁸	卓
邑 (阝右)	yì	jɐp⁷	泣
酉	yǒu	jɐu⁵	有
釆	biàn	bin⁶	辨
里	lǐ	lei⁵	李
八畫			
金	jīn	gɐm¹	今
長	cháng	tsœŋ⁴	祥
門	mén	mun⁴	瞞
阜 (阝左)	fù	fɐu⁶	埠
隶	dài	dɔi⁶	代
隹	zhuī	dzœy¹	追
雨	yǔ	jy⁵	語
青	qīng	tsiŋ¹	清
非	fēi	fei¹	飛

部首	普通話	廣州話	
九畫			
面	miàn	min⁶	麪
革	gé	gak⁸	隔
韋	wéi	wɐi⁴	圍
韭	jiǔ	gɐu²	狗
音	yīn	jɐm¹	陰
頁	yè	jip⁹	葉
風	fēng	fuŋ¹	封
飛	fēi	fei¹	非
食	shí	sik⁹	蝕
首	shǒu	sɐu²	手
香	xiāng	hœŋ¹	鄉
十畫			
馬	mǎ	ma⁵	碼
骨	gǔ	gwɐt⁷	
高	gāo	gou¹	糕
髟	biāo	biu¹	標
鬥	dòu	dɐu³	斗³
鬯	chàng	tsœŋ³	唱
鬲	lì	lik⁸	力
鬼	guǐ	gwɐi²	軌
十一畫			
魚	yú	jy⁴	余
鳥	niǎo	niu⁵	
鹵	lǔ	lou⁵	老

部首	普通話	廣州話	
鹿	lù	luk⁹	綠
麥	mài	mɐk⁹	脈
麻	má	ma⁴	
十二畫			
黃	huáng	wɔŋ⁴	王
黍	shǔ	sy²	暑
黑	hēi	hɐk⁷	刻
黹	zhǐ	dzi²	子
十三畫			
黽	mǐn	mɐŋ⁵	盟⁵
鼎	dǐng	diŋ²	頂
鼓	gǔ	gu²	古
鼠	shǔ	sy²	暑
十四畫			
鼻	bí	bei⁶	備
齊	qí	tsɐi⁴	
十五畫			
齒	chǐ	tsi²	恥
十六畫			
龍	lóng	luŋ⁴	隆
十七畫			
龠	yuè	jœk⁸	若
十八畫			
龜	guī	gwɐi¹	歸

附錄五
常用標點符號表

名　稱	符　號	作　　用	例　　子
句　號	。	表示一句話完了之後的停頓	人生最可敬的精神是奮進。
逗　號	，	表示一句話中的停頓	我們看到的星星，大部分是恆星。
問　號	？	用在問句之後	你最喜歡哪個科目？
感歎號	！	(1) 表示強烈的感情	看今天的月色多美！
		(2) 用在語氣強烈的祈使句之後	你給我滾出去！
頓　號	、	表示句中並列詞語之間的停頓	我們日常所見、所聞、所接觸的事物裏，有很多的道理。
分　號	；	表示複句中並列分句之間的停頓	燕子去了，有再來的時候；楊柳枯了，有再青的時候；桃花謝了，有再開的時候。
冒　號	：	用來提起下文	俗語說："種瓜得瓜，種豆得豆。"
引　號	「 」 ‘ ’ 『 』 " "	(1) 表示文中引用的部分	愛因斯坦說："想像力比知識更重要。"
		(2) 表示特定的稱謂或需要着重論述的對象	此後我就留心這八隻腳的"諸葛亮"怎樣捉飛將，並且看出，它有各種各樣捉拿的方法。
		(3) 表示諷刺或否定的意思	這樣對待我，你還敢說是我的"朋友"！
		※引號裏面還要用引號時，外面一層用雙引號，裏面用單引號。	他站起來問老師："老師，‘始終不渝’的‘渝’是什麼意思？"
括　號	（ ） 〔 〕	表示文中註釋的部分	除了詩（因為詩是最難翻譯的），雨果的重要作品(小說和劇本)大都有了中文的譯本。
破折號	——	(1) 表示底下是解釋、說明，有括號的作用	我這題目——學問之趣味，並不是要說學問是如何如何的有趣味，只是要說如何如何便會嘗得着學問的趣味。
		(2) 表示意思的轉折或說話的中斷	好悅耳的歌聲——看到伴奏的人嗎？

名稱	符號	作　　用	例　　子
		(3) 表示聲音的延長	"嗚——"火車開動了！
省略號	……	(1) 表示文中省略的部分	茶有很多種，普洱、龍井、鐵觀音……，你到底想買哪一種？
		(2) 表示說話斷斷續續	"我……對不起……大家，我……沒有……完成……任務。"
連接號	——	(1) 表示時間、地點、數目等起止	戰國時代 (公元前475年——公元前221年)
		(2) 表示相關的人或事物的聯繫	"香港——廣州"直通車。
着重號	●	表示文中需要強調的部分	以上四題選答三題。
間隔號	·	(1) 表示書名和篇名的分界	《三國志·蜀志·諸葛亮傳》
		(2) 表示外國人或某些少數民族人名中的音界	差利·卓別靈｜愛新覺羅·溥儀
書名號	《 》〈 〉	表示書名、文件、報刊、文章等名稱	《紅樓夢》｜《荷塘月色》
	﹏﹏	※書名號內還要用書名號時，外面一層用雙書名號，裏面用單書名號。	《〈體壇日刊〉發刊號》終於發表了。
專名號	———	表示人名、地名、朝代名等	魯迅，原名周樹人，浙江紹興人，生於清光緒七年 (公元1881年)，卒於民國15年 (公元1936年)。

附錄六
二十四節氣表

四 季	農曆月序	節氣名稱	含　　義	公曆常見日期
春	正 月	立　春	春季開始	2月4、5日
		雨　水	降雨開始	2月18、19日
	二 月	驚　蟄	冬眠動物復蘇	3月5、6日
		春　分	春季的中間，晝夜平分	3月20、21日
	三 月	清　明	天氣清和明朗	4月4、5日
		穀　雨	雨量增多，對穀物生長有利	4月20、21日
夏	四 月	立　夏	夏季開始	5月5、6日
		小　滿	夏熟作物子粒逐漸飽滿	5月21、22日
	五 月	芒　種	耕作忙，麥類等有芒作物成熟	6月5、6日
		夏　至	夏天到了，日長夜短	6月21、22日
	六 月	小　暑	天氣開始炎熱	7月7、8日
		大　暑	一年中最炎熱的時節	7月22、23日
秋	七 月	立　秋	秋季開始	8月7、8日
		處　暑	炎熱即將過去	8月23、24日
	八 月	白　露	天氣漸涼，出現露水	9月7、8日
		秋　分	秋季的中間，晝夜平分	9月23、24日
	九 月	寒　露	氣溫下降，露水很涼	10月8、9日
		霜　降	開始降霜	10月23、24日
冬	十 月	立　冬	冬季開始	11月7、8日
		小　雪	開始降雪	11月22、23日
	十一月	大　雪	降雪較大	12月7、8日
		冬　至	寒冬到來，晝短夜長	12月21、22日
	十二月	小　寒	天氣開始寒冷	1月5、6日
		大　寒	一年中最寒冷的時節	1月20、21日

附錄七
我國歷代紀元表

1. 本表從'五帝'開始，到 1911 年辛亥革命推翻清王朝為止。
2. 我國歷史年代，西周共和元年 (公元前 841 年) 以前，異說頗多，尚無定論，本表對於西周共和元年以前，只列帝王世系。
3. 較小的王朝如'十六國'、'十國'、'西夏'等不列表。
4. 各個時代或王朝，詳列帝王名號 ('帝號'或'廟號'，以習慣上常用者為據)，年號，元年的干支和公元紀年，以資對照。(年號後用括號附列使用年數，年中改元時在干支後用數字註出改元的月份。)

干 支 次 序 表							
1. 甲子	2. 乙丑	3. 丙寅	4. 丁卯	5. 戊辰	6. 己巳	7. 庚午	8. 辛未
9. 壬申	10. 癸酉	11. 甲戌	12. 乙亥	13. 丙子	14. 丁丑	15. 戊寅	16. 己卯
17. 庚辰	18. 辛巳	19. 壬午	20. 癸未	21. 甲申	22. 乙酉	23. 丙戌	24. 丁亥
25. 戊子	26. 己丑	27. 庚寅	28. 辛卯	29. 壬辰	30. 癸巳	31. 甲午	32. 乙未
33. 丙申	34. 丁酉	35. 戊戌	36. 己亥	37. 庚子	38. 辛丑	39. 壬寅	40. 癸卯
41. 甲辰	42. 乙巳	43. 丙午	44. 丁未	45. 戊申	46. 己酉	47. 庚戌	48. 辛亥
49. 壬子	50. 癸丑	51. 甲寅	52. 乙卯	53. 丙辰	54. 丁巳	55. 戊午	56. 己未
57. 庚申	58. 辛酉	59. 壬戌	60. 癸亥				

五帝 (約前 26 世紀初 — 約前 22 世紀末至約前 21 世紀初)					
黃帝 顓頊 [zhuānxū] 帝嚳 [kù]			堯 [yáo] 舜 [shùn]		

夏 (約前 22 世紀末至約前 21 世紀初 — 約前 17 世紀初)						
禹[yǔ]			泄			
啓			不降			
太康			扃[jiōng]			
仲康			廑[jǐn]			
相			孔甲			
			皋[gāo]			
少康			發			
杼[zhù]			桀[jié]			
槐			(履癸)			
芒						

商 (約前 17 世紀初 — 約前 11 世紀)						
湯			祖丁			
外丙			南庚			
仲壬			陽甲			
太甲			盤庚*			
沃丁			小辛			
太庚			小乙			
小甲			武丁			
雍己			祖庚			
太戊			祖甲			
仲丁			廩辛			
外壬			康丁			
河亶[dǎn]甲			武乙			
祖乙			太丁 (文丁)			
祖辛			帝乙			
沃甲			紂[zhòu] (辛)			
*　盤庚遷都於殷後，商也稱殷。						

周(約前 11 世紀—前 256)							
西周(約前 11 世紀—前 771)							

武王 (姬[jī]發)				孝王 (～辟方)			
成王 (～誦)				夷王 (～燮[xiè])			
康王 (～釗[zhāo])				厲王 (～胡)			
昭王 (～瑕[xiá])				[共和]	(14)	庚申	前 841
穆王 (～滿)				宣王 (～靜)	(46)	甲戌	前 827
共[gōng]王 (～緊[yī]扈)				幽王 (～宮湦[shēng])	(11)	庚申	前 781
懿[yì]王 (～囏[jiān])							

東周(前 770—前 256)							
平王 (姬宜臼)	(51)	辛未	前 770	悼王 (～猛)	(1)	辛巳	前 520
桓王 (～林)	(23)	壬戌	前 719	敬王 (～匄[gài])	(44)	壬午	前 519
莊王 (～佗[tuó])	(15)	乙酉	前 696	元王 (～仁)	(7)	丙寅	前 475
釐[xī]王 (～胡齊)	(5)	庚子	前 681	貞定王 (～介)	(28)	癸酉	前 468
惠王 (～閬[làng])	(25)	乙巳	前 676	哀王 (～去疾)	(1)	庚子	前 441
襄[xiāng]王 (～鄭)	(33)	庚午	前 651	思王 (～叔)	(1)	庚子	前 441
頃王 (～壬臣)	(6)	癸卯	前 618	考王 (～嵬[wéi])	(15)	辛丑	前 440
匡王 (～班)	(6)	己酉	前 612	威烈王 (～午)	(24)	丙辰	前 425
定王 (～瑜[yú])	(21)	乙卯	前 606	安王 (～驕)	(26)	庚辰	前 401
簡王 (～夷)	(14)	丙子	前 585	烈王 (～喜)	(7)	丙午	前 375
靈王 (～泄心)	(27)	庚寅	前 571	顯王 (～扁)	(48)	癸丑	前 368
景王 (～貴)	(25)	丁巳	前 544	慎靚[jìng]王 (～定)	(6)	辛丑	前 320
				赧[nǎn]王 (～延)	(59)	丁未	前 314

秦［秦帝國（前 221 — 前 206）］

　　周根王 59 年乙巳（前 256），秦滅周。自次年（秦昭襄王 52 年丙午，前 255）起至秦王政 25 年己卯（前 222），史家以秦王紀年。秦王政 26 年庚辰（前 221）完成統一，稱始皇帝。

昭襄王（嬴則，又名稷）	(56)	乙卯	前 306	始皇帝（～政）	(37)	乙卯	前 246
孝文王（～柱）	(1)	辛亥	前 250	二世皇帝（～胡亥）	(3)	壬辰	前 209
莊襄王（～子楚）	(3)	壬子	前 249				

漢（前 206 — 公元 220）

西漢（前 206 — 公元 25）

包括王莽（公元 9 — 23）和更始帝（23 — 25）。

高帝（劉邦）		(12)	乙未	前 206		征和	(4)	己丑	前 92
惠帝（～盈）		(7)	丁未	前 194		後元	(2)	癸巳	前 88
高后（呂雉）		(8)	甲寅	前 187	昭帝（～弗陵）	始元	(7)	乙未	前 86
文帝（劉恒）		(16)	壬戌	前 179		元鳳	(6)	辛丑八	前 80
	(後元)	(7)	戊寅	前 163		元平	(1)	丁未	前 74
景帝（～啓）		(7)	乙酉	前 156	宣帝（～詢）	本始	(4)	戊申	前 73
	(中元)	(6)	壬辰	前 149		地節	(4)	壬子	前 69
	(後元)	(3)	戊戌	前 143		元康	(5)	丙辰	前 65
武帝（～徹）	建元	(6)	辛丑	前 140		神爵	(4)	庚申三	前 61
	元光	(6)	丁未	前 134		五鳳	(4)	甲子	前 57
	元朔	(6)	癸丑	前 128		甘露	(4)	戊辰	前 53
	元狩	(6)	己未	前 122		黃龍	(1)	壬申	前 49
	元鼎	(6)	乙丑	前 116	元帝（～奭［shì]）	初元	(5)	癸酉	前 48
	元封	(6)	辛未	前 110		永光	(5)	戊寅	前 43
	太初	(4)	丁丑	前 104		建昭	(5)	癸未	前 38
	天漢	(4)	辛巳	前 100		竟寧	(1)	戊子	前 33
	太始	(4)	乙酉	前 96	成帝（～驁［ào]）	建始	(4)	己丑	前 32

	河平（4）	癸巳三	前28	平帝（～衎 [kàn]）	元始（5）	辛酉	公元1
	陽朔（4）	丁酉	前24				
	鴻嘉（4）	辛丑	前20	孺子嬰（王莽攝政）	居攝（3）	丙寅	6
	永始（4）	乙巳	前16		初始（1）	戊辰十一	8
	元延（4）	己酉	前12	［新］王莽	始建國（5）	己巳	9
	綏和（2）	癸丑	前8		天鳳（6）	甲戌	14
哀帝（劉欣）	建平（4）	乙卯	前6		地皇（4）	庚辰	20
	元壽（2）	己未	前2	更始帝（劉玄）	更始（3）	癸未二	23

東漢（25—220）

光武帝（劉秀）	建武（32）	乙酉六	25	沖帝（～炳 [bǐng]）	永憙［xī］（嘉）（1）	乙酉	145
	建武中元（2）	丙辰四	56	質帝（～纘 [zuǎn]）	本初（1）	丙戌	146
明帝（～莊）	永平（18）	戊午	58	桓帝（～志）	建和（3）	丁亥	147
章帝（～炟 [dá]）	建初（9）	丙子	76		和平（1）	庚寅	150
	元和（4）	甲申八	84		元嘉（3）	辛卯	151
	章和（2）	丁亥七	87		永興（2）	癸巳五	153
和帝（～肇 [zhào]）	永元（17）	己丑	89		永壽（4）	乙未	155
	元興（1）	乙巳四	105		延熹［xī］（10）	戊戌六	158
殤[shāng]帝（～隆）	延平（1）	丙午	106		永康（1）	丁未六	167
安帝（～祜 [hù]）	永初（7）	丁未	107	靈帝（～宏）	建寧（5）	戊申	168
	元初（7）	甲寅	114		熹［xī］平（7）	壬子五	172
	永寧（2）	庚申四	120		光和（7）	戊午三	178
	建光（2）	辛酉七	121		中平（6）	甲子十二	184
	延光（4）	壬戌三	122	獻帝（～協）	初平（4）	庚午	190
順帝（～保）	永建（7）	丙寅	126		興平（2）	甲戌	194
	陽嘉（4）	壬申三	132		建安（25）	丙子	196
	永和（6）	丙子	136		延康（1）	庚子三	220
	漢安（3）	壬午	142				
	建康（1）	甲申四	144				

三國（220 — 280）							

魏（220 — 265）

文帝（曹丕〔pī〕）	黃初（7）	庚子十	220	高貴鄉公（～髦〔máo〕）	嘉平（6）	己巳四	249
					正元（3）	甲戌十	254
明帝（～叡〔ruì〕）	太和（7）	丁未	227		甘露（5）	丙子六	256
	青龍（5）	癸丑二	233				
	景初（3）	丁巳三	237	元帝（～奐〔huàn〕）（陳留王）	景元（5）	庚辰六	260
齊王（～芳）	正始（10）	庚申	240		咸熙（2）	甲申五	264

蜀漢（221 — 263）

昭烈帝（劉備）	章武（3）	辛丑四	221		景耀（6）	戊寅	258
後主（～禪〔shàn〕）	建興（15）	癸卯五	223		炎興（1）	癸未八	263
	延熙（20）	戊午	238				

吳（222 — 280）

大帝（孫權）	黃武（8）	壬寅十	222	景帝（～休）	永安（7）	戊寅十	258
	黃龍（3）	己酉四	229	烏程侯（～皓〔hào〕）	元興（2）	甲申七	264
	嘉禾（7）	壬子	232		甘露（2）	乙酉四	265
	赤烏（14）	戊午九	238		寶鼎（4）	丙戌八	266
	太元（2）	辛未五	251		建衡（3）	己丑十	269
	神鳳（1）	壬申二	252		鳳凰（3）	壬辰	272
會稽王（～亮）	建興（2）	壬申四	252		天冊（2）	乙未	275
	五鳳（3）	甲戌	254		天璽（1）	丙申七	276
	太平（3）	丙子十	256		天紀（4）	丁酉	277

晉（265 — 420）							

西晉（265 — 317）

武帝（司馬炎）	泰始（10）	乙酉十二	265		太康（10）	庚子四	280
	咸寧（6）	乙未	275		太熙（1）	庚戌	290
					建武（1）	甲子七	304

惠帝(司馬衷)	永熙 (1)	庚戌四	290				
	永平 (1)	辛亥	291		永安 (1)	甲子十一	304
	元康 (9)	辛亥三	291		永興 (3)	甲子十二	304
	永康 (2)	庚申	300		光熙 (1)	丙寅六	306
	永寧 (2)	辛酉四	301	懷帝 (～熾 [chì])	永嘉 (7)	丁卯	307
	太安 (2)	壬戌十二	302	愍[mǐn]帝 (～鄴[yè])	建興 (5)	癸酉四	313
	永安 (1)	甲子	304				

東晉 (317 — 420)

元帝(司馬睿 [ruì])	建武 (2)	丁丑三	317	哀帝 (～丕 [pī])	隆和 (2)	壬戌	362
	大興 (4)	戊寅三	318		興寧 (3)	癸亥二	363
	永昌 (2)	壬午	322	海西公 (～奕 [yì])	太和 (6)	丙寅	366
明帝 (～紹)	永昌	壬午	322	簡文帝 (～昱 [yù])	咸安 (2)	辛未十一	371
		閏十一					
	太寧 (4)	癸未三	323	孝武帝 (～曜 [yào])	寧康 (3)	癸酉	373
成帝 (～衍 [yǎn])	太寧	乙酉閏八	325		太元 (21)	丙子	376
	咸和 (9)	丙戌二	326	安帝 (～德宗)	隆安 (5)	丁酉	397
	咸康 (8)	乙未	335		元興 (3)	壬寅	402
康帝 (～岳)	建元 (2)	癸卯	343		義熙 (14)	乙巳	405
穆帝 (～聃 [dān])	永和 (12)	乙巳	345				
	升平 (5)	丁巳	357	恭帝 (～德文)	元熙 (2)	己未	419

南北朝 (420 — 589)

南朝 宋 (420 — 479)

武帝 (劉裕)	永初 (3)	庚申六	420		景和 (1)	乙巳八	465
少帝 (～義符)	景平 (2)	癸亥	423	明帝 (～彧 [yù])	泰始 (7)	乙巳十二	465
文帝 (～義隆)	元嘉 (30)	甲子八	424				
					泰豫 (1)	壬子	472
孝武帝 (～駿 [jùn])	孝建 (3)	甲午	454	後廢帝 (～昱 [yù]) (蒼梧王)	元徽 (5)	癸丑	473
	大明 (8)	丁酉	457				
前廢帝 (～子業)	永光 (1)	乙巳	465	順帝 (～準)	昇明 (3)	丁巳七	477

齊（479—502）							
高帝（蕭道成）	建元（4）	己未四	479	明帝（～鸞）	建武（5）	甲戌十	494
武帝（～賾〔zé〕）	永明（11）	癸亥	483		永泰（1）	戊寅四	498
鬱林王（～昭業）	隆昌（1）	甲戌	494	東昏侯（～寶卷）	永元（3）	己卯	499
海陵王（～昭文）	延興（1）	甲戌七	494	和帝（～寶融）	中興（2）	辛巳三	501

梁（502—557）							
武帝（蕭衍〔yǎn〕）	天監（18）	壬午四	502	簡文帝（～綱）	太清（3）*	丁卯四	547
	普通（8）	庚子	520		大寶（2）**	庚午	550
	大通（3）	丁未三	527	元帝（～繹〔yì〕）	承聖（4）	壬申十一	552
	中大通（6）	己酉十	529				
	大同（12）	乙卯	535	敬帝（～方智）	紹泰（2）	乙亥十	555
	中大同（2）	丙寅四	546		太平（2）	丙子九	556

* 有的地區用至 6 年。
** 有的地區用至 3 年。

陳（557—589）							
武帝（陳霸先）	永定（3）	丁丑十	557	宣帝（～頊〔xū〕）	太建（14）	己丑	569
文帝（～蒨〔qiàn〕）	天嘉（7）	庚辰	560	後主（～叔寶）	至德（4）	癸卯	583
	天康（1）	丙戌二	566		禎明（3）	丁未	587
廢帝（～伯宗）（臨海王）	光大（2）	丁亥	567				

北朝　北魏〔拓跋氏，後改元氏〕（386—534）

　　北魏建國於丙戌（386 年）正月，初稱代國，至同年四月始改國號為魏，439 年滅北涼，統一北方。

道武帝（拓跋珪〔guī〕）	登國（11）	丙戌	386	明元帝（～嗣〔sì〕）	永興（5）	己酉十	409
	皇始（3）	丙申七	396		神瑞（3）	甲寅	414
	天興（7）	戊戌十二	398		泰常（8）	丙辰四	416
	天賜（6）	甲辰十	404	太武帝（～燾〔tāo〕）	始光（5）	甲子	424

	神䴥[jiā] (4)	戊辰二	428	宣武帝 (~恪[kè])	景明 (4)	庚辰	500
	延和 (3)	壬申	432		正始 (5)	甲申	504
	太延 (6)	乙亥	435		永平 (5)	戊子八	508
	太平真君 (12)	庚辰六	440		延昌 (4)	壬辰四	512
				孝明帝 (~詡 [xǔ])	熙平 (3)	丙申	516
南安王 (拓跋餘)	正平 (2)	辛卯六	451		神龜 (3)	戊戌二	518
	永(承)平 (1)	壬辰三	452		正光 (6)	庚子七	520
	興安 (3)	壬辰十	452		孝昌 (3)	乙巳六	525
文成帝 (~濬 [jùn])					武泰 (1)	戊申	528
	興光 (2)	甲午七	454	孝莊帝 (~子攸[yōu])	建義 (1)	戊申四	528
	太安 (5)	乙未六	455		永安 (3)	戊申九	528
	和平 (6)	庚子	460	長廣王 (~曄[yè])	建明 (2)	庚戌十	530
獻文帝 (~弘)	天安 (2)	丙午	466	節閔[mǐn]帝 (~恭)	普泰 (2)	辛亥二	531
	皇興 (5)	丁未八	467	安定王 (~朗)	中興 (2)	辛亥十	531
孝文帝 (元宏)	延興 (6)	辛亥八	471	孝武帝 (~脩)	太昌 (1)	壬子四	532
	承明 (1)	丙辰六	476		永興 (1)	壬子十二	532
	太和 (23)	丁巳	477		永熙 (3)	壬子十二	532

東魏 (534 — 550)

孝靜帝 (元善見)	天平 (4)	甲寅十	534		興和 (4)	己未十一	539
	元象 (2)	戊午	538		武定 (8)	癸亥	543

北齊 (550 — 577)

文宣帝 (高洋)	天保 (10)	庚午五	550	後主 (~緯)	天統 (5)	乙酉四	565
廢帝 (~殷)	乾明 (1)	庚辰	560		武平 (7)	庚寅	570
孝昭帝 (~演)	皇建 (2)	庚辰八	560		隆化 (1)	丙申十二	576
武成帝 (~湛)	太寧 (2)	辛巳十一	561	幼主 (~恒)	承光 (1)	丁酉	577
	河清 (4)	壬午四	562				

西魏 (535 — 556)

文帝 (元寶炬)	大統 (17)	乙卯	535	恭帝 (~廓)	— (3)	甲戌一	554
廢帝 (~欽)	— (3)	壬申	552				

北周（557 — 581）

孝閔[mǐn]帝 （字文覺）	一	(1)	丁丑	557		建德 (7)	壬辰三	572

孝閔[mǐn]帝 （字文覺）	一 (1)	丁丑	557			建德 (7)	壬辰三	572
明帝 （～毓 [yù]）	一 (3)	丁丑九	557			宣政 (1)	戊戌三	578
	武成 (2)	己卯八	559	宣帝 （～贇 [yūn]）	大成 (1)	己亥	579
武帝 （～邕 [yōng]）	保定 (5)	辛巳	561	靜帝 （～闡 [chǎn]）	大象 (3)	己亥二	579
	天和 (7)	丙戌	566		大定 (1)	辛丑一	581

隋（581 — 618）

隋建國於 581 年，589 年滅陳，完成統一。

文帝 （楊堅）	開皇 (20)	辛丑二	581	恭帝 （～侑 [yòu]）	義寧 (2)	丁丑十一	617
	仁壽 (4)	辛酉	601				
煬[yáng]帝 （～廣）	大業 (14)	乙丑	605				

唐（618 — 907）

高祖 （李淵）	武德 (9)	戊寅五	618	中宗 （～顯又名哲）	嗣聖 (1)	甲申	684
太宗 （～世民）	貞觀 (23)	丁亥	627	睿[ruì]宗 （～旦）	文明 (1)	甲申二	684
高宗 （～治）	永徽 (6)	庚戌	650	武后 （武曌 [zhào]）	光宅 (1)	甲申九	684
	顯慶 (6)	丙辰	656		垂拱 (4)	乙酉	685
	龍朔 (3)	辛酉三*	661		永昌 (1)	己丑	689
	麟德 (2)	甲子	664		載初** (1)	庚寅正	690
	乾封 (3)	丙寅	666	武后稱帝，改國號為周	天授 (3)	庚寅九	690
	總章 (3)	戊辰三	668		如意 (1)	壬辰四	692
	咸亨 (5)	庚午三	670		長壽 (3)	壬辰九	692
	上元 (3)	甲戌八	674		延載 (1)	甲午五	694
	儀鳳 (4)	丙子十一	676		證聖 (1)	乙未	695
	調露 (2)	己卯六	679		天冊萬歲 (2)	乙未九	695
	永隆 (2)	庚辰八	680		萬歲登封 (1)	丙申臘	696
	開耀 (2)	辛巳九	681				
	永淳 (2)	壬午二	682				
	弘道 (1)	癸未十二	683				

	萬歲通天（2）	丙申三	696	穆宗（～恆）	長慶（4）	辛丑	821
	神功（1）	丁酉九	697	敬宗（～湛）	寶曆（3）	乙巳	825
	聖曆（3）	戊戌	698	文宗（～昂）	寶曆	丙午十二	826
	久視（1）	庚子五	700		大（太）和（9）	丁未二	827
	大足（1）	辛丑	701		開成（5）	丙辰	836
	長安（4）	辛丑十	701	武宗（～炎）	會昌（6）	辛酉	841
中宗（李顯又名哲），復唐國號	神龍（3）	乙巳	705	宣宗（～忱［chén］）	大中（14）	丁卯	847
	景龍（4）	丁未九	707				
睿［ruì］宗（～旦）	景雲（2）	庚戌七	710	懿［yì］宗（～漼［cuǐ］）	大中	己卯八	859
	太極（1）	壬子	712		咸通（15）	庚辰十一	860
	延和（1）	壬子五	712	僖［xī］宗（～儇［xuān］）	咸通	癸巳七	873
玄宗（～隆基）	先天（2）	壬子八	712		乾符（6）	甲午十一	874
	開元（29）	癸丑十二	713		廣明（2）	庚子	880
	天寶（15）	壬午	742		中和（5）	辛丑七	881
肅宗（～亨）	至德（3）	丙申七	756		光啟（4）	乙巳三	885
	乾元（3）	戊戌二	758		文德（1）	戊申二	888
	上元（2）	庚子閏四	760	昭宗（～曄［yè］）	龍紀（1）	己酉	889
	－（1）***	辛丑九	761		大順（2）	庚戌	890
代宗（～豫）	寶應（2）	壬寅四	762		景福（2）	壬子	892
	廣德（2）	癸卯七	763		乾寧（5）	甲寅	894
	永泰（2）	乙巳	765		光化（4）	戊午八	898
	大曆（14）	丙午十一	766		天復（4）	辛酉四	901
德宗（～适［kuò］）	建中（4）	庚申	780		天祐（4）	甲子閏四	904
	興元（1）	甲子	784	哀帝（～柷［chù］）	天祐****	甲子八	904
	貞元（21）	乙丑	785				
順宗（～誦）	永貞（1）	乙酉八	805				
憲宗（～純）	元和（15）	丙戌	806				

　　*　辛酉三月丙申朔改元，一作辛酉二月乙未晦改元。

　　**　始用周正，改永昌元年十一月為載初元年正月，以十二月為臘月，夏正月為一月。久視元年十月復用夏正，以正月為十一月，臘月為十二月，一月為正月。本表在這段期間內干支後面所註的改元月份都是周曆，各年號的使用年數也是按照周曆的計算方法。

　　***　此年九月以後去年號，但稱元年。

　　****　哀帝即位未改元。

五代 (907—960)							
後梁 (907 — 923)							
太祖 (朱晃，又 名溫、全忠) 末帝 (～ 瑱 [zhèn])	開平 (5) 乾化 (5) 乾化	丁卯四 辛未五 癸酉二	907 911 913		貞明 (7) 龍德 (3)	乙亥十一 辛巳五	915 921
後唐 (923 — 936)							
莊宗 (李存勖 [xù]) 明宗 (～ 亶 [dǎn])	同光 (4) 天成 (5) 長興 (4)	癸未四 丙戌四 庚寅二	923 926 930	閔 [mǐn] 帝 (～從厚) 末帝 (～從珂 [kē])	應順 (1) 清泰 (3)	甲午 甲午四	934 934
後晉 (936 — 947)							
高祖 (石敬瑭 [táng]) 出帝 (～重貴)	天福 (9) 天福*	丙申十一 壬寅六	936 942		開運 (4)	甲辰七	944
*　出帝即位未改元。							
後漢 (947 — 950)							
高祖 (劉暠 [gǎo]，本 名知遠)	天福* 乾祐 (3)	丁未二 戊申	947 948	隱帝 (～承祐)	乾祐**	戊申二	948
*　後漢高祖即位，仍用後晉高祖年號，稱天福十二年。 **隱帝即位未改元。							
後周 (951 — 960)							
太祖 (郭威)	廣順 (3) 顯德 (7)	辛亥 甲寅	951 954	世宗 (柴榮) 恭帝 (～宗訓)	顯德* 顯德	甲寅一 己未六	954 959
*　世宗、恭帝都未改元。							

宋（960 — 1279）

北宋（960 — 1127）

帝王	年號	干支	公元	帝王	年號	干支	公元
太祖(趙匡胤〔yìn〕)	建隆（4）	庚申	960		慶曆（8）	辛巳十一	1041
	乾德（6）	癸亥十一	963		皇祐（6）	己丑	1049
	開寶（9）	戊辰十一	968		至和（3）	甲午三	1054
太宗（～炅〔jiǒng〕，本名匡義，又名光義）	太平興國（9）	丙子十二	976		嘉祐（8）	丙申九	1056
				英宗（～曙）	治平（4）	甲辰	1064
	雍熙（4）	甲申十一	984	神宗（～頊〔xū〕）	熙寧（10）	戊申	1068
	端拱（2）	戊子	988		元豐（8）	戊午	1078
	淳化（5）	庚寅	990	哲宗（～煦〔xù〕）	元祐（9）	丙寅	1086
	至道（3）	乙未	995		紹聖（5）	甲戌四	1094
真宗（～恒）	咸平（6）	戊戌	998		元符（3）	戊寅六	1098
	景德（4）	甲辰	1004	徽宗（～佶〔jí〕）	建中靖國（1）	辛巳	1101
	大中祥符（9）	戊申	1008		崇寧（5）	壬午	1102
	天禧〔xī〕（5）	丁巳	1017		大觀（4）	丁亥	1107
	乾興（1）	壬戌	1022		政和（8）	辛卯	1111
仁宗（～禎）	天聖（10）	癸亥	1023		重和（2）	戊戌十一	1118
	明道（2）	壬申十一	1032		宣和（7）	己亥二	1119
	景祐（5）	甲戌	1034	欽宗（～桓〔huán〕）	靖康（2）	丙午	1126
	寶元（3）	戊寅十一	1038				
	康定（2）	庚辰二	1040				

南宋（1127 — 1279）

帝王	年號	干支	公元	帝王	年號	干支	公元
高宗(趙構)	建炎（4）	丁未五	1127		嘉泰（4）	辛酉	1201
	紹興（32）	辛亥	1131		開禧（3）	乙丑	1205
孝宗（～昚〔shèn〕）	隆興（2）	癸未	1163		嘉定（17）	戊辰	1208
	乾道（9）	乙酉	1165	理宗（～昀〔yún〕）	寶慶（3）	乙酉	1225
	淳熙（16）	甲午	1174		紹定（6）	戊子	1228
光宗（～惇〔dūn〕）	紹熙（5）	庚戌	1190		端平（3）	甲午	1234
					嘉熙（4）	丁酉	1237
寧宗（～擴）	慶元（6）	乙卯	1195		淳祐（12）	辛丑	1241
	寶祐（6）	癸丑	1253	端宗（～昰〔shì〕）	景炎（3）	丙子五	1276

	開慶 (1)	己未	1259	帝昺 (～昺[bǐng])	祥興 (2)	戊寅五	1278
	景定 (5)	庚申	1260				
度宗 (趙禥[qí])	咸淳 (10)	乙丑	1265				
恭帝 (～㬎[xiǎn])	德祐 (2)	乙亥	1275				

遼[耶律氏] (907—1125)

遼建國於907年，國號契丹，916年始建年號，938年(一說947年)改國號為遼，983年復稱契丹，1066年仍稱遼。

太祖(耶律阿保機)	一 (10)	丁卯	907		統和 (30)	癸未六	983
	神冊 (7)	丙子十二	916		開泰 (10)	壬子十一	1012
	天贊 (5)	壬午二	922		太平 (11)	辛酉十一	1021
	天顯 (13)	丙戌二	926	興宗(～宗真)	景福 (2)	辛未六	1031
太宗 (～德光)	天顯*	丁亥十一	927		重熙 (24)	壬申十一	1032
	會同 (10)	戊戌十一	938	道宗(～洪基)	清寧 (10)	乙未八	1055
	大同 (1)	丁未二	947		咸雍 (10)	乙巳	1065
世宗 (～阮[ruǎn])	天祿 (5)	丁未九	947		大(太)康 (10)	乙卯	1075
穆宗 (～璟[jǐng])	應曆 (19)	辛亥九	951		大安 (10)	乙丑	1085
					壽昌(隆)(7)	乙亥	1095
景宗 (～賢)	保寧 (11)	己巳二	969	天祚[zuò]帝 (～延禧[xī])	乾統 (10)	辛巳二	1101
	乾亨 (5)	己卯十一	979		天慶 (10)	辛卯	1111
聖宗 (～隆緒)	乾亨	壬午九	982		保大 (5)	辛丑	1121

* 太宗即位未改元。

金[完顏氏] (1115—1234)

太祖(完顏旻[mín]，本名阿骨打)	收國 (2)	乙未	1115	熙宗 (～亶[dǎn])	天會*	乙卯一	1135
	天輔 (7)	丁酉	1117		天眷 (3)	戊午	1138
					皇統 (9)	辛酉	1141
太宗 (～晟[shèng])	天會 (15)	癸卯九	1123	海陵王(～亮)	天德 (5)	己巳十二	1149

	貞元（4）	癸酉三	1153	宣宗（～珣[xún]）	至寧（1）	癸酉五	1213
	正隆（6）	丙子二	1156		貞祐（5）	癸酉九	1213
世宗（完顏雍）	大定（29）	辛巳十	1161		興定（6）	丁丑九	1217
章宗（～璟[jǐng]）	明昌（7）	庚戌	1190		元光（2）	壬午八	1222
	承安（5）	丙辰十一	1196	哀宗（～守緒）	正大（9）	甲申	1224
	泰和（8）	辛酉	1201		開興（1）	壬辰一	1232
衛紹王（～永濟）	大安（3）	己巳	1209		天興（3）	壬辰四	1232
	崇慶（2）	壬申	1212				

*　熙宗即位未改元。

元[孛兒只斤氏]（1206 — 1368）

　　蒙古孛兒只斤鐵木真於 1206 年建國。1271 年忽必烈定國號為元，1279 年滅南宋。

太祖（孛兒只斤鐵木真）（成吉思汗）	—	（22）	丙寅	1206	英宗（～碩[shuò]德八剌）		至治（3）	辛酉	1321
拖雷（監國）	—	（1）	戊子	1228	泰定帝（～也孫鐵木兒）		泰定（5）	甲子	1324
太宗（～窩闊台）	—	（13）	己丑	1229			致和（1）	戊辰二	1328
乃馬真后（稱制）	—	（5）	壬寅	1242	天順帝（～阿速吉八）		天順（1）	戊辰九	1328
定宗（～貴由）	—	（3）	丙午七	1246	文宗（～圖帖睦爾）		天曆（3）	戊辰九	1328
海迷失后（稱制）	—	（3）	己酉三	1249	明宗（～和世㻋[là]）*			己巳	1329
憲宗（～蒙哥）	—	（9）	辛亥六	1251			至順（4）	庚午五	1330
世祖（～忽必烈）	中統（5）		庚申五	1260	寧宗（～懿[yì]璘[lín]質班）		至順	壬申十	1332
	至元（31）		甲子八	1264	順帝（～妥懽帖睦爾）		至順	癸酉六	1333
成宗（～鐵穆耳）	元貞（3）		乙未	1295			元統（3）	癸酉十	1333
	大德（11）		丁酉二	1297			（後）至元（6）	乙亥十一	1335
武宗（～海山）	至大（4）		戊申	1308			至正（28）	辛巳	1341
仁宗（～愛育黎拔力八達）	皇慶（2）		壬子	1312					
	延祐（7）		甲寅	1314					

*　明宗於己巳（1329）正月即位，以文宗為皇太子。八月明宗暴死，文宗復位。

明（1368 — 1644）							
太祖 (朱元璋)	洪武 (31)	戊申	1368	孝宗 (～祐樘[chēng])	弘治 (18)	戊申	1488
惠帝 (～允炆[wén])	建文 (4)*	己卯	1399	武宗 (～厚照)	正德 (16)	丙寅	1506
成祖 (～棣[dì])	永樂 (22)	癸未	1403	世宗 (～厚熜[cōng])	嘉靖 (45)	壬午	1522
仁宗 (～高熾[chì])	洪熙 (1)	乙巳	1425	穆宗 (～載垕[hòu])	隆慶 (6)	丁卯	1567
宣宗 (～瞻[zhān]基)	宣德 (10)	丙午	1426	神宗 (～翊[yì]鈞)	萬曆 (48)	癸酉	1573
英宗 (～祁鎮)	正統 (14)	丙辰	1436	光宗 (～常洛)	泰昌 (1)	庚申八	1620
代宗 (～祁鈺[yù]) (景帝)	景泰 (8)	庚午	1450	熹[xī]宗 (～由校)	天啓 (7)	辛酉	1621
英宗 (～祁鎮)	天順 (8)	丁丑一	1457	思宗 (～由檢)	崇禎 (17)	戊辰	1628
憲宗 (～見深)	成化 (23)	乙酉	1465				

* 建文 4 年時成祖廢除建文年號，改為洪武 35 年。

清[愛新覺羅氏]（1616 — 1911）							
清建國於 1616 年，初稱後金，1636 年始改國號為清，1644 年入關。							
太祖 (愛新覺羅努爾哈赤)	天命 (11)	丙辰	1616	仁宗 (～顒[yóng]琰[yǎn])	嘉慶 (25)	丙辰	1796
太宗 (～皇太極)	天聰 (10)	丁卯	1627	宣宗 (～旻[mín]寧)	道光 (30)	辛巳	1821
	崇德 (8)	丙子四	1636				
世祖 (～福臨)	順治 (18)	甲申	1644	文宗 (～奕[yì]詝[zhǔ])	咸豐 (11)	辛亥	1851
聖祖 (～玄燁[yè])	康熙 (61)	壬寅	1662	穆宗 (～載淳)	同治 (13)	壬戌	1862
世宗 (～胤[yìn]禛[zhēn])	雍正 (13)	癸卯	1723	德宗 (～載湉[tián])	光緒 (34)	乙亥	1875
高宗 (～弘曆)	乾隆 (60)	丙辰	1736	～溥[pǔ]儀	宣統 (3)	己酉	1909

附錄八
計量單位表

Ⅰ.中華人民共和國法定計量單位

中華人民共和國的法定計量單位(以下簡稱法定單位)包括:

 (1) 國際單位制的基本單位(見表1);

 (2) 國際單位制的輔助單位(見表2);

 (3) 國際單位制中具有專門名稱的導出單位(見表3);

 (4) 國家選定的非國際單位制單位(見表4);

 (5) 由以上單位構成的組合形式的單位;

 (6) 由詞頭和以上單位所構成的十進倍數和分數單位(詞頭見表5)。

法定單位的定義、使用方法等,由國家計量局另行規定。

表1 國際單位制的基本單位

量的名稱	單 位 名 稱	單位符號
長 度	米	m
質 量	千克(公斤)	kg
時 間	秒	s
電 流	安〔培〕	A
熱力學溫度	開〔爾文〕	K
物 質 的 量	摩〔爾〕	mol
發 光 強 度	坎〔德拉〕	cd

表2 國際單位制的輔助單位

量的名稱	單 位 名 稱	單位符號
平 面 角	弧度	rad
立 體 角	球面度	sr

表3 國際單位制中具有專門名稱的導出單位

量 的 名 稱	單位名稱	單位符號	其他表示式例
頻率	赫〔茲〕	Hz	s^{-1}
力;重力	牛〔頓〕	N	$kg·m/s^2$

量 的 名 稱	單位名稱	單位符號	其他表示式例
壓力，壓強；應力	帕〔斯卡〕	Pa	N/m²
能量；功；熱	焦〔耳〕	J	N·m
功率；輻射通量	瓦〔特〕	W	J/s
電荷量	庫〔侖〕	C	A·s
電位；電壓；電動勢	伏〔特〕	V	W/A
電容	法〔拉〕	F	C/V
電阻	歐〔姆〕	Ω	V/A
電導	西〔門子〕	S	A/V
磁通量	韋〔伯〕	Wb	V·s
磁通量密度，磁感應強度	特〔斯拉〕	T	Wb/m²
電感	亨〔利〕	H	Wb/A
攝氏溫度	攝氏度	℃	
光通量	流〔明〕	lm	cd·sr
光照度	勒〔克斯〕	lx	lm/m²
放射性活度	貝可〔勒爾〕	Bq	s⁻¹
吸收劑量	戈〔瑞〕	Gy	J/kg
劑量當量	希〔沃特〕	Sv	J/kg

表 4　國家選定的非國際單位制單位

量的名稱	單位名稱	單位符號	換 算 關 係 和 說 明
時　　間	分	min	$1\text{min} = 60\text{s}$
	〔小〕時	h	$1\text{h} = 60\text{min}$ $= 3600\text{s}$
	天（日）	d	$1\text{d} = 24\text{h}$ $= 86400\text{s}$
平 面 角	〔角〕秒	(")	$1'' = (\pi/648000)\ \text{rad}$ （π 為圓周率）
	〔角〕分	(')	$1' = 60''$ $= (\pi/10800)\ \text{rad}$
	度	(°)	$1° = 60''$ $= (\pi/180)\ \text{rad}$
旋轉速度	轉每分	r/min	$1\text{r/min} = (1/60)\ \text{s}^{-1}$

量的名稱	單位名稱	單位符號	換算關係和説明
長　度	海里	n mile	1n mile ＝ 1852m （只用於航程）
速　度	節	kn	1kn ＝ 1n mile/h ＝（1852/3600）m/s （只用於航行）
質　量	噸 原子質量單位	t u	1t ＝ 10^3kg 1u ≈ 1.6605655 × 10^{-27}kg
體　積	升	L，〔l〕	1L ＝ 1dm³ ＝ 10^{-3}m³
能	電子伏	eV	1eV ≈ 1.6021892 × 10^{-19}J
級　差	分貝	dB	
線密度	特〔克斯〕	tex	1tex ＝ 1g/km

表5　用於構成十進倍數和分數單位的詞頭

所表示的因數	詞頭名稱	詞頭符號	所表示的因數	詞頭名稱	詞頭符號
10^{18}	艾〔可薩〕	E	10^{-1}	分	d
10^{15}	拍〔它〕	P	10^{-2}	厘	c
10^{12}	太〔拉〕	T	10^{-3}	毫	m
10^9	吉〔咖〕	G	10^{-6}	微	μ
10^6	兆	M	10^{-9}	納〔諾〕	n
10^3	千	k	10^{-12}	皮〔可〕	p
10^2	百	h	10^{-15}	飛〔母托〕	f
10^1	十	da	10^{-18}	阿〔托〕	a

註：1. 週、月、年(年的符號為a)，為一般常用時間單位。
　　2.〔 〕內的字，是在不致混淆的情況下，可以省略的字。
　　3.（ ）內的字為前者的同義語。
　　4. 角度單位度分秒的符號不處於數字後時，用括弧。
　　5. 升的符號中，小寫字母 l 為備用符號。
　　6. r 為"轉"的符號。
　　7. 人民生活和貿易中，質量習慣稱為重量。
　　8. 公里為千米的俗稱，符號為 km。
　　9. 10^4 稱為萬，10^8 稱為億，10^{12} 稱為萬億，這類數詞的使用不受詞頭名稱的影響，但不應與詞頭混淆。

II.法定計量單位與常用非法定計量單位的對照和換算表

法定計量單位		常用非法定計量單位		換　算　關　係
名　稱	符號	名　稱	符　　號	
千米（公里）	km		KM	1千米（公里）＝ 1KM ＝ 2市里 ＝ 0.6214英里
米	m	公尺	M	1米＝ 1公尺＝ 3市尺＝ 3.2808英尺 ＝ 1.0936碼
分米	dm	公寸		1分米＝ 1公寸＝ 0.1米＝ 3市寸
厘米	cm	公分		1厘米＝ 1公分＝ 0.01米＝ 3市分 ＝ 0.3937英寸
毫米	mm	公釐	m/m, MM	1毫米＝ 1公釐＝ 0.001米＝ 3市釐
		公絲		1公絲＝ 0.1毫米
微米	μm	公微	μ,mμ,μM	1微米＝ 1公微＝ 10^{-6}米
		絲米	dmm	1絲米＝ 0.1毫米
		忽米	cmm	1忽米＝ 0.01毫米
納米	nm	毫微米	mμm	1納米＝ 1毫微米＝ 10^{-9}米
海里	n mile			1海里＝ 3.7040市里＝ 1.15英里
		市里		1市里＝ 150市丈＝ 0.5公里 ＝ 0.3107英里
		市引		1市引＝ 10市丈
		市丈		1市丈＝ 10市尺＝ 3.3333米＝ 3.6454碼
		市尺		1市尺＝ 10市寸＝ 0.3333米 ＝ 1.0936英尺
		市寸		1市寸＝ 10市分＝ 3.3333厘米 ＝ 1.3123英寸
		市分		1市分＝ 10市厘
		市釐		1市釐＝ 10市毫
		英里	mi.	1英里＝ 1760碼＝ 5280英尺 ＝ 1.6093公里＝ 3.2187市里
		碼	yd.	1碼＝ 3英尺＝ 0.9144米＝ 2.7432市尺
		英尺	ft.	1英尺＝ 12英寸＝ 0.3048米 ＝ 0.9144市尺
		英寸	in.	1英寸＝ 2.5400厘米＝ 0.7620市寸
飛米	fm	費密	fermi	1飛米＝ 1費密＝ 10^{-15}米
		埃	Å	1埃＝ 10^{-10}米

長度

法定計量單位		常用非法定計量單位		換　算　關　係
名　稱	符號	名　稱	符　號	
平方千米 (平方公里)	km²			1平方千米 (平方公里) = 1000000平方米 = 100公頃 = 4平方市里 = 0.3861平方英里
		公頃	ha	1公頃 = 10000平方米 = 100公畝 = 15 市畝 = 2.4711 英畝
		公畝	a	1公畝 = 100平方米 = 0.15市畝 = 0.0247英畝
平方米	m²	平米		1平方米 = 1平米 = 9平方市尺 = 10.7639 平方英尺 = 1.1960平方碼
平方分米	dm²			1平方分米 = 0.01平方米
平方厘米	cm²			1平方厘米 = 0.0001平方米
		市頃		1市頃 = 100市畝 = 6.6667公頃
		市畝		1市畝 = 10市分 = 60平方市丈 = 6.6667公 畝 = 0.0667公頃 = 0.1644英畝
		市分		1市分 = 6平方市丈
		平方市里		1平方市里 = 22500平方市丈 = 0.2500平方 公里 = 0.0965平方英里
		平方市丈		1平方市丈 = 100平方市尺
		平方市尺		1平方市尺 = 100平方市寸 = 0.1111平方米 = 1.1960平方英尺
		平方英里		1平方英里 = 640英畝 = 2.5900平方公里 = 10.3600平方市里
		英畝		1英畝 = 4840平方碼 = 40.4686公畝 = 6.0720市畝
		平方碼		1平方碼 = 9平方英尺 = 0.8361平方米 = 7.5249平方市尺
		平方英尺		1平方英尺 = 144平方英寸 = 0.0929平方米 = 0.8361平方市尺
		平方英寸		1平方英寸 = 6.4516平方厘米 = 0.5806平方市寸
		靶恩	b	1靶恩 = 10⁻²⁸平方米
立方米	m³			1立方米 = 1000立方分米 = 27立方市尺 = 35.3147立方英尺 = 1.3080立方碼
立方分米	dm³			1立方分米 = 0.001立方米
立方厘米	cm³			1立方厘米 = 0.000001立方米
		立方市丈		1立方市丈 = 1000立方市尺
		立方市尺		1立方市尺 = 1000立方市寸 = 0.0370立方 米 = 1.3078立方英尺

（面／積表格左側縱標：面　積）

（體／積表格左側縱標：體　積）

法定計量單位		常用非法定計量單位		換　算　關　係
名　稱	符號	名　稱	符　號	
體積		立方碼		1立方碼＝27立方英尺＝0.7646立方米＝20.6415立方市尺
		立方英尺		1立方英尺＝1728立方英寸＝0.0283立方米＝0.7645立方市尺
		立方英寸		1立方英寸＝16.3871立方厘米＝0.4424立方市寸
升	L (l)	公升、立升		1升＝1公升＝1立升＝1市升＝1.7598品脫（英）＝0.2200加侖（英）
分升	dl			1分升＝0.1升＝1市合
厘升	cl			1厘升＝0.01升
毫升	ml	西西	c.c.,cc	1毫升＝1西西＝0.001升
		市石		1市石＝10市斗＝100升＝2.7498蒲式耳（英）
容		市斗		1市斗＝10市升＝10升
		市升		1市升＝10市合＝1升＝1.7598品脫（英）＝0.2200加侖（英）
		市合		1市合＝10市勺＝1分升
		市勺		1市勺＝10市撮＝1厘升
		市撮		1市撮＝1毫升
		*蒲式耳		1蒲式耳＝4配克＝3.6369市斗（英）
		*配克		1配克＝2加侖＝9.0922升
積		**加侖		1加侖（英）＝4夸脫＝4.5461升＝4.5461市升
		夸脫	qt	1夸脫＝2品脫＝1.1365升＝1.1365市升
		品脫	pt	1品脫＝4及耳＝5.6026分升＝5.6826市合
		及耳	gi	1及耳＝1.4207分升
		英液盎司	floz	1英液盎司＝2.841厘升
		英液打蘭	fldr	1英液打蘭＝3.552毫升

| 法定計量單位 | | 常用非法定計量單位 | | 換　算　關　係 |
名　稱	符號	名　稱	符　號	
噸	t	公噸	T	1噸＝1公噸＝1000千克＝0.9842英噸＝1.1023美噸
		公擔	q	1公擔＝100千克＝2市擔
千克（公斤）	kg			1千克＝2市斤＝2.2046磅（常衡）
克	g	公分	gm	1克＝1公分＝0.001千克＝2市分＝15.4324格令
分克	dg			1分克＝0.0001千克＝2市釐
厘克	cg			1厘克＝0.00001千克
毫克	mg			1毫克＝0.000001千克
		公兩		1公兩＝100克
		公錢		1公錢＝10克
		市擔		1市擔＝100市斤＝0.5000公擔
		市斤		1市斤＝10市兩＝0.5000千克＝1.1023磅（常衡）
		市兩		1市兩＝10市錢＝50克＝1.7637盎司（常衡）
		市錢		1市錢＝10市分＝5克
		市分		1市分＝10市釐
		市釐		1市釐＝10市毫
		市毫		1市毫＝10市絲
		英噸（長噸）	ton	1英噸（長噸）＝2240磅＝1016千克＝2032.0941市斤
		美噸（短噸）	sh ton	1美噸（短噸）＝2000磅＝907.1849千克＝1814.3698市斤
		磅	lb	1磅＝16盎司＝0.4536千克＝0.9072市斤
		盎司	oz	1盎司＝16打蘭＝28.3495克＝0.5670市兩
		打蘭	dr	1打蘭＝27.34375格令＝1.7718克
		格令	gr	1格令＝1/7000磅＝0.0648克

（質量欄左側合併標示：質　量）

	法定計量單位		常用非法定計量單位		換　算　關　係
	名　稱	符號	名　稱	符　號	
時間	年	a		y, yr	1y ＝ 1yr ＝ 1 年
	天（日）	d			
	小時	h		hr	1hr ＝ 1 小時
	分	min		(')	1' ＝ 1 分
	秒	s		S, sec, (")	1" ＝ 1S ＝ 1sec ＝ 1 秒
頻率	赫茲	Hz	周	C	1 赫茲 ＝ 1 周
	兆赫	MHz	兆周	MC	1 兆赫 ＝ 1 兆周
	千赫	kHz	千周	KC, kc	1 千赫 ＝ 1 千周
溫度	開〔爾文〕	K	開氏度	°K	1 開 ＝ 1 開氏度
	開〔爾文〕	K	絕對度	°K	1 開 ＝ 1 絕對度
	攝氏度，開〔爾文〕	°C, K	度	deg	
			華氏度	°F	1 華氏度 ＝ 0.555556 開
			列氏度	°R	1 列氏度 ＝ 1.25 攝氏度
力、重力	牛〔頓〕	N	千克，公斤	kg	
			達因	dyn	1 達因 ＝ 10⁻⁵ 牛
壓力、壓強·應力	帕〔斯卡〕	Pa	巴	bar, b	1 巴 ＝ 10⁵ 帕
			毫巴	mbar	1 毫巴 ＝ 10² 帕
			托	Torr	1 托 ＝ 133.329 帕
			標準大氣壓	atm	1 標準大氣壓 ＝ 101.325 千帕
			工程大氣壓	at	1 工程大氣壓 ＝ 98.0665 千帕
			毫米汞柱	mmHg	1 毫米汞柱 ＝ 133.322 帕
線密度	特〔克斯〕	tex	旦〔尼爾〕	denier	1 旦 ＝ 0.111112 特

	法定計量單位		常用非法定計量單位		換　算　關　係
	名　稱	符號	名　稱	符號	
功、能、熱	焦〔耳〕	J	爾格	erg	1 爾格 = 10^{-7} 焦
功率	瓦〔特〕	W	馬力		1 馬力 = 735 瓦
磁感應強度 (磁通密度)	特〔斯拉〕	T	高斯	Gs	1 高斯 = 10^{-4} 特
磁場強度	安〔培〕每米	A/m	奧斯特 楞次	Oe	1 奧斯特 = $\dfrac{1000}{4\pi}$ 安／米 1 楞次 = 1 安／米
物質的量	摩〔爾〕	mol	克原子，克分子， 克當量，克式量		
發光強度	坎〔德拉〕	cd	燭光，支光，支		
光照度	勒〔克斯〕	lx	輻透	ph	1 輻透 = 10^4 勒
光亮度	坎〔德拉〕 每平方米	cd/m²	熙提	sb	1 熙提 = 10^4 坎／米²
放射性活度	貝可〔勒爾〕	Bq	居里	Ci	1 居里 = 3.7×10^{10} 貝可
吸收劑量	戈〔瑞〕	Gy	拉德	rad	1 拉德 = 10^{-2} 戈
劑量當量	希〔沃特〕	Sv	雷姆	rem	1 雷姆 = 10^{-2} 希
照射量	庫〔侖〕每千克	C/kg	倫琴	R	1 倫琴 = 2.58×10^{-4} 庫／千克

> * 蒲式耳、配克只用於固體。
>
> ** 用於液體 1 加侖 = 277.274 立方英寸 (英) = 231 立方英寸 (美)。
>
> 　　用於固體 1 加侖 = 277.274 立方英寸 (英) = 268.803 立方英寸 (美)。

元 素 週

原子序數 ← 19　　K → 元素符號
鉀 → 元素名稱
注*的是人造元素
原子量 ← 39.098

週期＼族	IA	IIA	IIIB	IVB	VB	VIB	VIIB	VIII		
1	1 H 氫 1.00794(7)									
2	3 Li 鋰 6.941(2)	4 Be 鈹 9.0121823(3)								
3	11 Na 鈉 22.989768(6)	12 Mg 鎂 24.3050(6)								
4	19 K 鉀 39.0983	20 Ca 鈣 40.078(4)	21 Sc 鈧 44.955910(9)	22 Ti 鈦 47.88(3)	23 V 釩 50.9415	24 Cr 鉻 51.9961(6)	25 Mn 錳 54.93805(1)	26 Fe 鐵 55.847(3)	27 Co 鈷 58.93320	
5	37 Rb 銣 85.4678(3)	38 Sr 鍶 87.62	39 Y 釔 88.90585(2)	40 Zr 鋯 91.224(2)	41 Nb 鈮 92.90638(2)	42 Mo 鉬 95.94	43 Tc 鎝 (97,99)	44 Ru 釕 101.07(2)	45 Rh 銠 102.90550	
6	55 Cs 銫 132.90543(5)	56 Ba 鋇 137.327(7)	57－71 La－Lu 鑭系	72 Hf 鉿 178.49(2)	73 Ta 鉭 180.9479	74 W 鎢 183.85(3)	75 Re 錸 186.207	76 Os 鋨 190.2	77 Ir 銥 192.22(3)	
7	87 Fr 鍅 (223)	88 Ra 鐳 226.0254	89－103 Ac－Lr 錒系	104 Rf 鑪* (261)	105 Db 鈺* (262)	106 Sg 饎* (263)	107 Bh 鈹* (262)	108 Hs 鏢* (265)	109 M 鐼 (266)	

鑭系	57 La 鑭 138.9055(2)	58 Ce 鈰 140.15(4)	59 Pr 鐠 140.90765(3)	60 Nd 釹 144.24(3)	61 Pm 鉕* (147)	62 Sm 釤 150.36(3)	63 151.965
錒系	89 Ac 錒 227.0278	90 Th 釷 232.0381	91 Pa 鏷 231.0359	92 U 鈾 238.0289	93 Np 錼 237.0482	94 Pu 鈽 (239.244)	95 (243)

註：1.原子量錄自1985年國際原子量表，以 $^{12}C＝12$ 為基準。原子量的末
　　2.括弧內數據是天然放射性元素較重要的同位素的質量數或人造元素
　　3.105－109號元素中文名稱分別讀作 dù(鈺)、xǐ(饎)、bō(鈹)、hēi